田村俊子全集

第9巻

昭和11年～昭和19年

【監修】黒澤亜里子
長谷川　啓

ゆまに書房

刊行にあたって

本全集は、田村俊子（一八八四～一九四五）の全作品を初出復刻の形で集成する。

大正初期に活躍した田村俊子は、一葉没後の明治三〇年代に文壇に登場し、昭和の「女流輩出時代」への道を切り拓いた、先駆的かつ重要な存在である。平塚らいてうが主宰した『青鞜』にも参加、文壇という男性中心の市場に、本格的な職業作家として参入した初めての女性作家でもある。

ただし、大正七（一九一八）年にその経歴を中断、恋人鈴木悦を追ってカナダに渡った後、一時帰国をはさんで中国で客死したこともあって、文学史的には長い間忘れられた存在だった。戦後、瀬戸内晴美（寂聴）の伝記小説『田村俊子』（文藝春秋新社、一九六一年四月）によって改めてその人生に光が当てられたが、肝心の作品を読むことが難しい状態が続いていた。

『田村俊子作品集』（全三巻、オリジン出版センター、一九八七～八八年）の刊行により、主要作品だけは容易に読めるようになったが、作家としての全盛期である大正前期に発表した「暗い空」「女優」などの長編をはじめ、多くの短編が刊本に未収録のままであり、加えて、露伴門下の佐藤露英時代の初期作品や、カナダ時代および帰国した後の昭和期の作品は、わずかな例外を除き、いまだまとまった形で刊行されたことがなかった。前述の作品集や、生前に刊行された単行本を集めても、彼女が発表した小説全体の三割程度に過ぎない。

本企画は、エッセイ、韻文等を含む全作品を調査収集し、編年体・初出復刻の形態で刊行する初の全集となる。詳細は各巻の解題、および別巻の著作年譜等にゆずるが、これまでの年譜等でも知られていなかった七〇編余の新出作品（小説、韻文、その他）を収録する。また、別巻『田村俊子研究』においては、晩年の俊子が上海で主宰・刊行していた華字女性誌『女声』の一部を資料として紹介する。

凡例

一、本全集は田村俊子の多岐にわたる著作を、編年体で纏め刊行するものである。
一、田村俊子の他、佐藤露英、露英、花房露子、俊子、田村とし子、田村露英、田村とし、田村としこ、鳥の子、とりのこ、鈴木俊子、優香里、佐藤俊子などの署名（＊上海時代を除く）がある作品を収録の対象とした。
一、復刻原本には原則として初出紙誌を使用した。
一、配列は原則として発表順とした。
一、収録にあたって、各原本を本書の判形に納めるために適宜縮小した。また、新聞連載は、三段組へのレイアウト調整を行った。
一、執筆者が複数となる雑文などについては、レイアウトの調整を行っている場合がある。
一、原則として、底本の修正は行わない。
一、アンケート回答など、著者の付した題名がない雑文に関しては、その記事名を〔　〕で括り表記した。
一、各巻には監修者による解題を付す。
一、文中には、身体的差別、社会的差別にかかわる当時の言葉が用いられているが、歴史的資料であることを考慮し、原文のまま掲載した。

●——昭和一一年

「女性の社会時評座談会」『女性展望』（第1巻第9号）昭和11年9月1日　3

●——昭和一二年

「富士山を見る」『明日香』（第2巻第1号）昭和12年1月1日　8
「働らく婦人たちへ」『婦人運動』（第15巻第1号）昭和12年1月1日　12
「同性を護る」『婦人公論』（第22年第1号）昭和12年1月1日　15
「米加のお正月」『婦人文藝』（第4巻第1号）昭和12年1月1日　17
「昔がたり」『文学界』（第4巻第1号）昭和12年1月1日　19
「馬鹿！馬鹿・男」『大陸日報』（第9031～9033号）昭和12年1月23、25、26日　28
「内田多美野さんへお返事」『新女苑』（第1巻第2号）昭和12年2月1日　32
「秋鳥集を読む」『むらさき』（第4巻第2号）昭和12年2月1日　36
「第二世の子女の教育は外国人として扱へ」『東京日日新聞』（第21780号）昭和12年3月16日　38
「銀座の夜」『文芸』（第5巻第4号）昭和12年4月1日　40
「白珠集」『明日香』（第2巻第5号）昭和12年5月1日　43

「座談会　世界の女性生活を語る」『新女苑』（第1巻第6号）昭和12年6月1日　44
「メーキアップ」『婦人公論』（第22年第6号）昭和12年6月1日　56
「日本婦人運動の流れを観る」『都新聞』（第17816、17820～17822号）昭和12年6月13、17～19日　57
「テンニング爺さんの思ひ出」『婦人公論』（第22年第7号）昭和12年7月1日　66
「座談会　ソ・米・支女性を語る」『婦人文藝』（第4巻第7号）昭和12年7月1日　71
「白の似合ふ男」『ライフ・ホーム』（第3年第8号）昭和12年8月1日　93
「アメリカの夏の印象」『明日香』（第2巻第9号）昭和12年9月1日　95
「残されたるもの」『中央公論』（第52年第9号）昭和12年9月1日　100
「卑俗な美感覚」『帝国大学新聞』（第688号）昭和12年10月4日　132
「秋」『改造』（第19巻第12号）昭和12年11月1日　134
「茶室に寝て」『新女苑』（第1巻第12号）昭和12年12月1日　138
「馬が居ない」『文芸』（第5巻第12号）昭和12年12月1日　140
「婦人の因循性」『日本読書新聞』（第28号）昭和12年12月5日　143
「或るプログラム」『日本読書新聞』（第30号）昭和12年12月25日　144

●昭和一三年

「カナダの女流詩人の話（一）」『明日香』（第3巻第1号）昭和13年1月1日　146

「ポーリン　ジヨンソンの詩（二）」『明日香』（第3巻第2号）昭和13年2月1日　150
「挿話（加奈陀女流詩人の原稿に代へて）」『明日香』（第3巻第4号）昭和13年4月1日　156
「ポーリン　ジヨンソンの詩（三）」『明日香』（第3巻第5号）昭和13年5月1日　160
「加奈陀の女流詩人ポーリン・ジヨンソンの詩」『明日香』（第3巻第7号）昭和13年7月1日　164
「肉体からの精神力を把握なさい」『新女苑』（第2巻第1号）昭和13年1月1日　170
「三枚襲ね」『新装』（第4巻第1号）昭和13年1月1日　173
「男を殺す女たち」『中央公論』（第53年第1号）昭和13年1月1日　176
「豪奢な日光」『むらさき』（第5巻第1号）昭和13年1月1日　181
「銘仙を着せたところで」『日本読書新聞』（第33号）昭和13年1月25日　184
「幸福の一滴」『新女苑』（第2巻第3号）昭和13年3月1日　186
「文藝時評」『東京日日新聞』（第22129〜22133、22135号）昭和13年3月2〜6日、8日　198
「二日間」『改造』（第20巻第4号）昭和13年4月1日　213
「学生に贈る書」『中央公論』（第53年第4号）昭和13年4月1日　220
「四月の劇団　ロッパの笑顔」『東京日日新聞』（第22172号）昭和13年4月15日　226
「女学生に贈る書」『中央公論』（第53年第5号）昭和13年5月1日　228
「景色を拾ふ」『文藝春秋』（第16巻第7号）昭和13年5月1日　234

「甘さを持つ感情偏重」『帝国大学新聞』（第720号）昭和13年5月16日　237
「女性の社会時評座談会」『女性展望』（第12巻第6号）昭和13年6月1日　238
「各界名士が遊覧バスで新装東京を見直す移動座談会」『話』（第6巻第6号）昭和13年6月1日　244
「稀薄な演劇効果」『東京日日新聞』（第22230号）昭和13年6月12日　276
「文化随想」『都新聞』（第18184～18187号）昭和13年6月18～21日　278
「一種の嫌味を・・・」『帝国大学新聞』（第725号）昭和13年6月20日　287
「カリホルニア物語」『中央公論』（第53年第7号）昭和13年7月1日　291
「いつそ無帽に」『婦女界』（第58巻第1号）昭和13年7月1日　336
「新劇評　火山灰地の後篇」『東京日日新聞』（第22258号）昭和13年7月10日　337
「女の立場から見た世相」『文藝春秋』（時局増刊10号）昭和13年7月10日　339
「イースト・イズ・イースト」『改造』（第20巻第8号）昭和13年8月1日　344
「大学生時局生活座談会」『中央公論』（第53年第8号）昭和13年8月1日　349
「アンナ・クリスチイ」『婦人の友』（第32巻第8号）昭和13年8月1日　371
「佐藤俊子　嘉悦孝　対談会」『婦人』（第2巻第8、9号）昭和13年8月1日、9月1日　378
「川魚料理」『あらくれ』（第6巻第9号）昭和13年9月1日　394
「愛の簪」『中央公論』（第53年第9号）昭和13年9月1日　397

「「麦と兵隊」と「鮑慶郷」」　『文芸』（第6巻第9号）昭和13年9月1日　403
「従軍文人におくる　力の文学を！」　『帝国大学新聞』（第731号）昭和13年9月12日　410
「婦人の能力　文壇部隊中の紅二点」　『東京日日新聞』（第22325号）昭和13年9月15日　413
「婦人の能力　貧弱な廃物利用の智恵」　『東京日日新聞』（第22326号）昭和13年9月16日　415
「女性の社会時評座談会」　『女性展望』（第12巻第10号）昭和13年10月1日　417
「快活を保つこと」　『婦人公論』（第23年第10号）昭和13年10月1日　422
「西班牙踊」　『週刊朝日』（第34巻第16～19号）昭和13年10月2日、9日、16日、23日　425
「女中の待遇改善」　『女性展望』（第12巻第11号）昭和13年11月1日　474
「山道」　『中央公論』（第53年第11号）昭和13年11月1日　476
「女学生々活の改革」　『日本評論』（第13巻第12号）昭和13年11月1日　489
「愛憐と躾への反省」　『愛育』（第4巻第12号）昭和13年12月1日　494
「侮蔑」　『文藝春秋』（第16巻第21号）昭和13年12月1日　497

●昭和一四年

「未亡人と銃後婦人の協同」　『婦人公論』（第24年第1号）昭和14年1月1日　515
「お雪さん」　『週刊朝日』（第35巻第3号）昭和14年1月8、15日合併号　519
「上海に於ける支那の働く婦人」　『婦人公論』（第24年第2号）昭和14年2月1日　531

「知識層の婦人に望む　日支婦人の真の親和」『婦人公論』（第24年第3号）昭和14年3月1日　536
「支那の子供」『東京朝日新聞』（第19005～19007号）昭和14年3月4～6日　542
「寸感」『塔影』（第15巻第3号）昭和14年3月20日　548
「国民再組織と婦人の問題」『婦人公論』（第24年第4号）昭和14年4月1日　550
「北京通信　俳優学校と程硯秋」『東京日日新聞』（第22527、22528、22532～22534号）昭和14年4月8～9日、13～15日　554
「婦人の大陸進出とその進歩性」『婦人公論』（第24年第5号）昭和14年5月1日　563
「雪の京包線」『改造』（第21巻第6号）昭和14年6月1日　567
「婦人の歩む民族協和の道」『婦人公論』（第24年第6号）昭和14年6月1日　584
「新しき母性教育とは？」『婦人公論』（第24年第8号）昭和14年8月1日　588
「北京と北京人を語る座談会」『文藝春秋』（時局増刊23号）昭和14年8月10日　592
「日本の婦人を嗤ふ支那の婦人」『婦人公論』（第24年第9号）昭和14年9月1日　612

●昭和一五年

「茉莉花」『北支那』（第7巻第1号）昭和15年1月1日　615
「汪精衛氏と洪秀全を語る」『改造』（第22巻第2号）昭和15年2月1日　618
「南京の感情」『改造』（第22巻第8号）昭和15年5月1日　629
「汪精衛氏への贈物」『読売新聞』（第22753、22754、22756号）昭和15年5月28日、29日、31日　647

「大陸通信一束」『女性展望』（第14巻第9号）昭和15年9月1日　652

●──昭和一六年

「変つた北京」『現地報告』（第9巻第8号）昭和16年8月10日　653
「北京の秋を語る座談会」『満洲日日新聞』（第12782～12784、12786号）昭和16年9月26～28日、30日　657
「支那趣味の魅力」『満洲日日新聞』（第12786～12791号）昭和16年9月30日、10月1～5日　668

●──昭和一七年

「北京から南京まで」『満洲日日新聞』（第12907～12909、12911号）昭和17年1月30～31日、2月1日、3日　678

●──昭和一九年

「日華の演劇に就て」『大陸新報』（第1838～1841号）昭和19年2月1～4日　689

＊

未発表原稿「中支で私の観た部分（警備、治安、文化）」　709

解題　長谷川啓・黒澤亜里子　723

田村俊子全集——第9巻

女性の社會時評座談會

阿部靜枝
竹田菊子
窪川稲子
佐藤とし子
千本木道子
小栗將江
平田のぶ
市川房枝
金子しげり

オリムピック是々非々

金子　今夜《こんや》は皆出席《かいしゆつせき》の上《うへ》に佐藤《さとう》さんまで拾つて職業版《しよくげふばん》といふ處《ところ》です。御馳走《ごちそう》はお手輕でもどうかごゆるりと御寛談《ごかんだん》下さい。

まづオリムピックから一つ。竹田《たけだ》さんはもう他《た》へもおかきでしたから皮切《かはき》りを何卒。

竹田　はあ、とにかく日本《にほん》の女子選手《ぢよしせんしゆ》は選手《せんしゆ》としての生命《せいめい》が非常《ひぢやう》に短《みじか》う御座《ござ》いますね。

金子　日本《にほん》が特《とく》にさうでせうか

竹田　男子《だんし》に比《くら》べて全體《ぜんたい》に貧弱《ひんじやく》で御座《ござ》いますね。前《まへ》のロサンゼルスの後陸上《りくじやう》の人達《ひとたち》を呼んで座談會《ざだんくわい》をいたしましたが、年《とし》が若いと云《い》ふこと、中等學校在學中《ちうとうがくかうざいがくちう》か、卒業《そつげふ》して間もない人が多く、體《からだ》も成熟《せいじゆく》の途中《とちう》だと言ふ事《こと》を感《かん》じましたが四年後《よねんご》、今度《こんど》又その人達《ひとたち》が出て來るかと思ひましたら、來ませんですね。そんな事《こと》から競技《きやうぎ》の結果《けつくわ》が貧弱《ひんじやく》だといふこと、年齡《ねんれい》が若いのに生命《せいめい》が短《みじか》いと云《い》ふ事《こと》を感《かん》じます。原因《げんいん》は女子《ぢよし》の高等教育《かうとうけういく》が進《すゝ》んで居ない事《こと》が一つだと思ひます。何故といふと、體育《たいいく》の習慣《しふくわん》を受ける場所《ばしよ》がないんですね。専門學校《せんもんがくかう》なんか見《み》ましても形式的《けいしきてき》に體操《たいさう》をやつてゐるだけで、あれでは選手《せんしゆ》の出やう筈《はず》が御座《ござ》いませんね。男で言へば早大だの日大だの云《い》ふ樣《やう》にそれと平行《へいかう》するだけの教育《けういく》を受けたらもつと選手《せんしゆ》も豐富《ほうふ》になると思ひます。

金子　所が日本《にほん》では今迄《いままで》女子《ぢよし》の體育《たいいく》は振興《しんこう》しない方《はう》が喜《よろこ》ばれた傾向《けいかう》があるんぢやないんですか。それで結局《けつきよく》出て行く以上《いじやう》結果《けつくわ》はよくて欲しいのだけれど……河西《かさい》アナウンサーが前畑《まへはた》の優勝《いうしよう》に感謝《かんしや》した時きいてゐて變《へん》な氣《き》がしました。

窪川　全《まつた》く。それから歸《かへ》つて來ると早速結婚《さつそくけつこん》の相手を探してやらうといふ話《はなし》がありましたね。世界的《せかいてき》になつた娘《むすめ》に私達《わたしたち》が感《かん》じて居るものと何か矛盾《むじゆん》を感《かん》じます。

竹田　あゝいふ人が松濤監督《まつなみかんとく》のやうに後進《こうしん》を指導《しどう》してくれなければ……。

窪川　退いちやつてどうするんかと思ひました。

金子　無意識的《むいしきてき》に社會《しやくわい》が引込ませてしまふのね。

竹田　すつかり認識《にんしき》を變へなければいけませんね。

金子　一體此頃《いつたいこのごろ》の娘《むすめ》さん達《たち》のスポーツ趣味《しゆみ》は、觀《み》る方《はう》なんでせうか、自分でやる方《はう》なんでせうか。

竹田　やるのが多《おほ》くなつて來て居りますが、私は一體《いつたい》日本《にほん》ではスポーツが問違《まちが》つて發達《はつたつ》して終つたと思ひますのよ。甲子園《かふしえん》の野球《やきう》なんか八百屋《や》、酒屋《さかや》の小僧《こぞう》さんから商人《しやうにん》、サラリーマン、とても物凄《ものすご》い熱《ねつ》の上げ方で御座《ござ》いますね。東京《とうきやう》に居ては想像《さうざう》もつきませんけれどそれこそオール何とかといふ風で……（笑聲）

窪川　一種《しゆ》の賭になつてしまふのね。

竹田　觀る事《こと》に興味《きようみ》を持ち過《す》ぎてしまつたんで御座《ござ》いますね。やうやく最近《さいきん》する方にも興味《きようみ》をもち出しましたけれど。

金子　一體女學校《いつたいぢよがくかう》をはなれてから體育《たいいく》に親《した》しむ機會《きくわい》があるんでせうか。施設《しせつ》がありますかしら。

竹田　少しは出來て來ましたね　郊外電車《かうぐわいでんしや》の會社《くわいしや》が沿線《えんせん》に作つてゐるグランドなんか大分女の人が見《み》える樣《やう》になりましたし、登山《とざん》の會《くわい》が私の知《し》つて居りますだけでも十位御座《ござ》いますがその中のあらゆる會《くわい》に女の人が入つて居りますのよ

金子　それは純粹《じゆんすい》にスポーツを樂しむのでせうか、それとも男の人と一しよの自由な氣持をむしろ樂しむんでせうか。

竹田　純粹《じゆんすい》らしう御座《ござ》いますね　スキーなんかでも段々盛《だんだんさかん》になつてはまゐりましたね。シーズンに上野《うへの》驛《えき》や新宿驛《しんじゆくえき》など大變《たいへん》なもので御座《ござ》いますよ。私は教育者《けういくしや》はそれを見《み》ても少し目《め》を醒さなければいけないと思つて居ります。

金子　平田《ひらた》さん、あなたの所のお母さん達《たち》にはさういふ機關《きくわん》ありますか。

平田　うちはラヂオ體操《たいさう》をやる相當《さうたう》なおばあさんも來る。

金子　市民《しみん》が體育《たいいく》に親《した》しめる場所《ばしよ》として小學校《せうがくかう》の運動場《うんどうぢやう》なんか開放《かいはう》するといゝと思ひますね。兒童《じどう》遊園《いうゑん》でも大人が一寸乘《の》つて見《み》たがりますが、大人の遊《あそ》ぶ場所《ばしよ》がもつとあつていゝんぢやないでせうか

竹田　スポーツを主にした公園《こうゑん》があつてもいゝですね。

窪川　昔《むかし》は田舍でよく義太夫をやるから聽きに來いなんて集《あつ》まつたでせう、あれに代るものがあつていゝわけですね。

金子　クラブつてものが日本《にほん》にはありませんね。

竹田　ゴルフなんかもつと安《やす》いといゝですがね。

平田　高《たか》いから大衆的《たいしゆうてき》でない。

佐藤　オリムピックの新聞《しんぶん》を見《み》たりラヂオをきいてるといぢらしくて涙が出た、アメリカに居た時

メデイカでもミイドウスでもカーペンターでもよく見《み》たけれど實《じつ》にいゝ體《からだ》してますね。まるで巨人《きよじん》みたいに筋肉《きんにく》なんかそれこそ隆々《りうりう》としてますよ。あの體《からだ》であり餘《あま》るエナージーで訓練《くんれん》されて居るから悠々《いういう》と力を持《も》つて勝《か》つんですね。それからあちらでも選手《せんしゆ》の命《いのち》は短《みじか》い。やはり學生《がくせい》は其時《そのとき》だけですが職業《しよくげふ》チームがあるから一等《とう》取つたのは大抵《たいてい》そちらへ入るのね。日本《にほん》ぢや選手《せん》になると家族《かぞく》親戚《しんせき》總出《そうで》で祈《いの》つたり大變《たいへん》な騒《さわ》ぎでせう、あんな事《こと》では本當《ほんたう》に勝《か》つ力はありませんね

千本木　體力《たいりよく》で勝《か》つから悠々《いういう》と勝《か》てる譯《わけ》ね。

金子　日本人《にほんじん》は精神力《せいしんりよく》で勝《か》つ（笑聲）奇蹟的《きせきてき》だからどうしても涙《なみだ》が出る。

窪川　矛盾《むじゆん》がありますね。

金子　前畑《まへはた》があれで勝《か》つたからいゝけれど……。

佐藤　孫《まご》だつて悲壯《ひさう》ね。まるで親《おや》の仇《あだ》でも討《う》つ樣《やう》で――（大笑）

金子　これが四年後《ねんご》日本《にほん》である時はどうでせう。

市川　もつとひどい。

佐藤　それ迄《まで》に體力《たいりよく》をもつと强くするんだわね。

金子　日本《にほん》へ招《まね》いた收穫《しうくわく》の一つとして是非《ぜひ》國民《こくみん》の體力《たいりよく》向上《かうじやう》を促させたいですね。

阿部　日本《にほん》では水泳《すいえい》一つに勝《か》つと日本《にほん》だけ偉《えら》いと思つてゐるのが多《おほ》いと思ふんです。事實《じじつ》は全體《ぜんたい》から見《み》ると八位《い》なんですけれどね。その意味《いみ》で公平《こうへい》に外國《ぐわいこく》をみて學《まな》ぶといゝですね。

窪川　オリムピックで嚴正が叫《さけ》ばれるなんておかしいわね。

金子　けれど或意味《いみ》で大震災《しんさい》みたいなものね。建物《たてもの》がよくなつたり道路《だうろ》が美《うつく》しくなつたり。

市川　さういふ事《こと》を考《かんが》へると日本《にほん》と言ふ國《くに》はつくづくいやになる（笑聲）

千本木　丁度《ちやうど》家庭《かてい》でお客《きやく》さんがあると大急《おほいそ》ぎで障子《しやうじ》を張《は》り換へたり、お便所《べんじよ》の掃除《さうぢ》をしたりするのと同《おな》じぢやない？（笑聲）お客《きやく》さんにばつかり美味いもの食べさせて家の人は漬物《つけもの》ですませたりしてね

金子　後《あと》で腹《はら》が輕《かる》くなつたり（哄聲）

市川　矢張《やはり》國民性《こくみんせい》だな。

金子　ぢやオリムピックでつくづく自分を見直《みなほ》す事《こと》になりますか（笑聲）

佐藤　毎回《まいくわい》記録《きろく》は進《すゝ》みますね。

金子　その記録《きろく》と一しよに國民《こくみん》全體《ぜんたい》の體力《たいりよく》が上つて行かなければね。これで又《また》オリムピックで一儲《まう》けしやうといふのがうじやうじやくね

竹田　ガイドなんか日本《にほん》をよく知《し》つて居る人がなるといゝと思ひますわ。

金子　何しろこゝ四年間《ねんかん》が大變《たいへん》ですね。

小栗　婦人運動《ふじんうんどう》も一つうまくオリムピックで儲《まう》けたら……（笑聲）

千本木　まあ日本《にほん》みたいな島國《しまぐに》では、こういふ機會《きくわい》に廣《ひろ》く人に接《せつ》するのはいゝわね。

市川　意義《いぎ》を認《みと》めるのはそれですよ。國際的《こくさいてき》に知《し》り合ふ事《こと》が平和《わ》に役立《やくだ》つて當面《たうめん》の戰爭《せんさう》の危機《きき》を免れるならば少し位金を使つても惜《をし》くない。

金子　入場料《にふぢやうれう》は高《たか》いでせうね。

市川　先づ日本《にほん》の大衆《たいしゆう》には縁《えん》がないな。

平田　皆《みな》で出し合つて買《か》つて一時間《じかん》交替《かうたい》つてのはどう？（笑聲）

竹田　でも見《み》たいものは誰《だれ》も定つてるでせう（笑聲）

金子　まあラヂオで聽《き》いてニユース映畫《えいぐわ》で見《み》るんだな。

千本木　それより私は人死にが出やしないかと思ふ（笑聲）

平田　それ、それ、うちのお母さん達《たち》の所へね、もう田舍から仕事を纏《まと》めて行くと言つて來てるのがある。

窪川　娘《むすめ》の嫁入《よめい》りの費用《ひよう》をもつて來ちやつたりする親父《おやぢ》も出たりね（笑聲）

小栗　日本人《にほんじん》特有《とくいう》のお祭騒《まつりさわ》ぎ。

市川　今日も或所でエレベーターを待《ま》つて居る間に隣《となり》に居た女の子《こ》が何を言つてるかと思つたら、今度《こんど》のオリムピツクには選手《せんしゆ》で出るんだと話してゐた。

窪川　あのアナウンサーてのもどうかと思ふわね。

佐藤　も少し餘裕《よゆう》を持たなければスポーツとして立てませんね。

金子　ではオリムピツクはそれ位《くらゐ》にしまして。

栗原元中尉夫人の死

金子　これはニユースとしては古《ふる》くなりましたが例《れい》の二・二六事件《じけん》で死刑《しけい》になつた栗原中尉《くりはらちうゐ》の奥《おく》さんが自殺《じさつ》しましたが、あの奥《おく》さんに限《かぎ》らず、一つさういふ家族《かぞく》に就《つい》て考《かんが》へて頂《いただ》きたいと思ひますが。

（しばらく發言《はつげん》する人なし）

千本木　深刻《しんこく》すぎて……何だか痛々《いたいた》しくて言へないわね。

金子　ずゐ分同じ樣《やう》な目《め》に會つて居る人は澤山《たくさん》あると思ふんですが、かういふ家族《かぞく》の問題《もんだい》は案外《あんぐわい》取り殘《のこ》されてゐるのではないでせうか。

窪川　何かしたくても表向《おもてむ》き出來ないんでせうね。

金子　相澤中佐《あいざはちうさ》が死刑《しけい》になつた時、荒木大將《あらきたいしやう》が早速弔問《さつそくてうもん》したんですつてね、さすがに荒木《あらき》さんだと或人が書《か》いて居るのを讀《よ》みましたが、荒木《あらき》さんといふ人は私知《し》りませんけれど、さういふ行動《かうどう》の取れる人は矢張《やは》り偉いと思ひました。

市川　國際關係《こくさいくわんけい》が非常《ひじやう》にうるさいらしいですね。

窪川　感情《かんじやう》を卒直《そつちよく》に表現《へうげん》する事《こと》が出來なくされてるのね。つい先達も三木清さんの奥《おく》さんが亡くなつた時もずゐ分澤山《たくさん》の警官《けいくわん》が來た相ですよ。あの人なんか何でもない自由主義者《じゆうしゆぎしや》だけれどさうなんですもの。

金子　家族《かぞく》に罪《つみ》は及《およ》ぼさないんだから……殊《こと》に日本《にほん》の家族制度《かぞくせいど》から言つても女房《にようばう》は何にも知《し》らないでゐて一遍に谷底《たにそこ》へつき落されるんだからも少し温い手をのばしていゝと思ふ。その點《てん》お互《たがひ》に反省《はんせい》するべきぢやないでせうか。

小栗　例へば母子扶助法《ぼしふじよはふ》の中《なか》の「夫が刑務所《けいむしよ》へ行つて居る間」を適用《てきよう》してもいゝわね。

竹田　觸らぬ神に祟《たた》りなしといふ氣持《きも》ちなんで御座《ござ》いませうね。

金子　さういふ世間が殺《ころ》すんですわね。

平田　扶助料《ふじよれう》つてのはないの。

小栗　そりやないわ、免官《めんくわん》させられたんだもの。

市川　直ぐ生活《せいくわつ》に困《こま》つては居ないだらうな。

金子　さういふ事《こと》より後半生《こうはんせい》をどうして生きやうかつて言ふ辛さを考《かんが》へて死《し》んで行くんだから……

竹田　一種《いつしゆ》の殉死《じゆんし》の氣持《きも》ちぢやないんですか。

平田　そりや軍人《ぐんじん》はもつてる。從《した》つて家庭《かてい》の奥《おく》さんにもさういふ要求《えうきう》は知《し》らず〳〵してゐると思ふ。

窪川　旦那《だんな》さんだけが世界《せかい》の對《たい》象でしかない奥《おく》さんとしては最《もつと》も純眞《じゆんしん》な感情《かんじやう》の表現《へうげん》なんでせうね。

小栗　さうなれる女の人は、それだけで見《み》れば幸福《かうふく》ね。

金子　それはさう思ふ。けれどそれぢや戰國時代《せんごくじだい》とちつとも變《かは》りませんね。

竹田　陸軍《りくぐん》の花嫁學校《はなよめがくかう》なんかその點《てん》どうなんでせう。

平田　私はさういふ教育《けういく》してるんぢやないかと思ふ。

市川　さうすると參《さん》政權《せいけん》なんか……

平田　以《もつ》ての外よ（哄笑）

金子　前《まへ》には同じ二・二六事件《じけん》の野中大尉夫人《のなかたいゐふじん》が手記《しゆき》を發表《はつぺう》しましたが、行き方はずゐ分違《ちが》ひますけれど共通《きようつう》なのは夫を絶對《ぜつたい》に信《しん》じてゐる點《てん》ですね、本當《ほんたう》に信《しん》じてゐるんでせうか。

竹田　それは本當《ほんたう》に信《しん》じて居りませう。

金子　とすれば單純《たんじゆん》ですね。

平田　第一軍人《だいいちぐんじん》てものが單純《たんじゆん》だ（笑聲）

金子　一面的《いちめんてき》には幸福《かうふく》ね。

窪川　個人的《こじんてき》には一番幸福《いちばんかうふく》だと思ひますね。

竹田　一體《いつたい》に軍人《ぐんじん》の後追ひ心中《しんぢう》と言ふのが多《おほ》いんぢや御座《ござ》いませんか。

佐藤　特に軍人《ぐんじん》の夫婦仲《ふうふなか》がいゝのかも知れませんね。

平田　それはある。男ばかりで殺風景《さつぷうけい》だから（笑聲）

中年婦人の性的過失

小栗　この頃何だか變《へん》な女の人が多《おほ》いですね。

金子　それぢやその變《へん》な女の人の話に移《うつ》りませう。

平田　父親《ちゝおや》の初七日そこ〳〵に男を引き入れた母親《はゝおや》が四、五萬もあつた財産《ざいさん》を使ひ果した上金《うへかね》に困《こま》つて娘《むすめ》を賣《う》つたが娘《むすめ》はいやになつて姉娘《あねむすめ》の嫁入先《よめいりさき》へ逃《に》げて來た、母親《はゝおや》は警察《けいさつ》に頼《たの》んで娘《むすめ》を連《つ》れ戻《もど》さうとしたが警察《けいさつ》で調査《てうさ》の結果《けつか》母親《はゝおや》の不始末《ふしまつ》が暴露《ばくろ》した、と言ふのがありましたね。

阿部　娘《むすめ》を賣《う》つた金を男に貢いでゐたのね。母性愛《ぼせいあい》より戀愛《れんあい》の方《はう》が強かつた譯《わけ》ね。

小栗　しかしそれは戀愛《れんあい》でせうか。

阿部　痴情《ちじやう》と言ふべきかも知《し》れませんね。

佐藤　それが四人目《にんめ》かの男だといふんでせう、男狂《くる》ひよ。最初《さいしよ》の男なら戀愛《れんあい》と言へるかも知《し》れないけれど。

小栗　自分《じぶん》の息子《むすこ》の嫁《よめ》に見《み》たてた娘《むすめ》の兄に通《つう》じて居た母親《はゝおや》もありましたね。

阿部　最近特《さいきんとく》にあゝ言ふものを沓く聽くですね。

金子　いやですね。けど四十代の――と言つてはお差障りがあつて失禮《しつれい》ですが（笑聲）――女の亂行《らんこう》はよくありますね。

平田　一體生理的《いつたいせいりてき》にもさういふ事《こと》が起り易いんぢやないかしら。餘《よ》盛といつたものが……。

阿部　何もさう名殘り惜《を》し氣にしなくても……（笑聲）

竹田　日本《にほん》の結婚《けつこん》といふものが御都合主義《ごつがふしゆぎ》だから……

平田　姑だの亭主《ていしゆ》だのに押へつけられてゐたのが年《とし》を取つて脱線《だつせん》

され、其方《そつち》へ行くのもあるんでせうね。とにかく新聞《しんぶん》はかきすぎる

金子　所が最近《さいきん》こういふ實例《じつれい》があるんです。それは四十二歳《さい》の女の人ですが製本女工《せいほんぢよこう》で腕《うで》もたしか月に二十四、五圓《ゑん》は取つてゐたが最初《さいしよ》の結婚《けつこん》は夫が震災《しんさい》で死《し》に、再《さい》婚《こん》も職工《しよくこう》で共稼《ともかせ》ぎしてゐたが後で滿洲《まんしう》に渡《わた》り、女は純粹《じゆんすゐ》の家庭婦人《かていふじん》になつて暮《くら》してゐる内に體《からだ》が悪《わる》くなつた、所が男は養生《やうじやう》の爲だと東《とう》京に歸《かへ》る事《こと》を主張《しゆちやう》し女がこれに從《したが》つて歸京《ききやう》した翌日《よくじつ》から男は女の貯《ちよ》金帳《きんちやう》を持ち出して行方をくらまし代人をよこして離婚《りこん》を申込んで來たのです。その條件《でうけん》にはその七百圓《ゑん》なにがしをわたすとある。もと〳〵女のつんだ金だけれど女も體《からだ》も悪《わる》し子供《こども》もないので夫の申出を容れて離婚《りこん》した、勿論《もちろん》内妻《ないさい》だつたのです。所が其後《そのご》男は滿洲《まんしう》に戻《もど》つて女も知《し》つてゐる在京《ざいきやう》時代の知人《ちじん》と結婚《けつこん》した爲に女はすつかり立腹《りつぷく》して、姦通罪《かんつうざい》で訴《うつた》へたい、それが駄目《だめ》なら慰藉料《ゐしやれう》でもと相談《さうだん》に來たのですが、とにかく男子《だんし》の姦通罪《かんつうざい》はないのですし、内妻《ないさい》の上に貯金《ちよきん》も此方《こつち》へ取つてゐるから法律的《はふりつてき》には何等《なんら》の餘地《よち》がない、せめて男の道徳的反省《だうとくてきはんせい》を地位《ちゐ》や名譽《めいよ》にかけてさせる手よりないといふ事《こと》で今上役の方に運動《うんどう》してゐるのですが、私はつく〴〵一般《ぱん》の婦人《ふじん》が自己の不當《ふたう》な地位待遇《ちゐたいぐう》に對《たい》し闘《たゝか》はふとする意志《いし》のつよくなつた事《こと》を感心《かんしん》してゐます。そして新聞記事《しんぶんきじ》なんかに大に刺戟《しげき》されてゐると思ふ。

阿部　中々合理的《なか〳〵がふりてき》ね。古《ふる》い女の離婚《りこん》だと、先方《せんぱう》へ座り込むとか何とかいやがらせをしたけれど。尤も滿洲《まんしう》では遠《とほ》いからいやがらせも出來なかつたんでせうか。（笑聲）それに製本女工《せいほんぢよこう》は頭腦勞働《づのうらうどう》だからさう云《い》ふ氣持《きも》ちも持《も》つたんでせうね。

金子　考《かんが》へて見《み》れば私が馬鹿《ばか》でしたねえ、と言つて居ました。さう云《い》ふ方面《はうめん》では新聞雜誌《しんぶんざつし》も多少《たせう》は女を教育《けういく》してると思ひます。

商店法について

阿部　今度商店法《こんどしやうてんはふ》が出來る樣《やう》ですね。あれで男の店員《てんゐん》は少しはよくなるでせうが女中《ぢよちう》の方も何とかしたいですね。

佐藤　日本《にほん》の女中《ぢよちう》つて使はれ放題《はうだい》ね。あれぢや可哀相だわ。あつちでは何時から何時迄《まで》とキチンと時間《じかん》で定つて居てそれ以外《いぐわい》は自由になるのに。

金子　第《だい》一日本では奧《おく》さんの時間《じかん》てものがだらしがない。

市川　世《よ》の中《なか》の習慣《しふくわん》が悪《わる》いんですよ。

竹田　何時でも構《かま》はず客《きやく》が來ますしね。

市川　來れば必《かなら》ずお茶《ちや》を出す、御飯《ごはん》を出すね。

佐藤　それで給金《きふきん》はどうなの。

阿部　一頃《ころ》一寸よかつたんですが最近《さいきん》は又悪《またわる》くなりましたね。いい方で十圓位《ゑんぐらゐ》。

金子　未熟練勞働《みじゆくれんらうどう》だから使ふ方《はう》で骨《ほね》が折《を》れるのも事實《じじつ》です。

佐藤　花嫁學校《はなよめがくかう》より女中學校《ぢよちうがくかう》が必要《ひつえう》ね。

金子　愛婦《あいふ》で一つやつて居て中《なか》々評判《ひやうばん》がいゝ樣《やう》ですが、それがたつた一つですからねえ。

佐藤　友達《ともだち》の所を見《み》てると氣《き》の毒《どく》になりますよ、實《じつ》によく使ふ。

阿部　クラブつて言ふ樣《やう》なものがなくて家庭《かてい》で交際《かうさい》しますからね

佐藤　あつちでは訪問日《はうもんび》がちやんと定つてゐるんだけど。

市川　訪問《はうもん》日でない日に來れば門口ですぐ歸《かへ》る。

佐藤　封建時代の主從關係《しゆじうくわんけい》が強いんでせうね。

阿部　家庭經濟《かていけいざい》を合理化《がふりくわ》させなければ駄目《だめ》ですね。

市川　商店法《しやうてんはふ》はどうなんでせうか。中小商業者《ちうせうしやうげふしや》をいぢめると言ふので相當反對《さうたうはんたい》が強いんぢやないんですか。

阿部　まだ年期《ねんき》の小僧《こぞう》さんがありますからね。

金子　あの徒弟て言ふのは實際《じつさい》可哀相だと思ひますね。閉店《へいてん》してから夜《よ》更けの街《まち》でひそかにローラースケートで滑つて見《み》たり、キャッチボールしたりして居ますね。

佐藤　日本《にほん》ぢやもつと勞働立法《らうどうりつぱふ》を作らなければ駄目《だめ》ね。

金子　盛《さか》り場《ば》の食堂の少女達なんか氣《き》の毒《どく》ね。

佐藤　全《まつた》く見《み》て居られないわ。新聞《しんぶん》賣りなんか禁《きん》じ樣《やう》としても、わづか五錢《せん》十錢《せん》の儲けでもやめられては家が困《こま》ると反對《はんたい》して居るんだと言ふんだもの。

金子　百貨店《ひやくくわてん》のショップガールなんかも保護《ほご》されてませんしね。

市川　その意味《いみ》で人數《にんず》の多《おほ》い所だけ適用《てきよう》されるにしても商店法《しやうてんはふ》が出來ればいくらかいゝけれど。

阿部　尤も隣《となり》がやつて居るから仕方なしに店《みせ》を開《あ》けてゐるけれど早《はや》く閉めた方《はう》が電氣《でんき》代だけ助《たす》かると言つてる小賣商《こうりしやう》もありますよ。

竹田　デパートでもあれだけ店《みせ》を開《あ》けて居ても儲からぬと言ひますね。

金子　一體に日本人の生活はだらしがない、日曜日は不安息日よ。

市川　私はアメリカへ行つた當時、夜になれば買物が出來ないで不便だと思つた。

千本木　私は日曜に手紙の來ないのはのんびりしてうれしかつたわ。

郵便の値上げその他

金子　所でその郵便の値上げは如何です。大分可能性があるやうですね。

市川　勿論反對さ。

千本木　獨身者だつて困ります

篠川　お百姓さんなんか困らないでせうが私達も困るわ。

金子　はがきをもつと大きくしたらと言ふ意見もありますね。そして規格を統一したら整理にもいゝと言ふのがありましたがそれも一つの方法ね。そしたら大抵の用途は、はがきで間に合ふし・日本人の見榮坊が清算されるかも知れない。

市川　寸法を大きくしてくれゝばまだいゝけどね。

金子　それなら郵便に可能性があるんぢやないんですか。

物價はもう大分上りましたね。

市川　ソバが上りましたね。事務所ではこの頃不買同盟をやつてゐます（笑聲）

佐藤　一體今の内閣はまだもつの。

阿部　役がないから持つと言ひますね（笑聲）

金子　政策はどこへ行く。

市川　義務教育は原則だけ承認して大臣の顔を立てる相だ（笑聲）

篠川　一つよくしやうとすれば片方が惡くなるから仲々……（笑聲）

金子　近頃、新聞記事として面白かつた——といふと語弊があるが——のは癩病院のハンスト。

小栗　熊本にも飛び火しましたね。

金子　熊本は前にもあつたんです。

この前は塀を越へて飛び出してね軍隊が出て鎭めたけど。

篠川　鎭める方もこわいわね。

千本木　町中に氾濫したら全くこわいですね。

金子　今度も新聞としては夏枯れだから丁度いゝ記事だつたんでせうけれど——

小栗　あの人たちは世の中から遮斷されてる憎しみも出て來るんでせうね。

金子　どうも有りがたう御座いました。それではこの位で。

富士山を見る

佐藤俊子

十月末のある夕方であつた。私は町の全景を眺めやうと思つて、自分の住むアパートメントの屋上に登つて行つた。ところが、其所には思ひ設けぬ美しい風景が、富士を中心に空の彼方に展けてゐた。

一日中吹き荒んでゐた風が止み、澄み切つた夕空に、富士は駿遠の低い山々のラインの上に高く聳えてゐる。丁度、山に近く夕陽が沈みかゝつてゐた時で、黄色の覆輪が、遠望の森の頂上に光りを縁取《ふちど》り、落日の燃える色が富士に反映して、其の全貌を眞紅に染めてゐる。暫らく眺めてゐる内に、眩《まば》ゆい黄金色が其の光りを次第に薄め、眞紅の富士はやがてその裾から斜に上へ〳〵と、紅を含んだ豐麗な紫色に陰つて行つた。

空にはほつすの先きのやうな赤い掠り雲が一抹の筆の痕を見せてゐるばかりで、他には一片の雲もない。駿遠の山のラインはうね〳〵と高く低く、其の特徴を線の上に現はし、稍々灰色がゝつた薄紫の全體の山の色に、青いふちを取つてゐる。山々の後方は富士の形をくつきりと浮かして、炎のやうな茜色である。

どの色も濁りがない。薄い色は薄く、濃い色は濃く、染み徹るやうな冴え〳〵しさである。富士の流れる山の線の優しさ、デリケートさ、日本語に端麗と云ふ言葉があるが、この言葉の含む意味をもつと深めて形容する他にはない。

私はいつまでもこの光景に見惚れてゐた。空の色、山の色、富士の色の濃い色調が次第々々に其の原色のまゝで薄れ、褪せて行く。眼近の近景は、三越や其他の白堊の近代的な建築物が、薄暮の色の中に斜角の明暗を描き、窓々には微子電燈が一とつ二たつと輝き初める。空の眞上は紺青で、其の中央に半月が靜な光りを沈めてゐる。胡麻を振つたやうに鳥の群れが、遠い遠い空を一と塊りとなつて飛んで行く。塒に歸る鳥か、南に渡る雁であらう。

私は自然に廣重の繪を思ひ浮べた。

名人廣重の版畫の上に見るあの紺青は、丁度私の頭上に仰いだ宵の空の色であり、茜色――オレンヂ色を濃く、赤味を加へたあの空の彼方の色も、彼の版畫で見慣れた色と同じである。時代は町の様相を變へては了つたが、廣重の敏感な色のタッチは、今も變らずにこの夕空、月、夕陽の上に見ることが出來ると云ふことが、何とも云はれぬ懐しいこゝろとなつて私を動かした。

「これが純粹の日本の風景美だ。」

ほんとうに素晴らしい。だが富士が無かつたならば、これ程の印象はなかつたかも知れない。

富士山は、餘りに私の心には「富士」としての馴れ過ぎたものを持つてゐた。日本の持つ自然美の其の唯一無二のものとして「フジヤマ」の高名は、餘りに普ねく世界に紹介され過ぎてゐる。外國にゐると、誰れからでも「フジヤマ」の事を尋ねられる。私はそれに對して世界に誇る美しい山であると答へる。だが私は山の美しい本體は忘れ、たゞ一場の宣傳氣分で然う答へてゐる時が多いのであつた。日本に生れながら私は富士の本體に接しる機會が少なく、しみ〴〵と富士の美しさを仰いだこともなく、其の癖にいろ〳〵な繪の上では、上手な畫筆になる形のいゝ富士も見るし、安つぽい版畫の太《ふと》つた富士も見ると云ふ様に、いろ〳〵な形の富士を見過ぎてゐた。富士ばかりはそれが三角形で線が流れてさへゐれば、富士を現はすものだと云ふ概念が、何時となく富士と云ふ山に對して作られてゐた。こんな様に、形から見る眼の富士の美しさは、私の印象には全く影の薄いものであつたし、感情の上からでも「靈峯富士」と云ふ樣な言葉は古臭く、山としても平凡な、有りふれた、稀らしくも新らしくもない山で、刺戟も嘆美も――否富士を嘆美することさへも、私には古つぽい感覺であつた。

だが偶然、其の時、そこに見た富士は、私には全く新らしい美しさで遙かな空の果てから、私に和らかな優しい微笑を投げかけてゐるのである。私は心の底から、富士の美しさに驚かされた。

何うして富士は、こんなにも優しく聳えてゐるのか。何うして、こんなにも整つた美しい線を持つてゐるのか。何うしてこんなにもデリケートな、然かも悠久なこゝろを山の形に示してゐるのか。

と思つた。

おほらかな、山の形が表示してゐるものは、平和だと思つた。富士は、平和の女神を、山の奥深くに藏してゐるのである。其の優しさが山を形作り、美しさが山のスピリットとなつてゐる。私は夜の、全くの闇に富士の姿が包まれてしまふまで、丁度一時間半を屋上の風に曝されながら佇んでゐた。

其の後、友人に逢ふと私は富士の話ばかりをした。富士の美しさに對する感嘆を、私は誰れでも語りたかつたからである。そして數日後、私はフアンク博士の山の撮影を、その映畫の上で見る機會を友人から與へられた。博士の山の撮影の第一が富士であつた。

フアンク博士は非常に山を愛する人だと云ふ。

「私の映畫經驗は、山と雪、それからスキーによつて初まつてゐます。あらゆるものにまして山を愛した私は、山を映畫に撮し、山を撮したことによつて、全生涯を映畫に捧げようと決心したのです。だが其れ以來、私は山の映畫を餘りにも多く作り過ぎた。私の今日まで撮したアルプスには多くの傑れた山々があり、その山の一とつ一とつは異つた個性を持つてゐる。山の個性を其れ〴〵に撮しわけると云ふのは、どんなにむづかしいことだか判らない。其れが私の努力でした」（筈見氏の會談記による）

博士製作の山の映畫を見ると、この博士の言葉が、其のまゝに首肯ける。映された燒ケ岳の墳煙、阿蘇の熔岩、いみじき山々の生活、――其れはすべて、雲、煙、土、空、風、草木、人工の佛像、其の背光の大自然の中に、あらしの異常と、日《ひ》の平穏の生活に生きる個々の山の姿、極致の山の個性美であつた。

富士は、其の全身の整《とゝの》へる美しい形を映し出す爲に、屢々海を隔て、或は農村を前に山の遠景《ゑんけい》を展開《てんかい》させてゐる。そして、フアンク博士によつてスクリーンの上に再現された富士から受けた精神的な印象――其れは平和であつた。

富士の麓の農村、其の村に生涯を終るであらう老漁夫の點出、富士山上を吹き過ぎる雲、流れる雲、――雲は荒々しい感情を示したり、或は悠々と、果てしなき心を示したりして流れて行く。雲が切れると、富士はその優美な全姿を現はす。富士の麓に打寄せる海波、或は少女の感情のやうに靜に、或は怒濤の狂はしくも寄せては返る逆巻く水沫を映し出して、山の永久の姿に對象させてゐる。風にはためく日の丸の旗、吹きちぎれるばかりに烈風に煽られる――この人家の軒《つき》は、やがて平和な富士の姿によつて掩はれる。

私が屋上から展望した富士の美しさと、其の美感が私の精神の上に烙き付けたものとが、フアンク博士の映畫によつて、完全に整理された一とつの思想となつて示現されてゐると思つた。そして山は決して神祕に閉ざされる靈のみの生活ではなく、そこには現實と鬪ひ、現實に迫り、迫らんとところの生々した生活があると云ふ事をフアンク博士の映畫によつて敎へられた。

それにしても、私のこゝろに映《えい》じた富士の美しさは、何をもつて讃へよう――

働らく婦人たちへ

佐藤俊子

婦人運動の新年號には何か書くと、奥さんとお約束をしておきながら、後から〳〵と時間と仕事に追はれるばかりで、催促《さいそく》の電話をいたゞくまで全く執筆《しつぴつ》のお約束を忘れてゐたやうな有様でした。一旦約束したことを忘れるなどゝ、こんな出鱈目な人間ではなかつた筈ですが、何うも日本へ歸つて來てから、頭の芯《しん》が少し狂つたやうで、昨日が今日か、今日が昨日か、其れさへ明瞭しないやうな呆《ぼ》やけさ加減です。何とも云はれぬ騷がしい生活が私の頭の中で躍つてゐます。激しいと云つても、神經のきりつとする様な激しさでなしに、神經が、がた〳〵になるやうな激しい渦――斯うした激しい渦《うづ》の中に、私も何時の間にか捲《ま》き込まれてゐると云つた形です。

『自分も中々好い田舍者になつてゐる。』

と、斯う自分で感じる程、この喧騷な生活の空氣の中で、逃《に》げ場もなく、まご〳〵してゐる自分を時々凝《じ》つと眺める時があります。

文化的な仕事をしてゐる所謂一流の名聲嘖々たる婦人たちと伍《ご》して、彼女たちの敏感《びんかん》な、賢明《けんめい》な、社會の表面を實に巧みに滑走して行く生活振りを見て、ほと〳〵感心する程、私も好い田舍者になつたのですね。彼女等はどんな喧騷な空氣の中でも、冷靜《れいせい》に、喧騷な空氣とは全く無關係にその態度を取濟まさせてゐる事も出來るし、表と裏と、蔭と日向《ひなた》とでは其の生活色彩を赤と白にでも、黄と緑とにでも何うにでも自由に變更させる一種の技術を心得てゐるし、自分の體を何う美裝しやうかと常に心にかけるやうに、其の精神をも何う美裝し、そして其の美裝した美しい面《めん》だけを、何う巧《たく》みに人の前に開いて見せやうかと云ふ事に苦心してゐる――と云ふやうに私には映る。

すべて觸れ合ふものは表面《へうめん》ばかりです。彼女等の美《うつく》しく語る言葉に虚僞はないかも知れない。だが眞實心はいつも美裝されてゐる。

『あゝ、つまらないな。』

と、だから時々私は考へ込むのです、私はいつでも人と語る場合、眞實をもつて觸れ合ひ度いと思ふ。人間的な、むきだしの心、この心と心で觸れ合ふやうな關係で繋がれるのでなかつたならば詰まらないと思ふ。唯無爲に、無意味に、虛飾《きよしよく》の儀禮で精神をまでも裝ふやうな、社交的に語り合ふ時間だけを持つならば、結局其れは無駄な時間で、私たちの生活の上には最も不必要な時間だし、斯う云ふ空費の時間で私たちの生活の一部を消耗《せうもう》することは餘りにも勿體ない。

だがこれとは全然反對に、あなたゝちと語る時間を持つときは、私に取つて又、何とも云へぬ新らしい生き〳〵しさを與へられる。千草會の人たちばかりでなく、あざみ會にしても一葉會にしても、多くの若い勤勞婦人によつて組織されてゐるグループと接して、そして若い婦人たちの、有りたけな、飾らぬ言葉を聞く時だけは、私の胸に生きた生活を感じさせられ、新らしい血の動きがお互の心臟《しんぞう》から心臟へ通り合ふことを、はつきりと感じる事が出來るのです。

何故と云つて、これを科學的に分析《ぶんせき》して說明することも出來ないけれ共、底に感じ合ふ深い何物かであるのですね。よく窪川稻子さんと二人で語り合ふ時。

『あゝ云ふ若い人たちはいゝな。』

と云ふ感をお互ひに漏らし合ふのですが、『あゝ云ふ若い人たちはいゝな』の、この言葉で現はす外には無いことかも知れない。

同じ勤勞婦人と云つても、工場に就働する若い婦人たちには、まだ膝《ひざ》を交へて接《せつ》したことがない。官省や會社で働く婦人たち——比較的智識的分子の多いあなたがたのグループが主であるから、同じ勤勞婦人の階級ではあつても、私の接する方面は一方的ではあるけれ共、都會で働く婦人たちは、最も新時代的な社會性を帶びる生活の中軸で動いてゐる人たちだし、不知不識の間に自づと進步的《しんぽてき》な步み、動向へと押されながら其のテンポの旋廻《せんかい》の中で働いてゐる人たちです。だから若い職業婦人の生活から反映してくるものは、絕へざる社會の動きであつて、流れ行く現實、移り變る現實——現實そのものゝ反映《はんえい》があなたゝちの生活の中にある。

あなたがたと話してゐて愉快なのは、これが私にも直接に反映してくるからです。若いあなたがたは、一流婦人と云ふやうな肩書《かたがき》や品格の爲に、自己の魂《たましい》までも美裝する必要がない。氣取る必要がない。あなたがたは單なる一職業婦人として、たとへ小さくとも其の獨立的な歩みを大きな現實の歩みの中に踏《ふ》み入れ、そしてあなたがた自身の職場の生活經驗から、間接に或は直接に社會制度の合理不合理を身を以て、或は精神的に感じたり知つたりする。あなたがたの生活はすべてが直接的でそして現實的です。だから何時でも自己を露《あらは》にして、現實そのものに打つ衝かつて行ける。

　あなたがたの話すことは正直で、虚飾がない。不合理は不合理として見る。眞實の生活の歩み、進歩、新らしい希望はそこから生れます。

　或る人が私に、若い職業婦人に二つの種類がある。一つは其の勤勞によつて得た金を、映畫や安價な化粧品に費して了ふ婦人たちであり、一つは其の勤勞によつて得た金を月謝や材料費に費して茶の湯や習字や活花や、ブルヂョアのお嬢さんたちが嫁入り道具の一つとして其の身に備へる爲の遊藝を、習得する婦人たちだと云つたことがあります。これも事實かも知れないが、この二つの型以外に、勤勞婦人の生活意識をもつと強めて、勤勞婦人としての社會的地位を高めることを、眞面目に考へてゐる婦人たちもあると云ふ事を、其の人は見落してゐたのではないかと思ふ。

自分が働いて得た金を、安價な享樂《けうらく》に使ふことも、其の人の自由だし、又其の金を有閑階級の閑潰しに過ぎないやうな遊藝や、又勤勞階級の實際の生活には適應しない諸藝を習ふことの爲に費すのも自由《じゆう》ではあるけれ共、若し、まじめに勤勞婦人の生活意識に目覺めたならば、然うしたすべては生活的に無意味であり、無益であることが理解されるに違ひないと思ひます。

　今、これを書きながら、多くの若い職業婦人たち――私の最も親愛な若い職業婦人たちは、その各々の職場で年末の多忙な日を過ごしてゐるのであらうと、ふと考へたことです。年が終り、新年が來ても、あなたがたの生活は依然として勤勞の連續であらうと思ふ。然し其れにしても、新らしい年はあなたがたの上に新らしい幸福と希望《きぼう》を齎らせ、あなたがたの進路に溫い、そして輝やかしい光りを與へてくれる事でせう。皆さんの愉快《ゆかい》なお話と、笑ひに充ちた朗らかなお顏に接しる日を樂しんでゐます。

（舊姓田村俊子さんが歸朝後はじめてものされた職業婦人への手紙です）

同性を護る

佐藤俊子

左翼《さよく》運動《うんどう》の盛《さか》んであつた頃《ころ》、日本《にほん》で擡頭《たいとう》してゐた普通《ふつう》の女權運動《ぢよけんうんどう》——所謂《いはゆる》フエミニストの運動《うんどう》が、ブルジョワ婦人運動《ふじんうんどう》、又《また》は民主々義的《みんしゆしゆぎてき》なものとして、相當新進《さうたうしんしん》の婦人《ふじん》たちから蔑視《べつじ》されたことは私《わたし》にも首肯《うなづ》ける。そこで新《あた》らしい思想《しさう》、近代的《きんだいてき》な社會思想《しやくわいしさう》に浸《ひた》り込《こ》んだ婦人《ふじん》たちは、日本婦人《にほんふじん》が先づ一歩《ぽ》を踏《ふ》まうとしてゐた政治的解放《せいぢてきかいはう》と云《い》ふ運動《うんどう》の順序《じゆんじよ》を通《とほ》り越《こ》して、先《さ》きつ走《ばし》りをしてしまつた。眞《ま》つ直《す》ぐに行《ゆ》くべき筈《はず》の女權運動《ぢよけんうんどう》は、これで一頓挫《とんざ》し、方角《はうかく》を失《うしな》ひ、横道《よこみち》に入《い》り、そして右顧左眄《うこさべん》の追隨的《ついずゐてき》な女《をんな》らしい賢明《けんめい》さも手傳《てつだ》つて、ある部面《ぶめん》に凝滞《ぎやうたい》して了《しま》つたらしい。久《ひさ》しく日本《にほん》を離《はな》れてゐた私《わたし》にも、これだけの想像《さうぞう》は付《つ》く。これは惜《を》しいことであつた。

日本《にほん》では、英國《えいこく》の婦人《ふじん》たちが封建的《ほうけんてき》な道徳《だうとく》を打破《うちやぶ》り、政治的解放《せいぢてきかいはう》を獲《か》ち得《え》て男子《だんし》と同等《どうとう》の公人權《こうにんけん》を確立《かくりつ》する爲《ため》に殆《ほと》んど半世紀《はんせいき》以上《いじやう》に渡《わた》つて惡戰《あくせん》したあの血《ち》の歷史《れきし》をさへも、其《そ》の婦人運動《ふじんうんどう》の上《うへ》に經驗《けいけん》してゐない。英國婦人《えいこくふじん》の警鐘《けいしやう》に呼《よ》び覺《さ》まされた他《た》の歐米婦人《おうべいふじん》も活潑《くわつぱつ》な運動《うんどう》の後《のち》に、漸《やうや》く英國婦人《えいこくふじん》同樣《どうやう》の自由《じいう》と權利《けんり》を其《そ》の生活《せいくわつ》の上《うへ》に、やがて把握《はあく》した。そして今《いま》や、これ等《ら》の歐米婦人《おうべいふじん》は、伊《い》、獨《どく》の二國《こく》から全世界《ぜんせかい》に漲《みなぎ》り擴《ひろ》がつたファシズムの反動《はんどう》の波《なみ》に抗《かう》して一ところが其《そ》の身《み》に堅《かた》く鎧《よろ》ふたところの權利《けんり》を擁護《えうご》する爲《ため》に、再《ふたゝ》び彼女等《かのぢよら》の活動《くわつどう》を盛《さか》んならしめてゐる。

世界《せかい》の職業婦人《しよくげふふじん》は、世界大戰後《せかいたいせんご》に夥《おびたゞ》しく増加《ぞうか》した。だが政治的《せいぢてき》に解放《かいはう》された歐米《おうべい》の婦人《ふじん》は、この權利《けんり》を行使《かうし》して勤勞婦人保護《きんらうふじんほご》に働《はたら》くことが出來《でき》た。

日本《にほん》もこの情勢《じやうせい》だけは歐米諸國《おうべいしよこく》と相似《あひに》で、夥《おびたゞ》しい職業婦人《しよくげふふじん》の進出《しんしゆつ》は最近《さいきん》の現象《げんしやう》である。だが不幸《ふかう》なことに、日本婦人《にほんふじん》は歐米婦人《おうべいふじん》のやうに同性《どうせい》を保護《ほご》する武器《ぶき》としての政治的權利《せいぢてきけんり》を持《も》つてゐない。男子《だんし》對《たい》の隷屬的《れいぞくてき》な低《ひく》い地位《ちゐ》にあることは、勤勞婦人《きんらうふじん》であつても有閑婦人《いうかんふじん》であつても一般《ぱん》である。そして働《はたら》くものは、家庭《かてい》と職場《しよくば》とで二重或《ぢうあるひ》は三重《ぢう》の奴隷的壓迫《どれいてきあつぱく》を受《う》ける。働《はたら》く婦人《ふじん》は家庭《かてい》にあつても職場《しよくば》にあつても屈從《くつじゆう》の二字《じ》から離《はな》れることの出來《でき》ない重壓的《ぢうあつてき》な生活《せいくわつ》を負《お》はされ、自身《じしん》は最《もつと》も貧《まづ》しく低《ひく》い層《そう》にゐながら、一方《ぱう》には絢爛《けんらん》たる物質文明《ぶつしつぶんめい》の渦《うづ》に揉《も》まれてゐるのである。

私《わたし》は日本《にほん》の女權運動《ぢよけんうんどう》が、その失《うしな》つた道《みち》を取戻《とりもど》し、日本《にほん》に於《おい》て最《もつと》も劣《れつ》惡《あく》なる勞働條件《らうどうでうけん》のもとに勞役《らうえき》する婦人《ふじん》たちの狀態《じやうたい》を救《すく》ふ爲《ため》に、又《また》、彼《かの》女《ぢよ》たちに希望《きばう》と明《あか》るさと慰《なぐさ》めとを齎《もた》らすところの義務《ぎむ》、愛《あい》、協同《けふどう》の觀《くわん》念《ねん》を基礎《きそ》として、健全《けんぜん》なる活動《くわつどう》の烽火《ほうくわ》を擧《あ》げることが出來《でき》るやう、この新年初頭《しんねんしよとう》にあたつて先進《せんしん》の婦人《ふじん》たちに望《のぞ》むこと切《せつ》である。

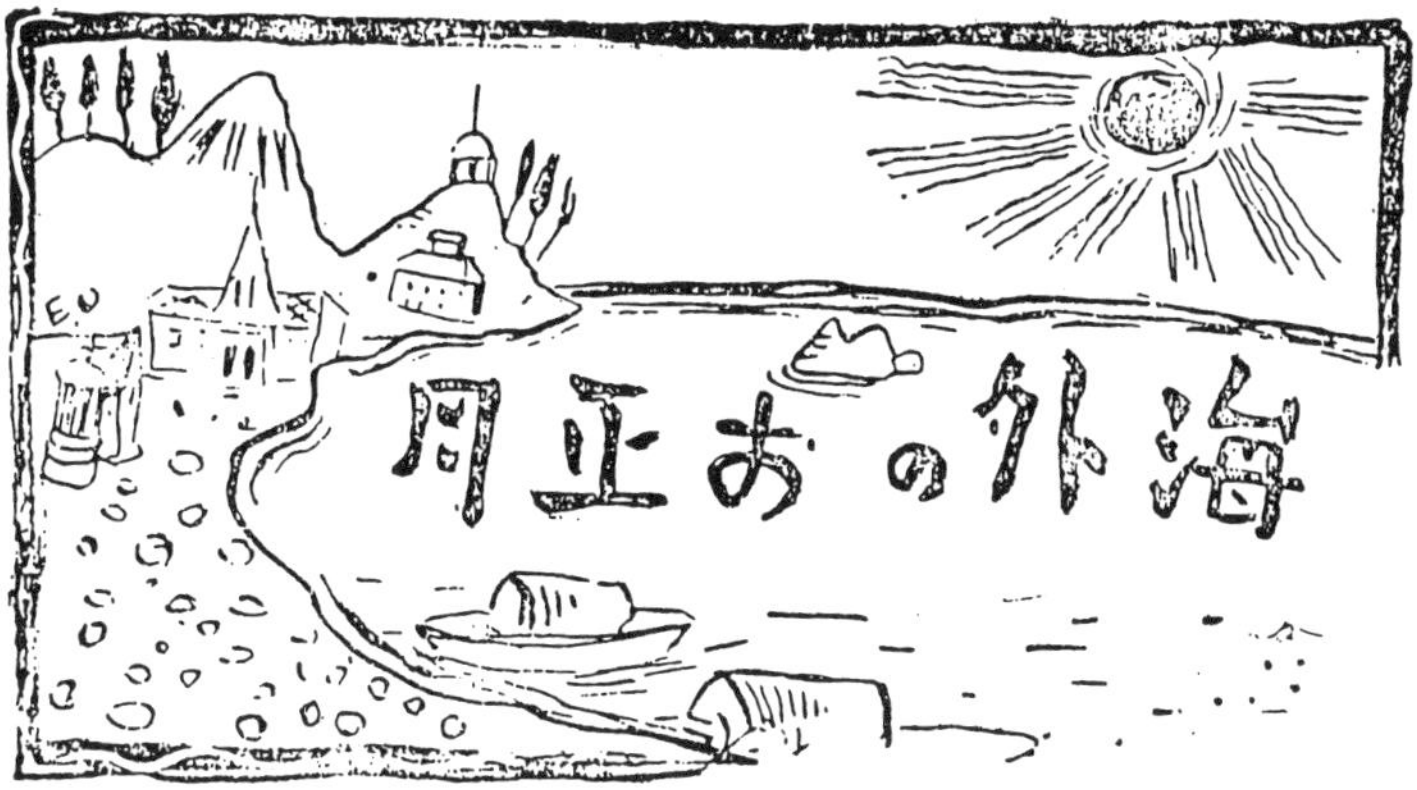

米加のお正月

佐藤俊子

カナダやアメリカのお正月は、至極簡單なもので「ハッピイ・ニュー・イア。」と握手するだけ。

クリスマスの祝賀が主で、新年は大して重きをおかれてゐない。十二月に入れば何所の商店も、クリスマスの裝飾と、クリスマスの贈物の賣出しとで、もう街頭は賑ひ出す。金や時間に餘裕のある階級は夥しいプレゼントを品書きにして、一と月も前から買揃へて歩く。クリスマスの前日あたりになつて、あわたゞしく百貨店に飛び込んで、一番大切な友人への贈物を、いろ／＼と物色するやうなのは、働いてゐる階級の若い娘たちに多い。大きく飾つたクリスマス・ツリイの下にいつぱいに兩親や友人から贈られたプレゼントを並べて、これを又友人たちへの誇りにするブルジョワのお孃さんもあれば、たつた一と品の愛人からの心を籠めた贈物を、ベットの枕元にまで持込んで樂しいクリスマスの翌日を夢見る可憐な娘もある。

だがターキーの御馳走で、お祝をするクリスマス祝賀もたつた一日だけ。新年の祝賀も元日一日だけで、この日は公休日。翌日からは學校も始まるし、仕事も始まる。賑かなのはニュー・イア・イヴで大晦日の夜は、大概徹夜でダンスの會やら、カクテルの會やらで、騒ぎ明かす。一年から一年へとまたぐ境目《さかりめ》の十二時には、あらゆる鐘や、笛が一齊に鳴り出す。

自動車のホーンを鳴らすものもあるが、この鐘がごうと聞え出すと一寸嚴粛な氣分になり、「年が變つた」と云ふ現實感に打たれて頸筋のあたりがしいんとなる様な氣がする。市中を自動車で乗り廻すもの、てんでんに紙で作つた角笛のやうなものをふう〳〵と鳴らしたり、通行人の頭上を目がけてテープを投げたりして、若い人たちは巫山戯ながら、ドライヴしたり歩いたりするのである。

こんな風に賑かなのは大晦日の夜で、一夜の明けた元日は、この疲勞で大概は半日は靜かに眠つて了ひ、夕方頃からそろ〳〵パアティに出かけたり、友人を訪れたりして遊ぶぐらゐの事で、新年の祝賀はお終ひになる。御馳走もクリスマスのやうに特に作ると云ふ事がない。

日本のお正月氣分――一年中の享樂をこの期間に壓縮して、元日一日だけでは未だ足りずに、七日までも味ひ通すと云ふ様な耽溺氣味の祝賀氣分はアメリカやカナダでは見られない。

昔がたり

佐藤俊子

――其の子はね、ほんとうに、淋しい、靜な、おとなしい子だつたのよ。容貌はそんなに美くもなかつたし、特徴もなかつたけれど。でも何所か變つてゐたわね。初めて國文科へ入つた時は、新入の生徒を集めて、決心を聽く會と云ふことをするのです。まあ、生活に對する確信を述べさせるの。みんないろ〳〵抱負を述べる。詩人になるんだとか、文學者になるんだとか、中々立派な意見なんか述べたりしてね。其の子も新入生だつたから、立つてお話をしたけれど、この子の云ふことが其の時から變つて居たの。

其の子は信州の、それこそ貧しい農村に生れた子で、その子を女子大學で勉強させる爲には、血の出るやうなお金を拵へて、親たちが送つてよこすと云ふ話だつた。だから、着物なんぞも、他の女生徒は錦紗や、お召しや、華美な服裝をしてゐるのもあるし、まだ洋服は今ほど流行つてはゐなかつたけれど、でも素晴らしいアフタァヌーンドレスなんぞ着てゐるのも有るのに、其の子は木綿を着てゐた。手織木綿ね。見るから貧しい家の娘だと云ふことが分るくらゐ。

其の子はね。自分の生れたところは、兎ても山中の勝れた景色のところだけれども、其所に住む村人は、自分の住むところが、どんなに美しい勝地かと云ふことさへも知らない。それ程に、其所に住む人たちは貧しい生活をしてゐる。貧しい生活の中に唯無知に暮らしてゐる。自分がわざ〳〵東京まで出てきて、學問をするのは、自分の故郷の人たちが、どんなに美しいところに住んでゐるかと云ふ事を、其の人たちに知らせることが目的だ。と斯う云ふの。つまり、それが自分の生活の目的だと云ふのです。

新入學の決心――其の子が決心を聽く會で述べた言葉と云ふのが其れだつたの。

無口で、殆んどお饒舌をしたことがなかつたの。私の寮舍にゐた間、私はその子が非常に貧しいことを知つてゐたから出來るだけお金を使はせるやうな時は、私が助けてやるやうにして居たの。まあ、何かの會費とか、社交費とか言ふもので、大概其の子はそんな仲間には入らなかつたけれ共、でも、出席した方がいゝと言ふ樣な有益な會や、何かだと、私がその費用は出すやうにしてゐたの。

非常に文學が好きで、本だけは、無いお金をどんなにしても買ひ度いらしいのね。歌を作ることも好きだつた。學校の勉强以外は、自分の室で、何か知ら文學書類を讀んでゐたの。

他の寮生は、自分の親たちのところから、いろ〳〵なものを送つてくると、それを皆に分けたり、親たちが又、心を籠めて、贅澤過ぎるやうなものまで、他の寮生への虚飾もあつて、何のかのと寄宿舍へ送つてよこすのだけれど、其の子の家からは、何一とつ送つて來たことがない。其れで自分から友人に分ける何もないから、自分も餘り他から貰ふことを拒むと云ふ風で、交際の上からも獨りぼつちだし、大體がおとなしい子だから、餘計一人になると云ふ風で、其の孤獨的な朝夕を見てゐると、私は何うも其の子が可憐らしい氣がして堪らなかつたの。

性格からくる獨りぼつちの淋しさの上に、物質に惠まれてゐない遠慮が伴つて、其の子は、ほんとうに、何時でも一人ぎりだつたの。

別に其の子を特に愛すると云ふ氣持は、無論、無かつたけれど、始終其の子のことが氣にかゝる——と云ふ樣な氣持ね。

其の內に學校が濟んで、其の子も目出度く學校を卒業することになつたんですが、他の生徒は錦を飾つて、卒業書を握つて一旦は故鄕へ歸つて行くのに、其の子は、故鄕へも歸らず、學校を終ると直ぐ、何か就職の口を見付けなければならなかつたの。直ぐに働いて、親たちに少しでも送金しなければならないので、學校が終ると、もう仕事口を探すことに一生懸命でした。私が紹介を書いて、會社とか學校とか、いろ〳〵な方面に其の子を送つて見たんだけれど、もう紹介を持つて行つただけで、斷られてくるのね。

無口でせう。容貌はあんまり美しくないでせう。自分から美辯を列ねて、巧く話し込むなんてことは、思ひも寄らないのね。ほんとうに、木偶が紹介の紙を持つて行くだけ見たいなもので、雇ふ方では、其の子の顏と樣子を見ただけで、もう落第なの。何所へ行つても駄目。何所へやつても駄目。何うしても其の子だけは口がない。

當人は、一日も早く働きたいと云ふのだけれども、仕事がないの。私も困つてしまつて、何とか好い仕事を與へてやりたいと思ふのだけれ共、何う努力して見ても駄目なのね。

其の內に、岡山の倉敷工場に、矢張り卒業生の一人が女工の監督と云ふやうな仕事を持つて、其所に働いてゐたのが有つたの。其れを思ひ出して、何か適當な口はないかと向ひ合せてやつたところが、丁度好い仕事が其所にあつたの。

人間の運命と云ふものは、何所から其の端緒が繰り出されて行くか分らないものだわね。

其れから、早速其の子を岡山へやつたの。旅費なんて無いし、私が一切面倒を見てやつたのだけれど。

其所では、卒業生の先輩が、いろ〳〵骨を折つてくれて、漸つと其所で働くことが出來るやうになつたので、私も安心したけれど、其の子は、女工たちに普通敎育を授けたり、云はゞ讀み書きを敎へたり、監督の任と云ふやうなものにも當つて、自分は相變らず歌を作つたり、餘暇には文學の研究をやつてゐたらしい。私のところへ寄越す手紙は、周圍の低級な空氣に堪へられないとか、こんな工場で何時までも働いてゐる氣がないとか書いてくる。そして、矢張り同級の生徒で、其の子と同じやうに作歌の好きな古世さんと云ふのがあつたんですが、其れはとう／＼歌人の仲間入りをして、自分で歌集を出したりしたの。ところがそれが羨しくて、「自分も岡山なんぞに來ないで、もつと勉强が出來たら、古世さんのやうに歌集の一とつも出してゐたらうに。」つて、其れこそ泣かないばかりの悔み言を云つて來たりして、其れが殘念で堪らないと云ふ様な事を書いて來たりしゐた。其の內に一年ばかり過ぎたのね。

何うぞ、東京で仕事口を見付けて欲しい。と云つて手紙の度に書いてあるのだけれど、私はもう最初の時で判つてゐるから、折角岡山に好い口があつたのだから、出來るだけ辛抱をなさいと云つてやつて居たのだけれど、とう／＼東京へ歸つて來たの。突然に。

自分から仕事を拒つて、東京で勉强もしたいと云つて、少しばかり貯金したものを持つて、突然に私のところへ尋ねて來たの。何とかして東京で生活の途を拓きたかつたのね。そして文學的な仕事を初めて、獨立した生活が爲たかつたのだけれど、矢張り思ふやうにはならなかつたらしい。

初めは貯金があつたから、それでアパートの安い室を借りて、一日々々と過ごしてゐたらしいけれど、終ひにはお金も無くなるし、私のところへは「先生。何か仕事はないでせうか。」と云つては、尋ねて來るのでせう。

何か仕事は無いか。其の子に適當な仕事は無いかと思つてゐる內に、其の頃無産新聞と云ふのがあつてね、合法的に認められてゐた新聞なんですが、其所で編輯者が欲しいと云つてゐると云ふ事を聞いて、早速其の子をやつて見たの。

書く仕事だから本人も喜んで、結局其所で働くことになつたのね。ところが、ちつとも約束した月給を呉れないの。三十圓か四十圓か、そんなものでせうけれど、其れが中々拂つて貰へないと云ふの。そして、私のところへ來ては愚痴を云つてゐた。てんで、生活が出來ないんでせう。私も見兼ねて、時々助けてはゐたけれども、そして、他に好い仕事を探してくれと云はれて、私も困つてゐると、ふと、ある時「もう月給を呉れなくてもいゝ。私はあの新聞とは離れられなくなつた。」と云ひ出し初めたの。

そんな事を云ひ出した頃から、何となく、其の子の様子が前とは變つて來たと思つた。兎ても愛嬌がよくなつて、丁度沈み込んでゐたものが、急に浮び上つて來たと云ふ風に、相變らず淋しさうではあつたけれど、もう其れ程おとなしいと云ふ子でもなくなつたし、生活に希望が現はれたと云ふことが、其の子の態度を見ると一と目で分るのね。

私は、何うして、そんなに變化したのか、其の子に直接聞いたこともなかつたけれど、新聞社でお金を呉れないと云ふ愚痴は、ふつつり云はなくなつて了つた。

然し斯うしてゐる内に、又、仕事を探してくれと云つて來たの。

どんな仕事でもいゝと云ふのね。どんな勞働でも構はないと云ふの。自分が働いて、新聞を維持する爲に、少しのお金でも拵へなければならないと云ふ覺悟らしかつた。自分でも探してゐたやうでしたが、其の内に東洋○○の工場に、丁度岡山の倉敷のやうな女工監督の口があつたの。

私は其れまでも氣が付かなかつたのだけれど、一度、そんな仕事をやつた經驗があるし、慣れてゐるから、丁度好いと思つて其の子に話したところが、躍り上るやうに喜ぶのでせう。其の喜びかたが、單に自分の仕事が出來たと云ふ喜びかたとは、全然異つてゐたのね。私には、其の時のあの子の喜んだ様子が、本當に強く印象に殘つてゐる。金に困つてゐるものゝ前へ、數多の紙幣を拾げてやつたつて、あんな喜びかたは爲なかつたらうと思つた程なの。

後で考へたのだけれど、自分が一度空氣を吸つてゐる工場で、女工の生活にも接し慣れた工場で、自分の思想を實行に移すことが出來ると思つた嬉しさだつたのね。

其所で、すつかり運動の經驗を積んだのね。私にはまるで解らないことだけれど、工場の仕事を初めてからは、今までのやうに私にも消息をしなかつた。私は夢にも其の子の思想に色が付いてゐることなんぞ知らなかつた。新聞と離れられなくなつたと云つてゐた時、もうすつかり考へが變つてゐたことを、私は少しも知らなかつたの。其の内に、その工場で擧げられたの。

工場の修身會で、わざと其の子に饒舌らせたのだそうです。計畫があるとも知らないで、盛んに資本家打倒をやつたんでせう。蔭で聞いてゐた刑事が、早速其の場から拘引してしまつた。

さあ其れからは、ます〳〵本道に入つて了つて、幾度暗いところへ抛り込まれたか。治安維持法で彈壓が厳しくなつてからは、地下へ潜つたけれども、私のところへだけは、度々隱れるやうにして尋ねては來た。三日も四日も何も食べない——などと云つてくる事があるし、もう一錢もなくて何うすることも出來ないと云つて來たり、冬の、寒い〳〵頃に單衣一枚で來たことがあつた。晩になると、そつと寮舎の門を潜つて私を尋ねて來るの。

私も困つてね。でも、其の様子を見ると何とかしてやらなければ居られない氣がするんです。三日も四日も食べないなんて、よく我慢が出來ると思ふと可哀想でね。寮舎の御飯を食べさせようと思ふとね、決して其れは食べないのよ。「先生の殘つたものを下さい。」と云ふのでせう。

私のものなら食べるのね。

お金は——少しではあるけれど、やつたり、其れから着物もやつたりして、其の度に「私はあなたの主義に賛成もしてゐないし、それがいゝ事か惡い事かも私には解らない。けれど、あなたのその困りかたが可哀想だから、斯うしてお金も着物も上げるのだから、決して黨の爲に其のお金を使つてはいやですよ。あなたのものにしてあなた個人の事に使つて下さいよ。」と云つてやるのだけれど、私のやる着物は、其の次ぎにも着てきたことがないのね。お金も無論黨の爲に使つて了ふらしい。相變らず、「何か食べさせて。」と云つて來るし、單衣もの一枚で平氣でやつて來たりするのね。

その内に、とう〳〵最後の檢束を食つて、其の時は二ヶ年ぐらゐ市ヶ谷の未決に居たんです。よく、手紙を寄越すのよ。

差入れしてやる人はないし、學校に知れても困るし、私が寮生の中の信用の出來る子に相談して、お金を拵へてやつたり着物も差入れてやつたりしたのだけれ共、兎に角、あゝ云ふ運動をするものでも、貧之人の子は、實に慘めね。

　田舍からは、其の子が何をして刑務所に居るんだかも分らないし、それでも母親から「せめて洗濯でもしてやり度い。」と云つて來て、其の子の汚れた物を田舍へ送つてやつたりすると、繼ぎ〱の木綿の着物なぞを差入れてよこしたりしてね。

　刑務所から寄越す手紙は、何時だつて元氣なの。其の內に愈々公判の日が決まると「是非その公判に來てくれ。」と云つて來たの。長い手紙でね。「その公判に來て貰へたら、自分の爲たことや、自分と云ふものゝ凡てが先生に解つて貰へると思ふ。」と云ふのです。

　私も行つてはやり度いし、一人で行くのは何となく恐いし、然うかと云つて、一緒に行つてくれと滅多な人にも賴めないし、困つてしまつて、とう〱樺山さんに賴んだの。

　あなたも知つてゐる樺山さんね。一回生で今では學校の主《ぬし》見たいになつてゐるけれ共、本當に人の善いお婆あちやんになつてゐる。あの人に祕密に賴んだところ、行つて吳れると云ふの。

　第一の公判には間に合はなかつたけれど、二回目の公判に、樺山さんと一緒に裁判所へ行つたんです。あの人は紋付の羽織に、ちやんと袴を穿いてね。傍聽席の一番前列へ行つて腰を掛けるのですよ。私は恥しくもあつたし、第一恐しくてあんな場所は初めてだし。其れでも仕方がないから樺山さんにくつついて、一番前の列に腰をかけてゐると、やがて其の子が入つて來たの。

　編笠をかぶつてね。――その姿を見ると、樺山さんが、いきなり泣き出して了つたの。其の子は編笠を取つてから頻りに傍聽席を見廻してゐたけれど、私たちを見付けると、其れこそ、本當に淋しい顏でにつこりと笑つたの。嬉しさうに。

　私も泣けて困つたけれど、樺山さんは、おい〱と泣いてゐるんです。

其の時の判事——名は忘れたけれど、兎ても親切でね。そして優しくて、其の子に「轉向せい。」と頻りに勸めるんです。そしてお前の父親は幾歳になつたか。と訊くのね。然うすると其の子は「七十幾歳になります。」「お前の母親は幾歳か。」と云ふと「七十幾歳。」と云ふのよ。そんな年老《としと》つた親たちに、孝行をする氣にはならないのか。と云ふと「自分には孝行よりももつと大切な事があります。」と云ふのね。今、轉向を誓へば、直ぐに赦してやる。思ひ直して御覽。と云つて其れは〱幾度でも〱其の子に云ふのだけれ共、何うしても其の子は諾《き》き入《い》れないんです、そしてね「あなたの御親切とお志は身にしみて有難く思ひます。けれども、轉向はいたしません。」と云つてね。丁寧にお辭儀をしながら云ふんです。「轉向すればいゝのに——」私は、然う思ふけれども、あの判事の優しさに對しても——と私は思ふのだけれ共、とうとう其の子は轉向しないのよ。「もう一度考へ直してごらん。」て、まあ幾度、あの判事は云つたでせう。其れでは求刑をしなければならない。と云つてね。二年の判決を受けたの。濟んでからも、にこ〱してお辭儀をして——其の顏を見ると、悲しかつた氣持が消えて、私も何となく、さつぱりしたやうな感じもあつたけれど。

田舎の兩親に逢ふ爲、と云ふことで、保釋が許されたのは、其れから直ぐだつたのです。樺山さんと相談をして、一番最初岡山で一所に働いてゐた先輩が、東京で結婚をしてゐるので、其の人に頼んで保證人になつて貰つて、愈々假出獄と云ふ日には樺山さんと私とで迎ひに行つてやる事になつてね。引取る先きは樺山さんの假寓してゐるお寺が、丁度好いと云ふので其所へ連れて來ることにしたの。

私は其の日は用事があつて、時間に間に合はなくつて、後から樺山さんのところへ行つたんです。どんなにか泣いたり淋しそうにして居る事だらうと思つてゐたのよ、まあ其子の元氣のいゝ事と云つたら、樺山さんを相手に頻りに自分の主義の話をしてゐるのよ。

樺山さんが又すつかり其れに共鳴して「あなたの云ふ事は一とつ〳〵合理的だし、一とつも間違つてゐない。」て、感心してゐるのね。だが、唯一とつ同感出來ないことがあると樺山さんが云ふのね。其れは××を認めないと云ふことでこれは可けない。絶對に其れは可けないつて、眞つ赤になつて、一生懸命になつて二人で話してゐるぢやありませんか。

樺山さんがお赤飯を炊いたり、いろ〳〵な御馳走を拵つて、お菓子だの果物だの山のやうに卓子の上に並べてあるのにでも、其の子はちつとも食べないの。

刑務所にゐる同志のことを考へると、自分だけ、こんな御馳走は食べられないと云つて。

其の日直ぐ、信州の親のところへ歸つたのだけれども、其れぎり刑務所へも歸らなくつてね、その時ばかりは、本當に腹が立つた。私のところへも來ないし、何所に隱れて了つたのか分らないでゐる内に、手紙が來たのね。もう、あやまつて、濟まない〳〵と書いてあるの。でも自分たちの間には約束があつて、刑務所の門を出たら直ぐに黨の爲に働かなければならない。其れが自分たちの仕事だし、義務だから許して下さいと云ふやうな事が書いてあるの。そして自分は何れは捕るのだから、捕れば新聞に出る。それで自分の消息を知つてくれと書いてあるんです。

ある晩、突然やつて來たの。其の子がね。私、びつくりして了つて、其の子の顏を見ると身體が震へるんです。腹が立つと云ふのか、情けないと云ふのか、自分にも譯の分らない感情ね。その時も、殆んど飲まず食まずの日を過ごしてゐるらしくつて、ひどく窶れて、見る影もない風でゐた。お腹が空いてやり切れなくなつたらしいのね。お金を少しやつて、私は何も云はずに歸したけれども、でも、不思議なことに、お粧《つく》りもなにもしてゐないし、見窄らしいのに顏は綺麗でね、兎てもさつぱりと、美しい表情をしてゐた。其れぎり私のところへも來なくなつたの。

半年ほど隱れてゐたやうだつたけれども、それからやがて捕つたことが新聞に出てゐました。――もうそれから六年ほどになるわね。無論、刑も重いだらうし、何所の刑務所に居るか、一切其れぎりで、其の子の消息は知らない。みかんを見ると、其の子がみかんを好《す》きだつたことを思ひ出して、この一と房《ふさ》を食べさせてやり度い氣がするの。

馬鹿！馬鹿・男（1）

田村俊子

久野様御席《くのさまおんせき》と、黒《くろ》い札《ふだ》の掛《か》かつた離《はな》れの狭《せま》の間《ま》で、先輩《せんぱい》のお花《はな》さんと支那料理《しなれうり》の銀器《ぎんき》をセットしながら、何卒《どうぞ》いゝお客様《きやくさま》であるやうにと私《わたし》は祈《いの》つた。

「〇〇の先生達《せんせいたち》よ」

お花《はな》さんは平然《へいぜん》としたものだ。玄人《くろうと》上《あが》りの呑《の》ん兵衛《べゑ》のお花《はな》さんと一緒《しよ》に、しかもたゞ二人《ふたり》で番《ばん》を持つのは初《はじ》めてなので、小心《せうしん》の私《わたし》はドキドキしてゐた。

「のびちやつたら、お願《ねが》ひするわね」

「あら、いゝことよ。でも澤山《たくさん》飲《の》む人達《ひとたち》かしら」

私《わたし》は女中部屋《ぢよちうべや》へ駆《か》けつけて、蜜《み》柑《かん》の皮《かは》やらで汚《よご》れた火鉢《ひばち》に寒《さむ》さうに煙草《たばこ》を吹《ふ》かしてゐたお花《はな》さんに

「お揃《そろ》ひです」

と注進《ちうしん》しておシボリの用意《ようい》をする。

ところが少《すこ》し話《はなし》があるので知《し》らせるまで酒《さけ》も料理《れうり》も出《だ》さず、女中《ぢよちう》も入《はい》らないでくれとの厳命《げんめい》。と、お花《はな》さんが走《はし》つて来《き》て、

「オイ、今日《けふ》は何《なん》て日《ひ》だらうね。貴女《あなた》廊下《らうか》で見《み》てゝ頂戴《ちやうだい》」

といつて、支度《したく》でギシギシの女中部屋《ぢよちうべや》の入口《いりぐち》から、隅《すみ》の例《れい》の火鉢《ひばち》の所《ところ》へ行《ゆ》く。

私《わたし》は離《はな》れに近《ちか》い廊下《らうか》の大火鉢《おほひばち》の

所《ところ》で、忙《いそが》しく働《はたら》く朋輩達《ほうばいたち》を庭越《にはごし》に見《み》たり、御案内《ごあんない》の子《こ》の後《あと》に続《つゞ》く他《た》室《しつ》のお客様《きやくさま》を眺《なが》めてゐた。

「お雪《ゆき》さん」

ハッとして振《ふ》り返《かへ》るとお米《よね》さんだ。お雪《ゆき》さんとは私《わたし》の女中名《ぢよちうめい》や何《なん》だか人《ひと》の名《な》のやうな気《き》がして時《とき》に呼《よ》ばれてもボンヤリしてゐる。

「いゝね、呑気《のんき》で。番《ばん》を幾《いく》つも持《も》たせられなくつて……」

「ねゝ、でも看板近《かんばんちか》くなつてから持《も》つから同《おな》じことよ」

すき焼《やき》のセットを器用《きよう》に肩《かた》に乗《の》せたお米《よね》さんは小走《こばし》りに去《さ》る。一時間《じかん》も過《す》ぎたころ、

「オーイ、もういゝよ」

と呼《よ》ばれて私《わたし》はお花《はな》さんを呼《よ》びに行《ゆ》く。三人《にん》の大年増《おほどしま》さんと話《はな》してゐたお花《はな》さんは先《ま》づお燗《かん》を持《も》つて萩《はぎ》へ行《ゆ》く。

……つゞく……

馬鹿！馬鹿・男

（2）

田村俊子

一通《とほ》りお酌《しやく》をして私《わたし》は料理《れうり》運《はこ》びに専念《せんねん》する。すき焼《やき》は牛肉《ぎうにく》を運《はこ》んだ後《のち》、殆《ほと》んどお部屋《へや》につききりだし、日本料理《にほんれうり》は器《うつは》を自分《じぶん》で出《だ》したり、そのほか扱《あつか》ひがやゝこしいが支那料理《しなれうり》はたゞ出来上《できあが》る物《もの》を運《はこ》べはことが足《た》りるので楽《らく》である。然《しか》し、運《はこ》び終《をは》ればお部屋《へや》へ入《はい》らねばならぬので入《はい》つてお酌《しやく》をする。

そこへこゝの女将《おかみ》が挨拶《あいさつ》に出《で》て来《き》て、坐《すわ》り込《こ》んでサービスし始《はじ》め

馬鹿！・馬鹿・男

（3）

田村俊子

「内緒《ないしよ》よ」

と、女将《おかみ》が私《わたし》とお花《はな》さんにいつた。お花《はな》さんはのびなかつた。

「お雪《ゆき》さーん」

御案内《ごあんない》の子《こ》の知《し》らせに次《つぎ》の番《ばん》の部屋《へや》へ急《いそ》ぐ。

久野様《くのさま》――○○の先生《せんせい》、さうだ私《わたし》は慥《たしか》に醫學博士《いがくはくし》として都下《とか》一流《りう》の新聞紙上《しんぶんしじやう》に何度《なんど》もその名《な》を見《み》たことがある。

「私達《わたしたち》を待《ま》たしてゐたものは、と

る。女将さんの出《で》るお客様《きやくさま》だから大切《たいせつ》なのだなアと思《おも》つた。盃《さかづき》を無理《むり》にうけても飲《の》めぬ私《わたし》は眞似《まね》をして上手《じやうず》に袂《たもと》にあける。

つた。それはあられもない×畫な
のである。私《わたし》は思《おも》はず眸をそらした。所が丸卓《まるたく》の向《むか》ふの女將さんは、やはり笑《わら》ひながら、紳士《しんし》と一しよにながめてゐる。

「女將、今夜《こんや》は眠《ねむ》れないぞ―」

向《むか》ふ隅《すみ》のお花《はな》さんは、久野《くの》さんと一緒《しよ》に、何《なに》か聞《き》きながらニャニャ笑《わら》つて見《み》てゐる。

「ほら、見《み》て御覧《ごらく》、上手《うま》いもんだなー――」

私《わたし》は淺間《あさま》しくなつて瞬を卓《たく》の上《うへ》に落した。

これは誰《たれ》の筆《ふで》で、此處《ここ》が上手《じやうづ》だとか、みんな一心《しん》に眺《なが》めてゐる。浮世繪風《うきよゑふう》のもあり、その何《いづ》れもが極《きは》めて露骨《ろこつ》な物《もの》ばかりで、とても正視《せいし》できない物《もの》だつた。グル〳〵後から〳〵廻《まは》つて來《き》た。中《なか》には現《げん》代風漫畫《だいふうまんぐわ》のもあつた。

二階《かい》には藝妓《げいしや》が入《はい》つたか三絃《げん》の音《ね》が響《ひゞ》く。あちらの大廣間《おほひろま》ではダンスでも始《はじ》まつたのか、ドャ〳〵入《い》り亂《みだ》れてゐる樣《さま》が見《み》える。庭越《にはご》しの小部屋《こへや》でも相當《さうたう》さんざめいてゐるのに、何《なん》とてゝはしめやかなことであらう。やがて御飯《ごはん》になりまたこんな集《つど》ひを約《やく》して、樂《たの》し氣《げ》に入人《にん》の客《きやく》は歸《かへ》つてしまつた。


……つゞく……

ても私達《わたしたち》に聞《き》かせられない、見《み》せられない……なのよ。ね、……しお酌して廻《まは》ることによつて逃《に》げてしまつた。

×

その中《うち》に女将さんが何處《どこ》かの部《へ》屋《や》へ挨拶《あいさつ》に行《ゆ》く、お好《よし》さんは馴染《なじみ》の誰《だれ》かに呼《よ》ばれて、部屋《へや》には私《わたし》とお愛《あい》さん二人《ふたり》が心細《こころぼそ》くも殘《のこ》つたのである。十三人《にん》の大《だい》の男相手《をとこあいて》にお酌《しやく》してゐる中《うち》に、ダンスつてことになつた。

備《そな》へ付《つけ》のレコードをかけて私《わたし》は無理《むり》々々お父《とう》さんは年齢《ねんれい》のちがふ紳士《しんし》にワルツをやらされた。他《た》の連中《れんちう》も男同士《をとこどうし》で始《はじ》めるなど早《は》や亂調子《らんてうし》である。その中《うち》に、もう一人《ひとり》の男《をとこ》が來《き》て私《わたし》をくるりつとたふした。吃驚した私《わたし》は夢中《むちう》で逃《に》げ出《だ》した。フト氣《き》が付《つ》くと誰《たれ》が惡戯《いたづら》したのか電燈《でんとう》が消《き》えて、お愛《あい》さん一人《ひとり》に五、六人《にん》の四十台《だい》三十台《だい》の男《をとこ》が惡戯してゐる。「イヤー、イヤー」と泣聲《なきごゑ》が聞《きこ》える。

×

私《わたし》は一散《さん》に走《はし》つて女将さんを呼《よ》びに行《い》つた。電燈《でんとう》がついて泣《な》いてゐるお愛《あい》さんともどつて來《き》たお好《よし》さんと皆《みな》で飲《の》みなほしてお客達《きやくたち》は踊《をど》つた。三十五、六のダンスの上手《じやうず》な、温和《をとな》しさうな奴《やつ》がお愛《あい》さんに惡戯した急先鋒《きうせんぽう》であつた。私《わたし》は物好《ものず》きで入《はい》つた女中商賣《ぢよちうしやうばい》がつくづく淺間《あさま》しくなつて直《す》ぐによしてしまつた。短《みじか》い期間《きかん》ではあつたが更《さら》にいろんなことを見聞《みき》きした。

しかしパンのために働《はたら》かねばならない女達《をんなたち》は、酒《さけ》を飲《の》んでノーサービスをよくして生《い》きねばならないのだ。時々《ときどき》は看板後《かんばんご》、自分《じぶん》を賣《う》りに行《ゆ》く女《をんな》もある。あゝ問題《もんだい》するにはあまりにも小《ちい》さな社會《しやくわい》の一部《ぶ》であり封建制度《ほうけんせいど》の社會《しやくわい》であつた。

……をはり……

内田多美野《うちだたみの》さんへお返事《へんじ》

佐藤俊子

　内田百間氏《うちだひやくけんし》のお嬢《ぢやう》さんが、あなたへ何《なに》か公開状《こうかいじやう》を書《か》いてゐますから、其《そ》れへの返事《へんじ》を書《か》いて下《くだ》さいと、新女苑《しんぢよえん》からお頼《たの》まれしたので、あなたのお書《か》きになられたものを拝見《はいけん》しました。

　私《わたし》は自分《じぶん》の年齢《ねんれい》などは忘《わす》れて了《しま》つて、（もつとも女《をんな》と云《い》ふものは兎《と》角《かく》自分《じぶん》の年齢《ねんれい》は忘《わす》れたがるものださうですが）幾歳《いくさい》になつても若《わか》い氣《き》でゐる。其《そ》れで若《わか》い御婦人《ごふじん》に對《たい》しても、何《なん》となく自分《じぶん》と同年輩《どうねんぱい》の友《いう》人《じん》のやうな氣《き》がして、いつぱしの老成者《らうせいしや》など〻話《はな》したり、逢《あ》つたりするよりも、ずうつと、自分《じぶん》に近《ちか》い感覺《かんかく》で、新《あた》らしい感情《かんじやう》で接觸《せつしよく》し合《あ》へるやうな氣《き》がしてひどく愉快《ゆくわい》なのです。まして、現代《げんだい》の空氣《くうき》の中《なか》で成《せい》長《ちやう》したあなたが、一と度《たび》は其《そ》れ程《ほど》までに熱《ねつ》したはあとで私《わたし》の過去《くわこ》の作《さく》品《ひん》をお讀《よ》みになり、そして又《また》、現在《げんざい》の私《わたし》の姿《すがた》をあなたの生活《せいくわつ》に目覺《めざ》めた感情《かんじやう》と思想《しさう》を通《とほ》して、然《し》かも慧敏《けいびん》な眼差《まなざし》で凝視されてゐることを伺《うかゞ》ふと、何《なに》か或《あ》る約束《やくそく》された運命《うんめい》のもとに繋《つな》がれてゐる昔《むかし》からのお友達《ともだち》であつたやうな、不思議《ふしぎ》な親《した》しみさへも感《かん》じられます。

　私《わたし》があきらめを書《か》いた頃《ころ》は、まだあなたは生《うま》れてゐられなかつたと云《い》ふ。そして私《わたし》が日本《にっぽん》を去《さ》つた頃《ころ》は、まだ僅の七歳《さい》か八歳《さい》の子供《こども》であつたらうと想像《さうざう》されるあなたが、やがて十四五歳《さい》の少女《せうぢよ》に生《お》ひ立《た》ち、不圖《ふと》した機會《きくわい》から私《わたし》の作品《さくひん》を讀《よ》み耽《ふけ》るやうになられたと云《い》ふ事《こと》ですが、其《そ》の年《とし》ごろで私《わたし》の作中《さくちう》の官能描寫《くわんのうべうしや》に魅惑《みわく》されたあなたは、中々《なか〳〵》早熟《さうじゆく》なお嬢《ぢやう》さんであつたと微笑《びせう》されました。私《わたし》の好《この》んで描《ゑが》いた頽廢《たいはい》美《び》。官能《くわんのう》の刺戟《しげき》に自《みづか》ら甘《あま》へた緋《ひ》ぢりめん的《てき》な情調《じやうてう》。わざと肉體的《にくたいてき》な情熱《じやうねつ》で我《わ》が理性《りせい》を燒盡させるやうな自暴自棄《じばうじき》。だが常《つね》に艶美《えんび》に笑《わら》ふことを忘《わす》れまいとする都會女《とくわいをんな》の派出《はで》つ氣《き》。そんなもので色彩《しきさい》され、技《ぎ》巧《かう》づけられてゐたやうな私《わたし》の作品《さくひん》に惹《ひ》き付《つ》けられ、筆《ふで》の上《うへ》に誇大《こだい》に表《へう》現《げん》された作者《さくしや》の肉感《にくかん》を、其《そ》の儘《まゝ》に鋭敏《えいびん》に感《かん》じられたあなたは、中々《なか〳〵》「おませな」文學好《ぶんがくず》きなお嬢《ぢやう》さんであつたと思《おも》ひます。

だが、あなたがもつと大きく生長《せいちやう》されると、だん〳〵にそんな作品《さくひん》はお嫌《きら》ひになつた。大好《だいす》きであつた俊子《としこ》の小說《せうせつ》も嫌《いや》になつた。神經《しんけい》の纖細《せんさい》と肉情《にくじやう》の柔軟《じうなん》ばかりで婦人《ふじん》の生活《せいくわつ》を描《か》いたやうな作品《さくひん》は、あなたの肉體《にくたい》と共《とも》に生長《せいちやう》した思想《しさう》が拒《こば》まれるやうになつた。だが又《また》、そこであなたが考《かんが》へ直《なほ》されたことは、私《わたし》の作《さく》の中《なか》には時代《じだい》への反抗《はんかう》が含《ふく》まれてゐる。封建的《ほうけんてき》な道德《だうとく》で打圍《うちかこ》まれた不自由《ふじいう》な女《をんな》の生活《せいくわつ》を打破《うちやぶ》らうとして、軌道《きだう》を脫《だつ》した放縱性《はうじうせい》によつて反逆《はんぎやく》しやうとした、まことに幼《えう》稚《ち》ではあるが、兎《と》に角《かく》婦人《ふじん》の獨立的《どくりつてき》な意思《いし》が示《しめ》されてゐる。單《たん》なる肉感《にくかん》の描寫《べうしや》で終始《しうし》してゐるのではないと、云《い》ふことで有《あ》つたやうです。

　年若《としわか》いあなたが、能《よ》く一人《ひとり》の作家《さくか》の作品《さくひん》を、其《そ》れ迄《まで》に深《ふか》く讀《よ》み、理《り》解《かい》されたこと〻、其《そ》れが當《たう》の私《わたし》であるだけに一層《そう》有難《ありがた》く思《おも》つたことです。私《わたし》の過去《くわこ》の作品《さくひん》は、あなたが十四五歳《さい》の時《とき》に讀《よ》んでお感《かん》じになつた通《とほ》りのものであり、又年《またとし》が長《ちやう》じてから新《あら》たな批評《ひひやう》の眼《め》で再讀《さいどく》され、そして感《かん》じられた通《とほ》りのもの以外《いぐわい》には、何《なん》の價値《かち》もなく、小說作家《せうせつさくか》としての體面《たいめん》さへも形成《けいせい》されてゐません。僅《わづ》かな文才《ぶんさい》と、濃厚《のうこう》な色彩《しきさい》と、そして幼稚《えうち》な無思慮《むしりよ》な感情的《かんじやうてき》な婦人《ふじん》の獨立性《どくりつせい》とが、小說《せうせつ》らしいものを斷片的《だんぺんてき》に作《つく》り上《あ》げてゐたと云《い》ふだけの事《こと》です。

　一人《ひとり》の婦人《ふじん》の肉的《にくてき》な生活《せいくわつ》——それは社會《しやくわい》のどの面《めん》との繫《つな》がりもなく、狹《せま》められた境地《きやうち》の中《なか》で、唯男子《たゞだんし》との愛慾《あいよく》、我執《がしふ》の鬪爭《とうさう》ばかりを生活《せいくわつ》とする——然《さ》う云《い》ふ生活《せいくわつ》だけが描《か》かれてゐる私《わたし》の過去《くわこ》のものを、自分《じぶん》では再《ふたた》び讀《よ》まうと云《い》ふ氣《き》もしない。其《そ》れは私《わたし》の過去《くわこ》の生活《せいくわつ》と共《とも》に捨《す》て去《さ》つたものです。何日《いつ》になつても繰返《くりかへ》して讀《よ》んで、自《みづか》ら愛《あい》らしさを感《かん》じると云《い》ふやうな作品《さくひん》さへも殘《のこ》さなかつた私《わたし》は、文學《ぶんがく》を自身《じしん》の生命《せいめい》として生《い》きる限《かぎ》り不幸《ふかう》な、そして又悲慘《またひさん》なものだと思《おも》ひます。

　私《わたし》は過去《くわこ》の生活《せいくわつ》を捨《す》てると共《とも》に、筆《ふで》も捨《す》てました。書《か》くことを止《や》めたのです。もう再《ふたた》び小說《せうせつ》は書《か》かない、創作《さうさく》はしないと云《い》ふはつきりした斷念《だんねん》です。斯《か》う云《い》ふとあなたはお尋《たづ》ねになるでせう。「何《ど》うして再《ふたた》び創作《さうさく》はやらないと思《おも》つたのですか？」と。答《こた》へは簡單《かんたん》なのです。唯《たゞ》書《か》けない。書《か》く力《ちから》が私《わたし》に無《な》くなつたからなので、それならば其《そ》の書《か》く力《ちから》を何所《どこ》から求《もと》めるかと云《い》ふやうなことは、其《そ》の時《とき》の私《わたし》には考《かんが》へられなかつたのです。思索《しさく》する力《ちから》もなく、社會的《しやくわいてき》な意識《いしき》もなく、自《みづか》ら知《し》るものは徒《いたづ》らに枯渇《こかつ》してしまつた藝術《げいじゆつ》の命《いのち》ばかりです。

　一旦《たん》失《うしな》はれてしまつた生活《せいくわつ》の途《みち》を、其《そ》の後《ご》私《わたし》は何《ど》うして、どの方面《はうめん》へ辿《たど》り初《はじ》めたか？

　無論《むろん》私《わたし》の歩《あゆ》みは、意識的《いしきてき》にそちらへ向《む》けられたのではない。生活《せいくわつ》の途《みち》を失《うしな》つたものが、方向《はうかう》も定《さだ》まらずに彷徨《はうかう》してゐる間《あひだ》に、偶然《ぐうぜん》に發見《はつけん》した一とつの方向《はうかう》へと、私《わたし》の歩《あゆ》みが踏《ふ》み入《い》つたとでも云《い》ひませうか。

　十何年間《なんねんかん》、私《わたし》は其《そ》の途《みち》を歩《ある》き續《つゞ》けました。或《あ》る時《とき》は路傍《ろばう》の道草《みちくさ》を食《く》ひながら。或《あ》る時《とき》は 必死《ひつし》となつて歩《あゆ》みを早《はや》めながら。又或《またあ》る時《とき》は忠實《ちうじつ》に自己《じこ》の周圍《しうゐ》を觀察《くわんさつ》しながら……

其《そ》の途《みち》を歩《ある》きながらの私《わたし》の大《おほ》きな體驗《たいけん》は、自分《じぶん》を下層《かそう》の社會《しやくわい》に落《おと》し込《こ》み、そこから上層《じやうそう》の社會《しやくわい》を廣《ひろ》く眺《なが》めるところの、この生活意識《せいくわついしき》でした。これは私《わたし》を確《たしか》に人間《にんげん》らしい人間《にんげん》に變《か》へました。この社會層《しやくわいそう》には文學《ぶんがく》もなければ、藝術《げいじゆつ》もありません。人間《にんげん》か如何《いか》にして食《た》へ、如何《いか》にして働《はたら》き、如何《いか》にして生活《せいくわつ》するかの、これだけです。地上《ちじやう》の人間《にんげん》の大《だい》部分《ぶぶん》が住《す》むところの一とつの社會層《しやくわいそう》の、其《そ》の中《なか》で私《わたし》は共《とも》に食《た》べ、共《とも》に働《はたら》き、共《とも》に生活《せいくわつ》したのです。そしてこの新《あた》らしい境涯《きやうがい》が私《わたし》に新《あた》らしいものを學《まな》ばせ、新《あた》らしい知識《ちしき》を養はせ、新《あた》らしい思想《しさう》を得《え》させました。

私《わたし》は再《ふたゝ》び自分《じぶん》が文學的《ぶんがくてき》な生活《せいくわつ》に復《かへ》らうとは思《おも》ひもしなかつた。一旦《たん》捨《す》て去《さ》つた筆《ふで》に未練《みれん》も執着《しふちやく》もなく、過去《くわこ》の自身《じしん》の生活《せいくわつ》を蹂躪《じうりん》し去《さ》つたことに快《こゝろよ》さをこそ覺《おぼ》えましたが、再《ふたゝ》び其《そ》の生活《せいくわつ》に復《かへ》るなどゝは、夢《ゆめ》にも考《かんが》へたことがなかつたのです。

人《ひと》はよく私《わたし》に外國《ぐわいこく》に居《ゐ》た間文學的《あひだぶんがくてき》なものを勉強《べんきやう》したかと尋《たづ》ねる。私《わたし》は否《いな》と答《こた》へる。事實《じじつ》勉強《べんきやう》したことなどないのだから、嘘《うそ》は云《い》へません。

恐《おそ》らく文學的無智《ぶんがくてきむち》な點《てん》においては、誠《まこと》にお恥《はづ》かしくて、到底現文壇人《たうていげんぶんだんじん》のお仲間《なかま》などには入《はい》れない程度《ていど》のものです。私《わたし》は十何年間《なんねんかん》、文學《ぶんがく》の途《みち》に精進《しやうじん》することなどは忘《わす》れてゐたのです。

其《そ》の私《わたし》が十何年振《なんねんぶ》りで日本《につぽん》に歸《かへ》つて、又小說《またせうせつ》を書《か》いた。文學的《ぶんがくてき》な生活《せいくわつ》には再《ふたゝ》び復《かへ》らないと斷念《だんねん》してゐた私《わたし》が、又筆《またふで》を取《と》つた。川だちは川《かは》で果《は》てるの解釋通《かいしやくどほ》り、私《わたし》に取《と》つて生活手段《せいくわつしゆだん》の最《もつと》も手近《てぢか》な方法《はうはふ》である限《かぎ》り、矢張《やは》り食《た》べる爲《ため》にはこの生活《せいくわつ》に復《かへ》る他《ほか》には仕方《しかた》がないやうなものです。

「いつたい、小說《せうせつ》など書《か》けるか何《ど》うか。」

と危《あや》ぶみながら、いやいや筆《ふで》を取《と》つたものですが、さて創作《さうさく》となれば、過去《くわこ》の藝術的《げいじゆつてき》な意欲《いよく》が再燃《さいねん》して、作家《さくか》らしいモーラルな氣分《きぶん》が湧《わ》き上《あが》り、つまらぬものは書《か》きたくないと云《い》ふ忠實《ちうじつ》さで、兎《と》に角《かく》書《か》き始《はじ》めました。

これがあなたもお讀《よ》みになつたと云《い》ふ小《ちひ》さき歩《あゆ》みです。あなたは其《そ》れを讀《よ》んで、小說《せうせつ》の中《なか》に「私《わたし》」が無《な》く、はぐらかされた氣《き》がしたと云《い》つてゐられます。

鋭敏《えいびん》なあなたの言葉《ことば》として、これは私《わたし》には一寸《ちよつと》理解《りかい》が出來《でき》ないのです。或《あ》る文藝批評家《ぶんげいひやうか》が私《わたし》の小說評《せうせつひやう》の中《なか》で

「俊子《としこ》の作家的生涯《さくかてきしやうがい》におけるこの變化《へんくわ》が、注目《ちうもく》に値《あたひ》しないとは思《おも》へない。一人《ひとり》の作家《さくか》が生活《せいくわつ》の變化《へんくわ》に促《うなが》されて、十數年《すうねん》の作家的中斷《さくかてきちうだん》を隔《へだ》てゝ、前《まへ》とは全《まつた》く異《こと》つた、新《あら》たな人生《じんせい》の中《なか》に文學《ぶんがく》の世界《せかい》を築《きづ》きはじめたと云《い》ふことは、中斷《ちうだん》された十數年《すうねん》の生活《せいくわつ》の中《なか》に感慨《かんがい》を馳《は》せさ

せる。私《わたし》は「小《ちひ》さき歩《あゆ》み」の前《まへ》に立《た》つて、作家の人生の歩みをはつきりと見たやうに思つたのである。」と云《い》ふ一言《ひとこと》を加《くは》へてゐます。この批評家《ひひやうか》も過去《くわこ》の私《わたし》の作品《さくひん》を通讀《つうどく》した人《ひと》で、この批評《ひひやう》の中《なか》にも過去《くわこ》の作品《さくひん》を引照《いんせう》し、過去《くわこ》の作家《さくか》としての私《わたし》の生活《せいくわつ》をも批判《ひはん》してゐます。

私《わたし》はまだ、創作《さうさく》の上《うへ》にはつきりした自信《じしん》を持《も》つてゐない。みんなから導《みちび》かれながら、こわ〴〵ステップを踏《ふ》んで行《ゆ》くやうな感《かん》じではあるが、何《なに》か精神《せいしん》の底《そこ》の方《はう》に、創作《さうさく》を生《う》み出《だ》さうとする力強《ちからづよ》い思想力《しさうりよく》が潜《ひそ》んでゐることだけが、自《おのづ》から感《かん》じられる。唯《たゞ》其《そ》れだけです。

私《わたし》の今《いま》まで歩《ある》いた人生《じんせい》の途《みち》が、今後《こんご》私《わたし》の創作《さうさく》の上《うへ》に何《ど》う表現《へうげん》されて行《ゆ》くか。文學的《ぶんがくてき》に未完成《みくわんせい》、未成熟《みせいじゆく》な社會的必然性《しやくわいてきひつぜんせい》を、何《ど》う創作《さうさく》の上《うへ》に完成《くわんせい》させ成熟《せいじゆく》させるかは、私《わたし》の文學上《ぶんがくじやう》におけるこれからの試《こゝろ》みだからです。

あなたは私《わたし》に自叙傳《じじよでん》を書《か》けと云《い》ふ。そして現代《げんだい》の若《わか》いあなた達《たち》に示唆《しさ》を與《あた》へよと云《い》はれる。私《わたし》は現在《げんざい》自叙傳《じじよでん》を書《か》きつゝあります。創作《さうさく》の上《うへ》で。

然《しか》し其《そ》れがあなた方《がた》にどんな示唆《しさ》を與《あた》へるかは私《わたし》の考《かんが》へたことのないもので、又《また》然《さ》うした意圖《いと》を持《も》つたものでもない。然《さ》う云《い》ふことを私《わたし》にお求《もと》めになつても、私《わたし》はあなたに失望《しつばう》をお與《あた》へするだけだらうと思《おも》ひます。

お目《め》にかゝつて、いろ〳〵なお話《はなし》をしたいものです。

秋鳥集を讀む

佐藤俊子

今井《いまゐ》邦子《くにこ》さんから近著「秋鳥集」を贈られた。この美しい装幀《さうてい》の本を手にして、私《わたし》は山田邦枝さんの「片々」と云ふ薄い小さい歌集《かしふ》の著を懐《なつ》かしく思ひ出した。

もう二十四五年もの昔《むかし》になるだらうか。

「婦人は斯《か》くあるべし。」と、封建《ほうけん》的な道徳で規定《きてい》づけられた其の生活常規《じやうき》を脱した反抗で、自分《じぶん》たちの周圍を取繞つてゐる厚《あつ》い壁の因襲を踏《ふ》み挫いてやらうと云《い》つた樣な、こんな元氣《げんき》が一部の婦人の間で盛んであつた時代《じだい》――私も無論其の一人《ひとり》であつたが、――そんな時代の潮《うしほ》を浴びながら大正初年《しよねん》頃最も若い歌人《かじん》として現《あら》はれたのが山田《やまだ》那枝《くにえ》さんであつた。與謝野品子さんのやうな華麗《くわれい》な歌ではないが、新《あた》らしい情操と奔放な感覺《かんかく》で歌作の上に自由《じいう》な表現を試みるところから、當時の文藝批評家《ぶんげいひひやうか》たちから新人《しんじん》として注目されてゐた。「片々」は其の頃の作《さく》を集めた邦枝《くにえ》さんの第一歌集《かしふ》であつた。

私は「片々」を愛誦《あいしよう》したものだ。文學的《ぶんがくてき》と云ふよりは、もつと生活《せいくわつ》的に近い感情《かんじやう》の上で相互に通じるものがあつて私は邦枝《くにえ》さんの歌が好《す》きであつた。

其の頃一二度逢《あ》つた邦枝《くにえ》さんの印象《いんしやう》も未だに私に殘《のこ》つてゐる。美しい人であつたし、鋭敏《えいびん》であつた。其《そ》の美しさとそして又自身の才氣を十分に自信《じしん》してゐると云ふ樣な强さが、若々しい邦枝《くにえ》さんの全體から直接感《ちよくせつかん》じられたことも記憶に殘つてゐる。日本《につぽん》を離れてからは、故國《ここく》の文壇の推移、變遷《へんせん》は遠方《ゑんぱう》からぼんやりと眺《なが》めてゐたに過ぎず、文壇情勢《ぶんだんじやうせい》からは全く疎くなり、其の後十數年間に新に輩出《はいしゆつ》した女流文壇人《ぢよりうぶんだんじん》の内でも、社會批評に又歌作《またかさ》に一流の名聲《めいせい》をほしいまゝにしてゐる今井《いまゐ》邦子さんが、昔の山田《やまだ》邦枝《くにえ》さんであつたことは今度久し振りで日本《につぽん》へ歸つてから其の當《たう》の人今井さんに逢《あ》つて初めて知《し》つたのである。

私はこの「片々《へんぺん》」と、そして新著《しんちよ》「秋鳥集」以外には、今井《いまゐ》さんの著書を手《て》にしたこともないし、無論同女の書《か》いたものゝ上《うへ》からは、長い年月を思想的《しさうてき》に文學的にいかなる精進《しやうじん》の道を辿られたかは知ることも出來ない。だが、何日《いつ》であつたか今井《いまゐ》さんに逢つた時昔は新《あた》らしい感覺だけで歌《うた》を作《つく》つてゐたけれ共、其《そ》れでは自分の文學《ぶんがく》に永久性がないことを悟《さと》り、歌道の上《うへ》では萬葉《まんえふ》の古典に復つて、本格的に勉强の仕直《しなほ》しをした。」と私《わたし》に話してゐられた事《こと》から考へて、今井さんが最初《さいしよ》に立脚した生活《せいくわつ》のポイントから一歩も退《しりぞ》くことをせず、必然的に前《まへ》へ進まう〳〵として、今日まで孜々《しし》として其の目指《めざ》す道を歩いて來られたと云《い》ふことが想像《さうぞう》される。

「秋馬集」を讀《よ》んで感《かん》じることは今井《いまゐ》さんの「ひたむき」な心である。今井さんの作歌も、社會批評《しやくわいひひやう》も、又《また》時々折々の疑惑も、このひたむきな心から發《はつ》してゐる。憤りも、悲しみも、喜びも、人生《じんせい》を讃ふるこゝろも、母の感情《かんじやう》も、皆今井さんのひたむきな心の動きである。今井さんの藝術《げいじゆつ》はこのひたむきな心から生まれ、人間的《にんげんてき》な生活の要求《えうきう》もこのひたむきな心から流出してゐる。

　これが今井《いまゐ》邦子《くにこ》さんの本然である。

　嘗て「片々」の上で、歌《うた》の一句々々に盛《も》り上げられてゐた灼熱《やくねつ》した情熱に、理智《りち》の磨《みが》きがかけられ、それがひたむきな心となつて今日の今井《いまゐ》さんを作り上《あ》げてゐる。ひたむきな心《こゝろ》は、頑な心に陥《おちい》り易い其《そ》れが頑《かたくな》な心に陥らないでゐるのは——或る純粋《じゆんすゐ》さが今井さんの生活感情を一貫してゐるのは、今井《いまゐ》さんの藝術《げいじゆつ》、今井さんの歌《うた》のこゝろの豐潤《ほうじゆん》さの賜であらう。

　娘を他に嫁《とつ》がせた悲しみ（私はあれを讀んで不覺《ふかく》の涙をこぼしたが）に悶《もだ》えるやうな婦人《ふじん》が、さて初孫《うひまご》を抱いて見ても、祖母と孫との因緣的《いんえんてき》な愛情は感《かん》じないで、人間と人間との生理的な關係《くわんけい》から湧くやうな、一とつの小さき生命《せいめい》を可愛しむ愛情《あいじやう》を感じるだけだとその樣《やう》なところに、矢張《やは》り近代婦人の感覺《かんかく》がある。

　「秋鳥集」の批評《ひひやう》をお頼まれして「秋鳥集」を讀み、今井《いまゐ》邦子《くにこ》さんが少しも其《そ》の精神《せいしん》に老ひの影《かげ》を見せてゐられない事を知《し》つて嬉《うれ》しく思つた。そこに不斷《ふだん》の生長があり、新らしい前進《ぜんしん》がある。精神の老いない婦人にこそ祝福《しゆくふく》あれと、私は唯《たゞ》これだけの言葉を「秋鳥集」の著者におくつて批《ひ》評《ひやう》に代へる。

女の問題

異郷に生れて第二世が祖國の文化を慕ひ再教育されるべく續々と母國に歸つて來るのに適當な教育機關がなかつたが、こんど高野溪子女史の手で國際女子學園がつくられました、生國と祖國とを異にする第二世の微妙な教育はどんな方向に進んだらいゝか、佐藤女史の經驗からでた言葉は示唆深いものがあるでせう

第二世の子女の教育は外國人として扱へ

◇＝花嫁學校式を排す

佐藤俊子

●●近《きん》來米國出生の男女二世が自《じ》發的《はつてき》に兩親《りやうしん》の祖《そ》國の文化《くわ》研究《けんきう》を志し、また日本國の風《ふう》俗習慣《ぞくしふくわん》や、社會《しやくわい》の實相《じつさう》を知《し》るために渡《と》日するものが增《ぞう》加《か》したといふ話《はなし》は聞いてゐた。この在住《ざいぢう》人數《にんずう》が現在《げんざい》は五萬を數《かぞ》へるといふ。この内の幾割《いくわり》が女であるかは適《てき》確《かく》でないが、これ等の二世の女子はすでにその生國で一定の學校教育《がくかうけういく》を受け、或は男女共學《かく》の大學《がく》までも卒《そつ》業《げふ》したもので、英語《えいご》によつて授《さづ》けられたかの女等の高等《かうとう》教育《けういく》は日本の學校教育《がくかうけういく》の程度《ていど》と比較《ひかく》して日本出生の同年輩《どうねんぱい》の女子等よりも知識《ちしき》的《てき》に優つてゐるし、また日本とは全然《ぜんぜん》國情《じやう》の異《こと》なるその生國で、學校外《がくかうぐわい》の社會《しやくわい》事象《じしやう》に對《たい》する自由《じゆう》な批判《ひはん》能力《のうりよく》も涵養《よう》されてゐる。

×……×

●●かうした英語國《えいご》の學校教育《がくかうけういく》によつて養《やしな》はれた普通《ふつう》以《い》上の智能《ちのう》を有する二世の男女が、折角學問的《せつかくがくもんてき》な志望《しばう》を抱《いだ》いて日本へ來ても、日本語《ご》が不自由《じゆう》なために空しく時日を無爲《ゐ》に過《す》ごすといふことが事實《じつ》ならば、それは確に二世教育《けういく》上の一つの問題《もんだい》であるが、これ

の對策《たいさく》に學校《がくかう》組織《そしき》で俄仕《にはかし》込みの日本語《ご》を教《をし》へるといふ方法《はう》は余りに迂遠過《うゑんす》ぎる。

●・・寧ろかれ等の外國《ぐわい》人的《てき》な思想《しさう》、知識《ちしき》、道徳《だうとく》を一方に助成《じよせい》させつゝ、一方に最も高い標準《へうじゆん》の日本文化《くわ》の研究《けんきう》をかれ等に便宜《べんぎ》ならしめるために、日本語《ご》を主とせず、かれ等の英語《えいご》を日本語《ご》で補《おぎな》ふ程度《ていど》の、英語《えいご》によつてすべてを理解《りかい》させる方法《はう》を、その新たな教育組《けういくそ》織《しき》によつて考慮《かうりよ》すべきで、その方がかれ等の目的《もくてき》をたとひ一部《ぶ》分でも短《たん》日月の滞在《たいざい》期間に實現《じつげん》させる上に簡《かん》便《べん》で適當《てきたう》だと思はれる。

×…………×

●・・二世のために新設《しんせつ》させる學校《がくかう》は女子を限り、料理《れうり》、服装《ふくさう》、禮儀《れいぎ》、日本語《ご》などの學課《がくくわ》を授《さづ》けるのであるが、外國《ぐわい》出生の二世の女子を日本的《てき》な家庭《かてい》様式《やうしき》に順《じゆん》應させる主婦養成《やうせい》といつたやうな色の異つた花嫁《はなよめ》學校《がくかう》の感《かん》じがする。設立者《せつりつしや》たちの意圖《いと》が若しその點《てん》にあるなら問題《もんだい》はまた別《べつ》である。

銀座の夜

佐藤俊子

銀座の夜の話—何か面白い種子でも落ちてゐないかと拾ひに行つたが、何うも未だに場所不馴れで何にも見當らない。

第一、今の私は銀座に魅力を感じてゐない。何時歩いて見ても「きたないな」と思ふ。この雜然さは何うしたもんだと呆れて嫌氣がさすばかりである。

新宿や淺草よりも、値段の高い毛皮や寶石や、そんなものが店頭に並んでゐると云ふだけの相異で、雜然たる風景に至つては何れ劣らずだ。まだ〳〵淺草には特有の大衆的安つぽさの親愛な情調が殘つてゐる。

銀座は日本一とか東洋一とかを誇る大東京の都市文化を、色彩と美觀とで最大限に粉飾する中心地帶の形態で、然かも殖民地化された卑俗な空氣を漲らしてゐるのだからウンザリする。昔淺草の銘酒屋には江戸末期の頽廢的な感覺が少しばかり呼吸してゐて、其所に一種の趣味があつた。其れが今は現代化された洋裝のカフエ女給、喫茶店ガールとなり、高級な存在となつて銀座の眞中に進出してゐるんだから驚いて了ふ。

昔の銀座の灯には、靜かな整美的な色合があつた。空氣がもつと高尙的に純化されてスッキリしてゐた。白牡丹と云ふやうな日本風の店と、伊東屋とか資生堂とか云ふやうな、その時代のハイカラな歐風の店とに不愉快でない調和があつて、個別な格式の店頭美をそれ〴〵强調してゐるやうな感じがあつた。夜の風景には仄暗さが漂ひ、柳のしなやかな、しつとりと趣味的に賑はふ銀座の味は當時の文化人たちが戀人のやうに愛したものだつたが、無論今の銀座は、そんなしつとりさは蹴飛ばしてゐる。

歐洲旅行から歸つて來た或る若い人氣作家が、「日本には方々から、種々な文化が流れ込んで來てゐる。其れが彼方此方で衝突してゐる。衝突し合つてゐるこの文化は何れ何所か一方へ流れて行くだらう。我々は其れが何方へ流れて行くかを眺めてゐるより仕方がない。」と云つてゐたが、私も同感を持つてこの言葉を聴いたがいろ〳〵な文化の衝突が一とつの雰圍氣となりそれが市民の生活層の上に至極低級に現はれた形が今の銀座風景の基調になつてゐると思へば間違ひはない。

　銀座を歩いてゐると人間が唯、狭い歩道を押し合ひ、へし合ひしてゐる。飾窓に氣の利いた飾り付けも見出だされなければ、往き合ふ人たちの中から、思はず眼を惹かれるやうなスタイリッシュな婦人も見出だされない。もつとも、これはたとへ颯爽と歩行する洋裝の美人と云へども、又は大いに世界流行の粋を身に付けて、悠然と歩行する好男子と云へども、あんな狭い歩道を押し合ひ、へし合ひでは、颯爽が颯爽にならず、悠然が悠然にならない。颯爽は背中を曲げ、悠然は益々歩調を緩めて、ノロ〳〵のスローモーションで歩かなければならないんだから、折角の好いスタイルも、往き摺りに輪廓的に浮き上つて見えると云ふやうな、奇麗事の場面は、あの銀座では到底望まれないのだから氣の毒でもある。

　何所を歩いても歩道が狭い。小さい日本國だから仕方もないかも知れないが、銀座ぐらゐは、もつと廣い歩道にしたら何んなものだらう。日本的なるもの、即ち狭い歩道と云ふ譯か知らん。兎も角あの狭い歩道に露店が三分の一を占めて、夜の銀座は愈々足が縺れ、肩と肩の突き合ひである。おまけに撒いた水が、ペーブメントの上に靴と草履の泥で「ぬかるみ」を生じてゐるに至つては、着物の裾を尻つ端折りで歩かなければならない始末だ。ハイヒルだつたら、迂つ濶りと颯爽と歩くと滑つて轉ぶ。

「まだ西側はいゝ。」と連れの婦人が云ふ。露店が無いし、店の構へがモダンだと云ふ譯である。だが、あの飾窓のハンドバッグの並べ方を見て下さい。

　昔の張店の何かのやうに、ズラリと順序よく棚に並べてあるだけだ。靴屋さんの靴も其の通り――銀座街の商店ぐらゐは、商品の飾りかたの意匠を研究しても宜さそうなものだ。

　外國に居た時の「ウインドウ・ショッピング」と云ふ言葉を思ひ出す。夜になると何所の商店も閉まつて終ふ。そして飾窓だけ煌々と電燭を點け、競爭的にアーチスチックに並べた商品に、一段と冴えた光りを殘して行く。婦人たちは夜の散歩に、この飾窓を見ながら歩くのである。安賣りは安賣りらしく、婦人の購買心を唆るやうな効果的な飾り付けをする。何の店にも其れが一流となれば飾窓の飾り付け専門が高給で雇はれてゐる。他の商店の飾窓の色彩や目眩ぐるしいネオンサインの眩惑の中から、更に通行人の目を刺戟し、足を立止ませるアーチストの手腕は並々なものではない。

だが兎に角、銀座にも春が來てゐる。造花の櫻樹が、桃色の日本趣味滿點を示して店先から顔を出してゐる。

造花の櫻樹と云へば、去年日本へ歸つて來たばかりの時、サロン春と云ふところで、藤田嗣伯意匠するところの造花の櫻が爛漫としてゐたことを思ひ出した。

大きな蝶々が、醉人の夢をシンボルしてぶら〳〵とぶら下がつてゐる卓子で、男達が好い氣持に醉つ拂つてゐる。斯う云ふ新らしい日本風景を見せてやらうと云ふ友人の親切で、田舎者の私は現代日本令孃の樣な服裝をした女給さんに取巻かれながらカクテルを飲んでゐると、白い壁にチョロ〳〵と油蟲が這つて來た。

凡そ油蟲は人體に害はしないが、食物にたかるから汚いと云ふので一匹でも見付けたら直ぐに驅除する。こんな習慣に慣らされた私は、歐米風の衛生思想が忽ち飛び出して、聊か驚いた。

「油蟲が居る。」

と頓狂な聲を出したが女給さんは平氣である。見てゐる内に蚤のやうな小さいのが二三匹現はれて、大きな油蟲の周圍に這ひ寄つて來た。親子に違ひない。

「此所では油蟲を飼つてゐるんですよ。」

「人間の油蟲に對抗させる積りでね。」

と訊いたら笑はれた。私が日本へ歸る早々に見た銀座風景の此も印象の一とつ其れ以後は銀座と云ふと、「サロン春と油蟲」と云ふ題が私の頭に浮んでくる。

連れの婦人は松坂屋で頬紅を買ひ、デイアルなどゝ云ふクリームを買ふ。何となく、これも春の夜の銀座らしいと、まあ爲て置かう。夜店で可愛らしい犬張子が笊をかぶつた「蟲ふうじ」を賣つてゐる。先日谷川徹三氏が何かで、日本の犬張子は世界に於ける玩具の傑作だと云つてゐられたが、私も犬張子の顔の無邪氣さが大好きである。久し振りでこの顔でも可愛がつてやりませうと思つて一とつ買つた。蟲ふうじなぞを何にするのかと連れが聞くので、

「浮氣の蟲ふうじさ。」

この頃は、時々斯う云ふ日本的なイキな言葉を思ひ出す。これが思はず私の口を突いて出た時は、自分ながら悪い氣持がしない。

薄暗い銀座だ。銀座ぐらゐ、もつと街頭の灯を贅澤にしたら宜さそうなものだ。日本一の盛り場がこれでは、愈々侘びしい――さて「男もすなる」バアへ飛び込んで、更に春の夜らしい醉でも買はうかと相談したが、連れの婦人たちが贊成しないので、結局萬年堂となる。

一人は番茶で羊かん。一人はコブ茶。一人はお汁粉。

「結局落着くところは日本的ね。」

全く大笑ひだが仕方がない。お汁粉屋は疑ひなしの日本的です。

白珠集

明日香一周年記念にお願ひした諸家の御感想御批評及び御注文

（排列御到着順）

○　　佐藤　佐太郎

一、雑誌の紙質のよいのと、編輯が上品に整つてゐるのとが非常に氣持よく、美しい邦子さんの主宰される歌の雑誌にふさはしい香りの高さを感じます。若い女流歌人たちの作歌の互評をいつも興味深く拝見します。

座談会 世界の女性

内山　日曜日《にちえうび》に係《かゝは》らずお集《あつま》り願《ねが》つて有難《ありがた》うございました。――日本《にっぽん》の若《わか》い女性《ぢよせい》の生活《せいくわつ》が、いま、いろ〳〵問題《もんだい》にされてゐる樣《やう》ですが、今晩《こんばん》は一《ひと》つ、世界《せかい》の若《わか》い女性《ぢよせい》は、一體《たい》どんな生活《せいくわつ》をしてゐるか、と云《い》ふ事《こと》について、實際《じつさい》に外國《ぐわいこく》の生活《せいくわつ》を經驗《けいけん》して來《こ》られた皆樣方《みなさまがた》に、その實状《じつじやう》をお話《はな》し頂《いたゞ》き度《た》いと思《おも》ひます。司《し》會《くわい》を木村《きむら》さんにお願《ねが》ひしまして。

木村　始《はじ》めに一寸《ちよつと》、御紹介《ごせうかい》しておきます、こちらは山口美美子《やまぐちみみこ》さん、四王天中將《しわうてんちうじやう》のお孃《ぢやう》さんで、木村《きむら》みどりと云《い》ふペンネームで、小說《せうせつ》をお書《か》きになります。週刊朝日《しうかんあさひ》でも當選《たうせん》されたし、サンデー毎日《まいにち》では先達《せんだつ》ての大衆文藝募集《たいしうぶんげいぼしふ》に一等《とう》になつた方《かた》です。フランスに三年《ねん》いらつしやいました。こちらは小野桃代《をのもゝよ》さん――、下位春吉《しもゐはるきち》さんのお孃《ぢやう》さんで、イタリーに十年以上《ねんいじやう》をられ、あちらで女學校《ぢよがくかう》も濟《す》まされた方《かた》です、それでは先《ま》づ小野《をの》さん、イタリーの娘《むすめ》さんの話《はなし》をどうぞ。

女の先生ばかりのイタリーの小學校

小野　さうでございますね、私《わたし》がイタリーに參《まゐ》りました頃《ころ》は、あちらの娘《むすめ》さんは遊《あそ》ぶ方《はう》が主《おも》だつたのでございますが、最近《さいきん》のイタリーの女性《ぢよせい》はまるで變《かは》つて、一《ひと》つの婦人團體《ふじんだんたい》にはいつて居《を》りますから、野戰《やせん》における看護婦《かんごふ》とか、家事《かじ》一切《さい》でございますね。

木村　さうすると日本《にっぽん》の國防婦人會《こくばうふじんくわい》のやうな譯《わけ》ですね。

小野　さういひたくはないのですけれど、まアさういつた團體《だんたい》でございますね。それから、小學校《せうがくかう》の先生《せんせい》は校長《かうちやう》を除《のぞ》く外《ほか》に男《をとこ》の先生《せんせい》は殆《ほと》どない位《くらゐ》、女《をんな》の先生《せんせい》がやつてゐます。

生活を語る

出席者（アイウエオ順）

秋田雨雀
永戸俊雄
木村毅
佐藤俊子
新居格
小野桃代
山口英美子
（編輯局）
内山　神山　幸島

木村　イタリーの娘《むすめ》さん達《たち》はローマの街《まち》なんかを夜《よる》、何時《なんじ》頃まで歩《ある》いて、ゐますか。

小野　オペラなんか終りが大抵一時頃でございませう。ですから大抵《たいてい》二時頃《じごろ》まで、興奮《こうふん》が覺《さ》めるまで……男《をとこ》の方《かた》が必《かなら》ず一人《ひとり》は附《つ》いてゐるのですが、可《か》なり遲《おそ》くまで歩《ある》いてゐますね。

新居　日本《にほん》の娘《むすめ》は、音樂《おんがく》とかオペラなんか二人《ふたり》で行《ゆ》くなんてことは少《すく》ないが、あつちぢや、市中《しちゆう》をよく連《つ》れ立《た》つて歩《ある》いてゐるよ。一人《ひとり》でぶら〳〵してゐるのはそりや君《きみ》……。

秋田　昔《むかし》からロシアなどでは女《をんな》を一人《ひとり》で歸《かへ》すのは、男《をとこ》の恥《はぢ》とされてゐたやうです。芝居《しばゐ》へ行《い》つても、何處《どこ》へ行《い》つても、ちやんと、男《をとこ》が家《うち》まで、送《おく》り屆《とど》けることになつてゐるやうです。

新居　日本《にほん》などでもその習慣《しふくわん》をもつとはつきりつけるといゝと思《おも》ふのだけれどもね。

永戸　それはしかし娘《むすめ》さん自身《じしん》より家庭《かてい》が許《ゆる》さないからぢやないかね。

佐藤　ところがアメリカでは最近《さいきん》一人《ひとり》で歩《ある》くのが殖《ふ》えて來《き》ましたね。よる夜中《よなか》でも、ボーイをつれないで平氣《へいき》で歩《ある》く——勇敢《ゆうかん》なのか、強《つよ》くなつたのか、とにかく、新《あたら》しい習慣《しふくわん》が出來《でき》てきたんです、歐洲《おうしう》の娘達《むすめたち》がさういふアメリカの娘《むすめ》の夜《よる》の一人《ひとり》歩《ある》きを眞似《まね》し出《だ》したといふ事《こと》をこの間《あひだ》雑誌《ざつし》で見《み》ましたが、そんな傾向《けいかう》があるのでせうか――日本《にほん》に歸《かへ》つて來《き》て見《み》て、私《わたし》、それが逆《ぎやく》になつてゐるやうに思《おも》つたんですが……日本《にほん》ぢや夜一人《よるひとり》歩《ある》きなどはないといひますけれど、よる遲《おそ》く平氣《へいき》で歩《ある》いてゐるぢやありませんか。

永戸　歐洲《おうしう》の大陸《たいりく》ぢやあるでせうが――日本《にほん》ぢやゐないですよ。僕等《ぼくら》仕事《しごと》の關係《くわんけい》で深夜《しんや》、一時《じ》から二時頃《じごろ》よく歸《かへ》りますが……銀座《ぎんざ》なんか歩《ある》いて見《み》ても砂漠《さばく》みたいだね。

佐藤　私《わたし》、よく遲《おそ》く街《まち》を歩《ある》いてゐる若《わか》い婦人《ふじん》を見《み》かけますよ。日本《にほん》でこそ必《かなら》ず誰《だれ》か附《つ》いて歩《ある》く方《はう》が本當《ほんたう》のやうな氣《き》がしますけれど、

内山　日本《にほん》の女《をんな》は安全《あんぜん》ぢやないですか。外國《ぐわいこく》ぢや一人《ひとり》で夜遲《よるおそ》く歩《ある》くと職業的《しよくげふてき》な婦人《ふじん》に見《み》られるとかいふことですが、日本《にほん》ではさういふ危險性《きけんせい》はないから。

永戸　あれはロンドンの習慣《しふくわん》ですよ。ロンドンのは極端《きよくたん》で、十時《じ》過《す》ぎに一人《ひとり》で歩《ある》いてゐる女《をんな》は決《き》めちやつてもいゝ、といふ位《くらゐ》なんで……大陸《たいりく》ぢやさうぢやない。

お孃さん

木村　山口《やまぐち》さん、フランスでお友達《ともだち》になられた娘《むすめ》さんはどんな感《かん》じでした？

山口　街《まち》の別莊《べつさう》を管理《かんり》してゐる家《うち》に娘《むすめ》さんが一人《ひとり》ゐたのです。私《わたし》より一《ひと》つか二《ふた》つか上《うへ》の、二十か二十一でしたがそれはほんとにしつかりした娘《むすめ》さんでした。私《わたし》は何《いづ》れフランスの娘《むすめ》さんといふのは浮《う》き〳〵した人《ひと》だと思《おも》つてゐたのですが、それがまるで大違《おほちが》ひなのです。さういふ家《うち》ですからやれ別莊《べつさう》を借《か》りるとか、返《かへ》すとか、隨分《ずゐぶん》いろ〳〵な用事《ようじ》があるのですが、さういふことにも一々立會《いち〳〵たちあ》つて、お父《とう》さんやお母《かあ》さんのお手傳《てつだ》ひなどしてほんとにしつかりした娘《むすめ》さんでした。

木村　僕《ぼく》はアメリカの中部《ちうぶ》のデンバーといふ町《まち》に行《い》つて一寸と書いた日本人《にほんじん》の宿屋《やどや》へ泊《とま》つた所《ところ》が、そのレストラントに西洋人《せいやうじん》の女給《ぢよきふ》がゐたのですが、それがグリレーといふ所《ところ》の女子師範《ぢよししはん》の生徒《せいと》なんですね。それで「君學校《きみがつかう》を出《で》たら先生《せんせい》になるのか」と聞《き》いたら、「いゝや先生《せんせい》になるのぢやない、ジャーナリストにならうと思《おも》つてゐる、本當《ほんたう》は詩人《しじん》になりたいのだが、詩人《しじん》ぢや喰《く》へないからジャーナリズムで生活《せいくわつ》だけ得《え》たい」「それぢやなぜ日本《にほん》の旅館《りよかん》なんかに女給《ぢよきふ》に來《き》てゐるのか」「新聞《しんぶん》に女給《ぢよきふ》が要《い》るといふ廣告《くわうこく》が出《で》てゐて、幸《さいは》ひ夏休《なつやす》みでもあるし學費《がくひ》を稼《かせ》ぐのに働《はたら》いてゐるのです」といふやうなことをいつてゐましたがね。アメリカぢや娘《むすめ》さんが働《はたら》いて學資《がくし》を稼《かせ》ぐなんといふことが當《あた》り前《まへ》のやうになつてゐますが、外《ほか》の國《くに》はどうですかね、イタリーなんかどうですか。

小野　私《わたし》のお友達《ともだち》で相當《さうたう》いゝとこのお孃《じやう》さんですが、その方《かた》が小學校《せうがくかう》の先生《せんせい》になつたのですね。さうして御自分《ごじぶん》の部屋代《へやだい》と食費《しよくひ》をお家《うち》へ入《い》れてゐるのですよ。獨立《どくりつ》しなくちやいけないといふのです。ですから自分《じぶん》の收入《しうにふ》は全部《ぜんぶ》遊《あそ》びに費《つひや》してしまふといふのぢやなくて、やはりさうやつて家《うち》に入《い》れるらしいのですよ。私《わたし》ちよつとおかしかつたのですけれど……勿論日本《もちろんにほん》とは國情《こくじやう》がちがひますから、そのよしあしは、一概《がい》に斷定出來《だんていでき》ないと思《おも》ひますが。

働いて家へ食費を拂ふ

永戸　僕《ぼく》はかういふ例《れい》を知《し》つてゐる。兄弟《きやうだい》姉妹《しまい》が皆働《みなはたら》いてゐる。若《わか》い娘《むすめ》が結婚《けつこん》しないで

働《はたら》いてゐるのだが、これが皆《み》な各々《おのおの》總《すべ》ての割《わり》前を拂《はら》ふのだね。娘も息子《むすこ》も、何か例《たと》へば喰《た》べに行つてもちやんと會費《くわいひ》を出《だ》す、生活《せいくわつ》の程度《ていど》は中流《ちうりう》でせうかね——僕《ぼく》も招《よ》ばれて行《い》つたのだが、御馳走《ごちそう》になるんだと思《おも》つたら皆《み》な會費《くわいひ》を出《だ》してゐるんだよ。それが皆《み》な肉親《にくしん》だぜ。

秋田氏（右）新居氏（左）

新居　日本《にっぽん》ぢや家族制度《かぞくせいど》が絶對《ぜつたい》いゝなんていつてゐるがね。やはり今小野《いまをの》さんがいつたやうなことも日本《にっぽん》の娘《むすめ》さんも考《かんが》へて見《み》たらいいぢやないかと思《おも》ふな。

ミス・スペインと國家意識

木村　これはスペインの話《はなし》だが、例《れい》のヨーロッパの美人投票《びじんとうへう》あれにスペインの娘《むすめ》が一等《とう》に當選《たうせん》したんだね。當選者《たうせんしや》には世界漫遊《せかいまんいう》の賞金《しやうきん》を呉《く》れる事《こと》になつてるんだが、その娘《むすめ》はその賞金《しやうきん》を蹴《け》飛《とば》して「今《いま》、自分《じぶん》の國《くに》は內亂《ないらん》で惱《なや》んでゐる。生《い》きるか死《し》ぬかの戰爭《せんさう》をやつてゐるのだ、世界《せかい》一週《しう》だなんてベラボーなことをやつてゐる時《とき》ではない」と賞金《しやうきん》を蹴《け》飛《とば》しちやつた。

佐藤　へえ、面白《おもしろ》いですね。

木村　その娘《むすめ》はやはり赤《あか》の方《はう》——政府軍《せいふぐん》の方《はう》なんだが、それが歐洲《おうしう》一の美人《びじん》とくるんだから嬉《うれ》しいぢやないか、僕《ぼく》はそのミス・スペインの寫眞《しやしん》を引伸《ひきの》して額《がく》にして置《お》かうかと思《おも》つてる位《くらゐ》なんだ。

新居　その金《かね》を貰《もら》ふわけには行《ゆ》かんのかね？

木村　金《かね》は蹴《け》つとばさんでも赤《あか》の軍費《ぐんぴ》に使《つか》へばいゝと思《おも》ふんだが、やはり規定《きてい》があつて、世界漫遊《せかいまんいう》以外《いぐわい》の使《つか》ひ道《みち》には賞金《しやうきん》は只《ただ》は呉《く》れないらしいね。

內山　外《ほか》の國《くに》では若《わか》い女性《ぢよせい》の國家意識《こくかいしき》はどうでせう。

木村　それはイギリスの娘《むすめ》なんか大《おほ》いにあるね。僕《ぼく》は總選擧《さうせんきよ》に應援《おうゑん》に行《い》つたりなんかして……向《むか》ふの娘《むすめ》から議論《ぎろん》をしかけられたり、喰《く》つてかゝられた。

永戸　フランスの娘《むすめ》と來《き》たら、その點《てん》へーチヤラだ。それは徹底《てつてい》してゐるよ。自分《じぶん》の生活《せいくわつ》があればいゝんで、政治《せいぢ》なんか他人事《ひとごと》だ。

秋田　その點《てん》ソヴエートはすべて社會本位《しやくわいほんゐ》ですね。所謂國家主義《いはゆるこくかしゆぎ》ではないが——四五人《にん》集《あつま》ると社會《しやくわい》の問題《もんだい》について理論鬪爭《りろんとうさう》をやるやうです。若《わか》い女《をんな》の人《ひと》も、やはり、然《さ》うのやうです。

永戸　政治《せいぢ》に興味《きようみ》を有《も》つのはサクソニー系《けい》

ぢやないかね。

享樂才能が發達してゐる歐米の女性

木村　佐藤《さとう》さん、あなた方《がた》が娘《むすめ》さん時分《じぶん》より今《いま》の娘《むすめ》さんは本《ほん》を能《よ》く讀《よ》むでせうか？

佐藤　さうですね、――カナダの娘《むすめ》さんは――アメリカも同樣《どうやう》ですが、本《ほん》といふより映畫《えいぐわ》の雜誌《ざつし》をよく讀《よ》みますね。フランスの娘《むすめ》さんのやうに本《ほん》を讀《よ》むことはない樣《やう》です。

神山　外國《ぐわいこく》で女の人《ひと》相手《あひて》の雜誌《ざつし》――日本《にっぽん》でいへば主婦《しゆふ》の友《とも》とか、婦人《ふじん》倶樂部《くらぶ》とか、あゝいつた種類《しゆるゐ》のものがありますか。

木村　レデイス・ホーム・ジヤーナルが主婦《しゆふ》の友《とも》でせう。いや、ホーム・チヤットの方《はう》かな、主婦《しゆふ》の友《とも》は。

佐藤　小說《せうせつ》ばかりぢやありませんか。

辛島　小說《せうせつ》といふと大衆小說《たいしゆうせうせつ》ですか。

木村　低級《ていきふ》なものですよ。日本《にっぽん》のより低級《ていきふ》なのがザラにある。

佐藤　私《わたし》の居《ゐ》たカナダは英國《えいこく》の屬領《ぞくりやう》ですから、英國人《えいこくじん》の所謂《いはゆる》貴族主義《きぞくしゆぎ》的な、保守的《ほしゆてき》な家庭《かてい》が多《おほ》いわけなのですが、何分《なにぶん》、隣《となり》がアメリカでせう。さういふ地理的《ちりてき》な關係《くわんけい》からどうしてもヤンキーガール氣質《かたぎ》でどうも、お轉婆《てんば》でね、映畫雜誌《えいぐわざつし》ばかし讀《よ》んでるやうですよ。勿論《もちろん》、職業《しよくげふ》の方《はう》へ行《ゆ》く人《ひと》もあるしもつと勉強《べんきやう》したいといふやうな人《ひと》は大學《だいがく》へ行《い》つたりしますけれども、普通《ふつう》の人《ひと》は學校《がくかう》を出《で》てから、若《わか》い時《とき》の生活《せいくわつ》を享樂《きやうらく》する――何《なん》と云《い》ふか、もうその若《わか》さを心《こゝろ》ゆく迄《まで》エンジヨイしたいといふ氣《き》持《もち》が實《じつ》にハツキリしてますね。だから、徹底《てつてい》的《てき》に遊《あそ》びますよ。

永戸　さうだ。享樂《きやうらく》！　これが日本《にっぽん》の娘《むすめ》にないのだ。男《をとこ》だつてさうだよ。これは一種《しゆ》の才能《さいのう》だな、何《なん》と云《い》ふか――つまり享樂才能《きやうらくさいのう》、この要素《えうそ》が、日本人《にっぽんじん》には極端《きよくたん》に足《た》りないのだね。

木村　今《いま》までの教育《けういく》が儒教式教育《じゆけうしきけういく》で、家庭《かてい》でも學校《がくかう》でも欲望《よくばう》を抑《おさ》へるやうにばかり躾《しつ》けられて來《き》たものだから、その享樂《きやうらく》の要素《えうそ》が無《な》くなつちやつたのだね。

内山　享樂《きやうらく》の方法《はうはふ》があつちでは與《あた》へられてゐるのぢやないですか。危險性《きけんせい》なんといふものがなくて……。

新居　それと同時《どうじ》にさういふものを見《み》る眼《め》がいゝ。日本《にっぽん》ぢや社會《しやくわい》の眼《め》つきが惡《わる》いのだよ。田舍《ゐなか》のちよつとした都會《とくわい》なんか、土地《とち》が狹《せま》いからね、さういふことをやりたくても、やれば街《まち》がうるさいし、又《また》直《す》ぐ分《わか》る。さういふのを見《み》つけたらそれこそ大變《たいへん》なんだ。

佐藤　それなのですね。

辛島　その點《てん》に、日本《にっぽん》の若《わか》い人《ひと》は、自分《じぶん》の戀愛關係《れんあいくわんけい》を大抵《たいてい》周圍《しうゐ》の人《ひと》に秘密《ひみつ》にする傾向《けいかう》がありますが……。

新居　フランス人《じん》なんか自分《じぶん》が戀愛《れんあい》でもすると、俺《おれ》はこの頃《ごろ》どうしたとか、斯《か》うしたとか友達《ともだち》に話《はな》すだらう。日本《にっぽん》でも、今《いま》まではさういふことを隱《かく》してゐたが、近頃《ちかごろ》は喋舌《しやべ》るのぢやないか。

佐藤　アメリカなどは皆《みな》喋舌《しやべ》ります。

永戸　お互《たがひ》に人《ひと》のことをいはないのだよ。その點《てん》、立派《りつぱ》な個人主義《こじんしゆぎ》だ。

新居　人《ひと》さまのことなんかいはないやうに發達《はつたつ》しなければいかぬな。

佐藤　お友達《ともだち》は迚《とて》も悦《よろこ》んで、祝福《しゆくふく》して、戀愛《れんあい》してゐる同志《どうし》の幸福《かうふく》を考《かんが》へてやりますよ。

木村　さういふ點《てん》で支那《しな》はどうかな。

新居　支那《しな》の娘《むすめ》さんはね、いゝ家《うち》の娘《こ》は何《なん》

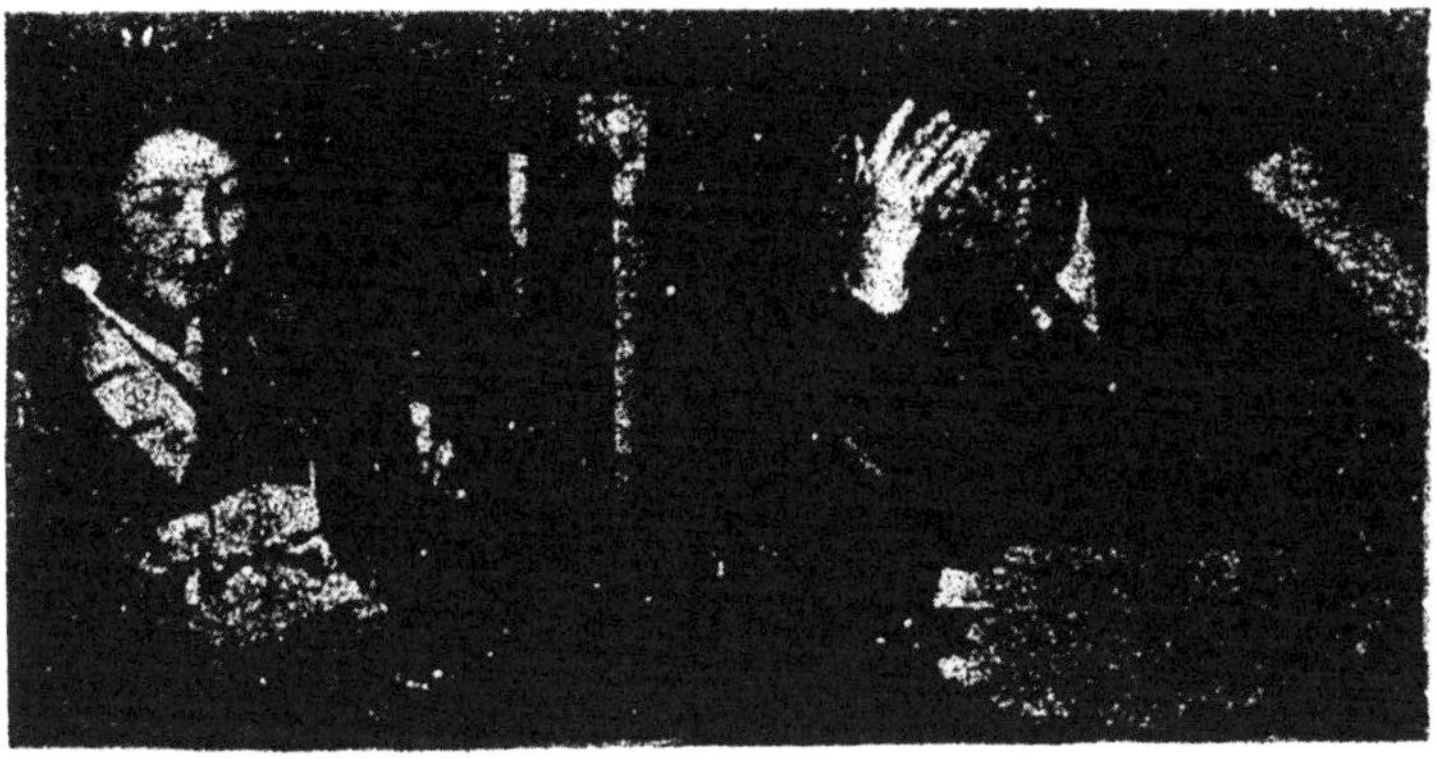

木村氏（右）小野さん（左）

にも知《し》らないのだよ。食物《しよもつ》でも何《なん》でも總《すべ》て家《うち》へ持《も》つて來《こ》させるのだ。だから何《なに》を聞《き》かうと默《だま》つてもちつとも知《し》らないのでね……。

秋田　それは、然《さ》うかも知《し》れないが、働《はたら》いてゐる方面《はうめん》はけた外《はづ》れに働《はたら》いてゐるやうですね。先日《せんじつ》支那《しな》の女優《ぢよいう》さんの娘子といふ人《ひと》が來《き》たでせう。三年《ねん》ほど前《まへ》に日本《にっぽん》へ來《き》た王瑩《わうえい》といふ人《ひと》の友達《ともだち》です。あの人達《ひとたち》は日本《にっぽん》の女優《ぢよいう》さんなんかと比《くら》べたら段違《だんちが》ひに進《すゝ》んでゐるやうです。相當《さうたう》はつきりした社會意識《しやくわいいしき》も持《も》つてゐるやうです。

木村　僕《ぼく》はロンドンにゐる時《とき》に、丁度《ちやうど》大戰《たいせん》の後《あと》で男《をとこ》が少《すく》ない時分《じぶん》でね、向《むか》ふの學校《がくかう》へはいつたら校長《かうちやう》が僕《ぼく》の所《ところ》へやつて來《き》て、ダンスをやれ、ガールを見《み》つけてやらうといひながら、猫《ねこ》の子《こ》でも拾《ひろ》つて來《く》るやうにして、ちよいゝこんと女《をんな》の子《こ》を僕《ぼく》の傍《そば》へ座《すわ》らして呉《く》れた。それで僕《ぼく》もこれはダンスをやらなくちやいかぬと思《おも》つてダンスをやり始《はじ》めたが、その晩《ばん》以來《いらい》、社交《しやかう》ダンスの會《くわい》が學校《がくかう》である度《たび》にいつも僕《ぼく》のガールはきまつてゐるのだ——フランスあたりでも外國《ぐわいこく》の留學生《りうがくせい》にはこんなにきまつたガールをとつつかまへて呉《く》れるのですか。

山口　さあ、そんなこともないと思《おも》ひますけれども……

秋田　ロシアあたりでは、どんな眞面目《まじめ》な會合《くわいがふ》でも、會合《くわいがふ》の後《のち》にはサーッと椅子《いす》やテーブルを片《かた》よせて愉快《ゆくわい》にダンスをやるやうですね。あれは實《じつ》にいゝと思《おも》ふね。

永戸　とにかく、ヨーロッパの娘《むすめ》は、享樂才能《さいのう》があるし、又自分《またじぶん》のあそびに個性《こせい》があり、趣味《しゆみ》があるね。享樂が教養《けうやう》から切《き》り離《はな》されてゐない。從《したが》つて男《をとこ》を選《えら》ぶ標準《へうじゆん》なんかもそこから出發《しゆつぱつ》してきてる……

木村　日本《にっぽん》では娘《むすめ》に男《をとこ》を恐《おそ》れさしてゐるからね。むかふはさういふ感《かん》じがない。

愛情の越境をしない

新居　しかし、男女間《だんぢよかん》の交際《かうさい》にルールがなくて、情誼上《じやうぎじやう》の國境《こくきやう》が、はつきりしてないからね。

秋田　消極的《せうきよくてき》にばかり考《かんが》へないで、いろいろな社交團體《しやかうだんたい》とか、學術機關《がくじゆつきくわん》なぞで、よく導《みちび》くことが必要《ひつえう》だと思《おも》ふね。

内山　さういふ社交團體《しやかうだんたい》が日本《にっぽん》にありませうか。

永戸　まア少《すく》ないね、離《はな》さう〳〵とするのは罪《つみ》ですよ。不自由《ふじいう》だから自然《しぜん》選《えら》ぶ範圍《はんゐ》が狭《せま》るでせう。

新居　接近《せつきん》すると直《す》ぐ非常《ひじやう》に悦《よろこ》んで、友情《いうじやう》を忘《わす》れてしまつて戀情《れんじやう》になつてしまふ。

木村　越境將軍《えつきやうしやうぐん》だね。

秋田　性《せい》の問題《もんだい》を掩《おほ》ひかくさないで、窓《まど》を開《あ》けてやるのも一《ひと》つの方法《はうはふ》ですね。ソヴエートでモスクワから同《おな》じ汽車《きしや》に乘《の》つた二十二三の職業婦人《しよくげふふじん》でしたが相當《さうたう》日本語《にほんご》の出來《でき》る人《ひと》で、文學《ぶんがく》に對《たい》する理解《りかい》の高《たか》い人《ひと》です。それが性慾《せいよく》に關《くわん》する本《ほん》を讀《よ》んでゐる。その本《ほん》が性《せい》といふものに對《たい》して、醫學的《いがくてき》に誰《だれ》にも分《わか》るやうな說明《せつめい》でしたが、さういふものを讀《よ》んでも、小《ちい》さい時《とき》から知識《ちしき》を與《あた》へられてゐるから妙《めう》には感《かん》じないのですね。日本《にほん》では知識《ちしき》を餘《あま》り與《あた》へないからちよつとしたことから間違《まちが》が生《しやう》じて來《く》る。そしてズル〱に責任《せきにん》を背負《せお》はなければならなくなる、——こんなことがありましたよ、往來《わうらい》で二人《ふたり》の男性《だんせい》が一人《ひとり》の女性《ぢよせい》を中《なか》にして、双方《さうはう》からキスしながら仲《なか》よく歩《ある》いてゐるのを見《み》て驚《おどろ》いたことがあつた。僕《ぼく》は後《あと》で、斯《か》うした戀愛關係《れんあいくわんけい》が深《ふか》くなつて惱《なや》んでゐるやうなことがありやしないかつて聞《き》いたですよ。そしたらそんなことはないだらう。女《をんな》はなか〱理智的《りちてき》で、生理《せいり》のことや經濟《けいざい》のことなぞもちやんと心得《こゝろえ》てゐますからといふ答《こたへ》だつた。

山口さん

新居　交際《つきあ》つてゐると冷水浴《れいすゐよく》をしてゐるやうなもので、皮膚《ひふ》が強《つよ》くなるのだ。

内山　さういふ若《わか》い人同志《ひとどうし》——男《をとこ》と女《をんな》ですが、その交際《かうさい》には、何《なに》か制限《せいげん》があるのでせうかね、或《あるひ》は、何《なん》とはなしに自覺《じかく》を有《も》つてゐるのか……。

永戸　とにかく、甘《あま》くないのですよ。頭《あたま》が實生活的《じつせいくわつてき》だから夢《ゆめ》が少《すく》ない、從《したが》つてへまな間違《まちが》ひなんか仕出《しで》かさない。

新居　日本《にほん》では男《をとこ》でも女《をんな》でも、普通《ふつう》の交際《かうさい》から直《す》ぐ戀愛《れんあい》にはいる。理智的《りちてき》な要素《えうそ》が、少《すく》ない。

内山　常識《じやうしき》の度《ど》が違《ちが》ふのぢやないですか。

永戸　教養《けうやう》が違《ちが》ふのです。

内山　外國《ぐわいこく》の女性《ぢよせい》は教養《けうやう》が常識《じやうしき》になつて來《き》てゐるのぢやないですか。

お金がなければ結婚しないフランスの女性

永戸　傳統的《でんとうてき》に若《わか》い娘《むすめ》の頭《あたま》が、日本《にほん》の娘《むすめ》さんなんかより現實的《げんじつてき》なのですね、それに實際《じつさい》問題《もんだい》としてフランスなんかは女《をんな》が金《かね》を持《も》つて結婚《けつこん》する習慣《しふくわん》ですからね。金《かね》を持《も》たなければ中々《なかなか》結婚出來《けつこんでき》ない。モリエールの有名《いうめい》なせりふにもありませう、『持參金《ぢさんきん》もない……』といふ。男《をとこ》だつて手前一人《てまへひとり》が暮《くら》して行《ゆ》けないのに、文無《もんな》しの女《をんな》を背負《せお》ひ込《こ》んで二重《にぢう》に苦《くる》しむ必要《ひつえう》はないと思《おも》つてゐる、それで又別《またべつ》に恥《は》かしくないので、持參金《ぢさんきん》がないからいやだと平氣《へいき》で斷《ことわ》つてゐる。

佐藤　アメリカあたりでは兩方《りやうはう》家庭《かてい》を持《も》つてやれるまでは、ぢつと辛抱《しんばう》してゐますね。

佐藤氏

新居　日本の青年もさういふ風な所まで發達して來たんぢやないか。

佐藤　さア、それとも違ふのぢやないかしら……。

永戸　何といつたつて日本の結婚はロマンテイツクだな。手鍋提げてもといふ思想がまだ／＼ある。

木村　それはいゝぢやないかね。

新居　日本のはロマンテイツクな所に藝術《げいじゆつ》性があるんだよ。

永戸　つまり苦勞をするといふことそれ自身に興味を有つてゐるのだね。大した覺悟もなく、無やみにノラ／＼と手鍋を下げるから一緒になつて苦しんでゐる——。

木村　ぢや手鍋思想排撃をやるか——（笑）

内山　しかし、かう云ふ事も云へるんぢやありませんか、日本の場合は男が結婚してから後に生活が樂になる事があるが、外國人の場合は、女の人の生活が男の不足分を補はないから、費用が二倍になる。さういふ經濟的な關係があるのぢやないですか。

佐藤　それもあるでせうね。

秋田　日本で結婚すると暮しが樂になるといふ經濟的根據は？

内山　男一人で暮して居れば、どうしても享樂生活が必要になりますね、所がそれが生活をエレベートするやうな內容を有つた享樂でないから、身體的にも經濟的にも浪費する結果になる、それが、結婚して身が收まるとすれば……

佐藤　さうです、日本の奥さんは遊ぶ事を考へませんからね、あちらでは、家庭を持つてからでも、夫婦して全く／＼よく遊びますよ。

永戸　遊びといふ觀念が日本にはない。世帶を持てば直ぐしなびてしまふし……結局悲劇だ。

日本人は深刻民か

神山　悲劇といへば、むかふでも新聞に身の上相談みたいなものがありますか。

木村　それはあります、日本がそれを眞似《まね》たのだ。しかしむかふのは、僕が見た範圍では、自分は外に女を拵へたがどうだとか、さういつたふざけたものが多い。日本のは非常に深刻だが、むかふのは非常に明朗なものですよ。

永戸　僕は東日にくる「アスク・アス」と「淋しい女」の投書をとに角全部目を通す事にしてゐるんだが迚も見切れないよ——

木村　君はそれを見て日本の女からどういふ結論が出るかね。

永戸　深刻だ、全くこつちが憂鬱《いううつ》になるよ、國民性だらうか！

新居　深刻民だね（笑）

佐藤　林首相を見たつてあんなに深刻な顏をしてゐらつしやるでせう？。私、どの新聞をみても、あの悲壯な表情にぶつかるんでやり切れないと思ひますよ、全く日本の政治家はどなたも深刻な顏をしてゐますが、あつち

の政治家《せいぢか》はさうではございませんね。深刻《しんこく》にしなければ不眞面目《ふまじめ》なわけもないのですから

木村　町田《まちだ》ノントウ總裁《そうさい》なんかは……（笑《わら》）

佐藤　外國《ぐわいこく》でもラテン型《けい》に比《くら》べて、アングロサクソンは深刻型《しんこくけい》だね、日本《につぽん》のダンスはアングロサクソン系《けい》で……

秋田　しかし、その身《み》の上相談《うへさうだん》の話《はなし》ですがね、雜誌《ざつし》とか、新聞《しんぶん》とか、印刷物《いんさつぶつ》の上《うへ》に訴《うつた》えたつてどうもならないのだが、あの人達《ひとたち》には社會的《しやくわいてき》に相談《さうだん》する機關《きくわん》がないのだから……日本社會《につぽんしやくわい》の悲劇相《ひげきさう》の一《ひと》つだと思《おも》ひますね。

佐藤　私《わたし》は、あゝいふ風《ふう》にやつても何《なん》にもならないやうな氣《き》がしますが……

永戸　しかし讀者《どくしや》は一番《いちばん》讀《よ》むですよ。

新居　新聞《しんぶん》が身《み》の上相談《うへさうだん》を書《か》いてあるといふのは、女性《ぢよせい》に對《たい》する侮辱《ぶじよく》だよ。殊《こと》に某女史《ぼうぢよし》なんかの抽象論《ちうしやうろん》は……

佐藤　本當《ほんたう》ですね、それは。……私《わたし》、まだその事《こと》について自分《じぶん》のまとまつた意見《いけん》を發表《はつぺう》してゐませんが、種々《しゆじゆ》考《かんが》へてゐます。

日本だけしかない花嫁學校

佐藤　それから花嫁學校《はなよめがつかう》といふ樣《やう》なものも、外國《ぐわいこく》にゐては聞《き》いたことがありませんでしたね。

新居　花嫁學校《はなよめがつかう》といふ表現《へうげん》は何《なん》だか下品《げひん》な表現《へうげん》だね。

永戸　僕《ぼく》だつたら第《だい》一、あゝいふ所《ところ》を出《で》た女《をんな》だつたら貰《もら》はないね。あんな所《ところ》へ行《ゆ》くといふ心掛《こゝろがけ》がいやだ。

佐藤　家庭《かてい》を持《も》つてから必要《ひつえう》な科目《くわもく》は學校《がつかう》で教《をそ》へますからね。アメリカあたりではハイ・スクールで裁縫《さいほう》も教《をし》へますし、料理《れうり》も教《をし》へますし、女學校《ぢよがつかう》を出《で》れば自分《じぶん》の着物《きもの》位《ぐらゐ》立派《りつぱ》に縫《ぬ》へますもの。

永戸　パリの女《をんな》はどこかへ行《い》つて習《なら》つて來《く》るぜ、專門《せんもん》の家《うち》へ行《い》つて――だから帽子《ぼうし》も自分《じぶん》で作《つく》れるとか、デザインが出來《でき》るとか、……それは學校《がくかう》ぢやないよ。

新居　生活《せいくわつ》に對《たい》する要領《えうりやう》がいゝのだ。

木村　料理《れうり》でも日本《につぽん》のは匙加減《さじかげん》とか、火《ひ》の加減等《かげんとう》がむづかしい、秘傳《ひでん》もしくはコツだからね……むかふのは科學化《くわがくくわ》されてゐるよ。

永戸　總《すべ》て料理《れうり》の簡單《かんたん》なのはロンドンだよ。大陸《たいりく》はさうぢやないのだ、料理《れうり》はとてもやかましい。

新居　日本《につぽん》ぢや、男女間《だんぢよかん》の事《こと》を表《あらは》すのは、總體的《そうたいてき》に非常《ひじやう》にいやな表現《へうげん》が多過《おほす》ぎるね。例《たと》へば[illegible]とか、姦婦《かんぷ》だとか……そこはフランスはうまいね君《きみ》。

木村　姦婦《かんぷ》は兎《と》も角《かく》も、[illegible]なんかいゝ表現《へうげん》だと思《おも》ふがな。

永戸　僕《ぼく》はランデヴウといふ言葉《ことば》をフランス語《ご》の意味《いみ》のつもりで使《つか》つてひやかされた事《こと》があるよ。それから女《をんな》の子《こ》を「片《かた》づける」といふ言葉《ことば》、あれが又《また》、日本獨特《につぽんどくとく》だね。

内山　外國《ぐわいこく》の樣《やう》に、娘《むすめ》にも早《はや》く個人的《こじんてき》な姿《すがた》を認《みと》めて、親《おや》が飽《あ》くまで子供《こども》の面倒《めんだう》を見《み》て行《ゆ》かないでも濟《す》むやうな、あゝいふ個々《こゝ》的な生活《せいくわつ》を、どういふ風《ふう》に、いつ頃《ごろ》から訓練《くんれん》して行《ゆ》くのですかね、生《うま》れつきから訓練《くんれん》して行《ゆ》くのでせうか。

永戸　子供《こども》の時代《じだい》から認《みと》めてゐるからね。

木村　赤《あか》ン坊《ばう》の時《とき》からおんぶしたりだつこしたりしないで、泣《な》けば泣《な》くで放《はう》つておくし……放《はう》つたらかしてあるから……

秋田　ロシアで男《をとこ》と女《をんな》との社交的關係《しやかうてきくわんけい》は大體《だいたい》三《みつ》つ位《くらゐ》の段階《だんかい》を經《へ》て來《き》てゐるやうですね。一《ひと》つは女性《ぢよせい》を尊敬《そんけい》し保護《ほご》した時代《じだい》。第二《だいに》は、

宍戸氏

男性《だんせい》と女性《じよせい》は平等《びやうどう》であるといふ立場《たちば》から、舊道徳《きうだうとく》をはねのけた、所謂《いはゆる》ニヒリズムの時代《じだい》で、第三《だいさん》は、現在《げんざい》の新《あたら》しい社會《しやかい》が出來《でき》て男《をとこ》と女《をんな》の協同《けふどう》の行《おこな》はれる時代《じだい》です。

内山　日本《にっぽん》の社會組織《しやかいそしき》もそんな風《ふう》に進展《しんてん》して行《ゆ》くものでせうか。

新居　祭政《さいせい》一致内閣《ないかく》なんてやつてゐたのではどうかね（笑《わら》）

世界の女性に尊敬される人物は

宍戸　漠然《ばくぜん》とだけれども、日本《にっぽん》の尊敬《そんけい》されるといふ婦人《ふじん》のタイプと、フランスやアメリカの尊敬《そんけい》されるといふ代表的《だいへうてき》な婦人《ふじん》といふものゝタイプが違《ちが》つてゐるんじやないかな……フランスあたりは先《ま》づ綺麗《きれい》でなくちやいけないね。

神山　シンプソン夫人《ふじん》なんか代表的《だいへうてき》になりますか。

佐藤　あれは綺麗《きれい》といふ方《はう》ぢやなくて、興味《きようみ》百パーセントの方《はう》ぢやないのですか。

山口　迚《とて》もお料理《れうり》が上手《じやうず》だつて書《か》いてありますね。

宍戸　イギリスはそんなに美麗《びれい》である必要《ひつえう》はないのだ。

佐藤　アメリカは大統領夫人《だいとうりやうふじん》——今《いま》のウヰルソン夫人《ふじん》なんか尊敬《そんけい》が強《つよ》いですね。

木村　日本《にっぽん》で尊敬《そんけい》されてゐる婦人《ふじん》は、誰《だれ》ですか。

新居　美《うつく》しいといふ場合《ばあひ》の標準《へうじゆん》が違《ちが》つて來《く》るのぢやないかと思《おも》ふ——今《いま》のところ、日本《にっぽん》で尊敬《そんけい》されてゐる人《ひと》はないね。

秋田　中國《ちうごく》では宋美齢《そうびれい》の姉《あね》さんなどが非常《ひじやう》に尊敬《そんけい》されてゐるさうですね。孫文《そんぶん》の奥《おく》さんで宋慶齢《そうけいれい》といふ人《ひと》——社會改革家《しやくわいかいかくか》でせう。だから乃木大將《のぎたいしやう》の奥《おく》さんに對《たい》すると同じやうな尊敬《そんけい》ですね、殊《こと》に現代《げんだい》支那《しな》の指導者《しだうしや》ですから、青年《せいねん》の崇拝《すうはい》は大《たい》したものらしいです。

木村　僕《ぼく》は、宋慶齢夫人《そうけいれいふじん》には會《あ》つたことがある。

辛島　男《をとこ》も同《おな》じに尊敬《そんけい》してゐるのですか。

秋田　ソヴエートではレーニン夫人《ふじん》のクルプスカヤなぞ大變尊敬《たいへんそんけい》されてゐるでせう。これは九條武子《くでうたけこ》の比《ひ》ぢやない。もつと、社會的《しやくわいてき》で、もつと思想的《しさうてき》でもあるでせう。

佐藤　日本《にっぽん》の男《をとこ》の方《かた》は？

内山　賀川豊彦《かがはとよひこ》さんとか——この前《まへ》誰《だれ》を尊敬《そんけい》してゐるかといふ投票《とうへう》をやつたら、西郷南洲《さいがうなんしう》が一番《いちばん》多《おほ》かつたさうですよ。

宍戸　フランス人《じん》は人《ひと》を尊敬《そんけい》をしないね。ニヒリストが多《おほ》いよ。

内山　ヒツトラーに對《たい》する尊敬《そんけい》なんていふものは、本當《ほんたう》のものですか。

宍戸　本當《ほんたう》の部分《ぶぶん》と嘘《うそ》の部分《ぶぶん》とありますね。

山口　日本《にっぽん》ではターキーをあんなに女《をんな》の人《ひと》が騒《さわ》ぎますが、むかふはあゝいふやうなことはないやうに思《おも》ひますね。

新居　ターキーを尊敬《そんけい》してゐるのだらう。

秋田　それにも何《なに》か日本的《にっぽんてき》な理由《りいう》があるのでせうね。

永戸　自分《じぶん》の生活《せいくわつ》が稀薄《きはく》なんですよ。

神山　外國《ぐわいこく》の女學生《ぢよがくせい》はどれ位《くらゐ》お小遣《こづかひ》を使《つか》ふものでせうかね、享樂機關《きやうらくきくわん》の多《おほ》いといふことですがお金《かね》を欲《ほ》しがりますか。

木村　外國《ぐわいこく》では男《をとこ》と一緒《いつしよ》に行《い》つたら、男《をとこ》が必《かなら》ず拂《はら》はなければならないことになつてゐる。ですから男《をとこ》は金《かね》が要《い》る、例《たと》へばいついつかには女《をんな》の子《こ》と行《ゆ》かなくちやならぬからといふので、苦勞《くらう》して溜《た》めてゐる。だから女《をんな》はさう要《い》らないでせう。

佐藤　さうです女《をんな》は拂《はら》ふべきものでないといふことになつてゐますから……。

内山　そんな風《ふう》に、女性《ぢよせい》が優遇《いうぐう》され、尊敬《そんけい》されてゐるのを男《をとこ》が見《み》ると、横暴《わうぼう》に感《かん》じるやうなことはありませんか。

木村　ドアを開《あ》けさせられたり、夜送《よおく》らされたりするんでこれは迚《とて》もかなはんと思《おも》つたが、ほかには、さう不愉快《ふゆくわい》はなかつたな。

永戸　あゝいふのは外見《ぐわいけん》だけで、芝居《しばゐ》ですよ。一種《しゆ》のコメデーだね。習慣的《しふくわんてき》な……。それより僕《ぼく》は日本《にっぽん》へ歸《かへ》つて來《き》たら女《をんな》の人《ひと》に對《たい》して非常《ひじやう》に固《かた》くなつてしまつたね、どういふものか。

木村　それで日本《にっぽん》では按摩《あんま》が發達《はつたつ》したんだよ。

學校をそんなに重大視しない

内山　外國《ぐわいこく》の婦人《ふじん》の場合《ばあひ》、學校《がくかう》の先生《せんせい》のオーソリテイ、結婚《けつこん》してから夫《をつと》の強《つよ》いオーソリテイと云《い》つたやうなことは、日本《にっぽん》と比《くら》べてどうでせうか。例《たと》へば學校《がくかう》なんかの學生《がくせい》に對《たい》する重壓《ぢうあつ》の力《ちから》は……？。

木村　それで思《おも》ひ出《だ》したが、オックスフォード大學《だいがく》では、女《をんな》の大學生《だいがくせい》には先生《せんせい》が甘《あま》い點《てん》をつける。先生《せんせい》に甘《あま》つたれたり何《なに》かして、勉強《べんきやう》の方《はう》のハード・タスクをゆるく勘辨《かんべん》して貰《もら》つたなんといふことが非常《ひじやう》にあるのです。それはセックス・アッピールで、女《をんな》として卑怯《ひけふ》だ。それでこれを絶對排撃《ぜつたいはいげき》するといふ樣《やう》な決議《けつぎ》を女大學生《ぢよだいがくせい》の間《あひだ》でやつて居《ゐ》つたですがね。

永戸　僕《ぼく》は日本程《にっぽんほど》女《をんな》の子《こ》が學校《がくかう》といふものを頭《あたま》に置《お》いてゐる國《くに》はないと思《おも》ふな。イタリーなんかどうですか。

小野　學校《がくかう》の話《はなし》は餘《あま》り聞《き》きませんね。

佐藤　入學試驗《にふがくしけん》なんかあるのですか。

小野　やはり相當《さうたう》あるのでせうけれども…

永戸　入學試驗《にふがくしけん》の話《はなし》なんか絶對《ぜつたい》に聞《き》かないといつていい位《くらゐ》ですよ。だが、フランスの小《せう》學生《がくせい》が歸《かへ》るのはやはり五時頃《ごじごろ》ですかね。

佐藤　休暇《きうか》は長《なが》いし、學校《がくかう》は遊《あそ》びに行《ゆ》くやうなものですね。殊《こと》にアメリカの學生《がくせい》は呑氣《のんき》だから……一昨年《さくねん》だか、日米《にちべい》の交換學生《かうくわんがくせい》といふ——あの杉森《すぎもり》さんが引《ひ》つ張《ぱ》つて行《ゆ》きましたね。あの時《とき》日本《にっぽん》の學生《がくせい》は船《ふね》の中《なか》でさへ勉強《べんきやう》するといつたやうに、血眼《ちまなこ》になつて勉強《べんきやう》しずめで行《い》つたのですね。所《ところ》が、アメリカの學生《がくせい》は何《な》にも勉強《べんきやう》して來《こ》ないのですつて……その呑《のん》氣《き》なのに驚《おどろ》いたといつてゐましたが、その代《かは》り實《じつ》に朗《ほが》かなものですね。

永戸　それぢやワンサイドゲームですね、——しかし日本《にっぽん》の學生《がくせい》は、たしかに勉強《べんきやう》するね。

新居　だが學生時代《がくせいじだい》が濟《す》んだらみな怠《なま》ける

佐藤　むかふは學生時代《がくせいじだい》に遊《あそ》んでゐるが、

その代《かは》り社會《しやくわい》へ出《で》てから勉強《べんきやう》する、そこに違《ちが》ひがあるのですね。

世界の女性に十圓のお小遣を與へたら……

新居 さつきお小遣《こづかひ》の話《はなし》があつたが、若《も》し妓に十圓《ゑん》持《も》たしたら、世界《せかい》の同《おな》じ程度《ていど》の女《をんな》の人《ひと》はどんな割合《わりあひ》に遣《つか》ふか？……

木村 それは面白《おもしろ》いね、イギリスとフランスの女《をんな》では……

宍戸 それは違《ちが》ふ、パリの女《をんな》は、まづ、自分《じぶん》を綺麗《きれい》に見《み》せる材料《ざいれう》に殆《ほとん》ど費《つか》ふね。それは絶對的《ぜつたいてき》だ。

小野 イタリーでは、中流以下《ちうりういか》の娘《むすめ》さんでしたらコルレード（結婚《けつこん》のためのシーツ、下着類《したぎるゐ》）に費《つひや》しますね。何時《いつ》結婚《けつこん》するかあてゞもないのに一生《いつしやう》の下着類《したぎるゐ》を澤山《たくさん》作《つく》つてゐます。

秋田 ロシアはちよつと違《ちが》ふでせうね。服裝《ふくさう》は大體《だいたい》同《おな》じでせう。だから〱ごてして飾《かざ》るといふことがないから、拾圓《じふゑん》持《も》たしたら、あの人達《ひとたち》はきつと本《ほん》を買《か》ふかも知《し》れませんよ。それからうまい夕食《ゆふしよく》をたべるかも知《し》れませんね。貯金《ちよきん》をする必要《ひつえう》はないのです。社會《しやくわい》的に保護《ほご》されてゐるし、冠婚《くわんこん》、葬祭《さうさい》に金《かね》の必要《ひつえう》がないのです。——讀書《どくしよ》の種類《しゆるゐ》は、今《いま》は非常《ひじやう》にいゝ小說《せうせつ》、有名《いうめい》な新《あたら》しい小說《せうせつ》、或《あるひ》はプーシキン、トルストイ、ゴーリキイなぞの全集《ぜんしふ》が比較的《ひかくてき》安《やす》く手《て》に入《はい》りますから。勞働組合《らうどうくみあひ》の手《て》で買《か》ふと非常《ひじやう》に安《やす》いのです。

（笑《わら》ひ）

山口 私《わたし》の知《し》つてゐるフランスの三人《にん》の娘《むすめ》さんが、皆《みな》、獨立《どくりつ》して先生《せんせい》をしてゐました。私《わたし》の所《ところ》へ敎《をし》へに來《き》た人《ひと》もなか〱それでお金《かね》が溜《たま》るらしいのですが、その人《ひと》は一年《ねん》經《た》つと、きまつて寶石《はうせき》を買《か》ふのですね。それから旅行《りよかう》に行《ゆ》くとかいつて、姉妹《きやうだい》が樂《たの》しく朗《ほが》らかにしてゐました。

新居 旅行《りよかう》の樂《たの》しみなんといふのは日本《にほん》の女《をんな》の人《ひと》にはないでせうね。

秋田 もつとも封建時代《ほうけんじだい》には講中《かうちう》なんといふのがあつて積金《つみきん》をしてゐるでせう。伊勢詣《いせまゐ》りをするとか、金比羅詣《こんぴらまゐ》りとか、古《ふる》い社會《しやくわい》にはさういふことがあるやうですね。

木村 封建時代《ほうけんじだい》の嫁《よめ》さんは運動不足《うんどうぶそく》になるから、それでお寺《てら》に度々《たび〱》詣《まゐ》つたものと見《み》えるね。

佐藤 さうかしら、保健《ほけん》の爲《ため》かしら……

小野 イタリーでは、勞働階級《らうどうかいきふ》の爲《ため》にトレイノポポラーレ（人民《じんみん》の汽車《きしや》）と云《い》ふのがあつて、七割《わり》五分で各地《かくち》を旅行《りよかう》させます。行《い》つた先々《さき〲》での買物《かひもの》とか旅館《りよくわん》とかは總《すべ》て五割引《わりびき》ですし、とても便利《べんり》に出來《でき》てゐます。

木村 イヴニング・スタンダードといふ自由黨《いうたう》の新聞《しんぶん》が、自活《じくわつ》してゐる婦人《ふじん》の收入《しうにふ》——週《しう》に三ポンド以下《いか》の女《をんな》の生計簿《せいけいぼ》みたいなものを募集《ぼしふ》したことがある。この統計《とうけい》で見《み》ると、カフエーの女給《ぢよきふ》や、女《をんな》の先生《せんせい》や、いろ〱な階級《かいきふ》の婦人《ふじん》があつたが、結局《けつきよく》イギリスの女《をんな》はホーム、自分《じぶん》の住《す》みかを一番愛《ばんあい》する。大抵《たいてい》アパートを借《か》りてゐて月賦販賣《げつぷはんばい》の家具《かぐ》を買《か》つてゐますね。フアニチャーが非常《ひじやう》に好《す》きなので……それから食物《しよくもつ》では一番共通《ばんきようつう》して澤山消費《たくさんせうひ》してゐるのは紅茶《こうちや》ですね、——イギリスの娘《むすめ》は紅茶《こうちや》に對《たい》しては氣《き》ちがひだと自分達《じぶんたち》でさういつてゐますよ。

新居 日本《にほん》の若《わか》い女性《ぢよせい》たちの解答《かいたふ》も欲《ほ》しいですね、新女苑《しんぢよゑん》の讀者《どくしや》に訊《たづ》ねてみたら分《わか》るでせうが——。

内山 ではこの邊《へん》で。有難《ありがた》うございました。

メーキアップ

佐藤俊子

自分《じぶん》でメーキアップした顔《かほ》を、更《さら》に寫眞屋《しやしんや》さんがメーキアップしたもの。

朝起《あさお》きた時《とき》は、こんな顔《かほ》をしてゐない。

私《わたし》は年齢《とし》よりも若《わか》く見《み》えると云《い》はれる。身體《からだ》も容貌《ようばう》も年齢《とし》相應《さうおう》に衰《おとろ》へてゐないことは本當《ほんたう》だ。其《そ》の衰《おとろ》へない容貌《ようばう》を粉飾《ふんしよく》して、一層《そう》若《わか》く見《み》せやうと云《い》ふのである。寢床《ねどこ》を離《はな》れてメーキアップをするとこんな顔《かほ》になる。公衆《こうしう》の前《まへ》へ出《で》た時《とき》の顔《かほ》はこの通《とほ》りで、よく似《に》てゐる。

私《わたし》はメーキアップをしない美《うつく》しい婦人《ふじん》を見《み》ると、其《そ》の婦人《ふじん》に尊敬《そんけい》を拂《はら》ふ。そして一《ひと》目《め》で信愛《しんあい》を感《かん》じる。然《さ》う云《い》ふ婦人《ふじん》は、必《かなら》ず率直《そつちよく》な感情《かんじやう》を持《も》つてゐるに違《ちが》ひないと思《おも》ふから。

反對《はんたい》に顔《かほ》をメーキアップしてゐる婦人《ふじん》を見《み》ると、感情《かんじやう》もこゝろも、生活《せいくわつ》一切《さい》をメーキアップしてゐる婦人《ふじん》のやうに思《おも》はれて、誠實《せいじつ》と信頼《しんらい》を感《かん》じない。鏡《かゞみ》に映《うつ》つた自分《じぶん》の顔《かほ》を見《み》た時《とき》も、これと同《おな》じ感《かん》じを自分《じぶん》に對《たい》して持《も》つ。

この顔《かほ》の表情《へうじやう》は單純《たんじゆん》ではない。作爲《さくゐ》した明《あか》るさ、ウイークな微笑《びせう》、口邊《くちべ》に漂《たゞよ》ふ秘密《ひみつ》の影《かげ》――眼《め》だけは強《つよ》い。欺瞞《ぎまん》した自己《じこ》を射透《いとほ》し、嘲笑《てうせう》してゐる。

眞《しん》のライフを置忘《おきわす》れた顔《かほ》、僞作的《ぎさくてき》な顔《かほ》――この顔《かほ》が示《しめ》してゐる通《とほ》りの女《をんな》――これが現在《げんざい》の私《わたし》なのである。

57　「日本婦人運動の流れを観る（一）」『都新聞』　昭和12（1937）年6月13日

日本婦人運動の流れを觀る（一）

加奈陀のそれと對比して

佐藤俊子

歐洲《おうしう》大戰《せん》の終《をは》つた一九一八年、私が文壇《ぶんだん》生活《くわつ》を斷念《だんねん》して遠く日本を去《さ》る頃《ころ》には、日本婦《ふ》人の間には未《いま》だ婦《ふ》人の權利《けんり》に關《くわん》する具體的《ぐたいてき》な要求《えうきう》を提《ひつさ》げて其《そ》の目的《てき》の爲に鬪《たゝか》ふと云《い》ふやうな組《そ》織的《しきてき》な運《うん》動《どう》は起《おこ》つてゐなかつた。其《そ》の當《たう》時の智《ち》識階級《しきかいきふ》の新らしい女のグループは、家庭《てい》内の婦《ふ》人解放論者《かいはうろんしや》たちで、社會《しやくわい》とは何の交渉《かうせふ》もなしに、然《しか》も其《そ》の日常《じやう》生活《くわつ》の問題《もんだい》とは全《まつた》く離《はな》れて、唯《たゞ》男子を對象《たいしやう》とする個《こ》人的《てき》な生活《くわつ》の自由《じいう》と、男子の支配《しはい》に對抗《たいかう》する「我」の内容《よう》を強《つよ》める上に婦《ふ》人の進歩性《しんぽせい》を強調《きやうてう》すると云《い》ふ、極《きは》めて狹隘《けふあい》な自己覺醒《じこかくせい》の考《かんが》への中に留まつてゐた時代《たい》であつた。

そして漸《やうや》く靑踏《せいたふ》一派《は》の中から、無政府《せいふ》主義者《しゆぎしや》大杉榮《おほすぎさかえ》氏の思想《しさう》の影《えい》響《きやう》を受《う》けた伊藤野枝《いとうのえ》氏が現《あらは》れて、稍《やゝ》廣《ひろ》い見地《ち》からの對社會的《たいしやくわいてき》な婦《ふ》人論《ろん》が發表《はつぺう》されたり、又《また》は堺利彦《さかいとしひこ》氏等一派《は》の社會主義《しやくわいしゆぎ》運動《うんどう》の感化《かんくわ》を受《う》けてゐた少數《すう》の婦《ふ》人たちの、思想《しさう》的《てき》な新らしい個《こ》々の動《うご》きが聊《いさゝ》か表《へう》面《めん》に現《あらは》れてゐた程《てい》度に過《す》ぎなかつた。

だが私が外國生活《くわつ》を始《はじ》めた加奈《かな》陀《だ》では、當《たう》時既《すで》にブルジョア層《そう》の婦《ふ》人の間に發《はつ》生してゐた女權《けん》運動《うんどう》が、一八年の英《えい》國に於ける婦《ふ》人參《さん》政權獲得運動《せいけんかくとくうんどう》の結實《けつじつ》によつて既《すで》に促進《そくしん》され、州別《しうべつ》に參政《さんせい》の運動《うんどう》が起《おこ》されてゐた眞《ま》つ最《さい》中で、翌《よく》年の一九年には隣《りん》國のアメリカに於ても婦《ふ》人に參政權《さんせいけん》が付與《よ》されたと云《い》ふ報道《ほう》が一層《そう》加奈陀《かなだ》の婦《ふ》人運動者《うんどうしや》たちを刺戟《しげき》して、益々運動《うんどう》が強化《きやうくわ》され、併《あは》せて五ケ年の大戦《せん》によつて扶養者《ふやうしや》を失つた婦《ふ》人たちの労働市《ろうどうし》場進出《ばしんしゆつ》から激増《げきぞう》した労働婦《ろうどうふ》人が、人間として母としての自己《じこ》の労働《ろうどう》生活《くわつ》の利益《りえき》を計《はか》らねばならぬ当面《たうめん》の問題《もんだい》と結《むす》び合つて、初《はじ》めて結成《けつせい》された労働婦《ろうどうふ》人の戦線《せんせん》が参政《さんせい》の運動《どう》に加《くは》はると云《い》ふやうに、目覚ましい政治的《せいぢてき》な婦《ふ》人運動《うんどう》の活動期《くわつどうき》であり、続《つゞ》いて二一年には各州《かくしう》を通じて加奈陀《かなだ》の婦《ふ》人に参政《さんせい》の権利《けんり》が与《あた》へられると同《どう》時に、婦《ふ》人代議士《だいぎし》が選《せん》出され、やがては世界最初《せかいさいしよ》の婦《ふ》人大臣がブリチツシユ・コロムビア州《しう》内閣《かく》に出現《げん》すると云《い》ふ様《やう》な新進活発《しんくわつぱつ》な婦《ふ》人の状態《じやうたい》であつた。

　そして加奈陀《かなだ》を中心として英国《えい》でもアメリカでも、数《すう》年にわたつて更《さら》に参政権《さんせいけん》拡張運動《くわくちやううんどう》が引続《つゞ》いて行はれてゐたし、婦《ふ》人の政治的解《せいぢてきかい》放《はう》によつて加奈陀《かなだ》の婦《ふ》人大衆《しう》の性《せい》的自覚《てきじかく》は一層深《そうふか》まり、徹底的《てつていてき》に法《はふ》律《りつ》上、職業《しよくげふ》上、教育《けういく》上の男子との平等権《けん》を主張《しゆちやう》する運動《うんどう》が次《つ》ぎ〳〵と起《おこ》されて行つた。

　勿論資本《もちろんし》主義制度《しゆぎせいど》の機構《きこう》内における婦《ふ》人の政治的解放《せいぢてきかいはう》であり、婦《ふ》人の隷属的《れいぞくてき》な地位《ちゐ》は男女平等の政《せい》治的権利《ぢてきけんり》によつて其《そ》の一面《めん》は打《う》ち破《やぶ》られたには相違《ゐ》ないが。

　一方労働者《ろうどうしや》としての隷属的地位《れいぞくてきちゐ》は依然《いぜん》として其《そ》の儘《まゝ》に残《のこ》されてゐる。一般労働階級者《はんろうどうかいきふしや》としての生活《くわつ》擁護権《ようごけん》を完全《くわんぜん》に把握《はあく》する為《ため》には、現存《げんそん》の社会制度《しやくわいせいど》を組《く》み直《なほ》さねばならぬと云《い》ふ意識《いしき》の上に立つて、更《さら》に進《すゝ》んだ運動《うんどう》のラインに活躍《くわつやく》してゐる婦《ふ》人の層《そう》があることは云《い》ふまでもない。

　其《そ》の後私が十数《すう》年の海外生活《くわつ》を送《おく》つて昨《さく》年日本に帰《かへ》るまで、日本に於ける婦《ふ》人運動《うんどう》の動《うご》きに就いては、遠く太平洋《へいやう》を隔《へだ》てゝ機《き》に触《ふ》れ時に従《したが》つて伝聞《でんぶん》してゐた。日本最《さい》初《しよ》の組織的《そしきてき》な参政権獲得運動《さんせいけんくわくとくうんどう》を目指《さ》して立上つた市川房枝《いちかはふさえ》女史《し》が、新婦《ふ》人協会《けふくわい》を創設《さうせつ》した其《そ》の直後《ちよく》にアメリカへ視察旅行《しさつりよかう》に来た時私は海外で同《どう》氏に会ひ、其《そ》の当《たう》時の日本婦《ふ》人の状態《じやうたい》を聞《き》いたことがあつた。そして其《そ》の後の日本に於ける婦《ふ》人運動《うんどう》が、ブルジヨワ的《てき》婦《ふ》人解《かい》

59　「日本婦人運動の流れを観る（二）」『都新聞』 昭和12（1937）年6月17日

日本婦人運動の流れを観る（二）

ブルジョワ婦人運動の失敗

佐藤俊子放運動《はううんどう》の活動《くわつどう》とは別個《べつこ》に、プロレタリア運動《うんどう》の流《なが》れに沿《そ》つて最左翼《さいよく》的《てき》な運動《うんどう》に發展《はつてん》したまで、そして現在《げんざい》の全面的《ぜんめんてき》な婦《ふ》人運動《うんどう》の沈滞《ちんたい》に至《いた》るまでの經路《けいろ》に就いても、私が日本へ歸《かへ》つて來てから其《そ》の間の指《し》導者《だうしや》又《また》は運動《うんどう》に加《くは》はつた人々からの傳聞《でんぶん》なのである。

日本に於《お》ける婦《ふ》人解《かい》放運動《はうんどう》は、斯《か》うして私が日本不《ふ》在《ざい》中の十數《すう》年を通じて、凄《すさ》まじい勢《いきほ》ひをもつて發《はつ》生し、一時的《てき》ではあつても勇躍的《ゆうやくてき》な一路《ろ》進展《しんてん》の途《みち》を辿《たど》つたと思《おも》はれる。

無論《むろん》私自身《ししん》其《そ》の運動《うんどう》の波《なみ》の中を潜《くゞ》つた經驗《けいけん》がなく、全《まつた》くの局外者《きよくぐわいしや》であつたのだから、單《たん》に總括《そうくわつ》した運動《うんどう》の流《なが》れを觀《み》る上にも理解《りかい》の不《ふ》徹底《てつてい》さがあり、從《したが》つて正確《かく》な批判《ひはん》を加《くは》へる資格《しかく》も無いわけであるし、今後の日本婦人運動《うんどう》の中心方向に就いて、又《また》は其《そ》の指導《しだう》方法《はふ》に就いて考《かんが》へやうとする上にも、長らく日本を離《はな》れてゐた私の迂《う》遠さから、恐《おそ》らく現在《げんざい》の社會情勢《しやくわいじやうせい》への適《てき》合性《せい》の點《てん》で誤《あやま》つた見解《かい》を持《も》つかも知れぬと思《おも》ふのであるが、日本に於《お》ても歐洲《おうしう》大戰《せん》後諸《しよ》外國の婦《ふ》人に參政權《さんせいけん》を付與《よ》されたことが、一部《ぶ》の智識階級《ちしきかいきふ》の婦《ふ》人たちに深刻《しんこく》な政治的《せいぢてき》自覺《かく》を齎《もた》らし、そして、やがてブルジョワ婦《ふ》人層《そう》によつて起《おこ》された婦《ふ》人參政權獲得運動《さんせいけんくわくとくうんどう》は、其《そ》の當初《たうしよ》中々新興的《こうてき》な活動《くわつどう》を示《しめ》したと云《い》はれる。

たとへば、議會《ぎくわい》の請願《せいぐわん》運動《うんどう》によつて婦人《ふじん》の政談《せいだん》演説《えんぜつ》に關《くわん》する自由《じいう》を獲得《くわくとく》した功績《こうせき》を先《ま》づ第一《だいいち》として一般《いつぱん》の智識《ちしき》階級《かいきふ》の婦人《ふじん》に政治的《せいぢてき》關《くわん》心の刺戟《しげき》を興《あた》へ、男子普選案《ふせんあん》の通過《くわ》後は益々《ます／＼》運動《うんどう》を強化《きやうくわ》して、公民《みん》權、參政權《さんせいけん》、結社權《けつしやけん》獲得《くわくとく》の目的《もくてき》を一つに諸婦人《しよふじん》團體《だんたい》を糾合《きうがふ》し、議《ぎ》會《くわい》に上程《じやうてい》を迫《せま》るなどの花々しい活《くわつ》躍《やく》の中に、遂《つひ》に公民權《みんけん》を付與《よ》されるか、何うかまでに其《そ》の運動《うんどう》を進《すゝ》めてゐる。

そして運動期《うんどうき》の中《なか》には、無産《むさん》運《うん》動《どう》の軌道《きだう》に沿《そ》ふて新《あらた》に勃興《ぼつこう》した無産《さん》婦人《ふじん》の階級的《かいきふてき》イデオロギーによる解放《かいほう》運動《うんどう》も行はれ、職業《しよくげふ》の運動《うんどう》の上に當然《たうぜん》な對立《たいりつ》さへも見られる程《ほど》の盛《さか》んな活動期間《くわつどうきかん》さへもうかゞはれるのである。

だがこの運動《うんどう》は其《そ》の初期《しよき》から中期《き》へかけての前記《き》の活動期間《くわつどうきかん》——公民權《みんけん》が與《あた》へられさうな間際《まぎは》まで漕《こ》ぎ付けた時期《き》を最後《さいご》として、漸《ぜん》次《じ》に衰退《すゐたい》の狀態《ぜうたい》に入つてゐる。

これは運動《うんどう》自身《じしん》の持《も》つ本質的《ほんしつてき》な矛盾《むじゆん》——一切の封建的《ほうけんてき》、專制的《せんせいてき》な支配《しはい》に對抗《たいかう》すべき戰《たゝか》ひでありながら、然《しか》も目的《もくてき》遂行《すゐかう》の爲《ため》に最《もつと》も封建《ほうけん》性《せい》の濃厚《のうこう》な既成《きせい》政黨《せいたう》を利用《りよう》したこの矛盾《むじゆん》が、次第《しだい》に露骨《ろこつ》にされた爲であり、一方には當時《たうじ》激化《げきくわ》しつゝあつた左翼《よく》運動《うんどう》の波《なみ》に壓されて、ブルジョワ婦人《ふ》層《そう》の參政運動《さんせいうんどう》の方針《しん》に狂《くる》ひが來た爲でもあつたらう。

この原因《げんいん》を究めて積極的《せききよくてき》な前進《しん》の方途《と》を見出し、指導《しだう》方針《しん》の轉換《てんくわん》を行ふべき筈《はず》の時期《き》に、唯《たゞ》周圍《しうゐ》の情勢《ぜうせい》に押《お》されて運動《うんどう》はそれなりに後退《たい》したかの觀《くわん》がある。だがこの運動《うんどう》は、廿餘年《よ》の今日まで兎《と》に角《かく》その形態《けいたい》だけは存續《そんぞく》されてゐる。

日本の總括《そうくわつ》した婦人《ふ》運動《うんどう》の流《なが》れの中に——其《そ》の合法性《はふせい》非合法性《ひがふはふせい》の運《うん》動《どう》を問《と》はず、又《また》部分的《ぶてき》な日常《ぜう》生活《くわつ》に即《そく》する婦人《ふ》問題《もんだい》を取上《と》げて、社《しや》會的《くわいてき》、文化的《くわてき》の分野《や》に必然的《ひつぜんてき》に發《はつ》展《てん》した諸々《もろ》の婦人《ふ》運動《うんどう》をも高めて——一貫《くわん》した脈《みやく》を引いてゐるのは婦人《ふ》參政運動《さんせいうんどう》であり、前記《き》の如《ごと》く運動《うんどう》の内容《よう》に又組織《そしき》上に幾變化《いくへんくわ》

日本婦人運動の流れを觀る（三）

卑屈な追從と男性中心の社會

佐藤俊子があり、運動《うんどう》方針《しん》には動搖《どうえう》があつたにも拘《かゝは》らず、そして現在《げんざい》に於ては運動《うんどう》の目的《てき》の純粹性《じゆんすゐせい》さへ失《うしな》つてはゐるが、形態《けいたい》の上では各層《かくそう》の婦《ふ》人運動《うんどう》の中軸《ぢく》を形成《けいせい》しつゝ、其《そ》の餘命《よめい》を保《たも》つてゐるのである。

斯《か》うして日本の婦《ふ》人參政運動《さんせいうんどう》は、目的《てき》を遂した儘《まゝ》で餘命《よめい》と古《ふる》い形だけを保《たも》つてゐるのだが、この餘命《よめい》は文字《じ》通り過去《くわこ》に生き盡《つく》した餘命《よめい》であつて、そこに新らしい生命《めい》を吹《ふ》つ込《こ》まない限《かぎ》り、即《すなは》ち現在《げんざい》の社會情勢《しやくわいぜうせい》に適應《てきおう》する新戰術《せんじゆつ》と運動《うんどう》の新方向とが見出だされない限《かぎ》り、無力同樣《どうやう》の生ける屍《しかばね》と成《な》り終《をは》るのではないかと觀察《くわんさつ》される。

つい最近《さいきん》、或《ある》ジャーナリストが「婦《ふ》人に參政權《さんせいけん》は必要《ひつえう》だが、だが日本の參政運動《さんせいうんどう》はもうはやらない。あれは出直《なほ》しをしなければ。」と私に云《い》つたが、この言葉《ことば》には中中意味《いみ》がある。無論《むろん》ジャーナリスチックな輕薄《けいはく》な觀《み》かたであり、婦《ふ》人の社會的《しやくわいてき》地位《ちゐ》の死活《しくわつ》を決《けつ》する眞《しん》劍な解放運動《かいはううんどう》を――其《そ》れがブルジヨワ・イデオロギーであつても、プロレタリア・イデオロギーであつても――時の流行《りう》同樣《どうやう》に扱《あつか》ふことは、眞面目《まじめ》さを缺《か》いた觀《み》かたではあるが、これを時代《じだい》に順應《じゆんおう》した運動《うんどう》の進《すゝ》みかたと解釋《かいしやく》すれば當然《たうぜん》の意味《いみ》があるし、「運動《うんどう》の出直《なほ》し」は、私に云《い》はせれば運動《うんどう》の大衆化《しうくわ》であると思《おも》ふ。

参政運動《さんせいうんどう》のリーダアたちは、はやらなくなつた参政運動《さんせいうんどう》を遺骸《いがい》の如《ごと》くに背負《せお》ひながら、一部的《ぶてき》な婦《ふ》人に對《たい》する政治《せいぢ》教育《けういく》運動《うんどう》に従《じう》事してゐるさうであるが、戦術《せんじゆつ》としては依然《いぜん》として議會運動《ぎくわいうんどう》に終始《しうし》し、長い間の経験《けいけん》から得《え》た、そしてそれが一つの性格《せいかく》とさへなつた政治《せいぢ》屋的《やてき》な戦術《せんじゆつ》を固執《こしつ》してゐる。選擧《せんきよ》粛正《しゆくせい》のお手傳《つだ》ひと称《しよう》する運動《うんどう》が其《そ》れで、昨日は東、今日は西の時の政府《せいふ》への誠實《せいじつ》な奉公《ほうこう》によつて何日かは目的遂行の一進展《しんてん》を得《う》る手段《しゆだん》としてゐるが支配階級《しはいかいきふ》への追従《ついしよう》同然《どうぜん》な斯《か》かる古手《ふるて》の術策《じゆつさく》を、然《しか》も用《もち》いられることの殆《ほとん》ど絶望な術策《じゆつさく》を用《もち》ひることに腐《ふ》心する限《かぎ》り、現在《げんざい》の参政運動《さんせいうんどう》は時代《たい》遅《おく》れとなる。

日本の特殊的《とくしゆてき》な封建性《はうけんせい》は、婦《ふ》人の問題《もんだい》に對《たい》しては殊《こと》に陰険《いんけん》で、愚《ぐ》弄的《ろうてき》で、何所まで行つても男性《せい》中心の社會《しやくわい》は、婦《ふ》人をして其従属的《そのじうぞくてき》な地位《ちゐ》からは一歩《ほ》も踏《ふ》み出させまいとしてゐる。婦《ふ》人はいかに其《そ》の智《ち》識《しき》が進み、識《しき》見が高まらうとも、職業《しよくげふ》の分野《や》に進《しん》出しやうとも、男性《せい》の眼《め》からは其《そ》れが女性《せい》である限《かぎ》り一個《こ》の玩弄物《ぐわんろうぶつ》に過《す》ぎない。世界《せかい》何れの國を尋《たづ》ねても日本ほどエロサービスの徹底《てつてい》した國はないと云《い》はれ、又《また》日本は男子のプレーグラウンドであると云《い》はれる程《ほど》、都會《とくわい》を見渡《わた》す限《かぎ》り公然《こうぜん》と婦《ふ》人が男子への直接《ちよくせつ》間接《せつ》の媚《こび》を賣《う》る遊《あそ》び場《ば》が、至《いた》るところにクモの巣《す》を張《は》つたやうに用意《ようい》されてゐるが、日本の婦《ふ》人は家庭《てい》に於て男子の隷属物《れいぞくぶつ》であり、職場《しよくば》に於ては雇主《やとひぬし》への隷属物《れいぞくぶつ》であり、街頭《がいとう》に於ては男子の色慾《しきよく》の奴隷《どれい》である。そして百万の工場《こうぢやう》婦《ふ》人労働者《らうどうしや》、三百万の職業《しよくげふ》婦《ふ》人、六百万の農《のう》村婦《ふ》人労働者《らうどうしや》を引つくるめて、労働《らうどう》婦《ふ》人は最悪《さいあく》な労働條《らうどうでう》件《けん》の下に其《そ》の血《ち》を吸はれ、肉《にく》を破《やぶ》られ蝕まれてゐるのである。

斯《か》うして二重或《あるひ》は三重の封建的《はうけんてき》壓迫《あつぱく》によつて、あらゆる婦《ふ》人の生活《くわつ》が鐵鎖《てつさ》のごとくに緊縛《きんばく》されてゐるのであるが、就中母として、婦《ふ》人として、又産業労働群《またさんげふらうどうぐん》の一員《ゐん》として三方の問題《もんだい》を含《ふく》む労働《らうどう》婦《ふ》人大衆《しう》に對《たい》して特《とく》に其《そ》の生活擁護《くわつようご》を中

日本婦人運動の流れを観る（四）

社會正義と平等權の要求

佐藤俊子

日本の婦《ふ》人勞働《らうどう》問題《もんだい》が、一つの社《しや》會問題《くわいもんだい》として考《かんが》へられ初《はじ》めたのは、日本資本主義《しほんしゆぎ》の成《せい》熟期《じゆくき》、即《すなは》ち大正初《しよ》期《き》の頃《ころ》からであると云《い》はれてゐる。近代産業《きんだいさんげふ》の發展《はつてん》に伴《ともな》つて各層《かくそう》の婦《ふ》人に對《たい》する職業《しよくげふ》の門戸が開《ひら》かれ、あらゆる職業戦線《しよくげふせんせん》に婦人勞働者《らうどうしや》が進出《しんしゆつ》したこの現象《げんしやう》は、諸《しよ》外國《ぐわいこく》の資本主義《しほんしゆぎ》國家に於《お》ける其《そ》れと同《おな》じく、婦《ふ》人は男子よりも安價《あんか》に使《つか》へると云《い》ふ唯《ゆゐ》一つの好條件《かうでうけん》が、資本家《しほんか》をして其《そ》の搾取《さくしゆ》網《まう》へ婦《ふ》人を拉致《らつち》せしめた結果《けつくわ》であるが、歐米《おうべい》婦《ふ》人は一旦《たんらく》獲得《とく》した男子との政治的《せいぢてき》平等權《けん》を利用《りよう》して婦《ふ》人勞働者《らうどうしや》の保護《ほご》を主張《しゆちやう》し、其《そ》の能率《のうりつ》を本位として經濟的《けいざいてき》にも男子勞《らう》働者《どうしや》と平等の生活條件《せいくわつでうけん》を獲《か》ち得《え》てゐる現状《げんじやう》と對比《たいひ》して、全然《ぜんぜん》無權利《むけんり》な日本の婦《ふ》人勞働者《らうどうしや》は其《そ》の職場《しよくば》に於てずら、絶對服從《ぜつたいふくじゆう》の封建的《ほうけんてき》道徳《どうとく》を強《し》られ、柔順《じうじゆん》な動物《どうぶつ》の如《ごと》くに、使《つか》はれ放題《はうだい》、搾《しぼ》られ放題《はうだい》の奴隷《どれい》状態《じやうたい》に放置《はうち》されてゐる。

殊《こと》に年少勞働者《らうどうしや》の勞働状態《らうどうじやうたい》は、身慄《みぶる》ひなしには殆《ほとん》ど瞥見《べつけん》することすらも出來ない。

斯《か》かる婦《ふ》人勞働者《らうどうしや》の問題《もんだい》が、社《しや》

心に、今後の參政運動《さんせいうんどう》の新たなる展開《てんかい》が試《こゝろ》みられなければならない。既《すで》に運動《うんどう》上に一つの途《みち》を拓き、古《ふる》い歴史《れきし》を有する現在《げんざい》の參政《さんせい》運動者《うんどうしや》たちが協同者《けふどうしや》として負《お》ふべき任務《にんむ》はこゝにあるし、勞働婦人《らうどうふじん》の層《そう》に取《と》つてこそ、政治的《せいぢてき》男女《だんぢよ》平等權《けん》の上に先《ま》づ解放《かいはう》への一歩《ぽ》を築《きづ》くことが、其《そ》の生活條件《せいくわつでうけん》を有利《り》に導《みちび》く一階梯《かいてい》となると云《い》ふ認識《にんしき》の上から、積極的《せききよくてき》な勞働《らうどう》婦人大衆《たいしう》への活動《くわつどう》に入るべき時期《じき》ではないかと思《おも》はれる。

會的問題《くわいてきもんだい》として取《とり》上げられたのは當然《たうぜん》であるが、現在《げんざい》に於てこれ等勞働婦人《らうどうふじん》の間に婦人勞働者《らうどうしや》自《みづか》らの人間的自覺《じかく》に基《もと》づく組織的《そしきてき》な運動《うんどう》が如何《いか》に行はれてゐるか？

嘗《かつ》て極左的《きよくさてき》な指導《しどう》の下に、非《ひ》合法的《はふてき》な方法《はふ》で日本に無産運動《むさんうんどう》が起《おこ》された時代《じだい》に、この運動《うんどう》が一般《ぱん》の婦人勞働者《らうどうしや》に對《たい》してどれだけの階《かい》級的《きふてき》自覺《じかく》を植ゑ付けたかはこゝに不問《ふもん》として、民主々義的《みんしゆしゆぎてき》な男子の勞働組合運動《らうどうくみあひうんどう》に沿《そ》ふて發展《はつてん》した婦人勞働組合運動《らうどうくみあひうんどう》の實際《じつさい》について見ても、男子勞働運動《らうどううんどう》が現下《げんか》の社會《しやくわい》情勢《じやうせい》に押《お》されて不振《ふしん》な如《ごと》くに、婦《ふ》人勞働運動《らうどううんどう》はこの影響《えいきやう》によつて一層《そう》微々としてゐる。無論《むろん》運動《うんどう》の指《し》導《だう》に當《あた》つてゐる婦《ふ》人の間には、確《かく》固《こ》とした信念《しんねん》を持續《ぢぞく》して、婦《ふ》人勞《らう》働者《どうしや》の啓發《けいはつ》と、生活條件《せいくわつでうけん》の改善《かいぜん》とに能《あた》ふ限《かぎ》りの努《ど》力をなしてゐる人人のあることは云《い》ふまでもなく、赤松常子《あかまつつねこ》氏の指導《しどう》する工場婦《こうぢやうふ》人勞《らう》働者《どうしや》間の運動《うんどう》（勞働總同盟《らうどうそうどうめい》の付屬《ぞく》的運動《てきうんどう》ではあるが）や、目下頻りに勞働者《らうどうしや》の運動《うんどう》らしく氣勢《きせい》を揚《あ》げつつある東交《かう》の婦《ふ》人部《ぶ》の活動《くわつどう》は、勞《らう》働婦《どうふ》人層《そう》への働《はたら》きかけと云《い》ふよりも、自《し》主的《しゆてき》な行動《どう》のある點《てん》で心強《づよ》さを感《かん》ぜしめるが、これも他《た》の婦人運動《うんどう》の團體《だんたい》の助成《じよせい》と提携《ていけい》によつてこその運動《うんどう》の力は「婦《ふ》人勞働《らうどう》者《しや》を護《まも》る」上に強化《きやうくわ》され、積極化《せききよくくわ》されるに違《ちが》ひないのである。

婦《ふ》人問題《もんだい》を取扱《とりあつか》つた組織體《そしきたい》には母性保護同盟《せいほごどうめい》（？）があり、産調《さんてう》を主《しゆ》としたもの、又《また》消費組合《せうひくみ》運動《うんどう》もある。其他宗教的《そのたしうけうてき》な團體《だんたい》によつて部《ぶ》分的《てき》な婦《ふ》人の生活改善《くわついぜん》を意圖《と》して運動《うんどう》されてゐる方面《めん》もあるが、要《えう》するに母性保護《せいほご》も、消費組合《せうひくみ》運《うん》動《どう》も、勞働婦《らうどうふ》人を中心としての母性保護《せいほご》であり、消費組合運動《せうひくみうんどう》であり、産調《さんてう》も勞働婦《らうどうふ》人層《そう》に對《たい》してこそ絶對必要《ぜつたいひつえう》な問題《もんだい》として提供《ていきやう》さるべきもので、いかに母子扶助法《ふじよはふ》が國《こく》法《はふ》によつて制定《せいてい》されやうとも、勞働婦《らうどうふ》人を中心としての立法《はふ》制定《せいてい》にあらざる限《かぎ》り無意義《いぎ》であり又政《またせい》治《ぢ》的《てき》權《けん》利《り》を持《も》たぬ日本婦《ふ》人が、今後婦《ふ》人の立場《ば》から立法《はふ》の當《たう》不當《ふたう》に對《たい》して發言《はつげん》を封《ふう》じられてゐるならば、其《そ》れは實質《じつしつ》において婦《ふ》人自身《じしん》の立法《はふ》とはならないのである。あらゆる觀點《くわんてん》において今後の婦《ふ》人運動《うんどう》が、就中參政權獲得運動《さんせいけんくわくとくうんどう》が婦《ふ》人勞働運動《らうどううんどう》を中心として起《おこ》されない限《かぎ》り、眞《しん》の婦《ふ》人解放《かいはう》の時代《たい》的《てき》な文化的意義《くわてきいぎ》と目的《てき》はおゝゝるすとなる。

×

國家の生産擴充政策《さんくわくじうせいさく》が、結果《けつくわ》に於て日本國民《みん》の母胎《たい》である婦《ふ》人勞《らう》働者《どうしや》を益々《ます》搾取的《さくしゆてき》な虐待《ぎやくたい》の地位《ちゐ》に陷《おと》し入れ、そして其《そ》の健康《けんかう》を奪《うば》ふならば、一言《ごん》に云《い》つて日本の國家的《てき》政策《せいさく》は却《かへ》つて日本を滅亡《めつぼう》に導《みちび》くものと解釋《かいしやく》しても過言《くわごん》ではあるまい。現《げん》内閣《かく》の政治的《せいぢてき》スローガンに社會正義《しやくわいせいぎ》と云《い》ふ言葉《ことば》がある。日本の婦《ふ》人運動者《うんどうしや》たちはこの際《さい》「婦人勞働者《らうどうしや》を護《まも》る」の叫《さけ》びの下に、勞《らう》働《どう》婦《ふ》人の最悪《さいあく》なる狀態《ぜうたい》の改革《かいかく》と、そして人間としての社會的單位《しやくわいてきたんゐ》たる男子と平等《べう》の權利《けんり》の要求《えうきう》とを、この社會正義《しやくわいぎ》に訴《うつた》へてよい時機《き》ではないかと思《おも》はれる。（完）

公金を拐帯して彷徨三十年
異境に悶死した竹内少佐

テンニング爺さんの思ひ出

佐藤俊子

日露《にちろ》開戦《かいせん》の寸前《すんぜん》のこと對露《たいろ》戦備《せんび》のため、軍《ぐん》艦購入《かんこうにふ》の重大使命《ぢうだいしめい》を帯《お》びて、ロンドンに向《むか》つた、海軍主計少佐《かいぐんしゆけいせうさ》がゐた。その途次《とじ》賭博《とばく》の都《みやこ》モンテカルロに立寄《たちよ》つたことから、このテンニングさん、當時《たうじ》の少《せう》佐《さ》竹内《たけうち》十次郎《じらう》氏《し》の数奇《すうき》な運命《うんめい》が始《はじ》まつた。「悪《わる》かつた、悪《わる》かつた」と悶《もだ》えながら、去月《きよげつ》十五日《にちひ》悲惨《きさん》な生涯《しやうがい》を終《を》へるまでのテンニングさんはどんな生活《せいくわつ》をしてゐたらう！

「やあ。こんちは。」

テンニングさんの聲《こゑ》は、細《ほそ》い、頭《あたま》の先《さ》きから出《で》るやうな疳聲《かんごゑ》だつた。疳聲《かんごゑ》と云《い》つても疳《かん》高《だか》い聲《こゑ》ではない。そして少《すこ》し鼻《はな》にかゝる、薄《うす》い唇《くちびる》から風《かぜ》のやうに低《ひく》い疳聲《かんごゑ》が出《で》てくると云《い》つた感《かん》じだつた。この聲《こゑ》は今《いま》でも私《わたし》の耳《みゝ》に殘《のこ》つてゐる。

何《ど》うして日本人《にほんじん》の癖《くせ》に、テンニングなぞと云《い》ふ外國人名《ぐわいこくじんめい》で呼《よ》ばれてゐるのかと不思議《ふしぎ》に思《おも》つたこともあつたが、其《そ》れを殊更《ことさら》に詮索《せんさく》する興味《きようみ》もなかつた。

人《ひと》の善《い》いお爺《ぢい》さんで、顔《かほ》には別段特徴《べつだんとくちよう》もなかつた。鼻《はな》の小《ちひ》さい、眼《め》の三角《かく》な、口許《くちもと》の締《しま》つた、顔色《かほいろ》は餘《あま》りよくなかつたが、額《ひたい》の邊《へん》に品《ひん》のよさがあつた。髮《かみ》は大部分白髮《だいぶぶんしらが》だつたがこれを何《ど》んな風《ふう》に搔《か》き付《つ》けてゐたか、これは記憶《きおく》がない。多《た》分縮《ぶんちゞ》れてゐたやうに思《おも》はれる。

瘦《や》せた、脊《せ》は高《たか》かつたがもう腰《こし》のあたりが少《すこ》し泳《およ》ついてゐたやうな恰好《かくかう》だつた。

このテンニングさんが、加奈陀《かなだ》と云《い》ふ國《くに》のブリチツシユ・コロンビア州《しう》の小《ちひ》さな都市《とし》バンクーバアに現《あら》はれたのは、八九年前《ねんぜん》くらゐであつた。

バンクーバアの日本人社會《にほんじんしやくわい》で發行《はつかう》されてゐる日本字《にほんじ》の新聞《しんぶん》の中《なか》に、大陸日報《たいりくにつぱう》と云《い》ふ新聞《しんぶん》があつた。其《そ》のオフイスの會計《くわいけい》か何《なに》かに今《いま》まで日本人《にほんじん》の間《あひだ》で見馴《みな》れたことのないお爺《ぢい》さんが勤務《きんむ》してゐると云《い》ふ噂《うはさ》が直《ぢ》きに狹《せま》い日本人《にほんじん》社會《しやくわい》の間《あひだ》に擴《ひろ》まつたが、これがテンニングさんであつた。

人附《ひとつ》き合《あ》ひが悪《わ》るく、他人《たにん》とは餘《あま》り口《くち》を利《き》かずいつでも面白《おもしろ》くなさそうな樣子《やうす》をしてゐる爺《ぢい》さんだと、皆《みんな》から云《い》はれてゐた。

「何處《どこ》からおやぢ（大報《たいほう》の社長《しやちやう》を指《さ》す）が引《ひ》つ張《ぱ》つて來《き》た爺《ぢい》さんかな。」

こんな話《はなし》をしてゐる言葉《ことば》がよく私《わたし》の耳《みゝ》に入《はひ》つた。未開人《みかいじん》のやうに、移民地《いみんち》に生活《せいくわつ》する日本《にほん》人《じん》たちは、狹隘《けうあい》な其《そ》の領域《りやうゐき》に侵入《しんにふ》してくる新《しん》來《らい》の人間《にんげん》を見《み》ると、好奇心《かうきしん》で其《そ》の人間《にんげん》を一應《おう》は頭《あたま》の先《さ》きから足《あし》の爪先《つまさき》までも檢分《けんぶん》するやうに、其《そ》の人間《にんげん》の身分《みぶん》や生活《せいくわつ》の過去《ぐわこ》を詳細《しやうさい》に知《し》りたがる。テンニングさんも大陸日報《たいりくにつぽう》のオフイスに現《あらは》れてからは、どんな人間《にんげん》だと大分《だいぶ》探索《たんさく》されたが、結局東部《けつきよくとうぶ》の方《はう》から來《き》た人《ひと》で、農《のう》業《げふ》に失敗《しつぱい》して困窮《こんきう》してゐるのを、山崎《やまざき》さんが呼《よ》び迎《むか》へて世話《せわ》をしてゐるのだと云《い》ふこと、其《そ》れも山崎《やまざき》さんの直接《ちよくせつ》の知人《ちじん》ではなく、黒井《くろゐ》大將《たいしやう》から山崎《やまざき》さんへの依頼《いらい》で世話《せわ》をしてゐるのだと云《い》ふことが分《わか》つただけであつた。

黒井大將《くろゐたいしやう》とテンニングさんと何《ど》んな關係《くわんけい》があるのかは、其《そ》の當時《たうじ》誰《た》れにも解《わか》らなかつた山崎《やまざき》さんの口《くち》から祕密《ひみつ》が漏《も》らされない限《かぎ》り、永久《えいきう》に解《わか》りさうもないテンニングさんの過去《くわこ》の祕密《ひみつ》であつた。テンニングさんを好奇心《かうきしん》で見《み》てゐた傍《はた》の日本人《にほんじん》たちも、其《そ》れ以上《いじやう》は解《わか》らないことにして、唯黒井大將《たゞくろゐたいしやう》の知人《ちじん》――大將《たいしやう》のお聲《こゑ》がゝりで山崎《やまざき》さんが世話《せわ》をしてゐるのだと云《い》ふ事實《じじつ》だけで、テンニングさんを大《おほ》いに見直《みなほ》した多少馬鹿《たせうばか》にしてゐた傍《そば》の衆人《しうじん》たちはそんな話《はなし》が傳波《でんぱ》し初《はじ》めた頃《ころ》から、テンニングさんに好意《かうい》と尊敬《そんけい》を拂《はら》ひだした。

何《なに》しろ、日本《にほん》の練習艦隊《れんしふかんたい》が來航《らいかう》すれば、忽《たちま》ち日本《にほん》の國威《こくゐ》を脊中《せなか》に脊負《しよ》つたやうになつて喜《よろこ》んだり騷《さわ》いだりする樣《やう》な無邪氣《むじやき》な日本人《にほんじん》たちなのだから、大將《たいしやう》の知人《ちじん》と聞《き》いただけで、テンニングさんの人間價値《にんげんかち》が大分《だいぶ》高《たか》く評價《ひやうか》されだした。

大陸日報《たいりくにつぽう》のオフイスでテンニングさんを見《み》たことがあつた。これが、お爺《ぢい》さんを見《み》た最《さい》初《しよ》であつた。

頸《くび》に濃《こ》いブルーの絹《きぬ》の襟卷《えりまき》をまいてゐた。日《に》本人移民《ほんじんいみん》らしくないやうな風貌《ふうばう》があつた。別《べつ》に立派《りつぱ》と云《い》ふのではないが移民地《いみんち》の空氣《くうき》に浸《しん》潤《じゆん》した何《なに》かゞまだ其《そ》の身《み》に附《い》いてゐない樣《やう》な或《あ》る知的《ちてき》な上品《じやうひん》さらしいものが感《かん》じられたことを覺《おぼ》えてゐる。

無論言葉《むろんことば》も交《か》はさなかつた。唯《たゞ》テンニングさんを見《み》ただけであつた。

テンニングさんは暫《しば》らくして、大陸日報《たいりくにつぽう》を辭《や》めたやうであつた。原因《げんいん》は仕事《しごと》が出來《でき》ないし、山崎《やまざき》さん（これもテンニングさん以上《いじやう》の老人《らうじん》であつた）も使《つか》ひ憎《にく》いからと云《い》ふやうなことだつたと思《おも》ふ。

日本人勞働組合《にほんじんらうどうくみあひ》のオフイスに、何時《いつ》となく出入《でい》りするやうになつたのは、その後《あと》で、勞《らう》働組合《どうくみあひ》の機關紙《きくわんし》を編輯《へんしふ》してゐた鈴木悅《すゞきえつ》を「鈴《すゞ》木君《きくん》」と呼《よ》び、醉《よ》つて上機嫌《じやうきげん》の時《とき》は「悅君《えつくん》」

など〻云《い》つて、無《む》二の友人《いうじん》のやうに鈴木《すゞき》に親《した》しみ初《はじ》めるやうになつてから私《わたし》も時々《ときぐ》テンニングさんに逢《あ》ふことがあつた。

テンニングさんは、別《べつ》に移《い》民勞働者《みんらうどうしや》の特殊《とくしゆ》な組合運動《くみあひうんどう》などに理解《りかい》を持《も》つたわけではなく唯其《たゞそ》の社會《しやくわい》で多《た》少智識的《せうちしきてき》な分子《ぶんし》の集合《しふがふ》してゐるそのグループに親《した》しみを感《かん》じたのだらう。輕蔑《けいべつ》したい移民社會《いみんしやくわい》の中《なか》で、其《そ》の集團《しふだん》だけは「話《はな》せば通《つう》じる」ものを感《かん》じたのだらう。組《くみ》合《あひ》の内部《ないぶ》で進歩的《しんぽてき》な思《し》想《さう》を持《も》つ若《わか》い人《ひと》たちからは揶揄《からか》はれながら、テンニングさんはそんな時《とき》は人《ひと》の善《い》い性格《せいかく》を丸出《まるだ》しにして、若《わか》い者《もの》を愛《あい》すると云《い》ふ樣《やう》な寛大《くわんだい》な態度《たいど》を示《しめ》しながら大《おほ》いに日《に》本人社會《ほんじんしやくわい》の發展《はつてん》について論《ろん》じたり、氣《き》焔《えん》を上《あ》げたりしてゐるのを見《み》たこともあつた。

お酒《さけ》が好《す》きで、醉《ゑ》ふと若《わか》い者《もの》に負《ま》けないやうな氣勢《きせい》を昂《あ》げた。

テンニングさんは英國《えいこく》の婦人《ふじん》と結婚《けつこん》してゐた。子《こ》供《ども》が六人《にん》か七人《にん》ぐらゐあつた。妻君《さいくん》は肥太《ふと》つた、容貌《ようばう》も餘《あま》り美《よ》くない婦人《ふじん》だつたが混血兒《こんけつじ》だから娘《むすめ》たちはみんな奇麗《きれい》だつた。もう二十も越《こ》してゐるやうな大《おほ》きな息子《むすこ》も働《はたら》いてゐたし、娘《むすめ》たちもハウスウォークなどに出《で》て働《はたら》いてゐた。

「子《こ》供《ども》が働《はたら》くので生活《せいくわつ》は何《ど》うにかなる」

と云《い》つてゐたが、其《そ》れでも自分自身《じぶんじしん》に收入《しうにふ》のないことが妻君《さいくん》を不安《ふあん》にさせると云《い》ふので絶《た》えず就職《しうしよく》を求《もと》めてゐた。老年《らうねん》ではあるし、筋肉勞働《きんにくらうどう》は困難《こんなん》だし、移民地《いみんち》の日《に》本人商店《ほんじんしやうてん》やオフィスに雇《やと》はれることは見識《けんしき》に關《かゝ》はるやうな見得《みえ》もあつたと見《み》え、中々適當《なかなかてきたう》な仕事《しごと》がなかつた。英語《えいご》が達者《たつしや》で、文法《ぶんぱふ》の間違《まちが》ひはあるにしても、英文《えいぶん》も書《か》くところから、其《そ》の內代《うちだい》書通辯《しよつうべん》を本職《ほんしよく》にやり出《だ》したが、この仕事《しごと》から多《た》少《せう》の收入《しうにふ》を得《え》ると、其《そ》れは早速妻君《さつそくさいくん》のところへ持《も》つて歸《かへ》り、そして妻君《さいくん》を喜《よろこ》ばせるのを樂《たの》しみにしてゐた。

「一弗持《も》つて行《い》つてもあれは喜《よろこ》ぶよ。」

テンニングさんは非常《ひじやう》に妻君《さいくん》を大切《たいせつ》にしてゐたし、子《こ》供《ども》たちも可愛《かはい》がつてゐた。

テンニングさんから見《み》れば、私《わたし》たちは一種《しゆ》の駈落者《かけおちもの》のやうに映《うつ》つてゐたかも知《し》れない。日《に》本《ほん》では嘗《かつ》て何《なん》とか彼《か》とか云《い》はれたものが、身《み》を過《あやま》つてこんな移民地《いみんち》に生活《せいくわつ》してゐる――斯《か》うしたテンニングさんの卑俗的《ひぞくてき》な解釋《かいしやく》から然う云《い》ふ過去《くわこ》を持《も》つ生活《せいくわつ》と、テンニングさんにも過去《くわこ》のある暗影《あんえい》の伴《ともな》ふ生活《せいくわつ》とを引比《ひきくら》べて獨斷的《どくだんてき》な、一方的《はうてき》な同情《どうじやう》を私《わたし》たちに對《たい》して抱《いだ》いてゐたのではないかと思《おも》ふ樣《やう》な友情《いうじやう》を、頻《しき》りに私《わたし》たちに注《そゝ》いてゐたことを、今《いま》になつて思《おも》ひ返《かへ》す。私《わたし》たちはテンニングさんの過去《くわこ》も知《し》らず、お互《たが》ひに打明《うちあ》け話《はなし》などはしたこともなかつたが

「やあ、こんちは。」

暫《しば》らくテンニングさんを見《み》ないなと思《おも》つてゐると、肩《かた》を窄《せば》め、兩手《りやうて》をぶら〳〵させた恰《かく》好《かう》で私《わたし》たちを訪《たづ》ねてくる。そして、つまらぬ放談《はうだん》を鈴木《すゞき》と交《か》はして、やゝ生活《せいくわつ》が明《あか》るくなつたやうな顏《かほ》で歸《かへ》つて行《ゆ》くテンニングさんを私《わたし》は時々《ときぐ》見《み》た。

四年經《ねんた》ち、五年經《ねんた》ち、そして時々《ときぐ》テンニングさんを見《み》る度《たび》に、一番最初《ばんさいしよ》に感《かん》じたお爺《ぢい》さんの品格《ひんかく》がだん〳〵に消失《せうしつ》し、老紳士《らうしんし》らしい氣取《きど》りが無《な》くなつて了《しま》つたと思《おも》つた。大《たい》して振《ふ》はない容貌《ようばう》が神經質《しんけいしつ》に下卑《げび》て見《み》えるやうになつた。

或《あ》る年《とし》のクリスマス・イヴに私《わたし》は何《なに》か買《か》ひ物《もの》がてら散歩《さんぽ》をしてゐた時《とき》、偶然《ぐうぜん》に市内《しない》の支《し》那人街《なじんがい》を横切《よこぎ》つて行《ゆ》くと、テンニングさんが娘《むすめ》を連《つ》れて歩《ある》いて行《ゆ》くのに出會《であ》つたが、恰度《ちやうど》支那人《しなじん》が白人娘《はくじんむすめ》を誘拐《いうかい》して行《ゆ》くやうな形《かたち》に見《み》えた。其《そ》れが可笑《をか》しかつたので後《あと》に鈴木《すゞき》と話《はな》して笑《わら》つたが、貧乏《びんばふ》もしてゐたし、洋服《やうふく》はます〳〵古《ふる》つぽくなるし、季節《きせつ》の寒《さむ》さに一層《そう》見《み》窄《すぼ》らしさうな老人《らうじん》が、肉附《にくづき》の豐《ゆた》かな、四肢《し》の伸《の》び〳〵とした皮膚《ひふ》の奇麗《きれい》な、日本人《にほんじん》とは見《み》えぬ美《うつく》しい娘《むすめ》の傍《そば》に引添《ひきそ》つて、眼付《めつき》を險《けは》しくしながら歩《ある》いて行《ゆ》く樣子《やうす》は何《ど》う見《み》ても質《たち》の惡《わる》い支那人《しなじん》のやうであつた。

「煙《けむ》りも見《み》えず、雲《くも》もなく
風《かぜ》も起《おこ》らず、波立《なみた》たず
鏡《かゞみ》のごとき黄海《こうかい》は
曇《くも》り初《はじ》めたり　時《とき》の間《ま》に」

日清戰爭《につしんせんさう》の軍歌《ぐんか》にこんなのがあつたことを私《わたし》は覺《おぼ》えてゐる。節《ふし》もはつきり覺《おぼ》えてゐる。まだ小學生《せうがくせい》の頃《ころ》で支那人《しなじん》と云《い》へばチヤン〳〵坊主《ばうず》の代名詞《だいめいし》で通《とほ》つたやうな時代《じだい》、日本《にほん》が外國《ぐわいこく》と戰爭《せんさう》して、初《はじ》めて大勝《たいしよう》して、日本國《にほんこく》の敵《てき》支那《しな》を戰爭《せんさう》で負《ま》かしたと云《い》ふので國《くに》を擧《あ》げて戰勝《せんしよう》に醉《ゑ》ひ痴《し》れた當時《たうじ》、私《わたし》たち小學生《せうがくせい》は盛《さか》んに斯《か》うした軍歌《ぐんか》を歌《うた》つたものだつた。何《なん》で見《み》たのか支那人《しなじん》の辮髮《べんぱつ》を片手《かたて》にぐる〳〵と摑《つか》んで日本《にほん》の軍人《ぐんじん》が軍刀《ぐんたう》を振上《ふりあ》げた畫《ゑ》の印象《いんしやう》が、未《いま》だに私《わたし》の眼底《まなぞこ》に浮《うか》んでくるがこの煙《けむ》りも見《み》えず雲《くも》もなくの軍歌《ぐんか》の歌詞《かし》はテンニングさんが作《つく》つたものだと、鈴木《すゞき》から話《はな》された時《とき》は、意外《いぐわい》に思《おも》つた。

鈴木《すゞき》が十四年振《ねんぶ》りで日本《にほん》へ歸《かへ》る話《はなし》をきいてテンニングさんが惜別《せきべつ》の情《じやう》に堪《た》へ兼《か》ねて一夜《や》自分《じぶん》の過去《くわこ》の一切《さい》を最後《さいご》の友人《いうじん》の鈴木《すゞき》に打明《うちあ》かしたと云《い》ふ其《そ》の祕密《ひみつ》の一部《ぶ》を私《わたし》も鈴木《すゞき》の口《くち》

から其《そ》の時《とき》に聞《き》いた。

　お爺《ぢい》さんは昔海軍《むかしかいぐん》の軍人《ぐんじん》で、部内《ぶない》で聞《き》こえた敏腕家《びんわんか》で、才子《さいし》で、濶達豪宕《くわつたつがうたう》な人《ひと》だつたらしい――とは鈴木《すゞき》の觀察《くわんさつ》だつたが、お爺《ぢい》さんの過去《くわこ》の祕密《ひみつ》の眞相《しんさう》は、日露戰爭《にちろせんさう》の起《おこ》る直前《ちよくぜん》英國《えいこく》へ注文《ちうもん》しておいた軍艦《ぐんかん》を引取《ひきと》りに向《むか》つた時《とき》の、其《そ》の艦《かん》の主計長《しゆけいちやう》がテンニングさんで、モンテカルロへ、その艦《かん》が先《ま》づ立寄《たちよ》つたことが不運《ふうん》だつたとでも云《い》ふか、軍艦《ぐんかん》を買取《かひと》る數《すう》十萬金《まんきん》の金《かね》が、このモンテカルロの有名《いうめい》な賭《と》博場《ばくぢやう》で煙《けむ》りになつてしまつた。

　無論《むろん》テンニングさんが一人《ひとり》で賭《か》けて負《ま》けたわけではなかつた。主計長《しゆけいちやう》の責任《せきにん》で恐《おそ》らく自《じ》身《しん》は其《そ》の仲間《なかま》ではなかつたかも知《し》れない。兎《と》に角《かく》負けた數《すう》十萬《まん》の金《かね》は再《ふたゝ》び艦内《かんない》へ戻《もど》つて來《こ》なかつた。

　艦友《かんいう》を救《すく》ふ義侠心《ぎけうしん》と、責任《せきにん》と、性來《せいらい》の濶達《くわつたつ》とでテンニングさんは、責《せ》めを一身《しん》に引受《ひきう》け其《そ》の場《ば》から殘金《ざんきん》の何萬圓《なんまんゑん》とかを貰《もら》つて南亞方《なんあはう》面《めん》へ一旦逃走《たんとうそう》した。

　主計長《しゆけいちやう》がモンテカルロで勝手《かつて》に賭博《とばく》をやつて負《ま》けてしまつた。其《そ》の重大犯人《ぢうだいはんにん》は遂《つゐ》に行方《ゆくへ》不明《ふめい》と云《い》ふので三四十年《ねん》が經《た》つた。こんな話《はなし》である。

　テンニングさんは日本《にほん》へ歸《かへ》つて、其《そ》の當時《たうじ》の事情《じじやう》を知《し》つて同情《どうじやう》を持《も》つ舊友《きういう》から、何《なに》か生《せい》活《くわつ》を拓《ひら》く途《みち》を求《もと》めようと云《い》ふ希望《きばう》があつた。其《そ》の舊友《きういう》の二三への手紙《てがみ》をテンニングさんは日本《にほん》へ歸《かへ》る鈴木《すゞき》に托《たく》したやうであつたが、其《そ》れが誰《た》れへ宛《あ》てられたものか、私《わたし》は鈴木《すゞき》からも聞《き》かなかつた。

　そんな話《はなし》を聞《き》いてから、私《わたし》はテンニングさんを見《み》ても別《べつ》に特異《とくい》な興味《きようみ》も起《おこ》らなかつた。

「そんな事《こと》をした人《ひと》なのか」

　だけだつたが、映畫《えいぐわ》の場面《ばめん》を見《み》るやうなモンテカルロの港《みなと》に碇泊《ていはく》する軍艦内《ぐんかんない》の或《あ》る一場《ば》面《めん》の主人公《しゆじんこう》として、このお爺《ぢい》さんを見直《みなほ》すと別《べつ》な面白味《おもしろみ》が感《かん》じられないでもなかつた。

　だが其《そ》の祕密《ひみつ》が日本《にほん》の一新聞紙《しんぶんし》に發表《はつぺう》されたと云《い》ふ事《こと》を、まだバンクーバアに殘《のこ》つてゐた私《わたし》が知《し》つてから、やがて在世中《ざいせいちう》だつた日本《にほん》の鈴木《すゞき》から「自分《じぶん》は堅《かた》くテンニング老人《らうじん》に約《やく》束《そく》した祕密《ひみつ》を守《まも》つてゐるのに、今になつて何《ど》處《こ》からそんな祕密《ひみつ》が曝露《ばくろ》されたのか、不思議《ふしぎ》だ」と手紙《てがみ》で云《い》つて來《き》たことがあつた。そしてテンニング老人《らうじん》に其《そ》の旨《むね》を傳《つた》へてくれと云《い》ふことだつたので、テンニングさんに會《あ》つて其《そ》の話《はなし》をしたことがあつた。

「僕《ぼく》は決《けつ》して鈴木君《すゞきくん》だとは思《おも》つておらんよ」

　お爺《ぢい》さんは斯《か》う云《い》つた。

　加奈陀《かなだ》からアメリカへ行《ゆ》き、二年程《ねんほど》を過《す》ごして再《ふたゝ》びバンクーバアに戻《もど》つた時《とき》に偶然《ぐうぜん》にテンニングさんに途上《とじやう》で逢《あ》つた。スチブストンと云《い》ふ漁村《ぎよそん》で、日本人《にほんじん》の漁者組合《ぎよしやくみあひ》の幹事《かんじ》をしてゐると云《い》つてゐたが酒氣《しゆき》をぷんぷんと臭《にほ》はせてゐた。

「テンニング爺《ぢい》さんはこの頃酒浸《ころさけびた》りです」

　こんな噂《うはさ》だつた。丁度《ちやうど》一年《ねん》ほど前《まへ》のことである。

　其《その》テンニングさんが死《し》んだと云《い》ふ、混血兒《こんけつじ》の奇麗《きれい》な娘達《むすめたち》は今頃《いまごろ》何うしてゐるかと思《おも》ふ。

座談會　ソ・米・支女性を語る

出席者

除村ヤヱ
河崎なつ
佐藤俊子
藤原あき
松田解子

モスコーは貸家拂底

神近　ぢや、初めさせて頂きます。除村さんはソヴエートから、藤原さんはアメリカから、石原さんは支那旅行から歸られて、どちらもまだ煙の出てゐる新歸朝者で入らつしやいますから、今日は色々な話題をまんべんなく出して頂きたいと思ひます。別にプランもございません。どうぞ適宜にそちらの方からお話を出して頂きたいと思ひます

佐藤　除村さんはどの位向ふにゐらしつたんですの。

除村　丁度一九三五年の五月に參りまして、一年半位をりました。

神近　ずつと、モスコーですか？

除村　大體モスコーで、レニングラードと南の方にも一寸行きました。

石原清子
丸岡秀子
狩野弘子
神近市子
速記　日野千賀子

石原　外人なんかに貸す家がありますか？

除村　その家が殆んどないのです。家がないのには困りました。やつと家を借りたんですが、その借りたと云ふのが或人が、夏別荘に行つたそのあとを借りたので、その人達が歸つてきたときには、家を返さなければならなかつたのです。ですから、ずつとホテル住ひをしなければならなくなりました。

神近　モスコーは今も住宅が尠いのですか？

除村　モスコーは一番尠いでせう。レニングラードには家が隨分あります。同じ收入の人でもモスコーに住むよりレニングラードに住む方が、家に關する限りはずつといゝ譯です。モスコーでは大抵の方が、二部屋位のアパートに住んでゐます。三部屋四部屋位のところもありますが。

神近　普通の家族でですね。

河崎　廣さの制限なんかもあるでせう。

除村　えゝ、元は人數によつて割當てられたさうですが、今は色々な條件によつて異ふやうです。外國人は普通ホテルに泊ります。新聞なんかに廣告して貸家を探すのですがなか〳〵見つかりません。

二間續きの部屋が七圓五拾錢

石原　ホテル經營は國營でせう。

除村　えゝ、國營ですが、國營と云ふと國家に屬してゐる譯ですが、經營は全く委されてゐて、所謂獨立採算經濟です。

丸岡　ホテルに働いてゐる女の人達はどんな樣子ですか？

除村　みな仕事に對して積極的でお客に對して卑屈な態度がありません。これは黑海沿岸のバツームのホテルにゐた時ですが、ホテルの會議の晩、女中さん達があらかた會議に出てゐるので當番の人が二人位ゐるだけで、會議室の樣子など通りがかりにガラス戸ごしにみました。

河崎　ホテルの經營は、三、四のホテルの經營を一ツのホテルが責任をもつてやつてゐると云ふやうなんぢやないのですね。

除村　えゝ、經營は各々のホテルがそれぞれ責任をもつてゐるのです。

石原　普通の住宅には矢張り家主があるのですか？

除村　それは矢張り國家から權利を貰つてゐるのですが、それぞれのアパートには差配部のやうなものがあつてそこで事務を扱つてゐます。住宅に對する權利をもつてゐる人の國家に收める金は非常に安いのです。私の借りました家は二部屋で、それにお勝手がついてゐるのでしたが、その寢室の一部屋は小さいが、も一つはそんなに小さくない。それで家主が國家に收めてゐる金は三十ルーブルでした。私たちが、その家の人に拂つたものはその十倍以上でしたが、權利をもつてゐる人は非常に安いのです。

石原　一ルーブルと云ふと、今、どの位かしら。

除村　一ルーブルは購買價値からいふと日本の二十五錢位にあたると思ひます

河崎　さうすると、五圓五十錢程ですね

神近　今藤原さんにアメリカのお話を伺つたのですが、隨分違ひますね。モスコーでも新しいホテルは設備がいゝのぢやないですか。

除村　それはいゝですが、設備のいゝのは矢張りニユーヨークでせう。ニユーヨークのホテルに泊つた時には、熱い湯と水の外にアイスウオターも出るやうになつてゐました。モスコーではアイスウオターは出ませんでした。氷水の出てゐるのはニユーヨークだけぢやなかつたかと思ひます。

神近　藤原さんの泊つたところもアイスウオターが出ましたか？

藤原　えゝ、大抵のホテルにはあると思ひます。（除村さんに）あなたの廣いお部屋は何疊位の廣さでして。

除村　普通の部屋の二倍位の廣さでしたが――

藤原　私の借りた部室の寢間の方は十疊間より廣い位でした。

河崎　その部室代は高いですか？

藤原　ガスがついて、臺所の小さいのがついて、月百三十五ドルですから、一寸桁が違ひますわね。

神近　おまけに今はドルが高くなつてゐますからね。

藤原　それは市中でも高い方かも知れません。公園の傍でしたから。公園の傍は高いのです。

除村　私のゐたところは普通のところでもつといゝところは澤山あります。よく知りませんが私の借りたのは中流以下のところだと思ひます。

神近　先刻の共同經營の話ですが、ホテルの建築なんかに要する金は、國家の低利資金なんかを借りるのですか。

除村　さういふ専問的なことは一寸解りませんが、ホテルは國家に屬するのですから建築は國家がやるので、その後のホテルの經營は、ホテル自身の獨立採算經濟に委されてゐます。

松田　モスコーが住宅難だといふ理由は

除村　多分政府がモスコーに移つたので政府の要處にゐる人も殆んどモスコーに移つて來たでせうし、色々な人が澤山モスコーに集まつて來たからでせう

石原　住宅費なんかモスコーの普通のサラリーマンでどの位を占めてゐるでせう。例へば、日本なんか、收入の一割位なんですが、モスコーでは生活費のどの位を占めてゐるでせう。

働く者の給料や生活程度

除村　今、三十ルーブルと云つた家は夫の失くなつた女醫の家だつたのですがその人が幾らとつてゐるか解らないですが。恐らく千ルーブル近くとつてゐたのではないかと思ひます。詰り、俸給の額と、家賃を較べないとその割合の計算が出てこない譯ですが――。電話の交換手が百八十ルーブル、ホテルの女中でも百ルーブル位はとつてゐます。それから、教員の俸給は、田舍の小學校―十年制―の先生で二百五十から五百ルーブル位です。また勞働者でもよく働く者では五六百ルーブルとる人は相當多く、スタハノフツイでは千ルーブルをこえる人もあると思ひます或新聞社の責任編輯者―つまり主筆の方は千ルーブルでした。

神近　藤原さんは、一弗は矢張り一圓見當に使へると仰有るのですが、一ルーブルはどの位に使へるのですか？

除村　公定の相場と實際の購買力は異ひます。一寸パンで比較しますと、銀座で二十錢位で賣つてゐる位のが一ルーブル一寸です。じやが薯が一キロ瓦四十カペイカ、リンゴが一キログラム四ルーブルから八ルーブル位です。電車賃は十カペイカ、二錢五厘位です。

神近　それは東京の十錢區域ですか？

除村　まあ、七錢區域ですね。

神近　矢張り、東京みたいに鈴なりですか？

除村　えゝ、ラッシュアワーには一杯です。交通費と藥は一番安いです。藥は殆んど只位です。それに、藥屋は必らず終夜開いてゐるんです。

河崎　藥屋なんかはどこの經營なんです

か。

除村　矢張り國營ですが各々の店の獨立經濟になつてゐます。俸給なんかも働いてゐる人々のやり方によつて決められる譯です。

神近　だから、一生懸命働くことになるのですね。

醫療の實際的施設

丸岡　お醫者さんはどうなつてゐるんですか。

除村　醫者は先づ、區の醫者があつて、その醫者にはその區の人は無料で診て貰つてるのです。外國人でもさうですそれはその區に住んでゐる人の權利なんですから。

神近　處方を呉れるんでせう。

除村　さうです。そして藥屋にもつて行くのです。それから一ツの組織でも自分の組織に屬する病院をもつてゐて、組織の人が病氣になると共處に送るところもあります。又、病院を殊更にもたないでも、組織によつてはどこかの病院と契約しておくこともあります。それから、日本の醫者のやうに金を拂つて入る病院もあります。それは人によつて自由な撰擇がある譯です。必らず無料の處に行かなきやならないといふこともないので、希望によつては、金を出して名醫にかゝるといふことも出來る譯です。

佐藤　さういふ處に行つた場合は、矢張り先方の要求するだけを拂ふ譯ですか

除村　えゝ、しかしその額は安いのです三ルーブルから五ルーブル位でせう。

神近　區の醫者の費用は、區で出してゐる譯ですか？

除村　政府で拂つてゐるのです。

河崎　區といふのは、相當廣い範圍ですか？

除村　モスコーには區が幾つもあるのですが、矢張り東京の麹町區とか、麻布區とかいふものゝやうに、人口によつて大小の區があるらしいです。最近モスコーでは區の範圍が狹くなり、從つて區の數がふえました。地方になると餘程廣い範圍らしいやうでした。日本で言へば郡のやうなものです。

石原　人口の稠密なところは醫者が澤山ゐる譯ですね。

佐藤　昔の儘ですか？　區は？

除村　それは私知りません。

神近　大體に於いて、古いものを踏襲してゐるのぢやないでせうかね。

除村　地區によつて分けるとか、人口の密度によつて分けるとかして、それに適當に、保健的施設がされてゐるのだ

と思ひます。

神近　結局、お醫者さんも方面委員制度みたいなものぢやないのか知ら。

河崎　さういふ無料で診て與れる處は幾つもあるのでせう。

除村　方面委員とは異ひます。別に屆けとか許可とかなしに、誰でも行つてみて貰へるのです。私自身が向ふで病氣になりまして、或醫者に診て貰つたのですが、ソヴエートの或人に、誰に診て貰つた、と聞かれましたので、これ〳〵だと云ふと、何故區の醫者に診て貰はないのか、と云ふのです。それで區の醫者といふものゝ存在を知つたのです。

神近　貴女が個人的にかゝつた醫者は相當高いでしたか？　名醫で、專問的な人が別にゐるのでせうから――

除村　それは旅行先のことでしたので、一寸はつきりしたことは判りませんがホテルにきてもらつて、確か九ループル位だつたと思ひます。

佐藤　國家の組織が違ふので一寸判らないでせう。だから除村さんの專問的にやつてこられた話を伺つた方がいゝでせう。

商品製造の技術はアメリカを學ぶ

狩野　商店の樣子はどうでした？　丁度除村さんが向ふにいらしつた頃――一九三五年頃からぼつぼつ發達しだしたと思ふのですが――

除村　さうですね。經濟の狀態は非常によくなかつたでせう。私の行つてゐた間にも、目に見えてよくなりました。デパートとか、食料店なんかにはしぢゆう變つた品物が現れてゐました。例へば、最近半製品の食品――コロツケやカツレツなんか油で揚げるばかりになつたものや、サラダや煮魚なんかの買つて直ぐ喰べられるものもありますそれで、面白いことは、食料品店のシヨウウインドに色々な廣告が出てゐて其處にエプロンをかけて、フライパンをもつた人形が出されてゐるのです。人形と云つても、簡單にボール紙で作つて、色を塗つたものなんですが、フライパンをもつて立つてゐる樣子がよく出來てゐます。その下には、時間を經濟的に使つて、讀書をし、散歩をし芝居をごらんなさいなどといふやうなことが書いてあるのです。それから、日本の醬油とか、豆腐みたいなものも最近出るといふ廣告を見ました。

石原　片山さんが豆腐が欲しくて、日本に註文してゐらつしやるといふことを聞いてゐましたが——

除村　他の國のいゝものはとり入れやうとしてゐます。アメリカには特に注意してゐるやうです。

狩野　貴女のいらつしやる頃迄は消費組合なんかゞ主だつたのでせうが、その後貨幣制度で、商業を發達させたのでせう。

除村　今は全部金で買ふやうになつてゐます。

市電從業員や女中さんの實狀

松田　市電の話ですが、向ふでも日本みたいに車掌は女ですか？

除村　えゝ、大抵女です。それから、運轉手にも女の人がなつてゐます。男の運轉手もゐますが——

神近　乘り具合なんか、大變面白いと思つたのですが、どうぞ、そのお話もなすつて下さい。

除村　普通は後の口から乘つて、前の口から降りるのですが、子供と、それから子供を連れた人は、前から乘つて、前から降りてもいゝのです。それで車掌が後の口に立つてゐてこゝで符切を買つて前に進むのですが、混んでゐたりすると、買はずに前の方へ行つてしまふ人などもあり、前の方から順に金を渡して、後の方の人に切符を買つて貰ふのです。誰の金か解らないけれども、後の方で金を受取つた人はその渡された金で切符を買つて、又前の方の人に順々に手渡してやつてゐます。私も最初は少し不安だつたのですが、後ではなんでもなくなりました。

松田　車掌さんなんかの勤務時間はどの位でせう？

除村　一般に車掌さんは七時間だと思ひます。勞働によつては六時間のもあるんですが、デパートの賣子や會計係りは八時間位です。女中さんのことをついでにお話しますと、女中さんのことを向ふでは、家庭勞働者と云つてゐます。私の時々行つた家に女中さんがをりましたが、女中さんと主人とのあひだには契約書があつて、樣々な勞働の條件を契約してゐるのです。で、その契約書を見たのですが、その女中さんは五十ルーブル貰つて、その他に五十ルーブル位の價値のある食事を喰べさせること、といふことになつてゐるので、兩方で百ルーブルになる譯です。それで働く時間は午前十時から、午後五時迄で、五時頃になると、私達が食事をしてゐる途中でも其儘歸つて行きます。その主人とのあひだに色々決める條件があつて、一年に着物を二枚呉れるとか、靴を一足呉れるとか、からいふことは各自色々に違ふと思ひますが、主人とのあひだの決め方によつて或は金で貰ふこともあるのです。また夜の學校に通ふ爲にその行く時間はあけて貰ひたいといふこともあります。

河崎　住みこみの女中さんはゐないのですか？

除村　住みこみの人もあります。

神近　例へば、女中を住みこましておくとすると、それだけの空間が必要になるでせう。（笑聲）だから、それだけ家賃が高くなるから、通勤にして貰つた方が經濟的なんでせう。

除村　あちらではお勝手が相當廣いので女中はお勝手の隅にねるのが普通ですそれから休み日は六日間に一日です。そして、その他に年に一回の休暇があります。女中さんは一番下の、まあ詰らない職業なんですが、それでも、十四日間位の休暇が、一年に一回あります。

松田　勿論、その休暇のあいだも俸給はつくんでせう？

除村　えゝ、さうです。ホテルで知り合つた或事務員の人なんですが、その人は姙娠したのです。それで姙娠の休暇が二ケ月、それに事務員の年一回の休暇が一ケ月、合はせて三ケ月の休暇をとりました。それで暑い最中を三ケ月續けて休むのだと云つてゐました。

神近　それも矢張り有給の休暇ですね。

除村　さうです。

丸岡　共同施設がどんどん出來てゐて、炊事とか托兒所なんかの施設も色々充實してゐると思ふのですが、それでも女中さんは減らないのですか？

除村　おひ〳〵には減るでせうね、今のところ主婦の仕事は色々に考へられてゐるでせうが――。晝なんかの食事は働いてゐる共處の食堂で喰べるのですそれがしかも非常に安いのです。町で四ルーブル位出る普通の食事が、さういふ働いてゐる場所では一ルーブル位で喰べられます。だから働いてゐる人の生活は非常に安くなる譯です。それから子供はそれぞれの小學校で食事をしてゐます。

ソヴエトの義務教育

松田　いゝわね。羨ましいわ。

神近　學費なんかはどうなつてゐるんですか？

除村　授業料を取る學校は一つもありません。それで、十年制の學校を出て、上の學校に行く場合は、政府が全部の費用もつのです。私の知つてゐた大學生は二百五十ルーブル貰つてゐましただから、親の子に對する義務も薄くなつてゐるし、子供が親に依存するといふやうなことは段々なくなつてゆくのです。

神近　學用品なんかも學校で與へるのですか？

除村　それは自分で買ふのが原則です。親の收入の少ない場合には學校で買つてくれますが、本屋なんかによく買ひに來てゐる人を見かけました。唯、現在は製紙工業がまだ十分發達してゐないので、新しい教科書が足りないのです。ですから、教科書の古いのがあつたら貰つて呉れ、といふことが、何處の本屋にも書いてありました。

神近　それは隨分經濟的なことですね。日本なんかでは、入學の時は新しい教科書でないと、子供はもつて行かないでせう。

松田　でも、農村あたりでは、順ぐりに古いものを持たせられますね。

神近　さう、農村なんかはさうですね。だけれど都會の子供は新しいのでないと仲々承知しませんよ。

河崎　又、日本の教科書はよく時々變はるしね。

石原　ソヴエートの教科書も、矢張り國定でせう？

除村　さうです。

松田　民族の異ひなんかによつては、內容も違ふのでせう？

除村　それは異ひますね。

松田　さういふ意味での民族性は一寸違ふでせうね。

除村　私達がジョルジニアに旅行した時除村が五日許りジョルジニア語を習つたんですが、その時の教科書は小學校の子供のを使つたのですが、子供の名など「オ」の音に終るジョーヂヤの名が用ひてあり、繪なんかも、その地方の子供に親しいヂョーヂヤの生活でした。例へばモスクワの子なら大きな家の建つてゐるモスクワといふところを大きな家の建つてゐるチフリスといふ風にです。

神近　ジョルジニア語とロシア語は大變に違ひますか。

除村　えゝ、全然違ひますね。

支那の教育界一瞥

神近　（石原さんに）貴女も支那の學校を見て來ましたか？

石原　えゝ、見て來ました。

神近　支那の小學校はどうですか？

石原　今、除村さんのお話を色々伺つたんですが、ロシアは新しく建設された國で、その上に建てられた施設ですから、色々羨ましい程に整備されてゐますが、支那は現在、何もかも混亂してゐる印象を受けます。

神近　子供達は矢張りお辨當を持つて行くのですか？

石原　えゝ、さうです。

河崎　北の方は饅頭《マントウ》でせう。

石原　えゝ、さうです。あの饅頭《マンヂユウ》のやうなものね。

河崎　日本では饅頭《マンヂユウ》といふのでせう、支那では饅頭《マントウ》と云ふのです。

狩野　どの邊を旅行なさつたんです？

石原　初め朝鮮に參りましてね、それから滿洲のハルビンに參りまして、それから再び奉天に引つかへして、奉天、北平に參りまして、それから天津にバツクして、南京、それから上海といふ順序でした。色々廻つて見てをりますと、北と南の地方は大變に樣子が違ふやうです。北の方は日本の政治が入りこんで、支那の政治が混亂してゐるのです。共處に新しい何かを感じましたけどね。北平では、形によつての新しいものは見ませんが、新しい時代の空氣を感じました。それから、書店なんかに行きますと、唯物辯證法の書物なんかゞ、新哲學、新人生觀といふやうなカバーでカムフラージユされて並んでゐました。北の地方では、さういふやうな點でも時代を反映させてゐることが判ると思ひます。北平なんかは、見たところ千古の都で、立派な宮殿はあるし、京都と奈良と一緒にしたやうな都町《ミヤコマチ》ですがね。

松田　書店にある書物は矢張り伏字があるんですか？

石原　私、二、三冊の書物をパラ〳〵めくつてみたゞけですが、××はみませんでした。

神近　どうも、××の伏字のあるのは、日本だけらしいな。

石原　今日本では、ソヴエートと支那のものが一番うるさいので、何も持つてこれなかつたんですが――唯、胡適《コテキ》さんの主宰してゐる雜誌だけをもつて歸りました。

狩野　北平の大學生は矢張り騷いでゐますか？

石原　私は、南京の中央大學だけをみて來たんですが――

狩野　男女共學でせう？

石原　えゝ、みな男女共學です。

河崎　共學は、してもいゝし、しなくつてもいゝんだが――

石原　大抵、國でやつてゐる學校は男女共學ですが、唯ミツションがさうぢやないのです。北平に、大きな女子大學がありますが、それはミッションで、男は入れないのです。

狩野　教育を受けてゐる支那の女の人は日本の女より進歩的なんでせう？

石原　えゝ、そりや凄いですよ。

神近　石原さんが向ふで、日本の女は遲れてゐると云つたり、日本の女の遲れてゐるのは世界的なものだから、と云はれたさうですが、日本の女もなんとかしなきや駄目ですね。今に、何にも手が出せないやうになりますよ(笑聲)

石原　支那の大學生は文學より自然科學を希望してゐる傾きが多いさうです。私もさういふ敎室に入つて見て來ましたが、大學生の最近の課目の傾向は文科の方が尠くて、理科系統が多くなつたと云つてゐました。

河崎　日本なんかの傾向も今さうなんでせう。

石原　支那ではさういつたものは直ぐ利用されますからね。

狩野　文科なんかだと、官吏になることも一寸難かしいのでせう。

石原　結局職業の問題になりますが、支那は産業が發達してゐないので、今なら、官吏か軍人になる人が多い譯です生活が不安で學生が騒ぐのは支那だけでなく、國際的な現狀ですが、此點に大きな問題があるやうに思ひます。支那の官吏の俸給は六十弗で、これは男女共に同額です。中國銀行の平社員の俸給は三十五弗位でした。そして大抵の中等學校の男女の比率は女は男の三分の二位で、大學は四分の一位です。

支那の女性

松田　さういふやうに、男女共學で敎育を受けた女の人が、男の人と一緒に大學を終つて結婚した場合、家事なんかは二人でやるのですか？

石原　支那の家庭生活は相當贅澤なのです。そして支那は階級の懸隔がひどいのです。金持の人達はびつくりする程贅澤な生活をしてゐますし、苦力《クリイ》なんかはまるで奴隷みたいな生活をしてゐるのです、上海なんかでも一日何萬臺の人力車が動いてゐますが、その苦力なんかは殆んど半裸體の汚ない恰好でやつてゐます。併し、いゝ家庭では、普通コツクなんかを使つて、その家の奥さんは家庭勞働をしないのです。

神近　私も前に日本に來てゐた謝さんに支那料理を喰べにこい、と招ばれたことがありましたが、謝さんはなんにも手傳はない。手をつかねてゐるのですそして、男の人達が一生懸命に料理を作つてゐるので、私なんか恐縮してしまつたのですが、女の人は家事をしないのですね。

河崎　婦人の面目に關るといふので、しないのですね。生活《クラシ》のこと、煮たきのこと、なんでも一切男の人がするのです。だから女の人はちつとも生活のことを知りませんね。

石原　併し、最近の支那の婦人達はさういふ自分達の状態に滿足しないのですね。家事勞働とか、育兒とかいふ主婦としての面に權利をもちたいといふことを云つてゐます。

狩野　女をさうしておくのは、女を一種の玩弄物にみてゐるからなんですね。

石原　支那の女の人には、非常に新しいところと、非常に古いところがありますね。

佐藤　向ふの代表的な人達にお會ひになつた？

石原　私、若い人に會ひたいと思つてゐたので、所謂ジャナリスチックに名を知られてゐる人には會ひませんでしたが、實際仕事をしてゐる人に會ひました。それは「婦女協會」に働いてゐる人なんですが、非常に元氣で、壓倒されさうでした。「婦女協會」では新生活運動といふのをやつてゐますが、それは詰り、支那の婦人が家のなかにゐて何もしないでゐるのは無意味だから、大いに社會的な仕事に進出しやうといふ運動なのです。

支那の婦人運動

除村　もう足を縛つてゐる人はないでせう？

石原　纏足はみませんでした。

河崎　田舎の女工さんなんかにはまだ纏足をやつてゐる人がありますよ。

石原　私の見て來ました工場では女工監督さんが一人纏足でしたが、その他はさうぢやありませんでした。

神近　纏足の廢止運動も盛んなんでせうからね。

石原　田舎の方に行つたらどうか知りませんが、私の通つた町の女の子も男の子も皆あのボーイスカウトの格好をしてゐました。あの風呂敷を半分にしたやうな衿をつけたものね。そして、中學校の生徒も、女學校の生徒もその服裝で「孫文」の墓の前に集つてゐるのをみました。

丸岡　その「婦女協會」ではどういふやうな運動を中心にしてゐるんですか？

石原　先づ國難に對する爲にはみんなが質實に生活をしなければいけないといふことから、婦人の自覺を促すことに中心をおいてゐると思ひます。宋美齢や各市長の奥さんなんかゞ指揮者格で私位の女の人達が、それを具體的にやつてゐるのです。それから南京には公娼はありません、ダンスホールも、カフエーもないのです。藝者といふ者はをりますが、それは客席に待べるのぢやなくて、舞臺で歌つてそれで濟むのです。

神近　ぢや、キヤバレーみたいなのですか？

石原　いゝえ、さういふものはないのです。唯、舞臺みたいなところで歌ふだけで、決して客席にはこないのです。

河崎　でも、個人の家でもよぶことがあるのですよ。

神近　私娼はどうなんです？

石原　私娼は或る人は、あると云ふのですが、或る人は無いといふのです。私には、どつちを信じていゝのか判らないのですが――それから、新生活運動の一つのあらはれとして、道をあるく時煙草を喫つてはいけないといふやうに固苦しい規則があるのです。

河崎　矢張り若い人達がやつてゐるからですよ。

狩野　南京なんかも、貧民窟は汚ないですか？

石原　昔の所謂支那街は除かれてます。南京は非常に近代的な町でした。赤い瓦なんかの建物が並んでゐて、非常に綺麗で、初めは驚いた程でした。大森のブルヂョア街のやうなところが多いのです。

狩野　パールバツクのものを讀んだ時になんか、金持が米を安く買つて、大きい臺所を作つて、それを炊いて、貧民に安く賣る、それで貧民が列をなしてお椀をもつてそれを買ひに行くといふやうなことが書いてあつたのですが、私面白いと思つて讀んだのです。

紐育で買つた米の話

神近　藤原さんのお話ですがニューヨークで箱一杯の米を、十錢で買はれたさうです。そしてそれで親子三人で二日あがつたさうですね。

藤原　えゝ、普通の食料品で買つたのですけど、とても美味しいんですのよ。

佐藤　箱に入つたやつね。アメリカのお米はカルホルニヤの米ですが、イタリー米も澤山入つてゐて、イタリー米の方が安いでせう。でも、イタリー米は不味いですね、日本のデパートなんかでも、お米を箱に入れて賣つたらいゝと思ふんだけど――

狩野　箱ぢやないけど、袋に入れて賣つてますね。

佐藤　どんなところで賣つてますの？

石原　米屋でも賣つてますね。

狩野　モーリなんかのチエンストアーでも賣つてます。

佐藤　私、日本に歸つてからまだ米屋をみてゐないのだけど、米屋はなくなつたのかと思つた。（笑聲）

河崎　貴女のゐる日本橋には少いが、澤山ありますよ。

佐藤　それから、お砂糖とか醤油を町で買はうと思つても、見當がつかないんだけど――

神近　さういふものは酒屋でちやんと賣つてますよ。一升瓶ならデパートでも賣つてますしね。ぢや、もう少し除村さんにソヴエートのお話を伺ひませうか

ソヴエトの「妻の會」や托兒所の話

除村　向ふの女の人達で、技師やその他知識階級の妻君で夫の俸給で暮してゐる人達は、近頃、妻の會といふのをやつて何か社會的な仕事に參加しやうとしてゐます。夫の出てゐる工場や組織の托兒所の世話をしたり、住宅の附近に花を植えたりしてをります。

神近　それは社會奉仕的な運動に利用しやうとしてゐるのでせうか、それとも自己の解放といふ立場からやられてゐるのか、どつちでせうね。その人達は自分の夫の働いてゐる工場なら、工場の子供の世話とか、工場勞働者の家庭の狀態の合理化とかその慰安とかいふものもやつてゐるやうですね。

除村　え丶、さういふこともやつてゐると思ひます。

松田　托兒所の利用者に一番多い婦人層は？

除村　矢張り下の方の勞働者でせうね。

河崎　托兒所は普及されてゐますか？

除村　普及してゐます。向ふではお乳を度々やらないで、時間をきめて非常に正確にやつてゐますが、仕事の途中で托兒所に授乳に行くことは許されてゐます。それで、托兒所が職場から遠いとさういふことの實行は不可能になりますから、托兒所は、新聞社ならその新聞社に附屬して、傍にあるのです。それから、母と子供の展覽會といふのにも行つて見ましたが、育兒上の樣々な資料の中にコルホーズの托兒所の爲に新らしく考案された大きい車がありました。大きな自動車の中にいくつも寢臺が出來てゐて、子供をその中に入れて、農場迄連れて行き、それを畠の傍において大きなカンヴアスの日よけの下に座つて、子供に乳をやるやうに

計畫してゐるのです。

石原　移動托兒所なのね。

河崎　それはもう使用してゐるのでせうちやんとさういふもので子供を扱つてゐる寫眞をみましたよ。

神近　女ですか、男ですか？　さういふ子供の傍についてゐる人は？

犯罪者だけの村

除村　托兒所の世話をしてゐる人は女です。それから、私、犯罪者の托兒所も見ました。これは少年犯罪者を矯正する所なのですが、犯罪者だけで一つの村が出來てゐて、その中にある托兒所です。つまりその矯正所にゐる間に成人して結婚し、子供をもつてゐる人もあるわけなのです。私達の案内をして吳れた人は、掏摸だつたといふのですが、仲々立派な人でした。その人が村の學校でその村の歴史を說明して吳れた時に、貴君はどうして此處にゐるのですかと聞いた人がありましたが、その人は私は掏摸だつたのですと、とても朗らかなものなのです。（笑聲）

狩野　愉快ね。

神近　ちよつと樂しいわね。

除村　そして、その村の學校の體操場みたいなところに、その學校の生徒の製作した繪が揭げてあるのですが、不良達が巡査に捕つて護送されるところなんか繪になつてゐるのです。丁度休暇で生徒はゐなかつたのですが、二十歳位の青年と、七、八歳位の子供が人のゐない閑散な部屋で繪を描いてゐました。それから、その村には病院もありますが、醫者も大抵、もとはその村で矯正された人ださうです。

神近　その人達は刑期が濟むとどこかに移るのですか。

除村　さうなんですが、私達の案內者になつた人は、もう刑期は濟んでゐるが自分のやうなものが、犯罪者を指導して行くには一番適任だと思ふから、ずつと止つてゐるのだと云つてゐましたそれから、その村のレストラン、食料品店なんかに働いてゐる人もあります

神近　その人達は休暇はどうしてゐるのですか？

除村　矢張り子供は夏は林間學校なんかに行つてゐるのでせう。

神近　學生だけでなく、村民はどうしてゐるのでせう？

除村　それは、矢張外の勞働者なんかと同じだと思ひます。その村に色々な工場があります。工場はバラツク建のもありますが、幾棟もあつて其處で普通の勞働者みたいに七時間勞働時間でや

つてゐるのです。

神近　強制勞働ぢやないのでせう？

除村　一定の刑期がすむ迄はその村の工場で働かなければならないからその意味で强制と言へると思ひますが、刑期のすんだ後は他所の工場に移ることは自由です。それから、村には劇場もあります。それにアクロバツトといふか軟かい砂場があつて、飛び降りやでんぐり返りをして遊んだり、犯罪者でさういふ才能をもつ人達がやつてゐますその樣々な興味の向けどころが面白いと思ひました。それから、モスコーに民衆の劇場といふのが出來てゐるのですが、其處で、各工場のクラブの管絃樂や舞踊團が出場します。この劇場にこの犯罪者の舞踊團が、ちやんと出てゐるのです。（笑聲）

神近　自分が完全に其處をぬけ出た時には、それを恥かしいとは思はないのですね。そしてはたも少しも過去を咎めないのですね。

除村　笑つて、自分のことをユーモラスに話してゐるのです。

神近　細君もちでゐるのですか？

除村　夫婦ものゝ爲にはアパートの部屋があります。一人ものはずつとベツトが並んでゐる部屋に共同で寢ますが。

神近　夫婦もので、片一方が別な町にをり、一方がその村にゐる、といふ人達もゐるんでせうね。

犯罪者を取扱つた芝居

除村　結婚は皆そこでしたのですから、その問題はないでせう。夫婦ものゝ部屋は綺麗な部屋でした。そしてゴリキーが其處を訪問した時に、みんなと記念撮影をしたのが飾つてありました。それから一九三四年から五年にかけての芝居シーズンから犯罪者を主題にしたアリストクラシイといふ有名な芝居がモスコーの方々の劇場で上演されてゐます。これは少年犯罪者でなく、普通の受刑者を取扱つたものです。私の觀たのはモスコーの第一勞働者劇場、現實主義劇場、ヴフタンゴフ劇場等でしたが、みな演出が違つてゐて、大變面白いと思ひました。

神近　その「アリストクラシイ」の芝居はどんなのです？

除村　受刑者の劇で、その受刑者が自分をアリストクラシイと稱してゐるのです。（笑聲）現實主義劇場の方はステーヂが二つ出來てゐて、非常に印象的に早くやるのです。非常に簡單な裝置で效果的にやつてゐます。それで、その劇の最後のところなんですが、一人のキャラクターが立つて演說をするのですが、その中で、私は言ふ迄もなく泥棒です。勿論泥棒だつた。といふところがあるのです。（笑聲）

石原　女の主人公なんですか？

除村　男、女の泥棒が、二人、まあ主人公になつてゐるのですが――それで、その二人は泥棒をやめて、働くやうにと色々注告されるのですが、仲々その云ふことを聞かないのです。「俺みたいな者は放つておけ」と云つて、その眞《マ》實《ジメ》な話には耳を傾けない、それを手を變へ、品を變へて指導するのですが、ソーニャといふ女泥棒がとう〳〵改心するところなど非常に印象的に演られるのです。初めにその女は足を出してだらしなくイスにかけて、煙草なんかを喫みながら「貴君はソヴエートの長官、私は女泥棒ですよ。」なんかと云ふのですが、最後になると自分がよくならうといふやうに改心して、女がもだえる。そこを非常に激しく官能的にダンスのやうにして表現するのです。その劇を作つた人は、犯罪者達が强制勞働をしてゐた白海運河工事の場所に行つて、囚人の生活を實際みて書いたのださうです。

神近　貴女の泊つた共同經營のホテルにも托兒所がありますか？

除村　えゝ、あります。

ソヴエトと支那の托兒所

丸岡　婦人謡報に書いていらつしやる托兒所のお話の中で、はい〳〵してゐる子供がゴムマリをもつて遊んでゐる寫眞がありましたね。

除村　えゝ、向ふでは赤ん坊を床の上にはわして、自由に遊ばせ、監督はその傍についてゐるのです。私が見た時はゴムマリをやつて、子供に自分勝手に遊ばせてゐました。間違ひのないやうに守りをしてゐる程度です。子供達同志で頭や肩につかまり動物の仔のやうにして遊んでゐるところはとても可愛いゝんです。

神近　さういふやうに大勢の子供を集めてやつてゐたら、おしつこの時間なんかも統一できるでせう。

佐藤　いくらソヴエートだつて、それは一寸ね。（笑聲）

石原　あれは體質も關係があるのでせう

神近　でも、矢張り習慣的にやるとずつと樂ですよ。

石原　ソヴエートで、托兒所なんか母乳でやつてますか？

除村　えゝ、大體母乳のやうです。特殊な色々な場合のことは知りませんが―

―親の乳の足りない場合は矢張り牛乳なんかでやつてゐるのでせう。

石原　私南京に參りました時に、或る人が南京の托兒所を見ませんか、と云ふのです。それで、どんな托兒所かと聞きますと、その案內して吳れると云ふ人が、「金持の後家さんの子供をあづけてあるんでせう」と云ふのです。おかしいなと思ひましたが、兎に角其處に行つてみますと「南京婦人文化促進所子供托兒所」と書いてあつて、社會運動をやつてゐる婦人達の子供が其處で預かられてゐるのでした。小學校に行く前の子供達を預つてゐるのです。で其處の托兒所は普通の托兒所みたいに毎日子供を連れてくるのではないのです。社會運動をやつてゐる婦人達は他の職業婦人と違つて、何時仕事があるか判らないので、ずつとあづけきりで托兒所で全部責任をもつてやつてゐるのです。そして、子供に會ふ日は何曜日といふやうに決つてゐるのです。其處の經費は、大體は寄附でやつてゐるのですが、個人的には赤ん坊一人について二十弗位で預かつてゐます。これはシルバー弗ですが――私が參りました時に八十人位の子供がゐましたが、若い保姆が熱心に世話をしてゐました乳は山羊の乳です。保姆が科學的に沸かして飲ませるのです。それから子供の年に應じてベツトの大きさが違つてゐました。三階建ての立派な設備でした。大體お母さん達を、出來るだけ熱心に社會運動につかせる爲に、子供を兩親の傍において個人的に教育をしないで、團體的にやるといふ目的でした

佐藤　ロシアの影響を受けてゐるのかしら。

狩野　その社會運動は社會主義の運動ぢやないのでせう。

石原　何しろ國民政府の直接指導下ですから、さういふものぢやないでせうね

神近　その話を聞いて思ふことですが、松田さんなんかはよく赤ん坊をおんぶして、組合運動をやつてゐらしつたけど、丁度お母さんがさういふ場合の托兒所なんですね。

松田　私もさうだらうと思つて、さつきから感心して聞いてゐるんです（笑聲）

神近　シルバー弗といふのは、どの位なの？

石原　日本の金を百圓もつていくと、向ふで九十九圓と幾らかです。此頃金の相場が騰つてゐるからで、それ迄は百圓もつて行くと、向ふの金額で、百五六圓になつたさうですが――

同善堂の話

神近　同善堂の話を一寸して下さい。

石原　私も有名だから行つてみたいと思つてゐたのでした。以前は支那人がやつてゐたのですが、滿洲國が出來てから全部日本人になつたのです。そして昔は捨子だけを扱つてゐたらしいのですが、今では養老院もあり、托兒所もあります。それから家庭の空氣に耐えかねて飛び出して來た子供や、不良少年なんかも收容してゐます。で、其處の案內して呉れた人が、同善堂は捨子だけを收容してゐると思はれてゐるから、日本に歸つたら、今の樣子を話して呉れ、と云つてゐました。

神近　どうして、人乳で子供を育てなくなつたかも話して下さい。

石原　以前は母乳だつたさうですが、さういふ乳母を志願する女は貧乏人が多いといふのです。それで、その營養不良の母乳では子供が巧く育たないといふことで、山羊の乳か、牛乳でやつてゐるのですね。さうしてからは赤ん坊の死亡率も尠くなつたと云つてゐました。

河崎　日本人が全部やるやうになつてから非常によくなつたのですね。支那人がやつてゐた頃は設備もよくなかつたけど、ずつと此頃は充實してゐますね

石原　收容人員は今より減ることもありますか、と聞きましたら、段々增へる一方だと云つてゐました。支那人がやつてゐた時は人員なんかでも、はつきりした調査がなかつたさうですが、ずつと前にさかのぼつて、調査したらずつと增へてゐるさうです。一番最初軍人の方がやつたらしいですね。

神近　石井漠さんの書いたものをみるとあれは回敎徒の軍人が創設したのですね。

石原　それから私、支那街の裏町にある托兒所に行つてみたのですが、其處は實に微々たる設備で、子供は三十七人程ゐました。そして、ラクトーゲンの鑵が棚に澤山並べてありました。

河崎　同善堂の名高いのは、古いもので名高いのですね、四十年位經つてゐるでせう。出來てからね。四十年程前にさういふ設備があつたから珍らしかつたのですね。

佐藤　捨子の爲に出來たといふのがね。

神近　日本だつて、捨子があつたでせう此頃は捨てないやうだけど、以前は隨分あつたんでせう。

河崎　此頃は捨てると新聞なんかでうるさいからね。

ソヴエト社會政策の種々相

除村　モスコーには娼婦の矯正所があります。

神近　娼婦はもう大體ゐないでせうが、ストリートガールはまだゐるんでせう

除村　さういふ女はゐません。

狩野　そんなことをしなくても生活が出來るんですものね。

佐藤　さういふものは消滅して行く筈だものね。

河崎　さういふことをしてゐると、日本では女だけがしかられるが、向ふではその親父がしかられるからね。

除村　離縁の場合なんかでも、子供を育てる費用は、男が子供をひきとつた場合には女が經費の幾分を拂ひ、女がひき取つた場合は男が拂ふのです。その額も、お互ひの俸給によつて平等になつてゐて、女の收入が男より餘計な場合は、矢張り餘計に拂ふのです。

神近　そこで、アボリション（墮胎）の話を少し。

除村　それは、最近禁じられました。

河崎　どういふやうな傾向からさうなつたんですか？

除村　それは第一に生活がよくなつてその必要がなくなつたからではないでせうか？　子供を産むための休暇も充分にあつて、仕事にも、そして生活にも差し支へがなかつたら、子供を産みたくないといふ理由はないと思ふのですそれで子供を澤山産めといふことを政府でも云つてますが、子供を澤山もつことは、ソヴエートの場合では決して不幸なことにはならないと思ひます。

佐藤　産兒制限は適當に行はれてゐるでせうから、墮胎の必要はない譯なんでせう。

神近　産兒制限は行はれてゐるのですか

佐藤　そりや、代表的なものですよ。

松田　ロシアの醫師は、産兒制限の方法を聞きに行つた人に詳しく敎へる義務がある、といふやうなことを書いてあるのを讀んだことがありました。

神近　私はアボリションと同時に産兒制限も禁ぜられたと思つてゐたのです。何かソヴエートでは産業政策上でも人口の增へることが必要になつたと考へられるので産兒制限も禁ぜられたのぢやないかと思つたのです。

除村　とにかくモスコーでは産兒制限といふことは一度も耳にしませんでした

神近　失業者はありませんか？

除村　實際働いてゐる人をみても、ありません。日本なら失業すべき人――手の片一方動かない人なんかゞ平氣で働

いてますし、或食堂ではびつこの女が働いてゐました。かういふ日本なんかでは轉落すべき人々が、どん／＼働いてゐるんですからね。いざりなんかでも車に乘つて平氣でやつてますが、それが非常に早いのです。ある時背のバカに高い人と堂々と並んで話して行くのを見かけたことがあつたのですが、「ダー、ダー」(さうです、さうです)とか云ひながら、そのいざりはバスや電車の道を横ぎつて行きながら、元氣に話込んでゐるのです。全く普通の人と同じ感じです。全く、他の國では哀れつぽくみえる人がソヴエートではさうではないのです。仕事をしないでゐるのは醫者の診斷によつて、仕事の出來ないやうな體の狀態にあるものだけです。醫者の診斷によつては仕事から退くし、若い人でも仕事をしない人はあります。

神近　その人達は矢張り定給を貰ふのですね。

除村　えゝ、保險金を貰つてゐるのですさういふ人達はなほつて早く働きたいといふやうなことを云つてをります。老人なんかでも非常に元氣です。

神近　いゝなア。

佐藤　それだけ聞いても、いゝ國だわね

勞働時間の問題と給料

石原　ロシアは產業が發達してゐるけれど、勞働時間は日本より短いでせう、それで失業者といふものがないから、今後は勞働時間をもつと多くしないとソヴエートの產業は延びていけないといふことにならないかしら？

除村　ソヴエートの勞働時間は現在七時間で、今後も段々尠くしたいと希望してゐるやうです。そして、その勤務時間內で、出來る限りの能率をあげるといふやうなことを苦心してゐるのですゴリキー公園のスタハーノフツイ展覽會を見たのですが、そこの說明によると、スタハーノフといふ石炭の坑夫がどうしてあれだけの能率を上げたかといふと或程度迄石炭を掘ると杭を打つて次を掘るのださうですが、その杭を打つのに手間をとるので、スタハーノフは杭を打つ人を別に置くことを考へ出したのださうです。

狩野　ソヴエートの政府の發表によるとアメリカの能率的な生產に遲れてゐるといふことを云つてゐますから、その意味でソヴエートではまだ／＼機械を働かす餘地がある譯ですね。

河崎　それは日本の鐘紡や東洋紡績なんかでも機械の能率をあげる研究は相當

されてゐるんですが、その結果といふものは日本だと一寸違ふ、同じ研究でもその根本が違ふのですね。働く人が疲れるか、疲れないかといふやうなことは考へられてゐない、そこのところの精神が違ふのですね。

神近　たゞ投資に對する利潤の多寡が、最も先きに考慮される點ですね。

石原　大正年代の日本民衆運動の盛んな時代には社會政策の論文がみえてゐたが、最近はそれがみえませんね。でも日本でも矢張りあつたのね。

神近　ソヴエートでは技師なんか優遇されてゐるのでせう。

除村　えゝ、非常に優遇されてます。それから俳優などの藝術家も優遇されてゐます。一般に腕に何かの技術をもつた人は非常に優遇されます。有名なスタンスラフスキーなど三千五百ルーブル貰つてゐるさうです。

神近　男の人でそれ位？

河崎　案外尠いやうだけど、でも、歌右衛門のやうに、下に養なはなければならないものがうぢや〳〵とゐないから（笑聲）それだけ貰へばいゝんだね。

神近　小學校の先生なんかは？

除村　村の小學校でしたが校長が五百ルーブル位です。モスクワならもつと多いと思ひます。それに學校の先生の出勤時間は日本と違つて、自分の受持つた時間だけ行つて敎へればいゝので、充分自分の時間がとれる譯ですね。

ソヴエトにも訓育があるか？

神近　學校のマネーヂメントは別なのね

除村　それに訓育といふやうなことは學校外でピオニエール指導者が主にやつてますからね。

神近　矢張りソヴエートにも訓育がありますか。（笑聲）

河崎　まあ、さういつてみたのでせう。

除村　修身の課目はありません。女學校の三年位の生徒が、ツルゲーネフの「父と子」をやつてゐるのを參觀しましたが、かういふ文學でも、社會問題なんかに關聯させて、研究してゐるのですバザーロフのやうな性格が生れる原因がどこにあるかといふやうなことを問題にしてゐます。唯字を覺えるといふことだけでなくて、それを通じて社會問題を研究してゐるやうです。

神近　どんなことを子供達が云つてゐるのか、聞きたいな。それから藤原さんなにか話はありませんか？

藤原　話が餘り違ひ過ぎますので――

神近　では、この位で、有難う存じました。

白の似合ふ男

佐藤俊子

夏の男は、髮《かみ》の刈《か》り立て、髭《ひげ》の剃《そ》り立てのすが〳〵しさに美しさがありませう。

夏の男は痩《を》せてゐて貰《もら》ひ度い。皮《ひ》膚《ふ》の色はあんまり白いよりもやゝ淺《あさ》黒《くろ》いのに限《かぎ》る。眉《まゆ》が濃《こ》く、鼻《はな》筋《すぢ》通り、口元が締《し》まつた男振《ふ》りは、夏に見る男で、これに紺《こん》いろの上布《ふ》――かうなると兵兒《に》帯《おび》でなしに、矢つ張《は》り夏帯《おび》をきりゝと結《むす》んで欲《ほ》しい。背《せ》は無論《ろん》低《ひく》くては困《こま》る。

だが色白の二十二三の男、髮《かみ》はオールバックで、コスメチックの光つたのがそれほど嫌味でないやうな、インテレクチュアルに締《し》まつた顔《かほ》附をした男が、白麻《あさ》の服《ふく》に――それもズボンのだぶ〳〵してゐないのを、きちんと穿《は》き、白靴《くつ》に瀟洒《せうしや》としたのも悪《わる》くはないが、夏の男は日本服《ふく》の方がすつきりとした感《かん》じを與《あた》へる。

たゞし着流《なが》しの裾《すそ》から毛脛《すね》が出たり、變《へん》な白縮《ちゞみ》の半ズボン見たいなものがちら〳〵見えたりするのは困《こま》る。長襦袢《じゆばん》もいけない。

さうかといつて夏の薄《うす》ものの袴《はかま》も暑苦《あつくる》しい。

「夕涼《すゞ》みよくぞ男に生れける」

これは其角《かく》の句《く》だつたと思《おも》ふが、男が浴衣《ゆかた》がけで、兵兒《に》帯《おび》をちよつきりと結《むす》び、毛脛《ずね》をまくつて、猿股《さるまた》までのぞかせながら、素《す》足に薩摩《さつま》下駄《た》で歩いてゐる姿《すがた》ほど醜いものはない。

夏の男はスタイルのよさが、最《もつと》も目立つ時で、要《よう》するに和服《ふく》でも洋服《ようふく》でもスタイルのいゝ男が、多少好《この》みに厭《いや》な點《てん》があつても、ちぐはぐでも美しく見える。

油屋の貢の服裝《ふくそう》も、夏の男の理想《りそう》的《てき》な美しさを代表《へう》してゐるが、白絣《かすり》に黑絽《くろろ》の羽織、お納戸色の献《けん》上の帶《おび》が似《に》合ふような男だつたら、きつと夏の空《くう》氣の中で目に立つ美男子振《ぶ》りに違《ちが》ひない。これを現《げん》代化《くわ》しても嫌《いや》味《み》にはならない。

新國劇《げき》の辰巳《たつみ》といふ俳優《はいゆう》は、舞台《ぶたい》の上で白や水色の非《ひ》常《ぜう》に似《に》合ふ人だが、あれは確《たし》かに夏男で、白が似《に》合ふためには品のよさが必要《ひつよう》になる。

夏の男は品がよく、背《せ》が高く、瘦《や》せたのに限《かぎ》る、そして矢張《は》り若《わか》い方がよろしい。春はやゝ成熟《じゆく》した男、秋は分別盛《べつさか》りの四十前後、夏は潑剌《はつらつ》とした若《わか》さの男が自然《ぜん》に調《てう》和する。體格《たいかく》のいゝ、四肢の均齊《きんせい》のとれた靑年の勞働《らうどう》者が、脂《あぶら》や泥《どろ》に汚《よご》れた菜《な》つ葉《は》服《ふく》で、紅顏《こうがん》に汗《あせ》を浮《うか》べてゐる顏《かほ》を、夏の炎《えん》日の下で眺《なが》めてごらんなさい。彼の汗《あせ》から一掬の凉味《れうみ》が感《かん》じられるに違《ちが》ひない。かういふ汗《あせ》は熱《あつ》苦《くる》しくない。もつとも、夏の空《くう》氣の中で潑剌《はつらつ》たる若《わか》さが感《かん》じられるような男だから、魅《み》力的《てき》な男性《せい》だといふことが出來るので、若《わか》くても、夏の空《くう》氣の中でひしやげてゐるような若《わか》さでは、無論《ろん》夏の男の美しさの資格《しかく》はないといふことになる。

アメリカの夏の印象

佐藤俊子

○ハリウッド・ボール

これは世界に有名な、ハリウッドの野外音樂演奏場である。

夏季になると七月の初めから八月いつぱい、プログラムを定めて世界中の優れた音樂家たちによつて毎夜、さま〴〵な音樂やシンホニイが星の燦めく滿天の下で演奏される。

その光景は夢幻的である。綠を含んだ暗い夜の空には、大低星がある。雨の降ることの滅多にない南カリホルニアは、晝は百度の酷暑に上つても、夜になると爽かな涼氣に滿ちた冷たい氣候と變る。

この冷や〴〵した空氣の中で、一萬の聽衆は高價な席に坐して、殆んど鳴りを鎭め、文字通り水を打つたやうな靜かさで、名手の奏する音樂に聽き入るのである。四方は低いハリウッドの山に圍まれ、この漆黑な山の陰翳に、落ちかゝるばかりの星の光りが、うつすりと白い朧の光りを刷いてゐる。演奏が休むとこの山から樂の音と競ふやうに一齊に蟲が鳴き出す。アーチ形の奥深い演奏の舞臺から、薄黄《うすき》の夢のごとくに淡《あは》い電燭が闇の中に流れ、舞臺の上で奏《かな》でる百ピースのオーケストラが、サア、ヘンリイ・ウードの指揮に從つて、野外の冷たい空氣の中に送つてくる統一されたさま〴〵な旋律は、魂の底にまでスキートな情緒を浸潤させる。

第一ヴイオリン、第二ヴイオリンの三十餘名が奏でる弦のさばきが、まるで一線になつて動き、奏樂者の一絲亂れぬ手の動き、白のネクタイが其所に鮮やかな印象を映じ出してゐる。

演奏が濟む毎に、感嘆の囁きが聽衆の間に漏れ擴がり、やがて低いざわめきとなつて、高い電柱の頂上から降り注ぐ青い電燈の光りの下で、彼方此方に白い色の姿が動き出すのである。其の時はハリウードの山から聽こえる蟲の音が演奏場を獨占する。

高價な香水の匂ひ、化粧の匂ひが花の野のやうに漂ひ、煙草の煙りは爽やかな夜氣を通して聽衆の間から豊に流れてくる。有名なハリウードの映畫女優たちが遲く、レザーヴール席へ入つてくると、夜目にもそれと知つて、稍遠く離れた聽衆が其方を指さし知らせ合ふのを見るのも艶めかしい情景である。

乘つて來た自動車をそれ〴〵の廣場に置き、演奏場へと通じる道路へ入ると、兩側には自然樹《しぜんじゆ》の繁茂が夜の闇に浮き、何となく土の香が靴の底に染み附くのが感じられる。これから美しい野外の音樂を聽かうとするものには、一層しみ〴〵した場景の親しさと樂しさが、もう其の道から湧いてくるのである。女子大學生たちが、學費を働く一助にして、シーズンの切符を其の途中で賣つてゐる。買つてくれる人にも、買はない人にも娘らしい愛嬌をする。それが何とも云へず清楚で柔らかな感じである。途中には又、電燈を明るくして繪葉書を賣つてゐる店もある。珈琲とサンドウイツチを賣る店前は、夕食を濟まさないで飛んで來た若い人たちで賑はつてゐる。自由な、潑溂とした清樂の喜びが靜かに溢れてゐる野外演奏場の夜の景色は、いつまでも私の頭に殘る懷しさを持つてゐる。

○夏の海岸

夏の海岸は、餘りの人出の爲に却つて熱苦しい。砂濱《すなはま》は日除《ひよ》けの傘の林立で隙間もない。海の中は遠く沖へ行くまで、其の水岸は、全く人の山の感じがする。

人出の多い時は十萬以上の自動車が、ロングビーチ、サンタモニカ、ベニス、オーションパークの諸海岸にパークされて、午後になつて出かけて行くものは、自動車の置場がなく、空しく一巡をドライヴして歸つてくる。

流行の水泳着も、古いスタイルの水泳着もない。青、赤、黃、黑、白の水泳帽がボールのやうに水の中に漂ひ、若い人たちどころではなく、老人も交つて水の中ではしやぎ廻る。水を刎ね飛ばす、頭上から引つかける、逃げる、追ふ、そして砂濱まで逃げ上つて、まだ砂上で追ひまわし、追ひまわされて、結局疲れて砂の上に仰向けに仆れて大息を吐く。

平然と抱合つて寢そべつてゐる愛人同士、眞白な足が砂の上で絡み合つてゐたところで、少しも不思議ではない。

夜の海岸は印象的である。

涼し過ぎて、稍寒さを感じさせるやうな月の夜、木片れを拾ひ集めて焚火を作り、テントを造つて其の中にさま／＼な食糧を並べ、友人同士樂しい食事をしながら海の音を靜かに聽くのはよい。中にランプを吊《つ》るして、自動車で持運んで來た麻雀やテーブルを取出し、毛布を敷いたテントの中で、薄い光りを賴りに麻雀を遊ぶ。こんな企みを持つて月の海岸へ出てくるやうな時は、四人の同行を誘ひ合はしてくる。麻雀遊びに疲れて、其の儘テントの中に寢反り、翌朝は、まだ海の色が銀色にほの／＼としてゐる頃に目を覺ます。木片れを集めて、又焚火である。冷たい砂濱を、やゝ青白くなつた、寒さの感觸で萎縮した皮膚の足で踏み歩くのは爽快である。少し不足した食糧を、加減しながら分ち合つて食べるのも家庭的な感興がある。好きなものは又麻雀遊びである。

テントの隙から入つてくる海の風を吸ひ、遊びにも疲れると携帯の雜誌などを讀みながらテントの外で寢ころぶ。海に入りたいものは海へ行く。雜沓の群を離れて稍隔つた海の端まで。

夕方、日が沈んで、海面からも熱氣が去る頃、海に別れて、家路に就く淋しさ。後から追つてくるやうな大波小波の白さが、イメーヂとなつて何時までも眼前にちらついて離れない。

以上はカリホルニアの海岸である。

○アイスクリーム

アメリカのアイスクリームは、滑らかで、甘くて、味が上品である。この滑らかさに特色がある。ミルクの豊なせいかも知れない。溶けかゝつたやうなアイスクリームなどは五仙のコーン・アイスクリームにも滅多にない。

この五仙のコーン・アイスクリームはコーンが香ばしくておいしいのと、持ちよいのと、アイスクリームがおいしいのとで、途中で買つて食べるに一番便利なものである。高級なアイスクリームは、味が一層濃厚で、舌の味覺がとろけさうになる。ナツツを容れたアイスクリームは殊に美味しい。

アイスクリームは特に夏の食べ物ではないが一番には夏季に需要が多いので、夏になると種々な味や作り方に新加工をしたものが賣出される。

安くて、然かも渇きを去るのに一番うまいのは、綺麗なカウンターで、コツプに一杯五仙で賣つてゐる冷

69

やしたオレンヂ・ジュースである。もう一杯と云ふと、次は無料で呉れる。これが本物のオレンヂなのだから、日本のオレンヂ・エードと称する水が一杯七十銭とか七十五銭とかと云ふのに比較すると、贅澤さの標準は何所を基點にするのか一寸錯覺的になる。町を歩いてゐると至るところで、このオレンヂ・ジュース一杯五仙を賣つてゐる。カウンターに寄つて、女の賣子から酌《く》んで出して貰ふコップを受取つて、ぐいと一と息に飲み干す其のうまさ、今、思ひ出しても、其の冷たいスキートな味が咽喉を濕すやうである。

＊　＊　＊　＊　＊　＊　＊　＊　＊

殘されたるもの

佐藤俊子

一

瞑つた瞼の上でシャボン玉が散つたり輪になつたりしてゐる。

「まるでセロフエンのやうだね。」

駒吉は誰れかに云つてゐるのである。みんな細かい玉ばかりだ。水晶のやうに光つてゐるのもあつた。シャボン玉が巫山戯て踊つてゐるやうだ。だつて小さいやつが大きなやつを追つ驅けてゐるんだぜ――最後に一とつ大きく風船玉のやうなのがきら／＼と膨らんで、霧のやうに散つた。

「綺麗だなあ。」

駒吉には自分が吹いてゐるシャボン玉なのか、友達の辰夫が吹いてゐるシャボン玉なのか分らなかつた。ふつと見ると母親の葉子の顔が笑つてゐる。

「あれは誰れが吹いてゐるの？　おつ母さん」

101 「残されたるもの」『中央公論』 昭和12 (1937) 年9月1日

母親が何か答へたやうだが駒吉には判然としない。

シャボン玉が急に火の玉になつた。鐵の竿の先きに附いた飴《あめ》の火の玉であつた。誰れかゞ、あれは提灯の火だと云ふ。だが駒吉は確かに鐵の竿の先きに附いた飴の火の玉だと思ふ。幾つも〳〵入り亂れ、飛び違つては、すうと何所かへ消える。火の玉が、眞つ赤にはつきりと見える時駒吉の胸は恐しさにどき〳〵と震えた。それが形も無く消えて行くと駒吉は吻と息をついた。

「消えろ。消えろ。」

駒吉は出ない聲を振絞つて、一團の火の玉を懸命に追つ驅け始めた。誰れかゞ大きな火の玉を振廻しながら、駒吉の眼の先きに打つ突けるやうに差出した。

「あつ。兄さん。馬鹿つ。」

目が覺めた。ベンチの上に仰向けになつた儘駒吉は寢てしまつたのである。シャボン玉もなかつた。火の玉もなかつた。仰向いた眼の上には、梅雨の晴れ上つた夕空が鈍感に光つてゐる。夢魔の惡戲であつた美しいシャボン玉の彩も、恐しい眞つ赤な火の色も、駒吉の眼底から拭ひ去られて、夕暮れの健かな現實の色彩が彼の眠りの覺めた眼前にいつぱいに擴がつてゐる。まだ何處かに、太陽の光りが殘つてゐるやうな仄かな眩しさを感じながら、駒吉は一層大きく目を開いて、空や、草や、地面を見た。鳥が二羽、薄靑い空の下に黑く鮮やかな姿を空間に印しながら、翼の線の震動が其の空間に感じられるほど、激しく燥ぐやうに翼を上下に振り〳〵、駒吉の頭上を旋回してゐる。鳥は意識して「面白さ」の表情を駒吉に投げてゞも行かうとするやうに、そして、暫らくして、遠く〳〵東の方へ飛んで行つた。

鳥が翼をあんなに振るのを駒吉は今まで見たことが無かつた。まだ惡夢が半ば殘つてゐた駒吉の頭の中が其の時に初めて冴え、何か慰めの意味のあつたやうな鳥の姿を追はうとして頭を動かしたが、身體中の熱の倦るさが胸に詰まり、手にも足にも力がなくて起上ることが太儀なのである。

駒吉は兩手を頭の下に支へ、破れた半ズボンの膝の下から露出した足を上げて再び空に目をやつた。何と廣い空だらう。伸び〳〵した空間だらう。體熱の苦しさを打忘れるほど周圍を吹く風が清快だつた。ベンチの横の青桐の葉も爽やかに動いてゐる。其處には火を焚く大釜の影もなかつた。鐵の棒に付いた飴の火の玉も見えなかつた。少年工を怒鳴り散らす慄えるやうな罵聲も聞えなかつた。

「鳥が又飛んでくればいゝな。」

空の端々を眺め廻した。一旦飛び去つた鳥はもう戻つて來なかつたが、最前駒吉が公園の中に入つて來た時も木の蔭でうろ〳〵と遊んで居たテリアの赤茶けた小犬がベンチの後から走り寄つて來た。駒吉の目の覺めるのを待つてゐたやうに、ベンチの端に兩手を乘せ、肩越しに其の顏を覗き込み、遠慮深さうに首を傾けて靜に細《ほそ》い尾を振つてゐる。駒吉は小犬の樣子を見守りながら、癖になつたへの字の口許をきゆつと結んだまゝで故意と相手にならうとしないでゐる。赤革の頸輪を付けた恰好の美しいこの犬は、多分良い家庭で飼つてゐる犬なのだと思ふ、駒吉はさうした飼犬に手をかけるのも厭であつた。そしてさう云ふ階級の少年や少女が自分を見る時の眼色の冷淡さと、同じ冷淡さを浮べた眼で駒吉は小犬を横に見、そして又其の眼を底深い空に向けた。

小犬は自分の空洞な魂の淋しさを、この少年が慰撫してくれない不滿さを訴へるやうに、ベンチから兩手を下《おろ》すと、くつと鼻を鳴らし小さく吠えながら少年の動き出すのを待つやうな姿勢をした。駒吉は氣になるものが自分の傍に蹲つてゐるのを厭ふやうに、もう一度頭を返して小犬を見た。悄氣たいぢらしい姿が彼の氣持を弱くさせた。半ズボンのポケツトの中に殘して置いた餡パンの半片れを探り出すと、初めてベンチの上に起上つてそれを細かく千斷《ぎ》つた。小犬は少年が何を爲てゐるかを自分の叡智で見拔いたやうな表情で口を窄め、地上に短く引摺つてゐる小さい尾を振動かしながら依然として首を傾けてゐる。駒吉は餡パンの片《き》れを順々にベンチの端に竝べると、彼れから投げ與へられるのを待遠しさうにしてゐる小犬を一瞥して、太儀な身體をベンチの上にことりと横にした。

小犬は何うしたらいゝかと云ふ樣に凝つと見守つてゐる、ブルジョア道德の善良とおとなしさを人間から教養されてゐる動物の賢くも哀れな容子を、駒吉には適當な解釋は出來なかつたが、或る反感から、然し小犬の待つてゐるものは與へてやらうとする樣に、足の爪先で餡パンの片れを一とつ宛地上に落してやつた。

直きに夕闇が擴がつた。だが彼は誰れも待つもの丶ない我家へ歸る氣もしなかつた。身體が惡るくてもう二三日工場を休んでゐる。今日は晝過ぎの二時頃に家を出て、この濱町公園まで可なり遠い道を遊びながら歩いて來た。自分の住む工場地帶の雰圍氣とは異つて、瀟洒とした清洲橋を一とつ越えると、商業文化の中心が其點から扇狀形を擴げ、近代都市の尖銳な感覺があらゆる建築の美觀の中に溶けてゐる。工場附近の空氣から受ける肉體的に鈍重な壓迫感が何所かへ遠退き輕快さと自由が道路を織る文明の諸機關の上に躍つてゐた。何か知ら物珍らしい憧れが彼を惹き付け、倦るい身體をベンチに休めながら、殆んど半日を公園の中に居た。

硝子工場の仕事は彼には苦痛であつた。二千度の熱の火窯の前で鑄型を扱ふ仕事に耐へられなくなり、幾度も眩暈を起して仆れた。頭へ水をかけられ、半裸體の全身が水塗れになると人心地が付く。仕事に復ると今度は窯の火の爛爛と燃える赤さに射られて嘔吐を催した。

「意氣地無し。誰でも初めは辛いんだ。」

兄の輝雄に拳骨でどやし付けられる。其の兄の狂暴な顏が恐しくて一生懸命に鑄型にしがみ付く。二メータアの長さの鐵竿を窯の火に挿し込み、やがて其所で灼けた硝子のタネを、竿に息を入れてふうと吹く。だらりと飴のやうに下がつた火の袋は、駒吉の支へる鑄型の中に箝められ、瞬間で再び鑄型を開くと火の飴は水色の電球となつて兄から鐵の竿を渡されるのである。重い竿を受取つて鑢《やすり》でぽんと電球の口を切らうとすると、意識が朦朧となり、三つの窯の周圍で數十人の職工が鐵の竿を上げて火の飴を吹いてゐる姿がくる／＼と一團となつて旋回を始め、火の渦が工場一杯に擴がつて行く。

「何してやがるんだ。」

眼の前にもう次ぎの、だらりと飴のやうに下がつた火の袋が見えて、彼は意識を自分で取返すのである。熱い炎は自分の口からも吐かれるやうであつた。古手拭一つを腰に捲付けた兄の裸體の全身に、浴びたやうに流れてゐる汗――駒吉の骨の出た胸も、肩骨の出た背中にも同じやうに雫した汗が流れてゐる。

一日二千個以上も吹いて月に五六十圓の仕事をする輝雄は、駒吉と四歳違ひであつたが、彼も少年工から一人前になるまで、窯の前の火地獄の勞働に、今では神經の苦痛がすつかり痲痺されてゐる。輝雄が十五で駒吉が十二の時、交通勞働者の爭議に加はつて仕事を失つてゐた父親が、持病の肺疾で亡くなつた。輝雄はその時から少年工になつた。駒吉が記憶してゐた温和しい年少の頃の性質が次第に陰鬱になり、今では殆んど物を云はないやうな兄になつてゐる。物を云ふ時は怒鳴る時であつた。

家には其の恐しい兄が一人居た。母親の葉子は駒吉の知らないところで働いてゐた。

闇になつた公園を捨てゝ、彼は大川端に出た。水面が暗かつた。シヤボン玉の子供らしい夢の中で見た母親の葉子の顏を思ひ出すと、急に暗い水面を越した川の向うが戀しくなつたが、家へ歸つても母親が居るか居ないかは當てにならなかつた。だが今夜は母親が戻つてゐるやうな氣がするのである。若し母親が居たら、其れで一度に元氣を附け、明日は工場に行かうと決心した。若し居なかつたら、今の身體の惡るさが、もう一層惡るくなるやうに駒吉は不安であつた。

二

暗い道は駒吉には親しかつた。暗さは彼に安心を與へた。明るい町を離れてから、半ズボンに兩手を入れ、草履の足に力を入れてすた〳〵と歩きながら、自分の獨立した小さな生活へ歸つて行く。夜の昆蟲が濕つた草叢を自分の王國のやうに匍ひ廻るのに似た習慣的な快感も交つて、貧しい裏町の臭氣のある空氣を嗅ぎながら、そして、工場の夜の煙りが霧のやうに塞がり、燒鳥屋の匂ひが闇を吸込むやうに瀰漫してゐる三叉路を折れた時、床の低い小さい右角の菓子屋の前に立つてゐた友達の辰夫が、駒吉を見付けて呼止めた。

「福の奴はね。眞鍮の金盥を拾つて買屋の親方に五十錢で買つて貰つたとさ。嘘吐きやがる。盗んだんだぜ。」

「落つこつて居たんだい。」

菓子屋の中にゐた拾ひ屋稼ぎの福太郎が大きな嗄れた聲で云ひながら顔を出した。

「嘘だ。拾つたなんて嘘だぞ。盗みやあがつたんだ。眞鍮の金盥が落つこつてゐるかつてんだ。」

「落つこつてゐたんだ。」

「ぢや、何所に落つこつて居た?」

「瓦斯會社の後の廣つぱにさ。」

「嘘だ。嘘だ。こいつ盗んでばかり居やがる。知つてゐるぞ。」

「盗んだものは拾つたつて云ふんだ。とんちきめ。」

厚い唇を突出し、右手を振つて相手を脅かすやうに福太郎は指を鳴らした。自分の知つてゐる限りの大人たちの悪の太々しさを、すつかり腹に呑込んでゐるやうに、古着の學生服のズボンを着た身體を反らし、暫らく辰夫を黒目の勝つた眼で見据ゑてから奥の當て物臺へ向返つた。

「お前は泥棒か。」

「泥棒ぢやねえや。」

福太郎は當て物臺でもう二十錢の損をしてゐた。あと十錢使つて二十錢の損を取返さうか、それとも三十錢殘して置かうかと考へるやうに、握つてゐた左の手を開き、其の掌の上に載つてゐる十錢貨三つと、當て物臺とを等方に見比べながら、急に大人になつたやうな皺を額に作り、さて分別の付いたやうに當て物臺へぐいと身體に力を入れて歩き寄つた。世智の狡猾さが頭の大きさを越えて一人前に發達し、賭博者の大人の心理が知らぬ間にそれへ作用してゐた。彼はもうギャンブルことだけではいつぱしの大人であつた。

「當つたら駒ちやんにキヤラメルをやるぜ。明治製菓のキヤラメルよ。」

福太郎は特に駒吉と仲の好いわけではなかつたが、辰夫への反感から、女性的な意地悪るさで敬意と駒吉の機嫌を買ふやうなことを云ふ。

「泥棒のものなんか、駒ちやんが貰ふかい。」

辰夫は駒吉とは仲好しだつた。

「おい。何だつて俺の云ふことはケチを附けやがるんだい。」

喜怒哀樂の表情を見せる度に、福太郎の額には大人のやうな皺がよるのである。辰夫の胸に自分の胸が擂り付くほどに彼はその傍へ寄つて來た。

「お止しよ。何云つてんだよ。」

茫然と二人の喧嘩を聽いてゐた駒吉が、福太郎の權幕を見ると狼狽てゝ彼の腕を引つ張つた。

「僕貰ふからいゝだらう。」

「欲しくなけりや、誰あれにも遣らないだけだい。何を云つてやがる。」

駒吉の手を振切つて、虚勢を示すやうに彼は一層辰夫に迫つた。

「手《て》前《め》えの親父だつて泥棒だ。知つてゐらあ。死んだ奴の懐中から蟇口を盗みやあがつたのは誰れだつてんだ。やい。貴様んちぢや支那そばも食べたことあるめえ。泥棒の癖にけち〳〵してやがらあ。」

こんな話があつた。福太郎も辰夫もまだ子供の頃、ある年の夏であつた。深川の細い川の中に若い女の投身者の屍體が浮《う》いてゐたのを、一番先きに見付けたのがその傍で荷揚げ仕事をしてゐた辰夫の父親で、彼は女の懐中から落ちかゝつてゐた紙入れを拔いて隱匿したと云ふ噂が立つた。今はもう其の噂をするものもないが、その紙入れの中には意外の大金が入つてゐた爲に、其の後、荷揚げ人足も止めて保險屋の仕事を取り、貧乏。「々々」を看板にしながら、內實は餘裕のある生活を營むやうになつたと云ふのであつた。

「證據があるかい。」

のつぺりとした、小さな里芋のやうな顔をした辰夫は、一歩退つて誰かの眞似をしたやうな氣取つた冷靜な構えを示した。

「證據が無くつたつて、人がみんな云つてらあ。」

「父つちやんに云ふぞ。」

「云やあがれ、だ」

急に下駄の音を立てゝ走り出した辰夫を、後から嘲りながら、

「ざまあ見ろだ。辰夫の奴、軍需品工場へ入れたと思つて威張つてやがるんだぜ。」

「試驗にパスしたの。」

「うん。品川まで自轉車で通ふんだつて威張つてやがる。」

「自轉車を買つたの。」

「何うだか知らねえや。」

三人の少年たちは同じ長家に住んでゐた。駒吉と辰夫は小學校では同級生だつたが、駒吉は學校を止めると硝子工場へ働くやうになり、辰夫は小學校を卒業した。其の辰夫が自轉車で品川の工場まで勢ひよく活潑なスタイルで通ふのだと云ふ話は、駒吉の胸が躍るやうにも羨ましかつた。少年の敏感さで、彼は人間の生活に種々な隔てが區限られてゐることを識つてゐる。其の區《くぎ》限りの壁は、とても踏み破ることも踏み越えることも出來ぬもので、或る區《くぎ》限りの中に入れられたものは、一生其の區限りの壁からは出られない。辰夫はたうとう自分たちとは異つたち區《くぎ》限りの中へ意氣揚々と進入して行つたやうな氣がされた。駒吉には想像も付かない廣い世界の片端へ、辰夫が入り込んで行つたと思はれた。それも小學校さへ卒業してゐれば、其の資格だけで辰夫のやうに自分たちとは異つた區《くぎ》限りの向《むか》うへ入れるのである。

「工場稼ぎなんか何だい。俺はもつと稼があ」

ぼんやりと沈んだ駒吉を見ると、福太郎は恰度自分の仲間に力を付けるやうに、其の肩に少年らしい優しさで自分の手を置いた。彼は一日に空罐の三貫目ぐらゐを拾ふのは何でもなかつた。買屋へ持つて行けば、それだけで七十錢は貰へた。其れよりも餘六《よろく》が一番金になつた。だが時々は搔つ拂ひの手もやらなければ大きな儲けにはならない。福太郎はこの頃夜半の拾ひを覺え始めた。ボロの拾ひは好い値になつた。

「俺はいまに、一日百圓も拾つて見せらあ。」

白の腰巻一とつで、團扇を使ひながら店番をしてゐる菓子屋のおかみさんが、福太郎にいろ／＼な言葉を投げて調戯つてゐたが、そんなことは耳にもかけず、出張つた額に汗をにぢませながら彼は饒舌つてゐる。地上に落ちてゐるものを拾ふ空想が、福太郎の頭の中で、何時となく悪のフェリイ・テールを創造してゐた。そして彼の空想は、時にはとてつもなく、太々しく、世界中のものが自分の財産のやうにも思はれたりする。

サンタクロースが夜半に煙筒を傳つて家の中に降り、子供の枕許に玩具を置いて立去ると云ふ話を、クリスチアンの方面委員の女の人たちから聽いたことがあつた。この印象は悪の空想を一層逞しくさせた。サンタクロースは彼には拾ひ屋の魔術師のやうであつた。大きな風呂敷包を眞つ白な髭の生えたお爺さんが擔いで行く姿は、滑稽でもあり、親しくもあつた。

「サンタクロースつてお爺さんは、玩具を方々《はう／＼》で拾つて來たんだらう」

さう云つたので、彼は方面委員のおばさんに散々嘆かれた。

「俺だつて玩具を拾つてくりやあ、みんな子供たちに呉れてやらあ」

其の當時彼は工場の煙筒を見る度《たび》に、サンタクロースのやうにあの煙筒をする／＼と下つて、鋼鐵やハリガネの工場の中に入り、何百貫目の鐵やハリガネを持出すことを夢想した。倉庫の錠前を切つて鐵を盗み出したものがあつたと云ふ話は、グレヤの親方から聞いてゐたが、其の話よりは、自分の空想してゐる計畫の方が大膽で素敵たつた。

「子供は子供だ。馬鹿云つてやがる」

若いグレヤに一笑されたが、福太郎はきつとそれができると信じてゐた。だが二度とそんな話は口に出さなかつた。そしてこの頃は學生服を着込んで、市内の盛り場で「大もの」を拾ふことを考へてゐた。

「おい。駒ちやん。當て物をやんなよ。十錢貸してやらあ。」

駒吉は福太郎の掌の上に載つてゐた十錢玉の一とつが欲しかつた。今日は朝から二錢の餡パンを食べたきりだつた。家の中には鼠の荒らす食物の破片も無かつた。勝手者の兄は弟の空腹などには構はなかつた。

「僕は腹が減つてゐるんだよ。」

「何うしたんだい。」

「おつ母さんは歸つて來ないし、僕は二日も工場を休んでゐるんだよ。」

福太郎は當て物を止めた。

「うん。支那そばを奢つてやらあ。」

長く刈らない髪の毛が、自然に縮れて駒吉の額にウエーヴの影を作つてゐる。十五の年齢は同じだが、駒吉の身體は細く延び、福太郎は背丈が詰まつて小柄であつた。

五分刈り頭を駒吉の肩と並べて、大通りの方へ二人は歩き出した。

「泥棒なんかは可けないや。」

「泥棒はしないよ。俺はモサぢやないんだぜ。」

二人はそんな事を云合つた。駒吉は福太郎の父親が好きだつた。人が好くて、長い間劇場の下足番をしてゐる其の父親は、ゴムの水鐵砲の內職で一家を補つてゐた福太郎の母親に、六人の子供を殘して死なれてから、一層貧苦に追はれてゐた。時々福太郎の稼いだ金を取上げようとするけれ共、彼は自分の稼いだ金は隱して父親には一錢でも分けなかつた。激しい父子喧嘩がそれが原因で始まつた。

「君は何うしてお父さんに金を與《や》らないんだい。」

「親父は俺を泥棒だと云ふんだ。辰の奴見たいなことを云ふんだぜ。」

「それでやらないの。」

小さい弟や妹には小遣錢をやつて喜ばしてやるが、自分を泥棒だと思つてゐる親父には一錢でも與《や》ることはいやだ。

「泥棒の金を欲しがることはねえや。親父は酒が飲みたくなるとあんな事を云ふんだぜ。」

福太郎の相手の若いグレヤは物識りだつた。拾ひ屋は立派な稼業だ。無資本の人間で今日にも食ふに困る失業者のやる稼業だ。働き度くつても仕事が無けりや仕方がない。落ちてゐるのは落し主が無けりや無所有だ。

バタヤだつて公民權を持つてゐるんだ。子供は搔《か》つ拂《ぱら》つてもいゝ。見付からないやうに利口にやれる奴は將來出世をする――福太郎はこんな事を云つて敎育される。辰夫が軍需品工場へ入れば將來出世する。どんな立派な技師にでもなれる。一生食ひはぐりがないんだ。軍需品工場だけは潰《つぶ》れつこないんだと福太郎に自慢したが、福太郎はそれに對抗して云ふだけの言葉を自分も知つてゐると思つた。拾ひ屋は食ひはぐりがない。日本中人間が住んでゐれば何處にでも何でも落ちてゐると若いグレヤに敎へられた。

「駒ちやん。硝子工場が辛《つら》けりや、俺と一所に歩いて見ろよ。俺が敎へてやるぜ。」

駒吉は、

「福ちやんは好きだが、拾ひ屋は嫌ひだよ。」

と思つたが、はつきりとも口に出さなかつた。

支那そばやの狹い横町は、緣日の露店で縱に明るい一線を延ばしてゐた。半巾が一枚一錢でも、カラシヤツが一枚二十錢でも、中々手《て》の出ない人たちが、明るい灯の露店の前に屈んでゐた。歩くものは青く膨れた無興味な顏をして、そして往き合ふお互ひの、そんな無興味な顏は見たくもないと云ふ樣なぷんとした表情で、ぞろ〳〵と東へ西へ、人から人へ繫がりながら足を引ずつてゐた。

「コーヒー一錢、レモン冷水一錢」の看板を立てた露店の前は、子供を連れた母親で取巻いてゐた。手《て》のついた美しいコップを持たされた子供が、自分と同じやうにコップを持つた子供の方を見てにこ〳〵してゐる。其の露店の角が支那料理の店であつた。

汚れで煤けたテーブルが二たつ並んだ店内には客が一人も無い。黑くなつた白のコック帽を被り、料理人らしく樣子を作つた髭だらけの男が店先でバットを喫つてゐる。

「ワンタン五錢、シューマイ五錢。支那そば八錢。か。駒ちやん何でも食べろよ。」

駒吉は支那そばを食べた。鹽の辛い、熱い汁が胃の腑に沁み通ると、勞働に痛み付けられた不成熟の全身の筋肉が、とうもろこしの粒が火に焦ぜるやうに、痛みを含んでぴち〳〵とした。そして胸に凝結してゐた倦るい體熱が一時にぱつと發散して、彼の大きな眼許が赤く潤《うる》んできた。食慾は起らずに支那そばは舌に少しも美味しくなかつた。

「君は身體が惡るいの。」

「うん。」

福太郎はポケットから黑革の蟇口を取出し、中を開いて駒吉に示しながら、笑靨のあるやうな口許で笑つた。五十錢銀貨や、一圓紙幣も交ぢつてゐた。

駒吉は默つてゐた。彼は金の羨しさや喜びを感じなかつた。福太郎は又蟇口を閉め、ポケットに挾入れながら駒吉の無刺戟な顏を馬鹿々々しさうに見て、

「俺はこれから「白ばら」に行くんだ。駒ちやんも來なよ。」

支那料理の野球軒では福太郎は何にも食べなかつた。

「西山のせい子が彼所でおカンしてるんだ。駒ちやんの兄貴が張つてらあ。あいつ、もう五人も男がありやがるんだ。」

喫茶店の内部を知つてゐることが福太郎には得意であつた。「白ばら」には女が三人居る。せい子が一番若くて綺麗だ。流行歌のレコードを聽きながら、洋酒や紅茶を飲むんだ。瓦斯會社の職工が幅を利かしてゐる。一と晩に十圓も

使ふ奴がゐる。

「つまらないや。」

駒吉は別れて歸らうとしたが「白ばら」は、駒吉の家に歸る路への途中にあつた。

暗い工場地帶へ差かゝる横通りの半ばに、軒の低く下がつたこま〳〵した家並みとは全く不調和な緑に塗つた洋風の建物が、薄いカーテンを引いた四角な窓に黃色い光りを映してゐる。それが「白ばら」だつた。まるで喫茶店の黃色い電燈の影だけに文化の華が集められてゐるやうに、周圍の貧困の町を壓して悠々と闇の面を輝かしてゐる。

「せい子が外に居らあ。」

裾の皺苦茶になつた赤いドレスを着た娘が立つてゐた。駒吉たちと同じ年頃の、眞つ赤な口紅と頰紅と、そして斷髮の細い頸筋が駒吉の眼にはいつた。

「拾ひ屋の坊ちやん。ヅケでも御馳走しなよ。」

喫茶店の年上の女が福太郎を見るとかう云つて冷やかす。せい子がそれを口眞似して、通りかゝる福太郎を見て笑つた。

「何を云つてやがる。お前にや軍隊めしのヅケで澤山だ。」

福太郎が急にいきんだ聲を出して娘に應酬した。

「駒ちやん。入るか。」

駒吉は福太郎がそんな事を云つてゐる間にもう駈け出してゐた。兄の輝雄が近くに隱れてゐるやうな氣がすると、彼の怒つた時の狂暴さを思ひ出して身體が竦むやうに恐しかつた。そして家に着くまで草履が躓くほどの早さで駈け續けた。

溝を跨いで表の戸を開けると、家の中は眞つ闇であつた。母親は歸つてゐないのである。

失望と悲しさで彼は電燈も點けなかつた。むつとする暑さにも無神經であつた。たゞ頼りない淋しさが、疲れた身體を横へた一枚の蒲團から犇々と迫つてくる。

愛の感觸が何所からも自分を支へてくれない。駒吉は一旦横になつた身體を起し、半ズボンと縮みの襯衣を脫ぐと、押入の中から母親の浴衣を取出して、それに身體を包み、そして又蒲團の上に横になつた。

三

幾度も母親の葉子の呼ぶ聲を寢耳に聞いて、駒吉は表の戸を開けに起きた。一度は、自分の戸を開けるのが遲くて、それを待兼ねた母が立去つて了つたのではないかと思ひ、表に出て近所を探して歩いた。

「何してる。駒吉。寢惚けるな。」

駒吉の知らぬ間に歸つて寢床にゐた兄から怒鳴られた。

駒吉は少しも眠られなかつた。何所からか時々歸つてくる母は、何時も落着いてゐたことがない。働いてゐるとは云つてゐるけれども、一二圓以上の金を持つてゐた事も無かつた。戻る時は輝雄や駒吉に必らず土產を買つて來た。そして再び出て行く時には電車賃が無いと云つて輝雄から借りて行く。兄は母が居る夜は、家を外にして歸らなかつた。

「兄さんはお母さんが嫌ひになつたんだ。」

と駒吉は思ふ。母が何を云つても碌に返答をした事もなかつたし、わざと引つ繰り返つて寢て居たり、母の料理するものを食べなかつたり、擧動だけで母の心盡しを何時も拒むやうな態度を見せた。母を蔑んでゐるやうな兄の前で、身慘めに自分を責めるやうに默り込んでゐる母を見ると、駒吉はそれだけで胸が塞がり、何うすれば母を勞はることが出來るか、ばら／＼の愛情を纏めることが出來るかと焦り／＼した。

駒吉には、今でも母が誰れよりも大切だつた。父親の爲に苦勞をした母親の印象が、子供時代の生活から一生を通して消えることの無い愛の強さを投じてゐる。この印象は、子供の駒吉に、もう一とつの生活の形が意識される頃《ころ》の、懐かしい若い男たちの勇氣や父親の情熱を絡み合つた雰圍氣から生れた、心の逞しさの印象と交ざつても居た。駒吉は今でも其の頃を思ひ出すと、子供らしい興奮にかつとした。メーデーの行進にも父親に隨いて行つた。一同が誰も彼も駒吉を可愛がつた。「立派な闘士になるんだぞ。」と云つて頭を撫でられた。

父親は何となく恐かつた。父親からは尖げ立つた神經ばかりが感じられ、父親の抱擁の中に潜り込むことの出來ない隔たりがあつたが、其の周圍に集まる若い男たちは、今でも忘られない程に懷しい人たちであつた。爭議のあつた時は、母から命じられた糧食を爭議團の本部に頑張つてゐる父親のところへ持つて行つたこともあつた。一同の爲に使ひ走りをしたりした。

「何故我々が闘ふか、聞いておけよ。」

こんな事を云つて駒吉に、爭議の理由を説明した人もゐた。

「子供にそんな事が解るか。」

「解つても解らなくても、この小さい頭の中へ入れて置くんだ。將來、其所から芽が出る。」

こんな事を云つた川原に駒吉は一番可愛がられた。「おい。駒ン坊。」と呼ばれたり「おい。駒君。」と呼ばれたり、何時でも何か知ら菓子を買つて呉れたりした人であつた。亡くなつた父親の印象よりも、不思議に然《さ》うした父親の仲間の人々に懷しい印象が殘つてゐる。だが父の亡くなる前後から、駒吉の慕ふ人々たちを見ることも無くなつた。子供の自分を取卷いてゐたいろ／＼な愛情が、一陣の風に吹去られたやうに消えて了つたのである。亡くなつた父が何所かへ持つて行つて了つたのだと思ふ。殘された唯一人の母親も、其の頃の仲間の一人と同じであつた。彼女も闘ふことを知つてゐた。父親の動くまゝに動き、父親の意志通りに働いた。どんなに貧しくても愚痴も云はなかつた。

「みんなの爲に。」

だから彼女は貧しさに追はれながら父親を助けた。

「ねえ。兄さん。」

輝雄が寢床の中で動いてゐるので駒吉は兄を呼んで見た。彼は聲に出して泣きたくなるほど淋しかつた。

「川原つておぢさん、何うしたかなあ。」

輝雄はぢつとしてゐる。色の黑い大まかな、直きに「然《さ》うか。然《さ》うか。」と呑込むやうな返事をする、頭の振りかたの癖まで駒吉は覺えてゐた。父親が亡くなつてからも一度見舞に來たことがあつた。輝雄は、もう其の時硝子工場の少年工であつた。

「しつかりするんだ。勞働に負けるな。」

と輝雄に優しく云つてゐた。

「お父さんのことを忘れるんぢやないぞ。」駒吉には然《さ》う云つた。

「兄さん。覺えてゐる？」

「うるさい奴。」

口の中で呟く兄の聲がした。彼も寢られなかつた。

輝雄は今夜初めて女に觸れたのであつた。全身の感覺に殘された軟らかな女の身體を、彼は寢床の中で、そつと空つぽな手で摑み締めてゐた。兎もすれば感覺を朧ろにして脫れ落ちさうな女の身體であつた。茫乎とした頭で彼は其の一事を幾度も〳〵繰返した。女の顏が鮮やかであつた。色の白くない顏に濃い白粉がついてゐる。唇の色も惡るかつたが、女の瞼《まぶた》の膨らんだ眼は、輝雄が羞恥を感じるほど色氣があつた。

今夜新らしく「白ばら」に居た女であつた。そして、せい子と竝んで自分の前で美しい聲で流行歌を唄つた。女が泊つてゐると云ふ安旅館の間借りの室へ、輝雄は唄ひながら行く女の聲に惹かれながら、何と云ふ的もなく引つ張られて行つた。女はお茶を御馳走すると云ふのであつた。

「そんなこと知るもんか。」

「ぢや初めてね。」

興奮すれば輝雄の血は直ぐに狂暴に燃え上る。一度は恥辱を感じて女の咽喉を兩手で締め付けたが、わざと苦しがる女の亂れた姿に壓倒されると、何にも見えなくなつた。そして色慾の祭の炎の中へ、執拗な女の手で彼は女諸共に引ずり込まれたと思つた。

「これから溫和しくするね。」

不快な快さでもあつたし、癪に障る喜びでもあつた。女の傍に引寄せられて二度目の抱擁を强ひられた時、彼は女の肉體に男の支配する力をはつきりと知つた。女の名も知らなかつた。せい子は「姉さん。姉さん。」と女を呼んでゐた。

工場では酒と女の外には生活のない職工たちばかりであつた。彼等の猥雜な話を通して描いてゐた女の身體の幻想に、俄に血が波打ち肉が盛上つた。男と女の性の謎が、今夜彼の露に見た女の肌の一部から初めて解け、白痴のやうな肉情の狂喜がそこから湧き上る。思ふ毎に溶ろけるやうな熱が全身に燃え、味はひ盡せなかつた官能の甘さが彼を焦ら立たせた。

「兄さん。僕たちは何うしたらもつと勉强できるの。」

駒吉は一人で自分の夢をつゞけてゐる。僕たちは川原のおぢさんや、あの頃の人たちのやうに勉强したいんだ。あの人たちは皆偉かつたんだ。勢ひが强かつた。あゝした勇ましい生活の雰圍氣へもう一度浸るには何うしたらいゝか。

「兄さんは川原のおぢさんが何所に居るか知つてゐるの。」

「知らない。」

「あのおぢさんを探さうぢやないか。あの人は市電に働いてゐるんだぜ。僕たちはあの人から種々なことを教はれるんだ。」

さうだ！　駒吉は嬉しかつた。新らしい希望と力への信頼が、川原の顏からありありと駒吉の心に響きを打つてくる。硝子工場の勞働の苦痛も、彼に訴へるほかに誰れに訴へやう。

「俺は勉强なんか嫌いさ。偉くなんかなりたくないよ。俺は硝子工場で一生働けばいゝのさ。」

さうさ。女と遊ぶには金が要る。働いて金を貰つて、其の金で女と遊ぶんだ。

「輝ちやんは中々好男子だね。外國映畫の俳優に似てゐるよ。今に女にばかり苦勞させるんだらう。」

女の云つた言葉は、今まで感じたことのなかつた樂しい自己滿足で彼をうつとりとさせた。何と云ふ面白い生活が始まつて來たんだ。

「昔の知つた人たちが何うだつて云ふんだ。親父が死んだ時だつて誰れも來なかつたぢやないか。あんな時代はあんな時代でもう過ぎちやつたんだ。昔の人たちが何を親切にしてくれたつて云ふんだ。自分々々が困れば其れつきりなんだ。」

輝雄は起きた序に時計を見た。三時であつた。

「そんな事より明日は工場に行くんか。俺はもうお前の生活のことなんか知らないぞ。」

「身體が惡るいんだよ。」

「身體が惡るけりや工場の醫者に診て貰つたらいゝんだ。」

「診てなんかくれないよ。」

「そんなこと俺が知るか。」

一旦外に出た兄は戻つてくると、寢床に腹這ひながら暗闇でマッチを擦つてバットを喫つた。駒吉には癪にさわる匂ひと煙りであつた。輝雄は其の煙りの中に女の肌を描いた。仰向いて口から煙りを吐きながら、生れて初めて知つた肉の感覺が其の煙りに纒絡はるのを意識しながら、頻りに煙りを吸つては吐いた。安らかな鼾を立てゝ、何時の間にか駒吉よりも先きに寢入つた兄を見ると、

「つまんない兄さん。」

駒吉は兄を侮蔑してやり度かつた。自分が年上だつたら毆つてゞもやりたい兄だと思ふ。「白ばら」の前で見たせい子の眞つ赤な頰紅が目に浮んでくると、其の娘にも唾でも吐きかけてやり度かつた。前には同じ硝子工場で働いて

ゐた娘だつた。兄はあんな淫賣同樣の娘とは仲を善くしても、弟の自分はまるで敵のやうに憎んでゐるのだ。自分の働いた金で弟は小學校を卒業させてやると云つた事もあつた兄であつた。だが其れもしてくれなかつた。自分で働いた金は、自分のしたいと思ふことにだけ使つた。ギタアまで買つてゐるんだ。拾ひ屋の福公と同じで、自分の稼いだ金は自分だけで大切にしてゐる――兄の冷めたいエゴイズムが、お前の生活のことなんか知らないぞ。」と叩き付けられた今の一と言で、駒吉の小さな魂の底へまで徹みとほつた。

「爲《し》てくれなくたつて好いさ、兄さんの世話なんかになるもんか。」

彼の眼から涙がぽた〳〵と落ちた。

今日は朝から梅雨が降つてゐた。隣りの福太郎の家の子供たちが、どしん〳〵と壁に身體を打つ突けて家の中で騷いでゐる。其の物音が胸にどさりと搖れてくるのが駒吉には辛かつた。寢床の中にもぐり込み、倦るい身體を押縮めてうつら〳〵眠つたり覺めたりしてゐた。駒吉が寢てゐるのに氣の付いた辰夫の母親が、

「どこか惡るいところでも有るのかね。」

と尋ねて來た。兄が出て行く時に拋り出していつた十錢玉の一とつで、どんぶり物も貰つてくれた。夕方には近所の製紙工場に働きに通つてゐる辰夫の姉も寄つて行つた。

「怠けてゐるんぢやない？」

さば〳〵した聲で辰夫の姉に笑ひながら云はれた後で、駒吉は自分が病氣だと云つてゐるのが嘘かも知れないと云ふ氣がした。病氣ではなくつて、辰夫の姉が云つてゐる樣に怠けてゐるんだと自分に考へて見る。

「働くのがいやなんだから！」

明日は工場へ行つて、兄に負けずに働いてやらうと、呼吸を強くして熱ばむ手足を延ばした。

病氣になることが恐かつた。自分で身體が惡るいと居つてゐたのが間違ひだつたと、然う自分に云ひ聞かせることが慰めになつた。

「僕は働けるんだ。」

雨が又さあつと音を立てゝ降り出した時であつた。表に聽えた母の下駄の音がその調子で、駒吉には直ぐに分つた。

「今日はきつと歸ると思つた。」

まだ昨夜の母の浴衣を着たまゝで居た駒吉は、雨に濡れた傘を土間に立てかけて上にあがつて來た其の顏を見ると、急いで起き出した。

「駒ちやん。」

力いつぱい呼んだやうな聲を低く强めて、ちつとも笑はない顏で葉子は駒吉の傍に來た。

急いで肩を抱かうとしたが駒吉は拗ねたやうに母から離れた。

「お母さん。今夜は泊るの。」

母親は直ぐに返答をしなかつた。

「いやだなあ。僕は病氣だよ。お母さん。」

「ひどく惡るいの。工場を休んでる?」

初めて寢床に氣が付いて、汚れた小さな括り枕に目をやり、あわてゝ聞きながら、額に手をやつたり、手を取つたりする母から、駒吉は待焦れてゐた愛の酬いを感じたが、まだそれだけでは許せない氣がした。母は一週間も歸らなかつた。今日は駒吉の見たことのない新らしい紺いろの着物を着てゐる。そして何となく母の容子が變つてゐるし、贅澤だつた。

「工場へ行きたくないんだ。」

駒吉は不貞て、蒲團の上に自分の身體を投げ出した。

障子を開けたり、戸棚の中を覗いたり、手入れをして來た駒吉の下着や單衣を押入れに積んだりして、最後にいつもと變らない家の中を見廻すと、葉子は安心したやうに肩を下して駒吉の傍に坐つた。

「輝雄は働いてゐる？」

「うん。」

「工場を休んだら快くなるよ。其の內にお母さんがもう工場へ働きに行かないでも好いやうにして上げるよ。」

浴衣に着換へて、家の掃除を初めながら葉子が云つた。駒吉が思はず飛び起きるほど、そんな思ひ掛けない幸福が何所から生れて來たのかとびつくりしたが、母親は嬉しさうにもなく却つて陰氣《いんき》だつた。

「何うしてそんな事になつたの。」「誰れがさうしてくれるの。」「お母さんが爲《し》てくれるの。」と後から〳〵と質問する駒吉を、

「あとで解るんだよ。」

と拂ひ退けて、事實を話さなかつた。近所から買つて來た熱ざましの藥を飲まされてから、駒吉はぐつたりしたやうな眠りに誘はれてつい寢入つて了つた。

濡れ手拭で頭を冷やしてくれる母の手に、駒吉は幾度も縋らうとしながら、自分の手が倦るくて上らない。

「今日こそはお母さんの生活を知りたいんだ。僕たちに內密でお母さんは何をしてゐるの。」

夢の中で駒吉は母を詰つてゐる。母が泣いてゐるので可哀想になつて自分も泣出して目が覺めた。口が渇いて母を呼ばうとした其の聲が出なかつた。

室には薄暗い電氣が點いてゐる。誰れも居なかつた。最前母の引つかけてゐた浴衣の平常着が、袖疊みにして隅に置いてあつた。そして、

工場を休んで養生をしておいでなさい。こゝにお金を入れておきます。其の內迎ひに來ますから待つてゐて下さい。

母より

こんな事を鉛筆で書いた紙片れが駒吉の枕の傍においてあつた。

三

赤い、薄い絹の布れに、靑い絲で花の刺繡がしてあつた。半巾なのか、服紗なのか、風呂敷なのか福太郎には分らなかつた。こんなものは買屋へ持つて行つたつて金にはならない。ところ〴〵汚點がついてゐる。ボロを拾つてゐる間にこんな布れを見付けたのだつた。何となく其の布れを捨て兼ねて、相變らず古着の學生服を着てゐる其の頸に巻付けてゐた。まだ強い暑さが來るのには早い夜であつた。

そんな布れを女の兒のやうに捻くり廻はして、何かの畫で見たアメリカのカアボーイのやうに頸に巻付けてゐる福太郎が駒吉には可笑しかつた。

「其内お母さんが迎ひに來るんだ。僕はきつと學校へやつて貰へるんだ。」

駒吉は元氣が好かつたが、福太郎はくすみ込んでゐた。みんなが仕合はせだつた。だが自分だけは何んにも面白くなかつた。この頃は買屋へ直接持つて行つて全部を自分の金にすることを覺えたが、其れをバタヤの親分に云ひ掛りを付けられ、今日は自分の持金を悉皆取上げられて了つた。黑革の蟇口の中には一錢もなかつた。取られなくても好い分までも引つ奪られた。

「直接買屋へ持つて行くことを覺えやがつて！　これから一度でもそんな事をして見ろ。頸つ骨を打つ挫いてくれるから。手前えなんか、いけずるく立廻つたところで、俺にはちやんと見透せるんだ。馬鹿にするない。」

彼は力では抵抗も出來なかつた。

「大人はずるいや。もう一年以上もあいつの手先になつてゐるんだぜ。五十錢のものを拾つても五錢か十錢か呉れないんだぜ。朝鮮松の買屋のおやぢの方が餘つ程いゝ人だ。」

そして、彼は思《おも》ひ出《だ》してにつこりした。今日買屋へ行つたら「これからは彼奴には内密にしておいてやる。成る丈夜になつてこつそり持つて來い。」と云つてくれた。

二人は瓦斯會社の裏手を歩いてゐた。天を焦がす紅炎が二人の頭上に靡いてゐた。白い頭巾を頭からすつぽりと被り、はなだ色の菜つ葉服を着た二三人の職工が、高いブリッヂから石炭を落してゐる。其の姿が天に近い程にも二人から遙に遠く見上げられた。石炭の燃え上る炎の照りで、眞つ黒な鐵筋の構造の間から職工の服の色と、頭巾の白が鮮明に浮び上り、火の力が減つてくると薄らいだ炎の影に職工の姿が一様に黒く沈んだ。職工の乘つたトラックが時時右へ滑走したり、左へ戻つたりしてゐる。このエンヂンの動きが二人の少年の感情に何かを投げる。見慣れた大きな瓦斯タンクが夜の闇を背景にして平日の二た廻りも三廻りも大きく、無際限に宇宙に踏ん張つてゐるやうに見えた。

駒吉は職工の作業を見てゐる内に機械を拵へる人間になりたいと思つた。母親の葉子とどんな幸福な生活が始まるのか分らなかつたが、機械を拵ふことを習ふ學校へ行くんだと決めた。どんな機械でも自由に拵へたら、其の知識だけで何かを征服出來ると云ふやうな、意氣の上つた男らしさが、空に靡く炎のやうに駒吉の胸に燃えた。何時の間にか塀に沿つたブリッヂの上に職工の姿が現はれ、幾つもの鐵管から消火の水が噴出し始めた。

一錢も持たない福太郎は何かを拾はなければ今夜は軍隊めしも食べられなかつた。この頃父親が連れて來た痩せた年老《よ》りの女は、福太郎には意地惡るく一杯の飯も食べさせなかつた。だが今夜は彼は弱氣だつた。

「今夜はふしぎなんだぜ。俺はちつとも稼ぐ氣がしないんだぜ。」

掻つ拂ふのも嫌だつた。何かにケチが附いて、大人の目が巡査の目がぴか〳〵と猛獸の目のやうに自分の周圍で光つてゐるやうに、氣持が萎縮んでゐた。兩國の方へ拾ひに行く積りでゐたが、そんな勇氣も出なかつた。惡のフェリイ・テールが何處かへ影を潜め、白々とした頼りない人生が少年の感傷へ彼を導いてゐた。

「チットモ面白くねえや。」

ふと、黒革の蟇口の中に一錢も金のないのが面白くないんだと氣が付いた。直かに金が拾へたら豪勢だなんと思つた。品物を掻つ拂ふよりも金を盗む方が手つ取り早かつた。金を直ぐに盗るんだ。若し金が盗めたら、俺の黒革の蟇口の中には直ぐに金が入るんだぜ。バタヤの親父にも買屋の親父にも文句を云はれることはないんだ――福太郎は初めて生氣付いたやうな吐息をした。駒吉が牛めしを食べさせてやるよと云つて居るのを聽いたが、福太郎は上の空であつた。何うしたら金が盜めるか。其の計畫で小さい頭が一杯になると、頸に卷いてゐた赤い布れの兩端を摘んで自分の頸を締めるやうな恰好をした。そして冗談のやうに立止つてごほ〳〵と空咳をした時であつた。

「やい。貴樣あ。誰れを泥棒だと吐かした？」

突然な大聲と一緒に頸筋を後から摑み上げられて、福太郎はよろ〳〵と駒吉の方へ仆れかゝつた。

「交番へ連れて行くから來い。」

片手に手鞄を提げ、單衣の裾を端折つた辰夫の父親であつた。頸筋を摑んだ手で福太郎は前後へ小突き廻された。

「勘忍しておくれよ。」

「何？勘忍が聞いて呆れる。何を云ひくさる。辰夫を子供だと思つて馬鹿にしやがつて、親の名まで傷をつけやがる。」

其の言葉が終ると福太郎は拳骨で頭を毆り飛ばされた。

「おぢさん。勘忍しておやりよ。可哀想だよ。」

「駒吉も搔つ拂ひの不良と一緒になつて、何をごそ〳〵やつてゐるんだ。碌でなし揃ひめ。」

「碌でなしだつていゝやい。禿げ頭め。」

福太郎の口から唾が辰夫の父親の方へ飛んだ。そして、一散に逃げ出したが、草原の水溜りに辷つて轉がつたところを追縋られ、地面に引据ゑられると脇腹と背骨のあたりを下駄で二たつ三つ蹴られた。

「これでも懲りなきや、もつと痛い目に逢はせてやる。いゝか野郎。大人を馬鹿にすりやこの通りだ。辰夫には歷つきとした親が附いてゐるんだ。お前らとは違ふぞ。」

黃色い、頭のてつぺんから出るやうな聲が周圍に響き返つた。堤防のレールを會社用の車輛が一臺走つて行つた。泥臭に交ぢつた物の腐敗する臭氣が生溫い空氣を含んで、福太郎の轉がつた方から駒吉の鼻先へ臭つた。

福太郎を追かける時に傍へ置いた手提げ鞄を拾ひ上げ、落ち掛つた麥藁帽を被り直して、すた／＼と行つて了つた辰夫の父親を、駒吉は離れたところに立つたまゝで見送つた。そして姿が見えなくなると、仆れてゐる福太郎の方へ歩き寄つた。何うしたのか福太郎は起上らなかつた。

「福ちやん。何うかしたの？」

「痛いや。」

「何所が痛いんだよ。」

漸く土に手を突いて起上つたが、額のあたりを擦ると、コメカミの上が切れてそこから血が流れてゐる。轉がつて引据ゑられた時に切石に打つ突けた傷だつた。

「とても痛い？」

「然うでもないよ。」

眼へ滴つてくる血が掌だけでは拭ひ切れなかつた。ふと、離れた一片の愛情のやうに落ち散つてゐる赤い布れが、闇を透かして見えると、駒吉は其れを拾つて來て福太郎の額に當てゝやつた。

「禿げあたまめ。」

あの禿げあたまに彈丸でも射《う》ちこんでやりたい程に腹が立つた。自分が泣きさうになつてくると一層腹が立つた。大人はみんな癪にさわつた。

「いまに大人をやつつけて遣るぞ。」

駒吉も同じことを考へてゐた。

「いくら惡るい事を云つたつて、年の小さいものをこんなに毆つたり蹴つたりする奴があるもんか。ねえ。おぢさんは亂暴だぜ。」

「惡るいことなんか云ふかい。手前えが死人の泥棒をしやがつて、なあんだ。」

「歸らうよ。」

駒吉が促した。だが福太郎はこんな怪我をした顔で家へは歸れなかつた。親父はなんともなかつたが、この頃家の中で威張り込んでゐる年老りの女に怪我をした顔を見られたくなかつた。

半白の髪を束髪にして、肩骨の突出た、引つ込んでゐる癖に大きな目をした、口の平つたい其の顔を見ると、福太郎は嫌惡で口もきかれなかつた。昔は產婆をしてゐたんだと親父が云つたが、一々嬰兒を殺した惡婆ではないかと思はれる程に、その女が嫌ひであつた。紙幣を重ねて四つに疊んだのをラバアで括り、其れを布《き》れに包んで木綿更紗の財布にしつかりと入れてゐるのを福太郎は知つてゐた。女は決して自分の身體から離さなかつた。親父に內密で話してやつたが、親父は疾うから知つてゐるやうな顏をしてゐた。

「僕んところへ泊ればいゝさ。この頃はちつとも兄さんは歸つて來ないんだよ。」

福太郎は不良だから何を盜むか知れない。家の中へは入れるなと兄の輝雄から注意されてゐた。「盜んだつて構はないさ」と駒吉は心で思ひながら。

「うん。知つてらあ。」

急に彈けるやうな聲で云つて福太郎は立上つた。

「駒ちやんの兄貴はおはまに夢中なんだ。知つてゐるかい。兄貴はあいつのところへ入り浸りだとよ」

「白ばら」に居る女だ。昨日の晩はおはまが他の男に戲《じや》れたと云ふので輝雄が怒つて無暗と强い洋酒を飲み、口から泡を吹いて、眞つ蒼になつて「白ばら」では大騷ぎしたんだぜ――

「白ばらの長椅子に今朝まで死んだやうに寢てゐたんだとよ。」

「ほんとう?」

「嘘なもんか。せい子が話したんだ。」

四

「あなたと呼べば。」

道路の眞中に蹈跡んで女の兒が二三人輪になつて遊んでゐた。其の中の一人が節を付けた大きな聲を張上げると、自轉車で通りかゝつた酒屋の小僧が「なあんだ」と女の兒たちの方へ笑ひながら、風と一所に聲を殘して行つた。神樂坂を左に折れた裏町であつた。白絣の單衣に黑いメリンスの兵兒帶を締めて、新らしい下駄を穿いた駒吉が其の前を悄然とした姿で行過ぎた。

「もつと機嫌のいゝ顏をしておいでよ。毎日〳〵ぼんやりばかりして。」

母から云はれると、今日は何も云はずに默つて出てきた。この儘あの家へは二度と歸りたくなかつた。

菓子からの迎ひだと云つて、着換へ類と手紙を持つて若い女が來た。稀らしく家に居た輝雄がギタアを弄りながら駒吉を見送つた。

「僕はお母さんのところへ行くんだ。」

輝雄は默つてゐた。

「もう兄さんのところへは歸つて來ないよ。お母さんを追出したのも兄さんだよ。」

それでも輝雄は默つてゐた。きら〳〵した夜の星までが、新らしい、異つた世界の空のやうに駒吉には樂しかつた。だのに迎へられた母の許には、駒吉の見知らぬ男がゐた。

「よく來たね。」

出口まで迎ひに出てきた母は然うは云つたが、無表情で、それほど嬉しさうにもなかつた。男は食卓の前で頻りに酒を飮んでゐた。

「僕はこれからこの家に居るの？　こゝがお母さんの家？」

機を見て駒吉は小さい聲で尋ねたが、母は唯首肯いただけであつた。希望の影がついと隱れて周圍が廣漠としてゐた。あぐらを搔いて肥太つた股を浴衣から露出しにした男の酒を飮む姿と、其の傍で男の食事の爲に世話を燒いてゐる母の姿とが、遠く影繪のやうに動いてゐた。駒吉は壁の隅でぼんやりとしてゐた。

「それからお世話になりますぐらゐ云へそうなものね。」

「あんまり物を云はんらしいな。」

眞つ赤に醉つた顏で男は笑つた。大きな額が禿げ上り、ロイド眼鏡の奥から駒吉には薄氣味惡るく見える眼が光つてゐる。駒吉は其の晩時間の早い内から二階の小さい室へ寢かされた。階下では遲くまで起きてゐた。大きな聲で話す男の客があつた。其の客も酒を飲んでゐるやうであつた。裏口の戸が開く度に母が使ひに出て行くのが駒吉には解つた。駒吉は床の上に坐つて顏を延ばし階下の話聲を聽取らうとした。男たちは何か賭博の話をしてゐた。どちらかの男が賭博の哲學を述べてゐる。「メには叶はんよ。」とか「メに逆らつては可かん。」とか「メの落ちた時は戰ひも抗し難し。メに逆らふから賭博にも負けるのさ。」とか。そして昨夜は三百圓も取られたと云ふのも聞こえた。靜かな周圍を憚るやうな聲で話し込む時は二階には何も聞こえなかつた。

「きつとヤシ見たいな男なんだ。」

駒吉にはそんな想像が付いた。母は何うしてあんな男と知り合ひなのだらう。

朝起きた時は、昨夜遲くまで酒を飲んでゐた男は、もう何所かへ出て家には居なかつた。駒吉は其の人の影が見えないだけでも安心の息がつけるやうになつた。

「私はこゝの家政婦なんだよ。」

最初はあの男の借りてゐたアパートの室へ、家政婦に雇はれて働きに通つた。男が親切にしてくれるので、かねて計畫してゐた行商の資本を少し借りようと賴み込んだが、そんな商賣をするよりも、一軒家を持つから、月極めで其の家で働いてくれと云はれた。高い月給を呉れる契約で、今は此家に寢泊りしてゐる。

「其れで僕は何をするの。僕も此家で働くの。」

「いまに、あの人が駒ちやんを學校へ通はしてくれる筈よ。」

「あの人は何を爲てゐるの。」

「株をもつてゐるんだよ。」

「昨夜來た人は何？」

「あゝ飯島さんか。あの人は確か今日支那へ行つたんだらう。」

「僕は賭博打ちかと思つたよ。」

母と二人きりで話をしてゐる時間だけが駒吉には自由であつた。葉子は若い時は横濱の小料理屋の養女で容貌美しと云はれてゐた。市電で働いてゐた章造と東京へ來て世帶を持つてからも、仲間の間では綺麗なおかみさんで通つてゐた。どんなに貧乏をしても苦勞に負けても整つた目鼻立が人の目についた。今でも斯うして見てゐると粉飾のない顔の線が細くきゆつと締まつて、何か思ひに沈んでゐる表情が駒吉の心を悲しく唆る。

「いつだつて苦勞ばかりしてゐるやうなお母さん。」

駒吉には其れを何う慰めていゝのか解らない。

「いやな家なら無理に居なくつてもいゝんだらう。」

自分もあの男は嫌ひだ。お母さんも好きではないんだ。だからお母さんは陰氣に考へ込んでゐるんだ。

「僕は硝子工場で又働くよ。僕のことまで心配をすることはないんだよ。」

洗濯をしてゐる傍で、バケツの水を小さい子供のやうにぢやぶ〳〵悪戯をしながら、母が聽いても聽かないでもいいやうな輕い言葉で云つて見た。あの男の傍にお母さんを置きたくない――然う云ひ度かつたが、何か恥かしい氣がした。

「こゝを出る譯には行かないのさ。こんな割のいゝ仕事はないんだからね。其れに月給も溜まつてゐるし、出るにしても其れを貰はなければ損ぢやないか。」

「お母さんはこゝが氣に入つて働いてゐるの？」

どちらとも云はなかつた。風の死んだ蒸し暑い午であつた。母は汗になつてゐた。都會の裏町はこんな暑い午《ひる》に限つて、音波のギザ〳〵したラヂオをヤケに開け放してゐる。駒吉は母に手傳つて男の浴衣や下着類の洗濯物を物干臺に運んで竿に干してやつた。

其の晩もう寢ようとしてゐる時であつた。駒吉の氣の付かない間に母と遲く歸つて來た三川の間で口論が始まつてゐた。何が原因なのか駒吉には解らなかつた。

「無智な奴つて仕方のないもんだ。」

「でも氣が付かなかつたんですからね。」

「餘計なことは云ふなとあれ程云つてあるぢやないか。」

「でも支那へ行つたと云つたつて。」

『それが餘計だと云ふんだ。』

『大家さんは飯島さんにうんと貸しがあるんで、何うも今日は何所かへ旅立つた様子だが何所へ行つたか知つてゐますかつて聞きに來たんですからね。つい知つてゐることを云つただけですよ。」

「貴様の前では何も云へん。」

「云つて惡るいことなら云ひはしません。」

男が癇癪を起して食卓の上の茶碗を葉子に抛り付けた。

「一體何が氣に入らないんです。」

「何もかも氣に入らん。」

男に摺り寄つて行つた母を男が平手で打つた音がした。

「何うしたの。」

駒吉が聲を上げて室の中へ飛び込んで行つた。母を男から庇はうとしたが、其の母は男の腕に狂氣のやうに取縋つてゐた。

「あなたはこの頃二た言目には氣に入らん氣に入らんと云ふ。何が氣に入らないんです。今になつて何が氣に入らないんです。」

『放せ。』

「放さない。わけを言はない内は放さない。打ちたければ幾らでも打つて下さい。」

「きちがひ。」

「何うせきちがひでせう。飯島さんが支那へ行つたと云つたぐらゐが何だと云ふんです。私が氣に入らないと云ふのには何か他にわけがあるんでせう。」

何か云はうとして襖の前に立竦んでゐる駒吉を見た三川は、靜に母の手を振りほどいた。

「みつともないぜ。息子が見てゐるのが分らんかい。いゝ年をして。」

其の儘彼方向きにぺたりと坐つた母は、仰向いて肩で泣いてゐた。女の狂態！　其れが自分の母の葉子だとは駒吉には信じられなかつた。見てゐては惡るいと云ふ氣持だけで駒吉は又緣側に出た。室の中はぱつたりと、波の過ぎた水面のやうに騷立つてゐたものが靜まり返つた。

駒吉は大切に藏つておいたものを奪ひ去られた後のやうに陰欝だつた。「何うしてあの人はお母さんに亂暴をするの。」と尋ねると「お母さんが惡るいんだよ。」母の答へは斯うであつた。三川が居る時の母と、居ない時の母とでは人が異つてゐた。三川が居る時の母は氣狂ひになつてゐるのではないかと駒吉は思つた。三川に武者振り付いて猛り立つことがあるかと思ふと、其の反對に主人に使へる奴僕のやうに三川の機嫌を取つた。

「亂暴をされながら、お母さんはあの人を親切だと思つてゐるんだ。」

駒吉と二人ぎりになると、母は考へ込んでゐた。其の悲しさうな眼を、どれ程凝視ても駒吉には母の苦惱の淵を覗くことが出來なかつた。

故鄕に居る三川の妻子のことが原因で喧嘩をしたこともあつた。

「いくら子供でも十五になればもう一人前の男だ。其の子供を摑へて母親がべた／＼する奴があるか。」

男が云ひ出して、其れが原因で喧嘩になつたこともあつた。其の果ては必らず男が母を亂打した。そして母は狂氣のやうに泣くのであつた。

「もうあの家へは歸らないんだ。」

本所の家へ歸つて、又硝子工場で働くんだ。

どんな辛い事も辛抱するんだ。苦しくつても我慢するんだ。

「勞働に負けるな。其れが勞働者の運命なんだよ。」

川原のおちさんの云つた通りなんだ。そして何所かで彼のおちさんを探し出すんだ。

そんな事を考へながら駒吉は日盛りの神樂坂を歩いた。友達の稲太郎や辰夫のことを思つた。

「稲ちやんは何うしたかな。」

怪我をした晩、自分の家へは泊められなかつた。兄の輝雄が歸つてゐたからであつた。

「僕は橋の下へ行つて寝ら。」

臺所の流しで傷を洗ひ、赤い布を大切さうに藏つて手拭の端で鉢巻のやうに頭を縛つて、稲太郎は威勢よく駒吉に別れて行つた。其の夜更けに橋の下でバタやと一所になつて寝轉がつてゐたところを巡査につかまり、そして感化院へ送られると云ふ話は辰夫の姉から聞いたが、其れきりで稲太郎を見なかつた。

「稲ちやんは今の内に感化院へ送られた方がいゝんだ。」

と思つた――あの晩辰夫の親父に叩かれて「大人をやつつけてやるぞ。」と云つた稲太郎の言葉が思ひ出された。

「うん。今度は僕は見てゐないぞ。」

三川への憎悪が――父を亂打した三川への憎悪が、大人の勢力への反抗とごちやごちやになつて駒吉の全身を力でいつぱいにした。

「大人をやつつけて遣るんだ。稲ちやん見てゐろ。」

父を打つた三川を打据ゑてやるんだ。然うしたら僕も巡査につかまるかも知れない。構ふもんか。駒吉は一旦見捨てた家の方へくるりと足を向け直した。（終）

卑俗な美感覺

岡本かの子「金魚撩亂」＝中公十月號＝

佐藤俊子

あれだけの豐富《ほうふ》な文字《じ》と言葉《ことば》を列ねながら、其の一字《じ》半言《げん》にも感《かん》動的《どう》な實體《じつたい》が意味《いみ》されてゐない。創《さう》作の内容《よう》に一貫《くわん》して表現《へうげん》しようとする思想《しさう》が無いから、徒《いたづ》らな文字《じ》の羅列《られつ》、言葉《ことば》の羅《ら》列《れつ》、形容《けいよう》の羅列《られつ》、敍事敍景《けい》敍情《じやう》のばらばらな羅列《られつ》で終《をは》つてゐる。

あれだけ丁寧に、一々人物に説明を與へながら、何の人物も墨繪の雨に煙る中の人物の如く――或は作者自身の表現の文字のやうに、金魚を幻に見る如く漂渺としてゐて、讀者の頭にはつきりした現實的な人間が浮んで來ない。そこで題して金魚撩亂なのかも知れない。

中々作者は金魚通《つう》である。作者の意圖《いと》は一篇を通《つう》じて、金魚を人生の美《び》の象徴《しやうちやう》とするところにあるのかも知れないが、作者が無暗と作の上で金魚通《つう》を振廻《ふりまは》し過《す》ぎた爲《ため》に、概念《がいねん》なことに人生の美《び》の象徴《しやうちやう》たるべき金魚の美《び》感《かん》の上に、神秘性《しんぴせい》を失《うしな》つてしまつた。又作者の頭腦《づなう》が金魚美《び》の分析に熱して お饒舌《しやべ》り過《す》ぎる爲《ため》に、金魚美《び》の象徴的印象《しやうちやうてきいんしやう》がすつかり稀薄《きはく》になつた。

秋錦とか蘭鑄とか云ふ有名な金魚は、實在物だから離れにでも其の美しさが想像の中に浮んでくる。ところで金魚美の創造的偶像として復一から崇拝されてゐる作中の眞佐子は、何ら欲目に想像して見ても、美（尾鰭豐麗なる金魚美）を創造する女性の如くには映つて來ない。彼女は寧ろ美の感覺に對して卑俗で無知である。もつとも金魚美をもつて、ある時は美の感覺を絶對と考へたり、ある時は其の感覺も忘れて了ふ程度の女性だから、卑俗で無知なのであらう。皮肉である。

133　「卑俗な美感覚」『帝国大学新聞』 昭和12（1937）年10月4日

仰々しく、美《び》人の姿の如《ごと》くに尾を振《ふ》り、絢爛無比な色彩《さい》を誇《ほこ》つて、悠々《いう〳〵》と、狭《せま》い水中を泳《およ》ぎ廻《まは》る金魚の美《び》感《かん》は、最《も》早や古《ふる》い美《び》の感覚《かんかく》である。この古《ふる》い美《び》の感覚《かんかく》を、時代的《てき》な新らしい美《び》の感覚《かんかく》に置換《おきか》へるだけの思想《しさう》と理論《りろん》が持《も》てない限《かぎ》り、作者は金魚撩亂《らん》から救《すく》はれさうもない。

秋

佐藤俊子

晴れ〲とした空には一と片の浮雲の影さへも散つてゐない。仰ぐ限り、見渡す限り隅々まで空はたゞ青い。

小高いところに上れば、時々松の樹間を越して海の見える山道である。道は枯松葉や落葉でいつぱいである。草履にカサと當る音も立てないほど、赭土は濕りを帯び落葉は其れに埋もれてゐる。坂道にかゝると私の草履が辷る。其の足許を見ながら行くと、踏みしめる爪先の白足袋に、四邊の草原から秋の色が移る。

空から降る光線が、直接な髮の毛に熱を置く。手を觸れると髮に日の温みが籠つてゐる。其れが中々に懐しい。連れ立つ人の頭髮も、日光の熱に捌けて乾いた光澤が私の眼に感じられる。

何か鳥が鳴きながら、あわたゞしく飛んだ。あれは鶺鴒だと連れが教へてくれる。黒い翼を青い空間に漂はせて、打連れた二羽が墨痕を視野の底に殘して低く飛んで行くのが見える。下は小さな畑である。

松の林を抜け、杉並木を過り、雑木に圍まれる細い道、芒の靡く小道を通つて、傾斜の道を奥へ〱と歩むと、其の幾十歩毎に、右に左に必らず林を切り拓いたさゝやかな――誠にさゝやかな耕作した地面が現はれる。見下す丘の下にも、又は見上げる丘の上にも、さゝやかに地面を區限り、小さな耕作面の許す限り、ゴマや大根や芋やソバやが作られてゐる。花の畑も、まだ花を持たぬ菊畑や、色彩の浮んだダリヤの花畑の一と叢などが眺められる。其れから又、何歩にも當らぬ地面に赤い花の咲く藥草らしいものが栽培され、林の蔭に暗く貧しく、だがやがての僅な生産に生計の糧を托さうとする丹精の痕を示した畑も見える。見渡す丘の下の窪地には、岡稲が農作されてゐた。其所は黄色い廣々した畑の一劃で、年老つた農夫が一人、既に半ばを收穫した殘りの稲に鎌を入れてゐる。

この赤い實は何の木。この黒い實は何の木。この畑に生るものは何。この花は何。あの鳥は何。あの蟲は何。と一とつ一とつを連れ立つ人が敎へる。私は敎へられるまゝに振返り、又は仰いだりして眺める。日本に長い間居なかつた私は、日本の植物や鳥の名を忘れてゐるのである。小さい赤い實。大きな黒い實。しほらしく優しい秋の花。葉鷄頭の赤の色の暗さなど、もの悉く日本の秋氣を含んでゐる。

松の林の中に分け入り、暫らく一人で歩みを變へて逍遥しつゝ戻つてくると、連れは丘の中央に腰を下ろし、日光を深々と浴びながら「惜しいものを見せなかつた。」と云ふ。

「あすこの角から。」

目の傍の畑の一角を越して、葉鷄頭の一とつの叢れを目標に、其の邊の草叢から一羽の野鳩が飛び立つた。そして、

「彼所へ。」

指は眞つ直ぐに空間へ一線を引いて、

「あの草叢へ。」

畑の隅の枯れ葉の見える草叢へ、一度影を潜めてから、其れから、

「あの林の中へ入つた。」

腕は高く延びて、遙かに彼方を指さす。指の示した最後の地點は低い雜木の林である。

野鳩がこんなに近く飛ぶことは珍らしい。其れを見せ損なつたのが惜しいと繰り返すのである。

日光は野鳩が飛んだと云ふ地點から地點の土や草や木に、特に優しさを籠めた光りを照らしてゐる。そして人の指先からこぼれ落ちた和らかな感情が、光りの中に溶けて行くのである。

優しい秋の光りが無限に擴がる。光りは自然の物象のすべてを包み、色彩は光りの中にすべて落着き、靜まり、そして沈んでゐる。私たちは秋の光りに追はれて小道を下り、秋の光りを追うて小道を上る。斜めになつた光線が丘に續く松の一聯の綠りに明暗を錯綜させてゐる。

綠りの色の深さ。眞々しさ。豐かさ。

日本へ歸つてから、これは二度目に逢ふ秋である。

日本の秋は今年も美しい感じを私に與へる。日本に住んだ昔、秋がこれほどに美しいと感じたことがなかつた。春は好きであつた。日本の季節の印象は春にばかり殘されて、春の雨の細いリズムを忘れたこともなかつたが、秋の印象は女郎花や桔梗の花の記憶だけに抽象化されて寂びた味ひも忘れてゐた。アメリカの大陸には濃やかな秋の氣分が無かつたからでもあつたらう。大ざつぱな秋の感じ――木の葉が黄色くなり、赤くなり、凋落する。其れだけの季節の變化の他には、寒い地方は太陽の熱が俄に冷めたく透徹し、温い地方は爛々と燃えた夏の日光が稍々稀薄になつただけの感じで、何時の間にか秋が過ぎる。大陸の自然は日本のやうに複雜な微妙な秋氣の靜かさを感覺的にも情緒的にも分析してくれない。

其れに慣れた私には、日本のこまやかな秋のムードが一層しみ〲と肉體の上に迫るからでもあらうか。

有島武郎氏は日本の秋を愛し、秋を待つて死にたかつたのだが愛人の誘ひで死を早めると云ふ意味のことが、遺書の一部にあつたやうに思ふ。日本の秋の美しさは、大陸に住んだものに取つて、初めて感情的にもしんみりと味へる美しさであるかも知れない。光りの底から滲み出る靜寂。光りの底から滲み出る和氣。震動のない空氣の底に、震動しつゝ消えて行く音響の餘韻。然うした周圍の日本の秋ばかりが持つ神經に、私の空洞なこころを交響させてゐると、現實はたゞ愛と平和の悠久さの中にまどろんでゐるやうである。

「日本の秋は美しい。」

私は幾度となく呟く。血で書く歴史の相は、この光りの中には浮んでこないのである。

懷かしい光りだと私は思ひ沈む。和やかな愛が私のこゝろに蘇生つてくる。私の荒びつゝある思想に温かな光りが通つてくる。今年の日本の秋が去年の印象の其れのやうに、いかに美しくあらうとも、秋の光りに包まれる自然がいかに優しくあらうとも、私のこの頃の人生の空洞さが瞬間的な美しい自然の現象や享楽によつて満たされる筈もない。そして又或る悲しむこゝろを其れ等が交へても避けさせてもくれる筈もない。秋の光りは敢へて私に思想をも生まず、思想をも導かず、空洞な人生へ何を満たすかを教へもしない。

　この光りも惑はしであるかも知れない。この秋が美しいと思ふことも、陳腐な詩のこゝろが僅に愛を象徴化しようとする優しい自然への、そして幻想的な讃美に過ぎないのであらう。

　だがこの光りは、瞬間ではあつても、人生の血の悲劇を私から隠蔽する。美しいこの自然は悲劇を語らない。暴虐を語らない。自然は光りに満ちて微笑してゐる。

　私はたゞ秋の光りの微笑を懐しむのである。

　細い精糸のやうな、紅を含んだ直線の茎に、ソバは清楚な白い花を附けてゐる。日本の一とつの叙情詩がこの繊弱さから生まれた歴史があるに違ひないと連れは一人で語りながら、隣りの畑の小さい薩摩芋を泥の中から掘り出し、一葉の紙で丁寧に泥を拭き、歯で皮を取り、少し紅色の交ぢる芋の肌を愛して、これを噛りながら行く。秋の山道の散策の楽しさは、これに盡きるかとも見えるやうに。

茶《ちや》室《しつ》に寝《ね》て

☆佐藤俊子

今年《ことし》の春新築《はるしんちく》した雑司《ざふし》ケ谷《や》の友《とも》だちの家《いへ》に泊《とま》る時《とき》は、二疊《でふ》の茶室《ちやしつ》の小間《こま》へ蒲團《ふとん》を敷《し》いて寢《ね》かされる。

疊《たゝみ》の上《うへ》に蒲團《ふとん》を敷《し》いて直接《ちよくせつ》に其《そ》の上《うへ》で眠《ねむ》る習慣《しふくわん》を失《うしな》つた私《わたし》は、日本風《にほんふう》の建築《けんちく》の家《いへ》に寢《ね》ることが苦痛《くつう》で、この頃《ごろ》は多少《たせう》は慣《な》れたが、其《そ》れでも自分《じぶん》の身體《からだ》を包《つゝ》む蒲團《ふとん》の周圍《しうゐ》に疊《たゝみ》があり、物《もの》が並《なら》べられて有《あ》ることが快《こゝろよ》い感《かん》じを與《あた》へない。洋風《やうふう》のアパートメントに住《す》んでゐるのは、然《さ》うした習慣《しふくわん》からなのだが、不思議《ふしぎ》なことにこの二疊《でふ》の小間《こま》に寢《ね》かされると、そんな周圍《しうゐ》を忘《わす》れて、滑《なめ》らかな睡眠《すゐみん》が私《わたし》を休《やす》ませてくれるのである。

小《ちい》さな室《へや》のせゐで、私《わたし》の神經《しんけい》がちま〳〵と落着《おちつ》くのかとも思《おも》ふ。だがもつと深《ふか》い理由《りいう》が茶室《ちやしつ》の傳統《でんとう》が持《も》つ建築《けんちく》の中《なか》にでも潜《ひそ》んでゐるやうな氣《き》がして、私《わたし》はこの小間《こま》に寢《ね》る度《たび》にガマの天井《てんじやう》や、小《ちい》さな連子窓《れんじまど》や、中板《なかいた》の爐《ろ》の周圍《しうゐ》に科學者《くわがくしや》が何《なに》かを研究《けんきう》するやうな、そして少《すこ》しく意地惡《いぢわる》い眼《め》を放《はな》つて、ぢろ〳〵と眺《なが》め廻《まは》す。

京山崎《きやうやまさき》の茶室妙喜庵《ちやしつめうきあん》を模《も》したとか云《い》ふこの小間《こま》の床《とこ》には、一輪挿《りんざ》しの花《はな》から　床《とこ》の軸《じく》に友《とも》だちが頻《しき》りに其《そ》の趣味《しゆみ》を弄《ろう》して、時々《ときどき》は私《わたし》にはまるで讀《よ》めないやうな假名字《かなじ》の軸《ぢく》が掛《か》けてあり、時代《じだい》の古《ふる》めかしさと優美《いうび》さを備《そな》へた朱塗《しゆぬ》りの有明《ありあ》けが裝飾《さうしよく》のやうに床《とこ》の隅《すみ》に置《お》かれてゐる。

だが私《わたし》がこゝに寢《ね》る時《とき》は日本《にほん》の近代工業《きんだいこうげふ》の粹《すゐ》のやうな足長《あしなが》の有明行燈《ありあけあんどん》の電燈《でんとう》の灯《ひ》が、私《わたし》の枕許《まくらもと》で陰《かげ》のある照明《せうめい》を作《つく》る。爐釜《ろがま》に火《ひ》を置《お》き、桑《くは》の煙草盆《たばこぼん》に長羅宇《ながらう》の煙管《きせる》、桑《くは》の樹《き》の煙草《たばこ》入《い》れには白梅《しらうめ》、他《た》にはホープの入《はい》つた塗《ぬ》り物《もの》の煙草《たばこ》の箱《はこ》も並《なら》んで、黒《くろ》い菓子器《くわしき》、干菓子《ひぐわし》、銅《あか》の水差《みづさ》し、硝子《がらす》のコップ、紅絹裏《もみうら》の丹前《たんぜん》、侘《わ》びた茶趣味《ちやしゆみ》やら、近代的《きんだいてき》な色彩趣味《しきさいしゆみ》やら、其《そ》の中《なか》に濃《こま》やかな友情《いうじやう》が織《お》り交《ま》ざつて、聊《いさゝ》か周圍《しうゐ》は雜然《ざつぜん》とする。

だがこんな雜然《ざつぜん》を打《う》ち消《け》して、小《ちい》さい室内《しつない》には私《わたし》の睡眠《すゐみん》を靜《しづ》かに護《まも》る一種《しゆ》の空氣《くうき》が澄《す》み徹《とほ》るのである。

「茶室《ちやしつ》は中々空氣《なかなかくうき》の換氣法《くわんきはふ》がうまく取《と》り入《い》れてあるのね。寢《ね》てゐても外氣《ぐわいき》が間接《かんせつ》に通《かよ》つてくる。この建築《けんちく》が何《なに》か人間《にんげん》の健康《けんかう》に適《てき》した法則《はふそく》を持《も》つてゐるに違《ちが》ひない。」

私《わたし》が斯《か》う云《い》ふと、友《とも》だちは、

「そんな事《こと》ではない。もつと其《そ》れ以上《いじやう》の茶室《ちやしつ》の持《も》つ云《い》ふに云《い》はれぬ神秘《しんぴ》さなのよ。」

茶道《さだう》の絶對境《ぜつたいきやう》が私《わたし》のやうな鈍感《どんかん》なものにも何《なに》か知《し》ら神秘《しんぴ》の上《うへ》に、一つの微妙《びめう》な靜安《せいあん》を覗《のぞ》かしてくる——とでも友《とも》だちは云《い》ふ積《つも》りなのであらう。

茶室《ちやしつ》の庭《には》の錦木《にしきぎ》が少《すこ》し黄色《きいろ》く色《いろ》づいてきた。今年《ことし》の春《はる》新築《しんちく》と共《とも》に植《う》ゑたばかりのこの木《き》が枯《か》れさうになり、其《そ》れが友《とも》だちの朝夕《てうせき》の苦勞《くらう》の種《たね》だつたが、植木屋《うゑきや》が來《き》て大丈夫《だいぢやうぶ》保《も》ちますと保證《ほしよう》されて安心《あんしん》した。其《そ》の葉《は》が黄色《きいろ》くなり、珊瑚《さんご》のやうな赤《あか》い實《み》が、ぽつぽつと葉《は》の間《あひだ》から細《ほそ》い枝《えだ》に玉《たま》を綴《つゞ》つてゐる。自分《じぶん》の愛《あい》する木《き》が生命《せいめい》を保《たも》つと云《い》はれ、咲《さ》いた花《はな》に實《み》まで結《むす》んでゐるのを、秋《あき》の晩《ばん》の月光《げつくわう》に透《す》かして見《み》る時《とき》などは、土《つち》の養《やしな》ひの有難《ありがた》さまでが身《み》にしみて感《かん》じられるのである。そんな話《はなし》をして錦木《にしきぎ》を仰《あふ》ぐ友《とも》だちを見《み》ると、私《わたし》も其《そ》の木《き》に自《おの》づと愛着《あいちやく》が感《かん》じられ、茶庭《ちやてい》の風情《ふぜい》にも心《こゝろ》を惹《ひ》かれる。

小《ちい》さな茶庭《ちやてい》に奧深《おくふか》い氣色《きしよく》を豐《ゆた》かに作《つく》つたのは庭園家《ていゑんか》I氏《し》の考案《かうあん》で、これだけの技倆《ぎりやう》を持《も》つ人《ひと》は他《た》にないと友達《ともだち》は云《い》ふ。石《いし》、松《まつ》、もみぢ、小笹《こざゝ》——この庭《には》には花《はな》と云《い》ふものがない。

この庭《には》を前《まへ》にして、友《とも》だちは茶《ちや》を立《た》てる。私《わたし》の好《す》きなのは初茶《ちや》の味《あぢ》なのだが、時《とき》によつて、種々《いろ〳〵》な茶《ちや》をすゝめてくれる。私《わたし》は茶《ちや》の飲《の》みかたも知《し》らないのだが薄茶《うすちや》の味《あぢ》だけは私《わたし》に解《わか》るのである。

「お茶《ちや》なんて本當《ほんたう》は其《そ》れでいゝのよ。」

其《そ》の癖《くせ》、私《わたし》が形式美《けいしきび》の破壞《はくわい》を論《ろん》じ出《だ》すと、この友達《ともだち》は悲《かな》しさうになり、憂鬱《いううつ》に默《だま》り込《こ》んで了《しま》ふ。

自由主義《じいうしゆぎ》的な形式美《けいしきび》への無關心《むくわんしん》な私《わたし》は好《す》きなのだが、其《そ》の私《わたし》に破壞《はくわい》を云《い》はれることは厭《いや》がる。

茶道《さだう》を大衆《たいしう》のものにしようと云《い》ふ理想《りさう》はありながら、形式美《けいしきび》を通俗化《つうぞくくわ》する以外《いぐわい》には方法《はうはふ》も理論《りろん》も進《すゝ》めやうのない友達《ともだち》は、この矛盾《むじゆん》に何時《いつ》も惱《なや》まされ、そして何《なに》かの機《はず》みに二人《ふたり》の間《あひだ》にはつまらぬ論爭《ろんさう》が初《はじ》まる。

「こんな菓子器《くわしき》を貰《もら》つたのよ。これに何《なに》を盛《も》りませうか。」

竹細工《たけざいく》の籠取りを模《も》した洒落《しやれ》た菓子器《くわしき》、竹《たけ》は鴇紅色で塗《ぬ》られ、其《そ》れに色紙《しきし》模樣の金《きん》の摺《す》り箔《はく》が置《お》いてある。

この菓子器《くわしき》を手《て》にして、菓子《くわし》の調和《てうわ》を考《かんが》へることに費《つひ》やす友《とも》だちの生活《せいくわつ》の時間《じかん》と、私《わたし》の生活《せいくわつ》の時間《じかん》との相異《さうい》と隔《へだ》たりを、私《わたし》はひそかに考《かんが》へながら、友達《ともだち》への趣味《しゆみ》に理解《りかい》を運《はこ》び、そして空な論爭《ろんさう》は其《そ》れで打切《うちき》りにする。其《そ》の菓子器《くわしき》には友達《ともだち》の智慧《ちゑ》で、銀杏《いてふ》の實《み》や、枯葉《かれは》や、枯松葉《かれまつば》や、楓《かへで》や、銀杏《いてふ》の葉の干菓子が盛《も》られ、次《つ》ぎに私《わたし》が行《い》つた時《とき》には、其《そ》の砂糖《さたう》の味《あぢ》の美味《びみ》を、私《わたし》の舌《した》の上《うへ》に強《し》ひられるのである。

だが私《わたし》はこの小間《こま》で不思議《ふしぎ》な安《やす》らかさで眠《ねむ》ることがだん〳〵に好《す》きになるやうである。

季節の随筆

馬が居ない

—佐藤俊子—

「馬が居ない」

私と向ひ合つて腰をかけてゐる友達が、窓外を見ながら呟いてゐる。

汽車はもうやがて信濃路へ入らうとしてゐる。新宿驛から乘つた時は、まだ窓外に見える樹々の上に、ばら〳〵と時雨の降りかゝるのが見えたが、山の見え出した頃から次第に雨は止み、其の山に冷めたい雲が絡んで、雑木の紅葉がとり〴〵に其の色を深くしてきた。

風景の美しさがます〳〵印象を強くする。汽車の走り過ぎる目の下にも、手を伸ばせば觸れるほどの近いところに、鮮やかな赤い葉が現はれては、又隱れ去る。何の樹であらう。樹の葉によつて色付く赤さが異ふ。白樺の林は、こまやかに黄色に染まり瀟洒とした裝ひをしてゐる。遠方に見える紅葉の綾錦は、雲の落す陰影で、或る部分は濃く、或る面は薄い。濃淡を暈かして重なり合つた山、山、山、紅葉には黄色が交ぢり、常盤木の綠が輪廓を刻んでゐる。松林の中では、林を深くして細い松の幹にまつはつた蔦の眞紅が、手に取りたいほどに可愛らしいのである。

「馬が居ない。」

又友達が呟いてゐる。風景にばかり見恍れてゐた私には、友達の言葉の意味が直ぐには解らなかつた。

「馬が居ない？」

「馬がちつとも居ない。――何時もなら畑には澤山馬が居るんだのに。」

「あゝ、然うか。」

と私は初めて友達の呟いた言葉の意味がはつきりとする。全く、今まで眺め入り眺め盡して來た窓外の何所にも、私たちの目の及んだ限りの田畑には、馬が一つも居なかつた。

「ほんとうに馬が居なかつたわね。」

友達は無言で目だけを私に向けてゐる。其の目の中で私の言葉にうなづいてゐるのである。

其の目を見てゐる内に、私の感情の全面に強く掩ひ被さる暗いものがあつた。目に見えない馬の姿である。友達が頻りに田畑の彼方此方で探し求めてゐる馬の姿が、友達の瞳子の中の幻影から私の感情の面へ、暗色をバックに映像されたとでも云はうか。

何時となく馬を探し求める氣持になつて私は又窓外を眺める。行けども行けども馬の見えないことが云ひ難い無限の淋しさとなつて私の心を占めてくる。

「馬を探しませう。」

誰れも働いてゐない田もあつた。男と女と二人して働いてゐる田もあつた。女一人で子供を相手に働いてゐる田もあつた。

空の晴れ間が時折に見え、至るところで美事な實のりを示してゐる稻が、空の晴れ間の光りを受け、クリーム色に輝いてゐる。刈り取つた稻を其の儘に伏せてある田、刈り取つた稻を稻掛けにかけてある田、これを植ゑ付ける頃には、勞働の手も力も十分であつたらうと想像される稻が、徒らに豐熟してゐる。其の稻を刈る牛の不足、運ぶ力の不足は、其れを感じるものの心にだけ殘して、午後の畑は風景が移り動き、變る毎に明るさを增しそして私たちの眼には其の明るさの爲に、在るべきものが失はれた一層の淋しさを投げかけてくる。

「あゝ、居た。居た。」

低い稻叢の蔭に、荷を付けた後と、黑い尾だけの見える姿を見付けると、私は思はず聲を上げた。

其れは牛であつた。

「馬の代りに牛を使ふのか知ら。」

「然うかも知れない。」

友達は馬の居ない畑の淋しさを、自分の生活の神經で感じてゐるやうな顏で、窓の端に肘を置き、熱心に窓外を見つゞけてゐる。

「馬は人間の五人分の仕事をするさうよ。」

「力量の上でね。」

「然うね。」

稲の束を背中に振り分け、もさ〳〵と飼主に曳かれながら行く馬の姿が、古るい記憶から私の眼前に浮んでくる。農夫に取つては唯一の生活の協力者が、畑の中から消えて了つた。

「馬が居ない。」

呟く度にひとつの意識が燃えてくる。其れをもつと一人して煽り立てるやうに友達は幾度でも呟いてゐる。

「あゝ居た。」

甲府に近付くあたりであつた。稍々小高い斜面の、一方に林を前にした稲田の一角に、栗色の馬が静かに立つてゐた。

「まあ、とう〳〵居た。」

晩秋の薄い日に眠つてゐるのか、首を眞つ直ぐにして馬はぢつとしてゐる。背中には何も付けてゐない。風のない林が少し離れて、馬を繞つてゐる。馬の立つてゐる地點から、稲田は汽車の沿線附近まで其の面積を扇状に廣く擴げてゐる。見上げる馬の姿は四圍の白い光りの反射でいかにも鮮明である。そして斜に側面を見せてゐる馬は、平和な田園風景を繪畫的に完成する役割を、自分で識つてゐるやうなポーズをしてゐるのである。

手を擧げて馬を呼んでやりたいやうな喜びで、その姿を見返り見送りしてゐる内に、馬の側面は汽車の速力で直きに見えなくなつた。何と云ふこともない。兎に角馬のゐた嬉しさが、暫らくの間私たち相互の心の中を往來してゐる。

「たつたひとつ馬を見付けたことが、こんなにも嬉しかつたのだらうか。」

だがあの馬は生命を保つてゐた。田園の光りを浴びてまどろんでゐた。あの姿は、異常な一つの光景の中で描かれる慘ましい馬の姿を、私たちの幻影から瞬間的に拭き消してくれた。

「其れが嬉しかつたのか。」

窓外には紅葉の山が續き、山が盡きると川沿ひの紅葉が其れを綴る。山は深まり、秋色はます〳〵濃く、こまやかである。田畑を眺めるとき、私たちは又馬を求める。だが何所にももう馬の姿が見られない。

「馬が居ない。」

友達が又泣いてゐる。

143　「婦人の因循性」『日本読書新聞』 昭和12（1937）年12月5日

婦人の因循性

佐藤俊子

職業紹介所へ就職《しうしよく》口を求めに行く婦人が、兎角《とかく》態度《たいど》が煮え切らず、つまりビズネスライクでない。ぐづぐづしてゐる。てきぱきしてゐない。この爲紹介の勞を執る係《かゝ》り員《ゐん》が困ると云ふやうな記事《きじ》を最近何かで見た。

斯う云ふ記事が目に觸れるにつけ、直ぐ私の頭に閃くのは日本の婦人の因循性である。嬶天下と云ふ侮蔑的な名稱があるほど、女が少しでも自己を主張すれば、直ぐに其の頭を上方から抑へ付けられる。婦人の美徳は溫順と餘計な口をきかないことゝ、誰れに對しても控え目であること、內輪であること、等とされてゐる。この弱い存在で甘んじることを「女らしい婦德」として強ひられ、敎養づけられてゐる婦人が、弱い存在ではゐられない境遇へと驅り立てられて行く。全く生れながらに——丁度往昔の支那婦人が纏足を強ひられて身體的に歩行を不自由ならしめられたと同樣な、これは性格として宿命づけられた不具な弱さを引摺りながら而かもこの競爭激甚の社會の面へと押出《おしだ》されて行く。押出されて行くと云ふよりも、押出て行かなければならない生活《せいくわつ》状態が、彼女《かのぢよ》たちの外部へ漸々と切迫《せつぱく》して來てゐる。

この性格化された自己《じこ》の弱さが、當然《たうぜん》强くならねばならない場合《ばあひ》には、因循性となつて現はれる。自分の生活《せいくわつ》の糧を得る爲に職業《しよくげふ》を求めに行くと云ふこの大切な場合にすら、彼女《かのぢよ》たちは自分の態度《たいど》を生存的な强さで當事者《たうじしや》の前に明らかにすることが出來ないのである。婦人《ふじん》たちの最大な不幸《ふかう》は、性格化されたこの弱さを引摺りつゝ、時代の荒波《あらなみ》に揉まれねばならないと云ふ、たゞこの一點《てん》にかゝつてゐる。

或るプログラム

佐藤　俊子

或る有名《いうめい》な女流舞踊家の、新作《しんさく》發表公演《こうえん》のプログラムを偶然に見《み》た。この中に「軍國調行進」と云ふ一聯《れん》があり、題《たい》を見ると、○飛べ〳〵飛行機《ひかうき》○涙の慰問袋《ゐもんぶくろ》○曉の征空○送りませうよ兵隊《へいたい》さん○皇國《くわうこく》の春○センニンバリ○慰問袋《ゐもんぶくろ》を○愛國《あいこく》千人針○皇軍萬歳《ばんざい》○作りませうよ愛國旗○銃後の花○彈雨《だんう》をついて○妹の手紙《てがみ》○航空日本等《にっぽんとう》と並んでゐる。

公演は見《み》ないのであるから、舞踊家《ぶようか》やお弟子さん達によつて斯《か》うした愛國舞踊が其の情調の上《うへ》で如何に美《うつく》しく、或は悲しく、表現されたかは知《し》る由《よし》もないのだが、プログラムを一見《けん》した私の感《かん》じの上から云ふと、これは舞踊家《ぶようか》の切烈な愛國魂《あいこくだましひ》が公演の上に表現されたとは見《み》へず、際物的《きはものてき》に戰爭を主題にしたと云ふ概かたの方が深《ふか》い。

恐《おそ》らくこの舞踊家は、斯かる主題を選んだ新作《しんさく》を、最《もつと》も盛り澤山に公表しないではいられなかつた程、愛國の熱抑《ねつおさ》え難いものがあつたのでもあらう。だが私は思《おも》ふのである。若《も》し事實舞踊家が自己の藝術魂を通《とほ》してこの角度《かくど》から、人命を賭して戰ふところの悲愴《ひさう》なる戰爭と云ふものを觀《み》た場合、彼女《かのぢよ》の藝術觀の底から燃《も》え上る美しい感情《かんじやう》は、戰爭と云ふ重大《ぢうたい》な現象《げんしやう》を斯うした際物的な輕々《かるがる》しさでは被へなかつた筈《はず》である。

彼女は現代日本《げんだいにつぽん》の名舞踊家と云《い》はれてゐる其の伎倆《ぎりやう》が如何にあらうとも藝術魂になつて確に一流《りう》であらねばならぬ。私《わたし》がこの人に云ひ度《た》いことはこの人自身《ひとじしん》の感じた愛國魂は崇高《すうかう》なものではあらうが、先づ自己《じこ》の藝術魂を先《さ》きに生かし、そして愛國魂がどんな高《たか》い形で、自己《じこ》の藝術魂に結び付くかを、ゆつくりと考へるべきだと云《い》ふことである。

カナダの女流詩人の話（一）

佐藤俊子

　コロンバスが初めて米大陸の土を發見した時これを印度と思ひ、そこに住む人間を印度人だと信じた。其れから以後今日に至つても、米大陸の土人はインデイアンと云はれる。アメリカではアメリカ・インデイアンと呼ばれ、カナダでは、カナダ・インデイアンと呼ばれてゐる。そして又これ等の土人をレッド・マンとも稱してゐる。

　男も女も髪を二たつに分けて編んで耳邊に垂らし、鳥の羽根で飾つた環を頭部に篏め、女は貝殼を綴つた美しい頸飾をつけ、腰や肩には獸皮を纏ひ、海藻や地下から發掘した天然石や珠玉を鏤めた装飾を用ひた土人の風俗は、原始時代を匂はせて何となくロマンチックである。無論こんな風俗は、カナダ中部の奥深く山を分け入つたインデイアン・レザーブへでも行かなければ見られない。各地に散在してゐるインデイアンは、其の種族の何れを問はずに現代的な風俗をしてゐるが、老年の婦人は、矢張り髪を分けて耳邊に垂らしてゐるのを見かける。

　所謂レッド・マンが白色人種からの迫害と侵略を受け、戰つては破れ、戰つては破れ、遂に其の支配下に永久の壓伏を運命づけられるに至つたまでの歴史は、悲憤と痛恨に滿ちてゐる。カナダの土人は最初フランス人に征服され、自分等の國カナダはフランス人に奪はれた。次ぎにイギリス人がこの國に侵入し、フランス人を劔によつて驅逐し、土人に忠順を誓はせ、そしてカナダは其の屬領地となつた。其れは三百餘年前のことである。イギリスの植民地政策はフランスのそれよりも賢こく、やがてカナダは彼等の頭腦によつて完全に統制され、土人への政策は、表面上特典的な待遇を彼等に與へ、政治的權利は彼等から奪ふことによつて、其の生活を非公民的なものにしてゐる。

具體的な例を云へば、カナダの各州各地に散在するインディアンは、どの種族でも（土人にはいろ〳〵な種族がある。一種族毎に名稱があり、各々に酋長がある。）其の住居する土地は永久に彼等の所有とされるし、教育や醫療はすべて政府が負擔するし、或る漁區《ぎよく》は彼等の所有に任せるとか、又は免税等々の特典が與《あた》へられてゐる。だが政治に參《さん》與《よ》することは許されない。

カナダのブリチツシユ・コロンビア州にはサイワツシユ族と呼ぶ土人が比較的多く住居してゐる。この土人には他の種族と異つた特有の風俗があり、容貌も他の種族の特徴と思はれるやうな剽悍さがなく、扁平で、日本人種に酷似してゐる。そして風呂敷を使用する習慣などを取上げて、これは嘗て日本人の一團がこの大陸に漂流し、其れ等の殘した子々孫々ではないかと憶測されたりしてゐる。

カナダの西部地方の土人は、往時から農業や漁業を生計の手段として、智能が低く、東部地方の其れは血族の上に高貴な系統を持ち、智識層が多いと云はれてゐた。つまり文化の程度が西部の土人よりも高かつた。教養が深く、そして武勇に秀でゝゐるやうな種族が多く、所謂イロクオイ族など呼ばれる土人は、勇敢と知力の群れで知られてゐた。西部地方ではプリミチブな手藝や工藝が土人の間に發達してゐる。トツテムポールの怪異な彫像を初め、近代工藝が聊か加はつてゐるがに見える皮細工、竹細工など、依然としてプリミチブな意匠のもとに、今でも愛らしい手藝品を產してゐる。迷信に用ひられる頸留め、指環などがある。雷鳥と云ふ鳥を刻んだ裝身具を身に着けてゐると、幸福を招き、禍ひを防ぐと云ふやうに。

バンクーバア、アイランドには、自分の土地として與へられてゐるレザーブに、無爲に生活してゐるサイワツシユ族が多數に住んでゐる。クリークから小魚を漁り、其の邊に落ち散つてゐる木片を集めて焚木にし、白色人種の文明人とは接觸することもなしに、春を迎へ、夏を送り、舊い傳統の中にそのまゝ靜かに死んで行くやうな土人の群れを、私は其所に住んでゐた頃によく見ることがあつた。花咲く頃のアップルの樹の下に小供たちが無表情な顏で遊んでゐる。大人になつても表情することを知らないであらうやうな、滅びゆく民族の運命を最早や小さな體で示してゐるやうな小供たちである。貧しい生活をしながら貧しさを知らぬ土人たちの家、どんな刺戟にも反撥することを知らない神經を持つた土人たちの顏を、私は淋しく眺め、淋しく行過ぎることが屢々あつた。

さて、ポオリン・ジョンソン――加奈陀における唯一の女流詩人として、謳歌されたこの詩人は、土人の娘であつた。

だが白人種との混血兒なのである。父親は東部地方で六種族のインデイアンを統率する酋長であつた。母親は純粋の英國人で、彼女は母親の生地で生れ、そしてカナダで養育されてゐる。

父親はモハーク族の出《で》で、この種族は他の王種族と締盟してゐた。種族中での高貴な血統を有してゐるが、四百年以前フランス人の侵略に遭遇した時、これに服從せずに獨立自治を保つたのであつた。その後英國人からは巧みに操縦されて、フランス人とそして國內の反英分子に對抗して戰ひ、英國の治下に歸順することを誓つた。この六種族を總稱してイロクオイ族と云はれてゐる。これは初期にフランス人の宣教師によつて命名されたものだと云ふ說が殘されてゐる。この强力な種族が英國に歸順してから、初めてカナダ國內が征定されたのであつた。ポオリン・ジョンソンは、斯くした歷史を有する六種族の大酋長として世襲したジー・エッチ・エム・ジョンソンを父とし、英國人のエミリイ・エス・ホーエルスを母として生れてゐる。

彼女の生長した家は、カナダのオンタリオ州の奧地で、グランド河を境とする廣大な地域內であつた。父の功績によつて時の英國政府から與へられた領土であり、其の邸宅はチーフウードと呼ばれてゐた。

士人ではあつても、貴族の階級と同じ様式を持つ生活の中に長じたポオリン・ジョンソンは、生れながらに豊かな詩才《しさい》に惠まれ、幼少から詩文を讀んで貰ふことが好きであつた。そして十二歳の時にはもう詩作までした。彼女の學校教育は、あまり嚴しいものを受けてゐない。大學へも行かなかつた。二年間は家庭教師に就き、他の三年間はインデイアンの學校に通ひ、あとの二年間は普通の家事專問學校で薫陶されたぐらゐの程度であつた。だが彼女の好む讀書によつて廣い智識を養ひ、殊に詩については九歳、十歳の頃からスコツト、ロングフエローを讀み盡し、バイロンを愛讀し、シエークスピアを讀み漁り、フオスタアやオーエン・メレヂスまでも破讀したと云はれてゐる。

彼女は愛すべき天才だつたのである。詩情豊かな、感受性の敏感な、自然美を愛し、自然的な生活を愛し、これを純潔な血の漲る我がはあとによつて美しく言葉の上に表現する――これが彼女の詩であつた。彼女の詩作は、當時のイギリスやアメリカの有名な文人たちに認められ、カナダ女詩人としての最高の名譽を得、その愛すべき詩の吟誦會が名譽ある人々によつて、ロンドンや紐育などで開かれたりしてゐる。

病弱な彼女は未婚で、年若くして死んだ。彼女の詩想《しさう》は前にも云ふやうに、自然の讚美であり、心の纖弱きものが、靜な感情で歌ひ、さゝやかなる生命の律動《りつどう》によつて、誇らかなる自然の生活を示すと云ふやうな、純眞さにおいて印象的な作が多く、無論父系《ふけい》から士人の血を享けながらも、その生存を虐げられ、迫害され、驅逐され、そして滅亡へと導かれた民族の運命を、悲哀をもつて歌つたものとか、人間生活の悲慘を涙をもつて歌つたものとかの、然うした思想を閃かしたものは見られない。士人の生活を詩の上に書かれた場合も、其れは彼女の主觀によつて、詩情的に美化されてゐる。そしてたゞ一とつの愛情――自然をそのまゝに愛し、人生を潤澤なこゝろで愛す――其の愛情が、士人の生活を敍する上にも流れてゐるのである。

愛誦すべき詩の二三篇、又、彼女の詩情が生んだ情味豊かな士人の傳説の二つ三つを次ぎに書いて見よう。

ポーリン　ジョンソンの詩　(二)

佐藤俊子

ポーリン・ジョンソンの詩の中には、自然に對する純眞な愛情を敍べたのが多く、然う云ふ詩を誦んでゐると、おのづから微笑まないではゐられなくなる。この詩もその一つである。

私の船唄

西風よ。
お前の巣籠る荒野から
山から
西から
吹いてくる風よ。
帆も動かず、船の漕ぎ人も凝つとしてゐるのに
お前を待つてゐる私達の爲に、
西風よ
吹けよ。吹けよ。

私はこのやうにお前に強請《ねだ》つてゐる。
だのに、お前は其の贈物を惜しんで、
小山の間の揺籃の中に佇くまり
わざと意地惡るく
お前は私の白い帆船を見まいとしてゐる。

私は帆を捲き、マストを下ろす。
お前を待焦れてゐるけれども
私の願ひは仇となつた。
私の水遊びが
却つてお前を物憂くさせてゐるのであらうか。
おゝ　眠た氣な西の彼方！
そしてお前も眠たさう。
お寢み。お寢み。
險しい山のふところで
又は野に靡く草の上で、
お前の萎えた翼を
まどろみの中に疊み込むがよい。
和やかに、私は私の船唄を歌はうよ。

八月が横切る大空で笑つてゐる。
私の漕ぐ手にも、カヌーにも、そして私の上にも、
八月が笑ひながら
驅ける。驅ける。

小山から小山へ。
潮しぶく兩岸へ。
岩床に轉ぶ河水！
私の橈は河波を追越える。
深く。深く。
河水の胸底《むなそこ》に橈が滑り入るとき
眞白き泡と水は飛び、そして刎ね、散る。
おゝ。目眩るしく渦巻く水。
くる／＼と。くる／＼と。
深淵の危さを裝つて
漣は搖るゝよ。こまやかに。
そして、
急流が私の身近くに奔騰する。
永久無限を激する流れの如くに
衝き當り、衝き當り、
激し、沸《たぎ》り、制し、漲り、
水面は水面を挫きつゝ。

強くあれ
おゝ、私の橇！
勇敢に
おゝ、私のカヌー。
向ふ見ずの波が襲ひかゝつて
蹌踉《よろめ》くよ。蹌踉くよ。

船は戰慄する。
だが私の手練は
何の恐れも感じはしない。
私は急流と橇を爭ふ。
どちらが勝つか？
そして、私は勝つた。

河は沈默の床の上に
辷り流れ
滑らかな水煙りが
端《は》つと水音の調和に消える。

空と向ひ合ふ小山の上で
樅の木は甘やかにさゞめく。
ゆら〳〵と。ゆら〳〵と。
エメラルドの双翼に
私の船唄を波動させながら。

次ぎの一篇は、白人種に迫害された土人の爲に作詩したもので、彼女の正義感が思ふまゝに發露してゐる。

家　畜　盗　人

平原を横斷して
彼等は馬を疾驅させた。
矢の如くに。
馬上の人には
其の絶望の眼で
遂に目指す一人を認めた。
綿の木の森が川緣を圍む
遥か遠い彼方の
野營を屯した東部で
彼を見失つたのだが——

見誤つたのではなかつたか？
決して！
見誤つたのではなかつたか？
名高い鷲の酋長を。
住民たちの恐怖する
自暴自棄な家畜盗人を。
平原に君臨する大膽不敵な異形のインデイアンを。
窃盗と掠奪で人家を荒らし
巧みな乗馬で變幻出没する彼を――

だが英國人の住民たちは
平原を横斷して遂に彼を包圍したのだ。
そして、彼を追跡した。
彼等の血は燃え
一發のもとに射殺する決斷のあらしに
彼等の心は亢ぶる。
だが家畜盗人の姿は見えない。
獅子が小舎を捨てた如くに――
其所には女が唯一人ゐた。

「インデイアンの憶病者奴。」

悪魔の群れの如くに彼等は振舞ひ、
そして罵つた。

「隠れても直ぐに見付かるんだぞ。夜になれば、家畜を盗みに
出てくるのだ。だが彼奴は人間の顔を見るのが恐いんだ。」

「決して。」

綿の木の森の中から、鷲の酋長が怒罵つた。

そして家畜盗人は堂々と歩み出た。武器も持たずに。

これが一同が果《はた》し合《あ》ひを望んだ
其の相手であつたのか。
五十の年齢に屆かぬ
疲せて餓鬼の如く、
骨髓までも飢《う》えに蝕まれ
血の温みの養ひを一切失つた
皺んだ黄褐色の皮膚。
そして、飢餓と、
食物を求める爲に空洞となつた兩眼。
彼は獵人に追はれる獅子の如くに周圍を見廻した。

55

「俺はこわくはないぞ。」
クリー語《ご》が彼の脣から迸つた。
「俺は戰ふ。白い皮膚を持つた奴等。
お前等の一人々々を、
殺つゝけるまで俺は戰ふんだ。」
忽ち鐵の驟《しう》雨の如くに、
彼の周圍に彈丸が亂れ飛んだ。
そして餓鬼の如くに瘦せたインディアンの家畜盗人は、
大平野の地上に仆れ、死んだ。
住民たちは勝利の聲を上げ
そして仆れた死體へ走り集つた。
「一寸だめしに切り刻んで　此奴の身體を平野に拋り出せ。そして狼に食はせろ。此奴は我々に同じことを爲たのだ。」
無數の手がこれに唱和し、
無數のナイフが高くきらめいた。
だが其の時
最初の一擊の手が、
婦人の不思議な、粗暴な、然し凜々たる響きをもつた聲に抑へられた。

彼女は走り寄つて、毛布を家畜盗人の死骸の上に擲げた。

そして皺んだ唇から、クリー語の言葉で絶叫した。

「お前たち。若しもこの身體に觸るならば、お前たちの好きなやうに先づ私を切るがよい。」

住民たちは一人々々後退りした。

突つ立つたこのインディアンの女は、
小舍の中に唯一人居た女であつた。

彼女は狂亂の如くに怒號する。

彼女が幼時から迫害された不正義への怒發《どはつ》！

「退れ。退れ。白人たち。

この死骸に觸るなら、お前たちは恥辱だぞ。

お前たちは私の父の魂を盗んだ。

だが私はこの身體を護らねばならぬ。

お前たちは彼を殺した。

だがお前たちは彼の身體に觸つてはいけない。

其れはお前たちの爲たことだ。

お前たちは彼を家畜盗人と呼んだ。

お前たちがパンの一片を最初に彼から盗みながら――

お前たちは彼を盗み、そして私の仲間を盗んだのだ。

見ろ。
この餓えの爲に皺の寄つた顏を――
私たちにはお前たちと、お前たちの人種が仇敵なのだ。
お前たちは土地を私たちに殘したか。
狩獵から何を殘したか。
惡事《あくじ》以外にお前たちは何を私たちに持つて來たか。
お前たちが此所に來てから何を爲たか。
私たちの働きへお前たちは何を拂つたか。
私たちの土地へ何を拂つたか。
お前たちの一方の手で
こゝへ持つて來た罪惡から
私たちを救ふ爲に聖書を讀め。
お前たちの新しい宗教へ歸れ。
そして見付けるがよい。飢えた人間から作られた一人の正直な
男を。
若しも見付けられるものならば――
お前たちは

お前たちの家畜は私たちの物ではないと云ふ。
お前たちの食物は私たちの食物ではないと云ふ。
お前たちの住んでゐる土地の代價を私たちに拂ふたら
私たちも私たちの食べる食物に對して拂つてやる。
私たちの土地を返せ。
私たちの國を返せ。
私たちの狩獵する動物を返せ。
毛皮を返せ。
お前たちが此所に來るまで
私たちの所有であつた森林を返せ。
平和と富を返せ。
それから
お前たちの新しい信仰を持つて來るがよい。
そして其れから
餓えが彼を盜人に驅り立てたことを
咎めたければ咎めるがよい。」

挿話

（加奈陀女流詩人の原稿に代へて）

佐藤俊子

今井さん。

あなたの御病氣は如何？

私は惡性な流行感冒の爲に、一月の十日頃から臥床して、約一ケ月殆んど何も出來ずに暮らしました。明日香の續稿加奈陀女流詩人の話も、この爲三月號には原稿をお送りすることが出來ず、編輯のかた〴〵にも御迷惑をかけ、讀者の御期待にも背向いて申譯のないことでありましたが、漸く二月の中旬頃から常態に復した私は、目前の細かい仕事に追はれ通しで、大切なボーリン・ジョンソンの詩の譯がだん〴〵後廻しになり（私は大切な仕事はつい後へ廻す癖があつて、目前の容易な仕事から片附けて了はうとするので、肝腎な仕事はだん〴〵に遲れてしまひます。詩の譯は中々むづかしく、字句の意味を何う飜譯するかで考へる時間が多いのです。其れで緩つくりした時間を作ることを第一の條件にするので、餘計後廻《あとまわ》しになります。）今日も續稿をお送りすることが出來さうもないのです。

あなたを初め、編輯のかたからの嚴しい御催促には否應の云へない苦しさもあり、止むを得ずに最近の私の感想を、あなたとお話するつもりで、今月の加奈陀女流詩人の稿の埋め草として書く事にしましたからこれで許して下さい。

あなたの病氣も隨分長いものです。病氣と鬪ふ苦しさは私には經驗がないのでよい理解が持てないかも知れませんが凝として居られない活動的なあなたが、病氣の爲に凝として居なければならない自裂《じれ》度《った》さだけは十分想像が出來ます。健康な時でさへ其精神を驅使《くし》してゐた樣なあなたですから、病の爲に床にゐてもあなたの精神は病む人間となつた爲の驅使《くし》——云ひ代へれば健康を失つて却て自身の生活に對する精神的な苦慮を增してゐる事が想像されるのです

時々あなたの病室を思ひ浮べるのですが、讀むことを禁じられてゐる書物を枕頭におき、歌道の爲に完全な仕事《しごと》を殘すことを考へ、若い人たちの敎導には絕へず心を配り、家庭的にも主婦の任務と云つたやうな雜事を忘れられない神經的なあなたを描いて、早くあなたの病氣が癒ればよいと一層切に考へます。

最近の感想など丶別に取立て丶披露するほどの價値のあるものではありませんが、ポーリン・ジョンソンの詩を讀んでゐる內に、女の藝術家——作家、詩人、歌人に通有の純情についていろ〳〵な事を考へさせられたので、そんなお話がして見たくなつたのです。

ポーリン・ジョンソンの事は最初にも紹介したやうに、白人種に征服されたインディアン土族の父を持ち、英國生れの婦人を母として、幼少い時から英國の古典文學に親しみ、其の才分を磨き、當時の歐米の詩人たちからも認められるまでに文名を高められるやうな才媛であつたのですが、彼女のロマンチツクな又ノーブルな心情は、暴慢な白人種に對する憎惡と敵意よりも、より多く斯うした土人たちへの同情と愛憐に傾き、土人に關する傳說も彼女の土人に對する愛憐から生れたものが多いのです。

前回に紹介した一とつの詩も、白人種に迫害された土人の悲憤を、散文體の詩形に綴つたものでしたが、土人が彼等の文明を持たなかつた爲に白人種につひに征服され、其の生活を奪つたものに對する憤りと呪ひが、連綿と彼等の心魂《しんこん》に灼き附けられてゐるこの土人等の境遇へ對する女流詩人の同情と愛は中々に深いものでした。單なる敍情詩や、彼女の優しい幻像から生れる可憐な詩とは別に、土人の境遇を同情で綴る斯うした詩の感情には、彼女の愛に燃える

熱い血の漲るのが感じられます。土人へ對する優しい哀感から生れた傳說の一とつをお話して見ませう。ブリチツシユ・コロンビア州の小さい都會バンクーバアにスタンレー公園と云ふ海濱に圍繞された大きな公園があります。

ポーリン・ジョンソンの墓碑がこの公園內にあることも最初に紹介しましたが、この公園は原始林を其のまゝ中央に留め、公園の外廓は近代化された美觀を呈してゐますが、この全周圍を自動車でドライヴしても一時間は費されるやうな廣大な公園です。この一部に昔、レツドマン・アイランドと呼ばれる島が在つたのです。海の入江に面した一廓で、現在は全部取拂はれ、樹木や芝生の公園美の中に沒して了つてゐるので、其の舊跡を探ねる間もないのですが、この島に住んでゐた土人の一族は其の當時白人種の襲擊に會つた時、其れに服從することを拒み、男子は悉く弓矢を取つて敵と戰ひ、ついに力盡きて一人殘らず戰死を遂げ、殘つたものは女と小供ばかりであつたが、其の時からこの島に咲く花は全て赤い色ばかりで、この赤い花は勇敢に戰つて敵の手に屠られた男子達の血汐と魂であると云ふ傳說で、此女流詩人の優しい心から作り出されたものなのです。

無論時代も違ひ、國土も異り、英國の古典文學テニソンやバイロンの詩情によつて養はれた此女流詩人は其の詩の構想にも幼稚な一面があり、現代に生活する私達から見ては、其思想にも古めかしいものがあるのは止むを得ませんが、一貫した純情は彼女の美しい幻像と相俟つて脈々として私達の心を打つものがあります。そしてこの純情は女性の魂丈が相知り、女性の魂だけが感じ合へる純情だと思ひます。

そして無論この純情が、詩や歌や、創作の上に示された時に、同じ女性の私たちの間に初めて觸れ合ひ、響き合ふもので、詩作の上に歌作の上に、又創作の上にこの純情が失はれてゐるものは、女性の特色としての藝術的な全部の價値が失はれてゐるのと同じであると思ひます。

三つ兒でも知るやうに、智識は敎養によつて磨かれますが、純情そのものは智識によつては磨かれない。又敎へられるものでもない。一人の女性の特質として誕生附けられてゐるものであるが、惜しいことには、この天性の純情が智識によつて晦まされ、曇らされ、或は失ひさへする事もあると云ふ逆な一事です。額田の女王の歌作の上に示された一切が、この純情の表現であり、理性が純情を導かずに、純情が理性を超え、この純情から溢れる卒直と大膽さで歌ひ出されてゐるのを見ても、私たち多少でも文學にかゝづらひ、藝術を思ふものが等しく敎へられる點はこゝにあると云ふ事が考へられます。

私は歌人ではないけれども今も藝術の道を歩むものとして、あなたの歌人としての理想も、若い人たちの敎導も、こゝから出發してゐることが能く理解されるのですが、複雜多角な近代的な生活を經驗しつゝある私たちは、兎もすると純粹を求める筈の藝術の上にまで、誤つた曇りを自から掛け勝ちです私は敢へて藝術のための藝術を强調するものではなく、私たちの藝術は必らずこの純情によつて守られ、すべてを觀る眼はこの純情のレンズを通したものでなければならないことが云ひたいのです。そしてこれが、やがて藝術家としての社會的使命を果たす一とつの基準とさへなるものだと云ふことを考へて見たかつたのです。來月は必ずポーリン・ジョンソンの優しい詩を御紹介致します。今月は何卒、此様な埋め草で我慢しておいて下さい。

ポーリン　ジョンソンの詩（三）

佐藤俊子

黑熊

『本當ですとも。

其れは本當にあつたお話なんです。あなたはお信じにならないでせうけれ共。私が森の向うに住んでゐた時、こんなことは度々起つたもんです。』

トラッパアは自分の椅子を背後に少しずらせ、其れからパイプに新らしい煙草をつめた。

『長い間には危い事はありましたが實際に自分がそんな目に遭はうとは思ひもしなかつたことです。長いこと私はハドソンス、べーのトラッパアの仕事をしてゐました。

野蠻な話かつて？　仰有る通りです。だが、そんたことは滅多に起ることではありません。

樹の梢が青い時分は、獣狩りをする小屋の數も少ない。ハドソンで働いてゐる人間達は、皆土人ばかりでした。

土人たちは、みんな正直者です。あなた方が彼等をまともに扱ひさへしたなら。

何故ですつて？私は冬中其所で土人たちと暮します。

私は決して一仙でも失つたことはないし、髮の毛一本でも損したことはなかつたんですから。

だが、とう／＼私の生命を失くすやうな時が來ました。

これからお話しやうと云ふのが其れなんです。

若しも土人の黒熊が私を助けてゐなかつたら、

疑ひもなく私は死んでゐたのです。そして今頃、此所に斯うしてゐられる筈はありませんでした。

丁度雪融《ゆきど》けの頃でした。シーズンの終りの其の頃になると、ビーヴアーが澤山に取れるんです。仕事は兎ても素敵です。私は其の場所について働いてゐました。

或日。私は小さい森に沿つて、罠《わな》の仕度をしてゐました。

夜間になると、出來るだけの速さでビーヴアを捕獲するので一生懸命でした。

と、其の時。私の體中の血が一時に凍つてしまふやうな、恐しい聲を聞き付けたんです。

其れは飢えた狼の咆へる聲なんです。私は何を考へる餘裕もなく、あなたの御想像の出來得る限りの早さで、小屋に向つて眞つ直ぐに逃げ出しました。

ところが、漸く川の端に着いたと思つた時、危險が全く身に迫つてゐました。

今朝、私は氷の張り詰めたこの川を渡つて來たのです。

あゝ。今は。神様助けて下さい！　其所は生命のどたんばでした。

血が、かつ／＼と頭上へのぼり、唯立竦んだきりでした。

前へも行かれず、後へも返れないんです。全く一隅に追《お》ひ込《こ》まれた鼠と同樣です。

一寸動いても死です。動かなくても死です。

後方に――前方に――飢えた狼の咆へ立てる聲。連續する唸り聲。

そして、其の時、一つの聲が聞えました。土人の聲でした。はつきりした、透き通るやうな聲で斯う云ふのです。

『俺の馬に乗つて逃げろ。俺は鹿のやうに走つてやる。狼は黒熊を摑へるわけには行かないぞ。』

『あゝ、有がたい。』私は思はず叫びました。直ぐ傍に、黒熊と私が綽名した土人の酋長が立つてゐたんです。


私は、まるで憶病者が、うろたへる様に、夢中に馬に飛び乗りました。

そして彼の前後左右から、奔流の音をも吸ひ込むほどの狼の咆え聲に圍まれて、死其のものゝ様に突つ立つてゐる土人一人を後に殘したんです。

私は何うして彼が死の危地から逃れ出たか、知らないんです。あなたは、其れをお信じにならないでせう。ですがこのお話は實際に有つたことなんです。


彼は馬を取りに、私の許へやつて來ました。ですが一仙の報酬をも私から受けやうとは爲ませんでした。

全く、あなたの仰有る通り、唯今では土人はもうそんな風ではありません。彼等は必ず報酬を求めます。然う云ふ様にしたのは我々なのです。


ですが、彼等を犬だと云ふのは、あなたが間違つてゐます。私のお話はまだ濟んではゐないんです。

あなたは、そんな名を自分へ取戻すに違ひありません。このお話をあなたが聞いたなら。其れこそ大請け合です。

其の同じ年の秋の頃に起つたことです。或る白人種の一團がやつて來ました。

私は二輪車の音が、唸り響くのを聞き付けると、英吉利人の皮膚を見に、彼等の宿所へ出掛けて行きました。

彼等は云ふんです。「この頃我々は土人から非常な脅威を受けてゐる。」あの野蠻人《やばんじん》共は斧を振り廻し、戰士のやうに相貌を彩り、我々の附近に出沒すると云ふんです。

ところが、この勇ましい英吉利人たちは、こゝへやつて來る前に、土人の一人の心臟を射貫き、道傍へ轉がして來たのでした。

他の卑怯ものたちは、そこで、すべてを穩便に計らひたいので、やつて來たのだと云ふんです。

彼等は、纒めた大荷物の中から、幾個かの小さい荷物を失くしたのです。殺された土人は、彼等のトラックの後から尾いて來たのでした。

其れは小さな荷物を道傍で見付けたので、返してやる積りで後を追つて來たのでした。

「あゝ。」彼等は云ふんです。「全く氣の毒なことをした。だが少しばかり事情が異ふ。彼奴等が間違ひや喧嘩で、立派な白人種を殺したのとでは。其所に硬ばつて、轉がつてゐるのは、たかゞ土人の犬に過ぎないんだ。」

そこで私は云つてやりました。「お前さんたちは、私の知つた限りでは、最も賤しいその犬と同樣なんだ。」

それから、草の上に横たはつてゐる死骸を抱き上げ、其の顏をのぞいて見ました。まあなんと！　其の男は哀れな、黑熊だつたのです。」

（譯者云ふ。ハドソンス、ベーとは、加奈陀の各都市に支店を有する大百貨店で、この祖先は英國の一商人だが、加奈陀の北部で土人を欺瞞して富を積んだので知られてゐる。例へば自分の所有する鐵砲一挺を眞つ直ぐに立て、其の高さだけに毛皮や寶石類を積ませて土人と交換すると云ふ樣な方法で、無智な土人から財寶を奪取したと云はれてゐる。又、トラッパアは、毛皮を得る爲に獸狩りをする、其の罠を森林中に掛けて、毛皮に使用する獸を狩獵する仕事に當るものである。）

加奈陀の女流詩人
ポーリン・ジョンソンの詩

佐藤俊子

最後にポーリン・ジョンソンの優しい敍情詩を紹介して、一旦この稿を終ることにする。興味ある傳說其の他は又稿を新たにして、別の機會に語らせていたゞかうと思ふ。

アイドラア

皷動する赤い太陽、
醱酵する熱氣、
ふんだんに放射する絢爛な彩ある光熱、
私たちは、
太陽の直かなくちづけを離れ、
陸の面へと陰影を曳くこゝに橈を休める。
底深く、靜なる川。
楓《かへで》に包まれる丘。
私たちの横たはる黄《き》なる水際《みぎは》。
熱を含む微風のそよぎ。
あれも、これも甘く囁《さゝや》く——
斯かる日の訪れるカナダの七月。
カヌーの中で
私たちは默《だま》る。

今、どんな運命が振りかゝらうとも、
何事が起らうとも、
其れも思はず。
たつた二人が斯うしてゐる限り、
この夢は私たちのもの。
微風が止んでも、止まないでも、
舟が動いても、動かないでも。
其れも思はず。
時も、所も忘れて。

ひたと向ひ合ひ
あなたは爲すこともなく、
私の腕にあなたの額は
あまりにも近い。
あなたの無心な
繕《つくろ》はない
投げやりな姿態は
ありのまゝの
そして物思ひを打交ぜた
技巧の美しさの一とつである。

あなたの纏衣は
輕やかに着くづれ、
半ばは自信あり氣《け》な
半ばは自信を失つた
其の筋肉を掩ふ術もなく、
そして緩やかな呼吸の波打《なみう》つ
あなたの素晴らしい
日焦けした咽喉をめぐつて
あなたの胸衣は開かれてゐる。

徒らに
カーヴを描く船緣に
あなたの腕《うで》は投げかけられてゐる。
そして其の手は
私の手に
心して觸れる。
（私はあなたの、亂れた髮を吹過ぎる微風に接吻する。）

おゝ。まあ。
私にはあなたの眼の行くところが見定められない。
遠くを凝視《みつめ》る暗い灰色の其の眼。
そして、私の視線をも
溶かし込まうとして見返る其の眼の行方――
何故ならば天地の明るさは、
あなたの暗い灰色の眼に君臨されて、
其の視線があらゆる光りを陰翳《かげ》らす故に。

だが、たつた一度この沈黙が破られる。
たつた一度
あなたの情熱が我れに復る。
花咲く園のこの地上を
人間化する言葉が語られたとき。
完全無缺な
燃えるやうな
そして甘美な其の言葉！
其れはあなたの唇を
私の手の上に置いた
純無垢なる接吻であつた。

橈は無用に横はる。
快い微風も等閑に
そして、やがて
まどろみに落ちる。

何時となく止んだ
家路へ向つて吹いた風よりも
もつと多くのものを失つた私もあなたも、
其れ故に二人のはあとは
尊い犧牲を拂はねばならぬ。

陰　影

風に追はれつゝ
我れは漕ぎ行く
水、緩やかに滑《なめ》らかに
海の彼方へと流れるところ

54

眠れる川の藻草
　よぎり行く我が橈を梳《くしけづ》るところ。

渚に目ざめる黄金の砂
曉の光りに揺れ、
淺瀨の上を飛び交ひて
をかし氣に鳴く千鳥《ちどり》
我が影に
歌をとゞむる。

水を枕に、
岸より垂れる楊柳は
みどり冷たく、
鈍色の水のおもてに浮ぶ
しろがねの花を、
しぶきの弄ぶに任せて
まだ曙の光りに
醒めもやらぬ。

あまた咲く水蓮の花
色、純白に
これも深き眠りのまゝ。
この朝、もの皆靜止する。
琥珀色の冠りよ
眞珠の頸飾りよ
美しく、
そして弱々しく。

云ひがたく
定めがたき
詩と空想の漲る世界。
そとには
靜なる九月の
うつろひ行く果敢なさを
搔き亂す音さへもなく。

岸と水の相會ふところ
たゞ茫と

一線ににじみ、
うつら〳〵と
流るゝ水は、
棹す橈に
わづかに夢を殘す。

川霧いつか擴がり
もろ〳〵の綠葉
しつとりと濡《ぬ》れ、
陽《ひ》の閃《ひらめ》き
遠く力なく、
和らかに聖なる隈《くま》を帶びて
光線はかげらふ。

草叢より
そこはかとなく
散りて漂ふ香り。
朝に燃えて
夕べには消ゆる――

漕ぐ舟、
なほざり勝ちに
夢幻の
朧なる境に、
我はうつとりと、
行方も定めず
唯、東へと流れを下る。

孤　獨

この夕べ
人はすべて
我れに情れなし。

我が熱き願ひは
唯一人あること。
我が血潮直《ち》かに脉打ち
我が夢直《ち》かに交《まじ》はる
神の御國に
たゞ一人在ること。

この夕べ
我がこゝろ
友情を慕はず
友を思はず
うつろなる身に
浮身《うきみ》をも捨てたり。
我れを見守る人あらば
我れは其の眼をも厭ふ。

我が頬に
鞭打つ風《かぜ》を受けしめよ。
山上を吹きくだる
疾風に耳を聳てしめよ。
されど
人の手に觸れ
人の聲をば聞《き》かしむるなかれ。

靜寂なる水の岸邊に
我れを彷徨はしめよ。
我が胸に夜の闇を滿《み》たし
我が髪を
海吹く風に靡かせつゝ
我が手は
空虚の中を探るとも
我が魂の琴線を
自然の魂に觸れしむるならば――

海よ。
夜を徹して我れに鳴り響け。
風よ。
激しく吹け。
波よ躍れよ。
我れに――

（終）

我《わ》等《ら》は何《なに》を爲《な》すべきか

肉體《にくたい》からの精神力《せいしんりよく》を把握《はあく》なさい

作家　佐藤俊子

「われら何《なに》をなすべきか？」といふ言葉《ことば》に關《くわん》しては、トルストイが一八八六年二月に完成《くわんせい》した評論《ひやうろん》の題《だい》が一番有名《いちばんいうめい》であり、それは更《さら》にトルストイが、ルカ福音書《ふくいんしよ》の中《なか》の「さらばわれ等《ら》何《なに》をなすべきか？」を取《と》つたものであり、評論《ひやうろん》の内容《ないよう》からは、「人類《じんるゐ》の本務《ほんむ》は二《ふた》つある。一《ひと》つは人類《じんるゐ》の幸福《かうふく》の増加《ぞうか》であり、他《た》は種族《しゆぞく》の存續《そんぞく》である。そして前者《ぜんしや》は主《しゆ》として男《をとこ》の仕事《しごと》であり、後者《こうしや》は主《しゆ》として女《をんな》の仕事《しごと》である」といつた人道《じんだう》主義的《しゆぎてき》な結論《けつろん》が抽象《ちうしやう》されますが、これは現代《げんだい》に生《い》きる若《わか》き女性《ぢよせい》が、一たい今《いま》どういふ方法《はうはふ》をとつたらいいか、どういふ進路《しんろ》をとつて生《い》きていつたらいいかといふ問題《もんだい》のための「われら何《なに》をなすべきか？」なのです。

日本橋《にほんばし》にある本町《ほんちやう》アパートの六階《かい》のお部屋《へや》に坐《すわ》ると、壁《かべ》の上段《じやうだん》についた窓《まど》からは、高《たか》い空《そら》の茜色《あかねいろ》の雲《くも》だけが見《み》えました。

佐藤《さとう》さんは丁度《ちやうど》外出先《ぐわいしゆつさき》から歸《かへ》られたところ。用件《ようけん》に對《たい》しては、數《すう》回輕《くわいかる》く頷《うなづ》いただけで、表情《へうじやう》を變《か》へずに頭《あたま》は早《はや》くもその問題《もんだい》を理解《りかい》して働《はたら》いてゐるやうな俊敏《しゆんびん》さ――この作家《さくか》はジョルジュ・サンドのやうな内容《ないよう》のある速筆家《そくひつか》ではないかしらとふと感《かん》じました。

「現在の時局が、如何《いか》なるところに落着《おちつ》くかといふことは、全體《ぜんたい》から見《み》て中々《なかなか》見透《みとほ》しがたいことではありますが、若《わか》い婦人《ふじん》の將來《しやうらい》、その生活《せいくわつ》について、この時局《じきよく》が確《たしか》に影響《えいきやう》すると云《い》ふことは、誰《たれ》にでも見透《みとほ》し出來《でき》るでせう。其《そ》れは云《い》ふまでもなく、職場《しよくば》で既《すで》に若《わか》い男性《だんせい》を多數《たすう》失《うしな》ひ、今後《こんご》も多數《たすう》の若《わか》い男性《だんせい》が、或長期間《あるちやうきかん》、次《つ》ぎつぎと戰地《せんち》に活動《くわつどう》に赴《おもむ》くであらうといふ豫想《よさう》の上《うへ》からも、現在《げんざい》の若《わか》い婦人《ふじん》たちは、自然《しぜん》に適當《てきたう》な結婚生活《けつこんせいくわつ》の希望《きばう》は持《も》てなくなるといふことであり、この影響《えいきやう》は必《かなら》ず若《わか》い婦人《ふじん》に取《と》つてこの獨立生活《どくりつせいくわつ》を餘儀《よぎ》なくせられるといふことです。

また各々《おのおの》の職場《しよくば》から戰地《せんち》へ移動《いどう》した多數《たすう》の男子從業員《だんしじうげふゐん》に代《かは》つて、女子《ぢよし》の勞働者《らうどうしや》がこれに動員《どうゐん》されると云《い》ふ結果《けつくわ》は、自然的《しぜんてき》に職業《しよくげふ》に從事《じうじ》する婦人《ふじん》の增加《ぞうか》となり、また働《はたら》き主《ぬし》を失《うしな》つた家庭《かてい》では、やつぱり自然《しぜん》に遺《のこ》つた家族《かぞく》がこれに代《かは》つて働《はたら》くやうになるだらうといふこともいへるでせう。その子女《しぢよ》たちは失《うしな》つた働《はたら》き手《て》に代《かは》つて、事情《じじやう》の許《ゆる》す限《かぎ》り自分《じぶん》から街頭《がいとう》に出《で》て働《はたら》くやうな狀態《じやうたい》になるでせう。

結婚生活《けつこんせいくわつ》を目標《もくへう》とすると否《いな》とにかかはらず、既《すで》に一定《いつてい》の職業《しよくげふ》に從事《じうじ》してゐる若《わか》い女性《ぢよせい》の問題《もんだい》は別《べつ》として、今後《こんご》の女性《ぢよせい》は、先《ま》づ何《なに》よりも專門的《せんもんてき》な職業《しよくげふ》に關《くわん》する技術《ぎじゆつ》を習得《しふとく》することが第一《だい》に必要《ひつえう》なことです。あらゆる方面《はうめん》へ向《む》つての有能《いうのう》な材《ざい》を自分《じぶん》に備《そな》へて、獨立的《どくりつてき》な確實《かくじつ》な生活《せいくわつ》の基礎《きそ》をつくることです。

それは或《ある》ひは技術《ぎじゆつ》を必要《ひつえう》とする以外《いぐわい》の商業《ビジネス》であつても構《かま》ひません。商業家《しやうげふか》として習得出來《しふとくでき》る知識《ちしき》を身《み》につけることも結構《けつこう》だと思《おも》ひます。また或《ある》ひは單《たん》にデレッタントとして、または遊《あそ》び半分《はんぶん》にピアノを習《なら》ふとか、遊戯《いうぎ》を習《なら》ふとかいふ女性《ぢよせい》の場合《ばあひ》でも、さういふ女性《ぢよせい》は、それによつて將來職業《しやうらいしよくげふ》として獨立出來《どくりつでき》るやうな、またはそれを基礎《きそ》として、この際生活《さいせいくわつ》に役立《やくだ》つ方面《はうめん》へ近寄《ちかよ》るやうにすることが適切《てきせつ》だと思《おも》ふのです。

即《すなは》ち、職業《しよくげふ》それ自身《じしん》は、どんな種類《しゆるゐ》のものを選《えら》んでも自由《じいう》ではあるけれども、常《つね》に自分《じぶん》の生活力《せいくわつりよく》を強《つよ》く、豐富《ほうふ》にすること忘《わす》れないやう、そのことをお勸《すす》めしたいと思《おも》つてゐます。つまり自分《じぶん》では何《なに》かしつかりした技術《ぎじゆつ》なり、知識《ちしき》なり、とにかくいい加減《かげん》でないものをしつかり身《み》につけること――そしてさうしたものを母胎《ぼたい》として湧《わ》いて出《で》る力強《つよ》い一種《しゆ》の生活力《せいくわつりよく》が必要《ひつえう》だと思《おも》はれるのです。

日本婦人《にほんふじん》の立場《たちば》は、對社會的《たいしやくわいてき》にも家庭的《かていてき》にも、今迄從屬的《いままでじゆうぞくてき》な存在《そんざい》で、常《つね》に封建的《ほうけんてき》な低《ひく》められた存在《そんざい》でした。併《しか》しこの際《さい》、周圍《しうゐ》の状勢《じやうせい》に目《め》をつけて、どういふ風《ふう》にしたら生《い》きていけるかといふことを、何《なに》よりも眞劍《しんけん》に考慮《かうりよ》して貰《もら》ひたいと思《おも》ふのです。

今後《こんご》の婦人《ふじん》は、とにもかくにも強《つよ》くなつて、それも神經的《しんけいてき》な強《つよ》さではなく、肉體《にくたい》の底《そこ》から湧《わ》き立《た》つやうな精神力《せいしんりよく》を把握《はあく》すること――これが最《もつと》も必要《ひつえう》なことだと考《かんが》へます」

女性の二十前後《ぜんご》は一番心の動《うご》きやすい 一番大事《だいじ》な時代《じだい》だといはれます。「これから先《さ》きどうしよう」といふこの期《き》の問題《もんだい》を極《きは》めて常識《じやうしき》に分《わ》ければ、高等教育《かうとうけういく》へ進《すゝ》む者《もの》、職業婦人《しよくげふふじん》になるもの、家庭《かてい》で修養《しうやう》をする人《ひと》、結婚《けつこん》する人《ひと》などでありませう。併《しか》しもう一《ひと》つ現在《げんざい》では、それらのすべてを通《つう》じて、時局《じきよく》の問題《もんだい》があります。正《たゞ》しき意味《いみ》の靜觀《せいくわん》と正《たゞ》しき心構《こゝろがまへ》――それは確《たしか》に今《いま》の若《わか》き女性《ぢよせい》が「何《なに》をなすべきか？」の目下《もくか》の急務《きふむ》といへませう。

「この部屋《へや》からは、都會《とくわい》の心臓部《しんぞうぶ》が見《み》えますよ」――佐藤《さとう》さんのお顏《かほ》からは、内部《うち》に持《も》つた作家《さくか》らしいあたたかい感受性《かんじゆせい》が感《かん》じられました。

173　「三枚襲ね」『新装』 昭和13（1938）年1月1日

三枚襲ね

佐藤俊子

風邪《かぜ》をひいて寢《ね》てゐると、友達《ともだち》が赤《あか》い實《み》の萬兩《まんりやう》に、水仙《すゐせん》を添《そ》へて持《も》つて來《き》てくれた。年《とし》の暮《く》れと云《い》つてもまだ十二月《ぐわつ》の上旬《じやうじゆん》だのに、もう新年《しんねん》が來《き》たやうな氣《き》がすると笑《わら》つたが、斯《か》うした花《はな》に、やがて迎《むか》へる新年《しんねん》の氣分《きぶん》をふと感《かん》じさせたことが、この頃《ごろ》の私《わたし》には珍《めづ》らしいことであつた。

好《い》い加減《かげん》年《とし》を重《かさ》ねると、新年《しんねん》になつてさへ新《あた》らしい氣分《きぶん》がむしろ通常的《つうじやうてき》になつて、却《かへ》つて新《あた》らしさを感《かん》じる場合《ばあひ》に、逆《ぎやく》に古《ふる》さを感《かん》じる方《はう》が氣分《きぶん》の上《うへ》では濃《こ》くなつてゐる。

殊《こと》に長《なが》らく外國《ぐわいこく》に住《す》むと、新年《しんねん》を迎《むか》へても、所謂《いはゆる》お正月氣分《しやうぐわつきぶん》と云《い》ふやうな祝賀氣分《しゆくがきぶん》は薄《うす》くなり、クリスマスの方《はう》に年《とし》の變《かは》り目《め》らしい怱忙《きうばう》さや賑《にぎ》やかさや樂《たの》しさが感《かん》じられ、お正月《しやうぐわつ》はすつかり日常化《にちじやうくわ》されて了《しま》ふ。日本《にほん》へ歸《かへ》つても獨《ひと》り住《ず》みの、洋式《やうしき》のアパートメントの一室《しつ》に迎《むか》へる新年《しんねん》には、改《あらた》まつた感情《かんじやう》も新《あた》らしい色彩《しきさい》の裝飾《さうしよく》もない。——

水仙《すゐせん》も新玉《あらたま》の春《はる》を飾《かざ》る花《はな》のひとつだが、こんな花《はな》を眺《なが》めてゐると、福壽草《ふくじゆさう》とか白玉《しらたま》の椿《つばき》とかゞ新年《しんねん》を彩《いろど》る花《はな》の中《なか》から目《め》に浮《うか》んでくる。クリスマスに用《もち》ひられるポインセチアとかハリイとか云《い》ふやうに、日本《にほん》のお正月《しやうぐわつ》の花《はな》も松竹《しやうちく》梅《ばい》とか、以上《いじやう》の花《はな》とかを習慣的《しふくわんてき》に用《もち》ひてゐるが、然《さ》うした花《はな》には又《また》いろ〳〵な思《おも》ひ出《で》が絡《から》んでゐて懷《なつか》しいものである。床《とこ》の間《ま》の柱《はしら》の竹筒《たけづゝ》に、白椿《しろつばき》の一輪《りん》に輪《わ》やなぎの風情《ふぜい》など、私《わたし》の娘時代《むすめじだい》のお正月《しやうぐわつ》の思《おも》ひ出《で》は、この風情《ふぜい》の中《うち》に濃《こま》やかに織《お》り込《こ》まれてゐる。

○

私《わたし》の娘時代《むすめじだい》には、元旦《ぐわんたん》の年始着《ねんしぎ》は必《かな》らず三枚襲《まいがさ》ねときまつてゐた。

大晦日《おほみそか》の一日《にち》は、何《なに》が忙《いそが》しいのか分《わか》らぬ中《うち》に忙《いそ》がしく暮《く》れてしまひ、屠蘇《とそ》やお重詰《ぢうづめ》の支度《したく》に夜更《よふ》けまでの騒《さわ》ぎである。元旦《ぐわんたん》は家《うち》の中《なか》を掃《は》かぬと云《い》ふ慣《なら》はしに從《したが》つて除夜《ぢよや》の鐘《かね》を聞《き》きながら福《ふく》茶《ちや》を飲《の》むまでには、塵《ちり》ひとつ殘《のこ》らぬやうに家《うち》の中《なか》を掃《は》き清《きよ》める。髪《かみ》は定《き》まつて大晦日《おほみそか》に結《ゆ》ひ上《あ》げる。下町生《したまちうま》れの下《した》町育《まちそだ》ちであつた私《わたし》は、年《とし》ごろになつてからは女學校《ぢよがくかう》が休暇《きうか》になると最《も》う島田《しまだ》で、春《はる》は高島田《たかしまだ》に結《ゆ》はせられたものである。鬢《びん》の潰《つぶ》れないやうに毛筋立《けすぢた》てで兩鬢《りやうびん》を上《あ》げ、木枕《きまくら》に髱《かもじ》も支《つか》へないやうに首《くび》を長《なが》くして寢《ね》る。翌日《よくじつ》が樂《たの》しみなのと、髪《かみ》が氣《き》になるのとで、能《よ》くも眠《ねむ》らぬ中《うち》に元旦《ぐわんたん》は早朝《さうてう》から起《おこ》される。

寒《さむ》さに震《ふる》へながら、肌脱《はだぬ》ぎのまゝで冷《つ》めたい白粉刷毛《おしろいはけ》で頸筋《くびすぢ》にお化粧《けしやう》をして貰《もら》ふ。あの白粉刷毛《おしろいはけ》の冷《ひ》やりとした感觸《かんしよく》が、今《いま》でも鮮《あざ》やかに私《わたし》の皮膚《ひふ》に感《かん》じられるやうである。お化粧《けしやう》が濟《す》むと前髪《まへがみ》や鬢《びん》に熱《あつ》い湯《ゆ》をあてゝ、結《ゆ》ひ立《た》てのやうに撫《な》で附《つ》けて貰《もら》ふ。髪《かみ》とお化粧《けしやう》が濟《す》む頃《ころ》には、寒《さむ》さで膝頭《ひざがしら》がガタ〳〵震《ふる》へるくらゐであつた。藥玉《くすだま》の長《なが》い房《ふさ》のかんざし、摘《つま》みの花櫛《はなぐし》――頭《あたま》から上《うへ》だけの裝飾《さうしよく》が濟《す》むと、前《まへ》に云《い》つた重《おも》い重《おも》い三枚襲《まいがさ》ねを着《き》せられるのである。

フキは一寸《すん》か一寸《すん》二分《ぶ》の厚《あつ》さ、上着《うはぎ》の紋付《もんつき》には綿《わた》は入《はひ》つてゐなかつたと思《おも》ふ。下着《したぎ》はわざと比翼《ひよく》にしないで、無《む》双《さう》の二枚《まい》、それには眞綿《まわた》が入《はひ》つてゐたのかと思《おも》ふ。これに繻珍《しゆちん》とか厚板《あついた》とか兎《と》に角地厚《かくぢあつ》な重《おも》い帶《おび》を結《むす》んで、それで支度《したく》が出來上《できあが》る。三枚《まい》の褄《つま》を揃《そろ》へて、其《そ》のおはしよりを爲《し》て貰《もら》ふときの窮屈《きうくつ》さ――

「着物《きもの》の着《き》せて貰《もら》ひかたが下手《へた》だ。」

とか、こんな叱言《こごと》をよく母《はゝ》から聞《き》かされたものである。島田《しまだ》が又重《またおも》くて、おまけに履物《はきもの》は黑塗《くろぬ》りの高《たか》い木履《ぼつくり》を穿《は》く。元日《ぐわんじつ》一日《にち》はそんな服裝《ふくさう》で年始客《ねんしきやく》の相手《あひて》である。友達《ともだち》が來《く》ると羽根《はね》を突《つ》くので、服裝《ふくさう》が着崩《きくづ》れて又叱言《またこごと》である。

三枚《まい》を襲《かさ》ねなければ、昔《むかし》は禮服《れいふく》ではなかつたと見《み》える。それを脱《ぬ》いで輕《かる》い二枚着《まいぎ》になつて、樂《たの》しい遊《あそ》びに夜《よ》を更《ふ》かす。二日目《かめ》はどの着物《きもの》、三日目《かめ》はどの着物《きもの》と、三ケ日《にち》は着物《きもの》を換《か》へ、四日《か》目《め》から仕立《した》て下《おろ》しの新《あた》らしい平常着《ふだんぎ》を着《き》る。七草《くさ》は又着物《またきもの》を換《か》へる。こんな詰《つま》らぬ習慣《しふくわん》が私《わたし》の娘時代《むすめじだい》のお正月《しやうぐわつ》を支《し》配《はい》してゐた。

○

そんな時代《じだい》が過《す》ぎて十四五年《ねん》の後《のち》、私《わたし》が日本《につぽん》を去《さ》る頃《ころ》には、いつとなく三枚着《まいぎ》と云《い》ふやうな野暮《やぼ》な服装《ふくさう》は見《み》られなくなつた。それでも二枚《まい》は必《かな》らず襲《かさ》ねた。フキも五分《ぶ》と云《い》ふ程《ほど》の厚《あつ》ささへ見《み》られなくなつて、餘程《よほど》の年《とし》の若《わか》いものでなければ大概《たいがい》は三分《ぶ》ぐらゐになつた。通常服《つうじやうふく》以外《ぐわい》は二枚《まい》の下着《したぎ》には無論《むろん》眞綿《まわた》が入《はひ》つてゐる。

長《なが》い外國生活《ぐわいこくせいくわつ》から歸《かへ》つて來《き》て、最《もつと》も私《わたし》を驚《おどろ》かしたのは、婦人《ふじん》の服裝《ふくさう》がすつかり簡易化《かんいくわ》されてゐたことで、二枚襲《まいがさ》ねと云《い》ふのさへも見《み》られなくなり、夏《なつ》以外《いぐわい》の季節《きせつ》は、春秋冬《はるあきふゆ》を通《とほ》して袷《あはせ》の一枚着《まいぎ》になつてゐる。何時《いつ》の頃《ころ》から斯《か》うした慣《なら》はしになつたものであらうか。

時代《じだい》の新《あら》たな變遷《へんせん》に伴《ともな》ひ、婦人《ふじん》の服《ふく》裝《さう》が活動的《くわつどうてき》になり、經濟的《けいざいてき》になり、簡《かん》便《べん》になる。これは何所《どこ》の國《くに》にも見《み》られる現象《げんしやう》だが、この後《ご》には重《おも》い帶《おび》も、もつと何《ど》うかした形式《けいしき》で簡易化《かんいくわ》されるのであらう。名古屋帶《なごやおび》が喜《よろこ》ばれるのも經《けい》濟的《ざいてき》と云《い》ふよりは、結《むす》びよいとか、輕《かる》いとか云《い》ふ活動《くわつどう》に便宜《べんぎ》な點《てん》が時代《じだい》に適《てき》應《おう》してゐるのであらう。それから又《また》、着物《きもの》のおはしよりと云《い》ふ餘分《よぶん》なものもついたけで、最《もつと》も恰好《かつかう》よく着《き》こなせる技術《ぎじゆつ》と相俟《あひま》つて、着尺《きじやく》を短《みぢ》かくすると云《い》ふやうな經濟《けいざい》から見《み》た新《あた》らしい衣服《いふく》地《ぢ》が現《あら》はれる時代《じだい》が來《く》るかも知《し》れないとも思《おも》ふ。

○

友達《ともだち》の持《も》つて來《き》た花《はな》から、思《おも》ひ出《で》が娘時代《むすめじだい》のお正月《しやうぐわつ》に飛《と》び、其《そ》の思《おも》ひ出《で》が又逆戻《またぎやくもど》りして時代的《じだいてき》な服裝《ふくさう》の變遷《へんせん》へと運《はこ》ばれて來《き》た。三枚襲《まいがさ》ねの、あのフキの厚《あつ》い重《おも》い着物《きもの》を着《き》せられたお正月《しやうぐわつ》はあまりに時代《じだい》が離《はな》れすぎて、自分《じぶん》のことではあるがまるで歴史《れきし》を忘《わす》れた大昔《おほむかし》の物語《ものがたり》のやうにも思《おも》はれる。

隨筆★☆

男を殺す女たち

☆★佐藤俊子

女が男を殺す時の感情は、いつたい、どんなものかと考へる。

この頃は新聞を見ても戰爭の記事、ラヂオを聞けば戰爭の報告、映畫を見れば戰爭のニュースで、自然に日常感覺の對象が戰爭になつてゐる。だからと云つて、特に人を殺す時の感情へと、追想が導き出されて行くわけでもないのだが、との頃のやうに冬の寒さに向つてくると、冬を知らぬ南カリフォルニアの、何とも云へぬ甘美な日光が思ひ出され、そしてあの日光の陶醉の中で、よく女が男を殺す事件の多かつたことを思ひ、そんな關係が交錯して、近頃作家的意識が強くなつて來たやうな自分なので、殊更に、いろ〳〵異常な人間的行爲の場合を空想するからの事に違ひない。

この間の晩、ある所で有名な現代の婦人作家が、これも又同じく有名な婦人作家のことを私に話して聞かせた時、其の作家は、作中のある事象を書く場合には、自分の周圍に其の事象に似た道具立てを設け、實際的な氣分に一應浸る積りで書くのだと云つた。だから其の物自體に由つては、道具立てが大變で一家中が大騷ぎをすると例を擧げて云ふのである。其の婦人作家は人が惡るいので、わざと誇張して私に話したのかも知れないが、斯うなると淫賣婦を書く時には、身自から淫賣をしなければならず、男を殺す女を書く時は、先づ男を殺して見なければならない。經驗主義も斯うなると、いろいろ罪惡を重ねなければならない事になる。

アメリカで一番犯罪の多い所はシカゴとされてゐるが、ロサンゼルスは其の二位になつてゐる。いろ〳〵な犯罪の中で、いちばん多いのが殺人である。人を殺す、殺される記事が、ロサンゼルスを中心に、南部から中部北部にわたるカリフォルニアの新聞に、殆んど毎日のやうに掲げられる。無論原因の大半は痴情である。

中部、北部となると氣候がずつと變るが、南部は冬の寒さのない所で、クリスマス頃になつても、丁度日本の五六月頃の氣溫を保つてゐる。それでも冬と云ふ一般の氣候の感じから、婦人たちは毛皮のコートを、薄いもの一枚でも居られる溫さの中で引つかけてゐるが、云はゞ單に伊達の裝ひだから殆んど肩の半ばから背後へと襟が辷らされ、コートの重い裾は、唯ふらわりと夏も同じ輕羅な靴下の上までを掩ふてゐるに過ぎない。

お洒落でなくとも、毛織物の下着など必要がなく、薄い絹を肌に着けてゐれば其れで足りるし、日光は稍々生溫く、その溫みが體內へ、とろ〳〵と浸み透り、そして體內の血液がこの日光の甘美さを吸收して、其處に住む人間は何時の間にか日光に陶醉してゐる。

日光が人間の放縱な血を養ふと云ふことになれば、それは少しも健全性のない日光だが、南カリフォルニアの日光には、四季を通じて聊かの溫度の變化の中に然うした共通の麻醉が含まれてゐる。冬でも戸外には何か知ら花が咲いてゐるし、シカモアスのやうな樹は落葉するが、パームやペーパアヤユークリタスなどの、南カリフォルニア特有の樹などは緑を濃くして、地上に綏やかな影を落してゐる。

霜も滅多に降らず、雪を知らず、凍氷を知らない。斯う云ふ氣候の土地に住むと、寒冷の刺戟を忘れてゐる女たちの肉體は、萎縮を知らないので伸び〳〵と軟らかく、血は、體内で放縦に流れ、官能的な生活に浸り易くなる。

南部のカリフォルニアを中心に、其の地方で生ずる殺人事件は、男が女を殺傷する事件よりも、女が男を殺傷する事件の方が多い。これは然うした犯罪數を統計的に私が知つてゐると云ふのではなく、毎日の新聞記事に現はれる殺人事件を目で讀んだ知識だけに過ぎないのだが、謀計的に女の陰性な智慧を弄して憎惡する男を殺すとか、物質慾で男を殺すとか云ふやうなのは珍らしく、大概は興奮と直情で、簡單に男を射つて了ふのである。女の殺傷事件は、謀殺でない限り大抵は、男の暴力に對する正當防衛と云ふことで無罪になる。

大體アメリカの婦人は、世界の何所の國の婦人よりも生活が自由で奔放である。所謂ナイトの慣はし以來、歐米の婦人は形式的には男子からの尊敬と禮儀を拂はれてきた。公開の場所では無論だし、今でもエレベータアなどに女が乘れば、男は必らず帽子を脱いで女子敬意を表はすくらゐで、この傳統的な女尊男卑の儀禮的風習——實質のない尊敬形式は、婦人が政治的に男子との平等權を得てからは、男子の方が却つてどんな場合も、人間としては婦人と平等であると主張し出して、餘り馬鹿々々しい儀禮的な尊敬形式は近代になつては捨てられた。それでも公開の場所では、男が女を守る形式が未だに保たれてゐる。

天上天下恐るゝものなしの、全生活面での絶對自由を摑んでゐるのがアメリカの婦人で、金はあるし、化粧品はアメリカ世界一近代化學の進歩のお蔭で、ます〳〵老若を通じて婦人美が發揮されるし、夫が浮氣をして離別となれば、一生扶養料は送つて貰へるし、自分に好きな男が出來れば夫の虐待を理由にして、さつさと離婚する。たとへ指で突かれたつて、ましてや頰邊の一つも打たれたら、

「夫が私を虐待する。」

と訴訟して、忽ち夫の虐待罪が成り立つて了ふ。女を侮辱すれば名譽毀損、女の肉體を傷つけるやうな事があれば、如何なる理由でも男は莫大な損害を取られるし、體刑は重いと云ふことになる。自動車事故でも、相手が女であつたら、必

らず男の方が割りが惡るい。女に過失があつたにしても男の方に所罰が來る。

　アメリカの婦人は少々法律で守られ過ぎてゐる形だが、かうして社會からも法律からも、國家の制度以外には甘く寛大に扱はれてゐる婦人たちだから、生きる上には中々脆弱な意志などは持合はさない。自分たちの知識が進むまゝに、能力の得られるがまゝに、男子以上の生活的活躍をする。

　其の知識層は未來の婦人大統領の出現さへも期待してゐるくらゐの偉さだが、一方には又、氣隨氣儘を通り越して、少しでも自分の意志を侵害してくるものがあれば、理性を失つた瞬間には、忽ちピストルが持出される。そして猶豫無しにぽんである。

「あゝ。だから婦人は――」

　と別に嘆くに當らない。男が女に暴力を振つた封建時代と比べれば、やつと生存の内容の上に自由の息を吐き出した女が、男の壓力に堪へ切れない場合、或る高まつた感情が暴力的になつたところで、其れほど驚くことはないのだが、困ることにはアメリカの婦人は直ぐにピストルを持出す。ピストルの彈丸は人間に當ると生命を奪ふことになるので、結果は必らず殺人事件、殺人未遂事件となつて現はれる。そして然う云ふ事件が南カリフォルニアに多いのである。

　こんな事件があつた。

　女が男を殺して了ふやうな時は、大抵は嫉妬――自分の愛情を裏切られた場合に多いのだが、これは母親が息子を射殺したのである。母親はアメリカでの有名な實業家の夫人で、例の通り夫に他の女があると云ふことから、まだ大學に通つてゐる一人息子と二人で別居してゐた。莫大な仕送りを受けて、カリフォルニアで贅澤な生活をしてゐたのだが、或るクリスマスの前夜のパアテイに、夫人も息子も酒を飲んだ。息子が、餘りに飲むので、

「もうお止し。」

　と止めたが、息子が諾かない。癇癪を起した母親は直ぐにピストルを持出して、

「何故お母さんの云ふことをきかないんだ。」

「きかない。」

「何うしても止めない？」

「止めない。もつと飮む。」

　其處で怒りに任せて息子を射つたのである。

彼女がはつとした時には、息子は血塗れになつて床に仆れてゐた。

一旦留置場へ拘引された母親は、其れこそ眠りもやらず、息子の安否を氣遣ひ、神に祈り、イエスに祈り、

「生命は助かるやうに。何卒死なせないで下さい。」

そして辯護士の腕を捉へて息子の容態を尋ね、唯息子を思ふこゝろと、悔いの涙で泣通したが、病院に送られた息子は、事件を知つて東部から驅け付けた父親の傍で、出血多量の爲に遂に死んだ。彼は死ぬ時に、

「お母さんを必らず許して下さい。自分がお母さんの云ふことを諾かなかつたのが惡るいのです。」

然う云つて、母が有罪とならぬやうに、ひたすら周圍の者に賴んだ。これが諾き入れられて母親はやがて釋放された。

こんな事が單なる新聞記事で終つて、社會的な道德の問題ともならず、女性愛の問題ともならないところがアメリカである。

まだ〳〵、面白い男殺しの事件があつた――

だが何うしてこんな話までを、こゝへ持出したのだらう。多分、人間の異常な行爲の追想の中で、殺人における最高な感情と、低劣な感情の比較でもしてゐる間にそんなところへ脫線したのかも知れない。

豪奢な日光

——花祭りの思出——

佐藤俊子

日本《につぽん》も小《こ》春日《はるび》和《より》の日光《につくわう》は、なか〳〵に麗《うらゝ》かである。春《しゆん》光《くわう》麗《うらゝ》かと云《い》ふ言葉《ことば》があるが、私《わたし》は十月末《ぐわつすゑ》から十一月頃《ぐわつごろ》の晩秋《ばんしゆう》から初冬《しよたう》へかけての日光《につくわう》を實《じつ》に麗《うらゝ》かだと思《おも》ふ。柔《やわ》らかに肉體《にくたい》に浸《し》みてくる氣溫《きをん》の暖《あたゝ》かさ、包《つゝ》まれるやうな懷《なつか》しい光《ひか》りは、春《はる》の頃《ころ》の底《そこ》に冷《つ》めたさを含《ふく》む日光《につくわう》よりも遙《はるか》に親《した》しみ深《ぶか》い。

私《わたし》の室《へや》の硝子《がらす》窓《まど》を透《とほ》して、この日光《につくわう》がさん〳〵と降《ふ》りそゝいでくる。小《ちひ》さな植木《うゑき》鉢《ばち》の植物《しよくぶつ》にこの日光《につくわう》が靜《しづか》にあたつてゐる。春《はる》と異《ことな》つてこの頃《ごろ》は風《かぜ》があまり吹《ふ》かないから、ほんとうに日光任《につくわうまか》せと云《い》ふ氣《き》がする。騷立《さわだ》つものゝない空氣《くうき》と光《ひか》りの中《なか》に、凝《ぢつ》とすべてを沈潜《ちんせん》させて、快《こゝろよ》さをむさぼり、煙草《たばこ》の煙《けむ》りを緩《ゆる》やかに吐《は》き出《だ》す時間《じかん》を、少《すこ》しでも樂《たの》しむことが出《で》來《き》るのは、この小《こ》春日《はるび》和《より》の麗《うらゝ》かさのお蔭《かげ》だと思《おも》ふ。

私《わたし》は日本《につぽん》の春光《しゆんくわう》よりも秋光《しゆうくわう》を愛《あい》し、この光《ひか》りに浸《ひた》ることが好《す》きだが、アメリカの南《みなみ》カリホルニアの太陽《たいやう》も、殊《こと》に秋《あき》から冬《ふゆ》にかけて懷《なつか》しい光《ひか》りを地上《ちじやう》に送《おく》つてくる。日光《につくわう》に醉《ゑ》ふと云《い》ひ度《た》いほど、人間《にんげん》の肉體《にくたい》の上《うへ》に何《なん》とも云《い》へぬ溫《あたゝ》かさを與《あた》へる。常春《とこはる》と云《い》はれる其《そ》の地方《ちはう》は氣候《きこう》が常《つね》に溫《あたゝ》かく、冬《ふゆ》の寒《さむ》さを知《し》らぬところで、十二月《ぐわつ》になつても一月《ぐわつ》になつても戸外《こぐわい》に薔薇《ばら》が咲《さ》き、たんぽゝが咲《さ》き、氣溫《きおん》の冷《つ》めたい日《ひ》でも日本《につぽん》の五月頃《ぐわつごろ》の氣候《きこう》と同《おな》じ程度《ていど》で、滅多《めつた》に霜《しも》の降《おり》る日《ひ》もなく、まして雪《ゆき》などは天變地《てんぺんち》異《い》の起《おこ》らぬ限《かぎ》り、其所《そこ》に住《す》む人《ひと》たちは見《み》ることも出來《でき》ない。だから冬《ふゆ》になると云《い》ふことは、夏《なつ》の暑《あつ》さが薄《うす》らぎ、其《そ》の暑《あつ》さが聊《いさゝ》か冷《ひ》えたと云《い》ふ

豪奢な日光

に留《とゞ》まるのである。

　この夏季《かき》の熱《ねつ》の高度《かうど》を失《うしな》つた冬《ふゆ》の日光《につくわう》が、實《じつ》に快《こゝろよ》く身《から》體《だ》全體《ぜんたい》へ、細胞《さいばう》の一とつ／＼へ、血脈《けつみやく》の一と筋《すぢ》／＼へ、じいゝんと浸透《しんとう》してくるのだが、この日光《につくわう》を浴《あ》びてゐると思《おも》はず陶然《たうぜん》となる。空《そら》は紫《むらさき》と云《い》ひ度《た》いほどの濃藍色《のうらんしよく》で、觸《ふ》れたら手《て》も染《そ》まるかと思《おも》ふほどの濃《こ》い／＼色《いろ》をしてゐる。從《したが》つて花《はな》の色《いろ》も濃《こ》い。冬《ふゆ》になつても芝生《しばふ》は綠《みどり》である。雨《あめ》の降《ふ》る日《ひ》は少《すく》ないから、この溫《あたゝ》かな日光《につくわう》が殆《ほと》んど毎日地上《まいにちぢじやう》を支《し》配《はい》してゐる。

　クリスマスツリーが家《いへ》の外《そと》に立《た》ち、美《うつく》しく飾《かざ》られるのも南カリホルニアの雨《あめ》のない土地《とち》だからで、他《ほか》では見《み》られぬ情景《じやうけい》の一《ひと》つだが、續《つゞ》いて思《おも》ひ出《だ》されるのは毎年《まいねん》一月《くわつ》一日《じつ》にパサデナで行《おこな》はれる花祭《はなまつ》りである。

　生花《いけばな》で飾《かざ》つた花山車《はなだし》の行列《ぎやうれつ》で、多《おほ》くの山車《だし》の中《なか》にはハリウードの女優《ぢよいう》たちが、意匠《いしやう》による人物《じんぶつ》に扮《ふん》して乗《の》つてゐるのもある。花《はな》は薔薇《ばら》が主《おも》で、菊《きく》も使《つか》はれる。この花《はな》が悉《ことく》戸外《こぐわい》で咲《さ》く花《はな》なのである。百臺《だい》、或《あるひ》は其《そ》れ以上《いじやう》の花《はな》で飾《かざ》られた山車《だし》は、南《みなみ》カリホルニアの各市《かくし》や、町《まち》や村《むら》から、又《また》はいろ／＼な職業團體《しよくげふだんたい》や、大會社《だいくわいしや》やが、半《なか》ばは宣傳的《せんでんてき》に其《そ》の年々《ねん／＼》に起《おこ》つた有名《いうめい》な事件《じけん》や、時局《じきよく》やに因《ちな》み、又《また》はアメリカの歴史《れきし》、カリホルニアの歴史《れきし》、町《まち》の歴史《れきし》などから材《さい》を取《と》つた活畫面《くわつぐわめん》が主《おも》で、山車《だし》の一《ひ》とつ／＼を奏樂隊《さうがくたい》が先導《せんだう》で行《ゆ》く。其《そ》の華麗《くわれい》さは、明《あか》るい空《そら》に反映《はんえい》してます／＼色彩《しきさい》を強《つよ》める。

　美《うつく》しいスタアたちの微笑《ほゝえみ》が、山車《だし》の花《はな》よりも更《さら》に美《うつく》しく、觀衆《くわんしう》たちに注《そゝ》がれる。其《そ》の瞳《ひとみ》の潤《うるほ》ひまでが見《み》るものゝ眼《め》に鮮《あざ》やかなほど、あらゆるものゝ輪廓《りんくわく》に紫《むらさき》の色《いろ》が翳《かげ》るほどにたゞ空《そら》が明《あか》るい。

　花《はな》の色《いろ》は黃《き》菊白菊《ぎくしらぎく》、赤《あか》いばら、紅色《こうしよく》のばら、其《そ》れにあしらつた樹葉《きのは》の綠《みどり》、スタアたちの衣裳《いしやう》の輝《かゞや》かしさ、露出《ろしゆつ》された肉體《にくたい》の一部《ぶ》の白《しろ》さ、冠《かんむ》りの綺羅《きら》びやかさ、――一臺《だい》が過《す》ぎ、又《また》一臺《だい》が過《す》ぎて、道傍《みちばた》に佇《たゝず》む觀衆《くわんしう》は一向《ひたむき》に感嘆《かんたん》の聲《こゑ》を放《はな》つばかりである。この花祭《はなまつ》りを見《み》る爲《ため》に、遠《とほ》い町《まち》に住《す》むものは元旦《ぐわんたん》の早朝《さうてう》から此所《こゝ》へ自働車《じどうしや》を走《はし》らせる。

豪奢な日光

パサデナ市《し》は、ロサンゼルス市《し》から三四十哩《まいる》を離《はな》れた清《せい》楚《そ》な町《まち》で、殊《こと》に花《はな》の豊《ゆた》かな地方《ちはう》だが、一月《ぐわつ》になつても住宅《ちうたく》の庭《には》にさま〴〵な花《はな》が咲亂《さきみだ》れ、小鳥《ことり》が囀《さへづ》り、深々《しんく》としたパームツリーの樹《こ》蔭《かげ》が鋪道《ほだう》に影《かげ》を曳《ひ》く風景《ふうけい》は、この花祭《はなまつ》りの日《ひ》に殊《たと》に相應《ふさは》しく誠《まこと》に冬《ふゆ》を知《し》らぬ南《みたみ》カリホルニアの朗《なが》らかさと豊潤《ほうじゆん》さを限《かぎ》りなく誇《ほこ》らしてゐる。

惠《めぐ》まれた日光《につくわう》――紫《し》紅色《こうしよく》の日光《につくわう》、花《はな》、色彩《しきさい》――外界《ぐわいかい》から受《う》ける豊《ゆた》かな印象《いんしやう》は、今《いま》も私《わたし》の上《うへ》にふつくりと溫《あたゝ》かく蘇生《よみがへ》つてくるやうである。

其《そ》の日《ひ》には又《また》、ローズボールがパサデナ市《し》で行《おこな》はれる。これは西部《せいぶ》の各大學《かくだいがく》のフツトボール・チームの中《なか》で優勝《いうしやう》した二《ふ》たつの大學《だいがく》が、最後《さいご》の決戰《けつせん》をこゝで行《おこな》ふのだが、其《そ》の人氣《にんき》は年末《ねんまつ》の間《あひだ》に悉《こと〴〵》く切符《きつぷ》が賣切《うりき》れて了《しま》ふ。花祭《はなまつ》りを見《み》た後《あと》で、このローズボール見物《けんぶつ》へと廻《まは》る者《もの》が多《おほ》い。そこではスポーツの興奮《こうふん》の波《なみ》が、紫《し》紅色《こうしよく》の日光《につくわう》を搖《ゆす》ぶるのだが、この市《し》の近《ちか》くにはサンタ・アニタの競馬場《けいばちやう》があり。こゝでは又《また》ギャンブリングの興奮《こうふん》のどよめきが、紫《し》紅色《こうしよく》の日光《につくわう》を搖《ゆすぶ》る。

聖林《ハリウツド》の俳優《はいいう》たち、大金持《おほがねもち》の某氏《ばうし》某夫人《ばうふじん》たちが、ドルの大《おほ》きな札束《さつたば》で、キング・オブ・スポーツの大賭博《だいとはく》である。贅澤《ぜいたく》な何千弗《なんどる》、何萬弗《たんどる》の毛皮《けがは》のコートに日光《につくわう》が輝《かゞや》き、賭《か》けに負《ま》けた女優《ぢよいう》たちの白《しろ》い額《ひたひ》の汗《あせ》に日光《につくわう》が照《て》り、高價《かうか》な香料《かうれう》の匂《にほ》ひと、高價《かうか》なウヰスキーやワインの匂《にほ》ひと、煙草《たばこ》の匂《にほ》ひで場内《ぢやうない》は嗅覺《しうかく》が摩痺《まひ》するやうである。トラツクに並《なら》ぶ名馬《めいば》の栗毛《くりげ》にも、騎手《きしゆ》の白《しろ》、赤《あか》、紫《むらさき》、青《あを》の繻子《しゆす》の服《ふく》にも、日光《につくわう》は燦々《さんく》と降《ふ》る。望遠鏡《ばうゑんきやう》をかざす纖手《せんしゆ》の指《ゆび》のダイアのきらめき、――勝《か》つて興奮《こうふん》した婦人《ふじん》の顔色《がんしよく》の紅潮《こうてう》は、金髪《きんぱつ》に光《ひか》る太陽《たいやう》の影《かげ》を受《う》けて目《め》が覺《さ》めるやうに美《うつく》しい。

アメリカでは日光《につくわう》までが豪奢《がうしや》である。

銘仙を着せたところで

佐藤　俊子

（カ）フェーやバアの女給《ぢよきふ》さんに、最高銘仙《めいせん》程度以上のものを着《き》せないと云ふ申合《まをしあ》せを、飲食業組合の聯合會《れんがふくわい》で行つたとか云ふ記事《きじ》を新聞《しんぶん》で見る。

これは警視廳保安課の取締強化に對應して、こちらの方から自肅《じしゆく》の精神を披瀝《ひれき》して、ダンシングホールの閉鎖命令と同じ憂目《うきめ》に逢《あ》はぬやう、お目こぼしを願《ねが》ひたい爲《ため》だとのことである。

由來銘仙はお邸のお小間使《こまづかひ》の服裝ときまつてゐる。女給《ぢよきふ》さんが服裝《さう》の上《うへ》でお小間使化されるのだが

（太）大《たい》日本式のカフェーや（外國のカフェーは物《もの》を食《た》べるところである）いかゞはしいバアの存在《そんざい》が醇風美俗に悖《もと》るもので、女給さんに銘仙《めいせん》を着せたところで、錦紗《きんしや》を着せたところで、間接的《かんせつてき》に男性に媚びを賣つて、いゝ氣持にお酒を飲ませる其の特種《とくしゆ》的《てき》なしいやらばいいの本質に變りない。

日本は有難《ありがた》いことにまだ公娼《こうしやう》が許され、亞の非のやうな半公娼《はんこうしやう》さへも許《ゆる》されてゐるのであるから、賣色を生活手段《しゆだん》にしたいものは、お上のお許しある、其の方面《はうめん》に赴かしめることで、半《はん》お色氣《いろけ》のカフェーや喫茶店《きつさてん》やバアが、正當な營業者の軒を並べる戸毎《こごと》々々に交ざり合つてゐることが

（既）に秩序紊亂《びんらん》なのであるから、表面大衆の娛樂《ごらく》を看板とするダンシングホールよりも、半分色氣《いろけ》の頽廢的《たいはいてき》な匂ひたつぷりのカフェーや喫茶店の閉鎖《へいさ》こそ望《のぞ》ましいぐらゐである。

カフェーや喫茶店《きつさてん》の經營者たちはこの際女給さんの服裝《ふくさう》を銘仙《めいせん》にすることを考《かんが》へる前に、カフェーや喫茶店を純粹の飲食店に改革《かいかく》、そこに働《はたら》く女給さんには、給仕としての正當《せいたう》な職業婦人の待遇《たいぐう》を與

へることを考へる方《はう》が、多くの若《わか》い婦人の爲に健全《けんぜん》な生活道を開くことになるだけでも大きな社會的《しやくわいてき》利益《りえき》となる。

短篇小説

幸福《かうふく》の一滴《てき》

佐藤俊子

藤川栄子畫

背後《うしろ》でエヌやケーの話《はな》し合《あ》つてゐた聲《こゑ》が、何時《いつ》の間《ま》にか聞《きこ》えなくなつた。つまらぬ雜談《ざつだん》の内容《ないよう》に、耳《みゝ》も留《と》めてはゐなかつたが、其《そ》の聲《こゑ》が何時《いつ》消《き》えてしまつたのか、ひつそりと靜《しづ》まつた氣勢《きせい》に氣《き》が付《つ》いて、ふつと四邊《あたり》を見廻《みまは》した時《とき》は、事務用《じむよう》のテーブルの前《まへ》に居《ゐ》た同僚《どうれう》たちは、もう誰《だれ》も彼《かれ》も歸《かへ》つたあとであつた。

片手《かたて》にペンを握《にぎ》つたまゝで、東子《とうこ》は自分《じぶん》の腕時計《うでどけい》を見《み》た。もう五時《ごじ》を過《す》ぎてゐる。前方《ぜんぱう》を見渡《みわた》すと、たつた一人《ひとり》後向《うしろむ》きの笹島の頭《あたま》が、三列前《れつまへ》の机《つくゑ》の間《あひだ》から見《み》えた。

「いつ、こんな時間《じかん》になつたのか知《し》ら。」

東子《とうこ》は抛《はふ》り出《だ》すやうにペンを擱《お》いた。彼女《かのぢよ》が書《か》きかけてゐたのは講演《かうえん》の草稿《さうかう》であつた。社内《しやない》の從業員《じゆうげふゐん》クラブの次《つぎ》の例會《れいくわい》で、講演《かうえん》をする番《ばん》に、東子《とうこ》が當《あた》つてゐた。課長《くわちやう》から出《だ》されてゐた題《だい》は「時局《じきよく》の認識《にんしき》について」と云《い》ふのであつた。

「課長《くわちやう》さんに試驗《しけん》をされるみたいね。」

どんな事《こと》を話《はな》さうかと毎日《まいにち》氣《き》にはなつてゐたが、明日《あす》に迫《せま》る今《いま》まで、未《いま》だ纏《まと》め上《あ》げてもなかつた。「國民生活《こくみんせいくわつ》の安定《あんてい》を婦人《ふじん》の立場《たちば》から取上《とりあ》げて、婦人《ふじん》は常《つね》に對外的《たいぐわいてき》には關心《くわんしん》を持《も》たないが――婦人《ふじん》には政治的關心《せいぢてきくわんしん》がないから――對内的《たいないてき》には經濟《けいざい》の上《うへ》から關心《くわんしん》を持《も》つ。この對内的《たいないてき》に婦人《ふじん》が常《つね》に關心《くわんしん》を持《も》つと云《い》ふことが、時局認識《じきよくにんしき》の大《おほ》きな要素《えうそ》の一つだ。」と云《い》ふ風《ふう》に、現在《げんざい》の財政國策《ざいせいこくさく》と結《むす》んで、結論《けつろん》へ持《も》つて行《ゆ》くまでの、其《そ》の經過《けいくわ》を何《ど》う進《すゝ》めて話《はな》したらいゝのかと、表現《へうげん》の難《むつか》しさにうんざりしながら、其《そ》れでも熱心《ねつしん》に思《おも》ひ付《つ》くまゝを紙《かみ》の上《うへ》に書《か》き付《つ》けてゐた。

一同《どう》の歸《かへ》つたあとのオフィスは、氣球《ききう》から空氣《くうき》の拔《ぬ》けたやうな寂《さび》しさが潜《ひそ》んでゐた。窓《まど》の外《そと》には、もう夕暮《ゆふぐ》れの色《いろ》が濃《こ》くならうとしてゐる。冬《ふゆ》から初春《しよしゆん》へ移《うつ》らうとする氣象《きしやう》の流動《りうどう》が乳色《ちいろ》の靄《もや》になつて、ぼんやりと視野《しや》を遮《さへぎ》つた。ペンを擱《お》いて、何《なに》か茫《ばう》としながら窓外《さうぐわい》に目《め》をやつた東子《とうこ》は、其《そ》の乳色《ちいろ》の 光《ひかり》のない光《ひかり》から、反射的《はんしやてき》に群雲《むらくも》のやうに、彼女《かのぢよ》の頭腦《づなう》の中樞《ちうすう》を襲《おそ》つてきた暗《くら》い印影《いんえい》に壓倒《あつたう》されて、瞬間目《しゆんかんめ》が眩《くら》んだ。そして發作的《ほつさてき》に、死《し》を摑《つか》む外《ほか》には中味《なかみ》のないやうな、何時《いつ》もの慘《みじ》めな陰鬱《いんうつ》さに落込《おちこ》むと、彼女《かのぢよ》は兩手《りやうて》で頭《あたま》を抱《かゝ》へながら、暫《しばら》くは身動《みうご》きもしなかつた。

「小山《こやま》さん。まだ仕事《しごと》ですか。」

笹島《さゝじま》の油《あぶら》に光《ひか》つた漆黑《しつこく》の頭髮《とうはつ》が東子《とうこ》の方《はう》へ振返《ふりかへ》つたのを、東子《とうこ》は見《み》た。そして然《さ》う云《い》ふ言葉《ことば》が二三列《れつ》の机《つくゑ》を隔《へだ》てて前方《ぜんぱう》から流《なが》れて來《き》たのを耳《みゝ》にすると、漸《や》つと彼女《かのぢよ》は微笑《びせう》した。眼《め》の端《はし》が皺め、薄《うす》い口許《くちもと》のいかにも淋《さび》し氣《げ》な、疲勞《ひらう》した表情《へうじやう》であつた。

「いゝ話《はなし》になりましたよ。」

立上《たちあが》つた笹島《さゝじま》が東子《とうこ》の傍《そば》に來《き》た

「一割《わり》だけ增給《ぞうきふ》するさうです。」

「誰《たれ》から聞《き》いたの。」

「用事《ようじ》でね、専務《せんむ》の室《へや》に行《い》つたら、君達《きみたち》の要求《えうきう》は諾《き》くことになつたよ。何《なに》しろこの物價騰貴《ぶつかとうき》ぢや止《や》むを得《え》ない。だが一割《わり》だつて云《い》はれたんです。明日《あす》發表《はつぺう》するんでせうね。」

「一同《どう》に知《し》らしたの?」

「僕《ぼく》はたつた今《いま》聞《き》いて來《き》たばかりなんですよ。」

「よかつたわね。」

東子《とうこ》の濃《こ》い眉《まゆ》だけが憂《うれ》ひを開《ひら》いたやうに、一寸《ちよつと》晴《は》れた色《いろ》を泛《うか》べた。

「何《ど》うせ一割《わり》五分《ぶ》と云《い》へば一割《わり》にされるんだから、初《はじめ》から三割《わり》にしておいたら、一割《わり》五分《ぶ》は、増給《ぞうきふ》してくれたかも知《し》れないわね。」

「そんなに慾張《よくば》つたつて。一割《わり》は最初《さいしよ》から上《あ》げてくれる肚《はら》だつたらしいんだから。」

東子《とうこ》は三割《わり》の増給要求《ぞうきふえうきう》を頻《しき》りに支持《しぢ》した仲間《なかま》だつた。

「笹島《さゝじま》さんは、隨分《ずゐぶん》とはがつてゐたけれど、増給《ぞうきふ》して貰《もら》へば、悪《わる》くはないでせう。」

「六十五圓《ゑん》の一割《わり》で六圓《ゑん》五十錢《せん》の増給《ぞうきふ》ですか。」

「然《さ》うよ。玉《たま》の井《ゐ》へ五回《くわい》行けるでせう。」

東子《とうこ》は少《すこ》しも嘲笑《てうせう》してゐなかつた。揶揄《からか》ふやうな調子《てうし》でもなく、まじめな、打解《うちと》けた親愛《しんあい》が、彼女《かのぢよ》の丸《まる》く見張《みは》つて笹島《さゝじま》に笑《わら》ひかけた眼《め》の内《うち》に動《うご》いてゐる。

「まあ然《さ》うね。いや洋服屋《やうふくや》の月拂《つきばら》ひがこれで助《たす》かる。」

「そら御覧《ごらん》なさい。」

口《くち》を開《ひら》いて笹島《さゝじま》の若《わか》く笑《わら》つた顔《かほ》が、東子《とうこ》の重《おも》く蓋《ふた》をされた感情《かんじやう》を、さつと輕《かる》く切開《きりひら》いてくれたやうな甘《あま》い好感《かうかん》で、反應的《はんのうてき》な笑《わら》ひを東子《とうこ》も聲《こゑ》に出《だ》した。

女を買《か》ひに行《い》く金《かね》が無《な》くなると、密《そ》つと東子《とうこ》に彼《かれ》は一圓《ゑん》、二圓《ゑん》の無心《むしん》をする。其《そ》れほど二人《ふたり》は親《した》しかつた。彼《かれ》の姉《あね》が東子《とうこ》の素人《しろうと》だからと云《い》ふ關係《くわんけい》ばかりではなかつた。男《をとこ》が女《をんな》を買《か》ひに行《ゆ》く一無道徳《むだうとく》さを、無頓着《むとんちやく》な理解《りかい》で眺《なが》めてゐる東子《とうこ》の態度《たいど》が、何《なん》となく彼《かれ》を氣安《きやす》くさせるのである。女《をんな》を買《か》ひに行《ゆ》く金《かね》に窮《きう》するよりも、秘密《ひみつ》な醫療費《いれうひ》に窮《きう》する時《とき》の方《はう》が、彼《かれ》にはもつと辛《つら》かつた。

「僕《ぼく》は何《ど》うにも必要《ひつえう》な金《かね》に困《こま》つてゐるんですが。」

然《さ》う書《か》いて、其《そ》の下《した》に二圓《えん》とか三圓《えん》とかを印《しる》して、東子《とうこ》の机《つくゑ》の上《うへ》に紙箋《しせん》を乘《の》せておく。「何《ど》うにも必要《ひつえう》な金《かね》――」とある時《とき》は、其《そ》れが秘密《ひみつ》な醫療費《いれうひ》だと云《い》ふ判斷《はんだん》が付《つ》く。東子《とうこ》からの借金《しやくきん》は、月末《げつまつ》に月給《げつきふ》を受取《うけと》ると、彼《かれ》は一應《おう》は東子《とうこ》に返濟《へんさい》した。溫《おと》和《な》しい、正直《しやうぢき》な、そして善良《ぜんりやう》な、下級俸給生活者《かきふほうきふせいくわつしや》の男《をとこ》の一つの姿《すがた》だと、東子《とうこ》はいつも考《かんが》へるのであつた。何時《いつ》と云《い》つて結婚《けつこん》の當《あ》てのない彼等《かれら》の生活《せいくわつ》には、月《つき》に二回《くわい》三回《くわい》の玉《たま》の井《ゐ》行《ゆ》きが生理的《せいりてき》に必要《ひつえう》なのかも知《し》れない。そして秘密《ひみつ》な醫療費《いれうひ》も六十五圓《えん》の俸給《ほうきふ》の中《なか》に、生活豫算《せいくわつよさん》として加《くは》へて置《お》かなければならない彼等《かれら》の經濟《けいざい》を、東子《とうこ》は肉親的《にくしんてき》な同情《どうじやう》で觀《み》ることが出來《でき》た。三年《ねん》も四年《ねん》も同《おな》じオフィスに机《つくゑ》を並《なら》べてゐる東子《とうこ》には、薄給《はくきふ》な俸給生活者《ほうきふせいくわつしや》のあらゆる嘆《なげ》きと、不自由《ふじいう》さが、自分《じぶん》の血《ち》で解《わか》る氣《き》がしてゐる。

「仕方《しかた》がないわね。」

そして其《そ》れ以上《いじやう》、男性《だんせい》の生活《せいくわつ》については彼女《かのぢよ》は突入《つきい》つて考《かんが》へたこともなかつた。共通《きようつう》した經濟事情《けいざいじじやう》――そんなものが簡單《かんたん》に結《むす》んでゐる淡泊《たんぱく》な友情《いうじやう》であつた。

「前祝《まへいはひ》ひに晩餐《ばんさん》を共《とも》にしますか。」

「それもいゝわね。割《わ》りかんでね。」

今度《こんど》の増給要求《ぞうきふえうきう》で一同《どう》が集《あつま》つた時《とき》は、其《そ》の場《ば》では眞劍《しんけん》になりながら、一人《ひとり》になると笹島《さゝじま》は夜《よる》も眠《ねむ》れないほどに心配《しんぱい》した。其《そ》の臆病《おくびやう》と弱《よわ》さには東子《とうこ》は同情《どうじやう》が持《も》てなかつた。

玉《たま》の井《ゐ》へ行《い》く男《をとこ》は何《ど》うでもよかつたが、然《さ》う云《い》ふ場合《ばあひ》の男《をとこ》らしくない態度《たいど》には我慢《がまん》が出來《でき》ないと云《い》ふ氣《き》がした。其《そ》の事《こと》で一度《ど》正面《しやうめん》から男《をとこ》を侮蔑《ぶべつ》してやらうと思《おも》つてゐたのだが、増給《ぞうきふ》の發達《はつたつ》で、自分《じぶん》の肩先《かたさき》までが和《やは》らぐやうな嬉《うれ》しさが一杯《ぱい》になり、今《いま》はそれも何《ど》うでもよかつた。

「矢つ張り嬉《うれ》しいわね。みんなも喜《よろこ》ぶわね。」

「そりやもう。」

みんなが喜《よろこ》ぶ——東子《とうこ》は赫《かつ》とするやうな幸福《かうふく》が、全身《ぜんしん》に漲《みなぎ》るやうな熱《あつ》い想《おも》ひがした。疲《つか》れてゐた表情《へうじやう》が活《い》き〳〵と冴《さ》え、目《め》の端《はし》に紅《べに》が射《さ》して、額《ひたひ》の地肌《ぢはだ》までが輝《かゞや》き、髪《かみ》のウエーヴに優《やさ》しさが溢《あふ》れ、雉島《きしじま》が思《おも》はず凝視《ぎようし》するほどその顔《かほ》の全面《ぜんめん》に美《うつく》しい色《いろ》が現《あら》はれた。

「人生《じんせい》には、稀《まれ》には幸福《かうふく》の一滴《てき》が滴《したゝ》ることがあるつて、本當《ほんたう》ね。」

「いやに文學的《ぶんがくてき》ですね。全《まつた》く一と滴《しづく》かも知《し》れないな。」

「この一滴《てき》が中々《なか〳〵》滴《したゝ》らないのよ。」

東子《とうこ》は書《か》きかけの草稿《さうかう》を机《つくゑ》の抽斗《ひきだし》に入《い》れて歸《かへ》り仕度《じたく》をした。

「然《さ》うだ。專務《せんむ》が云《い》つてゐた。工場《こうぢやう》の方《はう》は同時《どうじ》に一割《わり》五分《ぶ》を増給《ぞうきふ》するんださうです。」

「會社《くわいしや》は中々《なか〳〵》好景氣《かうけいき》ね。」

二人《ふたり》が揃《そろ》つて歩《ある》くと云《い》ふことは、今夜《こんや》が初《はじ》めてゞあつた。空《そら》にはぼんやりと染滲《そめにじ》んだ五日《か》の月《つき》があつた。

いつもなら陰鬱《いんうつ》の底《そこ》に淀《よど》んでゐる街《まち》の騒音《さうおん》が、今夜《こんや》は輕快《けいくわい》な響《ひゞ》き

を含《ふく》んで、東子《とうこ》の耳朶《みゝたぶ》に弾《はじ》き返《かへ》つた。白《しろ》く聳《そび》える建物《たてもの》の窓々《まど〳〵》から落《お》ちる明《あか》るい電燈《でんとう》で道筋《みちすぢ》がくつきりとして居《ゐ》る。東子《とうこ》には其《そ》れが自分《じぶん》の視覺《しかく》のせゐのやうに思《おも》はれた。

「道《みち》が、こんな夜《よる》にはつきりしてゐるなんて珍《めづら》しいわね。」

「道《みち》まで幸福《かうふく》の一滴《てき》に潤《うるほ》つてゐるんでせう。」

笹島《さゝじま》が振返《ふりかへ》りながら云《い》つた。

「僕《ぼく》はあなたの云《い》つた幸福《かうふく》の一滴《てき》——あなたの考《かんが》へた言葉《ことば》か何《なに》か知《し》らないが、其《そ》の幸福《かうふく》の一滴《てき》は、一人《ひとり》にだけ滴《した》つても幸福《かうふく》ぢやないと考《かんが》へた。幸福《かうふく》の慈雨《じう》は全體《ぜんたい》に滴《した》るのでなくちや眞實《しんじつ》の幸福感《かうふくかん》は喚《よ》び起《おこ》せないね。」

「よく考《かんが》へたわね。笹島《さゝじま》さんにも、そんなこと解《わか》る？」

「失敬《しつけい》だなあ。」

彼女《かのぢよ》は今夜《こんや》、今《いま》までと異《ちが》つた新《あたら》

しい儕踏を感《かん》じた。其《そ》の人《ひと》を見直《みなほ》しでも爲《し》ようとするやうに、早稲田《わせだ》に居《ゐ》た頃《ころ》は野球《やきう》の選手《せんしゆ》だつたと云《い》ふ、體格《たいかく》の好《い》い、がつしりした肩《かた》の邊《あた》りを眺《なが》めやつた。銀座《ぎんざ》の賑《にぎ》やかな灯《ひ》を受《う》けて、道《みち》は益々《ますます》明《あか》るかつた。

東子《とうこ》は滅多《めつた》に銀座《ぎんざ》を散歩《さんぽ》するやうなこともなかつた。銀座《ぎんざ》の鋪道《ほだう》に流《なが》れてゐる人間《にんげん》の生活《せいくわつ》の波《なみ》は、彼女《かのぢよ》の勤務《きんむ》する丸《まる》の内《うち》の一會社《くわいしや》に流《なが》れてゐる生活《せいくわつ》の波《なみ》のリズムの延長《えんちやう》であつた。だから東子《とうこ》には特《とく》に銀座通《ぎんざどほ》りから享樂的《きやうらくてき》な魅力《みりよく》も面白《おもしろ》さも感《かん》じられない。重苦《おもくる》しい生活《せいくわつ》の波《なみ》が此所《ここ》でも彼女《かのぢよ》を襲《おそ》つてくる。彼女《かのぢよ》は一日《にち》の仕事《しごと》を濟《す》ますと自分《じぶん》に掩《おほ》ひかぶさる重苦《おもくる》しい生活《せいくわつ》の波《なみ》から脱《ぬ》けるやうに、急《いそ》いで我《わ》が家《や》に歸《かへ》つて行《ゆ》く。家《うち》は親子《おやこ》四人《にん》で病弱《びやうじやく》な父親《ちゝおや》はもう生活力《せいくわつりよく》も失《うしな》つてゐたが、母親《はゝおや》の裁縫《さいはう》の手内職《てないしよく》と、自分《じぶん》の働《はたら》きと、そして銀行《ぎんかう》に勤《つと》める妹《いもうと》の稼《かせ》ぎとで、一家《か》の生計《せいけい》を繋《つな》いでゐる。切詰《きりつ》まつた一錢《せん》の浪費《らうひ》さへも怠《おこた》れないやうな小《ちひ》さな暮《く》らしではあつたが、家《うち》に歸《かへ》れば、一應《おう》は荒々《あらあら》しい外面《ぐわいめん》の生活《せいくわつ》の波《なみ》を小《ちひ》さな家庭《かてい》の圍《かこ》ひが堰《せ》き止《と》めてくれるやうな安易《あんい》な感《かん》じに落着《おちつ》くことが出來《でき》た。

だが家《うち》へ歸《かへ》つても、一種《しゆ》の生理的《せいりてき》な凝《こ》りのやうになつて了《しま》つた陰鬱《いんうつ》さには變《かは》りはなかつた。彼女《かのぢよ》は計算《けいさん》の巧《うま》いのと、文章《ぶんしやう》の上手《じやうず》なのとで、專務《せんむ》から目《め》をかけられて、半《なかば》は其《そ》の個人的《こじんてき》な祕書《ひしよ》の役目《やくめ》も持《も》たされてゐた。彼女《かのぢよ》は勉強家《べんきやうか》だつた。一日《にち》でも知識《ちしき》の養《やしな》ひから自分《じぶん》を等閑《とうかん》にすることが、生活《せいくわつ》から見放《みはな》されるやうに恐《おそ》ろしかつた。實力《じつりよく》で生活《せいくわつ》に對抗《たいかう》して行《ゆ》くこと――何故《なぜ》なら其《そ》の生活《せいくわつ》は他人《たにん》から與《あた》へられた生活《せいくわつ》なのだから、これを自分《じぶん》のものにする爲《ため》には、自己《じこ》の力《ちから》を内《うち》に養《やしな》つておかなければならぬと云《い》ふ信念《しんねん》――そして其《そ》れが自分《じぶん》の物《もの》ではなく、獨立《どくりつ》して生活《せいくわつ》する婦人全體《ふじんぜんたい》の向上《かうじやう》の爲《ため》だと云《い》ふ信念《しんねん》を堅《かた》く持《ぢ》してゐる。だが其《そ》の聰明《そうめい》が、却《かへ》つて常《つね》に彼女《かのぢよ》を陰鬱《いんうつ》にしてゐた。たつた一人《ひとり》で勉強《べんきやう》してゐるやうな頼《たよ》りなさや、自分《じぶん》を導《みちび》いてくれる者《もの》のない中《なか》を、何《なに》か自分《じぶん》だけが重《おも》いものを負《お》つて、絶《た》えず歩《ある》き續《つゞ》けてゐるやうな疲勞《ひらう》から來《く》る陰鬱《いんうつ》さでもあつた。

其《そ》れでも東子《とうこ》は、決《けつ》して自分《じぶん》の生活《せいくわつ》をつまらないと考《かんが》へたことはなかつた。否《いな》、つまらないと云《い》ふ感《かん》じを、少《すこ》しでも持《も》つたら其《そ》れがお終《しま》ひだと云《い》ふ、然《さ》うした切迫《せつぱ》詰《つ》まつた雰圍氣《ふんゐき》の中《なか》で呼吸《こきふ》してゐるやうな辛《つら》さがある。彼女《かのぢよ》の月給《げつきふ》は五十圓《ゑん》と決《き》まつてはゐるが、專務《せんむ》からの特別《とくべつ》な給與《きふよ》で、不定《ふてい》なものではあつたが、然《さ》う云《い》ふ僅《わづ》かな餘裕《よゆう》で本を買《か》ふし、彼女《かのぢよ》の屬《ぞく》してゐる婦人《ふじん》の集《あつま》りへのサーヴィスも、たつぷりと心掛《こゝろが》けることが出來《でき》た。

銀座《ぎんざ》は賑《にぎ》やかであつた。

「大半《だいはん》は僕《ぼく》と同《おな》じ影《かげ》の薄《うす》いサラリーマンですね。みんな正札が附《つ》いてゐるんだ。僕《ぼく》には大抵《たいてい》分《わか》るね。あの男《をとこ》はいくら位《ぐらゐ》、この男《をとこ》はいくら位《ぐらゐ》つてね。」

「今夜《こんや》増給《ぞうきふ》された人《ひと》もゐるんだわ。」

「うむ。そんな奴《やつ》はみんな飲《の》みに行《ゆ》くよ。一割《わり》だけ計算《けいさん》して飲《の》んぢまふよ。」

東子《とうこ》には、無暗《むやみ》と其《そ》れが可笑《をか》しかつた。餘《あま》りに笑《わら》つたことのない彼女《かのぢよ》が、通《とほ》りすがりの人々《ひとびと》が驚《おどろ》いて振返《ふりかへ》るほどに笑《わら》ひこけた。何《なに》が可笑《をか》しいのか自分《じぶん》にも解《わか》らなかつた。

「私《わたし》たちも、何《なに》かおいしいものを食《た》べない？」

「うむ。おいしいものね。」

天麩羅《てんぷら》か、鰻《うなぎ》か、支那料理《しなれうり》か、西洋料理《せいやうれうり》か——

「何《ど》うです。ニユーグランドへでも行《い》つちやあ。」

「身分相應《みぶんさうおう》に考《かんが》へませうよ。」

「おや、兎《と》に角大衆食堂《かくたいしゆうしよくだう》ね。僕《ぼく》だつて一割《わり》だけ計算《けいさん》すれば、もつと奢《おご》れるんだ。」

「其《そ》の一割《わり》の一割《わり》で澤山《たくさん》。」

「一滴《てき》の其《そ》の又《また》、何《なん》パアセント？ 胃《ゐ》の腑が其《そ》れぢや、ちつとも幸福《かうふく》ぢやないと云《い》ひますよ。」

銀座裏《ぎんざうら》の、結局《けつきよく》は一つの大衆食堂《たいしゆうしよくだう》へ二人《ふたり》は肩《かた》を並《なら》べて入《はい》つた。食慾《しよくよく》が濛々《もうもう》と、空氣《くうき》を作《つく》つて渦卷《うづま》いてゐる。其《そ》の中《なか》を、もんぺを穿《は》いた女給仕《をんなきふじ》たちが、膳《ぜん》を運《はこ》ぶので匆忙《そうばう》としてゐた。新しい建築《けんちく》の木口《きぐち》が、東子《とうこ》の眼《め》にはさつぱりと映《うつ》つた。笹島《さゝじま》は外套《ぐわいたう》のポケツトに兩手《りやうて》を突《つ》つ込《こ》んだまゝで、壁《かべ》に凭れ、小供染《こどもじ》みた膨《ふく》れて尖《とが》つた唇《くちびる》を、一層尖《そうとが》らし、何所《どこ》を見据《みす》ゑると云《い》ふでもないやうな空虚《くうきよ》な視線《しせん》を、何所《どこ》かの一點《てん》にぢつとしてゐる。無興味《ぶきようみ》な人生《じんせい》の底《そこ》を覗《のぞ》き込《こ》んでゐるやうな表情《へうじやう》でもあつた。

「何《なに》を食べますか。」

茶色《ちやいろ》のオーヴアコートの袖口《そでぐち》から、メニユーの方《はう》へ延《の》ばした東子《とうこ》の手《て》が白《しろ》かつた。其《そ》れに氣《き》が付《つ》いて、笹島《さゝじま》はメニユーを彼女《かのぢよ》に渡《わた》してやつた。

「何《なん》でも。矢《や》つ張《ぱ》り腹《はら》は空《す》いてゐます。早《はや》く一滴《てき》の何《なん》パアセントかを滿《み》たしてやつて下《くだ》さい。」

選《えら》ばれた食物《しよくもつ》が膳《ぜん》に乘《の》つて、やがて二人《ふたり》の前《まへ》に運《はこ》ばれて來《き》た。

「僕《ぼく》は、いつぱい頂《いたゞ》きたい。」

其《そ》の酒《さけ》が廻《まは》つてくると、笹島《さゝじま》は一人《ひとり》で饒舌《しやべ》り出《だ》した。生活《せいくわつ》の不滿《ふまん》、面白《おもしろ》くない人生《じんせい》、ニヒリスチツクな人生觀《じんせいくわん》——

「自分《じぶん》の一生《しやう》も、これだけと相場《さうば》が定《き》まつてゐるのかと思《おも》ふと、僕《ぼく》は堪《たま》らないな。」

「まだ若《わか》い癖《くせ》に、愚痴《ぐち》なんか云《い》ふものぢやないわ。」

「僕《ぼく》には生活《せいくわつ》の目標《もくへう》がない。」

「あるわ。」

「無《な》い。あなたには有《あ》るだらうけれど。稀《まれ》に滴つてくる幸福《かうふく》の一滴をね。」

195 「幸福の一滴」『新女苑』 昭和 13（1938）年 3 月 1 日

「求《もと》めるのよ。」

「あなたはクリスチヤンですか。」

「別《べつ》に然《さ》うぢやないわ。」

東子《とうこ》は自分《じぶん》の生活《せいくわつ》の暗《くら》さなど、笹島《さゝじま》に語《かた》らうとも思《おも》はなかつた。そんな事《こと》を男《をとこ》の前《まへ》で、口《くち》に出《だ》すことが恥辱《ちじよく》であつた。

「僕《ぼく》はもう三十ですよ。」

「私《わたし》と同《おな》じ年齢《とし》ね。」

「女《をんな》の人《ひと》は若《わか》く見《み》えますね。」

二人《ふたり》の感情《かんじやう》は、もう其《そ》れ以上《いじやう》流《なが》れ合《あ》はなかつた。明日《あす》の仕事《しごと》が自分《じぶん》たちを待《ま》つてゐる。然《さ》う云《い》ふ閉《とざ》された思《おも》ひに壓《お》されながら食事《しよくじ》を終《をは》ると、二人《ふたり》は外《そと》に出《で》た。麻雀倶樂部《マージヤンくらぶ》へ寄《よ》つて行《ゆ》くと云《い》ふ笹島《さゝじま》に別《わか》れて、東子《とうこ》は一人《ひとり》で銀座《ぎんざ》を歩《ある》いた。コロンバンで妹《いもうと》にチヨコレートを買《か》つて行《い》つてやらう——然《さ》う思《おも》ひ付《つ》くと通《とほ》りかゝつた店《みせ》へ寄《よ》つて一圓《ゑん》五十錢《せん》の箱《はこ》を買《か》ひ、序《つひで》に空《あ》いた隅《すみ》の席《せき》に腰《こし》を下《おろ》して、熱《あつ》い珈琲《コーヒー》を注文《ちうもん》した。他《ほか》に客《きやく》が無《な》くて靜《しづ》かな灯《ひ》の色《いろ》が目《め》の前《まへ》の植木鉢《うゑきばち》の青《あを》い葉《は》を繞《めぐ》り、其《そ》の影《かげ》が東子《とうこ》の周圍《しうゐ》に流《なが》れてゐる。其《そ》の影《かげ》の中《なか》に心《こゝろ》を浸《ひた》らせながら、何所《どこ》からか聞《きこ》えてくるレコードの音樂《おんがく》に耳《みゝ》を托《たく》してゐると、ふと或姿《あるすがた》が彼女《かのぢよ》の眼前《がんぜん》に髣髴《はうふつ》とするやうに揺曳《えうえい》した。

其《そ》れは彼女《かのぢよ》の印象《いんしやう》に、灼《や》き付《つ》くやうに殘《のこ》されてゐる一つの姿《すがた》、薄《うす》い薔薇色《ばらいろ》と、乳白色《にうはくしよく》の交流《かうりう》する光《ひかり》の中《なか》で、眞《ま》つ赤《か》な扮裝《ふんさう》で踊《をど》つてゐた、外國婦人《ぐわいこくふじん》の舞踊家《ぶようか》の舞臺姿《ぶたいすがた》であつた。赤《あか》い華奢《きやしや》な舞踊靴《ぶようぐつ》、赤《あか》いスタツキング、赤《あか》い冠《かんむり》、左《ひだり》の肩《かた》と腕《うで》を堅《かた》く包《つゝ》んで、腰《こし》の半《なか》ばまで垂《た》れた赤《あか》いレースの上衣《うはぎ》、露《あら》はにされた右《みぎ》の上腕《うはうで》には、眞紅《しんく》の花《はな》を括《くゝ》り、そこから長《なが》く踵《かゝと》の平行線《へいかうせん》にまで下《さ》がつた幾條《いくすぢ》かの巾廣《はゞひろ》い赤《あか》いリボン、赤《あか》い杖《つゑ》——六七年《ねん》もの昔《むかし》に觀《み》た其《そ》の舞踊《ぶよう》の曲《きよく》は、何《なん》であつたか。覺《おぼ》えてゐないし、記憶《きおく》は朧《おぼろ》になつて了《しま》つたが、その時《とき》の舞踊家《ぶようか》の舞臺《ぶたい》の熱《ねつ》に惹《ひ》き付《つ》けられて、其《そ》れから數日《すうじつ》の間《あひだ》と云《い》ふもの、眩惑《げんわく》された熱《ねつ》の中《なか》で悶《もだ》えるやうな苦《くる》しい晝夜《ちうや》を送《おく》つた其《そ》の印象《いんしやう》が、彫《ほ》り付《つ》けられたやうに彼女《かのぢよ》から消《き》えないでゐた。

舞踊家《ぶようか》のトーダンスは、欲情《よくじやう》と哀感《あいかん》と、美《うつく》しく惱《なや》ましい情緒《じやうちよ》を肉體《にくたい》のリズムに現《あら》はすやうな、古《ふる》めかしい懊惱的《あうなうてき》なものではなかつた。彼女《かのぢよ》の舞踊《ぶよう》は、血行《けつかう》の亢奮《かうふん》を、直接《ちよくせつ》、肢體《したい》の運動《うんどう》の上《うへ》に表《あら》はすやうな激《はげ》しいものであつた。でなければ、勝利《しようり》の劇《はげ》しい歡喜《くわんき》、緊張《きんちやう》から放《はな》たれた心臓《しんざう》の旋律《せんりつ》、力《ちから》に鍛《きた》へられた魂《たましひ》の勇躍《ゆうやく》、そこに恍惚《くわうこつ》として跨《また》がる一團《だん》の、現實的《げんじつてき》な荒々《あら〱》しい力《ちから》と熱《ねつ》との表現《へうげん》でもあつた。東子《とうこ》の若《わか》いスピリットは、舞臺《ぶたい》の上《うへ》に燃《も》える一個《こ》の炎《ほのほ》の中《なか》で灼き盡《つく》されるやうにさへ思《おも》つた。譯《わけ》の分《わか》らない漠《ばく》とした亢奮《かうふん》が、其《そ》の舞踊《ぶよう》を見《み》た時《とき》から東子《とうこ》を惱《なや》まし、何《なに》か人間《にんげん》の底知《そこし》れない奧《おく》の方《はう》から發散《はつさん》してくる熱《ねつ》氣《き》のやうなものに作用《さよう》されて、其《そ》れに應《おう》じないではゐられない様《やう》な亢奮《かうふん》が、暫《しば》らく彼女《かのぢよ》の上《うへ》に續《つゞ》いたのであつた。

彼女《かのぢよ》は今《いま》も其《そ》の幻影《げんえい》から、一種《しゆ》の香氣《かうき》を吸《す》ふことが出來《でき》た。若《わか》い男女《だんぢよ》の客《きやく》が一時《じ》に雪崩《なだ》れ込《こ》むやうに入《はい》つて來《き》たのを見《み》ると、夢《ゆめ》から覺《さ》めたやうに彼女《かのぢよ》は我《われ》に復《かへ》つた。チョコレートの箱《はこ》を抱《かゝ》へて店《みせ》を出《で》ると、今《いま》まで氣附《きづ》かなかつた寒氣《かんき》が東子《とうこ》の頸《くび》筋《すぢ》を刺《さ》してくる。銀座《ぎんざ》の夜景《やけい》は俄《にはか》に灰色《はひいろ》に沈《しづ》んで見《み》えた。

「増給《ぞうきふ》の報《し》らせで明日《あす》はみんなが燥《はしや》ぐわ。」みんなが喜《よろこ》ぶ――最前會社《さいぜんくわいしや》に居《ゐ》た時《とき》に感《かん》じた赫々《あか〱》した幸福《かうふく》の熱《あつ》い思《おも》ひが、東子《とうこ》の全身《ぜんしん》に再《ふたゝ》び漲《みなぎ》つて來《き》た。家《うち》へ歸《かへ》つて話《はな》したら、母親《はゝおや》も妹《いもうと》も喜《よろこ》ぶに違《ちが》ひない――彼女《かのぢよ》は有樂町《いうらくちやう》の驛《えき》へ向《むか》つて急《いそ》ぎ足《あし》になつた。陰欝《いんうつ》が何所《どこ》かへ隱《かく》されてゐるやうな、だが彼女《かのぢよ》のはあとは矢張《やは》り重《おも》いのである。

總ては變つた

歸去來の身に映るもの

佐藤俊子

私《わたし》が日本《につぽん》へ歸《かへ》つてから二年《ねん》の間《あひだ》に、日本《につぽん》の文學界《ぶんがくかい》の動《うご》きは政治《せいぢ》の動《うご》きとの微妙《びめう》な關係《くわんけい》の上《うへ》で實《じつ》にさま／＼な變化《へんくわ》を私《わたし》にしめした。

▽…△

私《わたし》がかつて自己《じこ》の藝術《げいじゆつ》に懷疑《くわいぎ》を持ち、個人的《こじんてき》な自己《じこ》變革《へんかく》を行《おこな》つて日本《につぽん》を去《さ》つた當時《たうじ》は、日本《につぽん》の文學界《ぶんがくかい》は自然主義《しぜんしゆぎ》末期《まつき》時代《じだい》であつたとはいへ、まだその世界《せかい》には泰平《たいへい》な光《ひか》りが射《さ》し、文學者《ぶんがくしや》たちは藝術《げいじゆつ》のための藝術《げいじゆつ》、感傷《かんしやう》的《てき》な理想主義《りさうしゆぎ》などに沒頭《ぼつとう》して、藝術《げいじゆつ》の自由《じいう》の花咲《はなさ》く彼等《かれら》の花壇《くわだん》の中《なか》で、現實《げんじつ》を離《はな》れた美《うつく》しい幻想《げんさう》と夢《ゆめ》とで、外部《ぐわいぶ》からの支障《ししやう》の無《な》い文學的《ぶんがくてき》な生活《せいくわつ》を一層《いつそう》純粹《じゆんすい》にし、そして柔げてゐた。思想《しさう》は夢《ゆめ》のあやであり、文學《ぶんがく》はその夢《ゆめ》のあやから織出《おりだ》される最《もつと》ものどかな、趣味的《しゆみてき》な表現《へうげん》であつた。そして高踏的《かうたふてき》な歩《あゆ》みの足音《あしおと》は彼等《かれら》の自由《じいう》な運《はこ》びの中《なか》で、カツカツと豐《ゆた》かに鳴《な》り響《ひゞ》くといふ状態《じやうたい》にあつた。

▽…△

その後《ご》私《わたし》の長《なが》い／＼不在《ふざい》の間《あひだ》に日本《につぽん》の文學《ぶんがく》がある期間《きかん》歴史的《れきしてき》に發生《はつせい》した社會《しやくわい》の一形態《けいたい》を背景《はいけい》にして一つの大《おほ》きなうねりの變遷《へんせん》を受《う》けたことや、新《あたら》しい主義《しゆぎ》による文學《ぶんがく》の勃興《ぼつこう》と發展《はつてん》や、またその新《あたら》しい文學《ぶんがく》と古《ふる》い文學《ぶんがく》との對立關係《たいりつくわんけい》などについては、私《わたし》は遠《とほ》くから間接《かんせつ》に知《し》るのみであつたが、現在《げんざい》に及《およ》ぶその流《なが》れの歸趨《きすう》、或《あるひ》はかつての新《あたら》しい文學《ぶんがく》が轉移《てんい》の方向《はうかう》をたどりつゝ、次《し》第《だい》に質的《しつてき》にその力《ちから》を弱《よわ》められつゝある現狀《げんじやう》については直接《ちよくせつ》はつきりと私自身《わたくしじしん》の眼《め》で見出《みいだ》すことが出來《でき》る。

▽…△

この二年《ねん》の間《あひだ》に私《わたし》の眼前《がんぜん》に現《あら》はれた文學上《ぶんがくじやう》や思想上《しさうじやう》のさま〴〵な論爭《ろんさう》も、十數年《すうねん》を隔《へだ》てた私《わたし》には、いかに大摑《おほづか》みに間《かん》接的《せつてき》に曾《かつ》ての文學上《ぶんがくじやう》の歷史的《れきしてき》變轉《へんてん》を知《し》るとはいひながら、すべてが私《わたし》には突然《とつぜん》で、それ等《ら》の論爭《ろんさう》の糸《いと》を原因《げんいん》に遡《さかのぼ》つて手繰《たぐ》り求《もと》めるだけでも私《わたし》には容易《ようい》でなかつた。

だがそれも今《いま》は、二年《ねん》このかた私《わたし》の周圍《しうゐ》に終始《しうし》釀《かも》し出《だ》されつゝある雰圍氣《ふんゐき》を敏感《びんかん》に感受《かんじゆ》できる程度《ていど》に、極《きは》めて平明《へいめい》に現在《げんざい》の文學的情勢《ぶんがくてきじやうせい》の大凡を想起《さうき》することが出來《でき》たやうである。

▽…△

こゝにまた新《あたら》しい文學《ぶんがく》の發生《はつせい》が論《ろん》じられてゐる。私《わたし》の不在《ふざい》の間《あひだ》に勃興《ぼつこう》した新《あたら》しい文學《ぶんがく》の血脈《けつみやく》とは全《まつた》く絶緣《ぜつえん》した、そして本質《ほんしつ》的《てき》に全《まつた》く異《こと》なる新《あたら》しい文學《ぶんがく》の希《き》求《きう》なのであらう。時代《じだい》が何《なに》を文《ぶん》學《がく》に求《もと》めてゐるか。文學《ぶんがく》はそれへの追隨《つゐずゐ》か逃避《たうひ》か超越《てうゑつ》か。時代《じだい》と共《とも》に動《うご》くところに文學《ぶんがく》の進展《しんてん》性《せい》があるものとすれば、この重《おも》々しい波間《なみま》を潛《くゞ》つて如何《いか》なる方《はう》向《かう》へ伸《の》びようとするのであらうか。私自身《わたしじしん》は再《ふたた》び築《きづ》き直《なほ》さうとする自己《じこ》の文學《ぶんがく》の上《うへ》に、かつて自《みづか》ら行《おこな》つた自己《じこ》の藝術《げいじゆつ》への變革《へんかく》と、その後《ご》の思想《しさう》と長《なが》い生活經《せいくわつけい》驗《けん》とを何ら統一《とういつ》すべきかの方法《はうはふ》もはつきりとは見出《みいだ》されず、相《あひ》變《かは》らずプーアな自由意識《じいういしき》の中《なか》に閉ぢ籠《こ》むばかりである。

▽…△

だが、この混亂《こんらん》の中《なか》で自《みづか》らの目標《もくへう》を見定《みさだ》めるためには、私《わたし》はもつと深《ふか》く周圍《しうゐ》を探求《たんきう》しなければならないし、またこの混亂《こんらん》の中《なか》を平然《へいぜん》と押進《おしすゝ》みつゝある作家《さくか》たちの、思想的《しさうてき》な生活内容《せいくわつないよう》や藝《げい》術傾向《けいかう》を知《し》ることによつて、多《おほ》くのものを學《まな》び取《と》らねばならない。

情熱なき放れ業

「妻の作品」―寧ろ夫の問題

佐藤俊子

文・藝・時・評（2）

改造《ざう》所載《しよさい》の丹羽文雄《を》氏「妻《つま》の作品《さくひん》」は、氏一流《りう》の柔らかな描寫《べうしや》の筆致《ひつち》で、早熟《じゆく》な神經質《しんけいしつ》な弱《よわ》々しい六歳《さい》の少年《せうねん》とその母を中心に、病《びやう》的《てき》な子供の心理《り》や、母のデリケートな感覺《かんかく》が極《きは》めて纖細《せんさい》に書かれてゐるが、作の内容《よう》を考《かんが》へるとこれは妻《つま》の問題《もんだい》でなくて、夫の問題《もんだい》である。(敢へてそれが作《さく》者《しや》の意圖《いと》であるとはいはない。そして女自身《じしん》に、これを自《じ》分一人の問題《もんだい》として重《ぢう》大事がらせてゐるところが問題《もんだい》でもある。

母の路子は日本特《とく》有の婦《ふ》人道徳《だうとく》を、習性《しふせい》的《てき》に生活《くわつ》の根《こん》柢に持ち、唯智識《ちしき》だけを近代的《きんだいてき》な教養《けうやう》から受けてゐる型《かた》の一つで、夫の助《じよ》手役《やく》と主婦《ふ》の役《やく》を兼《か》ねながら、その生活《くわつ》の大半の時《じ》間は夫への心くばりに奪《うば》はれてゐる。従《したが》つて小供の成長過程《せいちやうくわてい》には相當《さうたう》の注意《ちうい》は持ちながら、子供の欲《ほつ》する點《てん》までその愛《あい》が届《とど》かない。子供の恭一《けふいち》は父にばかり引付けられてゐる母が、自《じ》分への愛情《あいじやう》を過《くわ》分に與《あた》へてくれない淋《さび》しさのために、即《すなは》ち醫師《いし》のいふ三角關係《さんかくくわんけい》の結果《けつくわ》の神經衰弱症《しんけいすいじやくしやう》を惹起す。その經過《けいくわ》に少しも氣《き》付かなかつた母が初めて夫婦《ふ》だけの現《げん》在《ざい》の生活《くわつ》にかまけて「明日」を考《かんが》へなかつたことを反省《せい》するといふのであるが、この夫は妻《つま》の愛情《あいじやう》を子供に遣る分までも獨占《せん》しながら、その間にはバアの女にも一寸迷《まよ》つて通つたりする男で、妻《つま》はそれも感《かん》付きながらさういふ夫に理《り》解《かい》をさゝげ子供のやうに寛大に取扱つてゐた。

だが結局妻は夫と子への愛情の配分にバランスを失つて子供を愛者にしさうにまでなつた。このバランスを保つためには當然今までよりも父の子に對する意識的な愛情がこれに加へられなければならぬ筈だが、路子はそれに觸れることもなく、子供への肉親の完全な愛情を夫に求めることも考へず、たゞ自分一人の責任として心に收め、一切を夫に告げないのである。

かゝる愛情《あいじやう》の負擔《ふたん》と責任《せきにん》からまでも夫を庇はうとする心遣《づか》ひを、作者《さくしや》は妻《つま》の夫に對《たい》する心の優しさとして暗示《あんじ》しようとしてゐるらしいが、これは決《けつ》して女の理想《りさう》ではない。作者《さくしや》の女への理解《りかい》の程度《ていど》はこの低《ひく》さに止まつてゐる。この場合《ばあひ》の女の理智《りち》は道徳《だうとく》の偏頗が教《をし》へ込んだ理智《りち》であり、正しい義務《ぎむ》が一つの觀念《くわんねん》とさへならずにかうした理智《りち》で抑へられてゐる。そこに謬《あやま》られた根本《こんぽん》があり、それを匡す手は男性《だんせい》にあることをこの作者《さくしや》は心付かないのである。

同誌《どうし》上の深田久彌《きうや》氏の「瑪瑙石」。この作《さく》には新らしい手觸りがある。だがそれは作者《さくしや》の才能《さいのう》から受ける手觸りで、作者《さくしや》の新らしい藝術的情熱《げいじゆつてきじやうねつ》が示《しめ》してくれるものではない。だからこの手觸りの中には或る輕薄《けいはく》さが潜んでゐる。

遊里《いうり》の女たちに天才詩人《さいし》のやうな造詣《ざうけい》ある言葉《ことば》を吐《は》かせたり、厭世《えんせい》家《か》の諷刺《ふうし》めいたことを云はせたり、作者《さくしや》のファンタジイから生れるこんな言葉《ことば》の遊戲《いうぎ》や、瑪瑙石とさくらの云ふ道具《だうぐ》や、或は最後《さいご》の謎のやうな手紙《てがみ》などで、作者の稀薄《きはく》なリアリズムと新奇《しんき》なファンタジイとのこんがらかりや隙間などを巧《たく》みに塗《ぬ》りつぶしてゐるが、これは中々見應へのある放《はな》れ業である。遊里《いうり》へ賣られて來た貧農《ひんのう》の娘《むすめ》が、男の肉體《にくたい》を飯粒《めしつぶ》ほどにも感《かん》じない逞しさを描《ゑが》いてゐるからと云つて、この作品《さくひん》の底《そこ》に女の肉體的《にくたいてき》道徳《だうとく》への反逆《はんぎやく》があるとか、又は厭《いと》迫《はく》されるものゝ生えの自然《ぜん》な反逆があるなどゝ鹿爪《つめ》らしく分解《かい》しようとするのは、却《かへ》つて作者《しや》の怜悧に負かされたことにならう。

日本人の純粹愛

文學的知識人の恥辱的暴露

佐藤俊子

文・藝・時・評(3)

文學《ぶんがく》界《かい》の「知識階級《ちしきかいきふ》は變《かは》るか。」は林房雄《はやしふさを》、阿部知二、横光利一三氏のリレー評論《ひやうろん》である。林《はやし》氏の評論《ひやうろん》の中に、現《げん》に知識階級《ちしきかいきふ》が變《かは》りつゝある實例《じつれい》として、或る一人の文學的知識《ぶんがくてきちしき》人が一月元旦《ぐわんたん》に明治神宮《めいぢじんぐう》を參拜《さんぱい》した時、何萬の參拜者《さんぱいしや》の中から一人の知人も見出さなかつたといふ嘆《なげ》きの一文を發表《はつぺう》したことを取上げそして「この短文《たんぶん》は恐《おそ》らく知識階級《ちしきかいきふ》に非常《ひじやう》な衝動《しやうどう》を與《あた》へたに違《ちが》ひない。」と言葉《ことば》を強めてゐる個所《かしよ》があるが、これはその何れもが日本人としての恥辱《ちじよく》を暴露《ばくろ》してゐる。

誰《たれ》でも知《し》るやうに、昔から敬神《けいしん》の念《ねん》に富むのが日本國民性《こくみんせい》の一とつとされてゐる。「何ごとの在《おは》しますかは知《し》らねども忝《かたじけな》さに涙《なみだ》こぼるゝ。」と伊勢《いせ》神宮を拜《はい》して歌《うた》つた古詩《こし》人のこの卒直《そつちよく》な感情《かんじやう》は、崇《すう》高美《び》から與《あた》へられる永劫的《えいごふてき》な、宗教的《しうけうてき》感情《かんじやう》であり、即《すなは》ち一種《いつしゆ》の神氣《しんき》とも呼《よ》ばるべきもので、この感情《かんじやう》には至《し》高と無限《むげん》に向つて一切を委ねるところの、人間の思想《しさう》の達《たつ》し得ない純粹愛《じゆんすいあい》が含《ふく》まれてゐる。

日本の古い文化《くわ》は、それが外《ぐわい》國文化《くわ》を攝取《せつしゆ》したものであるにしても、この最《さい》高の感情《かんじやう》の源泉《げんせん》から生れ、かつ生れ變《かは》らせてゐるといつていゝのではないか。この感情《かんじやう》は一般《ぱん》國民の血《ち》の中に傳統的《でんとうてき》に、そして通常的《つうじやうてき》に浸透《しんとう》してゐる。一月元旦《たん》に明治神宮を參拜《さんぱい》するのも、無意識《いしき》にこの神氣《しんき》を崇《すう》拜し、一年《ねん》の汚濁《おだく》を流し浄めて來ようといふ眞摯《しんし》な願《ねが》ひを持つからである。十何年《ねん》ぶりに日本の土を踏んだやうな私は、いろ〳〵な機會《きくわい》にかうした傳統的《でんとうてき》な感情《かんじやう》が何時となく身内に溢《あふ》れることを感《かん》じることがある。現代《げんだい》の日本の文化《くわ》人、または文學的《がくてき》知識《ちしき》人が、もしかゝる感覺《かんかく》に迂遠であり、今更《さら》眼が覺《さ》めたとすれば、其れは日本人であることを忘《わす》れてゐたと云ふ恥辱的《ちじよくてき》な結果《けつくわ》となるのである。

三氏の評論《ひやうろん》の中で阿《あ》部氏のものが私の考《かんが》へに比較的《ひかくてき》適切《てきせつ》なものを與《あた》へてゐる。或る特殊《とくしゆ》な時代《じだい》に面して文學的《がくてき》知識《ちしき》人は變《かは》るか？

知識《ちしき》が一つの思想《しさう》から他《た》の思想《しさう》へ、又一つの現象《げんしやう》から次ぎの現象《げんしやう》へ進《すゝ》み行く可能《のう》を持つものとすれば、知識《ちしき》人は必《かなら》ず變《かは》らないとは云へない。一人の人間が自《じ》身の知識《ちしき》によつて生活的《くわつてき》に何かを思惟《ゐ》する。そして其の考《かんが》へがある理由《りいう》で外部《ぐわいぶ》へ向つての活用《くわつよう》を阻《そ》止される場合《ばあひ》、若し其の考《かんが》へが其の人の唯《ゐ》一の生活《くわつ》信條《でう》を貫くものであるとすれば、其の信條《しんでう》を守る爲に阻《はゞ》まれたる自身《じしん》の知識《ちしき》を放棄《はうき》することも有り得よう。知識《ちしき》を變《か》へることによつて、無知《むち》への逃避《たうひ》となる場合《ばあひ》、其れは決《けつ》して知識《ちしき》を變《か》へたと云ふことにならないのは無論《むろん》である。

創作《さうさく》に北條《でう》民雄《を》氏「吹雪の産聲」がある。氏の作品《さくひん》に接《せつ》するのはこれが最初《さいしよ》で、以前《いぜん》に發表《はつぺう》された諸《しよ》作《さく》との比較《ひかく》批評《ひひやう》は出來ないが、この作《さく》を讀《よ》んで感《かん》じたことは、斯う云ふ最も慘苦《さんく》な境遇《きやうぐう》にある自己《こ》を客觀的《きやくくわんてき》な對象《たいしやう》として創作《さうさく》の中に溶《と》かし込んで行くことの容《よう》易ではないこと、それを作者《さくしや》は十分に技巧《ぎかう》化《くわ》してゐること、そして悪い意《い》味《み》ではこの藝術的《げいじゆつてき》天才《さい》が文壇的《だんてき》一作《さく》家《か》であるための小さな規範《き》の中へ、自己《じこ》の才《さい》分を余りにこまん〳〵

と折畳《たゝ》ませてゐるといふことであつた。氏自からが微《び》細に叙述《じよじゆつ》する陰惨《いんさん》な癩病院《びやういん》で難病《なんびやう》と戦《たゝか》ひ、一方には激《はげ》しい創作欲《さうさくよく》に駆《か》られつゝその死《し》を早めたといふ事であるが、この天分を芸術《げいじゆつ》の本道《だう》に向つて全《まつた》く開き切らずに夭折《せつ》した氏が限りなく惜《を》しまれる。

「春香傳」の魅力

張赫宙氏の苦心の成功

佐藤俊子

文藝時評（4）

魅《み》力のないアートほどつまらないものはない。かういふ意《い》味《み》で一番《ばん》面白く讀《よ》んだのは新潮所載《しんてうしよさい》の張《ちやう》赫宙《かくちう》氏「春香傳《しゆんかうでん》」であつた。これは朝鮮古典《てうせんこてん》文學《がく》中の人氣《き》ある小説《せつ》で、廣汎《くわうはん》に愛讀《あいどく》されたものを戯曲《ぎきよく》に改作《さく》したものだとの氏による後記《き》がある。筋《すぢ》は單純《たんじゆん》で全羅道の使道の子息と愛を誓つた官妓が、父の榮轉で都へ去つた愛人と別離の後、次の惡使道に横戀慕をされ、愛人への誓ひを裏切らぬために獄舍の責苦を受ける。愛人はやがて父の役を繼ぎ全國の惡政を行ふ使道を膺懲し、春香を苦しめた使道にも極刑を與へ、春香は救出されて愛人と目出度く婚を結ぶといふのが一篇の骨子である。

往《わう》々古《こ》典《てん》文學《がく》に見出されるやうな空想《くうさう》主義《ぎ》や象徴《しやうちやう》主義《ぎ》を離《はな》れて、物語は現實感《げんじつかん》に根ざして構成《こうせい》され、素朴至純《そぼくしじゆん》な味《あぢ》はひの中に一脈《みやく》の喜劇的《きげきてき》な要素《えうそ》が含《ふく》まれてゐるが朝鮮《てうせん》民族《ぞく》の傳統《でんとう》の中には古くから現實性《げんじつせい》を重んじる文化《くわ》の素質《そしつ》があつたことが窺はれる。

この一篇に十分な文學的價値《かくてきかち》を見出だすのも、畢竟《ひつきやう》はこの純朴《じゆんぼく》な物語に近代味《きんだいみ》を加へて巧《たく》みに戯曲化《ぎきよくくわ》した張《ちやう》氏の苦《く》心に基《もと》づくことはいふまでもないが、會話《くわいわ》には多くの難點《なんてん》がある、場《ば》面は變化《へんくわ》に富みエキゾチックでもある。暗《あん》行御使《し》（スパイか隱密《おんみつ》のやうな役《やく》）への訓辭《くんじ》の場《ば》など珍《めづ》しく、乞《こ》食に變装《へんさう》して惡使道《あくしだう》を探る夢龍（春香《しゆんかう》の愛《あい》人）と農《のう》民との出會や春香《しゆんかう》の獄舍《ごくしや》の場《ば》や、最初《さいしよ》の愛《あい》人同《どう》士が情《じやう》緒纏綿《てんめん》と愛《あい》を語《かた》る場《ば》などで中々に面白い。この戯曲《ぎきよく》が若し上映《えい》されるか上演《えん》されゝば、戯曲《ぎきよく》化された大地《ち》などよりも遥《はる》かに観念《かんねん》の上に密接《みつせつ》な感情と、共通的な或る愛感《あいかん》とを呼《よ》び起させるに違《ちが》ひないと思はれる。

同誌《どうし》上の堀辰雄氏の「死《し》のかげの谷」は、古い名画の油絵を見るやうな感じであつた。雪深い山間で亡くなつた愛妻《あいさい》の幻影《げんえい》に思ひを語《かた》る日記体のものであるが、これは一篇の叙情詩《じよじやうし》であらう。作者《さくしや》の思想《しさう》の内奥に何かが有りさうな気もされるが、然う云ふ余韻が何所となく感《かん》じられるのも、この作の気分的な神秘《しんぴ》さから漂《ただよ》つてくるものであらう。雪景の叙景の筆は美しく細かで、感覚《かんかく》の上品なところが或る時期のフランス文学の優雅さを偲ばせる。

婦人作家《さくか》が四人創作《さうさく》を発表《はつぺう》してゐる。岡本かの子氏の「やがて五月に」（文藝）。小山いと子氏の「[illegible]」（新潮）。平林たい子氏の「三人」（同誌《どうし》）。林芙美子氏の「黄鶴」（改造《ざう》）である。岡本氏は饒舌によつて三百枚を突破する長篇で、その異常な文筆力に驚かされるが、殆んど作者《さくしや》の一種のマニアのやうに、變態に近い色慾的な美男創造《さうざう》の執着力の強さにも驚かされる。この次にはもつと健康美を精神上に発揮する美男を創造して頂きたい。小山いと子氏は家庭手工業に日夜《や》を送る少年や婦人が、知《し》らず識らず神経を破られて行く過程《くわてい》を描いてゐるが、それは単なる記述に留まつて、生活《くわつ》そのものへは深く突《つ》き入らず、たゞ作者《さくしや》が客観的にその恐《おそ》ろしさを傳《つた》へてゐるだけであり、平林《はやし》たい子氏のは達者《たつしや》な筆で三人の型を描き分けて時代《じだい》の変遷に照應《せうおう》させてゐるが、感情の潤澤《じゆんたく》さに缺《か》けてゐる。林芙美子氏のは戦地を描いたものだが、構想《こうさう》の上に意識《いしき》した賢《かしこ》さが見える。女性詩《し》人らしい目前の愛情と同情で點綴《てんてつ》されてゐる部分には好い感《かん》じがあつた。

文藝賞作品三つ

「糞尿譚」の持つユーモア

佐藤俊子

文・藝・時・評（5）

第《だい》六回《くわい》芥川賞《しやう》の當《たう》選作《せんさく》、火野《の》葦平氏の「糞尿譚《ふんねうたん》」（文藝春秋《げいしゆんじう》）は、かういふ傾向《けいかう》の小説《せつ》が好きか嫌《きら》ひかと聞かれたら、私の趣味《しゆみ》は「好きでない」と答《こた》へる。だがそれにも拘《かゝは》らず全《ぜん》篇を飽《あ》きずに讀《よ》み通し、途《と》中に度度ふき出した。選衡委員《せんかうゐゐん》の選後《せんご》の言葉《ことば》によると「面白さ」を評價《ひやうか》の最《さい》上においてこの作《さく》を擧げたことになつてゐるが、この作《さく》には作者《さくしや》の人の善さから滲み出る。獨自《どくじ》なユーモアがある。

作風《さくふう》の臆面なさも、讀者《どくしや》を思はず失笑《しつせう》させる可笑し味《み》も、作《さく》中の阿《あ》部のいはゆる彥《ひこ》太郎《らう》の「實感《じつかん》のこもる猥談《だん》」も、嫌味《み》にならず低《てい》俗《ぞく》な調《てう》子にも落ちないのは、作者《さくしや》のこの人の善さから滲み出るユーモアのお蔭《かげ》である、同時《どうじ》に、人間の善良《ぜんりやう》が同じ人間の邪智《じやち》や利慾《りよく》や金權に蹂躙され、押潰《つぶ》されてゐる生活《くわつ》の諸象《しよせう》に對《たい》しては、作者《さくしや》の善《ぜん》良感《りやうかん》は作の平穩《おん》な構成《こうせい》の上で、わざと批判《ひはん》的《てき》な作用《よう》からその的《まと》を逸らしてゐる。

選衡委員《せんかうゐゐん》中の誰《たれ》であつたか、岩《いは》野《の》泡鳴《はうめい》の作風《さくふう》に似《に》たところがあると評《へう》してゐたが、私も大膽《たん》な描寫《べうしや》の上に同じことを感《かん》じた。そして人間としての人の善さにも兩者《りやうしや》相《あひ》似《に》た點《てん》がある。無論《ろん》この作者《さくしや》の方が泡鳴《はうめい》よりも創作的《さうさくてき》な神經《しんけい》が細かに働《はたら》いてゐるし、泡鳴《はうめい》の單純《たんじゆん》な本能《のう》主義《ぎ》と比《くら》べて遙《はるか》に知的《ちてき》な要素《えうそ》があり、時代《じだい》の影響《えいきやう》に敏感《びんかん》な功利的《こうりてき》な藝術意識《げいじゆついしき》さへもが見られるのである。最後《さいご》の彥太郎《ひこたらう》が自《じ》分の人の善さへの度々の侮辱《ぶじよく》に目が眩んで猛り立ち、糞尿《ふんねう》を打撒けるところは痛快《つうくわい》だが、他《た》へ向つて打撒けた糞尿《ふんねう》の余沫《まつ》を全身《ぜんしん》に浴びて突《つ》つ立つた彦《ひこ》太郎《たらう》は、宛然《ぜん》黄金の鬼と化《くわ》した如くで、それが夕陽を受けて燦然《さんぜん》と光り輝いたといふ結《けつ》末は悪る落ちである。これは作者《さくしや》の人のよさが、うつかり調《てう》子をすべらせすぎたのであらう。

和《わ》田傳《でん》氏の「沃《よく》土」と濱本浩氏の「淺《あさ》草の灯《ひ》」は、新潮賞《しんてうしやう》の一、二等當選作《たうせんさく》で、一方は純文藝品、一方は大衆的《たいしゆうてき》作品《さくひん》としてその優秀《いうしう》を認《みと》められたものである。「淺草の灯《ひ》」は讀《よ》み終つた後に何か胸に迫る感興《かんきやう》があつた。

これは淺草で生れて淺草の灯《ひ》のそばで遊んで育《そだ》つた私には、古い追憶《つゐおく》の繪を見るやうななつかしさがあり、そのころ公園《こうゑん》の芝居小屋《や》に出てゐた少女役者《やくしや》が好きで、毎晩《まいばん》見に行つた昔を思ふとペラゴロの心意氣《いき》も理解《りかい》出來るし、山上が公園《こうゑん》の生活を戀々するときめて、十二階《かい》を見返《かへ》りながら去るさびしさにも、理窟《りくつ》無しの同情《どうじやう》が持てるからである。ましてこの作《さく》に書かれた時代《じだい》の淺草《あさ》に、なじみの深《ふか》い人たちには一層《そう》切實《せつじつ》な面白さがあるに違《ちが》ひない。それだけにまた半面にはこの時代《じだい》の淺草《あさ》情調《じやうてう》を知《し》らないもの、淺草趣味《しゆみ》に通《つう》じないものに同じ程度《ていど》の面白さが味《あぢ》はへるか何うかゞ疑問《ぎもん》でもある。

「沃土」の明るさ

豊醇な田園描寫の魅力

佐藤俊子

文藝時評（6）

日本の農《のう》村生活《くわつ》を描《ゑが》いたものでは、自然《ぜん》主義《ぎ》文學《がく》の初期《しよ》に生れた長塚《つか》節氏の名作《さく》「土」一篇を讀《よ》んでゐるに過《す》ぎず、この「土」以後《いご》日本における農《のう》民文學《がく》がプロレタリア文學《がく》との繋《つな》がりの上でどんな形態《けいたい》を取つて進《すゝ》んで來たが、どんな傳統《でんとう》の道《みち》を歩いて來たか、またはどんな特殊《とくしゆ》な題材《だいざい》が農《のう》村生活《くわつ》の上で扱はれて來たか、私はそれ等についての知識《ちしき》を何も持つてゐない。「沃《よく》土」を讀《よ》んでもこの段階《だんかい》からの見解《けんかい》に基《もと》づいて考《かんが》へるといふやうなことは出來ないのだが、この「沃《よく》土」からは「土」とは全《まつた》く反對《たい》な明るい色調《てう》が感《かん》じられる。

「沃《よく》土」は自作農者《じさくのうしや》が、三反或は五反といふ僅《わづ》な田地《ち》に所謂「田餓《が》鬼」の如くに執着《しふちやく》する生活《くわつ》を取材《しゆざい》としてゐる。そして農《のう》民社會《しやくわい》の家《か》族制度《ぞくせいど》の重壓《ちうあつ》、人間を因循姑息《いんじゆんこそく》に打沈《しづ》める特殊《とくしゆ》な農地《のうち》の封建性《はうけんせい》、農《のう》民に取つて唯《ゐ》一の經濟基礎《けいざいきそ》である田地《か》にしがみつき、これを殖やさうとする慾念《よくねん》のためには、人非人な行爲《ゐ》を行つて顧《かへり》みない農《のう》民の無智《ち》、迷信《めいしん》、我利《り》我執《しつ》が最もリアリスチックに、作者《さくしや》の豊醇《ほう》な魅惑的《みわくてき》な優れた描寫《びやうしや》で、物語の發展《はつてん》と共に生き〳〵と寫《うつ》し出されてゐるのであるが、かうした農《のう》民の運命的《うんめいてき》な貧苦《ひんく》の殼《から》を背《せ》負つて生きる姿は「沃《よく》土」の上では全體的《ぜんたいてき》に貧苦の姿として留められ貧苦《ひんく》に虐げられる人間苦として示唆《しさ》されてゐない。

例へば「土」の主人公は小作人ではあるが、一人の農民の苦しむ姿が人間苦を帶びて讀者の眼をその一點に凝らさせる。それは貧苦に虐げられるものゝ姿であるが、「沃土」では農民といふ一般性の上で、また同じ貧苦の約束の下にありながら、貧苦に虐げられる姿としては映つて來ないのである。この作者の藝術境がこゝにあることが考へられる。

作《さく》に即いていへば、五反の田地を繼ぐ跡《あと》取りができないために、兵太の家では一家を擧げて子供を欲しがる。全《ぜん》篇の物語はこれが中心となつて展《てん》開《かい》されるのであるが、結局《けつきよく》健《けん》康《かう》を回《くわい》復《ふく》して妻《つま》の銀が、彼女の運《うん》命《めい》の上に落ちて來た偶《ぐう》然《ぜん》な幸《かう》福《ふく》から、第《だい》二の若い夫との愛《あい》の結ばれによつて後顧が設《まう》けられる。

作《さく》者《しや》はこの美《よ》い實を、貧《ひん》苦《く》に耐《た》へる善《ぜん》良《りやう》な農《のう》民への祝《しゆく》福《ふく》されたる授《さづ》けものとして贈《おく》つてゐるのであるが、この美《よ》い實が更《さら》に生むものは依《い》然《ぜん》として「田餓《が》鬼《き》」の後繼者に過《す》ぎないものであり、問題はその點《てん》にも、或はその先きにもあるといふところにまで、即《すなは》ちかゝる問題提《てい》示へまでその作《さく》全《ぜん》體を運《はこ》ばせないところに作《さく》者《しや》の藝術的理論があり、そして同《どう》時《じ》に作《さく》者《しや》の農《のう》民觀《くわん》ではなく、古い日本固《こ》有の農《のう》民社《しや》會《くわい》に對する道德觀《だうとくくわん》、新しい道德《だうとく》道《だう》德《とく》への是《ぜ》認《にん》が看《かん》取《しゆ》される。

作《さく》者《しや》の描《べう》寫《しや》の筆《ふで》には素《す》晴《ば》らしいものがある。思はず感《かん》嘆《たん》の漏《も》れるやうな箇所《しよ》がたくさんにあつた。

だが私はこの一篇の印《いん》象《せう》からは一つの農《のう》村生活《くわつ》を感《かん》じないで、明るいあるがまゝの田《でん》園《えん》風《ふう》景《けい》を感《かん》じるのである。これは作《さく》者《しや》の盛る《もる》やうな情《じやう》緒《しよ》、感《かん》情《じやう》の沈《ちん》潛《せん》、技《ぎ》巧《かう》の洗《せん》錬《れん》、精《せい》緻な描《べう》寫《しや》、複《ふく》雜《ざつ》な色彩《さい》で完《くわん》成《せい》されたリアルな優れた大幅《はば》の田《でん》園《えん》風《ふう》景《けい》である。そして個々の生活《くわつ》の中で交《かう》錯《さく》し合ふ農《のう》民の貧《ひん》苦の姿は、この田《でん》園《えん》風《ふう》景《けい》を完《くわん》成《せい》するための大切《せつ》な點《てん》描《べう》として、作《さく》者《しや》から丹《たん》念《ねん》に扱《あつか》はれてゐるといふことが感《かん》じられる。（完）

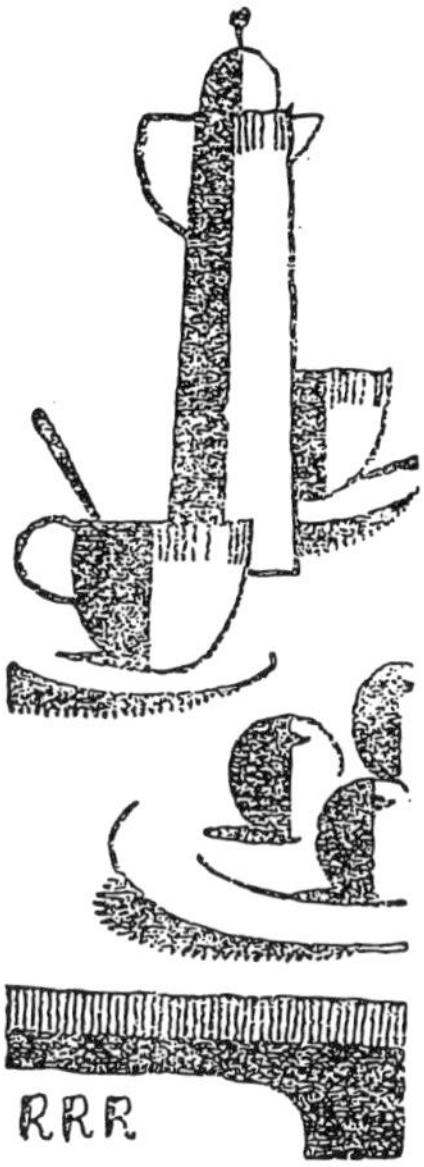

二日間

佐藤俊子

いつの間にか暗い雲がいつぱいに流れてゐる。雲の薄れた間々に、澱んだ灰色の光りを含んだ空の色があり、ところどころ雲を薄絹のやうに被た青さが、刷毛目の先きのやうにかすれてゐる。何と云ふ重苦しい空だらう。

六階の私の室の窓からは、立たない限り空だけが見える。私はよく自分の腰をかけてる場所から、斯うして空だけを眺める。白い浮雲の飛んでゐる空、眞つ青な空、波形の雲がこまかく縮れてゐる空、厚い雲の凝結してゐる空、青空と雲とが錯綜してゐる空、たつたひとつ鱗雲の漂つてゐる空、何所からか紅色の射してゐる白い空など、幅は一間の、上を三尺に仕切つた二つの硝子戸から、斯うしたさま〴〵な空が眺められる。

雪がまだあるのか、其れとも雨になるのか、風になる空ではない。雲は輕くて、その癖底深い空である。窓際に立つて行つて四方を見渡すと、三越の窓の內からもうちらほらと灯が見え、屋上の少し破れた日の丸の旗が高く風にはためいてゐる。稍々先きに白木屋の赤いネオンが光り出してゐるが、間を遮る高い煙突や小さい煙突から吐き出してゐる黑い煙り、白い煙りが荒々しく横に靡き、遠い眺望は靄に沈んで繪畫の構圖のやうなビルデイングの線を茫と浮かせてゐる。見下ろすと昭和通りの街燈の灯も輝きを失ひ、ひとつ〳〵暮れかゝる色の中にぽつねんとして居る。いつもなら織るやうに往來する自動車の數も何となく少ない。

こんな寂しい外景を、この窓から眺めるのは珍らしいことであつた。春を壓へる冬の底意地惡い氣流が感じられる。ぢつと眺めてゐると、旅愁に似た寂しさが湧いてくる。自分が何所に居るのか分らないやうな漠とした旅愁、もう旅に居る筈ではなかつたのに、何か依然として旅に居るものゝやうな私の潜んだこゝろが、ふつと全面にありありと浮んで來たとでも云ふやうな旅愁である。

　其の感情を味つてゐると何時かは又こゝを離れて行くやうな寂しさを含んでゐる。そんな運命が何所から來るのか、それは自分にも分らない。唯遠くへ漂ひ流れて行くものゝ、其の途中にあるやうな寂しさである。一人かけ離れた寂しさは何時も附いて廻つてゐた。だがこんな孤獨感は、疾うに豚に食べさせて了つた筈であつたし、これは獨りの寂しさではない。だが頼りどころのない寂しさである。

　然う云へば誰であつたか、日本のある作家が日本は旅愁を感じさせる國だと云つて居たことがある。何故かと云ふことが何う書いてあつたか、其れは記憶にないのだが、日本の風景が至るところ濃やかで、情緒的で、然かも其の情緒に變化があり、萬種の情趣があり、地方色が濃厚で、ひとつひとつ異る人情美があると云ふやうなわけからであつた。だが其の作家はもつと深い意味を擧げてゐたのであらう。

　旅愁の主觀の中には何か愛着的なものがある。寂しさの中核がそこにあるといはれる。離れて行くものゝ感情と云ふよりも、離れ難ないものゝ持つ感情に似てゐる。

　こんな寂しさなどに憑《つ》かれる筈の私ではないのに、これは何の加減か。陽氣の加減か。いやなことである。これは多分昨日からの、古つぽい感情の餘波で、センチメンタルな蟲が附いたのかとも思ふ。

　昨日は雪が降つた。

　私の友達は去年の春、茶室の新家屋を建てたが、頗る凝つた庭園家の意匠で、小さな可愛らしい茶庭が作られてゐる。友達はこの庭に降る雪を眺めたい願ひがあるのに、ちつとも雪が降らない。垣根の際の小笹や、蹲踏《つくばひ》や、松や石燈籠に、茶室を前にして降る雪は、さぞ靜な樂しいことであらうと思はれるのに、其の雪が願ひ通りに降つて呉れないのである。

昔はよく東京に雪が降つた。小供の頃には殊に雪が降つた。雪達磨は男の子の作るものに極つてゐたが、私達女の子は、けし炭で雪を釣る。糸の先きにけし炭の大きいのを結ひ付けて、ふか／＼とした雪の釣りつこをする。

こんな遊びなど思ひ出されるが、私は殊に雪降りの日が好きで、さん／＼降つた雪が解け初めると惜しくてならなかつたが、日本を離れてから長く住んだ加奈陀は北の國で冬期になると思ふ存分に雪が降る。塗り下駄の足駄の齒に雪が詰まり、半開きの朱蛇の目の雨傘を肩にして、足駄の齒に詰まつた雪を簪のあしでほぢると云ふ樣な日本情調は何所かへ飛んで了つたが、大雪の中を傘もさゝず、赤いレーンコートに然かもハイヒルの靴で颯爽と歩いて行く女の姿には見馴れた。ストーヴの燃える火を前に、窓から庭に降り積む雪に見惚れてゐる時間は中々に樂しいものがある。

日本へ歸つてから、ほんとうに東京には雪が降らない。二、二六事件の大雪の直後だつたし、其の後冬を越すこと今年で三度目だが、まるで雪を見ないのである。

「東京は雪がちつとも降らなくなつたの。」

と友達が云つてゐたが、その雪が漸つと昨日の朝、少しばかり雪降りらしい情景を見せてこまかに降つた。朝起きて見ると何所の家根にも雪が積り、雪はまだぱら／＼と降り續けてゐた。

「あの庭にも雪が積つたな。」

と思つたが、私が出掛けて行く頃には雪が小さな雨になり、茶庭に美しく積つた雪も空しく消えて、庭の隅に一と筋の白い隈を殘してゐるだけであつた。雪景色は何うだつた？　と聞くと、風邪氣で朝寝をした友達は、折角の風情を見ないうちに、雪はもう止んで了ひ、積つたらしい白いものも斑點になつてゐたと話す。

この友達は吉井さんの歌が好きで、

「さびしければ大德寺にも行きて見つ時ならぬ雪降るがまにまに」

こんな自筆の色紙を何所かで見付け出し、大切さうに買つてくると、早速薄い藤鼠色の、いかにも歌に似付かはしい品のいゝ表裝をさせて茶掛けにしてゐたが、この軸が樁の花を一輪挿しに挿した茶室の小間《こま》の床にかけてある。思ひ出して今日これを掛けて見たのだと云ふ。いつたいこの雪は何時じぶん降つた雪か知らと、軸を眺めながら考へてゐる友達に、春の雪にきまつてゐると云ひ、私も友達と並んでつく〴〵と「勇」と云ふ署名や、この人特徴の字體などを眺めてゐると、ふと昔懷しいあの頃の私たちを取卷いてゐた雰圍氣の匂ひとでも云ふやうな、昔馴染の情緒が其の歌から胸に泌みついてくるのである。

この歌が示してゐるやうな甘えた哀愁、春の淡雪に似た感傷が、私の氣分の中にもたくさんにあつた。吉井さんとは昔それほどの交際もなかつたが、五月の頃の京都や大阪の旅で連れになり、一力で藝妓たちとの雜魚寢も一所だつたし、島原の花魁のひきつけを見た時も、薄暗い座敷の隅で感心しながら見守つてゐたお仲間であつた。其れも二十何年の昔になる。

直接な生活面からの交渉と全く離れて、いつも春の淡雪のやうな感覺の中でお互ひの藝術が交流し合つてゐた、あんな世界が私たちの昔にあつた。純情であればある程、私たちの感性はます〳〵脆くなる。

櫻の花片にも似た稀薄な感性だけで、藝術の純粋さに憧れるのである。

藝術が遊びであつたと云ふことは不思議であつたが、其の遊びを何う美しく、何う純粋に、又洗練された官能美で表はさうかと云ふ、この苦心に絶對の藝術境があつたあの頃の憂鬱さが、いろ〳〵な思ひ出と一所に私のこゝろに蘇生つてくる。この歌は何時頃の作か知らないが、今の私に少しも嫌なものを與へない。歌のこゝろに盛られてゐる哀愁は、私の古い感情をそこへ伴つて行くやうな美しい誘ひさへ持つてゐる。

甘えた哀愁、あの頃の雰圍氣の匂ひが、矢張り私の何所からか拔け切らずにゐるのであらうか。歌を見てゐると、そんな事が考へられた。

人間は智識で頭を新らしくすることは出來ても、感情は新らしくすることが出來ないと云ふ、そんな法則は無視したいのだが、この頃の私はこの言葉に負かされさうな時がある。環境が全く異つて、そして其所で新に作られた生活感から、自分の感情は新らしくなつたと思ひ、又新らしくなつた筈であるものが、再び舊の環境へ戻つてくると、古い感情が現はれてくる。そして其の古さに慣れ初めるかも知れないのである。

甘えた哀愁など、これは豚に食べさせて了つたのだが、古い感情が影を射すと、そこから筋を曳いてくるいやな寂しさが殘るのである。京都の雪は綺麗だとか、金澤の雪は美しいとか、雪女郎の傳説など、そんな話を友達と靜にしてゐると、匂ひの附いた寂しさがいくらか緩和される。茶道の本を引き出して利久の最期などを讀み、利久の創造した茶の道は、結局時代の潮流に反抗した利久の思想の表はれであつたことが今更の如く考へられ、七十何才の高齢で秀吉の嫌忌から自刄した利久の辭世の詩や歌の溢れるやうな情熱や氣魄に觸れてゐると、少しは胸が開いてくる。

　雪のことを書いた本はないかと、頻りに書棚を探してゐた友達が、ふと手に觸れた一冊をその時私に見せた。藍色のクロースに銀を半ば摺つた表紙が極めて趣味的で、同じ銀で草の模樣が藍色の地に摺り出してある。これはこの友達の親しい若い女友の弟で、二十才で自殺したと云ふ天才畫家の遺稿集なのである。

　思はず眼を見張るやうな優れた技術を備へた畫が、畫家の鋭い感覺を殆んど其のまゝに、畫を見る私に迫つてくる。印象派らしい初期の作品は、色刷りの寫眞であるから、直接畫面に接しるのとは大分感じかたが違ふであらうけれども、極めて淋しいムードの漂つた畫であつたが、後になるほど、畫に現はれる自己表現が益々强く、畫によると、何時までも見てゐられない樣な、こちらの神經が疲れるかとも思はれる程の强烈なのがある。製作法は極めて傳統的で、作者のイメーヂから感じられるやうな幻覺的なものではない。だが何うして自然の眞を摑まうかとした畫家の死の苦しみが線に現はれ、構圖に現はれ、其れが一種の壓力となつて畫面に漲つてゐる。

「これは素晴らしいものね。」

　私が感嘆すると、

「この人は大久保さん（作次郎氏）が好きで好きで堪らなかつたのよ。其れで姉さんが大久保さんのお宅へ置いて頂くやうにしたらね、半年ほどして、僕大久保さんの家に居るのは嫌だと云ひ出したんですつて。其れで何う云ふ譯かと聞いたら、先生とは一所にゐられない程先生が好きなんですつて。其れで先生のお宅の前を借りて其所に住はしたの。其所で自殺したんだけれど。」

畫家の殘した詩や散文や感想が收錄してある、其所を讀むと死の歡びがいつぱいである。

少壯な畫家の人生觀はまだ幼稚だが、人生の寂しさ、其の寂しさに堪へられないで懊惱してゐる詩や、結局は死の一路へ行く外に道のない苦悶の感想は、畢竟は『いゝ畫を描きたい』だけの、眞劍な慘憺な苦しみに苦しみ拔く、其の極度の絕望で、今日に極端な美への憧憬なのである。非常に尊く、又可憐にも感じられる若い魂が私を惹き付ける。畫家の師事した人の註釋に不思議だと思はれる程自畫像を殘してゐるとあるやうに、自畫像がたくさんにある。愛らしい輪郭の整つた顏をしてゐるこの自畫像が、全く餘りに多く殘されてゐるのが一種の薄氣味惡さを與へる程である。この天才畫家は、美の對象を死に求めたと云ふよりも、愛の對象を死に求めたのであつたかも知れない。

こんな半日を昨日は友達のところで送つた。

寂しい味が私の中から取り切れないでゐる今日は、エーさんとの約束で品川の乾電池工場へ行き、其所で又、こまかな手先きの仕事に脊を丸く屈めて働いてゐる女工たちを觀た。

何處の工場――產業の種別を問はずに――でも見受けるやうに、乾電池の工場でも女工は手先きの仕事を爲てゐる。電池一個を仕上げるまでの作業の部分には、機械に代る女工の柔らかな指先きで、順々に構造されて行く。プラスとマイナスの二つの板が機械で鑄られたあとは、完成するまでの殆んど大部分は、女工の手先きが構造するのである。

機械文明の最高にあるアメリカでは、人間の指一本の働きをも代用する精密な機械が、次ぎ〳〵と發明されて行くが、日本では、この精密な機械よりも精密に、女工の指先きの神經が働き、そして其の爲には絕對的な必要具とされる。

私は昨年信州で女工が繭から糸を取る作業を見て、これが何うして長時間も人間の手先で續けられるかと思ひ驚嘆したが、乾電池の作業は其れと比較すればまだ粗いと云へるかも知れないが、仕事のこまかさの程度も、神經を使ふ程度も其れを長時間も續ける限り、極度に健康を傷つける結果において大差はない。

平和産業は閑散なので、紡績や玩具の工場はひまだが、軍需品の工場は何所も多忙で、應募女工が缺乏するほど引つ張り凧だと云ふ。乾電池工場も軍需品に供用する關係から非常に多忙で、ここは大工場ではないが、就働者の六割が女工、そしてこの女工たちが事變の起つた當時は、男工と一所に九時までの夜業をつゞけた。

熟練工の中には年長の婦人も居るが、新らしく應募される女工は高等小學を卒業したばかりの十六七才の、まだ少女たちである。

髮を兩側に結んで下げたこの娘たちが、一と月三十何圓の賃銀の下に、ありたけの神經を使つて手先の仕事に從事してゐる。何所の工場も例へば戰地へ送る靴の工場でも女工の數が男工よりも多く、防毒マスクを製造する或る電機會社などでは、八千人の就働者の内六千人は女工だと云ふ話などを聞く。

銃後の産業の最前線にあるものがこの女工たちで、しかも其の指先きが日本軍需品の大半を生産するのである。これは全く奇蹟に似た驚きである。しかも尙彼女たちは、未來の勇士を生む義務を荷つてゐるのである。

戰地で一身を捧げた將士の尊い靈にぬかづく次ぎには、斯うした女工たちに頭を下げなければ濟まない樣な氣がする。だがこの女工たちを、いつたい誰れが護るのだらうか。

一生懸命に働いてゐる女工たちの姿を見て、私はさまざまな事を考へる。この頃の女工とは見えないきちんとした服裝で通つてくる。そして成る丈立派な構への工場を選んで通勤したがる。と云ふ人事課の主任の話は、私のこゝろを動かす。これは無智とは笑へないやうな、いぢらしい虛榮である。

エーさんと工場を出てからも、女工たちの指先の神經が私に重く壓しかぶさるのである。手の勞働の價値が、何うして其れ程にも安く見積られてゐるのか。高價な機械に代る其れ等の産業に絕對必要な柔らかな手が。

私は歸つてからも、そんな事を考へてゐた。町の夕暮れに感じた旅愁は、この現實への思ひ疲れにも係はつてゐたかも知れない。

學生に贈る書

佐藤俊子

與へられた題目は「學生に與ふる書」と云ふのであるが私は教育者でもないし、一定の識見を備へて社會を觀ることの出來る社會評論家でもないし、倫理學者でもないからこの題の內容に適當した、少くとも學生に對して其の生活上に何等か適確な指導を與へると云ふ樣なことは不可能である。唯、私の許へ時々二三の男學生が遊びに來て種々雜談をすることがあるが、これも其れと同じ樣に、學生たちと一所に學生たちの生活を中心として試みる雜談的なものだと思つて頂きたい。

一昨年長い外國生活から日本へ歸つて來た當時、私は夜の銀座で幾組もの學生たちが肩と肩を組み合ひ、酒に醉つ拂つて步いてゐるのを見かけた。歐洲は知らないが米國や加奈陀では學生が街頭を醉つ拂つて步いてゐる姿を、つひに一度も見たことの無かつた私は、其の異樣に驚いたが、又或る日新橋附近の麻雀俱樂部へ行つて見ると、其所は學生ばかりの客であつた。

無論、これが學生の全般だとは思はなかつたが、一部には斯う云ふ學生たちもゐることを知つたのであつたが其の後學生新聞の執筆とか座談會の要件で私の許を訪れる諸大學生たちや專門校生の、時折の談話を通じて一層知つたことは、一體に年長學生の間に釀されてゐる雰圍氣は頹廢的、虛無的で、精神的には極めて弛緩し、所謂遠大な目的も持たず、從つて世界觀もなく、又自己の求める確とした人生觀を持たうともせず、學校の勉强以外には讀書する興味もなく、其の學校勉强も講義のノートの書取は、他の者のを借りて書取れば、其れで試驗に間に合ふ。（學生の說明によると、敎授の講義が一定してゐて、敎授其の人の特殊な學問的な新見地など加へられてゐないので、ノートは一とつあれば心配は要らないのである。）然う云ふ退屈な聽講の時間は、喫茶や麻雀や映畫を樂しむ時間へ廻しておくと云ふ樣な、イージイ・ゴーイングな生活狀態だと云ふことであつた。現代の學生が何うして斯樣な絕望的な不健全な狀態にあるのかと尋ねると、

「勉强しても仕方がないと云ふ不安に始終脅かされる結果は頹廢的か虛無的にならざるを得ないのです。なまじつか人生觀を持つものは、この何方へも走れないで、そしてなまじつか人生觀を持つ爲に一層懷疑的になつて苦しむばかりです。苦しいからデカダンスへ走り、ニヒリスチックに落ち込んで了ふのです。」

と或る學生が答へてゐた。勉强しても仕方がないと云ふ不安に脅かされる、とは非論理的な言葉だが、この非論理さを決定的なものに考へさせる不安は何所から來るのか。無論學校內の敎育方針の不定や不統一に關はることではあらうけれども、一方には學窓の外の時々刻々に變化する社會情勢の反映が齎らすものだとは私にも考へ得られることなのである。

或る學生は嘆くのである。自分たちが最高の知識として求めるものが、次ぎの瞬間には完全に失はれてゐる。自分たちが進むべき唯一の道だと信じる道は、何時の間にか塞がれてゐる。自分たちは何を求めていゝのか、何所へ進んだらいゝのか分らない。何故一旦自分たちの求めた知識が次ぎの瞬間に失はれるやうになつたのかと云ふに就ての、明確な理論さへも自分たちには與へられない。自分たちは時代に向つて知性の擁護を聲限り叫ばう

とするけれども、何時の間にか其の知性の內面が支離滅裂となつてゐる。この支離滅裂を何ら處理すべきかの力を自分たちは持つてゐないのであると。

○

現代の學生が無氣力で、イージイ・ゴーイングで、聰明なものは却つて頽廢的になり、神經の遲鈍なものは徒らに功利的で、就職口に最も便宜を與へてくれさうな長上や教授や學校の關係者に媚びると云ふ樣な、打算性ばかりを發揮する學生の、學生としての至純さを失つた、低い安價な彼等の特性を、唯學生の腐敗した風潮としてだけ受取らうとする點に誤りがあることは、今更私などが喋々としないでも解り切つたことであるが、其れが兎もすると學生だけを鞭ち、責める手となつて現はれる。

最近の不良學生檢擧も其の一とつであるが、其れは聽講をお留守にして喫茶店で遊んでゐる樣な一時的の學生の懲罰にはならうけれども、學生の間に何うして頽廢的な雰圍氣が醸出されるかの、その根本的な原因の究明が成されない限り、斯う云ふ方法は結果に於て唯學生の生活を自暴自棄にするか萎縮させるかの二つに留るだけである。これも私の許へ遊びに來る學生の話だが、ある大學生が朝飯を食べずに出たので明治製菓でパンを食べてゐた。其所を檢擧されたがこの學生は頗る品行方正で堅實な男だつたので、檢擧されてからの尋問にも一層侮辱を感じ、檢擧と云ふ事實に對して悲觀的になつてゐると云ふのである。

安部磯雄氏の評のやうに、男女共學の教育制度が設けられない限り、斯うした學生の不良的傾向を取締ることは無效だと云ふことは、確に一面の眞實性を突いてゐるし、私も同感だが、若い盛りの青年が異性を求めるのは單に性愛の目的ではなく、友人間の情味を異性に見出したい欲望からなので、歐米の大學生たちが學生々活の上での明朗性を持ち、そして快活なのは男女共學の性の健全さが大きな理由となつてゐる。話は一寸外れるけれども昨年の國際教育會議（名稱はうろ覺えだが）で男女共學の問題が論じられたが、アメリカの一代表が「何故日本は男女共學にしないのか」と質問し、日本の代表は其れは日本の風習であると答へると、「それでは日本の婦人は何所で勉强するのか」と反問したと云ふ笑ひ話がある。日本の男學生たちは全く異性から隔離されてゐる。この道徳的な緊縛の無興味から喫茶店に行つて女性に接するのであらう。そして斯う云ふ對象は結局男學生を性の放縱へ導くのである。

外國の學生々活——殊にアメリカは自治の精神と、集團的な明るさと、成長の潑剌さと、學生的な活動（其れは全然外界の支配や監視から獨立した）に滿ち〳〵てゐる。アメリカはスポーツが盛んであるから、このスポーツ精神が充溢し、一層彼等の健康美を發揮してゐる。青春の伸びる芽を枯らさないやうに、生命に無理な手を觸れないやうに、自由な發達と學生々活の悦びと愉快さをあらゆる學生的な條件の上で許されてゐるのである。其の代り彼等は一面常識的で、世俗的である。この世俗は廣汎な知識と種々な思想と、高級な趣味と、洗練された感情とが程度よく融合されてゐるやうな、極めて文明的な世俗である。

○

私はアメリカの學生々活を日本の學生々活と比較して爭つてゐる譯ではない。唯アメリカの學生々活が明朗であることを、自分の見聞した限りで述べたまでなのだが、日本の現代學生はいろ〳〵な意味で、受難時代だと思ふのである。

學生に影響する社會事情が何うであるとか、其の思想的傾向を導くものゝ手が何うであるとか、廣い意味で國家的見地からの最高學府の學問の統制であるとか、其のやうな問題を學生々活に結び着けてこゝで語ることを好まない。そして其の事情にも通じてゐないし、餘計なことを云ふことは差控へるわけだが、唯この時代に徵して日本の學生が極めて苦難な境遇に遭遇してゐることが感じられる。

大局から云へば、日本の現代學生層は、國家の知識的中軸として、この混沌とした現在の世界的情勢に對し、東洋の一隅から其の確とした方向を見定める責任を持つものであり、又この世界の混沌に一定の規律を定めようとする强力なものゝ、其のストラグルの中心で、遠い遠い將來まで或は‥‥を持ち、或は‥‥を持たぬ‥‥員としての運命を荷ふものだと云ふことが考へられる。

この認識を持つ時、學生たちは自身の上に差迫る何物かをはつきりと見極めることが出來るのであり、そして其所に大きな苦難があることが自づと省みられなければならない筈である。

學生たちはこの苦難を苦難として生活の上に受け入れそして自覺的に將來の生活設計を自己の上に築くことであり、同時に一とつの不動な生活原理が其所に求められなければならない。

この世界大勢の動きは、特に耳を聳てるまでもなく、私たちの內心に響いてくる。同時に多くの意味を直接的に私たちの生活の上に齎らしてくる。この響きに對して私たちの神經は益々鋭くされなければならないのだが、學生たちは右に云つたやうな深酷な運命を共々に負ふものだと云ふことが意識されるならば、一日でも安閑とした時間をむさぼつては居られない事になる。

學生の若い魂は、ストラグルを嫌つて安易に傾き、斯うした深酷な運命を暗示されることによつて、ますます虚無的に、或はイージイ・ゴーイングの安眠の中に逃げ込まうとするのであるかも知れないのだが、これは結局人間としての生きる道を失ふことであり、最高な生活の目標は、ついに貴方たちから見出だされないことになるであらう。

日本の學生はこのやうな運命を持つものであるかも知れない。凡ゆる條件の上で明朗な自由なアメリカの學生のやうな生活は決して望むとの出來ない學生的境遇に置かれてゐるのである。其れは貴方たちの外部の事情が其れを許さないのである。だが明朗であり自由であるとばかりが完全な人生面ではないこと、暗さを破る爲の堅實さも、深酷な運命の中に最大の希望を求めることも、其れ等の悲壯な苦鬪を經るところに、一面の人生があり、そして其所に最高な生活目標を見出だす上に明朗さがあるのである。

麻雀や喫茶店を鞭によつて貴方たちから取上げられる前に、そんなものは貴方たち自身が拋棄して了はなければならない。其れは極めて安價な侮辱である。文化の低下への先棒となることは恥辱ではないか。若しも低下しようとする文化ならば、貴方たちは必死に其れを支へなければならない。さう云ふ方法の時代的な考究も、貴方たちに與へられた大きな任務なのである。自己の內面的生活を豐富にすること、哲學も科學も、前に云つた一つの生活原理を築く養分であり、薄弱な學生の立場に力を作る基礎であり、そして若々しい情熱を外部へでなく內面に沈潜させる爲の大きな支持であることなどを考へて欲しいと思ふ。

女學生をも含める筈であつたが、右のやうな雜談を試みてゐる內に女學生を外れてしまつた。婦人に取つての最高學府である或る一大學の女學生たちは、最近極めて溫順で、云ひ代へれば無氣力で、これも男學生の傾向と同じやうに「遊ぶ」ことに趣味を持ち、そして外部的な生活に對しては全く無關心だと云ふ話を聞いた。この方面に就ては別な機會に讓ることにする。

【四月の劇團】【続】

ロッパの笑顔

有樂座の緑波一座

佐藤俊子

有樂座の狹い廊下は階下も二階も三階も贈花の櫻らんまんと咲き亂れ、文藝春秋の菊池寛氏から徳山璉や三村秀子へ、羽左衛門氏から市江裕也へそれ〴〵贈つた贈花が華々しく立てかけられて、贔屓の人波は押しつ揉まれつの大景氣である。

（緑）波一座四月興行のプログラムは一、甲とヒゲ（三場）二、喧嘩親爺（四場）三、子ゆゑの春（三景）四、ロッパの自叙傳（十一景）以上で、私はステープル・ファイバー會社重役供用のやうな喧嘩親爺から見た。緑波が出てくると、觀客は何か何もしないうちから笑つてゐる。可笑しくて笑ふのではなく、嬉しくて笑つてゐるといつた調子である。觀客は緑波が一と言何かいふと、前の若い男學生たちは座席の腕木を叩いたり、躍り上つたりして笑ひ轉げてゐる。

「子ゆゑの春」は子はかすがひの人情劇に取材したやうなものだが、臨三津子の子役が素晴らしくうまい。三村秀子の演技も堅實である。緑波の熊由がはつちやりしてゐて中々好い男つ振りである。

（後）方の席にゐた若い會社員のやうな男たちが、酒んだ聲を出して「ロッパ、いゝ格好だなあ」といつてゐた。幕が閉むと前方の席から出て來た中年の紳士たちがみんな眼を赤くしてゐる。この幕では觀客が緑波に泣かされたといふわけである

ロッパの自叙傳は、ロッパ自から脚色するところの日本式オペレッタで、さすがに圖に乘んだダンスやオペラ式の歌や音樂などが盛よく、舞台装置も念が入つてゐ

る。綠波がお乳を飲む赤ん坊や、五つ六つのエプロンを掛けた子供や　もう少し成長した子供などに扮して笑はせる。

（文）　戯作者の一と幕があり、戯作者山東の京傳、[illegible]の久米正雄は本物が出て来たのかと思つた。第七景の「[illegible]時代」中の一と幕で綠波が聲色を使つて聞かせる。

幸四郎、歌右衛門、羽左衛門、曾我廼家五郎など台詞はメニユーの讀み上げだが何れも巧く、井上正夫や島田正吾はアクチングまでやつての聲色だが、これも本物の通り、觀客は片唾を呑んで感心してゐる。

（綠）　波の喜劇は時代が生んだのだとよく人がいふ。初めて綠波を見た私は、綠波の人氣は喜劇的演技よりも、波の笑ひの技術が何よりも觀客を惹付けるのだらうと思つた。綠波の笑顔は非常に朗かで温かである。渾然とにじみ出てくるやうな笑ひそしてあの笑ひが滲み出てくるところに、波のヒユーマニスチツクなコメディアンたる資質が備へられてゐるのであらう。

（い）　ゝ喜劇は、それを見た翌朝になつて、觀客そのみながらふと思ひ出して思はず微笑するやうなものでなければいけないさうだが、殘念なことに、昨夜の喜劇にはさうした思ひ出は殘らなかつた。

女學生に贈る書

佐藤俊子

男學生におくる書に引續き、女學生に贈る書をも書かなければならぬ羽目になつた。前號の學生に贈る書の最後に「女學生をも含める筈であつたが――」と書いておいたのは、實は女學生を含める意思は私には無かつたので、體裁よく逃げた積りであつたのが、あの一句が言責となつて、こゝに再び「女學生に贈る書」を書かねばならぬ立場に自己を置くやうになつたことは、愚かなる極みであつた。

女性に對して物を云ふことは、私には苦手なのである。男性に對しては好い加減獨斷的に物の云へるやうな私も、女性に對しては自分が女だから如何程對象が年若い女性であつても、憖《たまじ》つかの同性的理解が觀察の上に複雜多樣な意味を投げ、其れが邪魔になつて、彼女たちに向つては云ひ度いことも迂濶には斷言できないと云ふ深慮を持つやうになる。殊に男學生諸君には多少近附きがあつても、女學生諸孃の生活は他を通して傳へ聞くだけだから、直接彼女たちの生活內容の片鱗にも觸れてゐるわけではないのである。

○

不良學生檢擧の搜査のラインに女學生が上つてこないのは、其れだけ女學生々活の文化程度が低く、單純であることを證してゐるのだと云つた人がある。この言葉は若い女性擁護の側に立つものには、一面の眞相を穿つと共に多少の意地悪るさを含んで響いてくるが、現代の男學生が人生觀を持たうとしても持ち得ない時代的な苦惱に對して、現在の一般女學生は人生觀の何たることをさへも知らずにゐると云ふ事は確な事實であらう。女學生に取つてはニヒリズムもデカダンスも、文字的解釋の必要さへない程、彼女たちの生活には關係がない。男學生が自暴自棄的にイージイ・ゴーイングを求める場合、女學生の生活は生活其れ自體が既にイージイ・ゴーイングで、男學生が自己の懷疑や不滿から喫茶ガールや麻雀に感激する場合、女學生は映畫に夢中になり、自分の好むレビューガールの寫眞でも机の上に飾つて、甘い樂しみを追つてゐれば、其れで學生々活萬事は異狀なく濟んで行く。

　男學生が女學生を評するところを聞くと、自分たちの話し相手としては餘りに知識が低過ぎ、そして頭腦は幼稚で、生活觀は皆無で、他愛が無さすぎると云ふ。これは學校の教育程度が、男學生よりも低下されてゐる理由にもよるので致し方もないが、殊に其の周圍から生活批判を一切閉ざされた今日では、漠然ながらも輿論として周圍から受け入れる思想上の刺戟の暗示さへもない。男學生であつたら、今までの啓發された自身の知識によつて、更に學問上での研究的な方法を取り得ることが可能であつても、知識の低い女學生には然うした自己啓發を求める手段さへもないのである。兎も角も女學生の學校教育程度は男學生との間に差別があり、斯うした教育制度のもとに、女性の智能を一層高く導かれる機會を遂に持つことの出來ない日本の女學生は不幸である。同じ年齡の男女學生が對等的に、生活、社會、或は學問の問題を堂々と論じ合ふ諸外國の女學生たちと比較して、彼女たちが低級な學生的境遇によつて、智能の低さを運命づけられてゐること、そして其れ以上の進歩を學校教育から與へられないことは、私たち一般の婦人の立場から考へても悲しむべきことなのである。獨逸の治制は婦人が家庭に復ることを常に促してゐるやうだが、獨逸の婦人は男女共學の制度のもとに、男性と同等の教育によつて磨かれた智能を有してゐるのだから、其の夫婦同等の智能の標準の上に家庭主義が築かれる限り、彼女たちの人生はこの點で遥に日本の女性よりも豊富である。

○

さて私は、日本の女學生を一つのお孃さん階級と見る。專門校の女學生は必然に生活の目的を持ち、職業人としての將來を目指して一歩進んでゐるのであるから、彼女たちには自づから一個の獨立した生活觀念があり、境遇に甘やかされてばかりは居ないであらうが、普通一般の女學校生は年齒も若く、家庭の富裕、地位、名望を向はず、生活の上では所謂苦勞を知らぬお孃さん階級であらう。

ところが、お孃さん階級の現代女學生たちは、往時の女學生とは比較にならぬ程度に、日常の思考が實際的になつてゐる。これは近代社會の多種多樣な生活の複雜さが彼女たちの眼を實際に向つて開かせ、新聞以外にラヂオや映畫を通じて樣々な世相を知るからでもあらうが、嘗て三原山に死のローマンスを求めた時代の女學生たちや、或は其れ以前の僅に押花《おしばな》に幽かなローマンスを匂はせ、これをはあとの底の方に犇と抱緊めてゐると云つたやうな、淡紅色の夢の中に花と生きてゐた空想的な女學生時代は、現代の女學生に取つては一笑に價するぐらゐのもので、もつと現實的に大膽な感情線の太々しさを持つてゐることが想像される。

最近ある新聞に高等工藝の宮下教授の女學生の好む形について調査した結果が發表されてゐたが、これに由ると裝身具や服飾に用ひるもの、例へばピンとか、ハンドバッグの金具とか、ブローチ、バックルなど、すべて角張つた形を若い女性が好むやうになつてゐる。この形を幾何學的形態と稱してゐるが、これへの壓倒的な熱愛が女學生によつて示され、花を摸《も》した形とか、今まで女學生間に人氣を持してゐたハート形など、最早や興味を惹かなくなつてゐる。斯うした嗜好は現在の若い女性のがつちりした傾向を表現してゐるもので、そしてこの傾向は、歐洲大戰直後のドイツの婦人の好みに似た點があり

「イライラした世相が若い女性の好みを支配してゐることを見逃しがたい。」と云ふ觀察を教授は下してゐるが、無論これは彼女たちの新らしい生活感覺の一端を示してゐるに過ぎないもので、これを直ちに智的意志を外部に表示したものとして受取ることは忽卒にすぎる。だが前に云つたやうな薄弱な淡紅色の夢は一應吹飛ばして了つた非感傷性が、この嗜好の上に現はれてゐる。同時に氣分的な男性化がこれ等の好みを通して差覗くことが出來る。

今日の女學性の間には「エス」が流行すると云ふことを能く耳にする。これは同性愛のことなのだが（「エス」とはスヰートハートのエスか、シスターのエスか知らないが、同性愛のこの標語が示す卑俗さは、其のまゝ女學生としての生活氣分の一面が、常に低劣な感情によつて動いてゐることを語つてゐる。）男性的で頭の好い上級女學生への崇拜、殊にスポーツに秀でた女學生への憧憬が極端になり、戀愛感情は結局凄じいまでに高潮すると云ふことだが、彼女たちの男性化への興味の中心はこゝにあるので、女學生間のグループ、グループでの感化もあるだらうが、最近はレビューガールへの熱中とか、ターキー時代は少しく流行遲れで、現在は自分自身のターキー的男性化へと進んで來てゐると云ふ話も聞いた。

この男性化の傾向は一方スポーツの影響にもよるであらう。スポーツの活潑な運動が精神的な面への影響へは行かずに、若い女性の鋭敏な感覺的な面へと、形の上での一種のスタイル化を齎らしてくるとも云へよう。殊に運動競技以外に、弓とか薙刀とかの武術の教練が盛んになり、女學校によると體操科の時間に、射撃の練習に師團へ出向いて行く女學生もあるのであるから、斯う云ふ上からも其の性情が益々男性的になる可能性は十分に見られる。日本の女性は女らしくあれと云ふ教育宣傳が頻りに行はれてゐる時代に、全く逆に日本の女性が男らしくなつて行くことは皮肉な話である。

○

無論この男性化は氣分的或は風俗的なもので、若い娘の柔軟な精神に、鐵石の强さが浸潤し、其れが行動の上に反映してくると云つたものではない。

上流の家庭に育つ女學生の中には、二重人格性の使ひ分の巧みなのがあつて、年長者を驚かせるさうである。例へば自分に取つては煙つたいやうな存在や、自分の生活に多少とも壓迫を加へてくる存在に對しては、實に淑《しと》やかな擧動と貴族的な作法で、お姫さまらしく振舞ふが一歩その前を退くと、忽ち其の言葉までが何々しようぜと云ふことになる。行儀と不行儀は掌の裏表の如きもので、がんどう返しのやうに直ぐに裏返る。長上を欺瞞することは怜悧な娘ほど上手い。反抗よりは欺瞞なのである。不良性を帶びた傾向を指摘しようとすれば、せいせいこの位のところであらう。

これも或る婦人の教育家から聞いた一例だが、女學生の映畫に溺れることは著しいもので、そして映畫俳優の美貌とか肢體とか、愛情的な行爲に常に魅惑されてゐる結果は、自分の周圍の實際の異性に對して關心を持たなくなる。不關心と云ふよりも、實際の上では異性の友人を持つことさへも許されないのが日本女性の常態なのだから、父とか兄とか以外には他人の異性に滅多に接することがない。異性として彼女たちに最も親近するものは映畫面でのスタアばかりである。ところで結婚談が持出されると、初めて對象の男性を注視することになるのだが、大抵の場合一瞥するや否や「あんな貧弱な男――」と、これが唯一の拒絶の理由になる。異性との交際に馴れない彼女たちは、內容的な異性間の友誼や精神的な交渉に無知である。だから突然自分の眼前に將來の良人として現はれる男性に對しては、其の外貌を映畫スタアのメーキアップした外貌と比較でもする外には方法がないのであらう。

女學生の若い魂は常に何所かで自由さを呼吸しようとする。自分たちの若い生命を他の意思で抑壓されたとすれば、どんな吐け口からでも其の生命を伸び〳〵させようとする。だが男學生とは違つて不良性を街頭に進出させるほど大膽ではない。然う云ふ二三の娘が見出だされたところで、一般女學生はまだ溫和しく、男學生の評する通り寔に他愛が無さすぎる程度である。せい〴〵同性愛や映畫の上に感情を遊ばせるのが關の山なのである。

現代の女學生は一面非常に活潑さを好む。これは前に云つた彼女たちの男性化がそれを示してゐるが、面白い話は嘗て女學校の校長會議で女學生の斷髪禁止を決議したさうだが、女學生の斷髪は流行を極め、大勢の赴くところは遂に校長會議の決議を自然消滅させたと云ふ。せめてスポーツに活潑な生活を樂しむ彼女達が、一層頭髪や服裝を簡易化させようとするのは當然なことである。

○

嘗ては女學生が理窟を知つた時代があつたであらうけれ共、現在の女學生四十萬は理窟のない時代に其の成長の過程を辿つて行くのである。スポーツによつて鍛へられた肉體はもつと發達し、そして健康體となり、學問的な知識は淺いが、實際的な知識を周圍から吸收する。斯う云ふ婦人として形作られる彼女たちの將來は、强ち暗さを示すものではない。

私があなた方に向つて云ひ度いことは、一層實際的な知識をあらゆる面から學び取り、其の才智を實際的な生活へと進展させ、婦人としての進むべき新らしい道を其所に自ら見出だすことであると思ふ。

映畫に夢中になるのも宜しいが、又角張つたバックルをお買ひになるのも宜しいが、そのバックルが何うして作られるか、帶止めの金具が何うして作られるか、其の材料、其れを製作するものゝ手について、あらゆる知識を磨くことは、やがて自働車や飛行機の構造がどんなものであるかの興味へまで、あなた方を進めて行くに違ひないのである。何時かは男性に代るあなたの手によつて樣々な機械を操縱しなければならぬ役目を、擔任させられるやうな時代が來ないとは斷言出來ない。そして多くの實際用の科學的知識を持つことは、今後の家庭主義の上に新らしい婦人の理智性を開く方便ともなり、一方には將來の獨立に備へる準備ともなる。こゝに形の男性化よりも頭腦の男性化を求めることとなのである。

日本は他から攝取した多くの外國文化の錯綜を、いま日本の文化として整理しようとしてゐる。この整理の任務の一端を負ふものは婦人であると云ふ自覺をあなた方は忘れてはならない。

惜春三題

景色を拾ふ

佐藤俊子

今年は櫻がだまつて咲いて了つたやうな氣がする。

ある夕方芝の方へ自動車を走らせてゐる途中、眞つ白に咲き滿ちてゐる櫻並木を見て

「あら、もう櫻が咲いてゐる。」

と吃驚した。濠傍の柳が芽を出した、と訪れてくる人々の便りは聞いたが、櫻の蕾が膨らんだと云ふ様な話は、誰れからも耳にしなかつた。

兎《と》ある住家の軒には、まだ紅梅が咲いてゐるやうなところも有るのに、市内は櫻のあるところ、通りすがれば何所の櫻も豐かに咲き盛つてゐる。

遊びに來た友達は、牛込見附の近所に住《ず》んで居る癖に、町の櫻が咲いてゐることに氣が付かないやうな呑氣さである。

「然う。もうそんなに咲いてゐるんぢや、直きに散るわね。今年は櫻も見ずじまひか。」

と云ふので、其れでは咲いてゐる内に見に行かうと、上野へ出掛けた。

外へ出ると、ひどく寒い風が吹いてゐるので氣に入らなかつたが、上野の山は、滿目これ花で、櫻樹と云ふ櫻樹悉く滿開の、花だけは春正にたけなはである。昔のやうに老樹がないので、若木の櫻は、一本だけ眺めると頼りない姿だが、歩みを移せば移す方へと、何《ど》の方向にも配置のよい櫻並木が縦横に爛熳と花を開いてゐるのが見渡せる。全く日本の春の豪奢は櫻花だけに見られる。

夕暮れの空の色は、直ぐにも消へて了ひそうな淡い〳〵水色である。この空の色の下に白雲の重疊するやうに咲いてゐる櫻は少しも華麗ではない。唯靜かな美しさを擴げてゐるのである。私はよく、

「日本の櫻ぐらゐ靜な花はない。」

と云ふと、みんなこれを否定する。

「嘘。櫻が靜だなんて、そんなことはない。」

と打消されるのである。其れは春の氣候に

浮れる人々が、丁度其の季節に咲誇る櫻へと浮れ心を集中させそして、櫻に春の華麗を象徴させるからのことで、櫻と云ふ花の本然の姿は靜かさ其のものだと云つても、誰れも賛成してくれない。

　櫻の周圍にざわつく人間を外にして、櫻だけを見てゐると、どんな遠くへまでゞも其の心《こゝろ》を引つぱつて行かれるやうな靜かさを含んでゐる。そして引つぱつて、引つぱつて行かれた先きは無限の中に消え込んで了ふやうな、そんな靜寂さを含んでゐる。

　日本を離れて、日本の櫻を思ひ返し、そして想像してゐた時は、もつと櫻は華麗だつたと思つた。多少造花の櫻のやうな赤い色が、印象の櫻の花を濃く色彩付けてゐたのかも知れない。

「櫻の花は、こんなに白《しろ》かつたのか知らん。」

　と久し振りに櫻を見て、思ひがけなかつた程であつた。不思議なことに、丁度外國人が日本のチエリー・ブラツサムの有名さを聞かされ、そして其の華麗さを強い色彩に馴れた外國人の頭で想像するのと同じやうなイメーヂを私も又日本の櫻に持つやうな慣はしになつてゐたのでもあう。

　もつとも、空の色が濃ければ、其の對象で花の姿は華麗にもなり濃艶にもなる。伊太利の空の色も、手を觸れたら染まるかと思ふほどの濃紫だそうだが、アメリカのカリホルニアの空の色もずいぶん濃い色をしてゐる。斯う云ふ空の下に咲く花は、淡色なら淡色なりに色つぽく濃色ならば、又云ひ難く華麗で、弱い神經だつたら色彩の濃厚に壓仆されて憂鬱になる。

　南カリホルニアにはヂヤラカンダと云ふ樹があつた。印度から移植された樹だと園藝通のアメリカ婦人から敎へられたが、三月頃になると紫《むらさき》の花が咲く。丁度櫻の木に似た恰好で、花も櫻の花のやうに一とつの莖に群がつて、然かも楚々《そゝ》として咲くのである。私はこの花をどんなにか愛したものだが、この紫の花が濃い空の色の下に咲いてゐる情景は非常にメランコリツクで、何か暗い情熱の色を感じさせたものである。

　淡い水色の空の下に眞つ白に咲いてゐる櫻とは、およそ反對な情調である。あの紫の花の木を、この櫻の木と交互に植へ並べて觀賞することが出來たら、どんなに美しからうと思つたりする。

　山を散策する人の影はまばらで、櫻を遠く近く眺めながら歩き廻つてゐると、塔の屋根の綠靑が舞臺の背景のやうにお誂へ向きに花の蔭に隱見してゐたり、櫻の枝の交叉する間《あひだ》から眞《ま》つ赤《か》な落陽の色の燃えてゐるのが見え其れが道を隔てた反對側《はんたいがは》の櫻並木へ薄紅を仄かに反射してゐる。一とつは日本畫的だし、一とつは油繪的で、景色は中々豐富である。

「景色も拾ふと、なか〳〵いゝのがあるものね。」

　烏《からす》がかあ〳〵と鳴きながら飛んで行く。日本橋のまんなかのアパートなどに住んでゐると、滅多に烏《からす》の聲をきくことがない。昔は私の家の老人などは烏の鳴聲で吉凶を占ひ、喜び烏だとか、泣き烏だとか云つて、嬉しつがたり不快がつたりしてゐたものである。今の烏《からす》は、唯かあかあと極めて平凡な鳴きかたで自分の巣へ急いで行くらしい。烏《からす》ぐらゐ凡俗な鳥《とり》もないが、又自身の凡俗を平氣《へいき》でしやしや張らしてゐる鳥《とり》もない。其れはあの鳴聲を聞けば解る。味《そ》も素《け》つ氣もなく、抑揚もなく洒落つ氣もなく、極めて非音樂的な呟《つぶや》きを殘して行くのである。其れが私には非常に親しみ深く、

「烏《からす》つて可笑しな鳥だ。」

　と飛んで行つた方を見送つてゐると、友達が云ひ出すのである。昔、二人で櫻の咲いて

ゐる時分に上野を通つた時、その時、一羽の烏《からす》が私の足許へ歩みよつて來たことがあつた――私は少しも記憶してゐないのだが、友達には中々鮮やかな印象らしく、其の時のことを話して聞かせる。

「其れで、何が私が云つた?」

人間の傍へ烏《からす》が歩いて來《く》るなんて、珍らしいとでも云つたのかも知れなかつたと云ふ。

この友達は遠い昔、二人が一所のときに出つ會した種々な出來ごとを印象的に覺えてゐて時々私を驚かせることがある。例へば二人で早稲田大學の短艇競爭に行つたとき、老齢の大隈さんを見た私が、

「大隈さんの顔が好きだ。」

と云つて、知りもしない人にわざ〳〵お辭儀をしに行くと、杖を突いて立つてゐた大隈さんが、にこ〳〵笑つてお辭儀をしたと云ふことなど。

然う云ふ自分はちつとも覺えてゐないので友達が好い加減な作り事を云ふのではないかと思つたりする。

上野の山のまんなかに小さい池ができてゐる。何の道から、然うした池へ出たのか迂つ濶りしてゐたが、大きな瓢簞池のやうな形で、池の中央に石が渡してある。こんな池が何日頃できたのか友達も知らない。男の子が二三人、硝子のコップのやうなものへ何かを掬つて入れてゐる。何を取つてゐるのかと聞きながら傍へ行くと、小さいお玉杓子である。私はのぞいて見て、

「それを飼つておくと蛙になるの?」

と聞いたが男の子たちは默つてゐる。

私は道の途中でも、遊んでゐる子供たちによく何かを話しかけることがあるが、日本の子供は大抵の場合お饒舌りをしない。これがアメリカの子供達だと、大人に話しかけられると大喜びで、聞きもしないことまで話すものである。知らない他人と話すことが恥しいのであらうか。子供の時から何か解放されてゐないものを感じさせる。こんな時、私はいつも、

「つまらないなあ。」

と思ふのである。

さて、これでも舊友と二人でお花見をしたことになつて、山をそろ〳〵と降りかけた。今までは上ばかり向いて歩いてゐたのだが、櫻がまばらになると、眼は自然と道を見ながら歩く。はげちよろの芝生に紙屑や蜜柑の皮や、共の汚いことに一驚して、これが公園の道であつたかとうんざりする。汚い方《はう》へ氣が付き初めると、目に付くところ何所も紙屑だらけである。

「これば公園ぢやない。」

四五年もフランスに居た友達も大いに慨嘆する。櫻の枝を折るなとか、櫻は國の花大いに愛護いたしませうとかの掲示が見出だされる限り、公園の道は奇麗にいたしませうに至るまでの、市民の自治教育は中々普及しがたいと見えると、私も一所に慨く。

山下は、もう街燈が明るく、空はまず〳〵黄昏れて、夕闇となる寸前である。

「これが、かはたれ時と申しますよ。」

「誰れか彼れかのかはたれ時――」

ホームのない二人は、何かを食べて行かなければならないので、安直で、おいしいものは無いかと、食べ物屋の方へ眼を向け初めた。

遮斷機

甘さを持つ感情偏重

山田清三郎「耳語懺悔」＝「文學界」六月

佐藤俊子

これも一つの轉向《てんかう》小説《せう》だが、獄《ごく》中における自己《じこ》の心境《きやう》を、一人物の「僕」が卒直《ちよく》に語《かた》つた告《こく》白體《たい》のものである。

獄《ごく》中での堪へ難《がた》い孤獨《こどく》と苦痛《くつう》、そして死の恐怖《きようふ》を、必死な自己《じこ》の生命《めい》力の把握《あく》によつて克服《こくふく》した嘗《かつ》ての非合法《はふ》運動《うんどう》者は、偶然的《ぐうぜんてき》に日支《し》事變《へん》の波を獄《ごく》中で耳《みゝ》にするやうになつてから、彼《かれ》の想像《さうぞう》する日本の國家的《こくかてき》前進力に照應《せうおう》して、自《じ》身の獄《ごく》中で緊張した逞しく生きんとする力が、次第々々に『日本の運命《めい》』と練り立てられて行く。云ひ代へれば、苦役《くえき》の間に自己《じこ》の生命《めい》力を把握《あく》した強《つよ》い生活《くわつ》意慾《いよく》が、國家的《てき》な一つの事件《けん》を契機《けいき》として、「我が國の生命《めい》」を護らうとする意欲《よく》へと轉移《てんい》して行く——或は嘗て一階級《かいきふ》者に向《むか》つて迸つた情勢《じやうせい》が、今は『日本の運命《うんめい》』に向《むか》つて、新たな情熱《じやうねつ》となつて迸しる——斯うした轉向《てんかう》の過程《くわてい》が多少センチメンタルな誤《あやま》つぽさで描かれてゐる。

彼《かれ》は出所《しよ》した當《たう》日外界《かい》の無氣力な雰圍氣に接《せつ》して絶望《ぜつばう》したり、又獄《ごく》中で深《ふか》く味はつた友愛《あい》が、却《かへ》つて友人と直接《ちよくせつ》接觸《せつしよく》した瞬間《しゆんかん》に全く反對《はんたい》を感《かん》じて憂鬱《いう》になるといふ樣に、終始《しゆうし》感情《かんじやう》の一徹《いつてつ》さが示《しめ》されており、作意《い》の純粹性《じゆんすいせい》は一應《おう》其處から汲まれるのであるが、だが何か讀《どく》者の胸《むね》には轉向《てんかう》者の告《こく》白として深刻《しんこく》にぴんと打《う》つてくる嚴《きび》しさがない。これは何故なのか。

作者の文學的才能の欠陥か、表現の物足りなさか、叙述の不十分からか、私はこれは轉向への正しき判斷が、余りにも感激な同時に甘さをもつ感情偏重へと傾き、其の程度の十分な精密さで思想的には披瀝されてゐない故であらうと考へる。

だから最《もつと》も主要《しゆえう》なポイントの階級的《かいきふてき》愛から國家的《こくかてき》愛への心理的《しんりてき》な推移《すゐい》が、唯《たゞ》自己《じこ》の運命《うんめい》を日本の運命《うんめい》へ結《むす》びつけやうとする意欲の熱情《ねつじやう》だけで暈かされてゐると云ふ物足りなさが印象《いんしやう》されるのであらう。

女性の社會時評座談會

石本靜枝
新妻伊都子
帆足みゆき
山室民子
佐藤俊子
望月百合子
市川房枝
金子しげり

◇日光節約と喀痰禁止

金子　今夜《こんや》は殆《ほとん》ど皆出席《かいしゆつせき》の好成《かうせい》績《せき》で感謝《かんしや》に堪《た》へません。さて何から願《ねが》ひませうか。一つこの頃《ごろ》矢継《やつ》ぎ早やに報道《はうだう》される革新政策《かくしんせいさく》批判《ひはん》からお始《はじ》め頂《いただ》きませうかしら。日光節約《せつやく》とか、半《はん》ドン廢止《はいし》とか。

新妻　日光節約運動《うんどう》はおチャンになるらしいですよ。英國《えいこく》と日本《にほん》では事情《じじやう》がちがふとかで。

望月　大體《だいたい》田舎は反對《はんたい》で東京《とうきやう》は賛成《さんせい》のやうね。

金子　皆《みな》さんはいかゞですか。

石本　私は賛成《さんせい》です。

望月　私も。

市川　私は反對《はんたい》だな。

帆足　私も反對《はんたい》でございます。時間《じかん》を變へずとも人《にん》間を變へればよろしいではございませんか。それに、働《はたら》いてゐる人たちは、今まででゞさへ過勞《くわらう》だのに、もつと過勞《くわらう》になるだらうと思はれます。

金子　汽車《きしや》の時間《じかん》が困《こま》るといふ人もありますね。

新妻　汽車《きしや》のダイアルは變へなくてもいゝんぢやないでせうか。しかし今までは八時《じ》に仕事《しごと》をしまつたものが七時《じ》にしまふといふ風になると、時間制《じかんせい》の仕事《しごと》は自然《しぜん》長《なが》く働《はたら》くことになつて困《こま》るかもしれませんね。

市川　アメリカでは汽車《きしや》は變へませんでしたね。アメリカは廣《ひろ》くて國内《こくない》だけでも時差《じさ》が三つもあるからやゝこしくてできなかつたんでせう。

新妻　日本《にほん》は時差《じさ》の心配《しんぱい》はないけど、日光節約《せつやく》で一體《いつたい》どれだけの効果《かうくわ》があるかゞ問題《もんだい》ね。

市川　日本《ほん》の社會《しやくわい》ぢや出勤時間《しゆつきんじかん》だけはキチンときめても退社時間《たいしやじかん》が勵行《れいかう》されないんだから、結局《けつきよく》長く働《はたら》かされることになつてどうかと思ふな。

新妻　商家《しやうか》は大抵《たいてい》十時頃《じごろ》までゝすが、朝《あさ》があるからまさか十一時《じ》までのばすつてこともないでせう

市川　夜《よる》の方《はう》はまあいゝでせうが、一般《ぱん》の會社《くわいしや》では五時《じ》にしまうのが、六時頃《じごろ》にならないともかぎらない。

金子　要《よう》するに役人《やくにん》がチョイとした思ひつきを發表《はつぺう》したにすぎないみたいですが、そんなことが他にも相當《たう》あるんぢやないですか。

石本　あるわね。

金子　喀痰禁止運動《うんどう》は成功《こう》でせうか。

望月　成功《こう》とは言へないでせう。まだやつてますもの。

金子　でもずいぶん減つたんぢやありません？

石本　私もこないだ齒醫者《はいしや》の歸《かへ》りに困《こま》つたけれど、矢張《やは》り氣《き》をつけますね。

金子　痰の始末《しまつ》についちや當局《たうきよく》の方針《はうしん》が一定《てい》してゐないんです。市《し》の衞生課長《えいせいかちやう》は痰壺《たんつぼ》があつては吐《は》き出す習慣《しふくわん》をやめさせることができないからと、痰壺廢止説《はいしせつ》ですが一方警視廳《けいしちやう》は痰壺設置《せつち》を奬勵《しやうれい》してゐるのです。

望月　西洋人《せいやうじん》はハンケチに取ります。それで支那《しな》の人は、道傍《みちばた》に吐《は》きすてるよりその方《はう》が却《かへ》て汚《きたな》いと言ひます。

新妻　紙《かみ》にとればいゝのです。

金子　外出《ぐわいしゆつ》の際《さい》には古新聞《ふるしんぶん》を持《も》つて出ろと書《か》いたビラをみましたつけ。

新妻　又新聞《しんぶん》の値《ね》があがる。

金子　愛婦《あいふ》の母子授産場《ぼしじゆさんぢやう》では紙《かみ》屑《くづ》の撰分をやつてゐるのですが、これからは痰の入つた紙《かみ》を開《あ》けさせられるわけだと主任《しゆにん》が言つてゐました。四谷の婦人會《ふじんくわい》では、痰は紙《かみ》に取つて持《も》ち歸《かへ》り、便所《べんじよ》に捨《す》てよ、ハンケチなら熱湯《ねつたう》で消毒《せうどく》せよと刷物をこさへて健康週間《けんかうしうかん》に各戸《かくこ》へ配《くば》りました。折角《せつかく》實施《じつし》してもそこ迄行《まで》き屆《とど》かないと何の役《やく》にも立たないですからね。

新妻　濡《ぬ》れ袋《ぶくろ》を持《も》つて歩くとよいかもしれない。（笑聲）

金子　空氣枕《くうきまくら》の廢物《はいぶつ》で作つたりしてね。（笑聲）

望月　健康《けんかう》な人は別《べつ》に痛痒《つうやう》を感《かん》じないでせうが、私など風邪を引くと困《こま》るわ。紙《かみ》で取りますけど、近頃《ちかごろ》は紙《かみ》もあまり使つちやわるいやうな氣《き》がするし、ハンカチはス・フで洗濯《せんたく》がきかないし。

金子　しかしとにかく喀痰禁《きん》止はよかつたと思ひますね。公徳心《こうとくしん》に訴《うつた》へるべきで法律《はふりつ》できめるのはいかんといふ反對《はんたい》もありますが。

望月　えゝ、法律《はふりつ》の方がいゝわ

山室　インドでは手洟をかんでゐたのですが、英國人《えいこくじん》が入つてからほとんどなくなつたさうです。

新妻　でもほんとに罰金《ばつきん》はとられるの？

金子　五十錢《せん》以上《いじやう》二圓《ゑん》の科料《くわれう》でせう。京都《きやうと》でもやつてゐる樣《やう》ですね。實《じつ》は私も此間《このあひだ》うつかりやつちやつてね、瞬間《しゆんかん》飛び上りましたよ（笑聲）

石本　だからいゝのよ、禁止《きんし》は。

望月　私は習慣《しふくわん》で吐《は》くつてことができない。

帆足　私は子供のために氣《き》をつけて居ります。

佐藤　（追加）アメリカぢや道路《だうろ》

のまん中なら吐いてもいゝことになつてゐます。そこは毎晩《まいばん》洗《あら》ひ流《なが》してゐますから。

新妻　立小便《せうべん》を立木にしようとしてゐたら、道路《だうろ》のまん中《なか》にやれ今撒水車《さんすゐしや》が來るからと言はれたといふ笑《わら》ひ話が日本《ほん》にもありますよ。

金子　四谷の婦人會《ふじんくわい》で此間《こなひだ》調べたところ、痰は街路樹《がいろじゆ》の根下《ねもと》に一番多《いちばんおほ》く、道路《だうろ》の左右では、日陰の側《がは》が汚い。糞便《ふんべん》と吐瀉物《としやぶつ》は二業地《げふち》に近いところ。郵便局《いうびんきよく》・警察《けいさつ》の周圍《しうゐ》が汚いといふ面白い結果でした。

望月　警察《けいさつ》の中《なか》には南京蟲もゐますよ。

◇役人の革新政策

金子　夏休《なつやす》みや半《はん》ドンの廢止《はいし》は如何ですか。

望月　夏《なつ》あんまりつめて働《はたら》くとどうか身體へ無理《むり》が來ます。

新妻　私は贊成《さんせい》です。工場《こうぢやう》の人には夏休《なつやす》みも半《はん》ドンも無いのですもの。

金子　學校《がくかう》の暑休は?

新妻　學校《がくかう》は不贊成《ふさんせい》です。だつて役人《やくにん》は四時までゝ、お醫者《いしや》なんか二時頃《ごろ》までぐうたらしてゐるんですもの。公園《こうゑん》の鐵棒《てつぼう》にぶら下つたりしてゐて。

望月　そんな働《はたら》き方なら休《やす》みなんか要らないわ。

金子　然《しか》し問題《もんだい》はさういふ働《はたら》き方をさせとく處《ところ》にあるのぢやないでせうか。

市川　それは日本の人口《じんこう》過剰《くわじよう》のせいさ。しかし役所《やくしよ》でも忙《いそが》しいとこは夜《よる》まで働《はたら》いてるのもあるから一概《いちがい》にはいへない。

金子　役所《やくしよ》の機構《きこう》といふものに何か根本的《こんぽんてき》な缺陷《けつかん》があるんぢやないですか。グウタラしなくちやならんやうにできてゐる……。

望月　あんまり働《はたら》いちや、けないんだつていひますね。

金子　よくさういひますね。

新妻　ぢやグウタラしてる方がいゝのね。

金子　第一《だいいち》、一般《いつぱん》の國民《こくみん》はそんな問題《もんだい》を大《たい》して何とも思つてゐないのぢやないでせうか。

望月　たゞフーンと思ふだけよ(笑聲)

金子　徒歩運動《とほうんどう》はどうでせう?

石本　靴《くつ》の底《そこ》取りかへるの、此頃《このごろ》とても高《たか》いんですよ。

望月　健康《けんかう》にいゝから私は贊成よ。

金子　徒歩で日光節約《せつやく》となれば朝《あさ》には星《ほし》を戴いて家を出でなけりや追つゝきませんね。

望月　お役人《やくにん》さんの考《かんが》へさうなことよ。でも私は郊外《かうぐわい》だからいゝけど、都會《とくわい》の中《なか》を歩くのはどうでせう。

新妻　コンクリートを歩くと疲《つか》れますね。

望月　リユウマチになるつていひますね――ゆうべ蘆花夫人《ふじん》と銀座《ぎんざ》を散歩《さんぽ》してたら夫人《ふじん》が、電氣《でんき》は儉約《けんやく》しなくてもいゝんですかつて

市川　どうも役人《やくにん》の一寸した思ひ付がすぐ宣傳《せんでん》される傾向《けいかう》があるから。

新妻　新聞《しんぶん》でもすぐネタにするから。

金子　學校《がくかう》の運動場《うんどうぢやう》の開放《かいはう》は如何です?

望月　あれはいゝですね。

金子　今まで我々も隨分《ずいぶん》希望《きばう》して來ましたが。

新妻　學校《がくかう》では開放《かいはう》すると誰《だれ》かついてゐなければならないし、物が失くなつたりするといけないといふので中々《なかなか》行はれなかつたのですね。

金子　管理上事勿れ主義《しゆぎ》でね。一體《いつたい》學校《がくかう》では集會《しふくわい》なんかあつても先生達《たち》は宿直室《しゆくちよくしつ》にはゐるが、のぞきにも來ません。集《あつ》まりには子供《こども》も來てゐて、そこでは實際《じつさい》の教育《けういく》を打こわす樣《やう》などんな非教育的《ひけういくてき》な事《こと》が行はれないともかぎらないのですが、心身の餘裕《よゆう》もないかしれませんが、どうも一般《いつぱん》に消極的《せうきよくてき》ですね。

望月　教育《けういく》とは授業時間《じゆげふじかん》だけだと思つてるのよ。私なぞ電車《でんしや》の中《なか》だらうと街《まち》だらうと、いつでも教育《けういく》したいと思つてゐるのに。尤も先生も役人《やくにん》の一種《しゆ》ですからね。

石本　役人々々つていふけど、出世の道《みち》もとまつてゐれば、働《はたら》いても認《みと》められないんぢや、グウタラするのは當り前《まへ》でせう。

金子　全《まつた》く。公園《こうゑん》で鐵棒《てつぼう》にブラ下つてるのには課長《くわちやう》なんぞゐませんよ。それに、一生懸命《けんめい》新しい計畫《けいくわく》を立てたりしても始終《しじゆう》部署《ぶしよ》が變る、何十年も同じところにゐる生字引組《いきじびきぐみ》は大抵《たいてい》駄目で、若い人は腰《こし》を据ゑて仕事なんか出來ないらしい。

石本　その方《はう》がいろんな節約《せつやく》より大きな國家《こくか》の損失《そんしつ》ですよ。

金子　人的資源《じんてきしげん》の問題《もんだい》ですね。次には婦人《ふじん》の帽子《ばうし》の問題《もんだい》を一つ。

◇洋裝婦人の帽子問題

望月　帽子《ぼうし》を脱《ぬ》ぐと髪《かみ》がボウボウになるから、始《はじ》めからかぶらない方《はう》がいゝでせう。でも夏《なつ》は日射病《につしやびやう》にかゝるわね。

金子　男は頬かぶり女は姉様かぶりの一體《いつたい》、文部省《もんぶしやう》の態度《たいど》は如何ですか。禮儀作法《れいぎさはふ》委員會《ゐゐんくわい》には女の委員《ゐゐん》が入つてゐるのでせうか。

市川　そりや誰《だれ》か婦人《ふじん》の督學官《とくがくくわん》でも入つてゐるでせうよ。

山室　日本家屋《にほんかをく》なら脱《ぬ》いでもいゝかもしれませんが、ホテルなんかでは困《こま》ります。

新妻　外國《ぐわいこく》では失禮《しつれい》なんでせう

望月　人前で帶《おび》をとくのと同《おな》じ無作法とされてゐます。

金子　大藏省《おほくらしやう》では開襟《かいきん》シャツを採用《さいよう》するさうですね。冬《ふゆ》までには厚生省《こうせいしやう》の國民服《こくみんふく》も出來るといふ噂《うはさ》でせう。

市川　あれは始《はじ》め、官吏服《くわんりふく》を作るつもりだつたのが、官民離間《くわんみんりかん》になるとの反對《はんたい》があつて、一般的のサラリーマン服《ふく》に模様《もやう》變へしたものだといふことですが、あまり賛成がないやうです。

石本　それ出來たら皆《みな》着なくちやいけないの？

市川　いゝえ。新しく作る時にはそれを作れといふ程度《ていど》ださうです。

新妻　ファアッシストの制服《せいふく》にならつたんですかね。

市川　思ひつきはそこでせう。

山室　帽子《ぼうし》の問題《もんだい》は、日本人《にほんじん》はまあいゝとしても外人《ぐわいじん》に適用《てきよう》するのは困《こま》りますね。父が、六十年前《ねんぜん》に警官《けいくわん》が外國婦人《ぐわいこくふじん》に脱帽《だつぼう》を強制《きやうせい》してゐるのを見《み》て何といふ野蠻《やばん》かと思つたことがあるが、又《また》六十年前《ねんまへ》に歸《かへ》るのかね、と申しました。

金子　議會《ぎくわい》ぢや婦人帽《ふじんぼう》は獲得《かくとく》したのですよ。婦人《ふじん》運動者《うんどうしや》がね。それで今は被つて入場《にふぢやう》して傍聽《ばうちやう》したらとることになつてゐます。

市川　二、三年前迄《ねんぜんまで》は取らされたのですが、被つてゐる方《はう》が禮儀《れいぎ》だといふ説明《せつめい》が通《とほ》つたのですよ。

金子　帽子位《ぼうしぐらゐ》は常識《じやうしき》にまかせてほしいですね。

山室　男の帽子《ぼうし》と違《ちが》つて脱《ぬ》いでおくと形が崩《くづ》されたりして困《こま》りますね。

金子　事變《じへん》の爲にヘヤネットも原料《げんれう》が支那《しな》から來なくて高《たか》いから困《こま》るさうです。とにかくこの調子《てうし》では次には何が出て來るか。

石本　洋服《やうふく》もいかん、斷髮《だんぱつ》もいかん。あれもいかん、これもいかんてね。

金子　學務部長會議《がくむぶちやうくわいぎ》なんてもつと大切《たいせつ》な相談もある筈《はず》ですわね。

◇結核豫防の問題

金子　岡山縣《をかやまけん》の新鬼熊事件《しんおにくまじけん》はいかゞでせう。結核患者《けつかくくわんじや》が肉身《にくしん》その他《た》を殺傷《さつしやう》した事件《じけん》は？

新妻　肺病《はいびやう》に對《たい》する世間の認識《にんしき》不足《ふそく》が禍《わざはひ》してゐると思ひます。田舎の人は肺病《はいびやう》といふと、とてもこはがつて、腸結核《ちやうけつかく》なら平氣です。

金子　今でも田舎では結核《けつかく》の家があると半町位《はんちやうぐらゐ》先から袖《そで》で口をかくして走《はし》つて通《とほ》りすぎるのださうです。

山室　療養所《れうやうじよ》を建てるにさへ反對運動《はんたいうんどう》が起りますもの。

金子　同《おな》じ傳染病《でんせんびやう》でも性病《せいびやう》の方《はう》は土地の繁榮策《はんえいさく》だと歡迎《くわんげい》するのにね。

山室　知識《ちしき》の差《さ》がひどいですね。これは小學校《せうがくかう》から敎育《けういく》するのが近道《ちかみち》でせう。

市川　犯人《はんにん》が獵銃《れふじう》だの日本刀《にほんたう》だのっていろいろ持つてたらしいけれどあんなに買へるんですかね。もつと取締《とりしま》つてゐるのかと思つた

新妻　獵銃《れふじう》は届《とどけ》が要りませうね

だが、やらうと思へば、何だつてやれますよ。自家にゃ菜切庖丁《なきりばうちやう》と出刃《でば》はありますよ。（笑聲）

石本　「お縋《すが》りございませんか」つて警官《けいくわん》が調《しら》べにくる事《こと》にしますかね。（笑聲）

山室　とにかく結核《けつかく》も都會《とくわい》ぢやよくなりましたね。早期《さうき》に治すやうになつて。

金子　今度《こんど》から帝大《ていだい》でもレントゲンで學生《がくせい》の健康《けんかう》檢査《けんさ》をやるさうですし、厚生省《こうせいしやう》でも六大都市《だいとし》の小學校《せうがくかう》でレントゲン檢査《けんさ》をやりたいと言つてゐますね。

山室　尤もそんなにやかましくすると秀才《しうさい》が學校《がくかう》に入れなくなりますね。

金子　別《べつ》に秀才院《しうさいゐん》でも作るんですね。

望月　ドングリと一緒《いつしよ》にされるより却《かへ》つていゝかもしれない。

金子　東京《とうきやう》だつて結核豫防委員《けつかくよばうゐゐん》に推薦《すいせん》されると自分が結核《けつかく》になるやうに思ふ婦人《ふじん》がゐますよ。——結核豫防《けつかくよばう》はかなり進歩《しんぽ》しましたが適當《てきたう》な敎育資料《けういくしれう》、たとへば映畫《えいぐわ》などのいゝものがないので困《こま》つてゐます。内務省《ないむしやう》で作つても變《へん》なラヴシーンが出てきて女學生《ぢよがくせい》がクックッ笑《わら》ふ。どつちに効果《かうくわ》があるか怪《あや》しいものです。

望月　戀愛《れんあい》なんか拔《ぬ》きにした科學的《くわがくてき》なものにすればいゝのに。

帆足　本當《ほんたう》にさう思ひます。

◇自廢妨害事件

金子　山室《やまむろ》さん、救世軍《きうせいぐん》の羽鳥《はとり》中佐《ちうさ》が娼妓《しやうぎ》の自廢《じはい》をさせに行つて樓主側《ろうしゆがは》に毆られた事件《じけん》を話して下さい。

山室　え丶。救世軍《きうせいぐん》では事件《じけん》を重視《じゆうし》して詳細《しやうさい》な調査《てうさ》をしましたが二人の女をつれて警察《けいさつ》の前《まへ》で自動《じどう》車《しや》を下りると、待《ま》ち伏せしてゐた楼主《ろうしゆ》側《がは》の數人《にん》の男がとびかゝつて來たのです。散々《さん/＼》格鬪《かくとう》の末《すゑ》、田中《たなか》光子《こ》といふ方はとう／＼連《つ》れ去られてしまひ、羽柴《はしば》さんは負傷《ふしやう》したのです。その光子《こ》は楼《ろう》に連《つ》れ歸《かへ》られて廢娼《はいしやう》を思ひ止り仕替《しがへ》するやう楼主《ろうしゆ》に説諭《せつゆ》されたので、その場《ば》は翻意《ほんい》したと見《み》せかけ、再《ふたゝ》び警察《けいさつ》に來て、斷然《だんぜん》自廢《じはい》を主張《しゆちやう》し目的《もくてき》を貫《つらぬ》きました。

金子　丁度《ちやうど》同じ日に亀戸《かめいど》では反對《はんたい》の例《れい》がありましたね。三人《にん》の娼妓《しやうぎ》が埼玉縣《さいたまけん》から脱《ぬ》けだして女給《ぢよきふ》になつてゐたのを楼主《ろうしゆ》にみつけ出され、二人は自殺《じさつ》を企《くはだ》て、一人は亀戸署《かめいどしよ》に驅《か》けこんだところ、署長《しよちやう》から楼主《ろうしゆ》に説諭《せつゆ》して、三人《にん》の前借合計《ぜんしやくがふけい》千三百圓《ゑん》を棒引《ぼうびき》にさせたといふのです。

山室　警察官《けいさつくわん》によつてとても扱《あつか》ひがちがふのです。

市川　楼主側《ろうしゆがは》は傷害罪《しやうがいざい》で訴《うつた》へられないものでせうか。

山室　さあ。

市川　楼主《ろうしゆ》は政治的《せいぢてき》には大抵《たいてい》有力者《いうりよくしや》で、署長《しよちやう》の地位《ちゐ》もその人たちに左右《さいう》され易い。

金子　警官《けいくわん》と言へば事變《じへん》で東京《とうきやう》だけでも七百人《にん》も減つてゐるさうですが、この機會《きくわい》に女を採用《さいよう》しませんかね。

石本　金子《こ》さんおなりになるといゝわ。

金子　私あなたを推薦《すいせん》します。背丈《せたけ》が高くて美人《びじん》で、相手がみとれてゐる間につかまへる。

新妻　あべこべに引つぱられるわ（笑聲）

金子　今度《こんど》警視廳《けいしちやう》で家庭《かてい》悲劇《ひげき》の調停《てうてい》に乘《の》り出すさうですが、警察《けいさつ》の人事《じんじ》相談《さうだん》は中々《なか/＼》繁昌《はんじやう》してゐるやうですね。

新妻　戰死者《せんししや》の遺族《いぞく》の相談《さうだん》が多《おほ》いさうですね。

金子　しかし人事《じんじ》相談《さうだん》は男の警官《けいくわん》だけではいけませんね。尤《もつと》も以前《いぜん》中野署《なかのしよ》で窓口《まどぐち》に女を置《お》いたことがあるんですが、じき署内《しよない》の警官《けいくわん》と戀愛《れんあい》事件《じけん》が起り辭めてしまつたので、あとはもうおかない事《こと》になつたさうですから、婦人《ふじん》警官《けいくわん》はその問題《もんだい》で中々《なか/＼》行はれ難いのかもしれません。

石本　あら結構《けつこう》ぢやありませんか。

望月　石本《もと》さんを署長《しよちやう》に推薦《すいせん》します。

新妻　朝日《あさひ》新聞《しんぶん》では杉山《すぎやま》平助《へいすけ》氏《し》に女性《ぢよせい》相談《さうだん》をやらせ始《はじ》めましたね

金子　新聞《しんぶん》の女性《ぢよせい》相談《さうだん》もだんだん男に移《うつ》つて行くのですかね。

望月　やつぱり昔《むかし》に歸《かへ》るんでせう。

（佐藤氏この時出席）

石本　あれは人によりけりぢやないの。あながち男ぢやいけないつてこともないでせう。

金子　同感《どうかん》。だが結果《けつくわ》において男が女に代つてゆくその原因《げんいん》は？

佐藤　それは女の生活《せいくわつ》がせまいからよ。

望月　杉山《すぎやま》さんの評判《ひやうばん》は山田《やまだ》さんよりいゝでせうか。

市川　いゝ悪《わる》いよりはジャーナリズムの要求《えうきう》に合ふか合はないかでせう。

佐藤　野上《のがみ》さんの解答《かいたふ》には世間知《し》らずといふ所があつた、とても一生懸命《けんめい》にかいてゐられるが、デリケートも神經質《しんけいしつ》ぢやあね。

金子　何といつても紙上《しじやう》では讀物《よみもの》ですからね。

新妻　名の賣れてる人なら誰《たれ》でもいゝんですよ。或る新聞《しんぶん》では森田《もりた》女史《ぢよし》にさせたいと聞《き》きましたが、そこへ行くと都《みやこ》は昔《むかし》から女の人が匿名《とくめい》で書《か》いてゐますが、實《じつ》に親切《しんせつ》です。日々の菊池《きくち》さんも名だけですね。

金子　讀賣《よみうり》の河崎《かはさき》なつさんもやめたし、身上相談《さうだん》時代《じだい》はもうすぎましたかね。買物《かひもの》の相談《さうだん》にあづかつて痛感《つうかん》する事《こと》は手紙《てがみ》と本人《ほんにん》ぢやずゐぶん感《かん》じがちがふ事《こと》です。今時の女は一體《たい》に書《か》き上手《じやうず》ですね。

新妻　昔《むかし》の女の方《はう》が書《か》けなくてもしつかりしてゐたんぢやない？

◇時代と夫婦生活

金子　日石社員《しやいん》の妻殺《つまごろ》しはどうでせう。月收《しう》九十圓《ゑん》だが妻君《さいくん》が貧棒《びんぼう》暮《ぐら》しに愛想《あいそ》をつかしたのに憤慨《ふんがい》して殺《ころ》したといふ事件《じけん》です。

新妻　九十圓《ゑん》ならいゝ方《はう》ぢやないですか。

望月　家庭《かてい》を營《いとな》み得る標準《へうじゆん》は八十圓《ゑん》ださうですが。

金子　八十圓《ゑん》になるまでには三十歳《さい》をすぎますね。この犯人《はんにん》さん三十一で九十圓《ゑん》ならいゝ方《はう》ですが、夫婦《ふうふ》と父親《ちゝおや》に妹《いもうと》と子《こ》供の五人《にん》暮《ぐら》しだから、中々《なか/＼》容易《ようい》ぢやなかつたでせう。妻君《さいくん》の實家《じつか》はよいので、今度《こんど》も妹《いもうと》の婚禮《こんれい》で實家《じつか》へ一寸《ちよつと》歸《かへ》つて來てから別《わか》れ話が再燃《さいねん》したらしいですね。妻君《さいくん》も大分つかれてゐたのでせう。

市川　どの新聞《しんぶん》も中々《なか/＼》問題《もんだい》にしてゐたが、やはりこの程度《ていど》の生活《せいくわつ》者《しや》が多《おほ》いからでせうね。

金子　新聞《しんぶん》の調子《てうし》はお嫁《よめ》さんにお灸をすゑてゐたやうですが、一方的《はうてき》な觀方《みかた》はどうかと思ひますね

佐藤　經濟《けいざい》問題《もんだい》よりもほかにいろ／＼あるんぢやない？

金子　女子《ぢよし》教育《けういく》の缺點《けつてん》も考《かんが》へられます。女學校《ぢよがくかう》ぢや百圓《ゑん》位《ぐらゐ》の月給《げつきふ》を基礎《きそ》にして家事《かじ》を教《をし》へてゐますからね。子《こ》供があるのにといふ非難《ひなん》もあるやうですが、このケースは一寸《ちよつと》變《かは》ると妻君《さいくん》の母子心中《しんぢう》になりかねないのです。舅《しうと》や小姑との生活《せいくわつ》も相當《さうたう》複雑《ふくざつ》ですからね。女の荷《に》をもつと輕《かる》くしてやるか耐忍力《たいにんりよく》を教育《けういく》で養《やしな》つておくかですよ。別居《べつきよ》はいゝが經濟的《けいざいてき》にできない場合《ばあひ》が多《おほ》いし、今時は別居《べつきよ》の人も同居

にならなければならない時代《じだい》ですからね。

石本　ホルモン入りの堅忍錠《けんにんぢやう》でものむのね。

金子　これは暗《くら》い話ですが『拾つた若様《わかさま》』といふ極《ごく》明朗《めいらう》なのがありましたね。夫婦《ふうふ》とも二十六歳《さい》亭主《ていしゆ》が圓《えん》タクを流《なが》してゐると或る青年《せいねん》が呼《よ》び止め、何々家の若様《わかさま》だが家へ歸《かへ》れない事情《じじやう》ができたからどこかへつれて行つてくれといふそれでぜひと自宅《じたく》へつれて下にもおかず夫婦《ふ》でもてなした、若様《わかさま》は七十圓《ゑん》をあづけ、おかみさんを姉さん〳〵と親《した》しみ、亭主《ていしゆ》が氣短《きみじか》かでおかみさんを毆るのに同情《どうじやう》するので、おかみさんはすつかり若様《わかさま》が好きになり、一緒《しよ》に家を出て貸家を探《さが》す途中《とちゆう》、おかみさんの預《あづ》けた敷金用《しききんよう》の四十圓《ゑん》を持つて若様《わかさま》がドロンをきめたといふのです。

望月　あんな愉快《ゆくわい》なニユースつて近頃《ちかごろ》ないわね。

市川　若様《わかさま》つて一體《たい》何者《もの》?

金子　それが分る位《くらゐ》ならね。でも毆る亭主《ていしゆ》よりは毆らない男の方《はう》がいゝつて駈落《かけおち》へさせられますね

ついでに例《れい》の日本《ほん》一深刻《しんこく》な夫婦喧嘩《ふうふげんくわ》、到頭《たう》夫の死亡《しばう》で幕切《まくぎ》らしいですね。

望月　奥《おく》さんの方《はう》は前《まへ》から喧嘩《けんくわ》はやめてゐたんでせう。然《しか》し夫の方《はう》は病氣見舞《びやうきみまひ》に來るのも許《ゆる》さなかつたつて。

金子　夫からは離婚訴訟《りこんそしよう》が出て居り、妻《さい》は反訴《はんそ》して十萬圓《まんゑん》の慰藉料《ゐしやれう》を請求《せいきう》してゐた際《さい》で、離婚訴訟《りこんそしよう》は夫の死亡《しばう》で消滅《せうめつ》しますが、この離婚訴訟《りこんそしよう》には「妻の別居假處分《かりしよぶん》」が申請《しんせい》されて居り、その爲めに妻君《さいくん》は別居《べつきよ》してゐたので、この効果《かうくわ》は夫の死亡《しばう》では消滅《せうめつ》せず、新戸主《しんこしゆ》が拒《こば》めば妻君《さいくん》は家に歸《かへ》る事《こと》は出來ないのです。巳に養子《やうし》があり、親戚《しんせき》などこみ入つてゐる様《やう》ですね。

佐藤　問題《もんだい》の起りは何?

金子　ハツキリしませんが、夫婦共稼《ふうふともかせ》ぎで財産《ざいさん》を築《きづ》きあげたところ、夫に妾《めかけ》ができたので夫婦《ふ》は二階《かい》と下に陣取《ぢんど》つて長年《ねん》にらみ合つてゐたのです。

佐藤　日本人《にほんじん》ばなれのした強さがありますね。

新妻　私の知人《ちじん》にも上と下に別居《べつきよ》して子供《ども》も好きな方《はう》へついて、女中《ぢよちう》まで別々《べつべつ》に、食事《じ》はみな外から取つて暮《くら》してゐたのがあります

金子　この夫婦《ふ》は比翼塚《ひよくづか》までこさへてあつたつて言ふんだから困《こま》りますね。

石本　しかし夫には扶養《ふやう》の義務《ぎむ》があるでせう。

市川　あつても罰則《ばつそく》がないからダメですよ。

佐藤　妻君《さいくん》には昔共稼《むかしともかせ》ぎしたから取る權利《けんり》はあるといふ強《つよ》さがあるのでせう。

佐藤　アメリカぢや拂《はら》はないと制裁《せいさい》がありますがね。

望月　差押《さしおさ》へたら?

金子　差押《さしおさ》へも訴訟《そしよう》に時間《じかん》がかゝるので結局《けつきよく》やらないですよ。

◇子供の災害を防げ

金子　大塚高師附屬小學校《おほつかかうしふぞくせうがくかう》の三年生《ねんせい》が二階《かい》の教室《けうしつ》の窓《まど》に上つて掃除最中《さうぢさいちう》落ちて死んだ事件《じけん》がありますね。窓《まど》に上ることに禁《きん》じてあつ

たので、先生《せんせい》の姿《すがた》を見《み》てあはてゝ飛《と》び下りやうとしての慘事《さんじ》です。府營《ふえい》のアパートでも植木棚《うゑきだな》の手すりから三才《さい》の子供《こ》が落ちて死《し》にました。このアパートでは既《すで》に同《おな》じ事故《じこ》が五六回《くわい》も起つて居り、警告《けいこく》されてゐたさうです。

新妻　親《おや》が不注意《ふちうい》ですね。

金子　それより建物の不備《ふび》を考《かんが》へるべきぢやありませんか。

新妻　然《しか》し私たち子供《こ》を育《そだ》てゝゐる頃《ころ》は細《ほそ》い紐《ひも》をかけたり階段《かいだん》に柵《さく》を作つたり、自分でいろ／＼やつたものですよ。尤《もつと》も借家《しやくや》ぢやさうもいかないかもしれないが。

金子　それだから言ふのですよ。同潤會《どうじゆんくわい》みたいな大《おほ》きな建物の場合《ばあひ》子供《こ》といふものに對《たい》する考《かんが》へが最初《さいしよ》から設計者《せつけいしや》に足りないのが問題《もんだい》だと思ふんです。

佐藤　さう言や何だつて不便《ふべん》だらけたんだから、やつぱり親《おや》が注意《ちうい》すべきですよ。

新妻　建物があまり嚴重すぎると、火事《かじ》の時逃《に》げられません。

佐藤　アパートに子供《こ》をおくのが大體《だいたい》まちがひですよ。

金子　しかし生活《せいくわつ》がだん／＼アパート住ひを餘儀《よぎ》なくして行きますからね。それから子供《こ》は家ばかりでなく、街頭《がいとう》でも危險《きけん》にさらされてゐます。尤《もつと》も近ごろはガソリン節約《せつやく》で事故《じこ》が減つたさうです。

新妻　都會《とくわい》には子供《こ》を遊《あそ》ばせる空地《あきち》もないし。

金子　山室《やまむろ》さんこの間の日本婦人《ふじん》團體聯盟《だんたいれんめい》の移動託兒所《いどうたくじしよ》の實驗《じつけん》はいかゞでしたか。

山室　中流家庭《ちうりうかてい》の子《こ》は日曜《にちえう》はハイキングとか動物園《どうぶつゑん》とかにつれて行かれますが、まづしい家の子《こ》は日曜《にちえう》でも家にゐてブラ／＼してをります。その交通《かうつう》は常《つね》より頻繁《ひんぱん》です。託兒所《たくじしよ》と言つてもチヤンとした建物のあるものでは中々《なか／＼》實行《じつかう》できませんからこの移動託兒所《いどうたくじしよ》を思ひついたのです。空地《あきち》に子供《こ》を集《あつ》めて遊《あそ》ばせ、傍《かたはら》交通《かうつう》の訓練《くんれん》とか爪《つめ》の切り方とかはなのかみ方とかも教《をし》へられます。板橋《いたばし》の岩《いは》の坂《さか》でやりましたが百五十人《にん》も集《あつ》まつて醉漢《すゐかん》が感謝演説《かんしやえんぜつ》をやつたり、大成功《こう》でした。安全協會《あんぜんけふくわい》でもテント位《くらゐ》寄附《きふ》してくれさうです。

金子　それはよかつたですね。安全協會《あんぜんけふくわい》自身はどんな仕事《しごと》をしてゐるのですか。

山室　統計《とうけい》など取つてゐますが交通事故《かうつうじこ》に一番《ばん》ひつかゝるのは三四歳《さい》で、當歳《たうさい》の子《こ》は子守《こもり》の不注意《ふちうい》から來てゐます。私、安全協會《あんぜんけふくわい》の理事《りじ》の一人ですが、子供《こ》のこと位《くらゐ》女にまかせるといゝと言つたところ、大分興味《きようみ》を持《も》たれてゐるやうですから、大《おほ》いにやりませう。

金子　是非《ぜひ》ね、後押しゝますよ。

山室　日曜學校《にちえうがくかう》になんか子供《こ》たち行きませんからね。チヤンとした託兒所《たくじしよ》勿論必要《もちろんひつえう》ですが、街頭《がいとう》に進出《しんしゆつ》するのも緊急《きんきふ》だと思ひます。

金子　市《し》の公園課《こうゑんくわ》でもやりたがつてゐるのですが、何しろ手が足りなくてね。花嫁學校《はなよめがくかう》の娘《むすめ》さん達《たち》や愛婦國婦《あいふこくふ》のおばさんたちとタイアップできるとよいですね。――ではこの位《くらゐ》で、どうもありがたうございました。

――五月二十三日つたや――

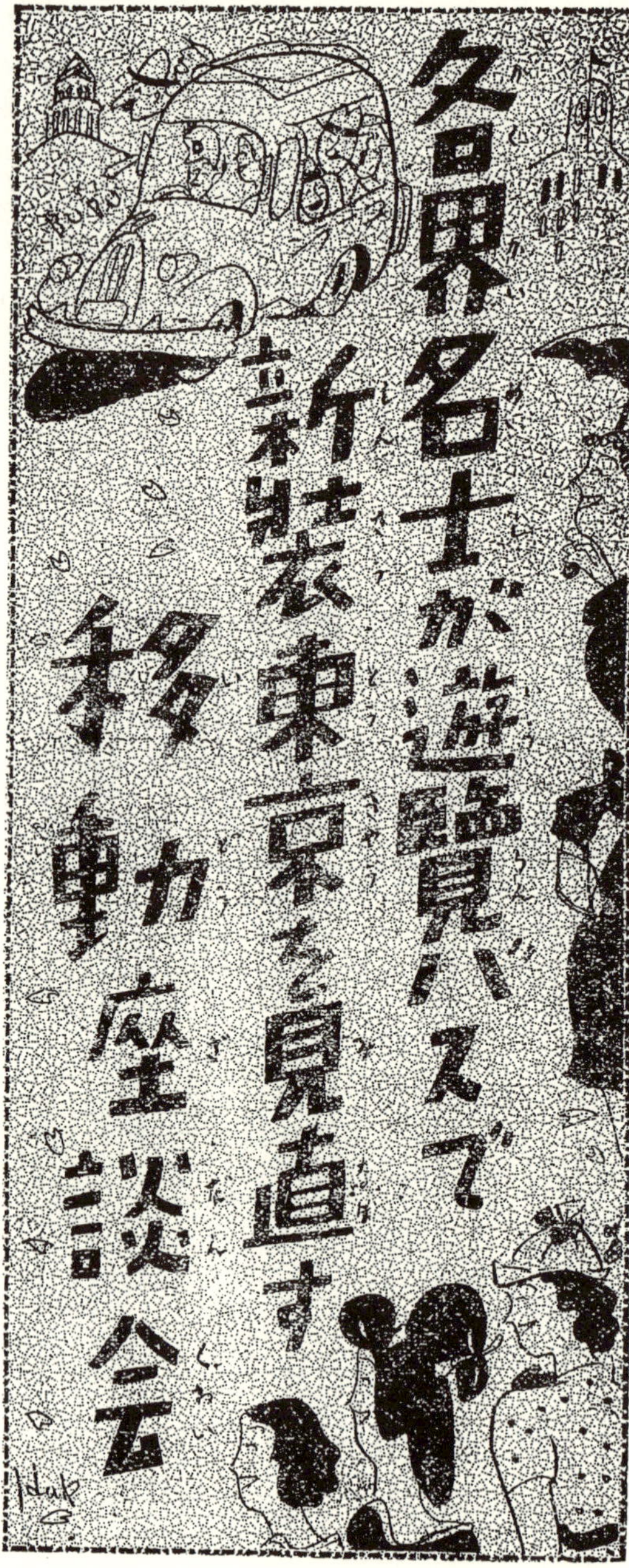
各界名士が遊覧バスで新装東京を見直す移動座談会

各界《かくかい》一流《りう》名士《めいし》が多忙《たばう》の中《なか》をやりくりして、お上《のぼ》りさん然《ぜん》と遊覧《いうらん》バスに乗《の》り込《こ》んで、新装大東京《しんそうだいとうきやう》のアスファルトを縦横《じゆうわう》に駈《か》けめぐり、各自《かくじ》一流《りう》獨特《どくとく》の抱腹絶倒《はうふくぜつたう》、而《しか》も辛《しん》辣骨《らつほね》を刺《さ》す東京《とうきやう》の再批判《さいひはん》を交《か》はしつゝ、うらうらと晩春《ばんしゆん》の日長《ひなが》を東京見物《とうきやうけんぶつ》と洒落《しや》れたその一日《にち》の記録《きろく》がこれだ！　讀《よ》め、日本《につぽん》一の豪華東京見物記《がうくわとうきやうけんぶつき》を！！

（イザ、出發！　本社前にて、向つて右より石黒、小林、藤田、吉屋、大佛、佐佐木、長谷川、三井、横光、辰野、伊藤、佐藤、横山の諸氏）

當日の一行

東電社長　小林一三
作家　大佛次郎
同　吉屋信子
帝大教授　辰野隆
畫家　藤田嗣治
作家　横光利一
柔道七段　石黒敬七
作家　佐藤俊子
同　ささき・ふさ
漫畫家　横山隆一
警視廳建築技師　伊藤憲太郎
東京市電氣局庶務課長　長谷川喜千平
東京市電氣局人事係長　三井虎雄
本社　佐佐木茂索

マケトケの神《かみ》——短期《たんき》のザラバ——日本《にっぽん》の心臓《しんざう》を行《ゆ》く——永田町小學校《ながたちやうせうがくかう》——お、赤《あか》いものが干《ほ》してある——ハイカラな新宿遊廓《しんじゆくいうくわく》——三々伍々《さん〳〵ごゝ》の白衣《はくい》の勇士《ゆうし》——花道展《くわだうてん》を見《み》る——玉《たま》の井《ゐ》の騒《さわ》ぎ——千軒長屋《せんげんながや》と蚤《のみ》の市《いち》——見返《みかへ》り柳《やなぎ》と流行調《りうかうてう》——薄暮《はくぼ》の銀座八丁《ぎんざちやう》——海《うみ》から見《み》る東京《とうきやう》——庭《には》と貞操《ていさう》——街路樹往來《がいろじゆわうらい》——ポスター税《ぜい》——建築防空色《けんちくばうくうしよく》——丸《まる》の内有樂街《うちいうらくがい》の交通《かうつう》

マケトケの神《かみ》

（前夜《ぜんや》の凄《すご》い吹《ふ》ぎ降《ふ》りも、一夜明《やあ》ければうららかな日和《ひより》、午前中《ごぜんちう》には起《お》きた事《こと》のない横光《よこみつ》氏《し》を初《はじ》め、吉屋《よしや》、大佛氏《おさらぎし》などの寢坊連《ねばうれん》が眞先《まつさき》に詰《つ》めかけてくる張《は》り切《き》り振《ぶ》り、一同《どう》は嬉々《きゝ》と遊覧《いうらん》バスに乗《の》り込《こ》む。）

石黒　オ、屋根《やね》迄《まで》ガラス張《は》りだね。空《そら》が見《み》える。

藤田　まるで溫室《をんしつ》に入《はひ》つてるみたいだ。ポテ〳〵して居《ゐ》て却々《なか〳〵》好いね。

吉屋　之《これ》は新型《しんがた》なのね。此《こ》の天井《てんじやう》。

案内ガール　皆様《みなさま》、本日《ほんじつ》は御《ご》乘車下《じやうしやくだ》さいまして有難《ありがた》うございました。今日《けふ》一日《にち》の皆《みな》様方《さまがた》の御《ご》見學《けんがく》に、未熟《みじゆく》でございますが私《わたし》が御《ご》一緒《しよ》に御《お》供致《ともいた》す事《こと》になりました。どうぞよろしく。

石黒　なに〳〵、とちらとそ。（笑聲《せうせい》）

案内ガール　ではとれから行程順《かうていじゆん》に從《したが》ひまして、一番先《ばんさき》に、東京市中央卸賣市場《とうきやうしちうあうおろしうりしぢやう》に御《ご》案内《あんない》致《いた》します。

石黒　……僕《ぼく》は今日《けふ》はもう、六時《じ》に起《お》きて待機《たいき》の姿勢《しせい》でね、新聞等《しんぶんなど》を眺《なが》めて、それから中央《ちうあう》氣象臺《きしやうだい》へ電話《でんわ》を掛《か》けたね。さうしたら、「急《きふ》に暖《あた》かくなる」といふ。今日《けふ》は良《い》い天氣《てんき》ですワ。

吉屋　私《わたし》も今日《けふ》は六時《じ》に起《お》きたのよ。樂《たの》しくつて……。

辰野　今日《けふ》は大學《だいがく》の記念日《きねんび》です。併《しか》し總長《そうちやう》の演説《えんぜつ》を聞《き》くより案内孃《あんないぢやう》の美聲《びせい》をきく方《はう》がいゝですよ。

案内ガール　お待《ま》たせ致《いた》しました。東洋《とうやう》一の設備《せつび》を誇《ほこ》ります中央卸賣市場《ちうあうおろしうりしぢやう》でございます。四ケ年《ねん》の歳《さい》月《げつ》千五百萬圓《まんゑん》の巨費《きよひ》によりまして造《つく》られてございます。

吉屋　朝《あさ》の取引《とりひき》がもう濟《す》んだんでせうね。

石黒　朝《あさ》は四時《じ》からですよ。此所《こゝ》で取《と》り立《た》てのやつでつけた鮨《すし》を食《く》ふと旨《うま》いです。

辰野　昔《むかし》から魚河岸《うをがし》では決《けつ》して流行病《りうかうびやう》がないさうだ。毎《まい》日鹽《にちしほ》をうんとつかふからね。

吉屋　この中《なか》へ素人《しろうと》が買《か》ひに來《こ》られるの。

三井 來《こ》られますよ。朝歸《あさがへ》りの時《とき》なんか、とこで生《い》きのいゝのを買《か》つて歸《かへ》れば妻君《さいくん》も滿更怒《まんざらおこ》れないといふ寸法《すんぽふ》です。（笑聲《せうせい》）

案内ガール 彼方《あちら》に見《み》えますお宮《みや》は、水神樣《すゐじんさま》でございまして、魚河岸《うをがし》の神樣《かみさま》ださうでございます。毎月《まいげつ》五日《か》がそのお祭《まつ》りださうでございます。

石黑 そのマーケツトの神樣《かみさま》は昔《むかし》からあつたのかね。

藤田 マケトケの神《かみ》さ（笑聲《せうせい》）

吉屋 まあ出刃庖丁《ではばうちやう》も賣《う》つてるわ。

案内ガール お屋根《やね》の數《かず》が三十五ございまして、L字型《じがた》になつて居《を》ります。

吉屋 あら、お魚《さかな》つて地《ち》べたへおいて賣《う》るのね。

藤田 さうだよ、洗《あら》へばきれいだからね。

石黑 此《こ》の市場《いちば》は、魚《さかな》が少《すこ》ししか漁《と》れない日《ひ》は魚《さかな》が少《すくな》くてね。澤山《たくさん》漁《と》れると多《おほ》くなる。（笑聲《せうせい》）

吉屋 アラ、野菜市場《やさいいちば》になつたわ。隨分近代的《ずゐぶんきんだいてき》なのねえ。

三井 此所《こゝ》は、魚《さかな》と野菜許《やさいばか》りでなく、日常《にちじやう》の食糧品《しよくりやうひん》は皆《みん》なあります。秋葉原《あきはばら》は此所《こゝ》の分場《ぶんぢやう》です。

藤田 此方《こちら》が見《み》るよりも、向《むか》ふが此方《こちら》を見《み》て居《ゐ》るな。珍《めづら》しい魚《さかな》が來《き》た、なんて…。（笑聲《せうせい》）

（長靴《ながぐつ》を穿《は》いた女《をんな》の子《こ》二人《ふたり》、物珍《ものめづら》しさうに車内《しやない》を見上《みあ》げる）

吉屋 まあ、魚屋《さかなや》の子供《こども》ね。長靴穿《ながぐつは》いて…。お父《とう》さんが出征《しゆつせい》して居《ゐ》るので、娘《むすめ》が買《か》ひに來《き》てるんぢやないかしら。

（兄哥連《あにいれん》、此方《こつち》を見《み》て威勢良《ゐせいよ》く「とんちはツくツ」）

案内ガール 路面《ろめん》の右手《みぎて》の方《かた》に見《み》えて居《を》りますのが溫室《をんしつ》でございまして、バナナが此《こ》の地下室《ちかしつ》の全部《ぜんぶ》に貯藏《ちよざう》してございます。

石黑 ほゝう。

三井 此處《こゝ》へは汐留《しほどめ》から貨物線《くわもつせん》が來《き》て居《を》りますから。

短期《たんき》のザラバ

案内ガール 此《こ》の丸《まる》い建物《たてもの》が、御承知《ごしようち》の、京都《きやうと》西本願寺別院《にしほんぐわんじべつゐん》、築地本願寺《つきぢほんぐわんじ》でございます。古《こ》代印度《だいいんど》の寺院《じゐん》を眞似《まね》て造《つく》られたものでございまして、高《たか》さ一一〇尺《しやく》、間口《まぐち》四十八間《けん》、奥行《おくゆき》三十一間《けん》、本堂《ほんだう》の中《なか》には、九百人《にん》分《ぶん》の椅子席《いすせき》がございます。

吉屋　石黒《いしぐろ》さん、パリのほら、あれに似《に》て居《ゐ》るわね。

石黒　マホメツトのモントピツツか……。

案内ガール　右手《みぎて》遥《はる》かに塔《たふ》の見《み》えて居《を》ります建《たて》物《もの》、あれが聖路加《せいろか》病院《びやうゐん》でございます。

吉屋　あら、どれ〳〵？　ぢや、築地《つきぢ》明石《あかし》町《ちやう》つて此《こ》の邊《へん》？　もとは良《よ》かつたのね。

（寫眞上は、永田町小學校で記念帳に繪を描く　藤田畫伯
下は櫻花爛漫の靖國神社境内を行く）

石黒　今日《けふ》は恰度《ちやうど》記念《きねん》すべき日《ひ》だね。蔣介石《しやうかいせき》が重傷《ぢうしやう》を負《お》うた日《ひ》に東京見物《とうきやうけんぶつ》とは……。

横山　あれ本當《ほんたう》でせうか。

三井　何《いつ》れ氷解《ひようかい》（蔣介《しやうかい》）するでせう。

石黒　之《これ》で蔣介石《しやうかいせき》が死《し》んだらどうなるか？だね。

小林　死《し》んだら……ですか。葬式《さうしき》しますよ。（笑聲《せうせい》）

石黒　さうすると、宋美齢《そうびれい》は、未亡人《みばうじん》でせうな。

辰野　宋幽靈《そういうれい》になる。（笑聲《せうせい》）

案内ガール　只今《たゞいま》お車《くるま》の走《はし》つて居《を》りますのが、兜町《かぶとちやう》、東京株式取引所《とうきやうかぶしきとりひきじよ》でございます。毎日《まいにち》買《か》つた買つた、儲《まう》けた損《そん》したと悲喜交々《ひきこもごも》の兜町《かぶとちやう》一年《ねん》約《やく》五億圓《おくゑん》以上《じやう》の取引高《とりひきだか》を示《しめ》して居《ゐ》るのでございます。

石黒　「短期《たんき》のザラバ」といふやつ、やつて居《ゐ》るね。

吉屋　まあ、立派《りつぱ》なのね。ドームになつてゐる。

石黒　オヤ、閉《しま》つてるぞ。何《なん》だか今日《けふ》は少《すこ》し變《へん》だね。蔣介石《しやうかいせき》で餘《あ》まり株《かぶ》が上《あが》り過《す》ぎちやつてもう閉《し》めたんだね。

案内ガール　（門衞《もんゑい》に訊《き》きに行《ゆ》き）後場《ごば》の立合《たちあひ》は十二時《じ》五十分《ぷん》からで、今休《いまやす》んで居《ゐ》るのださうでございます。

石黒　それぢや少《すこ》し買《か》はうと思《おも》つたけれども止《や》めた。（笑聲《せうせい》）

案内ガール　皆様《みなさま》、右手《みぎて》の建物《たてもの》が、東洋《とうやう》一の設備《せつび》を誇《ほこ》つて居《を》ります三菱《ぴし》の倉庫《さうこ》でございます。

吉屋　今日《けふ》のプランの中《なか》で、私《わたし》、何處《どこ》が一番樂《ばんたの》しみだと思《おも》つて？

藤田
石黒｝タマノヰ！（笑聲《せうせい》）

吉屋 いやだなあ。ピッタリ當《あ》てるんだもの。私《わたし》、何處《どこ》も見《み》たんですけれど、玉《たま》の井《ゐ》はまだなので、それが樂《たの》しみで出《で》て來《き》たの。

案内ガール 之《これ》が御存《ごぞん》じの白木屋《しろきや》でございます。京《きやう》都《と》の大村彦太郎《おほむらひこたらう》と申《まを》します方《かた》が、徳川《とくがは》の初《はじ》め、此《こ》方《ちら》に參《まゐ》りまして白木綿《しろもめん》を賣《う》り始《はじ》めました。之《これ》が只《ただ》今《いま》の繁昌《はんじやう》の基《もと》と申《まを》されて居《を》ります。

石黒 ス・フが入《はひ》つてたつてね。（笑聲《せうせい》）

案内ガール 今度《こんど》お車《くるま》が進《すゝ》みます時《とき》、右手《みぎて》の奥《おく》に見《み》えますのが一石橋《こくはし》でございまして、昔《むかし》、あの川《かは》の手前側《てまへがは》に、後藤《ごどう》さんといふ呉服屋《ごふくや》さんがございました。川《かは》の向《むか》ふ側《がは》にも、同《おな》じく後藤《ごどう》さんといふ兩替屋《りやうがへや》がありましたが、橋《はし》が無《な》いので、兩方《りやうはう》でお金《かね》を出《だ》し合《あ》つて橋《はし》を架《か》けました。名前《なまへ》を附《つ》けますのに、色《いろ》色思案致《いろしあんいた》しました末《すゑ》、後《ご》藤《どう》と後藤《ごどう》（五斗《と》と五斗《と》）、合《あは》せて一石橋《こくはし》と附《つ》けたのださうでございます。

石黒 歩《ある》くとゴト〳〵いふつてね。（笑聲《せうせい》）

（寫眞は生花展を見る一行，下は大衆食堂の陳列棚を眺める小林一三氏）

日本《につぽん》の心臓《しんざう》を行《ゆ》く

案内ガール 右手《みぎて》が、昨年《さくねん》の暮《くれ》、工費《こうひ》四六〇萬《まん》圓《ゑん》で竣工《しゆんこう》しました、鐵道省新廳舍《てつだうしやうしんちやうしや》、建物全體《たてもののぜんたい》は御自慢《ごじまん》の防空色《ばうくうしよく》でございます。

辰野 ほほう、初《はじ》めて見《み》た。これが防空色《ばうくうしよく》か……。

案内ガール 此方《こちら》が御存知《ごぞんぢ》の丸《まる》ビルでございます。

石黒 （丸《まる》ビルを振《ふ》り仰《あふ》ぎ一大發見《だいはつけん》をしたらしく）オ、〳〵、あゝいふのが見《み》えるから、この車天井《くるまてんじやう》にも窓《まど》が付《つ》いて居《ゐ》るんだね。早稲田《わせだ》の學生《がくせい》だ。今《いま》や正《まさ》に……

（ビル屋上《をくじやう》高《たか》く一人《ひとり》の男《をとこ》がぢつと下《した》を見下《みおろ》して居《ゐ》る。四角《かく》い帽子《ばうし》が青《あを》い空《そら》にくつきり。若《も》し、飛《と》び降《お》りたら、石黒旦那《いしぐろだんな》の頭《あたま》に落《お》ちて來《く》るであらう程《ほど》の眞上《まうへ》に……）

案内ガール 皆様《みなさま》、この左《さ》右《いう》にございます赤煉瓦《あかれんぐわ》の建物《たてもの》が舊《きう》三菱街《びしがい》と申《まを》しまして、日本《につぽん》の洋館建《やうくわんだて》オフィス街《がい》の嚆矢《かうし》でございます。

大佛　この赤煉瓦街《あかれんぐわがい》はどうなるのですか？

長谷川　壞《こは》さぬでせう。

辰野　いや、壞《こは》し始《はじ》めてゐますよ。

大佛　これは是非《ぜひ》取《と》つておいて貰ひたいですね。一寸《ちよつと》、顔《かほ》をもつてゐる街《まち》で、良《い》い街《まち》だからね。初夏時分《しよかじぶん》には、青《あを》い木《き》はあるし、煉瓦《れんぐわ》の色《いろ》が隨分《ずゐぶん》良いのだけれど……。

辰野　煉瓦《れんぐわ》の古《ふる》いものは、却々《なか〳〵》いゝですね。

伊藤　煉瓦《れんぐわ》は昔《むかし》の方《はう》が良《よ》かつたんぢやないですか。

石黒　（長谷川氏《はせがはし》に）府廳《ふちやう》ですか、市役所《しやくしよ》ですか、だいぶ騒《さわ》いでをつたですけれども、どうなりましたか？

長谷川　あれは、東京府《とうきやうふ》と東京市《とうきやうし》が、まだ區別《くべつ》の無《な》い頃《ころ》に拵《こしら》へたものなのですね。そしてその金《かね》が、今《いま》で言《い》ふと、社會事業《しやくわいじげふ》に使《つか》ふ様《やう》な金《かね》なのですね。さういふ金《かね》で拵《こしら》へたので、東京《とうきやう》市《し》のものだ、いや東京府《とうきやうふ》のものだ、と謂《い》はれて居《ゐ》るのですが、現在《げんざい》は、東京府《とうきやうふ》のものだといふ事《こと》になつて居《ゐ》て、東京市《とうきやうし》が一部《ぶ》を借《か》りて居《ゐ》る、といふ形《かたち》になつて居《を》ります。あの煉瓦造《れんぐわづく》りの東《とう》京府廳《きやうふちやう》は、取《と》つて置《お》いて欲《ほ》しい建物《たてもの》だと思《おも》ひますね。

築地《つきぢ》の東京中央市場《とうきやうちゆうあういちば》

石黒　あれは置《お》いた方《はう》が宜《い》い。あれは東京市《とうきやうし》博《はく》物館《ぶつくわん》の様《やう》にして、江戸時代《えどじだい》からの發達《はつたつ》の順序《じゆんじよ》を、蒐《あつ》めて置《お》いた方《はう》が宜《い》いと思《おも》ひますね。

辰野　星亭《ほしとほる》の殺《ころ》された部屋《へや》なんか、その儘《まゝ》取《と》つて置《お》いた方《はう》が宜《い》いね。

長谷川　第《だい》一、建物《たてもの》の中《なか》に、太田道灌《おほただうくわん》の銅像《どうぞう》なんかありますからね。

小林　（日本劇場《につぽんげきぢやう》の前《まへ》にさしかゝると、慌《あわ》てて案内孃《あんないぢやう》に）オイ〳〵山田《やまだ》さん一寸《ちよつと》待《ま》ちなさい。隣《となり》を廣告《くわうこく》しなければいけないよ。私《わたし》が怒《おこ》りますよ。（笑聲《せうせい》）

石黒　何《なに》も物數寄《ものずき》で乘《の》つてるんぢやない。此處《ここ》の説明《せつめい》が聞《き》き度《た》いばつかりに……つてね。あそれなのに……（笑聲《せうせい》）

案内ガール　（てれ乍《なが》ら……）之《これ》が日本劇場《につぽんげきぢやう》でございます。收容人員《しうようじんゐん》は四千人《にん》でございます。

小林　上《うへ》がレートの美《び》粧院《しやうゐん》でございます。五階《かい》には日本《につぽん》で唯《ゆゐ》一の婦人《ふじん》社交《しやかう》クラブが出來《でき》ました。

長谷川　小林《こばやし》さん、一寸商賣氣《ちよつとしやうばいげ》があり過《す》ぎるね。（笑聲《せうせい》）

記者　江東樂天地《かうとうらくてんち》はどの邊《へん》ですか？

小林　錦糸堀《きんしぼり》です。今《いま》はまだないけれども、今《こん》月中《げつちう》に停車場《ていしやぢやう》が出來《でき》るのです。さうしたらよくなるでせう。然《しか》し、淺草《あさくさ》の様《やう》になる迄《まで》には、五年《ねん》や十年《ねん》かゝるでせう。

記者 その邊《へん》は、細民街《さいみんがい》ですか？

小林 職工町《しよくこうまち》。千葉《ちば》へ通《かよ》ふ幹線《かんせん》のある所《ところ》です。

記者 矢張《やは》り市中《しちう》の人《ひと》を、其方《そのはう》へも呼《よ》ばうといふのですか？

小林 いや、今迄《いままで》、本所《ほんじよ》、深川《ふかがは》は、淺草迄《あさくさまで》出《で》て行《い》つたので、それでは氣《き》の毒《どく》だ。近所《きんじよ》にあつた方《はう》が宜《よ》からう、といふのでやつたのです。

(自動車《じどうしや》は日比谷《ひびや》有樂街《いうらくがい》を通《とほ》り拔《ぬ》けて行《ゆ》く)山《やま》田《だ》さん、此所《こちら》も言《い》はなくちや駄目《だめ》よ。私《わたし》は此《こ》所《こ》聞《き》きに來《き》たんだもの……(笑聲《せうせい》)

案内ガール (笑《わら》ひ乍《なが》ら)右手《みぎて》が東寶劇場《とうはうげきぢやう》でございます。淺草《あさくさ》の國際劇場《こくさいげきぢやう》と共《とも》に覇《は》を競《きそ》つて居《を》ります。左手《ひだりて》の茶色《ちやいろ》い建物《たてもの》が帝國《ていこく》ホテルでございます。大正《たいしやう》九年《ねん》に、アメリカのフランク・ロイド・ライトといふ方《かた》が設計《せつけい》しまして日本《につぽん》の風土《ふうど》に適《てき》した樣式《やうしき》を創始《さうし》したので有名《いうめい》であります。最近《さいきん》はイタリー使節《しせつ》の方々《かた〴〵》の宿舍《しゆくしや》に當《あ》てられました。此《こ》の左手《ひだりて》の黑《くろ》いのが舊華族《きうくわぞく》會館《くわいくわん》の御門《ごもん》で、東京《とうきやう》三大門《だいもん》の一つ、お黑門《くろもん》でございます。

（内幸町《うちさいはひちやう》から日比谷《ひびや》公園《こうゑん》に沿《そ》つて曲《まが》り、霞《かすみ》ケ關《せき》へ出《で》る。）

右手《みぎて》の銅像《どうぞう》が川村大將《かはむらたいしやう》の銅像《どうぞう》でございます。左《ひだり》は海軍省《かいぐんしやう》。陸奧宗光伯《むつむねみつはく》の銅像《どうぞう》。左手《ひだりて》は外務省《ぐわいむしやう》、白《しろ》い壁《かべ》は、海鼠壁《なまこかべ》でございます。珍《めづら》しい爲《ため》に保存《ほぞん》されて居《を》ります。道《みち》を距《へだ》てまして、お隣《とな》りの建物《たてもの》が大審院《たいしんゐん》、左手《ひだりて》が内務省《ないむしやう》、並《ならび》に厚生省《こうせいしやう》でございます。大審院《たいしんゐん》のお隣《とな》りの赤煉瓦《あかれんぐわ》の建物《たてもの》が司法省《しはふしやう》、司法大臣《しはふだいじん》の官邸《くわんてい》も此《こ》の中《なか》にございます。左角《ひだりかど》の建物《たてもの》が警視廳《けいしちやう》でございます。

靖《やす》國《くに》神《じん》社《じや》

石黑 警視廳《けいしちやう》も、赤《あか》煉瓦《れんぐわ》の方《はう》が良《い》いですね。

辰野 赤煉瓦《あかれんぐわ》だと、いかにも監獄《かんごく》といふ感《かん》じがしていゝね。

石黑 警視廳《けいしちやう》〳〵と言《い》うても、今度《こんど》の建物《たてもの》は何《なん》だか他《ほか》の所《ところ》と變《かは》りがない。ちつとも怖《こは》くない。

案内ガール ——只今《たゞいま》お車《くるま》が走《はし》つて參《まゐ》りました通《とほ》りを霞《かすみ》ケ關《せき》と申《まを》しまして、我日本帝國《わがにつぽんていこく》の心臟《しんざう》とも言《い》ふべき諸官廳街《しよくわんちやうがい》でございます。——正面《しやうめん》が有名《いうめい》な櫻田門《さくらだもん》でございます。今《いま》から約《やく》三百五十年前《ねんぜん》に建《た》てられました。

辰野 といらは私《わたし》の繩張《なはば》りですよ。以前《いぜん》、府立《ふりつ》一中《ちう》が今《いま》の拓務省《たくむしやう》のところにあつたのです。私《わたし》は一中《ちう》の不良《ふりやう》少年《せうねん》でとの邊《へん》を荒《あら》したもんだ。

案内ガール ——ずつと正面《しやうめん》の邊《あた》り、もとは加藤《かとう》清正公《きよまさこう》のお邸《やしき》のありました所《ところ》、——正面《しやうめん》の馬上《ばじやう》の御姿《おすがた》は、有栖川宮熾仁親王《ありすがはのみやたるひとしんのう》の銅像《どうぞう》、左《ひだり》の建物《たてもの》が、陸軍省《りくぐんしやう》の陸地測量部《りくちそくりやうぶ》、そのお隣《とな》りの、菊《きく》の御紋《ごもん》の描《か》かれました白《しろ》い建物《たてもの》は、參謀本部《さんぼうほんぶ》、今《いま》は畏《かしこ》くも、大本營陸軍《だいほんえいりくぐん》

部《ぶ》が置《お》かれて居《を》ります。右手《みぎて》に見《み》えますのが、大山元帥《おほやまげんすゐ》の銅像《どうざう》でございます。

──左《ひだり》が御存《ごぞん》じの新議事堂《しんぎじだう》。眞《ま》んなかの四本《ほん》の柱《はしら》、一本《ほん》が二萬圓《まんゑん》づゝ掛《か》つて居《ゐ》るさうでございます。部屋《へや》の數《かず》が三一一間《ま》、收容人員《しうようじんゐん》は三千人《にん》。日本《につぽん》が世界《せかい》に誇《ほこ》り得《う》る國會新議事堂《こくくわいしんぎじだう》でございます。

──右手《みぎて》の建物《たてもの》が友邦《いうはう》ドイツの大使館《たいしくわん》でございます。

──左手奥《ひだりておく》の方《はう》に見《み》えて居《を》ります薄茶色《うすちやいろ》の建物《たてもの》が農林大臣官舍《のうりんだいじんくわんしや》、その後側《うしろがは》がモダーン官舍《くわんしや》として有名《いうめい》な首相官邸《しゆしやうくわんてい》でございます。

此《こ》の左《ひだり》が大藏大臣官舍《おほくらだいじんくわんしや》でございます。右手側《みぎてがは》は鐵道大臣官舍《てつだうだいじんくわんしや》でございます。そのお隣《とな》りが文部大臣《もんぶだいじん》官舍《くわんしや》でございます。此《こ》の通《とほ》りが永《なが》田《た》町通《ちやうどほ》りでございます。

（寫眞上は千軒長屋を行く。下は千軒長屋跡アパートの庭に立つ横光氏）

──お待《ま》たせ致《いた》しました。永田《ながた》町小學校《ちやうせうがくかう》でございます

永田町小學校《ながたちやうせうがくかう》

藤田　此所《ここ》にはレントゲンがあるさうだね。

石黑　レントゲンの前《まへ》に寫眞機《しやしんき》を持《も》つて行《ゆ》くと、フイルムが眞《ま》つ黑《くろ》になりますよ。

（一同《どう》ドヤ〱と下車《げしや》、昨年《さくねん》九月竣工《ぐわつしゆんこう》したばかりのモダーン小學校《せうがくかう》の應接間《おうせつま》にみちびかれる。）

桝井校長　皆様《みなさま》よくお出下《いでくだ》さいました。これから色々御覽《いろいろごらん》に入《い》れたいと思《おも》ひますが、お急《いそ》ぎの樣《やう》ですから、簡單《かんたん》に御說明申上《ごせつめいまをしあ》げます。

本校《ほんかう》の設備《せつび》として、先《ま》づ第一《だい》に申上《まをしあ》げなければなりませんのは、此《こ》の床下《ゆかした》に煖房《だんばう》が入《はひ》つて居《を》りますととです。

約《やく》一尺五寸位隔《しやくすんくらゐへだ》きまして、二吋位《インチぐらゐ》の巾《はゞ》にずつと通《とほ》つて居《を》ります。

冬《ふゆ》は攝氏《せつし》十三度《ど》から十六度位《どぐらゐ》の範圍《はんゐ》で、外部《ぐわいぶ》の都合《つがふ》によつて溫度《をんど》を調節致《てうせついた》します。さうしますと、腰《こし》の邊《あた》り迄《まで》が、非常《ひじやう》にボヤツと溫《あたた》かくなる。

それから上《うへ》は餘《あま》りカン〱致《いた》しますと頭《あたま》に惡《わる》いので、丁度《ちやうど》腰《こし》の邊迄《へんまで》溫《あたた》まる樣《やう》になつて居《を》ります。

東京《とうきやう》市《し》の小學校《せうがくかう》では、此《こ》の設備《せつび》は此所《ここ》が初《はじ》めてです。尙《な》ほ、上《うへ》に開放學級《かいはうがくきふ》があります。微熱《びねつ》——まあ三十七度《ど》から八度《ど》位《ぐらゐ》ある樣《やう》な、虛弱兒童《きよじやくじどう》を入《い》れるのでございますが、只今《たゞいま》入《はひ》つて居《を》りますのは、虛弱兒童《きよじやくじどう》でなくて、精神《せいしん》薄弱兒童《はくじやくじどう》が入《はひ》つて居《を》ります。それは補助學級《ほじよがくきふ》と申《まを》しまして、此《こ》の學校《がくかう》には、虛弱兒童《きよじやくじどう》の他《ほか》に、精神薄弱兒《せいしんはくじやくじ》が居《を》ります爲《ため》に、さういふ兒《じ》童《どう》の爲《ため》に特《とく》に作《つく》つてあります。

衞生設備《ゑいせいせつび》は、目《め》、齒《は》の治療《ちれう》、竝《なら》に胸《むね》の病氣《びやうき》を、未然《みぜん》に發見致《はつけんいた》します爲《ため》に、レントゲンの設備《せつび》が出來《でき》て居《を》ります。

昨年《さくねん》、此《こ》のレントゲン調査《てうさ》によりまして、十人許《にんばか》り怪《あや》しいのを發見致《はつけんいた》しましたので、親《おや》御《ご》に通知《つうち》して、適當《てきたう》の處置《しよち》を取《と》る樣《やう》に致《いた》しました。

それから、體育館《たいいくくわん》とも申《まを》します樣《やう》なのが一つございます。

講堂《かうだう》は、補助椅子《ほじよいす》を入《い》れますと、千人位《にんぐらゐ》這《は》入《い》れます。その他《ほか》、私《わたし》に代《かは》つて首席訓導《しゆせきくんだう》が御《ご》案內《あんない》の途中《とちう》々《〱》で御說明申上《ごせつめいまをしあ》げます。

武井首席訓導 では御案內致《ごあんないいた》します。

……とちらが體育館《たいいくくわん》でございます。普通《ふつう》の學校《がくかう》では、雨天體操場《うてんたいさうぢやう》となつて居《を》りますが、此所《ここ》は晴雨兼用《せいうけんよう》でございます。木登《きのぼ》りの爲《ため》の綱《つな》もございまして、しよつ中《ちう》、小《ちひ》さい時分《じぶん》から、放課後等《はうくわごなど》によく攀《のぼ》らせて居《を》ります。此方《こつち》は懸垂運動《けんすゐうんどう》の爲《ため》の棒《ぼう》でございます。

（つゞいて、唱歌室《しやうかしつ》、裁縫室《さいはうしつ》、ミシン室《しつ》を參《さん》觀《くわん》、各敎室《かくけうしつ》にはとごとくラヂオのスピーカーがあり、机《つくゑ》も敎壇《けうだん》も小《こ》ぢんまりと淸楚《せいそ》なものばかりだ。廊下《らうか》に出《で》ると、若《わか》い先生《せんせい》が走《はし》つてきて、）

女敎員 吉屋先生《よしやせんせい》、生徒《せいと》が並《なら》んで居《を》りますから、一場《ぢやう》の御訓示《ごくんじ》を……

吉屋 アラ、さう……。

（吉屋女史《よしやぢよし》は笑《わら》ひ乍《なが》ら六年女組《ねんをんなぐみ》の敎室《けうしつ》に入《はひ》つて行《ゆ》かれると、女生徒《ぢよせいと》一同《どう》起《き》立《りつ》して御辭儀《おじぎ》。）

女敎師 皆《みな》さん、皆《みな》さんの大好《だいす》きな吉屋先《よしやせん》生《せい》が今日學校《けふがくかう》を參觀《さんくわん》にいらつしやいましたので、お願《ねが》ひして皆《みな》さんの敎室《けうしつ》へ來《き》て戴《いただ》いたのよ。吉屋先生《よしやせんせい》に御眼《おめ》にかゝれて皆《みな》さん、嬉《うれ》しいでせう。

吉屋 あのね、今日《けふ》は本當《ほんたう》にいそがしい參觀《さんくわん》なので、皆《みな》さんとゆつくりお話《はなし》が出來《でき》ないのよ。そのうち一度《ど》、何《なに》か面白《おもしろ》いお話《はなし》をしに來《き》ませうね。ぢや、さようなら。

生徒達 さようなら。——

（圖畫室《づぐわしつ》では藤田氏《ふぢたし》が猫《ねこ》の繪《ゑ》を描《か》き、一年生《ねんせい》フジタツグジと署名《しよめい》を入《い》れる。）

小林 とれはいゝ記念《きねん》だ。本當《ほんたう》にいゝ記念《きねん》ですね。

(それから瀟洒《せうしや》な講堂《かうだう》を參觀《さんくわん》、屋上《をくじやう》へ出《で》て開《かい》放學級教室《はうがくきふけうしつ》を見《み》て控室《ひかへしつ》のバルコニーから可《か》愛《あい》い生徒《せいと》達《たち》の體操《たいさう》に見《み》とれる。かくして近《きん》代教育《だいけういく》の華《はな》、永田町小學校《ながたちやうせうがくかう》を後《あと》にして、再《ふたゝ》び車中《しやちう》の人《ひと》となる。)

おゝ赤《あか》いものがほしてある

案内ガール　皆樣彼方《みなさまあちら》に見《み》えますのが辨慶《べんけい》五左《ざ》衞門《ゑもん》の作《つく》りました橋《はし》でございます。このやうに擬寶珠《ぎぼしゆ》の付《つ》きました橋《はし》は、東京《とうきやう》でも珍《めづら》しうございます。

(そろ〳〵食事《しよくじ》の仕度《したく》にかゝる。用意《ようい》してきた折箱《をりはこ》のおすしを配《くば》り、タンサンを拔《ぬ》いて渡《わた》す。諸氏《しよし》は子供《こども》に返《かへ》つたやうにおすしを頬張《はいは》り、タンサンの瓶《びん》を片手《かたて》に、うららかな窓外《さうぐわい》の景色《けしき》に眼《め》をやる。)

辰野　電車《でんしや》の奴《やつ》がみんな珍《めづ》らしさうに見《み》てる。食《く》ひたさうだね。

小林　今日《けふ》は實《じつ》に愉快《ゆくわい》だ。こんな愉《ゆ》快《くわい》な事《こと》はない。

藤田　高《たか》い金《かね》を出《だ》して、外國《ぐわいこく》へ行《ゆ》く事《こと》はない。

辰野　今《いま》の、非常《ひじやう》に技巧的《ぎかうてき》な小學校《せうがくかう》ですね。成《なる》程設備《ほどせつび》は至《いた》れり盡《つく》せりだが、どうも不自然《ふしぜん》といふ感《かん》じだな。

大佛　やつぱり運動場《うんどうぢやう》なんかは地面《ぢめん》の方《はう》がいゝですね。

辰野　手工《しゆこう》をやる樣《やう》な氣持《きもち》で兒童《じどう》を拵《こしら》へてるね。

石黒　あんまり設備《せつび》が整《ととの》ひすぎると、どうも變《へん》だな。何所《どこ》かに拔《ぬ》けた樣《やう》な所《ところ》があつて、人間《にんげん》の自然《しぜん》を伸《の》ばす樣《やう》にしてないと、いけない。さあ病氣《びやうき》だ、といふとレントゲンをかける、心臓《しんざう》が弱《よわ》ければ、強《つよ》くしてやる、シンガーミシンは三十臺《だい》も竝《なら》んでゐる(笑聲《せうせい》)僕《ぼく》は往《わう》來《らい》へ出《で》て、さようならといつてバスに這入《はい》つた瞬間《しゆんかん》、何《なん》だかかう、何《なん》といふか、まあ分《わか》らんけれども・・・(笑聲《せうせい》)

江東《こうとう》にて

記者　石黒《いしぐろ》さん、「こんな學校《がくかう》に入《はひ》つてゐたら、今頃《いまごろ》は縣知事《けんちじ》になつてゐる」と仰言《おつしや》つてましたね、あそこで・・。

石黒　いや、内《ない》務部長《むぶちやう》と云《い》つたんだ。さうしたらさゝき夫人《ふじん》が「内務《ないむ》部長《ぶちやう》とは御謙《ごけん》遜《そん》でせう」と云《い》つた(笑聲《せうせい》)

長谷川　あんまり學校《がくかう》を立派《りつぱ》にすると、子《こ》供《ども》が親《おや》を輕蔑《けいべつ》するかも知《し》れませんね。家《うち》へ歸《かへ》ると何《なに》もかも汚《きたな》くて、學校《がくかう》へ行《ゆ》くとえらく立派《りつぱ》で・・・。

小林　そりや、ありますね、確《たし》かに。家《うち》の方《はう》が汚《きたな》いのが多《おほ》いでせう。冬《ふゆ》、スチームの通《とほ》つてゐる家《うち》など、六百人《にん》の生徒《せいと》の中《うち》、五十人《にん》は無《な》いだらうね。

それで家《うち》へ歸《かへ》つて、寒《さむ》くて風邪《かぜ》引《ひ》いたなんて事《こと》になり兼《か》ねないだらう。

長谷川　體育室《たいいくしつ》なんか、檻《をり》の中《なか》の猿《さる》のやうな氣《き》がしますね。木登《きのぼ》りの練習《れんしふ》に綱《つな》をぶら下《さ》げてゐるなんて‥‥。

横山　然《しか》し、あゝいふ學校《がくかう》は、國家《こくか》の宣傳版《せんでんはん》として、一つ位《ぐらゐ》はあつてもいゝでせうね。他《た》のが全部《ぜんぶ》、あゝいふ風《ふう》に立派《りつぱ》なのぢやないのだから‥‥。

小林　併《しか》し、イタリーの使節《しせつ》に見《み》せたさうだが、ムッソリーニなら怒《おこ》りますね、あゝいふ教育方針《けういくはうしん》を‥‥。

大佛　同感《どうかん》だな。

石黑　ムッソリ返《かへ》つて怒《おこ》るね。（笑聲《せうせい》）

三河島千軒長屋《みかはしませんげんながや》

（遊覽《いうらん》バスは地《ち》下鐵工事《かてつこうじ》で一方《はう》交通《かうつう》となつてゐる青山《あをやま》の通《とほ》りを通《とほ》つて、一路《ろ》明《めい》治神宮《ぢしんぐう》へ向《むか》ふ。表參道《おもてさんだう》の並木《なみき》が芽《め》を吹《ふ》いて春《はる》らしい生氣《せいき》をみなぎらせてゐる。）

小林　ほう、欅《けやき》の街《がい》路樹《ろじゆ》はめづらしい。

辰野　櫻《さくら》よりいゝな。

案内ガール　右手《みぎて》に見《み》えます褐色《かつしよく》の建物《たてもの》が同潤會《どうじゆんくわい》のアパートで御《ご》座《ざ》います。

石黑　おゝ赤《あか》いものがほしてある。

辰野　（おすしの生薑《しやうが》をつまんで）石黑《いしぐろ》さん、との生薑《しやうが》をくつてサイダー飲《の》むと、ジンジャーエールみたいだよ。

石黑　さう、そして神社《じんじや》へお參《まゐ》りして‥‥。

案内ガール　明治神宮《めいぢじんぐう》で御座《ござ》います。

（一同《どう》そろつて下車《げしや》、新綠《しんりよく》に目覺《めざ》めるやうな神苑《しんゑん》を、玉砂利《たまじやり》の音《おと》も涼《すゞ》しく蹈《ふ》みしめて拜《はい》殿《でん》に額《ぬか》き、心氣《しんき》もさわやかに遊覽《いうらん》バスへもどつてくる。）

ハイカラな新宿遊廓《しんじゆくゆうくわく》

案内ガール　此《こ》の左手《ひだりて》の白《しろ》い建物《たてもの》が、最近出來《さいきんでき》ました海軍館《かいぐんくわん》でございます。軍艦《ぐんかん》、飛行機《ひかうき》などの模型《もけい》が御座《ござ》いますし、近日中《きんじつちう》には、昨年《さくねん》八月《はちがつ》のあの渡洋爆擊《とやうばくげき》に參加《さんか》しまして片翼《へんよく》のまゝ無事歸還《ぶじきくわん》されました我《わ》が樫村《かしむら》機が、とこに保存《ほぞん》されるさうでございます。

石黑　ハハア、之《これ》が新宿《しんじゆく》へ出《で》る環狀線《くわんじやうせん》か。

記者　新宿《しんじゆく》はいつ行《い》つても、人《ひと》で大變《たいへん》ですね。道路《だうろ》の方《はう》を何《なん》とか擴《ひろ》げられないものでせうか。

石黑　電車《でんしや》を取《と》つて了《しま》つて、人道《じんだう》をもう少《すこ》し廣《ひろ》

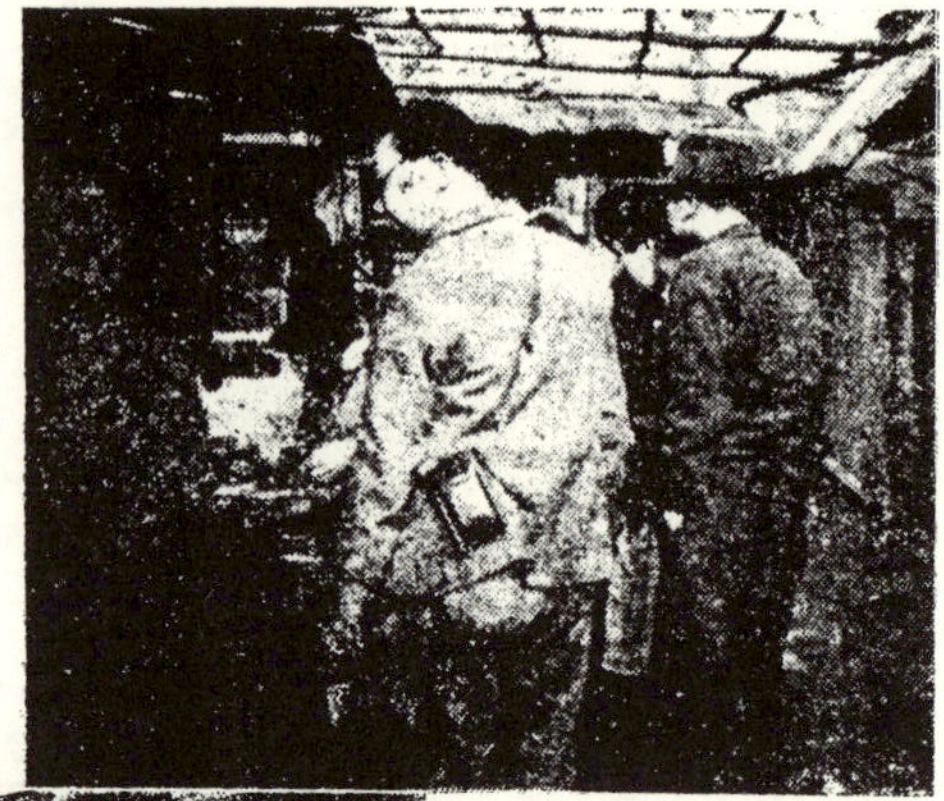

くするといふんですね。

記者　オット、此方《こちら》（長谷川氏《はせがはし》三井氏《ゐし》）は電氣局《でんききよく》の方《かた》ですから、電車《でんしや》を取《と》つて了《しま》つては商賣《しやうばい》上《あが》つたりですよ。（笑聲《せうせい》）

長谷川　今《いま》、省線《しやうせん》の驛《えき》で、一番人《ばんひと》の乘降《のりおり》のはげしいのは新宿《しんじゆく》です。一日《にち》に二十七八萬《まん》あります。又最近調査《またさいきんてうさ》した所《ところ》によると、驛前《えきまへ》の角《かど》に東京《とうきやう》パンがありますが、彼處《あすこ》を一日《にち》に通行《つうかう》する人《ひと》が十一萬《まん》あるさうです。

石黑　ほう、一人《ひとり》から一錢宛通行稅《せんづゝつうかうぜい》をとつても大變《たいへん》だ。（笑聲《せうせい》）

長谷川　で、今迄《いままで》の增加率《ぞうかりつ》からして將來《しやうらい》を計算《けいさん》しますと、あと十年《ねん》も經《た》つと、六十萬位《まんぐらゐ》の人《ひと》が新宿驛《しんじゆくえき》を乘《の》り降《お》りする事《こと》になる。今《いま》でさへあの狹《せま》い所《ところ》を、さうなつたらどうにもならぬので、昭和《せうわ》十年《ねん》頃《ごろ》から四年計《ねんけい》畫《くわく》で、今《いま》の新宿驛《しんじゆくえき》の裏手《うらて》、丁度《ちやうど》專賣局《せんばいきよく》のところに、六千坪許《つぼばか》りの廣場《ひろば》を拵《こしら》へて交通緩和《かうつうくわんわ》をしよう。大《だい》體《たい》その時分《じぶん》になると、新宿《しんじゆく》と東京驛《とうきやうえき》をつなぐ地下鐵《ちかてつ》が出來《でき》るので、それはその廣場《ひろば》の方《はう》へ出《で》る樣《やう》にし、步行者《ほかうしや》の爲《ため》には、地下《ちか》にアーケードを造《つく》りまして緩和《くわんわ》を計《はか》るといふ計畫《けいくわく》です。現在專賣局《げんざいせんばいきよく》も移轉《いてん》をし、着々工事《ちやくくこうじ》を進《すゝ》めてゐますが、來年位《らいねんぐらゐ》には完成《くわんせい》するやうになつてゐます。

（車《くるま》はいよ〳〵新宿《しんじゆく》に來《く》る。第《だい》一劇場《げきぢやう》、帝《てい》都座《とざ》、伊勢丹《いせたん》、三福《ふく》を中心《ちうしん》に、まるで芋《いも》を洗《あら》ふやうな大變《たいへん》な雜沓《ざつたふ》である。）

吉屋　ネ、ホラあのごみ屋《や》さんの車面白《くるまおもしろ》いわ。花見《はなみ》の催《もよほ》しの殘《のこ》りね。

藤田　（紅紫《こうし》さま〴〵、美《うつく》しいごみを滿載《まんさい》したその車《くるま》を眺《なが》めて――）うん、いゝねえ。

（新宿遊廓《しんじゆくいうくわく》に入《はひ》る。）

辰野　ほほう、仲々《なか〳〵》ハイカラな建物《たてもの》だ、チヤブ屋《や》みたいだな。

吉屋　私《わたし》、此《こ》の店《みせ》へ宇野《うの》さんと入《はひ》つた事《こと》あるわ。寫眞《しやしん》も置《お》いてあるのね。

石黑　寫眞《しやしん》を見《み》て、之《これ》は美人《びじん》だなんて入《はひ》つて行《ゆ》

（寫眞上はノミの市、下は芝浦にて）

くと、飛《と》んだのが出《で》て來《く》る。

（牛太郎《ぎうたらう》、怪訝《けげん》さうに遊覽《いうらん》バスを見送《みおく》る——再《ふたゝ》び新宿《しんじゆく》の通《とほ》りへ出《で》て四谷《や》見《み》付《つけ》に向《むか》ふ）

案内ガール 右手《みぎて》の奥《おく》の方《はう》一體《たい》が、新宿御苑《しんじゆくぎよゑん》でございます。昔《むかし》、内藤氏《ないとうし》の邸《やしき》でございましたが、明治御維新《めいぢごゐしん》に、宮中《きうちう》へ獻納致《けんなふいた》しました。一部《ぶ》は、大正天皇《たいしやうてんのう》の御葬儀《ごさうぎ》場《ぢやう》に當《あ》てられた御所《ごしよ》でございます。春《はる》は觀櫻御會《くわんあうぎよくわい》、秋《あき》は觀菊御會《くわんぎくぎよくわい》の御催《おもよほ》しも此所《ここ》で開《ひら》かれます。

（寫眞上は、遊覽バス案内孃山田さんの名說明振り、下はランチの上で、吉屋、佐藤、横光三氏 向つて右より）

吉屋 四谷《や》の通《とほ》りは變《かは》らないわね。

長谷川 此《こ》の邊《へん》なんて、ちつとも變《かは》らんですな。變化《へんくわ》が無《な》い。矢張《やは》り發展《はつてん》が無《な》いんですね。燒《や》けなかつたせゐもあるでせうが：：。今《いま》でも夜店出《よみせで》てますかね。毎晩《まいばん》……。

石黑 出《で》て居《ゐ》ます。

六佛 どうも知《し》つた人《ひと》には逢《あ》はないもんだね。

藤田 此《こ》の猫屋《ねこや》、之《これ》が有名《いうめい》なんだよ。何時《いつ》でも猫《ねこ》を店《みせ》に飾《かざ》つてゝね。その猫《ねこ》が死《し》んだ時《とき》には、一萬圓《まんゑん》かけて葬式《さうしき》やつた。四谷《や》で古《ふる》い店《みせ》だよ。

案内ガール 此所《ここ》が四谷《や》でございます。昔《むかし》、甲州街道《かふしうかいだう》へ行《ゆ》きます旅《たび》の人《ひと》の爲《ため》に、茶家《ちやや》、木家《きや》、布家《ぬのや》、梅家《うめや》の四つの茶店《ちやみせ》がございましたが、此《こ》の四つの家《や》が何時《いつ》の間《ま》にか四つの谷《や》と轉《てん》じたのださうでございます。

石黑 オヤ、此《こ》の黄色《きいろ》い家《うち》。とんなのも面白《おもしろ》いものだね。

藤田 雙葉《ふたば》女學校《ぢよがくかう》だよ。

石黑 女學校《ぢよがくかう》か——。氣《き》の毒《どく》なもんだね。あの小學校《せうがくかう》から見《み》ると……（笑聲《せうせい》）

三々伍々の白衣《はくい》の勇士《ゆうし》

藤田 ——此所《ここ》から富士見町《ふじみちやう》の待合《まちあひ》だ。

三井 おや、「文化待合《ぶんくわまちあひ》」なんてのがある。

長谷川 初《はじ》めコーヒーが出《で》て、それからオードブルが出《で》て……。

吉屋 出《で》て來《き》ていきなり「パパ！」つて言《い》ふんですつて（笑聲《せうせい》）

案内ガール お待《ま》たせ致《いた》しました靖國神社《やすくにじんじや》でございます。

（一同下車《どうげしや》、そろつて參拜《さんぱい》する）

案内ガール 今《いま》の御靈《みたま》の數《かず》、十三萬《まん》九百六十七柱《はしら》ございます。今度《こんど》の臨時大祭《りんじたいさい》で新《あら》たに合祀《かふし》されますのが四千五百三十三柱《はしら》でございます。

此《こ》の正面《しやうめん》の御門《ごもん》が第《だい》一徴兵《ちようへい》の寄贈《きそう》でございまして、工費《こうひ》十五萬圓《まんゑん》と謂《い》はれて居《を》ります。とちら、二の鳥居《とりゐ》の高《たか》さは約《やく》五丈《ぢやう》、大阪砲兵工廠《おほさかはうへいこうしやう》の寄贈《きそう》でございます。とちらが一の鳥《とり》居《ゐ》でございまして、高《たか》さ六丈《ぢやう》九尺《しやく》六寸《すん》、唐金《からかね》では東洋《とうやう》一の大鳥居《おほとりゐ》でございます。兩側《りやうがは》の石燈籠《いしどうろう》の彫刻《てうこく》は日清《にっしん》戰爭《せんさう》以來《いらい》の主《おも》なる戰爭《せんさう》の有《あり》樣《さま》を刻《きざ》ませたもので、陸《りく》、海軍《かいぐん》に分《わか》れて居《を》ります。銅像《どうざう》（大《おほ》村益次郎《むらますじらう》）の下《した》の大砲《たいはう》は、お臺場《だいば》に備《そな》へられた七砲臺《はうだい》でございます。

石黑　（砲臺《はうだい》をなで乍《なが》ら）とれはどこ製《せい》かね・・・・

小林　私《わし》はことへ、何《なん》十年《ねん》と來《き》たことがなかつたが、やつぱり來《き》てみると、來《き》てよかつたと思《おも》ひますね。

三河島《みかはしま》にて——

さゝきふさ　私《わし》、子供《こども》の時分《じぶん》此《こ》の邊《へん》でよく遊《あそ》んだわ。

吉屋　私《わし》、小《ちひ》さい時《とき》父《ちゝ》が轉任《てんにん》の途中《とちう》、東京《とうきやう》へ寄《よ》つた時《とき》、此所《ここ》へ來《き》た事《こと》を憶《おぼ》えてるの。寒冷紗《かんれいしや》の洋服《やうふく》を着《き》てお參《まゐ》りした事《こと》、今《いま》でもはつきり憶《おぼ》えてるわ。（白衣《はくい》の勇士《ゆうし》が境內《けいだい》を三々五々散《さん》策《さく》してゐる情景《じやうけい》は、期《き》せずして我《われ》々の胸《むね》に嚴肅《げんしゆく》なものを刻《きざ》まずにはゐない。誰《だれ》もたゞ默《だま》つて敬愛《けいあい》の眼差《まなざし》を向《む》けてゐる。）

小林　（田舍風《ゐなかふう》の老人《らうじん》と語《かた》り合《あ》つてゐる白衣《はくい》の勇《ゆう》士《し》を眺《なが》めて、感慨無量《かんがいむりやう》げに）田舍《ゐなか》からたづねてきたんだね。

石黑　ナーンダ。白衣《はくい》の勇士《ゆうし》だと思《おも》つてお辭儀《じぎ》しようとしたら、洋食屋《やうしよくや》の小僧《こぞう》ぢやないか・・。（先《さき》の方《はう》を一人《ひとり》でどん／＼歩《ある》いて居《ゐ》る横光《よこみつ》氏《し》に氣《き》が付《つ》いて・・・・）オーイ、横光《よこみつ》さんとちら／＼。横道《よこみち》へ行《ゆ》かないで・・・・（笑聲《せうせい》）

——片倉製紙《かたくらせいし》寄贈《きそう》の大鳥居《おほとりゐ》を、石黑《いしぐろ》、大佛《おさらぎ》兩氏《りやうし》が抱《かゝ》へて見《み》て「大《おほ》きいなあ、大《おほ》きいなあ」。

案內ガール　石《いし》の鳥居《とりゐ》としては、之《これ》が日本《にっぽん》で一番大《ばんおほ》きうございます

（一同再《ふたゝ》び車中《しやちう》の人《ひと》となる。遠《とほ》くからカメラを向《む》けて居《ゐ》る白衣《はくい》の勇士《ゆうし》。）

案內ガール　只今下《たゞいまくだ》つて居《を》りますのが九段坂《だんざか》。昔《むかし》は九段《だん》の坂《さか》でございましたが、最近《さいきん》は切下《きりさ》げ工事《こうじ》によりまして、此《こ》の樣《やう》に滑《なめら》かになりました。右手《みぎて》に見《み》えます建物《たてもの》が軍人會館《ぐんじんくわいかん》、御大典《ごたいてん》記念《きねん》に在鄕軍人《ざいがうぐんじん》の手《て》によつて出來《でき》ました。建《たて》物《もの》の工費《こうひ》二百五十萬圓《まんゑん》と申《まを》されて居《を》ります。

——只今《たゞいま》お車《くるま》が走《はし》つて居《を》りますのが神田區《かんだく》でございます。此《こ》の土地《とち》は、昔《むかし》は伊勢《いせ》の國《くに》、大神宮樣《だいじんぐうさま》へ奉納《ほうなふ》致します穀米《こくまい》を作《つく》る神田《しんでん》がありました。後《のち》になりまして、その神田《しんでん》が、漸

と田《でん》を神田《かんだ》と讀《よ》み變《か》へまして、區《く》の名前《なまへ》とされたのでございます。その神田《かんだ》は、只今《たゞいま》では、學生《がくせい》さんの多《おほ》い町《まち》として知《し》られて居《を》ります。一名《めい》、學生街神田《がくせいがいかんだ》とさへ申《まを》されて居《を》ります。駿河臺下迄《するがだいしたまで》、御覽《ごらん》の通《とほ》り右手《みぎて》全部《ぜんぶ》古本屋《ふるほんや》でございます。

小林 隨分本屋《ずゐぶんほんや》があるもんだね。こんなに本屋《ほんや》があつて、どういふ人《ひと》が買《か》ひに來《く》るんだらう。

記者 矢《や》つ張《ぱ》り、古本《ふるほん》を買《か》ひに態々《わざ／＼》神田《かんだ》迄《まで》來《く》るんですね。學生《がくせい》も相當《さうたう》ありますが。

小林 家《うち》から五圓《ゑん》の本代《ほんだい》を貰《もら》つて、二圓《ゑん》で片附《かたづ》けて‥‥つていふんだらう。(笑聲《せうせい》)

長谷川 小林《こばやし》さん經驗《けいけん》ありますか。

小林 僕等《ぼくら》の頃《ころ》は學校《がくかう》と云《い》つたつて、寺小屋《てらこや》だからな。我々《われ／＼》の頃《ころ》は君《きみ》、全部原書《ぜんぶげんしよ》でやつたんだから、そんなもの無《な》いね。學校《がくかう》で本貸《ほんか》して呉《く》れたもの‥‥。

石黒 (「學生《がくせい》まつり」の店頭裝飾《てんとうさうしよく》を眺《なが》めて‥‥)とりや學生《がくせい》を神樣《かみさま》にして了《しま》つてるね。神樣《かみさま》にしなければ、本買《ほんか》つて貰《もら》へない‥‥。

辰野 學生《がくせい》を奉《たてまつ》るのはドイツ式《しき》だね。パリは學生《がくせい》の幅《はゞ》がきかない所《ところ》でね‥‥。

大佛 神田《かんだ》といへば、須田町邊《すだちやうへん》が變《かは》りましたね。此《こ》の間《あひだ》、萬世橋《まんせいばし》の驛《えき》を探《さが》したけれども實《じつ》にみつからない。廣瀬中佐《ひろせちうさ》なんが、全然虐待《ぜんぜんぎやくたい》されてますね。

東《とう》京《きやう》港《かう》

石黒 昔《むかし》の須田町《すだちやう》の佛《おもかげ》は、ちつともありませんね。僕《ぼく》は、廣瀬《ひろせ》中佐《ちうさ》の銅像《どうざう》は、何《なに》もあの萬世橋《まんせいばし》に、無《な》くちやならぬといふわけは無《な》いから、神宮外苑《じんぐうぐわいゑん》でもいゝし、もつと目《め》につく場所《ばしよ》に移《うつ》したらいゝと思《おも》ひますね。

吉屋 どうして萬世橋《まんせいばし》へ置《お》いたんでせう。

石黒 それ、昔《むかし》はあの邊《へん》が一番賑《ばんにぎ》やかな所《ところ》だつたから‥‥。

小林 いや、さうぢやない。英姿《えいし》を萬世《まんせい》に遺《のこ》すため‥(笑聲《せうせい》)

花道展《くわだうてん》を見《み》る

(駿河臺下《するがだいした》から折《を》れて坂《さか》を上《あが》り、明大《めいだい》を左《ひだり》に見《み》てお茶《ちや》の水《みづ》の橋《はし》を渡《わた》り、本郷《ほんがう》へ向《むか》ふ)

石黒 おう、順天堂《じゆんてんだう》だ。以前《いぜん》より小《ちひ》さくなつたやうですね。

辰野 燒《や》けましたからね。それにとの改正道路《かいせいだうろ》が出來《でき》ましたので少《すこ》し削《けづ》られた。併《しか》しとの順《じゆん》天堂《てんだう》は昔《むかし》はよく流行《はや》りましたね。外科《げくわ》といふと、大學病院《だいがくびやうゐん》へ來《こ》ないでみんなとこへ來《き》たもんです。毎日夕方《まいにちゆふがた》になると、銀行《ぎんかう》から金《かね》を預《あづ》かりに來《き》たといはれてましたからね。

記者 （本郷《ほんがう》三丁目《ちやうめ》の四ッ角《かど》で）とこがかねやすですね。

辰野 さう、ここまでが江戸《えど》で、ここから先《さき》が本郷村《ほんがうむら》です。

案内ガール ――右手《みぎて》が日本最高《につぽんさいかう》の學府《がくふ》、帝國《ていこく》大學《だいがく》でございます。その赤《あか》い御門《ごもん》が東京《とうきやう》三大《だい》門《もん》の一《ひと》つ、加賀前田侯《かがまへだこう》の御門《ごもん》、赤門《あかもん》でございます。

辰野 此《こ》の通《とほ》りは隨分通《ずゐぶんかよ》ひあきました。十八の年《とし》から今迄通《いままでかよ》つてるんだから・・・・。あと九年《ねん》でさあ。（笑聲《せうせい》）

案内ガール 構内《こうない》は前田侯《まへだこう》のお邸跡《やしきあと》で、面積《めんせき》、約《やく》十五萬坪程《まんつぼほど》ございます。こちらが帝大正門《ていだいせいもん》でございます。

小林 まだあなた方《がた》が生《うま》れない前《まへ》、僕《ぼく》が初《はじ》めて東京《とうきやう》へ出《で》て來《き》たその晩《ばん》に、丁度《ちやうど》、此處《ここ》に故郷《くに》の學生《がくせい》を預《あづ》かつて居《ゐ》る所《ところ》があつたので、其處《そこ》へ來《き》て晩飯《ばんめし》を御馳走《ごちそう》になつた。十四の春《はる》でしたな。此《こ》の下《した》の根津《ねづ》は女郎屋《ぢよらうや》だつたんですよ。其處《そこ》へ案内《あんない》の奴《やつ》が僕《ぼく》を引《ひ》つ張《ぱ》つて行《ゆ》くんだな。（笑聲《せうせい》）それでその言《い》ひ草《ぐさ》が宜《い》いんだ。「かういふ所《ところ》を今《いま》の中《うち》に見《み》せとくが、こんな所《ところ》へ來《く》るんぢやないぞ」と云《い》つて引《ひ》つ張《ぱ》つてつたよ。（笑聲《せうせい》）

大佛 根津《ねづ》は何時頃迄《いつごろまで》あつたのですか？

小林 それは明治《めいぢ》二十年《ねん》ですから、それからその晩通《ばんとほ》つただけで、直《す》ぐに燒《や》けたかどうかして、洲崎《すさき》へ行《い》つちやつたんです。

案内ガール 限《かぎ》りなく變化《へんくわ》して居《を》ります東京市《とうきやうし》内《ない》に於《おい》て、一番《ばん》、江戸情緒《えどじやうちよ》の殘《のこ》つて居《を》りますのは、此《こ》の不忍池畔《しのばずのちはん》でございます。池全體《いけぜんたい》の形《かたち》は、近江《あふみ》の琵琶湖《びはこ》を眞似《まね》ました。正面《しやうめん》の中《なか》の島《しま》は、竹生島《ちくぶじま》を眞似《まね》て造《つく》られたのでございます。池《いけ》の周圍《しうゐ》は約半里程《やくはんりほど》ございます。

小林 こんな所《ところ》へ爆彈《ばくだん》が落《お》ちたら、えらい事《こと》だらうね。

案内ガール （公園《こうゑん》の坂《さか》を上《のぼ》り）右手《みぎて》に見《み》えますのが、西郷南洲《さいがうなんしう》の銅像《どうざう》でございます。楠正成《くすのきまさしげ》、大村益次郎《おほむらますじらう》と共《とも》に、東京《とうきやう》三大銅像《だいどうざう》と云《い》はれるものでございます。之《これ》が細川侯《ほそかはこう》の御門《ごもん》、右手《みぎて》が、京都清水寺《きやうときよみづでら》を形取《かたど》つて造《つく》りました上《うへ》野清水堂《のきよみづだう》でございます。この上野公園《うへのこうゑん》は、德《とく》川時代《かはじだい》には東叡山寛永寺《とうえいざんくわんえいじ》を初《はじ》め、澤山《たくさん》の堂塔《だうたふ》伽藍《がらん》がございまして莊麗《さうれい》を極《きは》めましたが、明《めい》治維新《ぢゐしん》の際《さい》、彰義隊《しやうぎたい》が兵火《へいくわ》を出《だ》しました上野《うへの》戰爭《せんさう》、又《また》は、大正《たいしやう》十二年《ねん》の大震災《だいしんさい》の時《とき》に燒《や》けまして、只今《たゞいま》では、二、三の建物《たてもの》を遺《のこ》すだけでございます。面積《めんせき》は不忍池《しのばずのいけ》を合《あは》せまして二十四萬坪《まんつぼ》でございます。――左手《ひだりて》の奥《おく》が上野《うへの》東照宮《とうせうぐう》でございます。左手《ひだりて》馬上姿《ばじやうすがた》の銅像《どうざう》が小《こ》松宮樣《まつのみやさま》の銅像《どうざう》でございます。右手《みぎて》奥《おく》の古《ふる》い丸《まる》屋根《やね》の建物《たてもの》が・科學博物館《くわがくはくぶつくわん》、手前《てまへ》の大《おほ》きい建《たて》物《もの》が帝室博物館《ていしつはくぶつくわん》でございます。

石黑 動物園《どうぶつゑん》は見《み》ないのですか。

記者 見《み》たいのですが、見《み》ると却々《なか〱》歸《かへ》れなくなりますから・・・・

石黑 見《み》たいなあ。久《ひさ》しくお目《め》にかゝらぬのがありますからねえ。

三井 河馬《かば》ぢやないですか。向《むか》ふでも待《ま》つてますよ。（笑聲《せうせい》）

案内ガール こちらが東京府美術館《とうきやうふびじゆつくわん》でございます。

記者　ここで一寸《ちよつと》お花《はな》の展覽會《てんらんくわい》を見《み》ませう。

（大日本花道協會《だいにつぽんくわだうけふくわい》の兒島文葼氏《こじまぶんしんし》齋藤巣潮氏《さいとうさうてうし》に迎《むか》へられて、美術館《びじゆつくわん》の中《なか》に入《はひ》る。花道各流《くわだうかくりう》の美《うつく》しい花々《はなばな》が、人々《ひとびと》の眼《め》を奪《うば》ふ。）

さゝき・ふさ　まあ綺麗《きれい》だ。

小林　藤田《ふぢた》さん、生花《いけはな》は外國人《ぐわいこくじん》にはいゝでせうな。お茶《ちや》なんかの本當《ほんたう》の値打《ねうち》はあまりよく判《わか》らないだらうが。

藤田　お花《はな》は非常《ひじやう》にいゝですよ。

齋藤　毎年《まいねん》四月初《ぐわつはじめ》十二日間《にちかん》とゝで開《ひら》きます。今年《ことし》は第《だい》八回目《くわいめ》ですが、年々《ねんねん》外國人《ぐわいこくじん》の參觀《さんくわん》が多《おほ》くなつてゐます。

石黑　（サボテンの見事《みごと》な盛花《もりはな》の前《まへ》で呆然《ばうぜん》と立《た》つてゐて）サボテンにもとんな綺麗《きれい》な花《はな》が咲《さ》くのか……。俺《おれ》にだつて花《はな》の咲《さ》かない事《こと》はないだらう。（笑聲《せうせい》）

吉屋　（立華《りつくわ》のところで）まあ、隨分《ずゐぶん》技巧的《ぎかうてき》な花《はな》ですね。

齋藤　これは立華《りつくわ》といふものです。お花《はな》は最初《さいしよ》は投入《なげい》れから發達《はつたつ》しまして、一旦《たん》、極端《きよくたん》に技《ぎ》巧《かう》に走《はし》つたのです。それの完成《くわんせい》したのがとの立華《りつくわ》なのです。そして、それからとちらにある今日《こんにち》の生花《いけばな》のやうに再《ふたゝ》び簡素《かんそ》な生花《せいくわ》にまで洗練《せんれん》されたのです。

吉屋　では、その最初《さいしよ》の頃《ころ》の投入《なげい》れは、ごく原《げん》始《し》的《てき》なんですね。

齋藤　さうです。今日《こんにち》の投入《なげい》れとはやはり違《ちが》つてをります。

辰野　どの位《くらゐ》の數《すう》が陳列《ちんれつ》されてゐるんですか。

齋藤　二千四五百瓶《へい》を二日《か》づつ六回《くわい》に分《わ》けて陳《ちん》列《れつ》してをります。

記者　吉屋《よしや》さん、かういふお花《はな》の展覽會《てんらんくわい》なんか、婦人雜誌《ふじんざつし》の小説《せうせつ》なんかに使《つか》へますね。美《うつく》しい匂《にほ》ひの中《なか》で戀人《こひびと》と待《ま》ち合《あは》せたりなんか。

吉屋　ほんとねえ！

玉《たま》の井《ゐ》の騷《さわ》ぎ

案内ガール　此所《ここ》が淺草觀音樣《あさくさくわんのんさま》でございます。淺草觀音樣《あさくさくわんのんさま》のいはれにつきましては、今《いま》から約《やく》二、三百年程前《ねんほどまへ》、只今《たゞいま》の隅田川《すみだがは》、以前《いぜん》の宮《みや》戸《と》川《がは》と申《まを》します畔《ほと》りに野見宿禰《のみのすくね》の子孫《しそん》、士師《ハジノ》臣中知《オミナカトモ》といふ人《ひと》が住《す》んで居《を》りまして、或《あ》る日《ひ》網《あみ》を打《う》つて居《を》りますと、異樣《いやう》な物《もの》が網《あみ》にかゝりましたので、掬《すく》ひ上《あ》げて御覽《ごらん》になりますと、高さ一寸八分《すんぶ》の御像《おざう》でございました。早速之《そくこれ》をお祀《まつ》り致《いた》したのださうでございます。三代將軍家光公《だいしやうぐんいへみつこう》の時代《じだい》、只今《たゞいま》の淺草《あさくさ》に、十八間《けん》四方《はう》の御堂《おだう》を造《つく》りまして、そちらに御祀《おまつ》り申上《まをしあ》げました。大正《たいしやう》十二年《ねん》の大震災《だいしんさい》に、四方《はう》火《ひ》に圍《かこ》まれまして、御堂《おだう》と本尊《ほんぞん》だけが燒《や》け殘《のこ》りました。此《こ》の頃《ころ》では、一日《にち》に參拜《さんぱい》なさいます方《かた》の數《すう》、約《やく》二萬人《まんにん》を下《くだ》らないとさへ申《まを》されて居《を》ります。又觀音樣《またくわんのんさま》は、金龍山淺草寺《きんりうざんせんさうじ》の俗《ぞく》稱《しよう》で、御本尊《ごほんぞん》は一寸八分《すんぶ》の御像《おざう》。御宗旨《おしうし》は天《てん》台宗《だいしう》でございます。最近《さいきん》では國寶《こくはう》に指定《してい》されて居《ゐ》るのでございます。

三井　あの角《かど》に見《み》える喫茶店《きつさてん》が、流行《りうかう》の青酸加《せいさんか》里《り》殺人《さつじん》の元祖《ぐわんそ》として有名《いうめい》な明治製菓《めいぢせいくわ》の店《みせ》ですよ。

辰野　凄慘《せいさん》を極《きは》めただらうね。（笑聲《せうせい》）

石黒　（吾妻橋《あづまばし》を渡《わた》りかけると）オ、、いよ〳〵玉《たま》の井《ゐ》へと向《むか》ふな。

小林　玉《たま》の井《ゐ》の説明《せつめい》は、志願者《しぐわんしや》が澤山《たくさん》あるだらう。

案内ガール　左手《ひだりて》の芝生《しばふ》のあります所《ところ》が、水《みづ》の公園《こうえん》として有名《いうめい》な隅田公園《すみだこうえん》でございます。左《ひだり》に見《み》えます鐵橋《てつけう》が、松屋《まつや》から日光《につくわう》へ通《かよ》ひます東武鐵道《とうぶてつだう》の鐵橋《てつけう》でございます。此《こ》の隅田川《すみだがは》のずつと奥《おく》の方《はう》で、毎年《まいねん》、各大學《かくだいがく》のボートレースが行《おこな》はれて居《を》ります。

長谷川　此《こ》の兩側《りやうがは》が、所謂《いはゆる》墨堤《ぼくてい》ですよ。櫻《さくら》の名《めい》所《しよ》だつたんです。

辰野　こちらから公園《こうえん》を對岸《たいがん》に見《み》たところはちよつと上海《シヤンハイ》に似《に》てるな。

案内ガール　――此《こ》の松《まつ》のございます所《ところ》が三《み》圍《めぐり》神社《じんじや》でございます。元祿《げんろく》六年夏《ねんなつ》、長《なが》い間雨《あひだあめ》が降《ふ》りませんでしたので俳人其角《はいじんきかく》が、「夕立《ゆふだち》や、田《た》をみめぐりの神《かみ》ならば」と詠《よ》みましたら、その翌日《よくじつ》から直《す》ぐ雨《あめ》が降《ふ》つたと申《まを》されてをります。

（玉《たま》の井《ゐ》に着《つ》く。一同下車《どうげしや》して、狹《せま》い「拔《ぬ》けられます」と書《か》いてある露路《ろぢ》に這入《はい》る。晝《ひる》間《ま》で客《きやく》は殆《ほとん》どゐないので、婦人連《ふじんづ》れの一行《かう》がひどく目立《めだ》つらしい。最初《さいしよ》の方《はう》を歩《ある》いてゐる人《ひと》に聲《こゑ》を掛《か》けるが、後《あと》は不思議《ふしぎ》さうに見送《みおく》つてゐる。）

女　ヨウ、大《おほ》きいの。――

石黒　なんだね。

女　（小林氏《こばやしし》に）御隱居《ごいんきよ》さん。休《やす》んでいらつしやいよ。

小林　ほう、いゝ子《こ》だな。なか〳〵綺麗《きれい》だ。

女　（佐佐木氏《さゝきし》に）ロングさん、ロングさん、寄《よ》つてらつしやいよ。

あら、吉屋信子《よしやのぶこ》だわ、まあ寫眞《しやしん》にそつくりだわ。

他の女　まあ、吉屋先生《よしやせんせい》、私《わたし》、愛讀者《あいどくしや》ですのよ。

吉屋　お話《はなし》しませう。出《で》ていらつしやいよ。

（女《をんな》、二人素直《ふたりすなほ》に出《で》て來《く》る。十七、八歳《さい》の少《せう》女《ぢよ》の樣《やう》な明《あか》い感《かん》じの女《をんな》である。その明《あか》さが不思議《ふしぎ》に思《おも》へて、一同妙《どうめう》に感心《かんしん》する。彼方《あちら》此方《こちら》からも、大勢《おほぜい》出《で》て來《き》て、一同《どう》を取卷《とりま》く。吉屋氏《よしやし》は寫眞《しやしん》を撮《うつ》したりする。「藤田嗣《ふぢたつぐ》治《ぢ》もそつくりだわね」などと言《い》つて、兩氏《りやうし》が話題《わだい》の中心《ちうしん》になつてゐるらしい。女《をんな》やひやかし客《きやく》で露路《ろぢ》一杯《ぱい》になつて仕舞《しま》つたので引《ひ》き返《かへ》す。バスの停《とま》つてゐる大通《おほどほ》りまで、大勢《おほぜい》がぞろ〳〵とついて來《く》る。）

記者　小林《こばやし》さんは、玉《たま》の井《ゐ》は初《はじ》めてですか。

小林　初《はじ》めてです。驚《おどろ》きましたね。吉屋《よしや》さんが寫眞《しやしん》をとつたあの妓《こ》なんか、いい子《こ》でしたね。私《わたし》は玉《たま》の井《ゐ》といふ所《ところ》は、もつとじめ〳〵した所《ところ》かと思《おも》つてゐた。

吉屋　私達女《わたしたちをんな》に對《たい》しても、ちつとも厭《いや》がらないのね。

佐藤　あれで、夜《よる》だと又感《またかん》じが違《ちが》ふでせうね。

石黒　我々《われ〳〵》でもね、とれでネオンがついてゐると、一寸《ちよつと》ふめるんだがね。（笑聲《せうせい》）

辰野　あゝいふ所《ところ》は、しかし座敷《ざしき》はきれいですか、石黒《いしぐろ》さん。

石黒　（あいまいに）さあ、綺麗《きれい》なところも、汚《きたな》いところもいろ〳〵あるでせうね……。（笑《せう》

聲《せい》）

辰野　（氣《き》をきかせて）誰《だれ》かお友達《ともだち》からお聞《き》きぢやありませんか。（笑聲《せうせい》）

藤田　だが吉屋《よしや》さんが一番《ばん》モテたね。

吉屋　羨《うら》やましかつたでせう。

石黑　然《しか》し吉屋《よしや》さん、あなたと僕《ぼく》が彼處《あすこ》で撮《と》りましたね、あの家の番地《ばんち》と名前《なまへ》を知《し》つてますか？　僕《ぼく》はチヤンと聞《き》いてきました。寫眞《しやしん》を送《おく》る時《とき》に、場所《ばしよ》を敎《をし》へて上《あ》げませうね。

藤田　ははア其の傳《でん》で何時《いつ》も掘出《ほりだ》しものをしてくるんだね。（笑聲《せうせい》）

石黑　いや、それ程《ほど》でもないがね。（笑聲《せうせい》）

小林　結局《けつきよく》、玉《たま》の井《ゐ》といふものはあゝやつて殘《のこ》しておくのでせうね。あゝしておく方《はう》がいゝのでせうね。

長谷川　此《こ》の頃《ごろ》は健康診斷書《けんかうしんだんしよ》を作《つく》つてゐるんですよ。一週《しう》一回《くわい》、公娼《こうしやう》と同じに檢査《けんさ》してゐるのです。

小林　あゝいふ所《ところ》で育《そだ》つ子供《こども》は、どうだらうね。餘程影響《よほどえいきやう》あるだらうな。

記者　此《こ》の間《あひだ》、「話《はなし》」五月號《ぐわつがう》でさういふ商賣《しやうばい》の人達《ひとたち》の子供《こども》についての座談會《ざだんくわい》をやりましたけれども、案外《あんぐわい》さうぢや無いさうですね。

千軒長屋《せんげんながや》と蚤《のみ》の市《いち》

大佛　この邊《へん》へくると町《まち》の樣子《やうす》がやつぱり違《ちが》ふね。

辰野　（町《まち》を歩《ある》くバタ屋《や》を眺《なが》めて）あれ、どうしてバタ屋《や》と云《い》ふのかね。

石黑　ごみ箱《ばこ》の蓋《ふた》をバタ／＼やるから。（笑聲《せうせい》）

案内ガール　ではこれから三河島《みかはしま》の千軒長屋《せんげんながや》へ御案内申上《ごあんないまをしあ》げます。只今《たゞいま》ではその一部《ぶ》が改良《かいりやう》されまして市營《しえい》アパートになつてをり、室《へや》は四疊半《でふはん》と三疊《でふ》の二種類《しゆるゐ》でございます。階下《かいか》の室代《へやだい》は諸費用《しよひよう》を合計《がふけい》して八、九圓《ゑん》、上《うへ》へ行《ゆ》く程安《ほどやす》くなりまして、三階《かい》は四、五圓《ゑん》ださうでございます。

藤田　（狹《せま》い露路《ろぢ》の雜貨屋《ざつかや》の店頭《てんとう》に在《あ》るポストを見《み》て）僕《ぼく》は彼處《あすこ》で郵便箱《いうびんばこ》を賣《う》つてゐるのかと思《おも》つた。（笑聲《せうせい》）

橫山　戶《と》を閉《し》めたら、家《うち》の中《なか》へ入《はひ》つちやふんぢやないかね。

石黑　（朝鮮服《てうせんふく》を着《き》て古風《こふう》な帽子《ばうし》をかぶつた老人《らうじん》を指《さ》して）あれ／＼、先刻《さつき》、上野《うへの》で活花《いけばな》の話《はなし》したひげの坊《ばう》に似《に》てるね。（笑聲《せうせい》）

案内ガール　この露路《ろぢ》をお通《とほ》りになりまして、それから右《みぎ》へ曲《まが》つた突當《つきあた》りがアパートでございます。

（一同下車《どうげしや》、低《ひく》い軒《のき》と軒《のき》に挾《はさ》まれたごみごみした露路《ろぢ》を通《とほ》り拔《ぬ》ける。何事《なにごと》かと戸口《とぐち》から我々《われわれ》一同《どう》を見送《みおく》る顏《かほ》に、却《かへ》つて我々《われわれ》の方《はう》が見《み》られてゐるかたちで、通《とほ》つて行《ゆ》く。トタン屋根《やね》の傾《かたむ》いた薄暗《うすぐら》い部屋《へや》の中《なか》に老婆《らうば》の病《や》み疲《つか》れた青《あを》い顏《かほ》がほんのりと見《み》えてゐる）

子供達　（吉屋氏《よしやし》の銀狐《ぎんぎつね》の襟卷《えりまき》を見《み》て口々《くちぐち》に）あら、背中《せなか》に犬《いぬ》を背負《しよ》つてら。

（右《みぎ》へ折《を》れて、正面《しやうめん》に層々《そうそう》と立《た》つ褐色《かつしよく》のアパートへ行《ゆ》く一同《どう》の後《あと》から、バタ〳〵と女《をんな》や子供《こども》が駈《か》けてくる。アパートの外觀《ぐわいくわん》は仲々《なかなか》立派《りつぱ》に見《み》えるが、中庭《なかには》へ入《はひ》つたとたんに、むつと、何《なん》とも云《い》へない異樣《いやう》な臭氣《しうき》に打《う》たれる。鐵筋《てつきん》三層《そう》の建物《たてもの》がぎつしり立並《たちなら》んでゐる爲《ため》に、中庭《なかには》は空氣《くうき》の流通《りうつう》が惡《わる》く、妙《めう》にすえたやうな籠《こも》つた臭氣《しうき》である。そこでスナップして、再《ふたゝ》び車中《しやちう》の人《ひと》となる。）

大佛　今《いま》の匂《にほ》ひ、あれは何《なん》だらう。實《じつ》に厭《いや》な匂《にほ》ひですね。アパートになつたらもつと清潔《せいけつ》になるかと思《おも》つたら、さうぢやないですね。

藤田　それは何處《どこ》だつて、あゝいふどん底《そこ》の生《せい》活《くわつ》は、一種《しゆ》異樣《いやう》な匂《にほ》ひをもつてますよ。

佐藤　却《かへ》つて最初《さいしよ》に通《とほ》つた露路《ろぢ》の方《はう》が匂《にほ》ひませんね。

大佛　あゝいふ立派《りつぱ》な建物《たてもの》を建《た》てても、矢《や》つ張《ぱ》り駄目《だめ》なんですかね。

辰野　然《しか》し、東京《とうきやう》よりも支那《しな》の方《はう》が酷《ひど》いね。蘇《そ》州《しう》の街《まち》にはゐざりの乞食《こじき》が迚《とて》もゐる。お椀《わん》を持《も》つて街《まち》の中《なか》をゐざつてゐるんだが、お椀《わん》の中《なか》にはタンや糞《くそ》まで入《はひ》つてゐる。そこへ粥《かゆ》をいれて喰《く》つてゐるんだ。人間《にんげん》の最惡《さいあく》の狀態《じやうたい》だね。

横光　支那《しな》では貧民《ひんみん》でなくても、あれ位《ぐらゐ》汚《きたな》いですね。併《しか》し支那《しな》の貧民窟《ひんみんくつ》は、幾《いく》ら汚《きたな》くても何《なに》か汚《きたな》さがそのまゝ來《こ》ない。日本《にほん》の方《はう》が汚《きたな》さがぢかにきますね。

記者　やつぱり最下級《さいかきふ》の生活《せいくわつ》は都會《とくわい》に多《おほ》いのでせうね。

辰野　それからパリが、夏《なつ》になると迚《とて》も小便臭《せうべんくさ》い。（笑聲《せうせい》）

石黒　あれは犬《いぬ》ですよ。犬《いぬ》が實《じつ》に多《おほ》いから……犬《いぬ》は一寸《ちよつと》法律《はふりつ》でどうにも出來《でき》ない。（笑聲《せうせい》）

辰野　それからパリの犬《いぬ》はね、人間《にんげん》と同《おな》じ樣《やう》なのするでせう。（笑聲《せうせい》）

石黒　えゝ、人間《にんげん》と同《おな》じ物《もの》を喰《く》はすから。（笑《せう》聲《せい》）

辰野　いや、犬《いぬ》は野菜食《やさいしよく》で、人間《にんげん》は肉食《にくしよく》なんだ。だからパリの人間《にんげん》の糞《くそ》は褐色《かつしよく》で、犬《いぬ》のは黄色《きいろ》くて、非常《ひじやう》にその日本人《につぽんじん》のに似《に》た犬糞《けんぷん》をやりますね。

石黒　ジンケン蹂躪《じうりん》ぢやないかね。（笑聲《せうせい》）

横光　僕《ぼく》は永田町小學校《ながたちやうせうがくかう》を見《み》てきた眼《め》で、今《いま》の貧民窟《ひんみんくつ》を見《み》て、非常《ひじやう》に面白《おもしろ》かつた。印象的《いんしやうてき》だつた。

石黒　さう〳〵、此處《こゝ》に迚《とて》も面白《おもしろ》い處《ところ》があるんだ。蚤《のみ》の市《いち》が……。之《これ》は一見《けん》の價値《かち》がある。新三河島驛《しんみかはしまえき》のガードの手前《てまへ》で止《と》めて下《くだ》さい。僕《ぼく》が御案内《ごあんない》しませう。

辰野　それ、毎日《まいにち》やつてるの？

石黒　毎日《まいにち》あります。店《みせ》ですから……。

藤田　そこへ毎日《まいにち》お出掛《でか》けですか？

石黒　いや、年《ねん》に一回位《くわいぐらゐ》なものだ。

藤田　僕《ぼく》は又《また》、毎日店出《まいにちみせだ》してゐるのかと思《おも》つ

た。(笑聲《せうせい》)

吉屋　親方《おやかた》はバスで宣傳《せんでん》してゐる、なんて。

石黒　そと〳〵、その自轉車屋《じてんしやや》のところで止《と》めて下《くだ》さい。此《こ》の自轉車《じてんしや》は全部《ぜんぶ》搔拂《かつぱら》つたものだから、三圓《ゑん》も出《だ》さうものなら、市内《しない》で二三十圓《ゑん》のが手《て》に入《はひ》りますよ。

(一同下車《どうげしや》して石黒氏《いしぐろし》を先頭《せんとう》に古物市場《こぶついちは》のやうな蚤《のみ》の市《いち》へ繰《く》り込《こ》む。商人達《しやうにんたち》は呆然《ばうぜん》と見《み》てゐるだけで、一向《かう》に客《きやく》と思《おも》つてくれぬ。ラヂオ、三輪車《りんしや》、茶簞笥等《ちやだんすなど》から釘《くぎ》や眼鏡《めがね》に至《いた》るまで、あらゆる古物《こぶつ》が軒《のき》をつらねて雜然《ざつぜん》と置《お》いてある。)

石黒　(いつの間《ま》に買《か》つたのか、埃《ほこり》にまみれたカメラのケースをぶら下《さ》げて來《き》て) 之《これ》はね七十五錢《せん》を五錢《せん》だけ負《ま》けさせたんだ。皆《みんな》がゐるからあんまり負《ま》けさせられない。

(とある店頭《てんとう》の、目《め》のつき易《やす》いところにとんな事《こと》を書《か》いた紙《かみ》が下《さが》つてゐる。「コソ泥《どろ》よ。汝《なんぢ》に出《い》でたるものは、汝《なんぢ》に酬《むく》いらる。そして汝《なんぢ》の生涯《しやうがい》は當然《たうぜん》破壞《はくわい》さる。そんなに人《ひと》の物《もの》が盗《と》りたいか。大馬鹿《おほばか》！」そしてその文句《もんく》の側《そば》に、「嗚急如律令《きふきふじよりつれい》　喝喝《かつかつ》」と支那語《しなご》で榜書《ばうしよ》してある。)

三井　仲々《なかなか》皮肉《ひにく》な文句《もんく》だね。とれは賣《う》りに來《き》た奴《やつ》に訴《うつた》へる文句《もんく》か、盗《と》りに來《き》た奴《やつ》を反省《はんせい》させる文句《もんく》か、どつちだらう。

大佛　それにしても仲々《なかなか》心理的《しんりてき》だ。文學的《ぶんがくてき》ですね。

見返《みかへ》り柳《やなぎ》と流行調《りうかうてう》

石黒　オヽ、もう吉原《よしはら》だ。

案内ガール　正面《しやうめん》に見《み》えて居《を》ります柳《やなぎ》が、見返《みかへ》り柳《やなぎ》でございます。

小林　(右側《みぎがは》、白《しろ》に巴《ともゑ》の暖簾《のれん》ある店《みせ》を見《み》て——) 之《これ》が「山口巴《やまぐちともゑ》」ですね。

藤田　之《これ》で花《はな》がズッと咲《さ》くと、お芝居《しばゐ》みたいでせう。

小林　櫻《さくら》はまだですね。ここは八重《へ》ですから。

吉屋　私《わたし》も「吉屋《よしや》」つて引手茶屋《ひきてぢやや》しようかしら。繁華《はんくわ》なものね。腐《くさ》つても鯛《たひ》だわ。

小林 賑《にぎ》やかなもんやわ。

辰野 併《しか》し、との引手茶屋《ひきてぢやや》はさびれましたねえ。この頃《ごろ》は、とこで藝者《げいしや》をあげて騒《さわ》ぐ人《ひと》がすつかり減つてしまつた。だから、ぬかみその匂《にほひ》が二階《かい》まで匂《にほ》つてくる感《かん》じになつた….。

案内ガール 此方《こちら》が「角海老《かどえび》」でございます。

石黑 こんなのは保存《ほぞん》して置《お》いた方《はう》が宜《い》いな。

三井 石黑《いしぐろ》さん、晝間《ひるま》見《み》たのは、初《はじ》めてでせう。

石黑 さうだな。尤《もつと》も朝早《あさはや》くならあるけれどね。（笑聲《せうせい》）

案内ガール 此《こ》の池《いけ》が、震災《しんさい》の時《とき》、煮湯《にえゆ》になつて澤山《たくさん》の女《をんな》が死《し》んだ吉原池《よしはらいけ》でございます。

吉屋 小《ち》さいのね。可哀相《かはいさう》に….。

小林 これから「いけにえ」といふ事《こと》が起《おこ》つた。（笑聲《せうせい》）

辰野 色々《いろいろ》の起源《きげん》が分《わか》るね。今日《けふ》は….。

（自動車《じどうしや》は裏門《うらもん》を抜《ぬ》けて、田原町《たはらまち》の方《はう》へ向《むか》ふ。）

小林 オツト、之《これ》が國際劇場《こくさいげきぢやう》ですよ。山田《やまだ》さん何《なん》とか言《い》はないか。（笑聲《せうせい》）

案内ガール 此方《こちら》は國際劇場《こくさいげきぢやう》でございます。左《ひだり》手《て》一帶《たい》が淺草《あさくさ》六區《く》でございます。三十七軒《けん》の映畫館《えいぐわくわん》、レビユー劇場《げきぢやう》、芝居小屋《しばゐこや》等《など》が、軒《のき》を並《なら》べて居《を》ります。

石黑 （田原町迄來《たはらまちまでき》てから….）オツ、とりや淺《あさ》草《くさ》だ。（笑聲《せうせい》）

小林 之《これ》だけ歩《ある》いても、知《し》つてる人《ひと》には逢《あ》はんもんだね。

大佛 本當《ほんたう》に逢《あ》はんですな。

（車《くるま》は藏前《くらまへ》一丁目《ちやうめ》を通過《つうくわ》して、柳橋花柳街《やなぎばしくわりうがい》を抜《ぬ》けて行《ゆ》く。）

石黑 此《こ》の邊《へん》にナント。柳光亭《りうくわうてい》といふのがありますね。毎晩來《まいばんき》たものだが。（笑聲《せうせい》）

三井 （人情噺《にんじやうばなし》の口調《くてう》で）話《はなし》は古《ふる》くなる….か。

石黑 いや流行調《りうかうてう》だ。（笑聲《せうせい》）

藤田 旦那《だんな》、之《これ》が柳光亭《りうくわうてい》ですよ。

（柳光亭《りうくわうてい》の男衆二人《をとこしうふたり》、ぼんやりバスを眺《なが》めてゐる。）

石黑 變《へん》だな。挨拶《あいさつ》せぬな。（笑聲《せうせい》）

辰野 昔《むかし》、北原白秋《きたはらはくしう》が、龜清《かめせい》で歌澤《うたざは》をきくといふ詩《し》をつくつたが、或《あ》る通人《つうじん》が龜清《かめせい》のやうな廣《ひろ》いところでは歌澤《うたざは》はきけない。やつぱり小《ち》さな部屋《へや》でしつぽりきくものだと云《い》つたが、その後《ご》、白秋《はくしう》はその詩《し》を直《なほ》したやうです。

案内ガール 只今《たゞいま》お車《くるま》走《はし》つて居《を》りますのが柳《やなぎ》橋《はし》。左手《ひだりて》に架《か》けられて居《ゐ》るのが兩國橋《りやうごくばし》で、川《かは》の手前《てまへ》が武藏國《むさしのくに》、川《かは》の向《むか》ふが下總國《しもふさのくに》、兩方《りやうはう》の國《くに》に跨《たが》つて居《を》りますので、兩國橋《りやうごくばし》といふ名《な》が付《つ》いて居《を》ります。

大佛 ――（交叉點《かうさてん》の向《むか》ふに、同《おな》じ黃色《きいろ》の遊覽《いうらん》バスが停《とま》つて居《ゐ》るのを見《み》つけて）オツ友人《いうじん》が居《ゐ》た。

（一同懐《どうなつ》しむ事限《ことかぎ》り無《な》く、手《て》を振《ふ》る者《もの》、「オーイ〳〵」と呼《よ》び掛《か》ける者《もの》。友人、不思議《ふしぎ》さうに此方《こちら》を見《み》て居《ゐ》る）

石黑 却々人物《なかなかじんぶつ》が乘《の》つちよるわい。（笑聲《せうせい》）

吉屋 アラ、今行《いまい》つた藝者《げいしや》、私《わたし》の知《し》つてる藝者《げいしや》だわ。

小林 吉屋《よしや》さん、東京中《とうきやうぢう》の知《し》つて居《ゐ》る藝者《げいしや》で、誰《だれ》が一番好《ばんす》きですか？

吉屋 好《す》き、といふ程知《ほどし》らないんですもの。誰《だれ》も同《おな》じ様《やう》に交際《かうさい》して居《ゐ》るの。

石黑 平等《びやうどう》ですか。（笑聲《せうせい》）

薄暮《はくぼ》の銀座《ぎんざ》八丁《はつてう》

案内ガール とちら正面《しやうめん》が皆様御存《みなさまごぞん》じの三越《こし》でございます。伊勢《いせ》の國松阪《くにまつざか》の酒屋《さかや》、三井《ゐ》高俊《たかとし》といふお方《かた》が、四代將軍家綱《だいしやうぐんいへつな》の下《もと》に、越後屋《ゑちごや》といふ天氣商《てんきあきな》ひの呉服商《ごふくしやう》を開《ひら》きましたのが、只今《たゞいま》の繁昌《はんじやう》のもとゝ申《まを》されて居《を》ります。

此《こ》の橋《はし》がお江戸日本橋《えどにほんばし》でございます。昔《むかし》からよく「日本橋《にほんばし》、何里《なんり》々々《〳〵》の名付《なづ》け親《おや》」と言《い》はれます通《とほ》り、お江戸《えど》から何里何丁《なんりなんちやう》の辻口《つじぐち》を計《はか》りますのが、此《こ》の日本橋《にほんばし》でございます。道《みち》の眞《ま》ん中《なか》の黑《くろ》い柱《はしら》が東京市道路標《とうきやうしだうろへう》でございます。右手《みぎて》の柱《はしら》が道路元標《だうろげんへう》でございます。只今《たゞいま》渡《わた》つて居《を》りますのが京橋《きやうはし》で、此所《ここ》からが御承知《ごしようち》の銀座通《ぎんざどほ》りでございます。此《こ》の銀座通《ぎんざどほ》りは、昔《むかし》、明治《めいぢ》五年《ねん》に、此《こ》の邊《あた》りに大火《たいくわ》がございまして、一面燒野《めんやけの》ヶ原《はら》と變《かは》りましたが、政府《せいふ》では、それから後《のち》に、柳《やなぎ》を土地《とち》の名殘《なご》りとしまして、銀座《ぎんざ》の通《とほ》りを造《つく》りました。約《やく》百萬圓《まんゑん》の巨費《きよひ》を以《もつ》て、煉瓦路《れんぐわぢ》——洋風《やうふう》の通《とほ》りを造《つく》つたのでございます。それが今《いま》の銀座通《ぎんざどほ》りの初《はじ》めでございます。

銀座《ぎんざ》と申《まを》します所《ところ》は、今《いま》から約《やく》三百五十年《ねん》程前《ほどまへ》は、東京灣《とうきやうわん》に續《つゞ》きました海《うみ》でございました。二代將軍秀忠《だいしやうぐんひでたゞ》公《こう》が、尾張《をはり》公《こう》、加賀《かが》公《こう》、出雲《いづも》公《こう》、之等《これら》の諸大名《しよだいみやう》に、此《こ》の埋立《うめたて》を命《めい》じたのでございます。その爲《ため》只今《たゞいま》でも、尾張町《をはりちやう》、加賀町《かがちやう》、出雲町等《いづもちやうなど》と申《まを》します大名《だいみやう》の名前《なまへ》が、地《ち》名《めい》として殘《のこ》されて居《を》ります。その後《ご》、駿河《するが》の國《くに》に在《あ》りました銀座《ぎんざ》と申《まを》します銀貨《ぎんくわ》を造《つく》るお役所《やくしよ》を、此方《こちら》に移《うつ》しまして、約《やく》二百年《ねん》の長《なが》い間《あひだ》、此《こ》の邊《あた》りで銀貨《ぎんくわ》を造《つく》られたのでございます。その爲《ため》に只今《たゞいま》では、お役所《やくしよ》の名前《なまへ》を土地《とち》の名前《なまへ》と致《いた》しまして、此《こ》の邊《あた》りを銀座《ぎんざ》と申《まを》して居《を》ります。

石黑　かうやつて歩《ある》いてみると、つまらん街《まち》だな。

辰野　ザツパクで、風情《ふぜい》がないね。

石黑　大抵《たいてい》どんな町《まち》でも、橋《はし》のそば位《くらゐ》はいゝものだが。法律《はふりつ》ででも決《き》めて、もつと建物《たてもの》だけでも綺麗《きれい》にしたらいゝんだ。

辰野　全《まつた》くしまりのない街《まち》だな。

案内ガール　只今渡《たゞいまわた》つて居《を》りますのが新橋《しんはし》でございます。有名《いうめい》な銀座通《ぎんざどほ》りも、先程《さきほど》の京橋《きやうはし》から此《こ》の新橋迄《しんはしまで》でございます。では暫《しば》く此《こ》の東海道《とうかいだう》筋《すぢ》を通《とほ》りまして、東京港《とうきやうかう》に參《まゐ》ります。

海《うみ》から見《み》る東京《とうきやう》

（芝橋《しばはし》のガードをくゞると、急《きふ》に潮《しほ》の香《か》がする。東京港《とうきやうかう》の棧橋《さんばし》や岩壁《がんぺき》に五六千噸《トン》と思《おも》はれる汽船數隻《きせんすうせき》が横付《よこづ》けとなつてゐる。運轉手《うんてんしゆ》は自動車《じどうしや》をその方《はう》へ向《む》けようとする。）

三井　もつと先《さき》へ行《い》つてくれ給《たま》へ。

運轉手　此《こ》の先《さき》にもあんな船《ふね》ありますか？

三井 あゝいふ船《ふね》に乘《の》るんぢやないんだ。

石黑 あれはアメリカへ行《ゆ》くのかい。(笑聲《せうせい》)

辰野 アメリカ迄持《までも》つてかれたら大變《たいへん》だ。

(目的《もくてき》の埠頭《ふとう》に着《つ》く。一同下《どうげ》車《しや》、ランチに乘《の》る)

辰野 久《ひさ》し振《ぶ》りに海《うみ》を見《み》ると晴々《はれ〴〵》するね。

石黑 だが、非常《ひじやう》に寒《さむ》いね。

大佛 佐藤《さとう》さんや吉屋《よしや》さんは實際寒《じつさいさむ》さうでお氣《き》の毒《どく》だな。

石黑 旦那《だんな》、此處《ここ》は我々《われ〴〵》が女性《ぢよせい》に對《たい》して禮《れい》を盡《つく》さねばなるまい。

(石黑氏《いしぐろし》は佐藤氏《さとうし》に、辰野氏《たつのし》は吉屋氏《よしやし》にそれぞれオーバを着《き》せかける。)

石黑 矢《や》つ張《ぱ》りダブ〳〵だわい。

吉屋 あら、光榮《くわうえい》ですわ。私男《わたしをとこ》の方《かた》のオーパ着《き》たの初《はじ》めてですわ。

(ランチには說明役《せつめいやく》の港灣課《かうわんくわ》の方《かた》が待《ま》つてゐる。一同《どう》を乘《の》せたランチは、波《なみ》をけたてゝ走《はし》る。水《みづ》の上《うへ》の夕風《ゆふかぜ》はやつぱり寒《さむ》い。)

港灣課員 では、此《こ》れから御案内致《ごあんないいた》します。

大東京《だいとうきやう》の海《うみ》の玄關《げんくわん》、吾等《われら》の東京港《とうきやうかう》は今猶《いまな》ほ修《しう》築途上《ちくとじやう》にある未完成《みくわんせい》の港《みなと》ではありますが、其《そ》の急速《きふそく》な躍進振《やくしんぶ》りは眞《しん》に目覺《めざま》しいものがあります。昨年中本港《さくねんちうほんかう》を通《つう》じて取扱《とりあつか》はれた海運貨《かいうんくわ》物《もつ》の量《りやう》は大約《おほよそ》一千六十萬噸《まんトン》、約《やく》十二億圓《おくゑん》の巨《きよ》額《がく》に達《たつ》して居《を》ります。本邦港灣中第《ほんぱうかうわんちうだい》四位《ゐ》を占《し》むる盛況《せいきやう》を見《み》るに至《いた》りました。出入貨《しゆつにふくわ》の主《おも》なるものは、石炭《せきたん》、木材《もくざい》、セメント等《とう》の工業資《こうげふし》材《ざい》から米《こめ》、雜穀《ざつこく》、砂糖《さたう》、青果《せいくわ》等《とう》の生活必需品《せいくわつひつじゆひん》に迄及《までおよ》んでゐるのでありまして、此《こ》の點《てん》から見《み》ましても東京港《とうきやうかう》は實《じつ》に市民各位《しみんかくゐ》の日常生活《にちじやうせいくわつ》と極《きは》めて密接《みつせつ》な關係《くわんけい》を有《いう》する次第《しだい》であります。

小林 東京港《とうきやうかう》は本當《ほんたう》に皆《みん》な初《はじ》めてでせうね。

大佛 僕《ぼく》も初《はじ》めてです。

小林 私《わたし》、この近所《きんじよ》で長《なが》いと生活《せいくわつ》して居《を》つたけれども、此《こ》の邊《へん》から、芝浦《しばうら》の空地《あきち》には、何《なに》もなかつたですからね。

大佛 今《いま》の田町《たまち》の驛《えき》から、線路《せんろ》の此方《こつち》は海《うみ》でしたからね。僕《ぼく》は芝《しば》の小學校《せうがくかう》に居《ゐ》て、線路《せんろ》を越《こ》えちや遊《あそ》びに來《き》た。線路《せんろ》の下《した》が海《うみ》でした。

横光 段々埋立《だん〳〵うめた》てゝ行《い》つたのですね。

辰野 隨分《ずゐぶん》、變《かは》つたものですね。彼處《あそこ》が濱離宮《はまりきう》ですね。東京港《とうきやうかう》は大正《たいしやう》の頃見《ころみ》ただけなのですが、濱離宮《はまりきう》を除《のぞ》いては、昔《むかし》の佛《おもかげ》が少《すこ》しもありませんね。前《まへ》は、お臺場邊《だいばあた》りに網打《あみう》ちに行《ゆ》くとか、鰻《うなぎ》を買《か》ひに行《ゆ》くとか、海苔《のり》が彼處《あそこ》で澤山採《たくさんと》れましてね。船宿《ふなやど》に、網新《あみしん》、三久《きう》など色々《いろ〳〵》あつたものだ。今《いま》は餘程遠《よほどとほ》くへ行《ゆ》かなければ駄目《だめ》でせう。

石黑 此《こ》の埋立地《うめたてち》は何處《どこ》の土《つち》を持《も》つて來《き》たのでせうか。

三井 掘《ほ》つたのですよ。

石黑 へーえ。掘《ほ》つた海《うみ》の底《そこ》の土《つち》を埋《う》めたのですか。

港灣課員 大《おほ》きい船《ふね》を入《い》れるので、吃水《きつすゐ》を深《ふか》くする。それと、隅田川《すみだがは》から流《なが》れ込《こ》む泥《どろ》が非常《ひじやう》に多《おほ》いですからね。

吉屋 かちどき橋《はし》はもう大分出來上《だいぶできあが》りましたね。

三井 此《こ》れが出來《でき》ると、隨分便利《ずゐぶんべんり》になりますね。此《こ》の邊《へん》から引《ひ》き返《かへ》して貰《もら》ひませう。

小林 あの白《しろ》い船《ふね》は何處《どこ》へ行《ゆ》くのでせう。

港灣課員 農林省《のうりんしやう》の監視船《かんしせん》です。夏《なつ》になると樺《から》太《ふと》からカムチヤツカの方迄出《はうまでで》掛《か》けて行《い》つて冬《ふゆ》は芝浦《しばうら》で休《やす》んでゐる譯《わけ》です。

吉屋　お臺場《だいば》は防波堤《はうはてい》なのでせうか。

港灣課員　つなみを防《ふせ》ぐ事《こと》は考《かんが》へてゐたらしいですね。

石黒　此《こ》んなにどんどん埋立《うめた》てて、お臺場《だいは》迄埋《までう》める積《つも》りなのですかね。

辰野　あゝもう歸《かへ》り着《つ》いて仕舞《しま》つた。此《こ》んな處《ところ》でも實際海《じつさいうみ》は良《い》いですね。六哩《マイルぐらゐ》位の速力《そくりよく》だつたでせうね。

（一同《どう》、ランチを降《お》りて、直《す》ぐ又《また》バスに乘《の》る）

石黒　やれやれ、家《うち》へ歸《かへ》つた樣《やう》な氣《き》がする。非常《ひじやう》に寒《さむ》かつたですね。折角《せつかく》、船《ふね》を出《だ》して貰《もら》つてね。（笑聲《せうせい》）

案内ガール　皆樣《みなさま》お疲《つか》れ樣《さま》でございました。之《これ》で今日《けふ》の御計畫《ごけいくわく》を終《をは》りまして、これから芝《しば》公園《こうゑん》に參《まゐ》ります。ではなにはやに着《つ》きました。これでいよいよお別《わか》れで御座《ござ》います。

石黒　いや御苦勞樣《ごくらうさま》でした。

（一同《どう》、なにはやに着《つ》いて、晩餐《ばんさん》を共《とも》にしながら、一日《にち》の印象《いんしやう》を語《かた》り合《あ》ふ）

庭《には》と貞《てい》操《さう》

大佛　僕《ぼく》は、大阪《おほさか》へ行《ゆ》くと穢《きたな》い所《ところ》だな、と思《おも》ふのですけれども、今日《けふ》、東京《とうきやう》を歩《ある》いたら矢《や》つ張《ぱ》り穢《きたな》い所《ところ》だと思《おも》ひましたよ。

佐々木　然《しか》し、大阪《おほさか》の方《はう》が特徴《とくちやう》がありはしないかな。東京《とうきやう》はどうも東京《とうきやう》らしい所《ところ》が無《な》い。

辰野　印象《いんしやう》が漠然《ばくぜん》として居《ゐ》る。

長谷川　それは、都市《とし》が近代的《きんだいてき》になればなる程《ほど》特色《とくしよく》といふものが無《な》くなつて來《く》るのぢやないでせうか。道路《だうろ》も同《おな》じ樣《やう》な形《かたち》になつて了《しま》ふし橋《はし》も同《おな》じ樣《やう》な形《かたち》になつて便利《べんり》になればなる程《ほど》、單純化《たんじゆんくわ》されて行《ゆ》く、といふ傾向《けいかう》があるんぢやないですかね。

辰野　だがどうも趣《おもむき》が無《な》い……。一帶《たい》に埃《ほこり》つぽい感《かん》じですね。

小林　併《しか》し、これからは、政府《せいふ》の方針《はうしん》も、緑地《りよくち》帶《たい》をどん〳〵拵《こしら》へるやうになるでせう。だから、十年《ねん》も經《た》てば一寸《ちよつと》違《ちが》ふでせうね。

長谷川　それから一つは外國《ぐわいこく》の都市《とし》に比《くら》べて、東京《とうきやう》は、公園《こうゑん》が少《すくな》いのですね。世界《せかい》で一番多《ばんおほ》いのはロンドンですが、ロンドンの眞《ま》ん中《なか》には、大《おほ》きな公園《こうゑん》が二つも三つもある。公園《こうゑん》があると無《な》いとでは、容子《ようす》が大分《だいぶ》變《かは》つて來《く》るでせうね。

石黑　然《しか》し、家《いへ》が低《ひく》くつて、さうして無暗《むやみ》に横《よこ》へ擴《ひろ》がるから、自然《しぜん》、それに附隨《ふずゐ》した樹木《じゆもく》だとか、公園《こうゑん》だとか、橋《はし》だとかいふものを、澤《たく》山《さん》拵《こしら》へなければならんので凝《こ》つたものが出來《でき》なくなるのぢやないですか……。矢《や》つ張《は》り之《これ》が五階《かい》とか七階《かい》とかならば、土地《とち》が狹《せま》くていいするから橋《はし》だつて、樹《き》だつて、一里《り》四方《はう》へ植《う》ゑる所《ところ》は一本《ぽん》で間《ま》に合《あ》ふし、何町《なんちやう》四方《はう》の中《うち》へ、植《う》ゑられるし……。

辰野　それはさうでせう。外國《ぐわいこく》の大都會《だいとくわい》と比《くら》べて、あんまり空《そら》が見《み》え過《す》ぎますね。日本《につぽん》へ歸《かへ》つて來《き》た時《とき》に感《かん》じましたね、空《そら》つてとんなにだだつ廣《ぴろ》いものかなあとつく〴〵感《かん》じました。

横光　僕《ぼく》は此《こ》の頃《ごろ》考《かんが》へて居《ゐ》るのですけれども、建物《たてもの》が低《ひく》い爲《ため》に、日本《につぽん》に居《ゐ》ると元氣《げんき》があるのですよ。もつと之《これ》が高《たか》くて、層々《そう〳〵》と聳《そび》えて、石《いし》に壓迫《あつぱく》されると、人間《にんげん》はとんな元氣《げんき》が出《で》ないですよ。それ許《ばか》りでなくて、女《をんな》が不貞操《ふていさう》になるです。建物《たてもの》が低《ひく》くて、一寸《ちよつと》見《み》ると家《いへ》に庭《には》木《き》があるといふ事《こと》は、貞操觀念《ていさうくわんねん》を非常《ひじやう》に養《やしな》つて居《ゐ》ると思《おも》ふ。だから、この頃《ごろ》の新婚夫婦《しんこんふうふ》などが兎角《とかく》アパートに住《す》みたがる事《こと》は、僕《ぼく》は不《ふ》贊成《さんせい》なんだ。庭《には》があつてなにして居《を》れば、女《をんな》の人《ひと》は氣分《きぶん》が變《かは》つて、家庭生活《かていせいくわつ》は堅固《けんご》になるんですよ。町《まち》を、自動車《じどうしや》ででも通《とほ》つて居《ゐ》るでせう。すると、家《いへ》の後《うしろ》に樹《き》が見《み》える、なんといふ町《まち》は、日本《につぽん》だけより無《な》いですね。

石黑　公園等《こうゑんなど》は、五階《かい》、七階《かい》に住《す》んで居《ゐ》て、庭《には》木《き》が一つも無《な》いといふ樣《やう》な都會《とくわい》の住民《ぢうみん》が必要《ひつえう》とするので、日本《につぽん》では、自分《じぶん》の家《いへ》にも庭木《にはき》があるのに、公園《こうゑん》もある、といふ風《ふう》に、ダブつて居《ゐ》る譯《わけ》なのですね。早《はや》い話《はなし》が、公園《こうゑん》だけは外國《ぐわいこく》の眞似《まね》をして、家《いへ》だけは、昔《むかし》からの日本《につぽん》のその儘《まゝ》だ、といふわけになつて居《ゐ》るのですな。

横光　庭《には》といふものは極樂《ごくらく》を作《つく》る爲《ため》にやつたのださうですね。だから、家《いへ》の中《なか》に庭《には》が一つある、といふのは、家《いへ》の中《なか》に極樂《ごくらく》が一つある、といふ事《こと》になつて來《く》るらしいんですよ。だから、さういふ事《こと》から何《なに》か觀念的《くわんねんてき》に、矢《や》つ張《は》り日本人《につぽんじん》とヨーロッパ人《じん》と違《ちが》ふらしいんですね。花活《はない》けもさうらしいですね。

街《がい》路《ろ》樹《じゆ》往《わう》來《らい》

大佛　芝公園《しばこうゑん》の樹《き》なんか、矢《や》つ張《は》り、幾《いく》らか衰《おとろ》へてくる傾向《けいかう》ですか。

長谷川　段々《だん〳〵》、木《き》の壽命《じゆみやう》が短《みぢ》かくなるさうです。大樹《たいじゆ》が枯《か》れるので、非常《ひじやう》に惜《を》しいと言《い》つて居《を》ります。矢《や》つ張《ぱ》り、人口稠密《じんこうちうみつ》になると、煤煙《ばいえん》の關係《くわんけい》でせうが、古《ふる》い樹《き》が枯《か》れるさうです。

横光 僕《ぼく》は銀座通《ぎんざどほ》りに、松《まつ》の大《おほ》きいのを植《う》ゑたらどうかと思《おも》ひましたが、今日《こんにち》の樣《やう》に歩《ある》いて見《み》ると、松《まつ》では、あの芽《め》を出《だ》して來《く》る美《うつく》しさが見《み》られないわけですね。

長谷川 銀座《ぎんざ》の街路樹《がいろじゆ》の初《はじ》めは、松《まつ》と櫻《さくら》ださうですね。松《まつ》と櫻《さくら》が一度《ど》枯《か》れて、それから柳《やなぎ》ださうです。明治《めいぢ》三年頃《ねんごろ》煉瓦《れんぐわ》の銀座《ぎんざ》を拵《こしら》へた時《じ》分《ぶん》のことですが……。

横光 併《しか》し街路樹《がいろじゆ》をもつと何《なん》とか日本的《につぽんてき》にしたいものですね、外國《ぐわいこく》を歩《ある》いてゐて、街路樹《がいろじゆ》の貧弱《ひんじやく》な街《まち》はすぐ歸《かへ》りたくなりますからね。杉《すぎ》はどうでせう。ヨーロッパに杉《すぎ》はありませんね。

三井 杉《すぎ》は手入《てい》れが大變《たいへん》でせう。落葉《おちば》で……。

横光 併《しか》しパリなど、マロニエの落葉《おちば》は大變《たいへん》ですが、風情《ふぜい》があつていゝですな。

さゝき・ふさ 東京市《とうきやうし》の街路樹《がいろじゆ》の種類《しゆるゐ》、どの位《くらゐ》ございます。

長谷川 さうですね。十四、五種《しゆ》あるでせう。一番多《いちばんおほ》いのは槐《えんじゆ》ですが、秋《あき》になると、パーッと七つの葉《は》のかうなつた（手眞似《てまね》）奴《やつ》がありますね。紅葉《こうえふ》の大《おほ》きい、楓《かへで》みたいな奴《やつ》。その次《つぎ》が銀杏《いてう》、次《つぎ》が櫻《さくら》。櫻《さくら》が却々多《なかなかおほ》いですね。それから僞《にせ》アカシヤと云《い》つたやうな木《き》があります。全體《ぜんたい》で、六萬《まん》五、六千もあるでせう。その中《なか》の三分《ぶん》の一位《ぐらゐ》が、今《いま》の槐《えんじゆ》ですかね。

吉屋 それは、何《なに》か手入《てい》れをする植木屋《うゑきや》さんがあるのですか？

長谷川 公園課《こうゑんくわ》ですね。枝《えだ》を切《き》つたり、肥料《ひれう》をやつたり、皆《みん》な手入《てい》れして居《ゐ》ます。櫻《さくら》なんか枝《えだ》を切《き》らなければいかぬらしいですしね

石黑 然《しか》し、東京市《とうきやうし》の街路樹《がいろじゆ》は、風《かぜ》が強《つよ》いのですぐ引《ひ》つくら返《かへ》るから、餘《あま》り大《おほ》きなのは置《お》かないで引《ひ》つくら返《かへ》つても、又《また》もとに直《なほ》せば、すぐつくといふのを植《う》ゑたと言《い》ふ者《もの》もありますがね。（笑聲《せうせい》）

長谷川 そんな事《こと》も無《な》いでせう。

石黑 僕《ぼく》の友人《いうじん》は、市《し》の公園課《こうゑんくわ》の技師《ぎし》して居《ゐ》ますが、クラス會《くわい》をやる晩《ばん》に、風《かぜ》が吹《ふ》くと出《で》て來《こ》ないのです。一ト晩中方々廻《ばんぢうはうぐまは》つて歩《ある》いて、引《ひ》つくら返《かへ》つた木《き》を起《おこ》す役《やく》なんですね。（笑聲《せうせい》）

吉屋 街路樹《がいろじゆ》といふのは、外國《ぐわいこく》の眞似《まね》でせうね。

小林 いや、そりやね。昔《むかし》、東海道《とうかいだう》には松並木《まつなみき》があつたし、日光《につくわう》には杉並木《すぎなみき》があつたのだから、眞似《まね》でもないでせうね。

吉屋 大連《たいれん》はアカシヤの並木《なみき》で、花《はな》が咲《さ》くと、

町中香水《まちぢゆうかうすゐ》を振《ふ》つた樣《やう》で良《よ》うございますね。

藤田 さう、僕《ぼく》は東京《とうきやう》を匂《にほ》ひの好《い》い町《まち》にしたいな。

記者 全體《ぜんたい》の匂《にほ》ひですか？

藤田 匂《にほ》ひがあまり良《よ》くないね。喰《た》べものの臭《にほ》ひとかね。匂《にほ》ひの感覺《かんかく》が非常《ひじやう》に惡《わる》いね。

石黑 (深刻《しんこく》な表情《へうじやう》で)香水屋《かうすゐや》を少《すこ》し殖《ふ》やさなければならない。(笑聲《せうせい》)

藤田 パリを言《い》ふわけぢやないけれどもね、春《はる》になつて、マロニエが、町《まち》から町《まち》へすつかり匂《にほ》つちやふ。あゝいふ氣持《きもち》。――櫻《さくら》は匂《にほ》ひは無《な》いからね。

石黑 鬢《びん》つけなど、どうです？(笑聲《せうせい》)

ポスター稅《ぜい》

横光 ところで街《まち》の暖簾《のれん》とか、カーテンの色《いろ》ですが、あれが思《おも》ひ／＼、まち／＼になると、非常《ひじやう》に汚《きたな》い感《かん》じがしますがね。

伊藤 ドイツでは、「建築相談《けんちくさうだん》」といふのが出來《でき》まして、都市計畫《としけいくわく》なんかもその中《なか》に入《はひ》つてやつてゐますけれども、あゝいふ强力《きやうりよく》なものが日本《につぽん》にも出來《でき》れば、暖簾《のれん》やカーテンの取締《とりしま》りなども簡單《かんたん》に出來《でき》るのでせうがね。

石黑 横光《よこみつ》さん。それはどうにもならぬです。

横光 何故《なぜ》です。

石黑 「暖簾《のれん》に腕押《うでお》し」だ。(爆笑《ばくせう》)

横光 之《これ》はかゝつたな。

石黑 先刻《さつき》から考《かんが》へてたんだ。(笑聲《せうせい》)

佐藤 それから電信柱《でんしんばしら》がひどく氣《き》になりますね。

あれはどうにもならないでせうか。

長谷川 あれは今《いま》のところ、どうにもならない樣《やう》ですね。只《たゞ》、今度《こんど》オリンピックの問題《もんだい》がありましてね、新橋《しんばし》から京橋迄《きやうばしまで》は、あの電信柱《でんしんばしら》をホールへ入《い》れるといふ事《こと》に決《きま》つて居《ゐ》るのです。もう豫算《よさん》も通《とほ》りましたから、今年《ことし》からかかるのぢやないかと思《おも》ひます。さうしますと、電信《でんしん》、電話《でんわ》、電燈《でんとう》の線《せん》がホールへ入《はひ》るのです。あとは、電車《でんしや》の架線《かせん》が殘《のこ》るのですが、これも、さういふ曉《あかつき》には、矢《や》つ張《ぱ》り除《と》らなくちやならんでせう。

石黑 併《しか》し電信柱《でんしんばしら》といふのは、矢《や》つ張《ぱ》り、丸《まる》ビルの近所《きんじよ》とか何《なん》とかは目《め》に付《つ》かんですよ。家《いへ》が大《おほ》きければ、壓倒《あつたふ》されちやつて一寸目《ちよつとめ》に付《つ》かんですね。同《おな》じ電信柱《でんしんばしら》でも、何《なん》とか、杉《すぎ》のまん丸《まる》いのでなしに、コンクリートとか、鐵棒《てつぼう》とか、一寸《ちよつと》體裁《ていさい》の宜《い》いものにすれば、もつと綺麗《きれい》になると思《おも》ふな。

小林 今《いま》は、日本《につぽん》でもどん／＼さういふ風《ふう》に直《なほ》しつゝあります。銀座《ぎんざ》等《など》でも、昭和通《せうわどほ》りなど大體《だいたい》コンクリートですね。

佐藤 さうですか。ちつとも氣《き》が付《つ》きませんでした。それから電信柱《でんしんばしら》に廣告《くわうこく》貼《は》りますね。あの中《なか》に、淋病《りんびやう》とか、花柳病《くわりうびやう》とかの廣告《くわうこく》が、隨分《ずゐぶん》貼《は》つてございますね。私《わたし》、歸《かへ》つて來《き》て隨分《ずゐぶん》目《め》につきました。あゝいふもの、どうでせうか。

石黑 あれで又《また》、全快《ぜんくわい》した者《もの》がある。(笑聲《せうせい》)

辰野 パリ邊《あた》りでは、便所《べんじよ》の中《なか》ですね。大抵《たいてい》‥‥。

長谷川 外國《ぐわいこく》では、大體《だいたい》、廣告《くわうこく》が停車場《ていしやぢやう》を中心《ちうしん》として、餘《あま》り散《ち》らばさない樣《やう》にして居《ゐ》ますね。「快癒迅速《くわいゆじんそく》」なんて書《か》いてある。さうすると、その下《した》なんかに、「此處《ここ》の醫者《いしや》へ行《ゆ》くな」なんて落書《らくがき》がしてある。(笑聲《せうせい》)

石黑 向《むか》ふでは廣告《くわうこく》ポスターに收入印紙《しうにふいんし》を貼《は》つて、皆《みん》な稅金《ぜいきん》を納《をさ》めて居《ゐ》ますね。日本《につぽん》では、まだやつてゐないけれども、あんな事《こと》は、増《ぞう》税《ぜい》の時《とき》に、考《かんが》へて居《を》らぬのでせうかね。

小林　それは非常《ひじやう》な名案《めいあん》ですな。下《くだ》らないポスターをやたらにペタ／＼貼《は》つて餘《あま》りに町《まち》を汚《きたな》くし過《す》ぎますから、或《あ》る意味《いみ》では、ポスターの税金《ぜいきん》を取《と》る事《こと》は良《い》い事《こと》ですね。

佐々木　それは宜《い》いですね。

石黒　さうすれば下《くだ》らんポスターが減《へ》つて、從《したが》つて街《まち》は綺麗《きれい》になるし、金《かね》は入《はひ》るし、…印《いん》紙《し》さへ貼《は》つて持《も》つて行《ゆ》けば、役場《やくば》か何《なに》かで、一寸見《ちよつとみ》て、郵便局《いうびんきよく》の消印《けしいん》みたいなものを捺《お》して呉《く》れるのです。さうするとドン／＼貼《は》れるのです。

小林　それは本當《ほんたう》に良《よ》い事《こと》ですね。名案《めいあん》だね。それは一《ひと》つ、あなた、大藏省《おほくらしやう》へ決議文《けつぎぶん》を出《だ》したらどうです？

石黒　さうですな。此《こ》の「話《はなし》」を、一《ひと》つ、決議《けつぎ》文《ぶん》の代《かは》りに送《おく》れば…・（笑聲《せうせい》）

小林　今夜《こんや》の話《はなし》の中《なか》で、之《これ》が一番意義《いちばんいぎ》があるかも知《し》れぬ。

辰野　實行性《じつかうせい》がありますね。

建《けん》築《ちく》防《ばう》空《くう》色《しよく》

横光　東京《とうきやう》の街《まち》のこの頃建《ごろだ》つてゐるビルは色《いろ》でも何《なん》でもまち／＼でせう。あれは、自由《じいう》にさせてあるものですか？、實《じつ》に色々《いろいろ》な色《いろ》があつて、汚《きたな》いですね。

伊藤　あれは、別《べつ》に、取締《とりしま》つてはゐません。併《しか》し、宮城《きうじやう》の周圍《しうゐ》は、治安地區《ちあんちく》といつて、色《いろ》の制限《せいげん》なども出來《でき》る事《こと》になつて居《ゐ》ますけれども、さうやかましい事《こと》は言《い》つて居《を》りません。それからもう一《ひと》つ、風致《ふうち》地區《く》ですね。さういふ所《ところ》の建物《たてもの》も、矢張《やは》り、色《いろ》を制限《せいげん》して居《ゐ》ますが、併《しか》し、さうやかましい事《こと》は言《い》つて居《ゐ》ない様《やう》です。近頃《ちかごろ》防空《ばうくう》がやかましくなつて參《まゐ》りまして、先刻《さつき》も、鐵道省《てつだうしやう》の防空色《ばうくうしよく》なんかありましたけれども、幾分《いくぶん》、防空的見地《ばうくうてきけんち》から、色《いろ》の制限《せいげん》をするといふ事《こと》になつて來《く》ると思《おも》ひますが、どの程度《ていど》迄《まで》行《おこな》はれますか……。

石黑　屋根《やね》の上《うへ》に植木《うゑき》を置《お》くのなど、防空《ばうくう》の意《い》味《み》になりますか？

伊藤　それも一案《あん》だと思《おも》ふのですが。ビルの屋《をく》上《じやう》など、廣《ひろ》い面積《めんせき》ですから……。

記者　防空色《ばうくうしよく》といふのは、どういふ色《いろ》が一體《たい》良《よ》いですか。鐵道省《てつだうしやう》の様《やう》なのが良《よ》いですか？

伊藤　あれは、我々《われわれ》の間《あひだ》では惡《わる》いといふ評判《ひやうばん》ですがね。

記者　朝日新聞《あさひしんぶん》の様《やう》なのは？

伊藤　まあ大體《だいたい》に、水色《みづいろ》。それから割《わり》に黑味《くろみ》がかつて居《ゐ》るのがいゝですね。然《しか》し、鐵道省《てつだうしやう》なんかのは、周圍《しうゐ》の關係《くわんけい》から、目立《めだ》つのだらうと思《おも》ふのですね。色許《いろばか》りでなくて……。

石黑　あまり鐵道省許《てつだうしやうばか》りが防空色《ばうくうしよく》で、爆彈《ばくだん》が來《こ》なかつたら、傍《はた》が迷惑《めいわく》だね。（笑聲《せうせい》）

記者　防空色《ばうくうしよく》とか何《なん》とかは、主《しゆ》として夜間《やかん》だけのものですか？

伊藤　いや、晝《ひる》の事《こと》も考《かんが》へて居《を》ります。

記者　防空《ばうくう》の特別施設《とくべつしせつ》といふものは、東京市《とうきやうし》の中《なか》でも拵《こしら》へて居《ゐ》るのですか？　避難室《ひなんしつ》とか何《なん》とか、さういふ具體的《ぐたいてき》な設備《せつび》といふものは、計畫《けいくわく》だけでもあるのでせうか。

伊藤　まあ、造《つく》つて居《を》らぬですね。

記者　僕達市民《ぼくたちしみん》としても、不安《ふあん》ぢやないかと思《おも》ふのですが……。

伊藤　防空《ばうくう》と云《い》つても、結局《けつきよく》、火事《くわじ》が一番恐《ばんおそ》しいのですね。それで先《ま》づ、木造建築《もくざうけんちく》を何《なん》とかしなければならない。それが一番《ばん》、問題《もんだい》だと思《おも》ふ。それで今《いま》、一生懸命《しやうけんめい》、馬力《ばりき》かけて居《ゐ》るのです。

記者　さういふ計畫《けいくわく》は、進《すゝ》んで居《ゐ》るのですか。

伊藤　えゝ、進《すゝ》んで居《ゐ》ます。

辰野　あゝいふ木材《もくざい》の様《やう》に、簡單《かんたん》に、安《やす》く出來《でき》る防火裝置《ばうくわさうち》はありませんか？

伊藤　ピントといふのが出來《でき》て居《ゐ》ますがね。工《こう》業學校《げふがくかう》の先生《せんせい》の研究《けんきう》で、木造《もくざう》に、耐火裝置《たいくわさうち》を注入《ちうにふ》する・といふのがありますが……。

丸《まる》の内《うち》有樂街《いうらくがい》の交通《かうつう》

石黑　交通機關《かうつうきくわん》などどうですか？　オリンピックまでにどう改良《かいりやう》したらいゝか……

長谷川　必《かなら》ずしも小林《こばやし》さんがやつたわけぢやないでせうが、有樂町《いうらくちやう》のアミユーズメントセンター、あゝいふ風《ふう》に、大體《だいたい》、有樂町《いうらくちやう》、丸《まる》の内《うち》の様《やう》にもともと人《ひと》の集《あつ》まる所《ところ》へもつて來《き》て、又《また》、人《ひと》の集《あつ》まる機關《きくわん》を拵《こしら》へるといふ事《こと》は、非常《ひじやう》に迷惑《めいわく》です。パッキングを一つも考《かんが》へずに、人《ひと》のうんと集《あつ》まる建物《たてもの》を、ボコ／＼拵《こしら》へられる事《こと》は、非常《ひじやう》に交通整理《かうつうせいり》に困《こま》ります。ああいふものを集《あつ》めなければ、効果《かうくわ》を發《はつ》しないだらうけれども、集《あつ》めるならば、建物《たてもの》の周《まは》りになるべく大《おほ》きく廣場《ひろば》を取《と》つて、拵《こしら》へて貰《もら》はないと、どうにもかうにも交通《かうつう》の整理《せいり》が……。

小林　彼處《あすこ》らは結局《けつきよく》、淺草《あさくさ》の様《やう》に、車《くるま》を中《なか》へ入《い》れない事《こと》にするのでせうね。そしてつまり、濡《ぬ》れなくて歩《ある》ける様《やう》に、歩道《ほだう》の上《うへ》には、ガラスのなにが出《で》る、といふ風《ふう》になるべきでせうね。自動車《じどうしや》なんかは、帝國《ていこく》ホテルか美松《みまつ》の此方《こちら》で降《お》りちやつて、一方交通《いつぱうかうつう》になる。そして綺麗《きれい》な歩道《ほだう》で、愉快《ゆくわい》に中《なか》を歩《ある》ける樣《やう》にする、といふのが目的《もくてき》ぢやないかと思《おも》ひますね。

石黑　交通《かうつう》の事《こと》で一番改良《いちばんかいりやう》しなくちやならぬと思《おも》ふのは、安全地帶《あんぜんちたい》の無《な》い所《ところ》に電車《でんしや》が止《と》まつて居《ゐ》る時《とき》に、自動車《じどうしや》が無暗《むやみ》に警笛《けいてき》を鳴《な》らして威嚇《ゐかく》して、降《お》りる事《こと》もどうする事《こと》も出來《でき》ない。偶《たま》に勇敢《ゆうかん》な奴《やつ》が降《お》りれば、自動車《じどうしや》の屋根《やね》の角《かど》に頭《あたま》をぶつ突《つ》けてひつくり返《かへ》つたり：(笑聲《せうせい》)いや、本當《ほんたう》に、僕《ぼく》の知《し》つて居《ゐ》る人《ひと》がひつくり返《かへ》つて居《ゐ》るのですからね。だからもう、あれは、電車《でんしや》の停《と》まつた後《あと》は必《かなら》ず自動車《じどうしや》が停《と》まる、といふ風《ふう》にしないと、僕《ぼく》は、日《ひ》に何十人《なんにん》といふ怪我人《けがにん》が、あの爲《ため》に起《おこ》つて居《ゐ》やせんかと思《おも》ふのですね。

佐藤　自轉車《じてんしや》の通《とほ》る道《みち》を、別《べつ》にするわけに行《い》かないでせうか。

長谷川　幅員《ふくゐん》の問題《もんだい》ですね。銀座《ぎんざ》なんか、十米《メートル》擴《ひろ》げる事《こと》も不可能《ふかのう》でせうね。

大佛　ところが、とれから自轉車《じてんしや》を奬勵《しやうれい》しようとするのでせう？

長谷川　交通訓練《かうつうくんれん》を徹底《てつてい》させる必要《ひつえう》がある。

辰野　自動車《じどうしや》も、ふん反《そ》り返《かへ》つて乘《の》つて居《ゐ》るのを見《み》ると癪《しやく》に障《さは》るけれども、自分《じぶん》が乘《の》つて居《ゐ》ると、轢《ひ》いてやつた方《はう》が可《い》いんぢやないかと思《おも》ふ事《こと》あるよ。(笑聲《せうせい》)爺《ぢい》さん婆《ばあ》さんなんか飛《と》んでもない所《ところ》をうろうろして居《ゐ》たり……。

大佛　自轉車等《じてんしやなど》でも、眞《ま》ん中《なか》、平氣《へいき》で走《はし》つて居《ゐ》るからね。

石黑　併《しか》し、今日《けふ》はあの案内孃《あんないぢやう》が、却々傑作《なかなかけつさく》だつたね。山田敏子《やまだとしこ》さんだ。

辰野　それから、運轉手《うんてんしゆ》が却々人柄《なかなかひとがら》でね。

石黑　今日《けふ》の案内孃《あんないぢやう》で感心《かんしん》したのは、何《なん》だか他《ほか》のは、顏《かほ》を眞面《まとも》に見《み》て居《ゐ》るに堪《た》へない樣《やう》な說明《せつめい》の仕方《しかた》だけれども、今日《けふ》のは非常《ひじやう》に見惚《みと》れて、見《み》て居《ゐ》つてもちつともかう、さぞ家《うち》で困《こま》つて居《ゐ》て、案内孃《あんないぢやう》になつたんだらう……等《など》といふ風《ふう》な　そんな氣《き》がちつとも起《おこ》らぬですな。道樂《だうらく》にやつてるやうな、非常《ひじやう》にのんびりした行《ゆ》き方《かた》ですな。(笑聲《せうせい》)

辰野　さりとてすれても居《ゐ》ずね。先刻《さつき》もね、あれはその中《うち》に緣談《えんだん》があるだらう、きつと幸福《かうふく》になるだらう、といふ話《はなし》が出《で》たのです。

石黑　あの運《うん》チヤンと一緒《しよ》にしてやりたいね。

辰野　冗談《じやうだん》ぢやありませんよ。運轉手《うんてんしゆ》は五十位《くらゐ》だつた。(笑聲《せうせい》)

記者　お疲《つか》れのところを有難《ありがた》う御座《ござ》いました。

稀薄な演劇効果

―新協劇團の「火山灰地」―

佐藤俊子

新劇評

築地《つきぢ》小劇場公演の新協《しんけふ》「火山灰地《はひち》」は、久保榮氏の力作であるか、この戯曲は端的《たんてき》にいつてスケールが大き過《す》ぎスケール内に活躍《くわつやく》する四十余名の登場人物と、これ等四十余名の戯曲の上に表現《へうげん》された個々人の生活、そしてこの四十余名の個々間の生活面における交錯《かうさく》、連絡、關係が一幕毎の舞台《ぶたい》の構成《こうせい》の上では纏つてゐながら、内容の生活發展が戯曲の上に盛り切れずに、戯曲の外にはみ出してゐるといふ感《かん》じである

原作を讀んでゐない私は、プログラムに書かれた登場人物の横顔を讀んで、初めて戯曲の上に描かれた個々人の性格、境遇を知るのであつたが、これ等の性格はその一人々々に至るまで、悉く登場する俳優によつて、實に巧みに描出されてゐる。どの俳優でも男女優を問はずプログラムに書かれた登場人物通りの横顔を正確に寫してゐないものはない。

尤も演劇は前篇だけの公演《こうえん》で、後篇になつて初めて登場する人物もあるのだが、前篇四幕を通じて現れる人物に扮する俳優《はいいう》が、實《じつ》に巧な個々の性格描寫《せいかくべうしや》を演出してゐるにも拘はらず、演劇に現れた過程だけでは、個々間の生活關係を解決することが出來ないほど複雜《ふくざつ》で、この複雜さを裏面から解しようとする焦躁で私の頭腦が大分疲《つか》れた。

この戯曲を基礎づけてゐるものは、農村を中心とする一つの社會的矛盾で、一人の篤實な農學者が、自己の打樹てた農業理論によつて、この社會的矛盾を發露し、そして解決しようとするが、結論は社會主義的思想へと飛躍する。

この農學者《のうがくしゃ》自身《じしん》の内部的《ないぶてき》な矛盾《むじゅん》と農《のう》村の社會的《しゃかいてき》矛盾《むじゅん》との平行がテーマであらうと思はれるが、作者《さくしゃ》はこのリアリズムの上に立つて、極《きは》めてデリケートな神經《しんけい》で、その周《しう》圍《ゐ》に群《むら》がり起る生活や人事を問題《もんだい》化《くわ》させずに、人生的に叙情詩《じよじやうし》化してゐるのである。スクールが大きいのに比較《ひかく》して、直線的《ちよくせんてき》な強さが一籌を輸いてゐない缺點《けつてん》もこゝにあると思はれる。

俳優　の巧みな熱演と、作者自身の精緻な演出とにもかゝはらず、總括して演劇的な効果を稀薄にしてゐるのはそのためであらう。伊藤熹朔氏の舞台装置は素晴らしい。【新築地本月廿六日まで築地小劇場】

帝大の構内

文化随想

佐藤俊子

【1】

この間――と云つても五月の上旬頃のことであつたが、帝《てい》國大學《がく》新聞の編輯《へんしふ》に關係《くわんけい》してゐる學《がく》生諸《しよ》君が、私に帝《てい》國大學《がく》を見物させたいと云つて迎ひに來てくれたことがあつた。何となく私が學《がく》生々活《くわつ》に關心を持つてゐるやうに印象《いんしやう》付けられてゐると見え、日本最《さい》高學《がく》府《ふ》の帝《てい》國大學《がく》を私に觀《み》せて置《お》いたら、又《また》大いに參考《さんかう》になることが有らうと云ふ好意《かうい》からであつたらしく、私も震災《しんさい》前の東大なら多少構《こう》内の模樣《もやう》も知つてゐるけれども、其《そ》の後の校舍《かうしや》については何んにも智識《ちしき》が無いので、學《がく》生諸《しよ》君の誘《さそ》ひに任《まか》せて早速《さつそく》連れて行つて貰《もら》つた。

……○……

日光がひどく辛辣で、袷着では汗ばむほどの、日本特有の初夏の蒸し暑さを感じさせる日であつたが、構内の青葉の匂ひは、大樹の並び茂る場所によつては、文字通り「咽せ返る」ほどであつた。

この匂《にほ》ひは學問《がくもん》の勉強《べんきやう》に疲《つか》れた學《がく》生諸《しよ》君の頭腦《づなう》に決《けつ》して良《よ》い刺戟《しげき》は與《あた》へないだらうと直《す》ぐに思《おも》つた。重い水蒸氣《すいじようき》を含《ふく》んだ空氣《くうき》に、全構内《ぜんこうない》の青葉《あをば》の香《かを》りが蒸溜《じようりう》されて、殆《ほとん》ど嚼々しいほどの、嗅覺《かく》が何らかなるほどの、呼吸《こきふ》が窒《つ》まるほどの、實《じつ》に青《あを》々しい匂《にほ》ひを發散《はつさん》させてゐる。

これが若隱い郊外《かう》地でゝもあつ

279　「文化随想　帝大の構内」『都新聞』　昭和13（1938）年6月18日

たら、無限《むげん》な空氣《くうき》の擴《ひろ》がりの中に匂《にほ》ひは漂《ただよ》ひ流《なが》され、散布《さんぷ》されるのであらうけれども、この帝《てい》大内の青葉《あをば》の香《かほ》りは、町の稠密《ちうみつ》した空氣《くうき》の中に深《ふか》く籠《こも》つて、然《しか》も強烈《きやうれつ》なのである。だから緑蔭に風《かぜ》薫ると云《い》ふやうなすが〳〵しさではない。この強烈《きやうれつ》さは病的《びやうてき》である。神經《しんけい》を新鮮《しんせん》にさせないで、反對《はんたい》に不健全《ふけんぜん》な鬱陶《うつたう》しさへ導《みちび》きさうである。

　これが法科、これが經濟科、これが文科、これが講堂と建築の外容を見て歩く。清楚な銀杏の並木路は、一概はこの學校を卒業して校門と別れを告げる學生諸君の、黄金時代の樂しい記憶となつて永久に其の人々の生活の底に留まるものなのであらう。

樹々《きぎ》は永遠の若《わか》さを秘《ひ》め、ロマンチックな味《あぢ》はひを含《ふく》んで、地上に影《かげ》を落《おと》してゐる。ロックフエラー寄贈《きぞう》の圖書館《としよくわん》は、中へ入つて圖《と》書係《しよかゝ》りの澁川《しぶかは》氏の案内《あんない》で館内《くわんない》を巡覽した。

　書籍《しよせき》を扱《あつか》ふ設備《せつび》は、すべて驚《おどろ》くほど完全《くわんぜん》で、どの讀書室《どくしよしつ》も落着《おちつ》いてゐるし、靜《しづ》かである。だが内部《ないぶ》の構造《こうぞう》は全體的《ぜんたいてき》に頑固《ぐわんこ》で、暗《くら》い感《かん》じである。建築《けんちく》の樣式《やうしき》の上に固苦《かたくる》しい教育《けういく》のディグニティが抽象化《ちうしやうくわ》されてゐるやうな頑固《ぐわんこ》さなのである。暗《くら》さは、一種《いつしゆ》の刑務所的《けいむしよてき》な暗《くら》さである。尤《もつと》もこれは私自身《しじしん》の感《かん》覺《かく》だけが享受《きやうじゆ》した暗《くら》さなので、建《たて》物《もの》内で十分に外光線《ぐわいくわうせん》をむさぼれながつた故《ゆゑ》であつたらう。

　喫茶店も餘り綺麗ではなかつた。この一室は讀書に疲れた學生諸君の休息所なのであるから、もう少し美術的な装飾があつても宜しからうかと思つた。

　この屋上からの展望は上野公園をひかへて飽かぬ眺めがある。新築のプールは美しかつた。近代的なラインの感觸があり、爽やかで明るく、一番私の印象に鮮やかなものを殘した。

　だが何と狹《せま》い構内《こうない》であらう。建《たて》物《もの》から建物《たてもの》で鼻《はな》が支《つか》へさうである。

「これが狹《せま》いのですか。」

學《がく》生氏は私の言葉《ことば》に吃驚《びつくり》して、不平《ふへい》さうに他《た》の諸大學《がく》について語《かた》

言葉の混亂

文化随想【2】

佐藤俊子

この日、東大醫科の研究室に、木下杢太郎氏が居られるを聞き其《そ》の室を訪問した。木下氏は昔《むかし》に變《かは》らぬ若々しい顔をしてゐられたが、もう髪は眞《ま》つ白であつた。大冊《さつ》の書籍が机上を埋め、白い上衣を着《き》た氏は其《そ》の机上で頻りにノートを作つてゐられたやうであつた。窓の外には青桐《あをぎり》の葉《は》が見え、初夏《しよか》の日光が目立たぬやうに室を明るくしてゐる。木下氏の他《ほか》には人もなく、戯曲のある一場面にでもありそうな靜な情景《じやうけい》である。

二十何年の昔《むかし》であるけれども、そして其《そ》れ程深い親交《しんかう》のあつた人ではないが、久し振《ぶ》りにいろ〳〵話をしてゐるとあの頃《ころ》の文壇的雰圍氣が相互《さうご》の氣分の上に蘇り、森《もり》鷗外氏とか其《そ》の夫人とか小山内薫氏などの思ひ出話をしても、追憶《つゐおく》の情感の上に同じ時代《じだい》の息《いき》が通ひ合つて興味が盡きない。嘗《かつ》て氏自《し》身《しん》の洗煉された藝術《げいじゆつ》文學《がく》の美《び》によつて、科學者の生活の半面《はんめん》を色《いろ》づけてゐた氏は、今は全く然う云ふ環境から遠ざかり、學理《がくり》の研究に沒頭する姿を見せてゐるけれども何時何處《どこ》となく氏の態度《たいど》には渾然《こんぜん》と

るのである。

無論帝國大學の建築構造は大學中の白眉で宏壯なものであらう。然し綠の芝生と云つたら僅に圖書館前の二三十坪の空地に過ぎないではないか。

若これに十倍《ばい》する芝生の空地《あきち》が構内《こうない》に二三ケ所《しよ》もあつたら、そして其所《そ》で遙《はる》かな大空《そら》と接觸《せつしよく》して、伸《の》び〳〵と頭腦《づなう》を養《やしな》ふ時間があつたら、學生《がく》諸君《しよくん》は恐《おそ》らく、構内《こうない》から境界《きやうかい》を越《こ》えて直《す》ぐ目前に見えるカフエや茶房《さぼう》へ、彼等《かれら》の頭腦《づなう》を濁《にご》らせにわざ〳〵飛《と》び込《こ》んでは行かないに違《ちが》ひない。

281　「文化随想　言葉の混乱」『都新聞』昭和13（1938）年6月19日

したものが感《かん》じられて懐《なつか》しい味《あぢ》はひがあり、今昔の物語を一時間ほど面《おも》白く話《はな》した。

……○……

いろ〳〵な話題の中に、この頃の新言語に關することがあつた。長く東北にあつて、昨年東大へ轉じて來たばかりの木下氏は、町を歩いたり、市井の人々に接しる毎に意味の解らぬ新造語を發見して驚かされる。

最近《さい》はバスに乘《の》ると女の車掌《せう》が「次《つ》ぎ、オーライ」と云《い》つたので吃驚《くり》した。こんな言葉《ことば》を拾《ひろ》ひ集《あつ》めたら興味《きようみ》があらうと云《い》ふことなのである。長く外國の移民地《みんち》に生活《かつ》した私は、移民地語《いみんちご》と云《い》ふものに交《し》[illegible]に慣《な》らされ、英語《えいご》の名詞《めいし》を日本語《ご》に交《ま》ぜて、ちやんぽんにした言《こと》葉《は》に、終《しま》ひには少しも驚《おどろ》かなくなつたが、日本へ歸《かへ》つて見ると、日本の言葉《ことば》の方が——嚴密《げんみつ》に云《い》つて日本國語《ご》が移民地語化《いみんちごくわ》されてゐるやうな場《ば》合に度々出つ會して、私もそれに驚《おどろ》かされてゐた一人なのである。

次《やつ》ぎオーライは、次《やつ》ぎは止《と》まらなくても宜《よろ》しいと云《い》ふ時に車掌《せう》が使《つか》ふ言葉《ことば》らしい。つまり簡略《かんりやく》に云へば「ノーストップ・ネキスト」の意味《いみ》なのであらう。

こんな言葉が何う云ふ系統を追つて、何う云ふ意味の分析に由つて作られたものか分らないが、全く意味が異つてゐて、然かも日本國語の一つの形成語として聞けば其れでも通じると云ふ點に、一種の言葉の不思議さがある。これに類似した言葉はたくさんにあるだらう。トンカツも其れである。ポルクカウレツを豚と譯してトン——即ちトンカツなのであらう。

大陸《たい》・ポルクは豚肉《とんにく》であつて、豚《ぶた》はピッグである。だが斯《か》う云ふ出鱈《だら》目語《ご》を、いつぱしの文明人、上層《そう》人が「あすこのトンカツは中々うまいよ。」などゝ平氣《へいき》で話《はな》してゐるのを聞《き》くと、最初《さいしよ》は非常《ひじやう》に非文化性《くわせい》を感《かん》じて嫌惡《けんを》が射したが、これもこの頃《ころ》は一つの料理品目《れうりひん》の名稱《めいしやう》として「トンカツ」が身《み》に付いて來た。

……○……

はんぱな英語は可成りふんだ

地方語と外語

文化随想

【3】

佐藤俊子

前に云つたやうに、私は長い間外國の日本人移《い》民《みん》たちの群《むれ》に交《まじ》つて生活《くわつ》してゐたのだが、日本に居た時は東京に生れて東京以《い》外を知らず、言葉《ことば》は私の曾祖《そ》母以《い》來の江《え》戸生れ江《え》戸育《そだ》ちで、主《しゆ》として江《え》戸傳統《でんとう》を持《も》つ言語《げんご》ばかりに養《やしな》はれて來たので、外國の移民《みん》地《ち》では初《はじ》めて外國語《こ》を聽《き》くのと同じやうな意《い》味《み》不《ふ》通の、其所《そ》に集《あつ》まる日本全《ぜん》國内の地方語《ご》を新らしく耳にしたも

んに使はれてゐる。半分しか云はない英語である。デパートメントストアをデパートと云ひ、アパートメントをアパートと云ふ類である。英語を混ぜた新言語ばかりではない。

二十年前と比《くら》べると全體《ぜんたい》に言葉《ことば》の上で語《かた》られる日本語は亂雜《らんざつ》の觀《くわん》がある。或る友人が「近頃《こう》は揉《も》み上げのことを揉《も》み下げと云《い》ふ。」と話《はな》した。或る日ラヂオを聽《き》いてゐると「山は裂《さ》け海はあせなん世《よ》なりとも君に二た心我があらめやも」と、聲《こゑ》高々と放送者《はうそうしや》が云つてゐる。

「我れあらめやも」ではなかつたのかと疑義《ぎぎ》を起《おこ》したが、大體《たい》二十年も日本を不在《ふざい》にしてゐた私のことだから、萬朝の名歌《めいか》も私の方がい、ウロ覺えになり、或《あるひ》は私の方が誤《あやま》つてゐるのだらうと自分を否定《ひてい》したこともあつた。

のであつた。

可笑しなアクセント、訛り、聞き慣れない名稱、其の中に英語が交ぢるのであるが、殊に移民勞働者の群れなどは一種の誇示をもつて、自分々々の屬する地方語の特殊性を强調し、其の中に日本式發音の英語を打ち込んで、揚々と饒舌る。

これは恰度《ちやうど》、自分たちに消化《せうくわ》しきれない高度な外國文化《くわ》に圍繞《ゐ》される其《そ》の壓迫感《あつぱくかん》への反抗《はんかう》、乃至《ないし》は然《そ》う云《い》ふ外國文化《くわ》をいつぱし呑込《のみこ》んで、巧《たくみ》な英語《えいご》を使《つか》ひ、教養振《けうやうぶ》つた同《おな》じ日本人種《しゆ》の智識階級者への反感《はんかん》を、態《わざ》と非文化的な言葉《ことば》によつて示《しめ》さうとするやうな容子《ようす》に見えるのである。

……○……

日本ほど階級性の著しい言語を持つ國もないであらうが、又この小さな國で、地方々々によつては同じ日本語でありながら一向意味の通じない多樣な、獨自な言語を持つ國もないのではないかと思ふ。

如何《いか》に日本と云《い》ふ國土が往昔《わうせき》地勢《せい》の關係《くわんけい》によつて小さな部分《ぶ》々々に隔絶《かくぜつ》され、遮斷《しやだん》され、そして狹隘な一地片《ぺん》で其《そ》の土地だけに區劃《くくわく》された集團《しふだん》だけの生活《くわつ》が行はれたか、又如何《いか》に濃厚《のうこう》な封建制度《ほうけんせい》が彼等《かれ》の地方的生活《くわつ》を全く別個《べつ》に存立《そん》せしめてゐたかゞ、このさまぐ\な地方語を耳にする時に一層判然《はんぜん》としてくる。

斯《か》う云ふ言葉《ことば》に耳慣《な》れて日本へ歸つて見ると、これも前に云《い》つたやうに、私が日本に居た頃《ころ》には殆《ほとん》ど聞《き》いたことのなかつた不思議《ふしぎ》な言葉《ことば》が作《つく》られてゐる。一寸した例《れい》だが「何々するみたい」「何々したみたい」と云《い》ふ言葉《ことば》である。「風邪《かぜ》ひいたみたい」「足がだるいみたい」と云《い》ふ風《ふう》に、「やうだ」と云ふところへ「みたい」を使《つか》ふ。

卑しい調子を帶びてゐる言葉だなと思つては見ても、これを巧みに挿入した言葉が云へない限り私は田舍者なのである。これは剩へ地の文章にまで使用してゐる文學者がある。流行の感化力の大きさをつくぐ\と感じるのであるが、これは必らず何所かの地方語の轉形ではないかと思はれる。

……○……

言語《げんご》と云《い》ふものが、其《そ》の言語《げんご》だけを使《つか》ふ一社會《しやくわい》の文化《くわ》、若《も》しくは社《しや》會形態《けいたい》の反映《はんえい》を意味《いみ》するものであるなら、日本の現在《げんざい》──少くとも私の周圍《しうゐ》で使《つか》はれてゐる言語《げんご》は、恰度《ちやうど》一つの骨董品店《こつとうひんてん》のやうに、古《ふる》さ新らしさ、或《あるひ》は諸《しよ》外國品《ひん》を押《お》し並べた、入り亂《みだ》れた錯雜《さくざつ》する文化《くわ》や、不統《ふとう》一な社會形態《しやくわいけいたい》を反映《はんえい》してゐるものであるかも知れない。

長谷川如是閑《にょぜかん》氏は何かで、日本ほど言語《げんご》教育《けういく》のない國はないと云《い》ふ意味《いみ》のことを云《い》つて居られたと記憶《きおく》してゐるけれども、其《そ》れ程《ほど》未《み》教育《けういく》の日本の言語《げんご》は、地《ち》方々々で他《た》の地方《ちはう》語《ご》とは全《まつた》く無融《ゆう》合《がう》に、勝手氣儘《きまゝ》に發達《はつたつ》して來た形式《けいしき》を東都《と》の集《しふ》合地《ち》で其《そ》の儘《まゝ》に遺傳《ゐでん》し、然《しか》もます〳〵無統制《とうせい》に英語《えいご》、佛語《ふつご》、獨《どく》語、支那《しな》語《ご》等のあらゆる傳來《でんらい》の外國語《ご》の單語《たんご》が交《まじ》り合ひ、各《かく》國の固《こ》有名詞《めいし》が無抑揚《よくやう》に日本化《くわ》され、外國語《ご》の發音《はつおん》が日本の發音《はつおん》とゴッチヤになつて、そして現在《げんざい》の社會《しやくわい》生活《くわつ》に適應《てきおう》するやうな、簡略《かんりやく》された一言語《げんご》として作《つく》り上げられる。これは確《たしか》に言語《げんご》を通じての極《きは》めて粗《そ》野《や》な國民的表現《こくみんてきへうげん》の一つであると同《どう》時に、紛糾《ふんきう》し錯雜《さくざつ》する多樣《たやう》の文化《くわ》的性質《てきせいしつ》を含《ふく》むものを、何れかの生活線《せいくわつせん》上で單純化《たんじゆんくわ》し去《さ》らうとする一般《ぱん》人の意欲《いよく》の現《あらは》れとも觀《み》られる。

學生の問題

文化随想

佐藤俊子

【4】

木下氏との話《はなし》が、斯《か》うした深《ふか》い問題《もんだい》にまで觸《ふ》れたのではなかつたが、醫科《いくわ》の研究室《けんきうしつ》を出ると私を案《あん》内してくれた學《がく》生氏にそんな話《はなし》をしながら、暫《しば》く大學構内《がくこうない》を徐歩《じよほ》した。大學建設《がくけんせつ》に功績《こうせき》のあつた人や學《がく》生の教育《けういく》に功勞《こうらう》のあつた人達《たち》の銅像《どうざう》が、道のほとりの彼《か》方此《こ》方に見える。濱尾《はまを》氏の銅像《どうざう》付近は周圍《しうゐ》が展け、銅像《どうざう》のバックに當《あた》る樹《き》並みがばらりとして爽《さわや》かさを感《かん》じさせる。
帝《てい》大新聞《しんぶん》の編輯會議《へんしふくわいぎ》が初《はじ》まる前に、何か座談《ざだん》をしたいと望《のぞ》まれて心中忸怩《ちくぢ》とした。

……◇……

筆《ふで》の上では觀念的《くわんねんてき》に云《い》へることも、面《めん》と向つて生きた學《がく》生諸《しょ》氏を眺《なが》めながらでは、云《い》ひ度いことも云《い》へなくなる。筆《ふで》よりも言葉《ことば》の方に責任《せきにん》を感《かん》じるわけではないが、口は筆《ふで》よりも直接《ちよくせつ》行動《どう》に近い。
然かも此所は大學構内である。滅多なことは云はれないし、又、大した智識も持つてゐない自分だから一層困却するのである。だが兎に角大學構内をお蔭で見物したお禮を述べねばならぬと、編輯室へ入つて見ると、數名の編輯に携はる學生諸氏が居て、熱心に執筆中の人もゐた。
立派《りつぱ》な廣々《ひろびろ》した編輯室《へんしふしつ》だが、この編輯室《へんしふしつ》は大學《がく》から無料《れう》で借りてゐると聞《き》いて、「帝《てい》大新聞《ぶん》は一万の讀者《どくしや》を有して經濟的《けいざいてき》にはすつかり獨《どく》立してゐるから、上部《ぶ》から無暗《むやみ》な干渉《かんせう》があつてもこの點《てん》で大いに強《つよ》みがある。」と、嘗《かつ》て學《がく》生氏が威《ゐ》張《は》つてゐたことを思《おも》ひ出し、經營《けいえい》費《ひ》のかゝらぬお坊《ぼつ》ちやん的《てき》な經濟《けいざい》的獨立《てきどく》なら、この樣《やう》な都合《つがふ》のいゝことはないと云《い》つて笑《わら》つた。この編輯室《へんしふしつ》で學《がく》生の間に腕《うで》を鍛《きた》へ、社《しや》會《くわい》に乘《の》出して職業《しよくげふ》的にチヤーナリストの群《む》れに投《とう》じた新人たちも居るのであらう。
最《さい》近この大學《がく》には險《けは》しい空氣《くうき》が襲《おそ》つたが、大學構内《がくこうない》に靜《しづ》な五月の陽光《やうくわう》が充《み》つるやうに、學《がく》生諸《しよ》氏はこの陽《やう》光の中で何かを靜《しづ》めてゐるやうに見える。一と口に云《い》つて學《がく》生の狀態《じやうたい》は靜止狀態《せいしじやうたい》である。これには反動《はんどう》の態勢《たいせい》が加味《かみ》されてゐるか何らか知らないが、聰明《そう》なる知性《せい》人としての前途《ぜんと》を考《かんが》へてゞも居るかのやうに靜《しづ》なのである。この編輯室《へんしつ》の空氣《くうき》の中にも其《そ》れが滲んでゐるやうに見えた。

……◇……

不良學生狩りの鞭は、この大學には餘り苛酷には見舞はないやうである。この鞭は頻りに私立大學へ向けられてゐる。何う云ふ譯か知らないけれども、私立大學の學生に多くの不良分子が存在すると云ふのではあるまい。

一方は教授《けうじゆ》への鞭《むち》、一方は學《がく》生への鞭《むち》と云《い》ふやうに公平視《へいし》したわけでもあるまい。内務當局《むたうきよく》のこの過剰《くわじやう》な處罰《しよばつ》に對《たい》して文部當局《ぶたうきよく》が默過《もくくわ》しなさうな氣色《けしき》に見えて來たが氣《き》の毒なのは學《がく》生たちである。一番苛酷《けんかこく》な鞭《むち》に見舞《ま》はれる早大生がこの不當處分《ふたうしよぶん》にいゝいきり立ら、抗議《かうぎ》の聲《せい》明書《しよ》を發《はつ》したのは當然《たうぜん》のことであつた。

程度を越えた制裁の手が善良なそして温和な、そして深慮をもつた靜止状態にある現在の學生たちを憤激せしむる結果を生じるなら、其れは愚の極であつて、學生の風紀がある部分縱しや多少紊亂してゐるにしても無慘に嚙を引つ叩いた結果は、反抗の炎を其の胸底に留めるだけのことである。

日本はこの非常時《ひじやう》に國民《みん》の精神《せい》總動員《そうどういん》を行ひつゝある傍《かたは》ら、未來《み》の日本國家を守《まも》る唯一《ゆゐ》の智識層《ちしきそう》の若《わか》い魂《たましひ》に、無理由《りいう》な不良の烙印《らくいん》と鞭打《ち》を與《あた》へて其《そ》の精神《せい》を去勢させつゝあると云《い》ふとは、不思議《ふしぎ》な政治的矛盾《せいぢてきむじゆん》である——編輯室《へんしふしつ》ではお茶《ちや》を飲《の》み、無駄話《むだばなし》に少しの時間を過して親切《しん》な學《がく》生諸氏《しよし》に別《わか》れを告《つ》げた。半《はん》日の收穫《しうかく》を感謝《かんしや》しながら。（完）

一種の嫌味を……

「戰爭と二人の婦人」を讀んで

佐藤俊子

クララ嬢

ストウ夫人

戰《せん》爭《さう》と二人の婦《ふ》人は、アメリカの南北戰《せん》爭《さう》を背《はい》景《けい》にして、正義と人道の爲《ため》に勇敢《かん》に戰《たゝか》つたアメリカの有名な婦《ふ》人――一人は身をもつて戰《たゝか》ひ、一人はペンをもつて戰《たゝか》つた――クララ・バートンと、ハリエツト・ストウ夫人の事蹟《せき》を物語的《てき》に書いたものである。

私はこれを讀《よ》み初《はじ》めると直《す》ぐ、著《ちよ》者は何う云ふ讀《どく》者層《そう》を對《たい》象《しやう》において書かれたのかと考《かんが》へた。其れ程《ほど》この文章《しやう》は一つの對《たい》象《しやう》を目指して「優しく物を云ひかける」的《てき》な著《ちよ》者の意《い》識《しき》が、讀《よ》んで行く私に反《はん》映《えい》してきたからである。讀《どく》了《れう》してから後記の著《ちよ》者の「國語に對《たい》する一つの意《い》見」を讀《よ》んで、この物語は婦人雜《ざつ》誌《し》に連《れん》載《さい》されたもので著《ちよ》者は一應《おう》婦《ふ》人を對《たい》象《しやう》として書かれたのだと云ふことが判《はん》然《ぜん》した。

告白すれば、この「優しく物を云ひかける」的の著者の意識が、讀んで行く間に大分私の鼻に付いたのである。内容の二婦人は、アメリカに於ける、否世界における婦人文明の初期に現はれた先驅者であつて、この先驅者の歩いた道は想像の許さぬ困難な道であり、然かもこの困難を自から打開いた力は「人間を愛する」たつた一とつの婦人のこゝろから生れたものであつたペン—よつて黒人奴隷解《かい》放《はう》運《うん》動の波を捲起《まきおこ》したストウ夫人の「行ふ爲《ため》の文學」は、「書くための文學」以外には、まだ知ることのない日本の婦《ふ》人作家《か》に取つて正しい刺戟《しげき》であらねばならないし、クララ嬢の生涯《がい》を通《つう》じての獻《けん》身的《てき》な行動は、いかに婦《ふ》人の魂が正しさの爲《ため》に戰《たゝか》ふ偉《ゐ》大な力を所《しよ》有してゐるかの絶《ぜつ》對《たい》さを示《しめ》すものであるが、アメリカには何れの國よりも「人間を愛《あい》する」爲《ため》に戰《たゝか》つた婦《ふ》人が、時代々々を背景《はいけい》にして殊《こと》に多く現《あらは》れてゐる。平和論《ろん》者で有名なゼーン・アダムスや、勞働階級《らうどうかいきふ》の爲《ため》に戰《たゝか》つたマザア・ジョーンのやうな婦《ふ》人も現《あらは》れてゐるのであるが、前記の二婦《ふ》人は、一方がペンの先きから黒人解《かい》放《はう》運《うん》動を原因《げんいん》とする南北戰《せん》爭《さう》までを惹起し、一方はこの南北戰《せん》爭《さう》の慘禍《さんくわ》の故《ゆゑ》に、戰《せん》死傷《しやう》者の愛《あい》護《ご》の爲《ため》に全生涯《がい》を其の活《くわつ》動に托《たく》したと云ふ、この二婦《ふ》人の絶《ぜつ》大な愛《あい》による生活の歡喜を考《かんが》へるとき、いかに人間を愛《あい》する爲《ため》に捧《さゝ》げる手が高く、且《かつ》大きいかを感銘《かんめい》させ、人道の歩《あゆ》みの强《つよ》さに對《たい》して一層《そう》の感激《かんげき》を覺せるのである。

※

著《ちよ》者は斯うした感激《かんげき》的な物語を、天上の星《ほし》を見て不思議《しぎ》がる子供《ども》に、極《きは》めて優しく解り易《やす》く説《せつ》明する大人のやうな態《たい》度《ど》で書いてゐる。無論《むろん》この態《たい》度《ど》は、これを書かれた場《ば》合の——婦《ふ》人の讀《どく》者層《そう》を對《たい》象《しやう》として書く上の一とつのポーズであつたと見るべきで、この態《たい》度《ど》を善いとか惡《わる》いとか批評《ひやう》することは出來ないが、後記の「國語に對《たい》する一とつの意《い》見」を讀《よ》むと、著《ちよ》者をして特《とく》に斯う云ふ書きかたをさせた理由《りゆう》が他《ほか》にあつた。

一と口に云ふと、著者は日本のルビ付きに反對で、二行の文字によつて書き列ねる國語や國文體を恥辱とすると云ふ意見を保持してゐられる。そしてこのルビ付きの國文を排《はい》する爲にはルビ無しで讀んでも解るやうな平明な簡易な文章を作ることで特にむづかしいインテリゲンチヤの書くやうなことを書かないでも、立派な新らしい文章を解りやすく構成することを主張してゐられる。

誰《だれ》にでも解る文章《しやう》を書くと云ふことに私は反對《はんたい》ではない。むづかしい文字《じ》を驅《く》使して、難解《なんかい》な文章《しやう》を作ることが決して立派《ぱ》でないことは、文章《しやう》を書くほどの者なら、又文章《しやう》によつて自己《じこ》表現《ひやうげん》を行つてゐる者に取つては解りすぎる程《ほど》解つてゐることであるが、然《しか》しルビ無くても解るやうな文章《しやう》を、複雜《ふくざつ》な自己《じこ》の思想《しさう》、感情《かんじやう》を表はそうとする場合《ばあひ》に書けるものか何うか。今日の日本の文章《しやう》といふものは云ふ迄《まで》もなく假名と漢字《かんじ》の混成體《こんせいたい》であつて、著者《ちよしや》の所謂《いはゆる》「日本の智識《ちしき》階級《かいきふ》は文字《じ》のブルジヨワで文字《じ》をたくさん所有《しよ》してゐるところから、むづかしい漢字《かんじ》をふんだんに使ふ」からではなく、自己《じこ》の思想《しさう》をペンで驅《く》使して行く場《ば》合、又表現《ひやうげん》する場合に一とつの言葉《ことば》の意味《いみ》を固《こ》形化《けいくわ》してゐる既成《きせい》の漢字《かんじ》と云ふ形象《けいしやう》文字《じ》によらなければ、書き現《あら》せないことが澤《たく》山あるに過《す》ぎないのである。

著者は小學教育を卒へたくらゐの讀者層にも解るやうな、ルビ無しの文章を書くべしと云はれるけれども、現に著者が書いてゐられる後記の中にも、ルビ無しでは到底其の程度の讀者層には難解だと思はれる文字が澤山に有る。

要《えう》するにルビなしで（然《しか》も漢《かん》字《じ》を用ひながら）解る文章《しやう》と云

ふ限定《げんてい》に無理《むり》がある。私は寧《むし》ろ一切《さい》の文章《しよう》のルビ付きを要望《えうばう》したいくらいである。十何年も日本を不在《ざい》にした私は、他《た》人のものを讀《よ》んでゐる内にいつの間にこんな名稱《しよう》が出來たのかとむづかしい漢字《かんじ》に出つ會してマゴ付くことが屢々ある。殊《こと》に昨年あたり政府から發表《はつぺう》される文章《しよう》には到底《たうてい》むづかしくて何のことか解《わか》らない言葉《ことば》がたくさんに有つた。「滅私奉《ほう》行」なども其の一とつだが、兎《と》に角《かく》著《ちよ》者は二行《かう》文字《もじ》が恥辱《ちじよく》だと云はれるけれども、これが日本の文章《しやう》の一とつの發展形態《はつてんけいたい》である限《かぎ》り、ルビは捨《す》てられないもので、殊《こと》にルビがあれば安心して其の本を手に取ることが出來ると云ふ讀者層《どくそう》に取つては一層《そう》必要《えう》なのである。日本の國字《こくじ》が將來何う改良《りやう》され、變化《へんくわ》されるか分らないにしても、ルビは輕々《かる/\》しく日本の文章《しやう》から排除《はいぢよ》されてならない重《ぢゆう》要《えう》な性質《せいしつ》を持つてゐるものだと私は考《かう》へる。

以上は日本一流の文壇の大家に對して妄言であつたとは思ふのであるが、「優しく物を云ひかける」的の、若しくは「特に平明に書いた」其の著者の意識が、私に一種の嫌味を感じさせたことは事實であつたし、これに關聯して平明或は暗示な文學の美しさ、書く人の性格、持ち味などについて種々考へさせられたことがあつたが、これはこゝでは述ぶべきではないと思ふ。（六月十四日）（四六判二一二頁・九〇錢・岩波書店）

カリホルニア物語

佐藤俊子

一

「負けてはいけない。決して。」

途中まで送つて來たルイは、別れる時ナナの片手を握り緊めて、自分の意志の力を自分の呼吸と一緒に、友達のスピリツトへ吹込まうとするやうに顔を寄せ、自分よりも少し背の低いナナの細い肩を胸の中に抱へこんで、半ば愛撫するやうに片手でナナの背中を揺さぶつた。

ルイはナナを一人、再び苛責の鞭の下へ送ることが心にかゝつた。ルイはナナの顔を見守りながら、最後にもう一度、

「ナナ。」

と呼んだ。ルイの特徴のある若い娘に不似合な錆びた、力の籠つた聲の反響は、泣き疲れてぼんやりしてゐるナナの眼が瞬間潤んだだけで、何か結ぼれた不確定なものを一點胸の底に殘し、自分の考へに壓し挫がれてゐる自分と云ふものを、何うにも出來ない弱々しさを、ルイの眼に與へたままでナナは握り合つた手を放した。

別れると直ぐ、ナナが非常に急いだ足取りで歩いて行つた後を、ルイは暫らく眺めてゐたが、歩道の通行人の疎らな間からだん／＼遠ざかつたナナが、横へ曲らうとして、パーム樹の下に立止つて振返つた。其れを認めたルイが手を擧げると、ナナも手を擧げてゐる。其の顏が薄つすりと微笑してゐるやうに見えたので、ルイは安心して自分のアトリエへ足を返した。

パサデナの町中は、まだ午後の日をたつぷりと餘して明るかつた。二月の半ばであるけれども暖國の空は眞紫に晴れ、街路樹のペパーツリイが緑を暗くして、ふさ／＼と夏を孕んだ風に搖れてゐる。二人が別れた裏道から賑やかな表通りへ出ると、其の道の中途にルイのアトリエがあつた。自分の描いた畫を賣つてパンに代へてゐる畫家たちばかりの住んでゐるアパートメントなのである。

この一室にルイもアトリエを備へて其室に寢起きしてゐた。安いランチを食べに來る小さいカフエが角にあつた。伊太利人の年老《と》つた主人がエプロンを掛けたまゝパイプを啣へ、背の低い肥つた身體を反身にして店の前に立つてゐる。ルイを見ると、

「如何ですか。日本の小さいお孃さん。」

然う云つて丁寧に首を垂れながら太い眉を態と上げて笑ひかけた。ルイも笑つた。ルイはもう二十五歳になる。そして畫かきを職業とする獨立した娘だのに、この主人はルイを五歳か六歳の女の子のやうに調戯《からか》ひ、其の癖非常に丁寧に扱ふのであつた。ルイは斯う云ふ扱ひを受けるのは好きではないが、不快な顏を見せたことがないのである。

（創作 3）　カリホルニア物語

ルイの身體は痩せてゐる上に、スカーツのベルトで胴を堅く括つてゐるので一層細かつた。薄い靴下の兩足も膨らみを持たずにすつとしてゐる。其れに高い踵の靴を穿いてゐるので、まるで上から下まで一本のきつい線に沿つて、女の身體の柔軟さや嫋々しさを削ぎ取つたと云ふやうな恰好であつた。階段を上つて行くと突當りの事務室に、マリイ・レビスが居たのでルイは窓から覗いて聲をかけた。この婦人は所有主からアパートメントを預かり、一方には畫家たちの畫をコンミッションに由つて賣歩くのが職業であつた。

室にはナナと二人で茶を飲んだ日本の茶器や、菓子を摘んだ器などが其の儘に散らかしてあつたが、まだナナの涙や悲しい顔が殘つてゐるやうで、ルイは眼を其所にさまよはすのさへ胸苦しかつた。次ぎの室のテーブルの上には彼女のやりかけた畫の下圖が置いてある。自分にまつはる悲哀や暗鬱は、仕事の方へ自分を持つて行く他には拭き取りやうがないと云ふやうに、ルイは直ぐに鉛筆を取上げて畫に向つた。

ルイはこの室が好きであつた。窓から下を覗くと、隣りに續く建物の狹い空地に竹の一と叢が茂り、日本の建築の風情を偲ばせるやうな建物の形と屋根の背後《うしろ》がそこから眺められた。ルイの眼には一年間滯在した日本の印象から竹の一と叢を背景にする其の一廓が、日本の感覺を匂はせてゐるやうな氣がするのである。ルイはアメリカに生れてアメリカの學校を出ると、自分の好きな畫がやりたくて美術學校へ入つた。そして圖案科を研究した。彼女が結婚問題で母親に苦しめられたのは其の頃であつた。

父親は善良な、日本で教育を受けた中産階級者で、金儲けの野心もなく、そして勞働力もなく、野卑なことが嫌ひな性情の爲に、移民地の空氣は生涯其の身に合はなかつた。農業でも商業でも、どんな事業にも成功したことがなく、性格の人の好さが結局彼の生活を自分から崩して行つた。母親は働きものであつた。日本で受けた教育と知識で、日本人の住む社會で自分に出來る働きであつたら、何でもやつて一家の生活を支へた。彼女も亦、アメリカへ働きに來たのではなく、自分の知識をアメリカの文化で磨くのが目的だつた一人ではあつたが、夫の無能力の爲に氣の強い彼女は、自然反應的に自分が立つて働かなければならぬ境遇へと自からを導いて行つたのではあつたが。

ルイが美術學校へ入りたいと望んだ時も、

「パパには收入がないし、この上お前を美術學校などへ入れる學費をお母さんには持ちきれるものではない。」

其れよりも好い配偶者を貰つて、老年の父親や、働くことばかりに疲勞した母の身體や精神を休めてくれるのがあなたの義務だと云はれた。ルイは穩やかで、親としてよりも人間的に溫味のある父親を限りなく愛してゐるし、激しい勞働を續けた母親の小さい身體が痛み疲れてゐるのを見ると、自分が代つて働きたいと悲しくも思ふのであつたが、彼女は唯漠然と働きたくはなかつた。一つの技術によつて、基礎のある職業を得なければ不安なのであつた。だが、母親は娘の其の主張に反對するのである。

母は其れを自分の尊い經驗が生んだ重要な敎訓だと信じてゐる。たとへルイが一人前の畫家になつたところで、アメリカの誰れが一人の藝術家として認めてくれるのか。そして其の技術をアメリカの何所の市場で捌いてくれるのか。アメリカ人は日本人の生んだ子供が、どんなに立派な技術を有したところで其れを用ゐては呉れない。アメリカ人は自分たちの優秀な生活の圈内へは、他の人種の優秀を持込むのが嫌ひだ。それが唯普通一遍のアーチストぐらゐで誰れが重んじてくれよう。

「此所にだつて好い畫かきの日本人がゐるけれど、寶の持腐れで何にもならないぢやないか。」

「ママには何うして然う云ひ切ることが出來るの。」

「今までの長い間の眼でちやんと見てゐるんですよ。」

「今までの事で何うして先きが分りますか。」

「先きのこと、先きのことで今まで通つて來たんです。もうこの先きはないんです。」

「まだ〳〵先きがあります。」

ルイは母から然う云はれると、其れなら猶更やつて見ようと言ふ決心が、力のない響きの中で震へてくる。

ルイは母親の勞働から自分の學費の苦勞をさせないやうに、スクール・ガールの口を求めて、目的通りに美術學校へ通ひ始めた。ルイは母に勝つた。彼女の輕快に働く若い頭腦が、母の古ぼけた我意を置き去りにして、自分は自分の求める生活へと、母の家から輕々と蝶のやうに飛んで行つた。

ルイの天分は豐かであつた。學校を卒る頃には、ルイは先輩を驚かす圖案畫家の資格を持つた。彼女の天分を特に愛した教師のミスタア・キイの紹介で、ルイは種々な雜誌の表紙や、カットや、ポスタアの圖案を職業的に依頼されることもあつた。彼女の發表する畫には獨特な纖細味があつた。其れは日本の浮世繪からの影響だと云ふことをルイは自身にも感じてゐた。

ルイは日本の古畫の丹念な彩色や、浮世繪に感じる雨の細々したリズムや、一と刷毛も等閑に出來ない濃やかな沁み付くやうな風景や、白銀や薄みどりの弱々した光線が小さな樹木に微動してゐる美しい爽やかさを、日本の國土への愛情と憧憬とを籠め、極めてロマンチックな情緒で畫の創意へ溶かし込む。ルイは自分と一緒にアメリカに住んでゐる日本人の生活からは、日本の優美の反映を何の點からも見出だすことが出來なかつたけれども、日本の自然がどんなに美しいかは、昔から其の美が廣重のやうな優れた畫かきを生んでゐることに由つてでも、ルイにはよく理解される。愛しても愛しても愛し切れない優しく弱々した美しさを、ルイは日本の土と空と木と光と水の中に想像して、そこに溢れる微細な美の潤澤を其の想像の中から吸ひ込むのであつた。

母にはルイの思ひがけない力の成長が不思議に思はれた。自分の傍に居る時の彼女は今でも十五六歳の少女の時と同じ様に、小さい唇だけに眞つ赤な口紅をつけ、薄い髮の毛を簡單にカールして、そして肉體さへも其の頃より女らしく發達したとも見えなかつた。蒼白い顔はいつも靜かで、花の蕾のやうにぽつつりした口許は笑へば子供らしく、云ふことは無邪氣であつた。唯少し丸みのある大きい眼だけが底深く澄んできた。ルイの身體中の落着きが其の一點にあると云ふやうに。聰明でそして素直な閃きを母は其の眼から見出だすことは出來たが、其の凝視の底に何が潜んでゐるかを把むことが出來ない。

だから母にはルイが不安なのである。少しばかり自分の畫が少數の人々に持てはやされるからと云つて、其れが何うしてこの大きな國の、澤山な白人種の藝術家のゐる世界へ、小さな日本娘の力で押進んで行くことが出來ようか。そんなことは盲目蛇の無暴だと思ふ。ルイも亦さうした自信を母親に告げたこともない。唯多くの新しい美術家の友達を持ち、そして畫の研究にありたけの時間を打込む以外には何も考へてゐないやうに見える。斯う云ふ若い夢から娘を引出して安全な結婚生活に入らせるのが母の義務だと思ふのである。

悲しい出來ごとではあつたが、この出來ごとが偶然に長い間ルイの美の幻像であつた日本の國へ出發させた。其れは父が死んだのであつた。母に取つては終生荷厄介に等しい夫ではあつたが、ルイには大まかな父親であつた。ルイの生活の欲望を、自身の失つた生活の欲望の再生のやうに感じて、無言の內にルイの將來を樂しんでゐた父親が、持病の心臟病で亡くなつたのはルイが學校を卒へた翌年であつた。母はこの遺骨をルイに携へさせて、信濃の故鄕へ埋葬させる爲に日本へ送つた。これを機會にルイを結婚生活へ送り込む自然的な道筋を、アメリカから日本の國土へ道づけようとする計畫が母にはあつた。彼女は東京に暮らす日本の兄のところへこま〴〵した手紙を送り、ルイの配偶者を選擇して貰ふことを賴んでやつた。若し日本の青年の中からルイの爲に良き夫が選ばれるなら、ルイの幸福はこれに越すことはない。若し又日本でルイの技倆が認められるなら、アメリカよりも遙かに多くの名譽と報酬を得られるであらうと母は獨斷した。

日本を見ることはルイには喜びであつた。自分の淺薄な感覺で日本中に溢れる美を探りきれるか何うかと其れが心配なほど、日本の土を踏む自身を大膽には扱へなかつたが、其所には美について自分を敎へてくれるものが山ほどあると云ふことがルイを元氣付けた。母から告げられた結婚問題などには耳もかさなかつたけれども、若し日本で自分の畫の技術が認められたら、其れは恐らく世界の美を征服したのも同じであらうとルイは、然うした誇りの前にだけは心がふるへるのである。

ルイの一人旅は、晴れた大空を飛んで行く小鳥のやうに樂しかつた。日本へ來て日本で見出した美は、ルイが美の創造の几帳の中で描いたほど純粹ではなかつたが、父の故鄕の信濃で五月の綠の潤色と、地勢的にこまかに刻まれた山や水や、そこに鏤められた木々や梢や、むら氣な空の雲や、小さな道、小さな農家を見出して喜び、東京では日本の古い傳統と、西歐風の近代的な新しいアイディアとが重なり合ひ、背向き合ひ、調和し、衝突するエキゾチックな都會の風俗美に目を見張つた。そして春夏秋冬の鮮明な移り變りを示す神經質な風の音や、氣候の刺戟にあわたゞしく觸れてゐる間もなく一年は過ぎた。

東京の伯父たちの家族の眼からは、ルイが如何なることを志してゐるにしても、平凡なアメリカに生れた一人の娘に過ぎなかつた。伯父は一會社の比較的重要な地位にある人で、女學校に通つてゐる娘、他に嫁いでゐる娘、まだ大學に通つてゐる男子などで家族は年齢《とし》ごろの男女で賑やかであつたが、無論ルイは異人種のやうに親しむことはできなかつた。伯父は云ふのである。もう二三年日本にゐて、日本の習慣や禮儀や日常の生活にすつかり馴れた上でなければ、日本のお嫁さんには中々なれない。そしてそんな事もアメリカの妹へ云つてやつた。ルイの畫が巧いのか、何處に近代的な味があるのか伯父たちには解らなかつたが、アメリカの美術學校を卒業したことが價の標準となり、知己などの世話でルイは相當な雜誌の口繪を描かして貰つたこともあつた。無論其の報酬はアメリカで買ふパウダアの代にも當らなかつた。

ルイは日本が好きであつた。土の持つ親しさ、空氣から感じる濃やかさ、いつでもデリケートに顫へてゐる氣象の感覺、光の變化、日本の感情は爽やかだが明るくはなかつた。淸潔ではあるが猥雜であつた。ルイには其れさへも特殊な美に感じられる。だがこの好きな日本に自分の生活の途がないこともルイにははつきりしてゐた。母親はルイの畫をアメリカの誰れが認めるかと云つたけれども、其れは全く反對で、日本ではルイがどれほどの畫かきになつたところで誰れが認めようかと云ふ氣がされるのである。他で育つたものは、再び此所で育ち直さなければ日本の生活の中へは滲透して行かれないのであつた。

ルイは一年でアメリカへ歸つた。母は二三年ルイを伯父の手許に預けて、日本で家庭生活を營む豫備教育をやつて貰ひたいと云ふ望みを漏らして來たが、そして其の間には自分たちの經營してゐる果物の店を處理して、自分も日本へ歸りたいと云ふのであつたが、ルイには母の其の決心が誤つてゐることを心では指摘することができた。アメリカにこそ自分の生活の途がある。一年間の日本の美の收穫は、アメリカへ歸つて自分の畫の上に生かすのでなければ、日本へ來たことが無意味であつた。日本は自分のやうな小さな外國で育つた日本人娘のアートなどは、侮蔑でこそ見るけれども、別に用はないのである。

ルイは母へは何の通知も無しに歸米の仕度を整へた。伯父も强ひては引留めなかつた。

「アメリカで、しつかりやつてくれ。日本へ來たかつたら、いつでもお前たち母子を歡迎して、とゝで生活の立つやうに方法を講じてやる。」

伯父の親切な言葉を耳に殘して、ルイは懷しい日本を再び離れた。

アメリカへ歸つて來たルイを迎へた母は、絕望よりも悲憤の情でいつぱいであつた。ルイは思つたよりも意氣地の無い娘であつた。一年間も日本に足を留めながら、そしていつぱしの技術を持ちながら、日本の生活の中心へ乘り込むことが出來なかつたではないか。ルイは唯、

「日本の印象は素晴しかつた。」

と、其れだけを繰返してゐる。だが氣がさな母には、日本から見捨てられた見窄らしい娘の姿が目前に見えるばかりなのである。

「あれだけ兄さんに賴んでやつたのに。伯父さんもあなたに愛想を盡かして歸してよこしたのではないのだらうか。若し然うならお母さんはどんなに恥しいことだらう。」

ルイは我が子を侮辱するこんな言葉を、アメリカへ歸ると直ぐ母の口から聞かうとは思ひも寄らなかつた。母のこの一言が歸つてからのルイを粉々に打挫いだ。自信も抱負も美の幻影も何も彼も、往き返りしたばかりの太平洋の海の底へ消え沈んでしまつたやうであつた。ルイは日本の一年間を細々と母に語る前に、もう口を噤まなければならなかつた。日本の美しい印象を保つためには自分の母と口を利くことを避けなければならないとさへ思ふのである。何よりも父母の故鄕がどんなに美しかつたか――ルイは其れを話す喜びに其の胸をいつぱいに膨らまして歸つて來たのであつた。其れが一時に萎んでしまつた。無乾燥にたゞ人事を母に傳へただけで、ルイは何事も語らなかつた。だが自分を再び强い握手で迎へてくれた若いアメリカ人の美術家の友達たちと、ある限りの讚美をこめて日本の自然の美しさを語り、そして好奇と興味と憧憬を露にしてその眼を輝かす彼等の中に居ると、ルイは初めて新らしい創造力を把握した意識で伸び〳〵とした力が湧き上つた。

アメリカへ歸つてからのルイが少しも落着かず、若い美術家たちと往來ばかりしてゐるルイは母には又、蓮葉にさ

へ思はれた。日本へ送られた誰某の娘たちが生花を覺え、茶道を嗜み、習字までを習ひ覺えて天つ晴れな日本の淑女教育を身につけて歸つてくる噂を聞いたり、日本で結婚した娘たちの噂は、彼女には自分たち母子が譏られるやうな辛さで耳に入る。夫に死なれた母一人娘一人の境遇は、母親を一層神經質にし、娘を日本へやつたために却つて母子離れ〴〵の心境に落ちたことが取返しのならぬ口惜しさとなつて、彼女の感情を嚙むのであつた。

ルイは或る晩母親から結婚相手の名まで擧げて、必らず母の意志に從ふことを迫られた。ルイの賢い、一時逃れの

「自分は結婚をしないとは云はない。いつか結婚するのだから安心して下さい。」

と云ふ答へは、もう母の諾くことではなかつた。ルイの意志は母のむきだしな强さとは反對に、何か柔らかな絹のやうなもので包まれてゐる。ルイは一應は母の强さの前でたじろぐのであつた。そしてはあとの底に、一つの泉のやうになつて湛へられてゐる優しい愛情が、母から何事かを强ひられるとき、其れへの反抗と云ふよりも、自身の脆さへの反抗になつて、血を搾るやうな悲しみの淚を流す。

ルイは何うしても母の意志には從へなかつた。結婚以外に、人生を最も美しく生きる道を理解したルイは、この終局へ行き着くまでは結婚をしたくなかつた。

前に自身でスクール・ガールの口を求めて美術學校へ通つた亞流で、こゝの畫かきたちばかりの住むアパートメントの一室を借受けると、ルイは手廻りのものさへ持たず、畫の道具だけを携へて母の家から移つて來た。そして母へ宛てゝ、

自分は決して惡い娘ではないから安心してゐて下さい。ルイには結婚よりも、もつと爲たいことが澤山にあるのですから、其れが濟むまで待つてゐて下さい。

と云ふ手紙を送つた。無論母からは返事がなかつた。だが暫くするとルイが日本で買つて來た彼女の好きな茶器

や、身邊に必要な諸道具や衣服をひと纒めにして母から送つてよこした。

ルイは早速母のところを訪ねたが
「私はもう娘は死んだものと思つてゐる。だから決して來てくれるな。」

と云はれた。

「でもルイは生きてゐるんですからね。時々來ますよ。」

そして淋しい母を思つて、ルイは度々訪ねて行く。若い娘を一人使つて、元氣に働いてゐる母を見ると、其の後は一週間ぐらゐはルイには安心ができた。母は中々打解けなかつた。

「逢ひたくもないのに、何の爲にくるんですかね。」

稀に口をきく時は其れだけなのである。

二

ルイがテーブルに向つて熱心に描いてゐる下圖は、パサデナ一流の女物專門の店からの註文で、飾窓の背景の下圖であつた。幅二間高さ二間半の二枚ものであつたが、ルイには斯う云ふ註文は初めてゞあつた。白と臙脂を基調にして幽艶な春の情調を中心に、日本式の花模樣を取入れた圖案の構成に苦心してゐるのだが、この報酬の七百弗で、ルイは母の好むものを何でも買つて贈らうと云ふ樂しみをも描いてゐる。

ルイの傍には老犬のメランコリイが黑い塊りになつて眠つてゐる。隣室の老畫家のウイルソンが七年間、其の一室で飼つてゐたスパニエル種で、自分の畫が全く賣れなくなり、畫かきの生活を斷念してオレゴン州の弟のところへ隱退する時、ルイに預けて行つた犬である。

この犬の表情が何時もメランコリイだと云つて友人達が付けた名であつた。この犬は生物の陰鬱さを代表してゐるやうに、重く沈默した犬であつた。人間はみんな畫かきだと想ひ、アパートメント住ひにはすつかり馴れて、嘗て吠えたことがない。ウイルソンを離れたこの頃は、この日本人娘の畫かきの室で、見馴れない華やかな色のちら〳〵する、いろ〳〵な人形を無數に飾つた娘らしい家具の裝飾の隅で、支那の聖人のやうに眠つたり起きたりしてゐた。この犬の主人はよくルイに安否を訊ねてよこした。其の序に

　オレゴン州の美しさは、南カリフォルニアのやうな濁つた明るさでなく、透明した明るさで、人間の精神を水で洗つたやうにしてくれる。一度は畫行脚に來たまへ。農家の弟のところに居る自分を尋ねてくれゝば、いつでも新しい野菜を御馳走することが出來る。

と書いてよこす事などもあつた。

日暮れまで畫から離れなかつたルイは、メランコリイを呼び覺ますと頸輪に華奢な鎖を結び付け、默々と動くメランコリイをルイの細い兩足で驅り立てるやうにして外に出た。犬を運動させる時間なのである。

ナナからは其れぎり手紙も來なかつた。幾日か經ち、一週間經ち、三週間經ち、五階の大きなホールで愈々本仕事に取りかゝる頃になつても音信がなかつた。

ルイは時々ナナのことを想つた。ふつと鏡面にうつつた影のやうに、ナナの白い悲しみに疲れた顏が、ルイの瞼に浮んでルイをはつと驚かせる。然う云ふ俤を瞼に感じた後は、ルイは暫らく陰鬱に沈み込んだ。

ルイはナナとは少女の頃からの友達なのである。友達と云ふよりも二歳違ひの二人は姉妹のやうに愛し合つた。其の頃からナナの顏は鮮明な輪廓を印象させずに、ぱつと純白に開いた花のやうな麗しさを、一と目に感じさせるやうな

特徴があつたが、成長してからも、ナナの人間から感じる印象がこれに似てゐた。そしてナナは溫和しい娘であつた。

「あなたは光だけ見たいな人。あなたの全部が光のやうに。其れも強い光ではなくつて、夕方に出てゐる薄い月の光のやうに。」

ルイはナナのことをムーン・ライトと綽名した。

二人の家はパサデナの田舍にあつた。ルイの父もナナの父も同じ土地で農業を始めたのだが、ナナの父は中途で農業を止めて、ハリウードに美術品の店を出し、商賣が盛んになると田舍の住宅を廣く改築して中流の家の構へを作つた。ルイの父は農業に失敗して一度其の土地を離れたが、何の事業にも成功しないで再び舊の土地へ戻り、そこに小さい店を求めて野菜の店を開いた。ナナとルイとが、級は違つても同じ學校で顏を見るやうになつたのは、一人が十歲、一人が十二歲ぐらゐの其の頃からなのであつた。ナナの家にはヴィックの新しい自動車があり、家も大きく、ルイの家は其れに比べて遙かに貧しいし、父同士の交際も殆ど無かつたのだが、ナナの母が產後に亡くなつてナナの家に新しい母が迎へられてから、土地の日本語學校の教師をしてゐたルイの母に可愛がられてゐたナナが、何時となくルイの家に遊びに來るやうになつた。ルイの家に泊る日などが重なり、そしてナナは自分の家で食事を取る時よりも、ルイの家でルイと食卓に並んで食事を取る時の方が多い日が續くやうになつた。ルイの父はナナには殊に「いゝをぢさん」であつた。十二三歲になつてもナナはルイの父の膝に乘つたり、白髮の交つた頭を抱へたりして甘え騷いだ。

「ナナは此の家へ來ると、ちつとも溫和しくないのね。」

ルイの母が自分の娘を窘めるやうに笑ふのである。

「ナナはルイよりも賢いぞ。」

「其れから顏も可愛らしい。」

ルイはナナの頬や額を指で突つ突き廻す。ナナは凝つとして突つ突かれた儘になつてゐる。ナナの愛らしい顔を、ルイの家ではみんなで可愛がつた。夏になれば水泳やハイキングに二人が一緒でないことはなかつた。斯うしてルイの父も母も、ルイと同じ我が家のポーチで健かな日光を浴びつゝ、目に見えぬ間に少女から一人の女になるまでのナナを見守りながら、殆ど共に暮らしたのであつた。

ハイ・スクールを卒へてから家庭に籠つたナナは、父が厳しいので自由にルイの許へも來られなくなつたが、ルイが美術學校へ入りたくてスクール・ガールになり、熱心な勉强を始めた頃、ナナには戀を語り合ふ青年があつた。稀に逢ふナナからルイが打明けられた其の青年は、少年時に店の使用人に日本から呼寄せられ、其の後店を退いて苦學しながら商業の專門學校を終了した秀才の青年で早瀬と云つた。ルイも其の青年とは親しかつた。ルイの家にもよく遊びに來たことがあつたし、ルイの母はルイの聟にしたい望みを密かに持つてゐたのをルイは知つてゐた。

だがナナの戀は相手の青年に資産がないのが理由で父から許されなかつた。殊に相手がルイの家にもよく出入りする早瀬であつたことから、ナナの父の山木はルイの家に一途に惡感を持つた。そしてルイの家の人たちが戀の媒介をしたかのやうに憤つたと云ふ話を耳にすると、ルイの母はわざ〳〵山木の家に行つてナナの父と激しい議論をやり、若し自分がナナの親であつたら、資産はなくともあゝ云ふ正直な堅實な青年とそ聟にして恥かしくない、とそんなこと迄云つて來たが、其れはナナの爲ばかりではなかつた。ルイの夫にしたいとまで見込んだ早瀬をルイの母は殊更に賞めそやしたのであつたが、彼女は間もなく語學校の教師を辭めた。其校の維持會長が山木であることが不快だつたし、然う云ふ感情の縺れに自分の生活を强ひて結び付けておくことは、ルイの母は嫌ひであつた。ルイの父が亡くなつたのは其の頃であつた。

ルイはナナの戀の幸福の爲に、愛人と一緒に日本へ（其所に早瀬の求めた就職の口があつた。）行くことを勸めたが、父の壓迫の羽搔の下に小鳩のやうに生きて來たナナには、想ひ切つて飛上る意志が持てなかつた。父も家も生れた土地をも捨てゝ遠い日本へ行くことは恐しかつた。早瀬が失望して日本へ去つた後、ナナは愛人の去つた悲しさに堪へられないで幾度か其のあとを追はうとし、ルイは其の度に自分の手を添へてやるのであつたが、其れを斷行する時になると、ナナはルイの介添《かいぞへ》の手を振りほどいて後退りした。

ルイが日本にゐる間、ナナは父の經營するハリウードの店で働いてゐると云ふ手紙を送つて來たことがあつたが、ルイが再び歸つて來た時は、ナナは嫁入つてゐた。嫁に行つた先きはフレスノに大きな果樹園を所有する安藤と云ふ家で、ナナの父が店を擴張した頃から商賣が振はなくなり、遂に負債の爲に破産しかけたのを安藤に救はれたと云ふ關係があつた。ナナの夫になる青年は安藤の長男で、ナナと同じやうにアメリカ生れではあつたけれども、學校生活も好い加減にして、親が金の有るのに任せて遊び暮らしてゐるやうな男であつた。ナナがこの男と結婚したのだと聞いた時、ルイは自分の生活が失はれたやうに落膽した。

この話はルイは母から聞いた。母はナナの結婚についての批判はしなかつた。ナナの嫁《い》つた先きが日本人の間で聞こえた富者であることが、寧ろルイの母には羨望を感じさせてゐる。無論彼女は其れをルイの前では表はさなかつた。

「ナナは幸福なの。」

「さあ何うか知ら。其れは早瀬と結婚した方が幸福だつたらうと思ふよ。」

ナナの結婚の時の寫眞を、ルイはハリウード美容院の「さくら」で見た。アメリカ生れの日本人娘が經營してゐる美容院で、さくらは自分の名なのである。アメリカに歸つてから初めてルイがさくらへ來た時、

「おゝ。ルイ。」

然う叫んで飛んで來たさくらは、何よりも眞つ先きにナナが結婚したことをルイに話した。

「ナナと云ふ名はアメリカ式でいけないから、カナ子に變へてくれと安藤のママが主張したんですつて。だから今はカナ子と云ふ名になつてしまつたんです。」

「カナ子？」

「カナ子よ。ナナは泣いてばかりゐたと云ふ話よ。」

ナナは此所へ來ても、ちつとも其樣な話はしなかつた。結婚の前はあんまり來なくなつた。ユリやチヨがママから聞いた話だと云つてさくらに傳つたので、ナナが泣いてばかりゐると云ふことが分つた。

「結婚の時の支度は、ナナの新しいママが賴みに來て、私がすつかり爲て上げた。ほんたうに綺麗だつた。あんな綺麗なお嫁さんは初めてだつたと思ふ。ドールのやうでね。すつかり瘦せてしまつてね、ベールが重さうに見えるくらゐ。」

「其の時も泣いてゐたの。」

「其の時はちつとも泣いてゐなかつた。けれど病人のやうに靑い靑い顏をしてゐた。私がナナは病人のやうねと云つたら笑つてゐた。ちつとも幸福さうに見えないと云つたら、ちつとも幸福ではないと云つてゐた。」

だからお化粧をする時、頰紅も口紅もずゐぶん濃くした、と語るのである。

「ナナは何うして私に手紙をくれなかつたのだらう。」

「ナナは誰とも口を利くのもいやであつたに違ひない。」

ナナは二月生れだから、ナナの友達がみんなで紫水晶のネックレースをお祝ひに贈つてやつた。この寫眞はナナが呉れたのではない。ナナのママが私が支度をして上げたお禮だと云つて持つて來たのだと云つて、結婚式の記念の寫眞をルイに示した。

ナナの瞼にはまだ涙が玉のやうに附いてゐるのではないかと思ふやうに、うつとりとして、唇は優しく閉ぢ、無心なスキートさで立つてゐる。ベールが悲しい娘をいたはるやうに裾の下まで垂れ、両手に百合の花束を抱へてゐた。

「悲しい娘ね。」

「結婚をするのを嫌がる娘に、無理に結婚をさせたがるのは第一世の悪い習慣ね。親が定めた結婚でなければ結婚を認めないなんて。ナナはこの結婚がいやだつたに違ひない。」

寫眞のナナは、姿勢にも顔の表情にも、生命の脈動が消えてしまつたやうな、脆氣な力無さが現はれてゐる。

「ほんたうにこれはお人形だ。痩せた日本のお人形だ。」

傍に立つてゐる青年は大きな體格で、眼鏡をかけてゐた。唇邊に少し笑つた痕を残して、何所となく誇らし氣な表情が漂つてゐる。

安藤の家は佛教信者で、わざ〳〵日本から新しい佛壇を取りよせて、家の中に安置し、子供たちにも數珠を其の手にかけさせて、佛壇の前で朝禮させるのを習慣にしてゐる。だから長男の安太郎の結婚式にも、ロサンゼルスに出張してゐる本願寺の何とか師と云ふのが司式した。

「安藤のママは『ホトケサマ、キチガイ』だから、ナナもこれからお數珠をかけて佛さまにお詣りをさせられるのにきまつてゐる。」

まだ〳〵さくらは種々な話をした。安藤が山木に出した金額はもう數萬弗で、ナナは其の金の爲に結婚をさせられたのであつた。ナナが其家の人になれば、安藤はもつと多くの金を山木の爲に出すと云ふ約束さへもあつた。其れは非常に汚らはしい話だと、さくらは娘らしい潔癖で云ひ放つた。

「もしもナナが其れを知つてゐて結婚したのなら、ナナは犧牲になつたのね。」

「其れが古い日本式にはモーラルだつたのよ。日本では奴隷が金で賣られるやうに、兩親が娘を金のために賣る。娘は親の爲に賣られて行く。これが日本の古い封建主義の殘滓で、日本のパブリックは然う云ふ習慣を未だ根絶し切つてゐない。」

さくらはルイの言葉の實感に壓されたやうに、目を見張つた。不思議なモーラル。何うして其れがモーラルなのかと考へながら。

「ほんたうに可笑しなモーラルだけれども、でも仕方がない。」

けれども、ナナの兩親は間違つてゐる。アメリカで教育された子供たちに、自分達が育つた頃の古い日本の封建主義の道徳を强ひるのは間違つてゐる。アメリカには然う云ふ道徳はなかつた。日本で教育された日本人達には、たとへ其れが通つたとしても。

幾片かの花瓣が既に破られてゐたナナの幸福の花は、これで痕形もなく完全に踏み躪られてしまつた。

「ナナは可哀想ね。」

さくら美容院に働いてゐる二三人の娘たちはパーラアに集つてきた。悲劇の女主人公のやうなナナを、ロマンチックな色彩の中で回想しながら、今更其の寫眞を取上げて眺める娘もあつた。だが問題は馬鹿らし過ぎると思ふほど簡單に考へる娘もあつた。泣きながら結婚する娘の物語は、イギリスの十七世紀頃のどこかのお城《しろ》のプリンセスの上にこそ聞くけれども、其れは夢物語に似てゐるほど遠い昔の悲劇であつた。

「でもナナが其のお城のプリンセスではないか。」

然かも自分たちの友達の上に起つた哀れな結婚物語なのである。

さくらは寫眞をルイに持つて行つても宜しいと云つたけれども、ルイは欲しくはなかつた。日本からナナの爲に買つて來てやつた丹塗りの蝶貝入りの可愛らしい抽斗も贈らなかつたし、一度は心をとめた結婚の祝ひを贈らうかと考へたこともあつたが、其れも周圍の人々に對する嫌悪が思ひ止まらせた。

三

斯うしてナナをすつかり斷念した幾月かゞ過ぎた。ナナが思ひがけなくルイのアトリエを訪ねて來たのは、ナナが結婚してから四ケ月目であつた。

ルイは死んだ友達が蘇つて來たやうな喜びに聲を上げたが、ルイを見て微笑したナナの顏は憔悴して、玉のやうであつた美しい顏色は日焦けした上に、苦痛と淋しさに皺み慣れた表情で掩はれ、薄くなつた頭髪は日本人の老年の女に見るやうに、括り上げて、見違へるかと思ふほどにナナは變つてゐた。

「ナナ。」

暫く抱き合つてゐた後、ルイはナナの變つた顏や容子を驚くやうに眺め直した。ナナの眼からは涙が流れてゐる。云はうとする言葉も感情も、唯涙となつて流れ出てくるやうであつた。

「ルイ。私にはもうこれ以上のことは堪へられなくなつたの。」

ルイの胸は其の一と言でぐつと塞まり、ナナの前に石のやうに堅くなつた。

「私は苦しんで、苦しんで、我慢をして我慢をして、漸く今日まで過ぎて來たけれども、もうこれ以上は堪へられない。私は死んだ方がいゝと思ふ。」

涙の間からルイを見詰めたナナの眼から鋭い光が走つた。苦しさに反抗する狂はしさを交ぜた異樣な光なのである。

「ルイ。あなたは猛獸が檻の中に入れられて、鞭で威嚇されながら柔順になるやうに訓練される話は知つてゐるでせう。けれど、小猫のやうな柔順な動物が檻の中で威嚇されたり叩かれたりして、もつと柔順になるやうに訓練される――そんな話は聞いたことはないでせう。どんなに柔順にしても、あの人たちには足りないのです。どんなに柔順にしても、まだ〳〵足りないのです。どんなに云ふ儘にしても氣に入らないのです。誰あれも私に口をきいてくれない日が毎日々々續くのです。私には何を惡いことをしたのか分らない。だのに私は毎日々々懲罰をされてゐる。目に見えない懲罰を。其れが何うしてなのだか自分にはちつとも分らない。」

「あなたの夫はあなたを保護しないの。」

「あの人は安藤の家の家族の一人よ。私の夫ではない。だから私が目に見えない懲罰を受けてゐる時は、あの人は私から離れて默つてゐる。さうして何所かへ行つてしまつて歸つて來ない。」

　ナナはもつと〳〵ルイに訴へなければならないと云ふ樣に、溢れる涙を半巾で拭き、そして縷々と語り續けた。

「あんな暗い家をルイは見たことがあるだらうか。暗い〳〵家。何所からも光の入つて來ないやうな家。この家の中で私はまるで唖か、白痴のやうにだまつてゐるんです。

　私には何を云つていゝか分らないし、云ふことを知らないし、私はほんたうの白痴になつてしまつたやうに言葉をみんな忘れてしまつたのかと思ふことさへある。夫の母は私に何も教へないから、唯母のする通りをする外にはないんです。自分では間違つた積りでないことが、みんな母の氣に入らない。母は其れを私に直接に云はないで私の夫に話すのです。父は一日果樹園で就働者たちと働いてゐて食事の時の外は一緒に居ることもないけれども、母はいつでも私の傍にゐる。私には命令《いひつ》けるだけでなんにも教へてくれたことがない。其れを私の考へだけでやれば、母は直ぐに機嫌を惡くする。私が夫と友達のやうに話をすることもいけない。もつと夫を尊敬するやうな態度を取りなさいと云はれる。自分のお母さんがお父さんに對してどんな風にしたかを考へ出してごらんなさいと云はれる。けれども、私には分らないんです。

然うすると母は、私の家では娘たちにどんな教育をしたのかと嘲笑するんです。あなたはアメリカ娘だから何うしてもお母さんと調和しない――この間も然う云はれた。

夜は必ず母の爲に日本式のマッサージをやらなければならない。けれども何をしても、日本のお嫁さんの盡す義務の萬分の一つも私には果すことが出來ないと云はれるのです。」

「私には到底理解ができない。ナナ。」

ルイは今まで呼吸を塞めてゐたのを、一時に吐き出すやうに深い／＼溜息をした。そんな生活があるだらうか。恐しい憎惡の生活ではないか。愛の呼吸の一つも聞かれない生活ではないか。溫いホームの中で、たつた一人だけが責められ指彈され、そして懲罰される。責められる人はこんなにも苦しみ、こんなにも愛に飢ゑてゐるのに。

「こんなに苦しんで。可哀想なナナ。」

錯誤と非理と、憎惡と邪慳とが、網のやうに張り廻されてゐる生活の中でナナはもがいてゐるのである。

「ナナ。あなたは其れ以上苦しむことはない。」

ルイは自由の美しさを知つてゐる。其れはアメリカのモーラルが敎へたものではなかつたが、彼女の生命が彼女に示した美しさであつた。ルイは其れと同じものをナナに示したかつた。ルイは自分の力で自分の生きる道を知つた。無論其れは彼女の天分が自身に與へた道であつた。だが斯う云ふ自分の持てる力だけで、ナナの捉はれてゐる非理な生活からナナを引出すことが出來るだらうか。ルイは考へながらも、

「あなたはもう其の家へ戻らなければいゝ。」

と決然と云つた。

ナナは昨日安藤の家を無斷で出て、實家へ歸つて來たのであつた。

「其れなら猶、あなたはもう決して其家へ戻つては可けない。堪へられない苦痛を其れ以上忍ぶことがあるものですか。」

感情の迸るに任せて、自分の苦痛を訴へてゐたナナは、この時ルイの强い言葉にふと我に返り、昨日實家に歸つてから父から云はれた言葉を想ひ出して慄然とした。

「兎も角も安藤へ歸りなさい。パパが連れて行く。」

ナナの父は斯う云つた。

父は其れから安藤の家へ長距離の電話をかけ、ナナが病氣で實家へ歸つて來たけれども、二三日靜養させてから連れて行くと云つて頻りに安藤の家人に娘の我が儘を詫び、安藤の家から二三日して迎ひをよこすと云ふ返事を聞いて、初めて安堵の顏色になつた。そして其の晩、父はナナを自分の前に置いて、

「一旦嫁に行つたものが辛いからと云つて、出てくることは日本であつたら世間の物笑ひで恥辱だ。どんなに辛いことがあつても其れを辛抱して、舅や姑や夫に仕へるのが、日本の女の道なのである。ナナは日本人だから日本の道に從はなければいけない。其れを守り通してこそ立派な女だと云はれるのだ。」

と云はれた。兩家の經濟關係をナナも知つてゐる。其の爲にも、つまりは實家の父の爲に、すべてを忍耐してくれと云ふことも最後に父から云はれた。結婚の時も、父からのこの脅威の交ざつた頼みに何も彼も斷念してナナは安藤の家に行くことを、肯じたのであつた。ナナには其れが美しい道德か何うか解らないのであつたが、自分が父の犧牲になつて忍ぶことには、何か正しさを示す嚴かなものが含まれてゐる。正義とは然う云ふ觀念のことを指すのかも知れないとナナは考へたのであつた。いやな結婚を忍んで、父の云ふ通りになつて安藤へ來たナナは、まだ〳〵忍ばね

ばならぬ苦痛が一日々々と營む日常の上に、あらゆる時間の上に充ち〳〵てゐた。

「父は私を安藤へ連れて行くと云つてゐるの。」

「其れであなたはパパに何と云つた？」

「父は私のことなど聞いてくれない。さうして安藤の家からは迎ひがくる。」

「ナナ。あなたは又其家へ歸るの？」

ルイは愕然としたやうにナナを見た。ナナの眼から新な涙がほろ〳〵と落ちてきた。其の涙を見てゐたルイの眼からも、初めて涙が溢れてきた。

「ナナには、其の圍みから出られないのだ。」

早瀬にたうとう隨いて行かれなかつたあの弱さで、今度もナナは其家から脱け出ることが出來ないのであらう。ナナはこんなにも弱いのである。薄氷のやうに弱いのである。この弱いナナを誰れが愛すると云ふのだらう。

ルイは自分のアトリヱに當分留まることをナナに勸めた。安藤の家へは無論のこと、實家の父の許へも歸るなと云つた。ナナを愛する爲には誰とでも戰ふことが出來るとルイは思つた。ナナは其の言葉に從ふやうに見えた。

ルイは日本で買つて來た色九谷の茶器を出して日本茶をいれ、通常の感情へナナを引戻すことにつとめて、彼女を慰めた。

「これはそれ程古いものではないさうだけれども、こゝで賣つてゐる九谷とは全然色が違ふでせう。沈んだ美しさでせう。」

其れからナナの爲に買つて來た可愛らしい抽斗も見せた。

「こんなのも、ナナの店では見たことがない。日本へ行くと驚くやうな細工のこまかい綺麗なものが澤山にある。」

ルイは日本の自然の美しさを、ナナの氣分を和らげるやうに少し誇大に語つた。

「日本は明るい國ではない。暗い國でもない。柔らかなものに包まれてゐるやうな、ムーン・ライトの國ね。日本では月の光がどんなに感激的だか。其れは月の光に日本の自然が調和するから。」

ルイはナナにムーン・ライトと云ふ綽名を付けた事を思ひ出した。二人の少女時代の追憶は、ルイの父を中心に溫さと麗しさと、自由な笑ひの影にさざめいてゐる。其の懷しい過去が瞬間見交はしたお互ひの眼の中に閃いて消えた。ナナの閃きの底にはルイの父の愛撫の手や、落葉のやうに枯れてゐるとゝろの一隅に、わづかに殘る甘美な戀の思ひ出が幽に射してゐるのである。

だが過去の懷しさも樂しさも、再び現實となつてナナのところへは戾つてこない。ナナの現在の生活の苦痛は、過去の甘さ美しさの追憶へ、思ひを運ぶことさへも許されないほど激しく、そして嚴しいのであつた。

二人で樂しくランチを取らうとルイが望んだけれども、ナナは今日は早く父の許へ歸り、安藤の家へは戾らないとをもう一度父に明かに告げて、其れでも聞かれなかつたらルイのところに來ると云ふのであつた。

ルイは半ばは危ぶみながらナナの云ふ儘にして別れた。「負けてはいけない。」とルイは別れる時に幾度も繰返したのであつた。其れぎり音信のないナナを、ルイは「安藤の家に戾つたのだ。」と思ふ他にはないのであつたが。

四

黑い上着は繪の具だらけであつた。自分の身の丈ほどもある大きなブラッシュに繪の具を含ませて、ルイはバックの製作に一心になつてゐる。若い男の美術家がルイの助手であつた。三間に餘る高いところは梯子に登らなければならなかつた。若い助手はルイの爲に地の下塗りをしたり、梯子から飛び降りる時のルイに手を貸したりする。斯ら云ふ大ものを扱ふのはルイには最初の經驗であつた。

大きなブラッシュを持つことも初めてであつたし、高いところに登つて畫をかくことも初めてであつた。これは筋肉の勞働であつた。最もこまかい感覺で自分の創造したアートを、渾身の勞働の力でこの畫面にクローズ・アップするやうなものであつた。空想的な擴がりではなく、數學と美學の均齊の上に盛り上げられて行く實質的な大きな擴がりであつた。

輕いブラッシュのタッチは何所にもなかつた。纖細な線や幻覺はこの畫面には無效であつた。

ルイはアートと勞働の調和の中軸に自分を据ゑて一寸の搖ぎもない姿勢を見せてゐる。

圖案の效果と、客觀的な美の感覺との微妙な繋がりや、自分を樂しむ爲に描く畫は寧ろ容易く、自分を離れて他を樂しませる爲に描く畫のむづかしさや、大膽な構圖や、色彩の誇張などを、製作に向ひながら新しく考へるのであつた。ルイは相變らず口紅だけを眞つ赤につけ、蒼い小さい額には汗がにじんでゐる。この瘦せた平凡な娘のほそい腕から、何うしてこんな精力が生れるかと思ふやうに、畫面に描かれる線は強く、印象は鮮明で、色彩は眩いばかりに華麗であつた。

公衆の前に曝されたルイの畫は、美術界の專門の人たちの間にも評判が高かつた。色彩に對するルイの敏感と、巧緻と、あらゆる傳統から切りはなされた着想の新しさを評判された。店の裝飾を美術的にすることで有名なハリウード一流の百貨店のスペンサアでは、この好評を聞くと早速ルイを採用した。

ルイの受けた註文は六月の百貨店を飾るもので、飾窓のバック十六枚、店內の一階と二階の裝飾の鴨居の壁畫十二枚宛二十四枚であつた。ルイはまだ一流畫家ではないので報酬は安かつたが、其れでも彼女が自身で契約したものは飾窓のバック一枚五百弗、店內の裝飾は一枚二百弗なのである。ルイはこれを完成する爲には三人の助手を雇はねばならない。あらゆる費用と仲介者へのコンミッションをも差引いてルイの手には一萬弗が缺けて殘る。畫の主題には店からの註文があつた。其れはメキシコの風景なのである。ルイは先づ地方の旅行もしなければならなかつた。物質慾よりも製作慾でルイの身體中がはち切れるやうである。

いろ〳〵な設計を頭の中で作りながらルイは久し振りで田舍の母を訪ねた。店先で果物を一つづゝ拭いてゐた母は、

「あなたの畫を見ましたよ。」

と云つた。

「ほんと？　ママ。其れで何うだつたの？」

「綺麗でしたよ。」

母はわざ〳〵其の畫を見に行き、端の方に"Rui"と簡單に書いてあつたサインに目を留めた時、我知らず涙がにじんだのであつたが、其れは娘に云はなかつた。一ヶ月ほどルイの見なかつた母は前よりも丸々と肥え、ルイに似て小さく整つてゐる顏がつる〳〵と光澤を帶びて來た。身體中に緩みがなく、若い時から鞠のやうに動き廻つてゐた身體癖が地になつて、年は老つても栗鼠のやうな小まめさが殘つてゐる。今日は新しい毛織地の、母の手縫ひらしくスタイルも何もないずんどうの茶色の服を着てゐるので、容子がさつぱりとして見えた。ルイは今日まで包んだまゝにしてあつた其の報酬を母に渡した。

「ママの何でも好きなものをお買ひなさい。」

母は最初は默つてゐたが、

「自分の働いたお金は、一錢の無駄もしないで貯蓄してお置きなさいよ。」

と諭すやうに云つて、中も見ずにルイに返した。

「ルイはまだ〳〵大きな仕事をするんですよ。」

ルイは母に手傳つて店の果物を一つ一つ拭き、そして配置よく並べ直し、最後に林檎を一つ取ると齧りながら、スペンサアからの註文を受けたことを母に話してやつた。店にはルイが初めて見るアメリカ生れのボーイが働いてゐた。果物は黄色、樺色、薄靑色に寶玉のやうに輝き、傍に並べた野菜の葉は、生き〳〵と濃い靑さ、薄い靑さの儘に水に濡れて、小さい店の中が潤澤と淸新さで漲つてゐる。ルイは氣持ちがよかつた。

「其れをあなたが描くの？」

「其れなら誰れが描くの？」

母にはまるで信じられなかつた。信じられないと云ふやうな眞面目な母の表情がルイには堪らなく可笑しかつた。狹い店の間を、そして潤澤と淸新さを鼻の先きで吸ひ込むやうに腮を突き出し、手を振りながらルイは高い踵の靴で跳ね廻つた。

「まだ〳〵それんばかりのことではありませんよ。」

ルイはアメリカのコンマーシャリズムの、中心地の紐育へ行き、一流の會社の廣告ポスタアを契約して、素晴らしく藝術的な新しい技術で、他の競爭者を壓倒するほどの手腕を示さうと云ふ野心を持つた。思ふだけでもルイには面白かつた。そんな事を聞いてゐた母は、ルイが夢を見てゐるとは思はれなかつた。彼女は一歩、たしかに自分の望んだ階段を踏みのぼつたのであつた。

ふと、ルイは不思議なことを發見した。母がエプロンで眼を拭いてゐるのであつた。

「ママ。何を心配してゐるのですか。」

「心配はしないよ。」

母は眼に殘つてゐる涙をエプロンで拭き取りながら、店の奥まつた窓の下の椅子に腰をおろした。

「嬉しいと思つたんだよ。嬉しいと云ふのはね。何もあなたが立派な畫をかいて、澤山、お金が取れるやうになつたからと云ふ譯ではない。其れはあなたの勝手だものね。だがね。こんなに多勢ゐるアメリカで生れた娘や青年の中から、一人でもアメリカ人を凌ぐ技倆を持つたものが出て、そしてアメリカ人の社會へ入つて行かれるやうになつたかと思つたら嬉しかつたんだよ。あなたが私の娘であつたつて、無くつたつて、誰れであつてもママは涙が出るほど嬉しいんだよ。」

そんな事かとルイは氣が輕くなつた。ルイは自分の仕事が、アメリカで生れた日本人の娘や青年の中の、優れたものを代表してゐるのでも何でもないと思つてゐた。自分の仕事は何所まで行つても"Rui"の仕事であつた。どの親たちでも、自分たちの社會は日本人だけの社會だと思つてゐる。私たちの社會はもつと廣い。だから私たちが仕事らしい仕事をしさへすれば、直ぐに廣い社會へ反響して行くだけのことではないか。

「ママには解らないのね。矢張り。」

「あなたには解らないんだよ。ママの考へることなんか。」

然うだ。自分には解らないから、ママはママの考へるまゝに任しておけばよい。自分に向つて結婚の話さへ持出してくれなければ其れでいゝのだ。

母は機嫌がよかつた。其れだけでもルイは安心ができた。店のボーイは客の應待で一人で忙しがつてゐる。其れに時々手傳ひながら、このボーイが近所の農家の子で、其の家の貧しさは、五人の子供に靴一足買つてやる事さへも出來ないのだとルイに母は話すのである。其の農者はある年耕作地のセロリイに害蟲が附着して、大きな損失をした。化學的な驅除法も知つてはゐたのであらうけれども、翌年も亦害蟲にやられた。其の翌年も。其れで焦慮つて又他の野菜の栽培に手を出したが、其の年は不作で又損失をした。

「亡くなつたパパは耕作する道も知らなかつたんだから失敗したのだけれど、あのボーイの親たちは天災だから全く氣の毒だよ。」

店を其のボーイに賴んで、母はルイと共に店の近所の住宅へ歸つた。

密閉した小さい室々の窓を開いて母は外氣を入れてゐる。この家は父が三十年餘り前、農業を初める前に自分で建てた小さい家で、この頃は塗り變へをしたこともないので風雨に曝らされたやうになり、廣い庭も手入れをするものがなく、花も咲きつ放しになつてゐた。入口の窓際にハネーサックルが黄色く咲き、いろ〳〵な種類の薔薇が雜草の茂つた中で女王のやうに咲誇つてゐる。父が好んで栽培してゐた瓢が棚の下に、大きいのや小さいのが葉の間から丸い頭をのぞかせてゐる。庭には池もあつた。蔓を延ばした晝顏の紫、鳳仙花の赤、スノーボールの白、アイリスやパンディやバタアキャップや、色とり〴〵に池の周圍に群れてゐる。強い日光が午後の日影を大きな無花果の樹上から地面に落し、交ざり合つた花の芳香が強く弱く、四邊は咽せるやうであつた。裏に廻ると母が少しばかり自分用の野菜を植ゑてゐる。トマトの木が延び、レタースも大きく葉を捲いてゐる。

ルイやナナの少女の魂が變りなく何所かに潜んでゐて、ルイに其の魂が囁きかけてくるやうであつた。裏から入ると炊事場で水の音をさせ、母は食事の用意にもう取掛つてゐた。其所を覗いただけでルイはポーチの丸木のソファに横になると、帽子も取らずに花の香りの中で何時となく眠りに落ちた。

「さあ。支度《ど》ができましたよ。」

母は年を老つても娘のやうな可愛らしい聲をしてゐた。目が覺めると自分の上には毛布がかゝり、庭は薄淺黄色の夕暮れになつてゐた。起きて見ると食卓に雪のやうなテーブル掛けを敷き、何かさま〴〵な料理が竝んでゐた。サラダやクリームド・チキンや、そして日本流にお芋の煮たのや、ルイの好きな大豆の煮たのも出てゐた。斯うして母子二人で食事を取ることは、ルイが日本へ歸つてから半年振りであつた。

「ルイ。ママはあなたにあやまるよ。あなたはもう何でも好きなことをして下さい。あなたの力がわかつたよ。此所にはあなたのパパもゐるのだから、ママは一人でも樂しく暮らす。あなたは自由に紐育へでも何所へでも行つておくれ。ママはあなたのことは、もう決して心配をしない。あなたもママのことは心配しないで宜しい。お互ひに身體さへ丈夫なら――」

饒舌ることを止めて、小さい口許で、甘味さうに食事を續けてゐたルイは、突然おどけた話を始めた。

ルイは時に母校の美術學校へ遊びに行くのであつた。この頃學校の寄宿舍に新しく入つた生徒の中に傴僂の娘がゐた。娘は畫才があつて怜悧であつた。そして又素晴らしく美しい娘であつた。友人も先輩も教師もみんなこの畸形な娘を愛してゐた。だがたつた一つ日常事に關はることで、普通の體軀を備へてゐるものには想像だけでは解決のできないことが有つた。

「何だと思ふ？　ママ。」

母には容易に見當が付かない。

「何んな恰好でなにするかと云ふことなの。」

然う云ふことを話し合つた二三人の女生徒が、たうとう好奇心にかられて兩隣りへ椅子を持ち込み、中からキーをかけて娘の來るのを待つてゐた。……………………………………娘たちは其れまでは一生懸命だつたけれども、後の可笑しさを堪へるのに死ぬやうな苦しみをした。最初は眉を顰めて聞いてゐた母親は、エプロンを顏に當てゝ涙をこぼしながら笑つた。

上級の男生徒で寄宿舍にゐるロイのところへ時々可愛らしい娘が逢ひに來る。其の娘の假裝をしてロイを欺してやらうと企らんだ女生徒たちが、その中の一人に愛人の服裝と同じやうな色のものを着せ、黑いベールのハットを被らせ、ある宵の內に寄宿舍の外に立たせておいた。そして一人が、

「あなたに誰れか逢ひに來てゐる。」

と知らせに行つた。ロイはあわてゝ外に飛び出して來たが、薄闇の中に羞しさうに立つてゐる娘を愛人と思ひ込み、娘が暗い方へと急ぎ足に行く後を追ひかけた。他の女生徒たちはそつと其の後から尾いて行く。暫らくすると娘がきやつと大きな聲を擧げて飛び跳ねるやうに引つ返して來た。嘘が分つてロイに怒られたのかと心配しながら一同が娘を迎へると、

「ロイが接吻をしようとしたので大きな聲を出してしまつた。」

ルイの話は母にも面白かつた。笑つてゐる母を眺めて、

「何う？　ママにもおもしろい？」

「アメリカ人の娘は、みんな然う云ふ娘ばかりなんだらう。のんきなものね。」

「ルイだつて、おんなじですよ。」

眉尻を下げて子供染みた顏をするルイを母の方でもつく〴〵と眺めた。

「この娘が人並み以上のことをやると云ふのだが——」

母には矢張り不思議であつた。同時に自分が抱き守りをしてゐてやらなければ、處世の道が危ぶないのではないかと云ふ氣がするのである。

「しつかりやつて下さいよ。ママは心配だからね。あなたが偉いことを爲たり考へたりすれば、するだけにね。」

「偉くもなんともないのよ。當り前でいゝのよ。ママ。」

食事が濟むとポーチに出た。溫い日光が消えてパサデナの山肌が皺み始め、紫の空がだん／＼に色を薄くしてゐたのが、今は薄光の中に全く褪せ果てゝゐた。庭の花もおぼろになつた。亡くなつた父がパイプを啣へて、夜になつてもまだ此所に茫然と腰をかけてゐた姿などがルイの眼に鮮やかに浮んでくる。

山木の家は三町ほど離れた近くにあつた。オレンヂの果樹園を通り越すと直ぐなのである。樹木や人家に遮られて山木の家は見えなかつたが、ルイは胸に迫る重い感情で其の方角を眺めた。森とした寂しさが、闇の空間を吹き過ぎる冷々した微風の上から滲みてくる。ルイはナナのことを母に話した。

母はルイよりも、もつと能くナナに絡まる種々の噂を知つてゐた。噂は山木の家と親しく往來する田舍での知識階級の婦人たちの口を通して、何々婦人會の集りの席から流れ出すのであつた。ナナはもう幾度か安藤の家を出ては山木の實家に歸つた。

そして其の度に父に離婚を訴へるのであつたが、父に結局伴はれては、フレスノへ連れ戻された。フレスノの人々はナナを憐れみ、安藤の母の意地惡さと冷酷さを憎んでゐると云ふ話であつたが、最近の噂はナナへの誹謗が交つてきた。

「びつくりする事があるの。」

「何です。ママ。」

ルイは聞かない内から全身の血が凍るやうであつた。

ナナは懷妊してゐた。ナナは自分では氣が付かなかつたが、姑が發見したのである。産婆に見せると幾月かはつきりしないと云ふ診斷をした。四月か五月かゞ判然しないのである。四月ならば結婚直後であつたし、五ケ月ならば結婚前であつた。安藤の母はナナに疑ひを持つた。結婚前の子ではないかと云ふのである。疑ひを持つことが人間の常識であると云ふやうに。

安藤の母はナナが懐妊を隠してゐたと云ひ、山木の父を呼んで眼前でナナに事實を語らせようとした。ナナは其の時死ぬと云つた。

「死んで事實が明らかになるのか。罪があるから死ぬのか。罪がないから死ぬのか。」

と父が詰ると、

「罪がないから死ぬ。」

とナナが叫んだと云ふのである。安藤の家では幾度も家出するナナを一旦引取つてくれと云ひ、娘を信じる父は娘を傷つけて戻す以上、名譽毀損の訴訟を起すと云ひ、媒介者の口添へで信頼できる醫師に診察して貰ふことになつて、話はそのまゝになつてゐる。山木の父はナナに「罪がないなら死んでも此の家を動くな。」と云ひ渡したと云ふことまで噂の上に傳はつた。ルイの母が耳にしたのは一週間ほど前のことであつた。

この噂は婦人たちの好奇心をそそり、ナナの素行を兎や角と云ひ始めた。早瀬の名が引出されたと聞いた時、ルイの母は無論嘲笑つた。早瀬はナナが結婚する半年も前に、この土地を去つてゐるではないか。ルイの母は堅くナナを信じてゐた。

「あの子を傷つけないで下さい。」

然う云ふ噂の前でルイの母はナナを庇つた。日本に居る時、産科の看護婦を勤めたことのあるルイの母は、自分の知識から、結婚直後に姙娠する例はいくらもあることを知つてゐた。

「産婆がでたらめなんだよ。でなければ安藤の婆あ（母はわざと云つた）の廻し者なんだらうよ。嫁いぢめで自分が散散憎まれものになつたから、同情を取返すつもりでね。ママには然う云ふ古い女の氣持が分る氣がする。山木のおぢとは早瀬の問題以來交際もしてゐないけれども、ナナのことでは本當に尻押しをしてやりたいと思ふよ。だが。」

と母は深い息をついて、

「考へれば考へるほどナナは可哀想な子だね。」

「ナナがルイのところへ來てからのことなのね。」

あの時はまだ、あの苦痛な生活の上に更に悲しい不幸が起らうとは、ナナは知らなかつたのであつた。

「ナナはきつと死ぬ。」

唯其れだけのことがルイには直感されるのである。ルイは落着いてゐられない氣がした。眉毛の軟らかな、あの愛らしい顏がどんなに變つてゐたか。ナナは自分で檻の中に入れられた小猫だと云つてゐた。今はもつと殘酷な苛責があの哀れな無垢な小猫を鞭打つてゐるのである――

冷めたい空氣の中に、庭の花が頻りに匂つた。室にはまだ電燈も點けてないのである。外はすつかり闇であつた。

母は立つてポーチを明るくした。

「ルイ。今夜はお泊りよ。」

明日、フレスノへ行つて來ようと決心したルイが、母の聲で顏を上げた。

「えゝ。ママ。」

五

フレスノへ走る自動車の中は、陰欝なルイを時々笑はせるほど、マリイ・レビスの燥ぐ聲で賑やかであつた。フレスノまで百五十哩、ルイはマリイに頼んで、マリイの自動車でドライヴして貰つた。

「ルイの不幸な友達を訪問する爲にフレスノへ行くのだから。」

「宜しい。」

マリイは直ぐに承知した。六時間もの運轉を一人で續けるのは疲れると云つて、若い愛人のフレデリックを作つてゐた。自動車は瑠璃色に塗つた瀟洒なパッカードの二人乘りであつた。マリイが運轉する時はルイを間に挾み、フレッディが運轉する時はルイは右の端に掛けてマリイを間に挾む。マリイはまるで「ジョーイ・ドライヴ」のやうに、サンドウィッチや果物や、飲物まで揃へて車に載せてきた。カリホルニアの公道は滑べるやうに坦々としてゐた。砂塵も上らず、スピードに任せてフレッディは左の肱を窓のふちに置き、開いた窓から吹き入る快い薫風に、柔らかな金髪と青いネクタイを靡かせてゐる。フレッディは畫が好きで、少しも畫の巧くならない金持ちの息子で、何年經つても卒業しない美術學校生なのである。マリイは傍らから自分の唇で喫ひつけた煙草を、口紅を赤くにじませたまゝ彼の口に啣へさせてやるのである。マリイの其の指の大きなダイアモンドが、ルイの眼を射るやうに眞晝の陽を受けてきらり、きらりと光る。

四人も良人を變へたマリイは、もう結婚はしない心算で今は獨り住みをしてゐた。商業で生活する婦人の中では腕利きの一人であつた。最初は婦人記者だつたが、自分の腕では百弗の月給を越える見込みがないので記者を止め、商業界に入ると彼女はマネージメントの上でだん〳〵才能を發揮し始めた。外交も巧かつたけれど、殊にマリイは畫の賣込みが上手であつた。これは美術が好きと云ふよりも、美術家が好きなので、彼等への俠氣がマリイの商才を一層大膽にさせる爲でもあつた。

無論マリイはルイを愛した。この若い日本人娘の才分が、意外に廣く高く認められ始めたのを見ると、ルイを一層好意で待遇した。ルイにはエキゾチックな魅力が十分にあつた。これが藝術の上に現はれる。そして人間の上にも現はれるこの魅力は、いくらでもアメリカ人の間で彼女の仕事を縦横に伸ばさせる唯一のエレメントだとマリイは信じてゐるのである。其れにルイは何んにも恐れない自由さを持つてゐた。マリイから觀るルイは東洋的な神祕であり、アメリカ的な興味であつた。

車はベーカスフィルドの山々を越え、町々を過ぎ、平原を走つて行く。なだらかな山のラインが高く低く流れ、近く重なり、遠く離れ、山間を貫いて登るかと思ふと道路は山頂に開いて四邊の山々が眼下に綠の波をうねらせる。町は何所もきれいである。大きい町は大きい形に、小さい町は小さい形に、大都會の斷片のやうに、切り取られた都市の美麗さを備へてゐる。

ルイには最初のドライヴではなかつたが、カクタスの野、オークの繁る小山、何哩と續く果樹園、展望の果てを知らぬ綿の耕作地、葡萄の耕作地、花の盛りの果樹園、一望の花の白さ、白い雲を漂はして晴れ渡つた空、單調な平原など、ルイには盡きぬ興味であつた。フレッディが疲れてくると時々歌をうたひ出した。

アメリカ人の好奇心で、マリイはナナに就いて聞きたがるのである。彼女は時々其れへと話を向ける。けれどナナの境遇をマリイに話して見ても理解のできることではなかつた。友達の不幸の原因は日本人でなければ解らないのである。人間の感情にも習慣があつた。非文明の中で習慣づけられた感情を、何うしてアメリカ人のマリイに理解が出來ようか。然う云ふ感情に虐げられてゐるナナは、マリイから見れば無智に過ぎないのである。何う說明しても其れはマリイには解ることではないのであつた。

「結婚生活の上にトラブルがあつて。」

「トラブルのある結婚は止めてしまへばいゝので、他に方法はない。」

マリイの云ふことは簡單であつた。
「でも、友達は苦しんでゐる。」
「結婚で苦しむことは齒痛で苦しむ程にも値ひしない。」

安藤の家はフレスノの町の外にあつた。五百英加の葡萄園を所有するこの家は附近にもよく知れてゐた。古風な英國式の木造の家で、門の前に大きな柳が枝をはびこらしてゐる。家の前まで運轉して來たマリイはルイを降すと、二三時間經つたら又迎ひに來ると云つて町の方へ自動車を向けかへた。

門の中に日本風の庭園が作られてゐた。菖蒲が咲いてゐる。入口の扉の前には藤棚があつた。短い小さい藤の花が咲殘つてゐた。ルイは極めて靜かにボタンを押して見た。窓硝子にうつるカーテンに人影があつたやうであつたが、中々誰れも出て來なかつた。

暫らくして扉は細く開いて誰かゞ外を覗いた。顏は半面だけであつたが年老つた女の顏であつた。濃い眉毛と皺んだ厚い唇と、黄色い額と、黑いきものが少し見えた。ルイは丁寧に頭を下げた。

「ナナに逢ひに來たんですが。保田ルイです。」

異人種に初めて物を云ふやうに、ルイは自分の言葉がはつきりしないのが自分にもわかるのである。女は一寸表情を動かしたやうであつたが、返事をしないで扉を閉めた。其れぎりで誰れも出て來ない。ルイは待ちあぐみながら時々腕時計を見た。十分も十五分も時間が過ぎた。家の中は靜まり返つて物音も聞こえないので、ルイはもう一度ボタンを押していゝか何うかと躊躇した。

コンクリートの階段に腰をかけて、ルイは周圍を眺めた。其の邊を歩き廻るのは遠慮であつたし、裏手へ廻るのも侵入者のやうで心が咎めた。二十分過ぎ三十分過ぎても無人の家のやうに森として、もうカーテンの影も揺がないのである。最前扉から覗いた女は誰れであつたのかとルイは考へ始めた。

「あれが安藤の母ではないのか知ら。」

ルイは侮辱を感じながら階段を下りた。人を求める積りで裏へ廻つたが、何の硝子窓も、裏手の扉も牢獄の扉のやうに黒く堅く閉ざされてゐる。人の姿もなく、厚いカーテンが硝子戸を遮つて中の氣色を窺ふことも出來なかつた。庭園を横切つて畑へ出た。裏道へ出る一と筋の道があり、葡萄園の一部が眼前に開かれ、遙かに就働者の古いキャンプの續くのが見渡された。其所に男の人影を認めると、ルイは其方へ歩いた。

時々ルイは安藤の家を振返つた。角の二階の室の硝子窓も閉ざされてゐる。あの家の中にナナは居るのだらうか。居ないのだらうか。

「ナナ。」

立止つて家の方を眺めてゐると、ルイは衝動的に大きな聲で叫びさうになるのであつた。

キャンプの前に來た時、ルイは思はず足をとめた。どの家も硝子窓が壊され、木の扉が打破られ、叩きこはされた器具は散亂して、何事が起つたのかとルイの眼を見張らせるばかりに、狼藉の跡を殘してゐる。

「こんちは。」

遠くからルイの認めた人影の主が、ルイの來掛かるのを見ると横手から現はれながら聲をかけた。畑に働くらしい五十歳ほどの、働く外には何も知らぬやうな半白の老人であつた。ルイはナナに逢ひに來たのだが、彼の家には誰れも人が居ないのかと尋ねると、

「そんな事はありませんでせう。ミセスも嫁さんも居なさる筈ですよ。ミスタアは留守ですがね。若いのも居なさら

んですが。桑港へ行つて。」

と云つた。ルイはナナに逢ひたいのである。自分が逢ひに來たことをナナに傳へて貰へまいかと賴むと、老人は、

「嫁さんには逢はせんかも知れませんなあ。」

と考へるやうな顏をした。

「いま、あの家はごた〳〵してゐるんでねえ。」

老人はキャンプを指さして、周圍の光景をルイに說明しながら、

「ヒリッピン人が打壞しをやつて行つたあとです。」

賃金の値上げの交涉に、就働者の代表が安藤の家に來た時、主人が怒つてステッキで代表を打つた。そして値上げを拒絕した。百人に餘るヒリッピン人の就働者は、雇主への憎惡と反感で、キャンプを打壞して引上げて行つたのである。

「安藤さんは、そんなことで、今何所かへ行つてなさるんです。」

其れは月の明るい晩であつた。ヒリッピン人たちがキャンプを打壞し始めたのを老人は目擊した。他の日本人の使用人を呼んで、ヒリッピン人の暴行を止めようとしたが多勢に無勢で敵對が出來ない。その內に安藤の家を襲擊すると聞いて、老人は安藤へ知らせた。電話で呼ばれた巨人のやうな警官が二三人やつて來た頃は、暴行人たちは何所かへ立退いて了つたあとであつた。

安藤の妻は其の時から、猶更每日の機嫌が惡くなつた。

「嫁さんは氣の毒です。あんまり深い事情も知りませんが。」

と云つた。長男の安太郎も桑港の姉のところへ行つたぎりで、長らく不在にしてゐる。ナナはこの頃は一室に籠つ

たぎりで外にも出ないので、老人は稀に其の顏を見るぐらゐであつた。

「病氣かも知れません。」

老人は刻み煙草を袋から出して紙に捲きながら、ルイのことを安藤の家に取次いだものか何うかと、決定のできないこゝろを煙に紛らすやうに眉を顰めて默り込んだ。傍のオリーブの大樹の根に丸木を打附けた腰かけが作られてゐる。就働者の休息の場所であつた。ルイは其所にかけた。

「お前さん。ナナに知らして下さいませんか。」

「然うですな。何うせミセスが逢はせなさらんですよ。」

茫漠とした廣い葡萄園の土が灰色に乾き、短い木は悉く葉を茂らしてゐる。遙かな視野の中に綠のない丘が續き、西に落ちた太陽の强烈な光線が其の丘を染めて、ルイの足許に光の餘沫を輕く漂はしてゐる。ルイの胸が絞られるやうに悲哀に充ちてきた。ふと老人が短かくなつた煙草を幾度か急がしく喫ひ込み、それを道に打棄てると、ルイには無言で安藤の邸の方へ歩き出した。

ルイは凝とした儘で動かなかつた。爭議はルイには何んにも係はりがなかつたが、たつた一つ、彼等が憎惡を行爲の上に現はした破壞の音響が、ルイの耳朶を震はすやうに鳴り響くのであつた。あの弱いナナを、非道に苦しめるものを寸斷に引裂く刄が若し自分の手の中にあつたら——

ルイは、はつとして興奮から醒めた。

「ルイ。」

ナナの聲であつた。ルイは立上りざまに振返つた。濃い靑磁色のヂャケットを着たナナが、夢中で此方へ驅けてくる——

「ナナ。」

ルイも叫んだ。半ばは泣いてゐる聲であつた。そしてナナの方へ驅けた。ウェーブのない髪をくる〳〵と捲いて、一層小さくなつたナナの顔は、恰度子供の顔のやうである。長い間探し求めてゐた大切なものを、再び見出したやうな嬉しさに、ルイは近寄ると急いでナナの手を取つた。

「ルイ。あなたはパサデナから來たの。」

「然う。友達の自動車で。眞つ直ぐに。」

「ルイは疲れてゐるでせう。」

「疲れてゐない。」

二人はオリーブの根下の丸木の腰掛けに並んでかけた。

ナナは兩肱を膝の上に置き、兩手に顔を埋めると、何時までも顔を上げなかつた。

「ナナ。あなたはしつかりして居るの。」

「有難う。ルイ。」

ルイは落着くと斯う尋ねるほかには無かつた。顔色は惡く、頸筋の痩せたのが花瓣のやうな耳の後に、一層目立つて見えるけれども、ナナは今でも處女の肉體の清新さを、肩や腕の丸みに保つてゐた。胸も腹部も細つそりして、これが幾月かの後には母親になる人とは見られないのである。

ルイは兩手で顔を掩うたまゝで點頭いてゐる。指の間から涙が幾筋も傳つて流れた。やがて、

「ナナはこの頃は苦しいと思ふことがなくなつて、自分を何うしたら、一番クリアリイにすることが出來るかと、其ればかりを考へてゐる。」

と静かな聲で云つた。ルイには其の意味が理解出來なかつた。

ナナは自分の肉體の中に、新しく生れてくるものが呼吸をしてゐると云ふことが眞實には考へられなかつた。誰れが其れを自分に指さし示しても、ナナには事實とは思はれなかつた。だがもし生れてくるものがあるなら、其れは安太郎の子であつた。自分の肉體に觸れた男性は自分と結婚した其の人一人であつたから。

ナナは其の時から自分の肉體への嫌惡を何うすることも出來なかつた。アメリカ人の醫師は日數によつて結婚後に姙娠したものと診斷したが、安藤の母の疑惑は消えないで、産婆の最初の診斷を信じようとしてゐる。ナナは母が疑つても信じても自分に關係がないやうに思はれる。自分をクリアリイにしたい望みは、母の疑ひを解きたい爲なのではない。自分の生活をクリアリイにしたいのであつた。

しみ〴〵とナナの打明ける其の言葉に耳を傾けてゐる内に、ルイの頭腦に一つの生活の軌道が描かれた。ナナの生活は間違つてゐた。だが誰れの罪でもなかつた。ナナが間違つた方へ導かれたからであつた。ナナは元へ引返すことが出來るではないか。けれど其の償ひに間違つた生活の結晶を殘さなければならない。其の結晶を殘すまで、ナナは償ひの爲に苦痛を忍ばなければならないのである。償ひを濟ましたあと、ナナは元へ引返すことが出來るではないか。誰れが結晶の責任をナナに問ふことが出來よう。然うした責任はナナを間違つた方へ導いたものが負へばよいのであつた。

「何んにも心配をすることはない。ライフは廣くつて、大きいのです。廣い廣いライフよ。」

其の廣さを示すやうに、ルイは細い胸を張つて兩手を擴げた。ルイの力に誘はれるやうに、ナナが漸く顏を上げてルイの方を眺めた。直ぐに消えて了ひさうな弱い微笑が其の眼に浮んでゐる。

何所にルイの云ふやうな廣いライフがあるのだらうか。

自分は何所へ引つ返すのだらうか。

ナナは其れを問ひた氣に――だが結局は其れを知つても仕方がないと云ふやうにナナは又首を垂れた。

「ライフは美しい。ナナには其の美しさが解る筈よ。何故ならあなたがこんなに美しいのだから。あなたを美しいと思はないものは、ライフの美しさが解らない人たちよ。」

今のナナは殊に美しくルイの眼に映つた。夕靄のかかる水色の平原にたつた一輪咲いた花のやうに、やがて空か、地上かに吸ひ込まれて行く可憐な優しい姿であつた。ルイは幻想に畫を描きながら、ナナの手を堅く取つていつまでも放さなかつた。

「ナナには歸るところがない。」

ナナは又涙に咽んでゐる。

「ナナには歸るところがない。何所に歸つて行く？　ルイ。ナナは自分を無くしてしまひたい。自分を消して了ひたいのです。」

この言葉はルイには意外であつた。

「あなたは何を考へてゐるの。ナナ。」

ルイは狼狽へた。ナナは矢つ張り死ぬことを考へてゐるのではないか。

「ナナ。」

「心配してはいけない。ルイ。」

ナナは却つてルイの驚きに驚かされて。ルイの腕に縋りついた。

「ナナは唯然う考へてゐるだけよ。」

ルイは激しい胸の動悸で直ぐには言葉が出ないのである。

「ナナはしつかりしてゐる。心配しないで。ルイ。」

ナナをこの儘にして別れて行くことが出來ないとルイは思つた。ナナは苦痛に虐げられて弱いところが疲れてゐるのだ。山木の父に頼んで、ナナを何所かへ移してやらなければならない――ルイは其の計畫をナナに告げた。

二人で靜かなところへ行き、ルイは其所で次ぎの仕事の準備に掛からう。メキシコの旅行は出來るだけ早く切り上げて――ナナはそれまでの間山木の家に歸つて居ればよい。其れがいやなら、おゝ。自分のママはきつとあなたを看護してくれる。

「山木のパパにルイが頼んで上げる。」

パサデナの田舍のルイの家を思ひ出して見るなら、ナナは其家で魂を憩ませることが出來る筈ではないか。

ナナの眼が蘇生に輝くのをルイは見た。ルイはこの計畫でナナを救はねばならないと思つた。ルイの母がどんなにナナを愛してゐるか。どれほどナナを信じてゐるかを、ナナに告げた時、ルイは自分までが母に救はれるやうな喜びを包んだ微笑で、ナナの力のない微笑に答へたのであつた。

六

ルイは山木の父にきつぱりと云はれた。

「自分の娘のことは親が處置する。こんな際にナナの友人から兎や角心配して貰はんでも、親が先きに心配してやります。あれは嫁に行つてゐるのですから、實家の勝手にはなりません。ナナは子供ではありませんから、病氣なら病氣で自分で始末をするでせう。」

ルイはナナの爲に幾度でも訴へた。山木の父は最後に、

「其れほどあなたが心配されるなら、ナナと相談して、あれの氣持次第で靜養させてやりませう。」

とルイに約束した。

ルイはナナに手紙を送つた。

あなたのパパは、きつとあなたを靜養させてくれます。私は親の愛を信じてゐる。けれども若し、パパが許さなかつたら、あなたはルイのママのところへ出てきて下さい。ママはあなたを待つてゐる。何んにも心配なことはない。そしてあなたの精神が力强く恢復さへしたら、あなたは自分の力で自分の生活へ踏み出すことが出來るやうになります。ルイがメキシコから歸るまで必ず待つてゐて下さい。愛する友人への義務を思つて。

ナナがオリーブの樹の下で自殺した記事を、ルイはメキシコの旅の途中で、英字新聞で見た。

この美しい日本人娘が服毒して自殺してゐたのを發見したのは通行人の白人であつた。娘は遺書を持つてゐた。小さい紙片れに鉛筆で書いたもので、「自分は女のモーラルを守つて死ぬ。」と云ふ短い英文であつた。この言葉は謎のやうで、日本人たちにも分らないのである。

斯う云ふ記事が加へてあつた。

いつそ無《む》帽《ばう》に

小説家　佐藤俊子

大體《だいたい》、あの洋装《やうさう》の婦人《ふじん》の帽子《ばうし》といふものは外國《ぐわいこく》の婦人《ふじん》たちのやうに鼻《はな》が高《たか》くて立體的《りつたいてき》な顔《かほ》に似合《にあ》ふやうに作《つく》られてゐるものなんですから、日本人《にっぽんじん》のやうな平《ひら》べつたい顔《かほ》には合《あ》つてゐないんですね。

それをいまになつて、帽子《ばうし》をぬげのぬがぬのと問題《もんだい》にするぐらゐなら、むしろいつそのこと無帽《むばう》にしてしまつた方《はう》がいゝぢやありませんか。

あゝいふ帽子《ばうし》を被《かぶ》つてゐて、さう無闇《むやみ》に途《と》中《ちう》でとつたり被《かぶ》つたりしてゐたのでは、髪《かみ》も亂《みだ》れますし、形《かたち》もこわれます。それでは却《かへ》つて失禮《しつれい》になるぢやありませんか。

日本《にっぽん》では帽子《ばうし》をとることが相手《あいて》に敬意《けいい》を表《へう》したことになる、さういふ習慣《しふくわん》があるから、帽子《ばうし》を被《かぶ》つたまゝでゐるのは不敬《ふけい》なやうに見《み》えるのでせう。

しかし近頃《ちかごろ》の若《わか》い人《ひと》たちの間《あひだ》に、洋装《やうさう》をなさる方《かた》の數《かず》が急激《きふげき》に増《ふ》へて來《き》たことはどうです。つまりあれは、洋服《やうふく》の方《はう》が日本《にっぽん》の在來《ざいらい》の和服《わふく》よりも簡便《かんべん》でもあれば活動的《くわつどうてき》でもあるからでせう。さういふ外國《ぐわいこく》のいゝ風俗《ふうぞく》をとり入《い》れておきながら、さて禮式《れいしき》の上《うへ》でだけいま急《きふ》に日本流《にっぽんりう》のものに適應《てきおう》させようとする、こゝにどうしても無理《むり》があるのですね。

いゝ服装《ふくさう》をとり入《い》れたのなら、帽子《ばうし》の問題《もんだい》だつていつそ被《かぶ》つてゐる方《はう》が禮儀《れいぎ》なのだと思《おも》つてしまへば、それでいゝぢやありませんか。

兵隊《へいたい》さんの帽子《ばうし》だつて、被《かぶ》つたまゝで敬禮《けいれい》をしますが、あれはやはり一種《しゆ》の儀禮《ぎれい》の服飾《ふくしよく》ですからね。婦人《ふじん》の帽子《ばうし》だつて同《おな》じことです。むしろその方《はう》が考《かんが》へ方《かた》によつては自然《しぜん》ぢやないでせうか。

何《なん》とか、帽子《ばうし》をとらないでゐても、それが禮儀《れいぎ》だといふ風《ふう》に、さういふ常識《じやうしき》に向《む》はせたいものですね。それでいけなければ、いつそ無帽《むばう》にした方《はう》がいゝです。

しかし大體《だいたい》、かういふ問題《もんだい》は、内務省《ないむしやう》あたりでかれこれ云《い》つてみたつて、恰度以前《いぜん》にあつた斷髪《だんぱつ》の問題《もんだい》などのやうに、大勢《たいせい》の赴《おもむ》く所《ところ》によつて自然《しぜん》に決つてゆくものでせう。

火山灰地の後篇

―作者の『腹藝』を見る―

佐藤俊子

新劇評

作家の腹藝といふことがあるが、この劇は徹頭徹尾作者の腹藝で押通してゐるので、複雑多面な腹藝は、演劇の経過を見ただけでは一般観客には見透しがつかない。後篇を観て一層それを感じた。

久保氏は「私への一言」の中で、テーマさへ間違へるやうな粗略な観劇の仕方で、頭から演劇的效果がないとやつつけた、と立腹してゐられたが、寧ろ私は前篇において、作者に對して好いテーマの取上げ方をしたとさへ思つた。後篇を観ては何處にテーマがあるのかさへ私には分らなくなつた。

全篇を

貫く眞髄の太さがないと、前篇の批評で私がいつたことを、久保氏は「その眞髄はあなたの育つた時代の問題劇に見るやうな圖式的眞髄ではないのか。」と反駁してゐられたが、あの劇が悲劇的な問題を提出してゐる限り社會的にか道德的にか或は人生的にか、何か知ら劇の中心を貫く問題の發展性の意味と暗示が観者の胸に傳はつて來なければならない。火山灰地は構想の雄大感と、生活描寫の細密な印象感とを與へるにも拘らず、そこに表現された個々の生活は散亂されたまゝで、劇中生活者の總決算が示す何ものも殘されない。迷宮ではないがあの劇はもつと大膽簡潔にして、演劇面を集約する必要があるやうに思ふ。

もつと

も行方の無い生活を營むのが時代相で、その時代相を描き、そしてその時代相そのものに暗示を與へたのだといふならばそれまでゞあるが、それにしても最後のしのの生んだ子が次郎に似てゐるといふ結果によつて作者は何を示すつもりだつたのだらうか。そしてまた何を道徳的に救つたつもりだつたのだらうか。娘のしのぶを犯した罪は罪が形に残されなかつたといふだけの理由で免れるといふのだらうか。況してこの一つの結果が雨宮一家の破滅を救ふことにならないのは無論であらう。だが

兎に角

あれだけの登場人物の出入りを構成上に少しの破綻も見せない久保氏の劇作家としての力量、また演出家としての手腕は敬服の外ない。●俳優の演技は後篇においても滝沢、原の両氏が最も優れ、他の諸俳優も悉く巧い。（七日見物）

女の立場から見た世相
—私の曇つた眼鏡を通して—

佐藤俊子

私の眼に映つた世相に就いて思ふまゝを書けと云ふ文藝春秋社からの御註文である。

私の眼鏡はいつも曇つてゐるので、世態があんまり明瞭に寫らないのである。眼鏡の曇りは、其の背後にある頭腦の中の認識が朦朧としてゐると云ふ理由によるので、誰れであつたか認識は精神の窓と云はれたが、この窓が私の頭の中に正確に開いてゐないらしい。御註文通りに兎に角、一と通り私の眼に映つた世相について書いて見るけれども、前述の通りの眼鏡の曇りを通しての世相であるから正體のはつきりしない點《てん》もあるかも知れない。其れは私の認識不足の爲とお許しをねがつて置きたいのである。

金總動員

日本非常時の國庫を少しでも富ます方策の一つとして、國民の所藏する凡ゆる「金」の買上げを行はせてゐるが、これは何う云ふ人が考案した策か知らないが、中々巧いことを考へたものだと思つた。これは、隱れた一つの金鑛を掘り當てたやうなもので、然かも採掘の面倒無しに恰かも金鑛の中に埋藏されてゐる金と同樣の金屬類を全國民に手放させるのであるが、忠誠な國民は僅な金の一片でも、其れが中層以下の人ほど喜んで應じてゐる。古い門閥を有する家柄などでは、昔の質のいい金屬をふんだんに所持してゐるに違ひないし、何うせ所持してゐたところでお庫の奥深く藏ひ込み、虫干の外には滅多に空氣にも觸れないやうな黃金の寶物もあるだらう。斯う云ふ死寶を、生きた寶に置換へるのであるから、正に經濟の原則に適順してゐる。生きた寶を死寶に代へるのではないのである。

動員された金の中に小判などがあつた。昔の仲間《ちうげん》の所謂山吹色の小判であらう。昔の金は非常に色澤がよかつたことを覺えてゐる。五分玉の珊瑚の金足（金簪）などは、私の母が若い頃必らず無くてはならぬ唯一の髮飾りであつた。母の片身と云ふやうな大切な、そんな品を所持してゐる人たちもあるのではないかと、聯想は斯うした方へも導かれて行くが、然う云ふ私自身は殘念なことに金と名の付く破片も身の廻りから見出だされない。金のハツトピンが有つた筈だがと、探し廻つたが、何時の間にか失くなつてゐた。

　斯うして所持する金を賣る國民達の中には、金などゝ云ふ樣な贅澤な奢侈物は一切自分の身に附けないと云ふ、潔よい決斷で有るだけ（と云つても些少な）を賣る庶民級もあるだらうし、中には又、金の装飾品を澤山に所持しすぎて、其の中から流行遲れの型や餘り必要でないものを選んで獻納すると云ふやうな、都合のいゝ愛國心もあるに違ひない。違ひないではなくて、現に然う云ふ人もあつた。金位自分が持つものなら何萬圓召された所で惜しくもなさそうに思はれるのだが、奢侈物を澤山所持する程のものは矢張り慾が深く、思ひ切りが悪るいのであらう。そこへ行くと持たないものの方が中々淡泊である。淸廉とか潔白とか正直とかを肉體的に知るものは、結局何んにも持たない人達だと云ふことが、こんな片事にも現はれるのである。

　ところで金の動員と、商店の賣品とはどんな關係にあらうかと聞いて見ると、金を用ゐた装身具や装飾品を扱ふ商店、百貨店では、無論賣れ行に影響はあるが、其れ程減少してもゐない。今のところ陳列のケースの中に並んで、强ちこれは死貨に屬する程でもない。

「何うも國策ですから。——」

　と神妙に店員は云つてゐたが、一流の百貨店で最高價品の買へる購買力を持つ程度の顧客なら、このくらゐの事變の影響などではビクともしない階級であらう。其の邊の消息を店員は巧みに微笑に匂はせてゐるのである。

婦人帽問題

　私が日本へ歸つて來たばかりの當時、時の文部大臣であつたかゞ英語廢止を主張して、「一體、こんなに民間に蔓延してゐる日常的英語を何う日本語に變へるのか」と驚いてゐる内に、何時となく消えてしまつたが、其の内に又漢字を大和言葉で云ふべしと云ふ樣な說が行はれ、これも又自然消滅したが、次ぎにはパーマネント・ウエーブの全廢が嚴しい掟となるかのやうに唱へられ出した。

　美容院は狼狽するし、パーマネント・ウエーブに慣れた婦人たちは、今後の結髮の方法に杞憂を抱いて騷ぎ出す等の大脅威を婦人界に喚起したが、これも又お預けとなり、最近は洋裝婦人の日本式禮儀への歸順が問題となつて、洋裝の婦人帽は時と所に應じて儀禮的に脱帽することが規定されそうになつたが、これも又國民の概しての異論の中に取消しとなつた。

　斯く云ふ經過を見てゐると、寧ろお愛嬌を感じさせ、政治の方が國民よりも時代遲れの錯誤を時々暴露するやうな觀があるが、最も興味のあることは婦人の問題に關する限り、婦人の口から發しられる輿論に基づき、婦人の「是」とするところに從つて問題が撤回されることである。今日の日本で其れほど婦人の輿論が政治的に勢力化してゐるとも思はれないが、幾分婦人の聲に對して注意を拂ふ傾向が現はれて來たのでもあらうか。

　洋裝の婦人が一々場所によつて帽子を脱ぐことを規定されるとしたら、婦人に取つてこれほどの迷惑はない。日本の婦人間に洋裝が流行するのは、服裝が輕快で活動に便利な爲で、ハイカラ好みやお洒落の結果でないことは、職業婦人の大半が簡單な洋裝をしてゐるのでも明らかなことだが、この洋裝には洋裝式の作法があり、髮を亂さない爲に帽子をかぶる。この作法によつて擧動するところに當然風俗の美しさをも伴つてくる。「日本の婦人は洋裝をしても帽子を脱いで日本式禮儀に從ふべし。」は甚だ非文明に響くけれども「洋裝する日本婦人は洋裝の禮式に準じて自由に擧動すべし。」と云へば文明的に響いてくる。帽子を脫がないでもいゝことになつて、吻とした婦人たちはきつと斯う考へてゐるであらう。

「政治は常識だと云ふけれども、ほんとうに違ひない。政府は野暮ばかりは云はない。中々譯の解つたところもある。」

不良學生狩り

だが野暮に過ぎるのは不良學生狩りであらう。當局は意地になつて、學生のカケラでも居ないかとカフエや、喫茶店を覗き廻つてゐるやうな氣がする。溫和しくしてゐる學生にも、威丈高に叱咤を重ねてゐる感があつて、當局への反感を起すものは獨り學生ばかりではないやうである。早稻田大學の學生が不當な處罰に憤激して抗議書を發表したのは學生の生活擁護の上から當然の事であらう。

先日一人の帝大生が所用があつて私の許を訪問した時、私の住む場所が判然としないので近くの駐在所で巡査に道筋を尋ねた。學生は帽子を被つたまゝで聞いたのださうだが、巡査は何故帽子を取つて挨拶しないか、と云つたので、學生は其れに抗辯をしたので一層たけり立ち檢束されそうになつたので、學生は學生章を示して漸く釋放されたが、一時間も費したと、私の許へ來てこぼしてゐたことがあつた。私は其の後、巡査に物を尋ねてゐる人を見掛けると、殊更に注意の目を放つのだが、帽子を被つたまゝで道の方角などを尋ねてゐるのを能く見る。

學生と見れば、何がなし警官の權力で、一應は威嚇しつける手が、常習的となり、自分の前で脫帽をしないぐらゐのことで、忽ち學生を不良扱ひにするのであらう。尤も、人に物を訊くときは脫帽する位は常識なのであるが：：。不思議なもので、尾崎紅葉の金色夜叉が一世の人氣を集めた昔は、一高の學生を見るとみんな好男子に見えて二本筋が憧憬の的となり、小杉天外の魔風戀風が流行した頃は角帽を見ると、どの大學生も小說の主人公のやうに見えたものだが、この頃は學生を見ると「あれは不良かな。」と思ふ。學生の額には恐く不良の烙印が捺してあるやうに見える。學生の身に取つては全くやりきれないことであらう。

物價昂騰と貯金奬勵

前の大藏大臣賀屋さんの演說をラヂオで聽いたことがあつた。ラヂオを捻つたら偶然賀屋さんの演說最中だつたのである。

藏相はその時、物價が少しぐらゐ騰貴しても消費節約をすれば決して心配をすることはない。と云つて頻りに節約を說いてゐた。然し其の節約にも度があつて、たとへば絹、酒、米と云ふやうなものは國產品であるからこれは强ひて節約はしなくても宜しいが、舶來品や木綿類は絕對節約して欲しいと云ふのであつた。其の後八十億圓の貯蓄を國民に奬勵する運動が畫策された時、前藏相はこの宣傳的大演說を行つたが、其れもラヂオを通して聽いた。政府は今後の一年間に是非共八十億の金が要る。公債發行に要する金であり、生產擴充費（無論主として軍需產業）の資金でもある。この八十億を國民の貯蓄心から捻出しようと云ふのであるが、後に新聞の傳へるところによれば、聽衆は堂に滿ちて前藏相の演說に聽き入つたとのことであつた。

聽衆の恐らく九十パアセントは一錢の貯蓄すら容易ならぬ生活狀態に置かれてゐる人々

に違ひない。其れにも拘はらず國家の爲に其れが役立つなら、如何なる無理に堪へても貯蓄を心掛けねばならぬと云ふ心構への人々であらう。前藏相の所謂國民の一人頭に八十圓の貯蓄が國家を擧つて八十億となるならば、

そして其れが國家の財政に役立つなら、これ程容易なことはないと云ふ樣な國民の表情がありありと見えるやうである。そこで前藏相から其の貯蓄の方法を聽き、又敎へられやうとしたのであつたらう。

藏相が變り、國民の貯蓄奬勵運動は益々活潑になり、これは又貯蓄報國と云ふ名で新らしく稱へられ、物價は又抑制策を乘越えて昂騰を續けてゐるのであるが、貯蓄を行ふ結果は通貨の流通性が緩漫になり、自然物價の騰貴を防ぐと云ふ經濟循環の法則は、私のやうな素人には解るやうで解らない。其の代り通貨の流通性が緩漫になれば一方產業は不振になるやうに思はれるのだが、この邊のところは中々はつきり會得出來ない。もとく目下萎微してゐる消費面の產業だから、何うでもいゝのかも知れない。

政府は物價調節の委員會にも、貯蓄奬勵の委員會にも、新に婦人の委員を採用して、實質的な運動に當らせようとしてゐる。これは中々賢明な策で何處の國でも婦人を最初に利用する機會は、國家の非常時局である。前者には山田わか女史、後者には大江すみ女史、羽仁もと子女史が參加してゐる。大江女史の說かれるところに由ると、何所の家庭でもまだまだ切り詰める餘地はいくらでもある。男子は酒とタバコ、女子は衣裳の贅を省くだけでも貯蓄の好結果を示すことが出來るとのことである。前藏相が絹と酒は日本の國產品だ

からこの方面の節約は程度にして宜しいと云はれた事を考へ合はせると、節約のコツも中中むづかしいのであるが、兎に角大沢女史の云はれる通り、女史によつて擧げられた品々は何れも無駄なものばかりで、決して生活必需品ではないことは誰れにでも解る。たとへ國産品であつても其れが奢侈、贅澤品である限り、貯蓄報國の主意に基づき、一般人の生活からどし〳〵排除すべきで、女史が無理な節約を說かず、無駄を省くところから貯蓄への關心を求めてゐられるのはさすがである。この時局下に生活の簡易化を切實に考へないものは恐らく同時に貯蓄をしたくても出來ない生活層の人たち――十錢の銀貨を十に割つても使ひたい人たちの爲に、然うした生活層に適用できる新たな貯金法について考へて頂くことが出來たら有難いと思ふ。

大臣の更迭

大臣が變つた。内閣は一部の改造が行はれ、そして其れは實際上の政治的强化を示したものださうであるが、私などにも、さうなのかなあと思はれるのである。

文部大臣の荒木大將が就任當初、いくら傳統だからと云つて、改むべきことは改めて宜しい。と云ふ意味のことを濶達な調子で談話されてゐた記事が新聞に載つてゐた。だから進歩的であつて、保守的ではないと云ふ印象をこの大臣から受けた。

外務大臣の宇垣大將は、私が日本へ歸つて來てから間もなく、廣田内閣の後を繼ぐべく組閣の任を受けて遂に成就しなかつた時の印象が、まだ私の上に濃く殘つてゐるが、あの組閣難の幾日間を通して、宇垣さんの顏が毎日々々の新聞紙上に載つてゐた。あのくらゐ毎日其の人の顏に親しむと、何となく古るい知合ひの人のやうな氣がしてくる。其れに宇垣さんの人の善ささうな、ぼやつとした、其の癖一種の沈痛な表情を潜めてゐる顏には好い感じがあつた。この大將が外務大臣になれば何う云ふ事になるのか知らないが、きつと睨みが利くのかとも思はれる。馬場恒吾氏の宇垣外相に寄せた一文の中で、マホメツトがアラビヤを統一した時、片手に劍を、片手にコーランを携へて「なんぢら戰慄する奴隸よ。このコーランを信ぜよ。然らずんばこの劍を受けよ。」と叫んだが、日本は今や其の劍の威力を十二分に示したが、コーランの威力は發揮されなかつた。これは外交が不振だつた爲で、國民は宇垣外相にこのコーランの威力發揮を期待してゐる云々と、云つてゐられるが、私は宇垣外相にコーランは何だか釣合はないやうに思はれる。馬場氏はいろ〳〵と宇垣外相に對して說くところあり、時局の收拾について近衞内閣の苦しんだ解答を、宇垣外相が與へてくれることを國民は期待してゐると結んでゐられる。「然う云ふものかな。」と思つた。

藏相も變つた。池田藏相は國民の納得の行くやうに、國家的戰時經濟の狀態について明らかにする事を主張してゐられるとか云ふことであつた。この人が大藏大臣になれば國家の財政については餘つ程安心が出來ると見えて、各方面が喜び迎へてゐる。先日三分間の處女演說を試みられたやうである。矢張り貯蓄獎勵運動の演說會だつた。（終）

イースト・イズ・イースト

佐藤俊子

何處の外國移民地でも、日本人たちの經營する商業中心の日本人街、支那人たちの經營する商業中心の支那人街と云ふやうに自然的な區劃ができてゐる。

日本人街に行つても特殊な日本的な情調と云ふものは感じられない。日本菓子屋とか、日本料理店とか云ふやうに日本式の食物を扱ふ店の內容は別だが、表面から眺めても其れほどユニークな異國情調は感じられないが、足を一度支那人街へ入れると、何所からともなく一種の支那式の雰圍氣が忽ち身邊を包んでくる。匂ひとか色とか、氣分とか云ふものよりも、もつと實在的な形象的なものから享受する支那的な感覺で、一と口に云へば不遠慮な支那の露出が感じられるのである。

外國に居る日本人たちは、內面では日本的精神に固執してゐるが、形の上では比較的外國への同化を示す。支那人はこれと正反對で、其の精神內には鄕土への愛着と云ふやうなものは持つて居なささうに見えるし、大部分は一種のバガボンドでありながら、形の上では外國への同化を示さないところがある。無論これは意識的なものではなく、支那人は何處へでも支那そのものを平氣で持つて歩いてゐる結果なので、今日世界の何所でも「チヤプスイ」が萬遍なく世界人の食味を喜ばせてゐることも、支那人が世界一の料理上手と云はれてゐることも、右のやうな支那人の性格が作り上げたものだと云ふ。其の代り一方には惡の面では阿片窟が至るところにあり、南京バクチと云ふ支那人の賭博が普遍されてゐるのも同じ結果から來てゐる。

○ナンキン・バクチ

北米移民地の支那人街だつたら、必らず南京バクチの賭場がある。日本人でも好い加減年を老つてしまひ、恰でカビのやうな存在になつて暗いルーミングの一室に、獨り住みの賴りない身を横たへてゐるやうなものは、大抵この南京バクチで一生を冗費して了つた果てである。若い者でも一度はこの南京バクチに溺れるらしい。中々この賭博の惑溺から自身を救ひ出すことが出來ないで、賭場の空氣で生活を腐らせてしまふのである。

賭場を覗いたことはないが、話に聞くと、南京バクチの方法はボタンを數へるのだと云ふ。丁半の日本の賭博のやうに簡單ではない。賭場の主と云ふのか親方と云ふのか知らないが、これが中央に坐つて無數のボタンを片手に掴み、これを臺の上に撒き、そして大きな棒のやうなもので四つづゝ數へる。最後に餘つた數が一とつか、二たつか、或は三つか。それとも四つかで金を賭けた人間の運命が定まるのである。

一、二、三、四と四隅に金を賭ける場所があり、一點張りで當つたものは賭けた金の何十倍か、何百倍か知らないが、兎に角巨額の金を儲ける。支那人の賭博者の中には大膽なのがあつて、有金をこの一點に賭けて、一擧に自身の金運を定めるやうなのがある。斯う云ふ支那人たちは一年の間何處かで働き、其の働いた金を貯蓄しておき、一年目に南京バクチの賭場に現はれて、其の金の全部を一擧にたつた一點に賭けて運定めをやるのださうだが、若し負ければ又先の働き場所へ歸つて行く。そして又一年間働いて金を溜め、一年目に同じことを試みる、勝つまで何年其れを繰返す。そして何萬弗かの金を賭博で握るやうな運命が來るまで勝負の目と戰ふのだが、この金を握つた時は故國の支那へ歸つて行くのださうである。

日本人は同じ賭博をやつても支那人のやうに大膽にはやれない。正直で小心で、些かも惑溺し易く、支那賭博の爲に一生を滅ぼしてしまふ。

○チヤイナ・タウン

支那人は商賣が巧いとは一般に能く云はれるが、支那料理の經營一とつでも、外國に住んでゐる日本人たちは支那人に遠く及ばない。日本人街で經營してゐる支那料理は殆んど支那人の手に成るもので、日本人が支那人の料理人を使傭して店を經營しても恐く失敗する。これは太平洋沿岸移民地の何處へ行つても同じことを聞くのだが、兎に角シン、さんたちは（支那料理店の支那人を日本人は斯う云つて呼ぶ。）日本人街に經營する支那料理には日本人の好く日本式料理の調味を加へて、純粋のナンキン米に日本米を混ぜ、日本人の口に合ふやうな料理品を作る。支那人街の支那料理とは全く味が違ふのである。然かも日本料理よりは低廉だから、家族連れや友人たちと一日ピクニツクに遊び暮らした夕食とか、結婚の披露とか葬儀のあととかは大抵支那料理店を用ひてゐる。支那料理の爲に費消する日本人の金と云ふものは、だから中々莫大なものなのである。

桑港のチャイナ・タウンは世界的に有名だが、この町はすべて支那式の建築が軒を並べ、青や赤の强烈な色彩の中に東洋的異國情調をいろ〳〵な店舗の様式や、支那文字や、支那の商品で充滿させてゐるが、これに比べると日本人だけで日本情調を基礎にした町の一劃などを構造してゐるところは何處にもない。

支那人は又、支那人協同の財的基礎を自分たちの住む、地方々々にしつかり据える。

支那人の主事する銀行は何所にもあつて、米國財界とか金融關係を結び、經濟的な流通で双互間に緊密な連絡を保つことを忘れない。日本人の銀行もあるが、これは皆日本の各銀行の出張店で外國の住む日本人たちの爲の銀行であり、其處で稼いだ金を日本へ送金する役目だけが主となつてゐる。

外國に住んでゐる日本人たちは、同じ場所に住む支那人たちを大抵侮つてゐる。つまり馬鹿にしてゐるので「シンさん」の名稱で彼等への侮蔑を露骨にしてゐるやうな點があるが、支那人は殆んど人が善く見える。其れでも滿洲事變が起つた時などは、私の住んでゐた加奈陀では支那商人は一切日本みかんを扱はないと云ふ様な決議をしたりして、非常に反感的な態度を示したことがあつたが、直きにそんな問題は忘れて了ひ、日支人間の交渉の上では矢張り仲の善い空氣を取り戻したやうであつた。

其處に住む支那娘たちは日本娘たちよりも遥か進取的で、社交にも活潑だし服裝などもスタイリツシュで中々美しい。そして生活に彈力性があるが、日本娘は寧しろ因循で、所謂大和撫子風の溫和しさを傳統的に受繼いでゐる。支那娘は多かれ少かれ宋美齢式の血を持つてゐるのである。

○ルイ・ゴン

カリフォルニアの日本人たちは野菜や草花や果物の栽培を重要な産業にしてゐるが、殊に南カリフォルニアの日本人たちは大きな野菜市場と、花の市場とを共有して、彼等の手で生産される富の大半をこゝから生み出してゐるが、ロサンゼルス市の第九街にある野菜市場は、日本人だけで一年に二千五百萬弗から三千五百萬弗の金額を扱つてゐる。この野菜市場を市の中央に開いた其の當初は一支那人の助力の手によつたもので、若しこの支那人の日本人への協力が無かつたなら、日本人は今日のやうな繁華な市場開拓は不可能であつたと云ふ話が殘つてゐる。この支那人の名は呂闕（ルイ・ゴン）と云つて、私が同地でこの支那人を見た時は、もう老衰して見る影のない老爺であつた。

ざつと今から三十年前、南カリフォルニアで農業に從事してゐる日本人たちは、其れ等の農作物を當時第三街にあつたアメリカ人經營の市場へ持運ばうとしたが、アメリカ人たちは斷然日本人排斥で何うしても市場へ日本人を入れないのである。其れでも日本人は市場の一部に割り込まうとして場所を選んで荷を運ぶと、忽ち爭論が起りアメリカ農者や仲買人が寄つて來て日本人の荷を場外へ抛り出して了ふ。そして結局追拂はれて了ふのである。日本人農者は執拗にこの中へ進出しやうとして二三年を爭つたが、排斥の手の方が强くて、いかに苦心慘澹しても割り込むことが出來ない。

そこで賢い日本人たちは別の場所へ自分たちだけの市場を開くことを計畫した、これは第一に資金の問題で、日本人には一仙の投資する金も無かつた。この時現はれたのが呂闕で、彼は支那美術品か何かで儲けた金を二十五萬弗ほど貯へてゐたさうだが、一とつにはアメリカ人の東洋人排斥に對する憤慨から、又一とつには日支人は何所までも提携して白人種の排斥と壓迫に對抗しなければならぬと云ふ信念から、其の財を悉く抛つて第九街の市場開拓に乘出したのであつた。

そして二十萬弗の資本を前提にして、二十萬株を最初に募つたさうだが、日本人は漸く二萬株を持つことが出來ただけで、支那人が十一萬株、アメリカ人を此方から排斥するのは面白くないと云ふ建前から七萬株を彼等に托して遂々市場を開いた。其の當時荷を運んで來た荷馬車（まだトラックなどが出來てゐない頃で、馬を使つてゐた。）が僅に四十臺、支那人の行商人が三百人ぐらゐとそのやうな寥々たるものであつたが、其れからの二十五年の間に、現在の持株三十萬株の內、六割は日本人が所有するところまで成功した。

だが、この日本人がこゝまで到達した背後には、前記の呂闘の力が働いてゐたので、日本人の爲に貸與した金、日本人の利益を計る爲に投げ出した金、この市場を支へる爲に投じた金で、結局本人の呂闘は蓄財を悉く失ひ、然かも投じた金への報酬は復つて來ないで、私が彼を見た頃は前にも云ふやうな見る影もない落魄者の一人になつてゐたが、彼から金の融通を受けたり、又援助された日本人たちは呂闘とは反對に私財を作り、市場の地盤を固めて日本人だけが扱ふ年産額が前記のやうな莫大さを占めるまでに發展した。

「ルイさんは人が善いので、欺されるのも欺される。中には餘り質の好くない日本人もゐて、ルイさんの人の善いのに付け込んでずい分金を借り倒してゐるのもある。」

と云ふ様な話も聞いたが、市場創立の二十周年の紀念祭が行はれた時、日本人たちは市場の爲に功勞ある人と云ふので呂闘を表彰してゐた。呂闘は又、日本人から表彰されたことを、自分の落魄したことは忘れて喜んだと云ふやうな話も聞いた。

私が外國に住んでゐた間に支那人と交際をしたことは無かつたが、其所で見た支那人、又接した支那人はみんな人が善いと云ふ印象を殘してゐる。私が南カリフォルニアに居た時、私の住む近くに支那人の店があり、時々食料品などを買ひに行つたが、みんな愛想が好くて「イースト・イズ・イースト。」などゝ愛嬌を振撒いてゐたことを思ひ出す。

奇麗な支那人娘の姉妹で經營してゐた支那料理店のあつたことも思ひ出される。何時も趣味的な服裝をして、靜な姉の方がよく店に出てゐた。黄色い支那水仙が彼女のテーブルの上に在つたのを店の出かけに見た私が、其の水仙の匂ひを嗅いでゐると、

「ダブル（八重咲）なのはラッキーだ。」

と云つて一輪抜いて私の胸に挿してくれたことがあつた。何とも云へない優しい白い笑顔が今も私の眼の底に殘つてゐる。外國移民の中で日本人種は最も正直で、道德的に惡るいことをしない人種とされ、これと對に最も道德的に惡いことをする人種は伊太利人とされてゐる。アメリカの婦人などは伊太利移民を一番恐がつてゐるが、支那人は教養のある層は社交が巧いし、英語は上手だし白人階級から相當の待遇を受けるが、下層の人たちは矢張り苦力《クーリー》扱ひをされてゐる。日本人は社交的でないし、英語も上手でない。

第一支那人の様にお饒舌ができない。外國に住んでゐながら白人種の交際と云ふことは嫌ひだが、支那人に對しては全體に殆んど宿命的な優越感を持してゐる。

大学生時局生活座談会

（時日　七月二日
場所　丸之内會館）

寫眞　右より小林。小松。澤。遠藤。佐藤。

何故學生が注目されるか

記者　本日は態々お集まり下さいまして有難う御座います。杉山さんに司會をお願ひして……

杉山　僕等は餘り饒舌らないで、出來るだけ諸君に話して頂くやうにします。この二、三ケ月、學生と云ふものが社會の問題の中心になつて居る。戰爭の問題を措いては內地の問題として學生問題が取上げられてゐる。だから是はヂャーナリズムの中心問題になつて居るんで、是は一體何から來たのだらうか？諸君はどう云ふ風に考へますか。何故自分達が今社會の注目の中心になつて了つたかと云ふこと——どうですか。

遠藤（慶）　結局學生は消費階級なんですね、さう云ふ點で注目の的になつて居るだらうと思ひます。

杉山　學生が消費階級と云ふことは意味がない。それでは赤ん坊が消費階級だと云ふことで……

志水（商）　學生と云ふのは、僕達と同じ年頃の者が戰地に召集されて居るのに兵役は延期され、それがカフェーへ行くとか、喫茶店に行くと云ふことが一般大衆から非常に目を著けられたと云ふのではないかな。

中村（商）　併しもう一つ大きな契機があるんぢやありませんか。學生と云ふものが現在

（出席者）（イロハ順）

佐藤俊子
岸田國士
杉山平助

林　禮一（法政）
割田欣二（早大）
能村　恭（帝大）
渡邊三郎（明大）
山元正治（立教）
中村泰一（商大）
小林庄一（帝大）
小松仲六（帝大）
遠藤　謙（慶應）
澤　　亨（慶應）
滿野孜朗（早大）
志水健人（商大）

能村、林の諸氏

要求されて居るやうな國家の體制に對して若干の摩擦を持つて居る。是ともう一つ矢張り大きく言へば、詰り科學や文化と云ふものゝ政治に對する側面で學生が楯の役割を持つだらうと云ふこと、この二つの方面から一應問題になるのぢやありませんかね。

澤（慶）　僕はインテリが問題になつて、それの餘波として學生が問題になつて居るのではないかと思ひます。

杉山　インテリの卵としての學生ですね。……君は如何ですか。

林（法）　僕は今迄學生が社會に於て優位的な地位にあつたと思ひます。これを今度の事變で社會から見直されたのではないかと思ひますがね。

割田（早）　もう一つの原因は、青年と云ふものは將來日本を脊負つて立つ青年であり、青年の內で學生が嘱目されて居るからそれが中心ではないか：

杉山　岸田さん、早くお歸りださうですが、何か……

岸田　その問題、伺つて見ると重大だと僕も思ふんで、その回答を僕は用意して居りませんけれども、日本の今迄の社會が學生を過すると云ふ點で非常に無自覺だつたと思ふんです。非常に優遇されて居つたと云ふ話もあり、實際考へて見れば學生と云ふものゝ地位なり將來なりと云ふものを社會は尊重して居るに違ひないが、實際には學生を遇するのに色々缺けて居る點があつた。かう云ふ時局になつて來て、さつきも話が出たやうにその年齡と云ふ點からも亦、その數と云ふ點から言つても、現在の日本で兎も角も非常に嘱望され、期待されて居る一つの層だと云ふことが社會にはつきり映つて來た。さう云ふ矢先、同時にインテリゲンチャの最も若い層としても、矢張り一種の期待を持たれて居る。學生が

寫眞右より志水・劍田・岸田の諸氏

何かこれからの日本の將來の中堅となつて一つの力を持つ樣にならなければならぬと云ふやうに薄々社會は今感じて居ると思ひます。さういふ時代に學生の行動は矢張りどんなことでも注目を惹くので、偶々例の學校をサボつた學生が檢擧されたと云ふやうなことで、翕然と學生が何をして居るかと云ふことに注意が集まつた。同時に之をヂャーナリズムが取上げたと云ふことは、唯學生が檢擧されたと云ふ問題でそれを取上げたのではなく、我々も亦さう云ふ點だけならば別に今學生問題を取上げて論じたり、又諸君にお目に掛かるとも意味はないので、矢張り社會の期待と云ふものがかう云ふ時局に特に學生に集つたと云ふその意味を僕は非常に重要に考へますね。

中村(商)　戰地に行く軍人は軍人、それから政治家は政治家、商賣をやる人は商賣をやる人、それ〲與へられた部署で充足した生活を持つて居るでせう、併し學生と云ふものは一應その流れから獨立して居るし、さう云ふ意味で何か其處に全體の流れから外れて居る、だからそれをこつちへ引張つて來て、中へ入れようと云ふ點から注目されるんですか。

岸田　僕はさう思ひませんね。

中村(商)　それではインテリゲンチャ、學生と云ふものゝ積極的の働きを容認して——容認と云ふ言葉は可笑しいが、——それを發揮させようと云ふので注目されるんですか。

岸田　僕はさう思ひますね。

杉山　佐藤さん、如何ですか。

佐藤　私は餘りよく分らないんですが、私の考では、學生が注目されると云ふのは今に始まつたことではないと思ひます。先日學生思想運動史と云ふものをちよつと讀んで見たんですが、あれを考へても學生と云ふものは、何時も何かしら注目の的になる、それは矢張り學生と云ふものはさつき仰有つたやうに中堅とか、又は未來の國家を建設する重任があると云ふやうな點から非常に大事にされる。その點で學生は何時も注目される。所が最近になつてからはさう云ふ思想的な運動とか云ふものではなく、それはカフェーや喫茶店と云ふやうな方面へ行かれること、何て言ひますか、皆さんの若い內部的な感情の發露がそんな方へ此頃無闇と溢れると云ふことで、その方の淸算が來たのではないかと思ひます。

岸田　今度の例の檢擧の問題で、社會、或はヂャーナリズムは、特に是は注意すべき現

(本欄283)　——　大學生時局生活座談會　——

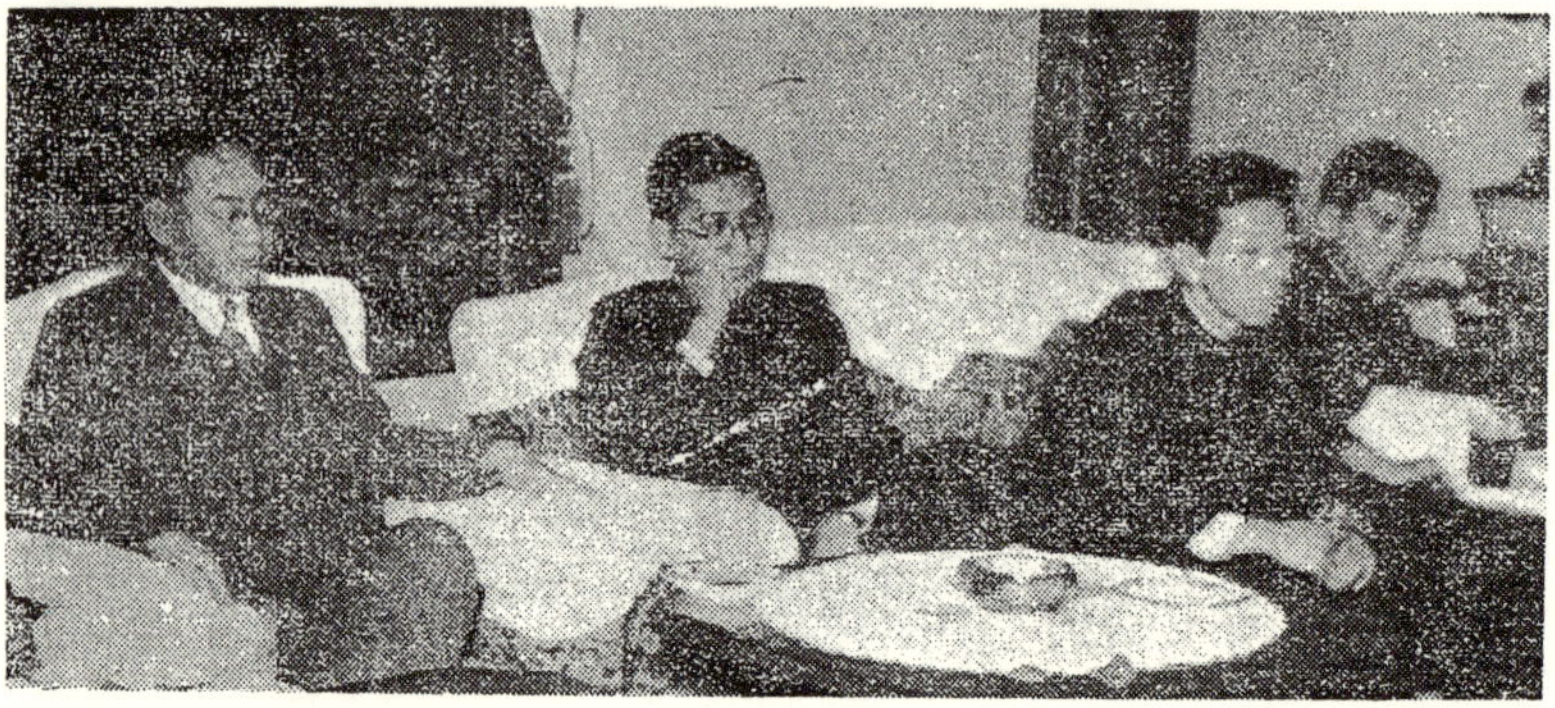

寫眞右より山元・滿野・渡邊・杉山の諸氏

象と思ひますが、學生を辯護すると云ふか、或は又、是は學生の罪でない、何か外の原因がさせるのぢやないかと云ふことを非常に鋭感に感じて居ると思ひます。是は最も注意すべきことで、それは學生に社會が期待して居ると云ふことゝ同時に現代の——まァ是は僕は時局下と必ずしも限定しないで——現代の日本の全體の文化と云ふことを考へるのですけれども、是は學生を入れるのに非常に相應はしくない器であると云ふことですね。學生生活を本當に樂しませ、有效に過ごさせる、さう云ふ爲に色々な缺陷が現在の社會にあることを社會自身が認めて居ると思ひます。それを寧ろ僕の希望としては、學生がかう云ふ時にはつきり自分達の註文を出すべき時だと思ふ。學生の現在、最も不滿に思ふことを色色な面から今日聽きたいと思ってるんです。杉山さん一つ徐々にさういふ風に……

杉山　僕は日本の將來が學生と云ふより青年ですね、青年に掛かつて居ると云ふ感じが今一般に、既成社會に起りつゝあるんです。だからその青年社會に於てインテリヂェンスの機能を擔當する學生に對して殊に期待が非常に掛かつて居る。それから同時に今の戰時體制に對して學生仲間が十分動員されて居ない、感情的にも行動的にも動員されて居らない實例が餘りに見える。その二つの點から矢張り色々な社會現象が起つて、今度のやうなことも起る。是は消極的な意味と積極的な意味があるんで、例へば麻雀をやってはいかん、カフェーに入つてはいかん、さう云ふ連中を狩立てるのは消極的なものですね。だが其の外に勞働奉仕をするとか、もう少し何とか實生活に結附いて、日本の行くべき途と學生をはつきり結附けなければならんと云ふ積極的な方の面も相當强く今日叫ばれつゝあるのではないかと思ひます。此の間或る人の話では現在の學生は割合頽廢して居ると云ふやうなことを言ふ人がある。それからまァそんなに頽廢して居ないと云ふ人もあるし、それから今迄マルクス主義的の考へ方で導かれた所から來る一種の自眼視、一種のものを冷かし半分に見ると云ふのがあつて、之が色々の現在の社會生活のスムースな發展に障碍を起して居る。さう云ふ點で學生が注目されて居る一つの面になつて居る。諸君自身で考へられて、自分が思つて居るが如く社會が諸君を見、正しく諸君を理解して居ると思ふか、或は社會と云ふものが諸君の立場をもまるで理解せず無理なことを言つて引張つたり、或は罰を、お灸をすゑたりするやうなことをして居るか。まだ諸君の方に多少清算しなければならん弱點が潜むか、或は社會の方がまだ皆さんに認識不足か、さう云ふ問題に就て一つ誰方か？

學生は頽敗してゐる？

中村（商）　僕は今迄隨分出た學生論や或はインテリゲンチャ論にある共通の流れと云ふものは、學生は頽廢してゐると云ふ見方、或はそれと全く反對に學生は默つて居るが、非常に根強く事態を見て居るから、それに對して絶望する必要はないと云ふ見方、そのどつちかゞ選擇しなければならん基調を形作つてゐると思ひます。しかし僕はどうもさうぢやないと思ひます。それは學生の典型と云ふものは頽廢的な面と、それからもう一つ眞面目にものを考へて、眞面目に動いて行かうと云ふ面と、それは決してどつちか一つきりではなくて二つ存在して居るのぢやないかと思ひます。同時的に併存的に、まァそれが僕は典型でないかと思ひます。本當の學生の流れはその中間を行くのではないかと思ひますね。

岸田　同一人間の中でゞすか。

中村（商）　例へば學生で進歩的と言はれて居るさう云ふ人達を捉へて見てもさうですし、あれは頽廢的だと言はれて居る人達を摑まへてもさう云ふものがあると思ひます。

林（法）　僕は現在の學生は夢を失つて居るかと思ひます。だから結局さう言つた頽廢的な生活に陷つて居るのぢやないかと思ひますがね。僕等の學校などでは今言はれたやうな一人で併存的に頽廢的なものと根強い眞面目なものを持つて居ると云ふよりは、非常にデカダンなのと、眞面目に勉強する奴と居るんですね。

澤（慶）　矢張り、學生と云ふのは今非常に別れて了つてゐるのではないかと思ひます。一人の中にあると云ふよりも、僕は頽廢的な學生と非常に眞面目に勉強してゐる學生とに別れて、その間に交流がないやうに思ひます。

中村（商）　僕はさう云ふ風には考へられない。どの學生でもさう言つた矛盾を持つて居ると思ひます。さう云ふものがどう云ふやうに出るかと云ふことで貴君の言はれたやうに二つの學生層に別れて行くと思ひます。

小林（帝）　最近まで帝大の學生の空氣はよく言はれるやうに左翼的の傾向が強かつたので、その後の學生は現實的に反省をやつて居り、現在の學生々活、それから將來の自分達の立つ社會的な地位、さう云ふものに對して非常に言葉通り現實的になつて居るんです、さうすることの當否はあるでせうが。それから色々の面で、例へば勉強するものは勉強する、高文を受けるならば高文を受ける、工科系統のものは専門の勉強をする、さう云ふやうな一般的の傾向になつて來て、さうしてその傾向は大體中學から高等學校を通じての、詰込主義の教育の結果として益々强くなつて居ると思ひます。

小松（帝） 頽廢的な學生はほんの僅かですがそれでゐて建設的な學生も案外少ない。皆内面的になつて、結局所謂がち〳〵な勉强をするんで、敎室に出る學生も殖えて來てゐるし、圖書館利用者も溢れて居ります。

小林（帝） 先程云はれた所謂頽廢的な學生がゐると云ふ現實の基礎としては、學生になるだけの資格のない人達が澤山入り込んで居るからではないかと思ひます。失禮な言ひ方ですが、例へば非常に經營主義的な大學がある。さう云ふ場合には、十分教育も與へられない。さう云ふ大學に唯資格を取る爲に入ると云ふのが可なり大部分を占めて居るのぢやないかと思ひます。さう云ふ非常に現實的の基礎から言へば、寧ろそれが當然であつて、勉强する人は一生懸命やつて居るが、唯功利主義的の名目で入つて來たと云ふやうな人は、初めから勉强する意志もないし、又學生と云ふやうな資格もないのだらうと思ひます。

澤（慶） 今の學生と云ふのはさう云ふ意味での學生が問題になる。サラリーマンの豫備軍たることを自ら期待してゐる……

杉山 それは現在日本の社會と云ふものはあらゆる點に於て大改革に面して居るんですね。だから社會が學生に要求して居るのは從來の學生では困ると云ふ所にある。詰りサラリーマンの豫備軍だけでは困る。從來はそれで宜かつた、從來は出來るだけ溫和しい、重役の言ふことを聽くやうな學生を作れば文句がないと云ふのが社會の要求だつた。それが最近の社會の要求は、サラリーマン的の人間になつて、夢がなくては困る、同時に現實的の勉强をして吳れなければならん。さうして日本の飛躍の線に沿ふ能力を學生自體が具へて欲しい、とかういふ風になつて來てゐる。それは學生でなしに、既に靑年に對する要求として現はれて居るんです。靑年訓練所とか靑少年義勇軍、さう云ふものに對して現はれて居る。唯學生に對しては、極く一番手强い分子だといふ意味で、うつかりは中々動かん、併し動き出したら一番賴もしい、力强い部分だと見てゐる。さう云ふ意味で學生諸君が社會から注目されて居るのぢやないか。是は僕自身が注目し、要求するから、それを社會の要求にすり代へて居るか知らんが、多少それはあると思ひます。だから冒險心の强い、勇敢な、今迄と多少タイプの違つた學生を現代は要求して居ると思ふ。

割田（早） 今迄の學生は將來卒業しても就職難と云ふことがあつて、多少それは頽廢的な人間もあつたが、今では矢張り非常に希望を持つて居ると思ふ。

小松（帝） その希望と云ふものは現實的なものぢやありませんか。

割田（早） さうぢやない。早稻田などは澤山居るから、唯遊んで居ると云ふ學生も一部分にあるが、その外の學生は一生懸命に勉强しようと思つて居る者が大部分です。

渡邊（明）　さう云つた氣分が餘程變つて居ると思ひます。學生は今迄のやうに就職ばかりを目當に勉强して居るのと違つて來るのぢやないかと思ふ。僕等は昔の氣持が幾らか入つて居るから駄目ですが。

山元（立）　是からの學生は勉强ばかりでは何にもならない、と言つては語弊があるが、或程度體力にも重きを置く必要がある。

杉山　それから私は社會が學生を將來の嚮導者として期待する爲に注意して居ると云ふやうに言ひましたが、それとまるで反對の面がある。學生を非常に白眼視して見る面もある。

小松（帝）　今の多くの學生は、議論する時に杉山さんとか林房雄さんのことを出すと、やれアクロバットだとか何とか云つて、素直に聽いて呉れない。否定はしないが全然白眼視して受けて呉れない。

杉山　聽く人も隨分ある。その代り聽かない人もある。

小林（帝）　それは必ずしもさうぢやない。それに注意して、寧ろ資料的に蒐めて行く。兎に角眞面目に勉强しようと思へば矢張りさう云ふものに對する批判的な面乃至は建設的な面、兩方共必要だ。萎縮して居る現在の學生を建設的にしようと思へば、先づ第一に叩き直さなければ、建設的に乃至は發展的にはなつて來ない。それをする爲には矢張り學生が自らやらなければならぬ。是は本當は學生問題の範圍では解決がつかないことですが、學生も矢張り社會の層であるし、又インテリゲンチャの卵であるし、可成り今迄の所は一定の敎養、文化の發展に手傳つて居るから、そこで一つの層として認めて、或程度の自主と自由を與へなければ萎縮を取り去ることは出來ない。

杉山　今度のことでも警察があれだけやらなければ今までの儘だと云ふことになる。やつたからあれだけ反省したと云ふことにもなる。僕等の學生時代も矢張り喧しかつた。彼奴はミルクホールへ行つたとか言つてマークされたり、蕎麥屋もいかんやうに言はれたものだ。

滿野（早）　僕は遲れて來てよく分らないんですが、現代の學生々活を社會的な壓迫に依つて改革せよとか、それに依つて學生的の見方を改革せよとか云ふことは僕個人としては好まない。喫茶店の問題にしても、若し喫茶店に行くことがいゝと思ふなら、どんなことがあつても絶對に方針を曲げないだけの心持で行つて來い、よくないと知つて行くのは卑怯だ。是は僕の持論です。先刻帝大の小林君が話されたが、確かに現在の社會は學生乃至はインテリゲンチャ一般に對して冷酷で、それを改革するのも我々の任務だが、唯改革の問題を捉へて云々するよりも、矢張り大學々生々活の本質的な檢討が先でせう。

中村（商）　學生の特權、優遇といつても、人格的な獨立と云ふものを餘り認めないで、唯就職と云ふやうなチャンスで優遇したといふ意味での優遇ぢやないかと思ひます。その意味で學生は自己に對する責任と云ふものは持つて居なかつた。だから僕等は必ずしも特權と云ふものは要求しないし、寧ろない方が宜い。社會的な平均人として待遇されて、その中で僕等が持つて居る學問とか、眞理とか、科學とか、さう云つたもので夫々の立場に應じて、夫々の特殊の機能を以て待遇された方が宜いと思ふ。だから今迄のやうに切離されたと言ふか、社會的な人間でなかつたやうな我々學生、さう云ふものは我々自身に勿論改革しなければならぬが、あゝ云ふ形を取つての警察當局の手入はどうかと思ひます。

志水（商） 早稲田で此の間大分學生大會などをやつて居られるが、あゝ云ふやうに集まつて社會的な批判とか、壓迫とか、さう云ふものに對して學生が集團的に意思を表示して或は決議をして警察へ持つて行くと云ふ、さう云ふやうなやり方にまで進む前に、學生自身に自信がなくなつてしまつて、喫茶店へ行つてはいけないと言へば行かないのが現在普通の學生ぢやないでせうか。同時にそれはどうしても內訌的になつて、益々自分一人で何處へ飛び附いて宜いか分らないから、一人で勉强して行く、或は一人で考へて行くさういふ學生に對して勞働奉仕《アルバイトヂンスト》、極端に言へば運動場を掘つて又埋めるとか、特に叩き直しを目的とした勞働奉仕《アルバイトヂンスト》がどれだけ效果があるか、恐らく殆どないのぢやないかと思ひます。だから簡單に理想を抱けとか、夢を持てとか、サラリーマンの理想から國家的な理想へ行けとか、簡單にさう云ふ風にさせようとしても、それは中々むづかしいと思ひます。

學生の時局認識

杉山 學生の樣な理性的な人間がそんな架空的なことを考へることは出來ない。唯現在を何處迄認識して居るか、日本が世界に於て置かれた地位、之を色々な立場で、何處迄正確に押詰めて考へて居るか。この時局認識が學生に於て深いか淺いかの問題、之を相當に掘下げなければならぬと思ふ。學生がどれだけ現在の日本が置かれて居る立場を認識して居るか。問題は此處にある。さうすれば夢も持てるし、情熱とかエネルギーとか、今の勞働奉仕《アルバイトヂンスト》の問題は强壓的な問題でなく、內部から湧出るものとして甘受する力が學生に或程度迄あると思ふ。

中村（商）　それから我々が在來習つて居るやうな學問、あゝ云ふものでは刻々に變つて行く情勢を掴み得ないと云ふ惱みがあるんです。それからもう一つ、何か本當の所が分らない。何か壁一重向うで動いて居るが、僕等に分つて居る所は此處だけだ。それをもう少し突止めて行くことが出來ない惱みがある。是は學生だけぢやないと思ひます。

杉山　併し學生は或意味に於て社會の他の人よりも鋭敏なんだからもう少し分らなければならぬと思ふ。僕は生れてから日本が滅びるかどうかと云ふことを心配したことは一遍もない。若しあつたとすればこの最近の一年間で、是はうつかりすると、一歩を過つたらえらい所へ陥るぞと云ふ感じがした。そこで諸君は僕が考へて居る認識と同じものを持つて居られるかどうかです。其處に熱情の置き具合が色々違ふと思ひます。非常に今重大な、シリアスな問題になつて居ることを知らないで、もう少し我々は研究しなければならぬ時だなんて云つてゐる。確にそれは研究しなければならぬ時だが、それぢや不十分です。眞に生きた人間であり、熱情を持つて居る人間としてそれでは居られないやうな所に今我々は持つて來られて居る。或は政治家が諸君に本當のことを敎へない爲であるか、或は諸君は本當に頽廢してしまつて頼むに足らぬものであるか、或は別の思想があつて諸君をさう云ふ方に行くことを妨げて居るのか、是が僕は一番重要な問題であると思ふ。

林（法）　今のやうな萎縮した學生の狀態では認識は十分出來ないんぢやないかと思ひます。跛行があると思ふ。唯時局はどう云ふ風に動きつゝあるかと云ふと、杉山さんのやうにどう云ふ方向にあるかと云ふことを見分けることは心配ないと思ひますが、時局をどう云ふ風に認識するかと云ふことは問題だと思ふ。

小松（帝）　本當の問題は認識の示し方ぢやないでせうか。

滿野（早）　理論的な認識と行動に關聯した認識ですね。學生に要求して居る認識は色々なものぢやないかな。

中村（商）　認識を持つて居るか持つて居ないかと云ふことは少し暴論だと思ひます。

小林（帝）　認識ぢやなく、どう行動するかと云ふことが問題にならなければならぬ。どう認識して居るかと云ふことでは議論にならない。私はから云ふ風に考へて居ます。現在の戰爭は全體的な戰爭です。武器の戰爭であると同時に又イデオロギーの戰爭でもある。乃至は文化の戰爭でもある。さう云ふ風に社會のあらゆる部門が戰爭の中に捲込まれて行く。學生の任務と云ふのは大學令の第一條にあるやうに矢張り學問と云ふものを對象として居る譯ですから、從つて學問乃至は文化の面に於て國策の線に沿ふと云ふのが最大の任務になると思ひます。其の遂行の方法が我々の問題だと思ふのです。

佐藤　私、先刻からの皆さんの御話を伺つてゐると、無論皆さんは時局の重大性を認識して居られる。事變下、さうして非常時に於ける覺悟とか云ふものは可成りはつきり伺ふことが出來たし、非常に强いものを持つて居られるやうに私は伺つたが、ですけれども是が議論になつて來ると何だか變な所に迷つて來ると思ひます。私一寸から云ふことを伺つても宜いでせうか。戰爭に別に參加せずとも戰爭の雰圍氣とか、空氣は皆さん初めて御受けになる經驗だと思ひます。それでそれに對する感想見たいなものを伺ひたいのです。

林（法）　日露戰爭とか歐洲大戰の時はどうだつたんでせうか。

佐藤　それは一寸一口には言へませんね。

林（法）　兎に角何か違ふんぢやありませんか。戰爭の遂行方法がその頃とでは。

杉山　戰爭はまるで違ふ。今度の戰爭は日露戰爭どころの騷ぎぢやありませんよ。

渡邊（明）　その時のさう云ふやうな段階は寧ろ我々經濟の學生などは專門的に見て居ます。我々は批判的にかうした場合には危機と云ふものが到來することを知つてゐます。その程度の認識ですね。それ位は我々學生としては皆持つて居ると思ふんです。

學生と勞働奉仕《アルバイト・ヂンスト》

林（法）　あのアルバイト・ヂンストと云ふのは、どう云ふ目的から出たのですか、僕にちよつと分らないんですが。

杉山　要するにあの本來の意味はどう云ふ風な事實からか知りませんが、結局學生が文化的な面を擔當して、さうして國策の線に沿ふ、そのことだけでは觀念的の動きだけで、果して正しい發展が出來るかどうか。だから之を考へて、一遍行動に移して、行動と一致した觀念が必要ぢやないかと云ふ新しい要求が出て居るからだと思ふ。

小松（帝）　アルバイト・ヂンストも時局の一つの反映でせう。僕はドイツでの發達を今日調べて來ましたが、あれは矢張り世界大戰の丁度終る頃から出發して、さうして何遍か失敗して、ヒットラー政權樹立後の一九三四年ですか、その時に初めて統一したものが出來た。それ迄には二十年、三十年の永い歷史を持つて居ります、それも偶然的なものでなく、矢張り必然的に出來たものなんです。

林（法）　するとドイツの大學生はどうやつてゐるんです？

小松（帝）　初めは矢張り出征兵の家に何人かづつで手傳ひに行くとか、さう云ふやうなことから出發して、今のやうなことになつて居るんです。

能村（帝）　今度のアルバイト・ヂンストは

學生がやらうとしたんですか、厚生省の發案ですか。

林（法）　僕の學校では文部省から命令があつたから希望者を募集したんですが、餘り集らないから學校當局でつくつたんです。

小松（帝）　帝大は迚も少い……

林（法）　何だか方針が一寸も立つてゐないやうな……

澤（慶）　何處かの學生主事の集りでやらうと云ふことになつたとかで……

中村（商）　けれども、ナチスドイツのやつて居るアルバイト・ヂンストは、ユーゲントとか、何か一定の團體組織があるでせう、それが基礎になつてあゝ云ふことがやられてますね。

小松（帝）　それは今丁度芽を出した所ですから、一寸無理なんで、良いことをやるんだつたら上からの命令であらうが……

中村（商）　それは宜いが、唯アルバイト・ヂンストと言つても、集團性を先に持つて來ないと、とつ附きやうがないのではありませんか。さう云ふ意味で僕等あれを丁度學校のクラブみたいなものですね、それがありますからそれを基礎にしてやらう、まア飛び離れてやらないで、今持つて居るクラブと云ふものを主にしてやらうと考へて居ります。

滿野（早）　僕の學校ではさう云ふ動きは全然ありません。學生の文化的役割が全然消滅したと云ふのならば別だが、現在では……

能村（帝）　中學校の時、作業と云ふのをやつて居りましたが、結局今の大學でアルバイト・デンストをやるのはどう云ふ意味かと云ふと、精神の叩き直しが目的ですね。ところで精神の叩き直しをするのにアルバイト・ヂンストが良いかどうか、もつと外に良い方法があるかないか……

林（法）　あると思ひますがね。

杉山　それは學生の問題ぢやない、先生の問題であり文部省の問題だ。それから一體精神を叩き直せと言つても、そこらに立つて居る立ん坊から精神を叩き直せと言はれたつて駄目で、それからもつと重要なのは都會と農村、是は正當な位置に立たなければ……だけれども今更そんな基本的な改革が出來てから全部やると云ふことに行かないから、こつちはこつちで或る程度迄やつて……

林（法）　僕の方の教授が言つて居るんですが、智的動員をやる、で此の夏休みを利用して、事變の影響に依るあらゆる部面を學生が色々に研究して、論文なり何なり作つて、それを學校に提出する。經濟では、生産部面とか消費部面、又は農業方面ですね。農村なんかも相當問題になると思ひますがね。同じことは文化方面にもあると思ふんです。さう言つたものを細かく觀察して、論文にして當局に出したらどうかと云ふ譯ですがね。

滿野（早）　僕は最近東海道線一帶を、一週間見て來たのですが、田には滿々と水がありますが働いて居るのは女、老人、ばかりですね。それを見ればインテリは分りますね。勞《アル》働奉仕《バイト・ヂンスト》とかさう云ふ强制的なことをしなくても、それを感ずるのがインテリの頭でせう。それを理論的に反映して、矢張り團體的な研究と言ひますか、さう云ふ程度で宜いのではありませんか。

能村（帝） それでは意味がないでせう、勞働力が不足して居るからそれに大學生を補充してやらうと云ふんなら意義があるけれど。

林（法） そこ迄未だ行つてないんですね。

杉山 地方ではやつて居る。

岸田 詰り日本の言葉で言ふと精神教育、とか精神修養、それから今の厚生省の云ふのは多少體力と云ふこともあるだらうが、さう云ふ團體的な運動でヨーロッパ、殊にドイツなんかで例があるやうなのは、國家運動の一翼としてのデモンストレーションですね、其の意味が非常に大きいと私は思ひます。もう一つは矢張りドイツ流にそれを考へると一種の象徴的な意味がある。詰り一つの儀式ですね、ところが日本では我々の年代以後、さう云ふ訓練が實にない。小さい時からさう云ふものに馴らされて居ない。例へば團體的に歩調を揃へて歩くと云ふやうなことはテレ臭いし、不得手で、さう云ふ生活の中から今の理想的なさう云ふ運動の形は中々直ぐは現はれて來ないでせう。しかしさう云ふ運動が今のやうに色々な意味で價値があると云ふのでこれからでも、やつて行きたいと云ふ要求が將來起るかどうか。かう云ふ事實を契機として日本人の内にもさういふ一つの文化的なうごき、生活形態、さういふものが生れて來るかどうか。そこが問題で、それは一つは、それを儀式と見ると云ふことは、詰り適當な祭司が居ないと云ふことだな。

杉山 それは明治以來の教育の性質は皆さうなつて居ります。是は僕は最近のスパルタ式教育などは、僕等から極度に離れて居る。だから僕等中學時代に體操の先生の前を通る時は故意と蛸みたいな、恰好をして通つたことがある。それはあゝ云ふものに對する、畫一的な動きと云ふものに反感を示したもので、その時の僕等の態度には一種の進歩性があつたと思ふんだ。（笑聲）だけれどもそれが行き過ぎて了つた、それで人間の全體の調和とか、儀式的な人生の有つ意味を忘れて了つたと思ふんだ。だから僕は反感を待たず、或る程度理解することに努力すれば、その困難はマスターし得ると思ひます。

岸田 學校なんかで、儀式なんか見て居つても參列する學生は非常に少いし、又あつても非常に皆テレクサイやうだし、祭壇に上つて學生にものを言ふ教師も甚だ其の場處を得ないやうな風らしい。あゝ云ふことでは益々儀式に魅力がなくなつて、參列するものが少くなる。

佐藤　今、お話の出た集團勞働、あれも勞働の性質によつたら學生達が矢張り喜んでやるのではありませんか。唯草取りとか、學生が校内の土を掘る位だから興味が持てないかも知れませんね。

杉山　それが自發的にならなければいけないんだ。

佐藤　それをやつた爲に非常に收穫があるとか、利益があるとか……

能村(帝)　帝大では今度グラウンドを千葉縣の方へ作るんで、そのグラウンドを我々の手でやらうと云ふんですが、志望者は少いのです。アルバイト・ヂンスト以外の何かもう少し他の、違つた團結心を養成するものがないかと思ひますね。

渡邊(明)　僕の學校ではやるものがない。グラウンドを作る必要はなし、迚も困る。學校の方でも、芝浦の方の自轉車の競技場がありますね、彼處へ二百人送つて呉れと云ふので五十人宛四日間送つた切りで、あと仕樣がないから地方出が多いので、國へ歸つて自分の家の畑とか田を耕した方が宜いといふことになつた。まア集團勞働にはなりませんけれども……

杉山　地方でも場所に依ると、農學校が手傳ひに行つて、喜ぶ所と、喜ばない所とある。

林(法)　熟練を要することだから邪魔にされるのではありませんかね。

岸田　いまやつてるやうなことはどうですかね。第一魅力がないと云ふことは僕も想像が出來るし、事實喜んで參加するものが少いと云ふことは、それを證明して居ると思ふ。さう云ふことが、假りにやり方に依つて皆も興味を有ち、又效果を認めて參加すると云ふことだつたら、現在の我々には何か全體の共同の精神と云ふやうなものを示す一つの機會ですね。

佐藤　日本で今迄にかう云ふ例はなかつたでせうか。

杉山　小さい、農村的のものには僕はあつたやうに思ひますがね。今はつきり言へないんです。それは確かにありますね、斯う云ふ大きな集團になつたのは少いが、其の精神の萠芽と云ふものは何處かにあつたと思ひますね。

澤(慶)　明治神宮に地方の青年團からやつて來てゐるのはどうですか……

杉山　あれは地方の青年團から本當に自發的に行くのでせう。それから天理敎やトラピストなんか隨分あります。國家と云ふものに對する信仰、それが統一して、何か寄進したい、さう云ふ傾向は自然發生的に現はれたのでせう。唯それを巧くオルガナイズしたものがドイツのなんでせう。

岸田　映畫なんかで見ると、ドイツの勞《アルバ》働奉仕《イトヂンスト》なんか兎に角非常にスポーツ的であり、演劇的であつて、さう云ふものは參加して居る人間が魅力を持つて參加出來る。僕はあゝ云ふ光景を見さなければ日本の若い連中は參加出來ないと思ひますね。

杉山　ソヴェートにもある、ソヴェートの方がドイツより先かも知れんね。

岸田　强制的なものは幾らも例があると思

ひます。

杉山　一時レーニンなんか、自分はちよつと出て、儀式的な意味でせうが、まァレーニンが行つて砂を一遍擔げば矢張り他の連中も見做ふ。さう云ふことは彼處でもあつたんですね。

滿野(早)　併し一つ皮を剝けば經濟的の問題もあるのではありませんか。

杉山　それはどうしても勞働力を非常に社會の變革期に餘計要求しますから、だから色色の意味に於てそれを集めなければならんでせう。――(岸田氏退席)――今日は大變むづかしい議論ばかりになつて、何か一つ佐藤さん、面白い問題を、と言つては惡いが……

日本の學生と支那の學生

佐藤　日米學生會議が開かれるのですね、もう直きですか。

遠藤(慶)　七月十五日から、慶應で……

佐藤　アメリカの學生が來るんですね。かう云ふ時局下でアメリカの學生を迎へるについて皆さんの態度みたいなものを……科學とか、政治とか、色々討議の題目について、あちらの學生と討論する、それは別として、唯、學生的な、愉快な、お友達と云ふか、さう言つた氣持で此の時局下にアメリカの學生を迎へるについて皆さんの態度と言つたやうなものを。此の內で代表で御出になる方もおありになるんですか。

澤(慶)　しかし、こつちで學生の代表が選ばれる時、非常に英語が出來なければならんと云ふので、非常に局限される譯です。詰り英語會とか、さう云ふグループがあつて、其の內から選ばれて……

佐藤　だから關係しない人は離れて居ると云ふのですか。

澤(慶)　僕の聞いて居るので、日吉の寄宿舍に皆一緒に泊めて、一緒に暮して色々交驩するのだと言つて居ます。それから又あと家庭に分宿させて、實際の家庭の狀況を通じて日本を認識して貰ふやうに言つてます。

佐藤　どうでせう、日米親善が頻りに言はれて居る此の際アメリカの學生を迎へると云ふ上に色々用意があるんぢやありませんか。

割田(早)　日本をはつきり認識させたいと云ふのが問題ではありませんか。

能村(帝)　僕なんか代表者でも何でもないが、矢張りアメリカの學生なんかと一緒に話するのは結構と思ひます。今のドイツの學生でも今の大學生は知らないでせう。さう云ふ人達ともう少し話して色々な問題について考へたいと思ひますね。

割田(早)　僕の友達で出席するのがありますが、向うでは日本を誤つた考で見て居る、それに對して日本の內狀をよく話すと言つて居りますね。

記者　杉山さん、支那の學生と日本の學生の比較ですね、どんなもんでせう。

杉山　日本に來て居るものは皆いい人が多いから眞面目で、さう云ふ人が比較的多かつた。併し支那人は何處かしら違ふ。周君と云ふ留學生が來て慶應の幼稚舍から大學迄、僕等も一緒だつた。非常に日本人的なものゝ考へ方をして、吉原迄遊びに行く男だつたが、それが漢口なんかで排日放送なんかをやつた、りしてゐる。こつちにゐる中に日本人とすつかり同じになつたが、つき合つて行くと、何處かしら僕等の常識で分らんやうなことがありましたね。日本人では迚もこんなことをしないし、出來ないと云ふことを平氣でする所があつた。

澤(慶) 南の支那人の方が優秀だと云ふ話を聞きますが、日本に來て居る留學生でもそれがはつきり分ると思ひます。

杉山 最近でも人物は大抵南から出るんで、北は沈默して居ます。併し日本の學生の方が絶對優秀と僕は信ずる。僕等、日本人と云ふものに對しては非常に今迄不滿を懐いて居つたが、支那に行つて、日本人は宜いなァと云ふ事をつくぐ〵思つた。學校を出て滿鐵とか興中公司とか新聞社とか現地へ行つて居る若い人達の支那で驅けずり廻つて努力したり、奮闘して居る姿と云ふものは大變なもんですよ。活動力があつて、それから豪膽で、相當なものです。支那人にはちよつと出來ない程勉強します。僕等は支那人のことを聞くのは一番革命運動のトップを切つて居る支那の青年、其のグループばかり見て居るが、それだから支那の一般の青年を忘れてゐる。一般の支那青年は恐るべきものでない、頽廢して居る。日本の青年の頽廢と言つても恐るべきものでない。希望がなかつたから歪み過ぎたり、マルクス主義に進まうとする出鼻を叩かれた所から來た一つの方向に過ぎないが、支那人自體の行詰りと云ふものは殆ど泥沼のやうなものだ。

佐藤 學生の娯樂の問題はどうなんでせう。早稻田ではホールを作つて、娯樂機關を備へると云ふことですが。

滿野(早) さうですね。今のホールでは四百人位入れます。しかし娯樂と言ふ程度のものは殆どありません。碁や將棊も全然ありません。

杉山 併し支那人に較べると日本の大學生の生活程度は高い。實にそれは感謝して宜い。支那の北京あたりの學生は、部屋は在る で土の牢みたいなものだ。隣の部屋との間には蓆の子一枚張ってあるだけで、其の中で一日ぼんやりして居る。東京のやうに遊び場がないから非常に男女間の風紀が紊れて居る。その點の自由さは日本の學生なんかと較べ物にならない。だから日本の學生は非常に惠まれて居る、それはアメリカと比較されては敵はぬと云ふことになるが。

佐藤 男女共學は荒木文相はおやりにならないのでせうか。大分進步的な文相だと聞きますけれども。

渡邊(明) 僕等の方にも男女共學はありますが。

能村(帝) あれは男子の方から獨立して居るのぢやありませんか。

渡邊(明) さうです。併し專門部を出ると學部へ入れる。

滿野(早) 僕等の方にも女の聽講生がゐますがね。後の方にそつと坐つて居て、可哀さうだ。

佐藤　あれは矢張り中學時代からやらないと巧く行かないでせう。大學からだつたら何か脇の方へ行くとか、後の方へ行くとか、成るべく男の方と接近しないやうにする。

讀書と教養

中村（商）　これは目白（女子大）の人に訊いたんですが、彼所でどんな本が一番讀まれるかと云ふと、二三年前には朝日の時局讀本が一番讀まれたと云ふことです。他にないかと言ふときうしたら自然科學、特に最近の物理學などが讀まれると云ふ話で、文化系統は駄目ださうです。精々讀まれて日本の古典位のもの。それも教科書的に讀まれるので、普通の讀み方と違ふと云ふやうなことを云つてゐました。最近の僕等の間ぢやどんなものですかね。

滿野（早）　趣味の方は餘り知らないが、勉强の爲ですと、矢張り堅つ苦しいものでは農村問題なんか讀まれるでせう。古本屋で聞くと岩波の資本主義發達史ですか、あれが元八圓位だつたのが三十圓位になつて居る。相場が上つて居る譯です。

中村（商）　風早八十二氏の日本社會政策史なども非常によく出たと本屋で云つてゐますね。

杉山　今學生で勉强して居ると云ふのは大體そんな方面ですか。

小松（帝）　いや、高文とか何とか……

杉山　いやにちやつかりして居るね。

滿野（早）　僕の方では高文を受けたのは今年は政治科は全體として一人が二人だ。

中村（商）　エコノミストや東洋經濟新報はあれは非常に讀まれる。矢張りあゝ云ふ所で眞面目に掴まへて行かうと云ふ人達が非常に多くなつたことは事實です。非常に雜駁な最近氾濫したやうな本でなくて、あゝ云ふものからでも、何か知りたいと云ふ氣持が非常に强いのが本當だと思ふ。

小松（帝）　經濟關係以外の方では僕等は矢張り古典を讀みます。此の頃其の方面でも岩波文庫が迚も賣れると云ふことです。

遠藤（慶）　此の間豫科の方でヂャーナリズムの調査をしたが、其の時は中央公論、改造、セルパン、かう云ふものが豫科の方では人氣が相當擡頭して居る。

割田（早）　僕の方でも此の間新聞雜誌の調査をやつたが、はつきりしてないが、中央公論、改造、文藝春秋ですね。

能村（帝）　京城帝大では進歩的な新しい本を讀みたがる。何でも岩波文庫が一人三十册位だ相です。

佐藤　半島人ですか。

小松（帝）　いや、さうぢやないです。

滿野（早）　次の日本の文化を脊負ふ者は半島人だ、それは言ひ過ぎかも知れないが、そんな氣概を以て半島人の學生は相當專門の中でやつて居るらしい。

中村（商）　僕等の學校にも居るが非常に優秀です。半島人中の最も優秀な人が來るせゐもあるが。

能村（帝）　非常に優秀な人と非常に駄目な人とが居るらしい。極端に駄目な人がある。

詰り極端と極端に分れて居つて、双方つき合はない相です。それは地域的な關係もあるらしいが。

能村（帝） それはからぢやないかな。我々にも非常に勉强するのと遊ぶ人とある。あゝ云ふ風に朝鮮人でも東京へ來れば遊ぶのと勉强する者とどつちかに傾くと云ふ譯ぢやないでせうか。

記者 貴方達は皆專門があるでせうが、專門の勉强と、外に趣味的な或は一般的な教養とどう云ふ風にして居ますか。

小林（帝） 一般的にどうかははつきり云へませんが、大體現在では教養の點で非常に缺ける所が多いと思ひます。高等學校などを例に取れば、教養と云ふものを出來るだけ狹くするやうに苦心するのが教育の內容であるやうに思ふ。中學生式に科目を詰込まれる。それが大學へ這入るといきなり專門的なことをやられ、それと生活的な面が現れて來る。それがプライベートな生活の上でも非常に矛盾を惹起して來る大きな原因だと思ふ。併し結局教養を高めるとか、乃至は人格的な點を高めて行く、と云ふことにならなければ專門的なことを幾ら勉强した所で狹い專門になつてしまふ。

遠藤（慶） さう云ふ風な教養を高める爲には僕達は新聞をよく讀んで居ます。

能村（帝） 慶應の方は割合に趣味が廣いと言ふか、教養が高いと言ふか、非常に多方面に讀んで居られるやうですね。

遠藤（慶）その代り深味がなくて淺薄です。

支那大陸への關心

杉山 この中で學校を出て大陸へ出たいと云ふ希望の方はありませんか。

能村（帝） 僕は出ても宜い。

滿野（早） 僕は大陸的な仕事をしようとは思ふが、別に行かうとも思はぬ。

杉山 行かうと思はぬと云ふのはどう云ふ意味ですか。

滿野（早） 私は仕事としては文化的なことをしたい。所が大陸では割合文化的なこと以外の方面が多いと思ふ。

杉山 それは匪賊が出るし、命だつて何時やられるか分らぬ。その危險は日本より多い。併しそれと同時に文化的な方面、例へば人類學とか自然科學とかは矢張り向うへ行つて一層深く入り得ることがある。例へば鳥居さんなんかは始終向うへ行つて居る。それは精密な研究所などは日本でなければならないから向うでは無理だが。僕は最近日本人は大陸へ行かなければ本當の色揚げが出來ないと云ふ感じがする。行けと言ふのは一生暮せと言ふのぢやない。半年でも一年でも行つて勉强して來ると云ふことです。僕は去年滿洲へ行つて大陸を見ると矢張り何となく一種の故鄕と云ふ感じがする。人類學者に測つて貰つた、僕の頭は蒙古型か何かだ相で、そのせゐかどうか知らんが最近僕は滿洲の夕方を考へると何だかホームシックのやうな何とも言へないやうな懐しい感じがする。それぢや行けと言はれると、百年も住めと言はれると、其處は大きなことは言へないが、さう云ふ感じも一寸ある。それで何と言つても日本人は移住したもので、人類學上の關係からも、文化の輸入の關係からも支那とは密接な關係がある。だから日本人が支那へ一度行つて來ると、今迄潜在して居た意識が非常に強く出て來る。是は恐らく諸君が一度行かれると相當感ぜられると思ふ。それと同じやうに各々の個性が大陸的に出る可能性が相當に強いと思ふ。さう云ふ意味に於て學校を出てから半年位向うへ行つて居ると大變物の考へ方が違つて來ると思ふ。どう違つて來るかは各々の個性に依つて違ふから一概に言へないが。

渡邊（明）　我々は視察に行ける譯ですが、選に洩れて中々選に入れない。何處かでもつと便宜を計つて大量的に行けるやうにして欲しいと思ひます。

能村（帝）　見て來ただけで宜いのですか。

杉山　見て來ただけで宜いと思ふ。現實に打つ突かつて行く方が、自分の世界觀の据りが良くなると思ふ。大陸に行つて打つ突かつて來ると後からどつちかに片が附く、私自身非常に据りが宜かつたと云ふことが言へると思ふ。

記者　學生は、現在支那問題に對して關心をどの程度に持つて居るでせう。

中村（商）　矢張り例へば支那の農業問題ですね。それから一時問題になつた銀の問題、幣制の問題、金融の問題、それから政治的な問題ですが、さう云ふ問題に對する興味と云ふのはありますし、仲間が二三人寄合つて本を貸し合つて讀んで居る。そんな本も隨分出て居ますからね。

記者　支那に對する關心が相當强いのだから、何とか夏休みを利用してもつと積極的に學生を向うへ送ることが必要ですね。

割田（早）　僕達の方には東亞專攻科があつて、百人居ますが、支那語もやつて居るし、支那の貨幣制度なんかも研究して居る。

記者　唯漫然と行つても何にもならないと思ふ。

杉山　漫然も程度だが、ほんの帳面だけを見て、統計書を持つて行つてもその統計書に縛られるし、何も考へないで行くのもよい。

滿野（早）　唯漠然とした根本的な感情を掴みに行きたいと云ふよりも學問的な資料を得る爲に行きたい。

杉山　日本人は不思議な位支那に對して興味がない。今から十二三年前に僕は吉野作造さんに——其の時分は僕はヂャーナリズムに出て居なくて、吉野さんはヂャーナリズムの花形だつた。——日本人位支那を研究しなければならぬ國民はないのだが、どうして雜誌に支那の問題を取扱はないか、不思議でならないと云ふと、吉野さんは雜誌に支那のことを扱つたらぺちゃんこに賣れないと答へたことがある。ヂャーナリズムが支那問題に關心を持ち始めたのは滿洲事變からこつちですよ。それが去年から忽ち激しくなつて、臨時増刊が出るし、わあ〳〵と云ふことになつたが、併し是は急拵へだから、だから英國人のやうに百何十年の傳統を持つて居る國民とは比較にならぬ。支那人を理解する能力は英國人の方がずつと多い。將來日本はもつと支那を研究しなければならんと思ふ。

佐藤　私は支那に關心を持たないと云ふのは、餘り支那を馬鹿にし過ぎた結果ぢやないかと思ひます。支那と言へば直ぐ馬鹿にする。

杉山　それは日本人の氣持は複雑です。馬鹿にしながら腹の中で支那程尊敬して居るものはない。特にインテリゲンチャは尊敬して居る。我々が支那を知つて居るのは田舍者が都會を知つて居る位誇つて居る。所が支那人は日本のことを知らない。例へば日本人で堯舜とか桀紂とか何とか云ふ名前を知らない人はインテリにない。併し支那人で神武天皇とか源義經を何人知つて居るかと言ふと、支那人は皆知らない。それ程向うは自分の方が有難いと思つて居る。だから僕等の腹の底では輕蔑の半面に恐怖を持つて居る。かういふ話がある、明治の初めに東京へ遊學に來て居た人が九州へ歸る時に送別會を開いた。すると、その送別の辭にかういふのがあつたさうだ、君は羨ましい。是から聖人の國の近所へ行くんだから羨ましい。東京から九州へ行くのにさう言つた相です。

中村(商)　支那問題に對する關心が餘りなかつたと云ふことに就ては、藤枝丈夫氏が確か滿鐵の調査月報か何かに書いて居たと思ひます。それは支那を科學的に究明すると云ふことを今迄の日本人は餘り好まなかつた。逆に倫理的な支那觀が今迄支配して來た。しかし、それではいけないので、本當に支那を分析的に深く研究して行くべきだといふ意見です。確かにさう云ふことはなかつたとは言へないと思ひます。

杉山　吉野さんなどは、あの人はあの人なりに科學的に研究して居た。あの人は袁世凱の家庭敎師を大學時代にして居て、支那問題に一番興味を持つて居つた。

中村(商)　それから又現在でも餘り支那問題に就ての科學的な研究と云ふものは餘りないやうですね。

杉山　文學的にでも現在は餘りやつて居ない。併し今少しづゝ是から出て行くでせう。又出て行かなければならぬが、今は唯資料を蒐めて居る程度のものですね。

滿野(早)　一般的に支那浪人的の見方が多いですね、餘り要人とか個人の問題に重きを置き過ぎて……

杉山　さう云ふことは段々訂正されて居るが、それでもまだある……

記者　さう云ふ意味で今の學生が科學的の見方に於て支那を認識する必要があるし、又社會も必要として居ると思ふので、現に今北支でも一番重寶がられて居るのは結局滿鐵の調査課に居る人達ですね。さう云ふスタッフが國内でも缺乏して居ると思ひますね。

明治時代再檢討の機運

中村(商)　折角集つた席ですから皆さんに伺ひたいんですが、僕等の學校では、日本の明治時代の研究ですね、まア政治から經濟から、思想から法律から、あらゆる分野に亙つて、日露戰爭、あの邊を起點にして大戰頃迄ですね、あの頃の研究を、やらうと云ふ氣持が非常に强く動いて居るんです。是は何處の學生でも同じぢやないかと思ひます。一回再檢討して、そこで將來に對する指針を摑みたいと云ふ氣持からだと思ふんですが。

遠藤(慶)　慶應では福澤諭吉の再檢討なんかを中心に非常に明治時代の研究と云ふのが盛んなんです。

滿野(早)　僕の學校では三年程前に學生一般にさう云ふ要望があつて、課外講義としてやつたことがあります。明治維新史の研究と云ふものも最近本はあまり出ませんが相當やつてゐます。

記者　現在の學生にはその中に生活して居る日本なるもの丶再檢討、さう云ふ自分達世代の過去、さう云ふ變革があつた過去と云ふものを再認識し、更に自分自身の現在を見、そこから新しく出發しようと云ふ內省的のものが强い譯ですね。

中村(商)　强いと思ひますね。而も昔へバックしようとは思ひませんね。矢張り次の時代の方が、現在と未來の方が重要で、過去は過去として見たいですね。僕等矢張り目にあるのは前の方だけです。

杉山　佐藤さん、アメリカの學生と日本の學生の差別は如何ですか？

佐藤　學生の何は中央公論で大分書きましたから……あつちの學生は自由だが、それは今言つても何だから。兎に角未來の日本を守るインテリ中心の學生層がこの際ボヤ〳〵してゐては困ると云ふ、これは社會一般からの要望でもあるのですから暫らく夢の時代はお預けにして——或は當分來ないものと覺悟をして、この嚴しい現實に面と向ひ、所謂自戒自肅の精神でこの受難時代を克服するやうに特に事變時に際して毅然たる步みを取られる事ですね。さつきどなたかが云つてゐられたやうに日本の歷史の再檢討も必要でせうが、支那をいろ〳〵な方面から研究されることは新しい生活原理を樹立する上からも必要ではないかと思はれますね。あなた方が文化、政治、經濟、產業どの方面からでも支那を研究して支那を知り支那に關心を持つことは、國家的見地から云つても、又學徒としての使命から云つても一番重要なことではないかと思はれますね。

戀愛と女性

中村(商)　戀愛の問題を一つやつて戴きたいんです。殊にこの邊に新戀愛論の權威たる杉山先生が居られますから……

佐藤　杉山さんから一つ戀愛の……

杉山　いや、それは僕の方から伺ひたいんだ。

佐藤　皆さん女性の友達を澤山持つて居らつしやいますか。(笑聲)

中村(商)　持つて居るものは持つて居るし、持たないものは持つてない、チャンスがないんですね。矢張り公の解放された場處と云ふか、機會と云ふか、さう言つたものが欲しいですね。それは本當に僕等眞面目に要求したいんです。

佐藤　矢張り男女共學と云ふ所に行くんですか、結果は。あつちの學生は皆ボーイ・フレンド、男の方はガール・フレンドと盛んに遊んで歩いて居りますよ。

能村（帝） 男女共學の實現は遠いから、杉山先生、佐藤先生みたいな人が媒介機關になつて下さつたらどうですか。（笑聲）

佐藤 友達が直ぐに愛人になつては困る。友人は友人でなければ。そこの所が中々限界がむづかしいのではありませんか、餘り女性に接近しないと。

滿野（早） 先入觀的には封建的教育の殘滓が殘つて居りますから、さう云ふ輕い氣持になり難いのでせう。

佐藤 さう云ふ機會が絶えずあると何でもないのに、偶にあると行き過ぎてしまふかも知れないし……

中村（商） 矢張り或る人が言つたやうに、仕事——仕事と言つて非常に抽象的な意味ですが——矢張り同じ方向の中で結び附いて行かないと駄目ぢやないかと思ひます。唯漠然と偶然に會つて、そこでどうの斯うのと云ふのでは駄目ぢやないかと思ひます。

佐藤 知識的にも思想的にも異性の友人の間で何か交換することがあつたらいゝでせうね。しかし矢張り女の知識の程度が低いので話相手にならないで困ると云ふことを聞くんですが……

中村（商） そんなことはありませんよ、僕等隨分低いんですからね。（笑聲）

志水（商） それはさつき言はれたやうな技術の問題になるかも知れません。今迄日本の男性と女性とは少年期から青年期に當つてそれぞれ特別のグループと云ふものをつくつて離れて居りますね。現在はさうであつてはいけないと思ふんですけれども、どうしても心の中には今迄のさう云ふ考へがこびり附いて居るからそれを離れるのは中々難しいんです。

記者 さう云ふ機會が社會的に與へられて居ないから……

割田（早） 實際女性と交際したいが、さう云ふ機關がないんです。（笑聲）

中村（商） から云ふことは言へませんか、僕等非常にチャンスに惠まれて居なくて、又色々な事情があつて巧く行かないと云ふことは分つて居ります。けれどもそこで諦めないで、矢張り本當にこの人はと思ふ迄はどんなことがあつてもと云ふ氣持がありますね。非常にその意味では眞面目になつて居ると思ひます。

滿野（早） 社會一般の目が男と女が歩いて居ると云ふと其の間を、變な話ですが、色目をもつて見るのです。ですから、さう云ふ方面を多少社會的に是正される必要があるのではありませんかね。

林（法） 現在の日本ではまだ男女關係に對して一般的に封建的な目で見て居るでせう。

杉山 最近の學生は少し爺さん臭いやうな氣がするんですが、諸君は自分のことは自分で分る譯はないが、僕等自身で感じて……佐藤さん、如何です。

佐藤 何か乾いて行くやうな氣がしますね、潤ひがない。

杉山 僕等學生に會ふと時々説教されるんで閉口するんだ、いやに大人振つて居るやうな氣がするんですね。

んよ。

中村(商) それは僕等のせゐぢやありません。

佐藤 無論それはあなた方の罪ではない。

渡邊(明) 友人で野外教練を三日位やって歸つて來て、丁度休みで、翌日映畫の切符があつても日曜以外に行くには警官に叱られるんで、學生主事の所に行つて、確かに休みだといふ證明書を吳れ、證明書は渡さん、惡いことをするのではないんだから、正しいんだからその積りで行け、さうですかと言つて行つたさうですが、兎に角警官を一つの恐しいものと思つて居るんですからね。だから戀愛しても二人で歩くのは心配だから、公然とやれないのぢやありませんかね。(笑聲)

杉山 要するに萎縮すると云ふことは餘り好ましくありませんね。僕の親父は備前藩の藩士だつたんです。それで槍の名人だつたのでその時分矢張り明治維新の時で非常な變動があつて、藩士の身元がやかましかつた。今のやうに自肅自戒しなければならん時だつた。それで同じ藩の連中が遊びに行く時皆こそこそ隱れて行くんですね、頰被りして。それで僕の親父はそれが癪に障つて仕樣がないんで、自分が遊廓に行つた時は、自分の稽古槍を持つて行つて、自分が上る家の店の前にその槍を突立てゝ、さうして俺は此處で遊んで居ると廣告するやうな調子で、遊んださうです。まァ遊ぶのは宜いとは言はないが、何か萎縮してこそこそ泥棒みたいに學生を追込むことは宜くないと思ひますね。この點は消極的な面をぎゆうぎゆうやるより、積極的な學生を作つて貰はなければならない。併し乍らだから女郎買をしろと云ふのではないが、私は親父の意氣を今でも慕つて居る、こそこそはしたくないと思ふのです。

澤(慶) 學生に積極的な面を出さす爲には矢張り學生を好意的にばかり理解せず、やつつける所があつたらやつゝけたら宜いでせう。我々がやつゝけるべきと思ひます、若し學生の中に至らない面があるならば。

滿野(早) 僕はさうする必要がないと思ふ、反省を求める必要があつても、自警團とかなんとか……

澤(慶) 別にそんなことはしないんです。

佐藤 どうでせう、學生自身からもつと合理的な要求を社會に向つてお出しになつたら。さつきも今杉山さんが女郎買……一方に公娼制度と云ふものが日本にはあるでせう、金があれば何時でも行けるんで、若し學生が制服を取つたら何時でも行けるでせう。さつきも喫茶店の話が出て居りますが、歐洲は知りませんが、アメリカ、カナダにはあゝ云ふ喫茶店はありませんよ、白粉をくつ附けて、直接でなしに間接のエロ・サーヴィスをするやうなものはあつちには全然ありません。だからさう云ふ所に遊びに行く、誘惑されると云ふことはないでせう。所があなた方の周圍にはそれが充滿して居る譯でせう。だからさう云ふ點に向つて、もつと學生々活を健全にさせると言つた面からも色々な要求はしても宜いわけではないかと思ひますね。

杉山 では、何れにしても、今日は是で：

（終）

近代劇物語 7

ユーゼン・オニイル原作

アンナ・クリスチイ

佐藤俊子
寺田武夫挿畫

ユーゼン・オニイルは米國の近代劇作家で、米人から常に迫害を受ける黒人の爲に、彼等を主題とした戯曲をよく作る。最近の消息は知らないが四五年前にもエンペローア・ジョーンスと云ふアフリカ土人を主人公としたものを書いてゐる。オニイルのものが上演されてゐた劇を觀たのは、もう十五六年前紐育市へ遊んだ時で、その時も白人種に虐げられる黒人の民族的被壓迫を象徴した戯曲を上演してゐたが、象徴主義とリアリズムの混ざり合つたやうな形態で、アメリカの近代生活を描くのがオニイルの劇作家としての特徴であらう。このアンナ・クリスチイは作としては古るいものであるが、アンナと云ふ一女性を主人公として、いかにも植民地的なアメリカの生活斷層が描出されてゐるし、醜悪な生活の底から純眞な愛を掬ひ取らうとした作者の理想がこの作の意圖となつてゐる。戯曲は四幕で、第一は紐育市の或る港に近いバア。第二はマサチユセッツ州のプロビンスタウンの港に碇泊してゐる石炭の積船。第三はボストンに碇泊してゐる同じ傳馬船の船室。第四同じ場所となつてゐる。時代は一九一〇年頃になつてゐる。

一

アンナ・クリスチイは、正確《せいかく》な名《な》で云《い》へばアンナ・クリストフアソンであるが、自分《じぶん》で略《りやく》して、アンナ・クリスチイと云《い》つてゐる。瑞典《スエーデン》に生《うま》れたが五歳《さい》の時《とき》、父親《ちゝおや》のクリストフア・クリストフアソンは彼女《かのぢよ》と其《そ》の母親《はゝおや》を殘《のこ》して遠《とほ》い航海船《かうかいせん》の船員《せんゐん》になつて國《くに》を出《で》て了《しま》ふ。それきりで父親《ちゝおや》は歸《かへ》つて來《こ》なかつた。船《ふね》から船《ふね》へ、港《みなと》から港《みなと》へと船乘《ふなの》り生活《せいくわつ》をしてゐることは分《わか》つてゐたが送金《そうきん》もして來《き》たことがない。母親《はゝおや》はアンナを伴《ともな》つてアメリカのミネソタ州《しう》で農業《のうげふ》を營《いとな》んでゐる從兄《いとこ》のところへ移《うつ》つて來《き》た。

やがて母親《はゝおや》は死亡《しばう》し、自分一人《じぶんひとり》になつたアンナは、母《はゝ》の從兄夫婦《いとこふうふ》や其《そ》の家《いへ》の四人《にん》の息子《むすこ》たちから、恰《まる》で奴隷《どれい》のやうな待遇《たいぐう》を受《う》け、雇《やと》ひ女《をんな》たちよりも酷《ひど》く追《お》ひ使《つか》はれた。

十六歳《さい》になつた時《とき》は、四人目《にんめ》の若《わか》い息子《むすこ》から肉體上《にくたいじやう》の恥辱《ちじよく》を受《う》けて彼《かれ》から完全《くわんぜん》に處女《しよぢよ》を奪《うば》はれて了《しま》ふ。怨《うら》みと憎惡《ぞうを》で彼女《かのぢよ》は一時《じ》でも其《そ》の家《いへ》に留《とゞ》まつてゐたら、一家中《かぢう》を殺《ころ》してしまつたかも知《し》れなかつた。アンナは家出《いへで》をして、セント・ポールへ走《はし》つた。

美《うつく》しいアンナは其所《そこ》でも男《をとこ》たちから口説《くど》き立《た》てられた。托兒所《たくじしよ》の娒母《ほぼ》などをしても働《はたら》いたが其《そ》れも續《つゞ》かずに、遂《つひ》に彼女《かのぢよ》は肉《にく》を賣《う》る女《をんな》の群《む》れに投《とう》じて、然《さ》う云《い》ふ秘密《ひみつ》な家《いへ》へ雇《やと》はれるやうになつたのである。

農家《のうか》に居《ゐ》た頃《ころ》は自分《じぶん》の辛《つら》い境遇《きやうぐう》を訴《うつた》へた手紙《てがみ》を父親《ちゝおや》に屢々《しば〳〵》送《おく》つたけれ共《ども》、「其處《そこ》に留《とゞ》まつてゐるのがお前《まへ》の幸福《かうふく》なのだ。」といふ樣《やう》な返事《へんじ》をよこす限《き》りで、父親《ちゝおや》は逢《あ》ひに來《こ》ようともしてくれない。五歳《さい》の時《とき》に別《わか》れたきりの其《そ》の父親《ちゝおや》が紐育《ニユーヨーク》に居《ゐ》る事《こと》を知《し》つて、一年振《ねんぶ》りで彼女《かのぢよ》は手紙《てがみ》を送《おく》つた。アンナは急《きふ》に父親《ちゝおや》の許《もと》へ行《ゆ》きたくなつたのである。秘密《ひみつ》な家《いへ》に其《そ》の筋《すぢ》の手《て》が入《はい》つて女《をんな》たちが皆擧《みなあ》げられた時《とき》、アンナも其《そ》の中《なか》の一人《ひとり》であつた。檻《をり》のやうな刑務所《けいむしよ》で三十日《にち》もの拘留處分《こうりうしよぶん》を受《う》けた彼女《かのぢよ》は身體《からだ》を損《そこ》ね、そこから病院《びやうゐん》へ送《おく》られて二週間《しうかん》を過《す》ごした後《のち》なのである。彼女《かのぢよ》は二十歳《さい》になつてゐた。

晩秋《ばんしう》の夕暮《ゆふぐ》れであつた。長《なが》い汽車《きしや》の旅《たび》を續《つゞ》けたアンナは、紐育《ニユーヨーク》に着《つ》くと港《みなと》に近《ちか》い或《あ》るバアへ入《はい》つて、ウイスキイの一杯《ぱい》に疲《つか》れを休《やす》める。偶然《ぐうぜん》にも其所《そこ》は酒飲《さけの》みの父親《ちゝおや》が始終《しじゆう》出入《でい》りしてゐるバアで、娘《むすめ》から「病氣《びやうき》になつたからあなたの許《もと》へ行《ゆ》く。」と云《い》ふ簡單《かんたん》な手紙《てがみ》を受《うけ》取《と》つた父親《ちゝおや》のクライスは、つい最前《さいぜん》も其處《そこ》で十五年振《ねんぶ》りに逢《あ》ふ娘《むすめ》の話《はなし》をマアシイ婆《ばあ》さんに語《かた》つてゐたのであつた。人《ひと》の善《よ》い、酒飲《さけの》みの、五十も越《こ》してゐながら醉《よ》ふと唄《うた》つたり、オーケストラのコンダクタアの眞似《まね》などして騷《さわ》ぐ他愛《たあい》のない父親《ちゝおや》が、マアシイ婆《ばあ》さんと話《はなし》をしてゐるアンナを其所《そこ》で見出《みい》だす。彼《かれ》は船乘《ふなの》り生活《せいくわつ》は止《や》めて、石炭《せきたん》を積《つ》んだ傳馬船《てんません》に雇《やと》はれ、其《そ》の親方《おやかた》になつて船《ふね》の中《なか》に起臥《おきふし》をしてゐるのであつた。

彼《かれ》は娘《むすめ》が餘《あま》りにも美《うつく》しく成長《せいちやう》してゐるのに恥《はづ》かしさを感《かん》じる。彼《かれ》の眼《め》からは上層階級《じやうそうかいきふ》に屬《ぞく》する淑女《しゆくぢよ》のやうに見《み》えるのである。アンナは背《せ》が高《たか》くブロンドで、咲《さ》き誇《ほこ》る花《はな》のやうな若々《わか〳〵》しさを持《も》つてはゐるが、メーキアップした彼女《かのぢよ》の顏《かほ》には、既《すで》に浮世《うきよ》の辛《つら》さと甘《あま》さを知《し》つた硬《こは》ばつたませた表情《へうじやう》を忍《しの》ばせてゐるし、服裝《ふくさう》もけば〳〵しい。彼女《かのぢよ》は父《ちゝ》を見《み》ても他人《たにん》のやうな感《かん》じで、クライスが彼女《かのぢよ》を父親《ちゝおや》らしい愛情《あいじやう》で抱《いだ》かうとする手《て》を逃《のが》れながら、今《いま》まで一度《ど》も死《し》んだ母《はゝ》と自分《じぶん》を省《かへりみ》なかつた彼《かれ》の無情《むじやう》と酷薄《こくはく》を詰《なじ》る外《ほか》には、この十五年振《ねんぶ》りで逢《あ》つた父《ちゝ》親《おや》には親《した》しさを見出《みい》だすことが出來《でき》なかつた。

「お前《まへ》のおふくろが死《し》んだ時《とき》俺《おれ》は遠方《ゑんぱう》へ航海《かうかい》をしてゐたんだ。俺《おれ》は思《おも》つたんだ。お前《まへ》はもう俺《おれ》なんぞに逢《あ》はねえ方《はう》がましなんだと。俺《おれ》には分《わか》らねえ。何故《なぜ》瑞典《スエーデン》へ一度《ど》も歸《かへ》らなかつたのか。俺《おれ》は家《うち》へも歸《かへ》り度《た》かつたし、お前《まへ》のおふくろにも逢《あ》ひ度《た》かつたんだ。俺《おれ》は南《なん》米《べい》にも濠洲《がうしう》にも支那《しな》にも航海《かうかい》した。だが瑞典《スエーデン》へは一度《ど》も行《ゆ》かなかつた。船《ふね》の切符《きつぷ》も買《か》つたことがあつたんだ。だが俺《おれ》は其《そ》れも忘《わす》れて金《かね》を使《つか》つてしまふんだ。俺《おれ》にも分《わか》らねえ。だが、アンナ、船乗《ふなの》り仲《なか》間《ま》つて奴《やつ》はみんな其《そ》んな風《ふう》なんだ。それつてのは、海《うみ》の化物《ばけもの》が爲《さ》せる業《わざ》で、みんな其奴《そいつ》が惡《わ》る企《だく》みをやるんだ。」

クライスは萎《しを》れ、悲《かな》しみ、溜息《ためいき》を吐《は》きながら斯《か》う懺悔《ざんげ》する。

「何《なん》でも海《うみ》にかこつけて居《ゐ》りやあ其《そ》れで好《い》いんだわ。」

自分《じぶん》をこんな人間《にんげん》にしたのは、皆男《みなをとこ》の所爲《しよゐ》だ。男《をとこ》の罪《つみ》だ。男《をとこ》つてみんな惡《わ》るい奴《やつ》だ。そして父親《ちゝおや》も其《そ》の一人《ひとり》だ——だが然《さ》うは思《おも》つてもアンナは十五年振《ねんぶ》りに逢《あ》つた父親《ちゝおや》から、矢張《やは》り親《おや》らしい愛情《あいじやう》を感《かん》じ初《はじ》める。殊《こと》に自分《じぶん》を生娘《きむすめ》と信《しん》じ、最前《さいぜん》アンナがウイスキーを引《ひ》つかけたことなどは知《し》らず、彼女《かのぢよ》の疲《つか》れを癒《い》やす爲《ため》に葡萄酒《ぶだうしゆ》を勸《すゝ》めたりもうこれからは何處《どこ》へも行《ゆ》かずに俺《おれ》と生活《せいくわつ》してくれと賴《たの》んだりする父親《ちゝおや》を見《み》て、アンナは思《おも》はず涙《なみだ》を流《なが》すのである。

二

父親《ちゝおや》に伴《ともな》はれて傳馬船《でんません》の船室《せんしつ》で暮《く》らし初《はじ》めてからもう十日《か》經《た》つた。船《ふね》はボストンへ回航《くわいかう》してそこに碇泊《ていはく》してゐる。霧《きり》の深《ふか》い海面《かいめん》を眺《なが》めながら、アンナは甲板《かんばん》に立《た》つて健康《けんかう》な呼吸《こきふ》を續《つゞ》ける。海上生活《かいじやうせいくわつ》の魅《み》力《りよく》と愉快《ゆくわい》さと潑剌《はつらつ》さとが彼女《かのぢよ》を生《うま》れ變《かは》らせた。殊《こと》に霧《きり》はアンナを喜《よろこ》ばせる。靜寂《せいじやく》に充《み》ち、彼女《かのぢよ》を外界《ぐわいかい》から全《まつた》く引放《ひきはな》してくれる。

「私《わたし》が男《をとこ》だつたら海《うみ》で働《はたら》くわ。お父《と》つさんが船乗《ふなの》りを止《や》めないのがよく解《わか》る。」

こんな傳馬船《でんません》なんかの仕事《しごと》をしないで昔《むかし》のやうに海《うみ》の眞中《まんなか》へ出《で》る仕事《しごと》をした方《はう》がいゝとアンナは父親《ちゝおや》に云《い》ふのである。長《なが》い間《あひだ》の海上《かいじやう》生活《せいくわつ》からクライスが經驗《けいけん》したのは海《うみ》の魔物《まもの》の恐《おそろ》しさばかりであつた。船乗《ふなの》りも其《そ》の家族《かぞく》も結局《けつきよく》は海《うみ》の魔物《まもの》の餌食《ゑじき》になるのである。霧《きり》も海《うみ》の魔物《まもの》の一とつである。この魔物《まもの》に魅入《みい》られると一生《しやう》を食《く》ひ盡《つく》されて了《しま》ふ。自分《じぶん》も然《さ》うだ。海《うみ》の藻屑《もくづ》にはならないまでも海《うみ》の化物《ばけもの》が自分《じぶん》のおふくろも食《く》つて了《しま》つたんだ。

「お前《まへ》が海《うみ》を眺《なが》めて喜《よろこ》んだり、霧《きり》がおもしろかつたりするのも海《うみ》の魔物《まもの》が企《たく》らんでるんだ。」

もう十時《じ》を過《す》ぎた頃《ころ》、深《ふか》い霧《きり》を通《とほ》して救助《きうじよ》を叫《さけ》ぶ聲《こゑ》を二人《ふたり》は耳《みゝ》にした。

何事《なにごと》だらう?

其《そ》れは破船《はせん》して五日《か》間《かん》も海上《かいじやう》を漂《たゞよ》ひ、四人《にん》の船員《せんゐん》の内《うち》でたつた一人《ひとり》が生殘《いきのこ》してゐたのを發見《はつけん》した小《ちひ》さい漁船《ぎよせん》が深霧《ふかぎり》の中《なか》から救助《きうじよ》を求《もと》める聲《こゑ》であつた。クライスは聲《こゑ》に應《おう》じて傳馬船《でんません》に近付《ちかづ》く漁船《ぎよせん》に綱《つな》を投《な》げた。やがて漁者《れうし》が二人《ふたり》で一人《ひとり》の船乘《ふなのり》を抱《だ》き上《あ》げて來《き》た。

彼《かれ》を介抱《かいはう》するのはアンナの役目《やくめ》であつた。男《をとこ》は三十の、筋骨《きんこつ》の逞《たくま》しい、脊《せ》の高《たか》い、顴《かほ》の輪廓《りんくわく》の整《とゝの》つた力強《ちからづよ》さうな若者《わかもの》なのである。愛蘭《アイルランド》生《うま》れで、名《な》はマツト・バークと云《い》ふのであつた。

介抱《かいはう》するアンナと、介抱《かいはう》されるバークと、其《そ》の夜《よ》二人《ふたり》は何《なに》を語《かた》り明《あか》したのであつたか? 男《をとこ》を憎惡《ぞうを》するアンナの心《こゝろ》に、明《あか》るい卒直《そつちよく》な若者《わかもの》の一言《こと》々々が優《やさ》しさと柔《やは》らかさとを與《あた》へたばかりではなかつた。其《そ》れはやがて純眞《じゆんしん》な戀《こひ》も芽《め》ぐむ和《なご》んだ感情《かんじやう》を彼女《かのぢよ》の胸《むね》に殘《のこ》した。

男《をとこ》は少年《せうねん》の時《とき》から船《ふね》の機關室《きくわんしつ》に百萬噸《まんトン》の石炭《せきたん》を抛《はふ》り込《こ》む腕力《わんりよく》に慣《な》らされてゐた。彼《かれ》は何物《なにもの》をも恐《おそ》れぬ程《ほど》に強《つよ》いのである。暴風雨《ばうふうう》に遭《あ》つて難破《なんぱ》した船《ふね》の中《なか》で、彼《かれ》は仲間《なかま》を守《まも》り、機關室《きくわんしつ》の破《は》壞《わい》を防《ふせ》ぎ五日《か》間《かん》海上《かいじやう》に漂《たゞよ》ひながら狂氣《きやうき》の如《ごと》くに戰《たゝか》つた物語《ものがたり》をアンナに語《かた》るのであつた。仲間《なかま》は一人《ひとり》々々《く》力《ちから》盡《つ》きて海中《かいちう》に落込《おちこ》んだが、彼《かれ》は最後《さいご》まで一本《ぽん》の綱《つな》に縋《すが》つて荒《あ》れ狂《くる》ふ海《うみ》と闘《たゝか》つた。

「他《ほか》の人《ひと》たちはみんな溺《おぼ》れてしまつたの。」

「然《さ》うだ。」

「恐《おそろ》しい最期《さいご》だわね。」

「そりやあ陸《りく》に居《ゐ》る奴《やつ》は、こんな最期《さいご》を知《し》らずに濟《す》むさ。だが海《うみ》の上《うへ》をウロツいてゐる人間《にんげん》には好《よ》い最期《さいご》さ。早《はや》くつて、綺麗《きれい》だ。」

「綺麗《きれい》。ほんとうね。この言葉《ことば》は底《そこ》から係《かゝ》る氣《き》がする。」

「お前《まへ》さんの血《ち》の中《なか》にもそれが有《あ》るんだね。濟《す》まねえが、あの親父《おやぢ》さんは普通《ふつう》の傳馬船《でんません》の鼠《ねずみ》ぢやあ無《ね》えや。」

バークも愛蘭《アンルランド》を出《で》てから十五年以上《ねんいじやう》になる。が、まだ一度《ど》も歸《かへ》つたことがない。

「お父《と》つさんが云《い》つてゐたけれど、船乘《ふなの》りは中々《なかなか》故郷《きやう》へは歸《かへ》らないものね。」

「本當《ほんたう》なんだ。辛《つら》くつて淋《さび》しい生活《せいくわつ》なんだぜ。海《うみ》つてものが。唯《たゞ》女《をんな》だけがあるんだ。港々《みなとみなと》に居《ゐ》る女《をんな》たちさ。女《をんな》のやうな口《くち》はきくけれ共《ども》、本當《ほんたう》の女《をんな》でもなんでもない女《をんな》たちさ。哀《あは》れな不仕合《ふしあは》せな奴等《やつら》。金《かね》を盜《ぬす》むことしきやあ知《し》らない奴等《やつら》よ。」

「でも、然《さ》うばかりは云《い》ひ切《き》れない。」

アンナも其《そ》の種類《しゆるゐ》の女《をんな》の一人《ひとり》であつた――だがバークは海《うみ》の生活《せいくわつ》を初《はじ》めて以來《いらい》、初《はじ》めてアンナのやうな上品《じやうひん》な娘《むすめ》に逢《あ》つたと告白《こくはく》する。バークはアンナが自分《じぶん》の港々《みなとみなと》で接《せつ》した女《をんな》たちと、同《おな》じ暗《くら》い生活《せいくわつ》をしてゐたとは夢《ゆめ》にも感《かん》じられないのであつた。

三

一週間《しうかん》が經《た》つた。船《ふね》はまだボストンに碇泊《ていはく》してゐる。バークの身體《からだ》が回復《くわいふく》してからアンナは二人《ふたり》で連《つ》れ立《だ》つて夜《よる》も晝《ひる》も遊《あそ》び勝《が》ちなのである。父親《ちゝおや》のクライスには其《そ》れが氣《き》に入《い》らなかつた。あんな船乘《ふなの》りと結婚《けつこん》する積《つも》りかと今日《けふ》もアンナに其《そ》れを責《せ》めてゐる。

「お前《まへ》はあの男《をとこ》が好《す》きなんだ。」

「然《さ》うよ。あの人《ひと》にどんな缺點《けつてん》が有《あ》つたつて立派《りつぱ》な男《をとこ》よ。私《わたし》が今《いま》まで逢《あ》つた百人《にん》の男《をとこ》を集《あつ》めたつて、あの人《ひと》の指《ゆび》一本《ぽん》の値打《ねうち》もない。」

「あいつに惚《ほ》れてゐるんだ。」

「若《も》し然《さ》うであつたら其《そ》れが何《ど》うしたと云《い》ふの。」

「だから結婚《けつこん》する積《つも》りだらうと云《い》ふんだ。」

「四年前《ねんまへ》に若《も》しあの人《ひと》に逢《あ》つてゐたら——二年前《ねんまへ》でも遲《おそ》くはなかつた。私《わたし》はあの人《ひと》の眞實《しんじつ》を欺《だま》すことは出來《でき》ない。」

アンナは自分《じぶん》の過去《くわこ》をバークに隱《かく》して、彼《かれ》と結婚《けつこん》しやうとは思《おも》はなかつた。彼《かれ》はアンナを無垢《むく》な娘《むすめ》だと信《しん》じてゐるのである。其《そ》のバークを欺《あざむ》くことはアンナには出來《でき》なかつた。彼女《かのぢよ》は陰鬱《いんうつ》であつた。純《じゆん》な戀愛《れんあい》が二人《ふたり》の間《あひだ》に感《かん》じられゝば感《かん》じられる程《ほど》、アンナには、唯苦《たゞく》惱《なう》が增《ま》すのみであつた。父《ちゝ》にも自分《じぶん》の過去《くわこ》は打明《うちあ》けてなかつた。クライスはアンナのやうな身體《からだ》も心《こゝろ》も淸《きよ》い娘《むすめ》を、再《ふたゝ》び自分《じぶん》のやうな船《ふな》乘《の》りなどゝは一緒《しよ》に爲《さ》せたくない——其《そ》れだけが彼《かれ》の望《のぞ》みなのである。

晴《は》れ渡《わた》つた秋《あき》の午後《ごご》である。アンナが海岸《かいがん》へ出《で》て行《い》つた後《あと》へ、バークが今日《けふ》は安物《やすもの》の洋服《やうふく》を着《き》て、靴《くつ》も磨《みが》き、黑《くろ》のネクタイを結《むす》んで船室《せんしつ》を訪《おとづ》れて來《き》た。アンナと、今日《けふ》結婚式《けつこんしき》を擧《あ》げることを彼《かれ》は一人《ひとり》で定《き》めてゐるのである。

老父《らうふ》は無論《むろん》それを許《ゆる》す筈《はず》がなかつた。二人《ふたり》の間《あひだ》に激《はげ》しい口論《こうろん》が起《おこ》り、父《ちゝ》はナイフまで持出《もちだ》して若者《わかもの》を傷《きず》つけようとする。船乘《ふなの》りには娘《むすめ》はやらないと云《い》ふ父《ちゝ》。海《うみ》の生活《せいくわつ》をする人間《にんげん》ほど男《をとこ》らしい生活《せいくわつ》をしてゐるものはない。船乘《ふなの》りを除《のぞ》いてアンナを誰《た》れと結婚《けつこん》させるつもりかと云《い》ふバーク。アンナはお前《まへ》を愛《あい》してはゐないと云《い》ふ父《ち》。アンナは自分《じぶん》を愛《あい》してゐると云《い》ふバーク。——こんな爭論《さうろん》の最中《さいちう》へ歸《かへ》つて來《き》たアンナは、

「本當《ほんたう》に俺《おれ》を愛《あい》してゐるのか。」

と迫《せま》るバークと、

「バークと結婚《けつこん》する積《つも》りはないと云《い》つてくれ。」

と迫《せま》られる父《ちゝ》との二人《ふたり》の前《まへ》で、

「バーク。私《わたし》は眞實《ほんたう》にあなたを愛《あい》してゐる。私《わたし》は今《いま》まで一度《ど》も男《をとこ》を愛《あい》したことは無《な》かつたと云《い》ふことを、どんな事《こと》があつても信《しん》じて下《くだ》さい。」

「其《そ》れは素敵《すてき》だ。これから二人《ふたり》の美《うつく》しい生活《せいくわつ》が初《はじ》まるんだ。」

と勝《か》ち誇《ほこ》るバークにアンナは初《はじ》めて接吻《せつぷん》を與《あた》へながら、

「左樣《さやう》なら。」

と云《い》ふのであつた。左樣《さやう》なら——この意味《いみ》の深《ふか》い言葉《ことば》をバークには理解《りかい》することは出來《でき》ない。愛《あい》してはゐるが別《わか》れる——これは寧《むし》ろバークの心《こゝろ》を傷《きず》つけるだけであつた。

「其《そ》れ、見《み》ろ。」

斯《か》う云《い》ふ態度《たいど》のクライスにも彼《かれ》は我慢《がまん》が出來《でき》なかつた。何故《なにゆゑ》に？バークはこれを明《あき》らかにしなければならない。だがアンナは自分《じぶん》の過《くわ》去《こ》を云《い》ふのは苦痛《くつう》であつた。彼女《かのぢよ》は理由《りいう》を云《い》ふことが出來《でき》ないのである。ハークから見《み》れば其《そ》れは父《ちゝ》の意志《いし》に從《したが》つてゐるやうに思《おも》はれる。

「私《わたし》は誰《だ》れの所有《しよいう》でもない。自分《じぶん》の意志《いし》で云《い》つてゐるんです。」

アンナは遂《つひ》に自分《じぶん》の過去《くわこ》を二人《ふたり》の男《をとこ》に告白《こくはく》して了《しま》ふ。男《をとこ》つてものは皆《みんな》そんなものだ。バークでも父親《ちゝおや》でもみんな然《さ》う云《い》ふ男《をとこ》の一人《ひとり》だ。自分《じぶん》を墮落《だらく》さしたものは男《をとこ》の罪《つみ》だ。斯《か》う云《い》ふ自分《じぶん》をバークは愛《あい》することが出來《でき》るだらうか。又斯《またか》う云《い》ふ自分《じぶん》を自分《じぶん》の娘《むすめ》だと云《い》つて世間《せけん》に誇《ほこ》ることが出來《でき》るだらうか。

絶望《ぜつばう》と驚《おどろ》きと、幻滅《げんめつ》と悲哀《ひあい》と、呪咀《じゆそ》と憤《いきどほ》りと、バークはこの一瞬《しゆん》にかけた幸福《かうふく》と希望《きばう》が滅茶《めちや》々々に破壞《はくわい》されて了《しま》つた。

「俺《おれ》はお前《まへ》を殺《ころ》しても足《た》りない。だが其《そ》れも出來《でき》ない。腐《くさ》つた玉子《たまご》のやうなお前《まへ》の頭《あたま》を打挫《うちくぢ》いてもいゝんだ。世界《せかい》には手前《てめへ》のやうな腐《くさ》つた女《をんな》が絶《た》へないんだ。そうして又俺《またおれ》のやうな馬鹿《ばか》な男《をとこ》が絶《た》へないんだ。俺《おれ》はお前《まへ》のことを思《おも》ひつゞけた。大《おほ》きな戀愛《れんあい》だつた。美《うつく》しい夢《ゆめ》だつた。結婚《けつこん》してからの生活《せいくわつ》をどんなに美《うつく》しく描《ゑが》いたか。何《なに》も彼《か》もお終《しま》ひだ。俺《おれ》は世界《せかい》をウロツいた果《は》てにこんな恥辱《ちじよく》を受《う》けるのだ。俺《おれ》が一生《しやう》に一度《ど》の戀《こひ》をした女《をんな》が、矢《や》つ張《ば》り港《みなと》で赤《あか》い寢衣《ねまき》を着《き》て白粉《おしろい》をつけた、一弗《ドル》か二弗《ドル》でどんな男《をとこ》とでも眠《ねむ》る女《をんな》と同《おな》じ女《をんな》だつたんだ。」

バークは行《い》つてしまつた。其《そ》れもこれも海《うみ》の魔物《まもの》がさせたことだ。俺《おれ》が惡《わ》るかつた。だが俺《おれ》はお前《まへ》を放《はな》しはしない。俺《おれ》の傍《そば》に居《ゐ》てくれ。父親《ちゝおや》のクライスは悄然《せうぜん》としながら娘《むすめ》を愛撫《あいぶ》しながら云《い》ひ續《つゞ》ける。

「俺《おれ》は飲《の》んでくるよ。」

そして、彼《かれ》は然《さ》う云《い》つて娘《むすめ》を殘《のこ》して出《で》て行《ゆ》くのである。

四

二日《か》も出《で》たきりだつた父《ちゝ》が、航海《かうかい》に出《で》る約束《やくそく》をして歸《かへ》つて來《き》た。彼《かれ》はアンナを樂《らく》に養《やしな》つてやる爲《ため》に船會社《ふなぐわいしや》と契約《けいやく》して明日《あす》は南亞《なんあ》のケープ・タウンへ向《むか》つて出發《しゆつぱつ》するのである。船《ふね》の名《な》はロンドンデリイであつた。

「俺《おれ》が航海《かうかい》してゐる間《あひだ》は、會社《くわいしや》から金《かね》はお前《まへ》のところへ送《おく》つて來《く》る。其《そ》れで靜《しづか》に生活《せいくわつ》してくれ。」

其《そ》れが父《ちゝ》の愛情《あいじやう》の證明《しようめい》であつた。アンナは再《ふたゝ》び陸《りく》の生活《せいくわつ》に返《かへ》る爲《ため》に、もう出《で》て行《ゆ》く用意《ようい》までしてあつたのだが、彼女《かのぢよ》は何《なん》となくバークが待《ま》たれた。彼《かれ》は必《かなら》ず再《ふたゝ》び此所《ここ》に現《あら》はれるに違《ちが》ひないと信《しん》じてゐる。恐《おそ》らく自分《じぶん》を殺《ころ》しに來《く》るのかも知《し》れない。其《そ》れでも宜《よ》かつた。寧《むし》ろ彼《かれ》の手《て》にかゝつて死《し》んだ方《はう》が幸福《かうふく》だとアンナは思《おも》ふのである。そして、果《はた》してバークが再《ふたゝ》びこの船室《せんしつ》に姿《すがた》を見《み》せた。

「最後《さいご》の一と言《こと》が云《い》ひ度《た》かつたんだ。俺《おれ》はお前《まへ》に射《う》ち殺《ころ》されたいんだ。この二日間《かかん》の俺《おれ》は腐《くさ》つた犬《いぬ》のやうな生活《せいくわつ》をした。何《なに》も彼《か》も忘《わす》れたくつて飲《の》んだ。」

この苦《くる》しみはアンナの口《くち》から聞《き》く一と言《こと》によつて消《き》へて了《しま》ふのである。一昨日《さくじつ》自分《じぶん》に云《い》つたことは嘘《うそ》だと云《い》つて呉《く》れさへするならば――だが嘘《うそ》ではない。事實《じじつ》であつた。

彼《かれ》は再《ふたゝ》びアンナを見《み》ない爲《ため》に、遠《とほ》い航海《かうかい》へ出《で》る約束《やくそく》をして來《き》た。行先《ゆくさき》は南亞《なんあ》のケープ・タウンで、船《ふね》の名《な》はロンドンデリイであつた。

父《ちゝ》のクライスが契約《けいやく》した同《おな》じ船《ふね》と行先《ゆくさき》なのである。不思議《ふしぎ》な偶然《ぐうぜん》をアンナは何《ど》う解釋《かいしやく》して宜《よ》いのか分《わか》らない。だが其《そ》の運命《うんめい》の繋《つな》がりが彼女《かのぢよ》には樂《たの》しい未來《みらい》を描《えが》かせる。突然《とつぜん》バークは云《い》ひ出《だ》すのである。

「若《も》し其《そ》れだけを信《しん》じることが出來《でき》たら――俺《おれ》の外《ほか》にはどんな男《をとこ》とも戀《こひ》をしなかつたと云《い》ふことを――恐《おそ》らく其《そ》れが信《しん》じられたら俺《おれ》は何《なに》も彼《か》も忘《わす》れることが出來《でき》るだらう。」

それは嘘《うそ》ではなかつた。アンナに取《と》つて、たつた一とつの心《こゝろ》の底《そこ》から云《い》へる眞實《しんじつ》であつた。

「俺《おれ》は俺《おれ》の力《ちから》で自分《じぶん》を何《ど》うにでも出來《でき》る筈《はず》だ。昔《むかし》、お前《まへ》がどんな女《をんな》であつたにしても、其《そ》れを變《か》へる力《ちから》を俺《おれ》は持《も》つてゐる。お前《まへ》が惡《わる》かつたんではない。親父《おやぢ》がお前《まへ》を抛《はう》つておいたのが惡《わる》かつたんだ。」

彼《かれ》はポケットから古《ふる》い十字架《じか》を取出《とりだ》して其《そ》れをアンナに示《しめ》しながら

「これは死《し》んだ母親《はゝおや》が俺《おれ》の子供《こども》の時《とき》に寢《ね》ても覺《さ》めても放《はな》すなと云《い》つて呉《く》れたんだ。俺《おれ》は決《けつ》して放《はな》したことが無《な》い。この十字架《じか》にお前《まへ》の愛《あい》を誓《ちか》つてくれ。」

この誓《ちか》ひは二人《ふたり》の生活《せいくわつ》を蘇生《よみがへ》らせた。父親《ちゝおや》のクライスも、バークも明日《あす》は偶然《ぐうぜん》な同《おな》じ船《ふね》で航海《かうかい》の旅《たび》に出《で》るのである。

「畜生《ちくしやう》。お前《まへ》は又海《またうみ》に出《で》るのか、娘《むすめ》を一人《ひとり》殘《のこ》して。」

「いゝのよ。マット。お父《と》つさんは海《うみ》の人間《にんげん》よ。行《ゆ》かせた方《はう》がいゝんだわ。あなたも行《い》つてくるんだわ。私《わたし》たちはお金《かね》が要《い》るんだもの。私《わたし》は一人《ひとり》で家《うち》のことを爲《し》てゐるわ。小《ちひ》さい家《いへ》を拵《こしら》へて、二人《ふたり》が歸《かへ》つて來《く》るのを待《ま》つてゐる。」

クライスとバークは酒《さけ》のコップを打合《うちあ》はして航海《かうかい》の幸《さいは》ひを前祝《まへいは》ひする。

（終）

佐藤俊子 嘉悦孝 對談會

司會 立野信之

司會者の言葉

立野　今晩はお忙しいところ、態々時間をお割き下さつて有難うございました。實はこの對談會の企ては、始めは編輯部で嘉悦先生とどなたか、やはり教育畑の方を――といふことでしたが、それでは同じ教育者同士で、どうしても話が片寄つて結局面白くないだらう、それよりも全然方面の違ふ方とやつた方がヴアライテイがあつて面白いだらう、と僕が云つたところ、例へば誰だ、といふから、例へば佐藤俊子さんと先生といつたやうな組合はせはどうか、と申しましたところ、そりや大變面白いから、それではお前がその間を斡旋してくれといふことになつたのです。それで急據佐藤さんにお願ひしたやうな譯で、どうも瓢簞から駒が出た形です。では早速はじめて頂きますが、今晩の對談會は何を喋つて頂かなければならないといふ六ケ敷いプランはありません。たゞ嘉悦先生は明治の年代から女子教育にずつと携さはつて來られた方として、時勢による若い娘達の風潮を實際に見て來られたし、また指導して來られた、一方佐藤さんは明治大正へかけて、恐らく樋口一葉以後日本にはじめて現はれた本格的な女流作家として謂はゞその時代の新らしい型《タイプ》の女性を代表して居たと思ひます。佐藤さんはその後十何年間かアメリカの方に住んで居られて、二年ばかりまへ飄然お歸りになつたのですが、お歸りになるとすぐ往時のたくましい筆力をもつてカナダの移民の生活などお書きになつて居られる。さういつたやうなお二方の對談ですから、色々面白いお話も出

寫眞右ヨリ
立野信之氏
佐藤俊子氏
嘉悦孝氏
嘉悦康人氏

ることと思ひますが目下日本は長期戰爭の體制下にあつて、銃後における婦人の活躍、殊に若い女性たちの堅忍持久の精神が要望されて居ります。そこで若い女性に現代の日本といふものそして女性の覺悟といふものをはつきり認識して貰ふためには、明治維新の大業以來、日本はどんな風に進んできたか、その中にあつて日本婦人はどのやうな活躍をしてきたかといふことを具體的に知る必要があると思ひます。それには恰度お二方の明治から大正・昭和へかけて日本婦人の成長を實際に觀て來られた御經驗を語つて頂くことが、一番手ッ取り早いし、いまの若い女性にとつて尊い教訓になると思ひます。そんなわけで、先づ昔の話からでもやつて頂けたら大變結構です。どうも前置きが長くなりましたが、ではどうぞ。

外交官と文學者の奥さん志願ばかり

佐藤　先生、暫くでした。

嘉悦　本當に暫くでした。ご元氣で何より……。

佐藤　先生こそいつもご元氣で――ちつともお變りになりませんのね、昔、市村座でちよいちよいお眼にかゝりました時分と。

嘉悦　あゝ、さうでしたか。

佐藤　嘉悦先生の「怒るな働け」のモットーは、もうずゐぶん古いものですが、妙なものですね、恰度いまの時世にぴつたり合つてますぢやありませんか。いま恰度適してをりますね。

嘉悦　段々世の中が「怒るな働け」を必要とするやうになつていきますね。

佐藤　女子の商業學校は、他にはありませんか？

嘉悦　今は大變澤山出來てゐます。こちらの（と立野氏を指す）お母さんも今その方面で御活躍です。

立野　嘉悦先生の眞似を致してをります。

嘉悦　始めは貴方のお母さんも苦勞してゐらしたが、今では、どうして、ワッショ〳〵で生徒さんが入つて來られます。

佐藤　先生の學校から社會へ送り出された、働く婦人はどの位ですか？

嘉悦　約五千人位あります。

立野　女子の商業學校は先生が始めてですね。

嘉悦　さうです。

立野　働く婦人をつくる學校の濫觴ですね。

嘉悦　いや實は、私は働く婦人を養成するつもりではなかつたのです。經濟の上手な奥さんを造るつもりだつたのです。恰度明治三十二年から成女高等女學校と云つて、私が舍監をやつて居つた、吉村虎太郎さんや宮田修さんやと一緒に、極く地味にやつて居つたのであります。吉村先生が小使を兼ねたり、私がおさんどんをやつたりして敎育をしてゐたのです。處が其頃は一般に外交官の奥さんになる事を、女の誇りとした時分で、もう一つ女學生がその頃崇拜したのは巖谷小波、尾崎紅葉さんです。

佐藤　あーらその時分だつたのですか、隨分舊い事ですね。

嘉悦　ところが、私が實に困つた事は、その頃は今も申した通り、文學者とか外交官の奥さんにのみなりたがる女ばかりで、家庭の商賣を相續したり、商人の妻になる事を厭がつた。どうしても日本の女は働く事が嫌ひで、華美な事にのみ走る、これは國家の爲に、最も憂ふ可きものであると思つたのであります。一時、餘り困つて農業學校にしようかと思つた事もありました。併し東京の眞中で農業學校も仕方がないと云ふので、矢張り商業學校に致しましたが、つまりその頃の女が經濟的の頭がなくて、唯虚榮にのみ走るのを歎かはしく思ひ、虚榮に走らない、そして夫の收入に依り、五十圓でも七十圓でも生活してゆける婦人を拵へようと思つたのであります。

簿記を原書で習ふ

佐藤　實業的の奥さんを拵へるつもりだつたんですね。

嘉悦　さうです、私は中産階級の奥さん方の敎育が目的だつたのです。上流の奥さんは學習院とか、お茶の水とかの學校が出來てゐましたから、其處へお任せして、私は日本の中産階級の、夫をして後顧の憂ひのない婦人を養成するつもりだつたのです。

佐藤　なる程さういふおつもりだつたのですか。職業婦人を造ると云ふ目的ではなかつたのですね。

嘉悦　最初はそのつもりではなかつたのですが、ところが段々世がかうなつて來て、今は職業婦人の教育と云ふやうた事になりましたが事の始めは私の先生で土子金四郎と云ふ法學博士の方に、私は大變可愛がられまして、この方が横濱正金銀行からロンドンの支店へ出張されて、二、三年彼方へ行つてゐらしたんですが、歸朝された時、その御歸朝土産を澤山頂きましたが、その一つに私の將來について考へて下された。それは何かと云ふと、これからは日本の女も簿記を知らなければならないと云ふ事を言はれたのであります。

佐藤　面白いですね。

嘉悦　簿記を研究しなければならないと云ふので私は英文簿記を原書で研究しましたよそれが後年商業學校を設立する契機となつて居ります。それは明治二十一年頃でせう

立野　昔は何でも原書でやらなければならなかつたらしいですね、算術でも何でも。

（嘉悦孝氏）

嘉悦　さうです

佐藤　二十一年頃は、私の生れたばかりですわ。

嘉悦　私がどうしても女の人に商業教育をしようと思つたのは、今から考へてみると、簿記の學問が、腕に覺えがある爲に、商業學校と云ふものを建てるやうになつたのです。それが明治三十六年ですから、女の商業學校なんかといふわけで、生徒なんか、最初十一人位しかありませんでした。けれども倦まず、撓まず續けてゆく中に、日露戰爭後段々生徒が殖えて來た、戰爭に依つてやうやく經濟と云ふ事を婦人が考へるやうになつた。まさかの時には女も働かなければならないと云ふ事を身にしみて考へるやうになつたのですね、其頃から女を雇ふと云ふ傾向が始つた。星野錫氏が一番始めに日本印刷に自分が女を入れた、それからポツ〳〵他でも雇ひ出した。それから土子先生の正金銀行にも入れました。その中にヨーロッパ戰爭で又生徒が殖えてきた。それ迄はほんとうに、あの市ヶ谷の見附内に實に門前雀羅を張るとでも云ひませうか、貸事務所だなんといふやうな惡口を云はれた位に、餘り認められなかつたのでありましたが、ヨーロッパ戰爭から學校に入りきらないほど志望者がふへてきた。それ迄はゾットするやうな苦心もあつた。立野さんのお母さんが苦しい〳〵と仰有るが、私は何時も何でもありませんよ、と言ひますが實にその苦勞は並大程ではありませんでした。

女性の品性が足りない

立野　女の人に經濟と生活を結び付けた教育をなさつた最初のものだつたのですね。

佐藤　女の經濟的な獨立と云ふ自覺が戰爭と結び付いてゐる。その點が面白いですね、ほんとうに。

嘉悦　それから、此度の戰爭で、愈々また私の學校の存在が大いに認められるやうになつたのです。

佐藤　課目は、段々にお變へになつたのですか？

嘉悦　段々變つてきましたが、私の苦心の存する處は、女の爲に少しも考へて呉れない

（佐藤俊子氏）

て、文部省は規定通りやらせようと云ふ、男子の學校の通りにやらなければならない。それが大變に困る。女には必要がないことまでも敎へなければならない。

佐藤　程度が高いのですか？

嘉悅　高くもない。尤も普通の處よりも高いでせうが、普通の高等女學校は五年制であるが、私の所では四年で澤山だ。四年制でやつて居ります。この間も實際について經驗しましたが、日立製作所で事務員を募集したのですが、今年の四月の事ですが、東京の各女學校三十何校から三百何十人と云ふ志望者があつたのです。私の學校からは七人やつた。處が、さうしたら皮肉にも、何も彼も全部試驗したさうですが、英語も代數も學校にあるもの全部やらしたさうですが、私の學校の四年の卒業生が、他の學校の五年制卒業生と肩を並べて受驗して、七人の中六人パスして了つた。他の學校に劣らない、優れた成績でパスした。これで私の學校の生徒は他の五年制度の卒業生よりも優れた成績を持つてゐると云ふ事が判つた譯であります。私に言はせると、何處の學校が一番いゝか、その力を觀る爲に、さう云ふ皮肉な試驗をやつたやうに思はれます。而も三百人の中私共の生徒が一番であつた。そう云ふやうなのがある。それですから如何に、世の中の敎育がお姫樣敎育をやつてゐるかと云ふ事が分りました。これは大變自慢出來る事ですが、その代り私の不滿とする處は、一寸人格の修養が足りない。

佐藤　それはどう云ふ風な？

嘉悅　尤も家庭にも因るのです。學習院のやうな處の生徒さんは、立派な家庭のお孃さん達ばかりですからそれだけ品格がある。私共の生徒はまあ一寸、立居でも下町風に、親がこの點無關心ですから、どうしても子供に品が備はらない。上流の娘さん方は、何處かに品格がある。その點が私の惱む處であります、どうも女性としての人格養成が足りない。人物と云ふものが足りない處があると思ひます。それを大いに改めなければならない。けれども幾ら私共が學校で喧しく云つても、家庭で壞して來るから仕方がありません。

一汁一菜に女らしさを

立野　それは四年制で短期に商業の知識を詰め込まなければならない。それで技術者を造ると云ふ、そして直に世の中に出すと云ふ點に原因があるのではないでせうか？

嘉悅　さうです。その點を考へたので、私は大和婦道會といふのをやらしてゐます。所謂一種の花嫁學校で、私の家へ平生來て、お勤めの歸へりに寄らして、婦人の爲に必要な事をやらせるやうにしてゐます。何と云つても女は將來は主婦にならなければならない。それが勤めをすると、家庭を造ると云ふ事が面倒臭い。お菜は自分では少しもやらずに、デパートから提げて歸へると云ふやうになつて了ふのであります。それが私の恐れる處であります。お料理なんか自分でやれば、ほんとに手軽に旨いものが出來るのです。今日は一品料理をやつて阿部さんの奥さんにお馳走しましたが。

立野　昨今いはれてゐる一汁一菜主義の事ですか？

嘉悦　さうです。この間羽仁もと子さん所の座談會で、種々な物を作つてあつた、一汁一菜の見本のやうなものですね。それを習つて、私の家でも作つたのです。

立野　例へばどんなものですか？

嘉悦　種々な物です。西洋料理の一汁一菜と支那料理のと、日本料理のとありまして、私共は日本料理、男の方は西洋料理、もつと若い方は支那料理の一汁一菜を頂いて來ましたが、その眞似をして、私の處で今日日本料理の一汁一菜の、鯛めんと云ふのを作りました、鯛の上に素麺をのせて、お汁をかけて頂くので、とても美味しいのですこれから料理屋さんでも一品か二品、旨いものを作つて賣つたら繁昌するんぢやないかと思ひます。何しろかう云ふ處へは（山水樓のこと）これから大きな顔をしては入れません。私もこつそり今日入つてきたんですよ。

働く女性の矛盾

佐藤　さつきの女性の品格の事ですが、それは矛盾してゐるんぢやないでせうか、商業學校へはどうしても矢張り將來働かうと云ふ目的で入學するんですから。

嘉悦　併し矢張り奥さんにならなければならないでせうから。

佐藤　それは矢張り家庭的な上層のお孃さん達でなく、働かう、社會に出て働かうと云ふ中産階級以下の人達を教育するんですから。

嘉悦　今は大變に志望者が多いので、何處でも〳〵商業學校にする、さもなければ商業科を設置すると云ふ風になりつゝあります。それ故、私は働く人ばかり殖えたら、働く人ばかりになつたら、如何するか、日本の將來はどうするか、皆が働いてばかりゐては女らしさが無くなつて了ふ。私の家にも寄宿生を二十人ばかり置いて居りますが、その生徒に向つて、この中に一人でも家を戀しがつて泣いた人がありますかと聞いてみました。昔は親許を離れてきてゐる子供達は雨でも降ると、夕方になると隨分泣いてゐた子がありますが今では泣く所ではありません。平氣なものです。誰々さんが一人泣きましたと云ふので、私はそれは頼もしいですねと云ひました。

佐藤　やつぱり時代ですね。

立野　いまの若い娘は功利主義になりましたね。

佐藤　さう云ふ傾向ですね。

立野　商業學校が流行する所以ですね。

佐藤　商業學校がさう云ふ女性を作るんですね。

立野　それが推進力になつて。

佐藤　職業に就いてゐる若い女の人が會社で女らしくはしてゐられないんぢやないでせうか？

立野　つまり働く事を前提として、働くやうな家庭の人達を教育するんですから、職業を得る爲の勉强をさせると、片一方がマイナスになると云ふ矛盾がある譯ですね。

佐藤　それが先生の惱みの種ですね。敎育方針の上に於て御苦勞の種ですね。

嘉悦　それ故、私の家でやつてゐる大和婦道會では、柔い心を養ふ爲に、歌を歌つたりお裁縫のお稽古、お琴、お割烹のやうなものを習得させるやうにして、一方でその缺點を補つてゐるのです。お割烹などやらないと面倒臭いので厭ですが、味を占めると面白いものですよ。

佐藤　やつぱり趣味を感じるのですね。

嘉悦　さうです。お裁縫もよい物はやる必要はない、平常着を一枚一日で頭で縫ひなさい、手で縫はずに、頭でやれば面白くなり一日單衣ならば二枚縫へる、さうすると面白くなる。手で縫へば二日も三日もかゝる

立野　先月卒業生の「新職場座談會」をやりました。今年の卒業生ですから十八歲から十九歲位の少女ですが、非常にガッチリしてゐて、物事に對する考へ方が、さすがに商業學校の卒業生だと思ひました。

佐藤　みんな就職された方ばかりですか？

立野　全部さうです。

佐藤　どういふ處へ？

嘉悦　日立製作所、東京火災は全部私の處、千代田火災生命、三井物產、三菱、野村生命、十五銀行、一流處は大概私の學校の卒業生で占めて居ります。

立野　例へば、結婚に對する考へ方、日常生活に對する考へ方、その物指しがキチンと出來てゐて、何んかそれ以外はガッシリとして動かない。私は何か時代の隔りを感じました。そしてその女の子達に對して一種の寂しさを感じました。餘り功利的で女らしさがない。時代がああ云ふ女の子を要求したかも知れませんが、女はああ云ふ面だけではないと思ひます。非常に考へ方が堅苦しい、夢が少しもない。

（立野信之氏）

佐藤　今の社會では、女の人に夢を持たせない。私はさう云ふ女の人が出てくる方が寧ろいいんぢやないかと思ひます。益々時代がさう云ふ女の人を要求してゐるんぢやないでせうか。

立野　さう云ふのも必要だが、全部それでは困ります。

佐藤　然し矢張り女ですから、自分は女なんだから、家庭を持ち母となれば自ら生活的に女らしい調和が出て來ると思ひます。

嘉悦　それはさうです。學校の出たては理想を實現しようと云ふ氣持のみで。

佐藤　その點張り切つてゐるから。

嘉悦　世の中に出て、妻となり、母となれば段々違つてくると思ひます。違つてきて居ります。丸くなります。

國家的業績

佐藤　嘉悦先生の御功績は如何しても大きいと思ひます。私は日本の婦人の中で、種々の偉い敎育家が隨分出て居りますが、その點で私は嘉悦先生は獨得だと思ひます。

立野　日本在來の婦人の型は、經濟方面の事なんか、てんで考へない、ほんとのお姬樣

か日本の代表的な型だつたのだから。

佐藤　出發は婦人を職業戰線に就かせる目的ではなかつたと思ひますが、結局はかうした面へ多くの婦人を送りこんだことになつてゐますね。皆働いてをられる、つまり職業婦人としての實力を持たせる譯で。

立野　中產階級といふものは一國家の中で一番多い謂はば中軸をなしてゐるのだから、その層の娘たちをリードした事になり、その點で嘉悅先生の功績は國家的に見て非常に大きいと思ひますね。

佐藤　その爲、人格的の多少の缺點は小さい心配で、大した事にならないと思ひます。

嘉悅　その小さい事を苦勞します。いまも云はれましたが私の頭からは國家的利益といふ觀念が常に離れない、斯うすると國家の爲にならないとか、かうすると國家のためになるとかいふことが一番先きに頭にきますそれは實は父讓りでして私の父が國家本位で何事も國家の爲とやつてきた。父は政治家でして、自分の財產は子供の爲でなくて國家の爲に捧げて了つたのです。もとは大きな財產もあつたのですが、皆政道のため費消し、今の千駄谷の地所を買ひ四、五百圓位の金しか殘さなかつた位です。何でも國家の爲めで、決して子孫の爲に美田を買はず、私共に美田なんか殘して呉れなかつた。しかしそれがかへつて好かつたと思ひます。それで私共は自分の力で努力してきて、今はどうやらかうして行けるやうになつた。父は國家の爲〳〵と云ふ、それは誰から敎へられたかと云ふと、橫井小楠先生であります。橫井小楠先生の十哲の中の德富猪一郞さん方の中に私の父も入つてをります。橫井小楠先生は明治二年に暗殺されたのですが、その甥御さんを日本を脫藩させて、外國に洋行させる時に私の處にいらつした、その時の詩が、先日七十週年の時に出てきましたが、「明二堯舜孝子之道一。盡二西洋機械之術一。何止二富國一。何止二强兵一。布二大義於四海一而已。」といふのですが、この「布二大義於四海一而已」といふのは、つまり東洋の敎育と西洋の敎育を修め、この日本の大使命を世界に布くといふので此度の聖戰がこれだと思ひます。神武天皇の八紘を宇となすといふお言葉がありますが、これは世界を家となす世界の人は皆同胞となすと云ふお誓ひで、橫井先生が「大義を世界に布くのみ」といはれたのも、神武天皇のお誓ひに基いたものであります。父がこの精神から總て國家本位にやつた。それが爲め私も小さい時からその精神が頭にこびり付いてゐて、私はいつも國家的見地から一步も二步も世の中の先きに行つて了ふ。それだから苦勞する、今雜誌を出して居るのは、かういふ雜誌を拵へて置かなければならないと思つたから出したので、キットこれが拾年經つといゝ事をしたと皆から言はれるやうになると信じて居ります。

立野　これは〳〵大變なことになつた。雜誌に對する考へ方を變へなければならない。餘程しつかりして、かゝらなければならない。

（以下次號）

佐藤俊子 嘉悦孝 對談會

（その二）　司會　立野信之

明治のハイカラ女學生

佐藤　明治三十六年と云ふと、日露戰爭前ですね、學校をお建てになつたのは？

立野　僕が生れた年だ。

嘉悦　學校が出來てから、戰爭になりました。

立野　其頃は佐藤さんは學校でしたか？

佐藤　さうです。女學校位です。私が物を書いてゐる時分には「怒るな働け」のスローガンが津々浦々にまで擴がつてゐました。

立野　始め十一人の生徒しかなかつたと云ふんですが、その人達はその時分の大變なモダンガールと云ふ譯ですね。

嘉悦　それはモダンガールですね、第一回の卒業生は、今私の學校で教鞭を執つてゐられる阿部さん、それから池田滿秋代議士の奥さん、千葉傳一博士の奥さん等です。

立野　僕等の考へからゆくと、いまの新らしい女よりも明治時代の女性の方が非常に新しかつたやうに思はれますが……

佐藤　自分が斯うしたいと思つたことは何でもやつたやうですね。

嘉悦　今の人よりも、たしかに氣慨がありました。私の學校時代は木綿の田舍の手織りの羽織に、帶は昔の毛繻子に鼠と黑の縞の紫のメリンスの腹合せのをお太鼓に締めて高齒の下駄でガラ〳〵歩いたものです。

佐藤　先生は何處の學校を御出になりましたか？

嘉悦　巖本先生の創めた明治女學校です。私はあすこでシエークスピヤを研究したものです。

立野　それではハムレットを日本で始めてやつたのはいつ頃ですか？佐藤さんが芝居に出られたのはその頃ぢやなかつたですか、たしか佐藤さんはその頃の新劇といひますか近代劇といひますか、それの女優さんとしては日本では最初の人ぢやなかつたですか。

佐藤　私は後ですよ、坪内さんの文藝協會の

寫眞右ヨリ
立野信之氏
佐藤俊子氏
嘉悦 孝氏
嘉悦康人氏

役ですよ、私がものを書き始めてから松井須磨子が出たんです。

嘉悦 最初ハムレットの公演は私もたしか觀て居ります。

佐藤 オフエリヤは誰でしたかしらん、私は覺えてゐない。

嘉悦 あの川上音次郎の時は、貞奴がやつた。土肥春曙さんのハムレットの時は、オフエリヤは女の方だつたと思ひますがたしか上山浦路だつたでせう。

佐藤 何とか、水口薇洋とか云ふ人ぢやありませんか。

嘉悦 私共は今井鐵太郎先生からチヤーレスラムの講義を聽きました。坪内先生の講義は原書でしたから、いまでもその原書があ りますが、それに小さい假名が一ぱい振つてあります。私共は當時のハイカラ學生でしたが、それでもお割烹もやつたり、漢文もやつたり、和學もやつたのであります。源氏物語、漢文では日本政紀、文章軌範等で、他の事は全部英語で、心理學は「マイン・エンド・ボデー」國史はパレーの萬國史、經濟はスミスのエコノミー等ですね。

佐藤 **立野** ハアー随分よくなさいましたね。

嘉悦 これでも博學ですよ。（笑聲）

立野 明治初年の新しい婦人の濫觴ですね。佐藤さんは其次の時代ですね。

嘉悦 私の國で私どもの前に新らしい教育に女子教育の先覺者としておのり出しになつたのが、海老名夫人や德富さんのお姉さん湯淺夫人など…… 樋口一葉女史や三宅花圃女史等が同じ時代だつたかと存じます。

佐藤　さうすると樋口一葉女史が今生きてゐれば嘉悦先生位ですね。

嘉悦　その當時中嶋湘煙女史や筑波山事件で牢獄に入れられた影山英子女史等、仲々種々の女丈夫が活躍されましたよ。

立野　先生なんかは、新しい時代に身を以てブツ突かつた、謂はゞ行動派ですね。

佐藤　行動派は偉いと思ひますね。

立野　常識化された時代に佐藤さんが出て來た譯ですね。

嘉悦　そうなんでせう。

佐藤　大分時代が過ぎてゐますよ。

女優の濫觴

立野　日本女優の濫觴は誰ですか？

佐藤　女役者と云ふものは舊くからありました。

立野　それは何と云ふ人達ですか？

佐藤　九米八とか紀久八と云ふ女役者がありました、紀久八は非常に美人でしたね。佐藤紅綠氏の「俠艶録」のモデルでせう。

立野　近代演劇女優はは坪内さんが養成したんですね。

佐藤　坪内さんは文藝協會でしたが種々な劇團があつて個人々々で、女優みたいなものを養成したんですけれ共、系統立つてやつたのは坪内さんでせう。

立野　佐藤さんは何處でやられたのですか。

佐藤　岡本綺堂、岡鬼太郎・贋阿彌そう云ふ當時の劇通や劇評家の連中が文士劇を創始しました。劇壇の中で劇通でもあり、その當時の演劇には新しい知識を持つてゐるグループで、その中に入つてやつたのです。一面道樂みたいなもので、研究的ではありましたが半分道樂でした。

立野　ものをお書きになる前ですか。

佐藤　それは前です。十九の時から書きました。幸田さんの弟子です。坪内さんの文藝協會が出來たのはずつと後です。

立野　松井須磨子さんよりも先輩ですね。

佐藤　然し畠が違ひます。近代劇ぢやない、新しい歌舞伎劇ですね。

立野　新解釋による歌舞伎劇ですか。

佐藤　さうね、つまり形式的な歌舞伎劇をもつと内容的に解釋して、新らしい型を創造すると云ふ主張なんですね。

立野　何處でやつたのですか？

佐藤　何處だつたかしらん、新富座なんかでやつたと思ひます。

立野　新富座ならば大したものですね。

嘉悦　昔の新富座はよかつたんですよ。

佐藤　劇通家が集つて文士劇をやつた、そして歌舞伎俳優に模範を示さうと云ふわけで歌舞伎をもつと内容的なものにしたんですね

嘉悦　坪内さんの桐一葉は團十郎がやりましたね。

佐藤　さう云ふ新作物を歌舞伎の役者がやりましたね。福地櫻痴居士のものをやつた時分は大分前ですね

嘉悦　坪内先生の學校の御講義の時は、團十郎の口調でやられたので、皆本を置いて聽き惚れたものです。

佐藤　私も女子大學で坪内先生の御講義を伺つたことがあります。坪内さんのシエーク

スピヤの御講義なんか面白くて樂しみでした。

立野 佐藤さんは女子大の第一回の卒業生ですか？

佐藤 卒業はしなかつたの、何しろ下谷西町から目白迄歩いて通はなければならないので、とう〳〵脚氣になつて了つたのです。それが機會でやめて了つたのです。その頃から幸田さんに入門したのです。

立野 其頃三浦環さんが自轉車で通つたさうですね。赤く塗つた。

佐藤 それは覺えてゐませんが。

立野 木内キヨウさんも……吾妻橋を自轉車で通つて人力車とブツ突かつて、讀賣新聞の通俗小說に書かれたそうですね。

佐藤 海老茶式部と云ふのが、私共の女學生時代に始つたのです。

男女共學論

立野 カナダの學校のお話しを聞かせて下さい。

佐藤 あちらは男女共學ですが、先生はこれに就ては、どう云ふ御意見ですか？

嘉悦 私は共學の方がいゝと思ひます。

康人 どう云ふ譯でいゝのでせう？

佐藤 婦人の教育を高める上から云つても、性的な問題から考へても早くから異性同志が接觸してゐた方がよいと思ひます。

嘉悦 その方が危くない、私共は小さい時からカルタ會等で男の方と一緒にやつて居ましたから、チツとも男の方が珍しくない。所謂戀愛關係でも美しい戀愛關係が出て來ます。

佐藤 自由に相手を選擇する餘裕が出來ますからね。

嘉悦 よく兩方が知り合ふと心から敬服する人は仲々無いもので、餘程戀愛に精錬される譯であります。無暗に遠ざけるので、コソ〳〵近付きたくなる。そしてよく相手を見極めない中に握手をして了ふと云ふやうになる。

佐藤 小學校の頃から一緒に學んでゐれば、少しも異性が珍しくない。

康人 男女七歲にして席を同じうす可からずと云ふのは如何でせう。

嘉悦 あれはむしろ間違つてゐますね。

佐藤 儒教的な道德は古すぎますね。

嘉悦 家庭で仲好くさせるやうにするとよい。私達は子供の時から男の方と一緒に育つて來た。私の父がさう云ふ主義で、始めて外國の人を連れて來て學校を始めた位の人ですから（これは間もなく閉鎖しましたが）それから兄達が英學塾で學びましたので、私は始終遊びにゆきました。ブランコでもカルタでも種々男の方と一緒に兄弟のやうにして遊んだものです。皆も私を可愛がつて下すつて、內田康哉さんなんか私を何時も仲間に呼んで下さいましたよ。

立野 さう云ふ事は確かにありますね。私の知合ひのお孃さんが一寸した事から若い男と間違ひを起して了ひましたが、近頃のお孃さんは若い男と一緒に居て一向間違ひがありませんね、あつても自分で處理しますからね、その意味から男女の交際はもつと解放的になす可きですね。

佐藤 知識的にも廣くなります。生活も廣くなる。男女平等の基礎がそこから作られます。

嘉悦　恐る／＼やつてゐると、却つて悪い。

カナダへ行くまで

立野　佐藤さんがカナダに行かれたのは何時頃ですか？

佐藤　歐洲大戰の濟んだ年で、恰度私が彼方へ行くと歐洲大戰が終結したんです。

立野　あの時代は小さい時の事で、よく覺えてゐませんが、あの時代には隨分書かれましたね。

佐藤　私が書いた頃は女の人で小説を書く人が少なかつた。中條さんが出る前で、私が彼方へ行く前に始めて、中條さんが「貧しき人々」を書いたのです。

立野　よく思切つて行けましたね。

佐藤　何しろ十何年もの文壇生活が行詰つてどうにもならない、それに戀愛問題もあつたりしたもんですから、思想的にも行詰つて、自分の藝術を何う云ふ方向へ求めたらいゝか……。

立野　文筆生活に行詰つたのですか？

佐藤　私は割合に達筆なんですね。書きなぐりの出來る方で、ですから十何年も自分の生活を保つて居たのです。こんな風で賴まれゝばやつ付けると云ふやうに職業化して了つた、これが隨分私の藝術を荒ましたのです。

立野　僕は澤山は拜見してゐませんが……。

嘉悦　野上さんも仲々書きませんね。

立野　野上さんも、非常に尊敬してゐますが文章が餘り伸び伸びしてませんね。

佐藤　あの方は昔は家庭小説的の堅い英國のアカデミツク風な匂ひがありました。併し學問的な背景を有つてゐるのでは、今の女流作家の中で一番でせう。あの健實さが、あの人の特徴ですね。

嘉悦　確かにさうですね。

佐藤　私のやうなものは頭の中がガラクタばかりです。

立野　いや、そのガラクタの中にも光るものがある。

佐藤　でも未完成のものばかりなのです。

立野　人間の仕事は未完成でよいぢやないのですか？

佐藤　例へば嘉悦先生の御仕事は教育ですが先生の理想は十分に實現されてゐます。その點は非常に尊敬す可きであると思ひます。未完成のガラクタの中にもよい物があると云ふ觀方は正當かどうか疑問だと思ひます。人間は生涯の間には自分の歩いてゐる道の上に何かを築き上げなければならないと思ひます。だから私もこれから大いに勉强しようと思つてはゐるんですけれども八十の手習の感ですね。

立野　カナダに行かれてからは、文學の方をやられましたか？

佐藤　文學からは一切離れてゐました。移民勞働者の運動ばかりに努力してゐました。無教養になる事がいゝと云ふ、さう云ふ思想を持つたものですから、

立野　どう云 根據で？

佐藤　さう云ふ運動を初めると、そんなものは捨てゝしまはなければならない。却つて邪魔になります。移民と一緒に生活し　そ

して働かなければならないのですから。そう云ふ風に信念を變へて了つたので、文學上の事なんか一切振向かなかつたのです。

カナダの日本移民

立野　運動と云ふのは、左翼的のものですか

佐藤　左翼ではありません。排日と云ふものが、勞働者の間から起る、經濟的の理由ですね。日本人の勞働者を使ふと時間を長く安く働くと云ふので、資本家が皆日本人の勞働者を雇ふので、あちらの勞働者の標準の高い生活條件や勞働條件を壞すのです。その爲排斥されるのです。それを無くすには日本人の勞働者の生活を向上させ、あちらの勞働者と同じ時間、同じ賃銀で働くこと、つまり勞働者の自覺ですね。それを考へさせなければなりません。そして東洋人の勞働者を白人の勞働者のレベルまで生活の標準を高めてゆこうとしたのです。カナダの勞働者階級は大きな組織を持つてゐて政治的に非常な勢力をもつてゐます。直接に政治に參與はしないのですが隱然たる勢力をもつてゐます。この組織中に日本人の勞働組合も一單位として參加させようとしたのですが、十年かゝつて成功しました。例へば代議員に立候補する人の爲に資金を調達したり、運動を積極的に援助すると云ふやうに、十年かゝつて、漸く成功したのですが、東洋人の差別待遇を取除かれるやうに、白人の勞働者と提携して行くといふ、そう云つた運動をやつてゐたのです。それからもう一つ加奈陀を社會主義國家にしようと云ふ政治的な運動があります。それをCCF、つまり共同國家聯盟と譯してゐますが、ロシヤからの共產主義をカナダにもつて來ないで、カナダの勞働者に依つて產業を管理すると云ふ社會主義的な運動です。この團體から領や州の代議士が出てゐます。その方の政治團體へも種々な點で結付いて、二世の參政權を獲得しやうとして運動しました。カナダの二世は市民權はあつても參政權はない。それは非常に不合理だから、二世も參政權を得られるやうにする運動を起したのですが、カナダでも共產主義の運動は非合法ですが、私たちの關係してゐた運動は社會主義的ではありますが合法的な運動ですした。

立野　あちらの日本から行つた移民の生活狀態はいゝのですか？

佐藤　生活狀態は低いのです。賃銀なんかは安く働くと云つても、立法として最低賃銀法が定めてあつて、それ以下の賃銀で勞働者を使用すると摘發される、雇主も摘發されるのであります。それ故法律を潜つて働かせる。勞働者はまづい物を喰べて稼いだ金を殘して日本に送つて了ふのです。勞働組合に加入する分子は進歩的ですが、如何にしても出稼人根性が失せない、そしてどんどん日本へお金を送つてしまふので、經濟的の基礎が何時迄經つても出來ないのです。

立野　日本人は多く何をやつてゐるんです。

佐藤　大體は木材工場で働いてゐます。漁業も農業もありますが、勞働者が九分で一分はそれ等の人達に物を賣る商人です。

立野　日本人だけの學校がありますか？

佐藤　澤山あります。日本語だけを教へる學校です。併しこれが仲々問題なんです。何故かと云ふと、白人の學校を終へてから日本語の學校に行くのですが、三時から六時迄やる。あちらの小學校は餘り兒童に勉强を强ひない、學校に遊ばせに行く位にしてゐる、それにカナダは多は六時と云ふと殆んど夜で雨が多いので、仲々通學に骨が折れます。健康にわるいと云ふので白人の學校當時者から反對を云はれてゐるのです。

立野　國民性の相違ですね。

佐藤　大體アメリカでもカナダでも眞の義務教育で、學校では何から何まで無料で給與してゐます。唯お辨當を持つて行きさへすればよい、パブリックスクールから、ハイスクールまで月謝も無料です。その代り眞實の義務教育ですから必ず學校にやらなければなりません。

立野　第一世と第二世の矛盾衝突は隨分あるでせうね。

立藤　大變な相異です。思想的には日本の親子の違ひ處の騒ぎではない。結婚の問題なんかも見合結婚を親は强ひるが、子供は戀愛結婚を主張する、こんなことでもよく問題が起ります。

立野　ハイスクールの男女共學で、その中では結付くのがありますか？

佐藤　稀にはあるでせうが、やつぱり日本人同志の結婚をします。

立野　二世同志の結婚が多いのですね。

佐藤　まあ、大體二世同志の結婚を理想にしてゐます。カルフォニヤなんかもう三世四世が出來てゐます。

立野　あちらの二世の娘さんは、日本の內地の男と結婚したがりませんか？

佐藤　やつぱり二世の娘は日本へ來て見ると日本の男とは結婚するのを厭がりますね。何故かと云へば、こちらは男尊女卑で、男本位ですから、それが厭なんです。男の二世は日本へ來ると、直ぐ日本の男性化して了ふ。男尊女卑に馴れて、墮落し易い傾向が多いからでせう。

現代女性觀

立野　十何年も經つて、日本へ歸へると、女の子がとても變つたでせう？

佐藤　一般に身體がよくなつて居りますね。

嘉悅　體育で背が伸びましたね。

立野　手足は長くなつたが、胸圍が狹くなつて、腰に力がなくなつたさうですね。それは椅子で何時も足を投げ出してゐるので、腰に力がない、日本座敷で座つたり立つたりするのが、とても腰の運動になるのださうですね。

佐藤　その點もあるでせうね。

立野　服裝は如何でせう？

佐藤　洋裝のスタイルが大變よくなつたと思ひます。この二三年特によくなりました。

立野　それは日本にばかり居る僕等にも感じられます。

佐藤　自然にスタイルがよくなつて來た。

立野　子供の時から洋服を着てゐるからでせうね。（以下三五頁へつゞく）

（二〇頁より續く）

嘉悦　竹内さんの統計に依ると、現代の子供の身長が長くなつた代り、昔のやうに黒い米を喰べたズングリした心臓の大きい厚い人が少くなり、心臓の小さい膽力の据らない人が多くなつたと言はれます。

庶人　最後に若い女の人に何か……

佐藤　うつかりした事言へませんが、特に若い女の人に望む處は矢張り、健康第一と云ふ事でせう。スポーツをやる事でせう。日本がもつと〳〵長期戰線となる場合それに耐へられるやうにするには、婦人としては先づ思想とか、知識とか云ふ事よりも、第一に身體を丈夫にして、どんな困難にも耐えられるやうに、强健となることを心がけることでせう。經濟統制も段々强化されるのですから食物もどんな制限に會つても粗食で甘んじられるやうに身體を鍛練することだと思ひます。それに對抗出來るためには先づ健康を考へることでせうね。

嘉悦　私もその點は同感です。今後どんな困難に遭つても女の人が悲鳴をあげないやうに用心覺悟が必要です。

立野　いや大分夜も遲くなりました。この邊で打止めませう。どうも有難うございました。（七月十日　山水樓にて）

前號訂正

前號「對談會」二九頁に、「横井小楠先生の十哲の中の德富猪一郎さん」とあるは、「德富猪一郎氏のお父さん」の誤りにつき、訂正いたします。

川魚料理

佐藤俊子

川のお魚は海のお魚よりもなまぐさいと云ふことだけは知つてゐる。

私は生れ付き魚料理が好きでなく、幼少い時から鯛の煮たのやひらめのお刺身ぐらゐは食べるけれども、少し脂濃《あぶらこ》くなるともう食べられない。直ぐに吐きたくなると云ふ癖があつた。だから大きくなつても、そんな程度で食膳に載つてゐるお魚のお菜は、一寸ぐらゐは箸を付けても、それほど好きで食べると云ふこともなかつた。年を老ると味の好き嫌ひが變ると云ふことだが、私は何時まで經つても少女の稚臭《ちしう》が抜け切らず、味の好き嫌ひも小供の時より大人つぽくなつたと云ふこともないのである。

春の末頃に金澤の方へ遊びに行つた。友達の故鄕が金澤で、久し振りに歸ると云ふのを伴はれて、初めて裏日本へ旅をした。金澤では何は兎もあれ川魚のお料理で、私の泊つた四高前の淺井屋と云ふ旅館でも、朝晩の食膳には必らず珍らしい川魚がついてゐた。

　犀川や淺野川でとれる川魚のうまさを友達から餘りに屡々聞かされ過ぎたせいもあつたか、犀川のほとりの「つぼ甚」にも、淺野川に沿ふ「ごりや」にも伴はれて行き、ごりや、うぐひや、其他さまざまの川魚料理を食べたが其れほど舌の印象に染みつ いたおいしさも殘らなかつた。

　食通が種々に工夫をした新らしい調理法などで食べて見ると云ふやうな場合は、又格別の美味が生じるのであらうか。いつたい私は食味通などゝ云ふものに好感が持てない。自分の舌だけが特に味覺に洗練され、濃やかな味ひ分けや、自分の舌が特に感じる美味が最上級の料理だと云ふやうな、或は其の特種の味が味ひ分けられないやうな、舌は劣等だと云ふやうに標準付ける所謂食通は、よく東京人にも見られるもので、私は生れながらの都會人の癖に、そしてそんな利いた風な家庭に育つた人間の癖に、いやに食通を振廻す人種は好きでない。

　だがおいしいものは、矢つ張り私にもおいしいのである。私の舌は材料が新らしいか新らしくないかだけは能く味ひ分ける。これは味覺ではなくて、生理的な感覺であらう。おいしいか、おいしくないかの標準はこれだけで私の舌が定めるやうである。ごりやではいろいろなごりの料理を食べた。うぐひのそろばんとかごりの色つけ（照燒？）とか、いわなの燒いたのや、金澤料理のじぶや、うなぎや――

　うなぎは非常においしかつた。これは東京では確に食べられないすつきりした味がある。鰻のすつきりした味などゝ云ふものは特別である。川水のせいかも知れない。ごりと云ふ魚は可笑しな恰好をした小魚で、一と口に食べられる、あれは味よりも、あの小魚が舌の上で溶けて了ふやうに柔らかく食べられるところが珍重されるのでもあらうか。

　つぼ甚ではまだ解禁にならなかつた鮎を食べさせてくれた。

「これは川鰯と云つてゐます。」

　つまりまだ鮎では通らないので、こんな隱名を付けてゐたのである。

　荒海の鯛や烏賊は、さすがに新鮮で、味が鈍感でない。淺井屋で食べた鯛、いか、えびなどのお刺身は美味かつた。和倉の温泉へ廻り、そこでは一日中鯛の御馳走ばかりだつたが、終ひにはすつかり飽きて魚料理から逃げ出したくなつた。いくら美味でも三度々々の食膳に鯛を見ると料理法がどんなに變へられてゐてもうんざりしてくる。

日本はお魚の國だから、どんなに食糧に欠乏して來てもお米とお魚だけは心配がないと云ふやうな事を能く聞くが、先日某所で貿易經濟の實狀の話を聞いてゐた時、魚漁が減少したと云ふ話を挿んでゐた。原因はギヤソリンの統制と、漁獲には矢張り熟練と經驗が要るので、應召された漁師の代りは素人には出來ない。農業のやうに簡單には勞働力の代用が出來ないと云ふこの二つにあるとのことであつた。

これは確にさうに違ひない。いくら海や川の中に魚が豊富に泳いでゐても、手を入れて摑み上げられる譯でもなし、魚は漁れなくなると、お魚好きの人たちには聊か脅威となる。今の内に釣魚の練習でもして置く必要があるかも知れない。西洋人は平常魚を好んで用ひないが、加奈陀あたりの海で獲れる魚は味が日本の海で獲れる魚のやうに濃やかでなく、大味でおいしくないのである。川の魚は鮭が可成りおいしいが、ますは中々美い味でツラウトと呼び、川で漁れるのと湖水で漁れるのとある。この釣魚はスポートに屬してゐるので、魚は決して市場では賣らないが水の清い山上の湖水などにゐるツラウトは味が上品で、日本のますの平俗な味は遠くこれに及ばないやうである。

だが矢張り夏の食膳には、鯉のあらいなど、見た目の涼しいだけでも美味しい氣がされる。私は鰻は好物なのだけれども、養殖のふやけた鰻を食べさせられると全くがつかりする。（終）

愛の簪

佐藤俊子

愛の簪――室町の三越の七階で、何か氣に入つた、頃合の値の花はないかと見て歩いてゐたら、ふと、こんな名の付いた植木鉢があつた。

小判形《なり》の薄い素燒の鉢に、尺餘の丈に伸びた無數の細い莖に、爪ほどの葉がみつしりとした植木で、これに一面、全部で一分周徑の、其れでも花瓣は六つに分れた紅色の小さな小さな花が咲いてゐる。あんまり可愛らしい花なので、愛の簪と云ふ名を付けたのでもあらうか。

蕾はまるで赤い胡麻粒のやうである。何かこの植木の名に心を惹かれて、つい買つて歸つた。愛の簪と名が付くほどの花なのでまことに他愛がなく、綺麗にぽつ〳〵と咲いてゐるかと思つてゐる内に、直きに散りこぼれて了ふ。殊にこの頃中の長い雨で、竹の簾越しに窓の外の葦の鉢と並べておいたら色も褪せるし、可愛らしい花は無殘に雨の脚に叩きのめされて、散々な目に逢つた。

室の中へ入れて雨を庇つてやるほどの愛しさもなく、花は散るのに任せておいたが、葉はこまかに繁茂して莖の成長と一緒に新しい綠を殘してゐる。花が無くなつてしまつて却つて、青い凉味を簾越しに吸はせてくれるので、買ふ時には目的でなかつた葉の方が、今では私の朝夕の樂しい眺めの對象になつた。

この間、宇野千代さんがおもしろい簪を挿してゐた。

(本欄201)　——愛の簪——

「これ、古道具屋で買つたのよ。」

わざ〳〵抜いて私に見せたが——宇野さんはこの日私の許へ遊びに來たのだが、丁度私が他へ出てゐて、其の行先を知ると、又其所へ尋ねて來た。宇野さんは眞杉さんと一緒だつたが、この三人の足が何う云ふ譯もなく新宿の方へ延びて、薄暗い喫茶店でお茶をのんでゐる時、宇野さんは其の簪を抜いて私に見せたのである。このひとは時々凝つた和裝をする。獨りよがりで、訝《おつ》な趣味だけれども、宇野さんがそんな服裝をしてゐると中々獨創的な味がある。其の晩も芭蕉布に木綿の荒い格子縞の帯を締めてゐた。淺黄ちりめんに赤いぼつ〳〵のある帯上げを帯から可なり食み出させてゐる。ウェーブの取れた髪をひどく引詰めにして、どんな風に結んでゐたのか其れは分らなかつたが、中途に結んだ其の髷のところに挿してゐた簪である。

「ほんたうの珊瑚だつて云つたけれども」鼈甲に葉を透し彫りにし、南天の實が三つ、其れが眞物の珊瑚だと古道具屋で云つたと話すのである。眞物か擬ひ物か、喫茶店の赤い灯が薄よごれたやうに暗いので、其の灯の影では判然しない。が、兎に角こんな簪を古物店から探し出して、現代的な顔の扮りの宇野さんが、其の髪に挿すと云ふところに、このひとの趣味が勝手に創り出した調和があつておもしろいのである。

この頃は日本髪の雛妓の頭髪にも、昔のやうに澤山簪を挿してゐるのは餘り見受けられない。もつとも以前から京都や大阪の舞妓とは異つて、東京の雛妓の扮裝は髪の飾りも同様淡泊としてゐた。私の幼少い時は下町育ちで母がやかましくて日本髪にばかり結はせられ、桃割れや唐人髷に結つて女學校へも通つたが「簪箱」と云ふものが備へてあつて、其の中にいろ〳〵な簪や根掛けが藏つてあつたことを思ひ出す。

摘《つま》みの藥玉《くすだま》の簪。摘みの花櫛。ぴら〳〵の簪。針打ち。金や銀のだいこ締め。桃色や白や紫や赤の菅絲《すがいと》。丈長《たけなが》。細もの。春は櫻のかんざし、藤のかんざし。夏はすすきの簪。——こんな種類は平常用で、鼈甲彫りの花簪や花櫛や銀の平打など——高髷の時はこの簪とか、潰しの時はこの根掛けとか、鹿の子の布《きれ》は一々キハツで油を抜いて、丁寧に母が藏つておいたことなど、簪ばこの中の、簪の種類の色彩や形と一緒に思ひ浮んでくる。

どんな時に、どんな簪を挿させられたか、年少の頃のことは記憶も薄らいでしまつたが、西洋風の造花の簪、ばらとか忘れな草とか、其の他西洋花らしい簪を挿したのは年ごろになつてからで、其の時分になると池の端のハイカラな造花ものを扱ふ小間物店へよく行つて、自分で撰り好みをしながら買つたものである。何と云ふ店か、確かたちからやと云つた樣な記憶がある。

長い房の下がつた簪は、小學校へ行く頃に挿してゐた。藤棚に藤の下つた簪、其れから芒の簪は母が好きで私によく挿させた。鈴のやうな音のするのがあつた。夏になると水玉の簪が、淺草の仲店へ行くとかんざし屋の店を賑してゐた。硝子玉の中に水があつて、其の中に青や赤い瓢箪が浮いてゐる。俳優の小さい寫眞も入つてゐたりして、其の頃の幼稚な下町趣味を現してゐる。

私が年少の頃の簪は、まだ近代的な精巧さや考案の加はらないもので、ふるい御殿風の蒔繪ものなどは下町化されてゐなかつたし、私など仲店趣味の花簪でそだち、摘み細工のものや鹿の子のきれで、いつも頭髮を飾つてゐたやうな氣がする。吉原の貸座敷、引手茶屋、貸蒲團屋、高利貸、人形屋、古着屋などの娘たちが同級生だつた小學校の頃は、春秋二季の運動會に、まるでお花見にでも行くやうに簪と根掛けのお揃ひをしたりした。其の頃赤熊《しやぐま》の毛と云つて縮れた髮のかもじを髷にして結つたことが流行したが、母はそんなものは純粋の下町趣味でないと云つて嫌つてゐた。廓などから素人娘への流行になつたものでもあつたか。母やおばたち（私の祖父の妾だつたひと）にも簪箱があり、蒔繪のやうな塗物の箱に五分玉とか七分玉とか、三分玉とかの金足《きんあし》の珊瑚の簪が大切さうに藏つてあつた。母の若い頃に挿したやうな七分玉は、今思ひ出すと非常に大きな玉だつたやうな氣がする。

珊瑚の色が好いとか惡いとか、土佐玉が何うだとか、そんな評議が母たちの簪箱と一所に思ひ出される。丸髷の根掛けにも珊瑚珠を用ひてゐた。

花簪は江戸時代になつて、寛保年代の頃から娘たちが盛んに挿したものらしいが、萬葉集の歌などにも花をかざすと云ふ事が見える。これは無論工藝品的なものではなく、生きた花を少女たちが挿したものであらう。

「――春べは花挿頭持、秋くれば、もみぢかざせり」と云ふやうに、春は野に咲く花、秋は山に咲く花などを手折つて髪にかざしたものであらう。

國史大辭典によると、簪は婦人頭髪の装飾品で髪刺の意なりとある。又往古は冠挿の意から出たものであらうとも云ひ、これは頭挿の轉語で、素戔嗚尊佐世の木の葉を、頭挿にして踊り給ふと云ふやうな古事によつて知られてゐるとあるが、日本の風雅とか雅びとかの傳統の泉が、この邊からもう流れ始めてゐるやうな氣がされる。日本の昔の風流人はいろ〳〵な事を考案するが、簪の耳掻も然う云ふ風流人が作り出したもので、享保の初めに御厨所預の役目にあつた若狭守宗直と云ふ人が、其の頃流行した芒の簪に耳掻を付けて作製させ、人々に贈りものにしたことから始つた。これが種々な簪の頭に用ひられ、必要と装飾を兼ねて一般から便利がられたと云ふことだが、母など丸髷の後から細い簪を拔取り、其の先で一寸耳をほじり、其れから膝の上あたりで耳掻をこすつて又髪に挿した容子が、寫眞にでも殘つてゐる所作のやうに私の眼底に浮んでくる。

銀簪と云ふものは昔から有つたらしいが、私の年少の頃に若い娘たちの挿した銀の平打には家の定紋を彫つたものや、中には贔屓の俳優の紋などを彫つたのがあつた。古の釵子《さし》と云ふのが後代の前挿であらう。

これにぴら〳〵の付いたのを京都や大阪の舞妓が挿してゐるが（現在は知らないが）江戸の末期からの流行が今日にまで及んだのでもあらうか。

この金や銀で簪の足を作ることを屢々法令で禁止されてゐる。嬉遊笑覽によると花簪の銀製は享保元年に停められた爲、象牙や角や、其の他鼈甲で作製したことが記されてゐる。これが復活すると又延享になつて金銀製の簪を禁じてゐる。

寛政になると又もぴら〳〵の簪など流行し出し、技術が極めて進歩したらしいが、幕府は禁令を發して金で製造することを許さなかつた。其れが天保になつてからは全く禁制が行はれなくなつてゐる。禁止令は無論奢侈の抑制から發しられたものだが、江戸時代の美術工藝の復興や、西洋からの技術の移入などで彫金や蒔繪や繪畫の盛さと共に、簪にもいろ〳〵な新しい技巧が加へられ、金銀の足の禁令に逢ひながら、素晴らしく花簪を作る意匠と技術が進んだに違ひないのである。

簪ひとつにも、いろ〳〵な歴史の變遷があつたことなど考へられるのだが、自分の娘時代は花簪と離れたことがなかつたので、今でも仲見世など散歩すると、つい花簪屋の前に立つて懷しく眺めてゐることがある。いろいろな金屬や、硝子玉で近代趣味に投じた安もの丶簪には目新しいものもあるが、摘みやきれの細工の花簪は昔のままで、相變らず芒の簪もある。だが今はこんな簪を普通の町娘などで日本髮に挿してゐるのを見かけたことがない。最近は日本的なものへの關心が強められ、復古的でさへあれば日本的であると云ふやうな解釋が風俗にも反映して、日本髮が頓に殖えたと云ふ話を聞くし、街頭や劇場で日本髮姿の素人の婦人も見受けるけれども、この結髮の形式から受ける感覺は矢張り時代に合はない。況して私の女學生時代のやうに唐人髷や桃割れに結つて大きな花簪を挿しながら學校へ通ふやうな娘が居たら、もはや狂氣沙汰でもある。店頭に飾られてゐる大きな花簪は、今は一部の階級だけに用ひられてゐるのであらう。百貨店などでは若い娘の洋髮の髷に似合ふやうな小さい造花を賣つてゐるが、娘たちが店員に計つて小さい花をいろ〳〵と集めさせて細長い簪に作らせてゐる姿などもよく見受ける。輕快で、すつきりした感覺はすべて近代的だが、さもなくてもこの事變の影響は何よりも先づ婦人自身の服飾の單純化を考へさせる。近代生活の様式は時間と物の經濟から出來る限り簡單であることが理智に富む近代婦人の理想とされてゐるが、日本婦人の生活簡易化は習慣的な様式と其れに伴ふいろ〳〵な條件の爲に、容易に實現できない難かしい事情を持つことが想像されるし、殊に家庭生活の上でも婦人一個の生活の上でも、西洋婦人の數學的に割り出したやうな日常生活の設計などには遠く及ばない。

いろ〳〵な生活的な負擔の重さの中で、煩雜と多忙を整理する頭腦の活動よりも、時間の觀念なしに手足と身體を無秩序に働かせてゐた長い間の習慣性、同時に然うした無秩序な生活を婦人に餘儀なくさせるやうな周圍の

(本欄205)

――愛の簪――

因襲的無理解から、日本の婦人が脱け切ることは中々の困難である。だが自身の服裝の單純化は自分だけの頭でどんなにでも計畫することが出來る。

　西洋の婦人も婦人自身の理性が自分の容姿を整へるやうな近代になつてからは、服裝が單純化され、傘のやうな大きな帽子や裾の擴がつた巾廣のスカートなどは跡もとゞめず、帽子の型は小さくなり衣服は普通にはスーツが便利で活動的だとされてゐるやうに、すべてプレーンであることが服裝の最高尙と云はれてゐる。日本の婦人の服裝も賢明な婦人たちの頭腦で種々單純化する方法が考へ出されるであらう。

　其れは其れとしても若い娘たちが洋髮の髷に挿す小さい簪は、あの黑髮から失はせたくない。何々夫人たちの洋髮の髷に挿されてゐるダイアモンドやひすゐの玉の簪こそは斯かる時代に最も目に付く贅美のひとつだが、若い娘が時折に其の髷に挿す簪は彼女たちの最もつゝましい靑春のシンボルであり、愛の簪はさま〴〵な時代の變遷のかげに和やかな匂ひを彼女たちの髮にひそめてゐて欲しい。

戰地の文學

「麥と兵隊」と「鮑慶郷」

佐藤俊子

麥と兵隊——茫漠と殆んど際涯のない麥畑、世界の終りまでも續くかと思はれる麥畑の中を兵隊は行進し、麥の中で戰ひ、麥の中で憩ひ、麥を血に染め、麥を馬蹄に蹂躙し、麥の中に赤糞を排泄する。行進の續く限りの麥畑の戰場記錄に、筆者の火野氏は簡單に唯「麥と兵隊」と云ふ題を付けたのであらうとは思ふけれ共、このプリミテイブな題名には何か暗示的な力が含まれてゐるやうである。だが然う感じただけで、別に深く考へて見たのではない。

この記錄を讀んで何よりも驚かれることは、死を目前にしての事業を遂行しながら、一方にこのやうな細密な記錄を次ぎ〳〵と書いた筆者の漲るやうな精力と克服的な意力とであつた。この記錄は軍報道部と云ふ軍事機關の一部、報道部員の役割を擔任しながら火野氏の書き留めた戰場記錄であるけれ共、軍人の資格において書かれた戰場記錄と云ふよりも文學者の精神において書かれた戰場記錄である。事件への忠實さと云ふよりも、寧ろ文學への忠實さをもつて氏の直觀した戰場の自然と人間、そして人間と人間との敵意、愛、憎みの接觸が、氏のユニークな、ヒューマニスチックな、そして又時にはユーモラスな自然觀を通してこまかに書き盡されてゐる。

これは質的にも量的にも大きな仕事であつた。この大きな仕事を成し遂げ得たのは、氏が純粹の文學者であつた爲であらうか。其れとも戰爭と云ふ激しい現實が、文學者の魂に拍車をかけて、强大な精神力の練磨となつた結果であつたらうか。何れにしてもこの記錄を讀むものは、其所に激烈な血の苦鬪の人生を學び、又深酷な人間記錄を最も正しい意味の上に解することが出來る。これは特にこの記錄には兵隊性よりも人間性の價値に重きが置かれ、人間性を最も强く書き留められてゐるからで、無論戰爭の全面的記錄ではなく、一部的な行進と戰ひの記錄ではあるけれ共、こゝにあり〳〵と實寫されてゐる兵士の姿は、國家に一身を捧げる單純な姿としてよりも、死の直前で行動する絕對境の人間の眞實の姿として印象付けられるのである。

この記錄は、戰場とは死をバックにした一つの職場であることを考へさせる。この職場で働く人間の火をも噴き出すやうな忍苦の意識、死を腹背におく任務の緊張、死に面して行動する憤怒、反動的な頭腦の冷徹さは遙に偶像的なヒロイズムを超克して、新らしいヒューマニズムへの高揚を感じさせる。脆弱な感傷主義はもとより、古い傳統主義さへもそこには見出されない。この嚴しい事實は人間の固着した思想を根底から剝ぎ取ることが考へられ、そして死線の職場に働く人々の明らかなる新生命への躍動を感じさせる。この思想と感情は火野氏の個性から滲み出るものであり、記錄における此の主觀の色付であるけれ共、これに强ひられることなしに、より自然的に、戰場の困苦と死の運命を分ち合ふ人間の魂の底深く沈澱するヒューマニティと、死線の上に體驗する生命感とをこの記述の中から、流るゝものを手に取るやうに掬ひ上げることが出來るのである。

私は數多くの尊い感銘的な人間記錄を、この戰場記錄から求めることができた。例へば炎熱の下を行軍する兵隊が、むつつりとして口も利かず殆んど不機嫌に陷つてゐる狀態を讀むと、勞働者が其の職場で激しい勞働に疲れて不機嫌に陷る狀態を思ひ出す。無論其れは身體の苦痛において比較にはならないのである。長路の行軍に足はマメで取巻かれ、この踏み立てられぬ程に痛い足を歯を食ひしばつて行進する。爪はつぶれて抜けて了ふ。自分の足ではなくなる。其れでも歩く――敵との戰ひ、死との戰ひに赴く前に、兵隊はこのやうな慘苦な自己の身體との戰ひを經驗しなければならない。この自己の身體との戰ひに對して、本能的な憤りを其の神經に持つ兵隊の行軍は、其れ故にこそ凄じくも一層悲壯である。兵隊は行軍の休みの間には打仆れるやうに横になる。この少時の休憩にぐつすりと正體なく眠つてゐる兵隊の姿に對して火野氏は一種の凄慘を感じ「一つの死鬪を終つたものが、次の死鬪を待つ泥のごとき安眠である。」と觀察してゐるが、これは他の記述の部分にあるやうな、疲勞した軍馬が横さまに倒れて寝てゐる姿と同じ姿であつた。死鬪から死鬪への安眠とは勿論死を前にしての大膽不敵な安眠ではなく、一つの死鬪の役割を終り、次ぎの死鬪の役割へ赴くまでのこの安眠は、人間の限りある精力が殆んど死の戰ひの亡却にまで、疲勞した體を泥のごとき眠りの底へ追落す其の安眠である。兵隊は安眠する。死鬪と死鬪との瞬間に於て安眠する。氏はこれを凄慘だと感じる。まことにこれ以上に凄慘な人間の姿を私は他に想像することが出來ない。

孫圩の敵の夜襲は唯ありの儘の事實が微細にわたつて何等の感情の誇張もなく記述され、不意に起つた戰ひの全面的な活動と經過、苦戰の味方の戰況、敵の猛射、相次ぐ兵隊の負傷、突撃する兵隊の殆んど一擧一動をも見逃さず、戰爭がこの現實に刻み込む分秒の死の刻み目の間髪をも具さに餘さず書き留められてゐるのであるが、この記述の中からの最も尊い人間記錄は火野氏自身の上に見出される。

防護の方法の盡きた敵の猛射の前に身を曝しながら、死を覺悟しても尙自己の生命を庇はうとする激しい生への意欲が燃え「自分に彈丸は當らないと云ふ確信などは何所にも見出されない。」と云ふ脅威感に次いでは「死にたくはないけれども死んでも仕方がない。」と觀念し、心臟に手を當てゝ見て「恐怖ではないと自辯するが、恐怖に違ひない。」と思ふ自意識。故國のことを思ひ浮べて、思はず胸が迫り「火野葦平伍長つひに徐州戰線の花と散る、かな、そんな事が不意と頭に浮び、少しも可笑しくなく、慄然とした。」等々の告白は死を甘受しながら、一方には强硬に死を拒否する自然への抗意と、然かもライフへの悲痛な素直との入り亂れた切迫さが感じられ、そして其れ故にこそ戦争が死で飾られることの云ひ難き深奥な意味を、私は改めてこの人間記録によつて解釋しないではゐられなかつた。

火野氏が負傷兵を背負ふて引つ返して行く道で一人の軍曹に出逢ふのであるが、この軍曹は聯絡の途中で道を見失ひ、方角を見失ひ、麥畑の中を彷徨してゐたので、火野氏等を見ると救はれた喜びに有頂天になり、この周圍は悉く敵軍であると云つて興奮しながら警告する。水はないかと云つたが誰れも水を所持してゐない。途端に軍曹は嘔吐を催して吐くけれ共何も出ない。何も食べずに逃げ廻つてゐたのかも知れないと思つた火野氏は「周圍が敵だと云ふのは貴方が恐い恐いと思つてゐるから然う見えたので、何所も皆友軍だつたのですよ。貴方が余りちよろ〳〵するから支那の敗殘兵だと思はれて味方から射たれたのかも知れない。」と云ふと「さうでせうな、さうでせうな。」とけろりと承認する。これは頭の禿げた相當の年輩の軍人である。火野氏は「これも人の親だ。」と突然に思ふのである。

同人種の、そして日本人に能く似てゐる――火野氏が正視するに忍びず思はず顏を反向けると云ふほどに能く似た支那人たちの人間記録は、兵士に、捕虜に、農民に、老婆に見出されるが、戀人からの手紙を所持してゐた一人の捕虜が、自分の前に立つ日本の兵隊を無表情な顏で眺め、やがて銃を持つた三人の兵隊に護られて麥畑の海の中へ見えなくなつて了ふ。この雷國東の無表情な顏は私の腦裡に生きた面影になつて映つてくる。だが、私はこの人間記録において悲劇を見出さず、却つて右の軍曹の姿の上に遙に悲劇的な人間記録を感銘させられる。

こゝには既に生を失つた人間記録の最も深酷な姿の一つがある。其れは逍家集の激戰のあとで發見した支那正規兵の屍體である。

懷からはみ出してゐる紙片れを火野氏が引出して見ると、これは時計を買つた時の五年間修繕の保證書であつた。襯衣を探るとクロームの懷中時計があり、時計の硝子に血は付いてゐるが秒針が動いてゐる。耳に當てるとチチチと正確に時を刻んでゐる。火野氏は異樣な感懷に打たれてこの時計を再び屍體のポケツトに深く押しこむのである。日本兵を見るとへら〳〵と笑ふ町の支那人、日本兵を見ても笑はない朴訥な支那農民、農民の大きな八つ手のやうな手、賭博をする支那人の小供等の、人間記録の中からの斷片的な印象は頁毎に私の腦裡に刻み込まれる。

もう一つの特異な人間記録が記述の中に求められる。今日の戰爭が大部分科學の力で遂行されてゐると同時に、科學者的な頭腦の冷靜が、凡ての戰鬪行爲を任務としてゞなしに職務的に分擔してゐることもこの記錄から知ることが出來るのであるが、戰車の若い曹長のビジネスライクな措置と態度はこの典型を十分に示してゐる。

眼の大きな柔和な顏をしたこの曹長は、孫圩の戰ひに友軍が苦戰中であると聞き、戰車五臺を連ねて應援の爲に追及して來た其の先頭の戰車の曹長であるが、城壁に向つて機關銃の攻擊を行ひ、城內からの敵の手榴彈を浴びた後、隊の方へ後退して來る。そして鐵蓋を開いて出て來た曹長は煙草を喫ひながら戰況はどんな具合かと將校に向つて尋ねる。丁度病人の容態はどんな具合かと尋ねるのに似てゐる。城內の敵を襲ふ爲に兎に角城門に戰車を當てゝ破壞してくれと云ふことを依賴されると、曹長は先づ戰車の構造を說明して、地形が判然としてゐないと危險だがと念を押すのである。地形に就いては保證すると隊から云はれて初めて試つて見ようと答へる。

そして城門に突擊した戰車は再び敵の手榴彈を浴び、戰車からは機關銃を放つて應戰した後又後退してくる。曹長は相變らず煙草を喫ひ「三尺程開いたが內部の障害が多くてうまく步兵の突入ができなかつたやうだ。戰車は一度安全な場所へ行つて整備しなければ十分な協力が出來ない。」と云ふことを丁寧な言葉で述べる。其れをもう一回試みてくれと云はれ「然し仰有ればもう一回やつて見ます。今度はすぐに呼應して突入して頂かなければ何にもなりません。」其れに何うした譯か城門の左の家屋が火災を起した樣子で、大抵の所は無理しても行きますが、いくら戰車でも火災の中だけは」と云つて微笑する。再び城門に向つて體當りを試み、決死隊が戰車に呼應して突入する。やがて凄じい手榴彈と機關銃の音響の中から戰車は砲煙を潜つて向きを變へて引つ返してくる。鐵蓋を開いて出てきた曹長は矢張り煙草を喫ひ「殘念でした。」と一言云つて整備した上に又來ませうと云ひ殘して五臺の戰車は元の方角へ去つてしまふ。「戰車が行つてしまふと、一同の上に名狀し難い心細さが蘇つて來た。」と斯う記述してゐる。

科學の力が作り出した怪物のやうな戰具を操縱する兵隊の頭腦は、このやうに科學化され、そしてその行動までがこのやうに科學化されてゐる。この部分を讀んだ時に、私の頭腦がしいんと冷めたく透き徹るのを感じた。

この記錄は軍の行動を、其れに關する人事の上に詳らかなばかりでなく、行軍の間に點綴される自然の風物に關しても少しも描寫の筆が惜しまれてゐない。殊に麥畑の印象は「なにしろこの果てしもない麥畑は驚くべきものである。」斯う云ふ叙述で屢々記述の中で海のごとき麥畑に驚嘆の聲を深くし、土にこびり付く麥の生命力の逞しさを讚へてゐるが、刈取る主を失つた麥畑の、風が吹いてくるさあと靑いうねりを打つ美しさが讀むものの胸に迫つてくる。そして人類が初めてこの地上に現はれ、穀物を食べる爲に耕作の道を發見した原始時代の耕作地面が髣髴としてくる。人間の生產の長い〳〵歷史が其のままこの麥の穗に宿つてゐるかのやうである。

國亡びて山河ありの支那の詩情が惻々と胸を打つほど、氏のあらゆる自然の風物の描寫は、戰場をも一つの自然風物化するほどに親しく書留められてゐる。靜寂な月明、銃聲に交る蛙の聲、蜜蜂の巢、鷄のひよ子、驢馬の鳴聲、アカシアの花、朧月、暈を被た月、葱と豌豆の野菜畑、美しい夕燒、楊柳の並木、水色の絹のカーテン、艶本や鏡臺や香水のある一室、（孫圩の敵の夜襲はこの城門內の富豪の家を本據にしてゐる。）楊柳につながれた驢馬の死、彈丸に破壞された自働車の機械の音響、鳥の聲、赤い柘榴の花、蒼々とした葦、蕗で拵へた玩具、柘榴の實、杏の實、——通讀した印象からでもこれだけを拾ふことが出來る。火野氏はこれ等の自然に接する每に親愛な感懷を其れに托して、種々な風景を叙してゐる。この印象は讀む者をして人生的な咏嘆へ導き入れる。自然の風物はすべて長閑で、靜觀的だからである。

戰場も一つの自然風物であらうか。火野氏は無論そんな事は云つてゐない。其の最後の章で「戰場では特別な經驗などと云ふものはない。兵隊に取つては戰場は果てしなく續いてゐる、そして兵隊は感想を乘越え、人間の抱く凡庸な思想を乘越え、死をも乘越えた。戰場で多くの生命は失はれたが誰も死んではゐない。この生命力は大いなものに向つて脈々と流れ、もり上つて行くものだ。

そして其れが祖國の行く道を祖國と共に行く兵隊の精神である。」と。

事變勃發以來、戰地を一巡して來た文人たちの筆によつて、既に戰爭文學の一端は現はれてゐるけれ共、藝術文學としての戰爭文學の具體的創造は「麥と兵隊」の中から見出されるやうな多くの貴重な文學的材料と直接な經驗とが基本となつて、初めて完成されるのであらう。火野氏は其の前書で、

私は戰場の最中にあつて言語に絕する修練に曝されつつ、この壯大なる戰爭の觀念の中でなんにもわからず、盲目のごとくになり、例へば私がこれを文學として取上げる時期が來ましても、其れは遙か先の時間のことで、何時か再び故國の土を踏むを得て、戰場を去つた後に、初めて靜かに一切を回顧し、整理してみるのでなければ、今、私はこの偉大なる現實について何事も語るべき適切な言葉を持たないのであります。私は戰爭について語るべき眞實の言葉を見出すと云ふことは私の一生の仕事とすべき價値のあることだと信じ
——云々

と述べてゐる。壯大な戰爭の觀念の中でなんにもわからず、盲目の如くになつた其の魂が、戰場を去つて再び明らかとなつた時、人生に對してはいかなる新な主張と批判とが其所から生れるであらうか。そして恐らく戰後の文學に對する新らしい確信が氏によつて、新らしいヒューマニズムのもとに披歷されるであらうことが豫期される。これは火野氏一人でなく、まだ自己の才能を世に示さなかつた文學的素質に富む戰場人が、其の戰場を去つた後に斯かる人々の直面した偉大な現實から、戰後の新たな文學が勃興するであらうことは疑ひない。火野氏の「麥と兵隊」の記錄が其れ等を私に示唆してゐるのである。

×　×

「鮑慶郷」は上田廣氏の創作である。戰地で書かれた藝術作品としては、私の期待したほどの新らしいものではなかつた。この支那娘は特に支那娘でなくともいいやうである。そして支那の雰圍氣は或は想像の上だけでも描寫できるものであつたと思ふ。だが創作家としての氏の歷史は、其の戰地においての豐かな經驗を通してそこに求める多くの關心に由り、新たな文學的な思想への開發が期待される。

從軍文人におくる　力の文學を！

佐藤俊子

先日東朝の學藝欄に掲載《けいさい》されてゐた兒島喜久雄氏の二科展評を讀んでゐると、所謂《いはゆる》事變もの丶第五室《しつ》で

一體この一室は實に愚にもつかない部屋である。事變に對する眞面目な藝術的感興などは勿論少しもない。矢鱈に美術界に向つて事變意識を放送すると當然斯う云ふことになるに極つてゐる。例の從軍畫家と雖も本來何れ程のものを作り得るであらうか。その多くは漫然看護婦の出發を描き、驛頭の見送りを描き、提燈行列を描き、慰問袋を描き、軍裝の兵士を描いて事變物と稱へる此等と結果において大した差を示すまい。

この部屋の畫は問題にならないとしても、事變を記念するためには生なかな繪より寫眞の方がどんなにいゝか分らない。從軍畫家も寫眞代りの繪を描く位が精々であらう。夫にしても幸か不幸か此部屋の人々の大部分は特別に誇張なので、滑稽を通り越していゝ見せしめと云ふ皮肉な印象を殘す。（原文のまゝ）

と云ふ評《ひやう》をしてゐた。これは此處に書いてある通り、事變ものを觀念的に扱つて、無暗な戰爭の畫題を提供してゐる卑俗な畫家たちの畫を辛辣に批評したもので、「從軍畫家と雖も」と云ふ其の從軍畫家たちのレベルが畫家として何の程度か私には分らないが、兒島氏は其の畫家たちに對しても、總體は似たり寄つたりだらうと云ふ批評的斷案を下してゐるのである。

…………

これは畫家に關するものだが、文學の方面では日本文壇のレベルにある多くの文人たちが從軍部隊に編入され、近く戰線に出動する

と云ふ華々しい報道が文壇を賑はし、出動するものも残るものも、其れ〴〵の意味で異常の状態におかれてゐるやうである。この華々しさは戦から来る感じでもあり、戦に直に分れて、詩人、評論家、大衆作家、婦人作家、純文芸作家と其ふやうな諸種に分類された文人が戦線に於て観戦する物々しさは中々の偉観である。出発に際して書かれた文人たちの一言を読むと、皆一と通りならぬ感激を持ち、戦線に死するも厭はずと、従軍の途に上らぬ前から血を湧かし、ペンを銃に代へて戦ひに参加するほどの意気込みである。読むものにまでこの感激は伝はり斯る機会を与へられた文人たちに取つては、全く戦場で死すとも惜しからずと云ふほどの歓びであらうと想像《さうざう》される。

……………

……………

無論かゝる従軍文人たちへの期待が、せい〴〵「写真代りの文学」でないこと云ふまでもなく、尊い経験を体得し、特《とく》に選ばれた幸運《かううん》に対しては十分な責任と覚悟《かくご》を把持して出動する文人たちが、其の生々しい、血を浴び弾丸を潜る戦線から、安ものの文学がお土産として齎されやうとは思ひも上らぬことである。殊に従軍文人中に加へられてゐる婦人作家に対してはこの絶大な経験から今後の日本の婦人文学の上にも、画期的な、そして同胞愛の強い文学が現れるであらうことさへ予想《よさう》されるのである。従軍は出来ぬまでも、等しく文筆に携はる者に取つても、この企ては日本文学の為に大きな喜びであり、長谷川如是閑氏も何かで述べてゐられたやうに、日本文学の伝統が「物のあはれ」に終始し末梢神経的な感覚ばかりで、狭い小さい天地の間を常に彷徨してゐるやうな生活態度で、寂しく生きる日本の純文学者がこの狭い天地を破つて、雄大な感性の一と際を剔取ることが出来るやうな機運に恵まれたことは、選ばれた此の人たちのみの幸運でなく、日本文学全体の幸運でもある。同時にこの選ばれた文人たちのペンの上に荷ふ文化的任務は、兵士が銃の上に荷ふ國家的任務にも劣らぬ任を、或はそれ以上の重大さを感じさせるが、從つて今までの日本文學の犠牲に代つて、力の文學が戰後の文人たちの筆によつて生れ出ることも必然であらう。

第一陣に動員された從軍文人たちは、筆力の強靭さにおいて優秀な選手たちである。この筆力の強靭に任せて或は「寫眞代りの文學」が安々と現はれないとも云ひ切れないことであり、戰場を見る眼にも各人によつて深さ淺さがあり、現實へ突入する殊に戰爭と云ふ大規模な事業の前には、藝術的敏感や文學的人道感を通り越して、上滑りした現實感だけに支配されるやうな事がないとも云へない。

從軍文人たちも從軍畫家と同じく血と彈丸の下を潜るにしても兵隊のやうに戰爭を生活するのではなく文戰場における辛苦な人間記錄を身を以て體驗するのでもない。「麥と兵隊」はこの記錄に類する限り從軍の報道であるが、筆者は文學者であつて戰爭を生活する兵隊でもあつた。私はこの記錄を深い感動で讀んだ一人だが、その筆者の感じる生命感は、戰場で生命を賭する生活から湧き出てゐるもので、この眞實は單に戰爭を觀るだけのものには把握しがたいことであらう。

……

………

無論「寫眞代りの文字」が現れやうとも、又兒島氏が從軍畫家に對して加へたと同じやうな批評が他日從軍文人たちの作品の上に加へられるやうな事があつたにしても、それは未來の個々の作品に關することであり、今は唯、文學創造の決死の躍の前に劍を擁して喊突と押寄せる從軍文人たちに對して自重を祈り、日本の文學の爲の聲援を能ふ限り送ることを惜しまないのである。

「婦人の能力　文壇部隊中の紅二点」『東京日日新聞』 昭和 13（1938）年 9 月 15 日

婦人の能力

◇…文壇部隊中の紅二點

佐藤俊子

平時《じ》は文業《げふ》戰線《せんせん》に活動《くわつどう》する日本一流《りう》の男女文人廿二人が、文字通りペンを劍《けん》に代へて從軍《じゆうぐん》部隊《たい》に編《へん》入され、戰地《せんち》に向つて出動《どう》した。この報道《はうだう》は勇ましいといふよりも華々しさを感《かん》じさせる。

これは廿何人といふ數から來る感《かん》じでもあり、また從軍《じゆうぐん》文人の中には婦《ふ》人があり、大衆物《しう》を書く作《さく》家《か》があり、純《じゆん》文藝作家《げいさくか》があり、評《ぺう》論《ろん》家《か》があり、詩《し》人があるといふやうに人選《せん》にヴアラエテイがあるためであるかも知《し》れない。これ等の文人が陸軍《りくぐん》に海軍《かいぐん》に同時《どうじ》に從軍《じゆうぐん》して、一方は汽《き》車《しや》で一方は飛《ひ》行機《き》で東京を出發《はつ》し、戰場《せんぢやう》では隨所《ずゐしよ》に散《さん》在《ざい》して觀戰《くわんせん》するといふ風《ふう》に、分布《ぷ》的《てき》な行動《どう》をその人々の上に想像《さうぞう》するだけでも、血《ち》で彩《いろど》られた慘《さん》苦《く》に充ちた戰場《せんぢやう》にはつと一時《じ》に文化《くわ》の花《はな》が咲き亂《みだ》れる感《かん》じがされる。

この感《かん》じには非常《ひじやう》に嬉しいものがある。文學者《がくしや》としての眼《め》が何を觀、文學者《がくしや》としての魂が何を感《かん》じるか、それは從軍《じゆうぐん》文人各《おの》々の觀點《くわんてん》で、やがては、それが各《おの》々の筆《ふで》の上に表現《へうげん》されるであらうけれども、兎《と》に角《かく》これ等の文人たちの筆《ふで》が、戰場《せんぢやう》に若くして散つた數多の將士の靈《れい》への最高な手向けとなるであらうことは疑ひがなく、それを思ふと私の胸も喜びと興奮に高鳴《な》るのを覺える。

文の精神《せいしん》だけに生きるものが、武《ぶ》の精神《せいしん》をも體得《たいとく》できるやうな機運《うん》に惠《めぐ》まれたことは、文人として無上の幸ひであらう。戰場《せんぢやう》に死《し》すとも惜《を》しからずとの從軍《じうぐん》文人の感《かん》激《げき》は、同樣《どうやう》の感激《かんげき》となつて私にも傳《つた》はつてくる。

日本人の特性で他人の幸運には一應僻をつけて見たいところがあり、この選ばれた從軍文人に對しても狹い觀かたをする人もあるやうだが、等しく文業に携はるものはその一部がたとひ如何なる標準で選ばれたにもせよ、從軍の機運に乘じて新しい文學創造のための決死の扉を叩かうとする覺悟に對しては、同じ覺悟と感激でこれ等の從軍文人に聲援を送るのが義務であらうと思ふ。

婦《ふ》人作家《さくか》が二人選《えら》ばれてゐることは、私が婦《ふ》人であるから殊《こと》に意《い》を強くする。林《はやし》芙美子氏も吉屋《や》信子氏も實戰《じつせん》に參加《か》するのは初めてにしても、これまでに屢々戰場《せんぢやう》の空氣《くうき》を吸つて來てゐるばかりでなく、婦《ふ》人作家《さくか》の代表《だいへう》として才能《さいのう》の上においても、實《じつ》力においても、また名聲《せい》の上からもまさに適當《てきたう》な人たちである。生々しい血《ち》を浴《あ》び彈丸《だんぐわん》の雨飛《ひ》する修羅《ら》の戰場《せんぢやう》に直接《ちよくせつ》女性《せい》の作家《さくか》的魂《たましひ》が接觸《せつしよく》する機會《きくわい》を與《あた》へられたことは、今後《ご》如何なる形で彼女たちの文學《がく》が表はされようとも、その經驗《けいけん》こそは絶大《ぜつ》である。恐《おそ》らく日本における婦《ふ》人の文學《がく》は、この絶《ぜつ》大な經驗《けいけん》が兩《りやう》女史《し》の文學的《がくてき》な思想《しさう》の上に生かされることによつて、歷史的《れきしてき》に新たなるものが齎《もたら》されるに違《ちが》ひないのである。林《はやし》女史《し》は戰線《せんせん》に活動《くわつどう》する看護《かんご》婦《ふ》の生活《くわつ》に親《した》しく觸《ふ》れて、これを描寫《べうしや》したいといふ希望《きばう》を、出發《はつ》に際《さい》して殘《のこ》された言葉《ことば》の中に述《の》べてゐたが、兎《と》に角《かく》身自ら戰線《せんせん》に立つ最初《さいしよ》の婦《ふ》人作家《さくか》として、嘗て南北戰爭《せんさう》の戰場《せんぢやう》に活躍《くわつやく》した愛《あい》の權化の、クララのやうな愛《あい》の眼《め》と愛《あい》の精神《せいしん》で、戰場《せんぢやう》を縱橫《じうわう》に觀察《くわんさつ》して頂きたい。無論《ろん》私の期待《たい》は從軍《じうぐん》文人の中で男性《せい》よりもこの二人の女性作家《せいさくか》の上に多いのである。

婦人の能力

貧弱な廢物利用の智慧

佐藤俊子

　この間中央聯盟《あうれんめい》主催《さい》にかゝる物の利用更生展覽會《りようかうてんらんくわい》を見たが、遺憾《ゐかん》なことは時間《じ》の經濟《けいさい》を殆《ほとん》ど顧《かへり》みない物の利用更生品《りようかうひん》が多く、少しも生活的《くわつてき》な簡潔《かんけつ》さが見出されないことであつた。

　婦人《ふ》の作品《さくひん》にはアイデイアからいつても陳腐《ちんぷ》で、手藝品的《げいひんてき》に美化《びくわ》されたものが多かつた。

　廢物利用《はいぶつりよう》の科學的《くわがくてき》な頭腦《づなう》の働《はたら》きの程度《ていど》が低《ひく》くて、しかも作品《さくひん》の仕《し》上げには時間《じ》の經濟《けいさい》を無視《し》した針《はり》と糸の技巧《ぎかう》が凝らされ、余ほど生活《くわつ》と時間《じ》に余裕《いう》のあるものでなくては實行《じつ》出來ないやうな丹念《たんねん》なもの等、すべてに亘つて經濟化《けいさいくわ》されて初めて更生《かう》の意味《いみ》を持つ筈《はず》のものが、逆《ぎやく》に經濟的《けいさいてき》見地《ち》から全《まつた》く離《はな》れた技藝的《ぎげいてき》末梢的《てき》な更生品《かうひん》の陳列《ちんれつ》が多いのには失望《しつばう》した。

　戰時經濟《せんじけいさい》への婦人《ふ》の參加《か》が頻《しき》に呼《よ》びかけられ、指導的《しだうてき》立場《は》にある幾多《いく》の婦人《ふ》たちが、これに關《くわん》する政府《せいふ》との協力《けふ》の下にいろ／＼活動《くわつどう》してゐるやうだが大して効果的《かうくわてき》な實績《じつせき》もあがつてゐないやうである。例《たと》へば時局《じきよく》に應《おう》ずる生活樣式《くわつやうしき》の改善《ぜん》などでも、婦人《ふ》一般《ぱん》を糾合《きう》した根本的《こんてき》な生活《くわつ》改善《ぜん》の研究《けんきう》なども行はれた形跡《けいせき》もないし、喪服禮服《もふくれい》の代りに儀禮章《ぎれいしやう》を用《もち》ひるといふぐらゐが目立つた改善案《ぜんあん》の一つであつたやうに思ふ。近くはまた各種《かくしゆ》の婦人團體《ふだんたい》が協同《けふどう》で不用品《ようひん》の交換即賣會《かうくわんそくばいくわい》を大規模《ぼ》に開くさうだが、こんな事は宗教團體《しゆうけうだんたい》や學校關係《がくかうくわんけい》の資《し》金集《あつ》めや慈《じ》善《ぜん》事業《げふ》に常に行はれてゐるもので、唯これを大掛りに幾《いく》分社會《しやくわい》を舞台《ぶたい》にして、戰時《せんじ》經濟《けいざい》婦《ふ》人參加《か》のプログラムに加へられるといふだけのものである。頭腦《づなう》のよい賢明《けんめい》な婦《ふ》人リーダーが活動《くわつどう》してゐる割であるのに、せい〲これだけの智慧しか出ないといふのは不思《し》議だと思ふ。街頭に襤褸を拾つて歩いたのなども、市民への多少の反省《せい》にはなつたかも知《し》れないが、余り立派《ぱ》な智慧ではなかつた。

これは頭腦だけには相當の知識が蓄へられてゐるにも拘らず、これを社會的な實行に移す經驗が未熟なためであらう。社會事業的な經驗はあつても政治的な訓練を持たず、政治的な行動に全く無經驗な日本婦人が、戰仕立の政府委員になつても、知識は唯頭の中で空廻りしてゐるだけで、直接參與の上には余り役に立たない結果が現はれる。

國民精神總動員《せいしんそうどうゐん》は勿論《もちろん》男子だけの片輪《へんりん》のものであつては何にもならない。婦《ふ》人は必《かなら》ずその一翼を擔ふべきもので、當局《たうきよく》が頻《しきり》に婦《ふ》人へ呼《よ》びかけるのもそこに根據《こんきよ》があるのである。戰時《せんじ》下にある婦《ふ》人たちは家《か》庭と社會《しやくわい》の兩面《りやうめん》を擔《にな》なつて活動《くわつどう》しなければならないし、非常時《ひじやうじ》局のあらゆる社會政策《しやくわいせいさく》は婦《ふ》人たからといつて、これを一つでも等閑《かん》にしてゐたら、國民精神總動員《せいしんそうどうゐん》の一翼《よく》を擔ふことは出來ない。この時《じ》機にこそ婦《ふ》人の能《のう》力はあらゆる方面に向つて發揮《き》されなければならないし、政府《せいふ》もまた婦《ふ》人に向つてこれを要望《えうばう》してゐるのである。そしてこれを巧《たくみ》にリードする任務《にんむ》は現在《げんざい》その立場《ば》にあつて活動《くわつどう》しつゝある諸婦《しよふ》人たちの上にある。不用《よう》品節約《ひんせつやく》からもつと積極的《せききよくてき》な歩みへと、一般《ぱん》婦《ふ》人への呼《よ》びかけと共に活動《くわつどう》を進《すゝ》めるやうにと彼女たちに願《ねが》ふのは私ばかりではあるまい。

女性の社會時評座談會

石原清子　帯刀貞代　丸岡秀子　阿部靜枝
佐藤俊子　平田のぶ　市川房枝　金子しげり

雑誌の内容統制について

金子　もう時間《じかん》ですから今夜《こんや》は一つ讀物《よみもの》の問題《もんだい》から始《はじ》めませうか。最近內務省《さいきんないむしやう》が雑誌《ざつし》の編輯者《へんしふしや》と懇談《こんだん》した際《さい》、貞操《ていさう》を輕んずる小說《せうせつ》はいけないとか、探偵物《たんていもの》は困《こま》るとか制限《せいげん》した様《やう》ですね。

石原　正しい戀愛《れんあい》ならいゝんぢやない？

佐藤　よこしまの戀愛《れんあい》なんてある？

金子　皆《みな》さんは婦人雑誌《ふじんざつし》なぞあまり御覽《ごらん》にならないかもしれませんが、戀愛小說《れんあいせうせつ》や探偵物《たんていもの》の載《の》つてゐないのは殆《ほとん》どありません。

平田　探偵物《たんていもの》がいけないんですか。私好きだのに。

佐藤　皆いけないつて譯ぢやなくて、殺生とか女出入とかいふのがいけないのよ。

帯刀　小說《せうせつ》に限《かぎ》らず最近《さいきん》は一般《ぱん》に戀愛《れんあい》はどんな戀愛《れんあい》でもいけないといふことになつて、國策的結婚《こくさくてきけつこん》が獎勵《しやうれい》されてゐるのではありませんか。たとへば××の所へお嫁《よめ》に行けとかいふ風で戀愛《れんあい》を感《かん》じると感《かん》じないとかは問題《もんだい》にしない。でも、私だちの時代《じだい》の者《もの》は戀愛《れんあい》のない結合《けつがふ》なんて考《かんが》へられないけど。今の若い人はどうなのかしら？

金子　若い人は默《だま》つて行くから――貞操《ていさう》を輕視《けいし》してはいかんと言ふ以上《いじやう》男の人にも適用《てきよう》させるべきですね。然《しか》し事實《じじつ》はまるで女だけみたいになつてゐる。

帯刀　三角關係《かくくわんけい》はいけないのださうですね。

佐藤　それだつていよ〱の所でしつかり踏《ふ》み止ればいゝのよ。

阿部　それなら勸善懲惡式《かんぜんちやうあくしき》に貞操《ていさう》を守らない女は不幸に落ちる筋《すぢ》にすればいゝですよ。貞操輕視《ていさうけいし》の問題《もんだい》では「半處女《はんしよぢよ》」なんて小說《せうせつ》が相當刺戟《しげき》してゐるらしいが、よめばまるで堅實《けんじつ》なんですよ。とにかくこの頃《ごろ》は又女學校《ぢよがくかう》で小說《せうせつ》を讀《よ》んではいかんつて言つてるさうですが折角批判的《せつかくひはんてき》になつて來た若い女がそれぢや又何《なに》も分らない女になつてしまひます。今の國策《こくさく》が一生つゞくわけでもありますまいに。

金子　校長《かうちやう》さんはます〱徹底《てつてい》的になりますね。

丸岡　校長《かうちやう》さんが模範的《もはんてき》な戀愛《れんあい》をして見《み》せてくれる位《くらゐ》だといゝけれど。

阿部　戀愛《れんあい》なんて贅澤《ぜいたく》だといふ譯《わけ》よ。結婚《けつこん》の實質《じつしつ》だけでいゝのでせう。

平田　私たちの時代《じだい》はずいぶん贅澤《ぜいたく》だつたわけね。（笑聲）

阿部　でも若い人から戀愛《れんあい》をすつかり除れるでせうか。

帯刀　ハッキリした戀《こひ》でないまでも、とにかく戀愛的《れんあいてき》の氣持《きもち》を結婚《けつこん》の基礎《きそ》に置《お》かねばならないといふことは、もう今の親《おや》たちの常識《じやうしき》になつてゐると思ひますが。

金子　小寺菊子《こでらきくこ》さんは戀愛結婚《れんあいけつこん》反對《はんたい》を表明《へうめい》してゐられますね。一つ未婚者《みこんしや》の意見《いけん》を聞《き》かうぢやありませんか。市川《いちかは》さんいかゞ？

市川　きめる人はきめる人、戀愛《れんあい》する人はする人だからちつともかまはないですよ（笑聲）

石原　今の若い人には到底封建《たうていほうけん》時代《じだい》のやうな媒酌結婚《ばいしやくけつこん》はできませんよ。戀《こひ》とまで行かなくても相手に對《たい》する相當《さう》の理解《りかい》と親《した》しみを覺《おぼ》えてからでないとしないでせう。それでも小說《せうせつ》に書《か》くとなればやはりいけないのでせうか。

阿部　一般《ぱん》の小說《せうせつ》は戀人《こひびと》があつてもそれとは別《わか》れて親《おや》のきめた結婚《けつこん》をし、やはり滿足《まんぞく》が出來なくて三角關係《かくくわんけい》になりさうになる。危《あぶな》いところで元の枝《えだ》に歸《かへ》るつてのがおきまりね。

丸岡　正しい戀愛《れんあい》をしてゐる娘《むすめ》が、金持《かねもち》のおぢいさんとこへ嫁きかけて又戻《もど》つて來るなんてのはどうなの。

阿部　それならいゝわ。（笑聲）

金子　これは阿部《あべ》さんに檢閲官《けんえつくわん》になつてもらはなくては。

帯刀　×××の者《もの》を戀愛《れんあい》に扱《あつか》ふのがいけないのださうです。

金子　それにしては遲《おそ》すぎる。

帯刀　婦人雑誌《ふじんざつし》から戀愛《れんあい》を取つたら何が殘《のこ》るでせう。

金子　なぜあゝまで三角關係《かくくわんけい》をかくのか……

帯刀　それが實際《じつさい》女の問題《もんだい》でもあつたのですもの。

金子　ついでに子供雑誌《ざつし》の問題《もんだい》も願《ねが》ひませう。やはり當局《たうきよく》から注意《ちうい》を受けてゐるのですね。

平田　親心《おやごころ》を破壞《はかい》するものが多《おほ》い。

帯刀　今の子は漫畫《まんぐわ》みたいなものばかりよんで、ジックリと質《しつ》のあるものを讀《よ》まなくなりましたね。

平田　內容《ないよう》が惡《わる》いですね。探偵《たんてい》物どころではない。

金子　問題《もんだい》は澤山《たくさん》あります。その探偵物《たんていもの》だつて少年雑誌《しようねんざつし》に載《の》つてゐるし。

阿部　女優《ぢよいう》の戀愛《れんあい》を扱《あつか》つた少女《せうぢよ》雑誌《ざつし》が發禁《はつきん》になりましたよ。

金子　少女雑誌《ざつし》と婦人雑誌《ふじんざつし》の中間《ちうかん》を行く雑誌《ざつし》にも問題《もんだい》が大にあります。

阿部　本格的《ほんかくてき》な戀愛《れんあい》も描《ゑが》けないから同性愛《どうせいあい》なんかを提唱《ていしやう》するのが不自然《ふしぜん》な戀愛《れんあい》をあほるのですね。

金子　子供雑誌《ざつし》などに對《たい》してはもつと母《はゝ》たちの抗議《こうぎ》があつてもよい。

平田　大抵《たいてい》の母《はゝ》の會《くわい》などは單《たん》なる學校《がくかう》への追隨者《ついずゐしや》だもの。自主的《じしゆてき》なのは自家《じか》の「母様學校《かあさまがくかう》」位《ぐらゐ》のものよ。

佐藤　女の獨立《どくりつ》がないからですよ。

阿部　母親《はゝおや》は子供《こども》を學校《がくかう》にやるだけで精一杯《せいいつぱい》だし、學校《がくかう》は何でも禁止で萬事《ばんじ》ケリだし……。

平田　私なんかの時代《じだい》も小説《せうせつ》を禁止《きんし》されたけど押入の中《なか》に入つてよんだ。

丸岡　この頃《ころ》の子供《こども》はとても學校《がくかう》の課業《くわげふ》をきらひますね。そして少年雑誌《ざつし》を讀《よ》みふけります。

金子　然《しか》し他《た》の刺戟《しげき》も多《おほ》いから昔《むかし》ほど雑誌《ざつし》から影響《えいきやう》されないのぢやありませんか。

丸岡　けれど何しろ雑誌《ざつし》は讀《よ》み易く出來てゐますよ。

平田　それだけにスラ／＼と讀《よ》み流《なが》す弊害《へいがい》がある。

寶塚の外國進出と影響

金子　パーマネントがいけないのキミボクは怪《け》しからんのと言ひますが、寶塚《たからづか》が外國《ぐわいこく》に進出《しんしゆつ》するなどはどうなんです？

帶刀　あれは日本《にほん》クラシックの紹介《せうかい》ですか。

石原　日劇《にちげき》なぞのは純粋《じゆんすゐ》のダンシングチームが行くのでせう。つまりハダカダンスね。

金子　こんな風だとダンサーになりたい娘がますますふえるでせう。

石原　あれは二千人《にん》ほどの志願《しぐわん》者《しや》から百五十人位《ぐらゐ》とるのださうですから、撰ばれた者《もの》は苦勞《くらう》もするし頭《あたま》にしつかりしてゐるのでせうし、親《おや》の方《はう》から言つても、女學校《ぢよがくかう》なんかよりは寶塚《たからづか》に入れた方《はう》が月給《げつきふ》も貰《もら》へていゝと思ふでせう。

金子　ターキーや改原になれる者《もの》が何人《にん》あるか知《し》りませんが、彼女が家を建てたと言へば雑誌《ざつし》に設計圖《せつけいづ》まで出たりしてますます憧《あこが》りますね。……時に、あの人たちの勞働状態《らうどうじやうたい》はどうなんでせう？

阿部　過勞《くわらう》ですね。

金子　スター連《れん》、よく入院《にふゐん》しますね。

阿部　松竹《しようちく》は二部制《せい》ですが、交代《かうたい》の間でも客《きやく》があつたり、部屋《へや》が同《おな》じだつたりでなか／＼休《やす》めないらしいです。歸宅《きたく》は一時半頃《ごろ》ですが、醒《さ》つてもすぐは眠《ねむ》れないし、睡眠《すゐみん》不足になるでせう。

石原　皆《みな》顔色《かほいろ》が惡《わる》いわね。

阿部　御《ご》ひいきの御《ご》きげんも取らねばなりませんし、氣《き》を使ふらしいです。

佐藤　日本《ほん》のレヴューガールは體格《たいかく》がよくないですね。アメリカなんかいゝ身體《からだ》してゐますよ。

金子　切符《きつぷ》賣るのに苦勞《くらう》するやうですね。

阿部　子供《こども》だけにたくさん賣らうと苦勞《くらう》します。

平田　さういふ制度《せいど》、いけないな。

金子　遽中制度《せいど》は歌舞伎《かぶき》もだが歌舞伎《かぶき》は事變《じへん》でいろ／＼革新《かくしん》されたやうですが、レヴューの方へは及《およ》びませんかね。

阿部　藝妓《げいぎ》は相撲《すまう》ならいゝがレヴューは見《み》てはいけないことになつたさうよ。

藝者・女給・妾

金子　藝妓《げいしや》も試驗制度《しけんせいど》になるんですつて？

佐藤　藝本位《ほんゐ》ですかね。

阿部　でも時局《じきよく》で藝妓《げいしや》とてもふえたつてぢやありませんか。

丸岡　顔《かほ》さへよければ藝《げい》はまづくてもいゝわけですか。

金子　藝妓《げいしや》は事變《じへん》以來二割《わり》五分ふえて、客《きやく》は八割《わり》ふえたさうです。

――有夫の女給《ぢよきふ》を禁止《きんし》するといふのはどうでせう？

佐藤　その人たち、玉《たま》の井へ流《なが》れこむでせうね。

金子　有夫の女が媚を賣るのが怪《け》しからんといふのでせう。

金子　それ、藝妓《げいしや》の自衞《じゑい》ですか。

阿部　見榮《みえ》のおもねりでせう。

平田　女給《ぢよきふ》とは媚を賣るものにきまつてゐるのですか。

金子　職業《しよくげふ》はヒモの一掃《いつさう》らしいですが。

石原　女給《ぢよきふ》になるのは生活難《せいくわつなん》からでせう。

丸岡　遊惰《いうだ》な男は女給《ぢよきふ》の夫ときまつてるかしら？

阿部　ヒモを一切たち切つて滿洲《まんしう》へでも送《おく》りますか。

石原　でもこの頃《ごろ》ずいぶん官吏《くわんり》××が待合《まちあひ》へ行くつてぢやありませんか。

丸岡　吉岡《よしをか》さん、待合撲滅《まちあひぼくめつ》を勇敢《ゆうかん》にやりましたね。

平田　實際タバコ所ぢやありませんからね。

金子　お妾《めかけ》もふえたさうね。それもアパート住ひが多《おほ》く、昔《むかし》にくらべてとても實際的《じつさいてき》なんですつて。或る婦人記者《ふじんきしや》の話ですが、その人のアパートに三人妾《めかけ》がゐて、晝間《ひるま》三人《にん》が集《あつ》まつてはシンミリと生活《せいくわつ》の話をしてゐる。一人が早《はや》く金をためて花屋《や》を開《ひら》きたいと言へば、一人は洋裁師《やうさいし》になりたいといふ。旦那《だんな》は旦那《だんな》で省線《しやうせん》からコツ／＼歩い一通つて來ては世帶《たい》じみた時間《じかん》をすごして歸《かへ》つて行く。別《べつ》に音曲《きよく》をやるでもなければ、外から御馳走《ごちそう》をとるでもない。まるで出勤《しゆつきん》でもして來るやうな格恰だつた。

阿部　その旦那《だんな》は一體《たい》どれ位《くらゐ》の階級《かいきふ》なんでせう。

帶刀　月給《きふ》取り程度《ていど》でせう。私のアパートにもゐましたが、旦那《な》はあまりいゝ男なりもしてゐず、家には子供《ども》の五六人《にん》もゐようといふ人でした。

金子　窓《まど》から見《み》越しの松《まつ》がのぞいてゐて女中《ぢよちう》が侍り、すばらしい色男《おとこ》でもみつけようかなんて華《はな》やかなお妾《めかけ》はだんだんなくなるようですね。

石原　藝者《げいしや》でもさうですね。食へさへすれば妾《めかけ》などしないと言ひます。然《しか》し借金《しやくきん》を拂《はら》ふには妾《めかけ》もしなければならない。小金でも貯《た》めつたら足を洗《あら》つてタバコ屋でも開《ひら》きたいと言つてます。

丸岡　小説《せうせつ》への註文通りぢやありませんか。

金子　感心《かんしん》た心がけと賞めていいわけですね。

佐藤　不思議《ふしぎ》な徹底性《てつていせい》もあるものね。

市川　然《しか》し當局《たうきよく》はさういふ問題《もんだい》にはちつともふれない。

帶刀　そりやあ醫者《いしや》自身の[illegible]場所《ばしよ》ですもの。

石原　女郎《ぢよ》はみんな、手鍋《なべ》下げてもいゝから堅氣《かたぎ》になりたいと言ひますね。

阿部　昔《むかし》から藝妓《げいしや》は家が持てないが女郎は持てると言ひます。

佐藤　日本《にほん》ぢや女の人口はどうなんですか。

市川　女の方《はう》がいくぶん少いでせう。

石原　ドイツでは戰爭《せんそう》で男が減つた時、一夫一婦《ぷ》ではやつて行けなくなつたですね。

市川　日本《ぽん》は今だつて一夫多妻《たさい》ですよ。

阿部・日本《ぽん》では妻《さい》と妾《せふ》しかないから窮屈《きうくつ》だつて人があります。愛《あい》人《じん》つてのがないからつて。

金子　そんなことといふと貞操觀念《ていさうくわんねん》に引つかゝりますよ。(笑聲)

石原　でも子供《こ》は必要《ひつえう》だから。

金子　出産《しゆつさん》を奬勵《しやうれい》する時代は來ませう。それには私生兒問題《しせいじもんだい》も解決《かいけつ》出來るといゝ。

阿部　とてもそこまで徹底《てつてい》できないでせう。

市川　近頃《ちかごろ》は右翼《うよく》の方でも女の問題《もんだい》なぞのハッキリしない人は困《こま》るとされてゐるらしい。

阿部　本當《ほんたう》は家庭《かてい》で一杯《ぱい》だから社交《しやかう》のために妾《めかけ》が要るつてのがあるが、夫人《ふじん》には内助《じよ》の力がないわけですね。

男女生活を健やかに

金子　學生《がくせい》の風紀問題《ふうきもんだい》もありますが、近頃《ちかごろ》のやうでは、いゝ男女交際《かうさい》の風潮《ふうてう》など來さうもありませんね。女學生《ぢよがくせい》の兵隊慰問《たいゐもん》なども不健全《ふけんぜん》になり易いやうです。

石原　情操教育《じやうさうけういく》は今の學校《がくかう》に求《もと》められませんね。私の學校時代《がくかうじだい》などまだまだ鷹揚《おうやう》だつたけど。教師《けうし》が「出家《しゆつけ》とその弟子《でし》」を見《み》せにつれて行つてくれた位《くらゐ》でね。翻譯小説《ほんやくせうせつ》なんかでも奬めて讀《よ》ませてくれました。國語《こくご》の先生《せい》でしたが、そのため教科書《けうかしよ》が變つても平氣《へいき》でした。この先生《せい》の影響《えいきやう》は非常《ひじやう》によかつたと今でも感謝《かんしや》を覺《おぼ》えます。かういふ先生《せい》が失くなつて行きますね。この頃《ごろ》は少しゝつかりした人は先生《せい》になりませんもの。いゝ人がゐても堪え切れずに飛び出すし……

阿部　私今アメリカの第二世《だいにせい》を教《をし》へてゐますが、男女共學《だんぢよきようがく》で育《そだ》つて來た人たちなのでちつとも危げがなく、とても明朗《めいらう》です。日本《ほん》の先生《せい》たちが風紀問題《ふうきもんだい》を心配《しんぱい》すると私たちにはそんな心配《しんぱい》はありませんと言ひます。

平田　私のところでは男女《ぢよ》一緒《しよ》に遊《あそ》ばせてゐますが、學校《がくかう》に行つて一緒《しよ》に遊《あそ》んだら他の子《こ》たちにひやかされてすつかりしよげ返《かへ》つてしまひました。日本《ほん》では小さい子同志《こどうし》の交際《かうさい》でさへ萎縮《ゐしゆく》してゐますね。

帶刀　そして子供《こ》の時からお互《たがひ》に異性《いせい》を妙《めう》な興味《きようみ》で話しますね。

丸岡　でも社會《しやくわい》の情勢《じやうせい》は男女《ぢよ》を一緒《しよ》にする方向《はう》に進《すゝ》んでゐます。

金子　さう。男女青年團《だんぢよせいねんだん》の合併《がつぺい》論《ろん》などもありますね。

丸岡　田植《た》えなんかでも男女《ぢよ》一緒《しよ》にやつてるところがあります。その方《はう》が技術《じゆつ》を覺《おぼ》えるにも能率《のうりつ》にもいゝのです。

佐藤　青年團《せいねんだん》なんかと一緒《しよ》にやると間違《まちが》ひが起きるでせう。

平田　仕事《しごと》があるからさうでもありませんよ。

金子　田舍なんか特《とく》に男女《ぢよ》の生活《せいくわつ》がかけはなれてゐるわけぢやありませんからね。

丸岡　學校《がくかう》は規則《きそく》ですから別《べつ》ですが、講習會《かうしふくわい》なんかは共學《きようがく》でやつてゐます。職業婦人《しよくげふふじん》が中々《なかなか》結婚《けつこん》しないのは、一つは男を見《み》る眼《め》が肥《こ》えるからですね。

佐藤　たゞ表面《へう》を眺《なが》める程度《ていど》のものではほんとの所は分らないでせう。

金子　さう深《ふか》い交際《かうさい》は良家のお嬢《ぢやう》さんだつて出來ませんよ。同《おな》じく表面《へう》的な觀察《くわんさつ》とすれば、職業婦《ふ》人《じん》の方《はう》が深《ふか》いでせう。

少年警官のこと

金子　少年警官《けいくわん》はいかゞでせう

佐藤　外國《ぐわいこく》にもあるのかしら?

金子　十七歳《さい》以上《じやう》と言ひますから少年車掌と同《おな》じですね。

帶刀　努力《どりよく》輸出《ゆしゆつ》のために特別《とくべつ》の意味《いみ》はないでせう。

金子　それならば婦人《ふじん》を雇《やと》つてもいゝといふ事《こと》になりますね。

帶刀　警察《けいさつ》の人事《じんじ》相談《さうだん》に何故女を使はないのでせう？

金子　全《まつた》くです。相談《さうだん》でも受付《うけつけ》でも女に出來ますよ。

市川　向ふでもいゝとは思つてるのでせうが、風紀《ふうき》問題《もんだい》がとてもうるさいらしいですね。

佐藤　そりやたつた一人位《ぐらゐ》しか入れないからサ。

金子　今のやうな時に二百人《にん》も一度《ど》に入れゝばいゝですよ。

銃後に働く女性問題

金子　時局《じきよく》で新たに進出《しんしゆつ》した婦人《ふじん》の新職業《しんしよくげふ》もあるでせうが、男が歸《かへ》つたら返《かへ》すべきだから今から覺悟《かくご》して居れと言ふ男があります。

石原　英國《えいこく》でもさうでしたね。

金子　手當要求《ようきう》の闘爭《とうさう》もあつたやうですが、應召者《おうせうしや》の家族《かぞく》は扶助《ふじよ》だけでなく、援護《えんご》しないといけないのではないでせうか。

石原　二人子《こ》供があれば五十圓《えん》も入るので働《はたら》く必要《ひつよう》がない。これは問題《もんだい》でせうね。

丸岡　でもその金額《きんがく》だん〳〵少くなるのぢやありません？

阿部　女を入れゝば被疑者《ひぎしや》の取扱《とりあつか》ひもよくなるでせう。

金子　さあ、議會《ぎくわい》の女看守《かんしゆ》の場合《ばあひ》は女のわるさが出ましたね。勿論《もちろん》過渡的《くわとてき》のものでせうが、あまり杓子《しやくし》定規に一々財布《さいふ》の中《なか》まで調《しら》べる。然《しか》し警察《けいさつ》の方は分野《ぶんや》が廣《ひろ》いから女を入れる場所《ばしよ》はある筈《はず》です。

石原　衞生事務《えいせいじむ》なんかね。

帶刀　男は衞生方面《えいせいはうめん》をいやがるさうですね。だから衞生婦人會《えいせいふじんくわい》など作つて利用《りよう》してゐる。

平田　でもあれはお料理《れうり》で作つてるだけのものもあれば、女はただお手先だけのものもあります。

石原　いゝえ、規則《きそく》が改正《かいせい》されてドン〳〵ふやされていきますよ歸《かへ》れば恩給《おんきふ》はつくし……。

平田　遺族《いぞく》の子のお母さんが死《し》ぬと、その子《こ》をあつちでもこつちでも引《ひ》き取らうとするのですつて

金子　働《はたら》きたい女はたくさんゐるのですが、役場《やくば》の相談所《さうだんしよ》でも國防婦人會《こくばうふじんくわい》でも仲々《なか〳〵》世話が出來ないらしいですね。

石原　授産場《じゆさんぢやう》なんかの仕事《しごと》もあまり安《やす》くて氣《き》の毒《どく》みたいよ。

金子　託兒所《たくじしよ》が足りません。乳兒《にゆうじ》を持つて働《はたら》きたい女が多《おほ》いのですが。

丸岡　厚生省《かうせいしやう》もやる〳〵と言つても掛聲《かけごゑ》だけだし。

平田　應召者《おうせうしや》の他にもそれ以上《いじやう》辛い人たちがゐます。物資統制《ぶつしとうせい》による失職者《しつしよくしや》など。

石原　失職者《しつしよくしや》のおかみさんの授産《じゆさん》がもつと緊急《きんきふ》ぢやないでせうか

金子　だから應召家族《おうせうかぞく》なんて制限《せいげん》せずに一般《いつぱん》の託兒所《たくじしよ》をこしらへるとよい。母子保護法《ぼしほごはふ》の豫算《よさん》など今度《こんど》はすつかり削《けづ》られて、やつと半分《はんぶん》の二萬何千しか取れなかつたのですよ。

佐藤　たつたそれつぽつち？

金子　母子《ぼし》ホームでも既設《きせつ》の建物を利用《りよう》してたつた三つしか出來ません。

石原　この間滿洲事變《まんしうじへん》の未亡人《みばうじん》ホームがやつと出來たさうですがこの分ぢや今の人の分は何年先《なんねんさき》になることか。

金子　金は役所《やくしよ》にあつても誰《だれ》か責任《せきにん》を持つて立案《りつあん》するといふこともないので。

佐藤　託兒所《たくじしよ》問題《もんだい》、省で大臣擧げるとよい。

平田　みんな立つてくれゝば實務《じつむ》は私がします。

帶刀　婦人運動《ふじんうんどう》全體《ぜんたい》として今一番《ばん》何が大切《だいじ》かといふことを考《かんが》へる必要《ひつよう》ありませんか。

阿部　平田《ひらた》さんところ大《おほ》きくなつたでせうね。

平田　みんなが困《こま》るから頼《たの》む頼《たの》むと言つて來るので斷《ことわ》れません。この夏休《なつやす》みにやつたテント託兒所《たくじしよ》など、一週間《しうかん》で八千人收容《にんしうよう》しました。金さへあれば既設《きせつ》の事務所《じむしよ》、町會《ちやうくわい》でも、テントでも利用《りよう》して、お嬢《ぢやう》さんを動員《どういん》してゞもやれます

金子　然《しか》し出來るといふことゝ實際《じつさい》に出來ることゝの間には相當《さうたう》距離《きより》があるのでね。

市川　何故出來ないかは人と時間《じかん》の問題《もんだい》です。經濟《けいざい》でない。

金子　第一線《だいいつせん》に立つ女がゐないのです。平田さんのやうに模範《もはん》を示《しめ》しても眞似《まね》手がない。

佐藤　政府《せいふ》では託兒所《たくじしよ》とか、共同炊事《きようどうすいじ》とかいふ傾向《けいかう》に反對《はんたい》してゐるといふことではないの？

金子　それはごく一部の人の話で、政府《せいふ》といふほどではありません。

佐藤　反動分子《はんどうぶんし》の反對《はんたい》ですね。

金子　今度《こんど》大阪《おほさか》に一萬人《にん》の配給《はいきふ》をする大共同炊事所《だいきようどうすいじしよ》が出來たさうですね。かういふ試《こころ》みはどこでもいゝからドン〳〵やつてくれるとよい。テント託兒所《たくじしよ》のことなんかも田舍で話したらとても共鳴《きようめい》されました。

平田　託兒所《たくじしよ》をやれる人を養成《ようせい》したいナ。

佐藤　愛婦《あいふ》は一體《いつたい》何してゐるのです？

金子　愛婦《あいふ》は社會事業《しやくわいじげふ》から全面的《ぜんめんてき》に後退《こうたい》してゐます。社會事業《しやくわいじげふ》に手をのばしすぎたといふ不名譽《ふめいよ》を取返《とりかへ》さうとしてゐるのです。でも地方《ちはう》の支部《しぶ》では託兒所《たくじしよ》をほしがらない所はありません。

石原　地方《ちはう》の人が共同炊事所《きようどうすいじしよ》がほしいがどうして作つたらいゝか分らないと言つてゐました。

佐藤　さういふのを中央《ちゆうあう》に聯絡《れんらく》する機關《きくわん》がないと困《こま》るわね。

金子　だから私は愛婦《あいふ》でも女聯でも呼《よ》ばれたら出來るだけ行くことにしてゐます。

佐藤　婦人界《ふじんかい》は多士濟々《たしせい〳〵》だのに實行力《じつかうりよく》ないのね。

市川　經濟力《けいざいりよく》がないからとも言へる。

平田　火をつけて廻《まは》る專門家《せんもんか》、實行《じつかう》する專門家《せんもんか》といろ〳〵要《い》ります。

市川　而《しか》もその仕事《しごと》が骨《ほね》が折《を》れるから、一寸《ちよつと》始《はじ》めてもすぐ止めるのですよ。何しろほんとうに働《はたら》く人は十人《にん》とゐないのだから。

佐藤　有閑階級《いうかんかいきふ》の女が出ればいいのに。

平田　有閑階級《かいきふ》の婦人《ふじん》なんて何んにもなりませんよ。使ふのに骨《ほね》も折《を》れるし、金もかゝるし――。

帶刀　大體《だいたい》政府《せいふ》がすべきことを婦人團體《ふじんだんたい》がやらうとするのだから無理《むり》ですね

佐藤　託兒所《たくじしよ》の間に連絡《れんらく》はないのですか。

平田　ありますとも。

市川　あつてもそれ〴〵自分《じぶん》の團體《だんたい》にどうして政府《せいふ》から金を取らうかといふことや自分の生活《せいくわつ》を立てるのに一杯《ぱい》で、それ以上《いじやう》には出られないのですよ。

平田　託兒所《たくじしよ》に働《はたら》く人は朝《あさ》は六時《じ》から晩《ばん》の六時《じ》まで働《はたら》くのです。託兒法《たくじはふ》の研究《けんきう》でもする人はよほど感心《かんしん》な努力家《どりよくか》ですよ。

佐藤　一人でやつてるの?

平田　あなたは下僕《げぼく》に過《す》ぎないのね。(笑聲)保姆一人で五人《にん》の託兒を持つのが規則《きそく》ですが、大抵《たいてい》八人位《にんぐらゐ》は持たねばならない。それで一人前《まへ》の月給《げつきふ》が拂《はら》へるのでもないのですからね。

佐藤　國家《こくか》にさせるんだわね。

平田　何十年《ねん》もさう叫《さけ》んでゐるけれど少しもきいてもらへない。

佐藤　政府《せいふ》の機關《きくわん》を婦人《ふじん》の手に入れなければダメね。

婦人運動よ興れ

丸岡　今こそ婦選運動《ふせんうんどう》をやるべき時ではないの。

金子　やれる所ではやつてゐますよ。

丸岡　婦人《ふじん》はドシ〳〵進出《しんしゆつ》してゐるのだから、權利《けんり》だつて主張《しゆちやう》出來るでせう。

市川　この進出《しんしゆつ》をどうしたら組織《そしき》出來るか。どう理想《りさう》を後退《こうたい》させないでやるかに苦勞《くらう》してゐます。

金子　私は大《おほ》いに期待《きたい》をかけてゐるのですよ。福岡《ふくをか》では市會淨化《しくわいじやうくわ》問題《もんだい》で婦人《ふじん》が街頭演說《えんぜつ》をしてゐましたし、市政《しせい》への關心《くわんしん》はグン〳〵高《たか》まつてゐます。そして婦人《ふじん》の要求《えうきう》も出してゐます。婦人公民權《ふじんこうみんけん》の獲得《くわくとく》などは實際《じつさい》として分るやうになつて來ました。

帶刀　實質的《じつしつてき》に女がのびて來てゐることはたしかですね。

金子　昔《むかし》參政權《さんせいけん》を說《と》いた頃《ころ》には出て來なかつたおかみさんたちが國防《こくばう》では出て來る。出て來た分をつかまへることは非常《ひじやう》に易いと思ひます。

金子　婦人辯護士《ふじんべんごし》が去年《きよねん》一人に今年《ことし》は二人登記《とうき》に通《とほ》りましたね。

帶刀　口述《こうじゆつ》では試驗官《しけんくわん》が意地惡《いぢわる》したといふ話ではないの?

金子　女が新しい職業《しよくげふ》に入るといつも男が邪魔《じやま》をしますね。

佐藤　アメリカには婦人辯護士《ふじんべんごし》が一千八百人《にん》ゐます。

金子　ドイツだつてゐます。

佐藤　素晴《すば》らしい知識婦人《ちしきふじん》は日本《にほん》にゐませんものね。これで家庭《かてい》に歸《かへ》されたらみじめなものになる。女よフレー、フレー。

金子　ではこれで。どうもありがたうございました。

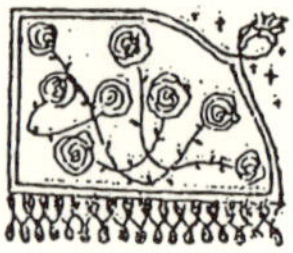

若《わか》い女《ぢよ》

快活を保つこと

佐藤俊子

嘗《かつ》て西洋《せいやう》の婦人《ふじん》は一切《さい》タバコをのまない事《こと》が道德《だうとく》とされ、男子《だんし》が婦人《ふじん》の前《まへ》でタバコを喫《す》ふ時《とき》は必《かな》らず「タバコをのんでも宜《よろ》しいでせうか。」と、どんな見知《みし》らない婦人《ふじん》に對《たい》しても一應《おう》の禮儀《れいぎ》として斷《ことわ》りを云《い》つたものであつた。

それが大戰後《たいせんご》多《おほ》くの壯者《さうじや》を戰場《せんぢやう》に死《し》なして生活《せいくわつ》の扶養者《ふやうしや》を失《うしな》つた婦人《ふじん》たちが、自《みづ》から職業戰線《しよくげふせんせん》に、進出《しんしゆつ》しなければならなくなつた頃《ころ》から、云《い》ひ代《か》へれば劃期的《くわくきてき》に世界《せかい》に職業婦人《しよくげふふじん》が激增《げきぞう》した頃《ころ》から、次第々々《しだい〱》に婦人《ふじん》の間《あひだ》にタバコをのむ事《こと》が流行《りうかう》しだした。この流行《りうかう》がやがて女學生《ぢよがくせい》の間《あひだ》にも浸潤《しんじゆん》して、アメリカなどでは教育者間《けういくしやかん》の問題《もんだい》になり、大學《だいがく》など特《とく》に婦《ふ》人喫煙《じんきつえん》に對《たい》する嚴《きび》しい取締《とりしまり》が行《おこな》はれ、タバコを喫《す》つてゐる女學生《ぢよがくせい》には嚴《きび》しい罰《ばつ》を加《くは》へると云《い》ふ樣《やう》な騷《さわ》ぎになつた。無論《むろん》喫煙《きつえん》はレディの品位《ひんゐ》を低《ひく》め、舊來《きうらい》の婦人《ふじん》の美德《びとく》を傷《きず》つけると云《い》ふのが理由《りいう》なのだが、こんな取締令《とりしまりれい》には頓着《とんちやく》なく婦人《ふじん》の喫煙《きつえん》は益々《ますく》盛《さか》んになるばかりで、結果《けつくわ》は遂《つひ》に婦人《ふじん》の好《この》むまゝに放任《はうにん》され、取締令《とりしまりれい》は婦人《ふじん》のタバコの煙《けむ》に卷《ま》かれた結果《けつくわ》になつてしまつた。

現在《げんざい》では婦人《ふじん》がタバコをのむことは日常事《にちじやうじ》となり、晝休《ひるやす》みなどに職場《しよくば》から晝飯《ひるめし》を食《た》べに來《き》てゐるガールたちの集《あつま》るレストランや百貨《くわ》店《てん》の食堂《しよくだう》などでは、タバコを喫《す》つてゐない者《もの》がなく、應接室《おうせつしつ》で婦人客《ふじんきやく》にタバコを勸《すゝ》めることも接待《せつたい》の一《ひと》つにさへされてゐる程《ほど》で、最早《もは》や今日《こんにち》では問題《もんだい》ではないが、この樣《やう》に何《ど》うしてタバコが西洋婦人《せいやうふじん》の間《あひだ》に流行《りうかう》しだしたかと云《い》へば、働《はたら》く婦人《ふじん》が仕事《しごと》から解放《かいはう》されて吻《ほつ》とした休養《きうやう》の時間《じかん》に、思《おも》はずタバコを求《もと》めた嗜《し》好《かう》から初《はじ》まつたことは無論《むろん》で、その流行《りうかう》が女《ぢよ》

性《せい》の教《けう》育《いく》

學生間《がくせいかん》に波及《はきふ》したのは、如何《いか》にも斬新《ざんしん》な一《ひと》つのアッピアランスへの若《わか》い娘《むすめ》の憧憬《しようけい》から來《き》たと云《い》へよう。今《いま》まで男性《だんせい》の外《ほか》には手《て》にも觸《ふ》れなかつたタバコを婦人《ふじん》がその指《ゆび》に挾《はさ》み、口《くち》に銜《くは》へて煙《けむ》りを吐《は》く形《かたち》はいかにも舊《ふる》い殼《から》を脱《ぬ》いだ時代的《じだいてき》な新《あた》らしさと、進歩的《しんぽてき》なものが感《かん》じられたに違《ちが》ひない。

日本《につぽん》の女學生《ぢよがくせい》の間《あひだ》でも嘗《かつ》て斷髮《だんぱつ》が流行《りうかう》した時《とき》、全國《ぜんこく》の女學校長會議《ぢよがくかうちやうくわいぎ》でこの禁止《きんし》を決議《けつぎ》したさうだが、結局斷髮流行《けつきよくだんぱつりうかう》に勝《か》ちを制《せい》せられ大勢《たいせい》の赴《おもむ》くところ如何《いかん》とも爲《な》し難《がた》く決議《けつぎ》を撤《てつ》回《くわい》したなども、右《みぎ》に能《よ》く似《に》た一例《れい》であらう。

斷髮《だんぱつ》は活潑《くわつぱつ》な擧動《きよどう》に適當《てきたう》な髮形《かみかたち》だし、髮《かみ》を結《ゆ》ふ手數《てすう》も要《い》らず、簡單《かんたん》で便利《べんり》で外形《ぐわいけい》から見《み》ても輕快《けいくわい》で近代的《きんだいてき》な感覺《かんかく》がある。若《わか》い娘《むすめ》がこれを好《この》むのは當然《たうぜん》で流行《りうかう》が禁止《きんし》など乘《の》り越《こ》えたのは無理《むり》がない。

ところで最近《さいきん》は女學生《ぢよがくせい》の亂暴《らんぱう》な言葉《ことば》づかひと云《い》ふのが問題視《もんだいし》され、文部省《もんぶしやう》がこれに干渉《かんせふ》を加《くは》へるさうだが、恐《こは》い顏《かほ》をする相手《あひて》が單《たん》なる教育當事者《けういくたうじしや》でなく、爲政《ゐせい》の當局者《たうきよくしや》であるだけに何《なん》となく滑稽《こつけい》な感《かん》じがある。

女學生《ぢよがくせい》がどれほど亂暴《らんぱう》な言葉《ことば》を使《つか》つたところで、醉《よ》つ拂《ぱら》ひが管《くだ》を卷《ま》くやうな言葉《ことば》を常時《じやうじ》使《つか》つてゐるわけでも無《な》からうと思《おも》ふ。たかだか男性《だんせい》の使《つか》ふやうな言葉《ことば》を使《つか》ひ、その代表的《だいへうてき》なものが「キミ、ボク」程度《ていど》のことに、文部《もんぶ》大臣《だいじん》が恐《こは》い顏《かほ》をして見《み》せるのは大人氣《おとなげ》ないやうである。斯《か》う遊《あそ》ばせとか、彼《あ》あ遊《あそ》ばせとか、然《さ》うざあますとか云《い》つた言葉《ことば》こそ迂遠《うゑん》で、徒《いたづ》らに儀禮的《ぎれいてき》で、煩瑣極《はんさきは》まりないものだが、あなたがキミで片付《かたづ》き、わたくしがボクで片付《かたづ》くなら簡單《かんたん》で明瞭《めいれう》である。勿論日常用語《もちろんにちじやうようご》の習慣性《しふくわんせい》からキミ、ボクが男子《だんし》の用語《ようご》、あなた、わたくしが女子《ぢよし》の用語《ようご》とされてゐる限《かぎ》り、女學生《ぢよがくせい》も結婚《けつこん》したあかつきには良人《をつと》をつかまへてキミとも云《い》はないであらう。若《も》し第《だい》一云《い》つたところでそれはその人一個《ひとこ》の家庭内《かていない》の私《し》事《じ》であり、日本全國《につぽんぜんこく》の女性《ぢよせい》が悉《ことごと》くキミ、ボクに用語《ようご》を改正《かいせい》して（自然的《しぜんてき》に）了《しま》つたところで、これは國家的《こくかてき》、政治的重大事《せいぢてきぢうだいじ》とも思《おも》はれない。

私《わたし》は新知識《しんちしき》を土臺《どだい》にして生活《せいくわつ》してゐるやうな家庭《かてい》などで、お母《かあ》さんが息子《むすこ》にキミと云《い》つてゐるのを聞《き》く事《こと》があるし、又夫《またをつと》が妻《つま》にキミと云《い》つてゐるのを聞《き》くことがあるが、これは明《あ》けつ放《ぱな》しの親《した》しみが感《かん》じられて快《こころよ》いものである。女學生同志《ぢよがくせいどうし》も相對的《さうたいてき》にキミ、ボクと云《い》つてゐるやうな間柄《あひだがら》は特《とく》に親愛的《しんあいてき》な感《かく》じが含《ふく》まれるのであらう。

今後《こんご》の若《わか》い女性《ぢよせい》は活動的《くわつどうてき》であることが期待《きたい》されるほど、益々《ます〳〵》活潑《くわつぱつ》にならねばならない。活潑《くわつぱつ》と亂暴《らんばう》とは性質《せいしつ》が違《ちが》ふなどゝ云《い》ふ様《やう》な末《まつ》梢論《せうろん》は別《べつ》として、昔《むかし》の女性《ぢよせい》のやうに淑《しと》やかにぞろ〳〵とはして居《ゐ》られない時代《じだい》なのである。人間《にんげん》は誰《だ》れでも忙《いそが》しい時《とき》には言葉《ことば》までがぞんざいになる。活潑《くわつぱつ》になるとそれに適合《てきがふ》した言葉《ことば》が使《つか》ひ度《た》くなる。少《すこ》しばかり女學生《ぢよがくせい》が亂暴《らんばう》な言葉《ことば》を使《つか》つたからと云《い》つて事《こと》〴〵しく敢《あ》へて咎《とが》める必要《ひつえう》はないことである。映畫館《えいぐわくわん》出《しゆつ》入禁止《にふきんし》に至《いた》つては本末逆轉《ほんまつぎやくてん》の愚論《ぐろん》で、映畫《えいぐわ》を女學生《ぢよがくせい》に見《み》せないことを考《かんが》へるよりも女學生《ぢよがくせい》を樂《たの》しませ、敎育《けういく》させ、人生《じんせい》を學《まな》ばせ、又《また》その精神《せいしん》を明朗《めいらう》にさせ得《う》るやうな映畫《えいぐわ》の製作《せいさく》を先《さき》にすべきで、若《わか》い娘《むすめ》に見《み》せられない様《やう》な低《てい》俗《ぞく》な日本映畫《にっぽんえいぐわ》の排斥《はいせき》をこそ、先《ま》づ考《かんが》へるのが敎育當事者《けういくたうじしや》の義務《ぎむ》だと云《い》ふことを忘却《ばうきやく》してゐるやうである。映畫藝術《えいぐわげいじゆつ》は誰《だ》れが要求《えうきう》してゐるのでもない。時代《じだい》が要求《えうきう》してゐるのである。これと同《おな》じ時代《じだい》の風潮《ふうてう》の中《なか》に生《い》きる若《わか》い娘《むすめ》たちに、特《とく》に映畫《えいぐわ》だけにその眼《め》をつぶらせようと云《い》ふ様《やう》な時代《じだい》に無知《むち》な、不合理《ふがふり》な、倫《りん》理觀《りくわん》を敎育當事者《けういくたうじしや》が保持《ほぢ》する限《かぎ》り、徒《いたづ》らに皮《ひ》相《さう》な女學生《ぢよがくせい》イヂメの場面《ばめん》が展開《てんかい》されるばかりで、本質的《ほんしつてき》な女子《ぢよし》敎育《けういく》の進歩《しんぽ》など望《のぞ》まれないのである。

連載小説

西班牙踊

佐藤俊子

宮本三郎ゑ

第1話

（一）

靑《せい》年は銀子が出演《えん》してゐた間中十日の間といふもの每晩綺麗《まいばんきれい》な花を贈《おく》つてよこした。

銀子はまだ大して有名なダンサアになつてゐたわけではなかつた。だが一度ダンサアとして興行《こう》界《かい》へ自分の藝《げい》を賣《う》り出してからはそれからそれへと不思議《しぎ》に自分の藝《げい》で食べる道筋《みちすぢ》がついて行つた。一寸したショウの十日間興行《こう》などによく買《か》はれた。クラシックなスパニッシュの舞踊《ぶよう》を器《き》用に踊《おど》り、さして美《うつく》しい容貌《ようぼう》ではなかつたが彼女の細《ほそ》い身體《からだ》に客《きやく》を魅《み》する柔かなリズムがあつた。

別《べつ》に藝《げい》で立つといふ自信《しん》があつたのでもなかつた。だがそれが便《べん》利《り》な生活《くわつ》手段《だん》のやうになり、何も一流《りう》になるといふやうな野《や》心さへ持《も》たなければ安易《い》な、獨《どく》立した職《しよく》業《げふ》で通《かよ》つて行ける上に、じめ〳〵した環境《くわんきやう》からも離《はな》れることが出來て、もう一年越《こ》しそんな生活《くわつ》を送《おく》つて來た。人の姿をしてゐる母親《おや》の傍で育《そだ》てられ、年ごろになつてからその同じ人に身體《からだ》を蹂躙《じうりん》されてからは一度は自暴《ばう》自棄《き》になつたこともあつたが、自分の好きだつたスパニッシュダンスに身《み》を入れて、そんな過去《くわこ》は自分で抹殺《まつさつ》し、何でもいゝから獨《どく》立した生活《くわつ》に入らうと一生懸命《けんめい》になつた――その眞面目《まじ》さを銀子は人にもいはずに密《ひそか》な自分だけの誇《ほこ》りにして胸《むね》に抱《いだ》いてゐる。戀《こひ》などを一度も考《かんが》へたことさへなかつたのは、自分の體だけがすでに男を知《し》つたその男へのニヒリズムからなのであつた。

毎晩《まいばん》樂屋《がく》へ花を贈《おく》つてくれるやうな青《せい》年に、別《べつ》に興味《きようみ》を持《も》つたのでもなかつたが、このごろこんな古い純情《じゆんじやう》で、ロマンチックな匂《にほ》ひを自分の周圍《しうゐ》に振《ふ》り撒くやうな男のあることが珍《めづ》らしかつた。どんな青《せい》年か觀客席《くわんきやくせき》から見《み》出ださうと、眼《め》でその人を迎《むか》へるやうにダンスの中から注意《ちゆうい》して眺《なが》めたりしたが、薄暗《うすくら》い席《せき》から見《み》たこともない男を求《もと》めるのはむづかしかつた

その青《せい》年が興《こう》行の終《おは》る日に逢《あ》ひたいといつて來た。

最《さい》後の晩《ばん》のプログラムはエスパニヤカニであつた。銀子の一番好きなこの踊《おど》りを、赤《あか》い衣裳《いしやう》で踊《おど》り抜《ぬ》き、カスタネットの調《てう》子も自分ながら氣持《きもち》がよいほど調《てう》子に乘《の》つて、喝采《かつさい》を浴《あ》びながら部屋《へ》に戻《もど》ると青《せい》年からの使《つか》ひが、樂《がく》屋の表《おもて》で待《ま》つてゐると言傳《ことづて》した。小さいス

トツケースにその晩《ばん》の自分の衣裳《いしやう》を入れたのを輕《かる》く携《たづさ》へ一座《ざ》のものに別《わか》れて裏口《うら》から出ると、直《す》ぐそこに脊《せ》の高い青年《せい》が立つてゐた。

「僕《ぼく》、村尾《を》――」

羞恥《しうち》で赤《あか》くなつてゐるのかと思《おも》ふ樣に躊躇《れゆ》らつた表情《へうじやう》で銀子の傍へ寄《よ》つて來た。そして銀子の下げてゐたスーツケースを持《も》つてやらうとするやうに手を出した。

「あなたが毎晩《まいばん》花を下すつたの？どうも有難《がた》う御座《ざ》いました。頂《いただ》いた花は毎晩《まいばん》家へ持《も》つて歸《かへ》つてゐるのよ。今夜も」

銀子の左手に青年《せい》が贈《おく》つたカーネエションの花が抱《かゝ》へられてゐる

「毎晩《まいばん》花を上げないと寢《ね》られない**やうな氣がしたもんですから」**

東京のアミユーズメント・センタアといはれる有樂町《らく》には晩《ばん》春の街燈《がいとう》の火がやゝ亂雜《らんざつ》に劇《げき》場の竝《なら》んだ電燈《でんとう》と交錯《かうさく》してゐる。眉《まゆ》だけを描《えが》き、口紅《べに》だけの濃《こ》い銀子の顏《かほ》はダンサアといふよりは、職業婦人《しよくげふふじん》のやうな技巧的《ぎかうてき》な表情《へうじやう》もなく、さつぱりとしてゐる。黑《くろ》いワンピースに黑《くろ》いオバアを着て、靴《くつ》も黑《くろ》かつた。薄《うす》い藍色《あゐいろ》の洋服《やうふく》に赤《あか》の混つたネクタイをつけた青年《せい》の服裝《ふくさう》はだみな銀子と竝《なら》んで浮《う》き出すやうに派手であつた。同じやうな藍色《あゐいろ》の帽《ばう》子を被り、女の目を惹《ひ》くやうな好いスタイルだと銀子は思《おも》つた

「もう、ずつとお歸《かへ》りですか。御用はないのでせうか」

村尾《を》が遠慮《ゑんりよ》さうにいつてゐる。

散《さん》歩をしてもよいと銀子が、朧《おぼろ》に暈《かさ》をきてゐる月を仰《あふ》ぎながらいつた。

「明日からは暇《ひま》になります。今夜はゆつくりできるんです」

そして二人は、ぶら〱と日比谷《や》公園《えん》の方へ足《あし》を向《む》けたのであつた。――

それが二人の初《はじ》めて逢《あ》つた夜で

あつた。銀子はその晩《ばん》の思《おも》ひ出を自分の生活《くわつ》の中での一番美《うつく》しい畫《ゑ》のやうに思《おも》ひ浮べた。月の光《ひか》りは公園《ゑん》の繁《しげ》つた樹《き》々にまで達《とゞ》かなかつた。爽《さわ》かな夜の空《くう》氣を吸《す》ひながら、銀子は自分の心臓《ざう》からそんな爽《さわ》かな空《くう》氣が吐《は》き出されるのではないかと思《おも》ふほど、身體《からだ》の底《そこ》から淸新《せい》なものが感《かん》じられた。初《はじ》めて自分の生活《くわつ》が生れるやうな喜《よろこ》び――そんな喜《よろこ》びがどこから來るのか、そんなことを解らうともしないで、水の邊《ほとり》、木の繁《しげ》みの中、草《くさ》花の中を歩いた。自分の歩く傍に今夜初《はじ》めて逢《あ》つた靑年《せい》がゐるといふことを時には忘《わす》れ、そしてまたその靑年《せい》がゐるといふ意識《いしき》の中で冴《さ》え〴〵した喜《よろこ》びが溢《あふ》れてくる。

二人は口をきかなかつた。臆病《おくべう》な靑年《せい》を感《かん》じるほど銀子も臆病《おくべう》であつた。

「あなたはどういふかたなの」

銀子は幾度《いく》も聞かうとしながらさういふことを聞くことが他人《た》がましい感《かん》じを持《も》たせはしないかといふいたはりで、默《だま》つてしまふ。

時々二人は顔《かほ》を見《み》合はせた。輪《りん》廓《くわく》のくつきりした口許《もと》の小さい男の顔《かほ》は、自分よりは年少なのであらうと想像《さうざう》するほど羞《はにか》んだ愛《あい》らしさを持《も》つてゐる。

「あなたはダンスがお好きなのね」

漸《やうや》くさういつた時、

「あなたのダンスが好きなのです」

と靑年《せい》が答《こた》へた。そして自分も音樂《おんがく》が好きでマンドリンを專門《せん》にやつてゐるけれども、物にならない。自分の才能《さいのう》がまるで缺《か》けてゐながら、狂氣《きやう》のやうに音樂《おんがく》を愛《あい》すものほど不幸《かう》な者はない。あなたのダンスを見《み》てゐると自分の才能《さいのう》をまるで忘《わす》れて踊《をど》つてゐる。あんな自然《ぜん》なリズムの美《び》を感《かん》じさせる踊《をど》りは見《み》たことがなかつたと靑年《せい》がいふのであつた。

「私は自分の踊《おど》りを賞められてもちつとも嬉《うれ》しくないんですの」

それはお世辭《じ》への皮肉《ひにく》ではないと銀子は眞顔《まがほ》で辯解《べんかい》した。

その翌晩《よくばん》も二人は同じ場所で逢《あ》つた。

銀子はそれが男の純愛《じゆんあい》だと信《しん》じた。

「もし僕《ぼく》たちの間に何かゞ起《おこ》つたとしたら、それはきつと起《おこ》つてはいけないことなのではないか知《し》らら。これからのあなたの生活《くわつ》を築《きづ》く上にきつと僕《ぼく》が邪魔《じやま》だけをすることになるのではないか知《し》ら」

さういひながら男の抱擁《はうよう》の力は銀子の五體《たい》が崩《くづ》れるほどに强《つよ》かつた。そしてヒステリツクな激《はげ》しい熱情《ねつじやう》で、銀子のまだ戀《こひ》ずれのしないこゝろを灼《や》かれた。

それを戀愛《れんあい》だと思《おも》ふのには、何か男の方からの壓倒的《あつたうてき》なものばかりが感《かん》じられた。いはゞ自分の方からの愛情《あいじやう》を注《そゝ》ぎ、自分の愛《あい》で男を包《つゝ》まうとする暇《ひま》のないほど、男からの愛情《あいじやう》が重くのしかゝつて來るやうな感《かん》じであつた。

それは銀子に取つて受《う》けた掌から男の愛《あい》が漏《も》れてしまふほどの過《くわ》剩《じよう》なものであつた。それを漏《も》らすまいとして、身體《からだ》いつぱいに男の愛《あい》を受《うけ》取らうとして、銀子は男へ自分の眞情《しんじやう》をひた向《ひ》きに向《む》けようとした。

「あの人の熱《ねつ》に引きずられたといふのではなかつたんだけど」

銀子は今になつて、二人の戀愛《れんあい》のはじまつた最初《さいしよ》を考《かんが》へては、こんなことを村尾《を》の姉の龍子《たつ》に語《かた》ることがある。

そんな戀愛《れんあい》からとうとう同棲《せい》するまでになつて、二人の新らしい生活《くわつ》を小さいアパートメントの一室《しつ》から出發させた。村尾《を》は時々はマンドリンの彈手でステーヂにも出ることもあつたが、銀子との生活《くわつ》が始《はじ》まつてからは銀子の關係《くわんけい》から自分の仕事《しごと》の道《みち》が今までよりも展かれて行くやうな希望《きばう》もあつて戀愛《れんあい》の陶醉《たうすゐ》は二人の生活《くわつ》を一層濃《そうのう》厚《こう》にした。蜜《みつ》のやうに甘《あま》い生活《くわつ》とは、本當《たう》に二人のやうな戀愛《れんあい》生活《くわつ》をいふのではないかと銀子は思《おも》ひそしてかうした樂《たの》しい時間は二人が生きる限《かぎ》り二人の間に續《つゞ》くものと信《しん》じた。

「そんな風《ふう》に私を信《しん》じさせたものは村尾《を》の愛《あい》だつたんだわ。あんな強《つよ》い愛情《あいじやう》といふものが、もし人間の生活《くわつ》に與《あた》へられるなら、ほんとうに人間なんてそんな幸福《かうふく》の瞬間《しゆん》に死んでしまつた方がいゝのね。私は今になつて、どうして去年《きよ》のあのころに、村尾《を》の純愛《じゆんあい》を信《しん》じたまゝで死んでしまはなかつたのかと思《おも》ふ」

二人の生活《くわつ》がはじまつてまだ二年足《た》らずに村尾《を》にはもう新らしい戀人《こひ》ができてゐた。

（二）

自分の所有になつた銀子を、もう絶對《ぜつたい》に舞台《よたい》に出すのはいやだといふ。その踊《おど》る姿《すがた》を觀客《くわんきやく》に見《み》せるのはいやだと村尾《を》に眞劍《しんけん》にいはれた時、銀子は村尾《を》の愛情《あいじやう》を大切《せつ》に思《おも》ふ上から、再《ふた》び舞台《よたい》には出ないと約束《やくそく》した。本當《たう》に自分の踊《をど》りはそれを天才《さい》だと信《しん》じてくれるやうな男にだけ見《み》せればいゝやうなものであつた。そしてまた、自分の身體《からだ》を公衆《しゆう》の前に曝《さ》らすことは、村尾《を》の愛《あい》を裏切《うらぎ》るものだ――と銀子はまじめに考《かんが》へさへした。赤《あか》い衣裳《いしやう》でエスパニヤカニを踊《をど》つたそれが最後《さい》であつた。銀子はその時ぎりで自分の藝《げい》を賣《う》ることを止した。

「銀子。こつちを向《む》いて。あなたの眼《め》をよく見《み》せて」

「銀子は何故僕《ぼく》の傍にゐないの。ちつとも僕《ぼく》の傍にゐないのね。お室《へや》の仕事《こと》なんか抛つてお置《お》きよ。僕《ぼく》の傍にゐなければいけないんだよ」

「銀子の身體《からだ》はちつとも僕《ぼく》の腕《うで》の中で落着《おち》いてゐない。いやになつてしまふ」

村尾《を》はかうして銀子に甘《あま》える。室《へや》に二人がゐる間は少しでも自分の傍から銀子を離《はな》したがらない。自分の仕事《こと》で外出した時、歸《かへ》つて來てからの窒《ちつ》死しさうな愛撫《あいぶ》——

「僕《ぼく》のゐない間に銀子が小鳥《とり》のやうに飛《と》んで行つてしまつたやうな氣がするんだよ」

まるで男が眞實《しんじつ》にさう考《かんが》へてゐるやうに、室に飛《と》び込《こ》むと喘《あへ》ぐやうにいふのであつた。一分でも、一秒《べう》でも二人の身體《からだ》が離《はな》れ〲になつてゐる時間の苦痛《くつう》に、男が堪《た》へられないといふやうな迫《せま》つた愛《あい》情《じやう》の表現《へうげん》を、銀子はそのまゝに自分の身體《からだ》と心で抱《いだ》き緊めた。

年齢は同じの二十六であつたが銀子には村尾《を》が十四五の少年のやうにも思《おも》はれる時があつた。朝鮮《せん》で木材《ざい》の事業《じげふ》を經營《けいえい》してゐた村尾《を》の父が死んでから兄がその後を繼《つ》いでゐた。そして母親《おや》から村尾《を》の無心への送《そう》金があつた外には、村尾《を》が時々賴《たの》まれるステーヂや放送《はうそう》の報酬《はうしう》だけでは二人の生活《くわつ》は樂《らく》ではなかつた。銀子は銀子で不足《そく》な生活費《くわつひ》を時々は横濱《よこはま》の母のところへ賴《たの》んでやることもあつたが、そんな經濟《けいざい》の苦《くる》しさは無論《ろん》銀子には氣にもならなかつた。

男の愛情《あいじやう》を守《まも》るほかにはなんにも考《かんが》へず、男の求《もと》める愛《あい》の中へ自分を投《な》げ出してしまつたやうな、そんな一年が過《す》ぎたころ、男の執《しつ》拗な愛撫《あいぶ》がだん〲に薄《うす》らいで來た。薄《うす》らいだといふよりも、間歇《けつ》的《てき》になつて來た。

「僕《ぼく》がゐない間に、小鳥《とり》のやうに

飛《と》んで行つてしまつたのではないかと――」

　そんなことをいつて飛《と》び込《こ》んでくることもなかつた。時には銀子の方がもつと自分の傍にゐて欲しいほどの、そんな切《せつ》ない淋《さび》しさを感《かん》じるほど、村尾《を》が外にゐる時間の方が多くなつた。友達《たち》から友達《たち》の許《もと》を廻《まは》つて遊《あそ》んで歩いてゐるのか、何をしてゐるのか、仕事《こと》の道《みち》を探《さが》して歩いてゐるのか、外出先きのことを尋ねても、村尾《を》は返事《へんじ》をいやがり、それを煩さく聞かうとするとまた外出してしまふ。

「銀子を一人抛つておいて、このごろはあなたが外で小鳥《ことり》のやうにどこかへ飛《と》んで行つてしまつたのぢやないかと心配《はい》だわ」

　村尾《を》は唯《たゞ》うんと返事《へんじ》するだけであつた。抱擁《はうよう》の手の緩《ゆる》んだやうなさういふ無興味《きようみ》を男の心から感《かん》じると、銀子はその緩《ゆる》んだ手に縋《すが》りつかないではゐられないやうな焦《せう》燥《さう》で落《おち》着かなかつた。

　とう〳〵村尾《を》の歸《かへ》つて來ない夜があつた。出先きからの電《でん》話《わ》もなかつた。その朝は村尾《を》は不機《き》嫌《けん》で、銀子の作つた輕《かる》い朝飯《めし》にも手を附けず、彼にまつはるやうなその不機《き》嫌《けん》を宥《なだ》めようとする銀子を振放《ふりはな》して出て行つた。どうしてそんなに機《き》嫌《けん》がわるいのか原因《げんいん》が見《み》付からなかつた。初《はじ》めのやうな男から受《う》ける執拗な愛撫《あいぶ》を、このごろは銀子の方から求《もと》めようとする。そしてそんな時、必《かなら》ず村尾《を》は不機《き》嫌《けん》になつた。その前夜にもそんな時間がないではなかつた。その不機《き》嫌《けん》の持《も》ち越《こ》しだつたのだらうか。

　銀子はその日一日陰鬱《いんうつ》だつた。男の心のむら氣――信頼《しんらい》のできない男の愛情《あいじやう》――まるで架空的《かくうてき》な生活《くわつ》への不安――

「だん〳〵に、村尾《を》の愛《あい》が褪《さ》めて行くのか知《し》ら。もしさうだつたら？」

銀子はぢつとしてはゐられない氣持《もち》であつた。さういふことを確《たしか》めずにゐた自分の不用意《い》さが初《はじ》めて振返《ふりかへ》られ、それこそ村尾《を》が自分の手の中から小鳥《とり》のやうに飛《と》び去《さ》る日が來たのではないかと、目が覺《さ》めたやうに彼女は男の愛《あい》への疑惑《わく》ではつとした。歸《かへ》つて來たら村尾《を》の心がはつきりと摑《つか》めるやうに眞實《しんじつ》を語《かた》らせなければならないと思《おも》つた。

「矢《や》つ張《は》り自分を愛《あい》してゐるのかそれとも愛《あい》しなくなつたのか」

聞きたいことはそれだけであつた。そしてそのどちらかを男の口から正直《ぢき》に告《つ》げて貰《もら》ひさへすればそれだけで安心ができるのだと。

夕方《ゆふ》になつても夜になつても村尾《を》は歸《かへ》つて來なかつた。村尾《を》の姉の龍子《たつ》が近所《きん》まで來たといつて、女の子を連《つ》れて銀子の許《もと》へ寄《よ》つたのがもの七時ごろであつた。

「このごろ眞《ま》つちやんは落《おち》着かないのよ」

龍子《たつ》を見《み》ると、救《すく》はれたやうに銀子はほつとした。

「今日も一日出たぎりよ。思《おも》ふやうに仕事《こと》の口がないので面《おも》白くないのかも知《し》れないけど、このごろ本當《たう》に機嫌《きげん》が惡《わる》いのよ」

「分るわ」

目に餘《あま》るほどの二人の親密《しんみつ》さをこの室《へや》を訪れる度に見《み》てゐた龍子《たつ》は、このごろはさういふ熱《ねつ》が何となく二人の間から失《うしな》はれてゐるやうな無興味を眞喜の態度《たい》から感《かん》じてゐた。

「あれが眞《ま》つちやんの癖《くせ》なのよ。一度は狂氣《きやう》のやうに夢《む》中になるのね」

「え？」

では、これが初《はじ》めての戀愛《れんあい》ではなかつたとでもいふの？

「今だからいふけれども、眞《ま》つちやんはあなたの前にも一度戀愛《れんあい》を

したのよ。同棲《せい》はしなかつたけれどね。その時も夢《む》中になつて、けれど直きに別《わか》れてしまつたのよ。

あの子は好きになつたら滅茶苦茶《めつちやくちや》に好きになつてしまふのね」

龍《たつ》子は銀子に同情《じやう》しながら、弟の氣紛れさを女同士《し》の側《がは》から率直《そつちよく》に批評《ひひやう》した。

「でもね。あなたとの戀は別《べつ》だと思《おも》ふわ。眞《ま》つちやんがあなたを愛《あい》さなくなるなんて、そんなことは考《かんが》へられないわ―

「さうか知《し》ら。でも本當《たう》に不安ね」

自分たちの間にも別《わか》れるやうな時が來るのだらうか。これほどに愛《あい》し合つた二人が、ぷつりと絲《いと》を切《き》るやうに別《わか》れてしまへるものなのだらうか。男にはそんなことが出來るのだらうか。瞬間《しゆん》銀子は男の恐《おそ》ろしさよりも人間の心の恐《おそ》ろしさに身體《からだ》が戰《おのゝ》くやうであつた。

「あんまり心配《はい》したりしないで。眞つちやんには純《じゆん》なところもあるんだから、我慢《まん》してね」

人の善い姉の龍子《かう》は自分の眞實《しんじつ》の妹を慰《なぐさ》めるやうに、優しくいつた。その優しさについ涙《なみだ》が浮んだほど、銀子の氣持《もち》が弱《よわ》々とした。その夜村尾《を》は歸《かへ》つて來なかつたのであつた。

開《あ》け放《はな》した高い窓《まど》から遙《はるか》に銀座《ざ》街《がい》のネオンサインが見《み》える。夏の町は夜が更けても宵《よひ》のやうに人々のざわめく聲《こゑ》が流《なが》れてゐた。ベッドに身體《からだ》を抛り出すやうに横《よこ》になつてゐた銀子は、村尾《を》の歸《かへ》りを待《ま》つ焦《いら》々しさと、姉から聞いた最初《さいしよ》の村尾《を》の戀愛《れんあい》の相手への嫉妬《しつと》の混つた想像《さうざう》とで、眠《ねむ》らうとしても眠《ねむ》れなかつた。そして十二時も過《す》ぎ一時も過《す》ぎると、出先の村尾《を》に何か不慮《りよ》の禍ひでもあつたのではないかといふ心配《はい》で、心だけで啜《す》り泣《な》くやうなおろ〳〵した氣持《もち》でベッドにもゐられなかつた。

時々思《おも》ひ出したやうにエレベータアの昇降《しようかう》する音《おと》が聞える。今度は村尾《を》が歸《かへ》つて來たのではないかと扉口まで行つて、ぢつと耳《みゝ》を扉に押當《おしあ》て昇《のぼ》つてくるエレベータアがどこで止まるかを注意《ちゆうい》したがその音《おと》ももうしなくなつた。アパートの中は靜《しづ》まり返《かへ》つてどこにも物音《おと》がしなくなると、銀子の聽覺《ちやうかく》はます〳〵鋭《するど》くなり、アスファルトの上を歩く靴《くつ》音《おと》までに耳《みゝ》を欹《そばだ》てた。

眠《ねむ》らずに明けたその朝、銀子がぼんやりとベッドの上に坐《すわ》つて、一方の窓《まど》から外を眺《なが》めてゐた時、キイも掛けてなかつた扉を押して村尾《を》が歸《かへ》つて來た。銀子が何をいふ間もなかつた。

「銀子」

叫《さけ》ぶやうにいつた村尾《を》は、いき

なり銀子を抱き緊めた。

「心配《はい》した？　待《ま》つた？」

「心配《はい》して――待《ま》つて――」

　そして睡眠《すゐみん》を取らなかつた銀子の疲勞《ひらう》した頭腦《づなう》と肉體《にくたい》で氣を失《うしな》ふほどの錯亂《さくらん》したやうな村尾《を》の激《はげ》しい愛撫《あいぶ》に自分を任《まか》せた。

　いひわけはたゞ友達《だち》のところで遲《おそ》くなつたといふだけであつた。銀子はまた、何も彼も忘《わす》れ去《さ》つた。

「自分を愛《あい》してゐるのか、愛《あい》してゐないのか」

　それを一と言《ごと》聞くだけでいゝと思《おも》つた――それももう聞く必要《ひつえう》もなかつた。今朝の愛撫《あいぶ》で、銀子のふとした悶えは跡方《あと》もなく消《き》えてしまつたのであつた。

　男の執拗《しう》な求愛《きうあい》が、また復活《ふくくわつ》したと思《おも》つた。だが次ぎにそれが薄《うす》らいだことを銀子が敏感《びんかん》に悟《さと》つたところに、村尾《を》は二た晩《ばん》も三晩《ばん》も續《つゞ》けて歸《かへ》つて來ない夜があつた。そして歸《かへ》つてからの激《はげ》しい愛撫《あいぶ》――それは僞《いつは》りではなく、阻止《そ》されてゐた愛情《あいじやう》の泉《いづみ》が一時に溢《あふ》れ出すやうな眞實《しんじつ》さで銀子に打つ突《つ》かつてくる。その激《はげ》しさに負《ま》かされて銀子は脆《もろ》く、男の腕《うで》の中へ何も彼も忘《わす》れた自分を投《な》げ出すのであつた。

　この村尾《を》に新らしい戀人《こひびと》があるといふことを友達《だち》の林《はやし》から敎《をし》へられた。映畫《えいぐわ》女優《いう》の下つぱで、まだ二十歳《さい》にもならない、名前は末野《すゑの》馨子《けい》と呼《よ》んだ。だが銀子はそれを村尾《を》に詰《なじ》つても村尾《を》は嘘《うそ》だといつた。

「銀子の外に女なんぞはないいんだ。どうして僕《ぼく》のいふことが信《しん》じられないの。林《はやし》のいふことなんかを信《しん》じて」

【次號へ續く】

連載小説　西班牙踊　佐藤俊子　宮本三郎　画

第２話

（三）

晝《ひる》の夢《ゆめ》は色《いろ》が濃《こ》く、いやに印象《いんしやう》的《てき》であつた。

びつしよりと汗《あせ》をかき、上らないやうな重い頭《あたま》で銀子は起《お》きた。色《いろ》の蒼《さう》白な狂暴《きやうばう》な顔《かほ》をした村尾《を》に打たれて悲鳴《ひめい》を上げたと思《おも》つて目が覺《さ》めたのであつた。その村尾《を》の顔《かほ》がはつきりと幻に殘《のこ》り、餘《あま》りに生き〳〵とした印象《いんしやう》なので夢《ゆめ》ではなかつたやうな氣がして周圍《しうゐ》を見《み》

廻《まは》した。

村尾《を》はもう一週間《しう》も歸《かへ》つて來なかつた。緊子のことで銀子が嫉妬《しつと》したのを激怒《げきど》して銀子を突倒《つきたふ》し足《あし》蹴《け》にした村尾《を》であつた。そして男の虐待《ぎやくたい》に絶望《ぜつばう》と恐怖《きようふ》で慄《ふる》へながら隅《すみ》に立つてゐた銀子を、次ぎには確かりと抱きかゝへて、

「堪忍《かんにん》して。僕《ぼく》が惡《わる》かつた。僕《ぼく》が惡《わる》かつた。」

と號泣《がうきう》する――

「こんなに私を蹴《ひ》つたりして。あなたにはもう銀子は要らない人間なのでせう。別《わか》れてしまつた方がいゝんだわ。」

銀子は涙《なみだ》も出なかつた。呼吸《こきふ》が塞《つ》まり、生理的《りてき》に發作する苦痛《くつう》のやうに、胸《むね》を板《いた》で緊め付けられる苦《くる》しさに悶搔《もか》いた。

「銀子と別《わか》れたら僕《ぼく》は生活《くわつ》して行けないんだよ。銀子に離《はな》れてどうして生きて行かれると思《おも》ふ。」

「それほどに私を愛《あい》してゐながらどうして他《た》に愛人《あい》なんか作るの。」

「それは嘘《うそ》だ。みんな嘘《うそ》だ。お願《ねが》ひだからもう怒らないで。僕《ぼく》が惡《わる》い。」

男が泣《な》く――彼はベッドに仰向《あふむ》けに倒《たふ》れて泣《な》いてゐる――銀子はそれを不思議《しぎ》さうに凝視《ぎやうし》する他《ほか》にはなかつた。

例《れい》のやうな激《はげ》しい抱擁《はうよう》。

「ねえ、僕《ぼく》のワイフだといふことを誓《ちか》つておくれ。何故僕《ぼく》の愛《あい》を疑《うたが》ふの。僕《ぼく》はいつだつて本當《たう》に銀子を愛《あい》してゐるんだよ。」

銀子はそれへ、たぶ／＼と首肯《うなづ》いた。彼の髪《かみ》を梳《す》いてやり、曲《まが》つたネクタイを直《なほ》し、につこりと初《はじ》めて微笑《びせう》する村尾《を》の顔《かほ》に唇を與《あた》へ、

「あなたを信《しん》じるわ。だからお仕事《こと》に精《せい》を出して、いゝ口を搜して ね。あなたは林《はやし》さんのことをいふと怒るけれど、あの人に頼《たの》めば映

畫《ぐわ》のミユージツクの仕事《しごと》たつて見《み》付けてくれるんだわ。」

「あんな奴《やつ》。なんだ。」

室代も、もう何ケ月か滯つてゐる。質草《しちくさ》ももう何もないほど、銀子の持《も》ちものも何から何まで質《しち》に入れてしまつた。本當《ほんたう》に二人は食べることの出來ない日もあつた。朝鮮《せん》からの送金《そう》も途絶《とだ》えてゐるし時々姉の龍子《たつ》が寄《よ》つた時に小遣錢を置《お》いて行つて貰《もら》つたりした。貧《ひん》乏《ばふ》の生活《くわつ》は平氣だつたが、愛《あい》の不安には銀子は堪《た》へられなかつた。

そしてきちんと白麻《あさ》の洋服《やうふく》のコートを着けて、銀子が濯《わた》した洗《あら》ひたての白い手巾をポケツトに突《つ》つ込《こ》みながら、村尾《を》は出て行つた。それぎり歸《かへ》つて來なかつた。銀子はまるで病人《びやう》であつた。何をする元氣《げん》もなかつた。今朝はガスのメーターに入れる十錢玉《だま》もなかつた。咽喉《のど》が渇《かわ》くと水を呑《の》み、室からは一歩も出ることもしないで、ベツドの中に横《よこ》になつたまゝで昨日も今日も時間を過《すご》した。朝も食べたくもなかつた。

西日《ひ》が窓《まど》の一方から室に射してゐる。もう九月の末《すゑ》といふのに、アパートの一室《しつ》は蒸《む》しくと暑《あつ》かつた。髮《かみ》も解《と》かず、着《き》たきりであつた人絹《けん》もの丶水玉《たま》のワンピースが捻《よ》れくになり、露出《むき》しになつた兩脚《れうあし》には血《ち》の氣が失せて、膨《ふく》ら脛《はぎ》が皺《しわ》んでさへ見《み》える。銀子はベツドの上に坐《すわ》つたまゝで、高い窓《まど》から見《み》える青《あを》く晴《は》れた空《そら》を、いつもの癖《くせ》のやうにぼんやりと眺《なが》めた。

突然嗚咽《とつぜんをえつ》が込《こ》み上げた。村尾《を》を戀ひしく思《おも》ふ心なのか、生活《くわつ》の難《なん》きなのか銀子は自分にも分《わか》らなかつた。男を愛《あい》することを知《し》つて、自分の生活《くわつ》はまるで地獄《ごく》であつた。

拔《ぬ》き差《さ》しならない泥沼《どろぬま》の底《そこ》に喘《あえ》ぐやうな、苦痛《くつう》な生活《くわつ》をどうして自分が求《もと》めるやうになつたのか。

「馬鹿《か》な自分だわ。」

その癖《くせ》少しも村尾《を》が憎《にく》めなかつた。他《た》の女との關係《くわんけい》を自分の前で飽《あ》くまでも否定《てい》しようとするその弱《よわ》さまでが、今は可愛《あい》らしい氣がした。何でもいゝから歸《かへ》つて來てさへ呉《く》れゝば、どんなわがまゝでも男に許《ゆる》し、自分も働《はたら》いて、もつと二人の生活《くわつ》に明るい希望《きばう》を持《も》たせ、あの人の弱《よわ》さを庇つてやるやうな姉らしい愛情《あいじやう》で接《せつ》しようと思《おも》つたりする。だがそのそばから、張《はり》合のない、すべてを失《うしな》つてしまつた自分が感《かん》じられて、これからさき何を樂《たの》しみに生きて行かうかと、立上る力さへない哀《あは》れな自分の姿《すがた》を描《ゑが》いて、その姿《すがた》を自分で憐《あは》れむ涙《なみだ》が流《なが》れてくる。

電話《でんわ》で呼《よ》んだ林《はやし》が直きにやつて來た。化粧《けしやう》もせず、捻れ〳〵の服《ふく》裝《さう》でベッドに轉《ころ》がつてゐる銀子を見《み》ると、

「腐《くさ》つてるんだね。」

病《びやう》氣かともいはず、パナマの帽《ばう》子を丁寧《ねい》に扱《あつか》ひ、テーブルの上の扇を手巾で拂《はら》つてその上に置《お》いた。映畫《えいぐわ》會社の宣傳《せんでん》部で寫眞《しやしん》の方を仕事《こと》にしてゐる林《はやし》とは、銀子はステーヂに立つてゐたところから知合ひだつた。平つたくて眼《め》が細《ほそ》くて色《いろ》の白い林《はやし》の顏《かほ》は、ぼつちやりした女のやうな顏《かほ》をしてゐた。質《たち》の惡《わる》い女ばかり買《か》つて、何時もいやな病《びやう》氣に苦《くる》しんでゐるので口のわるい仲《なか》間が「林《りん》ちやん」と呼《よ》び慣れてゐた。

人間に毒《どく》がないので銀子は以前から氣易《やす》く扱《あつか》へる友達《たち》の一人であつた。

「いつまであんな男に未練《みれん》があるんだい。さつさと別《わか》れちまつたらせい〳〵するよ。銀ちやんは自分の生活《くわつ》つてものを考へて見《み》ろよ。」

室《しつ》内を見廻《みまは》して、荒《すさ》んだ空《くう》氣から一切《さい》を直感《ちよくかん》したといふ表情《へうじやう》で、

ペットを取出して一と口喫ひ、ふうと吐《は》き出した容子《やう》が、何となく勝誇《かちほこ》つたやうに得意《い》に見《み》えた。

「そんなことなら自分で定めるわ。あなたになんか干渉《かんせふ》して貰《もら》ふことないわ。」

「まあさういひ給《たま》ふな。銀ちやんの爲《ため》を思《おも》ふからいふんだ。村尾《を》の泣落《おと》しが如何に有名だつて、いつまでも村尾《を》に泣《な》かれちや純情《じゆんじやう》だ純《じゆん》情《じやう》だと思《おも》つてゐるなんか、まるで餡《あん》みつの一種《しゆ》みたいだぜ。」

「みんなが思《おも》ふほど、村尾《を》は惡《わる》い人間ではないんだわ。たゞ惡《わる》い癖《くせ》は、戀愛《れんあい》なしでは生きてゐられないことなのよ。戀《こひ》の魅《み》力が矢鱈《やたら》にほしいのね。」

「ひどく落《おち》ついてゐるね。」

銀子は起《お》きて來た。スリッパを素足《すあし》に突《つ》つかけて鏡《かゞみ》の前へ行き、髪《かみ》を兩手で梳きながら艶《つや》のない幽靈《いうれい》のやうな自分の顏《かほ》を眺《なが》めた。

「用事《じ》つて何だね、僕《ぼく》は忙しい中を飛《と》んで來たんだぜ。」

「ガスのメータアへ十錢入れたいんだけれど。」

「何だい。それだけの要件《えうけん》に僕《ぼく》を呼《よ》んだわけではあるまい。」

十錢玉《たま》が有るとか無いとかいひながら、漸《やうや》く竈口《かま》から拾ひ出すとそれを銀子に渡した。

湯《ゆ》を沸かしてそれで顏《かほ》を拭き、クリームを塗《ぬ》つてパウダアを叩《たゝ》き付け口紅《べに》を差《さ》すと、恰《まる》で人形《ぎやう》の顏《かほ》が生きてきたやうな鮮やかな目鼻《はな》立ちになつた。痩《やせ》たので目が大きくなつた。

銀子は好い口があつたらもう一度ステーヂへ出たいのであつた。村尾《を》は全然《ぜんぜん》當《あ》てにならず、働《はたら》かなければ食べて行かれなかつた。そして自分が働《はたら》き出したら、腐《くさ》つた氣持《もち》が回復《ふく》しさうにも思《おも》へた。村尾《を》に捉《とら》はれてゐる感情《かんじやう》が仕事《こと》に紛《まぎ》れてもつと樂《らく》になれさうであつた。

「社會の構成《こう》は――」

と林《はやし》が半ば冗談《だん》のやうにいひ出した。

「銀ちやんの考《かんが》へるやうにさうイージーではありませんよ。そりやあのころから續《つゞ》けてゐたら銀ちやんも相當《たう》に賣《うり》出してゐたらうさ。だが止めてからもう三年にもなるぢやないか。無論《ろん》石上銀子の名前で賣《う》り出した評判《ひやうばん》や名聲《せい》があつたわけでもなし、おいそれと口があるかどうかは疑問《ぎもん》だし、直《す》ぐの的《め》てにはならないぜ。」

薄《うす》く射しかけて來た希望《きばう》の光《ひか》りが、ぱつたり消《き》えて、銀子の周圍《しうゐ》は眞《ま》つ暗《くら》になつた。

「駄《だ》目か知《し》ら。」

大波《なみ》のやうに、ひた〳〵と足許《あしもと》に迫《せま》つてくる不安さで、銀子は一旦《たん》取上げた林《はやし》のバットを、またテーブルの上へ置《お》いた。

「駄《だ》目といふこともあるまい。銀ちやんがそんな氣持《もち》なら、何か知《し》ら口を捜して上げるよ。映畫《えいぐわ》でも何かダンサアの要るやうなストーリイだつたらエキストラにでも使《つか》つて貰《もら》へるだらうし。心掛《か》けては置《お》くが直《す》ぐの間には合はないさ。」

男からも生活《くわつ》からも捨《す》てられてしまつた自分はこの先きどうなるのだらう？

「本當《たう》は私にはもう立上る勇氣《ゆう》もなくなつてゐるんだわ。」

男のためにライフを犧牲にしてゐる女の姿は哀《あは》れさよりも馬鹿馬鹿《か》しさの方が多かつた。林《はやし》は調子《てう》に乘《の》るやうな、銀子と同じころにレヴューの下つぱだつた井上八重子が松竹《せうちく》のレヴューで一流《りう》になつてゐるといふやうな話《はなし》を、銀子の零落《れいらく》を一層身《そうみ》慘めさへ突落《つきおと》すやうに誇張《こちやう》した言葉《ことば》で語《かた》つて聞かせた。

「みんな相當《たう》に働《はたら》いてゐるんだ

ぜ。銀ちやんなんか人間に古典美《てんび》が多過《よ》ぎるんだね。男のために苦《く》勞《らう》するなんて古代な女は僕《ぼく》たちの周りには見《み》つからないよ。」

昨日から何にも食べてゐないといふ銀子に、近《ちか》くのグリルから洋《やう》食《しよく》を取つて食べさせ、少しの金まで置《お》いて兎《と》に角《かく》口は捜しておいてやると約束《やくそく》して、大きな鞄《かばん》を攜《かか》へた林《はやし》は歸《かへ》つて行つた。

（四）

その夕方《ゆふがた》、銀子は横濱《よこはま》の町を母の勝子《かつこ》と歩いてゐた。銀子が十九歳《さい》の時自分の世話《せわ》になつてゐた男が弄んだ事件《じけん》から、相應《おう》な離別金《りべつ》を請求《せいきう》してそれを資本《し》に勝子《かつ》は小さな一品洋食店《やうしよく》を横濱《よこはま》の町で開《ひら》いてゐた。銀子は滅多《めつ》に母の許《もと》へなぞ歸《かへ》つたこともなかつた。幾歳《いくさい》になつても若《わか》々しく、浴衣がけではあつたが油《あぶら》を付けた濃《こ》い髮《かみ》をきりつと結《むす》び、磨《みが》いたやうな色《いろ》白の顏《かほ》の肌理《きめ》が細かく、眼《め》付きに色《いろ》氣のある好い年増《ま》の勝子《かつこ》を、銀子は今も、

「お母さんはいつも若《わか》いわね。」

と感《かん》心しながら歩いてゐた。自分の許《もと》で使《つか》つてゐた若《わか》い料理人《れうり》と勝子《かつ》は同棲《せい》同樣の生活《くわつ》をしてゐた。母親《おや》に忠實《じつ》で、他《た》の女には傍目も振《ふ》らず、商賣專《はいばん》一に働《はたら》いてゐるその男を、銀子は不思議《しぎ》な人間のやうに母の姿《すがた》の陰《かげ》に思《おも》ひ描《ゑが》きながら、

「どうしてお母さんは銀子とあんなところで逢《あ》つたの。」

東京から電話《でんわ》をかけると、母は山の手町のちいさいバアを銀子に指《し》定してそこで待合はせようといつた。そして銀子は母とそこで逢つた。

「お母さんのところへ直接《ちよくせつ》行つては惡《わる》いとでもあつたの。」

と突《つ》つかゝつた。

「でもね。銀ちやんが困《こま》る〳〵と

ばかりいつてよこすから、どんな風《ふう》をして來るか分らないし。」

「お母さんのレストラントは立派だからねえ。」

　母のお交際《つきあひ》で一杯《ぱい》飲んだウ井スキーが、今になつて強《つよ》く利《き》いて來た。平常は母とも思《おも》つてゐない母が、今日はひどく頼りに思《おも》はれ自分の生活《くらし》の相談《だん》までしようと思《おも》つてやつて來たのだが、その母からも突放《つきはな》されたやうな冷《つめ》たさに觸《ふ》れたと思《おも》つた時から、銀子は死に襲《おそ》はれるやうな底知《そこし》れない寂しさに落《お》ちこんだ。

「お母さんはお母さんの生活《くらし》をしてゐるんだわ。」

「當《あた》り前ぢやないか。誰《だれ》が食べさせてくれるといふの。」

「でもお母さんは自分で立派に食べて行かれるからいゝわ。銀子は自分でも食べて行かれやしないのよ。」

「そんな愚痴《ぐち》はお止しよ。銀ちやんらしくもないよ。」

「心がらだつていふんだわね。だから勝《かつ》手におしといふのね。」

「いつそんなことを私がいつたの。銀ちやんはウ井スキーに醉つたね。」

　町にはもう秋の風《かぜ》が吹《ふ》いてゐる。一方は川の片側町《かたがはまち》に、まだ電《でん》燈《とう》をつけるには早《はや》い夕暮《ゆふぐ》れ時で、それだけに家の軒並《のきなみ》に暗《くら》さが漂《たゞよ》つてゐる。星《ほし》が出てゐるやうな空《そら》は水色《いろ》で、山の手のくつきりした輪《りん》廓《くわく》を空《そら》に描《ゑが》いてゐる。

「お母さんだつて苦勞《くらう》をしてゐるよ。いふことはこつちにだつてある。」

　勝《かつ》子もウ井スキーの醉ひが廻《まは》つてゐた。

　でもお母さんには可愛《かあい》い良吉《きち》がゐるぢやないか——

「良さんはどうしてゐるの。」

「働《はたら》いてゐるさ。だつて、當《あ》てた

なりやあしないしさ。」

「でもお母さんのために一生懸命に働《はたら》いてゐるんぢやないの。」

「そりやあさうだけれども。それがいつまで續《つゞ》くか。」

銀子は良吉に逢《あ》つて見《み》たかつた。人間の眞實《しんじつ》心をふと良吉の上から探《さぐ》り出したのでもあつたか。その眞實《しんじつ》心が懷《なつか》しく、殆《ほとん》ど忘《わす》れてゐたやうな良吉の、いつでも羞恥《しうち》を含《ふく》んでる笑《わら》ひ顔《がほ》や、勞働《らうどう》に鍛へた肩幅《かたはゞ》が廣《ひろ》く、筋肉《きんにく》の逞しい兩腕《りやううで》を露出しにして、料理《れうり》場で力一杯《ぱい》働いてゐる容《よう》子や、意《い》氣にコツク帽《ばう》を横《よこ》つちよに冠り、白のエプロン姿《すがた》で子供《こども》らしくフライパンを振り廻《まは》してゐる容《よう》子が、鮮《せん》明に銀子の瞼に浮んできた。

「良さんに隨《ずゐ》分逢《あ》はないわ。」

「相變《かは》らずだよ。」

夕飯《ゆふはん》時の忙《いそが》しさを想像《さうざう》したやうに、勝《かつ》子の落《おち》つかないのが銀子にも分《わか》つた。村尾《を》さんも歸《かへ》つてゐるかも知《し》れない。今あなたに上げた五十圓で一と月ほど辛抱《しんばう》してゐる内には銀ちやんの仕事《こと》の口もあるだらう。

「矢《や》つ張《ぱ》りダンサアで一生懸命《けんめい》にやつてお呉《く》れ。下らない仕事《こと》なんぞで働《はたら》くと、もう一生の傷《きず》だよ。」

橋《はし》を渡《わた》つたところで、母は別《わか》れようとした。

「ちよつと店へ寄《よ》つてお茶《ちや》を飲《の》んで行くわ。良さんにも逢《あ》つて行きたいし。」

勝《かつ》子は人通《とほ》りの方へ顏《かほ》を反向《そむ》けて、

「店は忙《いそが》しいよ。」

といつた。

「お茶《ちや》ぐらゐ一人で淹《い》れて飲《の》むわ。」

自分たちの間で破《やぶ》れさうになつてゐる愛《あい》の生活《くらし》を、良吉の眞實《しんじつ》が繋《つな》いでくれるとでもいふやうな、兄らしい彼の胸《むね》で何も彼も分《わか》つて貰《もら》へたら、自分の生活《くらし》にはきつと力が付くだらうといふやうな、空《くう》想的《さうてき》な據り所を銀子は頻《しき》りに良吉の面影《おもかげ》の上に描《か》き捜した。

「ねえ、ちよつと行くわ。」

「銀ちやんの勝《かつ》手さ。」

銀子がはつとするほど勝《かつ》子は素《そ》つ氣なかつた。そして歩き出した。

店は電《でん》車通《どほ》りにあつた。洋風《やうふう》の暗《くら》い窓《まど》に涼《すゞ》しさうなクリーム色《いろ》のカーテンが動《うご》いてゐる。店の横《よこ》に大きな棕櫚の植《うゑ》木鉢《はち》が置《お》いてある。店へ入るとガラスの飾《かざ》り棚《だな》に食料《しよくれう》品が飾《かざ》つてあつた。狹《せま》い店には三組ほどの客《きやく》が疎《まば》らに見《み》えた。

「珍《めづ》らしいね。」

料理《れうり》に忙《いそが》しさうな良吉がカウンタア越《ご》しに目早《はや》く二人を見《み》付ける

と愛想《あいさう》よく聲《こゑ》をかけた。

「お茶《ちや》を飲《の》みに來たのよ。」

「少し手傳《てつだ》つていらつしやい。」

見返《みかへ》つて良吉はにい、と笑《わら》つた。眉毛《まゆ》が濃《こ》かつた。手許《もと》を忙《いそが》しさうに働《はたら》かして、時々こつちを見《み》てはまたにい、と笑《わら》つた。

「良さんは元氣《げん》ね。」

傍へ近《ちか》々と寄《よ》つて行くと、

「銀ちやんは大層《そう》窶《やつれ》ましたね。病《べう》氣でもしたの？」

ときいた。

秀《ひで》と呼《よ》ばれる十五六のボーイが店の中で動《うご》き廻《まは》つてゐた。黑革《くろかは》のハンドバッグを左に抱《かゝ》へて、着のみ着のまゝで寢《ね》てゐた赤《あか》い水玉《たま》のワンピースの揉れ〳〵に、出て來る時アイロンをかけて見《み》好くしたのを着てゐる銀子は、パーマネントのとれた髮《かみ》を、好い加減《げん》に結《むす》んでゐるので、一層《そう》窶れて見《み》えたのであつた。

「銀ちやん。お茶《ちや》がはいつたよ。」

店の裏手《うら》に續《つゞ》く居室の方から勝《かつ》子の聲《こゑ》が聞えた。

ノレン・カーテンを潜《くゞ》つて奧《おく》へ入ると、二た室續《つゞ》きの居室の傍に狹《せま》い台《たい》所が見《み》える。

蒸《む》すやうに暑《あつ》い室に小さい電燈《でんとう》が點《つ》き、簾《すだれ》のかゝつた上窓《まど》に青《あを》い植《うゑ》木鉢《はち》が二つばかり並《なら》んでゐた。

勝《かつ》子はいかにも暑《あつ》いといふやうに團扇でばた〳〵と身體《からだ》を煽《あふ》いでゐる。そして、

「お茶《ちや》を飲《の》んだらお歸《かへ》りよ。」

とはつきりといつた。そのお茶《ちや》を飲《の》むでもなく、縁《えん》に寄《よ》りかゝつて銀子は自分も傍にあつた團扇を取上げた。

「ねえ。もし銀子が歸《かへ》つて來たらお母さんのところへ置《お》いてくれる？　いくらでも働《はたら》くわ。」

「何をいひ出すんだらう。このひとは。」

「村尾《を》と別《わか》れても行きどころはな

いし、お母さんのところへ歸《かへ》つてくれば、きつと、張合《はりあひ》のある生活《くらし》に入れると思《おも》ふやうな氣がするのよ。」

勝子《かつこ》は默《だま》つてゐた。どんな時にも退《ひ》けを見《み》せない强《つよ》がりの銀子が今夜のやうに弱《よわ》々した、直《す》ぐにも涙《なみだ》のこぼれさうな萎れた樣子をしてゐたのを見《み》たことがなかつた。娘《むすめ》の生涯《がい》を誤《あやま》らせた憎《にく》い男からは思《おも》ふ存分《ぞんぶん》の物質的《ぶつしつてき》な賠償《ばいしやう》は取つてやつた。そしてそれで銀子を一人前のダンサアにも仕立てたのであつたが、その儲《まう》けが銀子の生活《くらし》を結《けつ》局《きよく》眞面目《まじめ》なものにさせないのではなからうか。村尾《を》との關係《くわんけい》も勝子《かつこ》にはよく理解《りかい》が出來なかつた。

「もうお母さんを困《こま》らせないでおくれ。行きどころがなければ此家へ來る外はないけれども、私はあなたがもつと獨立《どくりつ》した頑張《ぐわんば》つた生活《くらし》をしてくれゝばいゝと思《おも》ふんだよ。それが銀ちやんの地ではないの。村尾《を》さんだつて別《わか》れたくて別《わか》れようといふのではないんだらう。」

銀子はふつと氣を變《か》へた。村尾《を》と別《わか》れようとはまだ一度も思《おも》つたこともなかつたのに、どうしてそんなことを口にしたのか、自分にも分《わか》らなかつた。

「まあね。行きどころがなかつたら來るかも知《し》れないわ。お母さん心配《しんぱい》しないでいゝのよ。」

さういつた時、今夜はおいしいスパニッシュ料理《れうり》を御馳走《ちそう》するからゆつくりしていらつしやい、と良吉が顏《かほ》だけ出して早口《はや》にいふとまた店の方へ引つ返《かへ》した。

【次號へ續く】

連載小説 西班牙踊
佐藤俊子
宮本三郎ゑ

第３話

五

自分の身體《からだ》がまるで動《うご》かなかつた。手も足《あし》も關節《くわんせつ》のばら〳〵になるほどに踊《をど》つてゐるのだが、手も足《あし》も硬張《は》つてゐる。これをもう一遍《へん》ときほごすには、踊《をど》りの出直《なほ》しをしなければならないと思《おも》つた。

自分の一番すきなエスパニヤカニさへ踊《をど》れないのである。これではダンスで稼《かせ》ぐなんて思《おも》ひも寄《よ》らない。銀子は落膽《らくたん》して椅子《い》に身體《からだ》を投《な》げかけ額《ひたひ》の汗《あせ》を半巾でふきながら、

「私、駄目だわ。」

　と涙《なみだ》の浮《う》かんだ眼《め》で林《はやし》にいつたレコードをかけてやり、一心に銀子の踊《をど》りを眺《なが》めてゐた林《はやし》も、わざと首《くび》を傾《かし》げて見《み》せて、だが慰《なぐさ》めるやうに、

「長く踊《をど》らなかつたせゐだよ、二三ケ月血《ち》の出るほど毎《まい》日々々踊《をど》つてゐるともとのやうになるよ。」

「でも、身體《からだ》が石で造《つく》つたみたいに硬張《たはは》つてるんだもの。こんなに筋《すぢ》が硬化《かうくわ》してしまつて、私もう踊《をど》れないんぢやないか知《し》ら。」

　男のために全《まつた》く放棄《はうき》した自分の唯《ゆゐ》一のアートは、たうとう骨《ほね》まで削《けづ》られたやうに自分の中から滅びてしまつた。もうもとへは返《かへ》らない。

「折角《せつかく》の口だけれども、こゝでさへこんな風《ふう》ぢや、矢《や》つ張《は》りもう少し練習《れんしふ》をしてそれから新奇《き》にやるんだ。失望《しつばう》することはないよ。それまで何とか外に働《はたら》く口を見《み》付けてやるから、腐《くさ》んなさんな。」

　林《はやし》がしみ〴〵といつてくれた。

「自分でもこんなに踊《をど》れなくなつたとは思《おも》はなかつたわ。」

「身體《からだ》が痛《いた》いだらう。」

「第一足《あし》が重くつて。」

　テーブルの下からポートワインを取上げ、小さいグラスに一杯《はい》注《つ》いで銀子の前に置《お》きながら、

「踊《をど》れなくなつて口惜しいかい。」

「口惜しいつて？　もつと違《ちが》ふ。眞《ま》喜《さ》との戀愛《れんあい》が何もかもマイナスにしてゐると思《おも》ふとほんとうに生きてゐることが厭《いや》になるくらゐだわ。」

「腐《くさ》んなさんなよ。」

　と親切《しんせつ》な聲《こゑ》だつた。林《はやし》はアパートの一人住《す》まひではあるが、獨《どく》身《しん》者の割《わり》合に室《しつ》内が整然《せいぜん》として、安物嫌《ぎら》ひの性質《せいしつ》が、家具《ぐ》の見《み》立てにも重々しい趣味《しゆみ》を加へて、室《しつ》内が何となく豐《ゆた》かな空《くう》氣を漂《ただよ》はしてゐる。ポートワインを飲《の》んで血《けつ》

管《くだ》に熱《ねつ》が注射《ちゆうしや》されると、四肢が今まで踊《をど》つてゐた身體《からだ》のリズムに伴《ともな》つて柔《やはら》かく動《うご》き出すやうに思《おも》はれる。銀子はまた立つてステップを踏《ふ》んだ。

「空想《くうさう》だけでは身體《からだ》が輕《かる》くなつたやうな氣がしてゐる癖《くせ》に。」

　さういつて絶望《ぜつばう》と自暴自棄《じばうじき》の混じつた荒々《あら》しい感情《かんじやう》で滅茶苦茶《めちやくちや》にホタダンスを踊《をど》つた。

「よろしい、よろしい。その意氣《いき》でやるんだ。村尾《むらを》ともその意氣《いき》で別《わか》れてしまへばいゝんだ。」

　銀子はくたくたになり、林《はやし》のベツドの上に自分の身體《からだ》を打つちやるやうに、兩腕《りやううで》を思《おも》ひ切《き》り伸《の》ばし、ダンスの靴《くつ》をはいたまゝの細《ほそ》い足《あし》を、半分はベツドの縁《ふち》から落《おと》しながら傾向《む》けに倒《たふ》れた。

「その顔《かほ》は一寸ベツテイ・デヴイスだね。さういやあ顔《かほ》も似《に》てゐる銀ちやんは案外《あん》ヤケツ八なところもあるんだね。男心への精進《しん》ばかりでもなささうだぜ。」

「ははは——。」

　久し振《ぶ》りで笑《わら》へるやうな氣持《もち》の快い笑《わら》ひが、搖《ゆ》ぶられるやうな感情《かんじやう》の底《そこ》から、込《こ》み上げてきた。

「男心への精進《しん》とは、林《はやし》さんなかなかいゝことをいふのね。私つて女はこれでヤケツ八にはなり切《き》れないのよ。何時だつて受《う》け身《み》なんだから。もしヤケツ八になれるくらゐなら村尾《を》なんか殺《ころ》してしまふんだわ。」

　林《はやし》は銀子に對《たい》しては割《わり》合に綺麗《きれい》だつた。女癖《くせ》が惡《わる》いといふ評判《ひやうばん》だが、林《はやし》の女への評價《ひやうか》が高い時には彼は何時までも友達《たち》附合で通《とほ》した自分に生涯《がい》を打込《こ》んでくれるやうな異性《いせい》はないものと、生れ落《お》ちるともう決めてゐたやうな淡泊《たんぱく》さで交際《かうさい》する。そして底意《そこい》のない親切《しんせつ》さで女の生活《くらし》の利益《りえき》を守《まも》つてやるやうなところがあつた。また林《はやし》の周圍《しうゐ》には相當《たう》な技術《ぎじゆつ》で映畫《えいぐわ》やステーヂで働《はたら》きながら、いろ〳〵な社會的《てき》な條件《でうけん》から不利《り》な立場に落《おと》されて、結局《けつきよく》は女の弱《よわ》さで泣《な》きを見《み》せられてゐるやうな女が多かつたさういふ女たちのために幾《いく》度か躓《つまづ》きさうになる生活《くわつ》を自分の力で救《すく》つてやつた。自分が空想《くうそう》に描《えが》くほどの魅力ある戀愛《れんあい》をするには肉體《にくたい》的《てき》な資格條件《しかくでうけん》に缺《か》けてゐることを意識《いしき》してゐる林《はやし》は、自分より立優《まさ》つた女にこつちから戀慕《ぼ》して女を追廻《おひまは》す役割《やくわり》に廻《まは》るやうな御《ぎよ》者になるよりも、さうした女たちから友情《じやう》らしい信頼《しんらい》を持《も》たれ、そして眞《ま》面目な相談《だん》相手とされる方がはるかに優越的《いうゑつてき》な自己滿足《じまんぞく》があつた。その代り相手の女が自分の評價《ひやうか》以下と見《み》ると一時の弄びものにするぐらゐは何でもなかつた。

銀子も以前から林《はやし》には世話《わ》になつてゐる。スパニッシュダンサーとしての賣込《うりこ》みに林《はやし》は可なりに骨《ほね》を折《を》つてくれた。性格《せいかく》のさらりとした、がつ〳〵した虛榮《きよえい》のない銀子とは、女の種類《しゆるゐ》にもよると案外《あんぐわい》淡泊《たんぱく》な林《はやし》の意氣《い》と合つて、銀子にはたよりになる友達《たち》であつた。銀子と同棲《せい》してゐる男が村尾眞喜《まき》だと知《し》つてから、つまらない男に引つ掛《か》かつたことを親身《しんみ》になつて忠告《こく》したのも林《はやし》だつたが、そんな男のために眞劍《しんけん》に苦勞《くらう》をしてゐる銀子を見《み》ると、案《あん》外な女の戀情《れんじやう》の幼《えう》稚《ち》さを笑《わら》つてばかりはゐられないほどの同情《じやう》も持《も》てた。

「男に負《ま》けるなんて、銀ちやんらしくもないぜ。」

笑《わら》つた後の反動《どう》から、銀子は自分の周圍《しうゐ》にまるで空洞《くうどう》が開《ひら》いたやうな淋《さび》しさを感《かん》じて、ベッドの上に眼《め》を瞑《つむ》つたまゝでゐた。自分の生活《くわつ》をすつかり痲痺《まひ》させてしまつた男の愛撫《あいぶ》――その愛撫《あいぶ》が忘《わす》れられないばかりに村尾《むらを》を求《もと》めてゐるやうなこの未練《みれん》から、どうしたら思《おも》ひ切《き》つて脱《ぬ》け出られるのか――

「どうだい。まだ銀子のことは白状《じやう》しないの？」

「自分の口からは私にそんなことはいへないんですつて。」

「一緒《しよ》に住《す》んでるんだぜ。」

「知《し》つてゐる。」

「だれから聞いたんだい。」

「初子《はつ》さんから。あのひと、同じアパートなんだもの。銀子の室《しつ》がさ。」

「その證據《しようこ》を突《つき》つけても白状《じやう》しないの。」

「自分の口ではいへないといふのよ。いつそ私を捨《す》てゝくれゝばあきらめやうもあるのに、それでゐて銀子はすきだ、別《わか》れるのはいやだつていふんだわ。そんな愛情《あいじやう》がどんなに殘酷《ざんこく》だつてことがわからないのね。今度こそはと思《おも》つてゐるんだけれど――」

二度と村尾《を》を見《み》ないで濟《す》むやうな遠《とほ》くへ離《はな》れた旅《たび》へ出て行けたらそれでもよかつた。踊《おど》りながら生きて行けるなら、このまゝ旅《たび》へ出てしまふのだけれど――

「どうだね。銀ちやん寫眞《しやしん》のモデルをやつちやあ。」

林《はやし》は突然《とつぜん》、銀子に持《も》つてこいの仕事《しごと》を思《おも》ひつくと手を打つて椅《い》子から飛《と》び上つた。

「やる氣なら、いくらでも仕事《しごと》はあるんだ。」

仕事《しごと》といはれて銀子もベッドから身體《からだ》を起《おこ》した。

「寫眞《しやしん》のモデルだよ。」

素人のカメラクラブでも、雜誌《ざつし》の寫眞版《しやしんはん》でも、百貨《くわ》店の廣告《こうこく》でも觀光局《くわんくわうきよく》の宣傳《せんでん》でもと林《はやし》は數《かぞ》へ立てた。

「マネキンと違《ちが》つて品は惡《わる》くないし、それを稼《かせ》ぎながらダンスのやり直《なほ》しをやるんだ。どうだね。」

「そんな仕事《しごと》があるの。」

寫眞《しやしん》に人物がほしい時に雇《やと》はれるモデルで、ポーズに多少注文《ちゆうもん》があるから、あんまり形《かたち》のつかないやうな女では資格《しかく》が缺《か》けるが銀子のスタイルなら申分《まをし》がなかつた。ダンサーだけに素人とは違《ちが》つた姿《し》態《たい》の表情《へうじやう》も作れる。

「顏《かほ》を賣《う》るのが厭《いや》なら駄《だ》目だけれど、毎《まい》日食べるにも食べられないやうな味《あぢ》氣ない日を送《おく》つてゐるよりやあ、思《おも》ひ切《き》つてやつてみないか。稼《かせ》いでみれば氣分が紛《まぎ》れるぜ。」

林《はやし》は早速《さつそく》テーブルの上に積《つ》み上げた雜誌《ざつし》の中から一册《さつ》引抜《ぬ》いてくると、風景《ふうけい》に人物を配《はい》した寫眞《しやしん》をめくつて銀子に示《しめ》した。それは素人の藝術寫眞《げいじゆつしやしん》で、海を背景《はいけい》に岩と女を寫したもので、この女がモデルであつた。撮影《さつえい》する方の注文通《ちゆうもんどほ》りに應《おう》じられるモデルだつたら、方々から手が出る。とくに廣告宣《こうこくせん》傳《でん》はいゝ金になつた。映畫《えいぐわ》會社寫眞部《しやしんぶ》の仕事《こと》をしてゐる關係《くわんけい》から林《はやし》の紹介《せうかい》で仕事《こと》を取ることは容易《ようい》であつた。それに範圍《はんゐ》も廣《ひろ》かつた。

「契約《けいやく》によると一日七圓から十圓ぐらゐになる。地方へ引張《は》つて行かれる時は旅費《りよひ》も食費《しよくひ》もあつち持《も》ちだ。どうだい。」

「隨分《ずゐ》いゝ條件《でうけん》ね。」

「女優《いう》なんかぢや高すぎるつてわけさ。」

やる氣なら明日からでもあつた毛皮《かは》のコートの廣告《こうこく》なのである今年の冬をあてにある百貨《くわ》店ではもうさうした廣告寫眞《こうこくしやしん》を準備《じゆんび》しなければならなかつた。

銀子が考《かんが》へ込《こ》んでゐる間に、林《はやし》は日本橋《ばし》の百貨《くわ》店の宣傳部《せんでんぶ》へ電話《でんわ》をかけ知《し》り合の友人を呼《よ》び出して交渉《かうせふ》した。

「モデルが入用ださうだ。明日お目見《み》得だ。僕《ぼく》が連《つ》れてつてあげるよ。」

銀子は否應《おう》もいはずたゞ輕《かる》く首《う》肯《づ》いた。

六

村尾《を》と同棲《せい》してから二年の間、

まるで外との接觸《せつしよく》のなかつた銀子は、その三年が十年にも二十年にも相應《おう》するほど、以前に自分の接《せつ》してゐた社會とはまるで變《かは》つてゐた。

「三年引つ込《こ》んでゐた間に、世間つてこんなに變《かは》るものかしら。」

表面《へうめん》からは何も感《かん》じられなかつたその世間の內側《がは》へ一歩入つて見《み》ると、アパートの一室《しつ》で戀愛《れんあい》の經緯で瘦せ細《ほそ》るほどに惱《なや》み拔《ぬ》いた自分の神經《けい》が、いきなりくら〳〵となるほど、目にもとまらぬやうな凄《すご》い波《なみ》が目前に渦《うづ》卷《ま》いてゐた。

林《はやし》の紹介《せうかい》と、ダンサーだつたといふ資《し》格《かく》と、ことに容貌《ようばう》が目立たないでスタイルがひどくよいといふのが職業《しよくげふ》の柄《から》にぴつたりと合つて、銀子はモデルに雇《やと》はれた最初《さいしよ》から評判《ひやうばん》がよかつた。それに仕事《しごと》がしやすかつた。ただ何となく職《しよく》場を繞る雰圍氣のなかに溶け込《こ》めないものを自分の上に感《かん》じると、銀子は生活《くわつ》の薄寒《うすさむ》さで陰鬱《いんうつ》に落《おち》込《こ》んだ。

自分より若《わか》い女たちは、さういふ波《なみ》を平氣で突《つ》つ切《き》つて行けるだけの生々しさといふよりも荒《あら》々しさを持《も》つてゐる。稼《かせ》ぐことが生《い》きることだといふやうな、何もかも明けつ放《はな》しの圖々しさには銀子は到底《たうてい》太刀打《ち》が出來なかつた。漸らしいモデルで評判《ひやうばん》のいゝ銀子は當《たう》然さうした仲間《なか》たちの敵《てき》であつた。今日もフェース・パウダアの廣告《こうこく》の仕事《しごと》で一と悶《もん》着したばかりであつた。雇主が先約《やく》のモデルを解約《かいやく》して銀子を雇《やと》つたことから、先約《やく》のモデルから強硬《きやうかう》に怒鳴《どな》り込《こ》まれた。

「あなたのやうにさう仕事《しごと》場を荒《あら》されちやかなはないわ。」

銀子の許《もと》へわざ〳〵そのことで會ひにきた銀子よりも若《わか》い牛田艶《つや》子は、さういふいひ方をした。格子のジヤケツトに藍色《あゐいろ》のウールのスカーフ、安物らしくない編み目のつんだ靴《くつ》下をはいた肉《にく》附のいゝ足《あし》を組んで、椅《い》子に掛《か》けるとすぐパットをハンドバッグから出し自分の燐寸《マッチ》で火をすつて先づ一と口の煙りをふうと濃い口紅《べに》の唇から吐き、それからじろじろと室内《しつ》を見廻《みまは》した。銀子はかういふ相手には物がいへなかつた。

「うつかりしてゐたのよ。私何にも知《し》らなかつたんです。知《し》つてゐれば斷《ことわ》るわ。」

新らしく賣《う》り出さうといふ粉黛《ふんたい》の白粉《おしろい》の廣告《こうこく》で、これも銀子はどうでもよかつたのを林《はやし》から無理《り》にすゝめられた仕事《こと》であつた。

「會社の人に私から話《はな》して元《もと》のあなたへ廻《まは》して貰《もら》ふわ。」

「そんなこと、あなたにして貰《もら》はなくてもいゝの。今度はもう濟《す》んだことだから構《かま》はないんだけれどこの前もあなたは初子《はつ》さんの仕事《こと》を横取《よこ》りしたといふ話《はなし》だし、私達《たち》使《つか》はれる者は使《つか》はれる者同士《し》の間で仕事《こと》の道徳《どうとく》を守《まも》つていたゞきたいわ。自分さへ仕事《こと》を取ればいゝんぢや、あなたみたいに評判《ひやうばん》のいい人に積極的《せききよくてき》にやられてごらんなさいよ。ほかのものは上つたりよ私もマネキンをやつてゐたんだけど御時勢《せい》でこの稼業《かげふ》はばつたりよ。マネキンをやつてゐた連中《れんちゆう》はみんな困《こま》つてゐるわ。」

仕事《こと》といふ仕事《こと》はみんな林《はやし》が銀子のところへ持《も》つてくるのであつた。銀子は自分の口前や巧い外交《かう》で、他人《た》の約束《やくそく》の仕事《こと》を一つでも自分のものにした覺《おぼ》えはなかつた話《はなし》をしてゐると、案《あん》外あなたといふ人はよい人ねなどといつて、しまひには近《ちか》くのグリルから洋食《やうしよく》やビールを取つて銀子に御馳走《ちそう》をした。そして林《はやし》といふ人に自分を紹介《せうかい》してくれといつた。

「さういふ交際《かうさい》の廣《ひろ》い人に私も後援《えん》していたゞきたいわ。矢《や》つ張《ぱ》り何をするにも女には後楯《たて》がなければ駄目《だ》よ。何か知《し》ら背景《はいけい》に勢力《せい》があればどんな仕事《こと》でも弱《よわ》い目を見《み》ないでやれるんだけれども、私のやうに一人ぼつちなものは、眞面《まじ》目に稼《かせ》がうとしたら死ぬ苦《くる》しみだわ。」

艶子《つやこ》が歸《かへ》つた後のテーブルの上に、バットの空箱《あきはこ》が置《お》いてあつた銀子はその箱《はこ》を凝視《ぎようし》してゐるうちにどういふわけか女の生活《くらし》の味氣《あぢけ》なさが、ひし〱と身《み》に迫《せま》つてくるやうな氣がした。どこへ廻《まは》つても結局《けつきよく》は弱《よわ》い者苛めをされてゐるやうな女の生活《くらし》であつた。

林《はやし》にそのことを電話《でんわ》でいつてやると、そんなことを恐がつてゐたら仕事《こと》なんか反對《たい》に他人《た》に取られてばかりゐなくちやならない。他《た》人の仕事《こと》が取れるくらゐの手腕《たん》で押《お》して行かなきやあ銀ちやんは生きて行かれなくなる。しつかりしたまへ。そんな意《い》氣地のない存在《そんざい》では世話《わ》する張合《はり》もない。せつせと稼《かせ》ぎたまへと威嚇《ゐかく》されるやうな電話《でんわ》の聲《こゑ》だつた。

仕事《こと》の性質《せいしつ》は銀子には興味《きようみ》があつた。撮影者《さつえい》から指圖《づ》されたまゝのポーズで、それが見事《みごと》な寫眞《しやしん》となつた時は、藝術家《げいじゆつ》が自分のアートの出來榮えに喜《よろこ》ぶのと同じやうな喜《よろこ》びが味《あぢ》はへた。ダンスをやる時は、どんな形《かたち》で踊《をど》つてゐたか自分には分らなかつたが、藝術寫眞《げいじゆつしやしん》などで瞬間の自分のあるポーズが捉《とら》へられてゐる寫眞《しやしん》には、ダンスの形《かたち》に苦《く》心した時の表現《へうげん》が見《み》られて、それが銀子には樂《たの》しみであつた。

働《はたら》いてゐれば、その時間だけは心が紛《まぎ》れた。だが村尾との樂《たの》しさと苦さのまじり合つたアパートの一室《しつ》からは、どうにも離《はな》れられない執《しう》着が殘《のこ》つて、まれに歸《かへ》つてくる村尾《を》とは、もう喧嘩《けんくわ》のほかには決して和解《かい》への甘《あま》さを追《お》ふこともなくなつてしまつたやうな今にな

つても、銀子はそこから動《うご》けなかつた。仕事《こと》から解放《かいはう》されると行きどころのないやうな、その室《しつ》だけはまだ愛《あい》の魂が巣食《すく》つてゐるやうな、悲《かな》しい幻影《げんえい》に引ずられてアパートの一室《しつ》へ歸《かへ》つてきた。他《た》の女を思《おも》ひ捨《す》てゝ、自分の懷ろへ戻《もど》つてくる日を待《ま》つといふのでもなくそんなことは斷念《だんねん》しながら、わづかに繋《つな》がれた一と筋《すぢ》の結《むす》び目に自分のありつたけの愛着《あい》を寄《よ》せて、それだけで漸《やうや》く自分の生命《いのち》を支へてゐるやうな自分だと銀子は思《おも》ふ時々弟夫婦の上を心配《ぱい》して訪《たづ》ねてくる村尾の姉の龍子《たつ》にだけ素直《すなほ》にいへる愚痴《ぐち》であつた。

その姉が銀子のために堅子のところへ行つてくれた。このころは自分で働《はたら》いて、その金で滯つた室《しつ》代や近所《きん》の借金《しやく》を少しづつ濟《す》ましてゐるやうな銀子の生活《くわつ》を見《み》てゐる龍《たつ》子は、一度は弟に強《つよ》いことをいつてやらなければならないと思《おも》つたが、いつアパートへきてみても眞喜《まき》に會へなかつた。東京の女學校をでるとすぐ、朝鮮《せん》の兩親《れふしん》の言葉《ことば》のまゝに、木材《ざい》の取引先の商家へ嫁がせられた龍《たつ》子は、もう二人の子の母親《おや》ではあつたけれど、女學生らしい氣持《もち》から脱《ぬ》けないやうな世間知《し》らずで、放縱《はうじゆう》な弟を責《せ》める言葉《ことば》さへも知《し》らなかつたが、その人が思《おも》ひ切《き》つて銀子を訪《たづ》ねたと聞いた時は銀子は自分の胸《むね》が騷《さわ》ぐほどの驚《おどろ》きであつた。

龍《たつ》子が訪《たづ》ねた時、丁度眞喜《まき》はまだベッドの内にゐた。金持《もち》のパトロンを持《も》つてゐるといはれてゐる銀子の贅澤《ぜいたく》な室《しつ》に眞喜《まき》を見出《み》した姉は――無論《ろん》その室《しつ》にゐる彼を訪《たづ》ねたのではあつたが、自分の顏《かほ》が赤《あか》らんでしまつて、口も利《き》けなかつた。小柄《がら》な花の咲《さ》いたやうな美《うつく》しい顏《かほ》をした銀子が、絹《きぬ》のパジャマ姿《すがた》で龍《たつ》子を迎《むか》へた。銀子は龍《たつ》子の前で「眞喜《まき》、眞喜《まき》。」と呼《よ》んでゐた。

「私の前でも平氣なのよ。私は眞《ま》つちやんと應接室《おうせつしつ》で話《はな》したんですけれど、銀子とは別《わか》れるわけには行かないつて、私にはつきりいつたわ。音樂映畫《おんがくえいぐわ》を取る仕事《こと》があるつて、その仕事《こと》を銀子と一緒《しよ》にやるんだつていつてゐたけれども、あてになる話《はなし》ぢやないと思《おも》ふわ。困つたわね。銀ちやんがどんなに苦勞《くらう》してゐるかつてことを隨分いつてやつたの。そんなことは姉さんに聞かないでも知《し》つてゐるつて怒り出すの。姉さんには決して心配《ぱい》かけないから餘計《よけい》なおせつかいをしないでくれつて。」

結局《けつきよく》は口喧嘩《げんくわ》になり、朝鮮《せん》の母を呼《よ》ぶといつて弟と別《わか》れた。

眞喜《まき》に似《に》て眼《め》の大きな、口許《もと》に含《ふく》んだ愛嬌《あいけう》を匂《にほ》はせた色《いろ》白の顏《かほ》を紅潮《こうてう》させて、いつもながらの優しい聲《こゑ》であつたが、生活《くらし》を犠牲《ぎせい》にしてまで、眞喜《まき》を愛《あい》してゐる銀子への同情《どうじやう》でこまつかいちやくれた嬰子の派手《は》派手《は》しさと輕佻《けいてう》さを散々《さん》に惡《あく》口した。

「眞《ま》つちやんは今にきつと目が覺《さ》めると思《おも》ふのだけれど――。」

銀子は今まで苦痛《くつう》から眼《め》をそらしてゐた村尾《を》と嬰子との關係《くわんけい》を、龍《たつ》子の話《はなし》でかへつて面前《めん》に露出《あらは》にされ、手に取るやうに二人の仲《なか》を見極《みきは》めたやうな氣がした。少しでも事實《じじつ》を事實《じじつ》にしまいとしてゐた氣安めの自己《こ》欺瞞《きまん》が、姉の言葉《ことば》で根《ね》こそぎ引むかれた。嬰子の室《しつ》のベッドにゐたといふ村尾《を》を想像《さうざう》すると、初《はじ》めて胸《むね》を灼かれるやうな嫉妬《しつと》が燃《も》え姉の前にぢつとしてゐられなかつた。

「あきらめてゐるのよ。」

口では靜《しづ》かにさういひながら――龍《たつ》子の慰《なぐさ》めてくれる言葉《ことば》に一々「えゝ」と首肯きながら、何にも耳《みゝ》には入らなかつた。

朝鮮《せん》の母にくはしく書《か》いてやるといつた姉の言葉《ことば》に對《たい》しても、それでどうなるものでもないと思《おも》つただけで、姉の言葉《ことば》を遮《さへぎ》る氣もしなかつた。そして姉の歸《かへ》つたあと銀子は初《はじ》めて麻布《あざぶ》の嬰子のアパートへ出て行つた。だが、その室《しつ》を教《をし》へられ、そして電燈《でんとう》の明々と點《とも》いた樺色《かばいろ》のカーテンの搖ぐ窓《まど》を見《み》た時、銀子はそのまゝで引つ返《かへ》した。

【次號完結】

連載小說

西班牙踊

佐藤俊子

宮本三郎ゑ

第4話

七

病氣《びやう》が少し快方《くわい》に向《むか》つてくると母は自分の病床《びやうしやう》の傍に良吉か銀子かゞゐないと直《す》ぐに何方《どちら》かを呼《よ》び立てた。良吉と銀子が二人だけでゐる時間は五分でも許《ゆる》さないといふ風《ふう》に見《み》えた。良吉はそれを知《し》つて、銀子と二人だけが店にゐるやうな時は銀子が氣の毒《どく》に思《おも》ふほど良吉は奥《おく》へ氣兼《きが》ねした。

母の病氣《びやう》は腦《なう》から脊髓《せきずゐ》へかけての神經痛症《しんけいつうしやう》であつた。激《はげ》しい頭痛《づつう》と不眠《みん》で苦《くる》しむ夜が續《つゞ》いた時などは良吉も眠《ねむ》らずに看護《かんご》した。その優しさには眞實《しんじつ》の娘《むすめ》の銀子に眞似《まね》も出來なかつた。寢《ね》不足《そく》の重たさうな眼《め》で朝早《はや》くから店で入用の食《しよく》料《れう》品の買《かひ》出しに出かけ、晝近《ひるちか》くには客《きやく》のためのコックで脇《わき》目《め》も觸《ふ》れない。かうした良吉の方に銀子はむしろ同情《じやう》して、母の看護《かんご》よりも良吉の手傳《つだ》ひに心を使《つか》つた。そんな時、

「こつちは宜《よ》いからお母《かあ》さんを見《み》て下さい。」

良吉はかう銀子を叱《しか》るやうにいふ。

母が病《べう》氣といふ知《し》らせで横濱《よこはま》へ來てからもう二週《しう》間になつた。モデルの仕事《こと》も最初《さいしよ》は斷つてゐたが母の樣子が少し快くなると、銀子は此《こ》家から仕事《こと》に通《かよ》つた。遣《や》りかけたダンスの練習《れんしふ》も怠《おこた》れなかつた。仕事《こと》の中心は東京であつたが省線《せん》で横濱《よこはま》まで歸《かへ》つてくると銀子は直《す》ぐに病《べう》人の世話《わ》や、良吉の皿《さら》洗《あら》ひの手傳《つだ》ひまでしてくる〳〵と働《はたら》き廻《まは》つた。

「世の中が變《かは》つたやうな氣がするわ。」

銀子は良吉の氣がひけるほど陽《やう》氣であつた。自分でも何處からこんな快活《くわいくわつ》さが溢《あふ》れてくるかと思《おも》ふ。歌《うた》ひながら働《はたら》き、仕事《こと》のない日や店の暇《ひま》な間はレコードをかけてダンスの獨《ひと》り稽古《けい》に夢《む》中になつた。

母に甘《あま》えてゐる自分が何時の間にか良吉に甘《あま》えてゐる。そんな自分を見《み》出すと銀子は匂《にほ》ひの美《い》い花を胸《むね》に抱《いだ》いてゐるやうな快感《くわいかん》で獨《ひと》りでに微笑《ひせう》がこぼれて來た。母への良吉の看護《かんご》の優しさから、その優しさを盗《ぬす》んで見《み》たいやうな、やんちやめいた氣持《もち》が良吉へ絡んで行く。それに氣が付いてゐるのかゐないのか、歸《かへ》りの遲《おそ》い夜など

心配《はい》さうな表情《へうじやう》で店の表《おもて》に立って
ゐるのを見《み》付けると、銀子は少女
のやうに急《きふ》に輕快《けいくわい》な歩調《てう》になって
良吉の方へ歩いて行く。そして近《ちか》
付いて驅《か》け寄《よ》る頃《ころ》には良吉はもう
奧《おく》へ引つ込《こ》んでゐた。

「たゞ今。」

「お歸《かへ》んなさい。遲《おそ》かったね。」

　店先で取交はすそんな言葉《ことは》も和《やは》らかな感情《かんじやう》で包《つゝ》まれてゐた。良吉は何か知《し》ら銀子のために料理《れうり》をして置《お》いてくれた。

「おいしいパイがあるよ。」

　良吉が端《はし》の食卓《しよくたく》に取揃《そろ》へて出してくれるものは何でも食べた。恰も良吉の優しさを食べてやるといふ風《ふう》に——そして良吉に微笑《びせう》を送《おく》り、良吉がその微笑《びせう》に微笑《びせう》で答《こた》へてくれることが銀子は何よりも樂《たの》しかった。

「今度こそはステーヂに出られさうよ。」

　テストは巧く出來たし、足《あし》も輕《かる》くなつたし身體《からだ》の調子《てう》がすつかり昔《むかし》に戻《もど》つたと良吉に話《はな》しなどしてゐると、

「良ちゃん。」

　と必《かなら》ず勝子《かつ》に呼《よ》ばれる。急《いそ》いで奧《おく》へ行つた良吉が、何か訴《うつた》へるやうに愚鬪《ぐち》々々いふ勝子《かつ》の聲《こゑ》を受《う》けて、少しも逆《さか》らはない調子《てう》で慰《なぐさ》めてゐるらしいのを遠《とほ》く聞きながらあゝして男に我が儘《まゝ》のいへる母の上をふと羨しく思《おも》ひ、いつになつても店へ戻《もど》つて來ない良吉が何といふこともなく待《ま》たれて、椅《い》子に身體《からだ》を投《な》げかけたまゝで茫然《ぼうぜん》と考《かんが》へ込《こ》み、そして良吉がまだそこに現《あら》はれると、銀子はあわてゝ立上つて食器《しよくき》の片《かた》付けに働《はたら》き出すのであつた。こんな溫和《おとな》しい男があるかと思《おも》ふやうに、唯《たゞ》勝子《かつ》の陰《かげ》に生きてゐるやうな、自分の意見《いけん》などは一度でも吐《は》いたことのない、何も彼も勝子《かつ》任《まか》せの、その癖《くせ》どこか

嫌味《いやみ》のない單純《たんじゆん》な男らしさで勝《かつ》子を庇つてやつてゐるやうな愛情《あいじやう》の深《ふか》さを生活《くわつ》一杯《はい》に湛へてゐる、さういふ良吉に銀子はだん〳〵と心を惹《ひ》かれた。

「兄《にい》さん見《み》たいな氣がして。これから良さんといはないで、兄《にい》さんと呼《よ》んでもいゝ?」

或る日良吉にかう聞くと、良吉は默《だま》つて笑《わら》つた。

「そんな事《こと》ならお母《かあ》さんに聞いてごらんなさい。」

そして例《れい》の羞恥《しうち》を含《ふく》んだ懷《なつ》つこい笑《わら》ひを見《み》せる。銀子がだん〳〵に良吉に馴《な》れ親《した》しんで行く樣子を警戒《けいかい》するやうに鋭《するど》く眺《なが》める母をはつきりと感《かん》じてゐながら、母の前でも良吉に甘《あま》えかゝる自分を銀子は自分で制《せい》することもしなかつた。

村尾《を》が不意《い》にこゝへ訪《たづ》ねて來たのは、麗《うら》らかな小春日和の續《つゞ》いた十一月の半ばであつた。銀子は月の末《すゑ》には再《ふたゝ》び舞台《ぶたい》を踏《ふ》む約束《やくそく》が定《き》まつて、村尾《を》と初《はじ》めて逢《あ》つた有樂《らく》町の最《さい》後の劇《げき》場で返《かへ》り咲《さ》きをする準備《じゆんび》に忙しく、モデルの仕事《こと》よりもダンスの稽《けい》古に身《み》を入れてゐて横濱《よこはま》へも歸《かへ》らない夜があつた。村尾《を》が訪《たづ》ねて來た時も銀子はゐなかつた。

村尾《を》と別《わか》れる決心が付いたのは、銀子の許《もと》まで行きながら、たうとう室《しつ》に入り得ずに引つ返《かへ》したあの夜からであつた。別《わか》れるとは到底《たうてい》口にいへない銀子であつたが、再《ふたゝ》び村尾《を》に逢《あ》ふまいといふ決心でそれ限りアパートへも戻《もど》らなかつた。林《はやし》の世話《わ》で林《はやし》と同じアパートに身《み》を隱《かく》すやうな日を送《おく》つたが、母の病《べう》氣をきつかけに横濱《よこはま》へ來てからは、一層遠《そうとほ》く村尾《を》とは離《はな》れてしまつた氣持《もち》でゐた。綺麗《きれい》に心の底《そこ》から拭《ふ》き取ることの出來ない村尾《を》を、自分の生活《くわつ》の動《うご》きの間々にふと胸《むね》に迫《せま》る悲《かな》しみで思《おも》ひ出す。その悲《かな》しみを何うにか、かうにか紛《まぎ》らしながら今《こ》日まで過《す》ごして來た。良吉の優《やさ》しさに縋《すが》らうとするのも、結局《けつきよく》は村尾《お》に傷《きず》つけられた愛《あい》の傷手をその優しさで癒《い》やして欲しい切《せつ》ない願《ねが》ひであつた。

「村尾《お》さんが來たよ。」

歸《かへ》つて來て母の勝《かつ》子から然う聞いた時、銀子はまだ半ば嬉《うれ》しい思《おも》ひで胸《むね》が騒《さわ》いだ。すつかり病《びやう》氣が快復《くわいふく》して店に出られるやうになつて居《ゐ》た母が村尾《お》に會つた。

「是非《ぜひ》銀ちやんに逢《あ》ひたいつていつてゐたよ。私もね、何うせ別《わか》れるなら一度逢《あ》つてお互《たが》ひによく話《はな》し合つて別《わか》れる方がいゝといつておいた。だが村尾《お》さんは僕《ぼく》は銀子に別《わか》れる意思《いし》はないんだといつてゐたけど。」

二人はまだ離《はな》れてゐなかつたといふことが、その晩《ばん》中銀子の胸《むね》を樂《たの》しいもので充たしてゐた。

「自分はやつ張《は》りあの人に逢《あ》ひ度いんだらうか。」

さういふ銀子の氣持《もち》を察《さつ》したやうに、母の勝《かつ》子ははつきりと今別《わか》れた方が銀ちやんのためではあるがと、母親《おや》らしい思《おも》ひ遣《や》りで今日村尾《お》を見《み》た印象《いんしやう》からむしろ男と別《わか》れることを望《のぞ》んだ。

「ひどく病《びやう》氣らしい風《ふう》にも見《み》えた。別《わか》れるのも別《わか》れないのもそれは銀ちやんの勝《かつ》手だけれども、一旦《たん》別《わか》れようと決心したのなら、その決心通《とほ》りにした方が後悔《くわい》がなくて濟《す》むよ。」

生活《くわつ》の底《そこ》の方へ沈《しづ》ませておいた男との問題《もんだい》が、また浮《う》き上つて來たやうな焦《じ》ら〳〵した思《おも》ひの中で新らしく湧《わ》いて來た男への愛慕《あいぼ》に思《おも》ひ沈《しづ》んでゐる銀子に母はいろいろと力をつけた。まだ十分に若《わか》さを殘《のこ》してゐる母の勝《かつ》子と顔《かほ》を突合《つきあ》はせて、しんみりとこの樣な話《はなし》をしてゐると、生活《くわつ》の水々しさが母の方から自分の方へと流《なが》れかゝつて來るやうな氣もした。詰《つま》らない男のために何も苦勞《くらう》することはないと勝子《かつ》の情《なさけ》の籠《こも》つた眼《め》が銀子にいつてゐる。この母の持《も》つ世間の廣《ひろ》さの中へ辷り込《こ》んで行けるやうな餘裕《よゆう》を銀子は感《かん》じはしたが、それも畢竟《ひつきやう》は良吉の忠實《じつ》さが母の生活《くわつ》を悠《ゆ》つくりさせてゐるのだと思《おも》ふと、銀子には獨《ひと》りぼつちの遣《や》る瀬《せ》ない淋《さび》しさが殘《のこ》るばかりであつた。

その翌る朝村尾《を》から使《つか》ひが來た。磯子《いそ》の海岸《がん》の宿《やど》で待《ま》つてゐるから來てくれといふ言傳《こと》であつた。使《つか》ひを受《う》けた銀子は、急《きう》に行き度くない樣な躊躇《ちうちよ》で直《す》ぐには返《へん》事《じ》が出來なかつた。村尾《を》に逢《あ》ひたいといふ切迫《せつぱく》した熱《ねつ》が矢張《やは》り冷《さ》めてゐる。二人が會つた結局《けつきよく》は別《わか》れ話《ばなし》へ落着《おち》くか、でなければ元《もと》の生活《くわつ》へ戻《もど》つて行くかであつた。この二つの何方へ行くのも銀子には恐《おそ》ろしかつた。

返事《へんじ》を促《うなが》して待《ま》つてゐる使《つか》ひに

「兎《と》も角《かく》も行つていらつしやい。」

と母に勸《すゝ》められて、氣の進《すゝ》まない中から後に行くといつてやつた。それが正午になり、午後になつても銀子は行く氣がしなかつた。母の出してくれた縮織《ちゞみ》の袷《あはせ》を着た珍《めづ》らしく和服姿《ふくすがた》の銀子がいつまでも決心が付き兼《か》ねて奥《おく》の居室《ゐま》で坐《すわ》つたまゝでゐるのを、良吉は時々覗《のぞ》きに來た。こんな問題《もんだい》には一と口も言葉《ことば》を插まない良吉が、何か心に懸《か》かつて覗《のぞ》き見《み》に來る樣子を悟《さと》ると銀子はそれだけでも自分の危《あや》ふさを救はれるやうな思《おも》ひがした。

八

銀子が磯子《いそ》の海岸《がん》の宿《やど》へ行つた時は村尾《を》はもうその家にゐなかつ

た。

「もしお出でになつたらこの手紙を渡《わた》してくれといつてお預《あづ》けになつていらつしやいました。三時ごろまでお待《ま》ちでした。」

　さういつて女中が村尾《を》の殘《のこ》した手紙を銀子に渡《わた》した。

　松《まつ》の枝《えだ》の長く延《の》びた黑塀《くろへい》の門を出た銀子は、その手紙を片《かた》手に握《にぎ》つたまゝで暫《しば》らく海岸《がん》を歩いた。村尾《を》がまだその邊《へん》を歩いてはゐないかといふ淡《あは》い望《のぞ》みを持《も》つほど、村尾《を》を戀ひしたふ情《じやう》が込《こ》み上げてゐた。海は遠《とほ》く夕暮《ゆふぐ》れて一抹《まつ》の空《そら》の晴《は》れた光《ひか》りが海の半ばを薄《うす》明るく殘《のこ》してゐる。銀子の襟元《えりもと》へ海の風《かぜ》が寒《さむ》さを送《おく》つて來た。

　手紙を讀《よ》むには手許《もと》がもう暗《くら》かつた。村尾《を》のゐる間に何故もつと早《はや》く來なかつたかといふ悔《く》いで、村尾《を》の待《ま》つてゐた宿《やど》を幾《いく》度も振返《ふりかへ》りながら銀子は海岸《がん》を通《とほ》る電《でん》車に乘《の》つた。そして車内で村尾《を》の手紙を讀《よ》んだ。手紙は短《みじか》く、自分にはもう逢《あ》はない積《つも》りかも知《し》れないと思《おも》ふ。別《わか》れるにしても、もう一度だけ逢《あ》ひたかつた。そして一切《さい》を許《ゆる》して貰《もら》つて永《えい》久に別《わか》れたかつた。これがすべての最《さい》後になるかも知《し》れない。といふ樣なことが書《か》いてあつた。

「すべての最《さい》後とは何ういふことなんだらう。」

　この言葉《ことば》が銀子の氣になつた。母から聞いた村尾《を》の印象《いんしやう》を彼れこれと綴《つゞ》り合はせてゐると、みじめに落《らく》魄した男の姿《すがた》が思《おも》ひ浮《う》かんでくる。

「村尾《を》はきつと困《こま》つてゐるんぢやないか知《し》ら。さうして矢《や》つ張《ぱ》り私を最《さい》後の頼りに逢《あ》ひに來たのかも知《し》れなかつた――」

　電《でん》車の中で銀子は種々《いろ〱》に想像《さうざう》した。生活《くわつ》の破綻《はたん》がたうとう彼れの上に來て、それを何うしていゝか分らず、自分の手を求《もと》めてゐるに違《ちが》ひなかつた。

　電《でん》車がいつか驛《えき》の前へ來てしま

つたことにも氣が付かなかつたがそれと知《し》ると銀子は母の許《もと》へ歸《かへ》らずに驛《えき》から省線《せん》で眞《ま》つ直《す》ぐに東京に向《むか》つた。一と先づ元《もと》のアパートへ行つて見《み》なければ安心が出來ない氣持《もち》であつた。

ざつと二ケ月振《ぶ》りに京橋《はし》の橋《はし》の傍の京樂莊《らくそう》へ來た。こゝを出た最《さい》後はもう九月も終《をは》りの薄《うす》ら寒《さむ》さが夜の町を濕やかにしてゐた時であつた。銀子に取つては苦《くる》しさと樂《たの》しさの入り交つた、いはゞ天國と地獄《ごく》の生活《くらし》に甘美《かんび》と苦惱《くなう》を思《おも》ふさま味《あぢ》はつたアパートへ幾分《いく》とはごはした氣の引ける感《かん》じで入つたが室《しつ》代も滯らせたまゝで二人ながら歸《かへ》つて來ないのでアパートでは置《お》きつ放《はな》しになつてゐた荷《に》物を纏《まと》めて自分の方へ預《あづ》かり、二人のゐた室《しつ》は外の宿泊《しゆくはく》人が使《し》用してゐると銀子に知《し》らせた。

自分たちの生活《くらし》がばら〳〵に壞されてしまつたのを、初《はじ》めて其處で見《み》せ付けられた樣な絶望《ぜつばう》と、その責任《せきにん》が自分にあつたやうな後悔《くわい》で、銀子はアパートの者に辯解《べんかい》する勇《ゆう》氣もなかつた。兎《と》に角《かく》村尾《を》に逢《あ》ひ相談《だん》して二人して來ると約束《やくそく》してアパートを出た。銀子は何うしてもその晩《ばん》のうちに村尾《を》に逢《あ》ひ度かつた。近《ちか》くの自働電話《とうでんわ》で姉の龍《りゆう》子を呼《よ》び出した。

龍《りゆう》子ともあれぎりであつた。銀子の聲《こゑ》を聞いた龍《りゆう》子はその聲《こゑ》に飛《と》び付くやうに、

「まあ銀ちやんぢやないの。」

といつた。その聲《こゑ》までが懷《なつ》しく銀子の眼《め》から涙《なみだ》が落《お》ちた。龍《りゆう》子も弟に逢《あ》はなかつた。賢子の許《もと》で喧《けん》嘩《くわ》同樣に別《わか》れたぎりであつた。銀子がまだ夕食《ゆふしよく》前だといふと、兎《と》も角《かく》も逢《あ》はうといつて堀留《ほりとめ》に住《す》む龍子は日本橋際《はしさは》の小さい料理《れうり》屋を指《し》定《てい》した。銀子は序《ついで》に林《はやし》にも電話《でんわ》をかけて見《み》たが林《はやし》は不在《ざい》だつた。

銀子は電《でん》車で龍《りゆう》子の指《し》定《てい》した日本橋際《はしさは》の小料理《れうり》屋まで來た。通《とほ》された二階《かい》の小さい室《しつ》で龍《りゆう》子を待《ま》つ

間も靜かではゐられないやうな焦《せう》躁で村尾《を》の行方を考へ盡《つく》した。銀子とは別《わか》れたやうだといふ話《はなし》を一度林から聞いたのはつい近頃《ちかごろ》であつた。村尾《を》との關係《くわけい》がパトロンに知《し》れ、お定りの悶着《もん》があつた後、村尾《を》とは關係《くわけい》を絶《た》つことを誓《ちか》つて銀子はまたパトロンの腕《うで》に抱《いだ》かれるやうになつたといふ話《はなし》であつた。だがその村尾《を》にはもう次ぎの女が出來てゐる。それは村尾《を》よりはずつと年上の女で、女優《いう》上りの何處かのバーのマダムだといふのである。

「あれは天才的色魔《さいてきしきま》だね。彼奴も一度は女に夢《む》中になるんだね。」

そんな話《はなし》は耳《みゝ》にしたくもなかつたし、嫉妬《しつと》するにも、餘《あま》りに斷念《だんねん》しすぎた悲《かな》しさばかりが殘《のこ》つてゐた。

平常着の上に半コートを着て、薄《うす》いショールを卷《ま》いた龍《りう》子が急《いそ》いでやつて來た。

「こんな結果《けつくわ》になつたのは私が餘《よ》計《けい》なことをして銀子のところへ行つたりしたからだと思《おも》ふと、本當《たう》に何うしていゝか分らなかつた。あの當《たう》時私は毎《まい》日のやうにアパートへ行つて見《み》たけれど。」

龍《りう》子は銀子の顏《かほ》を見《み》ると、それが何よりも氣になつてゐたといふ樣にいひ出した。銀子は村尾《を》が自分を訪《たづ》ねて來たのに逢《あ》ひ損つたこと、氣になる手紙を自分に殘《のこ》して行つたことを語《かた》つて、その手紙を龍《りう》子に見《み》せた。

「すべての最《さい》後なんて何うしたんでせう。」

龍《りう》子も心配《はい》さうだつた。

「まあ、餘《あま》り心配《はい》しないで何か食べませう。」

龍《りう》子はもう夕飯《ゆふはん》の濟《す》んだ後であつたが、二人の食事《しよくじ》を注文《ちゆう》すると二人はまた村尾《を》の手紙を開《ひら》いて、想像《さうざう》の及《およ》ぶ限《かぎ》りの村尾《を》の生活《くらし》を二人で話《はな》し合つて見《み》た。すべての最《さい》後といふのは銀子との關係《くわけい》のすべ

ての最《さい》後を意味《いみ》してゐるのだといふ龍《りゆう》子と、村尾自身《しん》の生活《くわつ》のすべての最《さい》後を意味《いみ》してゐるのだといふ銀子と——だから銀子にはもう暫時《しばらく》も拋つて置けないほど心配《ぱい》になるのであつた。自分で自分の感《かん》情《じやう》も心も生活《くわつ》もコントロールの出來ない可哀想《あいさう》な眞喜《まき》は、きつとどん詰《つま》りに陷ち込《こ》んで悶掻《もが》いてゐるのだ。あの人の生活《くわつ》は滅茶苦茶《めちやくちや》になつて惡《わる》い方へばかり走《はし》つてゐるに違《ちが》ひない。

「銀ちやんだけは僕《ぼく》から離《はな》れてくれるな。」

といつもいつてゐたあの一言《こと》は眞喜《まき》の眞實《しんじつ》でいつてゐた言葉《ことは》であつた。

「私、何うしても拋つて置《お》けない氣がするわ。何處にゐるかさへ分れば直《す》ぐにも逢《あ》ひ度いわ。」

龍《りゆう》子は鷺子に電話《でんわ》で聞いて見《み》るといつて電話室《でんわしつ》へ下りた。銀子も隨《つ》いて行つた。丁度室《しつ》に居《ゐ》た鷺子は「眞喜《まき》にはこのごろずつと逢《あ》はない。眞喜《まき》のことで電話《でんわ》など掛《か》けて貰《もら》ひ度くない。あの人を探《さが》すなら他處《よそ》を探《さが》してくれ。」と他《た》の者に

代つていはせた。

「きつとまた、他《ほか》の女のところにでもゐるのよ。こんなことをいつてその内あなたのところへ訪《たづ》ねて行くと思《おも》ふ。今度二人が逢《あ》つたら私も一緒《しよ》に生活《くわつ》の建《た》て直《なほ》しをするやうに眞《ま》つちやんに眞劍《しんけん》に忠告《こく》するわ。あなただつて、こんなに眞《ま》つちやんのことを心配《はい》してゐるんだし、眞《ま》つちやんだつてあなたが無ければ生活《くわつ》出來ないのよ。」

何となく慰《なぐさ》められる樣な龍子《りゆうこ》の言葉《ことば》で、銀子は少しは落着《おち》いた。きつとまた、他《た》の女のところにゐる——本當《たう》にさうかも知《し》れなかつた。眞喜《まき》の例《れい》の氣紛《まぐ》れで、急《きふ》に自分に逢《あ》ひ度くなつたのかも知《し》れない。自分が直《す》ぐに逢《あ》ひに行かなかつたので、その失望《しつばう》で態《わざ》とこんなことを書《か》いたのであらう。矢《や》つ張《は》り、すつかりは銀子を思《おも》ひ切《き》れないあの氣持《も》ちが、こんな氣紛《まぐ》れをさせるのかも知《し》れない、と銀子は思《おも》つた。

今月の末《すゑ》にはステージへ出ることなど話《はな》して、銀子は龍子《りゆうこ》と別《わか》れた。そして一人になると、新たな村尾《を》の戀《こひ》しさで胸《むね》がいつぱいになつた。あれ程《ほど》にも自分に逢《あ》ひ度がつてゐた村尾《を》に何うして逢《あ》はなかつたかといふ悔《く》いが、恰《まる》で懲罰《ちやうばつ》のやうにまたしても銀子を苛《さいな》んだ。

林《はやし》の住《す》むアパートまでは歩いて行けるほどに近《ちか》かつた。最《さい》前電話《でんわ》をかけた時には不在《ざい》だつたが銀子は足《あし》の向《む》くまゝにそのアパートへ行つて見《み》た。林《はやし》はまだ歸《かへ》つてゐなかつた。屋上まで登《のぼ》つて、そこで銀子は廣《ひろ》い東京を見渡《みわた》した。まだ冬の空《そら》にはなり切《き》らない軟らかさで星《ほし》が瞬いてゐた。情熱《じやうねつ》がそこいら中に律動《りつどう》してゐるやうな夜だと思《おも》つた。そして、「何故眞喜《まき》は私を殺《ころ》してくれないのか知《し》ら。」

そんな事《こと》を茫然《ばうぜん》と考《かんが》へて銀子は

何時までも屋上の闇《やみ》の中に立つてゐた。林《はやし》がいつかいつてゐたやうに、男心への精進《しん》ばかりでなく、もつと自暴自棄《ばうき》になれる自分だつたら、眞喜《まき》にも火花のやうな情熱《じやうねつ》で打つ突《つ》かつて行かれたのだと思《おも》ふ。眞喜《まき》はきつとその樣な情熱《じやうねつ》が自分から欲しかつたのではないか。その物足《た》りなさから戀愛《れんあい》の魅《み》力だけを次から次ぎへと漁《あさ》つてゐたのではないか。

「今度こそ――」

　男の愛情《あいじやう》へ受身《うけみ》にばかりになつてゐた自分でなく、火のやうな情《じやう》熱《ねつ》で村尾《を》を愛《あい》し切《き》るとが出來る。

「あのひとが、どんなに下らない男だつてもいゝ。」

　銀子はやがて下に降《お》りると、もう一度林《はやし》の室《しつ》の扉を叩《たゝ》いたが、矢《や》張《は》り不在《ざい》だつた。

「あなたをきつとまた訪《たづ》ねて行くに違《ちが》ひないわ。」

　と龍子《りう》がいつてゐた言葉《ことば》を思《おも》ひ出すと、自分が逢《あ》ひ度いと思《おも》つたら何うしても逢《あ》はずには置《お》かないやうな村尾《を》の執拗《しつえう》さから、實際《じつさい》にまた横濱《よこはま》の家へ來るやうなことがないとも限《かぎ》らなかつた。銀子はさう思《おも》ふと安心して横濱《よこはま》へ歸《かへ》れるやうな氣がした。

　横濱《よこはま》へ着いた時はもう十二時近《ちか》くであつた。眞喜《まき》が來るかも知《し》れないと思《おも》ふと、明日に希望《きばう》と樂《たの》しみのあるやうな快活《くわいくわつ》さが戻《もど》り、今までのおろ／＼しながら迷《まよ》ひ歩いた重苦《くる》しさが、水に洗《あら》はれたやうに消《き》えてゐた。生活《くわつ》の廣《ひろ》さの中へ歩み入るやうに母の店まで歸《かへ》つてくると、表《おもて》はもうすつかり閉まつてゐた。裏口《うら》も開《あ》いてゐなかつた叩《たゝ》くと直《す》ぐに良吉が起きて來た。

「今夜はもう歸《かへ》らないかと思《おも》つた。」

　無事《じ》を喜《よろこ》ぶやうな勢《は》つとした聲《こゑ》であつた。そして戸口で銀子の入るのを待《ま》つてゐる良吉の手に、銀子は思《おも》はず縋《すが》り付いた。疲《つか》れた身《から》證《た》といふよりも、不安と動搖《どうえう》で疲《つか》れた生々しい感情《かんじやう》を、その大きな手で休めて貰《もら》はうとする樣に——

翌る日は正午になつてもまだ眠つてゐた。枕許《もと》には家内の誰《たれ》もまだ讀《よ》んでゐないその日の新聞が、そしてその中に村尾眞喜が金砂《きんさ》といふバーのマダムの足立珠子と昨夜その家で心中を謀《はか》り、何方も生命危篤《めいきとく》といふ記事《きじ》の載《の》つてゐる新聞が疊んだまゝで置《お》いてあつた。

（終）

女中の待遇改善

商店法《しやうてんはう》が十月一日から實施《じつし》され小店員《せうてんゐん》たちは午後《ごゞ》十時《じ》以後《いご》をわが時間《じかん》として解放《かいはう》されてゐるけれど、わが家族制度《かぞくせいど》に付隨《ふずゐ》してゐる家《か》內勞働者《ないろうどうしや》たる女中《ぢよちう》は依然《いぜん》たる勞働狀態《ろうどうじやうたい》に存置《そんち》されてゐる。しかも女《ぢよ》中難《ちうなん》の聲《こゑ》はこの數年間《すうねんかん》後を絶《た》たず、軍需景氣《ぐんじゆけいき》はその現象《げんしやう》を強化《くわ》さへしつゝある。この時に當《あた》つて先覺諸女史《せんかくしよぢよし》から改《あらた》めて本問題《ほんもんだい》の考察《かうさつ》を左《さ》の諸點《しよてん》について伺《うかゞ》つてみたが、幸ひに殆《ほとん》ど全部《ぜんぶ》よりのご回答《くわいたふ》に接《せつ》することが出來た。半ばは次號《じがう》に割愛《かつあい》の據《よぎ》なかつた。

一、女中の働く時間は何時間位が適當か

二、修養、娯樂等餘暇の善用について

三、女中の制度として現在の住込以外にお考へなきや

四、女中の福利施設について

作家　佐藤俊子

一、女中《ぢよちう》の働《はたら》く時間《じかん》は、他《た》の産業《さんげふ》勞働者《ろうどうしや》の時間《じかん》が日本《にほん》では外國《ぐわいこく》と比較《ひかく》して長いのだから、女中《ぢよちう》だけをこの比例《ひれい》から短《みじか》くする譯《わけ》にも行かないだらうと思ふ。何しろ夜《よる》も遲《おそ》く睡《ねむ》るから起きるまで主家に縛《しば》り付けられてゐる人間《にんげん》のやうに時間《じかん》無しに働《はたら》き通《とほ》す女《ぢよ》中《ちう》の爲に、働《はたら》く時間《じかん》を制限《せいげん》することは、女中《ぢよちう》の待遇改善《たいぐうかいぜん》の根本《こんぽん》ともなるべきものでせう。私が日本《にほん》の家庭《かてい》を見《み》た上での適當《てきたう》な時間《じかん》は、朝《あさ》六時《じ》から、夜《よる》七時《じ》までゞもあらうか。これに晝休《ひるやす》み三十分か一時間《じかん》を與《あた》へれば申分なし。最《もつと》も夜學《やがく》をさせてやる様《やう》な主家であつたら夜學《やがく》の始《はじ》まる時間《じかん》を考慮《かうりよ》に加《くは》へなくてはならない。この時間《じかん》はアメリカあたりの女中《ぢよちう》の就働時間《しうどうじかん》と比《くら》べれば無論《むろん》長いものである。

二、餘暇《よか》の時間《じかん》は、若い女中《ぢよちう》であつたら他日《たじつ》獨立《どくりつ》して行けるだけの技術《ぎじゆつ》を習得《しふとく》させる時間《じかん》に當て

ることが最《もつと》も合理的《がふりてき》で、文藝《ぶんげい》や技藝《ぎげい》の趣味《しゆみ》致育《けういく》も、當人《たうにん》が志望《しばう》ならばそれも差支《さしつか》へないと思ふ主婦《しゆふ》の考《かんが》へで娯樂《ごらく》の時間《じかん》を其《そ》の餘暇《よか》の時間《じかん》から作つてやるのもよい。兎《と》に角女中《かくぢよちう》の自己致育《じこけういく》の時間《じかん》に當《あ》てることが第一《だいいち》である

三．住《す》み込みがいゝか、通ひがいいかは・雇《やと》ふ家の便宜《べんぎ》に從《したが》はねばならまいと思はれるが、これが外國《ぐわいこく》の女中《ぢよちう》だと、必《かなら》ず其《そ》の女中《ぢよちう》の爲に一室《しつ》を與《あた》へられる。日本《にほん》の家庭《かてい》では、女中《ぢよちう》だけの一室《しつ》などは中々《なかなか》與《あた》へられない。つまり家の建築《けんちく》によるのだが、若し就働時間《しうどうじかん》に制限《せいげん》を與《あた》へてやるやうになれば、女中《ぢよちう》の用ひる一室《しつ》が無論必要《むろんひつよう》になる。餘暇《よか》の時間《じかん》は絶對《ぜつたい》に女中《ぢよちう》の獨立《どくりつ》した時間《じかん》だし、この時間《じかん》だけは自分の身體《からだ》と主家とを切り離《はな》した生活《せいくわつ》を營《いとな》むのである。

女中《ぢよちう》の爲に一室《しつ》を與《あた》へることが不可能《ふかのう》であり、然《しか》も就働時間《しうどうじかん》は制限《せいげん》するとなると、決《けつ》して日本《にほん》の家庭樣式《かていやうしき》では女中《ぢよちう》さんの餘暇《よか》は獨立《どくりつ》したものにならない。斯う云《い》ふ點《てん》から考《かんが》へれば、住《す》み込みよりも通ひの方《はう》が女中《ぢよちう》の爲に便《べん》利となる。主家の方《はう》でも制限《せいげん》された就働時間以外《しうどうじかんいぐわい》は勝手《かつて》に使へない女中《ぢよちう》であるから、寧《むし》ろ通ひの方《はう》がさつぱりしてゐると思ふ。

四．女中《ぢよちう》の福《ふく》利の爲には無論組合《むろんくみあひ》制度《せいど》が適當《てきたう》となる。給金《きふきん》、時間《じかん》の問題《もんだい》も組合《くみあひ》で制定《せいてい》することが出來るし、保健《ほけん》に關《くわん》しても衞生《ゑいせい》思想《しさう》のない主婦《しゆふ》たちに對《たい》する當然《たうぜん》な要請《ようせい》も組合《くみあひ》を通して行ふことが出來ると云《い》ふものである。

女中《ぢよちう》の病氣《びやうき》や其他《そのた》醫療《いれう》の手當ても、給金《きふきん》から差《さし》引くと云《い》ふことは不合理《ふがふり》で、これは主家《か》が責任《せきにん》を持《も》つべきものだが、これも組合制度《くみあひせいど》がない限《かぎ》り個人《こじん》の要求《えうきう》は仲々《なかなか》行へない。

女中《ぢよちう》と云《い》ふ一つの職業《しよくげふ》を最《もつと》も高《たか》く評價《ひやうか》する爲には、無論一人前《いちにんまへ》の職業人《しよくげふにん》として養成《やうせい》する必要《ひつよう》があり、「女中《ぢよちう》と云《い》へば女の屑《くず》同然《どうぜん》」の現状《げんじやう》では、其《そ》の女中生活《ぢよちうせいくわつ》だけを引上《ひきあ》げる譯《わけ》にも行かない點《てん》もある。家庭勞働者《かていろうどうしや》としての一應《おう》の資格《しかく》を備《そな》へさせる女中養成所《ぢよちうやうせいしよ》が先づ必要《ひつよう》となるのであるが、兎《と》に角《かく》就働時間《しうどうじかん》の制限《せいげん》は、其《そ》の餘暇《よか》で女中《ぢよちう》の家庭智識《かていちしき》を習得《しうとく》させることにもなるし、人道《じんだう》の上《うへ》からもこれは是《ぜ》非實行《じつかう》しなければならぬ先決問題《せんけつもんだい》である。

山道

佐藤俊子

「頬白が鳴いてゐる。」

湯の湧く山の道を二人は歩いてゐた。秋の初めであつた。

「ね。」

男は足を止めて、木の繁みの中に小鳥の姿を探した。

「彼所に居る。」

男は直ぐに見付けた。

「何所に？」

女には中々小鳥が見付からなかつた。青い空の下に、金色の日の光りを振り撒かれてゐる樹の間から、細い小枝を差交はす頭上を仰いで、男に云はれた方角を眼で探した。細かに群がる葉の輪廓が、どれも小鳥の姿に見紛はれた。

「ほら。ほら。彼所に居る。」

男は女の頬に顔を差寄せ、小鳥の留まつてゐる木へと、女の視線を導くやうに女の脊丈に自分の脊丈を屈ませて、女の眼角から其方へと指で一線を引いた。

「ほら。彼所に。」

早く見付けなければ小鳥は逃げてしまふ。女はあせつた。何の木かと男の頻りに示す指先から其の方角を辿り、まぶしい光りを仰いで彼方此方と眼を彷徨はした。

「見付からない？」

男はがつかりしたやうに、高く上げてゐた腕を下ろした。小鳥は女を焦らすやうに、直ぐ近くで囀り續けてゐる。

「あの鳴聲。ね。」

頬白は民謡歌人だと男は云つた。

樹から樹へと、女は小鳥の姿を探した。針金のやうな細い線を青い空に描いてゐる小枝の枝先きに、木の葉がひらひらと秋の風に搖れてゐる。

「あゝ。居た。」

思ひがけない木の上に、ふと見付けた。其所からは奥深く見える雜木林の中の一本の木の頂上に、一枚の葉を蔭にして、小鳥は形のよい小さい姿を空に刻んだやうに止まらせてゐた。ペン先きのやうな嘴と、小さい頭を空を覗くやうに動かしてゐる。仔細らしく小首を傾げて、不思議な天地を考へてゐるやうな賢氣な恰好であつた。

「あんな高いところに。」

男は女が小鳥を見付けた喜びに、もう一度小鳥の方へ眼を向けた。

「頬白つて、きつと木のてつぺんに居るものよ。」

と女に教へた。

「可愛らしい鳥ね。」

たうとう見付けた喜びと、二人の眼が暫らく其の小鳥の上に、一つになつて注がれる樂しさとで、女の顏にも微笑が溢れた。もう見失ふことのない鮮明さで、小鳥は一層はつきりした姿を、小枝の先きに輕々と置いてゐた。

「ほら。飛んだ。」

男が又、小鳥の行方を示すやうに指さした。あわてゝ飛んで行つた先きを、女もあわてゝ遙に見送つた。男の愛を潜めた思ひを乘せたまゝで行つてしまつた殘り惜しさで、女は小鳥の見えなくなつた木と空の方へ、愛情を追ふ果てしない思ひを投げた。

小鳥で騷いだあとの忘れられてゐた林の中の靜かさが、一層深い靜かさになつて二人の足許に蘇生つた。

「頬白つて可愛い鳥ね。」

男の胸を覗けば、そこに小鳥が居るやうな可愛《いと》しさで女が云つた。

「可愛い鳥ね。あの鳥だけは、他の小鳥と鳴聲が違ふ。」

小さく響きのこもる聲で、深く囀る鳴聲が女の耳にさゝやかに殘つてゐる。意識した詩のこゝろを、歌のリズムに震はしてゐるやうな鳴聲なのであつた。

崖際の長く伸びた雜草が、道に深々とした陰影を作つてゐる。二人の外には誰れにも逢はぬ靜かな道であつた。

「いゝ道ね。」

秋の麗はしさが、人間の姿も彩つてゐる。男の髮に光りが搖ぎ、女の頬には日を受けて血の紅色が射してゐる。

まだ夏の色を帶びてゐる白い雲が山の端にふはりと漂つてゐた。熱を剝がれた日光が道に沿ふ山から道の上に光りを落してゐる。時々足を止めて男は崖の彼方の山や林を眺めた。杉の森は夏の深い色を光りの中に保つて、劃然とし

(創作 95)　——— 道　山 ———

た緑の層の濃淡を浮かしてゐた。

「あの杉、きれいね。」

男は自分の眼に映る印象を一つ一つ景色の中から拾ひ出して女に指さした。自分の美しいと思ふ感覺へ、女の感覺た誘ひ込むことを樂しむやうに、

「ね。」

と女と肩を並べて、自分の視線へ女の視線を促した。女は又男が誘ひ込まうとする感覺へ、素直に誘ひ込まれることが樂しかつた。

「きれいね。」

男が感じる美しさで、女も杉の森の緑を眺めた。男が美しく見るものは女にも美しかつた。男の感じる深い緑の色は、女にはもつと深い新鮮な緑に見えるのであつた。男の語る自然の形容が、女の眺める山や、雲や、水のすがたを愛のこもる豐かな色彩で印象づけた。

又頰白が何所かで鳴いた。

「頰白よ。」

直ぐ小鳥を探さうとするやうに、男は聲の聞えてくる方へ耳をすます。

鳴聲が遠くの方でしてゐた。男は女の手を引いて、林の中へ入つた。女の踏んで行く草履の下で落葉がかさ／＼と音を立てる。其の音にも男へ氣を兼ねて、女は小鳥よりも自分が驚き、男に引つ張られながら、男の忍ばせる足取りに従つて行く。小鳥は深く隱れて今度は容易に見付からなかつた。男は女の手を放して、一人で樹の間を縫つて歩いた。

「あんなところに。」

男が女を呼んだ。

「ね。見てごらん。」

小鳥を見付ける喜びで、そつと近寄つてくる女に、小鳥の留まる樹を指さした。秋の外の、山の中腹の一本の樹に、小鳥は最前と同じやうな優しい黒點を置いてゐた。

「ほんたう。」

方角を敎へられると、一度見馴れた小鳥の姿が直ぐ女の眼に入つた。

「同じ鳥かしら。」

「さつきの鳥らしいね。」

小鳥の翼の上に殘しておいた愛が、廣々とした空間から女の胸へ戻つて來た。

お互ひの中で惹き合つてゐるもの、絡み合つてゐるものを感じながら、觸れられぬものを二人の間に隔てゝ、其れをそつと覗き合つてゐるやうな時間を、女は其れだけの意味の時間にして守らうとしてゐた。男が女の許へ尋ねて來るやうになり、其れが何故なのかと云ふことは知つてゐても、其の意味を解いては惡いと思ふところで、女は男を迎へた。そんな日はどれだけ續いても、何も云はずに斯うして顏を合はせたまゝで、愛のこゝろを注いだ盃をそつと二人で捧げ持つやうな內氣な喜びは、唯其れだけで足りた。二人の指と指が觸れた瞬間に、愛は盃からこぼれて了ふ。愛がこぼれたら、結局愛が失はれるやうな運命に行くのではないかと女は思つた。盃に注がれてゐる男の愛は、男自身の生活の中から、祕密に分けられて來た愛なのであつた。

こぼすまいとした愛がこぼれてしまつた。

誰れの手がこぼしたか。女は其れを振返ることから自分を反向け、そして唯、逢へば別れることを考へる。踏み込んではならなかつた生活の中へ、一歩を踏み入れた憂鬱さで、女は重いこゝろを抱きながら、愛着はまた振切れると思つて一人で此所へ來た。

離れてゐれば、女はまだ澄んだ感情で男を思ふことが出來た。

「こゝまで來て、何所へ引つ返せと云ふのか。」

と男は手紙に書いてゐた。女は今なら元へ引返せるやうな氣がしてゐる。

男は其れを許さないと云ふのだらうか。自分に眞實を追つてくる男の、生活の愛の裂け目から、新らしい愛へどんな破壊が響いてくるかを男は考へてゐるのであらうか。自分が男から取上げる愛情は、男からだけの愛情ではなかつた。其の愛情に生きるものからも奪つてくるやうな愛情であつた。

何故自分に默つて、そんな所へ一人で行つてしまつたのか。其の氣持は解るやうでもあり、解らないやうでもある。あなたが自分と同じ所にゐないことがどれほど寂しいか、あなたに其れが解らぬ筈がない。

二人が此所まで來て、あなたは何所へ引つ返さうと云ふのだらうか。

男が湯の宿へ來た。そして手紙に書いてよこしたことを繰返して云つた。

「斯うしてゐる時間に何うして別れることが考へられるのだらう。」

其れが不思議だと云つた。濃《こま》やかな愛情を示しながら、直ぐにも其れを棄てることを考へる。人間の心に何うして其の樣な邪慳さが考へられるのだらうか。

「愛情がほんたうでさへあつたら。」

と男が云ふ。

「愛情がほんたうでさへあつたら？」

其れだけで足りる二人の生活であつたらうか。男は女の眞實が足りないのだと云ふ。眞實をもつと男に求めたら、男の生活は何うなるのであらうか。

「二人の生涯に別れる日が來ないで濟むと思ふ？」

何うしてそんな事を聞かなければならないのだらうかと、男は無言に女を見た。女には其れより先きのことが云へなかつた。

「あなたは何かを欺いてゐる。」

と男が云ふ。

「然うだらうか。」

女には思ひがけなかつた。自分は愛を欺いてはゐない。欺いてゐるものは自分ではないと思ふ。

「其れなら僕が欺いてゐると云ふの。」

女には然うだとは云へなかつた。

「どちらも愛を欺いてはゐない。けれど現實を欺いてゐるのではないのか知ら。二人ながら現實を欺いてゐる。」

現實を欺くのが苦しくて、別れようとしてゐる自分なのではないか。男の生活は自分と二人だけの生活ではなかつた。男は現實から面を背向けてゐるのだと女は思ふ。

「現實を欺く辛さよりも、別れる辛さの方が我慢ができる。」

と女は云ひ切りたかつた。男は別れることを考へる女の愛情が男よりも足りないことを責めてゐる。現實から面を背向けてゐる男の愛情の方が女よりも強いと云へるのだらうか。

女には無理にも、男が面を背向けてゐる其の現實へ、男をまともに振向かせようと爲《す》ることも出來なかつた。

男は現實を欺かねばならぬ程に、女を愛するこゝろが強いのだと云ふ。然う云ふ悲しい愛情を信じなければならないのだらうか。女が欲しい愛情は、分けられたものではなかつた。

「其れならば何故――」

女の悔いは、其れ故に男と別れることを考へるのであつた。

「別れられる？」

今ならば別れられると女は思ふ。男にはそれが不思議であつた。

この病氣は病氣からばかりではない――と云つてゝこした男の顏は、病ひと思ひに蒼く窶れてゐた。女は男を痛はり慰めた――その昨夜の女の優しさを男は思ひ浮べながら、其の優しさの何處に「別れるこゝろ」があるのかと。


其の溫泉の山の道であつた。

二人だけの時間には、暗い思ひを射させないことを昨夜男が女に約束させた。秋の光りの中に二人の愛情が樂しく散亂してゐる。秋は二人に美しかつた。明日の苦惱は明日の苦惱に任せておけばよかつた。それが二人の現實を欺くことであつても、二人の時間が愛情で滿ちるなら――

女の胸に匂はしてゐる香水が、秋の香りを含む女の匂ひのやうに男の頰を掠めた。女の室にはいつも何かの花が匂つてゐた。男に慣れた其の花の匂ひや、女の好む香水の匂ひが、女の甘い感覺へ男の情を溶け込ませる。

慣れた匂ひは其の時々の新らしい魅力で男をとらへた。風がさら〳〵と山の上の林を渡つて行つた。

百舌鳥の聲が姦しく近くに聞こえる中を、微かな頰白の聲が響いてゐる。

「頰白よ。」

懷しい小鳥の聲が直ぐ女の耳に聞こえた。

「うむ。」

まだ山道は淺かつた。二人の背後には僅かな人家が見下ろされる。遠方に其の聲を聞き付けた男は、

「飼つてゐる鳥かも知れないね。」

と云つた。

「鳴かなくなつた。」

男は小鳥の姿を求めて、彼方此方と雜木の中を踏み歩いた。小鳥は其の邊に居なかつた。

「矢つ張り飼つてゐるのね。」

あの小鳥を飼つてゐる家は何處なのかと女は人家の見える邊りを眺めた。竹林に圍まれて南畫に見るやうな雅致を備へた厚い藁葺屋根が見えた。

「きつと、あの家の中に小鳥の棲家があるのね。」

其處が平和な男の隱れた棲家のやうに思はれる。小鳥に思情を結ぶ懷しさが、女にお伽噺に似た空想を抱かせる。其の棲家の內には男と共に棲む他の影があつた。心の隅に追ひやられてゐた影に、其の影が重なり、女の胸が暗くなつた
山道を奧へと先きに上つて行つた男が道傍の木を折つて、女の爲に杖をこしらへてゐた。

「杖をこしらへて上げよう。」

男は病ひを忘れてゐるやうな晴れやかな眉をしてゐる。其の顏を見て女も明るく笑つた。

男が女と離れてゐる時、幻の中に吸ふやうにしてゐる女の微笑であつた。女は男を見て微笑することを忘れなかつた。戀の技巧は眞ごゝろからも生れてくる。何時の間にか意識した優しさで、そして素直さで、男の胸に寄り添はうとしてゐる自分の姿を、女は嘘の姿とは思はなかつた。

女は屈《かゞ》んで道傍の紫苑《しをん》を摘んだ。男も其れを見ると同じやうに屈んで花を摘み、女の手に持ち添へてやつた。

「頬白を飼はうかしら。」

女は男と別れたあとで、男が小鳥の中で一番好きだと云ふ頬白を飼ふ自分を空想した。小鳥に慰められて、過ぎ去つた愛の骸の中で淋しく生きる果敢なさが、今の自分の生活にもあるやうな、そして、其の果敢なさへ男の心を惹かうとする切ないものが、涙のやうな濕やかさで女の胸を霑ほしてくる。

「別れる。」

ことを――自分の强さで別れることの出來る間に、男から別れることを考へながら女は歩いてゐた。男の思ふ儘に愛情の底深く落ち入つた後の苦惱は女にだけ殘ることが、女の心に又浮んできた。

「まだ、今ならば――」

溺愛へと自分の心が崩れて行く、其の愛情の過程を女の戀の經驗が女に敎へる。溺愛の中に苦しむものは自分であつた。

自分だけの足音に氣が付いて周圍を見廻した。男の姿が見えなかつた。道は一と筋で、人の隱れる草叢の繁みもなかつた。周圍に眼を放ちながら迂《う》つ潤《か》りと立つた女の前へ、男が笑ひながら後から廻つて來た。

「あなたの直ぐ後《うしろ》に尾いて來た。僕が後に廻つたのをあなたはちつとも知らなかつた？」

何を考へてゐたのかと男が聞いた。

「別れることを――」

「また。」

男は煙草を出して、マッチに火を點けた。紫の煙りが陰鬱に曇つた眉をかすめて、ゆら〳〵と男の髪にかゝつた。

「あなたは何うしてもつと僕に求めないの。」

「もつとあなたに求めたら何うなるの？」

「昨夜の約束を忘れたの。」

男が緩やかな聲で云つた。ふと頬に落した愛の印《しるし》が光りにまぶしく交ざつて、秋の色彩の中に明るく散つた。

「あの雲。」

女の心をそちらへ移すやうに、男が空を仰ぎながら、

「見てごらん。」

と云つた。

「あれはもう秋の雲よ。」

仰いだ水色の空に白い小波雲が模樣を染めてゐる。太陽が西の方に傾いてゐた。

夕方に近づく風景の變化が、廣い天地に少しづゝ動いてゐた。

「もう夕方になるのね。」

其れを感じながら、女は遠い山を見た。


道が二つに分れてゐた。山から伐り出す木を積んで、車で町に送る軌道が、一つの道に敷かれてゐた。二人は軌道に沿つて右へ山道を下りた。

木を積んだ車が山から軌道を下りて來た。夫が先きに立つて車を引き、妻が後方から前屈みになつて押して行く。

二人は眼を其れに惹かれて、二人の前を通り過ぎるまで見守つた。

「夫婦ね。」

これに似た生活の、苦勞を共にする夫婦の生活が、女の眼の底に映つた。

其れを追ふと云ふのでもなかつた。同じ道を車の走つて行く後ろから續いて歩いた。中途に開かれた林に沿つて迂

曲する道の方角へ、車は見えなくなつたが、二人が其所に行き着いた時、車を停めた夫婦は木の切株に腰をかけて休んでゐた。

夫婦は二人を見ると人の善い村人たちのやうに會釋した。夫の方は刻んだやうな上品な面長な顏をしてゐる。其れが二人の眼に付いた。長い血の系統を其の顏だけに殘してゐるやうな普通の人とは別な顏であつた。王朝時代の衣冠を着けた繪に見るやうであつた。其の顏が勞働に窶れて、いつぱいに皺んでゐる。妻も日に焦けた、はつきりした輪廓を持つた顏に豊かな笑ひを湛へて近寄る女を見上げた。

男が車の傍に寄つた。

どれだけの重さがあるのか、其れを試さうとするやうに、車の傍にあつた肩當てを斜に肩にかけて車を引いた。一分も動かないのを、夫婦は笑ひながら眺めてゐる。

煙草入れから煙管に煙草を詰めた老人は一と口喫つた煙りを靜に吐いてゐる。都の人の戲れに好意を見せる品のい笑ひが唇に動いてゐる。女も其れに笑顏を向けながら、自分は車の後方へ廻つた。

「私が押して上げる。」

男は其れを眼で受けて、又車を引いた。女が押す力は、重い車には觸るほどの力にもならなかつた。其れを見て、面白さうに夫婦が笑つた。男も女も自分たちの力のない可笑しさよりも、唯一時の戲れの面白さに興じた笑ひを夫婦の笑ひに合はせて傍を離れた。

一日に一回づゝ、あの軌道を往復すると云ふ辛苦な生活の一面を思はず其所に見て、そして自分たちの生活を其れへ照らした。味氣なさが人の生活の全部であるにしても、夫が重い車を引き、妻が其の後方を押して一日五里の軌道を往復する共稼ぎの夫婦の生活には純朴な愛の幸福があつた。

車の上には夫婦の辨當包みが載つてゐた。あの食事を妻が拵へて朝早く村を出て行くのであらう。短い縞の單衣を着て、黑い木綿の脚絆を着け草鞋を穿いてゐた妻の姿が女の眼に殘つた。前屈みになつて、夫の引く車に少しでも輕さを與へる爲に、有りたけの力で押して行つた姿、煙草をのんで休む夫の傍に自分も腰をかけて休んでゐた姿に、貧賃の人間の姿があつた。

男が車を引き、自分が其の後方を押した一つの繪に、純朴な愛の生活を添へて眺めた。

「あの妻の持つてゐる愛情は、自分の中にもある。」

と女は思ふ。

「車がちつとも動かなかつたね。」

男は歩きながら思ひ出したやうに笑つた。

「あの夫婦のやうではなかつたのね。」

閑寂な周圍をさゝやかに破る頰白の聲が、思ひがけなく二人に近い頭上から聞こえた。小鳥は直ぐに二人の眼にとまつた。行手の山際の端の木に、突き出た小枝の疎らな木の葉の振ひ落ちた枝先きに、小鳥は居た。

「彼所に居る。」

二人は立止まつて暫らく小鳥を仰いだ。鳴き止めた小鳥はぢつとして其の木に留まつてゐる。女は歩きながら時々小鳥を見上げた。ふと寂しいものが小鳥の姿から落ちて來た。たつた一羽の小鳥の姿が人間の孤獨の姿に似てゐた。

「さつきの鳥かも知れない。」

「何所かで飼つてゐると云つてた鳥ね。」

鳴き止んだまゝ、ぢつとしてゐた寂しい小鳥は、行き過ぎて振返つた時にはもう何處かへ飛んでゐた。

「居なくなつた。」

男も見返つた。

夕暮れに沈みかけた薄い日の色が、小鳥の飛んで行つたあとの木の邊りにかげつてゐる。過ぎ去る人生の上に、拭はれぬ印象の小さな黒點を人の上に留めようとしたやうな小鳥の影が、まだ女の眼に見えた。

女學生々活の改革

佐藤俊子

日本の女學生たちが男性的な亂暴な言葉を使ふから不良だとか、狂氣染みたサイン熱を發揮するから、これを强硬に取締らなければならないとか云ふ事だけを聞いてゐると、日本の女學生の生活と云ふものは誠に他愛のないものだと思はせる。

無論問題は問題として取上げられる斯う云ふ他愛なさにあるのではなくて、何故女學生の生活が然うした他愛ないものであるかと云ふ點にあるのだし、こんな愚劣さばかりをほぢり出されるから、女學生の生活が他愛なく見えるのだとも云へやう。

西洋の若い人たちの間でもサインを欲しがる熱は中々激しい。若さがさせる一種の崇拜熱の表はれで、自分が成人した後のは忘れて了ふやうなものだが、世界的に有名な憧憬の的となる人物が旅行して來るやうな時は、其の人の現はれた場所やホテルへまで出掛けて行つてサインを求める。だが斯うした若い人たちの一時的なサイン熱は周圍からは愛感をもつて寛大に被はれてゐる。日本の若い人の間にもこれが影響して來てサイン取りの流行が擴まつたのであらうけれ共、何にしても日本と云ふ土地が狹く、世界的に有名な人たちが歐米各地を廻るやうに、然うザラに日本へ廻つてくるのでもないから、結局價値のないレビューガールでも其れが日本のスタアとなれば、そんなサインでも欲しがるやうな愚劣な行爲に墮ちて行くのであらう。

兎に角女學生の生活が、こんな事で叱られてゐるやうな他愛なさでは、到底國家百年の計を樹てる將來の相談相手には成れそうもない。もうお嫁に行かれそうな年齡になつても、人形弄りをして遊んでゐた封建時代の娘たちと、たゞ時代の色彩が異るだけで其の他愛なさに於ては心理的に大した違ひもないのである。

先きには喫茶店に出入するサボ學生を不良と見做されて徹底的な檢擧處分が行はれ、低劣の烙印を學生たちの額に捺されたが、今度は女學生がサイン狂などで取締られて、愚劣の烙印を其の白い額に捺されることになつた。この國家の重大時局に次代の建國の柱石となるべき學生たちが、男は低劣、女は愚劣であつては、誠に國家の將來が憂慮されるわけだが、一體若い國民を育てる上に日本の敎育方針は今まで如何なる方向を辿つてゐたのかと、問題はその方へも向けられそうに思はれる。

○

何故女學生々活が其れ程他愛のないものなのか。これは女學生自身の罪ではあるまい。女學生と云ふものがこんな他愛のない者に生れついてゐるのでも有るまい。無論女學生々活の全面から拔き出されたこの一面だけを取つて、彼女たちの生活の尺度とすることは出來ないが、若し彼女たちの學生としての生活が目に餘るほど粗弃で然かも幼稚なものならば、其れは何う云ふ欠陷から來てゐるのであらうか。これは別に難かしく考へて見るまでもなく、一言にして女子敎育の低さから來てゐるのである。

日本では明治維新以後既に國家的に制定されてゐた女子の敎育が、今日迄に日本國內に一層普及される機運には屢々乘じて來たが、敎育によつて受ける女子の學問の力を男子と同樣のレベルに置かれると云ふ機會にはまだ一度も遭遇したことがない。

男女の敎育の上には或る程度の差別が基準とされ國民の基本敎育の力を十と指定するならば、女子は七か六で足りると云ふ標準を付けられて來てゐる。云ひ代へれば日本の敎育制度は男子に對しては一人前の敎育を與へ女子に對しては一人前未滿の敎育を與へることが根本義とされ、この男女不平等の敎育制度は遂に今日に至る迄男女平等への、つまり國家の一員としての男女平等の基本敎育を與へやうとする女子敎育の本質的な改革は行はれたことがなかつた。

其ればかりでなく、男子の敎育が時代の進運と共に其の程度が高められ深められて行くにも拘はらず、女子の敎育は時代との隔たりを益々深くして、低められた程度の儘に放置されてゐるのである。現在の日本婦人の中には十數名の博士號を有する婦人もあり、獨力によつて男子と匹敵する學問的地位や知識の高さを有するものもあるがこれは周圍の進步した雰圍氣に刺戟され影響されて自からの道を開拓した非凡の人々であり、男子との平等な敎育上のシステムによつて順調に出發したのではない。

日本では婦人が男子と同等の知識なり學問なりを習得する爲には、そして習得した學問によつてひとつの生活を求め、又社會の表面に立たうとする爲には、右のやうに其の出發においてさへ、國家によつて制定された高度な敎育軌道を步むことが出來ないのであるから、何時になつても開拓者か先驅者の運命を負ひながら、困難な方法によつて技術や知識を自から探り求め、迂遠な浪費の多い精力の上に、彼女たちの刻苦練磨を積まなければならない。そして斯かる困難な道を開きつゝ、自から進んで來た選ばれた婦人以外の一般日本婦人は、低められた教育の爲に遙に低級な國民的存在となり、自分の生活しつゝある現在の社會や政治の動向をさへも、正確には認知することの出來ない迂愚を指摘されるやうな存在とさへなつてゐる。

　日本國民の文化的教養が一般に低いと云はれてゐるし、私も其れを事實として自分の周圍に感じてゐるものだし、自分自身も其の一人であらうとも思ふ者だが、其れ故にこそもつと日本人一般の文化的教養を高めなければ、世界の高い文化と手を組むことは出來ないと云ふ反省を持つ。そして日本人一般の文化の水準の低さの大半は、婦人の教養の低さに負ふものであり、同時に婦人の地位を低め教養を低めたまゝにして、其れが女性の本分でもあるかのやうに肯定しつゝある封建的遺習が消滅しない限り、日本國家全體の文化的社會的水準は決して高まる筈がない。

　先日或る地方に旅行した時婦人の集りの席で聞いた話であるが、其の地の縣の發意で毛布獻納の議が起り、地方の婦人は競爭して餘り數のない毛布を、然かも家庭に取つては必要な毛布までも獻納した。そして或る婦人は自分の家からの獻納品數が一番多いので滿足したと大喜びで語つたと云ふ事であるが、斯う云ふ程度の時局認識で國內的戰時活動をやつてゐる婦人が多いのであらう。だからと云つてこの婦人の愚にも付かぬ虛榮心ばかりを非難するわけには行かない。この非常時局下に當局は婦人からも協力の手を待受け、國內の消費の方面や事變に應じる生活改善などに、現社會で指導的立場にある婦人たちを動員してゐるが、動員された婦人の多くは政府委員と云ふ官僚のお役目を過分な名譽とするばかりで、附議される問題に對しては男子の意見への追隨以外には、自己の新らしい見解とか運動への創意とかは少しも持ち合はしてゐないと云ふことを聞いてゐる。極言すれば實際上の働きには實績も上がらず餘り役にも立つてゐない。これは私が何かの誌上で云つたことがあるやうに日本の婦人には政治的な行動の經驗も訓練もないのであるから、其の場に處して突然に煥發的な才能や頭腦の働きを示すことは難しいに違ひなく、同時に婦人の實力が政治ばかりでなく經濟にも社會においても、凡ゆる方面の活動の上に十分な知的の基礎付けがされてゐない欠陷の表はれとも見られるのである。

○

　私はこゝで婦人論をするのではなく、與へられた問題の「女學生々活の改革」に就いて何かを云はうとしてゐるのであるが、女學生々活の中に見られる「他愛なさ」は獨り女學生の限られた問題ではなく、日本婦人の生活其のもの丶中に「他愛なさ」の要素が多分にあるのである。一流の婦人として現在の社會に一頭地を拔いてゐる婦人達でさへ人間の質的に完備されてゐない部分――即ち幼稚のまゝでカルチュアされてゐない部分が必ず何所かに殘されてゐる。

斯う云へば偉い婦人は怒るかも知れない。「他愛なさ」を生活の底に持つてゐて、何うしてこの激しい生活戰が出來るかと云ふかも知れないが、然う云ふ婦人は完全に洗練された理性を備へる稀な婦人で、一般の婦人は多かれ少かれこの「他愛なさ」の中に生活してゐるか、或は「他愛なさ」を知識や技術や表面的な賢こさで、漸くカムフラーヂしてゐると云つても差支へないやうに思ふ。これは私たちの敎育過程の上に、理性を强める敎育、知性を强める敎育が特に低められてゐた結果なので、現在の女學生々活に見られる「他愛なさ」の延長とも云へるのである。

私が驚いたことは、この女學生々活の「他愛なさ」即ち亂暴な言葉を使ふとか、サイン狂を發揮するとか、映畫館へ出入するから墮落的であるとか云つて、これを指摘したものが婦人の敎育家だつたと云ふことであつた。婦人敎育家は敎育事業をどんな程度に完成してゐる人たちか知らないが、自身の生活の底にこれと共通した理性の欠如を嘗て自身に感じたことが無かつたのであらうか。斯かる愚劣を女學生々活の上に指摘する以前に、其れ故にこそ彼女たちの生活を他愛あらしめる爲に女子敎育の向上を聲を擧げて叫ばなければならぬ筈であつたと思ふ。

西洋の婦人たちの社會的地位が如何に高いかは今更云ふまでもないが、國務大臣を初め、外交官、市長、大學敎授などの政界學界を通じる公職に就いて男子以上の實力を示すほどの最高な地位にまで到達して來た其の經路には一世紀半にわたる血の奮鬪がつゞけられた。其れでさへまだ完全に婦人文化は熟してゐないと云はれてゐる。

婦人無視の長い歴史によつて男性ばかりで築き上げられた文化の本城へ突進するには、まだ〳〵婦人は内に潜められた力によつて、外部への鬪ひを續けなければならない。これはアメリカの話であるが、アメリカでは一九三〇年の調査において二千八百餘を數へる婦人辯護士が居る。（序だがアメリカの婦人判事、檢事數は五十人と云はれてゐる）これ等の婦人辯護士は漸く昨年に至つて紐育州の辯護士協會の正會員として初めて其の名簿に名前を列ねることが出來るやうになつた。この協會はアメリカ合衆國に於ける最高權威の辯護士協會で、婦人の入會を今まで絶對に認めなかつたものである。この一例が示すやうに男性の傳統的な偏見によつて婦人の前に閉ざされた關門はまだ至るところにあるであらう。

男子と同じ高度な基本敎育を受け、同じ社會的待遇を受け、婦人の前には悉く開放された生活の道を辿りつゝも、其の道の半ばに依然として婦人を遮斷する關門があれば、更に其れを突破しなければならないのである。

斯うして彼女たちが婦人文化の最高峰にまで攀ぢ登るには、この上にも不斷の戰ひを續けなければならない事が感じられるが、其れにしてもこれを日本の現在の婦人の地位と比べるならば、いかに西洋の婦人が人間としての深いカルチユアを身に着け、そして私たちの目も及ばぬ遙に高い文化の道を歩みつゝあるかゞ窺はれて羨しさの限りである。

無論婦人の問題は婦人だけに限定された問題として扱はれる筈のものではなく、其の重要性は國家の問題として扱はれる點にある。一國の文化は婦人の教養の高さ低さによつて押しはかられる。國力を支へるものが武力と文化の二たつであるならば、この文化の面における重任は當然婦人も負はなければならぬものであり、そしてこの重任に堪へ得る力は一般婦人の高い教養に由る以外にはないのである。殊に日本が國運を大陸に向つて伸長させやうとしてゐるこの時に、國内を守る國民全體の生活力を益々健全にそして强固に支へ得るものは婦人の力でなければならない。

女學生々活の改革は斯う云ふ點から見ても女子教育の向上を基礎として行はれなければならぬものと思ふ。若い男女の席を同じくすることが、依然として日本固有の道徳に反するものならば、校舍は別にして學業は男子と同等の程度にまで女子の教育を引上げること。婦人の手藝が男子の工藝と並んで別個に教育されるものならば、學問は同じ程度の政治、經濟をも女子に教へ、婦人の理性を高め知性を深める教育を與へることである。婦人に課せられた家庭事業は女子教育を向上させることによつて等閑にされる筈はなく、又、家庭事業が婦人の全的な任務であるから、餘計な知的を目的とする教育は不必要とする理論も成立たない。當面の現實はこれ等を否定するまでに進んでゐる。男子と同等の知力の均衡を基礎として其所に築かれる家庭事業こそもつとも合理的な科學性による完全さを備へることが出來るので理性的な家庭事業の合理化によつて、同時に婦人は又社會的な活動をも活潑に營むことが出來るのである。

教育制度の統制的改革が行はれやうとしてゐることを聞くにつけても、女子教育の向上はこの際にこそ賢明に考慮されなければならぬ問題であり、其の統制が文部大臣の云ふやうに日本的精神、日本的道德、日本的文化の太い線によつて教育制度を貫くことを目的とするものならば、この目的によつて逆轉的に女子教育を更に低下せしむることなどのないことを願ひ、男女平等の新らしい教育施設を根底として、其の上に加へられる統制的改革として意義あらしめることを望むのである。

（了）

若き女性に語る

愛憐と躾への反省

佐藤俊子

この秋のこと、伊豆方面の或る溫泉場で數日を過ごした時の話である。

私の室の前の庭に小さい池があつた。この池は十間ほどの細長さで、庭に沿つて上の方へ流れが通じてゐるのであるが、池の中には緋鯉、眞鯉、金魚など四五十尾放してあり、この金魚や鯉が流れを泳いで時々私の室の前まで遊びに來《く》る。

ある日の午後私が書きものをしてゐると、池の中に何かを拋り込むやうな音が頻りに聞えてくる。餘りいつまでも續くので外を覗くと、池の上で十歳ぐらゐの男の子が池の汀の石に腰をかけて小石《こいし》を摑んでは投げ込んでゐるのであつた。

いつたん何處かへ走つて行つた男の子は、やがて又小石を澤山に摑んで元の場所へ戾つて來た。そして其の小石を次ぎ〳〵と池の中の金魚をねらつて投げ込んでゐる。私は暫らく眺めてゐたが中々止めようとしないので聲をかけて見た。

「そんなに小石を投げると金魚が死にますよ。」

男の子は私の言葉を聞くと、直ぐに小石を投げることを止めて其所を離れて行つた。私は庭へ下りて、池の端を歩いて見た。小石を投げ込まれて狼狽し、逃げ惑つてゐた金魚や、緋鯉が、まだ波紋を描いてゐる池の水の中を、何かに追はれるやうに泳ぎ廻つてゐる。別に傷づいた魚もないやうであつたので私は安心して室に戻つたが、其の日は暮れて翌朝になると小さい金魚が一尾私の室の前の池の面に死體になつて浮いてゐた。

番頭が其の金魚を拾ひ上げに來たが、

「可哀想に石が頭のところに當つてゐます。」

と云つて手に乘せたのを私に見せ、

「お客さまのお子さんなので止めさせることもできないんですが、いつも斯うで困ります。」

と云ふのである。

西洋の子供は決して動物に對しては慘酷なことをしない。動物類は何でも可愛がると云ふ觀念を小さい時から養はれてゐる。母親たちは動物愛護を嚴《きび》しく小供たちの心に植え付けることを、大切な兒童教育の一とつに考へてゐる。

私は時々日本人の子供が動物を虐めてゐる樣子を目撃することがある。猫を虐めたり、小猫を虐めたり、前にも述べたやうに小魚を目がけて小石を投げるなどは、子供心の面白さからにしても、一種の殘忍性の現はれであることは否まれない。動物を可愛がると云ふ觀念を子供に養ふことは、博愛萠芽を子供の精神に芽生へさせることであり、反對に小さい時から動物を虐待するやうな習慣を持たせると、弱いもの虐めの卑屈な精神を知らず〳〵の内に養ふやうになるのである。

○

日本のお母さんがたは子供を百貨店や群集の混み合ふ中へ平氣で伴れて歩いてゐる。

斯う云ふことも西洋では、一とつの習慣として決して子供をそんな場所へは一所に伴はない。百貨店の買物などに子供が母親の傍に立つてゐるやうな風景は殆んど見たことがない。

尤も嬰兒などを車に乘せて、連れて行き、其れを預ける場所へ置いて自分だけ買物をすると云ふ場合はよく見受けるけれ共、一とつの遊び場へでも子供を連れてくるやうに、二人も三人もの子供たちをゾロ〳〵と引き具して、他の婦人の買物に邪魔になるほどに、百貨店内を殆んど一家族で押歩いてゐるようなのは滅多に見《やう》受けられない。

子供には子供の世界を守らせると云ふしつけが實に能く行屆いてゐる。

劇場とか映畫館とか演奏會などにも子供を連れた客などは見受けられないが、大人の樂《たの》しむ世界には子供には全く用のないことを子供自身にも意識させるし、必らず家に居て父母の留守番をするのが當然だと云ふやうに習慣付けるのである。其の代り一方に子供の世界だけを樂しませる施設が完備されてゐる。子供の遊園地は市街の至るところに見出されるし子供だけに見せる映畫館もある。

又、どんな家庭でも子供の寢室は別に設けられてゐる。大人の呼吸を子供のそれに混合させることは衞生的でないと云ふ觀點からでもあるが、決して母親が子供を抱いて眠ると云ふやうなことは絶對にないと云つても宜い。

幼少の時から子供に獨立的な自治的な精神を養はせることも母親たちに取つて大切な兒童敎育の一とつにされてゐる。

三歳四歳の頃から、もう自分の被服や玩具の整備は自分の手でさせる習慣を付けておく。そしてミルク瓶をベッドに持ち込んでこれを兩手で飮みながら、一人のベッドに眠る――こんな可愛い、恰好を私はよく子供部屋で覗き見することがあつた。

斯う云ふしつけは日本の母親の學んでもいゝ點であらうと思はれる。

侮蔑

佐藤俊子

一

アメリカに生れたジミイは、一九二〇年頃の、いちばん頂點の排日の惡感情の空氣の中で、恥ぢの多い少年期を過ごした二世の一人であつた。子供を背負つて畑に出て働く日本婦人の畫が、英字紙の一面に事々しく掲げられたり、日本人種は黑人種よりも劣等だと云はれるやうな人種的な虐待を文明人から受けながら、齒を食ひしばつて働く親たちの懷に成長した一人であつた。

こんな環境の中でおづ〱と育つた二世たちは、壓し挫がれた精神が其のまゝの性格となり、敎養で躾けられた純直さはあつても、萎縮した心は伸び〱と白人の社會へ進んで行かうとする强氣を失はせてゐた。そしてアメリカの高い敎育でカルチユアされた頭腦は、其の頭腦で自分たちの生活の矛盾を考へることが出來ても、其れを廣い社會に向つて押切る力は持てなかつた。

アメリカの市民でゐながら、白人種の中で仕事が求められないことや、アメリカの教育を受けてゐながら、アメリカ市民と同等の待遇が受けられないのは、親たちのお蔭であつた。親たちの無智が、何よりもアメリカの文化を脅かして排斥の種子を蒔いた爲であつた。そして一世は二世の爲に何にも根據のある地盤を作つておいても呉れなかつた。唯朝から晩まで働き續けて、其の稼ぎ溜めた金は故國へ送り、二世の將來をアメリカで築く經濟的な基礎さへも作つておかなかつた――斯うした親たちへの反抗がやがて親たちへの侮りとなり自分たちの生活の不平は、日本人社會の内側へ向つて燃えながら、結局は自分たちの侮る親たちの築いた生活の中に閉ぢ籠るだけであつた。白人社會で仕事の求められない二世は、一世の經營する事業の上に使はれ、アメリカの文明が人間の勞働生活に與《あた》へた福利の條件は、其れと同じ條件では一世の社會には通用されなかつた。アメリカの文明を知つてゐる二世の不平は其所にも起つた。二世が不平を鳴らす一世の無理解は、一世の方からも二世にこぼす無理解であつた。

一世は排日の嵐の中を、アメリカの天地に日本人の根を張る爲に血の戰ひを戰つて來たと云つた。其の苦勞は、親の懷で甘く育てられ、そして親の血と汗で儲けた金で不自由無しに高等教育まで受けさせて貰つた二世には解らないと云つた。

一世の社會には、二世の我慢の出來ないやうな封建性があつた。一世の生活は日本の延長であつた。一世は見合結婚を日本の道德だと云ひ張り、二世は戀愛結婚をアメリカの道德だと云ひ張る。デモクラシーの國の教育を受けた二世は斯うして思想の上でも一世と衝突した。

親よりも優つた教育を身に着けながら、日本人の社會内だけでどう〳〵巡りをしてゐるやうな二世たち、そして其の圏内からは一と足も動き出せない二世の無力な生活を何う導き出したらばいゝのか。ジミィは其れを眞面目に考へるやうな青年になつて居た。自分たちを導き出してくれる一世の手はなかつたけれども、無力な者を一とつに集めた力があれば、其の力で二世自身の生活を外へ向つて押出すことが出來た。アメリカの文明の中に育ちながら、其の文明を自分たちの生活の武器にすることが出來ない不合理は、二世の集團の力で突き破るほかにはなかつた。

一世の過去が二世の新らしく出發しようとする生活の土を荒らしてゐるにしても、二世は一世の蒔いた惡い種子を刈り取り、そこに新らしい文化の種子を蒔き直さなければならなかつた。其れは、

「二世の生活を外へ展げること。」

であつた。親たちが何んにも遺産を與《く》れなくても、二世は親たちの生活を繼がなければならない。親たちの云つて聞かせるやうな「排日の嵐の中を血で戰ふ思ひをして日本人の根を張つた。」ものは、二世の新らしい發展がなければ、土人のインデイアンと同じやうな運命を辿らなければならなかつた。

ジミイは二世の覺醒に働き出した。アメリカの市民權を持つてゐながら其れを抛棄して、自分たちの生存を自分から否定してゐるやうな意氣地のない二世を促し、アメリカ人の社會へ二世の生活を公然と通じさせるひとつの道として、其の市民權を政治的武器に役立たせることを目的とした二世運動が、ジミイと同じやうな考へを抱く青年たちと一緒に始められた。だが仕事は中々成長しなかつた。

ジミイの聲に應じて直ぐに集まる二世たちではなかつたし、窪地に群れてゐる小魚のやうに、安易な蔭に隱れたがる弱い者たちは、人生の理想は書物で學んだだけで足りると思ひ、其れを無理に手を取つて引起しても、光りが眩し過ぎると直ぐに元の窪地へ逃げ込んだ。そして白人社會に見るやうなきらびやかな社交の時間を、自分たちだけの狹いグループの中に求めて、娛樂と社交を樂《たの》しむ以外には、其れがどれほど自分たちの將來を利益する運動だと知つても、中々ひとつの集りにも出て來なかつた。

ジミイの計畫は小さな形を形作つただけで、希望の光りさへ射さなかつた。一種の不具者のやうに、人間の活動神經の中樞が麻痺してゐる二世の群れの弱點を、一層露骨に知つたばかりで、ジミイには其れを動かし切るだけの力が自分にないことに絶望するだけであつた。

「二世はみんな難かしいことが嫌ひだ。遊んでさへ居ればいゝんだ。」

歌ふこと、ダンスすること、自動車をドライヴすること映畫を見ること——人生は唯其れだけで足りて居た。

オリンピックの競技に、日本から多くの選手が送られて來たのは丁度其の時であつた。

ジミイは初めて、日本選手たちの上に、自分の親の生れた日本を見出した。地圖で見る小《ちい》さな日本、無智な一世たちを生んだ日本を代表する選手たちは、ジミイの眼を驚きで見張らせるほど生氣と剛氣に充ちてゐた。教養的な態度、其の教養は自分たちの受けたものよりも、もつと深く、系統付けられた品格があるやうに思はれた。この青年選手を生んだ日本が、自分の無教養な親たちを生んだ非文明な日本と同じだとはジミイには想像もされなかつた。

日本選手は外國選手と對等の競技に參加が出來るほどの國際的な名譽と地位とを持つてゐた。そして競技には敗れても外國選手を凌ぐスピリツトの强さで勝つてゐた。斯うした青年を生んだ日本にはどんな優れた文化があるのだらうか。其れはどんな文化なのであらうか。日本にはどんな素晴らしいものがあるのだらうか。

アメリカ人は日本選手を迎へてから、一層日本を賞讃した。そして立派な選手の競技振りを見てから、其の讃辭は二世に取つての譽りとなるほどの喜びであつた。

「日本は素晴らしいね。選手はみんな立派だ。何と云ふ强氣なスピリツトだ。」

二世たちの知る限りのアメリカ人が、會ふと必らず斯う云つて、日本選手よりも其れを生んだ日本を賞めた。二世の顔が赤らむほどの嬉しさであつた。勝利の日本の旗が高く競技場に揭げられた時は、二世は思はず興奮した。

「ニツポン——」

自分の唇から迸る聲援の聲から、二世は自分の血の中に新らしい日本を感じて一層興奮した。

自分の親たちの生れた日本が憧《あこが》れの國となつて、其の眼に映じ出したのは、ジミイばかりではなかつた。日本選手が殘して行つた「ニツポン」は、二世の上に新らしい日本の感覺で、自分の生活を感じさせ、そして考へさせるやうな强い印象であつた。ジミイの心が頻りに日本に驅り立てられた。

「日本には日本人ばかりがゐる。自分たちまでを低劣な異人種と見る偏見は其所にはない。文明的な立派な日本人が居るし、親たちよりも數倍勝れた日本人が澤山に居る。然う云ふ日本人がひとつの國家の機構の中で整然と生活してゐる。」

ジミイの憧れの中に描き出す日本は天國のやうに美しかつたし、そして極めて純粋な生命が其の國土《こくど》に匂つてゐるやうに感じられた。

「アメリカの天地で、自分たちの生活が芽生えることは絶望であつても、日本人の血を享けた二世が、日本の文化を浴びながら、其所に求める生活には希望がある。」

ジミイは斯う信じてアメリカを離れて日本へ來た。

二

日本は移民の子には冷めたい一瞥を與へただけであつた。アメリカて移民の子であつたジミイは、日本へ來ても移民の子であつた。

日本へ來ても「移民の子」は「移民の子」であつたことが、ジミイには解き難い不思議さであつた。日本には素晴らしいものはあつたけれ共、素晴らしさを意味する日本文化は、普遍的なものではなかつた。移民の子には手の屆かぬやうな高いところにあつた。

アメリカ移民は移民と云ふ名稱だけで最も低い層に屬してゐた。無智な人間が洋服を着た姿を日本人は其の名稱から連想するし、「アメリカ成金」は俗惡なドル趣味の代表語であつた。移民は故國に歸つても、日本の上層の系統には全く關係の無い存在であつた。

自分と前後して日本へ來た二世たちが、自分と同じやうに、まるで秋の空に漂ふ千切れ雲のやうに、生活の繋がりを何所にも持たぬ孤獨さの中で、自分たちに注がれる侮蔑の眼を厭ひ、ぢつと片隅に萎縮《すく》んでゐるのをジミイはだんだんに知るやうになつた。

「日本は男のプレーグラウンドだ。」と云つて、何時の間にか、日本だけに見られる其のプレーグラウンドで、男の遊びに溺れてゐるやうな二世もあつたけれ共、憧れる日本へ來て、其の憧れるものが何所にあつたかゞ、何時までも摑めない二世の頼りない寂しさは誰れも同じであつた。

「何うも二世は――」

自分の知つた日本人たちの口から自分や他の二世に向つて斯う云ふ言葉が呟かれるのをジミイは幾度も耳にした。「何うも二世は――」と後尾を濁す言葉の言外には侮蔑と非難の意味が籠つてゐた。低劣な異人種を見ると同じ眼がこの言葉の内から二世を覗《のぞ》いてゐた。漠然とした批評を底に含んで、二世全體に浴びせてくるこの言葉が、ジミイの神經に辛いよりも寧しろ悲しくさへ響いた。日本に愛着する青年たちのこゝろは、結局其所に自分たちの故鄕のないことを見出す時、憂鬱と寂しさの持つて行き場がなかつた。彼等を待つてゐる仕事もなかつたし、温い手を彼等に與へるやうな理解も好意も其の周圍になかつた。

ジミイは日本の社會で特殊な仕事に惠まれてゐる少數の二世たちが、自分だけの境遇の中に立て籠り、二世との交際を避けて、そして日本で見る日本人に髣髴とするやうな利己的な性格と封建的なタイプとを作り上げてゐるのを知つてゐた。其れから又、二世への侮蔑を恐れて日本に生れた青年のやうな顔をしてゐる二世もゐた。ジミイは然うした二世を見ると何か裏切られるやうな憤りを感じた。

「二世は日本を知らなさすぎる。」

もつと〳〵日本を知らなければならない。其れは日本字が巧く書けたり、上品な日本語が使へると云ふことではないとジミイは思つた。

日本へ來た二世たちはアメリカで聞き慣れた日本語よりも、もつと複雜な、そして上品な日本語を聞いた。この日本語を聞き分けることは誰れにも難しかつた。それから自分たちの話す日本語には英語の發音が交ぢり、巧みに言葉をつゞることの出來ない片言であつた。字を書けば小學校の一年生よりも劣つてゐた。唯この二つのことで顔の赧らむ恥辱を忍ばねばならなかつた。

ジミイが東京で世話を受けてゐる叔母からは、

「日本人になるには、もつと立派な言葉がすら〳〵と云へなければ、人から馬鹿にされますよ。」

と云はれた。ジミイは叔母に從いて上品な日本語を勉强した。洗練された叔母の日本語はジミィには聞き取り難かつた。簡單に云ふ言葉の言外に殘されてゐる意味は、ジミィには通じなかつた。言葉の上だけで分らないでゐる意味を、叔母からは心理的に誤解され、叔母が心理的に誤解してゐる意味が、ジミィには又理解されなかつた。

「二世は野育ちなところがあるね。何だかぼんやりしてゐる。潔さんのところへ來る二世も、みんな然うだ。行儀を知らないね。人に會つても普通の挨拶さへ出來ないなんて、アメリカには日本人もたくさん居るだらうのに、どんな敎育をするんだらう。」

二世の友人はジミィの許へ來ても、其家の家庭の人たちに、日本で育つた人のやうには馴れた挨拶は出來なかつた。丁寧に扱はれても、其れを丁寧に受ける日本流の禮儀は知らなかつた。二世の獨特な人の善ささうな笑ひを示すだけであつた。叔母には其れが愚な表情に見えた。態度の輕さは、日本の青年に見られない薄輕さがあるとも思つた。片手をポケットに入れ、片手で帽子を少し斜に被りながら、英語で挨拶して行く容子が、久しく見慣れて來ても叔母には感心のできない態度に映つた。

「もつと重々しさがなければ日本の紳士にはなしませんよ。何んにも日本のことは解らない癖に、いゝ氣になつてゐると思はれますよ。アメリカ式は駄目よ。其れを根本から取つてしまはなければ潔さんは日本の日本人にはなれませんよ。」

叔母のこまかな批評がジミィを一々憂鬱にさせた。

「もつと禮儀を知らなければ、日本のいゝ社會へは入れませんよ。」

だが日本人が昔から躾けられて來た作法の眞髄がジミィには會得されなかつた。

「これが日本人になる素養の一とつだつたのだらうか。」

其の作法や立派な言葉が、日本の文化を形作る要素の一とつなら、ジミィは無論其れを自分の物にしなければ成らなかつた。

同じ會社に二十年も忠實に働いてゐる叔父は重役たちの家にも出入してゐた。其の家の一とつへジミィは叔母に伴はれて行つたことがあつた。

「少しは良い日本人の家庭を見るために。」

其れは叔母の親切であつたが、ジミイは其家で形式的な日本の禮儀を見ただけであつた。女中が一々襖の外に手を突いて物を運んだ。主人たちの態度は近附き憎いほど鷹揚で、然うした階級になくてはならぬ威嚴と品格が身に備つてゐる。其の態度も、日本のハイクラスの人たちの、一とつの作法なのであつた。

「あゝ云ふ所へ時々遊びに行くといゝ。潔さんの爲になる。」

ジミイは寧ろ、そこで感じた壓迫的な形式的な空氣に反感があつた。其れは叔母に向つて容易に説明のできない重苦しい感情であつた。

「二世はちつとも、はき／＼しませんね。作法を知らないものは日本では下等な人種なんですよ。作法を知つてゐれば下等な社會の人間でも、人から尊敬されますからね。」

叔母の云ふ「いゝ社會」とは、然う云ふ家庭で見た人たちの屬する社會なのであらうか。ジミイの考へる「いゝ社會」とは斯うした形式を捨てた人間と人間との親愛だけで生きる生活が營まれてゐる社會であつた。然う云ふ社會を探さなければならない。そして自分たちの方から日本の空氣へ溶け込んで行く爲にも、日本の文化人に接して、そこから何かを求める外にはなかつた。

賴りない寂しい二世たちを促して、日本の成熟した文化の昔を研究する二世の小さい會を組織し、日本を學ぶ爲に有名な日本の學者を招いて講義を聽き、日本の青年にも努めて接近して其の友人を通して日本を知らうとした。日本の日本人になる新しい素養と新らしい智識を、何所からか吸收したい熱心さで、ジミイはどんな隙間からでも日本の内部に突き進まうとした。

カリホルニア大學まで學んだジミイも、日本の智識的な青年の前では、アルハベツトも知らぬ小さな子供と同じであつたが、日本の新らしい友人は、アメリカで生れて英語を話させる二世の珍らしさで、最初はジミイに近寄つても、言葉の內容の複雜さが、結局は通じ合はない他人種と同じだと云ふことが分ると、然うした距離が友人を倦きさせた。議論のない交友は日本青年には面白くなかつた。

三

土堤の線を濠の水にうつして、そこだけに涼味を集めてゐるやうな柳の木の下を二人は歩いてゐた。

「マリイは矢つ張りアメリカへ歸る。」

萬利子は其の日、然う云ふ決心をジミイに告げて來た。

萬利子も日本に生活を求めてアメリカから來た一人であつた。日本の何處に輝かしいものがあるのかと、其の輝かしいものを、いきなり探し求めるやうな大きな眼をして、小鳥が木の枝に留まつて彼方此方と空間を眺め廻すやうな、きよと〳〵した愛らしい不安を交ぜた表情で、船から下りて來た時の萬利子の顏が、ジミイの寂しい記憶の底に刻み込まれてゐた。

船で横濱へ着いた時の二世は、男も女もみんな同じやうな表情で船から下りて來た。憧れと珍らしさと、新らしさと懐かしさと、恐れとそして恥かしさとで單純な彼等の感情が港に着いた瞬間から、無數の複雑な線で縺《よ》れ〳〵になつた。懐育《ふところそだ》ちの素直さが愚直にも見えるほどに男は善良で、娘たちは、もつと無邪氣に浮き〳〵してゐた。アメリカ娘を遠慮無しにいつぱいに身體中に表はして、其所へ迎ひに出てゐる友人の娘と喜びに抱き合つた。

「ハロー、マリイ。」

「ハロー、ユリ。」

娘たちの感情は埠頭で忽ちに花のやうに咲くのであつた。だがこんな感情が日本にゐる間にだん〳〵に萎んでしまふ。壓し付けられた、身動きのならない習慣の異つた窮屈さで、小鳥のやうに騒ぎ廻る彼女たちの生活の歡びは、目に見えない引《ひ》つ叩《はた》かれるやうな手で捥《も》ぎ取られた。

萬利子は日本へ來てから暫らくして、新宿方面の電車の中で二世の娘とはしやぎながら英語で話してゐた時、傍にゐた男から、

「煩さい。日本人なら日本語で話せ。」

と怒鳴られた。この屈辱は萬利子が日本にゐた間、拭ふことの出來ない悲しみになつた。覺束ない日本語で百貨店で買物をしても、其の日本語から賢こく察したやうな店員が、

「あれ二世。」

と云ふ囁きを聞くと、それだけで身が退けた。

そして二世の娘は二世の娘だけで片隅に縮こまるやうな生活に堪へられなかつた。

「あの人は二世に好意を持つてゐる。」とか、

「あの教會のグループは二世を好意的に導いてくれる。」とか聞いて、其處に出入して見ても、相對的な好意は、其の時間と其の場だけに限られてゐた。日本の娘は上から抑へられるものに柔順に從つてゐる「溫和しい」娘であることが模範的な娘であつたし、二世も日本の溫和しい娘に見習はなければならなかつた。

優美も日本の文化のエレメントの一とつであつた。萬利子はこの優美なものへは心を惹かれた。日本的な趣味も高尙なものを選ぶほどの鑑識を持つてゐた。日本には萬利子の趣味を喜ばす美しいものが古い傳統を誇るさま〴〵な技術の上から拾ひ出される。自分を侮蔑するものへは眼を反向《そむ》け、自分の趣味や教養を日本の美でせめて肥やそうとした。日本の生活は萬利子には落着かない不快さを感じさせたけれども、萬利子の日本を愛す氣持がいつとなく日本の美を漁る關心から生れて來た。

萬利子も日本は好きであつた。だが此處に永久の住居を置かうとは思はなかつた。

「日本人はみんなお城《しろ》を一とつ一とつ持つて生活してゐる。」

萬利子はいつも然う感じた。

「お城の持てないものは日本の社會では立派に生きて行かれない。私たちのやうな移民の子はお城がないから、日本では立派に生きて行かれないのでせう。傳統と環境で作り上げたお城です。私たちにはそんなお城を作り上げる傳統もないのだから、日本では決して立派な生活は出來ない。」

何んにも權勢のバックを持たない二世の群れは、もう其れだけでこの社會に生きて行く資格に缺けてゐた。二世は結局浮浪する人間と同じであつた。ひとつひとつのお城は中々他人をその中へ招かなかつたし、其の入口さへも他人には容易には開かなかつた。

萬利子はジミィの寂しい生活を彩る色であつた。同じ北

カリホルニアの生れで、同じ學校で教育された萬利子は、ジミイの二世運動にも加はつて、二世の生活は二世自身の手で展かねばならぬと云ふジミイの信條を其の儘に奉じて働いた。そして、

「二世よ。もつと偉くなれ。」

萬利子も然う叫び廻つた一人であつた。生活さへ定まつたらお互ひに結婚を許そうとする氣持が、その頃から二人の間に動いてゐた。

だが結婚よりも先きに生活を求めたかつたジミイが萬利子に別れて日本へ來る時、然う云ふ心の約束はジミイは自分だけでは消してゐた。萬利子は日本にはジミイも居ることを樂しく考へながら、ジミイよりは一年遲れて日本へ來たのではあつたが。

二人の生活を何所に定めるかの迷ひが、二人の戀愛をはつきりした形に現はさないでゐる。そして親しい友人のまで日本の一年間が過ぎた。萬利子は二人が結婚したにしてもその永久の棲家を日本に求める氣がしなかつたが、ジミイはアメリカへ歸らうとは思はなかつた。

何時となく日本に縋り付いてゐる自分をジミイは意識してゐた。日本の相がだん〳〵複雜に映つてくるほど、この祖國の核心から何かを摑み出さないでは置かないと云ふ意地强さが凝固してくる。日本に居れば居るほどジミイは日本を愛すこゝろが深くなつた。離れがたい愛着がジミイの血の中から日本へ纏繞つて行く。日本を愛すこの心に反響してくるものをジミイは探し出さなければならなかつた。そして日本に憧れて來たもの、日本の土から純粹な生命を求めようとして來た移民の子が、祖國へ來ても別な世界に、侮蔑の世界に住まなければならない其の不思議さを解かなければならなかつた。

「ジミイは、やつぱり理想家ね。日本にそんなに興味があるの？」

萬利子が步きながらジミイに訊いた。

「興味と云ふやうなものでないよ。スターディだよ。もつと日本を知る爲に僕は勉强するんだ。二世は餘り日本を知らなすぎる。だからプレーグラウンドなどで遊んでばかり居るんだ。日本は偉いと思ふ。けれど何うして偉いのか自

分にはまだ能く解らない。偉い意味が解らない。マリィには解る？」

「日本が偉くても私たちは其所では生活が出來ないんだもの。私たちは矢つ張り別の人種だと思ふ。日本の日本人にはなれない。」

「こゝに居る二世はみんな寂しい人だよ。寂しい癖にアメリカへ歸らないでゐるのは何故だと思ふ。日本で生活が求めたいからなんだ。」

「アメリカへ歸つた方がいゝんだと思ふ。アメリカは矢つ張り私たちの故郷だわ。」

「こゝに居る二世は、みんなアメリカへ歸つた方がいゝかも知れない。それが合理的な生活だと思ふけれども、ジミィは歸らうとは思はない。こゝへ來た二世が何故歸らないか、みんな日本が好きなんだ。アメリカだつて自分たちの故郷だと思ふけれども、日本が捨てられなくなつたのは何故だと思ふ。其れがブラッドから來るのか知ら。其れとも他の理由か知ら。其れが知りたいんだよ。もつと日本に居て見なければ解らないし、其れはアメリカへ歸らない決心でなければ出來ないことだ。」

　萬利子はアメリカの生活が懐しかつた。

「日本も好きだけれども、アメリカに矢つ張り私たちの生活がある。」

　アメリカの生活にはもつと廣々とした自由があつた。周圍から自分たちを狹めて來ないものがあつた。ジミィは何うして其れを忘れたのだらう。

「忘れはしない。でもアメリカの二世は然う言ふ自由さを唯エンジョーイしてゐるだけではないか。唯エンジョーイしてゐるだけの自由なら、生活の上に意味を持つては來ないよ。」

　上《うは》つ面《つら》なアメリカニズムだけに浸つてゐていゝなら、自分もアメリカへ歸れる。アメリカのデモクラシーに敎育された自分だから、餘計日本に興味を持つのであつた。其の生れた國のデモクラシーが自分の思想の根の中にある。其れを捨てようとは思はなかつた。

「ジミィには日本人になれる自信があるの？」

「無くつてもいゝんだ。」

其處に長い間の錯誤があつた。自分たちは日本人なのではないか。日本人が日本人になれないと云ふのは可笑しかつた。二世の中に二世でないと云ふ顔をしてゐるのが居るのと同じであつた。

「日本人で、アメリカ移民の子だと言ふことを、ちつとも恥かしいとは思はないし、移民を侮蔑する日本人たちに、其れが正しいことか何うかと考へさせてやらなければならない。」

外國の空の下で働いてゐる日本人たちは、恐らく二世の將來を犧牲にしてまでも祖國日本の爲に盡してゐるのではなかつたか――

「もつと〱勉强しなければならないんだ。」

だがマリイがアメリカへ歸ることは、ジミイには翼の片羽を捥がれるやうな寂しさであつた。

「マリイ。本當に歸る決心をしたの？」

「ほんとに歸るの。」

もつと日本に居て、日本を勉强しようとするジミイを殘して行くことは、マリイは寧ろ喜びであつた。ジミイの强い信念と日本への愛着はきつと何かを發見するに違ひなかつた。

「アメリカか日本か、どつちかで二人は又逢へる。」

マリイは然う云ふ長い日を、ゆつくりと樂しんで待つ事が出來ると思つた。アメリカへ歸つたら二世の爲に働くと萬利子は云つた。其れはジミイがアメリカへ殘して行つた仕事の一とつであつた。二世はアメリカの天地でその生活を押し展げなければならない信念が、日本の一年の經驗でマリイは一層强くなつたと思つた。

「日本も好きだけれども、アメリカも好きだ。」

マリイにはアメリカの土の方が懷しかつた。そして明るい華やかな電燈の光りの下に、甘美な音樂のリズムの漂ふ秋がマリイを遣る瀬なく惹き寄せた。カルホルニアの甘い日光にマリイは饑えて來た。其の感觸が戀しかつた。そこには感情を花のやうに開いてゐる友人の娘たちが待つてゐた。晴れやかな青い空、豐潤な果樹園、匂ひの高い薔薇の花園、ガデニアの匂ひ、オレンヂの匂ひ――咽せるやうなアップリカットの花の匂ひは、郊外の春の艶麗さの中に漲つてゐた。星に燦《きら》めくハリウッドの山、濃緑の秋の空、豊かな自然の目の覺めるやうな色が溢れてゐた。

「ジミィはきつと歸つてくると思ふ。」

「歸らないよ。日本にゐる二世の寂しさが失くなるまで歸らない。」

「日本で二世の生活を築く爲に？」

「其れよりも、もつと高いものがある。」

其れが解けない内は、ジミィは歸らない決心であつた。ジミィの最後の決心は、歸らないと云ふ決心であつた。寂しい、憂鬱な日本の土の上に、二人の愛の思ひ出が散つてゐる。戀愛はありながら其れを形の上に表はしたことのない二人であつたが、其れだけに平和な二人の心の姿が思ひ出を淨らかに留めてゐた。萬利子が日本へ來てから一年の間、方々へ見學させに連れて歩いたのもジミィであつた。

いろ〳〵な情緒に潤ふ時間が二人の間にあつた。音樂專門の萬利子は、日本で日本音樂研究の爲に短い間琴を習つた。假の住居に宛てゝゐた麻布のアパートメントの一室で、卓子の上に琴を置き、其れを爪先で鳴らしてゐた萬利子の傍で琴の音色の微妙さをジミィも自分の指先で彈いた。二人は日本音樂と西洋音樂の比較を論じ合つて樂しい夜を更かした。マリイはジミィには智識の友でもあつた。

四

二人の姿を並べて歩いた濠端の初夏の散歩を最後にしてマリイが日本を去つてから、半年は過ぎた。日本に事變が起つてから二世の文化研究の集りも中止になつてゐたし、一層仕事を求めるのに困難になつた二世の間には暗い空氣が漂ひ、潑剌とした茶話會さへも開く機會がなかつたが、第一ナショナルの銀行の仕事を失つた佐伯が、日本の生活を斷念してアメリカへ歸る其の送別會で、ジミィは久し振りに二世達と顏を合はした。アメリカ二世の爲には唯一の同情者であつた第一ナショナルが、最近次ぎ〳〵と二世を解雇する理由が今の時局にあること、二世も日本人だから雇ひを解かれるのだと云ふ話が、テーブルの周圍で語られて、二世の生活問題が又新らしい不安でいろ〳〵に論じられてゐたが、ふと集つた二世たちの顔色が驚きと喜びに輝くやうなひとつの報告が二世の中の一人から讀み上げられた。

其れは日系市民協會の全米大會の報告であつた。ジミイが嘗てアメリカの土に播いて來た種子の一とつが、何時の間にか伸びそして成長した五回目の大會の報告であつた。

ロサンゼルス市で催された其の大會には、オレゴンやワシントンや、北西、北、南カリホルニアから一千人に近い代表が大會に出席した。これは今迄に例のないことであつた。會議の場所は、ロサンゼルス・タイムスの新講堂が用ひられ、大會に附隨して催される二世祭の舞踏會にはビルトモア・ホテルの舞踏室が當てられた。市俄古から西部へかけてのこの有名な舞踏室を使用したことが二世の誇りであつた。

二世祭のクキーンに選ばれたリリイ矢倉の戴冠式は、其の舞踏の最中に行はれたこと、クキーンと侍女四人の日本娘は例によつて振袖姿でロサンゼルスの市長を大會へ招く爲に市廳へ招待狀を持參して市長に手渡ししたこと、二世祭の夜の日本人街は、スツリート・ダンスで賑はつたことなど、などであつた。

報告と一緒に數葉の寫眞が二世たちに廻された。冠りを着けたクキーンを中央に四人の侍女が舞踏室の重いカーテンを背後に、白のイブニング服を着て並んだ寫眞や、同じ五人の振袖姿の娘が、肥太つた市長を取圍み、リリーが其れに招待狀を渡してゐる市廳の寫眞、二世祭のプログラムのひとつの二世の活花展覽會の會場でアメリカ婦人が見物してゐる場面、スツリート・ダンスの夜景などがあつた。何れもジミイの見知つてゐる娘ばかりであつた。殊にリリーは萬利子の友人で、自分たちと同じカリホルニア大學の出身であつた。

「"Nisei„の上に黎明が來た。」

と二世たちが云ひはやした。會議室にロサンゼルスタイムスの新講堂を用ひたことや、ビルトモアホテルの舞踏室で盛んな舞踏會を催したことが一同を驚かした。ジミイも同じことを感じたが、だが二世がアメリカの社會へ漸く乘り出して來た第一歩ではあるにしても、然う云ふ豪華なデモンストレーションは、悪い形式のアメリカニズムだと思つた。結局二世の進出して行く道が實質を失つてゐるのでは何んの意味をも成さないと思つた。

報告に添へた手紙があつた。其れを二世の一人が又讀み上げた。

「沿岸八萬の二世の福利を圖る爲に、この運動が生れてから、これは最初の素晴らしい會であつた。これほどに二世の代表が集つたことはなかつた。二世は二世だけが團結しなければ我等の困難な生活の途を打開することは出來ないと叫んで來た我々の聲が、漸く沿岸の隅から隅へ反響し始めたことを實證してゐる。今年は州の選擧にも、大統領の選擧にも二世が擧つて投票を行ふやうにこの機會に幹部たちが激勵した。既う二萬人が登錄した。私たちは共和黨でも民主黨でも、親日家で、日本に好意を寄せる政治家で、立候補したものに投票することを申し合はせた。

理窟屋のジミイはこんな事を云ふと、二世の政治意識はまだ〳〵幼稚だと笑ふにきまつてゐる。けれ共私たちは親日の餌に釣られても、甘んじて其の針にかゝり親日家への投票、アメリカの日本移民の利益を考へる人たちへの投票を目票にするつもりでゐる。これが二世たちの政治的進出の一歩だと思ふ。

投票權を持ちながら、これを全く行使しようとも爲なかつた十年前と比べて、二世がこれだけの意識に目覺めて來たことを思ふと、誰れだつて二世がいぢけながら能くこゝまで進んで來たと思ふに違《ちが》ひない。今年の議題にはいろいろな問題が出た。協會の基金を十萬弗作ることや、協會の機關紙を十分なものにすることや、機關紙の經營など、まだ〳〵こんな程度ではあつても、一世の蒔いた惡質な種子《たね》を刈り取りながら、そこに新らしくアメリカで教養された二世の根をアメリカの天地に張らうとする覺悟と覺醒が二世自身の中に起つて來たことは、たつたこの一年の間に見られる驚くほどの飛躍だと思ふ。

無論我々は日本のジンゴイストにも、アメリカのジンゴイストにも反對するものだけれ共、日本民族の血を正しくアメリカニズムの中に生かさなければならぬと云ふ確信を持つてゐる。同時にアメリカ人からの信頼を二世が失つてはならない。會議の席でも現在の東洋問題に就いて私たちの間に種々な思想の觀點から意見が交付された。平和主義のアメリカで生れて教養された我々ではあるけれ共、平和主義以前の日本に就いて一番よく理解の出來るものは我々であるかも知れないし、否、我々であるのだし、この理解をアメリカ人に傳へる義務も二世にあると思ふ。現在の我我ほど難かしい地位にあるものはない。

けれども結局は我々は善良なアメリカ市民でなければならないと思ふ。日本人であつてアメリカ市民であることに我々は大きな生活の强さを持つてゐると思ふ。」

そして、二世祭のプログラムの活花展覽會は米婦人の羨望の的であつたこと、スツリート・ダンスにはアメリカ娘も振袖を着て參加したこと、ベビイの審査が行はれたが大部分は三世であつたことなどが、一々光景を叙述しながら書いてあつた。

二世たちは其の手紙への拍手を惜しまなかつた。そして、

「アメリカニズムの中に日本民族の血を生かす――」

手紙の中のこの一句が二世の間の議論になつた。餘りに抽象的なこの一句の中に、研究しなければならない多くの複雜な問題が含まれてゐた。

「二世にいちばん缺けてゐることは、日本の政治をよく知らないことだ。」

二世の一人が云つたこの言葉には一同が贊成した。

ジミイの許に送つてよこした萬利子からの手紙にも大會の報告があつた。自分たちが一年、二年とアメリカを離れてゐた間に、アメリカ二世は驚くばかりに進んでゐた。彼等は初めて世界人となる爲のあらゆる智識を世界に求めることに覺醒して來た。

「愛するジミイ。

私はアメリカへ歸つて來たことを後悔してゐません。ここは矢つ張り私の故鄕でした。日本はいま秋ではありませんか。日本の秋は私たちにいろ〳〵な事を敎へました。私たちの考へを奥深いところへ連れて行つてくれるものはあの秋でした。東京の秋。京都の秋。身延の秋。

信濃の秋。どの秋の姿も私の記憶の底に日本の聖人のやうな姿になつて映つてゐます。私たちの生活を侮蔑し、私たちの日本を愛するこころを、あれ程までに無慘に拒絶した日本人は、私が其所に生活した一年の間に何も教へなかつたけれ共、日本の秋は私たちに人生の深さを教へました。私は日本の秋のインフルエンスをこゝの二世たちに與へてやりたいと思つてゐます。あなたの日本の生活を知らして下さい。」

日本は萬利子の云ふやうに秋であつた。この手紙を讀んでゐる一室の、摺り硝子の障子に木の葉が青くうつつてゐた。斜に午後の日光を受けた庭の要の木の影であつた。影が動いてゐるのは、外を吹いてゐる秋の風が木の葉を渡つてゐるのであらう。

「日本の秋には詩がある。」

鳴く虫の音にも韻律があつた。ハリウードの山の虫にはこの様なリズムはなかつた。これは日本の秋の風の伴奏がデリケートだから——萬利子は女性らしい感覺で日本の秋を愛したことをジミィは思ひ出す。秋に見上げる高い高い空、水晶のやうな水、眞つ赤な木の葉、自然は洗ふやうに淸らかであつた。

「日本の秋は人間のスピリットを美しくする。」

萬利は眞實に然う感じた。アメリカへ歸つて行く時も、萬利子はいろ／＼な楓の葉の種類を集めた高價な本を買ひ求め小さいもみぢ葉は日本の秋の可愛らしい色彩だと云つて、其れだけを紀念にトランクの底に收めて行つた。

日本を愛した萬利子の心が秋の中に殘つて居た。ジミィは其れをはつきりと感じようとするやうに、秋が含んでゐる萬利子の姿、萬利子が日本を愛した心を窓にうつる秋の日の色の中に求めたが、秋の色は空漠とした寂しさを彼に與へるだけであつた。

「自分の故郷もアメリカにあるのだらうか。」

水の上に落ちた一滴が水面に擴がつて行くやうに、心の上に一滴落ちた寂しさが、小波から小波へとジミィの心の全面に擴がつた。

（完）

×　×

未亡人と銃後婦人の協同

佐藤俊子

いま私《わたし》たち同胞婦人《どうはうふじん》の上《うへ》に課《くわ》せられた大《おほ》きな問題《もんだい》の一《ひと》つは、國家《こくか》の事變《じへん》によつて譽《ほまれ》ある犧牲《ぎせい》とはなつても、一面《めん》に於《お》て其《そ》の伴侶《はんりよ》を失《うしな》ひ、一層《そう》生活《せいくわつ》の困苦《こんく》に惱《なや》む多《おほ》くの婦人《ふじん》に對《たい》して、婦人《ふじん》の協同的精神《けふどうてきせいしん》をいかなる實行《じつかう》の上《うへ》に發揮《はつき》すべきかと云《い》ふことであらう。

私《わたし》たちは多《おほ》くの戰死者《せんししや》の靈《れい》に對《たい》して、悲《かな》しい感謝《かんしや》の默禱《もくたう》を捧《さゝ》げることを如何《いか》なる場合《ばあひ》にも忘《わす》れることのないと同時《どうじ》に、この戰死《せんし》の夫《をつと》に殘《のこ》された妻《つま》たちの生活《せいくわつ》が、武勳輝《ぶくんかゞや》かしい夫《をつと》の偉業《ゐげふ》と同等《どうとう》の、其《そ》れに匹敵《ひつてき》し得《え》られる十分《ぶん》な惠《めぐ》みある生活《せいくわつ》が與《あた》へられてゐるか何《ど》うかを常《つね》に心《こゝろ》にかける。戰死者《せんししや》の遺骨《ゐこつ》を圖《はか》らず途中《とちう》に迎《むか》へて思《おも》はず胸《むね》が迫《せま》るのと同時《どうじ》に、殘《のこ》された遺族《ゐぞく》の人々《ひとぐ》が何等《なんら》かの意味《いみ》で償《つぐな》はれない不《ふ》幸《かう》な境地《きやうち》に置《お》かれてゐることを聞《き》く時《とき》にも又《また》胸《むね》の迫《せま》る思《おも》ひがするのである。これは現在《げんざい》の事變下《じへんか》に生活《せいくわつ》する一般《はん》婦人《ふじん》の誰《たれ》もが感《かん》ずる同《おな》じ感情《かんじやう》であらうと思《おも》ふ。

斯《か》う云《い》ふ遺族《ゐぞく》の中《なか》から、時折美談《ときをりびだん》が社會《しやくわい》の表面《へうめん》に齎《もた》らされてくる。多《おほ》くの子女《しぢよ》を抱《かゝ》へ、物質的《ぶつしつてき》には全《まつた》く乏《とぼ》しい生活《せいくわつ》を婦人一人《ふじんひとり》の力《ちから》で働《はたら》き出《だ》して行《ゆ》くと云《い》ふやうな美談《びだん》は、それを美談《びだん》として受取《うけと》る前《まへ》に、其《そ》れが美談《びだん》として語《かた》られなければならぬ現實《げんじつ》の側面《そくめん》に、この婦人《ふじん》自身《じしん》の困苦《こんく》な姿《すがた》が映《うつ》し出《だ》されてゐることを考《かんが》へさせるのであるが、斯《か》うした雄々《をゝ》しい態度《たいど》で乏《とぼ》しい一家《か》を支《さゝ》へる爲《ため》に働《はたら》き出《だ》さねばならぬ庶民級《しよみんきふ》の戰死者《せんししや》の妻《つま》と、雄々《をゝ》しい態度《たいど》で夫《をつと》の死後《しご》の覺悟《かくご》を語《かた》る軍人《ぐんじん》の妻女《さいぢよ》たちとを比《くら》べて、私《わたし》たちの一層深《そうぶか》い同情《どうじやう》は無論前者《むろんぜんしや》の上《うへ》にあり、其《そ》れ故《ゆゑ》にこそ遺族《ゐぞく》の困苦《こんく》を共《とも》に分《わか》ち擔《にな》はねばならぬ義務《ぎむ》さへも感《かん》じるのである。

昔《むかし》の封建時代《ほうけんじだい》の妻《つま》の中《なか》には、貞烈《ていれつ》において典型的《てんけいてき》な、武士《ぶし》の精神《せいしん》を其《そ》の儘婦道《まゝふだう》の精神《せいしん》と考《かんが》へてゐるやうな婦人《ふじん》が多《おほ》く、「武家育《ぶけそだ》ち」の娘《むすめ》は、婦人《ふじん》であつても武術《ぶじゆつ》をたしなみ、武家《ぶけ》に奉公《ほうこう》する者《もの》は、女《をんな》であつても柔術《じうじゆつ》の一手《ひとて》ぐらゐは會得《ゑとく》してゐた。

斯《か》う云《い》ふ武術《ぶじゆつ》の鍛錬《たんれん》が精神《せいしん》へも浸透《しんとう》して、婦人自身《ふじんじしん》の生活《せいくわつ》の上《うへ》にも自然《しぜん》と凜《りん》とした氣風《きふう》が養《やしな》はれる。況《ま》して一國《こく》一城《じやう》の主《あるじ》に仕《つか》へる最高《さいかう》の地位《ちゐ》にある武士《ぶし》たちであつたら、其《そ》の妻《つま》や娘《むすめ》は何時《いつ》いかなる時《とき》でも主君《しゆくん》に一身《しん》を捧《さゝ》げた夫《をつと》や父《ちゝ》に殉《じゆん》じる覺悟《かくご》を、自身《じしん》の魂《たましひ》の上《うへ》にも持《ぢ》することを忘《わす》れない。「死《し》をもつて奉公《ほうこう》する」と云《い》ふ忠君《ちうくん》の道義心《だうぎしん》が、其《そ》の武士《ぶし》を主《しゆ》人《じん》とする全家族《ぜんかぞく》の生活上《せいくわつじやう》における規定《きてい》であつた。

現在《げんざい》の國家《こくか》の干城《かんじやう》である軍人《ぐんじん》、最高級《さいかうきふ》であると下級《かきふ》であるとを問《と》はずに、これ等《ら》の軍人《ぐんじん》の家族《かぞく》の上《うへ》にも、自然的《しぜんてき》に封建時代《ほうけんじだい》の武士《ぶし》の

女性時評

魂《たましひ》に所屬《しよぞく》する精神的《せいしんてき》な教訓《けうくん》や「死《し》をもつて君《きみ》に奉公《ほうこう》する」覺悟《かくご》の訓練《くんれん》が輕重《けいちよう》の差《さ》はあつても傳統的《でんとうてき》に行《おこな》はれてゐる。昔《むかし》の武家《ぶけ》の家族《かぞく》のやうに武士《ぶし》教育《けういく》としての武術《ぶじゆつ》のたしなみは現代《げんだい》では其《そ》れほどに重要視《ちようえうし》されなくとも、縁《えん》あつて軍人《ぐんじん》の家《いへ》に嫁《とつ》げば、武《ぶ》をもつて國家《こくか》に仕《つか》へる夫《をつと》に準《なら》ふ妻《つま》の生活《せいくわつ》と云《い》ふものが自《おのづか》ら自己《じこ》の上《うへ》に形作《かたちづく》られ、妻《つま》である自身《じしん》も夫《をつと》と同《おな》じく「死《し》をもつて國家《こくか》に奉公《ほうこう》する」其《そ》の一人《ひとり》であることのはつきりした意識《いしき》の上《うへ》に、一旦《たん》事《こと》ある場合《ばあひ》の覺悟《かくご》を日常的《にちじやうてき》にも抱《いだ》いてゐると云《い》ふやうな、普通《ふつう》の生活人《せいくわつじん》の妻《つま》とは異《こと》つた軍人《ぐんじん》の妻《つま》としての本分《ほんぶん》を辨《わきま》へることは必然《ひつぜん》であつて、其《そ》の一人《ひとり》々々が多《おほ》かれ少《すく》かれ乃木《のぎ》大將《たいしやう》の夫人《ふじん》に見出《みい》だされるやうな、忠君《ちうくん》或《あるひ》は殉國《じゆんこく》の嚴《きび》しい夫《をつと》の意志《いし》に從《したが》つて生《い》きる婦人《ふじん》であり、又然《またさ》うした精神《せいしん》を持《も》たねばならぬ婦人《ふじん》として軍人社會《ぐんじんしやくわい》の中《なか》で生活《せいくわつ》する。從《したが》つて昔《むかし》の武士《ぶし》の妻《つま》が夫《をつと》が戰場《せんぢやう》で花々《はなばな》しく討死《うちじに》しても、悲《ひ》嘆《たん》の涙《なみだ》さへ見《み》せない強固《きやうこ》な意志《いし》を示《しめ》したと同《おな》じやうに現代《げんだい》の婦人《ふじん》も夫《をつと》が軍人《ぐんじん》である限《かぎ》り、其《そ》の戰死《せんし》に對《たい》しては女《め》々しい態度《たいど》を現《あら》はすことは恥辱《ちじよく》であり、夫《をつと》との死別《しべつ》には一般婦人《ぱんぷじん》の平時《へいじ》の不幸《ふかう》と同《おな》じ悲《かな》しみを抱《いだ》くにしても、平《へい》常《じやう》の軍人精神《ぐんじんせいしん》の教化《けうくわ》が非常《ひじやう》の場合《ばあひ》には健氣《けなげ》な妻《つま》の行動《かうどう》となつて社會《しやくわい》に表示《へうじ》される。

斯《か》う云《い》ふ婦人《ふじん》に對《たい》して私《わたし》たちは無論《むろん》尊敬《そんけい》の念《ねん》を持《も》つものだが、一市民《しみん》の妻《つま》としての場合《ばあひ》、軍事《ぐんじ》に應召《おうせう》された夫《をつと》の戰死《せんし》に遭遇《さうぐう》し、そして突然《とつぜん》に生活上《せいくわつじやう》の方途《はうと》を失《うしな》つた其《そ》の婦人《ふじん》の精神《せいしん》的《てき》な衝動《しようどう》には武人《ぶじん》の妻《つま》に見《み》るやうな平常《へいじやう》の覺《かく》悟《ご》が想起《さうき》されないだけに一層《そう》深刻《しんこく》なものが感《かん》じられ、全《まつた》く別《べつ》な境遇裡《きやうぐうり》に平時《へいじ》の生活《せいくわつ》を營《いとな》んでゐた婦人《ふじん》として、寧《むし》ろ運命的《うんめいてき》な辛《つら》さをさへ思《おも》はせるのである。

明治以後《めいぢいご》の外國《ぐわいこく》との戰爭《せんさう》で（現在《げんざい》の日支事《につしじ》變《へん》をも含《ふく》めて）國家《こくか》に殉《じゆん》じた譽《ほまれ》ある戰死者《せんししや》の遺族《ゐぞく》、未亡人《みばうじん》がどれだけの數《かず》に上《のぼ》るかは適確《てきかく》に知《し》ることは出來《でき》ないにしても、現在《げんざい》までに靖國神社《やすくにじんじや》に合祀《がふし》された英靈《えいれい》の其《そ》の幾割《いくわり》かの遺《ゐ》族《ぞく》の内《うち》、殊《こと》に今日《こんにち》の事變《じへん》で戰死《せんし》の夫《をつと》に殘《のこ》された婦人《ふじん》の中《なか》には、以上《いじやう》のやうに軍人《ぐんじん》の妻《つま》である婦人《ふじん》よりも、寧《むし》ろ普通《ふつう》の庶民級《しよみんきふ》の生活者《せいくわつしや》の妻《つま》が多數《たすう》なのは、云《い》ふまでもないことであらう。

國民《こくみん》は、悉《ことごと》く徴兵《ちようへい》の義務《ぎむ》を有《いう》するものだし、これが一度《ひとたび》應召《おうせう》されゝば其《そ》の時以後《ときいご》最早《もはや》軍人《ぐんじん》の列《れつ》に加《くは》はるものであり、其《そ》の妻《つま》も當《たう》然《ぜん》一市民《しみん》の妻《つま》ではなくて軍人《ぐんじん》の妻《つま》と呼《よ》ばれるものであるかも知《し》れない。そして軍人《ぐんじん》の妻《つま》としての立派《りつぱ》な覺悟《かくご》と心構《こころがま》へで、生活《せいくわつ》を終始《しうし》すべきであるかも知《し》れないけれども、軍人精神《ぐんじんせいしん》に何時《いつ》となく教化《けうくわ》され、夫《をつと》の軍人生活《ぐんじんせいくわつ》に順應《じゆんおう》して來《き》た婦人《ふじん》のやうに、普通人《ふつうじん》の妻《つま》として生《せい》活《くわつ》して來《き》た婦人《ふじん》には、夫《をつと》の戰死《せんし》の場合《ばあひ》に處《しよ》する覺悟《かくご》が平常時《へいじやうじ》から養《やしな》はれてゐるべき筈《はず》はなく、一切《さい》の事實《じじつ》は唯《ただ》突發事《とつぱつじ》として受取《うけと》れないのが當然《たうぜん》であり、夫《をつと》を失《うしな》つた悲哀《ひあい》、今後《こんご》の生《せい》活《くわつ》の不安《ふあん》昏迷《こんめい》が、何《なに》よりも先《さき》に立《た》ち、夫《をつと》の戰《せん》死《し》の名譽《めいよ》を顧《かへりみ》れば顧《かへりみ》るほど、ます〳〵今《こん》後《ご》の生活《せいくわつ》の困難《こんなん》さが感《かん》ぜられてくる。餘裕《よゆう》を持《も》たない生計《せいけい》の上《うへ》に多《おほ》くの子供《こども》を殘《のこ》された婦《ふ》人《じん》に取《と》つては、名譽《めいよ》ある夫《をつと》の死後《しご》の立派《りつぱ》な心《こころ》構《がま》へどころでなく、暫《しばら》くは唯《ただ》途方《とはう》に暮《く》れる日《ひ》を送《おく》る他《ほか》には方法《はうはふ》さへも見出《みい》ださないのが普通《ふつう》であらう。

○

現在戰死者《げんざいせんししや》の未亡人《みばうにん》を繞《めぐ》つて生《しやう》じる種々《しゆじゆ》な問題《もんだい》も、要《えう》するに經濟生活《けいざいせいくわつ》の不安《ふあん》、又《また》は女一《をんなひと》人の生活《せいくわつ》の根據《こんきよ》の弱《よわ》さから起《おこ》されてゐるのを見《み》ても、いかに無力《むりよく》な婦人《ふじん》がまるで蔭《かげ》のやうな生活《せいくわつ》の中《なか》で不安《ふあん》と昏迷《こんめい》で唯《たゞ》うろ〳〵と日《ひ》を送《おく》るかを想像《さうざう》するに餘《あま》りがあり、一方《ぱう》には十分《ぶん》に援護《えんご》を加《くは》へられなければならぬこれらの遺族《ゐぞく》に對《たい》して、正當《せいたう》な生活《せいくわつ》の方法《はうはふ》と指示《しじ》とを與《あた》へる的確《てきかく》な社會《しやくわい》の導《みちび》きの手《て》がないことが痛《つう》感《かん》されるのである。

無論《むろん》政府《せいふ》は戰死者《せんししや》の遺族《ゐぞく》に對《たい》しては能《あた》ふ限《かぎ》りの恩典《おんてん》と扶助《ふじよ》の實施《じつし》に當《あた》つてゐる。厚生省《こうせいしやう》から發行《はつかう》されてゐる「遺族《ゐぞく》のしをり」を一瞥《べつ》すると、恩典については、扶助料《ふじよれう》。死歿者《しぼつしや》特《とく》別賜金《べつしきん》。金鵄勳章年金《きんしくんしやうねんきん》。行賞賜金《かうしやうしきん》。其《そ》の他《た》の賜金《しきん》。軍人遺族記章《ぐんじんゐぞくきしやう》。煙草《たばこ》。收入印紙《しうにふいんし》の小賣《こうり》營業指定《えいげふしてい》の優先權《いうせんけん》。扶助料收入等《ふじよれうしうにふとう》に對《たい》する租《そ》税《ぜい》の免除《めんぢよ》。鐵道運賃《てつだううんちん》の無賃及割引等《むちんおよびわりびきとう》があり、援護《えんご》については軍事扶助法《ぐんじふじよはふ》。軍事援護團體《ぐんじえんごだんたい》の援護《えんご》。遺兒《ゐじ》の育英《いくえい》。軍事援護相談所《ぐんじえんごさうだんじよ》。臨時農《りんじのう》村負債處理法《そんふさいしよりはふ》。勞力援助《らうりよくえんじよ》。其《そ》の他《た》の援護等《えんごとう》がある。

この恩典《おんてん》には遺族《ゐぞく》がすべて無差別《むさべつ》に浴《よく》することの出來《でき》ないのは云《い》ふまでもなく、階級《かいきふ》によつて或《あるひ》は厚《あつ》く或《あるひ》は薄《うす》いのであるが、扶助料《ふじよれう》も同《おな》じく等級《とうきふ》によつて差異《さい》がある。上等兵級《じやうとうへいきふ》を例《れい》に、大體《だいたい》の年額《ねんがく》三百二十四圓《ゑん》が普通基準《ふつうきじゆん》で、遺族《ゐぞく》が三人《にん》の場合《ばあひ》四百五圓《ゑん》、四人《にん》の場合《ばあひ》四百三十八圓《ゑん》、五人以上《にんいじやう》の場合《ばあひ》四百七十圓《ゑん》と云《い》ふやうに增加恩給《ぞうかおんきふ》が與《あた》へられる。

この他《ほか》に慈善的《じぜんてき》に遺族扶助《ゐぞくふじよ》を目的《もくてき》とした諸《しよ》團體《だんたい》が民間《みんかん》に成立《せいりつ》されてゐるが、これは近《ちか》く恩賜財團《おんしざいだん》を基本《きほん》としてこの內《うち》に合流《がふりう》され、遺《ゐ》族《ぞく》の窮乏《きうはふ》を救《すく》ひ、子女《しぢよ》の教育費《けういくひ》の不足《ふそく》などを、これに由《よ》つて補《おぎな》はうとする計畫《けいくわく》が樹《た》てられてゐる。

このやうに、遺族《ゐぞく》に對《たい》して加《くは》へられようとする援護《えんご》の手《て》は諸方面《しよはうめん》に準備《じゆんび》されてはゐるが、煩雜《はんざつ》な手續《てつゞき》を通《つう》じてこれを有效《いうかう》に利用《りよう》する方法《はうはふ》を辨《わきま》へることが出來《でき》ない限《かぎ》り、諸方面《しよはうめん》の援護《えんご》の熱意《ねつい》は遺族《ゐぞく》へ對《たい》して徹底的《てつていてき》に普及《ふきふ》されないことになるのである。

○

最近中野《さいきんなかの》方面《はうめん》で、一地方的《ちはうてき》に戰死者《せんししや》の妻《つま》だけを組織《そしき》する會《くわい》が設《まう》けられた。「靖國《やすくに》の家《いへ》の會《くわい》」と云《い》ふ名稱《めいしよう》で、會長《くわいちやう》に當《あた》る人《ひと》は嘗《かつ》ての尼《に》港事件《かうじけん》で犧牲《ぎせい》となつた石川中佐《いしかはちうさ》の未亡人《みばうじん》であるが、この會《くわい》は今《いま》のところ未亡人同士《みばうじんどうし》の精神《せいしん》的《てき》な慰安《ゐあん》の交換《かうくわん》、心《こゝろ》の修養《しうやう》、夫《をつと》の名譽《めいよ》を守《まも》る爲《ため》に互《たが》ひに勵《はげ》まし合《あ》ふと云《い》ふ樣《やう》なことが目的《もくてき》とされてゐる。夫人《ふじん》は一見《けん》極《きは》めて靜《しづか》な、夫《をつと》の死後《しご》二十年間《ねんかん》六人《にん》の子供《こども》の生長《せいちやう》と共《とも》に孜々《しし》として孤獨《こどく》な生活《せいくわつ》を生《い》きて來《き》た勞苦《らうく》が、其《そ》の儘《まゝ》顏《かほ》の表情《へうじやう》に刻《きざ》まれてゐるやうな愁《うれ》はし氣《げ》な婦《ふ》人《じん》で、自分《じぶん》と同《おな》じ境遇《きやうぐう》に生《い》きる戰死者《せんししや》の妻《つま》へのひたすらな同情《どうじやう》だけで、この會《くわい》を起《おこ》すことを考《かんが》へたやうな人《ひと》なのであるが、この深甚《しんじん》な同性《どうせい》への同情《どうじやう》は「精神的《せいしんてき》な相互扶助《さうごふじよ》から更《さら》に物質的《ぶつしつてき》な相互扶助《さうごふじよ》」へまで、この會《くわい》の發達《はつたつ》を期《き》させてゐる。云《い》ひ換《か》へれば生活《せいくわつ》の根本《こんぽん》は、「衣食足《いしよくた》りて禮節《れいせつ》を知《し》る」とあり、戰死者《せんししや》の遺族《ゐぞく》が不足《ふそく》な扶助料《ふじよれう》で、生計《せいけい》に窮《きう》するやうな生活《せいくわつ》をしてゐては、いかに夫《をつと》の名《な》を辱しめまいとする覺悟《かくご》はあつても、精神《せいしん》に緩《ゆる》みがくるのは當然《たうぜん》であるし、思《おも》はぬ誘惑《いうわく》に前途《ぜんと》を暗《くら》くすることも有《あ》り得《う》るのであるから、この方面《はうめん》の相互扶助《さうごふじよ》を計《はか》る爲《ため》に生產的《せいさんてき》な協同事業《けふどうじげふ》などに由《よ》つて生活費《せいくわつひ》なり教育費《けういくひ》なりを得《う》るやうな計畫《けいくわく》も考《かんが》へたいと云《い》ふことなのである。子供《こども》のない若《わか》い未亡人《みばうじん》ならば、再婚《さいこん》することが自《し》然《ぜん》であると云《い》ふ意見《いけん》も持《も》つてゐるほどに、この夫人《ふじん》の思慮《しりよ》は極《きは》めて現實的《げんじつてき》である。

斯《か》う云《い》ふ婦人《ふじん》を指導者《しだうしや》として成立《せいりつ》された未《み》亡人《ばうじん》の會《くわい》は、必《かなら》ず多《おほ》くの幸《さいは》ひを未亡人《みばうじん》の會員《くわいゐん》

女性時評

に對《たい》して齎《もた》らすであらう事《こと》が想像《さうざう》されるし、固《もと》より精神上《せいしんじやう》の慰安《ゐあん》も必要《ひつえう》であるが、獨立《どくりつ》した婦人《ふじん》の生活《せいくわつ》を各人《かくじん》が築《きづ》き上《あ》げて行《ゆ》かねばならぬ今後《こんご》の努力《どりよく》への相互扶助的《さうごふじよてき》な關係《くわんけい》において、實生活《じつせいくわつ》に即《そく》した運動《うんどう》も自《おの》づから必要《ひつえう》とされなければならない。會長《くわいちやう》である石川夫人《いしかはふじん》の考慮《かうりよ》が、この方面《はうめん》に深《ふか》く注《そゝ》がれてゐる限《かぎ》り、この會《くわい》には希望《きばう》ある將來《しやうらい》が見透《みとほ》されるのである。力《ちから》の弱《よわ》い女《をんな》なるが故《ゆゑ》に未亡人《みばうじん》たちの上《うへ》に起《おこ》される迫害的《はくがいてき》な諸問題《しよもんだい》も、未亡人《みばうじん》の集團《しふだん》の力《ちから》によつて處理《しより》して行《い》けるやうな機關《きくわん》をこの中《なか》に備《そな》へ、又前述《またぜんじゆつ》のやうに遺族《ゐぞく》に對《たい》して差延《さしの》べられてゐる慈善的《じぜんてき》な援護《えんご》や、扶助《ふじよ》や政府《せいふ》の恩典《おんてん》が、この會《くわい》の仲介《ちうかい》によつて完全《くわんぜん》に行《おこな》はれるやう、實質的《じつしつてき》な活動《くわつどう》が差當《さしあた》つて行《おこな》はれるならば、それは最《もつと》も至當《したう》なことであらうと思《おも》はれる。

この組織《そしき》は無論《むろん》もつと網《あみ》のやうに擴《ひろ》げられなければならないであらう。一地方的《ちはうてき》なものからもつと中央《ちうあう》へと伸《の》び、そして一《ひと》つの大《おほ》きな聯合團體《れんがふだんたい》となるまでに擴大《くわくだい》されるやうになつて、初《はじ》めて基礎的《きそてき》な組織《そしき》の力《ちから》が生《しやう》じるであらうし、無力又《むりよくまた》は薄弱《はくじやく》な力《ちから》の結合《けつがふ》から新《あた》らしく確乎《かくこ》とした婦人《ふじん》の生活力《せいくわつりよく》が湧《わ》き出《い》づるであらうことが期待《きたい》される。

國家《こくか》の運命《うんめい》は當然私《たうぜんわたし》たちも分《わか》ち擔《にな》はねばならぬ運命《うんめい》であるが、この運命《うんめい》に導《みちび》かれて私《わたし》たちの周圍《しうゐ》に多《おほ》くの不幸《ふかう》と悲哀《ひあい》が釀《かも》し出《だ》され、そしてこの多《おほ》くの不幸《ふかう》と悲哀《ひあい》を恰《あたか》も身體《しんたい》の傷《きず》の如《ごと》くに、最《もつと》も深《ふか》く其《そ》の身《み》に受《う》けるものが婦人《ふじん》であると云《い》ふ事實《じじつ》に對《たい》して、私《わたし》たち同性《どうせい》はこれを他《ひ》人ごとのやうに默過《もくくわ》してはゐられないのである。孤獨《こどく》の涙《なみだ》に悲《かな》しめる婦人《ふじん》と、涙《なみだ》を分《わか》ち合《あ》ひ、生活《せいくわつ》の苦《く》を共《とも》に擔《にな》ひ合《あ》ふものは、ひとり同《おな》じ運命《うんめい》に悲《かな》しむ同志《どうし》ばかりではなく、私《わたし》たちも又《また》其《そ》の人々《ひとびと》に協力《けふりよく》の手《て》を添《そ》へて新《あら》たなる運命《うんめい》の道《みち》を拓《ひら》く爲《ため》に、積極的《せききよくてき》な協同《けふどう》を惜《を》しまぬこと、これが現在《げんざい》の銃後《じうご》の婦人《ふじん》の上《うへ》に課《くわ》せられた重《おも》い義務《ぎむ》の一《ひと》つであらうと思《おも》はれる。

ニユース小説

お雪さん

モルガン
お雪の巻

佐藤俊子

河野通勢　畫

【上】

「面《おも》白い映畫《えいぐわ》があるさうですよ。見《み》にいらつしやらない？」

船の中で。たつた一人仲《なか》善しになつた日本婦《ふ》人の木田夫人が、わざ／＼お雪《ゆき》さんを船室《しつ》へ迎《むか》へに來た。

彼女は今朝からひどい頭痛《づつう》に惱《なや》んでゐた。

船の中で風邪をひいたのでもあつたか。

食事《しよくじ》もすゝまなかつたし、船醉に似《に》た物のつかへを感《かん》じて一日ベツドに横《よこ》になつてゐた。

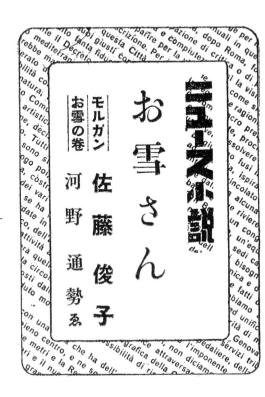

マルセーユを出帆《はん》してから船の旅《たび》路《じ》はもう二十日を超《こ》してゐる。この船旅《たび》の疲《つか》れでもあるのか。少しも氣分が勝れないのである。この儘《まゝ》死の底《そこ》へ引きずり込《こ》まれて行くやうな陰《いん》氣さを、何うにも紛《まぎ》らす方法もなかつた。

午後になつて女給《きふ》仕の榮《えい》子が頭《あたま》を揉《も》んでくれたので、いくらか氣分は樂《らく》になつたけれども、抑へ付けられるやうな陰《いん》氣さは同じであつた。まるで生活《くわつ》の的《あ》てのない寂しさを今日のやうに、はつきりと我が身《み》に感《かん》じたことが今までになかつたかのやうに、たゞ心が沈《しづ》むのである。

「重い病《べう》氣にでもなるんぢやないか。」

そんな風《ふう》にも考《かんが》へて見《み》た。榮《えい》子が熱《ねつ》を計《はか》つてくれたが、熱《ねつ》もなかつた。それで一度は安心したが、何うにも氣分が引き立たない。

「おぐしでも揃《そろ》へて上げませうか。」

頭《あたま》を揉んだ後で優しい榮《えい》子が髪《かみ》を搔《か》いてくれた。船に乘《の》つてからこのかた、主人に仕へる人間のやうに忠實《じつ》によく世話《わ》をしてくれる榮《えい》子に、自分の身體《からだ》を任《まか》してゐた間は、うつとりと醉心地に眠《ねむ》るやうな快さを感《かん》じたが、榮《えい》子が去《さ》つてしまふとまた身《み》の圍りが頼りなくなつて、身體《からだ》中が重たく矢張《やは》りベッドから起《お》き上ることも出來なかつた。

「何うかなすつたの？」

ベッドの傍に來て立つた木田夫人は黑《くろ》のベルベットの洋裝《やうさう》に、目の覺《さ》めるやうな化粧《けしやう》をしてゐる。

昨夜の晩餐《ばんさん》の時間に一緒《しよ》になつた時は、お雪《ゆき》さんは何時よりも艷艷として美しかつた。それが今日は見違《みちが》へるほどに老婦《らうふ》人らしく窶《やつ》れて、美《うつく》しい額《ひたひ》までが黃色《きいろ》く皺《しわ》んでゐるやうに見《み》えた。

「風邪でせうか。」

お雪《ゆき》さんは物憂《う》げに華奢《きやしや》な指《ゆび》で自分の額《ひたひ》に手を當《あ》てながら、木田夫人の華《はな》やかな表情《へうじやう》を微笑《びせう》しながら眺《なが》めた。この夫人だけは、お雪《ゆき》さんの知《し》りつくした外交《かう》官の夫人たちの型《かた》とはかけ離《はな》れて異つてゐた。

人情《にんじやう》だけですぐに物がいへるや

うな魂の和らかさを持《も》つてゐたし女同士《し》で近付《ちか》ける厭味《いやみ》のない、洗練《せんれん》された、豐《ゆた》かな氣性であつた。いつ逢《あ》つてもお雪《ゆき》さんの昔話《むかしばなし》などを聞き出したがることもないし、その人の數奇《すうき》な經歷《けいれき》に興味《きようみ》を抱《いだ》いて接《せつ》しようとするやうな、露骨《ろこつ》な好奇心《かうきしん》を示《しめ》したこともない。一人一人の人間の上に與《あた》へられた運命《うんめい》が、いろ／＼な人間の形《かたち》を作り上げる。さういふ變《かは》つた色彩《しきさい》の人間の形《かたち》の一つをお雪《ゆき》さんの上に見《み》出して、唯《たゞ》それだけに親《した》しみを寄《よ》せてゐるやうな木田夫人の打解《うちと》けた態度《たいど》には、逢《あ》つた初《はじ》めからこちらにも隔《へだ》てがなかつた。一日その人を見《み》なければ、何うしてゐるかとその人の船室《しつ》に心を注《そゝ》ぐ夜さへもあつた。

「起《お》きてごらんなさい。そして映《えい》畫《ぐわ》を御一緒《しよ》に見《み》ませう。」

と無理《り》に誘《さそ》はれてやつと起《お》きて見《み》る氣になつた。支度をして置《お》くと約束《やくそく》して木田夫人を歸《かへ》らしたあと、お雪《ゆき》さんは榮子《えい》を呼《よ》んで洗面《せんめん》や着物の着換《が》へにかゝつた。

船中では時々客《きやく》のために映畫《えいぐわ》を觀《み》せる夜があつた。今夜の映畫《えいぐわ》はガボの椿姬《つばきひめ》だと榮子《えい》が話《はな》してゐる。

「奧《おく》さんはあの映畫《えいぐわ》を御覽《らん》になつたことがありますの。」

お雪《ゆき》さんはガボの椿姬《つばきひめ》の映畫《えいぐわ》はまだ見《み》たことがなかつたが、昔《むかし》フランスでサラ・ベルナールの椿姬《つばきひめ》を見《み》たことがあつた。

「もう六十幾歳《いくさい》になつてからの椿《つばき》姬《ひめ》でね。サラはそれから五、六年して地方巡業《じゆんげふ》に出てから亡《な》くなりました。」

フランスの名女優《いう》の名前も知《し》らない榮子《えい》に、お雪《ゆき》さんはその演劇《えんげき》の思《おも》ひ出を話《はな》すことは億劫《おつくう》であつた。

「そんなにお婆《ば》あさんでも綺麗《きれい》だつたんでせうか。」

「綺麗《きれい》でしたよ。」

情人の父親《おや》から離別《りべつ》を頼《たの》まれて何うしても別《わか》れることを肯《き》き入れなかつた時のサラ・ベルナールのしばゐの巧さ――さう。あの樹《き》は何の樹《き》だつたか知《し》ら？　樹《き》の下に立つて父親《おや》の頼《たの》みを遂《つひ》に拒《こば》み切《き》れなかつた時の、あの悲《かな》しみの表情《へうじやう》

――

「ほんとうに巧い女優《いう》でした。」

そしてそれが死んだ夫《をつと》のモルガンと一緒《しよ》に観劇《くわんげき》した最《さい》後であつたことを不圖《と》思《おも》ひ出した。

「あんな上手な女優《いう》は日本にもゐないのでせうね。」

サラ・ベルナールは藝《げい》も巧かつたけれども。若《わか》い時は戀《こひ》に夢《む》中になると舞台《ぶたい》を捨《す》てゝしまふやうな癖《くせ》があつた。戀《こひ》人を連《つ》れて何處《こ》かへ行つてしまふ。出演《えん》中の劇《げき》を放《はう》つて雲隠れしてしまふ。興《こう》行主は面喰《めんく》らつて、この名女優《いう》の行方を探《さが》し廻《まは》る。興《こう》行は中止である。それでも藝《げい》の上手さはこの女優《いう》の人氣を少しも落《おと》さなかつた。

「この女優《いう》が死んだ眞似《まね》をしたことがありました。」

その時はパリ中が騒《さわ》いだ。自分が死んだと聞いたら、自分の愛《あい》人やひいきや、友人たちは、どんなに悲《かな》しんだり驚《おどろ》いたりするかゞ見《み》たくて、彼女は或る日「急《きう》死した。」と近親《きんしん》に知《し》らせて、自分はかねて用意《い》しておいた柩《ひつぎ》の中に入り、その周圍《しうゐ》には蠟燭《らうそく》の灯や花環《わ》をいつぱいに飾《かざ》らせて、すつかり死を裝《よそほ》つた。女優《いう》の死を聞いて馳《は》せ集《あつま》つた人たちが、悲《かな》しみ嘆《なげ》き、そして悼み泣《な》くのを柩《ひつぎ》の中で聞いてゐた彼女は、とう〳〵耐《た》へ切《き》れずに柩《ひつぎ》の中から出てきて一同を驚《おどろ》かしたといふ話《はなし》なのである。

呆《あき》れて聞いてゐる榮《えい》子がお雪《ゆき》さんには面《おも》白く思《おも》はれた。

「普《ふ》通《つう》では、こんな思《おも》ひ切《き》つたことは出來ませんね。そこがフラン

スの女優《いう》ですね。」

　色《いろ》の白い、面長な、上品な愁《うれ》ひを眉《まゆ》に匂《にほ》はせてゐるお雪《ゆき》さんの顔《かほ》は薄《うす》く化粧《けしやう》すると、一輪《りん》の白い花のやうな美《うつく》しさに蘇生《よみがへ》つた。黒《くろ》のレースの簡單《かんたん》なイーヴニングに、乳色《ちゝいろ》のファーのケープを肩《かた》に纒《まと》ひ椅子《い》に身《み》を凭せて兩手《りやう》をクリームでマッサーヂしながら、思《おも》ひがけない昔《むかし》のフランスの名女優《いう》の思《おも》ひ出話《ばなし》に、朝からの重い陰《いん》氣な氣分が少し晴《は》れたと思《おも》つた。

　自分の感情《かんじやう》に赤《あか》い色《いろ》が射《さ》し、久しく置忘《おきわす》れてゐた人生の華《はな》やかさが、何處《こ》からともなく胸《むね》の中に滑り込《こ》んで來たやうな氣持《もち》の柔《やは》かさで、彼女は罃子《えい》に白葡萄酒《ぶだうしゆ》を小さいコップに注《つ》がした。

【下】

　映畫《えいぐわ》が始《はじ》まらうとする一室《しつ》は、もう電燈《でんとう》が消《き》えて薄暗《うすぐら》かつた。棕櫚の樹《き》の葉《は》がさや〳〵と頬《ほゝ》に當《あた》るやうな片隅《かたすみ》の後方の席《せき》に、お雪《ゆき》さんは木田夫人と竝《なら》んで腰《こし》をかけたまだ椿姫《つばきひめ》の映畫《えいぐわ》は始《はじ》まつてゐなかつたが、日本の風景《ふうけい》が眼前《がん》に映《うつ》し出されてゐた。二十何年も離《はな》れてゐた故國の山や、町や、水の景色《けしき》は、昔《むかし》の儘《まゝ》の形《かたち》で映畫《えいぐわ》の一面《めん》に展がり、展がつてはまた次ぎへと移《うつ》つて行く。東京の町の一部《ぶ》は、日本の風景《ふうけい》とは思《おも》はれず、何處《こ》かの外國の町のやうであつた。懷《なつか》しいのは京都の祇園《ぎをん》であつた。舞妓《まひこ》が二人、後ろ向《む》きになつて歩いて行く。だらりの線《せん》の美《うつく》しさ。黒《くろ》い木履──お雪《ゆき》さんの四十年近《ちか》い古い昔《むかし》の自分の舞妓姿《まひこすがた》が目の前に鮮やかに浮んでゐる。自分の昔《むかし》の姿《すがた》を映畫《えいぐわ》が映《うつ》し出してゐる。夢《ゆめ》のあとを追《お》ふ暇《ひま》もなく、景色《けしき》は水の清《きよ》らかな湖畔《こはん》に變《かは》つてゐる。スカートの裾《すそ》の短かな、ベレーを被つた女學生が二人、活潑《くわつぱつ》に湖畔《こはん》の花の咲亂《みだ》れる道《みち》を歩いて行く。スイスの景色《けしき》に見《み》たやうな小さな湖《こ》水は何處《こ》の湖《こ》水かとその名を見《み》出ださうとしてゐる内に風景映畫《ふうけいえいぐわ》は終《をは》りになつた。

次ぎに移《うつ》る間を室《しつ》内はぱつと明るくなつた。傍の木田夫人が頻《しき》りに見知《みし》つた人たちと遠《とほ》く近《ちか》く挨拶《あいさつ》を交はしてゐる。お雪《ゆき》さんは光《ひか》りの中で、今、映畫《えいぐわ》で見《み》た祇園《ぎおん》の町の風景《ふうけい》を幻に描《ゑが》き、舞妓《まひこ》の姿《すがた》をその幻の中で追《お》ひながら、室《しつ》内に群《む》れる人々からは眼《め》を背向《む》けてゐた。

遠《とほ》く過《す》ぎ去《さ》つた十七の春——祇《ぎ》園《をん》の櫻《さくら》が自分の頬《ほゝ》に散《ち》りかゝるやうな感觸《かんしよく》を生々しく感《かん》じて、思《おも》はず頬《ほゝ》に手をやつた。皷《つゞみ》を抱《かゝ》へて櫻《さくら》の下を歸《かへ》つて行く妓《こ》は誰れ？　櫻《さくら》を吹雪《ふゞ》く邪慳《じや》な風《かぜ》のやうに、十七の春を土地の老富豪《らうふがう》に無殘《ざん》に散《ち》らされたその櫻吹雪《さくらふゞ》のある一夜——皷《つゞみ》を抱《かゝ》へながら、涙《なみだ》に濡《ぬ》れた頬《ほゝ》にしみ／＼と散《ち》つてくる花片《へん》を受《う》けながら、いつまでも佇《たゝず》んでゐた——そんな可憐らしい自分の姿《すがた》が過去《くわこ》の畫帳《ぐわちやう》の一片《へん》に殘《のこ》つてゐる。

妙《めう》に昔《むかし》のことが繰返《くりかへ》される晩《ばん》である。いよ／＼日本へ歸《き》國と決心をしたその日まで、自分の昔《むかし》の日本での生活《くわつ》など面影《おもかげ》にさへ思《おも》ひ出しもしなかつた。今まで外國で暮《く》らしたものが、唯《たゞ》生活《くわつ》の場所を變へるといふ單純《たんじゆん》な意味《いみ》だけしきや感《かん》じなかつた。自分の骨《ほね》を故鄕《きやう》に埋《うづ》めるためとか、餘《よ》生を生れた國で送《おく》るとか、そこまで深《ふか》く考《かんが》へても見《み》なかつた。老《らう》後の生活《くわつ》の設計《せつけい》など突詰《つきつ》めて考《かんが》へる必要《ひつえう》のないやうな、現在《げんざい》に不足《そく》のないその日その日を、自分の住《す》む場所を限界《げんかい》にして暮《く》らしてゐれば、それで濟《す》んで行く生活《くわつ》であつた。別《べつ》にそれを頼りない寂しい生活《くわつ》とも考《かんが》へなか

つたし、心細《ほそ》いとも感《かん》じなかつた自分の國籍《せき》といふものが何れの國に屬《ぞく》してゐようとも、また屬《ぞく》してゐなくとも、夫《をつと》の遺《ゐ》産《さん》が全部《ぜんぶ》自分のものであつても無くても、自分だけの不足《そく》のない財産《ざいさん》で賢《かしこ》く生きて行けば、何處《こ》にゐてもその靜《しづか》な餘《よ》生は樂《たの》しめた。

自分から進《すゝ》んで故郷《きやう》へ歸《かへ》らうと思《おも》ひ立つたのでもなく、自然《ぜん》に一つの誘《さそ》ひの手がお雪《ゆき》さんの身體《からだ》を日本へ運《はこ》ばせるやうになつたのだが、歸《かへ》るとなれば矢張《やは》り自分の生れた國は戀《こひ》しく懷《なつか》しかつた。異《い》郷《きやう》で果《は》てるよりは、故國の土の上で——とそんなことが急《きう》に寂しく考《かん》へられ、歸《き》國と決心したその時からは、自分の住《す》んでゐた場所が異《い》國であつたことが今さら新らしい意識《しき》の中に見返《みかへ》られてくる。

「日本はやつぱり自分の國だから——」

さう思《おも》つて歸《かへ》る氣になつた。

思《おも》ひがけないことは、いよ〳〵歸《き》國の準備《じゆんび》を整《ととの》へて、そして自分を日本へ連《つ》れて行く船に乘《の》つてしまつてからのその後の頼りなさであつた。

お雪《ゆき》さんは初《はじ》めて「これが旅《たび》のこゝろといふものか。」といふほどの、淋《さび》しい旅情《りよじやう》を味《あぢ》はつた。自分の生活《くわつ》の落《おち》着き場所へ出發して行くと、これが船の旅路《たびぢ》とは思《おも》はれず、果《は》てのない行方の分らぬ放浪《はうらう》の旅《たび》をする人間のやうな、そんなみじめな、不安な果敢《はか》ない思《おも》ひばかり湧《わ》いてくる。この船のコースは自分の死へのコースであつた。自分の生活《くわつ》の落《おち》着き場所には、死が待《ま》つてゐるだけではなかつたか。

そんなうら〳〵淋《さび》しい思《おも》ひの中で續《つゞ》けて來た船の旅《たび》であつた。さういふ思《おも》ひが募《つの》りに募《つの》つて、今日は一日ベッドの中で身體《からだ》を横へてゐた——

何ともいはれぬ漠然《はくぜん》とした寂寥の中に沈《しづ》み込《こ》んで、地中海に落《お》ちる青《あを》い月光《くわう》を眺《なが》め、デッキで遊《あそ》びに興《きよう》じる人たちを眺《なが》め、榮《えい》子の身《み》の上話《はなし》を聞いたり、日本の變《かは》つた話《はなし》などを聞いたりして、いはゞ寂しい色《いろ》に塗《ぬ》られたぼんやりとした船上の日を過《す》ごして來たお雪《ゆき》さんなのであつたが、今夜はまたしみじみと、過去《くわこ》の日本の土の上に散《ち》らしておいた自分の十代の姿《すがた》が心の上に蘇生《よみがへ》つて來た。

思《おも》ひ出の絲《いと》を一つほごすと、する〳〵と限《かぎ》りなくほどけて行くあの姿《すがた》、この姿《すがた》——色《いろ》を賣《う》らねばならぬ春にゐて、うら若《わか》く純眞《じゆんしん》な戀《こひ》を追《お》つてゐた自分の姿《すがた》も――

　何時の間にか次ぎの映畫《えいぐわ》が始《はじ》まつてゐる。ガボの椿姫《つばきひめ》にお雪《ゆき》さんは少しも魅《み》力を感《かん》じなかつたが、椿姫《つばきひめ》の物語《かたり》には何時でも泣《な》かされた。かういふ女に共通《つう》した戀情の苦《くる》しさには、東洋《やう》も西洋《やう》もなかつた。女の美《うつく》しい情熱《じやうねつ》は、必《かなら》ず悲劇《ひげき》の涙《なみだ》の中に枯《か》れてしまふ。さういふ涙《なみだ》の中からスタートして來て自分の長い生活《くわつ》でもあつた。

「これは脚色《とく》が惡いのね。」

　と木田夫人が話《はな》しかけた。

　こんな椿姫《つばきひめ》は駄目だといひ、フランス文學の研究《けんきう》をしてゐるといふ夫人は、お雪《ゆき》さんには能く理解《りかい》の出來ない文學の技術語《ぎじゆつご》で椿姫《つばきひめ》の話《はなし》をしながら、

「大體《たい》、この女優《いう》は大根《こん》よ。」

　と口紅《べに》を綺麗《きれい》に塗《ぬ》つた薄《うす》い唇を歪めて笑《わら》つてゐる。さういへば、サラ・ベルナールの椿姫《つばきひめ》のやうな苦《くる》しい涙《なみだ》は味《あぢ》はふことが出來なかつたと思《おも》つたが、さつき榮子《えい》に話《はな》したやうに、こんな話《はなし》を木田夫人にする氣もお雪《ゆき》さんにはしなかつた。

　デッキを散《さん》歩しませんかと木田夫人に誘《さそ》はれたのを斷《ことわ》つて、

「それでは明日またお目にかゝるわ。」

　と愛想《あいそ》のいゝ挨拶《あいさつ》を後ろに、迎《むか》へに來てくれた榮子《えい》に伴《ともな》はれてお雪《ゆき》さんは船室《しつ》に戻《もど》つた。

　榮子《えい》が室《しつ》の中を片《かた》付けてゐると思《おも》ひながら、うつら〳〵してゐた小さい電《でん》氣の燈だけを殘《のこ》して、眠《ねむ》つてゐる人を起《おこ》さないやうに、靜《しづ》かに出て行つたそれも知《し》つてゐた。

だが、

「お雪《ゆき》さん。」

　と呼《よ》ばれて、目が覺《さ》めたのは、矢張《やは》り眠《ねむ》つてゐたのか。お雪《ゆき》さんは頭《あたま》を擡げて周圍《しうゐ》を見廻《みまは》した。誰

れもゐない。

「誰れですか。」

起上つて大きい電燈《でんとう》のスヰッチを捻《ひね》らうとしたが、手が痲痺《しび》れてゐて動《うご》かない。モルガンの聲《こゑ》のやうな氣もした。ふつと見上げた船の窓《まど》の硝子《ガラス》に朧《おぼろ》に人の顔《かほ》が映《うつ》つてゐる。誰れだらうかと瞳子《ひとみ》を凝《こ》らしてぢつと見《み》た。見《み》たことのある顔《かほ》であつた。

「誰れだらう。」

すぐに思《おも》ひ出した。

「まあ。何時お戻《もど》りやしたの。」

飛《と》び起《お》きてもう一度見《み》た時は、もうその顔《かほ》は消《き》えてゐた。あんなに逢《あ》ひ度《た》いと思《おも》つてゐたのに、その人は何處《どこ》へ行つてしまつたのだらう。

「また私を捨《す》てゝ行つた。」

お雪《ゆき》さんはそのまゝ俯《う》つ伏《ぶ》して泣《な》いてゐる。

「嘘《うそ》や。嘘《うそ》や。」

さういつて自分は泣《な》きつゞけてゐる。長い袖《そで》が重たくて、何うにも起上る力がない。それを誰れかが慰《なぐさ》めてくれる。誰れだか分らない。折角《せつかく》歸《かへ》つて來たのに何處《どこ》かへ行つてしまつた。その人をもう一度連《つ》れて來てと自分はいつてゐる漸《やうや》く顔《かほ》を上げて自分の傍にゐる人を見《み》ると、それはライオネル・パリモアの父親《おや》であつた。息子の出世のために縁《えん》を切《き》つて欲しいと耳《みゝ》慣《な》れた英語《ご》で父親《おや》がいつてゐる。

「いややわ。」

何うしてそんなことが聞かれるものか。自分に取つては生命にも代へられぬ戀人《こひびと》であつた。その人のためにどれだけの苦勞《くらう》をつゞけたか。それでもあの人が自分から別《わか》れるといふならばそれも仕方がなかつた。自分はもう一度あの人に逢《あ》つて、その氣持《きもち》を聞いた上でなければ返事《へんじ》は出來ない。

自分も英語《ご》できつぱりといひ切《き》つて、何かひどく安心した。

「でも一時は何うしても別《わか》れなければならない。あなたのお蔭《かげ》で僕《ぼく》は學問《もん》をさせて貰《もら》つたのだもの。これから社會に出るために學問《もん》をさせてくれたあなたに報《むく》いるためにも、僕《ぼく》は一と先づ東京へ出て生活《くわつ》を立てる。あなたの恩《おん》は決して忘《わす》れやしない。」

恩なんて、そんな他人らしいことをいつて――とお雪《ゆき》さんは、その聲《こゑ》のする方を見《み》た。さつき船《ふね》の窓《まど》に顔《かほ》だけ映《うつ》つてゐたその人が自分のベッドの傍《そば》に立つてゐる。

「川上さん。」

忘《わす》れたことのなかつたその人の顔《かほ》を、はつきりと見定《みさだ》めようと、そしてもつと傍近《ちか》くに引寄《よ》せようとして――激《はげ》しい波《なみ》の音《おと》に夢《ゆめ》が破《やぶ》られた。

呼吸が塞《つ》まるやうであつた。電《でん》燈《とう》を明るくして、ベルを押《お》してお雪《ゆき》さんは榮子《えい》を呼《よ》んだ。

「何か飲《の》むものを下さいな。」

「お氣分がおわるう御座《ざ》いますか。」

顔色《かほいろ》のよくないお雪《ゆき》さんを見《み》て榮子《えい》は氣づかはしさうに傍に寄《よ》つて來た。

「夢《ゆめ》は思《おも》ひがけないことを見《み》るものですね。私が椿姫《つばきひめ》になつたやうな夢《ゆめ》を見《み》ました。」

お雪《ゆき》さんは明るい燈を見《み》つめながら靜《しづ》に微笑《びせう》した。はつきりした光《ひか》りの中では今の夢《ゆめ》がところ〴〵ぼんやりした陰《かげ》のやうに思《おも》ひ返《かへ》される。もうすつかり忘《わす》れてしまつた昔《むかし》の記憶《きおく》が、物語《がたり》でも綴《つゞ》るやうに夢《ゆめ》の中に浮んで來たのが不思議《しぎ》であつた。夢《ゆめ》を探《さぐ》つて見《み》てももうその人の面影《おもかげ》は捉《とら》へどころもないほどかつて見《み》たこともなかつた他《た》人のそれであつた。

「船で大分お疲《つか》れになつたのですね。」

お雪《ゆき》さんは濃《こ》い緑茶《りよくちや》を榮子《えい》に頼《たの》んでまたベッドに横《よこ》になつた。激《はげ》しい波《なみ》の音《おと》が耳《みゝ》に近《ちか》く聞こえてゐる。

上海に於ける支那の働く婦人

佐藤俊子

大場鎮《だいぢやうちん》の新飛行場《しんひかうぢやう》に降《お》りて上海《シヤンハイ》の空氣《くうき》を吸《す》つてからまだ一週間《しうかん》にも滿《み》たないのである。

支那《しな》の土《つち》は初《はじ》めて踏《ふ》んだ私《わたし》であるし、日本《にほん》の婦人《ふじん》が日本服《にほんふく》を着《き》、ショールを掛《か》け、下駄《げた》を穿《は》いて市街《しがい》を歩《ある》いてゐるのが異様《いやう》に感《かん》じられる程《ほど》、上海《シヤンハイ》の風景《ふうけい》は私《わたし》の眼《め》にはすべて外國《ぐわいこく》風景《ふうけい》と映《うつ》るほどの不馴《ふな》れさである。すべては單《たん》なる風俗上《ふうぞくじやう》の一瞥《べつ》に過《す》ぎぬのであるが、兎《と》に角《かく》蘇州河《そしうが》で船《ふね》の生活《せいくわつ》をしてゐる支那婦人《しなふじん》、野菜《やさい》を賣歩《うりある》く婦人《ふじん》、バアで花《はな》を賣《う》る娘《むすめ》、デパートメントストアの賣子《うりこ》、家庭《かてい》に働《はたら》く婢女《ひぢよ》、ダンシングホールで踊《をど》るダンサア、日本人經營《にほんじんけいえい》の工場《こうぢやう》に働《はたら》く女工《ぢよこう》、虹口内《ホンキウない》を限界《げんかい》としてバスに働《はたら》く娘《むすめ》、等々《とうとう》を見《み》た私《わたし》は、これ等《ら》の支那《しな》女性《ぢよせい》が日本《にほん》における一部《ぶ》の勤勞層《きんらうそう》の女性《ぢよせい》と同様《どうやう》に、食《しよく》を得《う》る爲《ため》に凡《あら》ゆる勤勞《きんらう》の線《せん》に犇《ひし》めきつゝある生活樣態《せいくわつやうたい》を、幾分《いくぶん》でも讀者《どくしや》に傳《つた》へる爲《ため》に先《ま》づこの一篇《ぺん》を送《おく》ることにした。

上海《シヤンハイ》の支那人人口《しなじんじんこう》約《やく》二百五十萬《まん》の内《うち》婦人人口《ふじんじんこう》は其《そ》の半《なか》ばを占《し》むるものとしてこの内《うち》の七割《わり》までは働《はたら》く婦人《ふじん》と見《み》る。これは極《きは》めて杜撰な査定《さてい》であるか、上海《シヤンハイ》の總人口《そうじんこう》は約《やく》三百五十萬《まん》、五十四ケ國《こく》の各人種《かくじんしゆ》を包含《はうがん》して、間斷《かんだん》なしに出《で》たり入《はひ》つたりするそれ等《ら》の人種《じんしゆ》の總人口數《そうじんこうすう》は、中々《なかなか》確定的《かくていてき》には調査《てうさ》し得《え》られない。事實《じじつ》は一千萬《まん》にも上《のぼ》るのではないかと云《い》はれてゐる。無論《むろん》佛租界内《ふつそかいない》の人口《じんこう》は加《くは》へられてゐないのであるが、事變《じへん》によつて戰場《せんぢやう》から多數《たすう》の支那人《しなじん》が佛租界《ふつそかい》に逃避《たうひ》した。其《そ》の爲《ため》に佛租界内《ふつそかいない》の人口《じんこう》約《やく》六十萬《まん》が、一時《じ》は百二十萬《まん》にも増加《ぞうか》したと傳《つた》へられてゐる。難民《なんみん》は人家《じんか》の軒《のき》の下《した》に寢《ね》たり、道路《だうろ》に群《む》れ棲《す》んだりした。現在《げんざい》は共同租界内《きようどうそかいない》に流《なが》れ込《こ》み、該租界《がいそかい》の人口《じんこう》が頓《とみ》に増加《ぞうか》したが、中《なか》には秩序《ちつじよ》の回復《くわいふく》された舊《もと》の土地《とち》へ復歸《ふくき》するものもある。

食《しよく》を求《もと》める爲《ため》に、街《まち》に働《はたら》く婦人《ふじん》の増《ふ》えたのも一《ひと》つの原因《げんいん》はこゝにあるのである。夫《をつと》を失《うしな》ひ、子《こ》を失《うしな》つた婦人《ふじん》たちも、數《すう》の多少《たせう》を論《ろん》ぜず、事變前《じへんぜん》よりは増加《ぞうか》してゐるのである。

さて、同《おな》じ支那婦人《しなふじん》でも富裕《ふいう》の階級《かいきふ》に屬《ぞく》する者《もの》は、上海《シヤンハイ》でも麻雀《マーヂヤン》に遊《あそ》び暮《く》らし、キネマや演劇《えんげき》や、舞踏會《ぶたふくわい》、會食《くわいしよく》、百貨店《くわてん》や其他《そのた》の贅澤品《ぜいたくひん》を賣《う》る店《みせ》での買物道樂《かひものだうらく》、戀愛遊戯《れんあいいうぎ》に日《ひ》を過《す》ごしてゐる。これ等《ら》少數《せうすう》の有閑婦人《いうかんふじん》に就《つ》いては、又他《またた》の土地《とち》を歩《ある》いた時《とき》に書《か》く積《つも》りであるが、こゝでは貧《まづ》しい階級《かいきふ》に屬《ぞく》する、何《なに》か知《し》ら就職《しうしよく》の口《くち》を求《もと》めて働《はたら》きに出《で》る婦人《ふじん》たちについて書《か》くのである。

いちばん最初《さいしよ》に私《わたし》の目《め》に留《と》まつたのは、バスケットに野菜《やさい》や果物《くだもの》を入《い》れて町《まち》を賣歩《うりある》いてゐる婦人《ふじん》の姿《すがた》であつた。上海《シヤンハイ》附近《ふきん》の農家《のうか》の妻《つま》や娘《むすめ》が畑《はたけ》で作《つく》つた野菜類《やさいるゐ》を賣《う》りに出《で》てくるのである。これは現在《げんざい》の日本《にっぽん》の占領地區内《せんりやうちくない》と稱《しよう》される方面《はうめん》でも、又共同租界内《またきようどうそかいない》の方面《はうめん》でも見《み》

女性時評

掛《か》ける姿《すがた》である。鉛色《なまりいろ》の褪《あ》せた木綿《もめん》の支那服《しなふく》に髮《かみ》は舊式《きうしき》な結髮《けつぱつ》をしてゐるのが多《おほ》い。東京《とうきやう》附近《ふきん》の農家《のうか》の婦人《ふじん》たちが、田畑《たはた》に耕作《かうさく》したものを背《せ》に負《お》つて市内《しない》へ賣《う》りに來《く》る姿《すがた》が思《おも》ひ出《だ》されるのである。

次《つ》ぎに見《み》たのは蘇州河《そしうが》に浮《うか》ぶ船上《せんじやう》の婦人《ふじん》の働《はたら》く姿《すがた》であつた。これは日本《にほん》の傳馬船《てんません》などで船《ふね》の生活《せいくわつ》をしてゐる船頭《せんどう》たちの妻女《さいぢよ》の働《はたら》いてゐる姿《すがた》と同《おな》じである。夫《をつと》と共《とも》に櫓《ろ》を取《と》つて漕《こ》いだり、船《ふね》の碇泊《ていはく》してゐる間《あひだ》は、船上《せんじやう》での家庭《かてい》の仕事《しごと》に働《はたら》いてゐる。

蘇州河《そしうが》にかゝるガーデン・ブリッヂは、今《いま》は占領地區《せんりやうちく》と共同租界《きようどうそかい》を區限《くぎ》る警戒線《けいかいせん》となり、日本《にほん》の軍人《ぐんじん》が警備《けいび》に當《あた》つてゐる。こゝを通過《つうくわ》する支那人《しなじん》は通行許可證《つうかうきよかしよう》を持《も》たなければ通行《つうかう》を許《ゆる》されないのであるが、この橋下《はしした》の附近《ふきん》に多《おほ》い時《とき》は百艘《さう》を越《こ》える運送船《うんそうせん》が碇泊《ていはく》するのである。河岸《かし》に立《た》つて其《そ》の生活《せいくわつ》を眺《なが》めてゐると、男《をとこ》は大概《たいがい》煙草《たばこ》をくゆらし、隣接《りんせつ》する船《ふね》の者《もの》と雜談《ざつだん》したり、船《ふね》の上《うへ》でぶら〳〵してゐるが、女《をんな》は河水《かすゐ》で洗濯《せんたく》をしたり、網《あみ》を作《つく》る仕事《しごと》に追《お》はれ、お臍《へそ》の曲《まが》つた老婆《らうば》も、十二三歳《さい》の少女《せうぢよ》までが雜用《ざつよう》をしてゐるのが船外《せんぐわい》から見通《みとほ》される。女《をんな》も男《をとこ》も繼《つ》ぎはぎの着物《きもの》ぼろ〳〵した着物《きもの》を纒《まと》つてゐる。船上《せんじやう》で遊《あそ》んでゐる子供《こども》たちも頭髮《とうはつ》はぼう〳〵と延《の》びて亂《みだ》れ、汚《きたな》い衣服《いふく》を着《き》て跣足《はだし》である。日本《にほん》の貧《まづ》しい農村《のうそん》の子供《こども》たちでも、まだこの子供《こども》たちよりはましかと思《おも》ふ。屋上《をくじやう》には網《あみ》を張《は》り、殆《ほとん》どボロに類《るゐ》する嬰兒《えいじ》のおしめが干《ほ》されてゐる。だが船内《せんない》はよく掃除《さうぢ》されてゐるし、卓子《テーブル》や食器《しよくき》や、食事《しよくじ》を作《つく》る鍋釜《なべかま》、皿類《さらるゐ》がよく洗《あら》はれてきちんと柱《はしら》などに掛《か》けてあるのを見《み》ると、生活《せいくわつ》は貧《まづ》しくても、家庭《かてい》の仕事《しごと》に聯關《れんくわん》して、斯《か》う云《い》ふ面《めん》に支那婦人《しなふじん》の神經《しんけい》が淸潔《せいけつ》に働《はたら》くことが考《かんが》へられる。

一般《はん》に支那《しな》の婦人《ふじん》は日本《にほん》の婦人《ふじん》より體格《たいかく》が良《よ》い。だからどんな勞働《らうどう》に從事《じうじ》してゐても、服裝《ふくさう》は貧しくても、勞働《らうどう》に耐《た》へ得《う》るやうな體《たい》格の外觀《ぐわいくわん》が生活力《せいくわつりよく》の强氣《つよき》な頼母《たのも》しさを感《かん》じさせて、見窄《みすぼ》らし氣《げ》な點《てん》が見《み》えないのである。

近代的な職業婦人勞働婦人

近代的《きんだいてき》な、インテリジェントな、朗《ほがら》かな賣子《うりこ》たちは、共同租界《きようどうそかい》の支那人《しなじん》の經營《けいえい》する大《おほ》きな百貨店《ひやくくわてん》、例《たと》へば永安公司《えいあんこんし》とか大新公司《だいしんこんし》などの賣場《うりば》々々に働《はたら》いてゐる。快活《くわいくわつ》でスマートでアメリカ邊《あた》りの百貨店《ひやくくわてん》に働《はたら》く賣子《うりこ》と似《に》た感《かん》じを持《も》つてゐる。無論《むろん》外人《ぐわいじん》と交《かは》す言葉《ことば》は英語《えいご》である。月給《げつきふ》は極《きは》めて廉《やす》く一ケ月《げつ》二十弗《どる》内外《ないぐわい》と云《い》はれてゐるが、服裝《ふくさう》は綺麗《きれい》で、輸入《ゆにふ》ものの香油《かうゆ》をパーマネントウェーヴの髮《かみ》につけ、頰紅《ほゝべに》を塗《ぬ》り可能《かのう》な限《かぎ》りの美《うつく》しさを装《よそほ》つてゐるのを見《み》ると、日本《にほん》の百貨店《ひやくくわてん》に働《はたら》く賣子《うりこ》たちが、これよりは稍々《やゝ》高《たか》い月給《げつきふ》は得《え》ても、同様《どうやう》に殆《ほとん》ど生活費《せいくわつひ》にも足《た》りない金《かね》で自分《じぶん》を美《うつく》しく裝《よそほ》ひ、可憐《かれん》に働《はたら》いてゐる姿《すがた》が對照的《たいせうてき》に思《おも》ひ出《だ》される。同時《どうじ》に私《わたし》の眼《め》に浮《うか》ぶのは、日本《にほん》の百貨店《ひやくくわてん》に働《はたら》く賣子《うりこ》たちの、男子《だんし》の店員《てんゐん》からマスタアされてゐる控《ひか》へ目《め》な内氣《うちき》な態度《たいど》で、支那婦人《しなふじん》の賣子《うりこ》たちは、然《さ》うした態度《たいど》と比較《ひかく》して遙《はるか》に自由《じいう》な態度《たいど》を持《ぢ》してゐる。これは境遇《きやうぐう》の如何《いかん》に拘《かゝ》はらず、革命以後《かくめいいご》一時《じ》に解放《かいはう》された近代《きんだい》支那婦人《しなふじん》たちが、生活的《せいくわつてき》に自己《じこ》を持《ぢ》する習慣的《しふくわんてき》な態度《たいど》の一《ひと》つの現《あら》はれであらうと思《おも》ふ。

おもしろいことは、私《わたし》はこの一《ひと》つの百貨店《ひやくくわてん》で支那靴《しなぐつ》を一足《そく》買《か》つた。顧客《こかく》が混《こ》んではゐたが、私《わたし》の爲《ため》に支那靴《しなぐつ》を見《み》せてくれたのは背《せ》の高《たか》い綺麗《きれい》な賣子《うりこ》で、私《わたし》は自分《じぶん》の足《あし》のサイズに合《あ》ふのを試《こゝろ》みて買《か》ひ、好《す》きな色《いろ》を求《もと》めて、普通《ふつう》の客《きやく》と賣子《うりこ》の取引《とりひき》で、賣《う》るらしい愛想《あいさう》だけを受《う》けて其《そ》の場《ば》を去《さ》つたが、後《のち》に聞《き》くとこれが日本《につぽん》の男子《だんし》であつた場合《ばあひ》、苦力たちは非常《ひじやう》に無愛想《ぶあいさう》で、苦力《ちりこ》らしいサーヴィスを與《あた》へないと云《い》ふことだつた。最近《さいきん》特《とく》に著《いちじる》しく目《め》に立《た》つ態度《たいど》の一《ひと》つだと云《い》ふ話《はなし》なのである。支那《しな》の婦人《ふじん》は殊《こと》にインテリゲンチャである彼女《かのぢよ》たちは相手《あひて》の態度《たいど》に對《たい》しては露骨《ろこつ》に反感《はんかん》を示《しめ》し得《う》る強《つよ》さを持《も》つてゐる。

電話《でんわ》の交換手《かうくわんしゆ》が一ヶ月《げつ》二十弗《どる》、其《そ》の他《た》のオフィスガールもすべて月給《げつきふ》は安《やす》い。云《い》ふ迄《まで》もなく日本人《につぽんじん》の經營《けいえい》する商店《しやうてん》やオフィスには絶對《ぜつたい》に支那《しな》婦人《ふじん》は働《はたら》いてゐない。唯《ただ》日本人《につぽんじん》の家庭《かてい》には婢女《ひぢよ》（アマ）が働《はたら》いてゐる。又《また》日本人《につぽんじん》經營《けいえい》の大工場《だいこうぢやう》に就働《しうどう》するものは無論《むろん》支那《しな》女工《ぢよこう》だけである。

私《わたし》は一《ひと》つの大《おほ》きな日本人《につぽんじん》經營《けいえい》の紡績工場《ばうせきこうぢやう》を見《み》た。こゝに就働《しうどう》する女工《ぢよこう》は二千人《にん》を越《こ》すと云《い》はれてゐる。戰爭《せんさう》の爲《ため》に一時《じ》休止《きうし》してゐた十を數《かぞ》へる紡績《ばうせき》、製絲《せいし》の會社《くわいしや》は、最近《さいきん》は悉くばかり繁忙《はんばう》で、この工場《こうぢやう》でも二千人《にん》の女工《ぢよこう》が晝夜《ちうや》交代《かうたい》で晝《ひる》は十二時間《じかん》、夜《よる》は十二時間《じかん》の不休《ふきう》連續的《れんぞくてき》作業《さげふ》を續《つづ》けてゐるのである。

紡績《ばうせき》の作業《さげふ》は何所《どこ》も同《おな》じであるが、支那人《しなじん》女工《ぢよこう》の働《はたら》き振りが活潑《くわつぱつ》であつたのは意外《いぐわい》に思《おも》はれた。これは服裝《ふくさう》から受《う》ける感《かん》じから來《く》るもので、百貨店《ひやくくわてん》に働《はたら》く娘《むすめ》たちのやうに髪《かみ》にウェーヴはないが、みんな斷髪《だんぱつ》である。そして支那《しな》常服《じやうふく》のパンツ（褲子《クツ》）を穿《は》き足《あし》は支那靴《しなぐつ》で靴下《くつした》を穿《は》き、上衣《うはぎ》は洗《あら》ひ晒《さら》しでもジャケットに似《に》た短衣《たんい》を着《き》てゐる。この服裝《ふくさう》は活動的《くわつどうてき》である。部通し作業《さげふ》には年少《ねんせう》の女工《ぢよこう》が働《はたら》いてゐるが、嬉々《きゝ》とした表情《へうじやう》で愉快氣《ゆくわいげ》に見《み》える。事務的《じむてき》な仕事《しごと》、品質《ひんしつ》調査《てうさ》の仕事《しごと》を擔任《たんにん》してゐる女工《ぢよこう》たちは、小學校《せうがくかう》卒業《そつげふ》程度《ていど》の教養《けうやう》を持《も》つてゐるが、オフィスに働《はたら》く娘《むすめ》たちは日本婦人《にほんふじん》の私《わたし》を見《み》ると微笑《びせう》して挨拶《あいさつ》をするだけの、社交的《しやかうてき》な禮儀《れいぎ》を示《しめ》すことを忘《わす》れないのである。

仕事《しごと》が終《をは》ると綿屑《わたくづ》に汚《よご》れた仕事着《しごとぎ》を脱《ぬ》ぎ、さつぱりした綺麗《きれい》な支那服《しなふく》に着換《きか》へて歸《かへ》つて行《ゆ》く。就働女工《しうどうぢよこう》は未婚《みこん》の娘《むすめ》たちばかりではない。―所帶《しよたい》持《も》ちの中年《ちうねん》の婦人《ふじん》も居《ゐ》る。賃金《ちんぎん》は？一日《にち》四十錢《せん》、殆《ほとん》ど日本《にほん》の紡績女工《ばうせきぢよこう》と同《おな》じであるが、唯《ただ》就働時間《しうどうじかん》が長《なが》い。戰爭《せんさう》直後《ちよくご》工場《こうぢやう》を再開《さいかい》した當時《たうじ》、復歸《ふくき》したこれ等《ら》の女工《ぢよこう》は全《まつた》く饑餓《きが》状態《じやうたい》で、會社《くわいしや》で焚出《たきだ》しする飯《めし》を一人《ひとり》で何椀《なんわん》も重《かさ》ねたと云《い》ふ話《はなし》をこゝで聞《き》いた。

難民のために踊るダンサア

日本人《につぽんじん》たちの密集《みつしふ》する限界内《げんかいない》にもダンシングホールがあると云《い》ふ。私《わたし》はまだ見《み》たことはないが、無論《むろん》こゝには日本婦人《にほんふじん》のダンサアが居《ゐ》るのであるが、私《わたし》の見《み》たのは共同租界内《きようどうそかいない》のダンシングホール（シイロス）で、ダンサアは支那婦人《しなふじん》ばかりである。

平日《へいじつ》は夜《よる》八時《じ》から午前《ごぜん》二時《じ》まで、土曜日《どえうび》は八時《じ》から午前《ごぜん》四時《じ》まで、日曜日《にちえうび》は午前《ごぜん》の四時《じ》半《はん》から午後《ごご》の七時《じ》十五分《ふん》まで、ダンサアたちは客《きやく》を迎《むか》へて踊《おど》る。トミイ・ハイソンの率《ひき》ゐるアメリカ人《じん》のオーケストラで、場内《ぢやうない》は白金《プラチナ》のやうに輝《かゞや》いた裝飾美《さうしよくび》で愉快《ゆくわい》な氣分《きぶん》が溢《あふ》れてゐる。場外《ぢやうぐわい》の一室《しつ》の扉《ひ》の厚《あつ》いカーテンの蔭《かげ》では、壁《かべ》に嵌《は》め込《こ》んだ鏡《かゞみ》の前《まへ》でダンサアたちが化粧《けしやう》に餘念《よねん》がない。

場内《ぢやうない》に現《あらは》れると、嬌艶媚態《けうえんびたい》を盡《つく》してダンサアたちは踊《をど》る。このダンサアたちは、戰爭《せんさう》で家《いへ》を失《うしな》ひ路頭《ろとう》に迷《まよ》ふ難民《なんみん》たちの爲《ため》に、客《きやく》に切符《きつぷ》を賣《う》つて救助《きうじよ》の金《かね》を集《あつ》める。上海《シヤンハイ》の戰爭《せんさう》地域《ちゐき》で前線《ぜんせん》で戰死《せんし》した同性の爲《ため》に、彼女《かのぢよ》たちは常《つね》に涙《なみだ》を胸《むね》にたゝへてゐる。悲哀《ひあい》と云《い》ふよりも同情《どうじやう》と云《い》ふよりも、目前《もくぜん》に見《み》た大《おほ》きな事《こと》實《じつ》は、もつと肉體的《にくたいてき》な強《つよ》い刺戟《しげき》であり、せんりつの印象《いんしやう》は容易《ようい》に彼女《かのぢよ》たちから拭《ぬぐ》ひ去《さ》られないのである。ダンサアたちは何時《いつ》も自分《じぶん》たちから進《すゝ》んで難民《なんみん》の救助金《きうじよきん》の寄與《きよ》に盡《つく》してゐる。慈善《じぜん》と云《い》ふよりも自分《じぶん》たちの責任《せきにん》として其《そ》れを考《かんが》へてゐる。心《こゝろ》ないものでも然《さ》うである。況《ま》してもつと身近《みぢか》く戰死《せんし》した人《ひと》を持《も》つたものには又別《またべつ》な感慨《かんがい》があらう。

支那《しな》婦人《ふじん》の私娼《ししやう》については私《わたし》は語《かた》る資格《しかく》を持《も》たない。

支那女性から日本女性へ

私《わたし》は偶然《ぐうぜん》商業家《しやうげふか》の支那《しな》婦人《ふじん》に會《あ》つた。彼女《かのぢよ》は未婚《みこん》でまだ若《わか》い婦人《ふじん》である。商業《しやうげふ》は卸賣《おろしう》りでホールセーラアである。支那服《しなふく》の上《うへ》に毛皮《けがは》のオーバアコートを着《き》て、ハイヒールの靴《くつ》を穿《は》き、髪《かみ》は最《もつと》も新《あたら》しい様式《やうしき》にウェーブをかけて居《ゐ》ると云《い》ふやうな典型的《てんけいてき》なモダーンガールであるが、自分《じぶん》でひとつのビジネスを、マネーヂして行《ゆ》くくらゐの婦人《ふじん》だから、野心家《やしんか》でもあり、一方《はう》には非常《ひじやう》に常識的《じやうしきてき》である。この婦人《ふじん》が、日支《につし》の平和《へいわ》提携《ていけい》についての意見《いけん》を私《わたし》に語《かた》つた。この婦人《ふじん》に從《したが》へば、現在《げんざい》の若《わか》い支《し》那《な》女性《ぢよせい》は其《そ》れが知識《ちしき》階級者《かいきふしや》である限《かぎ》り、恐《おそ》らく日本人《につぽんじん》には逢《あ》はないであらう。自分《じぶん》たちは逢《あ》はうとしても周圍《しうゐ》の眼《め》が其《そ》れを許《ゆる》さないことを恐《おそ》れるから——だが、支那《しな》の婦人《ふじん》は誰《だ》れでもこの度《たび》の戰爭《せんさう》を遺憾《ゐかん》にしてゐる。婦人《ふじん》は誰《だ》れでも平和《へいわ》を好《この》むものだが支那《しな》の婦人《ふじん》も然《さ》うである。長《なが》い間《あひだ》の虐政《ぎやくせい》に苦《くる》しんだ支那人《しなじん》は、苦痛《くつう》の經驗《けいけん》においては日本人《につぽんじん》に勝《まさ》る。殊《こと》に婦人《ふじん》は其《そ》れよりも深《ふか》い苦《くる》しみを知《し》つてゐる。婦人《ふじん》はもう戰《せん》爭《さう》はしたくないのである。支那《しな》の婦人《ふじん》は然《しか》しさう思《おも》ふばかりでこの戰爭《せんさう》を止《と》める力《ちから》を持《も》つてゐない。これを日本《につぽん》の女性《ぢよせい》に對《たい》して衷心《ちうしん》から濟《す》まないと思《おも》つてゐる。自分《じぶん》たち支那《しな》の女性《ぢよせい》は歐米《おうべい》の文化《ぶんくわ》を尊敬《そんけい》するものではあるが、其《そ》れに依存《いぞん》することは欲《ほつ》してゐない。アジアはアジア、支那《しな》は日本《につぽん》と共同《きようどう》の繁榮《はんえい》を願《ねが》つてゐるものである。自分《じぶん》たち支那《しな》の女性《ぢよせい》は日本《につぽん》の女性《ぢよせい》を尊敬《そんけい》してゐる。日本《につぽん》の女性《ぢよせい》には力《ちから》がある。支那《しな》の女性《ぢよせい》には熱《ねつ》はあるけれども力《ちから》がない。

この熱《ねつ》ばかり多《おほ》い支那《しな》の女性《ぢよせい》を導《みちび》くものは日本女性《につぽんぢよせい》の力《ちから》だと思《おも》ふ。日本《につぽん》の女性《ぢよせい》に支那《しな》の女性《ぢよせい》が導《みちび》かれて、手《て》を結《むす》ぶことによつて東洋《とうやう》の平和《へいわ》は建設《けんせつ》されるものと思《おも》ふのであるが、其《そ》れには日本女性《につぽんぢよせい》の力《ちから》に多《おほ》くを期待《きたい》しなければならない。支那《しな》の女性《ぢよせい》は日本《につぽん》の女性《ぢよせい》のやうに沈着《ちんちやく》さを持《も》たない。何卒《なにとぞ》支那《しな》の女性《ぢよせい》を導《みちび》き、共《とも》に平和確立《へいわかくりつ》の道《みち》へ歩《あゆ》まして頂《いただ》きたいと思《おも》ふ。そしてこれを日本女性《につぽんぢよせい》へ傳《つた》へて頂《いただ》きたい。

讀者《どくしや》の中《なか》にはこれが支那婦人《しなふじん》の全部《ぜんぶ》の考《かんが》へを代表《だいへう》するものではないと斷言《だんげん》する人《ひと》もあるかも知《し》れないし、又一《またひと》つの社交的辭令《しやかうてきじれい》と見做《みな》す人《ひと》もあるかも知《し》れないと思《おも》ふ。だが、支那《しな》の知識階級《ちしきかいきふ》の婦人《ふじん》の中《なか》には日本人《につぽんじん》に會《あ》ふことをさへ欲《ほつ》しない層《そう》もあると、この婦人《ふじん》は正直《しやうぢき》に云《い》ふのであり、殊《こと》に女性同志《ぢよせいどうし》が胸襟《きようきん》を開《ひら》いて、一《ひと》つの問題《もんだい》について語《かた》る場合《ばあひ》は、いかなる社交的辭令《しやかうてきじれい》も或《あ》る眞實《しんじつ》を必《かなら》ず底《そこ》に含《ふく》むものである。日本《につぽん》と支那《しな》の女性《ぢよせい》が融合《ゆうがふ》した感情《かんじやう》の下《もと》に、相互《さうご》の國民《こくみん》の幸福《かうふく》の爲《ため》に平和確立《へいわかくりつ》の道《みち》へ貢獻《こうけん》したいと云《い》ふ希望《きばう》は、この婦人《ふじん》の云《い》ふやうに、支那婦人《しなふじん》の一部《いちぶ》の考《かんが》へを代表《だいへう》するものであらうと私《わたし》は信《しん》じ、そしてこの言葉《ことば》を日本女性《につぽんぢよせい》へ送《おく》る。

日本婦人《につぽんふじん》の生活《せいくわつ》については私《わたし》は殆《ほと》んど知《し》るところがない。大抵《たいてい》は日本服《につぽんふく》を着《き》てゐる家庭《かてい》婦人《ふじん》が多《おほ》く、街頭《がいとう》に出《で》て働《はたら》く婦人《ふじん》は餘《あま》り見受《みう》けないやうである。だが藝妓《げいしや》、ダンサア、喫茶店《きつさてん》のガール、そして私娼《ししやう》も居《ゐ》るやうであるが、これは外人《ぐわいじん》だけを相手《あひて》の職業《しよくげふ》である。

知識層の婦人に望む
日支婦人の眞の親和

佐藤俊子

（一）

前月號《ぜんげつがう》に『上海《シャンハイ》における支那《しな》の働《はたら》く婦人《ふじん》』を書《か》いてから、約《やく》一ケ月《げつ》を過《す》ぎてゐる。この間《かん》私《わたし》は南京《ナンキン》へ行《ゆ》き、蕪湖《あこ》、揚州、鎭江《ちんかう》、蘇州《そしう》、杭州《かうしう》を歩《ある》いて、再《ふたゝ》び上海《シャンハイ》へ戻《もど》つて來《き》たのであるが、中支《ちうし》の旅《たび》はこれで一《ひ》と通《とほ》りを終《をは》り、これから北支《ほくし》の旅《たび》へと立《た》つのである。

私《わたし》は戰《たゝか》ひが一《ひ》と先《ま》づ濟《す》み、平穩《へいをん》になつた地方《ちはう》ばかりを歩《ある》いてゐる。戰《たゝか》ひの前線《ぜんせん》へは一度《ど》も行《ゆ》かなかつた。『せめて銃聲《じうせい》だけでも聞《き》いていらつしやい』と揚州《やうしう》の警備隊本部《けいびたいほんぶ》の若《わか》い將校《しやうかう》たちに云《い》はれて、そこで、前線《ぜんせん》の×××と云《い》ふ地點《ちてん》まで自動車《じどうしや》で伴《ともな》はれて行《い》つただけである。其《そ》の時《とき》は銃聲《じうせい》も聞《き》かなかつたが、五六町《ちやう》の道《みち》を運河《うんが》に沿《そ》うて同地《どうち》の警備隊《けいびたい》の將校《しやうかう》たちと徒歩《とほ》で敵《てき》の哨兵《せうへい》の見《み》える地點《ちてん》まで行《ゆ》くことは行《い》つた。そして望遠鏡《ばうゑんきやう》で對岸《たいがん》の敵陣《てきぢん》の哨兵《せうへい》の姿《すがた》を二《ふた》つ見付《みつ》けた。

私《わたし》は斯《か》う云《い》ふ暢氣《のんき》な旅《たび》を續《つゞ》けてゐるのである。だが何《ど》の地方《ちはう》においても其處《そこ》に戰火《せんくわ》が上《あ》がらないと云《い》ふだけであつて、周圍《しうゐ》は敵《てき》であると云《い》ふ意味《いみ》においては前線《ぜんせん》にも劣《おと》らない危《き》險地帶《けんちたい》であることは云《い》ふまでもない。私《わたし》の目《もく》的《てき》は後備《こうび》の地方的和親工作《ちはうてきわしんこうさく》（所謂宣撫工作《いはゆるせんぶこうさく》）を觀《み》、そして其《そ》の工作上《こうさくじやう》の委《くは》しい知識《ちしき》を得《え》たい點《てん》にあるので、一人旅《ひとりたび》の私《わたし》が至《いた》るところで便宜《べんぎ》を與《あた》へられた軍首腦部《ぐんしゆなうぶ》の人々《ひとびと》からも然《さ》うと云《い》ふ理解《りかい》の上《うへ》で、私《わたし》の旅《たび》を親切《しんせつ》に導《みちび》いて頂《いたゞ》くことが出來《でき》たのである。

私《わたし》は今度《こんど》の特殊《とくしゆ》な旅行《りよかう》で實《じつ》に多《おほ》くを知《し》り、多《おほ》くを見《み》、多《おほ》くを聞《き》いたのであるが、こゝには例《れい》に依《よ》つて婦人《ふじん》に關《くわん》する限《かぎ》りを語《かた》る。

上海《シャンハイ》から南京《ナンキン》まで急行《きふかう》で凡《おほ》そ六時間《じかん》の間《あひだ》、汽車《きしや》の窓《まど》から眺《なが》めて行《ゆ》くと、上海《シャンハイ》を離《はな》れてから或《あ》る距離《きより》を除《のぞ》く外《ほか》は、何處《どこ》に戰《たゝか》ひがあつたかと思《おも》ふ程《ほど》、見渡《みわた》す限《かぎ》り悠々《いう〳〵》たる青《あを》い田畑《たはた》と沼澤《せうたく》ばかりである。クリークの水《みづ》は靜《しづ》かに流《なが》れ、運送船《うんそうせん》が帆《ほ》を孕《はら》んで水上《すゐじやう》を緩《ゆる》やかに通《とほ》つて行《ゆ》くし、田畑《たはた》には支那人農者《しなじんのうしや》が遠《とほ》く耕作《かうさく》をしてゐるのが見《み》え、ある道《みち》には驢馬《ろば》が耳《みゝ》をうごめかしながら背中《せなか》に荷《に》を振分《ふりわ》けて點々《てん〳〵》と歩《ある》いて行《ゆ》く。山《やま》の遙《はるか》に續《つゞ》く無錫《むしやく》の邊《あた》りに工場《こうぢやう》の煙《けむり》が立《た》ち、葉《は》のない楊柳《やうりう》が打續《うちつゞ》く田畑《たはた》の間々《あひだ〳〵》に「和《なご》やかさ」の表徵《へうちよう》のやうに楚々《そゝ》と枝《えだ》をしなだれてゐる。

目《め》に迫《せま》るものがなく、果《は》てのない展望《てんばう》は唯《たゞ》遠《とほ》い空《そら》へと擴《ひろ》がるばかりである。

各驛《かくえき》には警備《けいび》の日本兵《にっぽんへい》が駐屯《ちうとん》してゐるし、或《あ》る部落《ぶらく》にはクリークに添《そ》つて警備《けいび》の兵《へい》の衞所《ゑいしよ》が見《み》えるけれども、それもさながら日《ひ》の丸《まる》の旗《はた》と共《とも》に一《ひと》つの點景《てんけい》を成《な》してゐる。「悠々《いう〳〵》

女性時評

たるかな天地」――春《はる》のやうに晴《は》れた空《そら》の下《した》に無心《むしん》な景色《けしき》を眺《なが》めつゝ行《ゆ》くと、私《わたし》の頭《あたま》には斯《か》ういふ言葉《ことば》が浮《うか》んでくる。

この廣大《くわうだい》な支那《しな》は、土《つち》の見《み》える限《かぎ》りそれが畑《はたけ》であると思《おも》ふ。日本《にっぽん》でも汽車《きしや》で旅行《りよかう》をすると田畑《たはた》ばかりが見《み》えるけれども、日本《にっぽん》のやうに狭《せま》い土地《とち》でなく、際限《さいげん》のないやうな茫漠《ばうばく》たる地面《ぢめん》に縹渺《へうべう》として唯畑《ただはたけ》ばかりが續《つゞ》いてゐる。支那《しな》の農者《のうしや》は蹂躙《じうりん》された耕地《かうち》を直《たゞ》ちに復耕《ふくかう》して、美《うつく》しい畑《はたけ》を作《つく》ると云《い》ふ事《こと》を聞《き》くけれども、南京《ナンキン》でさへ光華門《くわうくわもん》附近《ふきん》はまだ激戦《げきせん》の跡《あと》を物語《ものがた》る箇所《かしよ》が残《のこ》されてゐるにも拘《かゝ》はらず、其《そ》の一歩《ぽ》前《まへ》の土手《どて》の下《した》は青々《あをあを》とした野菜《やさい》の見《み》える畑《はたけ》が疊《たゝみ》のやうに敷《し》かれてゐるのである。

前列向つて右より五人目筆者

この畑《はたけ》では婦人《ふじん》が實《じつ》によく働《はたら》いてゐる。日本《にっぽん》で云《い》へば木綿《もめん》の股引《もゝひき》を短《みじか》く穿《は》き、上著《うはぎ》を脊《せ》、そして踵《かかと》のない靴《くつ》を穿《は》いた婦人《ふじん》が、時《とき》には人糞《じんぷん》の入《はい》つた重《おも》い桶《をけ》を天秤棒《てんびんぼう》の両端《りやうはし》に附《つ》けて、畑《はたけ》の畝《うね》の間《あひだ》を肩《かた》に擔《かつ》ぎながら歩《ある》いてゐる。水車《すゐしや》を踏《ふ》む婦人《ふじん》、鋤《すき》を取《と》る婦人《ふじん》――然《さ》う云《い》ふ状態《じやうたい》は、日本《にっぽん》の農地《のうち》で働《はたら》いてゐる婦人《ふじん》たちよりももつと過激《くわげき》な勞働《らうどう》に見《み》えるのである。農家《のうか》はすべて土壁《どへき》の小屋《こや》で、この狭《せま》い入口《いりぐち》の外《そと》に腰掛《こしか》けを置《お》き、赤《あか》い帽子《ばうし》を被《かぶ》つた子供《こども》を遊《あそ》ばせながら、農事《のうじ》の暇《ひま》を衣類《いるゐ》の繕《つくろ》ひものに針《はり》を運《はこ》ばしてゐる婦人《ふじん》の姿《すがた》も見《み》える。

前回《ぜんくわい》でも云つたやうに支那婦人《しなふじん》は日本婦人《にっぽんふじん》に比較《ひかく》して體格《たいかく》が大《おほ》きいので、廣漠《くわうばく》たるしかも非常《ひじやう》に技術的《ぎじゆつてき》に美《うつく》しく耕《たがや》された畑地《はたち》で、前記《ぜんき》のやうな服装《ふくさう》で髪《かみ》を堅《かた》く括《くく》り上《あ》げた婦人《ふじん》の働《はたら》いてゐる姿《すがた》は寧《むし》ろ一種《しゆ》の逞《たくま》しさを感《かん》じさせるものがある。

私《わたし》は揚州《やうしう》、蘇州《そしう》で婦人巡査《ふじんじゆんさ》に逢《あ》つたが、男《をとこ》と同《おな》じ服装《ふくさう》で、同《おな》じやうな警官帽《けいくわんぼう》の下《した》から房《ふさ》房した短切《かぶきり》りの髪《かみ》が見《み》えても、男《をとこ》の巡査《じゆんさ》かと見紛《みまが》ふほど其《そ》の體軀《たいく》ががつしりとしてゐる。姿《すがた》の優《やさ》しい、しなやかさを誇《ほこ》るダンサアや歌妓《かぎ》でも私《わたし》と並《なら》ぶと必《かな》らず支那婦人《しなふじん》の方《はう》が脊《せ》が高《たか》いのである。

（二）

さてこの稿《かう》で私《わたし》が云《い》ひ度《た》いことをこれから述《の》べるのであるが、私《わたし》が以上《いじやう》の各地《かくち》を歩《ある》き、そして支那婦人《しなふじん》たちに接觸《せつしよく》して、結局《けつきよく》私《わたし》の日支《につし》婦人《ふじん》の結合《けつがふ》若しくは親和《しんわ》に就《つ》いて得《え》た結論は從來の外交的或は社交的な日支上流婦《につしじやうりうふ》人の親善《しんぜん》ではなく、眞《しん》に婦人《ふじん》としての立場《たちば》から、又其《またそ》の自覺《じかく》の上《うへ》に立《た》つて東洋婦人《とうやうふじん》の生活《せいくわつ》向上《かうじやう》を眞《しん》に考《かんが》へる日支《につし》相互《さうご》の知識層《ちしきそう》の婦人《ふじん》たちの結合《けつがふ》の上《うへ》に、不變《ふへん》のそして眞實《しんじつ》の友誼性《いうぎせい》が成《な》り立《た》つと云《い》ふことであつた。

南京《ナンキン》では支那人《しなじん》の人口《じんこう》は六十萬《まん》に減《げん》じてをり、しかもこの支那人層《しなじんそう》は最《もつと》も低《ひく》い層《そう》に屬《ぞく》してゐる人《ひと》ばかりで、知識階級《ちしきかいきふ》或は上層《じやうそう》に屬《ぞく》する人々《ひとびと》は南京《ナンキン》を去《さ》つたきりで復歸《ふくき》してゐなかつた。

小學校《せうがくかう》の女教師《ぢよけうし》だけでも事變前《じへんぜん》には百名《めい》を越《こ》したと云《い》はれてゐるのが、現在《げんざい》は僅《わづか》に十名《めい》である。維新政府《ゐしんせいふ》の要人《えうじん》の家族《かぞく》でも南京《ナンキン》に住《す》んでゐる人《ひと》は少數《せうすう》で、既《すで》に本誌《ほんし》でも紹介《せうかい》されたかと思《おも》ふ梁《りやう》行政院長《ぎやうせいゐんちやう》の令孃《れいぢやう》梁文若孃《りやうぶんじやくぢやう》が唯一《ゆゐ》の花形的存在《はながたてきそんざい》なのである。

私《わたし》が南京《ナンキン》でいろ／＼語《かた》り合《あ》つた婦人《ふじん》たちは梁文若孃《りやうぶんじやくぢやう》を初《はじ》めに、南京《ナンキン》の市長高冠吾氏《しちやうかうくわんごし》の夫人《ふじん》、小學校《せうがくかう》の女教師《ぢよけうし》、呉《ご》さん、陳《ちん》さん、などで、揚州《やうしう》では縣長《けんちやう》の夫人《ふじん》、方陳玉培《はうちんぎよくばい》さんを初《はじ》め、教育局長《けういくきよくちやう》、警察所長《けいさつしよちやう》の夫人《ふじん》たち、小學校《せうがくかう》の女校長《ぢよかうちやう》、女教師《ぢよけうし》などであつた。南京《ナンキン》は戰後既《せんごすで》に一年《ねん》を經《へ》、そして維新政府《ゐしんせいふ》の御膝《おひざ》下《もと》ではあるけれども、この大都市《だいとし》には無論《むろん》まだ實際《じつさい》の治安《ちあん》は復舊《ふくきう》してゐない。

偶々《たまたま》其處《そこ》に住《す》む上層《じやうそう》の指折《ゆびを》るほどの少數《せうすう》の支那婦人《しなふじん》は滅多《めつた》に外出《ぐわいしゆつ》しない、と云《い》ふ狀態《じやうたい》であるが、揚州《やうしう》は城壁《じやうへき》の周圍《しうゐ》四里《り》と云《い》ふ小《ちひ》さい都市《とし》ではあるけれども、此處《ここ》は又戰禍《またせんくわ》の跡《あと》さへ稀《まれ》な、治安《ちあん》の頗《すこぶ》る行《ゆ》き渡《わた》つた上《うへ》では南京《ナンキン》とは全《まつた》く正反對《せいはんたい》の町《まち》の空氣《くうき》が感《かん》じられるのである。

それでさへ、上層《じやうそう》の婦人《ふじん》たちは私《わたし》が揚州《やうしう》へ赴《おもむ》くまで殆《ほと》んど公會《こうくわい》の席《せき》などに姿《すがた》を見《み》せたことがなかつた。

この揚州《やうしう》に在住《ざいぢう》の日本人《につぽんじん》は僅《わづか》に十四五を數《かぞ》へるだけであるが、私《わたし》が其《そ》の地《ち》に着《つ》くと、やがて事變前《じへんぜん》までは活社會《くわつしやくわい》の用《よう》にも直接當《ちよくせつあた》つてゐた知識層《ちしきそう》の支那婦人《しなふじん》たちが、私《わたし》の爲《ため》に一日歡迎《にちくわんげい》の意味《いみ》のお茶《ちや》の會《くわい》を開《ひら》いてくれたが、これが事變後《じへんご》初《はじ》めて婦人《ふじん》たちの手《て》によつて開《ひら》かれる公會《こうくわい》の催《もよほ》しなのであつた。

支那婦人《しなふじん》たちの集《あつま》りに出席《しゆつせき》すると云《い》ふことが私《わたし》に一《ひと》つの喜《よろこ》びと、同時《どうじ》に、或《あ》る躊躇《ちうちよ》を感《かん》じさせた。個人的《こじんてき》には今《いま》までに數度《すうど》支那婦人《しなふじん》に會《あ》ふ機會《きくわい》があつたが、數多《あまた》の婦人《ふじん》の集《あつま》る席《せき》で其《そ》の婦人《ふじん》たちの個々《ここ》の感情《かんじやう》や意思《いし》を、私《わたし》一個《こ》の感情《かんじやう》と意思《いし》で何《ど》う綜合《そうがふ》するかと云《い》ふこと――云《い》ひ換《か》へれば其點《そのてん》に極《きは》めて微妙《びめう》な社交的《しやかうてき》な技術《ぎじゆつ》が要《い》るのではないかと云《い》ふことで、然《さ》うした社交的《しやかうてき》な技術《ぎじゆつ》には最《もつと》も不得手《ふえて》な私《わたし》が、殊《こと》に支那語《しなご》の語《かた》れない私《わたし》が、折角《せつかく》の好意的《かういてき》な彼女《かのぢよ》たちのお茶《ちや》の會《くわい》を無興味《むきようみ》なものにし、失望《しつばう》を與《あた》へるやうな結果《けつくわ》になるのではないかと云《い》ふ不安《ふあん》が私《わたし》を躊躇《ちうちよ》させたのであつた。

だが、私《わたし》は支那婦人《しなふじん》に逢《あ》ふ時《とき》は、油然《いうぜん》として一《ひと》つの親愛感《しんあいかん》が必《かなら》ず私《わたし》の胸《むね》にいつぱいになつてくるのである。何處《どこ》からこんな親愛感《しんあいかん》が湧《わ》いてくるのか、私《わたし》は自分《じぶん》の斯《か》う云《い》ふ氣持《きもち》を強《し》ひて自《みづか》ら分析《ぶんせき》したことはないが、云《い》はば鏡面《きやうめん》に映《うつ》る彼女《かのぢよ》たちのやうに、私《わたし》の胸底《むなそこ》に湛《たた》へられる涙《なみだ》の泉《いづみ》に彼女《かのぢよ》たちの憂愁《いうしう》が映《うつ》つてくる。

そしてこゝから湧《わ》き上《あ》がる親愛感《しんあいかん》と云《い》ふことが出來《でき》るやうである。

支那婦人《しなふじん》と云《い》ふものは私《わたし》の會《あ》つた限《かぎ》りにおいて、どの婦人《ふじん》も日本婦人《にっぽんふじん》よりも實《じつ》に率直《そつちよく》な感情《かんじやう》を感《かん》じさせる。表面《へうめん》に現《あらは》れただけが一切《いつさい》なのである。そして極《きは》めて熱情的でもある。握手《あくしゆ》をしても、其《そ》の握手《あくしゆ》が力《ちから》の限《かぎ》りに強《つよ》いと云《い》ふ風《ふう》である。誰《だれ》でも各々《おのおの》はつきりした個性《こせい》を有《いう》し、例《たと》へば支那《しな》の料理店《れうりてん》に働《はたら》く娘《むすめ》たちでも、衣服《いふく》は大概《たいがい》同《おな》じ單色《たんしよく》の茶《ちや》、黒《くろ》、藍色《あゐいろ》であるが、其《そ》の顔《かほ》は直《す》ぐに見覺《みおぼ》えることが出《で》來《き》るほど輪郭《りんくわく》の線《せん》の強《つよ》い、そして自由《じいう》な表情《へうじやう》を具《そな》へてゐる。

私《わたし》は支那婦人《しなふじん》は非常《ひじやう》に好《す》きである。感情《かんじやう》が露骨《ろこつ》になればなるほど親《した》しみ易《やす》く、忽《たちま》ち同《おな》じ血《ち》の中《なか》に溶《と》け込《こ》んで行《ゆ》くやうな、然《さ》う云《い》ふ單《たん》純性《じゆんせい》が私《わたし》に魅力《みりよく》を感《かん》じさせるのであらう。

そして、其《そ》の魅力《みりよく》を、一《ひと》つの宿命的《しゆくめいてき》な異邦《いはう》の女性同志《ぢよせいどうし》の涙《なみだ》の約束《やくそく》のもとで感《かん》じるとき、一層《いつそう》支那婦人《しなふじん》を愛《あい》さないではゐられないやうな友愛的《いうあいてき》な衝動《しようどう》を、私《わたし》に覺《おぼ》えしめるのであらう。

支那婦人《しなふじん》に對《たい》して親愛感《しんあいかん》を抱《いだ》いてゐる私《わたし》が多少《たせう》の不安《ふあん》を抱《いだ》きながら、この婦人《ふじん》の集《あつま》りに出席《しゆつせき》したのだが、縣長《けんちやう》の自邸《じてい》で既《すで》に私《わたし》を待《ま》つてゐた二十名《めい》の婦人《ふじん》たちの群《むれ》の中《なか》に入《はい》つた刹《せつ》那《な》、私《わたし》は身《み》に迫《せま》る友愛《いうあい》の歡《よろこ》びで心《こゝろ》が躍《をど》るやうであつた。

支那語《しなご》の出來《でき》ない私《わたし》の爲《ため》に葛松珍《かつしようちん》と云《い》ふ日《にっ》本《ぽん》に長《なが》く居《ゐ》た日本語《にっぽんご》の出來《でき》る婦人《ふじん》が通譯《つうやく》の勞《らう》を執《と》つてくれたが、私《わたし》を迎《むか》へた彼女《かのぢよ》たちの歡《くわん》喜《き》は、思《おも》はず私《わたし》の眼《め》に涙《なみだ》が浮《うか》んだ程《ほど》の純眞《じゆんしん》さであつた。

（三）

この會《くわい》は、二時《じ》から夜《よる》の八時《じ》まで續《つゞ》き、集《あつま》つた婦人《ふじん》の中《なか》で途中《とちう》から立去《たちさ》る人《ひと》もなく、私《わたし》と菓子《くわし》を分《わか》ち合《あ》つて食《た》べ、食事《しよくじ》の席《せき》では支那酒《しなしゆ》を乾盃《かんぱい》し、食事《しよくじ》が濟《す》めば煙草《たばこ》を吸《す》ひ、私《わたし》の周《しう》圍《ゐ》を取卷《とりま》いて通譯《つうやく》を通《つう》じる雜談《ざつだん》の中《なか》で殆《ほと》んど別《わか》れる時《とき》を知《し》らなかつた。毛皮《けがは》の裏《うら》の附《つ》いた支那服《しなふく》を纏《まと》ひ、ウェーヴの美《うつく》しい斷髪《だんぱつ》で、片《かた》手《て》に卷煙草《まきたばこ》を挾《はさ》んで立《た》つてゐる婦人《ふじん》の姿《すがた》は近代的《きんだいてき》な婦人《ふじん》の美《うつく》しさがある。言葉《ことば》は通《つう》じなくてもはあとはあとに通《つう》じるものがあると云《い》つて、彼女《かのぢよ》の胸《むね》と私《わたし》の胸《むね》とを相互《さうご》に押《お》へ合《あ》ふ婦人《ふじん》もある。

一人《ひとり》の日本婦人《につぽんふじん》を斯様《かやう》な純眞《じゆんしん》な喜《よろこ》びで迎《むか》へた彼女《かのぢよ》たちの其《そ》の心《こゝろ》の底《そこ》に潜《ひそ》む唯一の願《ねが》ひの中《なか》には、彼女《かのぢよ》たちの閉塞された生活《せいくわつ》の扉《とびら》が日《につ》本《ぽん》の知識階級《ちしきかいきふ》の婦人《ふじん》たちによつて開《ひら》かれたい切《せつ》なる願《ねが》ひがあるのである。私《わたし》はこの一點《いつてん》を眞實《しんじつ》に理解《りかい》することが出來《でき》た。又東洋《またとうやう》の平和《へいわ》は日支《につし》の知識階級《ちしきかいきふ》の婦人《ふじん》たちによつて、兩國《りやうこく》の婦人《ふじん》の生活《せいくわつ》の進歩《しんぽ》を計《はか》ることによつて得《え》られると云《い》ふ信念《しんねん》を、彼女《かのぢよ》たちは確實《かくじつ》に抱《いだ》いてゐる。

そして、現在《げんざい》の脅《おびや》かされる生活《せいくわつ》から解放《かいはう》されて、日本婦人《につぽんふじん》の理解《りかい》と同情《どうじやう》の溫《あたゝか》い手《て》を握《にぎ》りたいと云《い》ふのが切《せつ》なる希求《ききう》なのである。私《わたし》は日本《につぽん》に歸《かへ》つたらこのことを友人《いうじん》に告《つ》げ知《し》らせ、そして日本《につぽん》の知識階級《ちしきかいきふ》の婦人《ふじん》たちが今《こん》後屢々《ごしばしば》支那《しな》を訪《おとづ》れて、そして、多《おほ》くの支那婦《しなふ》人《じん》たちに接《せつ》し、相互《さうご》の女性的理解《ぢよせいてきりかい》を深《ふか》めることを勸《すゝ》めることを約束《やくそく》した時《とき》、彼女《かのぢよ》たちは心《こゝろ》から其《そ》の企《くはだ》てを喜《よろこ》んだのである。

この婦人《ふじん》たちによつて嘗《かつ》て江北婦女會《かうほくふぢよくわい》が組《そ》織《しき》されてゐたのだが、事變《じへん》によつてそれが解《かい》散《さん》となつてゐたものを、これを機會《きくわい》に再興《さいこう》する議《ぎ》が進《すゝ》んでこの發會式《はつくわいしき》にも私《わたし》は招《まね》かれた。東亞《とうあ》の新文化建設《しんぶんくわけんせつ》の爲《ため》に、東洋婦人《とうやうふじん》の文化向《ぶんくわかう》上《じやう》の爲《ため》に、たとへ小《ちひ》さな會《くわい》ではあつても、眞《しん》に女性或《ぢよせいある》いは母性《ぼせい》の立場《たちば》から立派《りつぱ》に働《はたら》くことの出《で》來《き》る會《くわい》として大《おほ》きく育《そだ》つことを祈《いの》つたことは云《い》ふまでもなかつた。

以上《いじやう》は、私《わたし》が支那《しな》の婦人《ふじん》に接《せつ》した一《ひと》つの例《れい》をこゝに書《か》き記《しる》したに過《す》ぎないのであるが、南京《ナンキン》では、ある女敎師《ぢよけうし》は日本《につぽん》の家庭《かてい》における婦人《ふじん》の從順性《じゆうじゆんせい》について又日本《またにつぽん》の婦人《ふじん》の事變觀《じへんくわん》について質問《しつもん》をした。彼女《かのぢよ》が云《い》ふのに、支那《しな》の婦人《ふじん》は日本《につぽん》の婦人《ふじん》のやうな從順性《じゆうじゆんせい》を持《も》たない。支那《しな》の婦人《ふじん》は、餘《あま》りに苦勞《くらう》を爲《し》すぎてゐる。自分《じぶん》(其《そ》の婦人《ふじん》)は滿洲《まんしう》から上海《シャンハイ》へ、そして南京《ナンキン》へと戰《たゝか》ひに追《お》はれて家《いへ》を失《うしな》ひ、家族《かぞく》と別《わか》れてこゝに住《す》むやうになつたのだが、斯《か》う云《い》ふ不幸《ふかう》に堪《た》へる爲《ため》には當然自分《たうぜんじぶん》は強《つよ》く生《い》きねばならない。自分《じぶん》は僅《わづか》に三十圓《ゑん》にも充《み》たない月給《げつきふ》で小學校《せうがくかう》の敎師《けうし》をしてゐるのだが、無《む》論《ろん》、結婚《けつこん》などに就《つ》いては考《かんが》へてゐない、だが現代《げんだい》の若《わか》い支那《しな》の婦人《ふじん》は斯《か》う云《い》ふ獨立《どくりつ》に耐《た》へる力《ちから》を持《も》つてゐる。

支那《しな》の婦人《ふじん》はやつと古《ふる》い封建制《ほうけんせい》から放《はな》れたばかりで日本《につぽん》の婦人《ふじん》より遙《はるか》に遲《おく》れてゐるけれども、自分《じぶん》で生活《せいくわつ》することを知《し》つてゐる。兎《と》に角《かく》斯《か》う云《い》ふ支那《しな》の婦人《ふじん》の狀態《じやうたい》、そして最《もつと》も不幸《ふかう》な狀態《じやうたい》を日本婦人《につぽんふじん》に訴《うつた》へて欲《ほ》しいと彼《かの》女《ぢよ》は語《かた》つた。

無論通譯《むろんつうやく》を通《つう》じての話《はなし》であるが、私《わたし》はこれに答《こた》へて、不幸《ふかう》なのは支那《しな》の婦人《ふじん》ばかりではない、この同性《どうせい》の不幸《ふかう》を除《のぞ》く爲《ため》には日支《につし》の理《り》解《かい》ある婦人同志《ふじんどうし》が堅《かた》く結《むす》び合《あ》つて立上《たちあが》る外《ほか》にはないこと、日本《につぽん》の婦人《ふじん》は今度《こんど》の事變《じへん》によつて其《そ》の生活《せいくわつ》の上《うへ》に多《おほ》くの負擔《ふたん》を受《う》けてゐる、二重《ぢう》三重《ぢう》の負擔《ふたん》に苦《くる》しみながらも、尙國家《なほこくか》と共《とも》に事變《じへん》の壓力《あつりよく》に堪《た》へて働《はたら》いてゐるのであるが、日本《につぽん》の婦人《ふじん》の凡《およ》そ三分《ぶん》の二は農村《のうそん》、街頭《がいとう》、工場《こうぢやう》に働《はたら》いてゐる婦人《ふじん》と云《い》つても過言《くわごん》ではない、日本《につぽん》の婦人《ふじん》は悉《ことごと》く美《うつく》しい贅澤《ぜいたく》なきものを着《き》た上品《じやうひん》な奥樣《おくさま》ばかりだと思《おも》ふことは誤《あやま》りであると云《い》つた。と同時《どうじ》に日本《につぽん》には技術的《ぎじゆつてき》にも學問《がくもん》、知識《ちしき》、思想《しさう》の上《うへ》にも非常《ひじやう》に優《すぐ》れた婦《ふ》人《じん》たちが居《ゐ》る。社會《しやくわい》の表面《へうめん》に立《た》つて活動《くわつどう》してゐる婦人《ふじん》たちも多數《たすう》にある。働《はたら》く部面《ぶめん》は異《ことな》つても何《いづ》れも婦人《ふじん》の進歩《しんぽ》の爲《ため》に最《もつと》も深《ふか》く考《かんが》へてゐる人《ひと》たちであることも語《かた》つた。

この婦人《ふじん》は實《じつ》に愛《あい》らしい婦人《ふじん》であつた。熱情的《ねつじやうてき》で、話《はな》す時《とき》は顏《かほ》が赤《あか》くほてるのである。『婦人《ふじん》の爲《ため》に働《はたら》くこと』を彼女《かのぢよ》と堅《かた》く誓《ちか》つたことであつたが、然《さ》う云《い》ふ信念《しんねん》を摑《つか》む爲《ため》にも彼女《かのぢよ》はまだ見《み》ない日本《にっぽん》の多《おほ》くの知《ち》識階級《しきかいきふ》の婦《ふ》人《じん》に期待《きたい》してゐた。

日支《につし》の新文化工作《しんぶんくわこうさく》が内地《ないち》で頻《しき》りに云々《うんぬん》されてゐるにも拘《かゝ》はらず、支那大陸《しなたいりく》に現在進出《げんざいしんしゆつ》しつゝあるものは最《もつと》も非文化的《ひぶんくわてき》な面《めん》ばかりである。何《ど》う云《い》ふ非文化的《ひぶんくわてき》な面《めん》かと云《い》ふことを、こゝに委《くは》しく敍述《じよじゆつ》するわけには行《ゆ》かないのであるが、日本文化《につぽんぶんくわ》を支那大陸《しなたいりく》に移植《いしよく》する使命《しめい》を持《も》つものの中《なか》には當然婦《たうぜんふ》人《じん》も加《くは》はらなければならない。

そしてこの使命《しめい》を負《お》ふものは特《とく》に知識層《ちしきそう》の婦人《ふじん》であり、この婦人《ふじん》たちは先《ま》づ支那《しな》を視《み》、そして一切《さい》の優越感《いうゑつかん》を取去《とりさ》つて支那婦人《しなふじん》に接《せつ》觸《しよく》することによつて眞實《しんじつ》の友愛《いうあい》を感《かん》じることが出來《でき》るならば、期《き》せずして旣《すで》に文化工作《ぶんくわこうさく》の第《だい》一歩《ぽ》が得《え》られるのである。

日本字《につぽんじ》の讀《よ》める支那婦人《しなふじん》は、ペン部隊《ぶたい》の婦人作家《ふじんさくか》が、日本《につぽん》へ歸《かへ》つて支那《しな》について書《か》くものを殊《こと》に注意《ちうい》して讀《よ》んでゐる。これは今度再《こんどふたゝ》び上海《シヤンハイ》に戻《もど》つた時《とき》に聞《き》いた話《はなし》であるが、日本《につぽん》最高《さいかう》の名譽《めいよ》ある代表的婦人《だいへうてきふじん》の書《か》くものに彼女《かのぢよ》たちが注意《ちうい》するのは、そこに少《すこ》しでも理解《りかい》ある心《こゝろ》を求《もと》めようとするのに他《ほか》ならない。

日本《につぽん》の知識層《ちしきそう》の婦人《ふじん》たちが友邦支那《いうはうしな》の婦人《ふじん》たちと眞《しん》に理解《りかい》ある心《こゝろ》と心《こゝろ》を結《むす》び合《あ》ふことが出來《でき》るならば、それは日本《につぽん》の婦人《ふじん》にとつても一《ひと》つの生活感情面《せいくわつかんじやうめん》の擴大《くわくだい》であつて、狹《せば》められたはあとが彼女《かのぢよ》たちに向《むか》つて溫《あたゝ》かく開《ひら》かれる時《とき》、私《わたし》たちの生活力《せいくわつりよく》は、これによつて更《さら》に強《つよ》く推進《すゐしん》されるのである。

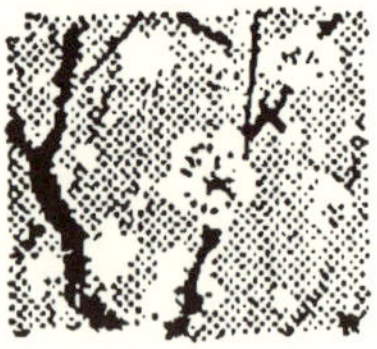

支那の子供（一）

佐藤俊子

支那《しな》の子供《ども》は容貌《ようばう》が好《よ》くてもわるくても實《じつ》に可愛《あい》い。大人に對《たい》する時、大人の顔《かほ》を見る時の眼《め》と表情《へうじやう》の愛《あい》らしさは、思《おも》はず微笑《びせう》したくなる。大人の親切《しんせつ》と優《やさ》しさを期待《きたい》して、ぢつと見守《まも》つてゐるやうな眼《め》なのである。微笑《びせう》すると子供《ども》もきつと嬉《うれ》しさうに笑《わら》ふ。

はにかんだり、むつゝりしたりしてゐるやうな子供《ども》を見受けた事がない。支那《しな》の階級《かいきふ》には中層《そう》がなく上層《そう》と下層《そう》だけであると云はれるが、占領《せんりやう》區域《ゐき》内は何處へ行つても上層《そう》民や知識階層《しきかいそう》の人々は去つてしまつて、下層《そう》民だけが殘《のこ》つてゐる。

治安の比較的平穏に行はれてゐる揚州、蘇州でさへも、上層民は其の一割か二割に過ぎず、九十パーセントは下層民ばかりなので、私の見た子供たちも多くは下層の農民、貧民の子供たちなのである。

◇……

だから衣服《いふく》も汚《きた》ないし、時にはボロの衣服《いふく》を纏《まと》つてゐるやうな子供《ども》もゐるのであるが、何《ど》の子供《ども》も無邪《じや》氣《き》とか天眞爛漫《しんらんまん》とか云ふよりも、グードネイチユアのまゝで、それが少しも損はれずに生長《ちやう》して行くやうな素直《すなほ》さを持つてゐる。南京《キン》で、二、三の小學校へ行つて見た時も、揚州の城外の子供《ども》たちに接《せつ》した時も、又杭《かう》州の難《なん》民の子供《ども》たちに取巻《まき》かれた時も、支那《しな》の子供《ども》の可愛《あい》らしさは、ちつとも利口氣《げ》のない、それから又、こまちやくれたところのない「子供《ども》のお人善し」のやうな點《てん》にあるのだと思《おも》つた。

少し大きくなつた子供は、それが貧しい家の子供たちだからもう商賣をすることを知つてゐる。私が鎭江の甘露寺を觀に行つた時のことであつた。××警備隊の副官の方の案内で坂の下に自動車を留めると忽ち其所へ子供が集つて來た。

◇……

何を爲るかと思ふと十人程《ほど》の子供《ども》が山を登《のぼ》りかけた私の背後から私を押さうとするのである。甘《かん》露寺は山上にあるので一町ほど登《のぼ》らなければならない。坂《さか》は勾配《ばい》が餘《あま》り緩《ゆる》やかでなく、それに道路に切《き》り石が敷詰《しきつ》めてあるので中中登《のぼ》り難《にく》い。私は子供《ども》たちの貰い目的《てき》が解ると、今度《ど》は私の方から子供《ども》を招《まね》いた。八九歳《さい》ぐらゐのみんな男の子である。

　私の意向を知つた子供たちは忽ち驅け寄つて來て各自に私の手を引張り、私の背後を押し私のハンドバッグを抱へて、大きな物でも引揚げるやうにして私と共に登つて行く。

　そして登《のぼ》りながら「あまのはらふりさけみればかすがなる、みかさのやまにいでしつきかも」と口口に明瞭《りよう》な日本語《ご》の發音で云ふので、私は足を止《と》めるほどに驚《おどろ》かされた。一人は又「あべのなかまろあべのなかまろ」と山上の甘《かん》露寺を指さして私の顏を見る。誰が教へたのか副《ふく》官の方も知らないのである。

　私は支《し》那語《ご》が出來ないから微笑つて首肯《うなづ》いて見せるより他《ほか》にない。然《さ》うすると子供《ども》たちも私を見て、いゝ、こつくりをする。背後《はい》から押されて却《かへ》つて歩《ある》み難《にく》くなる。子供《ども》たちに時々「もういゝ」と云ふと其れを直《す》ぐに覺え「もういゝ」とうなづきながら自《じ》分たちの手を私から放《はな》すのである。

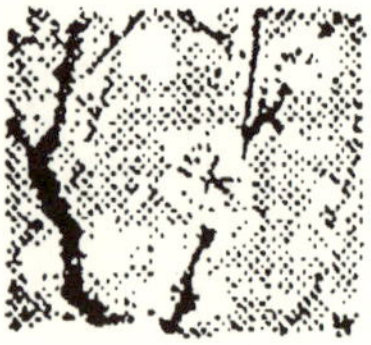

支那の子供（二）

佐藤俊子

私が屡々「もういゝ」と云ふので、其の中の一人の子供《ども》は「もういゝ。ブヨ」と如何《いか》にも解《わか》つたと云ふやうに獨語してゐるのを聞《き》いて、其の面白《おもしろ》さに私は笑《わら》はかされた。ブヨは支那語《しなご》の不用だが、子供《ども》は日本語《ご》の「もういゝ」はブヨの意《い》味《み》に通《つう》じると云ふことを、自分《じぶん》の小さな頭腦《づなう》だけで立派《りつぱ》に解釋《かいしやく》してゐるのである。坂《さか》を下る時も各自《じ》に私の手を引張《ぱ》つたり押《お》したりした。無論《ろん》私から十錢の報酬《はうしう》を欲しいばかりの子供《ども》たちの努力《ど》なので

私が一枚の五十錢の紙幣《へい》を與へると、恰《あたか》も生れてから見たことのないものを見たやうな驚喜で、一人が其の紙幣《へい》を高くかざし、他《た》の子供《ども》は其れを取卷《ま》いて躍《をど》り跳《は》ね、わい〳〵と騷《さわ》いでゐる。

一同で分けるやうにと云ふ意味を手で示すと、其れの解つた子供たちは實に愛らしく私に向つてうなづくのである。

◇……

杭《かう》州の靈隱《れいいん》寺には難《なん》民が收容《しうよう》してあり、市の救濟《きうさい》を受けてゐるが其所へ行つた時も早速《さうそく》子供《ども》たちが集《あつま》つて來た。みんなさつぱりした衣服《いふく》を着《き》てゐる。誰《だれ》かに貰《もら》つた大きな大人の中折帽《なかをれぼう》を被《かぶ》つてゐる子供《ども》が居たので頭《あたま》を押《お》さへてからかふと、それが自慢《じまん》さうに肩《かた》を聳《そび》やかして尾《つ》いてくる。

寺内に築造《ちくざう》されてゐるコンクリートの防空壕を見に入ると、其所を案内《あんない》する坊《ばう》さんと一緒《しよ》に、子供《ども》たちも蠟燭《らふそく》に火を點《つ》けてぞろ〳〵と入つてくる。

中には電燈、電氣の設備の跡などが殘されてゐるのだが、子供たちは眞つ暗な中を蠟燭の火で照らしながらこゝが浴室とか寢室とか云つて、中には英語で説明する少年もゐた。

◇……

蘇《そ》州の虎丘《きう》山でも、遺跡《せき》や名勝

を手帳《てちやう》に書いたものを示《しめ》しながら、十四五の少年が案内《あん》する。其所では又、十歳《さい》か十一歳ぐらゐの少女たちが籠《かご》に果物や、蘇州《そ》名物の細工《さいく》物を入れて日本語《ご》で「買つてください」と云ひながら、私の前後左右を取卷きながら尾いて來た。案内の若《わか》い將校が「ブヨ、ブヨー」と云つても聽《き》きいれない。私の側《そば》へ側へと擦《す》り寄《よ》つて來ては買つてくれと云ふ。

一人のを買へば、他の一人が自分のも買つてくれと强請む。それでも要らないと云ふと、自分のは買つて貰へないと眞に悲しさと失望で泣出さないばかりである。

さう云ふ少女たちを見てゐると、親《おや》か兄妹かの大人から敎へられて、口先だけで買つてくれと云つてゐるのではなく、何うしても自分《じぶん》のものを買つて貰《もら》はうとする激《はげ》しい自身《じしん》の慾望《よくぼう》を持つてゐることが分る。其れが子供《こども》のまゝの感《かん》情《じやう》で、その内に哀願《あいがん》を強《つよ》めてゐるので、執拗《しつこ》さとか煩《うる》さゝとか云ふ感《かん》じが起《おこ》らないで、寧《むし》ろ一種《しゆ》の可愛《あい》らしさ可憐《れん》らしさを感《かん》じさせるのである。

◇……

無錫へ行つた時であつた。當塗《たうと》から先きに橋の落《お》ちた個所《かしよ》があり、接續《ぞく》の列車まで四五町徒歩《とほ》するところがあつた。雨降《あめふ》り揚句《あげく》の泥濘《でいねい》で靴《くつ》が辷《すべ》つて、歩《ある》き惱《なや》んでゐる私を見て十三四の玉子賣の少女が走り寄《よ》つて私の手を取つてくれた。片手に玉子《たまご》の入つた籠を抱《かか》へてゐる。私の縋る腕《うで》をしつかりと腕に力いつぱいに支へてくれるのである。少し日本語《ご》を話《はな》す子であつた。お禮《れい》を云つて金を與《あた》へると、其の少女は意外《い》さうな顔《かほ》をした。

支那の子供（三）

佐藤俊子

南京《キン》では、現在《ざい》二十七の小學校が開《かい》校されてゐる。事變《へん》前には公立、私塾《じゆく》も混《ま》ぜて百二十校であつた。私はこの内の第一、第三、第五、第八小學を參觀《くわん》した。破《は》壞した箇所《しよ》はあつても校舍《しや》として用ひるのに差支《さしつかへ》ない程度《ていど》の舊《きう》校舍《しや》を使用してゐる。前にも述《の》べたやうに南京《キン》は下層《そう》民ばかりであるから、通《つう》學してゐる兒童《じどう》も月謝《しや》の拂《はら》へないやうなのばかりである。

校長も教師も戰前の三分の一に月給を減らされてゐるし、漸くこの二十七校を開校させ、又經營を維持するに就いても市政府は容易ならぬ困難をしてゐる。

この點《てん》で見聞《けんぶん》を誤《あやま》つたあるペン部隊《ぶたい》の一人の作家《か》が、南京《キン》では日本からの小學校教師《し》の多くの進出を内地《ち》人一般《ぱん》に向《むか》つて求《もと》めてゐるやうに傳《つた》へた爲《ため》に、南京《キン》の市政公署《しよ》へ殺到《たう》した日本からの教師《し》志願《ぐわん》の書狀《じやう》が百通《つう》を越《こ》え、中には獨《どく》身南京《キン》まで出向《かう》して來たものもあり、これ等《ら》の志願者《しぐわんしや》に對《たい》する責任《せきにん》と處置《しよち》に困《こう》じてゐると聞《き》いた。一言《ごん》にして云へば教師《し》志望《ばう》の人々があつても、まだ南京《キン》の市ではそれを迎《むか》へるだけの小學校教育《いく》施設《しせつ》の新準備《じゆんび》が出來てゐないと云ふことなのである。

◇……

就學《しう》の兒童數《じどうすう》は約《やく》八千ほどで、女教師《し》は戰前《せんぜん》には一百を數《かぞ》へたものが、現在《げんざい》は僅《わづか》に十名である。日本語《ご》だけを教へる學校が一校だけある。教科書《くわしよ》は維新《ゐ》政府改訂《てい》のもので、日本の子供《ども》と支那《しな》の子供《ども》のことを支那《しな》文で書いてある。

何處の學校へ行つても火と云ふものがない。私など暫《しばら》く教室《しつ》に立ってゐると、靴《くつ》の底《そこ》から冷《ひ》えるやうに寒《さむ》さを感《かん》じるけれども、教師《し》も子供《ども》も火の氣《け》のない室《しつ》で教へ、教へられてゐる。

南京は薪木がなく燃料不足なのだが、小學校はそれに拘りなく、從來から暖を取る爲の火を用ひないことが習慣になつてゐる。

◇……

學校を訪《たづ》ねに行くと、兎《と》に角《かく》教師《し》たちは歡《よろこ》んでくれる。第一小學校へ行つた時は、校長《かうちやう》を初《はじ》め教師《し》たちが余りに貧弱《ひんじやく》な服裝《ふくさう》をしてゐたので氣《き》の毒《どく》さを覺《おぼ》えたが、女教師《し》は比較的《ひかくてき》服裝《ふくさう》も好《よ》く綺麗《きれい》である。こゝの遊戲室《いうぎしつ》で陳菊儀と云《い》ふ女教師《し》がオルガンを彈《ひ》き、兒童《じどう》が輪《わ》を作つて遊戲《いうぎ》してゐるのを見た。

皆一年生の小さい兒童ばかりである。その樂曲が耳に慣れたものなので暫らく聽いてゐる内にそれが「起きよ。起きよ。ねぐらの雀──」の譜だとわかつた。歌は支那語でうたつてゐる。

私が入つて行くと若《わか》い女の先生は私に目禮《もくれい》した。その歌を聽《き》き、綿《わた》の入つた支那服《しなふく》を丸々《まるまる》と着《き》た兒童《じどう》たちが、足踏《あしぶ》みしながら嬉《うれ》しさうに、そして樂《たの》しさうに輪《わ》を作つて行くのを眺《なが》めてゐる内に、知らず〳〵涙《なみだ》が私の眼《め》から流《なが》れて來た。自分《じぶん》にも理由《りいう》はわからない。多分兒童《じどう》たちの無邪氣《むじやき》な愛《あい》らしさの爲《ため》であつたらう。（をはり）

寸感

佐藤俊子

鈴木主水といふ侍は……といふ唄の一廻しを、ふと思ひ出すと、私は何時も遠く忘れてゐた幼い時分のあれこれを思ひ出す。唄の詞は殆ど忘れたが、私と同年輩位の人の中では、或ひは未だに知つてゐる人があるかも知れない。それ程にその當時巷間に廣く流布した物語りである。唄の他にも繪草紙だのなにかになつたりして、相當に大衆に親しまれた「ロマンス」だつた。

この主水でもう一つ想ひ出すのは當時淺草で砂繪を描いてゐたお婆さんの事である。そのお婆さんといふのは、勿論のこと素性もしれぬ大道藝人に過ぎないのだが、その容貌や姿態などに一種特別なものがあつた。と云つても、それが格別すぐれた味なのではない。むしろ、海千山千の曲折を經た生活の垢を思はせるていのものであり、荒んだ、穢らしい感じではあつた。ではあるが、そこに何等か他の大道藝人と異る陰翳を感ぜざるを得ないやうな處があつたのは、人々からの零細な投錢によつてその日〳〵を生活するしがない香具師ではあつても、何物かそこに美しいものを作り出す技《わざ》をもつて生活する人間であつたからであらう。

赤や黄、靑など色さま〴〵に染め分けた色砂を、それ〴〵異つた袋に入れわけて置き、何やら嗄れ聲で口上めいたものを言ひ乍ら、地べたの上に繪を描いてゆく、それが如何にも物馴れた無雑作さで、眼をつぶつてゐても、人の顔かたち、着物の模樣など自由自在に描けるものゝやうに思はれた。垢に汚れた眞黒な手で、美しい砂を摑みさら〳〵とこぼしてゆく、するとそれが忽ちに紅顔の美少年となり、あでやかな花魁《おいらん》の姿となる。よく私は學校の歸途、群る人垣をかきわけて、時の經つのも忘れて見惚れてゐたものだ。そして此のお婆さんの描いたくだんの鈴木主水と白糸の圖は何故か幼心にも深く印象する處があつたと見えて、未だに鮮やかな記憶となつて殘つてゐる。砂繪に感心したといふのでは話にならないかもしれぬが、さうした中には、子供の單なる好奇心とは少々異つたものもあつたやうだ。云つて見れば——何ものかを作り出す——と云ふ事に對する素朴な感嘆の思ひがあつたのであらう。「作り出す」といふ事の不思議さと樂しさといふものを、稚い心なりに感じもし、また敎へられもしたといふ事が今になつて考へられる。

×

「作り出す」即ち藝術の世界では表現であり、創造であるが、無論この創造には人知れぬ苦しみが伴ふ。はたの者がぼんやりと見て思ふ程樂なものではない、しかもかうした苦しみの中から滲み出て來る處のあるもの、即ち表現されたもの——その行程には苦から樂といはふか、兎に角悦びへの轉換と云ふやうなものがあるやうに思ふ。隨つてかうした苦しみのない藝術は詰らないし、また此の悦びなしには「作り出す」ことの否應ない努力もあり得ないのではなからうか。

繪にした處で、文學にした處で、表現の形式は違ふが、要するに創造するといふ、此の苦痛と喜悦とのなひまぜの世界にはかはりがないであらう。

繪の特殊な技術や、制作行程の具體的な事を知らない私達は、繪を見ても、どうかすると同情のない見方になり易いが、それでもかうした制作の根本義に、はつきり觸れてゐるやうな繪に遭ふと、文學に接する時とはやゝ異つた意味でゞはあるが、感心もし、何か心ゆたかなものを感する。

×

私など、長い間、日本を留守にしてゐたので、その間の十六、七年間の事は要するに活字のない空白の頁である。しかし、此の外國へ行く前と、歸つてからの今と、少しも變らないやうな、それこそ十年一日の如き日本畫を展覽會などで數多く見受けるのには少々驚きもし、また、うんざりもし、此の世界の呑氣さ加減にぼんやりしたりもする。また、日本畫か洋畫かわからないやうなのも隨分あつて、これにも驚いた。そして此の二つ乍らに、ほんとうの意味での藝術家の苦しみといふものを感ずる事が出來なかつた。前者は乾からびて、何の感動もないし、後者は何か氣負つた若さがないでもないが、とかく上すべりした形式が目だつて所謂「新しいらしい」ものゝサンプルといつた感じである。だが歸つてからの短い期間に見た限りでは、洋畫の方よりも、日本畫の展覽會の方が遙に面白かつた。新舊の別は暫く措くことゝして、洋畫の方は何か概念的に固定してゐる感じだつたが、日本畫の方は、感覺の上で何か生々と動いてゐるものがあつたし、また、リフアインされてもゐてその點に感心した。

これは久しく留守にしてゐた我家に暫く振りで歸つたものゝ、目新しさ、乃至はある意味でのエキゾチズムの故でもなからうと思つてゐる。

國民再組織と婦人の問題

本誌特派 在北京 佐藤俊子

内地《ないち》から離《はな》れてゐての傳《つた》へ聞《ぎ》きではあるけれ共《ども》、まだ其《そ》れ程《ほど》の時日《じじつ》は經《た》つてゐないと思《おも》ふ。最近と云《い》ふ時間《じかん》で現《あら》はしても差支《さしつか》へないと思《おも》ふのであるが、其《そ》の最近《さいきん》のこと、國民再組織《こくみんさいそしき》の問題《もんだい》に關係《くわんけい》ある諸官省《しよくわんしやう》の人人《ひとびと》が、日本《につぽん》の現社會《げんしやくわい》に於《おい》て各部面《かくぶめん》に活動《くわつどう》する一流《りう》の婦人《ふじん》たち數《すう》十名《めい》を集《あつ》めて、該問題《がいもんだい》に係《かゝ》はる意見《いけん》を各々《おのおの》から徴《ちよう》したことがあつた。其《そ》の時《とき》の大體《だいたい》の會合《くわいがふ》の樣子《やうす》は列席《れつせき》した婦人《ふじん》の一人《ひとり》から聞《き》くことが出來《でき》たのであるが、私《わたし》が遺憾《ゐかん》に感《かん》じたことは、招《まね》かれた婦人《ふじん》の口《くち》から一言《ごん》も「自分《じぶん》たち婦人《ふじん》は國家《こくか》の一員《いん》として認《みと》められてゐない」ことに就《つ》いて、其《そ》の婦人《ふじん》の資格《しかく》について語《かた》られなかつたと云《い》ふことなのである。

私《わたし》は理窟《りくつ》を云《い》ふものでもなく、又今更《またいまさら》に婦人《ふじん》の參政權《さんせいけん》について野暮《やぼ》な主張《しゆちやう》を述《の》べるものでもない。だが假《か》りにも國民再組織《こくみんさいそしき》の重大《ぢうだい》な國家的問題《こくかてきもんだい》に關《くわん》して、其《そ》の最高《さいかう》の政治機關《せいぢきくわん》を預《あづ》かる人々《ひとびと》から意見《いけん》を聽取《ちやうしゆ》されようとする限《かぎ》り、招《まね》かれた婦人《ふじん》自身《じしん》が何《なに》よりも先《ま》づ自身《じしん》の國家的《こくかてき》、社會的地位《しやくわいてきちゐ》について反省《はんせい》すべきであつたと思《おも》ふのである。

日本《につぽん》の婦人《ふじん》は斯《か》かる重大《ぢうだい》な國家《こくか》の問題《もんだい》に關《くわん》して、參與《さんよ》すべき資格《しかく》を既《すで》に國家《こくか》から與《あた》へられてゐたであらうか。國家《こくか》の問題《もんだい》を云々《うんぬん》し、又實踐《またじつせん》に進出《しんしゆつ》し得《え》られるところの國家《こくか》の一員《いん》としての社會的地位《しやくわいてきちゐ》を、國家《こくか》から既《すで》に認《みと》められてゐたであらうか。

この答《こた》へが否《いな》であるならば、婦人《ふじん》は重大《ぢうだい》なる國民再組織《こくみんさいそしき》について、意見《いけん》をさへも述《の》べ得《う》る資格《しかく》を持《も》たないものと斷言《だんげん》してもよろしいであらう。

國民再組織《こくみんさいそしき》が政府《せいふ》によつて、いかなるプランによつて行《おこな》はれるにしても、國民《こくみん》の生活要素《せいくわつえうそ》の再組織《さいそしき》の中《なか》に編成《へんせい》される國民《こくみん》は男子《だんし》だけではない。國民精神總動員《こくみんせいしんそうどうゐん》が男子《だんし》ばかりの精神《せいしん》を動員《どうゐん》されるのではないのと同樣《どうやう》に、そして又《また》この男女《だんぢよ》の精神總動員《せいしんそうどうゐん》の上《うへ》に築《きづ》かれる國民再組織《こくみんさいそしき》である限《かぎ》り、當局《たうきよく》が婦人《ふじん》を招《まね》いて其《そ》の意見《いけん》を聽《き》いたことは、婦人《ふじん》を尊重《そんちよう》すると云《い》ふよりも、寧《むし》ろ當然相談《たうぜんさうだん》すべきものに相談《さうだん》したのであつて、この待遇《たいぐう》には、自《おの》づから婦人《ふじん》を獨立《どくりつ》した國家《こくか》の一員《いん》と見《み》ての上《うへ》の意見《いけん》の交換《かうくわん》であつたことが思《おも》はれる。だが婦人《ふじん》は然《さ》う云《い》ふ資格《しかく》を持《も》つてゐないと云《い》ふ時《とき》に、問題《もんだい》は何《ど》うなるのであらうか。

恥《はづ》かしいのは婦人《ふじん》ばかりではない。斯《か》う云《い》ふ國民的無資格《こくみんてきむしかく》な婦人《ふじん》を集《あつ》めて、政治的重大《せいぢてきぢうだい》問題《もんだい》の意見《いけん》を聽《き》く當局《たうきよく》も亦《また》恥《はづ》かしいことゝ云《い》はなければならない。

日本《につぽん》が議會政治《ぎくわいせいぢ》の國《くに》であり、代議員《だいぎゐん》の選擧《せんきよ》、被《ひ》選擧《せんきよ》の上《うへ》に國民《こくみん》の權利《けんり》が特《とく》に附與《ふよ》されてゐ

女性時評

る限《かぎ》り、國家《こくか》の一員《ゐん》としての正《たゞ》しい資格《しかく》はこの權利《けんり》の有無《うむ》によつて決定《けつてい》さるべきものであることは云《い》ふまでもないのであるが、これは「政治參與《せいぢさんよ》」と云《い》ふ限定《げんてい》された意味《いみ》の上《うへ》だけの國民的《こくみんてき》資格《しかく》であり、日本《につぽん》の現在《げんざい》の如《ごと》く政治《せいぢ》と國民《こくみん》の生活《せいくわつ》が不可分離《ふかぶんり》の上《うへ》に結合《けつがふ》されようとしてゐる時《とき》、こんな資格《しかく》などは何《ど》うでもよく、國民《こくみん》の本分《ほんぶん》を辨《わきま》へれば國民《こくみん》の資格《しかく》などは何《ど》うでもよいと云《い》ふ人《ひと》があるかも知《し》れぬ。だがそれは既《すで》に資格《しかく》を持《も》つものゝ云《い》ふことであつて、資格《しかく》を持《も》たない婦人《ふじん》に取《と》つては、この重大時期《ぢうだいじき》に於《おい》てこそ、「政治《せいぢ》と國民《こくみん》の生活《せいくわつ》が不可分《ふかぶん》離《り》の上《うへ》に結合《けつがふ》されようとしてゐる時《とき》」であるからこそ、一層《そう》この資格《しかく》の意義《いぎ》が正《たゞ》しく、又廣範圍《またくわうはんゐ》に解釋《かいしやく》されてくるのであつて、國民的《こくみんてき》無資格《むしかく》の爲《ため》に男子《だんし》との生活《せいくわつ》の平行線《へいかうせん》に踏《ふ》み出《で》られない以上《いじやう》、婦人《ふじん》は何《なに》を云《い》ふとも、結局《けつきよく》は權威《けんゐ》を持《も》たぬ無資格者《むしかくしや》が物《もの》を云《い》ふに過《す》ぎず、國民《こくみん》としての聲《こゑ》を揃《そろ》へることも出來《でき》ず、從《したが》つて其《そ》の本分《ほんぶん》を披瀝《ひれき》することさへも出來《でき》ない筈《はず》である。

現在《げんざい》の日本《につぽん》の婦人《ふじん》が、どんな狀態《じやうたい》にあるかを考《かんが》へて見《み》るまでもなく、其《そ》の社會的地位《しやくわいてきちゐ》としては、あらゆる生活機構《せいくわつきこう》に從屬《じうぞく》する微弱《びじやく》な寄生蟲的分子《きせいちうてきぶんし》でありながら、人《ひと》の妻《つま》であり、母《はゝ》である婦人《ふじん》は國家《こくか》の爲《ため》に愛《あい》する夫《をつと》、愛《あい》する子息《しそく》を誠心《まごころ》をもつて戰場《せんぢやう》に捧《さゝ》げ、其《そ》の爲《ため》に生《しやう》ずる生活苦《せいくわつく》を忍耐《にんたい》をもつて克制《こくせい》し、勞働《らうどう》するものは出征男子《しゆつせいだんし》の勞働者《らうどうしや》に代《かは》つて職場《しよくば》に動員《どうゐん》され、然《し》かも孜々《しゝ》として生活《せいくわつ》の貧《まづ》しい經營《けいえい》にいそしみ、戰場《せんぢやう》の看護婦《かんごふ》は戰士《せんし》にも劣《おと》らぬ働《はたら》きに身命《しんめい》を抛《なげう》ち、唯一向《たゞひたむき》に國家《こくか》の爲《ため》に寢食《しんしよく》を忘《わす》れて奔命《ほんめい》する婦人《ふじん》は、數限《かずかぎ》りなく、其他《そのた》の社會《しやくわい》からも見出《みい》だされる。國防婦人《こくばうふじん》の活動《くわつどう》のごときも其《そ》の好例《かうれい》であらう。然《し》かも彼女《かのぢよ》たちは國家《こくか》の一員《ゐん》としての正《たゞ》しい資格《しかく》を誰《だ》れからも與《あた》へられてゐないのである。

現地《げんち》に進出《しんしゆつ》してさま〴〵の職業《しよくげふ》に働《はたら》く婦人《ふじん》たちも、單《たん》に職業線《しよくげふせん》に就《つ》くと云《い》ふよりも、支《し》那《な》に自身《じしん》を置《お》くと云《い》ふだけで、それが國家《こくか》への何等《なんら》かの他日《たじつ》の貢獻《こうけん》を期《き》してゐる。外國人《ぐわいこくじん》相手《あひて》に稼《かせ》ぐダンサアさへも、收入《しうにふ》を國防獻金《こくばうけんきん》に割《さ》いて國家奉仕《こくかほうし》の誠意《せいい》を表《あら》はすことを喜《よろこ》びとしてゐると云《い》ふやうに、日本《につぽん》における愛國《あいこく》的《てき》な精神《せいしん》は寧《むし》ろ婦人《ふじん》によつて最《もつと》も強《つよ》く、そして最《もつと》も高《たか》く社會《しやくわい》に示《しめ》されてゐる。にも拘《かゝ》はらず、これ等《ら》の婦人《ふじん》は悉《ことごと》く正《たゞ》しき意味《いみ》の國家《こくか》の一員《ゐん》ではなく、國民的無資格者《こくみんてきむしかくしや》なのである。

今後《こんご》東亞《とうあ》を導《みちび》くものが日本《につぽん》であるならば、東亞《とうあ》の婦人《ふじん》を導《みちび》くものは日本《につぽん》の婦人《ふじん》でなければならない。婦人《ふじん》は婦人《ふじん》との提携《ていけい》によつて新《あら》たなる東洋平和《とうやうへいわ》の道《みち》へ進出《しんしゆつ》しなければならないのであるが、その一方《ぱう》の婦人《ふじん》の手《て》を取《と》る任《にん》務《む》は明《あき》らかに日本婦人《につぽんふじん》に課《くわ》されてゐるのである。其《そ》れにも拘《かゝ》はらず、東亞《とうあ》を導《みちび》く日本《につぽん》の、其《そ》の實體《じつたい》の一翼《よく》たる婦人《ふじん》が、國民的無資格者《こくみんてきむしかくしや》であるならば、東亞文化《とうあぶんくわ》に就《つ》いて何《なに》を語《かた》ると も、東亞新建設《とうあしんけんせつ》について何《なに》を云《い》はうとも、國《こく》民再組織《みんさいそしき》について何《なに》を述《の》べようとも、東亞《とうあ》婦《ふ》人《じん》の新道德《しんだうとく》、家庭《かてい》、教育《けういく》、社會《しやくわい》、文化《ぶんくわ》について何《なに》を論《ろん》じようとも、結局《けつきよく》において其《そ》れは何《なん》等《ら》の權威《けんゐ》をも齎《もた》らさないのである。

眞《しん》に國家《こくか》を思《おも》ひ、國家《こくか》に深《ふか》い關心《くわんしん》を持《も》ち、この重大《ぢうだい》なる革新時期《かくしんじき》に婦人《ふじん》も亦《また》立《た》たなければならぬことを眞《しん》に自覺《じかく》するものであるならば、必《かな》らず婦人《ふじん》の國民的無資格《こくみんてきむしかく》が社會進出《しやくわいしんしゆつ》への致命的障碍《ちめいてきしやうがい》となりつゝあることに就《つ》いて深刻《しんこく》な反省《はんせい》が起《おこ》らなければならない筈《はず》である。日本《につぽん》には年久《としひさ》しく婦選《ふせん》の運動《うんどう》と云《い》ふものがあつた。紆餘《うよ》曲折《きよくせつ》の道《みち》を辿《たど》り、つひにまだ一度《ど》も花《はな》が咲《さ》かず、まして結實《けつじつ》の幸運《かううん》な日《ひ》にもめぐり合《あ》はないのであるが、私《わたし》は今《いま》こそこの運動《うんどう》に新《あた》らしい生命《せいめい》と魂《たましひ》を吹《ふ》き込《こ》み、そして新《あた》らしくして眞率《しんそつ》なる目的《もくてき》に向《むか》つて其《そ》の方向《はうかう》を轉換《てんくわん》すべき時《とき》であると思《おも》ふ。「政治參與《せいぢさんよ》」の許《ゆる》しを得《う》ると云《い》ふことよりも、其《そ》れ以上《いじやう》にもつと廣範圍《くわうはんゐ》に正《たゞ》しき國民的資格《こくみんてきしかく》を要請《えうせい》する眞劍《しんけん》なる運動《うんどう》として再興《さいこう》されなければならない時機《じき》が、こゝに到來《たうらい》しつゝあるのである。其《そ》れは最早《もはや》一婦人界《ふじんかい》の爲《ため》ではなくして國家《こくか》の爲《ため》なのである。

多《おほ》くの英靈《えいれい》の母《はゝ》たちが、多《おほ》くの英靈《えいれい》の妻《つま》たちが、國民的無資格者《こくみんてきむしかくしや》であつてよいであらうか。戰場《せんぢやう》に働《はたら》く看護婦《かんごふ》たちが國民的無資格者《こくみんてきむしかくしや》であつてよいであらうか。國際的《こくさいてき》に活動《くわつどう》を期《き》する婦人《ふじん》たちが國民的無資格者《こくみんてきむしかくしや》である限《かぎ》り、世界《せかい》の婦人《ふじん》に對《たい》して同等《どうとう》なる資格《しかく》を以《もつ》て相會《あひくわい》し、或《あるひ》はそれを導《みちび》くことが出來《でき》ようか。日本《につぽん》が國際間《こくさいかん》に其《そ》の皇威《くわうゐ》を輝《かゞや》かす時《とき》、其《そ》の國民《こくみん》たる婦人《ふじん》が悉《こと〴〵》く國民的無資格者《こくみんてきむしかくしや》であつてよいであらうか。

婦人《ふじん》の覺醒《かくせい》はこゝから起《おこ》らねばならない。婦人《ふじん》の國家《こくか》的任務《てきにんむ》がいかに重《おも》いかと云《い》ふことは、毎日《まいにち》々々そこに繰返《くりかへ》される現實《げんじつ》によつて、誰《だ》れにも理解《りかい》されることであらう。婦人《ふじん》はます〳〵多《おほ》くの勇士《ゆうし》を生《う》み、多《おほ》くの勇士《ゆうし》を育《そだ》てなければならないと云《い》はれる。そしてますます困難《こんなん》な家庭生活《かていせいくわつ》を維持《ゐぢ》しなければならないと云《い》はれる。國家《こくか》の運命《うんめい》に從《したが》ふものは男《だん》子《し》ばかりではない。婦人《ふじん》も十分《ぶん》の覺悟《かくご》をもつて國家《こくか》の運命《うんめい》に從《したが》ふことを考《かんが》へなければならないと云《い》はれる。それ等《ら》は當然彼女《たうぜんかのぢよ》たちの肩《かた》に課《くわ》される國家的任務《こくかてきにんむ》である。

國民再組織《こくみんさいそしき》の問題《もんだい》について、多《おほ》くの婦人《ふじん》が其《そ》れに關《くわん》する意見《いけん》を當局《たうきよく》から求《もと》められたと云《い》ふことの其《そ》の一《ひと》つに於《お》いてさへ、今日《こんにち》の婦人《ふじん》は現在《げんざい》の日本《にっぽん》の政治的動向《せいぢてきどうかう》を知《し》らなければならぬことを、何所《どこ》からか要求《えうきう》されてゐることを證《しよう》してゐる。日本國民《にっぽんこくみん》の全體《ぜんたい》の總力《そうりよく》の中《なか》には婦人《ふじん》の力《ちから》も加《くは》へられなければならない。そして日本《にっぽん》の歩《あゆ》みと共《とも》に、婦人《ふじん》も亦《また》一歩《ぽ》も遲《おく》れず歩《あゆ》まなければならない——とするならば、これ等《ら》の重《おも》い國家的任務《こくかてきにんむ》に堪《た》へ得《う》る婦人《ふじん》が國民的無資格者《こくみんてきむしかくしや》であつてはならないのである。

　日本《にっぽん》の婦人《ふじん》の從順《じうじゆん》さは、世界《せかい》に冠《くわん》たる美德《びとく》とされてゐる。日本《にっぽん》が戰爭《せんさう》に強《つよ》いのも、婦人《ふじん》のこの美德《びとく》が戰爭《せんさう》を內部《ないぶ》から支《さゝ》へてゐるからであるとも現地《げんち》で聞《き》いた。私《わたし》も其《そ》の點大《てんおほ》いに世界《せかい》に誇《ほこ》る一人《ひとり》であるが、然《しか》し、若《も》しこの美德《びとく》が國民的資格《こくみんてきしかく》ある婦人《ふじん》の美德《びとく》として示《しめ》されたならば、自覺《じかく》ある日本婦人《にっぽんふじん》としての百倍《ばい》の價値《かち》を增大《ぞうだい》したてあらう。未《ま》だ國家《こくか》の一員《ゐん》として正《たゞ》しき手形《てがた》を持《も》たない日本婦人《にっぽんふじん》の從順《じうじゆん》の美德《びとく》は、封建性《ほうけんせい》を多分《たぶん》に含《ふく》むことによつて其《そ》の價値《かち》が半減《はんげん》されるとも云《い》へよう。

　婦人《ふじん》は家庭《かてい》にあつて從順《じうじゆん》に夫《をつと》に仕《つか》へ、子《こ》を育《そだ》て家庭《かてい》を守《まも》る、それが全部《ぜんぶ》であると云《い》ふならばそれでもよいのである。今後《こんご》のかゝる家庭婦人《かていふじん》は無論國民的資格《むろんこくみんてきしかく》を備《そな》へた家庭婦人《かていふじん》でなければならない。日本《にっぽん》の國家《こくか》が意識《いしき》する革新《かくしん》、飛躍《ひやく》は、國民《こくみん》の上《うへ》にも意識《いしき》される革新《かくしん》、飛躍《ひやく》であり、婦人《ふじん》も當然自身《たうぜんじしん》の生活《せいくわつ》の上《うへ》に意識《いしき》される革新《かくしん》、飛躍《ひやく》がなければならない。今後《こんご》の日本婦人《にっぽんふじん》の新道德《しんだうとく》も、家庭敎育《かていけういく》も社會敎育《しやくわいけういく》も、婦人《ふじん》が國民的資格《こくみんてきしかく》を備《そな》へた時《とき》に、初《はじ》めて其《そ》の力《ちから》の中《なか》から生《うま》れ出《で》るものである。國民再組織《こくみんさいそしき》の根柢《こんてい》における最《もつと》も美《うつく》しく正《たゞ》しい秩序《ちつじよ》の一《ひと》つとして、婦人《ふじん》にも先《ま》づこの手形《てがた》を與《あた》へることを、其《そ》の愛國的精神《あいこくてきせいしん》の主張《しゆちやう》の上《うへ》に婦人《ふじん》自《みづか》ら要請《えうせい》すべきであると思《おも》ふ。

　この稿《かう》を賢明《けんめい》なる內地《ないち》の知識婦人《ちしきふじん》に贈《おく》る。

北京通信

俳優學校と程硯秋

（一）

佐藤俊子

支那《しな》に俳優學校《はいいうがくかう》があると聞いて、ちよつと驚《おどろ》かされた。

それほど支那《しな》文化《くわ》を輕視《し》してゐたわけではないが、私もまた支那《しな》には現代《げんだい》文化はないといふこと、いひ代へれば支那《しな》には二千年《ねん》の昔に開花《かいくわ》した古い文化の傳承《でんしよう》はあるが、別《べつ》に發達《はつたつ》、變遷《へんせん》の跡はなく、日本のやうに歐《おう》米の現代《げんだい》文化《くわ》を日本文化《くわ》の血液《ちえき》の中に溶解《ようかい》したやうな新《しん》文化は存《そん》してゐないと考《かんが》へてゐた一人だし、殊《こと》に支那《しな》の劇《げき》は、支那《しな》語の名稱《しよう》が示《しめ》す通りこれは二千年《ねん》の型《かた》をそのまゝ傳承《でんしよう》する支那《しな》最古《さいこ》の「樂劇《がくげき》」である。

人間の喜怒哀樂、善惡正邪を單純に戯曲化したところ、舞台裝置のプリミチーヴな點、或は舞台の上で舞ひながら歌ふ樣式など、日本の舞台藝術と強ひて比較するならば「能」に近いものだと思はれる。能の藝術的性格が靜ならば、舞劇のそれは動で從つて表現の深みとか淺さとかが其の性格によつて分たれるやうに思はれる。

兎《と》に角《かく》斯ういふ古い藝術《げいじゆつ》に新らしい藝術的《げいじゆつてき》視野《しや》からの進歩《しんぽ》した改良《かいりやう》も加へられず、他《た》には人間の生活《せいくわつ》、心理《り》、感情《かんじやう》を舞台《ぶたい》に描《ゑが》き出す現代劇《げんだいげき》の發達《はつたつ》もなかつたやうな支那《しな》の劇界《げきかい》に、組織的《そしきてき》に舞台人《ぶたいじん》をやしなふ特殊《とくしゆ》な學校《がくかう》が存在《そんざい》してゐることが意外《いぐわい》なのであつた。

だがこんな事も支那文化の形態について少し深い理解を持てば別に驚くことではない。現代支那は決して新文化に無關心ではなく、支那特有の古い文化の中に現代文化の榮養素を取入れようとする活動が、木に竹を接いだやうな形の上だけにも支那の現代人によつて試みられてゐたことは、支那人の生活面を通してしば／＼感じられるまでで、

俳優學校と程硯秋 (二)

佐藤俊子

北京通信

學校《がくかう》は椅子胡同《こどう》といふ町にある。土塀《へい》に赤《あか》い扉《とびら》が特《とく》に優しい感《かん》じを與《あた》へる門を潜ると、また赤い柱の門がある。右折《せつ》左曲《きよく》して三度び門を潜ると卅坪《つぼ》ほどの石疊《たたみ》を敷《し》いた廣場《ひろば》があり私が其所へ入つた時、頭をくりくり坊《ばう》主にした十二、三歳《さい》の少年《ねん》たちと同年《どうねん》ほどの少女たちとが四、五人づつ、二た組に分れて所《しよ》作の稽古《けいこ》をしてゐた。

少年たちは中央に椅子を置き

この俳優學校の存在なども其の一つの例といへる。

この俳優學校《はいいうがくかう》は北京《ペキン》にある。中國高級戲曲職業學校といふ名稱《しよう》である。中國十九年《ねん》の創立《さう》にかゝるもので今年《ねん》で九年《ねん》を數《かぞ》へる。以前《いぜん》には簡單《かんたん》に俳優學校《はいいうがくかう》といつてゐた。章則彙覽——學校《がくかう》の規則《きそく》書《しよ》は百四十六頁といふ分厚《あつ》な小冊《さつ》子を出してゐるが、學年《がくねん》は六ケ年《ねん》卒業《そつげふ》、後一ケ年研究《ねんけんきう》、すべてゞ七年制度《ねんせいど》である。一學年《がくねん》生は戲劇基礎技術、戲劇、音樂基礎技術、樂器、各《かく》一週《しう》十八時《じ》間づつの授業《じゆげふ》で上級《きふ》になるほどこの時《じ》間が減少《げんせう》され、樂理《り》の課目《くわもく》など與《あた》へられるが、これ以外《いぐわい》に中等學校程度《がくかうていど》の常《じやう》識教育《しきけういく》が一般《ぱん》に授《さづ》けられる。國文、外國語の科目時間が多く、音韻學、劇本選讀、中國戲曲史、作劇法などの特殊科目もあり、最近は一週に二回日語教育が加へられてゐる。

學生は十歳以上からを採用し、すべて校内の宿舍に收容して、六年間を通じて校規に從ふ嚴しい宿舍生活をさせる。才能あるものは二年生から舞台に立たせるが、一切の費用は學校が負擔する代りに就學期中は舞台は無給で勤める契約がある。

興亞院連絡部員《こうあゐんれんらくぶゐん》の武田氏に案内《あん》されて、川端《ばた》の柳にまだ芽は吹かないが春靄《はるもや》のたなびく東西《せい》の廓がなある一日、この俳優學校《はいいうがくかう》を參觀《ゑ》した。

その前後を女の身振り、足取りで何か歌ひながら往つたり來たりしてゐる。少女たちは棒の兩端に白毛のついた短い槍に代るものを手にして劍舞の型の練習をやつてゐる。この指導に當つてゐるのは、どちらも斷髪の廿歳前後の婦人教師であつた。異様に思つたのは少年も少女も白布で足を繃帶してゐることであつた。あれは纏足なのだらうか若し纏足なら支那の俳優の足はみんな畸形なのだらうか。

だがそれは纏足《てんそく》ではなく、「蹻」といふものであつた。教務員《けうむゐん》の牛博《はく》田氏が一人の少年《ねん》を招《まね》いてその「蹻」を解《と》かせたのを見ると、足の形に合はせた一枚《まい》の薄《うす》い板《いた》の先きに、三寸ほどの金具《ぐ》の踵と爪《つめ》先きとを付けたものであるその爪先きに張りつけた幅《はゞ》の狹い六尺ほどの白布《ぬの》で板《いた》を足部《そくぶ》に捲付ける。そしてそれが動《うご》かぬやうに更《さら》に同じ長さの幅廣《はゞひろ》の白布《ぬの》で足の踵の上三、四寸までを捲付けるのであるが、それが「蹻」である。爪先で歩く習《しふ》慣《くわん》を養《やしな》ふためで、この重《ぢう》心點《てん》が身《しん》體《たい》の動《どう》作全體《ぜんたい》に優《いう》婉なリズムを與《あた》へる。肢體《たい》の動《うご》きのしなやかさ風に搖ぐ柳のやうな柔らかさが自然化されるまで習慣づけるための足枷せなのである。女形は舞台の上ではみんなこの「蹻」を付けるといふこともその時聞いたことであつた。

廣場《ひろば》の前は西洋《せいやう》家具《かぐ》で飾《かざ》られた應接室《おうせつしつ》で、この前を過《す》ぎると教室《けうしつ》の歪んだ一郭内へはいる。初めに覗いた室《しつ》では數《すう》名の少年《ねん》たちが三つの卓子《たく》をそれ〴〵に圍《かこ》み、中央《あう》に腰《こし》をかけた男子の教師《けうし》の前で歌《うた》の練習《れんしふ》をやつてゐる。

教師の態度は中々に嚴しい。生徒は熱心に歌つてゐる。二黄と稱する歌の調子を稽古してゐる。教師は手に物尺ほどの木片を持ち、これで拍子を取りながら思はず聞き惚れるやうな聲で生徒たちの調子をリードしてゐる。ふと見ると一方の窓際で一人の美しい少年が教師に喧しくいはれながら、低音の調子で非常にこまかな節を歌ひ廻してゐる。

それが教師《けうし》の思ふやうにできないといふので教師《けうし》は手にしてゐる木片《へん》で時々その少年《ねん》を輕《かる》く打つのである。幾度《いくど》でも繰返《くりかへ》して歌《うた》はせ

557　「北京通信　俳優学校と程硯秋（三）」『東京日日新聞』　昭和14（1939）年4月13日

北京通信

俳優學校と程硯秋（三）

佐藤俊子

てゐるのを私が熱《ねつ》心に見てゐると牛氏があれは校《かう》内での歌《うた》の上手な女生徒《と》で、それで一層《そう》躾けが嚴しいのだといふ。少年《ねん》ではなく男裝《さう》した少女であつた。次ぎの室《しつ》に入るとそこでは狀元譜といふ戲の稽《けい》古《こ》中である。

中央《あう》の椅子《い》に腰《こし》をかけてゐるのは大官《くわん》か何かの役《やく》であらう。三枚《まい》目の役《やく》らしいのを演つてゐる少年《ねん》が、一人の侍《じ》臣から叱り飛《と》ばされはね上るやうに身體を返しながら逃《に》げる——そのアクチングが巧く出來ないで教師《けうし》に叱られてゐる。肥《ひ》大な教師《けうし》が演つて見せる。左の足が身體を返《かへ》す時に實《じつ》に高く輕《かる》く上がつて、滑稽《こつけい》な身振りの型《かた》となるのであるが、生徒《と》は幾度《いくど》やつてもその左足《そく》が輕《かる》く高く上がらない。技藝《げい》の鍛《たん》錬《れん》のむづかしさは何の藝《げい》でも同じである。

或る室では挑滑車といふ武劇の稽古をやつてゐた。高寵と云ふ武將が槍で兩刀を使ふ敵を相手にしての立廻りである。其の激しさは日本のしばゐの立て、どころではない。槍を使ふ方は廿歳の青年だつたが、顔面から汗が滴るばかりになつてゐる。兩刀を使ふ相手もどちらも型の極りが鮮やかで、極り〳〵に實に美しい形を付ける。足の捌きも手の捌きも目にも止まぬ程の速さで、然かも其の形が少しも崩れない。思はず感嘆の聲を放つほどである。

斯う云ふのは校《かう》内でも優秀《いうしう》な生徒《と》なのであらう。靶子工と云ふ端《は》役《やく》の稽古《けいこ》をしてゐる室もあつた。これは壓腿し練習と云ひ、一つの高い台《だい》を置いて其の上に踵け上り、其所でもんどりを打つて飛《と》び下りざまに又もんどりを打つ稽古《けいこ》である。身體を續《つゞ》けて轉回《てんくわい》させるのがむづかしいので、巧妙《かうめう》にやれる生徒《と》とやれない生徒《と》とがある。日本で云ふトンボ返りは虎跳又は鯉子工と云つて、これは室外《しつぐわい》の軟らかな土を敷《し》いた場所《ばしよ》でやつてゐる。逆立《さか》ち、トンボ返《かへ》りを廿人ぐらゐの青少年《せいせうねん》が次ぎ〳〵と稽古《けいこ》してゐたが、これは非常《ひじやう》に激《はげ》しい身體的勞働《たいてきらうどう》で、生徒《と》の中には上衣を脱ぎ半裸體《らたい》になつてるのもある。

教室で圍まれたこの一構内の中央に舞台が造られてゐる。赤い欄干で四方をめぐらした五間四方ほどの舞台である。この舞台の上では生徒たちが三々五々に組を作り、武器に代るものを携へたもの、役によつて使用するものを手にしたものたちが、自由に劇中の或る場面の稽古をしてゐるのが見える。もう既に舞台に出ることを許されてその受持つ役の練習をしてゐるのもある。

圖書室《としよしつ》、校醫室《かういしつ》、療病室《れうびやうしつ》、消費《せうひ》合作社《しや》(消費《せうひ》組合)食堂《しよくだう》、寢室《しんしつ》など悉く清潔《せいけつ》に整備《せいび》されてゐるのに感心《かん》したが、殊《こと》に寢室《しんしつ》は軍隊《ぐんたい》生活式《せいくわつしき》で、鋼鐵製《かうてつせい》の黒塗《くろぬり》の枠で上下に組んだ厚《あつ》いベッドが百ほどづつ左右に並び、悉く眞つ白なカヴアできちんとメーキベッドがしてある。塵一つ見られない綺麗《れい》な床《ゆか》の上にはこのベッドが整然《せいぜん》と並んでゐる外には何の裝飾《さうしよく》もないのである。

牛氏の説明によると現在の生徒數は樂劇科が百卅四名、音樂科が十六名で女生も含んでゐるが、卒業後は天分によつて舞台に立つものと教師となるものとの二つに分れる。一人前の俳優になつて最初に貰ふ給金は最高が一晩四十圓、最低は僅に六十錢である。

559　「北京通信　俳優学校と程硯秋（四）」『東京日日新聞』　昭和14（1939）年4月14日

北京通信

俳優學校と程硯秋 （四）

佐藤俊子

梅蘭芳に次ぐ名優《いう》で現在《げんざい》の支那《しな》で人氣隨一といはれる程硯秋が俳《はい》優學校《いうがくかう》の顧問格《こもんかく》である。財的《ざいてき》の援助《えんじよ》ばかりでなく、あらゆる指導《しだう》の責任《せきにん》に當つてゐるが俳優學校《はいいうがくかう》を參觀《さんくわん》した翌《よく》日やはり武田氏に伴はれて程氏の家を訪問《はうもん》した。

一流《りう》の支那《しな》の俳優《はいいう》がどんな家に住んでゐるかといふことは、支那《しな》の文人がどんな家に住んでゐるかといふことよりも興味的《きようみてき》である。

程氏の家は靜かな裏町で普通人の住宅と同じ構への土壁に赤い扉の門があり、標札の名前の傍に職業梨園と特に記してあるのが目に付く。日本では劇界即ち俳優社會のことを梨園と總稱するが、この標札で見ると俳優といふ職業を持つ個人を梨園と呼ぶさうである。中に入ると廣庭があり、多くの樹木が植ゑ込んである。これに綠の葉が繁り花の咲く頃は香りに滿ちた庭園となるであらう。

右手が應接室《おうせつしつ》でこの室《しつ》に通されたが、室《しつ》內には洋式《やうしき》の机《つくゑ》や椅子や長椅《い》子が置かれてゐる。四方の壁の間には支那《しな》の新らしい繪畫《くわいぐわ》や文字の掛軸《かけぢく》がかゝり、梅《うめ》や佛手の植木鉢がところどころに並び、內側の扉の硝子戸にかけられた濃綠色のカーテン、テーブル掛《か》けの同じ色が室《しつ》內の陰影《いんえい》を落ち著かせてゐる。

机の上の筆《ふで》立てに畫筆《くわひつ》、毛筆《ひつ》が挿されてゐる傍に、繪《ゑ》の具皿《ぐざら》が重ねてあるのは畫や書《しよ》をたしなむものと見える。特《とく》にこの優人の趣味性《しゆみせい》といふものはこの應接室《おうせつしつ》から印象《いんしやう》されないが、一間ほどの大きな硝子戸の書棚《しよだな》に、ぎつしりと漢書《かんしよ》が積まつてゐるのは奥床《おくゆか》しい感《かん》じであつた。

書册に挾んだ紙片の書名を目で拾ふと、崑西集成、唐詩解序、李氏碑志、山中白雪詞、綱鑑易知錄などの書籍がある。

私はこのひとの演《えん》じた劇《げき》を二回《くわい》見た、一つは「牧羊山」、一つは「聶隱娘」といふ劇題《げきだい》で、牧羊山の程氏の扮する趙錦棠は許婚の夫が出征《せい》したあと、惡《あく》人のために家

北京通信

俳優學校と程硯秋

（五）

佐藤俊子

いろ／＼な雑談《ざつだん》の中では自然《ぜん》に俳優學校《はいいうがくかう》のことにも觸《ふ》れた。日本には尾上菊《きく》五郎《らう》氏の經營《けいえい》する學校《がくかう》があつたが、北京《ペキン》のそれのやうに完備《くわんび》されてゐたものであつたかどうか私は知《し》らない。大體《たい》日本の劇界《げきかい》は門閥《ばつ》制度《せいど》で、俳優《はいいう》を志願《しぐわん》するものは門閥的《もんばつてき》名優《いう》の内弟子になる。だが、いかに天才《さい》でも門閥《ばつ》のないものゝ子は中々出世はできない。

日本に完全な俳優を養成する學校組織が起らないのは、日本

を追はれ所を奪はれて、父親《おや》共々夫を尋ねて流浪の旅に出るといふ筋《すぢ》で、衣裳《い》も黒《くろ》と白の配《はい》色だけの淋《さび》しい姿《すがた》が扮装《さう》の主調になり、痛々し氣《げ》な哀れに可憐《れん》な娘だが、「耳環娘」は富豪《ふがう》の娘が山に隠《かく》れて仙人から武術《ぶじゆつ》と忍術《にんじゆつ》を授《さづ》けられ、町に歸《かへ》ると両親の選んだ配偶《はいぐう》を嫌つて自から貧しい鏡《かゞみ》賣《う》りを良人に選び、最後《さいご》には父親《おや》と良人に農《のう》民に善政《ぜんせい》を施《ほどこ》すことを約束《やくそく》させて再《ふたゝ》び山に歸《かへ》る。この劇の中に程氏得意《とくい》の劍の舞《まひ》があるが、衣裳《いしやう》の美《び》々しさと相《あひ》俟つて華麗《くわれい》濶達《たつ》を極めた劇である。

私の目に殘《のこ》つた程氏の演技《えんぎ》の印象《しやう》は、艶麗《えんれい》の中に典雅《てんが》な趣きがあ

技藝《ぎげい》がこまかく、聲が非常《ひじやう》に美しい。顔は丸くふつくりとしてゐるので、菊五郎氏の娘形に扮した時の愛《あい》らしさと似《に》通つたところがある。

日常の程氏を見ると中々よく肥つてゐる。語る聲は舞台の聲を思はせるやうに美しく、それに支那語の發音が實に綺麗である。應接間の裏手から入つて來た程氏は、丁度舞臺の上でも歩くやうな足取りで、その靜かな態度優しく物をいふところなど、やはり女形の技巧が生地になつてゐることを感じさせる。

の劇界が何時までも古い封建主義に縛られてゐるからで、支那はこれと反對に優人の間に門閥制度はなく、名優はその時代時代に偶然に現れた天才的スターである。舞台への高い通路は俳優志願者のために自由に開かれてゐる。だから學校組織によつて技術を磨かせ、その中から天才を選出する制度は支那の劇界に取つては合理的な、また現代的な方法だといへるのである。

この事について日本劇界《げきかい》の門閥制度《せいど》を破るために組織《そしき》され、そしてその一座自身《じしん》が俳優學校《はいいうがくかう》を持つ前進座《ぜんしんざ》を紹介《せうかい》しようと思つたが、あまりに理解《りかい》の距離《きより》が遠いやうな氣《き》がして話《はな》すことが出來ないで終《をは》つた。支那《しな》の俳優《はいいう》の中にも技藝《ぎげい》の優れたもの、内弟子になるものはある。程氏は自分では弟子といふのは持たない。一つの基礎技術《きそぎじゆつ》を得た後は、個人の獨創《どくさう》によつてその技術を磨くべきもので、他《た》からの教《をし》へに待つべきではないといふ意見《いけん》からであつた。

程氏は自身で戯曲の改訂もやるといふので、私の見た「牧羊山」でも「耳隠娘」でも時々ある場面に限つて現代劇に用ひる寫實風の背景を用ひてゐたが、それは何時頃からの試みなのかと尋ねると、これは最近のことで支那劇には背景は不用なのだが、民衆が求めるものなので仕方がなく、研究の余地があると思ふが、といふ答へであつた。

これは支那《しな》民衆の求める支那《しな》文化《くわ》の現代化《げんだいくわ》でもあらうか。たとひ實現《じつげん》された形は淺薄、幼稚《えうち》であつても現代化《げんだいくわ》された劇の一部分を見れば民衆は滿足《まんぞく》するのである。だが千年《ねん》の傳統によつて練磨された支那《しな》京劇の古い技術と、それへの調和《てうわ》ある舞台《ぶたい》の様式を、安つぽい油繪の唐突な背景で却つて野損するのは惜しいやうである。

私は支那《しな》劇通ではないが、支那の京劇は人間の幻想《げんさう》、空想を藝術といふあらゆる形の約束《やくそく》の上に表徴した點《てん》で、最も優れた創造的《さうざうてき》技術を有してゐる。この京劇を一層價値《かち》高く現代《げんだい》文化の流れの中に高揚するための、藝術的現代化《げいじゆつてきげんだいくわ》といふやうなことについては、深《ふか》い研究を要するやうに思はれる。

日本の現在の舞台藝術研究の

權威者たちが、支那の劇に新らしい關心を持ち、そして支那の文化を愛護する上から、また支那藝術の現代化への新らしい途を開拓する上から、彼等に援護の手を與へ、學問的な研究の智慧を支那に對して與へることができたら何うであらう〟

支那《しな》に對《たい》する文化《くわ》工作《さく》はこの邊に眞實《しんじつ》なものが潜んでゐるやうである。北京《ペキン》に存在《そんざい》する俳優學校《はいいうがくかう》を見、支那《しな》劇を見、そして支那名優の一人程《てい》氏と會つて、こんなことをも私に考へさせた。（完）

婦人の大陸進出とその進歩性

本誌特派 在北京 佐藤俊子

支那《しな》大陸《たいりく》に夥《おびたゞ》しい數《すう》の日本婦人《につぽんふじん》が進出《しんしゆつ》してゐる。

夫《をつと》と共《とも》に現地《げんち》で家庭生活《かていせいくわつ》を營《いとな》む婦人《ふじん》を除《のぞ》いて、戰傷《せんしやう》病兵《びやうへい》の爲《ため》に、又《また》施療病院《せれうびやうゐん》や普《ふ》通病院《つうびやうゐん》で活動《くわつどう》する看護婦群《かんごふぐん》、軍所屬《ぐんしよぞく》の各機《かくき》關《くわん》、普通《ふつう》の事業會社《じげふくわいしや》の女事務員群《ぢよじむゐんぐん》、婦人宣《ふじんせん》撫班員《ぶはんゐん》、旅館《りよくわん》、喫茶店《きつさてん》、飲食店《いんしよくてん》、料理店《れうりてん》、ダンシングホール、バア等《など》に働《はたら》く職業婦人《しよくげふふじん》群《ぐん》、少數《せうすう》の女教師《ぢよけうし》その他《た》の職業婦人等《しよくげふふじんなど》で、職業《しよくげふ》の性質《せいしつ》は異《こと》なり、種類《しゆるゐ》は萬別《ばんべつ》であつても、一括《くわつ》して悉《ことごと》く働《はたら》く婦人《ふじん》である。

滿洲事變當時《まんしうじへんたうじ》は、現地《げんち》に活動《くわつどう》する夫《をつと》の許《もと》へすら、婦人《ふじん》は中々《なか／＼》内地《ないち》から出《で》てこなかつた。それが今度《こんど》の事變《じへん》には婦人《ふじん》の方《かた》が進《すゝ》んで内地《ないち》からやつてくる。この相違《さうゐ》は何所《どこ》から來《く》るものか知《し》らぬが、兎《と》に角《かく》日本《につぽん》の婦人《ふじん》は僅《わづか》の間《あひだ》に勇敢《ゆうかん》になり、活動的《くわつどうてき》になつたものである、と私《わたし》に語《かた》つた人《ひと》があるが、蒙疆《もうきやう》の鐵道《てつだう》線《せん》の最終《さいしう》の包頭《パオトウ》へ行《い》つても、藝者《げいしや》もゐれば職《しよく》業婦人《げふふじん》もゐる。

凡《およ》そ軍隊《ぐんたい》のゐるところ、日本人《につぽんじん》が既《すで》に一歩《ぽ》踏《ふ》み入《い》つたところで、働《はたら》く婦人《ふじん》がそれに從屬《じうぞく》してゐないところはない。

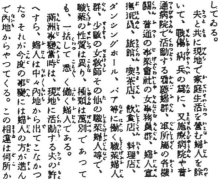

私《わたし》は蒙疆《もうきやう》を旅行《りよかう》した時《とき》、どこの旅館《りよくわん》にも派《は》手《で》な日本髷《にほんまげ》を結《ゆ》て帶《おび》を高《たか》く締《し》めた女中《ぢよちう》たちがゐるのに寧《むし》ろ感心《かんしん》したが、この婦人《ふじん》たちの中《なか》には日本《につぽん》の中央《ちうあう》の靜岡《しづをか》や山梨《やまなし》あたりから來《き》てゐるものが有《あ》る。又何所《またどこ》へ行《い》つても島田髷《しまだまげ》の藝者《げいしや》がゐるのにも、驚《おどろ》かされる。

以上《いじやう》に擧《あ》げた婦人群《ふじんぐん》を一括《くわつ》して、働《はたら》く婦人《ふじん》と云《い》つたが、その階級《かいきふ》は、技術《ぎじゆつ》によるものと然《しか》らざるものとの、二《ふた》つに區別《くべつ》される。私《わたし》は、上海《シヤンハイ》に滯在《たいざい》してゐた時《とき》、いちばん最初《さいしよ》に上海《シヤンハイ》へ日本《につぽん》から渡《わた》つて來《き》た日本人《につぽんじん》は何《ど》う云《い》ふ階級《かいきふ》で、又《また》どんな事業《じげふ》を行《おこな》つてゐた人《ひと》かを調《しら》べて貰《もら》つたことがあつたが、それが婦人《ふじん》であつたので意外《いぐわい》に思《おも》つた。むろん明治以後《めいぢいご》である。多方《たぶん》らしやめんで外人《ぐわいじん》に伴《ともな》はれて支那《しな》へ來《き》たものであらうと、支那《しな》に精通《せいつう》する一老人《らうじん》が私《わたし》に說明《せつめい》した。これは上海《シヤンハイ》に第《だい》一歩《ぽ》を印《しる》した婦人《ふじん》の話《はなし》であるが、それのみでなく日本《につぽん》の植民地開拓《しよくみんちかいたく》の先驅者《せんくしや》が大《おほ》よそ「からゆきさん」であり、ゲイシャ・ガールであることは昔《むかし》も今《いま》も變《かは》りがない。今度《こんど》の事變《じへん》にもかゝる型《かた》の婦人《ふじん》が進出《しんしゆつ》してゐるのを察《さつ》して、これを日本《につぽん》婦人《ふじん》の恥辱《ちじよく》として嘆《なげ》く人々《ひと／″＼》もあるが、我身《わがみ》を犧牲《ぎせい》にする婦人《ふじん》の職業《しよくげふ》は日本《につぽん》に於《おい》ては寧《むし》ろ道《だう》德價値《とくかち》を持《も》つ場合《ばあひ》があるのであり、この道德《だうとく》性習慣《せいしふくわん》――一面《めん》にはこれを恥辱《ちじよく》としながら、一面《めん》にはこれを否定《ひてい》しないでもいゝやうな道《だう》德性習慣《とくせいしふくわん》が、かう云《い》ふ職業《しよくげふ》を選《えら》んだ婦人《ふじん》たちに無反省《むはんせい》な一種《しゆ》の生活力《せいくわつりよく》を與《あた》へる。そして、この無反省《むはんせい》な生活力《せいくわつりよく》によつて、自分等《じぶんら》の階《かい》級《きふ》だけに許《ゆる》された奔放《ほんぱう》な道《みち》を突進《とつしん》するのである。すべての情勢《じやうせい》の荒《あら》つぽい、無規律《むきりつ》な植民地《しよくみんち》に乘出《のりだ》して、所謂《いはゆる》「荒稼《あらかせ》ぎ」を試《こゝろ》みる勇敢《ゆうかん》さも、この一《ひと》つの現《あらは》れとも云《い》へる。これらの婦人《ふじん》にとつては、我身《わがみ》を犧牲《ぎせい》にする職業《しよくげふ》に從《したが》ひつゝ、機會《きくわい》あれば何所《どこ》へでも乘《の》出《だ》すことに不思議《ふしぎ》はないので、日本《にっぽん》の婦人《ふじん》と云《い》へば、或《あ》る種《しゆ》の對象《たいしやう》に過《す》ぎぬ者《もの》のみを代表《だいへう》するやうな婦人《ふじん》たちが、東亞建設《とうあけんせつ》の目《め》拔《ぬ》きの地域《ちゐき》に振《ふ》りまかれてゐることによつて、侮辱的《ぶじよくてき》な狀態《じやうたい》がある部分《ぶぶん》に露出《ろしゆつ》される――と云《い》ふやうなことに就《つ》いて、彼女《かのぢよ》たちは別《べつ》に自分《じぶん》の責任《せきにん》を感《かん》じる必要《ひつえう》のないことであらう。

女性時評

私《わたし》たちの嘆《なげ》きは「からゆきさん」やゲイシャ・ガールの進出《しんしゆつ》を恥辱《ちじよく》とする上《うへ》にあるではなく、最高《さいかう》の文化基準《ぶんくわきじゆん》を東亞建設《とうあけんせつ》に求《もと》めつゝある一方《いつぱう》に、かゝる無知《むち》、無人格《むじんかく》が平然《へいぜん》として新《あたら》しい土壤《どじやう》に根《ね》を張《は》りつゝあることと、かかる狀態《じやうたい》を現地《げんち》に反映《はんえい》せしめる日本《にっぽん》の社會文化《しやくわいぶんくわ》の低調《ていてう》さの上《うへ》にあるので、これを今更《いまさら》悲《かな》しみ嘆《なげ》いても仕方《しかた》のないことである。だが、この事變《じへん》を契機《けいき》として、依然《いぜん》としてかゝる婦人《ふじん》が先《さ》きであつたにもかゝはらず、非常《ひじやう》に心強《こゝろづよ》いことは堅實《けんじつ》な若《わか》い職業婦人《しよくげふふじん》の進出《しんしゆつ》が新《あたら》しい現象《げんしやう》として見《み》られることで、以上《いじやう》の好《この》もしからぬ狀態《じやうたい》を救《すく》ふに足《た》りる喜《よろこ》びでもあると思《おも》はれる。

職業《しよくげふ》に高級下級《かうきふかきふ》の別《べつ》はあり、年齢《ねんれい》の相違《さうゐ》はあつても、日本《にっぽん》を離《はな》れ父母《ふぼ》を離《はな》れて、支那《しな》の職業戰線《しよくげふせんせん》で活動《くわつどう》する若《わか》い婦人《ふじん》を見《み》、そして彼女《かのぢよ》たちと語《かた》つて感《かん》じることは、生活《せいくわつ》の爲《ため》とは云《い》へ、こゝまで來《く》る決心《けつしん》は容易《ようい》なものではなかつたと云《い》ふことである。中《なか》には生活《せいくわつ》の爲《ため》に働《はたら》くと云《い》ふ以外《いぐわい》に、日支《につし》の問題《もんだい》に關《くわん》して日支《につし》婦人《ふじん》の結合《けつがふ》、支那婦人《しなふじん》の教化《けうくわ》などの理想《りさう》を抱《いだ》き、或《あるひ》は支那《しな》における教育事業《けういくじげふ》を終生《しゆうせい》の仕事《しごと》として政治戰線《せいぢせんせん》に戰《たゝか》ふ婦人《ふじん》もある。

現地《げんち》に働《はたら》く夫《をつと》と共《とも》に、支那《しな》で永住《えいぢゆう》の根據《こんきよ》を定《さだ》める爲《ため》に日本《にっぽん》を離《はな》れた婦人《ふじん》たちは、たとへ家庭《かてい》の樣式《やうしき》は日本《にっぽん》の延長《えんちやう》たるに過《す》ぎないものとは云《い》へ、多《おほ》くの不自由不便《ふじいうふべん》の中《なか》で不馴《ふな》れな孤獨的《こどくてき》な生活《せいくわつ》を送《おく》らなければならない。青島《チンタオ》から濟南《さいなん》へ來《く》る途中《とちう》の淋《さび》しい一《ひと》つの驛《えき》で、子供《こども》をねんねこで背負《せお》つた日本婦人《にっぽんふじん》が立《た》つてゐるのを、汽車《きしや》の窓《まど》から眺《なが》めた時《とき》は、非文明的《ひぶんめいてき》な風俗《ふうぞく》として平常《へいじやう》は非難《ひなん》するやうな姿《すがた》に對《たい》して、むしろ懷《なつか》しさを感《かん》じたことがあつた。

滿洲事變《まんしうじへん》の當時《たうじ》は、中々《なかなか》現地《げんち》の夫《をつと》のもとへすらやつて來《こ》なかつたと云《い》はれる堅固《けんご》な婦人《ふじん》たちが、今度《こんど》の事變《じへん》にはかうして自《みづか》ら求《もと》め、自《みづか》ら進《すゝ》んで大陸《たいりく》の土《つち》を踏《ふ》む。或《あるひ》は生活《せいくわつ》のために働《はたら》き、或《あるひ》は理想《りさう》に燃《も》えて支那大陸《しなたいりく》を目指《めざ》してくると云《い》ふ、この事《こと》から私《わたし》たちの胸《むね》を最《もつと》も強《つよ》くうつものは、今度《こんど》の事變《じへん》そのものゝ重大《ぢゆうだい》さがたとへ漠然《ばくぜん》たるものではあつても、婦人《ふじん》一般《いつぱん》に認識《にんしき》されてゐること、同時《どうじ》に自身《じしん》の生活《せいくわつ》の上《うへ》にこの影響《えいきやう》が種々《しゆじゆ》な形《かたち》となつて直接的《ちよくせつてき》に現《あらは》れ、或《あるひ》は切迫《せつぱく》しつゝあること、かうした實際《じつさい》の生活感《せいくわつかん》が、支那《しな》において新《あらた》に築《きづ》かれようとするものへの希望《きばう》を促《うなが》し立《た》て、そしてこれが一方《いつぱう》には現地《げんち》に於《おい》て活動《くわつどう》する夫《をつと》と共《とも》に永久《えいきう》の家庭《かてい》をこゝに營《いとな》まうとする決心《けつしん》となり、一方《いつぱう》には又現地《またげんち》の職業戰線《しよくげふせんせん》へ若《わか》い婦人《ふじん》を驅《か》り立《た》てる動機《どうき》となつてゐると云《い》ふことである。

要《えう》するに彼女《かのぢよ》たちを新《あら》たに支那《しな》へ進出《しんしゆつ》せしめたものは、深《ふか》さ淺《あさ》さの程度《ていど》の相違《さうゐ》はあつても、事變《じへん》の重大性《ぢゆうだいせい》に對《たい》する認識《にんしき》である。若《わか》い婦人《ふじん》の時代的覺醒《じだいてきかくせい》が考《かんが》へられ、そして新生活《しんせいくわつ》を將來《しやうらい》支那《しな》に求《もと》める彼女《かのぢよ》たちの生活計畫《せいくわつけいくわく》の一端《いつたん》がうかゞはれる。かうした環境《くわんきやう》の中《なか》で敢然《かんぜん》大陸《たいりく》の土《つち》を踏《ふ》み初《はじ》めた婦人《ふじん》たちは、多《おほ》かれ少《すくな》かれ、その行動《かうどう》に處《しよ》するだけの獨立的《どくりつてき》な意志《いし》を有《いう》してゐることは云《い》ふまでもなく、彼《かの》女《ぢよ》たちは決《けつ》してぼんやりと、夢《ゆめ》のやうに現地《げんち》に出《で》てきたのではなかつた。そしてそこには當然《たうぜん》日本《にっぽん》の若《わか》い婦人《ふじん》の社會的進歩《しやくわいてきしんぽ》への道程《だうてい》が認《みと》められるのである。

ジャーナリズムによつて大陸進出《たいりくしんしゆつ》の言葉《ことば》が流行語《りうかうご》となり、大陸進出《たいりくしんしゆつ》が流行《りうかう》となるやうな浮薄《ふはく》な精神《せいしん》で、支那大陸《しなたいりく》を目指《めざ》してやつて來《き》た若《わか》い婦人《ふじん》は一人《ひとり》もない筈《はず》であるし、又《また》浮薄《ふはく》な精神《せいしん》だけで動《うご》けるやうな輕《かる》い行動《かうどう》ではないのである。そして將來《しやうらい》は一歩《ぽ》踏《ふ》み入《い》つたこの大陸《たいりく》の土《つち》の上《うへ》に、日本《につぽん》と云《い》ふ大《おほ》きな國家《こくか》の存在《そんざい》を肩《かた》にして、民族融和《みんぞくゆうわ》の使命《しめい》を帶《お》びつゝ働《はたら》かなければならない婦人《ふじん》たちである。

日本《にっぽん》は支那大陸《しなたいりく》に於《おい》て武力《ぶりよく》を誇《ほこ》ることが出《で》來《き》る。古《ふる》い文化《ぶんくわ》を誇《ほこ》ることが出來《でき》る。或《あるひ》は新《あたら》しい文化《ぶんくわ》をさへも誇《ほこ》ることが出來《でき》よう。だが、日本《にっぽん》の婦人《ふじん》を誇《ほこ》ることが出來《でき》ないのである。日本婦人《にっぽんふじん》の貞節《ていせつ》、淑徳《しゆくとく》を道徳美《だうとくび》として世界《せかい》に誇《ほこ》るものがあると強調《きやうてう》するものがあつたにしても、その誇《ほこ》りは大《おほ》きな事實《じじつ》によつて裏《うら》切られてゐる。日本着《にほんぎ》を着《き》て、しなやかに大《たい》陸の土《つち》を歩《ある》くことが日本婦人《にっぽんふじん》の誇《ほこ》ることのやうに、思《おも》ひ誤《あやま》る婦人自身《ふじんじしん》も少《すくな》くないやうであるが、既《すで》に日本內地《にっぽんないち》に於《おい》てさへ、婦人《ふじん》の日本《にほん》着《き》を不活動的《ふくわつどうてき》なものとしてその改良《かいりやう》に腐心《ふしん》する有識《いうしき》の人《ひと》たちがゐる。日本服《にほんふく》に比《くら》べれば支那《しな》の婦人服《ふじんふく》は活動《くわつどう》に便《べん》な點《てん》で遙《はるか》に進歩《しんぽ》してゐる。北京《ペキン》の街頭《がいとう》は、洋服《やうふく》を着《き》る西洋婦人《せいやうふじん》、支那服《しなふく》を着《き》る支那婦人《しなふじん》、日本服《にほんふく》を着《き》る日本婦人《にっぽんふじん》の姿《すがた》が絡繹《らくえき》として交錯《かうさく》してゐるが、私《わたし》は未《いま》だ嘗《かつ》て日本服《にほんふく》の婦人《ふじん》の姿《すがた》からすつきりした美《び》を感《かん》じたことがない。支那人《しなじん》は配色《はいしよく》に鈍感《どんかん》で、やたらに種々《いろいろ》な原色《げんしよく》を用《もち》ひると云《い》はれてゐるが、私《わたし》は婦人《ふじん》の日本着《にほんぎ》からこそ寧《むし》ろこれに似《に》た感《かん》じを受《う》ける。しかも複雜《ふくざつ》な色彩《しきさい》が却《かへ》つて暗濁《あんだく》な主調《しゆてう》を示《しめ》す。北京《ペキン》ばかりではない。中支《ちうし》、蒙疆《もうきやう》の至《いた》るところで見受《みう》けた日本着《にほんぎ》は、純粹《じゆんすゐ》な洗練《せんれん》された日本着《にほんぎ》の粹《すゐ》や美《び》からは遙《はるか》に遠《とほ》いものが大陸《たいりく》の光線《くわうせん》に曝《さら》され、しかも徒《いたづ》らに高《たか》い帶《おび》が不具《かたは》な形《かたち》をさへ想起《さうき》させるのである。若《わか》い日本《にっぽん》の職業婦人《しよくげふふじん》は輕《かる》い洋裝《やうさう》が多《おほ》く、內地《ないち》で見《み》る女事務員《をんなじむゐん》のやうに袴《はかま》を穿《は》いたのを時々《ときどき》見受《みう》けることがあるが、これは帶《おび》を締《し》めた日本着《にほんぎ》よりも遙《はるか》に見《み》よい。

これは單《たん》に服裝《ふくさう》について云《い》つたのであるけれ共《ども》、今後《こんご》現地《げんち》で生活《せいくわつ》する婦人《ふじん》は、知識《ちしき》、趣味《しゆみ》の廣《ひろ》さを學《まな》ぶと同時《どうじ》に、徹頭徹尾《てつたうてつび》インテレクテュアルでなければならないのである。理《り》知的《ちてき》である爲《ため》には政治《せいぢ》をも知《し》らなければならない。少《すくな》くとも東亞建設《とうあけんせつ》と稱《しよう》されるその意味《いみ》の全般《ぜんぱん》を知《し》らなければならない。內地《ないち》で認識《にんしき》した事變《じへん》の重大性《ちようだいせい》を、現地《げんち》において更《さら》に深《ふか》く認識《にんしき》しなければならない。

日本婦人同志《につぽんふじんどうし》の協同的《けふどうてき》な活動《くわつどう》は、もつと廣《ひろ》く支那婦人《しなふじん》との接觸《せつしよく》の上《うへ》にも及《およ》ぼさなければならない。

北京《ペキン》だけに就《つ》いて云《い》へば、此所《ここ》には國防婦《こくばうふ》人會《じんくわい》があり、社交婦人《しやかうふじん》の團體《だんたい》がある。一度《ど》大《たい》使館《しくわん》で催《もよほ》されたこの會《くわい》に出席《しゆつせき》したことがあつたが、一流《りう》の階級《かいきふ》の夫人令孃《ふじんれいぢやう》が三四十名《めい》、そして支那婦人《しなふじん》十名《めい》ほどの集《あつま》りで、日本《につぽん》の夫人《ふじん》たちは例《れい》の如《ごと》く日本着姿《にほんぎすがた》で賑《にぎ》やかに夫人同志《ふじんどうし》がすしを食《た》べ、菓子《くわし》をつまむと云《い》ふやうな會《くわい》であつた。目的《もくてき》は日支婦人《につしふじん》の親善《しんぜん》を圖《はか》る會《くわい》であり、慈善事業《じぜんじげふ》も行《おこな》はれる。

かう云《い》ふ會《くわい》も必要《ひつえう》であるかも知《し》れないが、もつと積極的《せききよくてき》な婦人自身《ふじんじしん》の教養《けうやう》を目的《もくてき》とする會《くわい》、それは、主《しゆ》として若《わか》い職業婦人《しよくげふふじん》を中心《ちうしん》とするもので、時代《じだい》に對《たい》する覺醒《かくせい》から更《さら》に進歩《しんぽ》發展《はつてん》の道程《だうてい》にある彼女《かのぢよ》たちの生活目標《せいくわつもくへう》を誤《あやま》らずに導《みちび》き、日本婦人《につぽんふじん》として誇《ほこ》るに足《た》りる理知《りち》と教養《けうやう》とを備《そな》へた、しかも近代的精神《きんだいてきせいしん》によつて生《い》きる研究的《けんきうてき》な機關《きくわん》が作《つく》られなければならぬ。

そしてむろんそれへの導《みちび》き、又《また》は協同《けふどう》の手《て》も、遠く內地《ないち》の知識層《ちしきそう》の婦人《ふじん》たちからさしのべられなければならない。

日支婦人《につしふじん》の結合《けつがふ》のくさびとなる前奏的《ぜんそうてき》な組《そ》織體《しきたい》の一《ひと》つとして、又現地《またげんち》と內地間《ないちかん》の婦人《ふじん》の動靜《どうせい》に對《たい》する理解《りかい》を繫《つな》ぐ仲介機關《ちうかいきくわん》として、先《ま》づかう云《い》ふ會《くわい》が、現地《げんち》の心《こころ》ある婦人《ふじん》によつて形成《けいせい》されることを要望《えうばう》する。

雪の京包線

佐藤俊子

（一）

蒙疆はまだ危險だと云はれた。いつ何所で匪賊に襲はれるか分らないと脅かされた。蒙疆へ行けば必らず腸チブスに罹ると云ふものもあつた。鬼でも出るやうな脅かしを聞きながら、最初の計畫通り鐵道の最終點包頭まで行くことにして蒙疆の旅に出かけた。

北京の曉はしろがねの帳をかゝげるやうにして明ける。これは北京の持つ美しさの一つである。こんな感じの、澄んだ靜かさで白みかゝる北京の空に送られながら、正陽門の停車場から包頭行の汽車に乘る。數へると丁度北京へ來てから三週間を過ごした。今日から三月にはいるのである。相變らずの一人旅を別に淋しいと思ふことはないのだが、蒙疆の旅は危ぶないと餘りに周圍から脅かされ過ぎた爲か、今朝は旅へ行く心が少しく進まない。

もつとも今度ばかりではない。支那へ來てから旅をつゞけてゐながら、旅から旅へと移る度に、知らない土地へ行くことにいつも賴りない心細さを感じるのだが、今朝は殊にこの旅へ出ずる北京から日本へ歸ればよかつたなどゝ思ふ。汽車の中に腰を落着けて出發を待つ間、何となく日本の友人たちを思ひ出し、日本のことが考へられるのは、さとごゝろが付いたのでもあらうか。

支那人の少年の賣子が菓子、キヤラメル、雜誌などを頸から下げた箱に入れ、窓際へ賣りにくる。可愛らしい顏をしてゐるので、キヤラメルを買つてやる。

（二）

北京から張家口まで八時間。この線にはまだ急行列車などと云ふのはないのである。だが室内には溫かくスチームが通り、車體の構造は日本のよりも大きく、二等室の四人がゆるやかに向ひ合ふ座席のまんなかに、テーブル代用の壁板が取付けてあるのは便利である。この蒙疆地區の既設鐵道は支那でたゞ一つの支那經營の鐵道である。支那の鐵道と言へば必らず外國の資本によるものか、外國借欵の擔保となつてゐるものと考へてゐた私には、この話は嘘のやうに考へれるのである。着工したのは一九〇五年、二三年に包頭まで開通した。この鐵道線はこれから更に沙漠を横斷して庫倫まで、又包頭から寧夏までの延長が當時計畫されてゐたと云ふことである。今度の事變で破損された部分はすぐに滿鐵の手で修復され、昨年の秋頃はまだランプを用ひてゐたそうだが、今は無論電燈で、寢台車も食堂車等も連結してゐる。寢台車が運轉されるほどなら沿線の危險はない筈だと思ふ。

見ると室內の隅に拳銃を持つた警乘兵が八人乘つてゐる。汽車を衛る特別の兵なのであらう。乘客の乘車券を檢べに廻る時も、この警乘兵が一人必らず附添つて歩いてゐる。乘客は軍人よりもカーキ色の協和服と云ふのを着た軍屬の人々が多い。あとは通常の洋服を着た人々で、大抵は書類ではち切れそうな大きな鞄を所持してゐる。時々支那人ボーイが番茶の熱いのを乘客に——恰度日本の會社あたりでボーイが恭々しい恰好で茶を客のところへ持つて來るやうな容子で運んで來る。青島から北京へ來るときの汽車の中でも同じサービスをしてゐたが、これは何所の鐵道が初めたものか、乘客に取つては非常に溫かいサービスである。

窓外は水の見えるところは半ばは凍氷してゐる。大きな河など氷の厚く張つてゐる部分は、この凍氷を鋸で四角に切取つてゐる。作業をしてゐるのは數人の支那人である。一尺又は二尺角に切取つてこれを岸に並べれば、其れは一個の商品となつてゐる。樹木のない低い連山、土壁の住家、平野のやうな耕地、時々なだらかな山の傾斜の中腹に羊の群れが枯草を食べてゐるのを見る。あまりに視野から遠い時は綿屑の塊りが散らかつてゐるやうである。

汽車が一とつの驛に停車する度に、たくさんな支那人が寢具を括つたものを肩にかけ、小さい手荷物を提げたりして汽車から降りて行く。そして着車を待つてゐた同じやうな群れが、この汽車に乘込む。私は中支でも北支でも、汽車で通過する驛と云ふ驛で、必らず寢具をまとめたものを肩に引つ掛けた支那人が、ぞろ〳〵と停車した汽車から降り、又其の驛から新に乘込むのを見たが、蒙疆でも同じである。夥しい勞働者群の殆んど絶えることのない移動の姿である。むろん生活から生活へ、勞働から勞働への移動には違ひないが、支那人を逐ふものは生活や勞働ばかりではないやうな氣がされる。東へ西へ、南へ北へと廣大な支那の土地から土地へ流轉するルンペン的な不定着性が支那人の特性なのであらうか。共れとも少しでもよりよい條件の勞働を目指して、あゝも間斷なく、移動するのであらうか。

　斯う云ふ支那人の群れから、我執的な生活力が横溢するやうに感じられる。自分の生活だけを見てゐる。其の他のことには何の關係もないと云ふやうな――共れは利已でもなく、個人的な姿でもなく、單に自分の生活だけにしがみ付いてゐる。支那大衆の姿が、寢具を肩に引つかけて、停車する汽車を目がけて驅けて行く一人々々の支那人の上に見られるのである。

（三）

戰ひに多くの物語を殘してゐる南口を過ぎ、青龍橋附近に近づくと内長城線の一部が現はれる。

　萬里の長城の名は子供の時から聞いてゐて、二千年の昔秦始皇が築いたと云ふ歷史的な物語は、私の頭の中で風化して了ひ、殘る部分はお伽ばなし化されてゐるのであるが、支那へ來て地圖を屢ゝ擴げるやうになつてからは、河北省の山海關からこの線が始まり、延慶あたりで内長城線を輪に築き、その線は山西省の偏關あたりから、蜿々と甘肅の寧夏まで延び、更にその線は寧夏省と青海省を境する張掖にまで及ぶのを知つた。そしてその僅な八達嶺の一部を汽車の窓から見上げるのである。

　青く晴れた空に天のかけ橋のやうに尖鋭な線を劃す長城は仲々風景的である。二千年の歷史が形になつて私の眼の前にあると云ふことも不思議である。大政治家の秦始皇が一旦軍事的に利用した遊牧民匈奴の侵入を防ぐ爲に、この内外の長城を築いたと云ふ話は、たとへ長さは萬里にわたつてもこの長城で永久の守備ができると考へたとすれば、矢張り二千年以前の大政治家の頭腦も幼稚なものであつた。汽車の窓からこの風景が消え去ると、地圖面の長城線が頭に浮んでくる。秦始皇はこの線で圍ふことによつて支那統一を企畫したのかも知れなかつた。そんなことが考へられる。だがどちらにしても、一人の支配權力が數十萬の勞働者を築城に使役した、二千年前以前の封建的勞働賦役の大げさな跡だけは、私の眼前に見た長城のたつた一部にも殘されてゐるのである。

石ばかり多いところを過ぎる。石の産地と云ふ土地があるのであらうか。懷來、土木の邊であつた。視線の及ぶかぎり石である。土の肌も見えない石の野がある。石の道路、石の河原、石の門、石の祠堂、そして石で造つた家、が多くあるのは、附近の石を使用するのであらう。鐵道の沿線まで大石が無用に轉がつてゐる。

「支那には樹がない」と、よく一と口には云れてゐるが、日本の杉の森、欅の林など懷かしく思ひ忍ぶほど何處を旅しても鬱蒼たる樹木の繁みに接しることがない。支那の歴史は河北、河南、山東、甘肅、峡西を含む黄土帶と稱される生産に豐かな地域を中心に初まつてゐると云ふことを聞くが、その當時は山は森林深く濕潤であつたに違ひない。この邊にも森林はあつたのであらう。私がそんなことを考へてゐると同宗の人が面白い話をしてゐる。支那に樹木がないのは、支那人は虎と匪賊を極端に恐れるので、この隱れ場を防ぐ爲に、樹木を絶へず代り倒したからだと云ふのである。支那では龍は雨を起すもので農業の禍ひを救ふ神として崇められ、虎は風を起すものとして畏敬されてゐる話は知つてゐるが、虎を恐れる余りに支那に樹木が無くなつたと云ふ話は初めて耳にする。これも少しお伽ばなしのやうである。だが森林の破壞は恐らく紀元前のむかし、軍事をつかさどつたものから初められたのであらう。虎と匪賊の襲撃は匈奴の來寇を指してゐるものかも知れないのである。

（四）

張家口は清河にかかる清河橋を間にして、上町と下町に分れてゐる。砂ほこりが深く、靴を埋めるやうなところがある。

北京報道課の紹介をもつて特務機關へ行く。親切な機關長から、蒙疆は蒙古ではないことや、蒙疆地區の獨立性、同時に地形的な重要性、資源の豐富などについて、又張家口には察南自治政府（十縣管轄）、大同には晋北自治政府（十三縣管轄）厚和には蒙古研盟自治政府があり、この三自治政府を統率する蒙疆聯合委員會は、矢張り張家口にあることなど、いろいろと小學生のやうに教へられる。蒙疆地方の旅行券をこしらへて貰ひ、指定された福榮旅館へ行く。

この旅館は支那人の旅館を日本風に改造した家で、利久まがひの疊に床の間があり、（蒙疆中の旅館で疊を入れてあるのはまだこの旅館だけだと云ふことである。）上り端には摺り硝子入りの障子が嵌めてある。土間にストーヴを置き、入口は支那家屋式のドアが用ひてある。柔らかなふか〳〵した絹の蒲團を蒙疆の旅館で被ることは思ひがけないことであつた。女中さんは帶を高く締め、奇麗な服裝をしてゐる。色のよい刺身、吸物、うま煮、酢のもの、其れに洋食の一と皿など、食膳も豐富である。「こゝにも藝者が居る？」「居りますよ。たくさん。」「やつぱり島田に結つたのも居る？」「居りますよ」など、こんな會話をしながら寢床に入ると、日本の溫泉宿にゐるやうな氣分である。日本氣分の延長は長城線のやうに蜿々とこゝまでにも及んでゐる。

翌日の午前に「張家口では他に見るものはないが、張家口と張北の境界にあたるところの、長城線の絶頂まで案內させる。そこまで行けば長城を目前に見て長城內へもはいることが出來る。張家口で見るものはこれくらゐのものである。」と云ふ蒙疆聯合委員會からの傳言で、案內役の靑年北野氏を乘せた自動車が旅館へ廻される。

長城線の絶頂まで行くには張家口から往復四時間はかゝる。八達嶺から見た內長城線とは反對の側を走るラインの一部なのである。萬全縣を通過すると云ふ。町を行く間黃砂の話が出る。三四月頃の季節に蒙古の沙漠から吹いてくる砂のあらしであるが、これが吹いてくる時は、こまかな砂塵で町の中は一寸先きも見えぬ。天地は晦瞑となり、戸を閉め切つた室內にさへ四五寸の砂塵が積る。交通はむろん動かなくなる。この黃砂は北京をも襲ひ、時には日本內地へまで砂が飛ぶことがあるが、一年に一回か二回以上襲はれることはない。この現象も大抵二三時間で熄む。このあらしがくる時は豫測することが出來るので住民は門戸を閉ざして家屋の中に居る。

町を離れ、山中へ自動車が進んで行く頃、雪がちら〳〵と降り初めたのに氣が付く。物々交換の市場であつたと傳へられる大鏡門を通る。山麓深く圍まれた半里四方の平野である。今でも張北方面から來る商人と、張家口から行く商人とが、こゝに出會して商品の取引の場所に當てゝゐる。遠近に連なる山は、前後に折重なる山は、陰山山脈の支脈なのであらうか。露出する赤紫色の土肌が、雪に曇る光りと山の陰翳で紫色に沈んで見え、又生々しい紅色で山ひだを染めてゐるやうにも見える。山、平野、枯草を綴る一本の樹木もないのである。だが、たつた一ケ所、靑い樹のあるところがあると案内役が敎へる。こゝには植林の計畫があつて、最近專問の博士が調査に來たが、こゝへ植林しても濕氣が不足なので、苗木が成長するか何うか確かでないと云はれたが、たつた一ケ所、そこだけに青い樹がある。何うしてそこだけに樹木が生長してゐるのかは分らない。「たつた一ヶ所の青い樹」を見る喜びに、樹の現はれるのをひたすら待つほど、仲々其の場所に達しない。

漸く樹が見えてくる。綠の葉を持つ樹──近づくと其れは日本の松である。二十坪ほどの地內に日本のから松が數本、相招き、相寄るやうな格好で、亭々と丈け高く聳えてゐるのである。日本の湘南地方に見える繪のやうな松の形をしてゐる。中央に赤く塗つた木造の樓のやうなものがある。雪が松をかすめてちら／＼と降つてゐる。こゝは以前支那兵たちがよく遊びに來た場所であると案內役の說明である。

松の根は非常に深く地底に張りひろがつてゐるのであらう。誰れが植えた松か、自然に生えた松か、何うしてこの數本だけが、綠を深くして千年の根を支へ、樹木の生命を保つてゐるのだらうか。だが、植林の苗木さへ育つか育たぬか覺束ないと云はれる乾燥地帶に「たつた一ケ所青い樹のある」不思議な自然現象も、植物學的には容易に答への出てくる問題であらう。あの松はまだ一本の生ひ立ちの時に、誰れかゞ深く愛し育てものに違ひないと思ふ。其の愛護の手が、今も千年の根の上に加られてゐるのである。

あの松の中のどの一本かゞ、そのやうにして愛され育てられたのである。沙漠に近い蒙疆山中の『たつた一ヶ所靑い樹のあるところ』には、この物語が創作されなくてはならない。

（五）

均齊的な萬全縣城の城壁が、雪の降る間を透かして浮いて見える。そこは嘗て悲壯な激戰のあつた戰場である。これが視野から隠れ、險しい道を暫らく走ると、河の流れに沿ふ道に出る。岸に柳があり、山の斷層が九十九折につゞく、この斷層の一角から俄に河流の擴がる一つの地點──道端には塹壕がまだ深く殘り、振返ると高い山上の敵のトーチカの跡が望まれる、この邊りは、河中を行進して萬全縣城へ迫る日本軍の難戰したところであると聞いて、車から下り、水中に空しく殪れた將士の靈に默禱をさゝげながら、雪の落ちる水の流れを暫らく見守る。河はまだところ／＼結氷して、白い布を張つたやうなおもてに飛雪が一片々々と積り、水の流れるおもてには其の一片々々が吸はれるやうに消えてゆく。

張家口は海拔一千メートル。長城線の絶頂までが千五百メートル。其の絶頂は要塞地帶であつた。一歩境界を越えれば張北である。右に匍伏する山脈の背後は蒙古平原である。自動車は境界線を越して張北の管内へ少しはいる。バリゲードの張り廻される要塞に沿ふて舊の道へ引つ返し、徒歩で山上の警備兵の屯所へ行く。小さい山寺であつたかと思はれる屯所の庭に騾馬が繋がれ、突當りの本堂の跡らしい建物の中に美しい乘馬が繋がれてゐる。私たちを案内する爲に警備兵の一人がわざ／＼雪の中を出て來た。

背後の山を半ばまで上つて見る。前方の山の頂から、ところ／＼破れたやうな形で、長城は私の目の前に線を引いてゐる。平行して近く見る城壁は、煉瓦を二、三尺積み上げたものに過ぎない。容易に一と足で越せるのである。其の線の中に入つて見るのには、其所から更に山上まで登らなければならなかつた。案内してくれる爲に出て來てくれた兵隊さんではあつたが、雪が頻りに降りしきるので、其れを犯す勇氣がなく其處までゝ引つ返す。「長城もこの邊へくると人夫がサボつたのでせう。」

と、私たちを笑はせながら、其の人も屯所へ戻つて行つた。この雪は山を越した蒙古の平原にも降るかと思ふ。花粉のやうな雪をオーバコートの肩から拂ひながら山を下る。屯所の庭に下げてあつた寒暖計を見ると、零下十三度であつた。

歸る途中に萬全縣の城内を一巡する。今はこゝに縣廳があり、察南政府の管内に屬してゐるのであるが、絶對に日本人を入れなかつた城であると、自動車が城内に入つて行く時、案内役の青年は感慨無量と云ふやうに、このことを繰返して私に告げる。城内は整然とした一つの町を形作り、支那人商店が並んでゐる。其の門に立つて自動車の過ぎるのを珍らしそうに眺める支那人たちがゐる。

縣廳に寄る。縣長は會議中であつた。内部はすべて洋式である。支那人の役人が机を並べ、支那婦人のタイプライタアガールが自分だけの室で働いてゐる。日本人の男女の小學生が教師に引率され、雪に濡れながら見學する一隊にこゝで出會ふ。生徒の中には、大陸で生れた子供もゐるのであらう。事變後兩親に伴はれて、日本を離れて來た子供たちもゐるに違ひない。そしてこれから斯うして大陸に育つ子供たちである。

私は四五年程前、まだアメリカに居た頃に、大連で小學校、女學校の校長を十余年も務める人に出會つたことがある。其の人は歐米視察に行く途中なのであつたが、滿洲に生れた日本人二世について其の人から聞いたことの中に、滿洲で生れたものは、日本へ留學にやつても、決して日本で生活しようと考へない。夏期休暇に滿洲へ歸つてくる時など、朝鮮海峽を越すと、もう故鄕に入つたやうで安心すると云ふ。其の二世たちは最早や日本は故鄕ではなく滿洲國が故鄕なのである。そして自分の生れたところをおいては、他の土地では生活することを欲しないのである。滿洲を故鄕とする日本人の滿洲人がますます增加する一方に、これからは北支にも、蒙疆にもそこを故鄕として生れ、そして育てられる日本人の子供が增加してゆくのである。北京には產婆の看板を上げてゐる職業婦人の幾名かを見るのであるが、斯う云ふ職業の人たちを必要とするほどに、三萬人の在留居人の間から、やがて其所に生れてくる子供たちがゐる。

アメリカの日本人二世がアメリカ市民として、純粹のアメリカ敎育を受けるのとは異つて、むろん支那大陸の日本人二世は日本國民として日本敎育を受ける。だが其れは學校敎育上の問題で、支那における各地域の在留民社會が、若し極めて低級な標準で形作られる限り、その環境の中で育つ子供たちの將來については、學校敎育だけで解決されないものが殘るであらう。現在夥しく日本から進出して來た日本人たちが、其の占領地域內で旣に一とつの社會を構成してゐる。其の社會の狀態が、どんな狀態であるかを考へるとき、この儘の水準におかれる社會が、今後の子供の將來にどんな影響を與へるかは、思ひ半ばに過ぎるものがある。

學童たちは大抵洋服を着てゐる。私を見てお辭儀をする女生徒もゐる。無心に、冷めたい雪も構はずに、一列に並んで門を出て行く。其の小さな後姿を見送りながら、私はこんなことを思ひふけつた。

（六）

山間にこれも唯一つの、美麗な建築を誇る龍泉寺に寄る。こゝには何所からとも分らぬ泉が湧いてゐると案內役から聞かされる。赤や綠で極彩色された勝德門を潛ると、二たつの池に橋をかけてあるのも珍らしい。一方の窪んだ低地を覗くと、そこは自然の小さい沼澤である。靜な音を立てゝ何所からともなく流れてくる泉がこれに注いでゐる。源泉は分らない。たゞ自然に湧いてくる泉である。苔や草が靑々と水に浸されてゐるのが目に沁み入るやうに鮮やかである。この水で毛皮を洗ふと美しい光澤を出すと云ふので、最近まで多くの毛皮商人がこの水邊に集つた。現在は禁じられてゐる。

　寺内に入ると水母宮と記した小さい本堂の奥に、現世的な色の白い唇の赤い觀世音菩薩が安置してある。この女佛に祈願すれば必らず一子を授けられると云ふ傳說がある。門を出て眺めると背後には山を負ひ、寺をめぐつて樹木があり、赤い家根、綠の柱に夕暮れの雪が白く降りかゝる風致は一つの舞台面を構成してゐる。なだらかな山道をうねりつゝ、再び本道に出る。張北方面へ行く支那商人たちであらうか。大鏡門のあたりへ來かゝつたが、荷車に幌を付けたものは幌の中に、幌のないものは荷の上に乘り、ゆたり／＼と騾馬に曳かせて行くのを見る。もう直き夜が來るであらうのに、雪の夜道をも斯うしてゆたり／＼と行くのであらうか。荷にも馬にも幌にも、支那人たちの身體にも、降るまゝに任せてある。雪が斑點を濃くして積つてゐる。

大同

（一）

　大同も砂塵が深い。だが張家口のやうに雜然とした感じがなく、四角な城壁の中に、きちんと纒つてゐるやうな町である。古びた落着きがあるのは、何所かに古都の風格が備つてゐるからであらう。驛から城內までは遠いが、バスが埃りを煙のやうに上げて走つてゐる。

　岩崎繼生氏の大同案內記によると、大同は北京を距る西北六五〇支里、舊山西省においては太原についでの大都會であつた。この地は蒙古に近いので周以前は北狄の地であつたが、其の後北魏の時代にこゝに宮殿を造營し城壁を築いた頃は平城と呼ばれてゐた。丁度日本の飛鳥朝以前である。奈良の都を平城と稱したことに何か關聯があるやうな氣がされる。大同と稱さるやうになつたのは遼の時代でこの時代に文化が起り多くの美術的な建築が營まれた。それ以後こゝは西京と云はれて文化の中心地として重んじられてゐたと云ふのである。事變前には大同縣の縣政府がこゝに置かれてゐた。

　住民の一般が下層な生活をしてゐることは張家口もこゝも同じであるが、支那人の商店には老舖らしい大きな店がある。日本人商店の軒を並べる一廓はネオンがあり、硝子戶の新しい書店、看板の新しい喫茶店がある。張家口よりも日本人街が奇麗に見えるのは、大同の町の整然とした區劃のお蔭に由るやうである。

　大同へ來て初めて婦人が殆んど纒足をしてゐることに氣付

く。桃色、赤、青、紫、黒などの原色のみを用ひた衣服を着てゐる。耳環、油で塗り固めた結髪、簪の裝飾——婦人の風俗は大抵これである。斷髪に普通の靴を穿いた婦人などに會ふことは、町を歩く間に一人、二人と數へるほどに稀である。大同の婦人は大同美人と云はれて世に聞こえてゐるが、外貌の上から典型的な美しさなどは感じられない。と云ふと、これは外貌の美ではなくて、纏足に基づく內的な美を持して大同美人と稱するのだと云ふ解釋を後になつて聞いた。

東亞建設新秩序運動の週間が恰度こゝでも初められてゐるので、町には一種の祭禮氣分が伴ひ、嬉々とした空氣が漂つてゐる。支那芝居に出る役者のやうに隈取りをした顏で、さま〴〵な古代風俗の假裝をしたものが、地上から數尺の高さに足臺を取付けた竹馬に乘る、高足踊りの行列の崩れを偶然町の中で見かけたり、特に着飾つた婦人たちが、奇麗に化粧をさせた子供たちの手を曳いて町を往來する姿を彼方此方に見かけたのも、この賑はしさを語つてゐる。

むづかしいことばかりを聞かせても民衆は尾いて來ない。民衆を樂しませ喜ばせながら、新秩序運動の精神を注入して行くと云ふ手段も用ひるので、高足踊りなどの行列も運動週間のプログラムに加へさせてゐる——晉北政府の若い最高顧問が私に斯う語つた。話は無論其れのみではなかつた。この政府內には若いインテリが多いやうである。蒙疆地帯全體の地形的主要性に伴ふ政治、經濟、工產の發展に、土臺を置くことは云ふまでもないが、特に自分たちの預かる大同に關しては、建設的な社會施設にも種々と碎心する若い理想家たちの、熱をもつて語ることを聞いてゐると、むしろ悲壯な感動を受ける。

中支には中支の事情に基づく建設の方法があり、北支には北支の事情に基づく建設方法があり、そして蒙疆には、やはり蒙疆の特種的な事情に基づく建設の理想に燃える言葉を聞き、北支でも其れを聞いた。そして蒙疆で更に其れを聞くことによつて、事情が異る爲に各々の當事者たちが特に强調した其の建設方法が、私の頭の中で截然と區別されるほど明瞭となつたことが感じられる。同時に一地方的に——

蒙疆內は蒙疆內だけで各地區によつて又更に異る舊來からの社會事情を持つことを考へさせる。殊に多種な民族の集合することで事情はこゝでは一層複雜である。蒙疆には事變後、素晴らしく整備された組織で形成された行政機構があり、合理的な政治方法で完全な統轄が行はれてゐるのであるが、この機構內で、其れ〴〵の地區の經綸を分擔する人々は基礎的な民衆指導に當らねばならぬ爲に、責任は一層重いやうである。

蒙疆は政治は云ふまでもなく、經濟にも産業にも商業にも建設と發展の速やかなことで大いに誇りとされてゐるが、又其れだけに些かの破綻でも其の建設面に生じる時は、影響の及ぶところは一層重大であらう。

（二）

晉北政府の岩崎氏案內役となり雲崗の石佛寺へ伴はれる。

武周山中の景色は、武周川の流れに沿ひ、時には山深く通ずる道路を走り、周圍の風物がいつも身に近く迫るやうで親しさが感じられる。今は自働車もバスも通じる道路であるが、以前は駱駝の脊によらなければ石佛寺へは通ふことが出來なかつた。伊東博士が明治の終りに石佛寺を調査されたと云ふ頃は、無論交通は其れよりも不便なものでは無かつたかと思ふ。木下杢太郎氏が石佛研究に來られたのは何時ごろの事であつたらうか。武周川にはまだところ〴〵結氷が殘つてゐる。其の道の半ば頃から又雪に會ふ。

寺のあるところは雲崗堡と呼ぶ。石佛の洞窟の山の高さは僅に數十丈である。門前の附近には住民の家屋が部落を作り、門前の風景を害ねてゐるのは惜しい。この住家を他に移して周圍の境域を廣め、日本の櫻樹を植ゑてやがて公園化する計畫が政府にあると岩崎氏の話である。

自動車から出て、ふと門の傍を見ると、新秩序運動と記した白布を車體に附けた一臺のトラックの上から、一人の支那人が、周圍を取卷く群集に向つて熱心に何か說いてゐる。何事かと近付いて行くと、昨日逢つた前島最高顧問がオーバアの毛皮に襟を埋めて立つてゐる。これは滿鐵が創始した愛路運動なのである。路を愛することによつて協同精神を民衆に養ふのが目的なのださうであるが、晉北政府もこれに名を籍りて政府自身の政治的宣傳運動を行ひながらこれから五日間、このトラックと共に管內の各縣を廻るのだと氏が說明する。道路を作つた爲に物品が廉價で手に入る――と云ふ宣傳で、メリケン粉、タバコ、支那タバコ、マッチ、醬油、ローソク、針、糸、などの日用品を町で買ふよりも廉く村民たちに賣る。直接宣傳に當つてゐるのは支那人の委員たちである。新秩序運動週間のプログラムの一つなのであらう。ふと、私を見て丁寧に挨拶する斷髮の支那婦人がゐるので私も挨拶をする。誰れかと聞くと、これは婦人委員で、嘗ては抗日運動に活動してゐた婦人なのである。今は民族協和、東亞協同の運動に其の情熱を傾けてゐる。羊毛の裏を付けたカーキー色の汚れたレーンコートを引つ掛けてゐる。もう一人居る。この婦人も抗日運動に活躍した仲間の婦人である。斷髮で黑い外套を着てゐる。宣傳と販賣が一段落すると、無蓋のトラツクの上に飛乘り、他の男子の委員たちと活潑な談話してゐる。纏足をした婦人が、二人、三人と連れ立ち、買つた品物を手にして私の前を過ぎ、自分の家へと歸つて行くのを見ると、纏足の婦人にはあのやうな活動はできないと思ふのである。トラツクは間もなく去つたが、風に靡く斷髮の先きに雪のついてゐたのが印象深く私の目に殘る。

（三）

「石佛古寺」の門を潜り、千五百年の美の創造を、豐かにこゝに保つと云はれる世界至寶の殿堂に初めて足を入れる。

岩層に佛を刻んだのは中支を旅行した時、抗州の淨持寺で見た。石佛寺の何萬分の一にも過ぎぬ數である。岩層を淺くくりぬき、丸彫りの佛象が刻んであつた。何時頃の工か知らないが、石佛寺よりは後世のものであらう。

雲崗堡と稱されるこの石窟は、山の斷壁を洞ろに鑿つて造られたもので、範圍は東西にわたつて約一支里、石窟の高さは斷壁の四分の三ほどに當る。東方、中央、西方の三つに分れ、二十四窟までを數へる。佛龕は東洞第一窟の石鼓洞から始まつて、西へ第二十四窟白佛耶洞まで續き、其の西に千佛洞と云ふ一洞が開かれてゐる。この洞窟には悉く名稱が付いてゐる。日本の飛鳥朝以前、北魏の太武帝が道敎を尊信して佛敎の絶滅を計つたのを、次ぎの文成帝が佛敎の復興を命じ、僧曇曜にこの窟の佛龕開鑿の大業を成さしめたと云ふ。この竣工までには百余年の年月が推定されてゐる。文成帝は其の當初工人たちと窟の附近に起臥して其の工を促されたと云ひ傳へられてゐる。

飛鳥朝佛の美を知るほどの自分であつて見れば、石佛寺の刻まれた佛像の美しさに、初めて接するほどの驚異は持たなかつたが、飛鳥朝に美を傳へた其の根源から、其の標準以上の美を見出だそうとする慾望で、一とつの佛像の前にもつい立止まり勝ちになる。其れを案内役から屢々促されながら、中央窟と西方窟、第五窟から二十窟までを見るには見た。ある所は寺僧の松明に照らされる一部々々を殆んど、一瞥して過ぎたり、松明の火の漸くに屆くあたりは朧氣に見える佛の群像をよくも眺めずに過ぎたりした。この石窟の一つ〳〵にまる一日づゝを費しても十分な觀賞は覺束ないと思ふほどであるのに、僅か一時間乃至二時間ぐらゐで全部を見て廻り、其の中から最もすぐれたものを強い印象にとゞめやうと云ふ焦せりと視神經の緊張だけで、結局飛び廻つてゐただけのものである。ほんとうに石佛の中へ其の一體をすらも十分に見たとは云へない。

驚かれることは、眞つ暗な窟の中に、この佛を刻んだ千五百年前の名人、工人たちの呼吸が、今も通つてゐることである。表面の外光のとゞくところ、內奧の松明の火に照らされるところに見出す諸佛の顏は、どれも皆工人たちの呼吸に今も耳を傾けて豐かな微笑してゐる顏である。

工人たちの創造した美は、一とつ／＼の石窟內の隅から隅まで、殊に隈なく埋めつくした諸佛の顏、手、足、指の先きまでに脈々と血潮を傳へ、不滅の生命を石に刻む一線にまで殘してゐる。懷しく微笑し、愛らしく微笑し、豐かに微笑し、優しく微笑し、靜かに微笑する顏、顏、顏――この石窟內は藝術の泉と云ふよりも愛の泉である。

（四）

この一事の感激だけで十分であつたかも知れないと思ふ。

第五窟の大佛は奈良の大佛よりも大きいのださうであるが、其れほどに感じられなかつた。あわたゞしい感激の中に印象をとゞめた佛像は第六窟の釋迦牟尼佛、六窟二層の西側の佛像、第九窟の入口西側の佛像、第十一窟門外露天の石佛などであるが、釋迦一代記の壯大な彫刻は第六窟にある。二層西側の佛像は關根博士が絶讃されたものださうだが、麗はしさにおいて實に優れた佛像である。唇の兩端に深い窪みがあり、このくぼみに無限の笑みを含み、やゝ俯向きに坐した姿は端麗無比で、殊に右の腕の線の美しさは類ひがない。全體を通じて西歷紀元前の埃及藝術、其の後の希臘藝術の影響をところ／＼に感じる。釋迦一代記の彫刻面の構圖などに其れを見出だす。第二十窟の露座の大佛は、石佛中の花形である。よく千余年の間風雨に曝されながら、他の彫刻のやうに風化もされず、完全に保たれて來たことであつた。こゝを最後にして暫らく其の前に佇立する。大佛は稍々前方に傾き、膝から下は土に沒してゐる。仰いでゐると、雪は大佛の美しい顏に思ひをこめて、わざと幽に降るやうに見える。

石佛が盜まれ勝ちなので、今は警備の一隊が寺の傍に駐屯してゐる。顏だけ取り去られた痕が、なま／＼しく白く殘されてゐる佛像を、五花洞あたりで見た。

今日までに外國人たちからどれだけ持ち去られたか知れな

いのである。だが優れたものを獨占したい氣持は、斯うして眺めてゐる私にも起る。自分の傍に置かなければ飽かず眺めることができない。世界至寶の萬人享有の道德は口にしても、第十一窟の門外露天の石佛など、盜めるものなら盜み去りたいとさへ思ふ。

雪の道を大同に戻る。城內で上華嚴寺と下華嚴寺の有名な木彫と壁畫を見る。これもあはたゞしい一瞥であつた。藝術的價値の上では石佛寺よりも勝るものと思はれる。この寺は遼の清寧時代の創建にかかるもので、平安朝と時代を同じくしてゐる。壁畫は奈良の法隆寺の壁畫を思ひ起させる。色彩の絢爛、金色の深さ、緻密、纖細な繪畫の線など、たゞ驚嘆するばかりである。彫刻は洗練された技法に何よりも心を惹かれる。

釋迦を取卷く女佛の中に（これは下華嚴寺であつた。）皓齒を現はして嬌笑する一體があるが、其の表現の大膽さに、これを製作した工匠の上が思ひやられるのである。女佛の中にはこれと反對に、深い明智の相を備へたのがあり、風にも堪へぬ氣に見える楚々とした肢體に、悲しくも思はれるほどの優しさを頰に刻んだ女佛もある。豐かさ、强さ、靜かさの感情の美を女佛の相に人間的に表現したのは、同一の工匠の技術であつたか、其れとも各々の憧憬を抱いて異る工匠が思ひ思ひの技術を競つたのであつたか。

それ以上は深く見る時間を持たずに、この寺を出たのは殘り惜しい。

（五）

大同の特務機關長の室には、蒙疆地帶生產品の標本が置いてある。阿片、羊毛、麻、綠豆の各種、硫黃、雲母、燕麥、石綿、大豆、亞麻など。ノートに記さなかつたので記憶の上で書くとこれだけのやうであるが、まだ有つたかも知れない。石化した石炭が特に硝子の箱に入れてあつたが、漆黑な面は底光りを含み、大きな楓のやうな葉の筋が其のおもてに深いあとを殘してゐる。石化した石炭は稀らしいのだそうである。

蒙疆の誇る生產物中の王は、龍烟の鐵、大同の石炭であるが、この大同の炭鑛を本部から廻された自働車で見に行く。

途中に危險はないが、若し萬一の場合と、案內を兼ねた矢島騎兵曹長を本部から送られる。

石佛寺へ行く道程よりも少し遠く、大同から約二十八粁である。其れの方向は城内から西へ辿つたが、炭鑛は西南へと向ふのである。今も雪は車の窓外に降りしきつてゐる。道も野も白く、太原街道を横ぎると、車は眞つ直ぐな並木の道路を走る。この並木はいつ植樹をしたものか、まだ若木の風情を備へた柳である。

矢島曹長から軍隊生活のさま〴〵な話を聞く。この曹長は事變に參加してから一年半を數へると云ふ。長い時間を自働車の中に居れば、自然と多くの話が出る。張家口でも私を案內した青年は宣撫の仕事で奥深い山地へ行つた時の體驗談などを話したが、其れこれの話をこまかに綴れば百ページをも越すであらう。

然う云ふ人たちの實際の生活を通じての活きた智識が、私の頭の中にどれだけ蓄積されることか知れないのである。

一方には尊い充實した經驗談を、少しでも記憶に止めやうと熱心に耳を傾けながら、一方には窓外の風景の印象を萬象から受取らうとして、私の眼が急はしく右を見、左を見る。今ばかりではない。支那へ來てから私の全神經は何時でもこのやうに忙しいのである。

永定莊の炭鑛に近づくほど、全く異つた雰圍氣が感じられてくる。近代產業の醸し出す一種の空氣が、炭鑛の一部をめぐつて、施設され、裝置されたあらゆる計畫的な構造の中に――空を織る電線、道に流れるレールの雪風の旋律の中にまで漂つてゐる。雪をかぶる大鑛山をうしろに汽鑵場から吐き出される黑煙を遠く望んだ時、蒙彊の雪から初めてロマンチックな感情を私の胸に呼び起したのは何故であつたか、自分にもわからなかつたが、これは西洋の作家の書いた戯曲か小說かの中に似た一場面が、忘れてゐた面影のやうに浮んだのであらう。きつと其の戯曲か小說は私に魅力を與へた作品であつたのに違ひないと思ふ。

黑人のやうに額を黑く汚した支那人の工夫が、石炭貨車を運搬する軌道のあたりを往來してゐる。自動車はやがて炭鑛事務所の門前にとめられ、庶務主任の池田氏に面會して、大同炭鑛の今日までの大體の沿革を聞かして貰ふ。

この炭鑛には百二十億噸の石炭が埋藏されてゐること、これだけの開發には四百年の年月が期されること、周圍三十里にわたる大炭鑛は至るところに其の層を露出してゐるので、昔から土民が炭層の露頭部から勝手に採掘してゐたものだが、明國七、八年頃に山西省の大小の炭鑛業者が協同によつて資本主義的な生產に着手したが、事業は無統制の內に休止狀態となり、十七年の革命後に、軍人煤廠がこゝに再建されて、初めて事業が強固なものになつたこと、現在は蒙疆聯合會委員會が炭鑛の所有管理を行ひ、採掘炭の配給は興中公司が扱つてゐること、現在稼行中の炭坑は既に開鑿されてゐた保晋坑の三坑であること、この三坑から採掘される石炭の量は、一日一坑から平均千五百噸であること、現在の採炭は僅に附近の需要に應じてゐるに過ぎないこと、今年は百萬噸、來年二百萬噸と云ふやうに増量の計畫があるが、これを日本の需用に供させる爲には、現在の運輸では到底不可能であり、其れには大同、天津間の鐵道敷設が必要であり、更に其れを日本へ輸送する船の便宜についても考慮されねばならぬ。等、々、々であつた。

（六）

この人に案内されて稼行中の竪抗に入つて見る。頭からタオルを被り、黒衣の上つ張りを着、手に杖と乾電燈を下げた恰好は鏡に映して見ることは出來ないが、異様な姿に違ひない。曹長も上つ張りを着て一緒に入る。第一層まで七十五メートル、昇降機に乘り、この抗底まで下りた時は、眩暈を覺えて卒倒しそうな不快な氣分になる。意氣地もなく人々に支へられながら抗道を暫らく歩く。支那人工夫に逢ひ、時々幽かな電燈を見出だし、カチンカチンと云ふ採掘の響きを聞くと、氣分が初めてしつかりして來た。

この層の高さは百五十メートル、日本人の工夫長が極めて丁寧な説明をする。この抗道には落盤がなく、爆發性のガスのないことでは、安全無比な炭抗で、嘗て作業人夫に事故の起つた例がない。これに比べると撫順炭鑛などは毎日の事故を見ると云ふ。抗道は少しく、むつとする程度の熱さであるが、工夫は皆作業服をきちんと着し、裸體のものは僅に一人か二人を見ただけである。

現在の就働工夫は六千人で、これを監督するもの、事務をとるものはすべて日本人であるが、其の數は百五六十人、家族を持つもの三十一である。

こゝの採堀法は手掘りで下透しをやり、手操りで發破孔を開けるのである。多くの作業中の工夫に交り、漆黒の美しい石炭の層に觸れて見る。この石炭の質は優良で家庭用の燃料としく多く用ひられるのであるが、製鐵に使用される燃結炭も含んでゐる。

坑内の通風は自然通風である。坑内に三十分以上を過ごしても、其所に止まつてゐられないと云ふ程の苦痛は感じられないのだが、將來もつと増産されるやうになれば、氣流抵抗の增大に備へる爲に百馬力の電氣煽風機を取付ける。坑道、坑底、機械室などには二百ボルト三十ワツトの電燈が架設してある。炭坑に入つたのさへ、これが最初であり、炭鑛に關する智識は何ひとつ持合はさないので、丁寧、精細を極めた說明を聞きながら、ついに其の全部が消化されなかつたことが遺憾であつた。「日本にはこんな奇麗な炭鑛はありません。」と庶務主任の言葉である。炭坑と云へば活地獄と聞いてゐた。其れへの想像から比較すれば、こゝは極樂のやうなものであらうか。女が坑內の見物に來たことを珍らしがるやうに、支那人工夫は私を眺める。みんな靜かな表情をしてゐる。

第二坑にも案內すると云はれたが、この坑だけで止める。

事務所へ戾ると顏や手を洗ふ爲の湯が、洗面器に用意されてゐた。この事務室でも、庶務主任室でも、應接室でも大層珍らしい近代的な様式を整へてゐる。以前からの建築である。

長い時間を自動車の中で待つた若い現役兵の運轉手に、何う深く感謝してよいか分らぬ氣持で、再び自動車に乘る。周圍三十里の大きな鑛山！　貧弱な獨占資本の手ではまとまりの付かぬやうな大きな鑛山は、夕暮れの雪の中に山の線を鈍感に曇らせてゐる。

疲勞した身體でもう一日晋北ホテルの一室に閉居した翌日の朝、雪の降る大同をあとにして、包頭まで直行の汽車に乘る。

婦人の歩む民族協和の道

本誌特派 在北京 佐藤俊子

支那《しな》の婦人《ふじん》が女權擴張《ぢよけんくわくちやう》の思想《しさう》を呼《よ》び醒《さ》まされた革命初期《かくめいしよき》の年代《ねんだい》を振返《ふりかへ》ると、日本《につぽん》では靑鞜社《せいたふしや》によつて新婦人運動《しんふじんうんどう》の萌芽《はうが》が漸《やうや》く芽生《めば》えた時代《じだい》に少《すこ》し先んじてゐる。その後《ご》日本《につぽん》ではこの運動《うんどう》が組織化《そしきくわ》され、思想《しさう》から理論《りろん》へ、更《さら》に實行《じつかう》への段階《だんかい》に入《はひ》つた頃《ころ》には、支那《しな》の婦人《ふじん》は民主々義的《みんしゆしゆぎてき》な革命後《かくめいご》の政治運動《せいぢうんどう》の波《なみ》に乘《じよう》じて次第《しだい》に自身《じしん》の運動《うんどう》を擴《くわく》大《だい》し、日本《につぽん》の婦人運動《ふじんうんどう》の本流《ほんりう》が、左翼運動《さよくうんどう》と併行《へいかう》して起《おこ》つた別系《べつけい》の婦人運動《ふじんうんどう》の爲《ため》に遮《しや》斷《だん》された頃《ころ》には、支那《しな》の婦人《ふじん》は統《とう》一された國民政府《こくみんせいふ》の下《もと》で、既《すで》に婦人解放運動《ふじんかいはううんどう》の實《み》を結《むす》んでゐる。

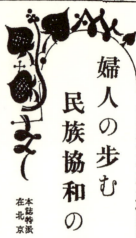

孫逸仙《そんいつせん》の革命《かくめい》が廣東《カントン》から起《おこ》された關係《くわんけい》から支那《しな》の婦人運動《ふじんうんどう》もこゝが發源地《はつげんち》となつてゐる。無論《むろん》その當初《たうしよ》は革命思想《かくめいしさう》の感化《かんくわ》を受《う》けた婦人《ふじん》の數《すう》は寥々《れうれう》たるものであつた。だが支《し》那《な》の封建的婦人《ほうけんてきふじん》三從《じゆう》から、突如《とつじよ》として男女平《だんぢよびやう》等主義《どうしゆぎ》へ飛躍《ひやく》した當時《たうじ》の婦人《ふじん》の狀態《じやうたい》は明治維《めいぢゐ》新當時《しんたうじ》の日本婦人《につぽんふじん》の狀態《じやうたい》に似通《にかよ》ふ點《てん》がある。開國《かいこく》された日本《につぽん》に歐米《おうべい》の文明《ぶんめい》が急速《きふそく》に流入《りうにふ》して、澎湃《はうはい》として漲《みなぎ》る西洋知識《せいやうちしき》の熱《ねつ》に國內《こくない》の生《せい》活全般《くわつぜんぱん》が變動《へんどう》を受《う》け、婦人《ふじん》も家《いへ》の奧深《おくふか》く閉《と》ぢられてゐた眼《め》を知《し》らず識《し》らず外界《ぐわいかい》に向《む》つて開《ひら》かれた。それはかりでなくこの文明開化《ぶんめいかいくわ》の新《あた》らしい狀勢《じやうせい》に導《みちび》かれて昨日《きのふ》までは齒《は》におはぐろを染《そ》め眉《まゆ》を剃《そ》り落《おと》してゐた婦人《ふじん》の間《あひだ》に洋服《やうふく》が流行《りうかう》し、上流婦人《じやうりうふじん》の社會《しやくわい》には舞踏會《ぶたふくわい》が催《もよほ》され、エービーシーの本《ほん》を携《たづさ》へるものは最《もつと》も新《あたら》しい婦人《ふじん》の型《かた》とされた。續《つゞ》いて米國《べいこく》の自由民《じいうみん》權主義《けんしゆぎ》が日本《につぽん》の政治家《せいぢか》によつて唱《とな》へられた頃《ころ》には、忽《たちま》ちこの政治思想《せいぢしさう》の感化《かんくわ》を受《う》けて壇上《だんじやう》に立《た》つて叫《さけ》ぶ婦人《ふじん》さへも現《あらは》れると云《い》ふ樣《やう》に、この狀態《じやうたい》は同《おな》じく封建的《ほうけんてき》な舊《ふる》い衣《ころも》を脫《ぬ》ぎ捨《す》てて、進步《しんぽ》の世界《せかい》へ踏《ふ》み入《い》つた日本婦人《につぽんふじん》のエポック時代《じだい》である。その後《ご》靑鞜社時代《せいたふしやじだい》が出現《しゆつげん》するまで、そしてこの運動《うんどう》が一《ひと》つの目的《もくてき》を持《も》つて團體行動化《だんたいかうどうくわ》されるまで、日本《につぽん》の婦人《ふじん》の間《あひだ》には更《さら》に進《すゝ》んだ社會的自覺《しやくわいてきじかく》に基《もと》づく運動《うんどう》は一度《いちど》も起《おこ》されなかつたが、支那《しな》の人《ひと》は婦人《ふじん》三從《にう》の鎖《くさり》がその足下《あしもと》から切斷《せつだん》されると同時《どうじ》に、一足《そく》飛《と》びに政治運動《せいぢうんどう》の渦中《くわちう》にその肉體《にくたい》を投《とう》じ、婦《ふ》人解放運動《じんかいはううんどう》へと直進《ちよくしん》してゐるのである。

支那《しな》の婦人運動《ふじんうんどう》の經緯《いきさつ》を簡略《かんりやく》に紹介《せうかい》することは、支那《しな》の婦人《ふじん》を知《し》る上《うへ》に無駄《むだ》ではないばかりでなく、今後《こんご》の日支婦人《につしふじん》の提携的《ていけいてき》な步《あゆ》みの指標《しへう》を求《もと》める上《うへ》によき參考《さんかう》となるとも思《おも》ふのであるが、前《まへ》に述《の》べたやうに革命的《かくめいてき》な思想《しさう》の洗禮《せんれい》を受《う》けた婦人《ふじん》たちは、最初《さいしよ》は少數《せうすう》であつたが、革命軍《かくめいぐん》が南方《なんぱう》から北方《ほつぱう》へと向《む》ふ北伐《ほくばつ》隊《たい》に多《おほ》くの婦人《ふじん》が動員《どういん》され、女子軍《ぢよしぐん》看護團や女《ぢよ》

女性時評

子《し》練《れん》習《しふ》隊《たい》などを組《そ》織《しき》して、男子《だんし》と同様《どうやう》の軍《ぐん》事《じ》的《てき》な行動《かうどう》の上《うへ》に女權《ぢよけん》の發揚《はつやう》を示《しめ》した以後《いご》は、婦《ふ》人《じん》の覺醒《かくせい》はます〳〵深《ふか》く、その範圍《はんゐ》は擴《ひろ》まり、自《じ》身《しん》の生活《せいくわつ》の上《うへ》に立《た》つて婦人解《ふじんかい》放《はう》を求《もと》める聲《こゑ》が初《はじ》めて婦人自身《ふじんじしん》の唇《くちびる》から叫《さけ》ばれ出《だ》したのである。

即《すなは》ち婦《ふ》人解放《じんかいはう》の根本《こんぽん》たる「婦人參政《ふじんさんせい》」「男《だん》女教育平等《ぢよけうゐくびやうどう》」「法律平等《はふりつびやうどう》」「多妻禁止《たさいきんし》」「結婚《けつこん》の自由《じいう》」などの主張《しゆちやう》をかかげた組織的《そしきてき》な運《うん》動《どう》が起《おこ》されたのはこの時《とき》であるが、この運《うん》動《どう》は革命《かくめい》の第《だい》二次《じ》の失敗《しつぱい》と同《おな》じ運命《うんめい》を受《う》けて、一度《ど》は無力《むりよく》な形態《けいたい》をとゞめたに過《す》ぎなかつた。革命《かくめい》の成功後《せいこうご》民國《みんこく》八年《ねん》の文藝復興時代《ぶんげいふくこうじだい》に支那《しな》青年《せいねん》の運動《うんどう》と共《とも》に婦《ふ》人《じん》も「人《ひと》」であり「獨立人《どくりつじん》」であると云《い》ふ新《あら》たな自覺分子《じかくぶんし》を加《くは》へた運動《うんどう》が再起《さいき》されてから、この運動《うんどう》は次第《しだい》に鞏固《きようこ》な形《かたち》をとゝのへ、廣東省《カントンしやう》で新憲法《しんけんぱふ》が起草《きさう》された時《とき》は、七十二人《にん》の英雄記念碑《えいゆうきねんひ》の建《こん》立《りふ》を機會《きくわい》に示威《じゐ》運動《うんどう》を行《おこな》ひ結局《けつきよく》市《し》政《せい》に關《くわん》する選擧權《せんきよけん》、被《ひ》選擧權《せんきよけん》の兩《りやう》權《けん》をその時《とき》に得《え》てゐるが、續《つゞ》いて四川《しせん》、浙江《せつかう》の兩省《りやうしやう》でも市政權《しせいけん》を婦人《ふじん》に附與《ふよ》するに及《およ》んで、支那《しな》全國《ぜんこく》の婦人《ふじん》の上《うへ》に又新《またあら》たな覺醒《かくせい》が呼《よ》び起《おこ》された。

北京《ペキン》の婦人知識層《ふじんちしきそう》が初《はじ》めて「婦人參政協《ふじんさんせいけふ》會《くわい》」や「女權運動同盟會《ぢよけんうんどうどうめいくわい》」などを組織《そしき》して活《くわつ》潑《ぱつ》な運動《うんどう》に着手《ちやくしゆ》したのもその當時《たうじ》であり、各《かく》省《しやう》の先覺婦人《せんかくふじん》が相次《あひつ》いで同《おな》じ目的《もくてき》の團體《だんたい》を形《けい》成《せい》して、婦人運動《ふじんうんどう》に參加《さんか》したのもその影響《えいきやう》からであつたが、次第《しだい》に擴大《くわくだい》された運動《うんどう》の手《て》は遂《つひ》に婦人勞働者《ふじんらうどうしや》の間《あひだ》にまで伸《の》びて、婦人解放《ふじんかいはう》の徹底《てつてい》を期《き》するなど、眞《しん》に目覺《めざ》ましい活動《くわつどう》であつた。女子參政協會《ぢよしさんせいけふくわい》や、女權運動同盟會《ぢよけんうんどうどうめいくわい》などは最《もつと》も多《おほ》くの優秀分子《いうしうぶんし》を含《ふく》んだ團體《だんたい》であつたが、その宣言書《せんげんしよ》などを讀《よ》むと極《きは》めて熱烈《ねつれつ》なものがあり、目的《もくてき》の中《なか》には全國教育機關《ぜんこくけうゐくきくわん》を婦《ふ》人《じん》に開放《かいはう》すること、法律上《はふりつじやう》の夫妻《ふさい》、親子《おやこ》の關《くわん》係《けい》、相續權《さうぞくけん》、財産權《ざいさんけん》の男女平等《だんぢよびやうどう》、婚姻法《こんいんはふ》の制《せい》定《てい》、蓄妾《ちくせふ》を重婚罪《ちようこんざい》に問《と》ふこと、公娼《こうしやう》、婢女《ひぢよ》の賣買《ばいばい》、纏足《てんそく》の禁止《きんし》、男女《だんぢよ》の勞働賃銀《らうどうちんぎん》の差別撤《さべつてつ》廢《ぱい》、母性保護《ぼせいほご》などの條項《でうかう》が見出《みいだ》される。

この運動《うんどう》は前《まへ》にも述《の》べたやうに民國《みんこく》十七年《ねん》に、國民政府《こくみんせいふ》によつてすべての要求《えうきう》が容認《ようにん》され、國政參與《こくせいさんよ》の權利《けんり》を得《え》て、兎《と》に角結實《かくけつじつ》の功《こう》を奏《そう》したのであるが、私《わたし》たち日本婦人《にっぽんふじん》が支那《しな》の婦人運動《ふじんうんどう》に對《たい》して一《ひと》つの理解《りかい》を持たねばならぬことは、この運動《うんどう》は歐米《おうべい》の女權擴張《ぢょけんくわくちゃう》を徒《いたづ》らに形《かたち》の上《うへ》だけで眞似《まね》た淺薄《せんぱく》なものではなく、勿論共産主義的《もちろんきょうさんしゅぎてき》な婦人運動《ふじんうんどう》でもなく、民族意識《みんぞくいしき》によつて促《うなが》されたもの、即《すなは》ち半植民地的《はんしょくみんちてき》な支那《しな》を、諸外國《しょぐわいこく》の搾取《さくしゅ》から解放《かいはう》せしめようとする政治的《せいぢてき》イディオロギーの三民主義《さんみんしゅぎ》によつて訓練《くんれん》され、新支那建設《しんしなけんせつ》の政治運動《せいぢうんどう》から發展《はってん》したものであつたと云《い》ふことである。この意識《いしき》が明《あき》らかにされるに從《したが》つて、彼女《かのぢょ》たちは生活《せいくわつ》の全面《ぜんめん》にわたつて男女《だんぢょ》の平等權獲得《びゃうどうけんくわくとく》の叫《さけ》びを益々強《ますますつよ》くし、婦人《ふじん》の存在《そんざい》をして、民族意識《みんぞくいしき》を強化《きゃうくわ》せしむる爲《ため》の有意義《いういぎ》な存在《そんざい》たらしめようとする欲求《よくきう》を高《たか》めたのである。

何處《どこ》の國《くに》でもさうであるやうに、これ等《ら》の婦人運動《ふじんうんどう》に參加《さんか》した婦人《ふじん》たちは、支那婦人人口《しなふじんじんこう》の一部《ぶ》であり、參政權《さんせいけん》は得《え》てもそれに關《くわん》しての知識《ちしき》すらも持《も》たぬ婦人《ふじん》が大半《たいはん》であるが、現在《げんざい》においては事變《じへん》に因《よ》る支那國内《しなこくない》の激變《げきへん》の爲《ため》に、一度《ひとたび》贏《か》ち得《え》た婦人參政權《ふじんさんせいけん》も支那《しな》の婦人《ふじん》に取《と》つては空《むな》しく手箱《てばこ》の底《そこ》に納《をさ》められてしまつてゐる。

ところで現在《げんざい》は如何《いか》なる状態《じゃうたい》にあらうとも前後《ぜんご》十數年《すうねん》を通《つう》じて自《みづか》らの口《くち》と頭腦《づなう》で婦人《ふじん》の社會的地位向上《しゃくわいてきちゐかうじゃう》の爲《ため》に戰《たゝか》つた支那《しな》の婦人《ふじん》は、この點《てん》においてはこの稿《かう》の初《はじ》めに敢《あ》へて云《い》つたやうに、日本婦人《にっぽんふじん》よりも進《すゝ》んだ政治活動《せいぢくわつどう》の體驗《たいけん》を有《いう》してゐるのであるが、惜《を》しいことに彼女《かのぢょ》たちの文化《ぶんくわ》は行動的《かうどうてき》な一面《めん》に終始《しゅうし》した爲《ため》に思索的《しさくてき》な一面《めん》を進《すゝ》めるいとまがなかつた。この缺點《けつてん》はすべての婦人《ふじん》の技術《ぎじゆつ》の上《うへ》に最《もつと》も著《いちじる》しく示《しめ》されてゐる。文學《ぶんがく》を例《れい》に採《と》れば、支那《しな》の女作家《をんなさくか》は日本《につぽん》の女作家《をんなさくか》よりも技術《ぎじゆつ》の上《うへ》では遙《はる》かに劣《おと》る。丁玲《ていれい》はこの中《なか》での白眉《はくび》であつたが、今《いま》は作家的《さくかてき》第《だい》一線《せん》に活動《くわつどう》してゐない。謝氷心《しやひようしん》と云《い》ふ古《ふる》い作家《さくか》がゐるが、この婦人《ふじん》の作《さく》も、小説《せうせつ》として取扱《とりあつか》ふ價値《かち》もないやうなものである。最近《さいきん》まで燕京大學《えんきやうだいがく》の教授《けうじゆ》であつたが、今《いま》は南方《なんぱう》に去《さ》つた。だが、一度壇上《ひとたびだんじやう》に立《た》つと堂々《だう〳〵》たる議論《ぎろん》を吐《は》く。謝氷瑩《しやひようえい》と云《い》ふ女作家《をんなさくか》は將來《しやうらい》を目《もく》されてゐたさうであるが、すべて將來《しやうらい》ある若《わか》い作家《さくか》は現在《げんざい》はこの地《ち》を去《さ》つてしまつてゐる狀態《じやうたい》にある

支那《しな》の婦人文化《ふじんぶんくわ》はこのやうにまだ不具《ふぐ》であつた。これが少《すく》なくも完成《くわんせい》への道《みち》を辿《たど》らうとしてゐる時《とき》に、その道《みち》が一時的《じてき》にシャットアウトされたのである。だが自《みづか》ら婦人文化《ふじんぶんくわ》の一面《めん》に花《はな》を咲《さ》かせた知識階級《ちしきかいきふ》の婦人《ふじん》たちは、この體驗《たいけん》が常《つね》に自《みづか》らに語《かた》り、自《みづか》らを導《みちび》くものとすれば、文化《ぶんくわ》の後退《こうたい》への道《みち》に決《けつ》して後戻《あともど》りする筈《はず》はないのである。殊《こと》に彼女《かのぢよ》たちは熾烈《しれつ》な民族意識《みんぞくいしき》の所有者《しよいうしや》たちである。

私《わたし》たち日本婦人《につぽんふじん》が同性《どうせい》として支那《しな》の婦人《ふじん》に就《つ》いて考《かんが》へるとき、その文化《ぶんくわ》の上《うへ》に彼女《かのぢよ》たちに一長《ちやう》あり、一短《たん》あり、そして私《わたし》たちにも一長《ちやう》あり一短《たん》あることであるが、彼女《かのぢよ》たちの民族意識《みんぞくいしき》の上《うへ》に拂《はら》はれた多《おほ》くの犧牲《ぎせい》に同情《どうじやう》の念《ねん》を惜《を》しまぬと同時《どうじ》に、彼女《かのぢよ》たちの有《いう》する一面《めん》の文化《ぶんくわ》を保護《ほご》する義務《ぎむ》を持《も》たねばならぬと云《い》ふことである。日本婦人《につぽんふじん》の文化《ぶんくわ》も支那《しな》の婦人《ふじん》文化《ぶんくわ》が不具《ふぐ》であるやうに不具《ふぐ》である。私《わたし》たち日本婦人《につぽんふじん》は婦人文化《ふじんぶんくわ》の一部《ぶ》の母性文化《ぼせいぶんくわ》においてすら完全《くわんぜん》ではない。不具《ふぐ》な相互《さうご》の文化《ぶんくわ》を助《たす》け合《あ》ひ、導《みちび》き合《あ》ひつゝ相携《あひたづさ》へて進《すゝ》む方向《はうかう》は、日支婦人《につしふじん》の文化《ぶんくわ》の完成點《くわんせいてん》であり、この指導《しだう》にあたる知識階級婦人《ちしきかいきふふじん》の相互《さうご》の提携《ていけい》によりこの一《ひと》つの道《みち》を通《つう》じて任務《にんむ》の一端《たん》としての民族協和《みんぞくけふわ》の精神《せいしん》の實現《じつげん》を期《き》する事《こと》が出來《でき》るのである。

新しき母性教育とは？

本誌特派 在北京 佐藤俊子

内地《ないち》の一新聞《しんぶん》によつて斯《か》う云《い》ふことが傳《つた》へられてゐる。

　高等女學校教育刷新《かうとうぢよがくかうけういくさつしん》に關《くわん》する教育審議會《けういくしんぎくわい》特別整理委員會《とくべつせいりゐゐんくわい》は、過般《くわはん》の審議會《しんぎくわい》に於《おい》て問題《もんだい》となつた女子《ぢよし》教育《けういく》の目標《もくへう》を、新《あた》らしい意味《いみ》における母性教育《ぼせいけういく》に置《お》くか、又《また》は男子《だんし》と同樣《どうやう》に知識教育《ちしきけういく》に目的《もくてき》を置《お》いた教科《けうくわ》の水準《すゐじゆん》向上《かうじやう》を計《はか》るべきかに關《くわん》し、種々意見《しゆじゆいけん》の交換《かうくわん》を遂《と》げた結果《けつくわ》、女子《ぢよし》教育《けういく》は眞《しん》の國民《こくみん》としての母性教育《ぼせいけういく》に主眼《しゆがん》を置《お》くべきであるとの意見《いけん》が有力《いうりよく》に行《おこな》はれた。即《すなは》ち、知識《ちしき》の向上《かうじやう》を計《はか》る迄《まで》には異議《いぎ》はないが、それが目標《もくへう》となることは一般《ぱん》的《てき》ではない。從《したが》つて特殊者《とくしゆしや》に限《かぎ》られるから、むしろ新《あた》らしい母性教育《ぼせいけういく》を方針《はうしん》とする家政教育《かせいけういく》に重點《ぢゆうてん》を置《お》くべきである。知識《ちしき》を主《しゆ》とするものと家政教育《かせいけういく》を主《しゆ》とするものは必《かな》らず兩立《りやうりつ》しないから、家政教育《かせいけういく》の方《はう》を選《えら》ぶべきである。

　この記事《きじ》に從《したが》ふと、教育審議會特別整理委員會《けういくしんぎくわいとくべつせいりゐゐんくわい》の議論《ぎろん》の間《あひだ》には、女子《ぢよし》も男子《だんし》と同樣《どうやう》な知識教育《ちしきけういく》に重《おも》きを置《お》き、女子《ぢよし》の標準教育《へうじゆんけういく》を高《たか》めることを主張《しゆちやう》したものと、知識《ちしき》に重《おも》きを置《お》かず單《たん》に家政《かせい》を主《しゆ》とする教育《けういく》を女子《ぢよし》に與《あた》ふべしとするものとの兩樣《りやうやう》があり、再審議《さいしんぎ》の結果《けつくわ》、「知識《ちしき》の向上《かうじやう》を計《はか》る點《てん》には異議《いぎ》はないが、其《そ》れが目標《もくへう》となることは一般的《ぱんてき》ではない。從《したが》つて特殊者《とくしゆしや》に限《かぎ》られるから、むしろ新《あた》らしい母性教育《ぼせいけういく》に重點《ぢゆうてん》を置《お》くべきである。」と云《い》ふ意見《いけん》の上《うへ》に、一應《おう》、纏《まとま》りを付《つ》けたことが想像《さうぞう》される。

　この重大《ぢうだい》な問題《もんだい》の審議《しんぎ》に、婦人《ふじん》の教育家《けういくか》又《また》は婦人委員《ふじんゐゐん》が參加《さんか》してゐたものか何《ど》うかは私《わたし》には不明《ふめい》だが、其《そ》れは何《いづ》れであつても、今後《こんご》の女子《ぢよし》教育《けういく》に關《くわん》してかゝる愚昧《ぐまい》な教育方針《けういくはうしん》を公表《こうへう》して、然《しか》も、女子《ぢよし》教育《けういく》の擔當者《たんたうしや》として恥《は》ぢるところがないやうならば、日本《につぽん》には一人《にん》の眞《しん》に國家《こくか》を思《おも》ふ女子《ぢよし》教育者《けういくしや》なしと云《い》つても過言《くわごん》ではない。

　況して斯《か》かる女子《ぢよし》教育家《けういくか》たちが、今後《こんご》の眞の日本國民としての母性教育に從《したが》ふことなど思《おも》ひもよらぬことである。

　先《ま》づ第一《だい》、女子《ぢよし》の教育《けういく》を男子《だんし》と同等《どうとう》の知識《ちしき》の上《うへ》に置《お》くか、或《あるひ》は家政《かせい》の上《うへ》に置《お》くかと云《い》ふ、この教育的差別《けういくてきさべつ》を設《まう》ける上《うへ》に既《すで》に誤《あやま》りの一歩《ぽ》

女性時評

がある。國民《こくみん》として、一定《てい》の男女《だんぢよ》の標準教育《へうじゆんけういく》は必《かな》らず平等《びやうどう》でなければならない。同一《どう》の標《へう》準的知性《じゆんてきちせい》を與《あた》へ、男女《だんぢよ》の頭腦《づなう》の力《ちから》を均等《きんとう》ならしめ、男女《だんぢよ》を同等《どうとう》の一人前《にんまへ》の人間《にんげん》に教育《けういく》することが國民教育《こくみんけういく》の根本義《こんぽんぎ》であり、これに由《よ》つて初《はじ》めて國民《こくみん》としての男女共通《だんぢよきようつう》の教養的素地《けうやうてきそち》が作《つく》られるのである。日本《につぽん》は或《あ》る文明的進歩《ぶんめいてきしんぽ》の過渡期《くわとき》において、女子《ぢよし》の教育《けういく》が男子《だんし》よりも低《ひく》められてゐたのであるが、これは已《や》むを得《え》ないとしても、文明《ぶんめい》の成熟期《せいじゆくき》においても依然《いぜん》として女子《ぢよし》の教育《けういく》は男子《だんし》と平等《びやうどう》を得《え》ることが出來《でき》ないでゐる。女子《ぢよし》教育《けういく》は低《てい》められたまゝに普遍《ふへん》され、眞《しん》に女子教育《ぢよしけういく》の向上《かうじやう》の叫《さけ》びが國內《こくない》の何處《どこ》からも起《おこ》されずに今日《こんにち》に及《およ》んでゐるのであるが、今《いま》にして尚《なほ》、男《だん》女平等《ぢよびやうどう》の標準教育《へうじゆんけういく》を女子《ぢよし》に與《あた》へることが、恰《あたか》も女子《ぢよし》に於《お》ける知識的學問《ちしきてきがくもん》の偏重《へんちよう》を感《かん》ぜしめるやうなことを考《かんが》へるのは、一般的《ぱんてき》な知性《ちせい》教育《けういく》に對《たい》する認識《にんしき》の誤《あやま》りから出發《しゆつぱつ》してゐるのである。

男女《だんぢよ》の子女《しぢよ》は其《そ》の將來《しやうらい》の國民的職分《こくみんてきしよくぶん》において各々《おのおの》異《ことな》る分野《ぶんや》を持《も》つ。男子《だんし》は軍事教練《ぐんじけうれん》、女《ぢよ》子《し》は無論家政教育《むろんかせいけういく》によつて、其《そ》の職分《しよくぶん》を全《まつた》うするだけの準備《じゆんび》を與《あた》へられる。この準備教育《じゆんびけういく》は、同一《どう》の知性《ちせい》を與《あた》へる男女平等《だんぢよびやうどう》の標準教《へうじゆんけう》育《いく》の上《うへ》において、各々《おのおの》の教育過程《けういくくわてい》の內《うち》に與《あた》へられる特殊的《とくしゆてき》な教養《けうやう》でなければならない。男《だん》子《し》が軍事教練《ぐんじけうれん》を受《う》けると同時《どうじ》に、高度《かうど》な知識《ちしき》的教育《てきけういく》を受《う》けると同樣《どうやう》に、女子《ぢよし》も亦《また》家政《かせい》の專《せん》門的教養《もんてきけうやう》を受《う》けると同時《どうじ》に、高度《かうど》な知識的教《ちしきてきけう》育《いく》を受《う》けることが、いかにして女子《ぢよし》だけが知《ち》識的偏重《しきてきへんちよう》を帶《お》びる教育《けういく》と云《い》はれようか。知識《ちしき》的偏重《てきへんちよう》の、所謂專門的《いはゆるせんもんてき》な學問《がくもん》に進《すゝ》むのは其《そ》の以後《いご》のことであらう。男女平等《だんぢよびやうどう》の標準的知識《へうじゆんてきちしき》教育《けういく》が、特《とく》に女子《ぢよし》だけに知識《ちしき》の偏重《へんちよう》を來《きた》すと言《い》ふ議論《ぎろん》は、この觀點《くわんてん》から決《けつ》して成立《なりた》たないのである。

女子《ぢよし》に教育《けういく》を與《あた》へる要《えう》なしと云《い》ふ論《ろん》ならば問題《もんだい》は別《べつ》である。

女子教育《ぢよしけういく》が日本《につぽん》の政治圏內《せいぢけんない》において、國家《こくか》の必要事《ひつえうじ》として取上《とりあ》げられてゐる限《かぎ》り、日本《につぽん》國民《こくみん》としての女子教育《ぢよしけういく》は常《つね》に進歩《しんぽ》と向上《かうじやう》を辿《たど》る上《うへ》に思慮《しりよ》される問題《もんだい》として取扱《とりあつか》はれなければならない。

殊《こと》に審議會會議《しんぎくわいくわいぎ》の結論《けつろん》として、新らしい母性教育と云《い》ふことが擧《あ》げられてゐる。

新《あた》らしい母性教育とは何《なに》か。この新《あた》らしいと云《い》ふ意味《いみ》は何處《どこ》にあるのであらうか。何《なに》を反映《はんえい》してゐるのであらうか。無論新《むろんあた》らしい時《じ》代《だい》を意味《いみ》し、新《あた》らしい時代《じだい》に應《おう》ずるところの母性教育《ぼせいけういく》を指《さ》すのであらう。

新《あた》らしい時代《じだい》とは、いかなる時代《じだい》であらうか。

無論《むろん》日本新興《にっぽんしんこう》の時代《じだい》であらう。

日本《にっぽん》は新《あた》らしい日本建設《にっぽんけんせつ》の爲《ため》に戰《たゝか》ひ、新《あた》らしい東亞建設《とうあけんせつ》の爲《ため》に戰《たゝか》つてゐる。國民全般《こくみんぜんぱん》はこの日本《にっぽん》と共《とも》に戰《たゝか》ひ、共《とも》に苦《くる》しみ、日本新興《にっぽんしんこう》の理想《りさう》へと共《とも》に突進《とつしん》しなければならぬ激しい運命《うんめい》のもとに置《お》かれてゐる。日本《にっぽん》を新興《しんこう》せしむる爲《ため》の日本國民《にっぽんこくみん》の苦難《くなん》、この苦難《くなん》を克服《こくふく》しなければならぬ日本國民《にっぽんこくみん》の決意《けつい》——國民精神《こくみんせいしん》總動員《そうどういん》は、この決意《けつい》によつて國民自《こくみんみづか》ら立上《たちあ》がるところの精神的連帶《せいしんてきれんたい》を意味《いみ》する以外《いぐわい》にはない。かゝる時代《じだい》である。恐《おそ》らく日本《にっぽん》の過去《くわこ》の歷史《れきし》において、最《もつと》も苦難《くなん》なるこの時代《じだい》に應《おう》ずる母性教育《ぼせいけういく》は、あらゆる觀點《くわんてん》から、無論《むろん》、新《あた》らしい基準《きじゆん》の上《うへ》に求《もと》められなければならない。

女子教育《ぢよしけういく》の審議《しんぎ》に携《たづさ》はつた人々《ひとびと》も、女子教《ぢよしけう》育《いく》に關《くわん》する限《かぎ》りこの道《みち》を重視《ぢうし》したことが考《かんが》へられる。從《したが》つて「新《あた》らしい母性教育《ぼせいけういく》」の、この新教育《しんけういく》の方法《はうはふ》をいかなる基準《きじゆん》の上《うへ》に定《さだ》めるかが、主要《しゆえう》な問題《もんだい》とならねばならない。

これ等《ら》の人々《ひとびと》は、この新教育《しんけうゐく》の方法《はうはふ》をいかなる基準《きじゆん》の上《うへ》に定《さだ》めようとしてゐるのであらうか。

現在《げんざい》の日本《につぽん》の年少《ねんせう》の女子《ぢよし》は、その苦難《くなん》の時代《じだい》をバックにして、やがて一人《ひとり》の婦人《ふじん》に成長《せいちやう》するのである。新日本建設《しんにつぽんけんせつ》の後任《こうにん》たる將來《しやうらい》の最強《さいきやう》なまた聰明《そうめい》な國民《こくみん》の母《はゝ》を約束《やくそく》されてゐる女子《ぢよし》たちである。この時代《じだい》に應《おう》ずる眞《しん》の國民《こくみん》の母《はゝ》として、彼女《かのぢよ》は少《すくな》くとも日本《につぽん》の運命《うんめい》を辨《わきま》へ、日本《につぽん》を知《し》り、東亞《とうあ》を知《し》り、世界《せかい》を知《し》るところの婦人《ふじん》として成長《せいちやう》しなければならない。彼女《かのぢよ》の家政《かせい》は巧《たく》みに家計簿《かけいぼ》を作《つく》り、營養的食事《えいやうてきしよくじ》を調《とゝの》へ、子供《こども》を生《う》み、子供《こども》を育《そだ》てるだけでは、今後《こんご》の完全《くわんぜん》なる母《はゝ》の資格《しかく》を備《そな》へたとは云《い》へないのである。其《そ》れなればこそ新母性教育が唱道《しやうだう》されるのであらう。

とすれば、そこに必然的《ひつぜんてき》に提起《ていき》される問題《もんだい》は何《なん》であらうか。云《い》ふまでもなく知性教育《ちせいけうゐく》である。

知性的頭腦《ちせいてきづなう》の開發《かいはつ》を主《しゆ》とする、高度《かうど》に高《たか》められた女子教育《ぢよしけうゐく》こそ、新母性教育《しんぼせいけうゐく》の新《あた》らしい趣旨《しゆし》とならなければならない。新《あた》らしい家政《かせい》を學《まな》ぶと云《い》ふことは、家政《かせい》の根本《こんぽん》たる經濟學《けいざいがく》を學《まな》ぶことであり、今後《こんご》の家政《かせい》は國政《こくせい》に通《つう》じる迄《まで》になつて、女子《ぢよし》は政治《せいぢ》をも學《まな》ばねばならない。今特《いまとく》に社會的視野《しやくわいてきしや》の廣《ひろ》さをも養《やしな》はねばならない。彼女《かのぢよ》の視野《しや》は家庭《かてい》だけに狹《せば》められてはならない。斯《か》うして初《はじ》めて將來《しやうらい》の日本《につぽん》國民《こくみん》の新《あた》らしい母《はゝ》としての教養《けうやう》を備《そな》へることが出來《でき》るのであり、男子《だんし》と均等《きんとう》に開發《かいはつ》された知的頭腦《ちてきづなう》によつて、彼女《かのぢよ》の家政《かせい》は一層賢明《そうけんめい》に、又豐《またほう》富《ふ》な知識《ちしき》によつて聰明《そうめい》なる母《はゝ》の指導《しだう》を我《わ》が子《こ》に與《あた》へることが可能《かのう》となる。

日本《につぽん》の婦人《ふじん》の社會《しやくわい》的地位《てきちゐ》が低《ひく》く、教育《けうゐく》が不足《ふそく》であること、從《したが》つて婦人文化《ふじんぶんくわ》が低《てい》級《きふ》であることが、決《けつ》して日本國家《にっぽんこっか》を利益《りえき》せしめないと云《い》ふことは様々《さまざま》な機會《きくわい》に私《わたし》の繰返《くりかへ》すところであるが、現在《げんざい》の日本《にっぽん》のこの大業《たいげふ》に參與《さんよ》するものは獨《ひと》り男子《だんし》ばかりではない。婦人《ふじん》も亦參與《またさんよ》しなければならぬ國民的義務《こくみんてきぎむ》を持《も》つ。と云《い》ふことは、婦人《ふじん》も家庭《かてい》を出《で》て、男子《だんし》と共《とも》に國事《こくじ》に奔走《ほんそう》することを意味《いみ》するものではなく、婦人《ふじん》も家庭《かてい》にあつて國事《こくじ》を知《し》らねばならぬことを意味《いみ》する。男子《だんし》と平等《びやうどう》の標準教育《へうじゆんけういく》によつて基礎《きそ》付けられた知的頭腦《ちてきづなう》によつて家政《かせい》を處理《しより》し得《う》る婦人《ふじん》にして、初《はじ》めて新《あた》らしき妻《つま》新《あた》らしき母《はゝ》の理想《りそう》へ到達《たうたつ》することが出來《でき》るのであり、常識的《じやうしきてき》な政治《せいぢ》の知識《ちしき》を備《そな》へ、社會《しやくわい》を觀《み》る眼《め》を持《も》つ家庭《かてい》の婦人《ふじん》が、若《も》し日本《にっぽん》の家庭婦人《かていふじん》の半《なか》ばを占《し》めるならば、今後《こんご》の新興日本《しんこうにっぽん》の大業《たいげふ》を文化《ぶんくわ》の面《めん》において支持《しじ》する上《うへ》に、どれだけの大《おほ》きな力《ちから》となり得《う》るかは、敢《あへ》て言葉《ことば》を費《つひや》すまでもないことであらう。

眞《しん》に日本《にっぽん》を思《おも》ふ女子教育家《ぢよしけういくか》が一人《ひとり》でもあるならば、この際斷乎《さいだんこ》として女子教育《ぢよしけういく》の向上《かうじやう》をこそ叫《さけ》ぶべきである。日本《にっぽん》の大業《たいげふ》は一年《ねん》、二年《ねん》にして終《をは》るべきものではない。十年《ねん》、二十年《ねん》、或《あるひ》は百年《ねん》の大業《だいげふ》であるとするならば、内《うち》にあつてこの大業《たいげふ》を支持《しぢ》しなければならぬ重《ぢう》大《だい》な任務《にんむ》を持《も》つ婦人《ふじん》は、單《たん》なる家政萬能《かせいばんのう》の、知性《ちせい》に暗《くら》い婦人《ふじん》であつてはならない。婦人《ふじん》も亦日本《またにっぽん》の國力《こくりよく》を支持《しぢ》する國民《こくみん》の一翼《よく》として、其《そ》の知力《ちりよく》を増大《ぞうだい》せしめ、知的《ちてき》な思慮《しりよ》を辨《わきま》へることによつて、男子《だんし》に代《かは》つていかなる難事《なんじ》にも耐《た》へ得《う》る婦人《ふじん》とならしめることは、ひとり婦人《ふじん》の爲《ため》のみでなくして國家《こくか》の爲《ため》である。

新《あた》らしい母性教育《ぼせいけういく》とは、云《い》ひ代《か》へるならば女子教育《ぢよしけういく》の一般的向上《てきかうじやう》において、知性《ちせい》を豐《ゆた》かならしめる新教育《しんけういく》を指《さ》すに外《ほか》ならず、この趣旨《しゆし》を否定《ひてい》する限《かぎ》り、新《あた》らしい母性教育《ぼせいけういく》はたゞ空言《くうげん》にとゞまるであらう。

北京と北京人を語る座談會

出席者（五十音順）

大毎東亜部副部長　石川順
華北交通會社旅客課宣傳主任　石原巖徹
北京特別市公署觀光科專門委員　石橋丑雄
華北交通會社北支開發會社囑託　牛島吉郎
華北交通會社資料課弘報主任　城所英一
作家　佐藤俊子
華北交通會社囑託　佐藤汎愛
華北交通會社資料課　中村惠
水野薫
村上知行

立上　この度特派員として北京へまゐりましたので、何か面白い座談會でもと考へて居りましたところ、華北交通の弘報課の城所氏から久米さんを圍んで老北京《ラオペイチン》が集るがどうかとのお話がありましたので、渡りに船と伺つた次第でございます。その御厚意と御多忙中お集り下さいました御歷々に感謝の意を表し、新米北京《ペイチン》の私は傍聽させていただき、城所、中村兩氏に進行をお願ひしたいと存じます。

北京人かたぎ

中村　どうも座談會の本家のやうな方のゐられるところで私が進行係をやるのは變だと思ふのですけれども（笑聲）支那人特に北京人と云ふのは、どう云ふ人間かと云ふことは、興味を惹くところがあると思ふんです。それで牛島先生一つ支那人かたぎと云ふやうなものについてお願ひ致します。

牛島　私は支那生活は四十年ばかりになります。北京ばかりにも二十五年ばかり居りまして其の間に支那人との交渉は本職としてやりましたが……。

久米　支那婦人の方ですか。（笑聲）

牛島　婦人の方もありますが、男の方でも酒呑みの相手はしますが……一體、支那人はやつぱり、武より文を貴ぶと云ふ性格を持

久米正雄
本社特派員　立上秀二
五月十二日　北京翠明荘にて

つて居つて、荒つぽい事や武ばつたことよりも平和な典雅なことが好きですね。それだから物事の解決でも國家の大きなことから一家の些細なことに至るまでも拳骨で解決するよりも、文章辯論で解決すると云ふ方が、得意のやうでございます。それで戰爭の方は餘り得意でないやうでありますが一方外交宣傳と云ふやうなことは非常に長所のやうに思ふのです。今回の事件なんかに就きましてもどう云ふことになつてゐるか御承知のとほりです。

久米　そこが非常に分らなくなつてゐるのです。詰り日本で眺めた支那は一色のやうですけれども隨分支那も廣うございます（笑聲）東京でさへ廣うございますから、家の造り方一つでも何だか吾々頭の中に規格的に浮んだ支那のセツト、其のセツトと隨分違ふ家もあります。滿洲でも屋根の形にしても東の方は幾等か雨鉾型ですがさうでないのとあつて隨分違ふやうですが、此の今日のお話は大體北京界隈に限るものとして非常に幼稚な質問ですが、此處に居る北京人はどう云ふ種類のどう云ふ支那人と云ふべきものなのでせう、こんなのを代議士的質問といふのでせうが……。（笑聲）

石橋　本來の漢民族より寧ろ北京民族、分けると南方亞細亞民族より北方亞細亞民族、ウラルの系統のものが多い。之は方々からこの北京地方に入つて來て、後に漢民族の根據地と言はれるやうになりますが、北京附近の人間を漢民族と考へるのは間違ひです。特に淸朝の頃には純然たる滿洲人が澤山入つた。北京が滿洲の首都になつた關係上色々な地方の人が集つて、例へば私共が北京の訛りの種類を見ると十七種類……或ひは十八種類位あるかも知れません。

久米　東京人見たいなものですな。

石橋　さうです。

久米　江戸つ子はどれですか。

石橋　淸朝になつてからは結局滿洲旗人が入つて來ましたが、これが江戸時代の旗本に當ります。言葉は滿洲人の影響が非常に入つてゐますね。

村上　さうですね。併しなんでせうね漢民族と普通言はれて居るのは、恐らく世界で一番の混血民族でそれも決して一代二代でなく、各時代を追つて非常に混血して居りますね。初めは漢民族はなかつた。北方に苗族とか蒙古族とか、其の他色々ありましたが、それ等が鬪爭して居る間に、一つのぼんやりした形になつてそれが漢民族となりました。が其內各時代に色々な民族が入りました。唐代では世界的に各國公使あり又從者だけ集つても千人位はあるでせう。勿論滿洲族は最も多く最近入つて居りますが、其の外黑ん坊も西洋人の白人種も全部入つて居ります。今居る支那人を一人々々調べると、漢民族が結局なくなるので之を綜合して結局漢民族と云ふ譯です。其の一部分の稍北方型のものが、北方に北京を中心として居ると云ふ譯なのです。其の中から本當の江戸つ子はどれかと云ふことを取ることは困難なのですが……。

中村　今の北方の人間は「沒有心」つまり心がないと云ふ見方がある。今の臨時政府で活躍して居る連中には北京人が一人もゐない、みんな南から來た人ばかりだといふことを慨嘆してゐるらしいが「沒有心」と云ふのはどんな意味でせう。

村上　どういふ意味かはつきり分りません。

久米　町人と云ふ意味ですな、自分達は下町っ子だと云ふ氣持でせう。

中村　さうです、小鳥を可愛がることが好きで日向ぼっこをすることが好きで人はいゝが能力はない。南の人は能力はあるが利害《リーハイ》だ、氣持がきびしいと云ふのです。

久米　心あると云ふのですか。

村上　無能な何にもしないで遊んでゐるといふのは、大體清朝時代の宮廷の影響ですね北京に居る支那人で、殊に家庭の女などは仕事も勉强もしない、結局斯ういふ人達が北京の風習を最も深く持つてゐますが、極端な無能者であり落伍者です。東京人とは何ぞやと云ふ場合に、日本全國各地方の人間の雜居地帶が東京であると同じやうに、北京と云ふものは支那四百餘州各地の人間の雜居地帶ですね。言葉の問題から考へて見ましても、純粹の北京官話なるものを使用する人間は、此の北京百五十萬と俗に稱せられる多數の支那人の中に、恐らくは非常に少いと思ふ。現實に私共の接してゐますところは本當の北京官話を話す所謂北京人は居ない。結局恐らくは清朝時代から主として役人或はそれに附隨する色々な職業と云ふやうなもので、支那各地から北京に集つて來た連中であります。その人達が北京の魅力に非常に牽き附けられて、官を罷めて仕事がなくても北京を去り難くなる、これが北京に定住して其の子孫が現在の北京人を形造つてゐると私は思つてゐます。

水野　支那人は北京に住んでゐて、北京人であると云ふことに一つの誇りを感じてゐます。「貴郎何處ですか」「私は北京です」と云ふことは、何だか誇らしく感じるのですな。

村上　誇りを感じる人と、それからユーモア的に卑下するのと二つあります。「僕は北京人です」と云ふ場合に「老北京《ラオペイチン》」と云ふ言葉で一寸日本語で何と云ふか「北京ツ・ベ」と云ふ意味ですね、一寸卑下した意味の言葉と二つあるのです。で必ずしも北京人だと言つて誇つてゐない。或る場合は誇ることもあります。例へば日本の人が北京語を習ふとき先生を傭つて「貴郎は北京人ですか」と聞くと「私は北京人です」と云ふのは多少誇る氣持があるのです。まあ北京に大體親の代から或はおぢいさんの代邊りから移住して、二代位經つと一種の北京の空氣に調和した型になりますね。

石川　一つの參考にお話しますけれども、今北京の警察局で働いてゐる巡警は大體一萬二三千人ゐます。今の東京の警視廳の管内に較べると聊か少いが、以前の東京と大體同一です。此の巡査になるものは大部分は所謂北京人で北京の巡査に採用する資格の一つとして大體北京人と云ふことがあるのです。ところが支那全國中北京の巡査程素質と言ひますか所謂警察的に見てもこれ程良い素質の者はないのです。大體北京の巡査は支那で一番評判の良い巡査で、曾て第一次の上海事變のあつたとき、停戰協定が出來て停戰地區内に非武裝地帶を設けました。彼處に治安警察を掌る爲巡査保安隊を置くときは、特に北京の巡査は上等だからと連れて行つた位であります。それが其の後外國軍隊が入つて停戰協定が出來ましたが、初め北京から行つた巡査は獨特で之が一つの北京のかたぎを表はしてゐると思ひます。今一つ之に關聯して從來北京では匪賊とか何とか大泥棒のやうなものは所謂北京にはないのです。コソ泥式のものは何處でも多少ありますが、少し纏まつたものはありません。多少あるのはあつても、連れて來て調べて見ると他郷から來たもので北京城内にはさう言つたやうなものはない。

人殺しが餘りない。之は歴代の北京の警察當局の最も誇りとしたものです。

佐藤(汎) 北京の警察官の素質の良いといふことは、其の昔清朝末期に於て川島浪速氏が警務學堂教官として北京に乘り込み專心支那の警察官の養成に努められた結果であつて、當時主として滿洲旗人から警察官吏を採用したといふことです。

石橋 川島翁はヨシ子さんの養父として世人に知られて居りますが、同翁の支那に殘された成績は大へんに多いのを世人は御存知ないやうです。

牛島 さき程の石川君の言はれたことで思ひ出しましたが、大正十一年頃の或る冬の晩です。一體、泥棒は餘り北京にはゐないのですが、私は、長い北京生活の間にその晩初めて泥棒に入られた。私のオーバーやら家内のオーバーやら子供のものまでなくなつてゐた。日本の領事館警察に行つて領事館警察から北京市内の警察署に屆けて頂いてそれから首實驗して呉れと云ふので行つて見ますとまるで知らん泥棒なのです。二十日位の間にすつかり調べて洋服や外套や盗られたものは皆返して呉れましたが、當分外套を着ると何だか泥棒の匂ひがして弱つたが（笑聲）通州街道を天津の方に向つて逃げて行き居つた樣子が怪しいものだから巡警が捕へたのですね。私がお禮に金子を煙草代にでも差上げたいと申出ましたら非常に怒つた。警察の署長も一緒になつて怒つた。「日本人は泥棒を捕まへてお禮を貰ふのか、そんな筈はないと思ふ。巡査が泥棒を捕まへるのは當然の職務だ。それなのにお禮を下さるなんてどうかと思ふ」と言ふのでそれには僕はすつかり恐縮していろいろ考へて、それならば其の巡査さんの名前で、貧民を救濟するためお粥を炊き出すところがありましたので其の貧民救助の資金に寄附したい。お名前を拜借したいと云ふとそれならばよろしいと云ふので其の人の名前で寄附した。一方署長さんは大變よい部下を持つて居ると云ふことゝ、其の巡査が淸廉潔白であると云ふことを新聞記事に書いて、それで私の感謝の意を償ひました。さう云ふ風に北京の旗人と云ふものは固くて禮儀は重んずるし、金子をやると言つても直ぐ取ることはありません。

久米 それは吾々の概念とは別だね。蔣介石の北支進出以後と以前とでは非常に違ひますか。

寫眞上より　石川順氏、石原嚴徹氏　石橋丑雄氏　牛島吉郎氏　城所英一氏

石川　非常にと云ふことはありませんね。尙之も一つの例ですが、二年前支那事變の初め蘆溝橋事件が起つたとき、新京から七月十日に歸つて來ましたが、其の時から居留民が此處で籠城しました。其の間が實を言へば、一番北京が何とも言へない重苦しい空氣に包まれてゐました時です。籠城以後は割合樂でしたが、籠城までは實に重苦しさが酷かつたのです。其の時大毎の支局は御承知の通り三條胡同にあるのですが、公使館區域に愈々以て避難するといふことになりました。愈々となつて避難するときうちの品物やなんかどうするか相談しました。其の時實は私が二月迄此處の支局長であつた關係上、彼處の直ぐ傍の警察署長にも亦巡査にも私は凡て知合があるし、車挽きにも知合があるのです。それで愈々の時は一切を擧げて警察に一任するに如かず引揚げ命令が來たら兎に角手紙一本署長に宛てゝ書いて「後を宜しく賴む」と云ふことにしようぢやないか、それが宜からうといふので「日支兩國不幸にして斯う云ふやうな事態になつた。吾々は今日此の家を引拂つて公使館に移る、家は其の儘にして行く一切を貴下にお任せする、長い間貴下の保護の下にあつて非常にお世話になつたが最後までお世話になる。何分留守中賴む」と云ふ手紙を書いて、それを渡して行つたのです。引揚げ命令が來たとき挨拶をする暇もなく手紙一本で賴んで置いたのですが、後で歸つて見て、何にもいじられてゐなかつた。

牛島　石川君はさう云ふ手續をされたが、私共はちつともしない。家のボーイ親子、年寄のアマとそれから其の息子に「お前達よく後を見なさい、俺達は避難する」と云つて避難したのです。日本人居留民千軒ばかり、みなボーイ任せにして公使館に避難したが、恐らく家の什器一切泥棒に遭つた者は居らんでせう。

石橋　こんなことは、或ひは例外かも知れませんが、兎も角見事でしたね。

石川　もう一つこんな事があつたのです。今村と云ふお醫者さんですが、奥さんが恰度姙娠で公使館區域の中の何處かの家を借りて其處へ自分達は特別避難してゐたのですが、そこへ留守宅から長年使つてゐるボーイ頭が毎日三度々々持つて行くのですが、これが一度も缺かしたことがない。それも持つて來る途中は相當危險なのです。フランスの兵隊なんか、餘り日本人に對して好意がないもんだから、フランスの兵營の門を通るとき誰何されて面倒なので、長安街の反對側に支那人の巡警や兵隊が一杯居るそこを通つて來るのですが、兵隊が居ると危いので兩方を見廻して、居ないときすつと來る、三度々々缺かしたことがない忠實なボーイですね。

城所 一種の面子ですな、國家的意識がないのにそこまでやるのは情味もあらうが、まあ一種の面子だ。

牛島 さうでせう。

石橋 忠實だつたのだが、日本が勝つたからやつたのだらう。負けたら酷いからね。只斯う云ふことがあります。一八六〇年圓明の役で生き殘つて居つた人から聞いたのだが、あの圓明の役では成る程佛軍が主になつて、火をつけたのは英軍であるが、一番澤山盗つたのは支那人。それは目撃した生存者の話ですからね。あの時に日本軍の旗色が惡くないからさうしたので、日本軍が勝つと前提してやつたことです。

久米 ちよつとした騷擾はありませんでしたか、城外などで掠奪したといふやうなことはありませんか。

石橋 通州は別ですがね、外には餘りなかつたでせうね。

面子《メンツ》と沒法子《メーファーズ》

中村 其の邊で一つ面子と沒法子に行きませうか、これは誰でも口にするところですが扨て之が面子と云ふことがよく分らないと思ひます。水野さん、長く見たところで一つ……。

水野 私は北京の町の人は餘り知らないが、農村なんかの支那人は非常に面子を重んずる。所謂顏を立てる顏を汚さない、之の一つの例として百姓達は隨分貧乏して一戸四五十圓の借金があるのですが、其の借金と云ふものがお互に借り貸しして、それが信用貸しで證文も入れない。口約束ですが、それが決して日本のやうに金子を返した返さないと云ふ喧嘩が起らないのです。それは實に面子を重んずると云ふやうな氣持から出てゐると思ひます。殊にそこは日本の部落なんと云ふものと違つて、支那の部落は一族を基として成長した一つの親類關係の村でありまして、若し面子を毀すやうな人間が出來ると、其の村に住めなくなる。併し面子は惡い意味に使はれる場合があると思ひます。例へば此の惡いことは知りながらまあ顏を立てゝ之を濟まして呉れと云ふ面子は、あまり面白くないと思ひますだから面子は良いところにも惡いところにも使はれます。

石川 私が學生時代に惡く使つた一つの例のお話でありますが、私共が上海の同文書院

寫眞上より 佐藤俊子氏 佐藤汎愛氏 中村烝氏、水野薫氏、村上知行氏

に居つた時學生が近所の燒餅麥屋に少くとも四、五圓多いのは數百圓に及ぶやうな借財があります。これは牛島さんも曾て御經驗爲さつてゐなさるか知らんが（笑聲）處がこれが始終親爺なんか懐工合を見て請求に來るのです。獨り燒餅麥屋のみならず洗濯屋なども來ます。學生に書留が來ると翌日位必ず來て「どうだ、內地から手紙が來たか」とか何とか言つて話し込んで金子を返させるのですが、實によく知つてゐるのですね（笑聲）。其時吾々が今お客が來てゐると云ふと、直ぐ歸るです。學生同志ですから誰がお客だか分らないが「今お客と話してゐる」と云ふと決して催促しません。それは此方の面子を重んじて呉れる一つの例なのです。支那人の面子は自分ばかりでなく此方の面子も尊重して呉れるのです。その面子を尊重するのを實はソノさかんに使つたのです。（笑聲）

村上　石川さんの仰言つた面子の話は、非常に面白いですね。日本にも「俺の顏を立てる」と云ふ言葉はあるが、只支那のは自分の顏と同時にそれと同じやうな思ひを相手の顏に置く此の點が違ふ。「俺の顏を立てる」と云ふ場合、相手の顏を潰すことが出來ない。徹底的に相手の面子を立てると同時に、自分の面子も立てる、日本は自分の顏を立てる場合相手の顏を潰すことがありますから。

久米　ありますね、蔣介石なんか…。（笑聲）

立上　相手の面子を立てるのは、自分よりも目下の者、弱い者に對しても立てますか。

村上　勿論です、自分の家の小使に至るまで立てる。

水野　客は客、アマはアマ、妻君は妻君です。

石川　面子の範圍は廣い。例へば牛島さんなどは凡ての支那料理屋に顏が利いてゐるものですから、例へば東興樓に吾々と一緒に行つたら東興樓では牛島氏が必ず勘定を拂ふものと思つてゐます。之が牛島氏の面子で從つて吾々がお勘定を拂はうとすると、向うは牛島氏に「之は貰ふべきものではないでせう」と云ふ顏をする。それで牛島氏は當然御馳走にならうと思つてゐても、否やが應でも拂はなければならなくなるのです。ごはんを喰べるならば宜しく牛島氏と一緒に行くべし。（笑聲）

佐藤（俊）　面子に就いて非常に面白い話を聞いたのですが、蒙疆に行つたとき或る將校から伺つたのです。其の將校が長靴を盜まれた、これはてつきりボーイが盜つたのだと思つて「長靴を知らないか盜つたんぢやないか」と云ふと、さうしたら其のボーイは「面子に係る、自分は貴下の靴は盜つた覺えがない、だから盜つた者を探さう」と言つて一日二日經つて、其のボーイは長靴ともう一人若い支那人を連れて來て「多分之れが盜つたと思つたから之を探したところやつぱり盜つてゐた」と言つたので、それから將校は態々盜んだ者を探して靴まで探して來て呉れたのに感心して、御禮をやらなければならんと思つてゐると、其のボーイの方から「此の長靴の一割づつを私達に呉れ」と云ふのださうです。理由を聞くと「自分は友達をとらへ靴を探し出したからそれに對して一割呉れ」といふそれは分るのですが、「盜んだ方にどうしてやるのか」と云ふと「彼は盜んでも貰らなかつた。だから此の靴が返つて來たのだ、若し之を貰つてゐたら永久に靴は返らない、貰らずにゐたから再び此の靴が手に入つたのだ、それに對する一割の報酬だ」といふのださうです。將校が怒つたら、面子だから其の友達に對する面子だからと主張したといふ。

水野　そこまで行くと面子も難しい。

石川　面妖の面子ですね。

牛島　斯う云ふことがあります。例へば同じ所に使はれてゐる下女下男で、同じ働きをしてゐる者に一方の奴だけに何か賞與でも年末にやつて片方にやらないと、大變な面子の問題になります。公平にやらないと可けない。

佐藤（俊）　其の場合の一割づつも同じなのでせうね。

牛島　公平と云ふことが絶對に必要です。

立上　それは支那人を使ふ秘訣でせうね。

久米　新生活の運動としてお互にあんまり面子を重んじないやうにしたらどうかな。

城所　之は或る相當の地位の人ですが、或る所に長い事奉職してゐて死んだ時に、その功勞に報いて三萬圓贈られた。ところがそれを一圓殘らず葬式に使つてしまつたといふのです。全部其の人の社交上の地位又社會上の見榮ですね、斯う云ふ面子は全く撤廢したいものです。それで其の遺族は非常に困窮して途方に暮れてゐる。全く考へさせられますね。

牛島　そのとほりです。これは前の門ではお葬ひの客を迎へて葬式してゐるのに、後ろの方から質屋に通ふと云ふ熟語があります。それで質屋に通ふのに家のもの全部を抵當としても自分の家の格式通りのお葬ひを出さなければなりません。それが今城所さんの言はれるところなのですが、私共度々さう云ふ支那人の友達を見ました。

中村　さう云ふ時に殘つた遺族の人は、折角の三萬圓の金子がすつからかんになつて困る。しかしその困窮を沒法子と割合に諦める性格だと聞いてゐますが？

牛島　さうでせう、さうらしいですね。之だけ葬式をすると、親父に對する好意を盡す所以だから、どうしてもやらなければならん。やつたら扨て金子が一文もない、無けなしの生活は苦しいが、沒法子と云ふことになります。

城所　結局沒法子と云ふ觀念があるから面子觀念も兩立し得てゐるやうに、そこで適當に按排されてゐるのですね。

村上　面子は日本の社會的のやうに事務的に運ぶ各人の交際と比較するとどうしてもいけません。事務的の交際と云ふものが友邦の社會生活の中に入れない主要の根本でこれは面子です。此の面子を應用することにかけては實に松旭齋天勝以上に微妙を極めてゐるから日本人には分りません。と云ふのは例へば西太后が、面子を最も慘酷に使つた例があります。皇族の中に最も自分の憎んだ皇族がゐると、之を窘めるのに皇室には方々から色色の獻上物があります。此の獻上物の要らないのを大監といふ宮中のボーイに持たせてやります。其の家は金子がないので大監が表から入つて來ると、之を變賣して待たせて裏から質屋に金子を借りに行く、さうして大監にお使ひ賃をみなやります。勿論獻上物と言つても買つた方がずつと安くつく位ですが、そこは面子で其のものよりずつと高くなる。表面は有難い御下賜で優遇のやうに見えますが、それを重ね重ねて行くうちに到頭破産を來すといふわけです。

立上　子供にも面子はありませうか。

（寫眞上より久米正雄氏
本社立上秀二）

水野　ありますとも。

村上　北京の子供にお菓子を摘んでやつても絶對に取りませんよ。貧乏人の子供で教養のないものなら別ですが、普通の子供は斷じて怒つて了ひます「謹んで差上げます」と云ふ意志を明かに表明した方法でやらないと決して受取りません。

立上　親が敎へるのですか。

村上　敎へなくても習慣で知つてゐます。

佐藤(俊)　面白い話を聞いたのですが、支那人の間に一旦物を落したら所有權は拾つた者に移ると云ふのですね。

水野　之は本當です。僕は滿洲の農場に居る時農場に苦力が働いてゐました。其の農場の横に大きな道路があつて、其の端の方に苦力が十人位休んでゐました。其處に馬車が荷物を積んでガタ〳〵通つてゐましたが恰度苦力の休んでゐる近所に金を二十何圓か落しました。其の時馬車の方では氣が付かないのですが、苦力は知つてゐてそれを懐に入れた。外の苦力はうまいことをやつたと言つてゐました。間もなく車が歸つて來て今此處にお金が落ちてゐなかつたかと聞くと、そんなものは見ないと言つてさうして其の金を着服して了つたのです。苦力が一年中働いて二十圓か三十圓取れるかどうか分らない頃のことで、その苦力は間もなく罷めて故郷に歸りました。もう一度は馬車で私が行つてゐたとき一臺の馬車と擦違ひました。向うは穀物を積んだ馬車でしたが、擦違ふ時荷物を落したのです。さうしたら私の方の馬車夫がよいとこさと自分の方に積上げて、馬の尻に鞭を當てゝ行つたのです。さうして今日は儲かつたと言つてゐました。だから何でもないことだが落したものを拾はんと云ふのは、昔の聖代にあつたことで、今はものを落したら手に歸りません。

佐藤(俊)　坂井少將のお話に帽子を風で吹き飛ばされて水溜りに落ちたところが恰度其處を通つてゐた人が棒で掻き寄せてゐるので親切に拾つて呉れると思つてゐますと、取つて自分の頭に被つてのこ〳〵歩き出したのださうです(笑聲)。道德が違ふのだと云つて居られました。落したから拾つたので、拾つたから自分のものだと云ふのですよ。

城所　僕の家内が手袋を落したのです。手袋を脱いで手に持つて一間程歩いて片つぽしかないのに氣が付いて振向いて見ますと、後ろに二人の綺麗な服裝の良い婦人が歩いて居たのです。外に人はゐないから其の人が拾つた譯です。そして匿したらしい。片一方ですから利用は出來ないだらうから呼び止めて呉れゝばいゝのにちやんと矢張り着服して了ふ。家内は非常に口惜しがつてゐましたが……。(笑聲)

佐藤(俊)　日本人の考へ方と違ふのですね。

水野　その時お金を出して買ひ戻せばいゝ。

事變後の現象

石原　處が面白い話がある。之は問題になると思ふが、最近車夫が日本人の醉つぱらひが鞄を忘れたところ、それを翌日屆けて來たことがある。

石橋　其の氣持が分らん。

石原　現に僕の友人がおでん屋で飲んで醉つぱらつて歸つて鞄がないと云ふ譯です。さうしたら忘れてゐなかつたかと思つて翌日おでん屋に行つて見た、ところが「昨夜遲くなつて三時頃になつて表を叩くので何事かと思つて出て見ると車夫が鞄を屆けて來た。併し車賃三圓呉れと云ふのでやつたら受取つて歸つた」と云ふのです。其のおでん屋から乘つて歸つたお客だからそこに直ぐ屆けたらいゝと思つたのでせう。

石橋　新しい傾向ですね。

石原　さう云ふ新しい傾向が澤山あります。

久米　此の頃の敎養で變つたのぢやないですか。

村上　車夫の質が大分違ふので、中學生が大分成つてゐる。大學生も居ります。

久米　さうですか。

村上　此の時局にインテリとして喰へませんから。

久米　苦學ぢやないのですか。

村上　本當の生活です、中學生が非常に多いのです。

水野　日本が北京の民衆を如何にするか。インテリの生活の問題、もう一つは民衆の玉蜀黍の粉が四錢だつたのが十錢になつた、さうした物價の問題、民衆の爲に考へてやらうと云ふことが非常に必要なことではないかと思ひます。日本から來た人は北京の町は觀光的に見るか知らんが、其の裏面には日本人には計り知られぬ深刻なものがあります。

佐藤(汎)　凡ての物價は三倍になつてゐます

村上　もう少し經つと未だ／＼騰るでせう。

久米　何と云ふか、之が一時的なものでせうか、永久的のものでせうか、何とか分りませんか。

村上　支那人は之を生き拔けて行きますよ。兎に角支那人に對しては事務的にやつては駄目だ。

久米　物價を下げてやつても駄目ですか。

村上　駄目です。今年は石炭が統制されましたが結果は面白くありません。しかし馴染の石炭屋に注文すると、無煙炭の極上等を持つて來てくれましたが、但し公定値段の標準たる秤を使はず、斤によつたのです。支那人はみな此の方法でやる。値段も結局此の方が安かつた。

佐藤(俊)　煙草がなくなつたのはどう云ふわけですか。

村上　何處かに溜まつてゐるのでせう、天津の何處かに……。(笑聲)

久米　まあさうでせうね。併し吾々中支那の戰線を初めて見て、それから滿洲の非常に落ちついたところ、それから北支を見て北京に來たら矢張北京は公正に大きな都だと斯う思ふ。而も何か斯う日本の箱庭日本の一隅に存在してゐるやうに感じたですね。

村上　しかし時局の影響はみな非常に受けてゐます。

石橋　例年救濟のお粥をやつたら相當人が來るのですが本年は昨年より減つたやうです

水野　之は不思議ですね。

久米　面子をそろ／＼言ひ出すやうになつたのだらう。

佐藤(俊)　北京でも一番景氣のいゝのは車挽でせうね。

立上　親方がゐるのですか。

村上　ゐます、借り代が高くなつたが、收入が多いのでいゝでせう。車廠《チヨウサヤン》と言つて車を持つてゐるのがゐます。四、五臺から一番多いのは何百臺と持つてゐます。

久米　タクシーと同じだね。

水野　一日三十錢か五十錢で、二人で一臺借りたりしてゐるのもゐますね。

水野　支那事變前には北京は物價が安く住み易い、上海や靑島は高くて住みにくいと言はれてゐました。さうして北京では金があつても住めるし、金がなくても住めると云ふ風でした。

石橋　實際住めた。

石原　併し都會は何處でもさうだ、東京なんかもさうだ、農村問題は別ですよ。

久米　どの位で住めますか。

水野　實際の體驗者が月三圓といつてゐました。宿屋なんかは別でしたけれど。

石橋　食料が三圓ですか。

石原　住居は別だ。

村上　私が一番簡單に暮したときは二十五圓でした、今は矢張百五十圓です。

立上　支那人の間に入つたら安いでせう。

村上　いけません。今日は支那人の間に絶對に入れないのです。前は入れましたが今日では迚も駄目です。

水野　銅子兒を下げた頃はよかつたですね。

村上　今度の事變で日本人と支那人とは接近しさうで離れてゐます。

水野　昔は東安市場で買物すると値切ればそれだけまけたが、此の頃は定價をつけてゐます。あれは日本の方が定價をつけるからそれを見習つてつけるやうになつたのです。處が昔は値切れば安くしたのに定價にしたから高くなつたのです。あれはあんなことをせん方がいゝ。

村上　それが矢張り事務的だから可けないのです。支那では交際的にするやうに子供の時から頭が固まつてゐるので、事務的にやつてはどうしても駄目だ。

水野　日本人は損したことになります。

石橋　定價通りしなければならんと云ふので最近迄は負けても今は負けません。

生活——衣

中村　ぢや一つ衣食住で何か中心になる生活問題の方の具體的のお話を願ひませうか。

立上　村上さんは支那服ばかり着てゐられるのですか。

村上　外のが無いからです。（笑聲）

中村　着た感じは洋服よりいゝですか。

村上　樂です。それに兎に角北京で見ますと矢張り支那服が一番よい。理窟なしに之が最も便利です。夫れぢや假りに理窟をつけて見ますと、今の時局は日本人は注意されますが支那人は多少違ふ。それから兵隊さんも日本人には兎角干渉したがる。日本人が町を歩いても日本人だと一目で判ると餘計言はれますが、之を着てゐると絶對に言はれることはありません。兩方共都合がよいのですね。

牛島　支那の田舍に行つたりする場合支那服が便利であります。私は三十二年前明治三十三年南昌と云ふ所がありますが廣西省の彼處に學校が出來た時分に其處に日本語を教へに來いと云ふことで行きました。此の時旅行には支那服が非常によいと云ふことで支那服を着ましたが、今考へると餘程田舍のおおいさんの着るやうな支那服を買つて着たものだと思ひます。其の時の支那服は上着が長くて下着の短いのがハイカラでしたのに私のは上着が短くて下着の長いものでした（笑聲）。それを着まして行つたのです。それより面倒なことは辮髮なのですそれでも毛が七寸か八寸延びまして其の後に髢を入れて辮髮をつけました。それからあの時船で九江に來たのです。處が九江の町で洋服を着たら犬が吠えるのです。田舍の旅行は迚も出來ないやうに犬が恐ろしく敵愾心が強くて困りますが、支那服を着ると吠えない。

中村　總體的に言つて支那人が支那服に金子を掛ける額と日本人が日本服に金子を掛ける額とはどうでせうか？

石川　支那服が一番安い。

牛島　僕は日本服より支那服、支那服より洋服が一番安いと思ひます。

石川　私實は特に事變後感じたのですが、支那の人間が本當に粗末な一と色に成つたと思ひます。

牛島　今はさう成つたが、其の中でも金子のあつた大官となると、却々一と色では濟まなかつたのです。

石川　一と色どころでなく或は洋服を造ると金子が掛るが今の質問の趣旨から言つて日本人が日本服を西洋人が洋服を又支那人が支那服を着る中で、いづれがいゝか。大體論のお話になると思ひますが、さうなると支那人が一番つつましやかだと思ふ。

牛島　さうか知らんが洋服が一番安いのが本當ぢやないかと思ふのです。今一番暑い時は紗の着物、それと帷子の着物其の上等を持つてゐます。其の次は絽の着物、扇子、其の次は薄い絹の着物一二枚、厚い緞子の着物それから薄い袷それから厚い袷、それからそこへ羅紗見たやうな裏の袷綿入、毛の薄い着物毛の厚い着物、之だけ揃へたら書生つぽの時は敵はん。だから結局洋服がよいと云ふことで支那服を取つて洋服ばかりに變へました。だから日本服も高い支那服も高い、それだけの高い金子を洋服に掛けたら上等のものが出來る。洋服は夏服合服冬服それでいゝ。だから種類も一番少いので私共のやうな生活をするものには洋服が一番簡單です。

村上　旗人邊りになると毛皮だけでも一と冬に六通り位要るがそれは特殊な階級だ。

石川　上を言へば限りはないが、しかし一般民衆から言つて中國の五億の民は衣服や住にどれ位掛るかと云ふと、恐らく一年に五錢か十錢少くとも一圓五十錢乃至二圓の衣服で二、三年着られます。

村上　都の女の服裝は違ひます。身體に寸分隙がないやうに拵へますのと、それから崩して造り直すことが絶對に不可能だから、一期一期だけで決して二期に跨るものでないのです。だから極く金持の者は別ですが普通の者は華かな見た目に綺麗なものを造るが高いものは造りません。一度に出す金子は少くて濟みますが、但し殆ど毎月拵へなければなりません。

石川　落ちついた、孰れも質素なものです。

生活——食

中村　それでは食物の話で一つお願ひしたいのですが……。

水野　之は牛島さんに御願ひしませう（笑聲）

牛島　食物ですか。食物は何ですか概して支那料理は日本料理より贅澤、洋食よりも贅澤です。佐藤安之助と云ふ陸軍少將が居ります。あの人は滿鐵の元奉天公所長をしてゐた人です。巴里會議に行つて居りましたが其の時にタイピストのフランスのお孃さんが佐藤さんに「世界で一番美味いのは何處の御馳走か」と聞き「フランスの料理が一番美味い」と云ふ返答を期待してゐたのですが佐藤さんは「支那料理が一番美味い」と言つたのです。それで其のお孃さんは非常に不滿なやうで不思議さうな顔をしてゐたさうです。

水野　處が私、百姓に味方をしたいが、日本の人は支那料理を喰つて美味いと思ひ、多くの支那人はみな支那料理を喰つてゐると思ふが、支那料理を喰ふ人間は極く僅かで百姓の食物位慘めなものはないのです。

牛島　處が僕は熊本の田舍で育つたが最近そこへ行つて見て、其の邊の百姓が普通喰ふ物でも家でも何でも支那の百姓と大差がない樣に思ひます。

水野　私はさう思ひません。日本の百姓は腹を滿たして居る、處が支那の民衆は腹一杯喰へない。事變前から見ても彼等の持つてゐる面積それから收穫物から見て算盤が立たないのです。支那の貧乏百姓は年に一度位しか肉を喰はないのです。甚だしいのは人間の生活に缺いてはならない鹽がないことがある。京漢線の山西の山奥に行くと鹽を殆ど使はない。彼等の野菜は白菜ですが彼等は迚も野菜を充分作る餘裕がないので春先木の芽を摘んで喰べます。柳の葉やなんか摘みますので、部落の木は春先坊主になつてゐます。實は僕も喰つて見ましたが茹でゝ一日川に漬けて汁にします。がさがさして喰へません。それから百姓の喰ひ物は大體北支は高粱、玉蜀黍、粟、豆、此の三つ四つを色々混ぜ合す場合もありますが之を粉にして喰ひます。此の粉にする場合も今頃の百姓は漂白して粉にするのでなく、最初皮ごとやつてさうしてそれを鍋にお湯を澤山入れてそこにどぶ／＼として木の葉を摘んでさうして其の汁を呑んで働いて、よくもエネルギーがそこから出るものだと思ひます。

中村　パール・バックの「大地」で王龍のお父さんが王龍がお茶を飲んだと言つて怒るところがありますね。

水野　あれは本當の事です。

村上　あのお茶の事から話が戻りますが、支那料理は北京の支那料理は上等ですが家庭料理は迚も日本の家庭料理に較べられません。極端に質素です。兎に角私の家庭なんど御覽になつたら誰しもお驚きになりますでせう。假りに金子があつても家庭料理は質素で交際に金を掛けます。收入が百圓とすると四十圓で生活し後の六十圓が交際費です。此の交際費が日本の人には分らないのです。それで一家の者がそんな質素なものばかり喰べては續かない、そこで其の家の經濟狀態を見て一週間に一度十日に一度或は月に一度と云ふ風に、全家族が支那料理屋に行つて支那料理を喰べます。文字通り醫者を入れない、本當に喰べるだけですが其の時エネルギーを攝る。不斷はお茶の葉もお客以外には使はない場合が多い。

水野　北京の百五十萬の人口の中六、七割は殆んど玉蜀黍の粉を喰べてゐて後の二、三割が米と小麥を喰べますが、之は上流社會です。玉蜀黍の粉は事變前一斤四錢でしたが、今は十錢で大體子供大人合せて平均一人一斤として玉蜀黍の粉が元四錢。さうすると、事變前は月壹圓二十錢副食物も殆ど此處等の町の人は漬物食で銅貨《トンツル》一枚で大根を買つて喰べると云ふ狀態です。更に田舍に行くともつと深刻です。

石川　同感です。此の十年程前貴州を旅行しましたが、米を喰つたのが其の間二度か三度、飢ゑ死する者が到る處にありました。日本でも古い頃には飢ゑ死した者も數あるが、近頃東北の災害が深刻だと言つても、交通機關も完備し政府其の他で飢ゑ死させて居らん。處がその旅行で實見したことでは昔「民飢ゑて國治まらず」と云ふ言葉がありますが、實際「民飢ゑて國富まず」と云ふ感じを私は大正十年貴州へ行つて湖南と貴州の境銅仁縣で味ひました。私共泊つた町が大きな町でしたが、米一升三圓でそれとやつと茄子二切れ買つて、其の茄子を細かに切つて鹽をかけて煮た、それが吾々のおかずでした。やつと久しぶりに美味いものを喰つた、今日はあまりおかずを喰つてしまつては可かんぞと言つたものです。處が其の銅仁の町で往來に出ると、人足が死骸を二つ位重ねてエツサ／＼擔いで行つて、城の角に沅江《げんかう》の上流がありますが、其の上からすぽん／＼と投げる。犬でも何でも瘠せ衰へて、それからまさに死なむとする人が到る處にゐて、眼の處に蠅が一杯たかり口の廻りにも蠅が一杯たかつてゐる。處がさうなつて來ると蠅なんかも元氣がない。實際慘憺たるものでした。それから又旅行を續けたのですが全村一人も居ないところもありました。空つぽになつてゐるので吾吾も喰へない。畑も何にもない。實に吾々は旅行中困難をしましたが米も何もないので縣知事も勤まらない。其の時銅仁縣の縣長を訪問して聞いたのですが銅仁縣のみならず貴州到る處去年以來の災害で非常に苦しみ交通不便で却々吾々の所に救濟の手が來ないので、一つお國でも何とか心配して呉れないか、取敢へず諸君少し寄附して呉れんかと云ふ情けない話なのです。

生活——住

中村　食物の話から建物に入りますがどうも支那人は家に愛着があるやうですが、ずつと入ると、衝立が立つてゐて奧まで見えませんね。あゝ云ふ建物をやるのはどうしてですか。

石橋　結局家の中を見られるのが厭やなのでせう、結局自分の生活の開放が出來ません祕密を持つて居る支那人には……。

村上　迷信もありますね。要するに幽靈と云ふものが眞つすぐにしか歩けないもので途中何かぶつつかるものがあると倒れる。それでまつすぐ行けないやうにしてある譯です。（笑聲）

石原　實に簡單に惡魔といふ其の考へ方が面白く、惡魔がどんな所にも行くから……。

村上　兎に角路地邊りでも矢張り眞つ直ぐなものはいけないと云ふのでみな折れ曲つてゐますね、そんなことが民族の中に在る意識でせうね。

中村　林語堂が沈復《ちんぷく》の「浮生六記」の一節を引いたのに「大の中に小を見つけ小の中に大を見つけ實の中に虚を見つけ虚の中に實を見つける」と云ふ一つの小天地を造るやうな氣持で五千圓でも三千圓の小金でも曲りくねつた庭園を造つたり廻廊を造つたりして樂しむ話があります。日本人が家を造るよりも、非常に樂しみを感じつゝ造つて居るやうですが、一般にさうですか。

石橋　さう云ふ事を感じます。私共支那の家に住むと洋館に住む氣がない。

久米　西洋館はどうですか。日本より手の細かさは較べられませんです、心の持方今の曲りくねつたことはしないが、小味の凝り方は格別でせう。

佐藤(汎)　寧ろ日本人の方が凝り過ぎる位ぢやありませんか。

久米　日本の茶室だつてさうですが尤も茶室は之は支那から來たものでせうけれども。

佐藤(俊)　支那の家屋に住むと洋館に住めないと云ふ好さは何處から來るのでせう、それを伺ひたいと思ひますが……。

石橋　結局私共は支那式になつてゐるのかも知れませんが……。

水野　壁がないと馴れない間は困ります。

村上　建築は極度にひねくられてゐます。西洋にラビリンスといふ言葉があるが、支那では既に隋の煬帝《やうだい》の時代にちやんとラビリンスが建築されそれに迷樓と云ふ名がつけられた。さう云ふ風に極端に凝りに凝つて今日の粋を極めてゐるわけであるが、此の支那の家屋に生活して見ると內部が割合廣い面積を擁してくつろいでゐる。之は結局支那の大家族を標準として作られてゐるからで日本人のやうに僅か夫婦二人で住むといふ場合には之程不便なものはない。支那の大きな家になるとお妾さんが澤山居ります。これは大體日本人は性慾的にばかり考へるが、大きな家に住んで少くとも百人位居る家族を自分の妻君一人に任して居れないのです。兎に角家庭內を支配する權力ある女が居なければなりません。そんな關係からも妾が二人や三人は居なければなりません。

牛島　さうして息子がない時には世嗣をもうける爲めといふこともあります。元來は第一夫人が第二夫人を夫に贈るのです、だから第二夫人を探すとき第一夫人が探す。御主人が勝手に探して來るのではないのです

村上　これは私自身支那の家に棲んでみて痛切にもう一人位欲しい。家を守るのに欲しい。一人ぢや不安です（笑聲）。性慾などさう日本人と支那人と違ふ譯はないのですから。

趣味・美

久米　支那の女と云ふのは美人の標準は變りつゝありますか、詰り瓜實顏の整つた古典的美人ですか、やはり。

牛島　唐の國が天下を統一しまして國が勃興して來た時分は男子の標準でありました女性の型は身體も強いし容貌も綺麗だが兎に角健康美と云ふことが主だつたらしいのですな、それが其の一番典型的なものが楊貴妃のやうな美人だつたらしい。あの人は丈も高いし顏も綺麗だし非常に健康的な人だつたらしい。それから段々さう云ふ風な人が美人だつたらしいが紅樓夢と云ふ小說が出來たのは清朝になつてからで、元來北京宮廷の事を書いたらしいが其の中の一番の才女で皇后になる候補者の一人だつた林黛玉と云ふ人が大變聰明な人でありましたが其の人は病身で瘠せた非常に楚々とした瘠

せ型の人だつたらしいのです。それを曹雪芹と云ふ人が其の小説を書いて大變それを褒めて居たので、本當の皇后は薛寳釵と云ふ楊貴妃ばりの人だつたのですが其の人より可憐で且聰明、品格も大變出來てゐる人だつたのですが非常にそれを褒めて書いたそれから段々變つて、さう云ふタイプが持囃されるやうになつて居りますが、今はさうでないでせう。まあ少しづゝ變遷して來てゐると思ひますが‥‥。

中村　村上さんの「北京」を讀むと柳腰と云ふ言葉は支那人の後ろ姿を見て始めてわかるとありますが、これも「紅樓夢」邊りからですか。

村上　違つて居りますね。

石橋　瘠せ型が一つの美人のタイプになつたのは宋時代ぢやないか、唐は丸型だつたが宋は顏が長い。

立上　之からはどんな女を好むでせうか。

村上　やはりどつちかと云ふと第一腰の細いと云ふことが先決條件でせうね。やはり今の日本でクラシツクに感ぜられるものにもモダンのものにも兩方とも魅力があるやうに此方もそんな風に感じます。上海や南京式なモダン型にも非常に魅力がありますがそれと同時に矢張り古典的なきつちりしたのに又言ふに言はれない好さがあるのですね。

佐藤(俊)　支那に來て感じたのですが、支那の女の人は大きいんですね。

牛島　それは大きいですよ。支那の人が身體にくつ附いたきつちりした着物を着てゐると大して大きくも思ひませんが、日本の婦人が支那服を着るとどの奥さんもどの奥さんも小さく見える。日本人の赤ん坊で生れた時に一貫目あるのは珍らしいでせうが、支那人にはざらにあります。

城所　婦人は北の方に美人が居ないですね。

水野　山東省に石島と云ふ所がありますが倭寇が上陸して彼處に大分根據地を構へて移住しました。彼處の女がニツコリと笑ふ邊り日本の女そつくりです。

村上　しかし女を美といふ觀點からだけで見ると北京の良家の娘程美しいものはありません。此の頃は中々見られませんが、前には時々戯場とか公園で遇へました。だが此の頃は殆ど見當りません。

中村　どうしてですか。

村上　出しません。

佐藤(俊)　仕舞つて置く譯に行かないでせう

村上　大きな家なら結構退屈しません。

石橋　昔の物持の家なら外に出なくても廣い屋敷ですから、家の中に年中居つて此方の書齋から彼處の書齋此方の亭から彼方の亭に行くと充分運動が出來る譯です。昔は殊に外に行つて外の人達と交際して謀叛の目論見でもされたら大變でせう。それだからさう云ふことのないやうにしたとも言はれて居ります。だから大抵自分の屋敷の中で過したものです。

久米　其處等の宮殿造りのやうに中庭を圍んであつたのですか。

牛島　宮廷の小さいものです。

村上　公園です。今でも上流の家に行きますと公園です、だからさう云ふところの人は出る必要がない、家の中で充分享樂が出來るのです。

前門《チエンメン》の妓女

中村　村上さん前門の女の話を一つ。

村上　まあ今と昔と兎に角全然本質からして變つて了つたですね。今の前門は到る處港の船着場の賣笑婦です。何の情緒も何のプライドも何の規則もない、元は却々あゝ云ふ社會の傳統や規則があつて、それが守られたからよかつたのですが……。

久米　それは獨り前門のみならんや時代の罪です。凡ゆる世界の何處でも古の情緒は全然無くなつて日本だつて吉原、新橋、柳橋には少しあるが、巴里もモンマルトルになし兎に角さう云ふ古い文化は投げられて滅んで行つてゐるから。

村上　最も遲くまで殘つて居つたのが北京なのでせう。

村上　前門全盛時代を御存じなのは牛島さんでせう、それを一つ。

牛島　綺麗な人が居つたことは今は昔も變りません。併し凡てあゝ云ふ所は村上さんが言はれたやうに儀式があつて儀式を踏まないと紳士でないことになつて了ひます。例へば先づ素見しに行き段々懇意になつてですね、それから披露宴見たいなことをしまして自分のお友達が四五人、女の友達が四五人同席して食卓を圍んで一席お酒を掬んでお披露目を濟して始めて自分の女に決まるのです。さうすると其處に同席して居つた人間が招んでも却々其の人の所に來んと云ふやうな決まりがありましてね、其の時は樓主にもボーイにも女中にも心附をするそんな風の規則通りのことをやらなければいかん。今はそんな規則が非常に崩れたやうです。此の頃は後備豫備軍位になりまして今の規則はよく知りません。（笑聲）

久米　しかし吾々が行けないぢや困るね、幾らよくても。

村上　昔は北方美人が未だ勢力があつた。今は南方の女の方が多くなつて居りますが、

（北京前門の名妓「月月」の和裝、こゝにも時の推移を想はせる）

南の女は氣が荒くて口のきゝかたもヒステリツクです。南方の女を南方の親方が統轄してやらうとしても氣の荒い者同志でどうしてもうまく行かない。今前門の親方は旗人あがりの北方の者で南方の女がどんな事を言つてもうん〳〵と言つてそれで相當ずるい事があつても知らん顏してゐる。非常に大人しい北方の親方とワン〳〵の南方の女とで旨く行つて居る。また此の頃行けば直ぐ金、子供でも金々と言ひます。昔ならこんなことはない、大體置いた金さへ女は知らん顏して見やしません、今では敗へてこれぢや足らないとか何とか云ふ。（笑聲）

佐藤(俊)　昔の吉原情緒ですね。

石橋　前門は大正十二三年の關稅會議、あの頃から變りましたね。その當時が前門荒しの第一班でせう。だから前門を荒したのは日本人のブルジョアでせう。

村上　兎に角此の頃彼處に行くと娼婦と云ふ感じが鼻について堪まらない。行つても面白くありません

立上　親方との關係はどうですか、前借がありますか。

村上　前借は殆んどありません。殆んどみな自前です。其の家の部屋を借りて營業してゐるのです。

久米　一つのアパートを持つてゐるのですね。

中村　さう云ふ譯で、妹とか姉さんとか中には子供を發つて居るのもあるわけですね。

佐藤(汎)　今は非常に自由になつてゐるから日本人のお客さんも多くなりましたが、昔は斯う自由ではなかつた。一寸顏を出して十分位ですつと歸つて了ふのですが、今日はお酌をしてサービスをして吳れる、唄も唄つてくれます。

城所　日本の流行歌を歌ふのはどうかと思ふ

佐藤(俊)　愛國行進曲をみな歌ひますね。

水野　支那人は遊ぶ所がなくなつたと言つて心配してゐます。

久米　潜つてあるのぢやないか。

村上　今度の事變以來、前門には以前の妓が三四人、多くて五六人位、殘つてゐる位で、事變前の人間はみな市中に散つて了つて本當の高等內侍式の事をやつてゐます。時偶道で會つて「どうしたか」と聞きますとあんな所でやつて居られるもんですかと云ふのです。

北京の魅力

中村　それでは北京の魅力をお願ひします。公園や近郊や樹木や花や、これこそ北京の

魅力であると云ふことをお話願ひます。

佐藤(汎)　久米さんにお聞きになつた方がいいでせう。寧ろ御旅行にいらつしやつた方の方が感じがフレッシュだ。

久米　矢張り建物の美だ。ぱつと門を見た時に魅力と云ふやうなものでないかも知れませんが、これは大した所に來たと思ひましたね。

立上　城壁と門ですね。私は二十年位前に來たことがあります。其の時夜停車場に着いたのですが門を下から仰いで支那に來たと云ふ感じがしました。

久米　奉天城門を、大山大將の入城式の繪などで見ては居ましたが、北京に來て初めて本當に都の門を見たと云ふやうな感じがしました、景色としてはそんな魅力です。

佐藤(俊)　私の魅力は紫禁城、北海の池、屋根の色殊に黄の色より紫の色が實にいゝ色だと思ひましたね。實にあの紫の色が魅力があると思ひました。

城所　北京に居つた人は殆ど例外なく一生涯北京に住みたいと言はれますし、叉うつかり北京の惡口を言ふとムキになつて怒る。それ程大きい魅力があるらしいが其の實體か何であるかと指摘するのは難しい。まあ雰圍氣でせうか。

水野　一つや二つでなく綜合的なものですからな。

牛島　生活がしよい氣候がいゝと云ふことゝ何ですなお互が非常に仲がよい、日本居留民と交際しても非常に仲良くいつた。それから支那人の知人との交際の點も氣持がよい、又内地でのおぢいさんとかおばあさんとか言つた人達の膝元で窮屈な思ひをしないでいゝ。

中村　私は昨年九月末に來ましたが、北京の良さは平和な雰圍氣にあると思ひますね。路地を洋車で行くと暢んびりと小鳥を遊ばしたり、ぼんやり日向ぼつこをしたりしてゐます。東京の日比谷公園邊りのベンチで日向ぼつこでもしたりすると三十分も居るといら／＼する(笑聲)。處が中央公園で本も讀まずぼんやりしてゐても半日位すぐたつてしまふ。

牛島　例へば骨董だが身分相當の斯う云ふものが欲しいと云ふと必ずあると云ふのが北京です。北京で註文して置けば必ず手に入る、斯う云ふ硯が欲しい、斯う云ふ書畫が欲しいと云ふと必ず手に入る、何だつて無いものはないやうな都です。支那の古い都それも人を魅する力でありませう。支那人が又其處へ買ひに行つて店に入つてあれ之と見て買はなかつたからと言つて變な顏をして睨めつけるやうな支那人はゐません。店に入つて三時間も四時間も粘ばつて何にも買はずに「左樣なら」と言つても愛想がいゝし而も長い間の友達のやうにして送り出して呉れます。二、三度行つて懇意になると始終自分等の家に來てこんなものがあるとか何とか言つて知らして呉れますが又それが實に和やかな交際です。支那人がさう云ふ風であるしそれから日本人も此處に居た時はみなさうで此處に育つた支那人の影響を受けて喧嘩も一つしない。お互に旅行から歸つて來ると同じ日本人であれば雜貨屋のお神さんであらうと料理屋のお神さんであらうと顧問であらうと「あゝお歸へりになつたか」と言つて自分の家族が歸つたやうに喜ぶ。此の日本人間の和かさと對支那人の和かさとが一番魅力があると思ひます。其の外支那料理もうまい喰べ物のうまいと云ふことも魅力ですね。

中村　「東洋の巴里」とも云はれてゐるやうですが、巴里と北京とはどうですか。

久米　「東洋の巴里」と云ふと哈爾賓が「東洋

の巴里」ではないのですか。僕等はさう思ふ北京のは全然違ふものですよ。寧ろ氣分としてはロンドンに近い氣持がしますね。古い都と云ふ意味で巴里と云ふ名前は輪廓ですね。東洋に於ける巴里の如き文化の中心地と云ふ程の。西洋で比較すべき景色或は都會はどう云ふ所かと云ふと先刻から考へて居ると詰り瓦の都と云ふ氣がする、屋根と建物の都と云ふのがたつた一つあるフロレンス、あれは支那と同じくこくのある頽廢的な而も渾然たる美しさがある。氣分の上に於てフロレンスです、巴里なんて云ふものはそんな點に到つてはそんないゝもんぢやない、哈爾賓見たいな所です。

城所　北京は東洋のローマだ。

久米　其の方がいゝ。

中村　消費都市としての合理性と云ふものを感じます。

城所　それから木と花の匂ひですな。之は見逃せないと思ひます。先づライラックですね。噎せる樣な匂ひで籠められる。それからアカシヤの香水の樣な匂、それから槐《えんじゆ》。さう云ふ木の匂ひが過ぎると茉莉花白蘭花、晩香玉など鈴蘭や百合の樣なのを胸に香水の代りに挿す。行きずりに一寸すれ違ふと本當の香水より鼻をつく。匂のバライエテイーが多い、あれも魅力ですね。

牛島　海棠もいゝな日本のよりいゝ。日本の海棠は實が熟らないが此方の海棠の花は色は杏のやうな櫻と杏の間のやうです。實がなると恰度林檎の小さい位でそれを砂糖漬にしたのを煮たものがあります。それから秋の氣候九月の始から十一月の始まで隨分いゝ氣候でいい氣持です。風もなし空氣も澄んで暑くなし寒くなしそれでさう云ふ所を散歩して居ればいい氣持のもんです。

城所　今晩は皆さんの蘊蓄を傾けた話を色々豐富に聞かして頂きまして幸せ致しました話の間に日本人の此方にやつて來た事に就ての功罪相半ばするやうな話も大分ありましたが、兎に角先發隊先驅者として此方にやつて來て居ります者は北京邊りの都は別として非常な困苦缺乏不安に脅されてゐると云ふことを合せて一言しまして內地の方の御聲援を御願ひ致します。

立上　長時間に亘り有難うございました、重ねて御禮申し上げます。

日本の婦人を嗤ふ支那の婦人

本誌特派 在北京 佐藤俊子

支那《しな》の婦人《ふじん》が日本《につぽん》の婦人《ふじん》を嗤《わら》ふと云《い》つたら、日本《につぽん》の婦人《ふじん》は憤慨《ふんがい》するだらうか。

私《わたし》のところへ支那語《しなご》を教《をし》へにくる若《わか》い支那《しな》の婦人《ふじん》がある。ミッションスクールを出《で》た人《ひと》で、英語《えいご》をよく話《はな》すし、今《いま》は日本語《につぽんご》を勉強《べんきやう》してゐると云《い》ふことだが、所謂典型的《いはゆるてんけいてき》な支那《しな》の知識階級《ちしきかいきふ》に屬《ぞく》する婦人《ふじん》である。近代的《きんだいてき》な教養《けうやう》を受《う》け、幾分西洋化《いくぶんせいやうくわ》してゐるだけに理智《りち》が發《はつ》達《たつ》してゐるし、自然無教養《しぜんむけうやう》な婦人《ふじん》に對《たい》しては眉《まゆ》を顰《ひそ》めると云《い》ふやうなところがあるが、この婦人《ふじん》が時々街頭《ときどきがいとう》で見《み》かける日本婦人《につぽんふじん》、又家《またか》庭《てい》にゐる日本婦人《につぽんふじん》の批評《ひひやう》をすることがある。

一口《ひとくち》に云《い》へば日本《につぽん》の婦人《ふじん》は頭腦《づなう》がないと云《い》ふことに歸《き》するのだが、例《たと》へば日本人《につぽんじん》の家《か》庭《てい》を見《み》てゐると、夫《をつと》があまりに妻《つま》を使《つか》ひすぎる。妻《つま》は何《なに》も彼《か》も爲《し》なくてはならない。あれを持《も》つて來《こ》い、これを持《も》つて來《こ》い。あれを作《つく》れ、これを作《つく》れ、何《なに》をしろ、彼《か》をしろで、妻《つま》はこれに對《たい》して自分《じぶん》は何《なに》も考慮《かうりよ》するひまがなく、夫《をつと》の命令《めいれい》に追《お》ひ廻《まは》されてゐる。街頭《がいとう》を歩《ある》いてゐる日本《につぽん》の婦人《ふじん》を見《み》ると、大概《たいがい》は夫《をつと》の後《うしろ》から隨《つ》いて行《ゆ》く。殊《こと》に子供《こども》を背負つた婦人《ふじん》なとか、腰《こし》を屈めて後《うしろ》の方《はう》からぶら〳〵と歩《ある》いて行《ゆ》くのは、實《じつ》に見《み》つともない。

支那《しな》の舊家庭《きうかてい》は封建的《ほうけんてき》なものから一歩《ぽ》も脫《ぬ》け出《で》てゐないので、家長《かちやう》の他《ほか》は妻《つま》でも子供《こども》でも家族《かぞく》の者《もの》はすべて家長《かちやう》の婢僕《ひぼく》と同樣《どうやう》だが、新家庭《しんかてい》の夫《をつと》と妻《つま》の地位《ちい》は一樣《やう》である。この二《ふた》人《り》は平等《びやうどう》に並《なら》んでゐる。ところで日本人《につぽんじん》の家《か》庭《てい》を見《み》ると、若《わか》い人達《ひとたち》の家庭《かてい》でも支那《しな》の舊家《きうか》庭《てい》のやうに封建的《ほうけんてき》である、と云《い》ふのである。

北京《ペキン》では日本婦人《につぽんふじん》の風俗《ふうぞく》と云《い》ふものが問題《もんだい》になつてゐる。支那婦人《しなふじん》の風俗《ふうぞく》が問題《もんだい》にならずに、日本婦人《につぽんふじん》の風俗《ふうぞく》が問題《もんだい》になるのは、服《ふく》裝《さう》が原因《げんいん》となるのである。着物《きもの》を着《き》て帶《おび》を締《し》めてゐるのが惡《わる》いと云《い》ふのではなく、この服《ふく》裝《さう》の爲《ため》に、洋車上《ヤンチヨーじやう》の婦人《ふじん》の姿《すがた》がだらしなく見《み》えると云《い》ふ點《てん》を指摘《してき》されてゐる。前《まへ》がはだかり、裾《すそ》の割《わ》れ目《め》から素肌《すはだ》の足《あし》が見《み》える。場合《ばあひ》によると、腿《もゝ》の邊《へん》までが見《み》えることがある。それから又《また》、洋服《やうふく》（日本《につぽん》の所謂《いはゆる》アッパッパと稱《しよう》するもの）を一枚《まい》引《ひ》つかけ、靴下《くつした》も穿《は》かず素足《すあし》で、これに草履《ざうり》や下駄《げた》を引《ひ》つかけ、街頭《がいとう》を歩《ある》くと云《い》ふ姿《すがた》もある。

日本《につぽん》なら、斯《か》う云《い》ふ姿《すがた》も大《たい》して目《め》に立《た》たな

女性時評

い。何故《なぜ》なら周圍《しうゐ》がすべてこの風俗《ふうぞく》である。少《すこ》しは見《み》つともないと思《おも》つても其《そ》の缺點《けつてん》は内《うち》輪《わ》で濟《す》むことだが、この風俗《ふうぞく》が一度《ど》他《た》の國《くに》のきちんとした簡潔《かんけつ》な風俗《ふうぞく》に混《まじ》ると、何《ど》うかすれば、だらしなく見《み》え勝《が》ちの缺點《けつてん》が、一層目《そうめ》立《だ》つてくる。

日本婦人《にっぽんふじん》の服裝《ふくさう》はきはめて裝飾的《さうしよくてき》で、非活《ひくわつ》動的《どうてき》で、街頭《がいとう》を活潑《くわつぱつ》に歩《ある》くことの出來《でき》る支那《しな》婦人《ふじん》の服裝《ふくさう》と比較《ひかく》すると非常《ひじやう》に損《そん》なのであるが、炎熱《えんねつ》の街頭《がいとう》などでは裾《すそ》がまつはり帶《おび》は重《おも》く、輕快《けいくわい》な歩行《ほかう》などは出來《でき》ない上《うへ》に、洋車《ヤンチヨー》などに乘《の》ると益々《ます〳〵》ぐたりとして、裾《すそ》がはだかつても足《あし》が見《み》えても構《かま》つてはゐられないと云《い》ふ樣《やう》な非禮《ひれい》な姿《すがた》となるのである。斯《か》う云《い》ふ恰好《かつかう》をした婦人《ふじん》を屢々《しば〳〵》見受《みう》ける。

そしてこれが問題視《もんだいし》される結果《けつくわ》になる。斯《か》う云《い》ふ風俗《ふうぞく》を傳統的《でんとうてき》に大切《たいせつ》に守《まも》つてゐる日本婦人《にっぽんふじん》は不幸《ふかう》なことだと思《おも》ふのであるが、こゝでも風俗《ふうぞく》が問題《もんだい》として取上《とりあ》げられる前《まへ》に、取上《とりあ》げられなければならぬ問題《もんだい》は「婦人《ふじん》の頭腦《づなう》」である。

それなら支那《しな》の婦人《ふじん》には頭腦《づなう》があるかと云《い》はれると、問題《もんだい》は複雜《ふくざつ》してくるが、少《すくな》くも支《し》那《な》の婦人《ふじん》の服裝《ふくさう》は、日本婦人《にっぽんふじん》のそれよりも遙《はるか》に簡素《かんそ》で、活動的《くわつどうてき》で、そして經濟的《けいざいてき》である。日本婦人《にっぽんふじん》の衣服《いふく》のやうな贅《ぜい》がなく、過剩《くわじよう》なものがなく、體即衣裳《たいそくいしやう》と云《い》ふすつきりとした感《かん》覺《かく》さへも持《も》つてゐる。先日《せんじつ》天津《テンシン》へ行《い》つた時《とき》、私《わたし》の泊《とま》つた旅宿《りよしゆく》の女中《ぢよちゆう》たちが、皆《みな》洋服《やうふく》で働《はたら》いてゐた。スタイルもよく、活潑《くわつぱつ》に見《み》えて好《この》もしく思《おも》つたが、夜《よる》になると悉《こと〴〵》く日本着《にっぽんぎ》に着換《きか》へ、汗《あせ》びつしよりで、帶《おび》や袖《そで》の煩雜《はんざつ》さを嘆《なげ》いてゐるのである。人絹《じんけん》が混《まじ》つてゐるにしても絽《ろ》友禪《いうぜん》とか、明石《あかし》とかの着物《きもの》を着《き》てゐるのだが、この高價《かうか》な和服《わふく》を調《とゝの》へる爲《ため》に、折角《せつかく》の高《たか》給《きふ》も不足勝《ふそくが》ちだと云《い》つてゐた。しかも活動《くわつどう》が不便《ふべん》で働《はたら》き難《にく》い。それなら洋服《やうふく》で通《とほ》したら宜《よ》ささうなものと思《おも》はれるのであるが、夜間《やかん》だけはせめて「日本的《にっぽんてき》な衣裳《いしやう》」で客《きやく》に仕《つか》へさせる旅宿《りよしゆく》の慣《なら》はしだと云《い》ふのであつた。

この不便《ふべん》は旅宿《りよしゆく》の女中《ぢよちゆう》に限《かぎ》られたことではなく、婦人《ふじん》一般《ぱん》が自身《じしん》の上《うへ》に常《つね》に感《かん》じなければならぬ實際問題《じつさいもんだい》であり、この不經濟至極《ふけいざいしごく》な服裝《ふくさう》の改良《かいりやう》は、戰時經濟《せんじけいざい》の節約《せつやく》の上《うへ》にも大《おほ》きな關係《くわんけい》を持《も》つのであるが、「婦人《ふじん》の頭腦《づなう》」の不足《ふそく》が裏書《うらが》きされてゐるにも拘《かゝは》らず、日本《にっぽん》の婦人《ふじん》が「日本的衣裳《にっぽんてきいしやう》」を誇示《こじ》する傾向《けいかう》は、支《し》那《な》において中々《なか〳〵》濃厚《のうこう》なのである。

支那《しな》の若《わか》い婦人《ふじん》が日本《にっぽん》の若《わか》い婦人《ふじん》を觀《み》るときは、先《ま》づ服裝《ふくさう》から批評《ひひやう》をする。社交的《しやかうてき》な挨《あい》拶《さつ》には日本《にっぽん》の服裝《ふくさう》は綺麗《きれい》だと云《い》ふ。だが、いかに封建的《ほうけんてき》な遺物《ゐぶつ》を現代《げんだい》の婦人《ふじん》がそのまゝ身《から》體《だ》に着《つ》けてゐることかと云《い》ふ批評《ひひやう》を持《も》つ。若家庭《かてい》の老婦人《らうふじん》ならば彼女《かのぢよ》たちには別《べつ》に不思議《ふしぎ》はないであらう。この服裝《ふくさう》の印象《いんしやう》から、家庭《かてい》にゐる若《わか》い婦人《ふじん》が從順《じゆうじゆん》であり、街頭《がいとう》を歩《ある》く若《わか》い婦人《ふじん》が謙遜《けんそん》であることが非常《ひじやう》に古《ふる》くさく、獨立的《どくりつてき》な個性《こせい》を持《も》たぬ、近代化《きんだいくわ》しない婦人《ふじん》として彼女《かのぢよ》たちの眼《め》に映《えい》ずるのである。

日本《にっぽん》の婦人《ふじん》が思慮《しりよ》を持《も》たぬのは、つまり、「頭腦《づなう》」を持《も》たぬのは、あまりに家庭《かてい》にゐて夫《をっと》に使《つか》はれ過《す》ぎるからだと云《い》ふ支那婦人《しなふじん》の指《し》摘《てき》は、當《あた》らぬことではない。それも一《ひと》つの理《り》由《いう》である。現地《げんち》における一般日本人《ぱんにつぽんじん》の婦人《ふじん》に、對《たい》する思想《しさう》は、極《きは》めて保守的《ほしゆてき》で、また極《きは》めて封建的《ほうけんてき》なのである。婦人《ふじん》は家庭《かてい》にゐて、子供《こども》の守《も》りさへしてゐれば宜《よろ》しいと云《い》ふやうな古《ふる》い思想《しさう》が支配《しはい》してゐる。支那《しな》の太々《タイ〳〵》（夫人《ふじん》）などは麻雀《マーヂヤン》ばかりして遊《あそ》んでゐる。日本《にっぽん》の婦人《ふじん》は家庭《かてい》にゐて從順《じゆうじゆん》に夫《をっと》に仕《つか》へ、家庭《かてい》の仕事《しごと》をしてゐることだけでも、支那《しな》の婦人《ふじん》よりは勝《まさ》つてゐると云《い》ふやうなことをよく聞《き》くのであるが、斯《か》う云《い》ふ比較《ひかく》は一部的《ぶてき》で、これは支《し》那《な》の婦人《ふじん》に限《かぎ》らず、日本《にっぽん》でも有閑階級《いうかんかいきふ》の婦人《ふじん》の中《なか》には、恐《おそ》らく戰時《せんじ》といへども遊《あそ》ぶ外《ほか》には用《よう》のない婦人《ふじん》もゐるに違《ちが》ひない。

支那《しな》の婦人《ふじん》と云《い》へば無能《むのう》な、生活《せいくわつ》をすることさへ知《し》らぬものが多《おほ》いやうに思《おも》ふのは間違《まちが》ひで、昔《むかし》から婦人《ふじん》の家内工業《かないこうげふ》の發達《はつたつ》した國《くに》だけあつて、普通階級《ふつうかいきふ》の婦人《ふじん》であつたら、自《みづか》ら衣《ころも》を作《つく》り、編物《あみもの》、手細工物《てざいくもの》に巧《たく》みで、私《わたし》に支《し》那語《なご》を教《をし》へる婦人《ふじん》も自分《じぶん》で作《つく》つたハンドバッグを持《も》つてゐる。私《わたし》のところへ遊《あそ》びに來《く》る女《ぢよ》學生《がくせい》が、私《わたし》の支那《しな》服《ふく》の一部《ぶ》を縫《ぬ》ひ直《なほ》したことがあつたが、日本《にっぽん》の婦人《ふじん》の裁縫《さいほう》と同《おな》じやうに丁寧《ていねい》に留《と》め針《ばり》を打《う》ち、こまかな仕事《しごと》をしたのに感心《かんしん》したことがあつた。

このやうに女《をんな》らしい教養《けうやう》を持《も》つ一面《めん》に、獨《どく》立的《りつてき》な個性《こせい》を持《も》つのが支那《しな》の婦人《ふじん》である。何《ど》處《こ》が日本《にっぽん》の婦人《ふじん》に優《まさ》るとか劣《おと》るとか云《い》ふ比較《ひかく》から離《はな》れて、斯《か》う云《い》ふ若《わか》い婦人《ふじん》に接《せつ》してゐると、同性《どうせい》としての快《こゝろよ》さを感《かん》じるのであるが、支那《しな》に生活《せいくわつ》する日本《にっぽん》の婦人《ふじん》が考《かんが》へなければならぬことは、支那《しな》の婦人《ふじん》の中《なか》には兎《と》も角《かく》も自《じ》己《こ》の觀點《くわんてん》の上《うへ》に立《た》つて、他《た》を見《み》るだけの相當《さうたう》な批判《ひはん》を有《いう》してゐるものがあると云《い》ふことで、それが是《ぜ》であるか否《ひ》か、斯《か》かる批判《ひはん》を受《う》け入《い》れるか否《いな》か、反駁《はんばく》し得《う》るか否《いな》かの、はつきりした判斷《はんだん》を自己《じこ》の上《うへ》に持《も》ち、そして支那《しな》の婦《ふ》人《じん》に對《たい》さなければならない。

民族《みんぞく》は異《こと》なつてもお互《たが》ひに婦人《ふじん》は婦人《ふじん》としての——婦人《ふじん》の生《せい》活《くわつ》のみに限定《げんてい》された共通《きようつう》な立場《たちば》があり、日支《につし》婦人《ふじん》は手《て》を携《たづさ》へて同《おな》じ婦人《ふじん》の向上《かうじやう》の爲《ため》に進《すゝ》まねばならぬ運命《うんめい》を持《も》つてゐるのであるが、この運命《うんめい》を特《とく》に意識《いしき》しなければならぬのは支那《しな》に生活《せいくわつ》する日本《にっぽん》の婦人《ふじん》たちであることを忘《わす》れてはならない。

随想

茉莉花

佐藤俊子

支那の婦人は誰れでも花が好きである。北京の婦人は特に花を好む。いかにも自然な愛を花に運ぶ。日本の下女が頭髪に生きた花を挿してゐるのを見た人があるだらうか。北京では阿媽が茉莉花の白い可愛らしい花などを挿してゐる。其れも若い女ではなく、もういゝ加減に年を老つた女が結髪に挿して喜んでゐるのである。斯う云ふ風雅もたゞ花を愛好する表れであらう。

茉莉花は小粒な、ぽつとりと厚みを持つた花片が八重に咲く白い花である。この花も盛りが長い。六月の初め頃に町に見出だし、八月の末になつてもまだ花商の店先きに鉢植ゑの盛りを誇つてゐる。

前門の遊廓へ、支那の妓女と云ふものを見せようと云ふ友人の好意で、わざ／＼其所へ伴はれて行つた時、私が自から選んだ二人の妓女が、どちらも茉莉花を一人は胸に挿し、一人は衣服の脇に挿してゐた。恰度六月の初めであつた。

この花の匂ひはガ・デニアに似てゐる。色つぽさを十分に持つ匂ひで、其れが餘り強烈に匂はない爲に却つて心をそゝる悩ましさがある。この移り香は中々に消えない。

妓女の一人は美妹と云つた。露々のやうに其のを胸抱けば、抱くもの丶脚の中に折れ込み、其のまゝ消えて了ふかと思ふやうな細い、いたいけな身體をしてゐる。しなやかな一本の線に肉を薄く盛つたやうな感じである。黑に模樣のある支那服を着てゐたが、皮膚は磨いたやうに美しく、俯向くと眉毛の下に悲し氣な陰翳が浮んで見える。

この妓女は私の傍に寄り添ひ、ほそい脚を私の身體に捲いたりした。

茉莉花を其の時初めて知つたのである。花を四つか五つ針金に指し、飾り花に拵へたものである。西洋ならばイヴニングドレッスの胸や脇に挿す飾り花を、蘭の花やガデニアやカーネーションなどで拵へるのと同じ方法である。私が其の匂ひを「好香。」と賞めると、美妹は自分の胸から茉莉花を取り、これを私の胸に挿した。長く嗅いでゐると何となく神經が痛み、生ぬるい甘つたるさが一寸嫌惡を起させる。

もう一人の妓女は靄々と云ふ名であつた。遊び女でありながら、白粉もつけず、生地の顔にカールした豐かな髮を女學生のやうに下げ、いゝ體格に裾の短かな藍色の木綿の服を着てゐる。この妓樓は前門一流の家であつたから、斯う云ふ變つた女もゐるのであらう。自分が選んだ女なら、これは自分のあいかたとでも云ふのであらうか、靄々も私の傍から、離れない。そして美妹が自分の花を取つて私の胸に挿すのを見ると、自分も服の脇に挿してゐた花を取り、私の支那服の脇に同じやうに挿した。

美妹はまだ十五で、一度も客には出ないのだと、日本ならば遣手のやうな女が傍で話をした。眞實か嘘か私には分らないことである。だがやがては客を取るのであらう。「妓女哭五更」の悲しみはまだ知らないにしても、女の客に唇を寄せる媚びの技巧は誰れが敎へるのであらうか。

前門にはつい近頃まで、粋な遊びをする客が多かつた。今は然う云ふ客が無くなつたと村上知行氏の話で聞いたことがある。日本でも昔、土手八丁を駕籠で飛ばす吉原の全盛な頃は、粋な遊びをする通人客がゐた。客が遊女に勤めをさせるのではなく、客が遊女を遊ばせる粋な客である。支那にも同じやうな粋な客があつたのであらう。斯う云ふ客ー遊女は自分の狂態の相手ではなく、遊びの感覺だけの相手であるやうなー然う云ふ客が消えてしまひ、同時に前門の妓女の質が下がつた。

客が變つて、女も變つたのである。そして客が殖え、女が殖えた。いろ／＼な名妓を物語に殘した北京の遊廓は、もう落着いた遊び場ではない。怒罵つたり、歌つたり、はしやぎ騒ぐ男たちの聲で、毎夜廓の空氣をどよめかして居る。

二年の間に支那が變つた、變つたと云ふが、恐らくこれも變つた現象の一とつなのであらう。だが私の見た女は胸に茉莉化を挿してゐた。これは兎に角雅びな感覺である。何と云ふこともなく床しい感じを誘ひ出す。そして自分の胸から引きちぎられる男の亂暴な手を待たずに女の客の胸にそつと花を挿し代へた妓女たちは、〇〇〇〇〇の大切さを假りにこゝに預けたのでもあつたらうか

汪精衛氏と洪秀全を語る

在上海　佐藤俊子

應接室の、中央の卓上の花瓶子、黄いろい梅が挿してあつた。

日本の生花の、天地人の形に似た枝の配置で、まんなかの一本がいい恰好に花瓶から伸び、僅な花をつけて鷹揚に反《そ》つてゐる應接室の白い壁には何の裝飾もない。瀟洒な、安つぽくない椅子と、卓と、絨纏とが、もう燈のついた高いシークリング・ライトの數個の光りを受けて寂しく落着いてゐる。

「汪精衛さんは花がお好きですか。」

花を愛しさうな人に思はれたのできいた。

汪氏は笑ひを含みながら花は好きだと答へた。

「花の中では、どの花がいちばんお好きですか。」

多分、梅と答へるのではないかと想像しながら、汪氏の顔を眺めてゐると、其の顔は笑ひを含んだまゝで、私の想像の通りに

「梅です。」

と云ふ。

「この梅は。」

と通譯の周隆庠氏は、卓上の梅を見返つて、

「十二月の冬に咲きますから、臘梅と云ひます。」

と話すので、舊臘の臘の字を用ひるのでもあらうかと考へてゐると、汪氏は忽ちこれを耳に留め、

「冬の梅だから臘梅と云ふのではない。」

この梅の色が蜜蜂の蜜の色に似てゐる故に、臘梅と云ふのであると訂正しながら、萬年筆を胸のポケットから拔き、小さなメモの紙片に臘梅と書いて示し、

「これは誤りで。」

と云ひながら傍に蠟梅と正しく書いて、

「これがほんとうです。」

と教へた。

十二月の二十二日、夕方の五時が汪精衛氏に會ふ約束の時間であつた。上海へ來てから今日で五日目である。毎日よく晴れてゐた上海の青い空に、今日は午後から雲が見えてゐたが、汪氏の家へと街頭を車が走つて行く頃は、今夜にも雨になるかと思ふやうに、空いつぱいに曇り、南京路の競馬場あたりから眺めた西方の空には、投げ出したやうな黒つぽい黒い雲がかさなつてゐた。

「めづらしく曇りましたね。」

「然うです。殊によると明日は雨になるかも知れません。」

私は同車の人とこんな言葉を交はした。租界内の商業街はクリスマス前の賑ひで、人の往來があわたゞしい。大きな百貨店や小さい商店の飾窓には、サンタクロースの赤い衣裳や、白い髭が見える。飾窓のバックの雪景の樹や家、其の雪の白い色、クリスマス・ツリイに取り付けた綿の白さなど、西洋の街に幾度かクリスマスを迎へたものには、懐しい想ひ出のこもる年末のムードを感じさせる。暗い空が巷のエキゾチックな、色彩的な景色を速めて、眞珠のやうな電燈が彼方此方にちらつき、上海の植民地風景に詩情ある黄昏の一と時を點じてゐる。

この道は、チエッシイ・フイールド・パアクへ續くのであらうか。私は汪精衛氏の邸宅が何所にあるのか知らない。自動車の窓越しに外を眺めながら、其の邸宅は宏壯な構へであらうか、簡素な構へであらうかと時々思い描く。

「お驚きになりますよ。あまり警戒が嚴重ですから。」

同車の人から斯う豫め云はれたことが、私を好奇的にしてゐるのであらう。商業街の中心を離れると住宅街の區域にはいり、車は眞つ直ぐに走つて行く。このあたりは、中世紀末

頃の西歐風の、素晴らしく豪奢な外人の住む大邸宅が町並みに変り、夢のやうな東洋搾取の姿が、一つの雰圍氣を作つてゐるやうな町の一部である。民族革命史、植民經濟史、侵略政治史、國際文化史などの、別な歴史の第一ページがこの上海からめくられ、又多くの血を賭《か》けた人物の、人生波瀾史がこの上海の土から生れてもゐる。上海の魅力はこゝに存るやうである。私は初めて會ふ人に對して心の用意は持つてゐたが、其の用意が心から抜け、ぼんやりと上海の魅力をたどり、眼前を過ぎる町や、土や、家に暫らく感情をあづけた儘でゐた。そして、非常に長い時をドライヴしたやうになつた頃、

「其れが汪氏の家です。」

と自動車の中から、漸く前方を指さされた。廣い道には、城前の詩情を含む黄昏の色はなく、灰色の薄暮の陰が澱んでゐる。其の右方の角に、石と煉瓦の——其の煉瓦の色の殊に鮮やかな、堅固な一つの、壁が町の一廓を劃して現はれてゐる。大通りに面した其の壁は一ブロック以上に續くやうに思はれる。

「立派な家ですね。」

邸内の奥深く、高層な屋上が稍々遠い距離に望まれる角を折れ、警吏の駐屯する前を過ぎると、正面の門の扉が初めて車の前に開かれた。

應接室に靜に和な電燈は、鐵の扉の幾重の中に、温室に咲く花の色にも似た美しい光なのである。

私たちは室の片隅の小さい卓を圍み、汪精衛氏と二十尺を隔てゝ、私は其の隣りの椅子にかけてゐた。汪氏の態度は、室にはいつて來た時も、挨拶をした時も、座談をしてゐる間も、自然であつた。白髪の交らない頭髪に少し赤味があり、今日理髪をしたばかりと見え、刈り立ての頸筋が白く、若々しくきめが伸びてゐる。薄い肉色の襯衣を着てゐた。日本人はあまり用ひない色である。鼠色のこまかな縞の洋服で、同じやうな色の地味なネクタイをつけてゐた。

「是的。是的。」

私のたづねることを、周氏が通譯するあいだ。汪氏はうなづきながら斯う云つて聞いてゐる。それから、

「這個——」

と言ひ出す。汪氏の聲はどちらかと云へば錆を含んでゐる。

汪氏はよく詩を作る。支那の詩人の中で汪氏の好む人は誰れであらうか。話はこれから初まつた。汪氏の好む詩人は陶淵明であつた。陶淵明の話のなかで、最も愛好する詩がある。其れは、

孟夏草木長　繞屋樹扶疏　衆鳥欣有託　吾亦愛吾廬

であると云ひ、これもメモの一葉を剝いで書いて示し、そして詩の終りに「陶潛、淵明」と記した。この詩には生活の愛があり、悠々、無極の思想がある。この詩を口吟してゐると、思ひがおのづから足り、闘ひを忘れ、苦惱を忘れる。眞に自然の喜びと惠みに俗する感がある——と周氏を通じて、この詩を愛する氣持をこのやうに語つた。

汪氏の字は優しく、きれいである。渡された一葉を取り、むづかしい句を讀んで見ると、この文字の上から汪氏の語るやうな、廣大な自然に惠まれるささやかな生活の喜びが理解されるやうに思ふ。汪氏は「仁愛」のこもる詩であると、東洋的な表現を用ひてゐた。汪氏が一人のアイディアリストであり。其の理想の爲に生涯を社會と闘ひ、闘ひに傷づき、闘ひに疲れるこころの避難を、詩の愛情に求める、其の或る時の心境が覗かれるやうな氣もする。或はもつと深い愛の解釋があるのであらう。支那の文字に對する智識の貧しい私に、六朝文學の唯一人者の古典の漢詩から、思想の理解などは得られる筈もない。けれどもこの詩に仁愛があり、其れ故にこの詩を好むと云ふ汪氏のある時の感情には、理解を持つことができる。この理解の映じる陶淵明の孟夏草木長の詩は、この後親しい句になつて私の心に殘ることであらう。

話は詩から、南社運動へ移つた。

この運動は民國前十年、恰度今から四十年ほど前の、汪精衛氏が日本へ留學する直前に起された文藝運動であつた。國粹學報と云ふ機關誌を作り、政治、經濟、評論、小說、戲曲などさま〳〵な部面の中で、まだ十七歲の青年であつた汪氏は、詩の部に活動してゐた。其の當時盛んに中國に侵入して來た歐米の文藝思想に反對する運動で、無論文藝を通じる民族運動であつた。古典を尙ぶのを主義としてゐたから、其の主義のもとに作詩された。革命員の十中八九までは南社に入社してゐたが、上海だけが本據と云ふのではなかつた。革命運動の擴大に從つて、この南社は隨所に置かれたし、隨所に文藝運動の手をひろげたのであつた。

「南社から可なり多くの、有名な詩人が出てゐます。」

汪氏は例のやうに、メモの一葉を取つて先づ章炳麟と書いた。この人は既に物故した。

其の次に書いたのは蔡元培であつた。この人は七十歳を越える老齢であるが、まだ政治の舞臺に働いてゐる。次ぎは黄興で、この人は重慶にゐる。梁衆異、黄節など書き、

「黄節には蒹葭樓詩と云ふ詩集がある。早く死んだ。」

など、周氏が一つ／＼汪氏の説明を取次ぐ。

劉光漢と云ふ名も書かれた。この人は秀才であつたが、革命運動を裏切つて南社から離れた。そして、最後に書いたのが蘇玄瑛（曼珠）の名であつた。

「この人は非常な天才で、實にいゝ詩を作つたが、若い内に死んだのは惜しいことでした。」

母が日本人で、日本語と印度語を話した。

蘇曼珠の詩集は數種出版されてゐる。才氣がすぐれてゐたが、戀愛もたくさんした。――汪氏は「戀愛もした」と云つた時、いかにも愉快さうに笑つた。

この人の笑ふ顏には特徴がある。無邪氣な表情で、子供のやうな顏になる。汪精衞氏に會ふ人は誰れでも、年齢よりも若いのにおどろくやうであるが、年齢はまだ四十歳にはとゞかぬ人のやうに見える。

「ほんとうに、お若く見えますね。」

話の途中で、ふと私が周氏に斯う云ふと、周氏は、

「汪先生は五十七です。」

と云つた。何の話かと汪氏が言葉を容れるので、周氏が私が若く見えると云つたことを告げると、汪氏はにこ／＼と笑ひながら何か云ふのであつた。直ちに周氏が、

「近頃、すつかり老けたさうです。」

と通譯する。この言葉の意味が思はず私を笑はせた。私が周氏と顏を見合はせて笑つてゐると、汪氏は又其の笑ひに釣りこまれたやうに顏を上げて笑ふ。汪氏にもユーモアがある。

「汪精衞さんはよくフランスに行かれますね。」

「フランスは好きですが、ゆつくりして居たことがありません。行けば直ぐに呼び戻されます。ですからフランス語もろくに覺えません。妻や子供の方がフランス語は上手です。」

夫人の陳璧君女史は人も知る民國革命運動鬪士の一人。汪氏とは愛人の時代から今日まで、終始一貫して良人と行動を共にしてゐる婦人で、汪氏の方が一目おいてゐることでも有名な夫人だが、民國元年に結婚して、民國二年にはフランスで初めての子が生れた。陳女史は日本に居た時、何うしても

日本語が覺えられないので、神田の正則英語學校へ通つて英語を勉強した。フランスでは汪氏よりも數年其所に愛息と一所に留つてゐることが多かつたので、自然にフランス語も巧くなつた――

汪氏が出獄後、愛人の陳女史と結婚して、そしてフランスで生れた第一の子には、何と云ふ名を付けたのであらうか。

「嬰と云ふ名です。日本で云へば坊ちやんと云ふ意味です。」

汪氏は「坊ちやん」と日本語で發音してきかせた。

この頃、太平天國の農民運動の資料を、知人から借りあつめて「太平天國野史」や「革命史」や「太平天國起義記」などを讀み初めてゐる私は、汪精衛氏から洪秀全に就いて、何かを聽くことに興味を持つた。

「洪秀全はいろ〱に云はれてゐるが、確かに一個の革命家的英雄兒であつた。」

と汪精衛氏は云ふ。

惜しいことに、洪秀全は歐米の宗教思想を取り入れ、孔子の像を破壞したりして、支那民族の既成宗教に反對したが、これが太平天國の運動を失敗に歸させた重要な原因になつてゐる。天父とか天兄とか云ひ、自分は天父の次子であると云つたことなど誤つてゐた。支那の民衆は決して宗教からは離れないのである。だから曾國藩にこの弱點を利用され、革命運動を敗る惡宣傳の唯一の具に供された。

「おもしろい事があります。私がフランスにゐた時、この運動に關するフランスの本を讀んだことがありましたが、其れにこんな事が書いてありました。洪秀全は四十日にも及ぶ脳病をわづらつた爲に、恢復した時は基督教の教義などはみんな忘れてしまひ、たゞ天帝とか天父とか云ふことだけが頭に殘つたと云ふのです。これは無論こぢつけですが面白い話です。」

洪秀全は二十六歳の時、熱病に冒されて四十餘日も床に就いてゐた。この間に洪秀全は屢々天啓を受け、病が快癒してから基督教を知り、そして深い信仰にはいつたと云ふことは、洪秀全に關する限りの書物にはかいてある。

「この人の社會政策が農民や生産者を利益せしめたことは云ふまでもなかつたが、殊に婦人の解放に大きな力を與へた。このことは、きつと佐藤女士も喜ばれることに違ひないと思ひますが――」

汪氏は特に斯う云つた。日本の婦人のインテリゲンチャならば、當然この婦人解放に同感を持つものと考へてゐるやうに。

中國數千年來婦女子を束縛してゐた鎖を、初めて解き放つたのは洪秀全であつた。婦女子も男子と同樣に革命に參加させ、男子との共同作戰に進出させ、男子と同等の女軍を編成し、文官考試を女子にも與へ、軍隊にも政府にも女官をおいた。教育上にも職業上にも男子と同等の權利を認め、婚姻の賣買を禁止し、自由結婚を實行させたが、結婚後は離婚を禁じた。蓄妾を禁じ、姦通は男の場合も女と等しく罪に附され、夫の死後の再婚を許し、公娼と纏足を絶對に禁じた。洪秀全には傅善祥と云ふ才智すぐれた婦人の秘書がゐた。

「若しこの運動が成功してゐたら、中國の婦人は七八十年前に解放されてゐたのです。」

——あなたも殘念に思ふでせう。と云ふやうな、親しい眼で私を見ながら云ふ。

そして、曾國藩は、洪秀全のこの婦人解放をも難じて、革命運動を敗る惡宣傳のこれも一つに用ひたが、この點は曾國藩の方がまちがつてゐた

「洪秀全は後では酒池肉林に浸る人になり、たくさんの后妃を蓄へたと云ふことであるが、事實でせうか。」

「そんな事はありません、最後まで朝廷では、一夫一婦の制度を守つたのです。」

汪氏は斷言した。王とは稱しても、唯其れに似た禮衣、冠をつけたに過ぎず、南京朝廷の樣式はすべて簡單なものであつた。

「中國の歴史に現はれてくる英雄で、毒を飲んで自殺した人はめづらしいと思ひますが。」

「其れは既に滅亡を知つた絶望もあつたでせうが、洪秀全の場合は最後に同志たちが裏切りをしたり、殺し合ひをしたり、戰死し、病死して、寂しさに堪へられなくなつた所以があつたでせう。」

汪氏はこゝで又、メモの一葉を破り、

東王　楊秀淸
西王　蕭朝貴
南王　馮雲山
北王　韋昌輝
翼王　石達開
英王　陳玉成
忠王　李秀成

と書きならべ、西王と南王は戰病死し、東王と北王は互ひ

に殺し合ひをし、翼王は逃走した。そして洪秀全は李秀成を信じることが出來なかつたと云ひ、李秀成をペンの先で指した。李秀成は私の讀んだ書物を通して感じた限りでは、革命の中心思想から離れず、然かも洪秀全には忠實であつた人のやうである。洪秀全の最期の後に、其の子の洪福に王位を嗣がせ、自分の愛馬に洪福をのせて、敵の包圍の中を南京城外にのがす人である。汪氏の短かな言葉の中から、太平天國朝廷の最後の悲劇が、髣髴と目に迫る。

「實に先生は記憶がいゝですね。」

周氏が日本語で、汪氏のすら〳〵と書いた諸王の名字をながめて感嘆してゐる。

「私など、一つも記憶してゐません。」

私はこの運動に關する書物を讀んでゐる最中なので、諸王の位と名字は記憶の内にあつた。其れで、汪氏が誤たず書きつらねて行くペンの動きに、私も驚きと興味の目を凝らしてゐたのであつた。

汪氏はいかなる事でも、感興をもつて話す人のやうである。話すときの語調と態度が常に熱を帶びてゐる。其の熱のあるゼスチュアを左の手が助ける。

手は普通人よりも大きい。皮膚に皺がなく、白く滑べ〳〵としてゐる――。

洪秀全は危險に陥つても、英軍の助けを藉らず、英軍と結ばなかつたのは、この人は徹底的に阿片禁止の策を取つた人だし、當時英軍が廣東を攻略して二度も戰爭をした後ではあつたし、無論英國に對して嫌惡してゐたからであつた。と汪氏は説明した。

「この運動は、民國革命運動に影響するところがあつたでせうか。」

「無論、非常な影響があつたのです。」

このことを云ふ時、汪氏は胸の中で大きな波が打つたかと思ふやうな、身體全體で肯づいたやうな表現をした。

「洪秀全の革命に加はつてゐたものは、捕へられるのを恐れて、多くのものは外國へ亡命しました。そして外國の各地に「洪門」と稱する秘密結社を作つたのです。「洪武」とも云ひ、反情復明をモットーにしてゐました。孫文先生も外國ではこの「洪門」に加はつてゐたのです。その後に孫先生が革命同盟會と云ふものを組織されましたが、これはつまり、洪門の革命員、民國革命員、其他派は異つても同じ革命運動に加はつてゐた人々を網羅したので、革命同盟會と名付けたのです。」

可なりの長い時間を話した。六時である。恰度一時間續つてゐる。通譯を通じる話なので、云はゞ二重奏の談話で、殆んど三人の聲が交はる〲に絶えず動いてゐた。私は一秒も間をおかずに、絶えず話から話へと疊みかけてゐたやうである。汪精衛氏よりも私の方がぐつたりとして來たやうな氣がする。何か面白い話で頭を換へなければならぬと思ひ、ちよつと考へをめぐらしてゐると、ふと「怕太太《バタイタイ》」の話が浮んだ。これは最近、或る人から聞いたばかりのことで、中國には「怕太太」と云ふ言葉がありこれは日本で云ふ「嬶天下」の意味に通じるものがあるけれ共、もつとユーモラスな感じを含んでゐる――

「中國には怕太太《ベタオタイ》と云ふ言葉があるさうですね。日本の嬶天下と云ふ言葉に似てゐますが、嬶天下は女をいさゝか侮辱した言葉に取れるので、あまりいゝ感じがしません。怕太太はもつとかいぎやくの味があつて面白い言葉ですが。」

汪氏はこれを聞くと、身體を反らして笑ひ出した。

「これは孔子に三畏と云ふことがあり、昔楊億と云ふ人が、これにもう一とつ畏を加へて四畏にした。」

メモを一枚破らうとしたが、もう殘葉がない。私が手に持つてゐた原稿紙を渡すと、其れに、

孔子曰

　君子有三畏、

　畏天命、

　畏大人、

　畏聖人之言、

と書き、宋の楊億は宋の宰相にまでなつた人物だがこれに「亦畏夫人」と加へて、家の外に「四畏堂」と云ふ額をかけてゐた。

「これが怕太太の起源で、怕太太がユーモラスに聞こえるのは、この起源によるものです。」

然う云つて、まだ汪氏は笑つてゐる。そして、孔子曰を書いた爲に、原稿紙一枚を無駄にしましたと、丁寧にことわりを云はれる。もう辭去しなければならぬと思つた時、最近自分の詩集ができたから、それをお贈りしませうと氣輕く他の室へ其の詩集を取りに行つたが、直ぐに三冊を携へて戻つて來た。一冊は私に、他は以前に汪精衛氏を訪ねた吉屋女史と、森田女史に贈ると云ふ。そして私へ贈る一冊を取つて「佐藤女士惠存　汪兆銘」と署名した。

他の二冊にも——と思つたが、汪氏は他の詩集には署名しないので、署名のあつた方が、贈られる人は喜ぶのではないかと考へ、それを云はうか云ふまいかと躊躇してゐると、汪氏は、

「この詩集のなかで、自分の好きな作に印をつけておきませう。」

と云ひ、三つの詩を選んで、其れに○の印をつけ、三冊を重ねて私の前においた。私は禮を述べながら、上の詩集を手に取つて署名の字を見た。日附けが書いてない。

「今日は、近衛聲明の發表された日ですね。」

昨年の十二月二十二日——私は思ひ出したのである。周氏がこれを聞くと、いかにも其の偶然に興じるやうに、

「然うです。然うです。昨夜も我々の間で其の話が出ました。」

近衛聲明と云つた日本語は、汪氏の耳にも直接にはいつたのであつた。私の言葉をきいた瞬間、汪氏の顔に溢れるやうな笑ひが浮び、私が其れを覺えてゐたことに滿足するやうな表情で、私の顔を見、そして腮を深くうなづいた。

「紀念の爲に、こゝに其の日を書いて下さいませんか。」

汪氏が言下に萬年筆を拔いて、詩集を再び手にすると「巳卯十二月二十二日」と書いた。

「昭和にも民國にも通じるやうに、わざと年號は書かないさうです。」

これは嬉しい言葉であつた。汪氏は仲々ウイツトに富む人だと思ふ。だが卯年は日本にも中國にも通じるのであらうか。これはうつかり聞くと、自分の無知を笑はれさうなので、聞くことは止めた。

外は夜になつてゐる。ホテルに歸り、汪氏から贈られた詩集を開いて見た。「雙照樓詩詞藁」と詩集に名づけてある。序を讀む。

小休集序

詩云民亦勞止訖可小休旨哉斯言人生不能無勞勞不能無息長勞而暫息人生所宜然亦人生之至樂也而吾詩適成於此時故吾詩非能曲盡萬物之情如禹鼎之無所不象溫犀之無所不照也特如農夫樵子偶然釋來弛擔相與坐道旁樹蔭下微吟短嘯以忘勞苦於須臾耳因即以小休名吾集云

詩集は民國十九年十二月初版で、暗殺された曾仲鳴氏が編輯の任にあたつてゐる。汪氏自から會心の作として、印を付

けた詩を見る。

感懷

士爲天下生　亦爲天下死　方其未死時　怦怦終不已　脊
來魂蹈躍　一擲三萬里　山川如我懷　相見各窈窕　願言
發濟音　一爲洗塵耳　醒來思如何　斜月淡如水

述懷

形骸有生死　性情有哀樂　此生何所爲　此情何所託　嗟
余幼孤露　學殖苦磽确　蓼莪懷辛酸　菜根甘澹泊　心欲
依墳壟　身欲棲巖壑　憂患來薄人　其勢疾如攫　一朝出
門去　萬里驚寥落　感時積磊塊　頓欲忘疎略　鋒鋩來淬
塊　持以試盤錯　蒼茫越關山　暮色照行藝　瘴雨黯蠻荒
寒雲蔽窮朔　山川氣悽愴　華采亦鎖鑠　愀然不散顧　俯
仰有餘怍　遂令新亭淚　一灑已千斛　回頭望故鄉　中情
自惕若　尚憶牽衣時　謬把歸期約　蕭條庭前樹　上有慈
烏啄　孤姪襁褓中　視我眸灼灼　兒乎其已喻　使我心如
斫　沈沈此一別　賸有夢魂噩　哀哉衆生病　欲救無良藥
歌哭亦徒爾　搔爬苦不着　針砭不見血　痿痺何由作　驅
車易水傍　嗚咽聲如昨　漸離不可見　燕市成荒寞　悲風
天際來　燐塵暗城郭　萬象刺心目　痛苦逝炮烙　恨如九
鼎壓　命以一毛擢　大椎飛博浪　此戶十日索　初心雖不
遂　死所亦已獲　此時神明靜　蕭然臨湯鑊　九死誠不辭
所失但軀殼　悠悠檻阱中　師友嗟已邈　我書如我師　對
越凛矩矱　昨夜我師言　孺子頗不惡　但有一事劣　昧昧
无由覺　如何習靜久　輒爾心躍躍　有如寒潭深　潛蚪自
騰擲　又如秋飈動　鷙鳥猝以愕　百感紛相乘　至道終隔
膜　悚息聞師言　愧汗駭如濯　平生慕慷慨　養氣殊未學
哀樂過劇烈　精氣潛摧剝　餘生何足論　魂魄亦已弱　病
瘝耿在抱　涵泳歸沖淡　琅琅讀西銘　清響動寥廓

海上

明朗天邊月　蕩蕩海上波　白雲與之潔　清風與之和　有
如赤子心　萬事相滌磨　憂患雖已深　坦白仍靡它　君看
寒光澈　碧海成銀河　一葦縱所如　萬里無坎軻

人生の深さを、自からの生命をもつて常にはかる——汪精衛氏は然う云ふ人格を持つ人であらう。政治家としてではなく、文人である氏の一面を有する氏に接して、私に殘された印象はこれであつた。

南京の感情

佐藤俊子

△中政會議前

南京市街

私が南京へ來た日、二月の二十九日は南京は大雪であつた。私の好む紫金山は、土のひだも見せず眞つ白な雪をかぶり、ノーブルなこの山の形は恰度大理石に優しい線を刻んだやうである。

北京よりも寒さを感じるほどに南京の氣溫は低く、聊かスチームの通る室内に火鉢を圍んでも肌寒さを覺える。もう何所かに桃の花が咲き、柳は芽生へてゐると云ふことであつたが、まだ多から目覺めぬやうに南京は寒冷であつた。

三月十日頃に開かれると云ふ噂のあつた中央政治會議は、まだ何日開かれるとも豫定されぬほど延引すると云ふ。だが、これに備へる日本の、内地現地の各社新聞社報道陣の準備は、既に物々しく、ある大新聞社はある飯店に陣取り、ある大新聞社はあるホテルに陣營を構へ、其他の大小新聞の多數は各ホテルの室々を借切り、豫約し、各社の電話の特設、增設、自動車の增車など、凄じい報道戰が豫想されるやうな噂である。首都飯店は、事變の後に亞細亞ホテルと名稱が變へられてゐた。これが舊の首都飯店の名稱に復つたのである。こゝはもはや普通の旅客は一切謝絶であつた。新政府の樹立をめぐつて、これに關與する主要な日華人たち、又は特種な機關に關係ある人々の、一時的な占有宿舍とされた爲で、一月末に青島で開かれた青島會談當時の、グランドホテルの狀態と同じであつた。其のほかの南京中の旅館、ホテル、飯店アパートメントに至るまで、餘ほど好い機會に惠まれぬ限り、室を取ることは困難なほど、新政府成立を目指して來寧する人々の、豫約、貸し切りで滿員であつた。

一昨年の暮れであつた。南京の事變後一年目に初めて南京へ來た頃は、まだこの市街は燈火管制であつた。中山路にわづかな薄暗い街燈が一と筋列なるほかには、市街の何所にも街燈を見ることはできなかつた。夜に入れば住宅街は闇黒で、裏町は自動車で通過することさへ恐しいやうであつた。破壞された建築物の間々《あひだ〳〵》に、損はれずに殘る豪華な政廳や、近代的な淸楚な住宅、大きな商店、宏壯な銀行などが、破壞されて殘骸となつた建築との對象の上に、寥々とした印象を與へ、大街を貫く廣いコンクリートの大道路は、荒涼としてゐた。光華門には淚をそゝる戰跡の生々しさが殘り、城外の支那人の耕作する小さい畑地に、青い色を見ることさへ、傷ましい感慨を催させるやうな南京であつた。街を歩む支那人たちは下層民、難民ばかりであつたし、事變後新たに日本人たちの經營する店には、まだ店らしい形態もなく、日本文字で綴られる看板は雜然と感じられ、城内は安定されてはゐても、日本軍隊の警備の嚴しさには、前線的な氣分が十分に漲つてゐた。「難民を救濟すること、南京の街を早く明るくすること、この二つが私の切願です。」これは其の時、南京市政府の高冠吾市長が私に語つた言葉であつた。

其の當時の南京と比べれば、現在の南京は外貌をとゝのへて都市らしい姿となつてゐる。事變後一年を過ぎても、死骸と同じであつた南京は、次第に呼吸を吹き返し、生色を彩り、高市長の念願の、燈火管制からは疾くに解放されて、街燈の所々に輝く明るい町になつた。空虛であつた北中山路の此所彼所のビルディングの窓から、電燈の光りが街頭に流れ、閉ざされてゐた健康路、太平路あたりの華人の商店は、華やかに店を開き、銀座街あたりに見受けるやうな日本人經營の喫茶店が現はれ、破壞された建て物の表面を糊塗、鋪裝して町並みを作り、廣い道路からは荒涼とした陰影が拭はれて、近代都市の均齊を保つ破壞以前の美しさが取戻されてゐる。街にはまだ點々として空しい形骸をとゞめる建て物が見られ、街の表面に並ぶ戸毎から、奧深く後方に視線を轉じると、骸骨の眼のやうに崩された高い煉瓦構造の建築に、空洞に殘る窓などが見え隱れはするけれども、其れも街に親しむと目障りにもならなくなつた。

事變前の南京が美しく、文化的な政治都市の性格を完全に備へ、城内にはダンスホールなどの娯樂場は一つもなく、閑雅な茶館が、一流の商店の中に交り、街を行く人々は、南京の上層階級の人々であつたと云ふやうな光景や、中山陵附近が唯一の遊歩場であり、陵の前には清楚な飲食店の模擬店が開かれ、家族連れが其所でピクニツクを樂しんだと云ふことや、明治神宮のプールに摸したプールやゴルフ場が此の邊にあつたと云ふやうなことは、今の南京からは想像すべくもないけれども、小松林に圍まれて空中樓閣のやうに高層な建築美を保つ中山陵の周圍は、其れも一年前と比較すれば植樹の跡が濃やかで、荒らされた四邊の風景が公園のやうにとゝのへられた。

「南京は革命精神の流れる政治都市です。」

汪精衛氏の秘書の周隆庠氏が私に斯う云つたことがあつた。南京の特殊なこの歴史性は、太平天國の革命によつて、性格付けられたのであらう。

總理中山先生は、世界のいかなる都市と云へども、山有り、水有り、平原有り、天工の善美を盡した南京の佳境に勝る都市はないと云つて、この地を絶賞したと、これも同氏の語つたことであつた。太平天國革命の洪秀全は、南京を天京と稱して十五年の間この地に據つたが、清朝の曾國藩に覆滅されたとき、城内は悉く破壞、燒盡した。民國革命が興されてから中華民國の臨時政府もこゝに置かれた。袁世凱は南下を肯んじなかつたので、其の後の共和政府は暫らく北京に遷され、民國十六年に蔣介石の國民政府が復都して以來、十九年に再び南京を國都に定めた。

南京が首都となつた歴史は古く、千七百年の昔、三國時代の吳孫が南京を政都とした時から始まつてゐる。最初は建業と呼ばれ、隋の頃には蘇州、唐の頃には江寧、元の頃には昇州、又金陵と稱され、明の太祖は應天と改稱したが、三世が北京に都を遷した後、太祖の陵が應天に殘されてゐる爲に、首都北京に對してこゝを南京と稱した。南京の城壁は明の太祖が築造したものだと傳へられてゐる。

周氏の所謂、革命精神の流れる政治都市は、事變で破壞された跡を、維新政府の手でこの二年間に稍々繕ひ、今は又新らしく、重慶の抗戰國民政府に對立する和平國民政府の成立を迎えようとしてゐる。南京はまだ幾分陰欝な表情を、碧血千秋の色を含む紫金山に反映してゐるやうに思はれる。「歡迎汪主席改組還都」「擁護中央政府改組還都」「新中央政府謀人民幸福的和平建國」「新中央政權是建設東亞新秩序的基礎」「擁護中政治會議」など、などのスローガンが壁に太字で書かれ、ロータリイや街の角々の横旗に書かれたりしてゐる。中政會議の開かれる直前の大民會主催にかゝる汪主席改組還都宣傳週なのである。大民會は國民黨の宣傳機關ではないが、日華親善の感情を中國民衆の間に浸潤するのが目的で、日華の有識の人々が事變の後に形成した民衆團體であり、上海に本部があつたが、其れは解消されて現在は南京が本部になつた。大民會の會員には國民黨員も居る。宣傳週のプログラムは歡迎行進、和平運動宣傳の街頭演說、小學生講演、輕氣球の高揚など、種々である。

　南京の天候は少しも晴朗にならない。雪の後は毎日雨である。寒い雨がしと〳〵と降り、雨の止む時は灰色の雲が紫金山を被ひ、冷たい風が吹く。歡迎花バスの裝飾が雨に濡れて色を失ひ、車幕をめぐるスローガンの布旗の文字の墨が雨水を受けて朧ろである。行進の日は少し晴れ間があつた。警官

「中政會」を前にして中山陵に參拜する汪氏

宣傳訓練所の開校式に列席の汪氏その他

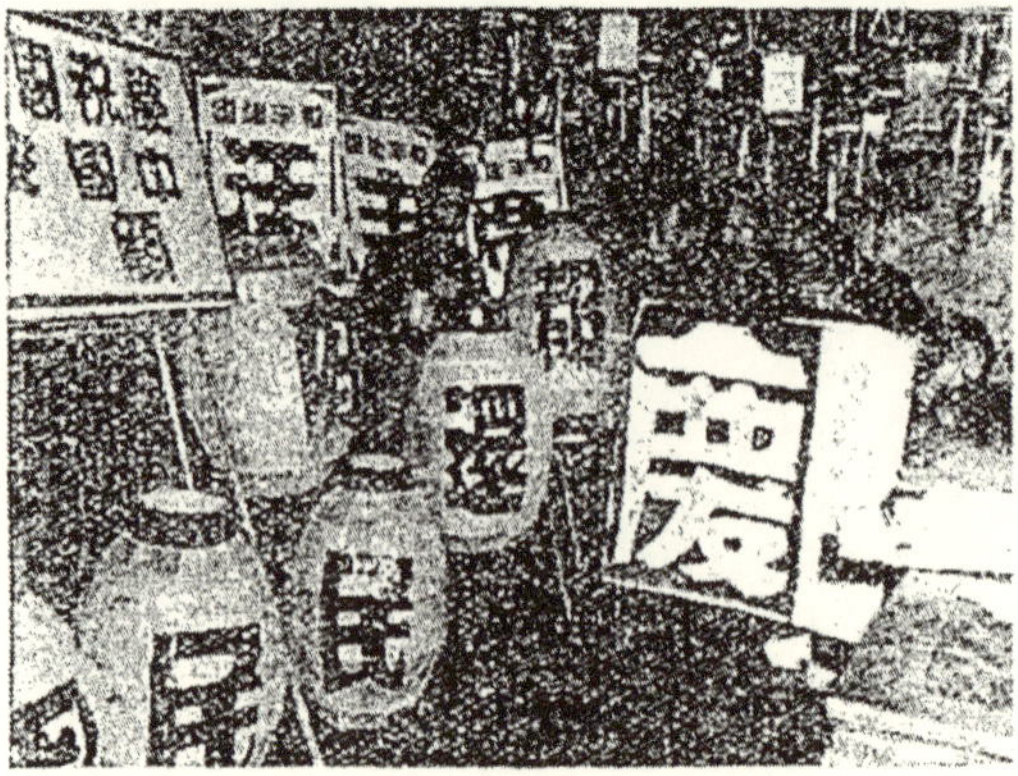

還都慶祝の準備に大童の華人たち

學校警士、市立小學校、中學校生徒、教員養成所員など三四町に續く賑やかな行進である。紙製の獅子や象や鶴、龍――龍は十餘人の苦力が蜒々とうねる胴體を棒で支へながら行く。角型の掲燈にはさま〲なスローガンが書かれてゐる。「汪精衛先生歡迎」「中日親善、和平救國、復興中國」「中國萬歲」「擁護汪先生和平提携」「擁護中央政府汪精衛先生」「中日是東亞柱石」「日本是中國良友」「實現和平謀福利」「新政權是和平救國」「擁護新中央政府的領袖」等々、百に餘る掲燈のスローガンが、同じ意味を一つ〲異る文字で現してゐる。さすがに文字の國である。俳優が舞臺の扮裝で行進に交り、花車に乘る麗人、高足踊りなど續く。學生たちは藍色木綿の支那服を着てゐる。このユニホームは國民政府の新生活運動が規定した學生服で、北京でも男女學生は皆この服を着てゐる。

上海の汪公館

褚民誼氏を委員長とする還都準備委員會が南京に設けられたが、これは新らしく使用する家屋の接收、手入れが主なやうであつた。中政會議は二十日頃に開かれると云ふ。これもまだ噂だけである。新政府樹立に關する重要事項の公表以外は、樹立をめぐる興味的な私的な動きについては、一切が祕密である。汪精衛氏は何日入京するのか、其他の要人は何日來寧するのか其れも解らないことであつた。新政府誕生の、既に胎動を感じるのは報道陣中の人々ばかりで、これに接觸を持たぬ門外人は、南京の底に動くものさへもはつきりとは感じられない。南京の感情は沈んだまゝである。擁護中央政治會議、歡迎汪主席のスローガンを目にしても、これに無關心な南京の民衆と同樣に、中央政權はまだ上海の彼方に游離してゐる。

十日を過ぎて上海へ來た。更生國民黨の宣傳部長で、中華日報社長の林柏生氏は、汪公館内の一隅に住んでゐる。この人に會ふ機會を得て、昨年の暮、汪精衛氏會見の時に潜つた汪公館の警戒網を再び潜つた。

林柏生氏は小柄な、精力に充ち滿ちてゐるやうな彈力ある恰好をしてゐる。英語に巧みで、あなたには青島でお會ひしましたねと云はれたが、私の方では心付かなかつた。この人の語る言葉は熱情的で、中央政府が成立すると同時に、南京では政府の機關紙『中報』を發行すること。これからの政治的宣傳の目標は無論和平反共建國で、抗日の重慶に對しては理論の鬪爭を飽くまで續けること。上海の共同租界、佛租界で發行される抗日中國紙とは、相手の殲滅を期して鬪爭する、と精悍な顏を鬪志で輝かす。

「我々は近衞聲明に呼應して、和平運動の爲に一致して立つた。總理の大亞細亞主義の最大な目的は、東亞の和平を確立することであつた。東亞の和平を確立しようとするならば、日本は無論强國でなければならない。同時に中國も亦强國でなければならない。日本が獨立自主の國であると同時に、中國も亦獨立自主の國でなければならない。双方の國家が獨立自主の强國的な資格の上に携手し、共同努力する時に初めて東亞の前途は眞正な和平に到ることが出來る。一方が不獨立、不自主の弱國である時、そして一方が橫行覇道の强國である時、强者は侵略し、弱者は抵抗する。これでは侵略的戰禍の止む時はありません。」

こゝまで話した林氏は、

「だが私が遺憾に思ふのは、これほどの我々の誠實を、まだ日本の一部では信賴してくれないことです」

林氏が言葉の調子を落したので、寂し氣に聞えた。二三日の後には南京に行くのである。新政府が成立すれば再び上海に歸ることはない。

和平建國の理論に邁進するのみであらう。

私が望むと、中華日報叢書の社評集、褚民誼、陶希聖、周佛海、林柏生諸氏の論文集、中央宣傳部發行の汪主席建國言論集、大亞州主義論集など取揃へて、私の南京の宿へ送つてくれると云ふ。日本で創立される筈の日華文化協會、又中國で創立される筈の中日文化協會によつて、相互に扶助し新文化運動を起す計畫などを語つた。應接室には數人の中國人が面會を待つてゐる。私の會つた室には瓦斯ストーヴが燃え、家具の不備な室は、仕事に專念する時には何も顧みる暇もないやうな林柏生氏の性格を物語つてゐる。

一日を越えて、三度汪公館で汪精衞氏秘書の周隆痒氏に會ふ。大世帶の引越しで、目が廻るほどに忙しいと云ふ。この汪公館も一兩日の內には主人公を南京へ送るのである。この多忙の中で汪精衞氏の日常を話す周氏は、此の間も幾度か電話に呼ばれる。汪氏は新政府參加の人事を一切獨りで取計らつてゐるので、一日三十人以上の人々に接してゐる。朝は六時に起床すると七時の食事時間まで庭內を必ず散步する。佛租界に別居する長男のリリ（嬰氏）長女のシンシン（惺氏）は隔日には公館を訪れて汪氏と夕食を共にする。二女のミミは香港に居る。

「リリとかミミとか云ふのは愛稱でせう。汪先生は甘いお父さんで、どんなに氣分の腐つてゐるやうな時でも、小供さんの顔を見ると御機嫌です。」

汪氏は豪酒の方だが糖尿病なので、醫師から多量の飲酒は禁じられてゐる。宴會の席などでは努めて飲むが、一人の時は葡萄酒を少量と定めてある。

汪氏の唯一の散歩場の庭園へ出て見る。五百坪ほどの美しい芝生の、ヒマラヤ杉の立並ぶ一隅に陶器の腰掛けが一つ置いてあるのは、此所に汪氏が腰を下して少時の憩ひをするのであらう。忙中に閑を盗んで汪氏は必ず漢詩を讀むと云ふ。政治的戰術に疲勞する頭腦を詩情に潤す何分間の憩ひの腰掛けでもあらうか。汪氏はこの警戒網の檻の中に一年有餘を過ごしたのである。中國更生の歷史的轉換の、そして民族の自已形成の政治的原則を、この芝生の上に休らひながら汪氏は靜に創造したのであらう。

周氏の日本語は實に鮮やかである。九州の大學出身で、汪氏には影の形に添ふやうに、南京から重慶へ、重慶の脫出後もずつと汪氏に從つてゐる。昨年の暮れに初めて會つた時よりも、又際立つて日本語が巧くなつてゐる。

汪公館の應接室へ入ると、こゝにも中國人の訪問客が多い。思ひがけなく、會ひたいと思つた陳璧君女史に會ふことができたのは其の翌日であつた。日本の名流婦人の組織する教育事業の會長會員の諸夫人たちと一緒であつた。面會の嫌ひな陳女史と聞いてゐたが、會つた印象は極めて好感的であつた。革命運動に生涯を捧げる剛毅さが、一つの強い線となつて體と意志を貫いてゐるやうに見える。滅多に微笑しないのも特殊な印象である。無色無裝飾、そして普通中國の婦人に見るやうな社交的な點がない。男女平等は女を男にすることではない。男女の特徴を社會的に生かすことであり、教育の平等が基礎とならなければならぬ。婦人運動は政府の機構内にあつては成功しない。民衆運動でなければならないなど、短かな會見の時間に和平運動に關聯して婦人運動を語つた。

以前に陳女史に會ひたいと希望して周氏に依頼した時「陳女史はこの際日本の婦人にメッセージを送られては何うですか。」と話したことがあつた。其のメッセージを草稿に書いてあると云つて、周氏が一同の前で通譯したが、事變の責任は婦人も又當然負ふべきもので、この自覺によつて和平運動に參加し、東亞建設の大計をはからねばならぬ。和平運動は又革命運動の重要な一段階であると云ふやうなことであつた。

「夫人は中央政治會議に出席されますか。」

斯う尋ねたことに對して、夫人は出席しないが、曾仲鳴氏の姉の曾醒氏が出席する。この婦人は清朝の覆滅を計つた時からの同志で、古い革命運動者であると云ふ。會見の後に一人殘つた私は周氏から、

「お會ひになつた印象は何うでしたか。」と尋ねられた。

「やはり偉い婦人です。あのメッセージは日本の婦人をサヂエストするところが多いでせう。」

中政會議の日の汪精衛氏

新政府成立の日の南京街頭

慶祝大會々場の群集

△中政會議

首都飯店

汪精衛氏が十八日に飛行機で南京へ來たと云ふことや、其他の要人たちも北支から、上海から前後して參集したと云ふ

報道は、翌日の新聞の記事と寫眞で知るほかはない。飛行機はこれ等の人々を秘かに南京の地上におろす。陳璧君女史は十九日の午後に隨員たちと共に上海からの急行列車で來た。誰れも氣付かなかつたが、南京の驛で發見した日本の新聞記者が急いで女史をカメラにをさめると、其れと認めた陳女史は嚴しく抗議し、其の場でフイルムを破棄させたと云ふ話など、其れも後に耳にしたことであつた。

南京は何時の間にか、新しい呼吸に蘇つてゐるのである。汪精衛氏の行動が毎日寫眞となつて新聞紙上を飾り初めた。青天白日の大きなマークを前面の硝子に貼り付けた自動車が、彼方此方に急がしく疾走するのを街路で見受ける。汪氏の親衛兵と稱される軍官學校出身の、體軀のしつかりした兵士が特に目に付く。

誰れかが歴史的轉換は首都飯店の中だけだと云つた。首都飯店のホールは、中政會議の內容や結果を、軍の報道部が聯絡の任に當つて一々、日支外人の新聞記者團に發表する場所に宛てられてゐるのである。私が初めてこの首都飯店を覗いたのは明日の二十日から中政會議が開かれると云ふ前日で、林柏生氏から中政會議の構成と、新政府の機構を發表される日であつた。

門の左側の柱にかゝつてゐた亞細亞ホテルの看板は、首都飯店に變つてゐるが、右側の柱には兵站指定旅宿の看板が元のまゝにかゝつてゐる。門內の瑞穗神社の前に小さい櫻が一本、盛りな花を咲かしてゐる。日本の新聞社の自動車は門外に駐車場が設けられ、こゝに二三十臺の自動車が各社々々の旗を付けて並んでゐた。自動車の前面に特に「乘車通行許可證」と大字で記した紙片を貼り、傍に圓形に切り拔いた紙の中に報と記したものを貼付してゐる。青天白日のマークを貼付した自動車は中國人の新政府關係、報道關係の常用車なのである。この車は門內に駐車する。

正面の入口は中國憲兵が警衛してゐるが、記者團の出入するホールの後方の入口には衞兵は居ない。扉には「必ず腕章と記者の徽章を附するもの丶外は出入嚴禁」と云ふ貼り出しがある。門外駐車の自動車から降り立つ日本人記者たちの數は、百名をも越えるであらうか。廣いホールいつぱいにコの字形に卓子が置かれ、百に餘る椅子が並べられてゐる。これは日本人記者だけで占められる。

各新聞社の特設電話室でもあらうか。ホールの窓際をめぐつて、假りに造られた仕切り戶を設け、其の一室毎に表に同盟、大每、讀賣、朝日、大陸新報社など各社の旗がとり付けである。赤地に白で染め出したもの、白地に赤で染め出したものが華やかに見える。ホールの中央に發表席の大きな卓子其れを圍んで長椅子、肱掛椅子、——玉突臺は一方に片寄せられて、其所にも發表の卓子が置かれてゐる。支那人記者は二十名にも滿たぬほどの少數である。日本人記者と同じやうに腕章を腕にまとひ、和平建國と打出した金具に紫のリボンを付けた記者の徽章を胸に下げてゐる。或る者はシガアをくはへ、或る者は肱掛椅子によつて、悠然と稍々光景を打守るやうな態度で、一隅に群れてゐるのは十數名の外人記者である。胸に紫のリボンの徽章が見える。

林柏生氏の熱辯は中國語の發表を、日本語と英語の通譯が林氏の左右にゐて交る〳〵日本と外人の記者たちに通譯してゐる。汪精衛氏も然りであるが、林柏生氏も公衆の前に現はれた時の態度には、取濟ました氣取りがなく、自然で純朴で、其の聲は力と熱のこもる底強さを含んでゐる。發表を要約すると、

一、中國國民黨、臨時、維新、蒙疆、三政府、各黨各派、無黨無派の選ばれた代表三十名が中政會議に出席すること。

一、新中央政府は舊國民黨の法統を繼ぐものではあるが、舊國民政府と五院（行政院、立法院、司法院、考試院、監察院）が國民黨中央執行委員會を最高指導機關と認めてゐたのに對し、新政府は中央政治委員會を最高指導機關とすること。

一、各院長、部長は政府の成立と共に任命されるが、人選は中政會議によつて決定すること。

一、新政府成立と同時に、臨時、維新兩政府は解消すること。

一、日支和平條件は今後新政府の具體的政策によつて示されること。現在はたゞ國交恢復の爲め一手段として和平方案が示されてゐるに過ぎぬこと。

一、中央會議は三十名の議員によつて構成され、主席には

國民黨主席汪精衞氏が任ずること。三十名の議員は汪主席によつて指定されたこと。

一、廣東、武漢兩政府は代表を送らぬ代りにオブザーバアを會議に列席させること。地方政府の問題は、中央政府の成立によつて決定されること。

一、中政會議は政府設置の任務が終れば中央政治委員會に改變される。中政會議の性質は臨時的であるが、中政委員會は永久的である。

一、中央政治委員會は、從來のやうに國民黨の機關ではない。其の主席には國民黨中央執行委員會の主席を任ずる。

一、憲政準備會を組織すること。これは青島會談で新政府成立後設置することに決定されてゐた。憲政は孫文の民權主義による民力の確立を基礎とすること。

首都飯店の一、二、四階は日本人側、三階は全部支那人側に宛てられてゐるが、林柏生氏の室もこの三階の外れにある。青天白日のマークを洋服の襟に付けた青年たち、知識階級らしい支那の若い女性たちが、賑やかに廊下を往き交ひ、頻りに話を取交はす聲々が愉快さうな響きを傳へてくる。林氏の室は事務室、寢室、應接室をも兼ねて、この中央宣傳部の室が何所よりも忙がしさうに眺められる。こゝにも日本語の巧い汪氏、赫氏などが林氏の仕事を手傳つてゐるが、其他の青年たちも、夜は二時、三時まで、朝は六時に起きると云ふ睡眠さへも思ふやうには取れない林氏を圍んで、南京に復つた嬉しさを語り合ふのである。三年前に散り〴〵になつて以來、互ひに消息さへも聞く方法のなかつた當時この國民政府時代の同志たちに、再び邂逅した時は、思はず昔のまゝであつたやうな錯覺を起し、三年間の事變の苦痛は一瞬の間夢のやうに消え去つてしまふ。

「こゝの食堂などで、然う云つた人たちに出會つた時の懷しい思ひと喜びは、口では云へないほどです。」

南京に復つたことは、誰れも彼れも嬉しく、其れは故郷の土を踏んだ以上の喜びである。

「新政府の人員の中には、革命運動の爲に眞劍に闘つて來たばかりで、まだ國政には與つたことのないやうな青年もゐます。斯う云ふ人々に取つては大きな試練ですが、一方には又、王揖唐先生や溫宗堯先生などのやうな學者でもあり、政治の經驗にも富む老人もゐます。長老としての尊敬の念で、双方の調和を保つのも我々の義務でせう。新らしいものと古いものとの調和です。何にしても南京に復つたことは、誰に取つても嬉しいのです。」

林氏は香港で和平運動に從つてゐた時、藍衣社の暗殺團から狙撃されて左眼のあたりに彈丸を受けた。その傷痕が左眼に殘つてゐるので、この人の引緊まつた顔は一層精悍に見える。

國際聯歡社

中央政治會議の會場は、首都飯店から少し離れた、左側にある。近代風の美しい建築で前の國民政府時代に建造されたものであるが、國際聯歡社と稱して、政府要人たちが外人と交歡する唯一の社交場であつた。

事變の後に維新政府の外交部に用ひられてゐたが、その後日支人の親睦をはかる機關『東亞俱樂部』がこゝに置かれ、國際聯歡社の名は葬られてこの建て物は東亞俱樂部で通つてゐる。だが中國人には國際聯歡社と呼ばなければ今でも通じないのである。こゝが中政會議の會場に用ひられてからは、又國際聯歡社の名稱が復活した。支那字新聞ではこの名稱で報道記事を書いてゐる。

維新政府の外交部時代に、梁鴻志氏の令孃梁文若氏に伴はれて來たことがある。ダンスホールの美しい印象は、佛典に現はれる女性ばかりを畫いた壁畫の上に、未だに深い思出が殘されてゐる。一週間に一度はこの國際聯歡社でテイ・パアテイが開かれ、或る夜は舞踏會が開かれるのであつたが、洗練された歐米風の社交は、中國人の趣味に合ふ點があつて、中國人は斯うした會合を非常に喜ぶのだと、私に話したものがある。蔣介石時代にはこの國際聯歡社には在留日本人は加はることができなかつた。現在は日支人の社交クラブではあるが、其の日本人も上層の階級者でなければ現在でもこの門を潛ることはむづかしいのであらう。

中政會議の開會中は、門前、門内に警戒の中國兵が配置されてゐた。短銃をむきだしに右手に掴んで並んでゐるのは物恐しい姿に見える。中政會議の第一日に汪精衛氏の記者との共同會見があつたが、汪氏の述べたことは、其の第一回會議に決定された「國民政府南京還都」と還都式は三十日に行はれることに就いてであつた。

『我々の和平運動は、初めてこゝに統一的步調を持つことになつた。これからの非常に困難の多い時代を心を一つにして前進し、國家と民族を救ひ、東亞の安定に努力しなければならぬ。』と云ふやうなことであつた。青島會談の時に見た汪氏は、傷ましく疲勞してゐるやうに思はれたが、其の日の汪氏は生き〳〵と健康的であつた。寫眞班のカメラマンたちが、汪氏を寫すのに懸命である。

『私たちは、寫眞をとつて頂くことには無論不滿どころか喜んでゐるものですが、あのやうに澤山寫眞を撮ることは、お國の國策にも反することでせう。少しでも物資を無益にしないと云ふのが國策ではありませんか。我々の新聞社では材料もありませんが、僅か二三枚だけ取ることにしてゐます。幾つ寫して見ても結局は同じです。』

これは支那側の要人の一人が私に漏らした言葉である。

青天白日旗

中央宣傳部から發行された「青天白日旗の歷史と意義」と云ふものを見ると、この革命旗は、孫文の革命運動の初め、陸皓東と云ふ人が創製したもので、光緒二十一年廣州で初めて革命軍がこの旗を用ゐた。觀音山で革命軍は敗れ、陸皓東は一旦逃れたが、同志がこの旗を山麓に放棄したと聞いて敵陣に引つ返し、敵に捕はれて悲壯な最期を遂げた。青天白日の革命旗は、斯うした悲壯な事蹟から始まつてゐる。次ぎには同二十六年惠州で革命軍が再びこの旗を用ひた。この時は淸兵を破り、惠州沿海一帶を革命軍が占領して青天白日旗を揭揚した。これは勝利を獲得した最初である。

千九百五年に革命同志が日本に於て中國同盟會を組織し、次ぎの年中華民國の名稱を決定した時特に開會された大會で國旗が問題になつた。孫總理は青天白日旗が革命の血の歷史を有すると云ふので、滿地紅旗を國旗とし、（紅地の旗の一隅に青と白で光芒を現はしたもの）青天白日旗（青地に大きく白で光芒を現はしたもの）を軍旗と定めた。

其れ以來、革命軍の活動するところ進行するには、必らずこの滿地紅旗と青天白日旗の兩旗が携帶された。宣統三年には廣州の三月二十九日の役で七十二烈士がこの旗の下に奮死したと云ふ歷史もある。

其の後革命運動の幾變遷の間、この青天白日旗も革命運動の運命のまゝに、或る時は敗れて血を染め、或る時は勝利して上空に革命勢力を象徵して飜ると云ふやうに、國旗の運命も不定であつたが、南京に國民政府が成立して、全國の統一の後、普くこの青天白日旗を支那全土に揭げることになつた。

紅地は血の色彩で、中華民族の鮮血であると云ふ。人類は皮膚の色は種々であつても、血は悉く紅い。即ち民族平等を象徵する。青は天を象徵する。これは公正と平等と眞正の自由を示す。白で光芒を現はしたのは淸潔と光明と純潔を示す。

三色旗
紅──犠牲、自由、民有──民族主義
青──公正、平等、民治──民權主義
白──純潔、博愛、民享──民生主義

青天白日旗の本義は即ち三民主義に基づくと云ふ。

南京に還都した汪精衛氏の國民政府は、この旗を國旗として用ひるのである。だが重慶國民政府に對して、この青天白日旗は、黄地に和平反共建國と書いた三角形の標識を旗の上に付ける。

三十日の國民政府還都の典禮秩序を見るとこの順序の中に「升旗」と云ふのがある。式のプログラムは

一、國民政府 代理 主席就位。二、各院部會長官就位。三、鳴炮。四、升旗。五、奏國樂。六、國民政府代理主席恭讀總理遺囑。七、向國旗及總理遺像行三鞠躬禮。八、府院部會各長官行就職禮、相向一鞠躬。九、國民政府代理主席宣讀國民政府還都宣言。十、奏樂禮成。

この内の四の升旗の時に、一齊に青天白日旗が掲げられ、前日までの維新政府の五色旗は、この國旗に變へられる。

△國民政府の還都

考　試　院

還都典禮が擧げられると云ふ其の朝、汪精衛氏から國民政府の政綱が下のやうに發表されてゐる。

一、善隣友好の方針に基き和平外交を以て中國の主權、行政の獨立と完整を求め、以て東亞永遠の平和及び新秩序建設の責任を分擔す

二、友邦各國の正當なる權益を尊重し、並にその關係を調

整し以て友誼を增進す
三、友邦各國と聯結し共に國際共産主義の陰謀及びその他凡て平和攪亂の活動を防遏す
四、和平建國を擁護する軍隊及び各地游擊隊に對してはそれぞれこれを收容、安定せしめ、且つ國防軍を建設し、軍政、軍令兩大權を明瞭に區分し以て軍事獨裁制を打破す
五、各級民意機關を設立し、各界の人材を網羅して全國の公意を集中せしめ以て民主政治を助成す
六、國民大會を招集し、憲法を定め憲政を實施す
七、友邦各國の資本及び技術的合作を歡迎し、以て戰後經濟の回復と產業の發展を圖る
八、對外貿易を振興し、國際收支の均衡を圖り、並に中央銀行を再建し幣制を統一せしめ、以て社會金融の基礎を確立す
九、稅制を整理し、人民の負擔を輕減し、農村を復興し、難民を救濟して各々その生業に安んぜしむ
十、反共和平建國を以て教育の方針となし、且科學教育の向上を圖り浮華盲動の學風を一掃す

決定された新政府の重要部署の人々の名を擧げて見ると、

汪精衛、國民政府主席代理行政院長兼海軍部長
褚民誼、行政副院長兼外交部長
陳公博、立法院長、政治訓練部長。
溫宗堯、司法院長
朱履龢、副院長
梁鴻志、監察院長
顧忠琛、副院長
王揖唐、考試院長
江亢虎、副院長
陳　群、內政部長
周佛海、財政部長兼警政部長
趙正平、教育部長
李聖五　司法行政部長
梅思平　工商部長
趙毓松　農礦部長
傅式說　鐵道部長
諸靑來　交通部長
丁默邨　社會部長
林柏生　宣傳部長

三十日は暗澹とした密雲が空に流れ、朝の間は寒々とした

雨が風に交つて降つたり止んだりした。この一と月の間、曇りなく晴れ渡つた空と云ふものを見ることがなかつたが、今日は又、特に「暗い空」を感じさせるやうな鬱々とした日である。

「簡單に、莊重に式を擧げます。」と林柏生氏が云つてゐたが式は九時に擧げられ、一時間で終ると云ふ豫定であつた。舊《もと》の考試院の大禮堂が式場である。考試院の門前に來た時は、其所に整列する奏樂隊が、式が終つて歸途に就く要人の通過を迎へて、中國々歌を奏樂してゐる時であつた。「天下爲公」の扁額をかゝげる考試院の支那式の赤い門、屋根や門柱の彫刻を色彩る黃金、綠青の色が、暗い空の下に鮮麗な感觸を驕らせてゐる。考試院の後方の山上遙かに、鷄鳴寺が望まれ、春寒い氣候がいつまでも陰鬱に續きながら、四邊の風物からは枯色が消え去り、樹木も、草も、柳も、桃も雨に濡れた綠色の中に薄桃色の花の色を優しく散らしてゐる。

目の前を、例の青天白日のマークを貼付した自動車が門内から幾臺となく、矢のやうなスピードで走り過ぎて行く。新政府の要人たちであらう。周佛海、周化人、褚民誼氏などの顔が時折自動車の窓から目にうつる。

街の慶祝

南京の姿を變へたやうに、滿地紅旗の青天白日旗が街にひるがへつた。日の丸の大國旗が、總司令部や各部隊の門に揭揚されてゐる。日の丸の國旗と青天白日旗を交叉したのは日本人商店であらう。

市政府の門に昨日まで交叉されてゐた五色旗が取去られ、今は紅地の一隅に、青と白の光芒を畫いた青天白日旗が交叉されてゐる。宣傳部は中山路の元の國貨銀行跡に、内政部、教育部、財政部は維新政府當時の官廳のまゝを繼いで、農礦部は實業部跡にそれ〲屋上高く青天白日旗を風に靡かせてゐる。

行政部は二日前、維新政府創立二周年の記念日を祝賀した跡を其のまゝ、今日の慶祝の裝飾に流用してゐる。こゝも五色旗は外されて、青天白日旗が其れに代つてゐる。

典禮から歸つた王揖唐氏にこゝで會ふ。明日北京へ飛行機で一旦戻ると云ふ。長い白髯、清朝末期の支那大官のやうな黑い緞子の支那禮服、上品な面長な容貌——其れでもこの人は少しの日本語を話す。青年社會黨首の江亢虎氏も一緒であつた。日本の代議士にこれに似たやうな人があつた。

婦人會宣傳

還都慶祝の旗行列は、大民會、市政府、中央宣傳部合同の催しである。汪精衞氏の等身大の寫眞を刷り出した大旗が眞つ先きに行く。擁護汪主席、慶祝國府還都、和平反共建國大同盟など書かれてゐる。

江邊車站、特別市農會、南京回教總會、特別市各業聯合會、工會聯合會、教育部教員養成所、立底第七小學校——目で數へ切れぬさま〲な團體である。青天白日旗の小さい紙旗を手にして、首都各界慶祝國民政府改組還都遊行大會の大旗に導かれて進んで行く。慶祝中日親善實現、擁護汪主席、兆民鼓舞。和平是中國的固有美德。汪主席是中國民衆的救星。新中央政府成立之日就是中國民衆復活之日。など云ふスローガンが目に立つ。國立女子模範中學の女學生たちも行く。眞正的女權實現、擁護汪主席のスローガンは女學生たちのグループの中から見出だされる。骸骨、髑髏を描いて抗戰到底尸骨遍野と書いたスローガンも見える。

トラックに乘込んだ若い婦人の一群がゐた。和平反共建國大同盟工作婦女委員會と云ふ旗をトラックに付け、行進の間間に、赤、青、白のちらしを婦人たちが撒布してゐる。拾つて見ると、和平建國運動萬歲と書き、中國國民黨南京特別市執行委員會婦女會籌（準）備委員會と云ふ長い會名が入れてある。もう一枚を拾つて見る。これは和平建國之婦女責任と題して、

　久しく渴望してゐた新中央政府が、今日正式に成立された。過去を思ふと殘酷な戰火は私たちの美しい家庭を燒き、無情な砲火は私たちの溫かな故鄉を破壞した。流離の苦痛、家を失つた悲しみは永遠に忘れることが出來ない。私たちは中央政府が産れることを待つてゐた。私たちは國

家の領土的主權の完整を求めてゐる。永久の和平を願つてゐる。「抗戰徹底」に最早や欺かれず、「最後勝利」に最早欺かれない。最後勝利は蔣介石、共產黨の最後末路であり、「抗戰到底」は人民の禍ひをます〳〵深くするばかりである。汪主席は時代に適應し、民意の求めるところに適應し、救國救民の決心を抱いて、萬難艱苦を厭はず、和平運動を唱導した。

和平運動の主張するところ、既に汪主席の宣言全文に明らかである。私たちはこれに安慰と安心を得、且つ極度の感佩を持つて、汪主席の領導の下に、大歷史的和平建國運動に參加し、東亞永久和平を樹立し、東亞民族復興の爲に努力しなければならぬ。社會の一分子である私たち同性よ。一致して起ち、汪主席を擁護して和平の大道を邁進しよう。

行進の人たちは中華民國萬歲を叫びながら行く。降雨が時時襲ふ　片手に旗を持ち、片手に雨傘を抱へる人たちもゐる。

頤和路

一昨年の十二月十八日に重慶を脫出して、十九日に印度支那の隠れ家から和平聲明の第一聲を擧げてから、一年三ヶ月

和平建國の土臺石は漸くとゝに据ゑられた。木蓮の花散る頤和路の白堊館は、上海の赤煉瓦の家の周圍に見たやうな嚴しい警戒網はなく、スマートな中國憲兵に守られて、附近の靜な街の雨の中に暮れて行く。

遠い西方の墨色の空、其の下に高樓の棟高く風にはためく紅地滿旗が眺められる。

「南京に青天白日旗のひるがへるのを見て、感慨無量である」

汪氏が政府成立の後の感想を述べてゐる中に、斯う云ふ一句があつた。旗の紅地から、新らしい感情が南京に流れてゐる。

汪精衛氏への贈物

押花をおくる日本の女性

【上】……佐藤俊子

汪精衛氏に、押花をいれた書信をおくる日本の女性がある。かういふ話を、外交部の次長周隆庠氏から聞いたのであつた。雞鳴寺の麓、もとの考試院で、現在は國民政府内にある外交部を訪れたとき、周氏《しう》との四方山の話の間に、近頃汪精衛氏のところへ日本人側からさまざまなお土産品が贈られるといふやうな話が出た。お土産の品々は、それは如何なる種類の品であつても、贈り主の好意に對しては汪氏は心から喜び、又、贈り主に對しても、それが高位高官の人であつても、無位無官の人であつても、好意に對する汪氏の深い感謝は一樣で變らない。——こんな話の途中で

「ですが、時々押花——といひますか、花を入れたてがみを送られる日本の御婦人がありますがこれは私が取次ぐ役なので困ります。」

といひにくさうに周氏《しう》はいふのである。これを聞いた私は「おや」と思つた。ちよつと吃驚させられたのである。「うちの子はおとなしいと思つてゐたところへ「こんないたづらをした。」と隣家から告げられた時の、母親のおどろきにも似たやうなものではあつたが。

書信は日本からくるもので、中に何が書いてあるのか周氏《しう》は無論内容は話さなかつたし汪氏がこれに對してどんな感情を持つかもいはなかつた。取次ぐに迷惑するといふだけで、さういふ書信を受け取る人の苦々しさが想像されるのである。私は返答に困り、無言で聞くほかはなかつた。その場で何かをいひ出せば、この輕々しい行爲の、相手を寧ろ侮辱したにも似た爲か

汪精衞氏への贈物（中）

心なき若い女性の行爲

在南京……佐藤俊子

考へても見るがよい。假そめにも汪氏は中央政府の主席代理であり、行政院長ではないか。それだけでも全く失禮千萬な話であるのに、氏は一流の老政治家であり、民國革命の歴史を飾る一人物であり、事變に對しては重慶の抗戰建國に對して、新らしく中國の歴史を編むところの和平建國をもつて闘ひ、その同志を糾合して困難な政治道の先頭に立つ中國における大きな人物の一人ではないか。その和平建國の思想がどうであらうとも、汪氏一派の今後の政治の發展がどうあらうとも、それは賢しい行爲の日本女性を、非難しなければならなかつたし、自分も日本の女性である限り、他國人の前でその同性を非難することは、自分を傷つけるやうな不快なものがあつたし、さうかといつて辯解の方法もない。この話はそれだけであつた。

物品贈呈の小包みに、よく「汪精衞閣下」と書いてよこすのがある。習慣はおもしろいもので、支《し》那では閣下といふ語は絶對の敬稱を意味しない。先生が絶對尊稱であつて、閣下といふ語は或る場合は、バカにした揶揄の意味《み》を含《ふく》むことになる。これは丁度、日本では閣下が絶對尊稱語であり、先生はある場合、相手をバカにした意味を含《ふく》むのと逆である。それから又《また》、文樂の人形などは、これも習慣で、支那人の眼《め》には恐ろしく見《み》え、なんにも美感《かん》が起らない。これは、支那では葬儀に等身大の紙や土で作つた人形を用ひる。死《し》んで行く冥界へお伴をして行く人間たちの型なので、眞つ白に手や顏《かほ》を塗つてある。文樂の人形も、眞つ白に塗つた手や顏《かほ》がおそろしいやうに見《み》える。——など、などの話に移《うつ》つて、押花をはさんだ日本女性の書信のことは、それきりであつた。

明な人々の各自の批判にあることであり、その人を尊敬するも尊敬せぬも、好むも好まぬも各人の自由であるが。

○…○

現に今汪精衛《せい》氏といふ人は斯うい ふ人物たぐらゐの知識を持てば、たゞ漢奸とその名に憧れて、ファンが俳優に署名を送《おく》るやうな、相手の感激を傷つけるやうな常識外れの、愚かな行爲はできない筈である。

たま〳〵そこに現はれた一人の行爲をもつて、日本全體の若い女性を律することはできないにしても、この一人の行爲がある場合には、日本全體の若い女性の恥辱ともなる。一方から見《み》れば、ナンセンスに似たこの行爲が、實際《さい》に國家的な責任の上にまでも影響してくる。私たちは自分が日本人であることを忘《わす》れて相手に對《たい》してゐるやうな時でも、相手が外國人である限《かぎ》りその人はいかなる場合にも私たちを日本の婦人として見《み》る――といふことを忘《わす》れてはならない。私たちはいつでも日本を背負つてゐるのである。私たちは何所に分散《さん》してゐても、日本内地にゐても外地にゐても、外國の人に對《たい》しては日本婦人としての瞬間の責任をゆるがせにしてはならないのである。自己の感情の放縱に任せて、外國人に對《たい》して抑制のない行爲をして憚るところがない限りでゐても、これに對《たい》する正しい批判が外國人の眼と心によつて與へられることは一層恥づべきことではないか。

○…○

「長春街頭《とう》を行く」といふ光景《けい》が畫面を賑へるものかどうか知らないが、若い女性の最近の生活の雰圍氣が、まじめさを缺いてゐることがこれによつても感じられるが、これは何も若い女性の生活に限《かぎ》られたことでもあるまい。又彼女たちの生活を浮薄にさせる何ものかゞ社會の環境のうちにあるからでもあらう。若い女性の相手稱はずな一男性への安つぽい憧れの表現など、かうした低調さからもくるのである。

汪精衛氏への贈物〔下〕

心なき若き女性の行爲

在南京…　佐藤俊子

汪精衛《せいゑい》氏は年齢《ねんれい》よりは廿も若く見《み》え、そして徹底《てつてい》したフエミニストで、女性の價値《かち》をある點《てん》では男性以上にも評價《へうか》するやうな人だから、日本女性の間に若々しい人氣があり、夢《ゆめ》のやうな憧憬を氏に對《たい》して抱く若い女性たちがあるのであらうか。それにしても「押花に想《おも》ひを託《たく》す」やうな、幼稚《えうち》な憧れでは、恐《おそ》らくこれに相當したやうな、幼い文句を羅列《られつ》した書信を汪精衛《せいゑい》氏に直接送るのであらう。

○－○

ナンセンスと云へば、それだけのものかも知れないが、かういふ行爲は、日本の内地で一レヴユーガールに熱《ねつ》を上げる若い女性の安價な情熱《じやうねつ》の現はれと別《べつ》に差違がない。この場合汪氏はレヴユーガールと同じ程度《てい》の、安價な默殺に引下げられるだけのことで、氏に與へるものは侮蔑だけであらう。侮蔑を感じるにも足りない馬鹿氣《ばかげ》たことでもあらう。この馬鹿氣たことをするのが日本女性であり、同時に日本女性への評價がこれを機會に、その國の中國女性たちから加へられるやうなことがあるとすれば、私たちは冷汗をかくだけで濟まされないことにもなる。

○－○

汪氏の夫人陳璧君女史は誰れでも知るやうに、有名な民國革命運動家の一人で夫君と國家的活動を終始共にし、現に今度の新政府の最高政治機關、中央政治委員會のたつた一人の婦人委員である。女史の主張するところは常に男女平等－滿清を打倒したのも、男女平等を要求する革命的な闘爭の一つであつたと言るやうな婦人であり、婦人運動の上でも政治運動の上でも經驗と實力を備へた、いはゞ中國における堂々たる一個の女傑である。汪氏がこの夫人を大切にすることもまた有名である。

○－○

その他《た》の婦人たち－新政府の要人たちの夫人の中には、陳璧君女史《し》ほどの女傑ではなくとも多かれ少なかれ、中國の政治の知識を知り、革命《かくめい》と建國の歴史《れきし》の流《なが》れを共に歩み、燃《も》える民族意識の高い情操を、夫君と共に胸《むね》の内に自らはぐくんだ婦人たちもゐるのであるから、いふ婦人《ふじん》たちに取巻かれる汪精衛氏に對《たい》して、いかにその人に憧憬するにしても、押花を贈《おく》つて淺薄《せんぱく》な甘い情緒を露骨に示す日本の若い女性はあまりに無恥過ぎる日本女性は「慎み深い」のを特有の美徳にしてゐる筈であるのに、これはまた慎みを失ひすぎた行爲である。

大陸通信一束

◇

北京　佐藤　俊子

東京は暑いでせうね。北京も相當なものです。毎日〳〵雨が降つたり止んだりして蒸し暑いこと甚くばかりです。

私はこゝで若しかすると中國婦人の間に新文化運動を起すかも知れません。たつた一人でです。いづれは南京と聯繫を持たなくてはならないと思ひますが、何しろたつた一人で自分の頭の中で考へてゐるだけの話だから、はつきりした事も云へないけれ共、この計畫が自分の頭の中で何うやら物になれば（輕井澤で構想を練る近衛公のやうですかね）もう少しゐるつもり、これが駄目なら秋にもう一度南京へ行つて歸るつもり……。

變つた北京

在北京 佐藤俊子

今度の事變では、景山の樓亭が少しばかり彈丸のかすり傷を蒙つただけで、紫金城の燦爛と輝く黄金の瓦一枚、中かけも破損されなかつた北京は、お蔭で觀光都市としての完全なすがたな其のまゝに留めることができた。

だから北京には破壊のあとの建設はないが、事變後に起つたさまざまな社會事情によつて、この兩三年以來北京の外貌は頓に變化した。この變化は、事變以前の北京を知らないものでも、事變直後北京に足をとゞめてゐるものには、明らかに看取することができる。

最初はこの變化が殺風景な植民地化に始まり、バアやカフエの赤、青のネオンサインが生々しく古都北京を侵蝕し、先づ東單牌樓あたりに、新宿横丁や澁谷横丁を現出し、おでんや、そばやが進出し、質や、藝妓、其他の飲食店が支那人の老舗のまん中に割り込むなどの現象を呈しだした頃には、さすがに事變以前の閑雅な古い北京を知る者には慨嘆の種子となつたやうだが、この變化が今日では第二の段階にはいつて、北京は稍々近代都市的な風格を整へようとしてゐる。

建設總署の都市計畫では、北京はあくまで觀光都市の眞價を保たせ、こゝに重點をおいての都市計畫を試みてをり、雜多な日本人商店の進出を統一して、西郊方面に十四平方キロの地域を求めて新市街を設け、これを廣大な日本人の特殊市街としようとしてゐる。既に二平方キロには文化的な住宅の新築が見られ、こゝに移住した日本人も可なりに多い。この設計が完成されるのは、まだまだ遠い將來のことに屬するであらうが、市內の各地を目睹した限りにおいて、現在の北京市は整頓された周圍に照應してネオンサインも一應風景化した觀があり、新築された洋風の日本人店舗の增加、これを見倣つて華人の店舗も洋風に改築され、飾窓には商品の飾り付けの技術を競つて、美しい商店が王府井などの市中心の商業街に並ぶやうになつた。東單牌樓の一角の內城をめぐる練兵場は、一昨年の春頃までは英人のポーロ競技に占用され、日本人はその一隅で野球などをやつてゐたものだが、現在では練兵場はすべて日本人だけが用ひる場所になつてゐる。野球は無論のこと、學園的な行事や、競技や、女學生の運動會や內地から相撲の一行が來れば、こゝが北京の國技館ともなる。北京の停車場が文明都市的な形態に改築されたのも最近のことである。

交通機關の發展は又おのづから著しく、從來の電車に加へてバスの增設――これは現在は市の純直營であるが、事變當時は崇門、東西、東單線を僅に十輛のバスが時間不定に走つてゐたに過ぎなかつたが、現在は七十五輛のバスが增設され、遊覽バス、觀光バスも運轉されるやうになつた。從つてバス運用の線も延長されてゐる――洋車の增加、自動車數の激增等で、市街は宛然交通機關網に包まれてゐるやうにも見える。洋車數は疾くに十萬臺を越えてゐるが、つい二三ケ月以前から更に三輪車と云ふものが現はれた。自轉車に車體を取付けたもので、拉車夫はこの自轉車に乘つて走るのである。この數さへも最早三千臺を拔いてゐる。この拉車夫に背中に番號を染め拔いた胴衣の小掛を着せるやうになつたのも一二年以來のことであるが、秩序立つてきた市政の反映がそこにも見られるのである。番號と云へば洋車夫にも番號を記入した小掛を着せるやうになつた。

交通の繁忙、商業の殷盛は、このやうに現在の北京が繁華な都市であることを物語つてゐるが、これ等の市街の膨脹は、無論その一半は日本人の人口增加に基くものであらう。日本人の人口は一ケ月平均三千人の比率で增加しつゝあり、現在八萬八千、もはや九萬に近く、秋には當然十萬に達するであらうと云はれてゐる。これに對する中國人の人口は百五十萬であるが、この日本人の增加が彼等に對して齎す影響は、舊秩序から一歩も出ることを敢へて爲ない北京人に對して善かれ惡しかれ大きな刺戟となつてゐる。低級な日本人の進出が心ある人々から問題視されることは論をまたず、從つて、これ等の人々が惡影響を齎す場合が多いのであるが、こゝでは更に角日本人の增加に基くよき影響の面ばかりを拾つて見ることにすると、先づこの著しい日本人の進出が、商取引の上に示すところの發展は仲々に著しく、即ち昭和十三年北京日本側の商社七百であつたものが、今年の調査においては二千數百を數へ、十三年度における日滿支及び外國からの荷物到着數約五百萬圓が、現在においては五千萬圓の額にのぼつてゐる。これに對して支那側の商社も對抗的に增加し、現在は約二萬三千、然して昨年一年間に新たに開店された數は閉店した數に倍加するほどの活潑を示してゐるのであるが、日華合辦、日本人經營、其他日本側の影響化による製造所、小工場の新發足も見られるやうになつた。

これは地場の出廻りの穀類とか、地廻りの輕工業による被服、食糧、皮革製品、鍛造工業を主とする小器具類、部分品の生産を扱ふ新しい工場で、特に日本人の使用する醬油、味噌、酒類の釀造所ができたのも、ます〳〵增加する日本人の生活必需品に備へる爲であらう。

日本人が增加した爲に、日本語が中國人間に想像以上に普及されつゝある。日本人の飲食店、うなぎや、すきやき、天ぷらや、そばや、しるこや其他あらゆる飲食店では中國人の少年少女を使傭してゐるが、現在において二百四十を數へるこれ等の飲食店に働く少年少女で、凡そ日本語を解さないものはない。日本語で注文する日本人客には日本語で應對するし、日本人の家庭に雇はれる阿媽たちは又自然に日本語に親しむのであるが、市場へ行けば、支那商人は日本人客に日本語で物を賣り、値段を云ふ。斯かる一般的な日本語の普及の中には、低劣な意味を有する日本語などを覺えて、これを得々として饒舌るクーリーなども居るが、兎に角かゝる一般的な日本語普及が、日華文化の提携の上に知的な動向への役立ちとはならないことは無論であるとしても、日本語を知つた爲にこれ等の底下人《ティシャレン》が、日本人への親しさを感じるものとすれば、これはよき影響のひとつと云ふべきあらう。殊に文化的、或ひは教育的な面において日本語習得の熱が中國人の間に昂まつて來たと云ふ事實は、日本理解の一歩を意識的に踏み出したものとして喜ぶべき現象である。從つて日本語の個人經營の私塾が殖えた。同時に日本人にして支那語を學ぶ者に備へる爲に、支那語の個人教授、又私塾等が增設されてゐる。

中國人の知識層が、日本を知り、或ひは理解しようとする傾向の多くなつたことは、例へば日本の近代科學圖書館に通ふ中國人の數によつても判定される。統計によると平均一ケ月の中國人入場者三千人、又毎日圖書館に通ふ中國人兒童數三四十人であり、主として日本發行の新聞、雜誌の通讀に關心を寄せてゐる。日本映畫館の入場客の中に中國人の客を多く見受けるやうになつたのもこの頃になつてからのことである。以上は單にこの事變後北京の街上に見受ける種々な變化の相貌を拾ひ上げたに過ぎないが、文化、治安、衛生經濟、教育、社會事業、社會教育等の市政一新、そして市政を通じて東亞建設の一部を確立しようとするところの任務に當る人々の努力、苦心は仲々並大抵のことではない。殊に公共事業に至つては、一方には全く古い古い獨裁制の無智と偏見と狹隘のみの一般中國人を啓蒙しながら、一方には日に日に激增する日本人の要求にも應じて、資料、器材の入手難、資金の不足等の惱みを克服して文明都市としての道を切り開かなければならない。この惱みは獨り公共事業のみではない。教育事業においても、衛生事業においても共通の惱みであり、これ等の人々の口から長期建設の言を聞くのは至極當然であらう。

この惱みの中から一歩一歩徐々に建設の歩みを進めつゝあるものを拾へば、教育方面では中國の近刊圖書が皆無な點について、教育總署では國立華北編譯館を設置してあらゆる外國書類の飜譯に當らしめ、學術專門の文史研究叢書、一般啓化知識叢書等の發刊を企ててゐるし、輔仁大學では最初の試みとして日本文で生徒に卒業論文を書かしめる計畫があるとも云はれてゐるが、他に今年の九月からは兒童心理學を日本人教授が擔任して、これには日本文の參考書を用ひるし、北京大學は農醫、理、工、文、法の全科を今年に至つて漸く完備した。その他に支那人教師の思想的再訓練、北京興亞教育會の新設、中國留日同學會の再組織、華北體育協會の新設などがあり日支文化提携の促進は、東亞文化協議會が中心となつて既に地ならし工作を終り、第二の建設事業に指を染めてゐる。

市の衛生局によると、衛生方面では昨年防疫に用ひた注射百二十萬本で、日本人醫院は總動員で防疫其他の豫防に努めたが、事業としては從來から存在する「保嬰事務所」に盛院をふやして五六十名の娼婦を收容し得るやうに擴張、こゝでは嬰兒の無料健康相談所も設けられてゐる。市立病院には新に、日本人醫師、看護婦、其他八名をおいてベッド五十を增加したが、計畫としては第一傳染病院、第二傳染病院を合一して永定門地壇の附近に新設する。

北京には塵芥の捨置場は全部で七ケ所あるが、ゴミ取人夫は二千人を使傭しても、この人夫は多くは老人、少年なので能率が少しも上がらない。其の上トラックを用ひずに手押し車で塵芥を運搬する。衛生局ではトラックを近く購へる用意をしてゐる。

北京市民が用ひる水は、水道が二割、八割は水賣りの井戸水を用ひてゐるが、この水道は現在では四分の一は井戸水から配給する。

水道は清朝時代西太后の命で獨逸人が設計し、北運河の河水を孫河鎭から二本の鐵管によつて引いたものだが、この距離は約四里で現在ではこれに由る給水量が減じてをり、約四千立方米である。

事變以前までは株式による營利會社によつて給水されたものだが、事變後はこれ等の株主たちからの委託經營によつて市が管理に當つてゐるが、增加する日本人に對する給水の便を計る爲に市内に十二本（現在）の井戸を掘り、送水管によつて各家庭に配水をしてゐるが、この量は現在になつて二萬四千立方米と云はれる。

水賣りの用ひる公共井は市内に三百八十一個所あり、十米ほどの淺い井戸で從つて汚水の浸入の爲に飲用に適しないが、水管理局が送水管によつて配給する所謂水道の井戸は百米を掘り下げたので、淨水であり且つ配水場で殺菌されるので、飲用水となつてゐる。水管理局の計畫は、本年の秋までに井戸を十八本に增加せしめ、三萬五千立方米の水量を市内に配給し、明年はこれに三本を加へて更に八千立方米の水を增給すると云ふ。

治安も昨年は數回のテロ事件があつたが、今は平穩に歸して、治安の維持は頗る徹底してゐる。

中國の警官に殉職者が現はれ、僞市長によつて表彰されたと云ふやうな事實は、日本の警官には珍らしくないことでも、中國人の間には驚くべき逸話の材料である。

民國に電話局の看板がかけられた。自働式の電話が施設された。北京は又日本側を主として西郊一、内城六、外城五の十二區に分たれ、區は五十三の鄕を編成し、この鄕の下には又二百六十九の班を置いたが、これをひとつの組織に通してこゝに千六百組の隣組が分布されてゐる。

以上は大摑みな、北京市事變後の沿革である。

北京の秋はいつから来る
立秋すぎて十日前後

北京の秋を語る座談会 ①

伊藤支社長　風の音に、空の色に秋の訪れを身近に感ずる頃になりました、北京の秋は世界一とか東洋一とか言はれ、村上さんの言葉を拝借すると正に〝眞珠のやうに明朗〟な秋です、今晩は北京に住んで居られる文化人の方々にお集りを願つて色々の分野から、それぞれの角度から此の東洋一の〝北京の秋〟を解剖していたゞき度いと存じます、幸ひその方面のエキスパートであられる村上さんに司會をお願ひして話を運ぶ事に致し度いと存じます、では村上さん……

出席者

村上　知行氏（著述家）
佐藤　俟子氏（同　）
張　我　軍氏（北京大學教授）
奧野信太郎氏（慶大文學部講師）
一氏　萬良氏（華交社員）
山室　三良氏（北京日本近代科學圖書館長）
清水　安三氏（北京崇貞學院長）
【本社側】伊藤北京支社長・外
（九月二十三日大陸飯店に於て）

村上　實は私は非常に口不調法で世間で噂される程北京の事について知《し》つてはをりません、御話は餘りしたかつたのですが、それも餘り素氣ないので遂に御引受けした様な次第で話だ僭越だと思つてをります、北京の秋は非常によろしいですね、私は曾《かつ》て北京の秋を形容して、眞珠の如し、と斯ふ言つたことがあります、その後その言葉が色々の方面で使はれるやうになつてゐますがそれぢや何處がよいか、今日餘り長くこちらに住みつけて了つて、何處がよいか、まあこゝがよいとハツキリ言へない只漠然よいといふ氣持がするだけであつて、實はこの機會に[illegible]みましてもう一遍皆様によい點を教へて頂きたいと思ふのでございます（一同笑聲） 北京の秋に就いてはこれは大體張さんが一番御存知でせう、立秋《しう》の日から大體秋《あき》と見てよいのではないかと思ひますが、これは何うでせう

張　大體立秋《しう》から秋《あき》と見て、一週間か、十日位また暑《あつ》くなり、それから本式に涼しくなるのが大體の經過です

村上　話を色々な秋の歳時記的なものからはじめたいと思ひますが、先づ立秋に就いて第一に來ますのは、七夕と思ひますがこちらは日本の様に笹の葉に紙を貼つたものはないが、日本のあれはどうして出來た風習でせうか、奥野先生御存じありませんか

奥野　この頃色々の事を言つてゐますが、語り七夕の祭は支那から傳つたものでなく古《ふる》くから日本にあつた農村の一つの古《ふる》い祀の形式であつたのですが、支那から傳つて七夕の祭が傳つたので、それと結びついてあゝいふ風《ふう》になつた、語り部の笹に付ける、あれは紙でなく布だつたといふのです

村上　話は「乞巧」といつて女の七夕の日にお茶碗の水に針を浮かすといふ事をやつたらしいが今は

張　田舎ではやつてをりますね、私の方の家はさういふ古いことは何もやつてをりませんが、昔に紙も付けてをりませんけれども

村上　北京では殆どやらないでせうか

張　さうですね、七夕には芝居がありますが

村上　さう「天河配」といふ芝居あれは中國人は面白いのですか

張　矢張りさういふ季節ですからね、年に一回しかあゝいふ芝居をやらないから見てゐるのですね

村上　私は少しも面白くない

張　普通は「四郎探母」といふやうなのを年中やつてゐるが「天河配」は季節が來ないとやらないですから見てゐるのでせう、もう一つはあの芝居の中に水浴の場で裸體のダンスがあるからそれを面白がつて見てゐるのでせう

村上　裸體のレビユーですね

風で判る北京の秋

もう一つ物賣りの聲

村上　で次に來るのは確か七月十五日のお盆《ぼん》だと思ひますが、これは私は餘り永く北京にゐる故か別に感興もありませんが確かに北京の秋の一ツのクライマックスではないかと思ひますが一つ何か御感想をお聞かせ願ひたいのですが

張　お盆は南方ではとても盛んですね、十五日になると、でなくても七月一杯お盆の祭りをやる、燈花を掲げたりして、北京では左程でもありませんが、たださうですね、北平北海公園や、中南海公園で何か催物がありますね、例へば燈花とか、灯をつけた紙の船を水に流す、それも大した面白さはないけれども、見物の人が非常に騒ぐ

村上　向うです山室先生、確か

よいでせう

山室　事變前に一度だけ行つたのですが、たうとう燈籠流しを見ることが出來ないで、時間に氣おされて歸つて了つた、その後一回も行きません

張　多いですよ、白塔寺の裏の方にお茶屋があるか、そこに早く行つて席を取つておくと見られます

張　さういふ戯を面白《おもしろ》がつて見てゐるものもある

村上　あの場面も今では見られるほどの女優がゐません

張　ナンセンスですよ

村上　元雪艶琴といふ女優は立派な女優でしたから喜んで見られたが、その後あんな女優はゐないですよ、尚は七夕の晩にブドー棚の下なんかで耳を澄ませてゐると牽牛、織女の囁きが聞えるといふのが今でもそんなことをやる人がありますか

張　そんなことを信ずる人はゐますかね（笑聲）（寫眞は座談[illegible]）

山室 さうするとよいでせうね

村上 蓮花燈の他に蒿子燈といふのがありますが、あれは大きなよもぎの枝に線香を沢山つけた丁度クリスマス・ツリーの小さいやうなものですが、今は非常に少いやうですね

張 やっぱり相当見受けられます

村上 他のは蝋燭を使ふのに、あれだけ線香を使ふのは面白いと思ふね、線香のつもりですい灯のつもりですか

張 何もかけるものがないから灯では消える、それで線香を灯の代りに使ふのです、あれと同じやうなものが、私の国の方にある、竹で作るのです、長い太い竹を一本切つて、それに竹の横木を渡して線灯を沢山つける四、五十位迄かけて多勢で持つて歩く

村上 それは内地の燈籠流しなどにもさういふのがちよい〱ありませんか、提灯を沢山下げるのが

一氏 盂蘭盆祭には色々のところでありますね、流すばかりでなく町を踊り歩いたりして

出席者

村上 知行氏（著述業）
佐藤 俊子氏（同 ）
張 我 軍氏（北京大学教授）
奥野信太郎氏（慶大文学部講師）
一氏 義良氏（華交社員）
山室 三良氏（北京日本近代科学図書館館長）
清水 安三氏（北京崇貞学院長）
【本社側】伊藤北京支社長・外

（九月二十三日六国飯店に於て）

村上 北京で私が一番秋を感ずるのは棗の實が一杯熟れてゐて何処の家の垣根にも垂れて棗が生つてゐる光景、あれは最も詩的な光景ではないかと思ふのです

張 私は北京が都會であり乍ら秋の味が風で判ると思ひますね、虫よりも秋が來たといふ感じは風で判ります、北京は虫はさうをりませんし大して判りません風で秋が來たことが判る

村上 南は何うですか

張 判りません、風の方がよく判りますね

山室 秋の感じは風ですね、秋のはじめに來る

清水　私は秋で一番好きなのは[illegible]感——肌ざはりですね、これが北京が東洋一の秋といはれる所ではないかと思ふ、何とも言はれない

村上　金風ですね、颯々として

清水　夏の暑い頃に人力車で街を歩くのもよい氣持ですが、あれ以上に秋の空氣はよい氣持ですね

張　もう一つ、あなた方氣が付きませんでせうか、胡同の[illegible]の聲、秋が來ると大[illegible]とか、[illegible]石とか、[illegible]とか、[illegible]を研る聲、さう感じませんか、呼び聲が何とも秋らしい氣がしますね、その聲の調子まで秋の氣分がします、夏には金魚の[illegible]を[illegible]いて[illegible]湯を賣つてゐる聲がして夏らしい氣分が判るやうに

村上　やつぱりそれは耳から來た秋ですね、目から來た秋を感ずるのはあの[illegible]り、あの大きな[illegible]の枝で編んだ籠に入れて、中に果[illegible]い[illegible]が入つてゐる、あの光景も面白いと思ふのですがね、まだ年中行事の方が進んでをりませんが、その次は確か地藏さんのお祭が盛[illegible]の七月二十五日頃と思ひます、私は田舎で一度お線香を焚いてゐるのを見て、何かと聞いたら、地藏さんのお祭だといつてゐました

清水　日本の地藏盆は田舎にある、[illegible]の二十五日が

村上　地藏さんの誕生日といふ事ですね、次は中秋節です

中秋節と梅蘭芳

恐ろしい月餅の謂れ

北京の秋を語る座談会 ③

張　中秋節は先づ第一に兎兒爺のお人形が街[illegible]一[illegible]に並びます、尤も今では少くなりました

清水　城内外では文明が二、三十年遅れてゐる、それで朝陽門外の大街に行くと兎兒爺が一軒々々並んで賣はん家がない、城内は時

代が違つてゐる
村上　元は兎兒爺の三、四尺もあるものを買《か》つたさうです。私の見たものでも三尺位のものがあるが、今は市中では見ない、不景氣の關係でせうね、一つは一昨年はあつた
佐藤　昨年もありました、そんなに大きなものではないが
清水　朝陽門外のは大きい
村上　佐藤先生、あれを何う思ひますか
佐藤　やつぱりグロテスクですね、何うも可愛らしいといふよりグロテスクの方が先きに立ちます面白いことは面白いでせうがね
山田　親しみは持ち難いですね
佐藤　何うも日本のお月さまの中の兎のやうに可愛らしい所はないこちらの兎は
村上　大體兎は北京の人は輕蔑するものなのですね、カゲマの代名詞です、その兎をあの日にかざつて喜ぶのは何うなんですか
張　まあ、その日に限つて特に敬意を表するでせうかね（笑聲）結局月の中の兎を祭つてゐるものですね、神様と思つてゐるから
村上　日本ぢや月の中の兎は餅を搗いてゐるが、こちらのは藥を搗いてゐる、この藥と餅との區別は何處から來たのですか
張　あの藥はまあ長生の藥といふことで
一氏　支那の月の兎は佛教の關係で來たのですかね、漢時代の鏡の中で月の兎が何か搗いてゐるのを見たことがあるが
清水　漢なら佛教はまだ來てをりませんね
村上　あの晩には中國の方々には色々な樂しいことがあるでせうが、私達の樣な他國から來た放浪者には何が面白かつたかといふと、今はをりませんが、あの梅蘭芳の「嫦娥奔月」或は「天女散花」のやうな芝居をみることでした、今では第一梅蘭芳がをらんし、「嫦娥奔月」の樣な芝居をやる役者がない、淋しいですよ、やつぱり中國の人も淋しい感じはしませんか
張　いや中秋になると、これは大人も、子供も夫々によつて感じは違ふでせうが、僕等は先づ中秋が來ると勘定を支拂はなければならないので（笑聲）
村上　中秋節も梅蘭芳のゐたころは全市の人氣が沸き立つてゐたが、

このごろは

張　梅蘭芳がゐた時は中秋節に限らず彼が芝居をやる毎に相當全北京が沸いてゐました

村上　「嫦娥奔月」のやうな芝居でも今日の舞臺の上からは想像出來ない

清水　安いですよ、梅蘭芳を二十錢で見た（笑聲）をかしな話であるが、全く堂々と認めた、男とは解つてゐるのですがね、美人だね

村上　日本の團、菊時代は知らないが、話によると大したものだつたさうだが、梅蘭芳の芝居も大したもので、寄ると觸ると梅蘭芳の評判です、さういふ評判を聞く役者はこの頃はゐないやうですね

張　特によい役者はゐないやうです

清水　今の梅蘭芳は

村上　もう駄目でせう

佐藤　私が北京に來て本當に美しい秋の名月はこれだと思つたですね、あの色、光、もう實に美しい皆様は月の光りを御感じになりませんかね、何うしてあんなに光りが美しいものかしら、何か空氣の關係でせうか、木の葉の切れ目から本當に燦々と降り注いで來るといふのはあのことと思ふ

村上　日本のはおぼろの月、こちらは皮を剝いだやうな

佐藤　全く本當に美しいと思つた、私は中秋節で北京に來て印象の深いものに月餅の美味しいこと、殊に關東の月餅、日本の菓子類に匹敵するものはない

張　さうでせうかね、日本の方へ月餅を差上げましたが、皆んで何處で買つたかといふのです

村上　日本の羊羹より美味しいですね

清水　色々の味がある

佐藤　比較になりません、微妙なよい味で

清水　殺韃月餅といつて蒙古人を殺《ころ》すための月餅だといふのが本當ですか、支那人から聞いたのですが、支那人が元の終りごろか、月餅の中に手紙を入れて使ひのものに持たして出し、月がまんまるく、この月餅のやうになつたら蒙古人を殺《ころ》して了へといふ合圖にした、それでその日に北京の蒙古人を一遍に鏖殺した、明のはじめか元の終りか判りませんが、それで今でも漢人だけが月餅を贈答し、

滿人は變らないでせう

村上　さうですかね、滿人は變りませんかね、一層その月餅に金か、小判でも入れると好いでせうね（笑聲）大丈夫入れることが出來るだらうと思ふ（寫眞は前の梅蘭芳）

秋と北京人の生活

流行は春秋何れが先

村上　大體秋の行事は今言つた樣なものでせうね、それでは次に人間の生活に就いて……人間の生活で一番大事なのは衣食住ですがこの着物の方では何うですか、私の想像する處では每年の流行が秋を區期として變つて行く樣な氣がするが何うですか、張さん

清水　春に思ふが

張　やつぱり秋ぢやありませんかね

佐藤　日本では流行は春ですね

清水　かういふことは聞いてゐるが、上海が流行地で上海で春に流行したものが秋に北京に來るといふことを聞いてをりますが

佐藤　いや絶對にそんなことはありません、ハンドバツグなんぞの流行も直ぐ北京に來ます、こちらの商人は迂闊ではありません、早いものですよ

清水　かういふことを聞いたのですがね、それは舊政府があつた時でせうが、流行は北京にはじまつて、上海で普及して、それから北京に來る、北京では一般の人は着ない、餘程のお洒落でないと着ない、それが上海に行つて更に廻つて來ると皆着るといふのです

奥野　今度こつちに來て氣が付いたのですが藍布大褂を着てゐるものが少くなつた樣ですが、稲きたのですか

張　少し贅澤になつた、この頃は藍布大褂なんかを着るよりも白花布の方が非常に流行です

山室　支那服の模樣物は餘り感心しませんね、日本の浴衣の模樣の樣な大きな模樣のものを着てゐる婦人を見ましたが不調和ですね

張　模樣の大きいものはよくない、小さい程どよいですね

奥野　袷が短くなつて、裾が短くなつてゐるのは何時ごろですか

張　昨年邊りからです

山室　今年は目立つて多くなつた

村上　今年邊りで終りでせうと思ふ、やはり長い方がよいでせう

佐藤　餘り長いのは可笑しい

張　若い娘は短い方がよいでせうね

山室　今のやうに短過ぎるのは感心しませんね

張　一時袷なしになつた時代もあつた

村上　袷もまた高くなるでせうね、ひどいのになると耳のこゝまであつた時代があつた

張　男でもそんな時代があつた

村上　女の褲子、あれは[illegible]つぽく見えるが何うですかね

張　褲子も長い時も短かい時もあつた、上衣の裾が開れて、あゝ歩く時脚が現はれて來る、あゝいふ情緒の好きな人もあるらしい（笑聲）

村上　元は皆褲子をはいて、刺繍入りの靴を履いて、女も今上りをつとりしてゐた樣です、日本の昔の文金高島田といふ樣な感じでした

佐藤　私達も褲子に賛成ですね、[illegible]では着てゐますが

張　支那服の流行の移り變りはひどいです、袖一つにも變遷がある、短かくなつたり長くなつたり此頃は袖なし　になつてゐるが

佐藤　冬は長い方が便利ですね

村上　平和時代は着物のたけが長くなつて、戰亂時代には短かくなるでせうね

清水　反對でせう

村上　さうですか

清水　平和時代に短かく、ハイカラになる

佐藤　藍色《あゐいろ》の服《ふく》は蔣介石《しやうかいせき》の新生活運動で制定したのですかね、事

出席者

村上　知行氏（著述業）
佐藤　俊子氏（同　）
張　我　軍氏（北京大學教授）
奥野信太郎氏（慶大文學部助教授）
一氏　義良氏（華交社員）
山室　三良氏（北京日本近代科學圖書館長）
清水　安三氏（北京崇貞學院長）
【本社側】伊藤北京支社長・外
（九月二十三日　六國飯店に於て）

變前と今とではよく知りませんが少くなつた樣ですが、やつぱり經濟的關係でせうかね

村上　やつぱり流行でせうね、私も嘗《かつ》て藍色の服を着てゐましたが一圓五十錢で出來たですよ、鞋子がひとへ物で六十錢、下着が五十錢位です、全部合せて三圓五十錢位で立派に何處に行つてもよいのです、一流の料理屋に行つても勿論大丈夫です

張　給仕が時々ボーイに間違はれる（笑聲）料理屋で

村上　今では、藍服《あゐふく》を着てゐると、巡査にも對等で物が言へないですよ、何だい藍服《あゐふく》を着てゐるくせにと言ひますよ（笑聲）衣服《いふく》はこれ位《くらゐ》にして、秋の食事は何うですか、先づ烤羊肉、涮羊肉も出て來るし、蟹《かに》も出るし、本當の秋の氣持のする食物は何ですかね

張　河蟹《かに》ですね、やつぱり、蟹《かに》が一番ですよ

村上　何うして喰《く》ふとよいのですか

張　蒸《む》して喰《く》ふとよいでせう、水で煮てもよいのでせうがね

村上　腹の蓋の丸いのと細長いのとなるが

張　丸いのが雌、細長いのが雄です

村上　雌は不味いですか

張　時候によつて選ぶ、八月中秋節前後はやつぱり雌ですね、卵が一杯入つてゐる九月、中秋節以後になると段々肥えて來て、雄に澤山白い脂肪が出來るのです、そいつがまた美味い

村上　中秋節を前後して雌雄入れ替るのですね

張　はじめ買ふ時は雌だけは賣つてくれない、必ず雄一つ、雌一つと撰ぶのです、特に雌丈けを買ひたい際は何倍か金を餘計拂はなければならない、雌がよくなると、今度は雄だけは賣らない、面白いです

支那趣味の魅力（一）

佐藤俊子

私は中支の方面を歩いてゐた時はさうも感じなかつたが、北京へ來てしみ〴〵と感じたことは、支那は骨董と迷信の國だと云ふことだつた。

私は生來骨董趣味は好《す》きではない。好きとか嫌ひとか云ふことよりも、斯う云ふ趣味からは全く遠ざかつた生活をしてゐたからで、從つて骨董趣味は解らないと云つた方がいゝかも知れないのだが、明治大正時代に新らしい思想を求《もと》め、新らしい生活態度を創始することが人生の目的であつたやうな時代を經てきたものは、たいがい古玩趣味や尚古趣味を嫌つたものである。

無論、古い美術を愛すと云ふ氣持はあつたし、古美術に對する尊敬を持つことには努力したものだが、その古い美から新らしい美を創造するのでなければ意味がないやうに考へ、古い美術をたゞ古い美術として愛すだけにとゞまることを輕蔑したものである。だから骨董品を一つの愛玩品として所藏したり、またこの趣味に長ずることだけに、所謂骨董通だけで滿足してゐるやうな趣味は、卑俗的だとして排斥したものであつた。

それだけに新らしい美に對する憧憬は強かつた。美術の中でも油畫は殊に新らしい傾向から新らしい傾向を追ひ、日本畫さへも從來の古い、傳統的な色彩や描法を捨て、新らしい途《みち》を開拓した。傑作と云ふものを初めて日本人たちが公開の美術館で見たのもその當時で、彫塑と云ふ新らしい美術樣式が生れ、土で傑作を創造するのも西洋の美術から教へられた最初の時代である。すべて古いものは弊履の如くに棄てゝ顧みなかつたし日本古《こ》來の傳統《でんとう》の美を誇《ほこ》る歌舞

支那趣味の魅力（二）

佐藤俊子

使さへもが擡頭して、新派劇の創始の書生芝居が旗を揚げると云ふやうな時代——こんな時代に生長し、こんな時代の空気を吸つて、なんでも新らしくさへあれば無批判にそれを讃美してゐたのであるから、陶器趣味などは全く時代から取残された、古ぼけた人々の時間つぶしの玩弄に過ぎないといつてゐた。

こんな風に骨董いぢりなどするものは頭から侮蔑にしてゐたし、一つの陶器品に一萬金の價があると云ふやうなことには興味さへも起らなかつたのであるから、古玩のよしあし、價値の判断、時代の鑑識など、一向に解る筈がない。

せいぜい昔の九谷焼と今の九谷焼と比べて見て、色《いろ》の美しさがわかる程度である。

このくらゐの陶器の識別はわかるが、そのほかは一切が明きめくらなのである。（筆者は作家）

それから又、骨董《こつとう》いぢりは金のかゝる道楽で、結局いゝものは金のあるものゝ手にはいる。所謂《いはゆる》掘出しものなどゝいふものは自身《じしん》の鑑識眼が利かない限り不可能《ふかのう》である。

金のないものは骨董《こつとう》を愛《あい》する習慣がないのである。ボストンの美《び》術館《じゆつかん》には日本の歌麿《うたまろ》の原版《げんぱん》があるし、其の他の浮世絵《うきよゑ》師の美人画《びじんぐわ》の有名な絵《ゑ》の原版《げんぱん》があるのに驚《おどろ》かされるが、目を奪《うば》ふやうな綾織《あやおり》、素晴《すば》らしい刺繍《ししゆう》の館《やかた》の衣裳《いしやう》などの陳列を觀《み》たときは、自分の國の館《やかた》の衣裳《いしやう》の立派さを、アメリカで教へられたやうな氣がした。これも金である。アメリカ人の黄金《わうごん》がからした素晴《すば》らしい藝術品《げいじゆつひん》を吸《す》ひせよたのである。

千金、萬金の價があつても、そしてその千金萬金の價を持《も》つ古玩《こぐわん》をどんなに愛《あい》し、どんなに欲《ほ》しいと思つたところで、それを買《か》ふ資格《しかく》がなければ、隣《となり》の寶《たから》を數へるに過ぎない。こんな斷念《だんねん》もあるから、自然《しぜん》に骨董趣味《こつとうしゆみ》からは縁遠さかるし、およそ自分と古玩《こぐわん》とは全《まつた》く縁《えん》のないものであつた。

それが北京へ來て、支那は骨董《こつとう》趣味《しゆみ》の國だと思はせるほど、この趣味が横溢してゐるのを感じて、自分はその古臭《ふるくさ》い空氣《くうき》の中でうんざりした。この趣味《しゆみ》が、特殊《しゆ》な趣味《しゆみ》として取扱《とりあつか》はれてゐないほどに、謂《い》はゞ支那民衆《しう》の生活の地となつてゐる。見るもの總《すべ》てが骨董《こつとう》的で、聽《き》くものすべてが古玩《こ》的なのである。これは北京といふ都《と》會の雰圍《ふんい》氣があまりにも支那の傳統《でんとう》をたつとぶ支那趣味《しゆみ》的なもので充滿《じゆう》してゐる爲めでもあらうか。

私はこの雰圍《ふんい》氣が、最初はいやであつた。封《ほう》建的な禮儀《れいぎ》作法にも骨董趣味《こつとうしゆみ》があるし、支那要人の長い白髯《はくぜん》にも骨董趣味《こつとうしゆみ》がある。大きなホテルへ行けば必《かなら》ず古玩《こぐわん》の品々《しなじな》を賣《う》つてゐる。街頭《がいとう》を歩《ある》けば道傍にまで、小さい布《ぬの》を敷《し》いてその上で數個《こ》の古玩《こぐわん》の品《しな》を賣《う》つてゐる。

底下人の食《た》べる器《うつは》にも骨董趣味《こつとうしゆみ》があるし、底下人そのものがもう骨董《こつとう》のやうでもある。支那音樂《おんがく》の樂《がく》器の音《ね》にも、物賣《う》りの鐘を叩き、鐘を鳴《な》らす音《ね》にも、物賣《う》りの呼聲までが、悉く骨董趣味《こつとうしゆみ》である。

斯うした雰圍《ふんい》氣の中にゐれば、從つてその思想までが骨董《こつとう》的とな

支那趣味の魅力（三）

佐藤俊子

らざるを得ないに違ひないと、最初は私はそれを煩ろしくさへ思つた。

パアル・バックの小説の愛《あい》國者の中で新思想の主人公が、自分の邸宅の家具や装飾品から支那趣味の古くさいものを感じて、これを嫌悪するところがあるが、恰度それに似た感じを、この北京の全體から感じるのである。

ところが不思議なことに私は二年半を北京に生活するうち、だんだんにこの骨董趣味が好きになつてきた。北京の雰囲氣に慣《な》れたといふ以上に、この頃《ころ》は斯うした雰囲氣の中で生活を楽《たの》しむ自分を發見して我れながら驚くことがある。

支那の演劇——京劇が理由なしに唯好きになると云ふことなども、単なる支那趣味の断想だと思ふ。臺詞はわからないし、劇の筋書なども、劇場でくばる説明書でわづかに何をやるのかゞわかる程度だから、そんなことで演劇のよさが解る筈がないと、通人たちからは嘲笑されることだが、そのやうなことは問題とはならないほどに、たゞ支那の芝居がおもしろい。これは確かに断片の趣味と同一種のものであらうと、ある日本の文人が云つたことがあつた。

日本の歌舞伎《かぶき》などゝ比べたら、この支那劇は他愛のないものである。日本の歌舞伎には高度な藝道があるし、すぐれた舞台美や、練磨された構想があつて、立派な舞台芸術の型を示してゐるけれども、支那劇には幼稚きはまる舞台の約束があつたり、時には荒唐無稽なしぐさがあつたりして、決してその全部を高級な芸術として賞讃するわけにはいかない。

たとへば、天河配の芝居などでも、中郎が天に昇つた織女の後を追つて行くとき、セルロイドのキユーピイのやうな人形を背負つて舞台をくる／＼と廻つたり、又その他の芝居でも非常な場面には火薬を用ひて青や赤色の火焔を舞台の上ではつはつと燃やしたりする。すべて舞台の道具が原始的で、車に乗るときは、車の輪をかいた旗を両手に持つて舞台の上を歩いたりするしぐさなどは、讃歎したくなるやうだし、チンドン屋（日本の廣告屋のことをチンドン屋と云つた時代があつた）のやうな格好をした[illegible]持ちが出てきたり、黒い支那服を着た丸坊主の男の道具係りが平気で舞台の後方に立つてゐたり、そのほか数へ上げれば限りのないほど、馬鹿気たことの多い支那の俗劇だが、それでゐて一種の演劇的な魅力が私を惹き付けるのである。

無論、その演技の上の表現や形に、洗練された技芸の美しさはあるが、然しそれだけのもので、それ以上の芸術的に感嘆するやうな何ものもない。唯歌の調子とか衣裳とか、顔のこしらへとか俳優の演技とかから、支那趣味の要素にれてそれに陶酔するだけのことである。

斯ういふ感じかたが既に安価なものだと自分で思ふ。北京人は劇を見ながら、俳優の歌ふ声といつしよになつてうたつてゐるが、日本の芝居は観るもので、支那は芝居を聴くといふだけあつて、劇の好きな観客は誰でも一つや二つの曲は歌ふことができる。そんな低級な情景を周囲に見ながら腹も立たず、嫌悪のこゝろも起らないやうになつた。

673　「支那趣味の魅力（四）」『満洲日日新聞』 昭和16（1941）年10月3日

支那趣味の魅力（四）

佐藤俊子

支那にはふたつの藝術の流れがあると、ある支那の美術に關して權威ある批評家が私に話したことがある。

一つは宮廷に發生した宮廷藝術、一つは宋時代に文人の間から發生した文人藝術で、この藝術の流れを除くほかの　畫とか陶とか彫刻とかはすべて藝術ではないとされてゐる。ところで演劇なども無論藝術としては取扱はれなかつた。云はゞ野卑な遊戲で、高雅を主旨とする文人　藝術家には斥けられてゐた。それを宮廷に舞臺を設けて俳優を宮廷に出入させるやうにしたのは西太后だが、これは誰も知つてゐる話で、お蔭で俳優は高級な藝術家として社會的の地位が高くなつた。恰度日本で河原者として卑しめられてゐた歌舞伎の役者が、明治以後に藝術家の群れにまでその地位が高められて、天覽の光榮に浴すことができたのに似てゐる。西太后はこの爲に多くの非難を蒙つたが、然し支那の演劇はその時を劃して別に本質的に進步も向上もしなかつたやうである。

私に云はせれば支那の京劇は、これも支那趣味的な骨董の一つに過ぎないのである。

近代的な生命はないし、そしてその趣味は最も卑俗だと思ふ。宮廷藝術は華麗な繊細を極めた豪華な骨董品として殘されてゐるし、文人藝術は高雅な骨董品として殘されてゐる。そしてその何れにも及ばず、むしろ下品で卑俗で而も充分に骨董的な趣味を殘してゐるやうな繪畫や彫刻や陶器の類があるが、支那の演劇はこの種類に屬するものであらう。宮廷藝術の部門に割りこんだ華麗さはあるが、文人藝術家が非藝術と見做

支那趣味の魅力（五）

佐藤俊子

私が天津で見つけてきた硝子絵は、せい〴〵七、八十年前のものであらうと云ふ鑑定だが、藍色、水色《いろ》、あかね色《いろ》の紫色《むらさき》で空《そら》を描《ゑが》き、木、山、森を背景《はいけい》にして雲《くも》に乗《の》つた男女が三人、これも同じく雲《くも》に乗《の》つた若い男子が布鞋の片方と帽子に結つた人形か子供か分らないやうなものを抱いて立つてゐるやうである。

支那の硝子絵は、いま日本で最も喜《よろこ》ばれると云ふ話を聴《き》くが、この硝子絵も文人芸術家からは擯斥されるシロ物である。

したその非芸術が、支那の旧習の本質なのである。

それだから私が支那のしばゐを愛好するのはこの卑俗趣味を愛することであらう。自ら誇り高しとする支那文人芸術家が非芸術と斥ける種類のものに、若し愛好おく能はさるやうなものがあるとすれば、愛するところその非芸術味を愛すことなのである。日本人の所謂ゲテ物趣味は、支那文人芸術家の斥ける非芸術味を喜ぶことを指《さ》すやうである。支那のしばゐも日本の歌舞伎の完備された舞踊美《び》と比較すれば、これを愛する趣味は同じくゲテ物を愛する趣味に通じる。暁色《あかつきいろ》でぼかした画紙の背景で額縁のふちが取つてあるところなど日本の奉書紙趣味だが、絵具《ぐ》の色《いろ》が中々おもしろいのである。

　本紙の北京支社の応接間に硝子絵が二枚掛けてあるが、丁度若い女の沐浴のポーズを絵にしたやうなもので、これは私の見つけた硝子絵とはまるで趣の異つたものである。東郷青児氏が見つけたもので、重いので日本に持つて帰れなかつたので支社に置いて行つたものださうだが、この趣味に通じた人の話によると、硝子絵には肖像画を模倣したものと、エロチツクな、たとへば婦人の股間を露出させたやうな等の特徴がある。いつ頃から硝子絵が始まつたのかははつきりしないが乾隆時代からのものであらうといふ。

ガラスは唐《たう》時代から存在したさうだが、これに絵を描《か》くことはもつと後世に起つたもので、泰西の油絵の影響《えいきやう》によるもの、そしてこの油絵を支那的にして、光線《くわうせん》のある硝子の裏に支那風俗《ふうぞく》を描《か》き、支那俗家の趣味に投じさせたものである。無論本職の画家などは硝子絵はかかない。だから硝子絵の画は筆《ふで》が幼稚《ようち》で、まことに拙劣《せつれつ》を極めてゐる。

　一説には回々教の進入に伴つて中央アジア方面から、支那に渡つたものであらうと云ふ。回々教者の飲食店《いんしよくてん》——即ち清眞の食《た》べもの店にはよく硝子絵が用ひてあるところから、こんな説も生れたものであらうか。

　だがかうした硝子絵に関する歴史《し》的考察などは私にはどうでもよいのである。自分の見つけてきた硝子絵から、たゞ卑俗《ひぞく》な趣味のおもしろさを味はふだけで足《た》りるやうな気がする。そしてかうした趣味漁りにだん〳〵に興味を感じて来る。文人墨客の高級な骨董趣味はその段階の頂上に達するまでが困難だし、一夜漬の研究などで到底《たうてい》深い理解が得られるものでもないけれども、容易《ようい》な鑑賞で、卑俗で はあってもどこかに繊細な味ひを持つ支那趣味の通俗《ぞく》さのなかに遊

支那趣味の魅力（六）

佐藤俊子

周作人先生と骨董の話をしたことがあつたが、先生は支那の骨董については解らないと云はれた。殊に陶器などは柳宗悦先生がこの陶器はこの點に特徴があるから いゝものだとか、この陶器は色が斯うだからいゝものだと云ふやうなことを聞いて、初めてその陶器のよさがわかる。その他についてはまるで知識がないと云はれたことがあつた。

柳氏は日本における東洋美術の蒐集者であるが、その人によつて初めて支那の陶器の鑑別を學ぶと云ふ周先生の話は、生中な日本人の支那骨董通に聞かせたいやうな賢明な言葉だと思ふ。

徹底的な批判を持てば、結局骨董は解らないと云ふ周先生の言葉が至言なものとなるに違ひないのである。

時代の鑑別、品質の見分けかた、眞價の判斷は特殊な知識と多くの經驗があつてさへも、中々むつかしいものである。周先生も若し自分が骨董が好きであつたら、もつと解るやうになつてゐたかも知れ

ぶことには、云ひ難いおもしろさがある。

骨董のおもしろさは、それが一萬金でも購へないものか、又五十錢でも買ひ得らるものかの二つの内にある。商品としての營利的な價値と價格で賣買される程度の骨董品は、私などには趣味の遊びを離れてゐるやうでおもしろくない。

ないと云はれた。

骨董《こつとう》といふものは自分がほんとうに好《す》きになれば自然にわかつてくる。見る目《め》に鑑識が重なり、そして偽物に幾度か騙かれ〳〵して、漸く眞僞の見分けがつくやうになるといはれたが、そんなものであらう。

だがさうまでむつかしく考へなくとも、路傍の骨董《こつとう》の露天の店から、なんとなく支那趣味《しゆみ》を感じさせる皿を取上げて、それを二、三圓で買《か》ひ求めて來て愛玩する氣持——その氣持に既《すで》に支那趣味があるとさへ思ふのである。年代はわからなくとも、それが名古《こ》屋《や》できの逆輸入の支那模様皿でさへない限り、純粋の支那の土壌でこねられ、支那の繪の具《ぐ》と釉藥で工人がやいた陶器には、感覺《かく》だけでわかる支那の味があるのである。

こんなことを云ふと「あなたに支那の味がわかるか」と云はれさうだが、二年半も支那にゐれば、所謂支那の味が身にしみてくる。ふとした一瞬の氣象の動きからも、空の色からも、音樂の旋律からも支那が感じられ、そして古びた支那の歴史《し》の匂ひをまやかしいものの多い現代の空氣の中から嗅《か》ぎわけ、その情緒がなつかしまれるやうになつてきたのである。一と口に云つて、これは「支那が好《す》きになつてきた」と云ふことなのである。

殊《こと》に卑俗な趣味に親しんで、その趣味《み》から純粋なものを感じる樂しさには、一種の愛情が伴ふやうな氣さへする。北京にゐれば何もかもが骨董だといふ感じの中に安住してゐると、政治性を含んだ日華文化交流問題などについて考へたりすることは、全くいやになる（完）

北京から南京まで

"微笑ましい日華提携"

佐藤俊子

❶

北京をたつた朝は零下十五度と云ふ寒さであつた。午前十時半発の南京行列車がまだ北京站《たん》の構内にはいつてゐないので発車はいつまで延《の》びるかわからないと云ふ。改札口に一時間以上も立つてゐたので、手も足も胸の中まで凍てついてしまふやうな冷たさである。もう今日は出発しないことにしようと、見送りに来てくれた友人と

××××××
××××××

食堂に

飛びこんで身體をあたゝめ、あつい牛乳《ぎうにう》などをのんでゐると、漸く津浦線発車を拡声器で知らせてゐる聲が聞えてきた。

折角立つつもりできたのだからそれでは行つてこようと再び改札口に戻つて列車に乗りこむ。車が動きだしたのは十二時であつた。汽車の延着は経験したことがあるが、出発が延《の》びたといふのは初めてである、なんの故障だつたかと思ひ、この不安がこれから旅行する私の胸を不安にしたが、車が急行のスピードを完全に発揮して、快い運轉をつゞけて行く中に忘れてしまつた。

北京に二三日前に雪が降り、その雪が街上にも建築物にも凍つたまゝでゐるが、鐵道の沿線も、どこまで行つても道に野に雪が残つてゐる。天津にも雪があつた。全線は殆んど雪をのこし、徐州あたりで稍薄くなつてゐたが浦口に近づくほど雪は多くをとゞめ、南京にもまだ深い雪があつた。南京のこの雪はちやうど北京と同じ日に

679　「北京から南京まで（一）」『満洲日日新聞』　昭和 17（1942）年 1 月 30 日

降つてゐる。それで想ひ出すのは初めて中支から北支へ旅したとき濟南で大雪にあつたことがあつた。雪が止んでから濟南をたつたが、北京の沿線がことごとく雪に埋もれ、北京にはいるとこゝにも雪が積つてゐた。

この急行列車は小さい驛を飛ばしてゆくので、わりあひに車中の混雜から救はれる。相變らず天津の乘降客が多數である、濟南に近づくあたりで夜となつた。濟南で[illegible]た中國人の

××××× 乘客が ×××××

ふえ、そして二等の寢臺車は大かたはこれ等の乘客でふさがるのである。私の寢臺の車室にも三人の中國人が乘つてゐた。つまり四つの內三つの寢臺は彼等のものである。又二等の乘車券を持ちながら寢臺の取れない中國人が寢臺車の室外に眠つたりしてゐた。手荷物を枕にしたり、足の臺にしたりして、室外にあふれ出したといふ恰好で橫になつてゐるのである。

支那國內を旅《りよ》行する汽《き》車のなかで、いつも思ふことだが中國語《ご》の巧い日本人と云ふものは斯うした一般旅《りよ》客のなかには滅多にないものである。反對に日本語《ご》のできる中國人は多少はゐるやうである。同室《しつ》した日本人で二人の中國人を伴れてゐた人があつたが、この人は中國人かと思ふほど中國語《ご》がうまかつた。雜貨商で天津、青島、濟南などに支店を持《も》ち、二人の中國人は店のものだといふ話であつたが、中國人たちはすこしも日本語を解さない。一人はスタイリツシユな洋服《ふく》を着、一人は支那服《ふく》を着てゐたが、この日本人の主人と中國人の店員の間が傍から觀てゐても微笑ましくなるほど仲《なか》が好いのである。女の友だちのやうに睦しく手と手を組《く》んで話しこんでゐる二人の様子から受《う》ける感じに、いやな點が少しもない、以前にも或る汽《き》車の中で新京で雜貨業をやつてゐるといふ日本人が、三人の中國人の店員を連れてゐたのと同室《しつ》したことがあつたが

北京から南京まで

南京は心理的に充實

佐藤俊子

（二）

日華人の間の親和とか提攜とかは一つの結合の機會によつて自然に兩者の間からしみでてきた感情でなければ、ほんたうのものではない。政治とか文化とかでいろ〳〵な機構の上に強ひて机を並ばして見ても、思想を一つにしようとか同じ考へで進まうとか言葉だけで約束して見ても、それだけで感情の融合は生れてこない。

「支那ランプの石油」の主人公は一米國商人だが、この商人が×××××××××××日本人の方は他に對してなんとなく鷹揚で、いかにも親しみ深く、一方は又自分を使傭する日本人の主人に對してなんの懸隔もなく、然し融和に似た好情を充分に示してゐるのが態度に現はれてゐる。

恐らく斯う云ふ人々の日本人對中國人の個人關係は、日本式の主從關係とは異るもので、むしろ個人的な經濟合辦式な内容が伴ふのであらうか。さうした利用をお互ひの融け合つた氣持の中で理解し合ひ、一つの商業を協力によつて發達させてゆく——民間の手で行はれる小さな一つの商業ではあつても、中日人の協力がそこから生れて、商法によつて結ばれた切つても切れない様が、兩者の間に一層緊密になつてゆく。斯うした關係はたとひ私利的な商業上の協けと云ふやうなことが目的であつても、この雇ふ人間と使はれる人間のこゝろに信頼が生じた場合には、一種の友情的な感情が湧いてくるにちがひないのである——こんなことを私に考へさせるほど、雜貨業をやつてゐると云つてゐた日本人にも、この雜貨商の主人からもまことに大まかな、人間的なカルチユアをもつた好い感じを與へられた。現地で金もうけをする流の人たちの、粗野な下品さに見慣れた眼には、殊に斯うした人たちの態度がめづらしく映るのであらう。

石油事業の取引を殖やすために排外思想の險惡な支那で何十年といふ生活をしてゐる間にたつた一人のこの取引先の支那商人と、つい頃の

友情を

××××××××××結び合ふまでになつたが、この友情は支那商人が米國商人のために死の犠牲をさゝげるまでに深く強いものであつた。僅かな商品の利益の目的で知り合つた間柄で、しかも長い月日を費してこれだけの友情を得たことは單に人間的な眞實心だけであつた。異民族の間で、ほんたうの友情を結ぶと云ふことは決して容易なことではない。だが一と度び結ばれた眞實の友情は再び變るものではないであらう。ほんたうの中日親和を考へてゐるものゝ胸に、いつでも刻んでおきたいことは眞實をもつて中國人に接すると云ふことだが、この「中日親和」を意識すると云ふそのことが、既に政治性を帶びてくる。

仕事はなんであつても中日人がいつしよになつて同じ仕事で共に苦勞をするときに、初めていゝ意味《み》の親和が生ずるとも云へよう。これを個《こ》人的に見ても又國家的に見ても、日本と中國が共々に苦勞をするといふところに味ひがあり百年の苦を共にして國家的信頼の きづなが結ばれ、東亞《あ》建設の永久の基礎もそこに築かれるのかも知《し》れないのである。

鶴殺隊さんの態度を見てこんなことを考へてゐる中に、蚌埠を過ぎて浦口に着いた。驛の構内《こう》が改築されて昨年三月こゝに來た頃《ころ》よりは體裁よくなつてゐる。だが相變らずこの驛には氣の利いた赤帽《あかぼう》がゐないので、手荷物《に》は自分が下げて歩かなければならない。同室してゐた一人の日本人が私の爲に自分の明いてゐる片手を提供して荷物《に》を一つ持つてくれた。構内《こう》はコンクリートを敷《し》きつめて見よくなつたが、埠頭は舊態依然で危つかしく、フエリーも同じものであるが以前のやうに漁船を用ひたりしないで、船客専用の船だけを用ひてゐるらしい。南京の市街は變つてゐなかつた。もう少し町に繁榮のあとが見付けられてゐるかと

豫想したことは誤りで、國府還都後約二年であるのに、町の形態の上に變つた動きが現れてゐない。

國府還都《かんと》當時は

××××××
南京の
××××××

人心が活潑で、半ば荒廢に歸した町ではあつたが、どこかに再建復興の新らしい空氣《くうき》が漲り、荒廢したものは、この新らしい空氣《くうき》に掩はれてゐた。今はこの新らしい空氣《くうき》が消え去り、而も荒廢したものはそのまゝの形で殘されてゐるのである。

この淋しい影がどこから反映してくるのか一寸とも變らない町の姿に何等の進展が見られないからばかりではなく、もつと心理的な深さで南京の町の淋しさが私に映じてくる。「町が少しも變りませんね」と外交部の周隆庠氏に會つたときに云ふと「それは物がないからです。精神的にはもつとよく進んでゐますよ」と云ふ答へであつた。つまり外形は變らなくても、内容はもつと美裝されてゐると云ふことなのであらう。そして「町の樣子がずつと落付いてきたやうにお思ひになりませんか」と反問してゐた。

北京から南京へ來て、風景的に快いことは、この暖さにもう畠の黒い土から青いものが伸びてゐることである。汽車の窓からも南京に近づくまゝに眺められたが、南京の首都飯店の窓からも、住民がその周圍の少しの土地を耕して、野菜を作つてゐるのが見える。雪は北京と同じ日に降つても、その雪は溫かい日光にとけて、屋上からしづくを滴らしてゐる。外交部へ行つたときは、雞鳴寺の附近はもう木の芽が芽生えたかと思ふやうな柔かな緑色が見られた。青い色が樹間を掠めたりしてゐる。外交部内の庭も霜枯れてゐる中に、ところどころ青いものが見える。周氏との話の中に南洋方面の華僑工作のことなどがまじつた。その工作の第一歩に汕頭へ華僑事務所を設置することなどを聞く。香港《ホンコン》には五、六千萬の同志がゐるので、これにも活潑に働きかけな

683　「北京から南京まで（三）」『満洲日日新聞』昭和17（1942）年2月1日

北京から南京まで

宗教的社會政策の浸潤

佐藤俊子

（3）

大東亞解放運動にも婦女團が參《さん》加してゐるが、これはまだ北京などでは見られないことで南京だけにおける特異なかたちである。婦女會宣言を見ると友邦日本の起した太平洋戰爭を機として、鴉片戰爭以來の英米との不平等條約を撤回せしめ、英米の經濟的勢力を中國より驅《く》逐すべしと唱《とな》へ、中國の解放は東亞解放戰をして勝たしむる外にはなし、と叫んでゐる。南京政府の

ければならない「これはすべて我國の大東亞戰爭を御手傳《つた》ひする工作の一つです」といふ。フイリッピン、香港《ホンコン》だけに四十萬の華僑《くわけう》がゐるが、華僑と米英の手を斷《た》つことは武力でできたが、この華僑《くわけう》に諸々の政治事情を理解させることは一朝では不可能である。何故といへば、彼等はゴム林《りん》を經營し、生産事業に從つてはゐるがその悉くが無智無教育の人間ばかりだから、彼等の自由主義經濟に慣《な》れた頭腦を、一と向きに統制經濟に向き變へるといふことなどは思ひもよらない。そこに我々の爲すべき華僑工作があると云ふ。

南京では大東亞解放大會をやつてゐた。三日間開いたその最後の日だつたので、これに關聯した話も出た。中國が米英の侵略を受けて以來百年の痛苦、長期の桎梏が、今や友邦日本の大東亞戰爭によつて脫却されるのであるから、中國人は中國自らの解放の爲にも友邦を援けなければならない、その爲の民衆運動ですと云ふ。

××××明年度××××の計畫は、先づ新國民運動を起《おこ》して物資の節約、治安維持、軍事訓練などを強化するさうである。

南京政府も、政治的工作は要人たちのブレーンで絶《た》えずいろ／＼考案されるやうだけれども、道が八方に通じてゐないので、考案はそのまゝ南京で腐つてしまふのではないかと思はれる。私は南京發行の新聞紙「中報」をわざわざ北京に取りよせて讀《よ》んでゐたが、秋ごろから、さつぱり配達しなくなつた。配達人に理由を聞くと南京から新聞がこなくなつたので已《や》むを得ないと云ふ。同じ系統の新聞でも中華日報は來てゐると云ふので東安市場の新聞取次店へ行つて見ると、配達人の云ふことは嘘《うそ》ではなくて南京發行の新聞だけは來てゐないのである。南京政府の機關紙だから發行を止めたわけでもあるまいと疑問にしてゐたが、南京に來て見ると中報も依然發行されてゐるし、別の新しい新聞さへも發行されてゐた。

このことを周氏に話すと、いや北支はどうも南京で發行される出版物を北京にいれるのを嫌がる傾向がある。自分は日本評論を購讀してゐるがこれもいれない。強ひて送れば紛失してしまふと云ふやうなことで困つてゐますが、少し宣傳部の林部長に働きかけてもらはなければなりませんと笑つてゐたが、林部長に會つたとき、この話をするとそれは紙が足りないから他地方へ出す事ができないのですと、あつさりとした答へであつた。

北支の特殊性も文化の交流までを禁止するやうではどうかと思ふ林部長のいふやうに、紙が足《た》りないから送らないだけのことに違ひないかも知れないが、宣傳機關紙が紙不足で北京にも廻らないといふことは有り得ない話で、これは周隆庠氏の話が事實であらうと思ふ。宣傳部にゐる草野《くさの》心平氏は中日文化協會を北京にも設置して、北支、中支 の文化の 連環の 一つを北京に置くやうにしなければならないと云ふ意見だつた。恰度草野氏に會つたときは、氏は汪主席主催の忘年宴會に招かれて行くところで、氏の詩《し》作の本「蛙」「母岩」「絶景」の三冊を汪主席に贈呈するのだと、その本を持つてゐた。もうどれも絶版で内地の本屋にはないのを、氏の友人が古本屋から探しだしてくれたのださうである。恐らく「蛙」のやうな

××××
豪華な
××××

本はもう當分日本では出版出來ないであらう。高村光太郎氏のその装幀は頗る凝つたもので、まことに氏の本に相應しく立派なものである。日本の書籍の装幀とか印刷の美しさ、文字の配列のデリケートな感覺など、かうした藝術は中國人には却々理解できないものであらう。殊に詩《し》の内容に至つては哲學的な深さとか、思想の悠久さとか、感情の潔癖など到底説明してもわかるものではない。草野氏もさう云つてゐた。然し内容はわからなくとも私たちを代表する日本詩《し》人の詩《し》作集として、これを中國の人の手に贈るのは充分に自慢のできる立派な本で、恥しからぬものだと思つた。

南京で英米權益を封印したものは、南京では浦口のアメリカ・スタンダードオイルの配油所、イギリス・アジア石油配油所の二つが上げられるだけのものである。日支事變後外國權益として單に封鎖だけしてあつた金陵大學の圖書館を、こんど殘らず開いて見て驚いたことは抗日圖書が無數に藏してあつたことであつた。殊に日本の軍事書籍、偕行社記事などはどうして調査をし、どうして手に入れたかと全く驚くやうな本がある。金陵大學はもとより抗日大學の總元締めのやうなものであつたことは誰れも知つてゐるが、こんど新たに發見された書籍を見て、いかに當時の抗日思想がこゝで根強く養はれ培はれたかに、今さら感を新たにしたと云ふやうな話も聞いた。この大學は日支事變以後は、大學の一部と構内は避難民の收容所に當てられてゐた。金陵大學は近代建築の美しさでは中支の大學中の尤なるもので、恐らく北京の支那建築

北京から南京まで

の美をほこる燕京大學と一對の建築美をなすものであらう。

×××南京に×××

大東亞戰爭宣言當時ほんでゐた第三國人は僅かに比米加を加へて五十五名、これに英米總領事館の公館員を數へ入れると六十一名に過ぎなかつた。イギリス總領事はさすがにプリンス・オブ・ウエルズ號撃沈の報を聞いて悲痛の表情を面に現はしたさうだが、アメリカ總領事タツクストンは少しも屈託なさうに見えず、日本側の寛大な處置を喜んで極めてのんきに構へ、構内で日本の憲兵相手にボール投げなどして日を暮らしてゐた。

中北支文化交流を冀求

❶

佐藤俊子

私が初めて中支地方を旅《りょ》行したのは昭和十四年で、南京あたりはまだ／＼夜になれば燈火管制で街頭には殆ど燈といふものはなく、僅かに中山路の一線に小さい街燈が多くの距離をおいては一點づゝ有るか無きかの光りを落してゐたものであつた。支那の土といふものを初めて踏んだばかりの私であつたから無論支那に對する知識もなく、唯漫然と戰ひに破壊された市街や、まだ生々しい戰跡に往時の苦戰を偲《しの》んで將士の靈を弔つたり破壊の中からつぎ／＼に建設される治安の事業や、文化の工作を各々の當局者から聞いて、漸く自身の知識にをさめるぐらゐのことであつたが、その頃《ころ》何よりも先づ私に深い

×××印象を×××

殘し、私を心からおどろかしたことは各地方をめぐり歩いた結果所謂米英系の宗教關係者の手で建設されてゐた社會事業、文化事業の素晴らしさと、そしてその力が根強く中國の土に張られてゐることであつた。中支地方を歩いて目に付くものはいかなる村落にでも十字を屋上に高く聳えさせる教會

のあるこゝで、そして教會のあるところには必ず一つの教化事業が行はれてゐることであつた。
　蕪湖と云ふ小さい町へ行つた時も、そこでカ　リツク教會の事業を見たが、教會に附屬する幼稚園で中國のこどもたちを見ると、この汚い小さな町の何所にこんな身ぎれいなこどもたちが居るかと思ふやうに（もつともクリスマスの日であつたが）スマートな風をしたこどもばかりであつた。表面ばかりでなく、衞生の注意とか洗濯とかに母親が深く、教育されてゐることがこどもの風俗から想像されるのである。
　こんなことは既《すで》に他の先覺《かく》者からも云はれたことで、これに比較《かく》して嘗《かつ》ての日本人の宗《しう》教家たちが視《し》野《や》を國際的に廣《ひろ》くすることにさへも無能《のう》であつたことが非難されてゐるが、さて、こんどの大東亞《あ》戰爭によつて英米の經濟的勢力は一應中國からも驅逐《くちく》されるに至つたが、これ等の基督《キリスト》教的指導《しどう》によつて今日までその事業を存續してきた多くの教化事業、社會事業は今後いかなるものゝ手によつて受《う》け繼《つ》がれるのであらうか、蕪湖などは社會事業は殆《ほとん》どアメリカ人の手で行はれてゐるといつてゐたその他中支における文化的な事業は無論その多くはアメリカ系《けい》である。宗《しう》教的な人道主義や博愛《あい》主義が基督《キリスト》教を通してアメリカの心臟《ざう》から長い〱間中國人たちの胸奧《おく》へと注《そゝ》がれてゐたものとすれば、この慈善《じぜん》の手のぬくみは一朝一夕《せき》には中國人のこゝろから消しきることの出來ないものがあらう西洋人によつて東洋に布延された慈善的社會事業は、無論東洋人の手に歸一しなければならない。これがほんとうであらう
　彼等によつて基礎づけられ、彼等によつて培養された、最もよい教化の種子のみを取り上げこれに再び新らしい生命を與へて、中國の人道、博愛の爲に盡すことは私たちにとつての大きな任務でなければならない、英米の權益は封鎖しても慈善の水が依然として西洋人種から給與されてゐる限り、中國人は一つの恩惠に縛られてゐるやうなものである。この情けの水を遮斷

し、同じ東洋人種の間の厚いこゝろとこゝろの結び付きによつて、相互間の慈善を行ふ時代を一日も早く、實現せしめなければならぬ。

南京に乞《こ》食の多いことは、いつもながら感心することだが、こんども相變らず乞《こ》食が多いと思ふ。北京も乞《こ》食は多いけれども最近は取締《しま》りが

××××
嚴重に
××××

なつて、車に乘《の》らうとする客の傍に來て、執拗《しつよう》く物乞《こ》ひするやうなものは減少したが、南京は到《いた》るところに居る。政府のお膝元だからもう少しなんとか取締《しま》りやうがありさうなものだと思ふ。最初南京に來た頃《ころ》はまだ維新政府の時代で市長は高冠吾氏だつたが南京の市政は難民救濟のほかには何もありませんと云つたことを思ひ出す

夜になると電車のない南京の町は一層寂寞として、まるで深山にでもゐるやうに物音《おと》一つ聞えてこないが、そのしじまを破つて物乞《こ》ひの哀れな聲を振《ふ》りしぼりながら子供の乞食がさまよひ歩いて行く。南京の天地を領するものは乞《こ》食の聲ばかりとなるのである。

日華の演劇に就て　（上）

久保田万太郎
佐藤俊子　對談

面白い〝梁上君子〟
舞台にも見事な統制

大東亞戰爭といふ世界史《かいし》に未曾有の大戰に挺身しつゝある日本が、一方に於て大東亞文化の建設《せつ》に邁進しつゝある事實は、日本の余裕を示すに充分であると云へるのみならず、日本といふ國体の持つ綜合力の充實振を遺憾なく物語るものと云ふべきであらう、しかもこゝにこそ米英的獸性國家に於ては稀すべくもなき、戰ひが絶えず建設につらなるといふ日本の生成理念が顯彰されるのである、大東亞戰以來に於ける日本文化人の頻繁なる中國への往來も、かゝる理念の具体的現れでなくして何であらう、さて中國文化界は、このほど又久保田万太郎氏を迎へた、氏は日本的義理人情の世界を描いて獨自な文學的存在であるばかりでなく、決戰下日本新劇運動の實踐者であり、來華の目的も、日本文學報國會劇文學幹事長として、中國演劇界の視察にあつた、本紙はこの機會に久保田氏並に在滬の佐藤俊子氏をわずらはして日華演劇に就して對談を願つた、佐藤氏は往年田村俊子の名によつて文壇に活躍され閨秀文壇の草分けとい

はれた人である、なほこの對談には上海國民劇研究會の指導をしてゐる小泉譲氏を聽き手として加はつて貰いた

【本社】本日は御出席下さいまして有難うございました、申上げるまでもなく兩先生は日本文學界の大先輩であられる一方、久保田先生は小山内薫氏以後の日本新劇運動の指導者として、いろいろと御活躍なさつてをり、佐藤先生は華文婦人雑誌『女聲』を御經營になり中國文化界に大いに身をおいてをられるのでありますが、今度兩先生から御話しを伺へるのを大變興味深く存じてをります、久保田先生、佐藤先生は共に東京淺草の御出身で、同じ小學校に學ばれ殆んど時を同じうして文壇に出られたといふ深い御縁がおありになりますので氣樂に御話しを伺へるかと思つてをる次第でございます、本日は今度久保田先生が御視察になつた中國話劇に對する御感想及び目下日本演劇の動向といつた問題を中心にして御自由にお話しを進めて頂きたいと存じます、それでは佐藤先生から御質問願ひます

話劇の印象

佐藤　久保田さん、今日は貴方のお相手をすることになりましたが、貴方は文學者である一方に日本新劇運動の父たる小山内さんに師事してその在世當時から、また小山内先生がなくなられてからもこの運動に沿つて忠實な歩みをつゞけて來られた方であり上海へいらしつた目的も中國の演劇、上海の話劇を見るためなのでありますから今日の座談會も貴方のごらんになつた話劇の印象から御尋ねする

ことにしませう、貴方は中國の話劇をごらんになつても科白はチンプンカンプンだと思ひますが、貴方の過去の過去三十年來の演劇的感覺とでも云ひますか兎に角それにピンと來るものが第一印象に必ずあつたと思ひます、先づその印象を話し下さい着いた翌日から早速芝居行脚をなすつたわけですが、一番はじめに御覧になつたのは『家』でしたね

久保田　『家』です

佐藤　ご覧になつた翌日お目にかゝつた時『佐藤さん僕は中國の劇は一晩で分つた、中國の新劇、即ち話劇は日本の文藝協會以前だ』といはれましたがあれを聞いた時流石は久保田さんだなと思つたんですがその印象からお話し下さい

久保田　勿論私は言葉も分りません、話劇についての特別の知識も持つてをりません、しかし私には私のカンがあります、そのカンがものをいひますまづ『家』を見て、次に『文天祥』を見ましたその次に『妻』を見ました、その次に『梁上君子』を見ましたが、私の勝手ないひ方をさして頂ければ、この四つのうち一番面白かつたのは何かといふ質問を出して頂いた方がいゝのです

佐藤　それで結構です

久保田　一番面白かつたのは『梁上君子』です『家』はあ

……出席者……
久保田萬太郎氏
佐藤俊子氏
上海現代劇研究會　小泉讓
本社側　池田記者

んまり感心しなかつた、舞台の上に大変混乱が感じられた、演出がいけないと思ひます、小さな效果ばかり狙つてて肝心の大きな效果を忘れてゐるといふ氣がしました、それから見ると『梁上君子』は演出もすつきりして整然とした感じがあつた、尤も芝居の性質にもよりますが

小泉　『梁上君子』では例の『秋海棠』で非常に名をあげた石揮が弁護士になつて此原といふのが演技をしてゐますね

佐藤　その演技を久保田さんは褒めてゐらつしやる

久保田　上手かつたといふよりも終始演技にムラがなかつた、そこを買ひました

演技について

佐藤　貴方がご覧になつたおしばゐを通じて、俳優術とでもいひますか言葉以外のつまり演技の上の形で示されるその表現をどうお感じになりましたか『梁上君子』はうまいとおつしやつたが・演技のうまさといふ点《てん》で

久保田　動きの自由な点とでもいひませうか――中國の人はとくに言葉がうま いんぢやないんですか、同時に心理的な芝居は不得手なんぢやないんですか

佐藤　外形の表現にばかり心を使つて心理描寫といふ内容的なものを現すといふ点《てん》が浅いと思ひますね、これは日本人で矢張り中國の新劇を初めて見た人ですが、俳優が非常に誇張するといふ観かたをした人があるのですが、貴方はどうお思ひになりました

久保田　誇張された場合でもそれが消化されてゐれば自

然さが出てきます『桀上佳子』は誇張を必要とする芝居です『桀』を見た時は一と幕でご免蒙りました、主人公をした役者のわるくギクシヤク恰好ばかりつけるのに驚《おどろ》きました、あつちに行つてはタバコに火をつけこつちへ來てはタバコに火をつけ、タバコばかりのんでゐました

佐藤　私は話劇《わげき》を見て中國の俳優《はいいう》は非常にうまいと思つてゐるのですが、演技《ぎ》はうまく過ぎる樣《やう》うまいと思つてゐるのですが……

久保田　芝居《しばゐ》によると思ひます

佐藤　それから舞台の人物の出はいりと云ふものが全体としてあんまり考《かんが》へられてゐないやうに思ひますが……

久保田　『桀上佳子』はさうした點《てん》も氣がきいてゐました

小泉　総体《そう》的に中國の役者《やくしや》は日本でいふ壯士芝居《しばゐ》が出來る人はゐないですね

佐藤　然うですね、心理描寫の拔切が足りないのですね内から外に出る力が足りないのですね、久保田さん日本の新劇《げき》の俳優《はいいう》、それから新劇《げき》から新派《ぱ》に移つて行つた人達、斯く云ふ人たちは俳優自身としてどんな風に劇術《げき》と云ふものを最初から研《けん》究《きう》して來たのでせうか

久保田　新派《ぱ》は歌舞伎から隨分《ずゐ》盗んでゐますよ、うまい役者になるとそれをすつかり自分のものにしてゐますから一寸は分りません

小泉　だから新劇《げき》よりも新派《ぱ》の役者の方が芝居のテクニツクは上手いですね

久保田　でも出發それは歌舞伎劇《げき》の上手さです、ですか

ぃとさどきウソが出てきます

佐藤　それは久保田さんだからいへるのですね

久保田　末梢的な上手さですね、つまりもお客はまたそれを喜びます

佐藤　『梁上君子』にもその末梢的上手さをお感じになりましたか

久保田　それ程に感じませんでした、舞台に統制がありましたよ、舞台の人間が皆同じ形を持つて動いてゐました『家』の場合は非常にチグハグでしたが……

佐藤　『文天祥』の印象を聞かして下さい

久保田　『文天祥』で面白かつたのは前庭の場と陳屋の場とですね、あとはどうもピツタリ來なかつた

佐藤　話術は？言葉の内容が分らなくても話術としてどうお感じになりましたか、なかなか饒舌《ぜう》—熱弁《ねつべん》的だとお思ひになりませんでしたか

久保田　中國の話は大体さうなんぢやありませんか

佐藤　『梁上君子』の警察《けいさつ》官を褒めてゐらしつたでせう

久保田　嫌《いや》味がなかつたからです、それと弁《べん》護士の友達をやつた役《やく》者、黒い長い衣物を着てフラフラと出て來るのがありますね、あれも上手かつたね　妻君をやつた役《やく》者は少し達者過ぎると思つた……

小泉　久保田先生に『秋海棠』を見て頂きたかつたですがね

久保田　映畫は昨日見ました

日華の演劇に就て

久保田万太郎
佐藤俊子　對談

（二）

職業化した話劇

日本で云へば新派

話劇と新劇

佐藤　話劇と日本の新劇と比較してどんな意見がおありですか

久保田　話劇は　中國の劇だと聞いてきましたが、いまゝで私の見たところでは新劇ではありませんね、新派ですね、日本の新劇は何所でも氣を許さない研究的態度を失はない特徴をもつてゐます、決して職業化しないのですよ、職業化することを恐れてゐるのですよ、しかしこちらの話劇はすつかり職業化してゐる、性格から云つてこの點《てん》でもこれはたしかに新派です

佐藤　日本の新劇は絶えず態度が研究的で、常に營利を外に置いてゐると仰有るのですね　ほんとにこちらの話劇は興行的で、脚本の選定も上海のお客に受けるものを第一としてゐるやうです、この點《てん》日本の新派式ね

久保田　新派はお客の御機嫌をとつてかゝりまして、新劇はお客の御機嫌を決してとりません、そこに截然としたけじめがついてゐます

佐藤　分りますね、久保田さんの感じられたことは……、觀客の御機嫌《きげん》をとる、觀客の氣に入るやうなものを選んで演じてゐる、それをあなたは直ぐに感じられたのですね

小泉　そこに日本の演劇の苦しみと否然遊ふものがある譯ですね、指導《しどう》的でないわけだ

久保田　日本の新劇はつねに日本の劇壇――新派ばかりで

なく歌舞伎の世界《かい》に於て發展を遂つてゐます、二、三十年日本の演劇文化の向上したのは日本に新劇といふ研究劇があつたからです

小泉　さういふ意味で中國と日本とは全然反對といひ得る譯ですね

【本社】劇運動といふものはない譯ですね、文化所の運動として……

佐藤　上海には新劇運動といふ非常に高邁なさういふ運動的精神がないと久保田さんは見てとられた譯ですね

【本社】商人があるだけなんですね

小泉　商人といふ性格で出ない場合は政治的な功利性で出來てゐるのですね、今までの抗日運動に使はれた話劇は皆さうです

久保田　さういふ風に政治的に芝居を利用したことが一面に於ての日本の左翼の演劇と通ずるところがあるので、特に話劇が日本の新劇運動に似《に》てゐると芝居の専門外の人が徹頭に考へたのぢやないでせうか

佐藤　しかし久保田さんのお話しでは日本に新派劇が起つたのは川上音二郎の書生芝居でそれがやはり當時の政治運動と結びついて起つたんだといふことでしたね

久保田　例の自由民權の時代です、この政治運動に從つた政治青年の始めたのが角藤定憲の壯士芝居、二三年遅れた川上音二郎の書生芝居、その後伊井蓉峰といふ文學青年が現はれた、これが文學的な芝居を始め

……出席者……
久保田萬太郎氏
佐藤俊子氏
上海國民劇研究會 小泉讓
本社側 池田記者

た、結局新派は文學青年伊井蓉峰の目指した演劇に適したわけです、そして今日の大きな勢力を持つ新派といふものが打ち樹てられたのです

小泉 話劇は白話運動から來てゐるのです、胡適が『終身大事』といふ芝居を作つて白話による脚本を書いた、そして白話は芝居も出來れば小説も評論も出來るといふ見本を出した譯なんです、それで話劇はこの『終身大事』と云ふ脚本が最初でこれから話劇が出て來たやうに考へられるんです

久保田 新派といへども今日は隨分進んで來てますよ、いまの新派の中心をなしてゐる大ていの人たちは元は新劇出身の連中です、だから新派もむかしの新派ぢやありません、花柳章太郎なんかが川上音二郎を知りませんからね、そして堂々ときには新劇に肉薄します、だけれどもそれは賣物にはしてゐません、一方では客のよろこぶ『秋海棠』のやうな甘い狂言をつけることを忘れません

小泉 僕は以前に石揮がはじめて出した『大馬戲團』をカルトン劇場で見たんですがこいつはテシイメロドラマだと思つたんです、メロドラマそれはそれで結構だがこの芝居の一番お客さんを喜ばした原因は石揮の個人的演技で、京劇的演技で客を引つつたと僕は感じたので北京語が非常にうまいんですね

北京の人ださうです

佐藤　話劇《げき》を見ていつも感《かん》じるのですが　あなたの　云はれるお芝《しば》居《ゐ》があるのですよ、秋海棠が軍人に暴行されるところ、あの辺《へん》随分お芝《しば》居《ゐ》ね、ところがあのお芝《しば》居《ゐ》がないと観《くわん》衆《しう》に受けないのです、あのお　芝居によつて何か一ツの　自分達の　興《きよう》味《み》を役《やく》者が代つて漏らしてくれてゐる、さういふ風な感《かん》じが観《くわん》衆《しう》にあるのでせう、何か自分の生命感《かん》をあすこでグツと爆《ばく》発をせて貰ふ、そこが受けるのでせう『岳飛』もそれなの、時の爲政者に對する反抗を舞《ぶ》台の上に演じて貰《もら》ふことに観《くわん》衆《しう》は歓びを感《かん》じるのですよ、それでヤンヤと受けますよ

久保田　それは日本でもたとへば泉鏡花先生のものがそれです、そもそも泉先生のものは反抗《かう》と憧憬の文學ですからね

佐藤　これは観《くわん》衆《しう》の演劇《げき》思想《さう》が低いからといふわけですか

久保田　程《てい》度が低いといふ意《い》見はしなくつてもよいと思ふ中國の一つの性格《かく》ぢやありませんかしら、これは先日の映《えい》畫の『秋海棠』を見て感《かん》じたんですが、あの映《えい》畫に出てくる重要な役で途《と》中で消えてしまふのが二三ある、こちらではそれが氣にならないのでせうか

佐藤　さうく最初から役の上に働いて來た人物をね……一人の人物の上にさういふ重要性がないのなら最初から値はなければよいと思ふことがあります、或るところまで來るとつゝと結末もなしに消えてしまふのですね、映《えい》畫にも芝《しば》居にもよくさうした無神経さがありますね

久保田　秋海棠がその男

の罪を許してくれといつて軍人の所へ頼みに行くと、軍人がゐなくしてあとで第二夫人に會ふことになるでせう、あの喫煙する男です、あとでは子供を取りかへたりしていよいよ活躍しますが田舎へ訪ねて來るところまでゝ、あとその所在が判らなくなる、もう一人秋海棠の同情者がある、あれも途《と》中で消えてしまふでせう、それから秋海棠の顏に傷をつける敵役、あれも途《と》中で消えてしまふ、日本人ならあの三人を後まで使ひますよ、そしてちやんと結末をつけますよ

佐藤　あゝいふ點《てん》々虎々といふ言葉があるが、人物の構成なんかに一ツも相關を結つてない、さういふ所がある　ので　すよ

久保田　だから一番不思議に思つたのはあの最後の飛降り自殺です

佐藤　あの映畫の演出者が怪談物を扱ふことが非常に好きなんで、どうしてもあゝいふ不氣味な結末にしなければ氣がすまないのだと云ふ話をききました、あれは日本人の私たちにはいやな後味を殘しますね

久保田　それはつまらないことぢやありませんか

佐藤　一種の獵奇味ね、そして啞の女中が殺されるとき盛んに悲鳴を聞かせるでせう、とても不愉快な叫び聲ね、それをこれでもかくといふ調子でフンダンに聞かせますね

日華の演劇に就て

久保田万太郎　佐藤俊子　對談

（三）

"文天祥"と道眞

異つた意味での愛國者

【本社】さういふ點どこといふものは一般にいへますね

久保田　そしてこれはどうですか、場《ば》をつけられますね、殺人に、殺しになるその爲に嫌惡な感覺になるでせう、日本の切腹の場合は腹を切られるがこの場《ば》がちつとも醜くない、ところがあの殺しは殊更に嫌惡でせう、あの好みは中國の好みぢやないかと思ひました　もし日本の監督《かんとく》ならあの場の中にさつとの背景の美しさを殘しますよ、その役自身には嫌惡だと感じさせても觀客にはそんな嫌惡な感じを受けさせるやうな演出にはさせませんよ

小泉　佐野次郎左衞門にしてもさうですね

佐藤　美といふものに對する感覺の違ひでせうね、現實の醜惡さをそのまゝ舞臺《ぶたい》に現はすのが演劇の味だと思つてゐるのでせうか

小泉　中國人の國民性でせうね

久保田　そこの所をうまく考へて行かないと日本人との協調がとれて行かない點ですね、そのまへに『秋海棠』といふ映畫を見て、もう少し趣を持つても良かないかと思ひましたよ

佐藤　ほんとね

久保田　日本のあゝいふ種

想のものにはどつかに救ひがあります

佐藤　國民的感情でせうね

中國人の國民感情といふものがそこにあるのね、日本の國民感情はひとり演劇面ばかりでなしに藝術である限り表現を美しくしたいと云ふ願ひが常にあるけれども、そこで面白い点は日本人だつたら絶望してしまふのですね、ところが中國人は――尤も秋海棠といふ役者は非常に氣が弱い人間でそれが虐げられあすこで火のやうに反抗するのだけれども……つまり怨み怨みて……と云ふわけですよ

小泉　國民倫理《りん》といふことも問題になつて來るでせうね

久保田　『秋海棠』は一体評判が良かつたのですか

佐藤　商劇は非常な入りで三ケ月も興行を續けました

小泉　それは日本でも或る程度云へるのですが、評判が良くなると誰《だれ》でも彼でも見て置かないと面子にかゝはるといふので、とに角行くのですね、これは中國の人がさういつてゐましたがね、

【本社】さういふものに対する指導の據り所がないのですね觀衆が大勢行けばそれが良い事になるので、そこにますます弱点であらうと何であらうと國民性といふものがハツキリ押し出されて來るのですね

佐藤　映畫の『秋海棠』のラブシーンをどう思ひました？

久保田　濃厚で随分長かつたでせう

久保田　それより随分長つたらしく歌を歌はせますね、あの歌を歌としてよろこぶお客もあるのでせうが……

『文天祥』について

佐藤　今度は『文天祥』の

話をして下さい

久保田　『文天祥』については特別に何も感じなかつた、言葉が判らなかつたからだらうと思ひますがね

佐藤　ある人が『文天祥』は日本なら菅原道眞だねといつた人がある、それを聞いてゐた他の日本人が、それは違《ちが》ふ、まるで違《ちが》ふといつたんです、それつきりで話はすんでしまつたんですが、私はそれを聞いて思つたのは、なる程《ほど》これはどつちも愛《あい》國精神ね、ところがやはり、中國の愛《あい》國精《せい》神の現はれ、發露といふものは日本の、日本人の愛國精《せい》神の發露とは違《ちが》ふのねその日本人が『まるで違《ちが》ふ』といつたのはその點《てん》を指したのぢやないかと思ふの、その時思ひ出したのは、菅原道眞が口ずさんだ『今月今夜清涼に侍す、恩《おん》賜の御衣今此所に在り』といふあれね、涙《なみだ》のこぼれるやうなあれ　日本の愛《あい》國精《せい》神といふものは天朝に對する絶《ぜつ》對愛《あい》なんですね、ところが中國の愛《あい》國精《せい》神は反抗《かう》といふものが基になるのね時の　皇帝に　反抗《かう》するでせう、『文天祥』にもその一種があつた日本では　天皇陛下に對する絶《ぜつ》對の御愛《あい》慕と申すと恐《おそ》れ多いが、そこから出て來る愛《あい》國の精《せい》神なのね、中國の方は皇帝に對する反抗《かう》から出て來る愛《あい》國の精《せい》神なの、あすこに違《ちが》ひがあるのぢやないかと私考《かんが》へたんですがさつき小泉さんがいはれた、

……出席者……

久保田万太郎氏
佐藤俊子氏
上海國民劇研究會　小泉讓
本社側　池田記者

所謂倫理《りん》の違《ちが》ひといふことね、日本の倫理《りん》といふものは、もつたいないことですが歴代の天皇陛下の御製を拜誦しても民を御慈しみになつてをられる、民の爲に隨分御苦勞を遊ばされてゐる、あの永い間の歴史《れきし》と傳統《とう》ね、あの倫理《りん》が本當に日本人の國民感情になつてゐる、そこで始めて玉碎精神といふものが理解出來ると思ひますね、この愛國精神の違《ちが》ひ日本の民族性と中國の民族性の違《ちが》ひがこゝからくる、これは理解出來ないと中國人は日本人といふものを理解することが出來ないし、日本の何を見ても理解することが出來ないと思ふの

そこで 私は久保田 さんの義理人情美 のあの思想 へ持つて行 くのだけれ ども、お互二つの民族が 他の民族 を理解する のに文學を 通ずれば非常に理解が早いといふことは當然ですが、日本が中國の民族精神を理解するために中國の文學を研究し、中國が日本の民族性を知るために日本の文學を研ずる譯だが、若し久保田さんの義理人情、あの美しい倫理をもし中國人に理解出來たら日本人といふものに對する理解がもつと違つて來ると思ふの、これは大きくすれば愛國精神につながるものですが、これはまた庶民道德なのね、つまりあの義理人情はこゝから發してゐると思ふだから私は久保田さんの書いたものを出來るだけ早く中國人に紹介したいと思ふ

【本社】久保田さんの義理人情は日本的リアリズムと云へると思ひます

佐藤　玉碎精神もこれだと思ふ、あつてほしいと思ふ

久保田　奥野信太郎君の說によれば鏡花先生と私のものは 全《ぜん》然飜譯されてゐない さう

です
【不詳】翻訳されてゐないといふのは中國の今までの功利主義た考へ方からでせうね
佐藤　文天祥は總《すべ》ては天に歸して從容として獄《ごく》死する、しかしそれは個人的な非常な高い精神だけです
小泉　佐藤先生のおつしやつたことは昭和十四、五年頃のこつちの芝居にさういふことはよくいへるのです『明末遺恨』といふ芝居はそれです、清朝時代に材を取つてあるがそれを明に化歸する　一つの　反動精神なんですが、　それなんか　も當時の支那事變を日本を清朝になぞらへ、重慶を漢民族だといふ風にとらせる抗日芝居だつたんですが、何でもないのに舞台の眞中で大見得を切る、そして俺達はこれをブチ毀らなければならないとやる、さうするとワーッと來る、芝居自身は何でもないのですが反抗的な、革命思想といふかさういふものが非常に受けるのですね、　それから『海[illegible]』といふ芝居もさうです、重慶の靑年鬪士が南洋へ重慶の宣傳に行く、さうしてマライの金持の靑年が重慶へ歸つて戰爭に向ふといふ筋ですが、何でもない戀愛をやりながらそこでもつて大見得を切るのですね、オヽ祖國は危機だ、と、さうするとワーッと來る
久保田　それは　かつての日本左翼演劇がさうでした

日華の演劇に就て　久保田万太郎　佐藤俊子　對談

移動演劇は成功

脚本はまだ過渡時代

日本演劇の動向

【本社】中國の在來演劇に代る國民劇運動といふものは未だ全然ない訳なんですね、いまそれが過渡期として一ツの古い個人主義的なものを扱つたものが流行つてゐる

佐藤　久保田さんは日本の文學座の指導をしてゐられるんですから　最近の日本の國民劇運動について話して下さい

久保田　「文學座」は岸田國士君と岩田豊雄君と私とではじめた仕事なんですが、最近手がついて來てゐるので一ぱいにはいつてゐますが、今年からは年五回の公演を三回にしろと役者たちに提議した、良い脚本のない所には無理をして續けることはない、本當の脚本が出來てからやればいゝ、時機になつたら危險《きけん》といふのにあります、そして餘裕《よゆう》があつたら移動演劇へ行けといふ事にしました

【本社】日本の移動演劇のことを伺ひたいのですが

久保田　今移動演劇聯盟といふのがあつて十四、五人一ト組づゝの劇團が十二、三あります、産業報國會その他と聯絡をとり、工場でも、鑛山でも、農山漁村どこへでも希望のある所に始終派遣してゐるのです、今年からは政府から派遣に金を出して賄へる事になりましたし寄付の金も相當あります　これは皆無料で見せるのです、役者は皆チヤンと制服を着て軍隊式の訓練を受けてゐます、隊長がゐてこの隊長の指揮で各々自分で道具を持つて行つて劇場では自分達が大道具になり小道

（完）

になり、一通りには劇場をすつかり掃除して隊を組んで宿屋に引揚げるといつたやり方です、會長は藤山愛一郎さん、事務局長は伊藤熹朔君です、情報局が力を入れてゐる仕事です、つまり、俳優もそれの各加劇團になつた譯です、歌舞伎の人たちでも時々それに參加するのですよ、去年は羽左衛門が日立の鑛山へ行きました

佐藤　有難い時代になりましたね、羽左衛門を自分の鑛山にゐながら見られるなんて

久保田　そして道化役者でも誰でも汽車は三等です、時時箱根あたりへ錬成に行きます朝五時に起き晩九時には燈りを消してしまふ、その他一寸の隙もなく錬成される、一人一人の俳優が、これが俳優かなと思ふやうです

【本社】脚本の選定といふことについてお話し願ひたいのですが

久保田　移動演劇の脚本といふものがまた難しいものでしてね、いまはまだく過渡時代です、これでよいといふものは充分まだでゝゐません、いろいろ條件がありますからね

【本社】どんなものを作りますか

久保田　移動演劇用の脚本がいろいろできてゐます、その間に踊りのをどれる女優がレコードで踊りを見せる

小泉　三好十郎の『[illegible]』は隨分やられたやうですね

久保田　一番やられてゐるのは阿木翁助の『村と兵隊』ださうです、それから脚本の使用料は一円です

佐藤　現地でも將來は日本人間に劇運動が問題になつて來ると思ひますが

【本社】こちらには大衆劇團が一つあるのが非常に入つてゐる、劇に対する欲求があるのですね、やはり上海に正しい流れを受け入れたものを持つて來なければいけないと思ふんです

久保田　上海に來て或る人から何とかして日本の良い芝《しば》居を持つて來ることは出來ないかといふ相談を受けました、その人ばかりでなく外にもさういふ氣持の人があるやうですが…

佐藤　日本人間の娯樂といふだけでなしに中國人にも見せるといふものをね

【本社】移動演劇を見せることも必要でせうね

舞台装置に就て

佐藤　久保田さん、日本の新しい舞台《ぶたい》美術《びじゆつ》について少し話して下さい

久保田　日本の舞台《ぶたい》美術《びじゆつ》は何んと云つても伊藤熹朔が背負つて立つてゐます、移動演劇聯盟の仕事の忙しいなかを今迄でよりも確かに勉强してゐますえらい男です、舞台装置は非常に簡潔になつて來ました、寧ろ簡素になつて象徴《しやうちよう》感が深まつてきました、中國の人に見て貰《もら》ひたいと思ひます

佐藤　伊藤さんの舞台美術《びじゆつ》が、總てを簡素節約しながら、そこに一層深味を持たせるといふこと、これははつきりと日本の文化そのものを物語つてゐると思ひます、一方に大戰爭をやりながら一方文化もそこまで深いもの髙いものに成長させてゐるところ、大したことだと思ひます

小泉　中國の舞台《ぶたい》装置や照明については如何です

久保田　感心しません、

ゴテゴテと無駄なこりかたをしてゐます、それから照明もひどいと思ひました

【本社】それではこのへんで迷語を止めます、どうも長時間に亘りいろいろと有難うございました

中支で私の観た部分（警備、治安、文化）

（一）

私は日本を出る時陸軍省から従軍許可証を与へられた。

これは私から願つたものではなかつた。女の一人旅の私であり、其れに前線まで勇敢に出て行く意志はなく、私の支那に旅する目的は唯、現地における（殊に中支那方面の）占領区域内の治安工作、又は文化工作と云はれる面について、其れを詳さに知り、そして観たいと云ふ上にあつたのであるし、又単に前線風景を見る為の前線めぐりは、寧ろ死の中に活動する軍隊の妨げとなるのみであり、自身に取つても無意味であると考へ、又無論従軍許可を願ひ出ても、其れは聴許されるものではないと思つたからでもあつた。

陸軍省に出頭した時、少佐から支那方面へ行く目的をたづねられたので、私は戦線へ行くのが目的ではなく、後備区域の治安、文化の建設又は工作を見るのが目的であると述べると、少佐は其の目的を諒として、そして尚其の観察の便宜上、又万が一前線へも行かうと思へば行けるやうに従軍許可証を与へてもよいと云はれた。同時に少佐は私に、戦地へ行つた従軍文人たちが悲しい物語ばかりを書くが、あなたはもつと強いもの、力あるものを現地から求めて来て欲しいと望まれた。斯うして従軍許可証をハンドバックの底におさめて支那へ来たのである。

（二）

中支那を旅した私は、斯う云ふ資格の上で現地の軍機関、上海報道部、南京報道部、南京警備司令部、特務機関、揚州警備隊本部、杭州駐屯最高軍、同特務機関、蘇州警備司令部、同特務機関、等々から十分な便宜を与へられたことは云ふまでもないが、其れ以上に、「文によつて生活する婦人」として、其れへの理解による深い配慮と、厚い待遇を首脳部の人々から受けた。何所へ行つても必らず旅の目的をたづねられるので、私は唯軍の方針の「作戦第一主義から治安第一主義」に基づき、各占領区域内の治安や文化部の工作がどんな風《ふう》に行はれ、そして建設されやうとしてゐるのか、又復興しつゝあるのかを観たい為に来た旨を述べるのであつたが、南京警備司令部の岩松師団長は然う云ふ目的ならば漢口などへ行くよりも、治安的な方法が、今日までに比較的一番よく行とゞいてゐる地方を見るのがよいと云はれたくらゐで、私の旅はこの目的の線に沿つて首脳部の人々の計らひの下《もと》に導かれたやうなものであつたが、特に女の一人旅であるが故に其れへの心づかいと保護が必らず報道部や警備司令部の首脳の人々によつて加へられた。例へば揚州へ行くにも南京警備司令部の参謀長の取計らひで、鎮江へ下京すれば同地の警備隊からの出迎ひを受け、揚子江を横断すれば其所には揚州警備隊本部からの自働車が廻されてゐる。そして揚州まで四里の道を無事に送られる。揚州には適当なホテルがないと云ふので、特に本部の将校宿舎内に一室を設けられる。又杭州では市長何賛（讃）氏が暗殺された当時であつたので市内の名勝古跡を見物するにも、駐屯最高軍の参謀長によつて将校の案内の他に銃剣を携へた衛兵が一人附けられると云ふやうに。

私など地位ある文学者でもなく、立派な思想を構へて時局を卓見し社会に指導を与へるやうな有用な人間でもなく、又従軍作家の先駆者たち、先きのペン部隊の人々のやうに力量と名声を具備した芸術家でもなく、まことに世間的には影の薄い存在に過ぎないものであり、まして皇軍慰問の尊い使命を帯びる者でもないものが、現地を旅行する上にこれだけ手厚く待遇されたことに対しては、たゞ有難いと思ふよりほかにはなかつた。これは考へるまでもなく、女であるとか、芸術家であるとか、名声ある人間であるとか云ふやうな附随した条件を除き、一とつの目的を持つて遠く現地へ来たものに対して、其の目的に沿ふところの収穫を少しでも多からしめやうとする真実な、そして極めて厚い好意であつたと思ふ。もつとも、南京警備司令部の（三国）参謀長は「ペン部隊のかたがたが来られたとき、私どもがいろいろお世話をしたと云ふので、久米正雄氏が何かに其のことを書いてゐられますが、私どもは芸術家の皆さんの純真な精神だけを尊重してお世話をしましたので、これが利権屋などであつたら世話をするどころではありません。排斥です。」と笑つて云はれた。この参謀長は芸術家と云ふものは必らず純真な精神を持つものと信じてゐられた。そして参謀長の深い志は、然う云ふ純真な精神で現地を見る人の為には、進んで便宜を計ると云ふ上にあつたことが思はれる。

これに次いでは各地の軍特務機関の平服の人々から、政治、産業、文化の各部面にわたる工作其の経過、復興しつゝあるものや、既に施設されたもの、説明や、観察について、全然予備知識を持たない私の為に、懇篤な教示や案内を受けたことを感謝しなければならない。軍特務機関に働く人々の中に真の文化建設の意味を把握した実にいゝ人たちが居た。

（三）

私のよちよちした足跡を印した中支那の地域は、僅に其の境域内の一部に過ぎないもので、全戦線のそして占領区域内の何分の一、或は何十分の一にあたるものか、私には測定さへも出来ないものであるが、私の見た限りにおいては其の各地方を安定された一とつのポイントと見るにも拘はらず、其の各ポイントが矢張り前線と同じであることを知つた。

たとへば杭州では城内に居て機関銃の音も又砲声も聞こえるのである。南京はまだ燈下管《ママ》制である。支那の最古の都揚州は次第《しだい》に周囲の敵を駆逐して、鎮定の手を大幅に広げてはゐるけれども、匪賊化した敗残兵の群がる部落は何里か先きの各所に見出される。蘇州も同じ状態である。そして既に討伐を終り、敵を駆逐した大小部落には警備の兵が配置されてゐるが、これ等部落の警備中小隊との連絡其他に関はる本部の軍の活動は一分の弛緩も許されないのである。安定された城内の居住民は兵の警備に守られて安らかな夢をむさぼるにも拘はらず、城内、城外、又は占領部落から部落への連絡線、上海、南京其他の大きな占領区内から派生する小占領区内への連絡線、又は鉄道沿線を守る将士たちは、居住民の安らかな夢を守る為、又匪賊の襲撃を遮る為に、自身は安らかな夜の時間などを過《す》ごし得ない程の、緊張した任務に就いてゐる。無論取るに足らぬ小匪賊の襲撃ではあつても、時を定めず突然に襲ふときの防御の為に、最前線の戦ひよりも、もつと長時間的な云はゞ連続線の苦労の多い警備の任に就いてゐる。警備兵の任務は前線で戦ふ将士たちと比べれば少しも華々しくないが、目に見えない敵に備へるだけに少しも油断が出来ず、神経の緊張から休まる時がないので前線で戦ふ兵士よりも却つて任務が重く中々辛いものですと、直接警備兵から聞いたことがあつた。この警備兵は常州から稍々遠い奥地の地点を守る兵士であつたが、沿線から離れた遠い地点を警備するものは物資の供給も不便なので、山から薪木を求めて燃料にしたり、流れから魚を漁つて食料にしたりする。仲間の兵が一人でも病気で仆《たほ》れたりすると其の心配は一と通りでない。前線で一人の兵が仆れた以上の大きな影響が警備の一隊に及んでくる。と云ふ話をしてゐた。

杭州の×××（銭塘江）は前線で、鉄橋の上に立つと河を越して向ふ側の敵のトーチカが肉眼で見える。この橋の傍らに嘗て敵の築いたトーチカを利用してこの中に警備の兵が居るのであるが、こゝは城内から其れほど遠隔な地点ではなかつた。敵の陣営と対峙してゐるので橋の上には歩哨が立つてゐる。真夜中になると温度は零度を下つてくるので寒さが身体の底まで徹る。敵は隙をねらつて渡河を企てるので其れを厳重に警戒しているのである。

揚州から数里離れた×××も前線であつた。

こゝを守る兵は約数町の本部から一日交代で数名づゝが任務に就く。クリーキを越した向ふ側に敵の姿が見えるところであつた。

二時間おきに替つて歩哨は外に立つのである。こゝも深夜になれば零度を二十度ぐらゐ下《くだ》つて来る。他の歩哨と交替になつて睡眠を取る為に横はる場所は一枚の蓆が敷いてあるだけである。「警備兵の苦労はあまり内地の人は知らんでせう。」斯う云つた警備兵があつた。

（四）

所謂、各地占領区内の治安は、緻密に内外に張りわたしたこの警備網の中で行はれてゐる。

現地の軍と維新政府の協力によつて維持されつゝある治安は、この警備網の中の治安なのである。と云ふことは、この治安の上にはまだ多分の鎮圧的な意思が加へられ、そして又加へられなければならぬと云ふ意味が含まれる。

蘇州は治安工作の最も勝れてゐるところとされてゐるのであるが、同地の警備司令部の（伊藤）参謀長は、いや、こゝにはまだ実際の治安はない。ほんとうの民心の安定がない。我々が支那民衆をいかに愛してゐるかと云ふこの心が民衆には徹底しない。無論これは一朝一夕のことで得られるものではないが、こゝから立去つた富裕な階級や地主たちが再び帰来して、安心して生活を初めるやうにならなければ実際の治安を得たとは云はれないと云ふことを私に語られた。この参謀長は討伐にさへも相手の生命を奪ひ、又住家を焼き払ふことを絶対に戒めてゐるやうな人であつた。親の心子知らずで兵隊は何うしても住家を焼き払ふ。

支那人の家は大抵は先祖の建てた家なので、これを大切にすることは日本人には恐らく想像の付かない程である。決してこれを焼いてはならぬと云つても、兵隊は一とつの敵意でこれを焼いて了ふ。最近もある討伐の後《あと》を視察に行つて見ると、其の部落の住家が悉く焼払つてある。そして焼いた家の門《もん》へ「安居楽業」の札を貼《は》つてあつたので、これで何が安居楽業かと腹立たしくなつたことがあると、これも参謀長の話であつた。

蘇州は私の見た限りではいちばん民業が繁華で、往還が賑はひ、夜は町中に電燈が輝き、九時頃まで商店は開かれてゐるし、映画館があり劇場があり、明るい夜を支那人の群集が右往左往して如何にも愉し気であつた。事変後、逆に人口が増えたのは蘇州だけであると云はれてゐるが、現在は支那人口四十万と云はれてゐる。江蘇省の省政府は鎮江にあつて、こゝには各県の県政府がある。無論城内を出入する支那人は安居証を持たなければ通行を許されない。治安工作の上で救済事業よりも、民業、農業の復興に重点を置いてゐるのもこゝであつた。

事変の後に女学校が一校開かれてゐるのも蘇州だけであつたが、女学校が開かれるやうになつたことは、何よりも民心の安定への一歩を証明するものだと云ふことを聞いた。上層に属する婦人が平気で巷に現はれるやうにならなければ、真の治安は回復したのではないと云ふことは、揚州の警備隊本部の（小川）大隊長も私に語られたことで、「こゝは治安の一番よく行はれてゐるところではあるが、上層社会の婦人が決して外に出ないと云ふやうでは本当の治安ではない。私は小供たちを見ると兄弟があるか姉さんがあるかと何の気なしに尋ねることがある。然うすると必らずクーニヤンは居ないと答へる。この答へを聞くたびに落胆する。」と嘆いてゐられた。県政府委員の夫人や学校の女教師たちが私の歓迎の為の茶会を催したが、事変後初めての婦人の公会の催しであつた。斯う云ふ婦人たちは決して外出しないのである。

南京も同じである。もと〳〵政治都市であり、国民政府によつて近代的建築の美を取り入れて復興《ふつこう》されたこの大都市の姿は、全く美と醜と、豪址と陋屋のいびつな取合はせであり、其の上に多くの破損を受けてゐるので、市が大きいだけにまだ荒涼たる感じを残してゐる。私が南京を去る頃に漸く健康路の比較的大きな支那人の商店の開かれてゐるのを見たが、店らしい店で開かれてゐるようなところはなく、夫子廟とか、泥棒市場とか称される古物店の軒を列ねる地域や、下層民の群れる地域や、中華路のあたりは殆んど苦力ばかりで賑はつてゐるやうなもので、最近頻に進出した日本人たちの商店が、カフエとかそばやとか薬《やく》店とかを軒別に並べてゐる辺りに復興らしい影が見えるだけである。事変前に数へるほどであった日本人の現在数は三千人或は五千人と云はれてゐる。

無論こゝも智識階級や富裕階級は去つて、上層社会の婦人と云ふものが指を折るほどしか居ないのであるが、梁鴻志委員長の令嬢梁文若嬢の話を聞いても、自分の住む行政部から仕事先きの外交部まで自働車で往復するほかは、外出したことがないとのことであつた。

揚州は中隊長の嘆きにもよらず、城壁の周囲四里と云ふこの小《ちい》さい古るい都市は蘇州のやうな民衆が賑はひ、さま〲な家庭工業例へば鋳もの、編みもの、刺繍などの細工ものなどを、小さい仕事場で、こつ〲製作してゐるのが見え、町の空気は平穏で親和的なものが感じられた。京都の寺町のやうな古びた柔らかさ、獨特な揚州音楽の優しさ、斯うした賑や耳に触れた美しい感覚が、私に親和的な印象を残したのであつたかも知れないのであるが。

（五）

治安工作の第一義を難民救済の事業の上に置いてゐることは云ふまでもない。南京の市長高冠吾氏に面会したが、最近維新政府から十万弗を借出して救済費に當てゝゐるが、市としての苦心は現在のところこの救済事業の上だけにあるやうなものであると語つてゐた。この市長が私に斯う云ふ漢詩を書いて贈つてくれた。

「下筆紡被泣鬼神　寫来真似数家珍　者番飾施扶条去　好把哀鴻訴苦辛」

杭州の市長何賛氏は維新政府の内政部長陳群氏の親友で、杭州の今日の治安はこの市長の献身的な努力によつてなされたものであつたと云はれてゐる。この人を失つた軍特務機関の人々は涙で市長のあらゆる市政に関する功績を私に伝へてくれたが、この市長の狙撃された翌日に偶然私は杭州に行き、其の晩絶命した市長の為に警備司令部の（馬場）参謀長に伴はれて遺骸の前に焼香を備へたことは、何か一つの因縁があつたやうな気がされる。夫人は吉岡弥生女史の医専《いせん》を出た人で、夫君と共に市の衛生、防疫の為に非常に働いた婦人であつた。夫君が狙撃されたとき同時に重症を負つて市立病院に入院してゐた。市長何賛氏は巨万の富を有して既に隠棲してゐたのを、支那民衆の為に自分の生命は必らず奪はれるものと覚悟して市長となつた人であつたと云ふことであつた。

無論この市長が衷心意を注いだのは救済事業であつた。玉泉寺内の養老院に収容されてゐる老人たち（百二三十名）、又浄持《ママ》寺内に収容されてゐる難民（七百余名）たちを訪問したが、この他の貧民六万人は市からの救済が与へられてゐた。これは朝食だけを給与するもので大人に二合、小人に一合の米が宛がはれる。又「冬季の施粥」と云ふものがあり、これは米一万二千石が十二月一日から三月半ばまで給与され、衣類三万着が贈られる。避寒所には七百名が収容されてゐるがそれも市の救済であつた。市では又一万円を支出して市経営の質店を営ませてゐた。

こゝの規定は如何なる物品を持つて行つても一品一円であつた。米の欲しい時は一円の量だけの米が代へられる。この店へ特務機関の人によつて案内されて見ると、店先きには数十名余りの支那人が手に〳〵さま〴〵な物品を携へて順番の来《く》るのを待つてゐる。店では支那人の番頭が善良な温顔に微笑を湛へて、品物を受け渡しをしてゐる。土蔵へ入つて見ると一とづゝ手の切れるやうなブラウンペーパアに品物を丁寧に包み、これを紐で括つたのが積み重ねてある。細かに記入した日附や番号や記号が包みに一々結んである。眞鍮製かと思ふ手あぶりや薬鑵などがたくさんに置かれてゐるのは、この寒さに手あぶりを質入れするほどの貧苦さを想像させるに十分であつた。

これ等の事業はすべて市長何賛氏によつて残されたものであるが、市長の私財がどれだけ多く事業の上に抛たれたかは敢て話すまでもない。これに絶対の協力と支持とを与へて、支那民衆の生活安定の為に一心に尽力された人は萩原大佐であつたと云ふことであつた。この大佐は漢口に去つて、私が杭州へ行つた時は既に其地には居られなかつた。

（六）

治安工作としての救済事業の一とつに施療病院がある。南京では同仁会が南京市立病院のあとで開所してゐるが、夏季には一日五六百人の患者を扱つた。私が南京へ行つた頃は気候の関係から病人が減少して、患者の数は三四百に減らされたと云ふことであつたが、これを十数名の医員と、十数名の看護婦で取扱ふのであるから、殆んど睡眠不足になり、これでよく身体が保つものだ自分ながら驚くことがあると、渡辺医学博士が述懐してゐられたが、私が病院を訪づれた時は、午前の施療診療を終る時間であつたのに、眼科の室だけでまだ百人余りが室外に溢れて施療を受けるのを待受けてゐた。看護婦は或る時は医員ともなり、或る時は看護婦になつて働いてゐる。一人々々実に丁寧に洗眼を与へ、繃帯を施してゐるのは若い看護婦であつた。後にまだ百に満つる患者が控へてゐるので、傍観してゐる私の方の神経が疲労を覚えるほどであつたが、看護婦は少しも怯んだ気色を見せず元気いつぱいである。そして挙動が活発で、患者を扱ふ態度は親切を極《きは》めてゐた。眼病の大部分は手榴弾の破片に傷つけられたのが原因になつてゐる。

こゝには支那婦人の看護婦も三四名働いてゐた。南京の施療院は治安の上で唯一の効果をおさめてゐると云ふことを特務機関民衆班の佐藤氏が話されたが、特に日本の医術の優秀さが支那民衆に解り、医師を信頼して施療を受けに来るものが増加したので、これを非常に嬉しく思つてゐると云ふことを渡辺博士が話されたが、この言葉は私に深いものを感じさせた。これは純粋な医学を奉じる人の立場から云へる言葉であるが、同時に支那民衆のこゝろを摑むと云ふことも、其れ以上の高い精神、其れ以上の大きな心で接触するほかには、完全に摑むことは困難だと云ふことを暗示してゐる。

この市立病院には比較的優良な医療器械が破壊されずに残されたゐたので、可なりな重患の手術にも差支へることがないと博士は一々案内されたが、こゝには入院患者も相当に多く、蒲団はすべて患者自身が持参してくるのである。

どれ一とつとしてボロ〳〵の蒲団でないものはなかつた。

（七）

無論治安は一とつの政治工作又経済工作への繋がりを持つ。そこに行はれつゝある軍指導の政治、経済の基礎的工作の智識なしには、治安の内容も真相も理解できないのであり、私は其れ等の点についても細部にわたつて多くを聞き、そして知つたと思ふのであるが、其れは明瞭に書くことの出来ない面があるであらうし、一知半解の智識をもつて浅薄な観察を書くことも許されないことであらう。以上に述べたすべては極めて表面的ではあるけれども、この表面的に述べた部分を見ただけでも、所謂中支の文化工作は、前記のやうな警備と治安の傍らに築かれるものであつて、そこには春風馨る豊沃な土が敷かれてゐるのでもなく、平らかな滑《す》べ〳〵した大理石のやうな面が張りつめられてゐるのでもない。然う云ふ円滑な面に打ち建てられる文化工作ではあり得ないと云ふことが考へられると思ふ。そしてこれだけを私が知つたと云ふだけを、披歴《ママ》するにとゞめても、この収穫は私に取つて小さなものではなかつた。殊にそこには既に培はれ、花を咲かせ実を結んだ英、米、西、佛の西欧文化の施設が支那地上の至るところに痕をとゞめてゐる。教育事業に社会事業に美しい果実を既に実らせて、其の成熟の香りがまだ至るところの空気の中に分散されてゐるのである。何所へ行つても大部分の大きな学校、病院の建築は英米佛によるキリスト教の宣傳事業又は純粋な社会事業を根底として建てられたものであり、この事業によつて普及された教育と慈善の影響は一と通りでなかつたことが想像される。蕪湖へ行つた時、この小都市にさへ天主教の素晴らしく豪壮な学校が建てられてあつたのを見た。教主は西班牙人で西班牙語と支那語の外には話さない老教主であつたが、支那の若い婦人はこゝで尼たちから教育されてゐる。尼たちも自国語と支那語の外は話さない。一人米国人の尼がゐて英語を話した。丁度クリスマスの日であつたので校内は一層瀟洒に装飾されてゐたが、食堂、應接室、図書室など見るからに美しいものであつた。支那人の少女たちは刺繍、編物、裁縫、料理其他の手藝や文字の教育を与へられてゐる。こゝで教育を終了し、婦人布教師となつた若い支那婦人もゐたが、黒の支那服に胸に十字架を下げ、髪は編《あ》み下げにした容姿は、非常にインテレクチュアルで、普通の若い娘とは異つた態度の上の感じがある。こゝには同じ天主教の経営する幼稚園もあつた。一とつの例を取つて見てもこのようであるが、これ等に取つて替る新文化の建設は、並々の努力によつて遂げられるものでなく、非常な困難と覚悟とが―其れは全く最前線において戦ふ将兵以上の頭脳的奮戦と決死の覚悟を期さなければ、支那地上における日本文化の建設の任務は尽されないことが考へられるのである。

現在の文化工作の一とつに教育施設がある。無論、大、中の学校は開校されてゐない。小学校は出来るだけの努力によつて開校されてゐるけれ共、其れもまだ十分とは云へないのである。南京は私の居た当時二十七校を数へられてゐたが、事変前に比較すれば約三分の一であつた。蘇州は四十、杭州も畧々同数で、蘇州は先きに述べたやうな女学校が一校開校されてゐる。杭州でも旧の中学校に男女の中学生を集めて開校されてゐたが、中学生百八十、女学生が三十四であつた。二月の新学期には三百名の女学生の入学志願の届け出で《ママ》があると云ふので、治安復旧の最もよい証示として特務機関の人々の喜びは非常なものであつた。

其他形の上に現はれた文化工作を見るものに大民会がある。支那民衆をして自発的な日支親和、新東亜建設の為の精神的宣傳運動を行はせることが主意とされてゐる。上海に本部があり各地に支部があるが、今のところ宣伝機関以上の実体的な運動は起されてゐないやうである。其他に維新政府関係の有志の人々や又遊撃隊的文化工作に横から縦から側面から真実に働きかけることを目的として、表面に現はれずに活動してゐる人たちも上海には散在してゐるようである。

其の他に又宗教運動がある。日本から宗教家を迎へ、非社会的な支那人の佛教徒を覚醒して、支那における社会事業に提携進出しやうと云ふ案《あん》であるらしい。私は嘗て北米大陸の移民地で、日本から遥々渡米してくる坊さんたち、即ち本山から送られてくる佛教の開教師たちか、移民社会内に寺を作り、日曜学校を設けて単に同胞人《どうぼうない》だけで活動する以外には、国際的には何の意義ある役目も果たさなかつた状態を見慣れてゐたが、嘗て支那へ進出して来た坊さんたちも同じ状態であつたらしいことを聞いた。支那に住んで一とつのコロニイを作つてゐた日本人の社会内だけでお賽銭を集めるだけの役柄《やくがら》以外には、支那人への慈善的な働きかけさへもしなかつたことは、北米大陸の移民地社会内における開教師たちの存在と少しも異るところが無かつたやうである。

今後の支那における新らしい日本佛教の宗教運動が、嘗て長い年月をもつてこゝに築き上げられ、千古の揺ぎをも持たないキリスト教の宣伝地盤に如何なる具体的な形ちと内容を持つて興されやうとするかは、現在はまだ鮮明にされてゐない。

事変後の日本人の進出には寧しろ驚嘆するばかりである。事変前には十数名を数へたに過ぎない南京が三千人、或は五千人と云はれ、蘇州四五百名、杭州も五六百名、鎮江が七百名と云ふやうな、事変前には日本人は僅か一名とか二名とかが住んでゐたと云はれるやうな所まで、必らず何百名かを数へる夥しさで支那に渡来する。北支でも北京が二万人と云はれ、何うしてこんな地点まで押寄せて来たかと思ふやうな偏区にまで日本人が入り込むと云ふことだが、少しく目星しい町には子供を背負つた婦人が駅前に立つてゐる姿を見かける。日本での生活難に追はれて、こゝに新らしい生活を求める為に遥々と稼ぐ為に出てきた人々である。そしておでん屋、そば屋、カフエ、宿屋、すし屋と云ふものが忽ち軒を並べるのである。（私は今北京にゐてこの稿を書いてゐるのだが、北京も同じである。ある一廓内には産婆、あんまも並んでゐる。）斯かる安價な大陸進出に対して眉を顰める人もあるやうであるが、支那の古雅な文化の構へを、この安価な大陸進出が多少傷づけ《ママ》たところで、私は寧ろ、斯うまでしても他に出て生活の稼ぎを求めなければならない日本の人々の生活苦に対して同情をこそ感じるが、反感は持つことが出来ない。だが軍を利用し、火事場泥棒のやうな滑稽さと悪辣な方法で、巨利をむさぼる人たち、いかに支那民衆を愛すべきかを苦慮する傍らから、いかに支那民衆を搾取すべきかを考へ、そして自からのふところを肥大にすることばかりを目的にして進出してくる人々に対しては、反感よりも憤りが感じられる。上海報道部長の（馬淵）中佐は「我々は家庭を捨て、命を的《まと》にして斯うして働いてゐるのに、金を儲けることだけを目的に日本から来るものは何う云ふ考へかと思ふ。」と云ふ嘆きを漏らしてゐられたが、これは右のやうな人々を指してゐるのであらう。

私は今これ以上を書く時間がない。蘇州の特務機関の指導のもとに徐々に仕事の運行を進めてゐる経済工作の一つ、産業合作社の運動は、其の指導の上に高い精神がうかゞはれるものであるが、日本の中支における資本の進出と共に稿をまとめて次ぎに書くことにする。

（北京。二、一二、）

〈翻刻　仲宗根あゆみ〉

解　題

長谷川　啓・黒澤亜里子

第九巻には、昭和一一（一九三六）年九月から昭和一九（一九四四）年二月までに発表された計九五編（小説、評論、劇評・感想・その他）、および、未発表原稿「中支で私の観た部分」を収録した。「1　帰国後——日中戦争と恋」（昭和一一年九月〜昭和一四年一月）を長谷川啓、「2　中国時代」（昭和一四年二月〜昭和一九年二月）を黒澤亜里子が、それぞれ分担執筆した（作品解題も同様）。

1　帰国後——日中戦争と恋

本項でとりあげる作品は、カナダから帰国後の昭和一一年九月発表の座談会から、失恋の果てに中国へ渡る一三年末までに書き、一四年一月発表に至るエッセイや短編類である。

昭和一一（一九三六）年というと、日中戦争前夜ともいうべき危機を孕んだ時代である。昭和六年九月に満洲事変が勃発し、翌年の一月に第一次上海事変、三月に「満洲国」建国宣言と、日本の中国侵略は本格的なものになる。九年一二月にワシントン海軍軍縮条約を破棄、一一年二月に国内で二・二六事件が起きる。一二年七月七日の盧溝橋事件により、日支事変すなわち中国との全面戦争が開始される。日本軍は八月に上海を制圧し（第二次上海事変）、一一月に占領。一二月には南京を占領して「南京大虐殺」事件を引き起こしている。

日本国内では昭和一三年四月に国家総動員法が公布され、前年の八月に実施要項が決定されていた国民精神総動員の運動が起こる。同じく前年九月に日本婦人団体連盟が設立したが、女性の能力活用政策が実施され進歩的な知識層の女性たちも戦時体制に参入していく。一二年一二月には宮本百合子・中野重治・戸坂潤らが執筆禁止を受け、山川均・荒畑寒村ら四百余名が検挙される第一次人民戦線事件が、一三年一二月に大内兵衛・美濃部亮吉ら労農派の学者・知識人が一斉に検挙される第二次人民戦線事件が起きている。

このような状況の中で帰国後の田村俊子は、カナダで鈴木悦の労働運動を助け自らも労働組合婦人部を結成していたこともあって、宮本百合子や窪川鶴次郎・稲子夫婦など日本のプロレタリア文学者たちに接近。八巻収録の昭和一一年六月『文藝春秋』に発表した「一つの夢――或る若きプロレタリア婦人作家におくる――」では、ロシア革命によるプロレタリアの勝利は自分の思想上に新しい灯をともしたことを語っている。この副題も稲子に贈る意味であろう。帰国後に再開した文学活動もプロレタリア文学が多く、本巻収録の日本滞在中における評論は権力への批判抵抗に満ちている。骨太な左翼作家に変身しているのである。

だが、昭和一三年九月に発表した「従軍文人におくる　力の文学を！」「婦人の能力　文壇部隊中の紅二点」は従軍作家を奨励し、女性作家の戦争への参入を促していて、日本帝国主義戦争の国家戦略に、絡めとられていく変容が始まっているように思われる。戦争の時代における女性の能力活用政策の罠に嵌って歩き出していると推定できる。

もう一つの陥穽は恋の罠である。エールをおくるほどの若き親友・稲子の夫・鶴次郎との情事に溺れていくことだ。佐多稲子の戦後の小説、夫と先輩作家の背信行為に煩悶する妻の側から描いた「灰色の午後」から推定すると、昭和一一年の大晦日にはすでにこの不倫関係が始まっている。この関係中に俊子が稲子に送った一〇通の手紙が遺されているが、そのほとんどが稲子夫婦の安否を気遣い、自分の消息や寂しげな漂流感を伝えるものだ。まるで、稲子を通して鶴次郎にもそれとなく語りかけているように。一二年三月一一日付け稲子宛書簡では、中野重治や鶴次郎らの執筆禁止を案じ、翌一三年一月一二日付けには「私の新らしい生活感情は　ます〳〵表現の自由を失ひ実に卑小な狭隘な生活の

底で　僅に自分一人を獲ると云ふ賤しむべき境遇へとだん〳〵落し込まれて行くやうな気がしてたまりません／いかにして正しく生きるか？　押しつゞめて問題は唯この一点に帰着する」とある。そして、三月七日付けになると「私のやうな風来坊は早く何所かへ行かなければ　身のおさまりがつきそうもありません」と吐露し、八月二五日付けでも執筆禁止中の百合子や重治の不自由を思いつつ、自分の文学について「摑んでゐたものは見失つてしまつたし　現実に対しては気が腐るばかりだし」と、戦時下の生き難さや恋の生活の行き詰まりを密かに伝えている。しだいに鶴次郎は俊子のアパートに入り浸り半同棲生活のような状態にもなっていた。これらの書簡からも、俊子の変容の道行が少しずつ始まっていることがうかがえよう。本巻収録の「山道」は、禁忌の恋の蜜のような秘密の歓びと霧がかかったような罪悪感を伝える秀作だが、失恋の前後に書かれたものであろう。

戦争の時代にあたかも協力的な作品を執筆するようになる一因には、この窪川鶴次郎の存在も大きく関わっているように思われる。彼は昭和七年に治安維持法で検挙され、翌年偽装転向を余儀なくさせられたという屈折した心理や、文芸評論家として再出発する仕事への焦燥感を抱えていた。そして、プロレタリア作家として成長し階級意識ばかりか女性解放にも目覚めた妻との確執もあり、それらから逃れるように、一九歳上の俊子に甘え、慰安を求める。俊子は夫の鈴木悦を喪い一八年ぶりに帰国した頼りなさ、不安や孤独感、何よりも鶴次郎に鈴木悦の面影を見（瀬戸内晴美こと寂聴の『田村俊子』）、二人の間に恋愛が生じる。俊子は五二歳、鶴次郎三三歳の時であった。

性的関係ばかりでなく、二人は精神的にも文学行為の上でも再生を探る道を共に生き、文学観なども共有し合っていたと推定される。戦争が本格化するファシズムの時代にあっての、左翼系文学者の逃避の姿でもあった。だが、それだけでは済まなかった。自らは韜晦しつつ妻の稲子を戦地慰問に赴かせた鶴次郎は、恐らく俊子に対しても時局的立場への変容を後押ししたように思われる。そして、自分自身もやがて戦争協力的な評論を書くようになる。

二人の情事は百合子によって発覚されたが、昭和一三年の九月二九日付け宮本顕治宛（巣鴨拘置所）百合子書簡に記されているから、稲子の「灰色の午後」と合わせて推定すると、九月二七日に明るみになったことになり、二人の関係は一年半以上続いたことになる。鶴次郎が妻の元に戻った後、俊子は失恋の喪失感から逃亡するかのように中国に渡り、女性解放に本腰を入れつつ、女性の能力活用政策という国家戦略に絡めとられていく。中国の大地で女性解放を支えに生きつつ、はからずも「帝国のフェミニズム」（大越愛子「天皇制イデオロギーと大東亜共栄圏」）化という道を辿る結果にもなっていくのである。

俊子にとって、鈴木悦を喪って漂流するように帰国した日本滞在期間は、戦時体制下にあって、そのような迷走を辿ることになった。帰国以来、友人・知人を頼って借金を重ね、経済的にも一層苦しくなっていく。昭和一二年には母も亡くなっている。一三年一二月には東京を発ち、福岡から飛行機で中国に出発。上海から南京へ向かい、南京で越年した。中央公論社の特派員として一、二ヵ月中国を回り帰国予定だったが客死したので、わずか二年九ヵ月近くの寄港のような日本滞在となった。だが、カナダ時代に中断していた文学活動に復帰。カナダ体験で鍛えた左翼的批評眼によって筆法鋭く抵抗を示す作品から、国家総動員法下の反映も見られる作品も書くようになっていく。したがって帰国後の後半の作品は俊子の転換期をも暗示し、精神の軌跡を示しているといえよう。

（長谷川　啓）

2　中国時代

昭和一三（一九三八）年一二月九日、俊子は、中央公論社の特派員として中国に渡った。当初は一、二ヵ月の予定で中国各地をレポートする予定だったが、滞在が長引き、昭和二〇（一九四五）年四月一六日に上海で亡くなるまで約七年間にわたり同地にとどまった。

本項では、俊子が中国に渡って以後に発表した「上海に於ける支那の働く婦人」（『婦人公論』、昭和一四年二月）から「日華の演劇に就て」（『大陸新報』昭和一九年二月一〜四日）までの二三篇（未発表原稿「中支で私の観た部分」を含む）を対象とし、「中国時代」として解題を加える。うち八篇は、従来の年譜には記載されていない新出資料（「寸感」、「北京と北京人を語る座談会」、「茉莉花」、「大陸通信一束」「変つた北京」、「北京の秋を語る座談会」、「支那趣味の魅力」、「北京から南京まで」、「日華の演劇について」）である。直筆の原稿一篇「中支で私の観た部分」（神奈川近代文学館所蔵）は翻刻し、本巻の末尾に収録した。また、俊子が最晩年に上海で発行していた華字雑誌『女声』については、解題・翻訳（一部）とともに別巻に掲載する予定であるため、ここでは詳細な紹介を省いた。

従来、中国時代の俊子の活動は、伝記的な記述に頼ることが多かった。近年は『女声』を中心とした上海時代についての研究の進展がみられるが、その他の時期についてはほとんど具体的に検証されて来なかった。今回の全集の刊行によって、この時期の俊子の仕事もかなり明らかになるはずである。「脂粉の女作者」、「落魄の老作家」といった固定したイメージにとらわれず、日本、カナダ、帰国後、中国時代をつなぐ新しい視点から俊子の仕事の全体像をとらえることが必要な時期に来ているといえるだろう。以下、中国時代の俊子の活動を概観してみたい。

（1）「中支」視察

俊子は、一二月七日の朝に東京を出発し、京都で一泊。一二月九日、福岡から飛行機で約三時間の上海の大場鎮飛行場に到着した。以後、翌一四年二月から、『婦人公論』、『改造』、『文藝春秋』などに、現地からのレポートを寄稿し始める。

上海では、最初の現地報告「上海に於ける支那の働く婦人」（以下「働く婦人」と略記）を発表。同地で瞥見した「働く婦人たち」――蘇州河で船上生活する女性や子供、野菜や果物を売る女性、バアで花を売る女性、デパートの売り子、日本人経営の繊維工場で働く女工、オフィス・ガール、共同租界内のダンサアなど――の第一印象をレポートしている。

俊子の上海レポートで興味深いのは、「労働する女性」に視点を絞っている点である。俊子はまず、上海の総人口約三五〇万、うち中国人約二五〇万として、その七割が「働く婦人」であり、食を求めて働く女性の急激な増加の背景には、第二次上海事変によってフランス租界や共同租界に逃げ込んだ数一〇万人の中国人難民がいる、という戦争の実態から書き起こしている。報告文学はこの時期の流行だったが、俊子のこうした対象への視線や態度は、前年のペン部隊の「従軍作家」が書いた「従軍報告」や「文学的な紀行文」というより、むしろカナダ時代の婦人労働問題の取材や社会調査の手法（作品解題参照）を思わせる。また、「働く婦人」の中には、俊子が中国人経営の百貨店（永安公司、大新公司など）で靴を買い求めたときの、次のような興味深い体験談もある。

俊子は、洋服にパーマネントウェーヴをかけ、美しく化粧をした「快活でスマート」な中国人の売り子から「アメリカのデパートの店員」を連想し、彼女たちの中に、男性上司に「マスタア」（支配／頤使）されている「控へ目な内気な態度」の日本人の売り子よりはるかに「自由な態度」を感じ取る。また、俊子は普通に買い物を済ませたが、相手が「日本の男子」であった場合、非常に「無愛想」でろくにサービスもしないのが最近の売り子たちの「著しく目に立つ態度の一つ」だという。思いがけないところで中国女性の手強い「抗日」に出会ったわけだが、俊子はむしろ、この反応を「近代的な職業婦人」の「強さ」として共感している。

共同租界内のダンス・ホールで働く中国人ダンサーの募金活動の話も印象的である。彼女たちは戦争で家を失い、路頭に迷う難民や、上海の戦闘で死んだ女性たちのために客から寄付金を集めていた。俊子は、いわゆる「慈善」ではなく、「自分たちの責任」として「前線で戦死した同性」（俊子は特に「同性」に傍点を入れて強調している）のために募金を行うダンサーたちの行動力と絆の強さに感銘を受けている。

次に、俊子は汽車で六〜七時間の南京に向かった。日本軍による南京占領（昭和一二年一二月一三日）からほぼ一年後のことである。日本軍は、昭和一二年の日中戦争開始から一年ほどの間に、北京、上海、南京、武漢三鎮など主要都市や軍事拠点を次々と占領、北京に「華北臨時政府」（一二月一四日）、南京に「維新政府」（翌一三年三月二八日）などの傀儡政府を樹立させ、その勝利が揺るぎないもの見えた時期である。

一方で戦局は大きなターニングポイントを迎えていた。前線が中国全土に拡散し、泥沼化の兆候が見え始めたのもこの時期のことである。この頃には、軍もようやく占領地域内の安定と物資の供給を当面の課題とするようになり、「作戦第一主義から、治安第一主義へ」という方針を打ち出すようになる。俊子が、取材旅行に先立って陸軍省に出頭した際、「後備区域」の治安や文化、「宣撫工作」等の視察が目的であり、前線に行く気はないと述べていることは興味深い。後述する「中支で私の観た部分」によれば、担当の少佐は、この目的を了承した上で、視察の便宜のために「従軍許可証」を与えたとある。

「従軍許可」をもらっての旅行がお仕着せのプログラムになることは予測できる。前年に派遣されたペン部隊の場合には、「従軍文芸家行動計画表」なるものがあり、ほとんど日時単位で日程が決まっていたという（尾崎士郎「ある従軍部隊」『中央公論』昭和一四年二月）。林芙美子の漢口一番乗りのような例外的な行動もあったが、いずれにせよ、軍とともに行動している以上、制限が課せられるのは当然である。

こうした事情を考えれば、「後備地域の治安、文化工作」の視察においても、一定の政治的な日程が組まれるのは当然だろう。南京では、前年の三月二八日に樹立された「中華民国維新政府」の行政院員長梁鴻志の娘である梁文若や、南京市長高冠吾氏の夫人、小学校の女性教師らと表敬的な会見をしている。当時の俊子に「南京虐殺」の知識があったかは不明だが、陥落から一年後の南京はいまだ治安が復旧していないこと、政府の膝下にあるこの地でさえ要人の家族が戻っておらず、梁鴻志の令嬢だけが「花形的存在」として政治、外交のシンボルになっていることなどを記している（「日支婦人の真の親和」、以下「真の親和」と略記する）。

ただし、揚州で催された県長夫人らによる女性たちのお茶会は、こうした儀礼的な社交にとどまらない暖かいものだったらしい。揚州は、古来、塩などの物資の集散地であり、周囲四里という小さな古い城郭都市の京都の寺町のような古びた柔らかさが、俊子に平穏な印象を与えたこともあるだろう。また、この地は、蘇州とともに、占領地区内の治安工作が「最も勝れてゐるところ」とされ、この時期の陸軍省の視察日程としても推奨される地域だった。俊子は「南京とは全く正反対の町の空気」(「真の親和」)と書いている。

とはいえ、城内にいても機関銃や砲声がきこえる前線はすぐ近くである。上層の婦人たちはふだんはほとんど外出せず、このお茶会が「事変」後はじめての「公会」となった(「真の親和」)。県長夫人、方陳玉倍、教育局長、警察署長の夫人、小学校の女性校長、女教師など二十名近くの参加者があり、会は午後二時から夜の八時まで一人も帰ることなく続いたという。戦争開始以来、家に閉じこもって外出を控えていた女性たちの不安や一種の解放感もあったかもしれない。この会がきっかけとなり、同地の「江北婦人会」が、新たに「東洋婦人の文化向上」を目指し、「真に女性或は母性の立場から立派に働くことの出来る会」として再発足することになり、俊子はその発会式に招待されている。

いずれにせよ、このお茶会での経験は、俊子の中国の第一印象を決定づけたようだ。短い滞在だったが、この一ヵ月ほどの「中支視察」を通じて、俊子は戦火を生き抜いてきた中国女性の生活力や独立心の強さを知ると同時に、彼女たちの閉塞感と近代化への強い期待と憧れを実感したようである。この時の俊子が、カナダ時代の労働組合や消費購買組合の経験を原型として、中国で何らかの活動が可能かもしれないというアイディアや手応えをもった可能性もある(第八巻解題参照)。これは、後に北京で「華北婦女連合会」を立ち上げようとした俊子の行動にもつながっていると思われる。

(2) 未発表原稿(「中支で私の観た部分」)

俊子は、昭和一三(一九三八)年の年末から翌年一月にかけて、南京、蕪湖、揚州、鎮江、蘇州、杭州などを回ったが、この間の見聞を記した「中支で私の観た部分(警備・治安・文化)」(二月一二日付。以下「中支」と略記する)という未発表原稿[2]がある。この原稿は、中央公論社の出版部長だった藤田圭雄《たまお》が県立神奈川近代文学館に寄贈したもので、内容や文中の日付からこの時期のものと推測される。

当時の詳しいいきさつは分からないが、この原稿は、陸軍報道部の検閲によって掲載禁止になった可能性が高い。すなわち、俊子は「日支婦人の真の親和」の中で、「私は今度の特殊な旅行で実に多くを知り、多くを見、多くを聞いたのであるが、こゝには例に依つて婦人に関する限りを語る」と書いている。おそらく、この原稿には俊子が「真の親和」には書かなかった、あるいは「明瞭に書くこと」ができなかったいくつかの事実が示唆されている。

たとえば、俊子は占領地区内の次のような話を書きとめている。すなわち、蘇州の警備司令部の伊藤参謀長が、「ここから立去つた富裕な階級や地主たちが再び帰来して、安心して生活を初めるやうにならなければ実際の治安ではないと述べ、「匪賊討伐」においてさえ、「相手の生命を奪ひ、又住家を焼き払ふことを絶対に戒めてゐる」にもかかわらず、「親の心子知らず」で、「兵隊は何うしても住家を焼き払ふ」と話したこと、しかも、「討伐」の後に視察してみると、部落の住家が悉く焼き払われ、焼かれた家の門に「安居楽業」の札が貼られているのを見て腹立たしい思いがした云々、ということまで取材の逸話として紹介している。

また、揚州の小川大隊長が、地元の子供に「兄弟があるか姉さんがあるか」と尋ねると、必ず「クーニヤンは居ない」と答えるので落胆するとも書いている。南京についても同様である。俊子は、直接の戦禍には触れていないが、「豪址と陋屋のいびつな取り合はせ」の上に戦争の破損が加わって、「荒涼たる感じを残してゐる」と書き、泥棒市場と呼ばれる盗品市、「下層民の群れる地域」や、中華路のあたりは「殆んど苦力ばかりで賑はつているやうなもの」で、最近進出した日本人のカフェ、そばや、薬店などにかろうじて「復興らしい影」が見える、といった筆調である。

これらは「真の親和」の裏面にあったもう一つの真実である。とりわけ家を焼き払う兵隊、姑娘《クーニヤン》はいないと答える子供のエピソードなど、戦争末期の「三光作戦」を連想させる兆候であり、「軍紀粛清」の上からも軍報道部にとって好ましからぬ情報だったはずだ。さらに、「宗教関係の外国権益」すなわちキリスト教の施設や事業に携わる人々についての俊子の記述も、軍報道部の神経を逆なでするものだったに違いない。

すなわち、ここで俊子は、「文化工作」の成功モデルをキリスト教の布教事業にみている。そこでは教育事業、社会事業というかたちで、学校、病院などをはじめとする英、西、佛の「文化の果実」が中国全土に根を張り、「成熟」と

「収穫」の時期を迎えている。俊子が蕪湖の天主教の学校を訪問したのは、ちょうど年末のクリスマスの日だったらしいが、校内は食堂、応接室、図書館などが「瀟洒に装飾」されて「見るからに美しいもの」であり、中国の少女たちが刺繍、編物、裁縫、料理、手芸とともに識字教育を受けている、と好意的に書いている。

これに対し、俊子は日本仏教の将来には批判的である。これはかつて北米大陸の移民地で、「日本から遥々渡米してくる坊さんたち（開教師）」が「移民社会に寺を作り、日曜学校を設けて単に同胞人だけで活動する以外には、国際的には何の意義ある役目も果たさなかつた」という俊子自身の経験からきている。かつて「コロニイを作つてゐた日本人の社会内だけでお賽銭を集めるだけ」で、「支那の人々への何らの慈善的な働きかけ」もしなかったという閉鎖的な日本仏教が、長い年月をもって築き上げられ、「千古の揺ぎをも持たないキリスト教の宣伝基盤」に取って代わるのは期待薄である、というのが俊子の本音だったろう。

「中支視察」の最後には、蘇州の特務機関の「経済工作」の一つとして進められている「産業合作社」運動への期待が記されている。「合作社」とは、中国の協同組合のことである。一九二〇年の華北大飢饉の際に、欧米人が中国人の協力を得て始めた救済活動（「華洋義賑会」）が有名だが、国民党政府や日本支配のもとで東北、華北で作られた合作社、さらに共産党解放区の合作社などの各種の合作社（農業、運輸、消費、販売、信用、小工業等）が存在したとされる。蘇州の占領地区内における産業合作社運動の実態についてはここで立ち入る準備がないが、少なくとも華北地域における綿花工作が、民族産業、資本の育成とは名ばかりの厳しい収奪であったことはよく知られている。

俊子は、蘇州の「治安工作」は、「難民救済事業」から一歩進んで「民業、農業に重点をおいてゐる」と書いている。戦争末期、これらの期待はすべて空しくなるが、この時期の俊子には、「事変処理」後の「社会建設」や「文化工作」に期待をもつ余地があったのかもしれない。暗殺された杭州市長何讃への同情も、単に心情的なものではなく、同氏の難民救済事業の手法や運営に対する評価が背景にあったと思われる。俊子は、私財を投じて難民救済に尽力した一人の地方政治家としての何讃の努力に共感し、その死を惜しんでいる。

昭和一四年一月末、南京、蕪湖、揚州、鎮江、蘇州、杭州などの「中支視察」を終えた俊子は、約一ヵ月ぶりに上海に戻った。

（3）北京時代—前期—

昭和一四（一九三九）年の一月末に上海を出発した俊子は、途中、青島、天津などに立ち寄り、二月初旬に、北京に着いた。駅頭には、石井東一、井上ゆり子の二人が出迎えた。石井東一は、丸岡秀子の夫である[3]。石井は、共産党員として活動していたが、昭和九（一九三四）年二月一六日に検挙（五月二三日、起訴）され、その後、産業組合中央会の調査部を経て、前年の三月一〇日から北京の日本商工会議所事務局に大使館嘱託として勤務していた。

井上ゆり子は当時二四歳、満鉄調査部に勤務する井上照丸の夫人である。石井がゆり子を同道したのは、若い友人に身辺の世話を頼む便利もあったのだろう。井上照丸は、すでにマジャール著『支那農業経済論』（学芸社、昭和一〇年）の翻訳書もある調査部きっての秀才で、「井上公館」と呼ばれる夫妻の自宅は、満鉄調査部の左翼インテリたちの溜まり場になっていた。石井東一もその一人である。満鉄の華北調査機関である「北支経済調査所」（昭和一二年一〇月開設）には、各地から優秀なインテリ青年が続々と集まって活況を呈しており、新婚の照丸とゆり子はサロンの花形だった。

俊子はその後、しばらく石井たちの案内で北京を見物し、古都の早春を楽しんだ。当初、俊子は、東方公巷にある六国飯店に滞在していたが、中央公論からもらった取材旅行の支度金はたちまち底をついたらしい。四月に、一時帰国していた田村総が六国飯店の俊子を訪ねた際に、いきなり溜まったホテル代を払ってくれと言ったというエピソードもある（『いきいき老青春』学習研究社、一九九〇年）。田村総によれば、俊子のホテルの部屋には、ジャーナリストをはじめ立野信之、武田泰淳、奥野信太郎、丸岡秀子などがよく顔を出していたらしいが、その他にも多くの人々と往来していたようだ。夏から秋にかけては、井上公館[4]（東城東裱褙胡同黄土大院丙二号）の三階に寄寓していたこともあるらしい。

北京時代の俊子の人脈のもう一つのポイントは梨本祐平である。梨本は、中国経済の専門家であるが、内外の情報通で、当時、各界の人々が北京の自宅を訪問してきたという。『国民新聞』政治部の記者を経て、満鉄、華北交通などの嘱託となり、満鉄本社から派遣された井上照丸らとともに、冀東の農村実態調査に関わったこともある。

梨本はこの頃の回想として、「私の家には『中央公論』や『改造』の編集者からの紹介状を携えて多くの文士たちの来訪が相ついだ。また政治家もまたよく来訪した」、と述べ、「立野信之、佐藤俊子(旧姓田村)氏らは半ば永住的に北京に居ついて、毎日のように遊びに来た」(『中国のなかの日本人』同成社、一九六九年)と書いている。おそらく、この時期の俊子は、「井上公館」を足場に北京での人的、情報的なネットワークを広げつつあったのだろう。

この間、俊子は蒙彊方面に取材旅行(三月一日出発)し、「雪の京包線」(『改造』六月)を発表している。すでに前年の四月には「北支那開発会社法」が可決され、独占資本の本格的な華北進出が始まっていた。この法律は、軍部と内閣、満鉄、三井、三菱などの財閥資本が結託して国策会社を作り、華北産業全般を子会社化、交通、運輸、通信、電気、炭鉱、塩などの資源を独占、収奪する過酷な植民地法だった。

俊子は、すでに梨本や井上公館の周辺からこの情報を聞いていたはずである。前述の「中支で私の観た部分」(北京。二、一二)には、以下のような記述がある。すなわち、「生活苦」のために大陸に稼ぎを求めてやってくる民衆にはむしろ同情を感じるが、「軍を利用し、火事場泥棒のやうな滑稽さと悪辣な方法で、巨利をむさぼる人たち」、「いかに支那民衆を搾取すべきかを考へ、そして自からのふところを肥大にすることばかりを目的にして進出してくる人々」に対しては、「反感よりも憤り」が感じられるとし、日本の独占資本の進出に対する嫌悪感を表している。

ただし、先述の通り、この文章は検閲によって発売禁止になったと思われ、その後も俊子が直接に財閥資本や軍部批判を書くことはなかった。「雪の京包線」においても、大同炭鉱を視察した際の記述として「貧弱な独占資本の手ではまとまりの付かぬやうな大きな鉱山は、夕暮れの雪の中に山の線を鈍感に曇らせてゐる」という表現があり、批判的な含みも感じられるが、明確な言及はない。この年の四月から八月にかけて、俊子が『婦人公論』誌上に発表した一連の評論(「国民再組織と婦人の問題」、「婦人の大陸進出とその進歩性」、「婦人の歩む民族協和の道」、「新しき母性教育とは?」等)には、当時「東亜新秩序建設」や「近衛三原則」(善隣友好、共同防衛、経済提携)を打ち出し、汪精衛との和平工作を模索していた近衛文麿やその周辺ブレーンの時局観が色濃く反映している。

俊子はこの時期、熱心に中国語や中国事情の勉強を始めていたようだ。「太平天国の農民運動の資料」[5]を知人から借りて読み始めたというのもこの頃だろう。前述の梨本祐平は、後に『太平天国革命』(中央公論社、一九四二年)を上梓しており、俊子が資料を借りた「知人」[6]の一人が梨本だった可能性は高い。こうした、俊子の取材者としての研究心やプロ意識は、この年の一二月の汪精衛への取材につながる。当時、梨本は、汪精衛の新政府擁立工作に海軍側のメンバーとして加わり、上海と北京を飛行機で往復していた。

昭和一四年の一二月、俊子は井上公館を出て上海へ向かった。当時、「和平派」の中心と目された汪精衛の人気は高く、戦争の長期化に倦みはじめた日本国内では、「時の氏神」、「東洋の巨人」ともてはやされた時期である。汪は、蔣介石のもとで国民党の副総裁をしていたが、水面下で日本側との交渉を重ね、ひそかに重慶を脱出(昭和一三年一二月一八日)、同一二月二二日に近衛文麿首相が発した第三次声明(「善隣友好、共同防共、経済提携」)に呼応し、重慶の蔣介石に対して「和平反共救国」を呼びかける「艶電」(二九日付)を発していた。

俊子が汪公館を訪問したのは、第三次近衛声明から一年後のことである。この時、日中の和平交渉は最終局面に入っていた。汪の身辺には常に暗殺の危険があり、この年三月にハノイで起こった暗殺未遂事件では、腹心の曾仲鳴が重慶政府の派遣した藍衣社のメンバーに射殺され、妻の陳璧君も銃弾を受けて負傷している。この時、汪は隣の部屋に寝ていて無事だったが、かつて国民党六中全大会の狙撃事件(昭和一〇年)では汪自身が三発の銃弾を受けている。日本との和平交渉が山場にさしかかっているこの時期、汪公館周辺には一層ものものしい警戒が敷かれていた。

奇しくも俊子が汪公館を訪問した日は、第三次近衛声明からちょうど一年目にあたる一二月二二日だった。俊子が、この偶然の符合を告げると、汪氏の顔には「溢れるやうな笑ひ」が浮かんだという。ここで印象的なのは、俊子の取材姿勢である。とりわけ南社運動の話を端緒に、洪秀全の太平天国の革命運動、辛亥革命から若き日の汪自身の革命運動の体験へと話を膨らませていく取材のやり方は秀逸である。

すなわち、「太平天国の乱」は貧農出身の洪秀全による清朝打倒の革命運動であり、汪にとっては、孫文とともに挺身した辛亥革命の記憶へとつながる。かつて汪は、清朝の要人、王戴澧の暗殺を企画し、投獄されたこともある。「民国革命」という通訳のことばに、汪は強く反応し、孫文も海外で「洪門」という太平天国の流れをくむ反政府秘密結社に属していたことなどを熱心に話している（文中に「反情後明」とあるのは、「反清復明」の誤植か）。

最後に、汪精衛が自撰詩集『雙照樓詩詞藁』[7]を俊子に贈呈したことも、文人政治家らしい含蓄に富む行為である。俊子自身も指摘しているように、この詩集は、暗殺された曾仲鳴を編集人として出版されている。さらに汪はこの詩集を贈るにあたり、自分の好きな三つの詩に印をつけて渡すという心遣いをみせている。一種の外交的な場面でもあり、日本の読者や女性の取材者への配慮もあったのは当然だが、ここには汪精衛の真実の心境の一端があらわれていたと思える。

俊子のこの取材記事については、竹賢人が「稲村隆一が周佛海と会ふのはよいだらうが、佐藤俊子が汪精衛と会つても意味があるまい。一体何を書いてゐるのか」（「槍騎兵」欄、『東京朝日新聞』昭和一五年一月三〇日）と書いている。この重要な時期に、素人の女が出しゃばるのは場違いだと言いたげな口吻である（稲村隆一は農民運動家。周佛海は、汪精衛派の要人）。しかし、俊子とほぼ前後して汪精衛と面会した吉屋信子、森田たま、安藤徳器ら[8]の記事と比べても、俊子の取材者としての力量は突出している。

これら三つの詩は、制作年代が古いものがほとんどだが、南京新政府樹立に向けて動き出した汪精衛の心境と重なる部分が少なくない。すなわち、清朝要人の暗殺を企て、死を覚悟した若き日の獄中での心境、死んだ盟友への思い、新たな大事に臨み、水に乗り出す小舟の孤独や、澄み渡った鏡のような心、自己の運命への従順等々。これらの詩の内容については、当時の汪精衛の政治的立場や背景と併せて大変興味深いものがあるが、稿を改めたい。

「日支新関係調整要項」の最終案が合意されたのは、俊子の訪問の八日後、一二月三〇日のことである。これを受けて翌年三月三〇日に「南京国民政府」が発足することとなった。

（4）「南京国民政府」の取材

俊子が南京に着いたのは、昭和一五（一九四〇）年の早春、二月二九日の大雪の日だった。すでに新政府の発足を取材するため現地入りした内外の新聞報道陣は、物々しい陣容を構え、あわただしく準備に入っていた。南京中の宿泊施設は、ホテル、旅館、アパートにいたるまで部屋が取れなくなり、電話の特設、増設、自動車の増車など、すさまじい報道戦が予測されていた。

ただし、俊子は南京中央政府の先行きに不安を抱いていたらしい。北京の情報通のあいだでは、汪精衛の政治力や南京政府の統治力については懐疑的な意見が多かった。俊子もこうした情報は得ていたと思われる。すでに、今回の出発にあたっても、新政府が傀儡政権に終わらざるを得ない多くの問題が潜在していた。すなわち、前年末に最終合意された「日支新関係調整要項」（一二月三〇日）には、日本軍の撤退の確約がなく、経済問題についても中国側に一方的な譲歩を求める内容だったため、これに憤った高宗武と陶希聖が交渉から離脱、香港の『大公報』に進行中の交渉案を暴露して中国側の不利を訴えるという出来事もあった（昭和一五年一月二二日）。

汪の秘書、周隆痒と再会し、「南京は革命精神の流れる政治都市です」ということばに触発された俊子は、洪秀全に始まる中国近代革命の歴史を想起する。南京は、清朝打倒をめざした洪秀全以来、孫文の中華民国臨時政府、民国十六年の蔣介石の国民政府の復都へと激しい転変を経てきた都市である。今、日本占領地区内で新たに出発する汪精衛の南京新政府の前途に思いをはせるとき、楽観できる材料はむしろ少ない。延安の共産党の動静はひとまず置くとしても、一般民衆の蔣介石への根強い人気は、汪精衛をはるかにしのいでいた。

俊子の「南京の感情」（『改造』五月）には、一種の憂鬱な気分が漂っている。たとえば、俊子は天候について次にように書く。すなわち、「南京の天候は少しも晴朗にならない。雪の後は毎日雨である。寒い雨がしと〳〵と降り、雨の止む時は灰色の雲が紫金山を被ひ、冷たい風が吹く」という自然の描写に、「歓迎花バスの装飾が雨に濡れて色を失ひ、車台をめぐるスローガンの布旗の文字の墨が雨水を受けて朧ろである」という人事を重ね、「和平反共建国」、「歓迎主席改組還都」等の各種スローガンを目にしても、「民衆は無関心」で「南京の感情は沈んだまゝ」、「中央政権はまだ上海の彼方に游離」している等々、新政府と民心の遊離、両者の温度差を浮き立たせている。

三月一〇日頃と言われていた中央政治会議がなかなか行われないため、俊子は一〇日過ぎに上海に行き、汪公館を再訪している。汪精衛邸は、新政府に向けた人事の策定や事務、引っ越しの雑務などで目の回るようなあわただしさの中にあった。汪との直接の面会はかなわなかったが、前回のコネクションを生かし、林伯生に取材、新政府の文化政策について説明を受けたり、新政府の建国理論や論文集などの参考資料をもらう約束をしている。[9] 林伯生は、英語に巧みで、俊子とはかなりコミュニケーションができたらしい。この時、俊子と林柏生のあいだには一定の信頼関係が生まれたようだ。また、日本人嫌いで気難しいと噂される汪の妻、陳壁君と面談して日本の女性たちへのメッセージをもらったことも収穫だった。

三月一八日に汪精衛が飛行機で南京に到着。陳壁君もまた一九日午後、随員とともに上海からの急行列車で到着した。第一回中央政治会議が行われる前日の「首都飯店」の前には、日本の新聞社の社旗をつけた二、三〇台の自動車が止まり、ホールには一〇〇名を越える日本人記者たちが軍報道部の発表を待っていた。窓際には各社の特設電話室が設けられ、同盟、大阪毎日、読売、朝日、大陸新報社など、それぞれの社旗が華やかに見える。これに対し、中国人の記者は二〇名にも満たないほどの数である。さらにその一隅にはシガーをくわえた十数名の外人記者が悠然と情勢を眺めている。こうした風景は、そのまま当時の日中関係や、国際社会における新政府の評価の縮図になっており、俊子はここに、「誰かが歴史的転換は首都飯店の中だけだといつた」という辛らつな皮肉を挟み込んでいる。

昭和一五年三月三〇日、南京政府が発足するが、還都典礼当日の天気はすぐれず、「今日は又、特に『暗い空』を感じさせるやうな欝々とした日である」と書かれている。

（5）北京時代―後期―

昭和一五年の秋、俊子は北京飯店に移る。田村総によれば、この時期、「陸軍の某大佐がスポンサー」だという噂が流れたという。おそらく、俊子が北京興亜院の長官だった森岡皐《すすむ》に「華北婦女連合会」の設立を働きかけたのはこの頃のことだろう。[10]

この時期の俊子の消息文（「大陸通信一束」『女性展望』九月一日）に、「若しかすると中国婦人の間に新文化運動を起すかも知れません。たつた一人でです」という記述がある。『女性展望』は、市川房枝ら婦人参政権獲得同盟の機関紙『婦選』の後継誌である。この中の「いずれは南京政府と関係を持たなくてはならない」云々という記述は、林柏生が話した新文化運動のことが念頭にあったのかもしれない。汪精衛への取材を通じて、林柏生ら汪周辺の人々とのつながりもできていた。後に俊子が南京に行った際も、林柏生のオフィスに直接に出向いて草野心平を驚かせている。当時の日本人女性には珍しいこうした俊子の行動力は、後に上海での『女声』発刊につながる。

ただし、興亜院[11]との付き合いに踏み込むことは、それなりのリスクもある。「華北婦女連合会」の献策がうまくいかなかったのは、俊子にとって結果的にはよかったのかもしれない。このいきさつについては、水島治男の証言がある。水島は改造社の元社員で、俊子とは旧知の間柄である。水島によれば、漢口特務機関長だった森岡皐が、「興亜院（後の大東亜省）の在北京華北連絡部長に栄転」し、森岡のもとで働いていた水島を上海から北京に呼び寄せたということらしい。昭和一五年の年末、水島は興亜院連絡部に着任早々、森岡から「ここには女流作家の佐藤俊子がいて、中国人の北京婦女連合会をつくるから金を出せといってきて困っている。君は商売柄知っている人だろうが、今までは金を出していたが、一向組織ははかどらない、それでもう金は出さないことにきめたから、俊子さんにはまだこの話をしていないが、君がもし会ったらまたねだられるだろうからそのつもりでいてくれ」（『改造社の時代』戦中編、図書出版社、一九七六年）と言われたというエピソードを紹介している。

おそらく、俊子が経済的に真に困窮したのはこの時期だろう。同書には、水島が後藤俊子[12]と二人で俊子を見舞ったことも書かれている。水島によれば、「佐藤女史は日本人のほとんど住んでいない西四牌楼《シースーパイロー》の奥の平等通昭という仏教学者の弟さんが住んでいる粗末な部屋の一室を借りて、土間の上にじかに置いてあるスプリングのない寝台に横たわっていた」という。文中に平等通昭の「弟さん」とあるのは平等俊成である。先述の田村総によれば、平等俊成は「東大出の左翼活動家で、日本共産党の一員らしいと噂されていた」（前掲書）。水島は、「華北婦女連合」の件についても頼まれたが、「先手をうたれているので、それとなく言葉をにごすよりほかしかたなし」（同前）と書いている。

この時、俊子は二人の訪問者に創作への強い意欲を語ったというが、この年に発表した原稿はエッセイや座談会の類ばかりで、小説の創作は見当たらない。ただし、先述の梨本祐平によれば、俊子は北京時代後半の時期にいくつか本格的な小説を書いていたという。

> 佐藤俊子さんは、ほかの文士たちのように時局便乗的なものは書けなくて、自然主義の名残を思わす本格派であった。彼女の北京における作品「故宮の秋」あるいは「西太后」などは、実に流麗な筆をもって、北京の民衆の哀歓を描いたものであり、「西太后」は、権勢をその手に掌握しながら、いつも満たされないおもいに悩む女性の宿業を深く掘り下げたもので、私はその原稿を読んで、「やはり文豪の骨格がある」と感嘆したが、この時代は検閲制度が厳しく、上等兵上りの中尉などには、この名作が理解されよう筈もなく、いつも報道部で没にされてしまったので、彼女はそれ以後、いっさい筆をとらずに、したがって貧乏生活に苦しんでいた。
>
> （『中国のなかの日本人』同成社、一九六九年）

梨本の回想には、瀬戸内晴美（寂聴）の評伝『田村俊子』（文藝春秋社、一九六一年）への以下のような言及もある。

「最近、田村俊子さんの伝記が出たが、それには『北京時代の田村俊子さんは、すでに詩魂が枯れてしまって、なに一つ書けなかった』ということが書かれているが、それは北京時代の田村さんの苦悩を知らなかったためであろう」（前掲書）。ここには具体的な作品内容への言及もあり、事実とすればこれまでの定説を覆す貴重な指摘である。

従来、この時期の俊子の動静は不明だった。三年余の北京生活をたたみ、南京へ向かった動機もよく分かっていない。ただし、今回の全集の編集過程で「支那趣味の魅力」「北京の秋を語る座談会」「北京から南京まで」など『満洲日日新聞』掲載の資料が新たに発掘されたことにより、俊子の当時の生活や南京行きの動機がある程度は推測できるようになった。いずれも昭和一六年から一七年にかけてのエッセイや座談会記事で、北京時代後期の俊子の生活ぶりがうかがえる。

「支那趣味の魅力」の中で、俊子は「支那が好きになつてきた」と書いている。「古びた支那の歴史の匂ひをまやかしものの多い現代の空気の中から嗅ぎわけ、その情緒がなつかしまれるやうになつてきた」と書き、こうした古都の雰囲気の中に生活していると「政治性を含んだ日華文化交流問題などについて考へたりすることは、全くいやになる」（『満洲日日新聞』南満版、昭和一六年一〇月五日）とも書いている。これらの文章からは、京劇を楽しみ、庶民とともに市場の雑踏の中に立つ一人の生活者としての俊子の顔がうかがえる。また「支那趣味」という比喩的な題名で韜晦してはいるが、当時の検閲を考えれば、「日華文化交流問題」の「政治性」についてこれだけ正直に書けたこと自体が珍しい。

また、俊子の南京行きの動機については、草野心平の以下のような証言もある。

> 田村俊子は、食いつめたというとおかしいが、いろいろな意味で、北京から南京へ来たいということだったんだ。当時、北京は蒙古をも手に入れようというイデオロギーの中心だった。それに対して南京は、全面和平という姿勢だった。つまり北京のほうがフリーでなかった。田村俊子とすれば、そんな雰囲気がなんともいやだったんだな。そんなことで南京へ来たいということになった。
>
> （草野心平『凹凸の道』文化出版局、一九七八年）

草野の「食いつめた」という表現のニュアンスは色々あるはずだが、いずれにせよ、この時期の俊子が、日中婦人の「真の親和」を模索しつつ、大陸で一人生きていくために奮闘していたことだけは間違いない。

昭和一七（一九四二）年一月末、俊子は平等俊成の紹介状を携えて北京を出発し、南京に向かった。二、三日前に雪が降って寒い日だった。駅頭には田村総と平等俊成夫妻が見送った。

（6）『女声』の発刊と晩年

昭和一七（一九四二）年一月末、俊子は南京に着いた。従来の年譜では、二月初めの出発ということになっていたが、「北京から南京まで」の連載が一月三〇日から始まっているため、北京を立ったのは一月末だったと考えられる。また、この年の旧正月は新暦の二月一五日にあたり、南京で越年したい気持ちもあったかもしれない。

俊子はこの文章の中で南京の乞食の多さに言及している。夜になると、哀れな声を振り絞る子供の乞食がさまよい歩き、「天地を領するものは乞食の声ばかり」と書き、かつて蕪湖で見たキリスト教の慈善活動のすばらしさと対比しているあたりには、復興や難民救済が進んでいない南京の現状への焦燥も感じられる。

この記事には、年末に草野心平や林柏生、周隆痒らと会ったことが書かれており、草野はちょうど汪精衛の忘年会に出かけるところだったらしい。いずれにせよ、実際に具体的な相談が動きだしたのは春節明けの二月下旬だろう。草野は自身が顧問として参与していた太平出版印刷公司の名取洋之助を紹介し、上海の同出版局（上海香港路一一七号）から華字婦人雑誌発行の計画がまとまる。草野はまた、大使館の松平忠久を紹介し、俊子は南京日本大使館報道部から大使館嘱託としての生活保証をえた。

五月一五日、月刊婦人雑誌『女声』を創刊。俊子は、中国人作家関露[14]を編集協力者として巻頭言の他、佐俊芝などのペンネームで中国の新旧演劇の批評や、婦人のための啓蒙的な記事を執筆、後に上海虎丘路（旧博物院路）一四二号のビルの一室に女声社として独立した。前述のように、『女声』については近年の研究成果と併せて別巻で詳述する予定であり、ここでは概要にとどめる。

『女声』は、中国女性に向けた婦人総合雑誌である。発行時期は、一九四二（民国三一）年五月一五日から一九四五（民国三四）年七月一五日。通巻一巻一期から四巻三期までの全四巻三八期（四巻一・二期は関露が編集、発行人）。実用記事とともに本格的な論説も取り入れ、国際政治欄（「国際新聞」）、教育、育児、ファッション、美容、児童向けの童話、映画、劇評、訪問記、投書欄、人生相談欄（「信箱」）など、各層、階級の女性読者に幅広く目を配っている。俊子の女性解放思想と「日支婦人の真の親和」の理想が底流となり、いわゆる「宣撫的な出版物」とは一線を画する啓蒙雑誌となっている。

一九四五（昭和二〇）年、戦局が敗色を強めるとともに、『女声』の発刊は困難をきわめたが、俊子は死の直前まで『女声』の続刊に奔走した。四月一三日夜、陶晶孫の晩餐に招かれ、黄包車での帰路、突然北四川路上で脳溢血のため昏倒。そのまま昏睡状態を続け、一六日の午前九時永眠。四月一八日、東本願寺上海別院において、日本大使館および南京中央政府中央書報発行所、太平出版印刷公司の合同葬が行われた。

1　俊子は、翌年三月の「中華民国国民政府」の取材のため、南京を再訪している。この時、同じく新政府視察のため南京に来ていた市川房枝は、「中国通」の俊子から中国情勢を詳しく聞いたとされ、「南京事件」についても次のように書いている。「南京占領の際、日本軍が中国婦人を暴行、虐殺した状況（南京事件）を書いた外人宣教師のパンフレットの翻訳をある人からもらったし、そのときの話もある人からきいた。日本人としてまことに恥ずかしく、弁解の余地は全くない。これでは日中の友好の確立は容易ではないことを深く感じた」（『市川房枝自伝　戦前篇』新宿書房、一九七四年）。

2　小平麻衣子は、「佐藤（田村）俊子『中支で私の観た部分（警備、治安、文化）』について」（「東アジアにおける〈文化統制と抵抗〉の錯綜をめぐる総合的研究」『研究紀要』八七号、日本大学文理学部人文科学研究所、二〇一四年）において、この未発表原稿を発掘、報告している。

3 丸岡秀子は、農村婦人問題研究家。評論家。俊子と丸岡秀子の交友の深さは、『田村俊子とわたし』（ドメス出版、一九七七年）に詳しい。経済学者丸岡重堯と結婚するが、重堯の死後、商工会議所の調査部の後輩石井東一と再婚。石井の北京赴任後、秀子も職場を辞し、この年の夏に北京に来て生活する予定だった。

4 『新生支那経営論』（改造社、一九三八年）、『北支の農業経済』白揚社、一九三九年）などの著書もある。

5 俊子は「汪精衛と洪秀全を語る」の中で、以下の中国語の書籍をあげている。『太平天国野史』（凌善清著、上海文明書店、一九二三年）、『太平天国革命史』（王鍾麒著、商務印書館、一九三四年、および張霄鳴著、神州国光社、一九三二年の二書があり、どちらかは不詳）、『太平天国起義記』（ハンバーグ著、簡又文訳、燕京大学図書館、一九三五年）。

6 汪精衛は号。汪兆銘とする表記もあるが、ここでは俊子にならい、汪精衛に統一する。

7 俊子が贈呈された『雙照樓詩詞藁』は、曾仲鳴編集の初版（民国一九〈一九三〇〉年一二月）である。その他一九四一、二年版などがある。同詩集の修辞や読解については王有紅、王冉、上里賢一の各氏からご教示、ご指摘をいただいた。

8 吉屋信子は前年の九月一五日（「汪兆銘に会って来ました」『主婦之友』昭和一四年一一月）、森田たまは同年一一月二二日（「新生支那の巨人に會う」『婦人公論』昭和一五年一月）でそれぞれ汪精衛と面会。安藤徳器はやや遅れて南京新政府発足後の昭和一五年三月二三日に会見している。この時期、汪精衛に会うことはきわめて難しかったとされる。安藤徳器によれば、面談できるのは「宣伝部長の林柏生までで、豊島與志雄氏、谷川徹三氏の一行も周佛海氏には面会したが、汪精衛誌には会見できなかった」（「汪精衛に会ふ」『改造』、昭和一五年五月）という。

9 林伯生は、俊子の取材当時はまだ汪精衛の「更生国民党」の宣伝部長、中華日報社長という肩書だったが、新政府の発足とともに正式に南京国民政府の宣伝部長に就任する。この時、林伯生は、政府機関紙『中報』発行の予定や、日華文化協会、中日文化協会の設立などの新文化運動を起す計画について語り、俊子の希望に応じて、中華日報叢書の社評集、中央宣伝部発行の汪首席建国言論集、大亜州主義論集などの文献を俊子の宿舎に送ることを約束している。その後、俊子は『中報』を北京に取り寄せて読んでいたらしい。

10 森岡皐は、昭和一四年八月から翌一五年三月興亜院華北連絡部次長、三月九日から翌一六年三月九日まで長官。「漢口陸軍大特務部長森岡皐少将が中将に昇進して四月北京に創設された興亜院（後の大東亜省）の在北京華北連絡部長に栄転」（水野治男『改造社の時代　戦中編』図書出版社、一九七六年。一七五頁）。

11 昭和一三（一九三八）年一二月に創設された興亜院（一九四二年一一月から大東亜省）。第一次近衛文麿内閣が、対中国制作の一元化のために設置した内閣直属機関。

12 後藤俊子は新聞記者。水野治男によれば、銀座で「山の小舎」というバーをしていたこともあるらしい。当時、中央公論社の特派員として北京に来ていた。

13 『満洲日日新聞』掲載の資料二点が新たに確認できたのは、西田勝氏のご指摘による。

14 関露。一九〇七年七月二十五日―一九八二年一二月五日。本名胡寿楣。作家、詩人。映画「十字街」の挿入歌の作詞者としても有名で、「春天里来百花香」（春、百花が咲き乱れる）で始まる「春天里」の歌は広く知られている。共産党の地下党員として、一九三九（昭和一四）年冬から特殊工作に入り、潘漢年の指示で上海の汪精衛派内の李士群や『女声』の工作を行ったとされる。

（黒澤亜里子）

女性の社会時評座談会

昭和一一年（一九三六）年九月一日発行『女性展望』第一巻第九号に掲載。出席者は阿部静枝、竹田菊子、窪川稲子、佐藤とし子、千本木道、小栗将江、平田のぶ、市川房枝、金子しげり。この年の三月末にカナダから帰国した俊子も誘われて出席。稲子も同席して、発言している。

この年には、日中戦争（日支事変）前夜ともいうべき事件が多発している。一月一五日に日本がロンドン海軍軍縮会議から脱退、二月一日に天皇機関説を提唱した美濃部達吉が右翼に襲撃されて負傷、同じく二六日に二・二六事件が勃発し翌日から七月一六日まで東京市に戒厳令が布告された。その三日後の二月二九日には岡田啓介内閣が総辞職し、三月九日に広田弘毅内閣が成立、五月一八日に暗い時代を象徴するような阿部定事件が起きている。七月一〇日には講座派学者と左翼系人物が一斉検挙されたコム・アカデミー事件が起きる。八月二四日に四川省で日本人新聞記者が殺害される成都事件、九月三日に広東省で日本人商人が殺害された北海事件、一九日に漢口邦人巡査射殺事件、二三日に上海で日本人水兵が狙撃される事件など、反日帝事件が立て続けに起きる。

日本側でも、八月に七三一部隊の前身、関東軍防疫部隊が編成、一一月二五日に日独防共協定締結、この月には関東軍が内蒙古軍を指揮して綏遠省に侵攻し中国軍に敗退している。

いっぽう、七月三一日に国際オリンピック委員会で第一二回夏季オリンピック開催地が東京に決定、八月一日には夏季オリンピックがベルリンで開幕、マラソンで日本帝国主義の植民地にされた「朝鮮」の孫基禎が優勝する。二〇〇メートル平泳ぎで前畑秀子も日本人女性として初めて優勝し国民を熱狂させた。スポーツは新時代の文化であった。

この座談会は、そうした時代を反映した世相を、女性の立場から社会風刺を込めて取り上げている。まずオリンピックの話題から入っていて、孫や前畑も登場。日本の場合は体力よりも精神力で勝つだけで、女性の場合は体育の女子教育がとくに遅れていることが指摘されている。東京で開かれるオリンピックのために「粛正が叫ばれ」関東大震災後のように建物や道路が美しくなったりすると痛烈に皮肉られているが、あたかも戦争前夜のような平成二九年の現在と同じである。

次は二・二六事件にかかわった栗原安秀中尉の夫人の死をめぐる話である。この事件は二月二六日から二九日にかけて、皇道派の影響を受けた陸軍青年将校等が一四八三名の下士官を率いて起こした日本のクーデター未遂事件。昭和恐慌により大打撃を受けた農村の困窮に対する政府の無策に憤った青年たちによる反乱であった。事件の結果、岡田内閣から廣田内閣となり、思想犯保護観察法が成立した。栗原は陸軍軍人で国家社会主義者、急進派だったという。妻の玉枝は自殺したが、治安維持法下の世間が殺したと社会批判するとともに、妻の後追い心中は軍人に多く、夫が知らず知らずに妻にそれを求め、夫の世界しか知らない妻の純真な感情表現は戦国時代と少しも変わらないと、日本の家族制度を批判し女性の自立と解放の立場から一刺ししている。

三番目の話題「中年婦人の性的過失」では、女性が四〇代になって抑圧されていた性を解放していく例を挙げ、世間的目線で一応「男狂い」と言いつつ、自然な現象とも捉えている点が、さすが女の解放を願う女性たちの座談会である。又、男からの「不当な地位待遇」に対し闘おうという意志が一般の女性に強くなってきたことも言及している。

四番目の「商店法について」では、新たに出来る商店法でも女中をはじめ女性たちの過重労働は減らないのではないかと指摘。五番目の「郵便の値上げその他」では、物価の値上げとともに郵便代の値上げや内閣は持続するのかといった、政情の不安について言及しつつ、「癩病院」のハンストにも触れているが、ハンセン病への差別的発言もみられる。

富士山を見る

昭和一二（一九三七）年一月一日発行『明日香』第二巻第一号に掲載。署名は、佐藤俊子。同号には他に、中村武羅夫「少年の頃」、深尾須磨子「孤独」、窪川稲子「都会の子どもよ」などが寄稿されている。

今まで刺激も感嘆もなく富士を眺め、感嘆することさえ「古つぽい感覚」と思ってきたが、悠久な心を山の形に示している富士山の美しさに「平和の女神」を感得していると書く。大自然の中に「あらしの異常」と、「平穏の生活」を見ているが、あたかも戦争の危機感と平和への願いを表象化しているようだ。バンクーバーから帰国して富士山を再発見することは、富士を象徴とする日本の戦時体制と微妙に重なっているともいえる。

働らく婦人たちへ

昭和一二（一九三七）年一月一日発行『婦人運動』第一五巻第一号に掲載。署名は佐藤俊子。帰国後の最初の婦人評論。

同号には他に、阿部静枝「正月のうた」などが寄稿されている。帰国後はじめて、多くの若い「勤労婦人」にエールを発信した一文。

同性を護る

昭和一二（一九三七）年一月一日発行『婦人公論』第二二巻第一号に掲載。署名は佐藤俊子。「★新女性線★一流女性総動員」に寄せられた婦人評論。本欄には、平塚らいてうや与謝野晶子から平林たい子や窪川稲子まで、明治期から活躍した作家と、一九二〇年代から文筆活動を開始した若手の女性作家が寄稿している。

日本のブルジョア的婦人運動は「政治的解放」への経路を通らない運動であったため、日本の女性は欧米の女性と違って政治的権利を持っておらず、家庭と職場の二重三重の労働を背負わされる一方物質文明の渦に揉まれていると指摘。今こそ「活動の烽火」をというメッセージを送り、プロレタリア運動の女性解放路線と同じような主張を展開。宮本百合子や窪川稲子らに接近していることをうかがわせる。

米加のお正月

昭和一二（一九三七）年一月一日発行『婦人文藝』第四巻第一号に掲載。目次の表記は、「米亜のお正月」。署名は佐藤俊子。小特集「海外のお正月」に寄せられた感想文、他に岡田八千代「フランスのお正月」、大石千代子「ブラジルのお正月」がある。本号の小説欄には、大田洋子「海いろの地獄」、大石千代子「胎動」などが寄稿されている。

カナダやアメリカはクリスマスには特にご馳走を作ったり、大晦日の夜はダンスの会やカクテルの会などで騒ぎ明かし、一夜明けた元日は疲労で大抵は半日寝て夕方からパーティに出かけたり、友人を訪問したりして遊ぶぐらいだという。それで新年の祝賀も終わりになり、日本のように長くひきずらないという、日米の正月の違いを伝えている。

昔がたり

昭和一二（一九三七）年一月一日発行『文学界』第四巻第一号に掲載。署名は、佐藤俊子。本号の「創作特輯」に寄せられた小説。本欄には、他に舟橋聖一「藍色の道」、高見順「寒い路」、林房雄「乃木大将」などが寄稿されている。

主人公は信州の貧しい農村で生まれて女子大学を卒業した後、地方で女工たちの教育や監督の仕事をしていたが、東京で働きたいといって無産新聞の編集の仕事を手伝っているうちに左傾していく。何度逮捕されても転向せず、見窄らしかった女性は不屈の精神に輝き、美しい表情に変化する。プロレタリア文学を想わせる作品だ。

馬鹿！馬鹿・男

昭和一二（一九三七）年一月二三、二五、二六日発行『大陸日報』第九〇三一～九〇三三号に連載。署名は、田村俊子。「支那料理」屋で働く女中の現実を描く短編。客に料理や酒を運び接待する女中が、紳士風の男たちから悪戯・輪姦される話で、タイトルからもうかがえるように「封建制度の社会」下の男性たちを告発している。

内田多美野さんへお返事

昭和一二（一九三七）年二月一日発行『新女苑』第一巻第二号に掲載。署名は、佐藤俊子。同号には他に、武田麟太郎「踊り子説話」、林芙美子「女の学校」、舟橋聖一「花ある恋愛」などが寄稿されている。

内田多美野（内田百閒の長女）の「田村俊子氏へ」（『新女苑』昭和一二年一月一日）に対する返事。以下は参考資料として全文を載せる。

田村俊子氏へ

明治四十五年、貴女が大阪朝日新聞の懸賞小説に一等当選されて文学的生涯のスタートをきられた時、私はまだ生れてをりませんでした。

この国の文壇の気流の通はない亜米利加に十数年を送つて居られる間に、赤ん坊は物心がついて少女になつて、貴女の日本へ書き残された小説のかず〳〵を人知れず愛読する様になりました。

ある日、埃まみれの小さな古い本の表紙に見つけた田村俊子の四字、それは私の聞いたことも見た事もない名前でしたが、そつと繙いてゐる中に、頬が熱つぽくほてつて来て淫蕩な血潮が肉のなかで渦をまきはじめる様な体温の高い肌合に、すつかり抱きすくめられた様な感じになりました。秘密な肉のさゝやきがどこ迄も〳〵追つかけてくる様な甘美な恐怖にかられて、「春の晩」「女作者」「木乃伊の口紅」「炮烙の刑」なんかをいく度繰返して読んだ事でせう。まだ十四、五の頃の、何もしらない単純な感覚を、眩くやうな強烈な刺激でかきまはした田村俊子と云ふその名前は、私にとつて忘れられないものになりました。

あの頃の御作には、貴女は大抵、主人公の女性としてあらはれて来られました。題名からそれと知れる自画像風の「女作者」は大正二年頃の新潮に発表されたものださうですが、当時の作者の風貌を一番よく伝へてゐると思ひます。自分が生れてもゐなかつた前の話をこんな知つたかぶりして口にする生意気をお許し下さい―

官能の香り高さとみだらさと二つながら具へた肉感性が、濃艶な甘美な情緒にとけあつて妖しい魅力をたゝへてゐる作品を、大正初期の貴女は次々に書かれました。読みなれた自然主義文学のうす汚い灰色のバックに、その一点丈なまめかしく深紅な花が咲いた様な気持で貴女のお作を眺めたのでした。いつでも「白粉くさい張り気を作つて、自分の情緒を臙脂のやうに彩らせようとしてゐる」技巧が、つた耽美主義の女として、貴女は御自分を描いて居られました。今なら、さしづめ、仏蘭西人形でせうが、その頃はあねさま人形がはやつてゐて、それを貴女は大変にお上手におつくりになつてゐらしたと云ふ話を聞いてゐますけれど、そんな昔の事を御記憶でいらつしやいますか？それから貴女は雨のもつ情感がお好きで、小説に、またか、と云ふ程よく雨をお描きになりました。浮気つぽい春の香気を含んだ雨の感覚がぬれ〳〵とした筆致にのせられて、よく女の肉体を結びつけて描かれました。

少女時代の私が、心に描いて、大好きだつた女流作家田村俊子氏は、こんな程度の甘いぼやけた映像でした。

ところが、それから数年たつて、もう一度読みかへした頃、私の考へはすつかり違つて来てゐました。肉体と脂粉の香とを売物にして、春画のやうにえげつない情事小説ばかりを書く現代のある女流作家に、がまんのならない、いきどほろしさを覚え、女が肉体的存在である限り、しよせんはこの社会に於て柔弱な文化に寄食する白い贅沢でしかあり得ないといふ事を本気になつて考へはじめた時、且つて心ひかれてゐた田村俊子氏の作品も否定しなければならない様な気がして来ました。

たしかに、いゝかげんな程度の淫蕩文学が、本能の神聖さだとか野性の壮烈さだとか云ふ面をかぶつて横行する事は、文化の発展的な方向になんら参与するところの無い、排撃すべき事だと思ひますが、田村氏の昔の作品は、今日の私達から見て、さうした場合と同一視出来るかどうか?と考へてみました時に、少くとも私には次の様な積極的な意義を見出しうる様に思へたのです。

「女作者」以下どの作に於ても、かつては情熱の奔放な流出を罪悪と考へて身をちゞめてゐた封建的な家庭婦人のいぢけた性質が、今度は、一足飛びに、特殊な才能をもつた女性のわがまゝな放縦さになつてあらはれた過渡期の相が、真実に描かれてゐる様に思ひます。長い間女性をとぢこめてゐた平和な無智が畢りをつげて、新しい女達が、青い狼烟をあげてゐたその頃、あらたな規道にそつた整頓した理性の歩みよりも、もつと原始的な生理的な反逆が先行して、若い肉体をもてあましてゐる女文士の、意識的な浮気—恋愛遊戯みたいなもの、形であらはれて来たのでせう。しかも、その時代に始つた過渡期の動揺はまだそのまゝ、どこへも落着かず、過渡期は現在に至るも依然として続いてゐると云へるのです。

第二に、女の作家と、結婚生活、家庭生活の問題、辛酸な実生活上の圧迫や、一つの才能を持つた女の、夫とのデリケートなわづらはしい気持の接触点、自分の仕事の独立性……など、私達には窪川いね子氏の問題が起つた時、はじめて提出された様に考へられてゐた事態に、田村俊子氏は大正の初期にいち早くも正面から身をもつてぶつかつて行かれてゐたのでした。

「女作者」には、それがいはゞ全篇の主題になつて扱はれてゐますし、又、「木乃伊の口紅」の中にもこんな事を書いて居られます。「義男は小さな自分だけの尊大を女によつて傷つけられない為に、女が新しい知識を得ようと勉める傍でわざとそれに辱ぢを与へる様な事さへした。新しい芸術にあこがれてゐる女の心の上へ、猶その上にも滴るやうな艶味を持たせてやる事を知らない義男は、たゞ自分の不足な力だけを女の手で物質的に補はせさへすればそれで満足してゐられるやうな男なのだと云ふ事が、みのる（女主人公）の心に執念深く繰り返された。……男の生活を愛する事を知らない女と、女の芸術を愛する事を知らない男と、それは到底一所のものではなかつた……」

美しい女には、その美しさを弥が上にも発揮させる為に、出来る限りの贅沢をさせ粧ひを凝らさせる事が、夫の義務だ（?）と云ふ哲理がどこかの国にあるさうですが、それと丁度同じ様に、芸術的な天分をもつた妻を理解する事の出来ない夫は我慢が出来ないとするこの考へ方、それは、今日に於ては「芸術」などと云ふ言葉を正面からふりかざして高尚ぶる稚気が失はれてゐる丈の事で、問題それ自身は今日の新しい社会情勢の中に依然として未解決のまゝ残されてゐるのではないでせうか。

御帰朝後すでに「小さな歩み」及び「薄光の影に寄る」の続編を佐藤俊子の名で発表して居られます貴女に、ことさら「田村俊子」の旧姓をもつてお呼びかけし、或ひは貴女にとつては、御不本意な御迷惑な事だつたかもしれない、過去の御作を、私の個人的ななつかしい気持をそのまゝに、失礼をも顧みずあげつらはせて頂きましたのは、貴女が十数年前に、さうした足跡を残されてこの国をお離れになつた事をもう一度思ひ返して下さつて、どうか、それからこの方の、内的外的全生活を含めての、自叙伝を書いて頂きたいと思ふ念願に外ならないのでございます。

現在発表されつゝあるお作はまだ完結してゐないのですしそれに立入つてはこゝに何も申上げられませんが、一見して明かな事は、貴女もまた、母国にあつた多くの作家達と同様、私小説から社会小説らしい方向へ大きな旋回をされたといふ点です。表現に於ても、古いお作に瀰漫してゐた粘液性の濃艶さは、あとかたもなく姿を消して、小説的技巧のたくみさよりむしろ報告文学に近い健実さが感じられました。

二世の若い娘ジユンの悩みを、人種問題、階級問題が深刻な暗影を投じてゐる環境の中に描いてゆく事は、それ自身、意義ある主題だと思ひますが、昔の田村俊子の幻をみてゐたこの愚かな娘は、貴女御自身らしいもの、変貌されたお姿がそのどこにも登場して来ない事に、はぐらかされた様な失望を感じた事を正直に告白いたします。

もとより在米十数年の御体験から獲得された貴女の生活意識が、貴女の思想が、この小説の背後に立つて居り、この小説を組立てゝゐるのだと云ふ事は分つてをりますけれど、猶慾張つた注文をさせて頂くなら、どうぞその中にじつくりと腰を据ゑられて、十何年かの昔、この国の文壇に独自な作風の衣をぬぎ捨てゝ、乱雑な新興の天地亜米利加に渡つて生活されて来た一人の女流作家の半生を描いて、若い世代の私達に示唆するものをお与へ頂きたいと存じます。

内田多美野への俊子の返信の中には、カナダ体験で獲得した「新らしい思想」を、帰国後作家として再出発した自身がどのように活かせるか試案していることがうかがえる。

秋鳥集を読む

昭和一二（一九三七）年二月一日発行『むらさき』第四巻第二号に掲載。署名は、佐藤俊子。「アララギ」の歌人・今井邦子著『秋鳥集　作品集』（信正社、昭和一一年一一月）の書評。同号には他に、岡本かの子「女性の意欲」、深尾須磨子「生かしきるもの」などが寄稿されている。

第二世の子女の教育は外国人として扱へ

昭和一二（一九三七）年三月一六日発行『東京日日新聞』第二一七八〇号に掲載。署名は、佐藤俊子。副題「花嫁学校式を排す」。「女の問題」欄に載った記事。カナダで鍛えられてきただけあって、批評眼、社会批評は、渡加前より帰国後の方が優れている一例だ。

銀座の夜

昭和一二（一九三七）年四月一日発行『文芸』第五巻第四号に掲載。署名は、佐藤俊子。目次には「銀座」と記されている。同号には、藤沢桓夫「茶人」、片岡鉄平「七百二十六番」などが寄稿されている。日本一とか東洋一とかを誇る東京の都市文化の象徴・銀座を、「植民地化された卑俗な空気を漲らしてゐる」などと、痛烈に批判している。

白珠集

昭和一二（一九三七）年五月一日発行『明日香』第二巻第五号に掲載。署名は、佐藤俊子。雑誌『明日香』創刊一周

年記念のさいに寄せられた感想文。本欄は、他に深尾須磨子、林芙美子、中村武羅夫など感想文を寄稿。同号には、他に吉屋信子「まぼろしの花魁」、ささきふさ「犬と鼻」、深尾須磨子「早春」などが寄稿されている。

座談会　世界の女性生活を語る

昭和一二（一九三七）年六月一日発行『新女苑』第一巻第六号に掲載。署名は、佐藤俊子。『東京日日新聞』の海外特派員としてイギリスとフランスで滞在した永戸俊雄（明治三二〈一八九九〉年～昭和三一〈一九五六〉年）、作家・評論家木村毅、新居格などが参加した座談会。同号には、他に村山知義「撮影所にて」、宇野千代「六月」、井伏鱒二「十円札」などが寄稿されている。

メーキアップ

昭和一二（一九三七）年六月一日発行『婦人公論』第二二年第六号に掲載。署名は佐藤俊子。自分の顔を眺めたときに思い浮かぶ感想を書いた短文。他に哲学者・谷川徹三が「私の顔」を寄稿。

日本婦人運動の流れを観る

昭和一二（一九三七）年六月一三、一七～一九日発行『都新聞』第一七八一六、第一七八二〇～一七八二二号に計四回連載。各回の副題は「（一）加奈陀のそれと対比して」、「（二）ブルジョア婦人運動の失敗」、「（三）卑屈な追従と男性中心の社会」、「（四）社会正義と平等権の要求」。署名は、佐藤俊子。前掲「同性を護る」を発展させた論評。

日本の婦人運動の流れを展開しながら、「国家の生産拡充政策が、結果に於て日本国民の母胎である婦人労働者を益々搾取的な虐待の地位に陥し入れ、そして其の健康を奪ふならば、一言に云って日本の国家的政策は却って日本を滅亡に導くもの」だと言及。そして、「日本の婦人運動者たちはこの際『婦人労働者を護る』の叫びの下に、労働婦人の最悪なる状態の改革と、そして人間としての社会的単位たる男子と平等の権利の要求」を訴えるべきだと発言している。まさに現代に通じるメッセージだといえよう。帰国後の左翼文学者たちの影響ばかりでなく、カナダ体験を確実に踏まえ、『青鞜』時代を抜け出て社会的視野を獲得した俊子が屹立している。

テンニング爺さんの思ひ出

昭和一二（一九三七）年七月一日発行『婦人公論』第二二年第七号に掲載。署名は佐藤俊子。イギリス駐在中に公金費消問題を起こした海軍少佐・竹内十次郎（明治二〈一八六九〉年～昭和一二〈一九三七〉年）がカナダに逃亡してから、客死するまでの生活を描いたものである。後年、大佛次郎は竹内十次郎を『帰郷』（苦楽社、明治二四〈一九四九〉年五月）のモデルにした。

座談会　ソ・米・支女性を語る

昭和一二（一九三七）年七月一日発行『婦人文藝』第四巻第七号に掲載。署名は、佐藤俊子。座談会。他に、除村ヤエ、河崎なつ、藤原あき、松田解子、石原清子、丸岡秀子、狩野弘子、神近市子が出席。同号は、他に中条百合子が「中国に於ける二人のアメリカ婦人」を寄稿。創作欄には、大石千代子「明暗」、野村千代「真昼の現実」などが寄稿されている。ソビエトは性差・階級差のない国として、左翼系の神近市子や俊子に憧憬されている。

白の似合ふ男

昭和一二（一九三七）年八月一日発行『ライフ・ホーム』第三年第八号に掲載。署名は、佐藤俊子。同号は他に、徳田秋声「心境随筆・たそがれの心境」、室生犀星「夏女」が寄稿されている。犀星は夏の女、俊子は夏の男の魅力を書く。

アメリカの夏の印象

昭和一二（一九三七）年九月一日発行『明日香』第二巻第九号に掲載。署名は、佐藤俊子。同号は、他に今井邦子「新秋所感」などが寄稿されている。南カリフォルニアの記憶を書く。

残されたるもの

昭和一二（一九三七）年九月一日発行『中央公論』第五二年第九号に掲載。署名は、佐藤俊子。

この作品について、中條百合子は次のように述べている。

佐藤俊子氏の『残されたるもの』（中央公論）はこの作者の感覚が横溢してゐて、帰朝当時改造に書かれた作品より、地があらはれてゐるともいへる。作者が、駒吉といふ少年の感情の動きの中に暗示し、希望しようとしてゐる勤労者としての健全性の要求もわかるのであるが、十五歳の少年の半ば目ざめ半ば眠つてゐる官能的な愛、その対象を母に集注してゐる心持、素朴な原始的な反抗心、それらがこの作者の特徴である色彩の濃い、体温のたかい感覚でかゝれてゐるので、たとへば『労働にまけるな。それが労働者の運命なんだよ』といふ川原の言葉を思ひ出してがんばらうと思ふ駒吉の気持も、気持としてのところに止まる感じである。この作品で作者がほとんど我知らず溢れさせてゐる色調と感覚とは、年来の読者に馴染ぶかいものであるだけに、これからの成行が注目されるのである。

（中條百合子「文藝時評（3）」『報知新聞』昭和12年8月27日）

また、武田麟太郎は、次のようにこの作品を評価している。

佐藤俊子氏の帰朝以来の、日本的現実へ追ひつかうとする気迫と努力は、「残されたるもの」に実を結んでゐる。前作の「小さな歩み」を一見したところとまるで異つた色彩を呈してゐる。併しまた大正文壇の田村俊子氏を想起するならば今回の作品の根底にある市井雰囲気描写の確さは別に不思議でも何でもない。小さい労働者やバタ公を書き、その中から所謂労働者といふ観念よりも稼人、働人、或ひは職人といふ感覚をもつてくるあの市井的雰囲気の事だ。それは却つて多くの作家が日本の労働者を書きながら、実はロシアやドイツの労働者の双生児を写すに止まつてゐるのと違ひ、日本の労働者の現実的な姿をレアリステイツクに浮かびあがらせてゐるといふ意味だ。

「残されたるもの」はさうした強味を以て、読者に迫つて来る。「『大人をやつつけて遣るのだ』―然うしたら僕も巡査につかまるかも知れない。構ふもんか。」以上の結語の若々しさ―実は未熟さも、腰の据つた、修練のきいた筆の蔭にかくれて了ふ。

（武田麟太郎「文芸時評（5）」『中外商業新報』昭和12年9月4日）

左翼運動弾圧後の労働者家族の困窮を少年の眼から通して描き、往年の俊子の作品「圧迫」を想わせるリアリズムで書ききっている。労働者の兄は酒場の女との性愛に溺れ、夫を亡くした母も「妾」的な家政婦に身を落としていく、思春期の少年の大人たちへの苛立ちと暴力への反逆心を見事に描写。文学創作に完全に復帰、再生の意欲が感じられる力作短編。

卑俗な美感覚

昭和一二（一九三七）年一〇月四日発行『帝国大学新聞』第六八八号に掲載。署名は、佐藤俊子。副題「岡本かの子「金魚撩乱」＝中公十月号＝」。岡本かの子の作品を批評した文藝時評。「遮断機」という欄で、痛烈に批判。俊子は左翼系文学者の立場で発言しているように思われる。

秋

昭和一二（一九三七）年一一月一日発行『改造』第一九巻第一二号に掲載。署名は、佐藤俊子。同号には、他に島崎藤村「巡礼」、正宗白鳥「独断語」、川端康成「風土記」などが寄稿されている。長年の外国暮らしの中で忘れていた日本の秋の美しさをあらためて実感している。だが、「私のこの頃の人生の空洞さが瞬間的な美しい自然の現象や享楽によって満たされる筈もない。そして又或る悲しむこゝろを其れ等が支へても避けさせてもくれる筈もない。秋の光りは敢へて私に思想をも生まず、思想をも導かず、空洞な人生へ何を満たすかを教へもしない」とは何だろうか。親友の夫を奪った恋の行き場のない心情か、戦争の影がもたらすものだろうか。

茶室に寝て

昭和一二（一九三七）年一二月一日発行『新女苑』第一巻第一二号に掲載。署名は佐藤俊子。同号の短編小説欄には、宇野千代「林檎の木」、岡本かの子「勝ずば」、林芙美子「紅襟の燕」などが寄稿されている。日本女子大学時代からの親友・山原鶴の家の茶室。「不思議な安らかさで眠ること」が好きになるとあるが、俊子にとって避難場所でもあった。

馬が居ない

昭和一二（一九三七）年一二月一日発行『文芸』第五巻第一二号に掲載。署名は佐藤俊子。車窓から見える信濃路の田畑には、「農夫に取つては唯一の生活の協力者」である馬が居なくなっている。それだけの話だが、農村の馬まで戦場に徴発されるようになった戦争の時代への、何気なさを装った痛烈な抵抗小説となっている。日中戦争はこの年の七月に始まっていた。

婦人の因循性

昭和一二（一九三七）年一二月五日発行『日本読書新聞』第二八号に掲載。署名は佐藤俊子。「女性展望」欄に掲載、同時代における女性の消極的な姿勢を批判した女性批評。温順な「女らしい婦徳」を美とする日本の風習の中で、中国の女性が纏足を強いられたように、日本の女性は性格化された不幸を負っていることを指摘。

或るプログラム

昭和一二（一九三七）年一二月二五日発行『日本読書新聞』第三〇号に掲載。署名は、佐藤俊子。「女性展望」欄に掲載された評論。女性舞踊家の「軍国調行進」のプログラムを見て、「人命を賭して戦ふ」戦争を際物的な軽々しさで扱っていることを批判。先ずは「自己の芸術魂」を生かしてから「愛国魂」に結びつけよと、叱咤している。軽率な愛国・戦争熱を牽制しているようにも思われる。

カナダの女流詩人の話（一）

昭和一三（一九三八）年一月一日発行『明日香』第三巻第一号に掲載。署名は、佐藤俊子。カナダの詩人ポーリン・ジョンソン(Pauline Johnson、一八六一年〜一九一三年)の紹介文。父親はカナダ・インディアンのモハーン族の酋長、母親はイギリスの女性。父の住むカナダで暮らした、当時のカナダ唯一の「女流詩人」。俊子は「白色人種からの迫害と侵略を受け、戦つては破れ、戦つては破れ、遂に其の支配下に永久の圧伏を運命づけられるに至つたまでの歴史は、悲憤と痛恨に満ちている」と、先住民族の歴史に触れ、彼女の立ち位置がわかる。さらに俊子は、最初はフランス人に征服され、次ぎにイギリス人が侵入したこと、イギリスの植民地政策は「表面上特典的な待遇を彼等に与へ、政治的権利は彼等から奪ふことによつて、其の生活を非公民的なものにし」たと言及しているが、残念ながら「土人」という言葉を多様し、その点だけはアメリカや日本の先住民族者に対する優越意識が払拭されていない。

ともあれ、ポーリンは生まれながらに豊かな詩才に恵まれ、詩情豊かで感受性の敏感な、自然美を愛し、自然的生活を愛する詩作は、皮肉にもイギリスやアメリカの文士たちに認められたという。そして、生存を虐げられ迫害されつついに滅亡に至った民族の運命を直接的に歌うことがなかったと俊子は指摘しているが、それは混血少女の運命ゆえの装いと深い悲しみであったかも知れない。だが、次ぎの「家畜盗人」では民族の運命を歌っている。

ポーリン　ジョンソンの詩　（二）

昭和一三（一九三八）年二月一日発行『明日香』第三巻第二号に掲載。同号には、今井邦子「鐘鬼」、吉田精一「泉鏡花「歌行燈」研究」などが寄稿されている。

ポーリンの「私の船唄」と「家畜盗人」の二作が収録されているが、後者の詩ではインディアンから収奪し、「父の魂を盗んだ」英国人（ポーリンの父親はイギリスの支配下に組み込まれた）は「仇敵」だと書いている。さらに、「私たちの土地を返せ。／私たちの国を返せ。／私たちの狩猟する動物を返せ。／毛皮を返せ。／お前たちが此所に来るまで／私たちの所有であつた森林を返せ。／平和と富を返せ。」と書かれており、正義感の発露という俊子の解釈以上の、闘い・抵抗さえ見受けられる。

挿話（加奈陀女流詩人の原稿に代へて）

昭和一三（一九三八）年四月一日発行『明日香』第三巻第四号に掲載。署名は、佐藤俊子。ポーリン・ジョンソンの訳詩の代わりに寄せられた文章。ポーリンの詩は、「暴慢な白人種に対する憎悪と敵意よりも」「土人たちへの同情」に傾き、「愛憐」から生まれたものと、俊子は解釈している。さらに「土人が彼等の文明を持たなかつた為に白人種につひに征服され、其の生活を奪つたものに対する憤りと呪ひが、連綿と彼等の心魂に灼き付けられてゐるこの土人等の境遇へ対する女流詩人の同情と愛は中々に深いもの」だったと言及しているが、先住民族が自分の文明を持たなかったという指摘は、現代からいえばその非を問われるところであろう。近代文明への過信が見られ、この時の俊子は喪失したものの意味を考えるまでには至っていなかった。というより、初期の文学にみられた前近代へのまなざしが、カナダ体験の中で薄らいでしまっているように思われる。

ポーリン　ジョンソンの詩（三）

昭和一三（一九三八）年五月一日発行『明日香』第三巻第五号に掲載。署名は、佐藤俊子。同号は、他に阿部次郎「倫敦」、高村光太郎「団十郎造像由来」が寄稿されている。俊子によるポーリンの長文詩の訳。インディアンの正直さや優しさ、正義感と、イギリス人の狡猾さや傲慢さが対比されているような詩。イギリス人の置き忘れた荷物を返却に来たインディアンを殺してしまったイギリス人は、「全く気の毒なことをした。だが少しばかり事情が異ふ。彼奴等が間違ひや喧嘩で、立派な白人種を殺したのとでは。其所に硬ばつて、転がつてゐるのは、たかゞ土人の犬に過ぎないんだ」という、先住民に対して悪感すらない植民者の差別意識が抉り出されている。北海道でのアイヌ人に対する和人たちを想起させる。

加奈陀の女流詩人　ポーリン・ジョンソンの詩

昭和一三（一九三八）年七月一日発行『明日香』第三巻第七号に掲載。署名は、佐藤俊子。目次は「ポーリン・ジョンソンの詩」のみ。カナダの詩人ポーリン・ジョンソンの訳詩。同号には、他に今井邦子「巷の聯想」、宇野浩二「一途の道」を寄稿。

「アイドラア」「陰影」「孤独」の三詩を紹介。俊子は「優しい叙情詩」と解説しているが、「孤独」では、「たゞ一人在ること。／この夕べ／我がこゝろ／友情を慕はず／友を思はず／うつろなる身に／浮身《うきみ》をも捨てたり。／我れを見守る人あらば／我れは其の眼をも厭ふ。」とあり、深い絶望や厭世観が見られる。

肉体からの精神力を把握なさい

昭和一三（一九三八）年一月一日発行『新女苑』の第二巻第一号に掲載。「我等は何を為すべきか」に寄せられた評論、他に評論家・村岡花子、婦人活動家・奥むめおが寄稿。署名は、佐藤俊子。同号の小説欄には、片岡鉄平「思慕」、宮本百合子「二人ゐるとき」、堀辰雄「山茶花など」が寄稿されている。

日中戦争開始後の戦時体制下における女性の生き方を示唆する一文。職場から戦地へ移動する男性に代わって、職業に従事する女性が増加すること、したがって、今後の女性はまず何よりも専門的な職業に関する技術や知識を習得することが第一に必要なことだと説く。独立的な生活の基礎をつくり、生活に役立つ方面へ近寄ることが適切だといい、「肉体の底から湧き立つやうな精神力を把握すること」、時局の問題について「正しき意味の静観と正しき心構え」を持つことが急務だと言及している。銃後の女性はいかに生きるかの問題である。

三枚襲ね

昭和一三（一九三八）年一月一日発行『新装』第四巻第一号に掲載。署名は、佐藤俊子。同号には、他に随筆家・森田たま「初春の香」、劇作家・弘津千代「口惜しかりしこと」などが寄稿されている。アメリカと日本の比較をしながら、遠い記憶の抽斗を探り、東京下町での娘時代の、元旦の年始着が三枚襲ねであった習慣を想起する。そして、女性の服装の変遷に至り、最近の活動しやすい女性の服装の簡易化に及ぶといった、「服飾随筆」となっている。本誌の編集後記には、各地陸軍病院に白衣の勇士を慰問といった内容が盛り込まれ、戦争の時代を生々しく伝えている。

男を殺す女たち

昭和一三（一九三八）年一月一日発行『中央公論』第五三年第一号に掲載。目次は「ある女達」。署名は、佐藤俊子。同号の創作欄に、横光利一「由良之助」、川端康成「生花」、宇野浩二「鬼子と好敵手」が寄稿されている。新聞もラジオも戦争のニュースばかりで日常感覚まで戦争になってしまう日本の状況から起筆し、アメリカの男殺しの事件から米国の女性の自由さを伝えるエッセイ。

豪奢な日光

昭和一三（一九三八）年一月一日発行『むらさき』第五巻第一号に掲載。副題「花祭りの思出」。署名は、佐藤俊子。同号は他に、岡本かの子「蔦の門」、円地文子「三世相」が寄稿されている。日本の春光よりも秋光を愛し、アメリカでは日光までも豪奢だったことを想い出す。

銘仙を着せたところで

昭和一三（一九三八）年一月二五日発行『日本読書新聞』第三三号に掲載。署名は、佐藤俊子。同紙の「女性展望」に寄せられた記事。警視庁保安課の取締強化に対応して自粛自制の精神を披瀝した飲食業組合連合会が、カフェやバーの女給に最高銘仙程度以上のものを着せない申し合わせをしたことへの批判。そんな申し合わせよりも職業婦人の待遇を考えることが優先だと力説している。

幸福の一滴

昭和一三（一九三八）年三月一日発行『新女苑』第二巻第三号に掲載。署名は、佐藤俊子。洋画家藤川栄子（明治三三〈一九〇〇〉年～昭和五八〈一九八三〉年）による挿絵。働いても働いても豊かにならず、一家を背負って恋愛も結婚もできない女性や独身男性が昇給に一喜一憂する世相を映す。戦争を始めても景気は好くならず、益々暗い生活となる国策への批判、抵抗小説ともいえる短編。日本の植民地になった台湾へ一儲けしようと渡った父が人間崩壊する様を描出した、かつての作品「暗い空」を想起させる。

文藝時評

「（一）総ては変つた」昭和一三（一九三八）年三月二日発行『東京日日新聞』第二二一二九号に掲載。副題「帰去来の身に映るもの」。署名は、佐藤俊子。帰国後二年の間に日本の文学界の動向が政治の動きとの微妙な関係でさまざまに変化する様相を伝える。時代と共に動くところに文学の進展があるとすれば、如何なる方向へ伸びようとしているのか、かつて行なった自己の芸術の変革とその後の思想を今後どのように方向づければいいのかと模索する俊子の心情が吐露されたエッセイ。日中戦争開始後に襲った知識人の動揺を俊子も抱えているように思われる。俊子の転換のきっかけを示す作品か。

「(二) 情熱なき放れ業題」 昭和一三年三月三日発行『東京日日新聞』第二二一三〇号に掲載。副題「「妻の作品」…寧ろ夫の問題」。署名は佐藤俊子。『改造』同年三月号所載の丹羽文雄「妻の作品」について書評。子供の世話よりも夫の助手と主婦の役目を重視し、すべて自分一人の責任と背負う妻の立場は寧ろ夫の問題だと看破。フェミニズムの視点から性別役割分担制度の性差別を鋭く突く。

「(三) 日本人の純粋愛」 昭和一三年(一九三八)年三月四日発行『東京日日新聞』第二二一三一号に掲載。副題「文学的知識人の恥辱的暴露」。署名は佐藤俊子。『文学界』同年三月号所載の「知識階級は変わるか?」と題した林房雄「知識階級よ変れ」・阿部知二「現象と信念」・横光利一「変化の素因」のリレー評論について論評。文学的知識人が元旦に明治神宮を参拝したことから動揺を示す文化人を痛撃。日本の古い文化には敬神の念、純粋愛があり、今さら目覚めるとは文学的知識人の恥辱を暴露したようなものだと批判。知識階級の変動が始まっていることを伝えている。さらに、同『文学界』所載、北条民雄の創作「吹雪の産声」についても論評している。

「(四)「春香伝」の魅力」 昭和一三(一九三八)年三月五日発行『東京日日新聞』二二一三二号に掲載。副題「張赫宙氏の苦心の成功」。署名は佐藤俊子。『新潮』同年三月号所載の『春香伝』が取り上げられている。朝鮮古典文学を戯曲に改作した作品。他に、岡本かの子「やがて五月に」、小山いと子「絹襤褸」、平林たい子「三人」、林芙美子「黄鶴」について論評している。

「(五) 文藝賞作品三つ」 昭和一三(一九三八)年三月六日発行『東京日日新聞』二二一三三号に掲載。副題「「糞尿譚」の持つユーモア」。署名は佐藤俊子。第六回芥川賞当選作・火野葦平の「糞尿譚」(昭和一二年、同人誌『文学会議』第四号に発表。その後、『文藝春秋』昭和一三年八月号に再録)が取り上げられ、他に、新潮賞当選作の和田傳『沃土』(砂子屋書房、昭和一二年一一月刊。翌年二月、新潮文学賞第一部受賞)、浜本浩『浅草の灯』(『東京日日新聞』昭和一二年二月二〇日~四月一三日。翌年二月、新潮文学賞第二部受賞)にも触れている。

「(六)「沃土」の明るさ」 昭和一三(一九三八)年三月八日発行『東京日日新聞』第二二一三五号に掲載。副題「豊

醇な田園描写の魅力」。署名は佐藤俊子。長塚節の『土』と違って、貧苦の農村ではなく田園風景として描出され、「古い日本固有の農民道徳への是認が看取される」と評されている。

二日間

昭和一三（一九三八）年四月一日『改造』第二〇巻第四号に掲載。署名は、佐藤俊子。冒頭の「暗い雲」は戦時体制の暗喩のように感じられるほど、旅愁と戦時下の状況が重ねて書かれているように思われる。「自分が何所に居るのか分らないやうな漠とした旅愁」「何時かは又こ、を離れて行くやうな寂しさ」「頼りどころのない寂しさ」とあるが、この旅愁や漂流感には、恋の終わりとやがて日本を離れる予感もあると推測される。ともあれ、平和産業は閑散として軍需品の工場は何所も多忙で、労働者の六割は女工、今や銃後の最前線で働くのが女工で、日本軍需品の大半を生産し、しかも未来の勇士を生む義務を担っている。この女工たちを一体誰が護るのか、女工たちの安価に見積もられている労働等、旅愁には不安な現実への思い疲れも関わっていると自己分析している。

学生に贈る書

昭和一三（一九三八）年四月一日発行『中央公論』第五三年第四号に掲載。署名は佐藤俊子。同号は、他に永井荷風「女中のはなし」、井伏鱒二「末法時論」、北条民雄「道化芝居」を寄稿。

戦時下という時代から学生を考察。退廃的で虚無的な雰囲気が学生の間に醸成されているが、それは「勉強しても仕方がないと云ふ不安に始終脅かされる」絶望的な状態だからだと学生は応えるという。教育方針の不定や不統一にも原因があるが、刻々に変化する社会情勢の反映がもたらすものだと俊子は指摘する。日本の現代学生が苦難な境遇に遭遇した「受難時代」とも言及、日中戦争開始後の戦争の時代が原因していることをほのめかし、伏字のような「…」が三箇所もある。

四月の劇団　ロッパの笑顔

昭和一三（一九三八）年四月一五日発行『東京日日新聞』第二二一七二号に掲載。署名は佐藤俊子。有楽座の古川緑波一座の劇評、演目は「戦争とヒゲ」、「喧嘩親爺」、「子ゆゑの春」、「ロッパの自叙伝」。

女学生に贈る書

昭和一三（一九三八）年五月一日発行『中央公論』第五三年第五号に掲載。署名は、佐藤俊子。同号には、他に上司小剣「石合戦」、里見弴「関西旅行」を寄稿。女学生気質をなかなか辛辣に批評。男子学生に見られるニヒリズムもデカダンスもないほど、知的レベルが低いと指摘。それは、女子学生の教育程度が男子学生との間に格差差別があるような教育しか受けていないからだという。そもそも日本の女学生はお嬢さん階級であるが、往事の女学生とは比較にならないほど日常の思考が実際的になっていると言及。そして、日本の女性は女らしくあれと云ふ教育宣伝とは逆に、気分的あるいは風俗的に男性化していると指摘している。

景色を拾ふ

昭和一三（一九三八）年五月一日発行『文藝春秋』第一六巻第七号に掲載。「惜春三題」の一篇。署名は、佐藤俊子。他に林芙美子「春怨記」、森田たま「禁断」が寄稿されている。

甘さを持つ感情偏重

昭和一三（一九三八）年五月一六日発行『帝国大学新聞』第七二〇号に掲載。副題「山田清三郎「耳語懺悔」＝「文学界」六月」。同紙の「遮断機」に寄せられた文藝時評。署名は、佐藤俊子。プロレタリア作家だった山田のこの作品を転向小説と規定。「階級的愛から国家的愛への心理的な推移が、唯自己の運命を日本の運命へ結びつけやうとする意欲の熱量だけで暈かされてゐる」物足りなさがあると指摘。

女性の社会時評座談会

昭和一三（一九三八）年六月一日発行『女性展望』第一二巻第六号に掲載。出席者は石本静枝、新妻伊都子、帆足みゆき、山室民子、佐藤俊子、望月百合子、市川房枝、金子しげり。俊子は中盤から出席。

この年には、一月三日に演出家の杉本良吉と女優の岡田嘉子が樺太国境を越えてソ連に亡命。一六日には首相の近衛文麿が「国民政府を対手とせず」と声明する。二月一日には山川均・大内兵衛・美濃部亮吉ら労農派教授グループ約三〇人が検挙される第二次人民戦線事件が起きる。続いて一八日に石川達三の南京従軍記「生きてゐる兵隊」の掲載誌『中央公論』三月号が発禁処分を受け、石川と編集者及び発行人が検挙される。

四月一日には国家総動員法が公布され、翌月五日に施行された。同月一九日、日本軍は徐州を占領。七月一五日に、東京オリンピック（一九四〇年開催予定）の開催権を返上、八月一〇日にはヒトラーが来日している。九月一一日には従軍作家陸軍部隊が出発、久米正雄・丹羽文雄・岸田国士・林芙美子らが赴き、一四日に従軍作家海軍部隊が出発、菊地寛・佐藤春夫・吉屋信子らが現地に行く。さらに二七日には、西條八十・古関裕而ら従軍作家詩曲部隊が出発した。一〇月二一日に日本軍は広東を占領、続いて二七日に武漢三鎮を占領。一一月三日に近衛首相による「東亜新秩序」の声明文を出す。九日にドイツがユダヤ人迫害を開始。一二月に入ると四日に日本軍は重慶爆撃を開始、二〇日に汪兆銘が重慶を脱出してハノイに到着。二二日に近衛首相が日支国交調整のため善隣友好・共同防共・経済提携の「近衛三原則」を声明する。又この年、日本は国際労働機関から脱退する。

そのような緊迫した情勢下で、この女性座談会は開かれている。「日光節約と喀痰禁止」「役人の革新政策」「洋装婦人の帽子問題」「結核予防の問題」「自廃妨害事件」「時代と夫婦生活」「子供の災害を防げ」について話題になり、政府・役人（先生も役人の一種だと指摘）への皮肉・揶揄も散見される。帽子問題については、俊子もアンケート文「いつそ無帽に」で触れている。この座談では、日中戦争によって中国からヘアネットの原料が入らないと、「事変」の影響にも触れている。結核患者の反抗や娼婦たちの闘いも取り上げられている。共稼ぎ夫婦の夫の妾問題も相変わらず登場、ジェンダー社会の深刻さを示す。

各界名士が遊覧バスで新装東京を見直す移動座談会

昭和一三（一九三八）年六月一日発行『話』第六巻第六号に掲載。署名は、佐藤俊子。他に、東電社長・小林一三、作家・大佛次郎、作家・吉屋信子、帝大教授・辰野隆、画家・藤田嗣治、作家・横光利一、柔道家・石黒敬七、作家・ささきふさ、漫画家・横山隆一、警視庁建築技師・伊藤憲太郎、東京市電気局庶務課長・長谷川喜千平、東京市電気局人事係長・三井虎雄、雑誌『話』の出版元文藝春秋社の代表として佐佐木茂索が出席。

稀薄な演劇効果

昭和一三（一九三八）年六月一二日発行『東京日日新聞』第二二二三〇号に掲載。副題「新協劇団の「火山灰地」」。築地小劇場で上演される「火山灰地」（久保栄脚本）を取り上げた劇評。

文化随想

「帝大の構内」昭和一三（一九三八）年六月一八日発行『都新聞』第一八一八四号に掲載。署名は、佐藤俊子。七月一三日発行『大陸日報』第九四八〇号に同じ記事名で転載。この文化随想の連載は、歯に衣着せぬ俊子の放談が痛快である。権威に対する反撃精神が脈打っている。例えば帝大内の青葉の香りの強烈さは病的であり、建物の内部は「一種の刑務所的な暗さ」だというのである。帝国大学の学生に招かれた時の訪問記である。

「言葉の混乱」昭和一三（一九三八）年六月一九日発行『都新聞』第一八一八五号に掲載。署名は、佐藤俊子。七月

一四日発行『大陸日報』第九四八一号に同じ記事名で転載。カナダから帰国した俊子は、渡加する前の日本の様相とは違って、日本国語が移民地語化され乱雑の観があるという。

「地方語と外語」昭和一三（一九三八）年六月二〇日発行『都新聞』第一八一八六号に掲載。署名は、佐藤俊子。七月一五日発行『大陸日報』第九四八二号に同じ記事名で転載。地方語と外語が混入した日本語の現在を指摘。

「学生の問題」昭和一三（一九三八）年六月二一日発行『都新聞』第一八一八七号に掲載。署名は、佐藤俊子。七月一六日発行『大陸日報』第九四八三号に同じ記事名で転載。「最近この大学には険しい空気が襲った」として、二月一日に山川均・大内兵衛・美濃部達吉ら労農派教授グループが検挙された第二次人民戦線事件のことをほのめかしている。又、「学生に贈る書」でも触れていた不良学生検挙・不良学生狩りのことにも触れ、教授への鞭や学生への鞭など内務当局の過剰な処罰は文部当局も黙過しつつあることを告発。「日本はこの非常時に国民の精神総動員を行ひつ、ある傍ら、未来の日本国家を守る唯一の知識層の若い魂に、無理由な不良の烙印と鞭打を与へて其の精神を虚勢させつ、あると云ふ事は、不思議な政治的矛盾である」と、戦時化体制を痛烈に撃っている。この時代としてはなかなか言えない、批判のパンチが効いた発言であり、抵抗の姿勢がうかがえる。

一種の嫌味を…

昭和一三（一九三八）年六月二〇日発行『帝国大学新聞』第七二五号に掲載。副題「「戦争と二人の婦人」を読んで」。署名は、佐藤俊子。教育家・慈善家として知られるクララ・バートン（Clarissa Harlowe Barton, 1812-1912）と、小説『アンクル・トムの小屋』を発表するなど、奴隷制度廃止運動の代弁者として活動したハリエット・ストウ（Harriet Elizabeth Beecher Stowe, 1811-1896）を描いた山本有三著『戦争と二人の婦人』（岩波書店、昭和一三〈一九三八〉年四月）の書評。この女性闘士たちに敬意を表しつつ、山本の読者に対する上からの目線に嫌味を感じている。率直で正直な俊子の真骨頂がうかがえる。

カリホルニア物語

昭和一三（一九三八）年七月一日発行『中央公論』第五三年第七号に掲載。署名は、佐藤俊子。この作品について、中島健蔵は次のように述べている。

自国を異国のやうに感ずる悲劇は、異郷に居る苦労に比べて一層深刻であらう。しかし、その両者の間につながりが無いとはいへぬ。例えば『中央公論』の佐藤俊子氏作『カリホルニア物語』は、第二世の少女の結婚問題を取扱つてゐるが、彼女たちを理解し得ない者は、必ずしも外国人とは限らず、却て同国人であり得ることがはつきりと出てゐる。彼女たちの父母は、或は経験によつて海外生活の不安を知り、或は頑として固有のモーラルを守り、時にはそれを自家の利益のために不当に悪用することもあり得るのである。人間が生れた土地から移された時にどのやうな事が起るか、これは大陸問題をひかへてゐる今日、よく考へて置くべき事柄であらう。我々はそこで、忽ちプロメテウスの循環論に直面するのである。

（中島健蔵「文藝時評（1）」『東京朝日新聞』昭和13年6月28日）

また、水原秋桜子は次のように述べている。

中央公論の「カリフオルニア物語」（佐藤俊子氏）には、米国で生れた二人の日本人の娘の純潔な愛情が描かれてある。二人のうちの一人は図案家として成功し、大商店の装飾などをどしどし引き受けるやうになるが、他の一人は親の失敗のために心にもない結婚をし、遂に自殺する。その図案家の方の娘が、妹のやうに愛してゐる娘のために尽してゐる気持は柔らかな筆致によく出てゐるし、又相当に長いものを書きこなした気力にも感心するが、やはり全体を通じて甘い感じのするのはやむを得ない。

（水原秋桜子「文藝時評（1）」『東京日日新聞』昭和13年6月28日）

榊山潤も、次のように述べている。

佐藤俊子氏の「カリホルニア物語」（中央公論）は、感傷が輝いてゐる。さわやかな手ざはりである。アメリカで生れた第二世の二人の女性を取扱つてゐるのだが、ひとりはおのれの国土日本にあこがれを持ちながら、日本に帰つて来てもその生活様式に同化することができない。幸ひに画家として独立できる才分を持つてゐたので、日本と東洋の神秘な血筋は画筆の上に特異なものを示して、「日本人の生んだ子供がどんな立派な技術を有してゐたところでそれを用ひてはくれない」アメリカ人の間に、見る見る頭角を現して行く。その友達である弱い美しいひとりの娘は、一家の犠牲になつて心にもない結婚をし、不幸に蝕まれて自殺をする。親にさからひ、恋人を追つてあこがれの日本に帰る強さを持てなかつた娘である。遺書には「自分のモーラルを守つて死ぬ」といふ英文の走り書きがあつた。

作者はこゝで、日本の新旧両面を暗示してゐるのであらうか。そこまで考へるのは読者として行きすぎであるかも知れないが、異つた国土に芽生えた日本の血が、ひとりは高い東洋の精神に、臆せぬ西洋の技術と生活方法を体得して強い生き方を示す。他は逆に日本内地でも若い女性の間では最早めつたに見られないやうな古風な日本娘の気質と道徳に殉ずる。不幸な結婚に感情を虐げられてゐる生活など、アメリカ娘から見れば無知にすぎない。「結婚で苦しむことは歯痛で苦しむほどにも値ひしない」。

そこまで徹底してゐるとはいへないが、理窟としてはそれに近い考へを今の日本の女性たちも一様に持つてゐる。長い間養はれた道徳感と気質とが、理窟と一致できないところに悩みがある。歯痛で苦しむほどにも値ひしない不幸な結婚の悩みに死んで行く女性を、頭では否定しながら、而もその美しさが分るのは日本の血だけであらう。日本を離れたアメリカ移民の富者が、自由を尊ぶ国にあつて最も古い内地の封建意識に閉ぢこもつてゐる状態も面白く想像された。（榊山潤「文芸時評（3）」『中外商業新報』昭和13年7月1日）

さらに、小林秀雄は、題材そのものに含まれる問題を指摘している。

中央公論に移つて、佐藤俊子氏の『カリホルニヤ物語』を読む。この作家のアメリカに住んだ日本の移民達の生活を題材とする幾つかの作品の一つだが、僕には食ひ足りない。食ひ足りなさは半ば題材から来てゐる。これも辿つて行けば、伝統のない処に文学はないといふ原理に達する。移民の生活自体に伝統的リアリテイがないから、これを題材として魅力ある作をなす事が困難なのである。

（小林秀雄「七月の創作読後感（中）」『北海タイムス』昭和13年7月3日）

上司小剣は、小林秀雄と同じく、作品の題材および舞台設定の問題を指摘し、俊子の〈二世ものがたり〉という一連の小説を否定している。

「中央公論」には、佐藤俊子氏の「カリホルニア物語」がある。大陸の叙景も手に入つて、ゆッたりと落ちついた書き方にムラがなく、さすがに亀の甲より年の効を思はせるが、これもやはり背景と舞台とで得をしてゐるとともに、また損もしてゐる。旧道徳の犠牲を太平洋の彼岸に持つて行つたとて、芸術的価値に変りはないが、舞台の遠いために夜目遠目のボカシが利く。もしこれが近い内地を舞台とし、背景としたものであつたら、おほよそ近頃の小説といふ小説、戯曲といふ戯曲に書き尽くされた材料で「なんだまたこれか。」と罵る人があるかも知れぬ。それから作者として損をするのもやはり舞台の遠いために、痛切な生活苦や人情美も、大部分の読者には、ひしひしと搦んで来ないで、二階から眼薬に似た効果を見る。小説の舞台を世界のどこにでも押し出すのはよいが、一般の社会生活がもッと世界的にならぬ限り、遠いほど疎くなる。この作者の甦生を喜ぶとともに、いはゆる二世ものがたりはこれで打ち切つて、手近に血みどろな材料を択ぶべきであらう。

（上司小剣「文藝時評（2）」『読売新聞』昭和13年7月2日）

一方、武田麟太郎は、この作品を非常に肯定的に評価している。

『カリフオルニア物語』もその題名の示すやうに、異郷の物語りである。こゝは倦怠してゐる追放人の薄暗さの代りに、アメリカ移民の、しかもその所謂第二世の生活環境にある二人の娘を対照させて、新しい明るさ、生活力、健康なものを際立たせようと企てゝゐる。『自分達の社会は日本人だけの社会だと思つてゐる』そんな日本の親の（実親も婚家の親も）犠牲になつたナヽ、錯誤と非理と、憎悪と邪慳とが網のやうに張り廻されてゐる囲みの中で自殺する彼女、暗い暗い家、どこからも光の入つて来ないやうな家。その中でまるで唖か白痴のやうにだまり込んだまゝ、押しひしがれた哀れな女。そこに日本の女や妻の『小猫のやうな柔順な動物が檻の中で威嚇されたり叩かれたりして』ゐるさまを批判して、私には到底理解が出来ないといふルイの時代の性格を好もしく表現してゐるのだ。一種の翻訳臭のある、すぐには馴染にくい文章だが、ぐんぐんと読ませて行く小説的技術には尊敬せざるを得ない。久しぶりの佳作である。

（武田麟太郎「七月号文芸時評（2）」『九州日報』昭和13年7月6日）

以上が同時代評である。

今日のフェミニズム批評の視点から言えば、母と娘の物語で、母との葛藤や母からの脱出、そして母親を理解していくという、「母親殺しと母親探し」の典型的な作品である。それを縦糸とするなら、幼い時から姉妹のような親友の不幸な結婚ゆえに自死してしまう、女の友情と喪失の痛みを横糸とするレクイエム小説ともいえる。

いつそ無帽に

昭和一三（一九三八）年七月一日発行『婦女界』の第五八巻第一号に掲載。署名は、佐藤俊子。「洋装婦人と帽子の問題」（アンケート）の回答文。他にドロシー・エドガース、石井忠純、新居格が回答。同号には菊池寛「身の上相談」や横山美智子の小説「男の愛情」などが掲載されている。

前掲「女性社会時評座談会」でも話題になっていた「洋装婦人の帽子問題」であるが、「名誉の戦死者」の遺骨を路上で出迎えていた時に帽子を被った外国の婦人がいたことが大騒ぎとなった事件。俊子は、和服よりも洋服の方が簡便で活動的だからこそ取り入れられたのであって、日本流のものを適応するのは無理があると発言。それなら兵士の帽子も被ったままで敬礼するのは無礼になり、いっそすべて無帽にした方がいい、そもそも内務省が命令することではないと、権力側に異議申し立てをしている。日常的なことにも戦時体制の統制が始まっていることを伝える一文だ。

新劇評　火山灰地の後編

昭和一三（一九三八）年七月一〇日発行『東京日日新聞』第二二二五八号に掲載。副題「作者の『腹藝』を見る」。署名は、佐藤俊子。久保栄「火山灰地」の劇評。栄の劇作家としての力量と演出家としての手腕は認めつつ、なかなか手厳しい批評となっている。

女の立場から見た世相

昭和一三（一九三八）年七月一〇日発行『文藝春秋』時局増刊一〇号に掲載。副題「私の曇つた眼鏡を通して」。署名は、佐藤俊子。「金総動員」「婦人帽問題」「不良学生狩り」「物価昂騰と貯金奨励」「大臣の更迭」について論評。金の供出が始まり、洋装婦人の日本式礼儀への帰順の声、脱帽しないで道を尋ねた学生に猛り立つ巡査、節約の奨励など、この年に始まった国家総動員法、国民精神総動員運動、大臣の更迭問題も含めて、日中戦争に突入した激動期の世相を伝えている。

イースト・イズ・イースト

昭和一三（一九三八）年八月一日発行『改造』第二〇巻第八号に掲載。署名は、佐藤俊子。北米移民地での日本人や中国人、その生活の相違点などを伝えるエッセイ。アメリカ人の東洋人排斥と、その対策についても言及。

大学生時局生活座談会

昭和一三（一九三八）年八月一日発行『中央公論』第五三年第八号に掲載。署名は、佐藤俊子。俊子、岸田国士、杉山平助と、法政、早大、帝大など、一二人の大学生との座談会。時日は七月二日、場所は丸之内会館と記されている。「何故学生が注目されるか」「学生は退廃してゐる？」「学生の時局認識」「学生と労働奉仕」「日本の学生と支那の学生」「読書と教養」「支那大陸への関心」「明治時代再検討の機運」「恋愛と女性」が話題になる。マルクス主義的な考えに導かれた学生が白眼視されるなど、ファシズムの時代の傾向が漂い出ている。日中戦争が中国侵略戦争などとは言えない時代であった。俊子は恋愛と女性のテーマのところで能弁となり、男女共学の話などを持ち出している。

アンナ・クリスチイ

昭和一三（一九三八）年八月一日発行『婦人之友』第三二巻第八号に掲載。署名は、佐藤俊子。挿絵は、寺田武夫の筆による。米国の近代演劇の巨匠・ユージン・オニール（Eugene O'Neill, 1888－1953）の戯曲『アンナ・クリスティ』の紹介解説。本作は、一九二一年に初演、日本では岩堂全智訳『女は歩む』（高踏社、昭和二年五月）がある。母を亡くした船乗りの娘は、父と同業の船乗りの男を愛するようになる。だが、二人とも同じ日に同じ船に乗って航海に出て行くことになり、今度は娼婦などの仕事をせず、家で彼等の帰りを待つ決意をする。父と男への愛に目覚めた女性を描いた作品で、俊子は「いかにも植民地的なアメリカの生活断層が描出されてゐる」と解説している。

佐藤俊子　嘉悦孝　対談会

昭和一三（一九三八）年八月一日、九月一日発行『婦人』第二巻第八号、第九号（副題「その二」）に掲載。出席者は立野信之（司会）・佐藤俊子・嘉悦孝・嘉悦康人。女子教育や女子の職業について座談。俊子は、女の経済的独立という自覚が戦争と結びついていることを鋭く指摘している。嘉悦は、女性はやはり「奥さんにならなければならないでせうから」とか「働いてばかりゐては女らしさが無くなつて了ふ」とか、俊子に比べて古風な発言をしている。第九号掲載の「その二」では、俊子が「加奈陀の日本移民」についても言及、社会主義的な移民労働運動を行なっていたことにも触れている。カナダ行きは、作家として行き詰まっていた自身の再生につながったと語っている。

川魚料理

昭和一三（一九三八）年九月一日発行『あらくれ』第六巻第九号に掲載。随筆。署名は、佐藤俊子。同号は、他に徳田秋声「灰皿」、中村武羅夫「映画の芸術性に対する疑問」が寄稿されている。

愛の簪

昭和一三（一九三八）年九月一日発行『中央公論』第五三年第九号に掲載。署名は、佐藤俊子。簪にまつわる逸話。

「麦と兵隊」と「鮑慶郷」

昭和一三（一九三八）年九月一日発行『文芸』第六巻第九号に掲載。署名は、佐藤俊子。同誌の「戦地の文学」に寄せられた、火野葦平の「徐州開戦従軍日記　麦と兵隊」（『改造』昭和一三年八月号）と上田広の「陣中創作　鮑慶郷」

(『中央公論』昭和一三年八月号)を批評した文芸時評。他には三好達治が「「麦と兵隊」の感想」を寄稿。火野の書いた戦場の記録は、軍人の書いたそれと違って、あくまでも「文学者の精神において書かれた戦場記録」であり、「国家に一身を捧げる単純な姿としてよりも、死の直前で行動する絶対境の人間の真実の姿として印象付けられる」と所感を述べる。捕虜の無表情な顔が脳裡に「生きた面影」となって焼きつくが、悲惨な光景も含めて、俊子の観察欲が中国行きを準備していったのかも知れない。

従軍文人におくる　力の文学を!

昭和一三(一九三八)年九月一二日発行『帝国大学新聞』第七三一号に掲載。署名は、佐藤俊子。前日の九月一一日に、久米正雄、丹羽文雄、林芙美子らが従軍作家陸軍部隊として出発したが、それに対する評論である。日本が仕掛けた蘆構橋事件に始まる「日支事変」の真相を知らないためか、俊子は戦争肯定論者の如き内容を書いている。従軍作家に選ばれたことは「日本文学全体の幸運」であり、その文化的任務は兵士の国家的任務以上の重大さをもつこと、「今までの日本文学の弱性に代つて、力の文学が観戦後の文人たちの筆によつて生れ出ることも必然」などと言及。「従軍文人中に加えられてゐる婦人作家に対してはこの絶大な経験から今後の日本の婦人文学の上にも、画期的な、そして同胞愛の深い文学が現れるであらうことさへ予想される」とある。日中戦争が中国侵略戦争であることを認識していないばかりか、女性作家の戦争への参入を促しているといえよう。戦争の時代への便乗という俊子の飛躍、変容がうかがえる一文だ。

婦人の能力　文壇部隊中の紅二点

昭和一三(一九三八)年九月一五日発行『東京日日新聞』第二二三二五号に掲載。同紙の「軍国世間咄」に寄稿された記事。署名は、佐藤俊子。前日の九月一四日に、菊池寛、佐藤春夫、吉屋信子らが従軍作家海軍部隊として出発した。

この評論は、一一日と一四日の二回にわたって出発した、従軍女性作家について書いたものである。林芙美子と吉屋信子はすでに日中戦争勃発の年に戦地に赴いていた。

ここで俊子は、文の精神だけに生きるものが、武の精神をも体得できる恵まれた従軍文人に応援を送るのが義務であるといい、両作家が婦人作家の代表として従軍作家に参加することの意義を説き、「恐らく日本における婦人の文学は、この絶大な経験が両女史の文学的な思想の上に生かされる事によって、歴史的に新たなるもの」がもたらされるとまで言及している。つまり、国家の要望にしたがって、国民精神総動員下における女性の能力の発揮を促していることになり、戦争協力的な発言といえよう。俊子の大陸への逃亡・進出はこの延長戦でもある。国家総動員法がこの年の四月に公布、施行され、女性の能力活用政策が始まってもいた。婦人参政権運動のリーダー・市川房枝の婦選運動も国策に女の能力を反映させることであり、長谷川時雨が発刊した女性誌『輝ク』も変容し、銃後運動や戦地慰問に参加していく「輝ク部隊」を発足する直前の頃であった。

婦人の能力　貧弱な廃物利用の智恵

昭和一三（一九三八）年九月一六日発行『東京日日新聞』第二二三二六号に掲載。同紙の「軍国世間咄」に寄稿された記事。署名は、佐藤俊子。ほとんど国民精神総動員運動の側に立って発言している。「戦時下にある婦人たちは家庭と社会の両面を担つて活動しなければならないし、非常時局のあらゆる社会政策は婦人だからといつて、これを一つでも等閑にしてゐたら、国民精神総動員の一端を担ふ事は出来ない。この時機にこそ婦人の能力はあらゆる方面に向つて発揮されなければならないし、政府もまた婦人に向つてこれを要望してゐる」といい、リードする立場にある知識層の女性に呼びかけている。長谷川時雨の「輝ク部隊」の発足も、こうした動向の中から生まれたものであろう。

女性の社会時評座談会

昭和一三（一九三八）年一〇月一日発行『女性展望』第一二巻第一〇号に掲載。出席者は、石原清子、帯刀貞代、丸岡秀子、阿部静枝、佐藤俊子、平田のぶ、市川房枝、金子しげり。話題は、「雑誌の内容統制について」「宝塚の外国進出と影響」「芸者・女給・妾」「男女生活を健やかに」「少年警官のこと」「銃後に働く女性問題」「婦人運動よ興れ」。内務省が貞操を軽んじる恋愛小説や股旅物を掲載する制限をしていることへの反発、男女共学の主張、労力補充のための少年警官採用、銃後における託児所問題等々が話されている。「話題の解説」として、警視庁保安部における「女学生のサイン禁止」、警官の欠員補充のため満一七歳以上を採用するという「警視庁少年警官を採用」、事変下風紀取り締まりの問題にも警視庁が乗り出した「芸妓女給の取締強化」などが付記されている。

快活を保つこと

昭和一三（一九三八）年一〇月一日発行『婦人公論』第二三年第一〇号に掲載。「若い女性の教育」の一篇。署名は、佐藤俊子。喫煙してみたり断髪が流行ったり、乱暴な言葉を使用したりする若い女性は活発であることの証拠で、映画館出入禁止なども本末転倒の愚論で女学生苛めである。それでは本質的な女子教育の進歩を阻むものだと断言している。

西班牙踊

昭和一三（一九三八）年一〇月二日、九日、一六日、二三日発行『週刊朝日』第三四巻第一六〜一九号に計四回連載。署名は、佐藤俊子。挿絵は宮本三郎。スパニッシュダンスの踊り子が独占欲の強い恋人のために一時踊りを中断、次々と恋の放浪を続けるその男に見切りをつけて踊り子として再出発するまでを描く。しかし恋人は別な女性と情死するという結末に至る。悔いの多い悲しい再出発となる。

女中の待遇改善

昭和一三（一九三八）年一一月一日発行『女性展望』第一二巻第一一号に掲載。署名は、佐藤俊子。女中の待遇改善をめぐって、「一、女中の働く時間は何時間位が適当か　二、修養、娯楽等余暇の善用について　三、女中の制度として現在の住込以外にお考へなきや　四、女中の福利施設について」の考察の回答。他に、神近市子（評論家）、小寺菊子（作家）、阿部静枝（評論家）らが回答している。

俊子は、朝起きてから夜寝るまで一日中縛り付けられている日本の女中の就業時間には制限が必要であり、余暇の時間を自己教育に当て、女中専用の一室を設けるか通勤も可能にした方がよいこと、組合制度も必要だと説いている。

山道

昭和一三（一九三八）年一一月一日発行『中央公論』第五三年第一一号に掲載。署名は、佐藤俊子。本号は、「女流短編小説特輯」。他に、岡本かの子「老妓抄」、円地文子「煉獄の霊」、宇野千代「恋の手紙」などが寄稿されている。

俊子は帰国後、佐多稲子（当時は窪川稲子）の夫であった一九歳下の窪川鶴次郎と恋愛。本作品は、その、親友の夫との禁忌の愛を散文詩ふうに扱った短編。妻子ある男との微妙な悲しい愛の心が、不倫の愛特有の逡巡や罪意識とともに、筆を抑えた含みのある表現の行間から、霧のようにたちのぼってくる。例えば、「触れられぬものを二人の間に隔てゝ、其れをそつと覗き合つてゐるやうな時間を、女は其れだけの意味の時間にして守らうとしてゐた」とか、「男の愛は、男自身の生活の中から、秘密に分けられて来た愛なのであつた。（中略）そして唯、逢へば別れることを考へる」といった秘密の愛ゆえの逡巡や抑制。「生活の愛の裂け目から、新らしい愛へどんな破壊が響いてくるかを男は考へてゐるのであらうか。自分が男から取り上げる愛情は、男からだけの愛情ではなかつた。其の愛情に生きるものからも奪つてくるやうな愛情であった」というような親友の愛を奪う後ろめたさ。「女には無理にも、男が面を背向けてゐる其の現実へ、男をまともに振向かせようと為《す》ることも出来なかつた」といった罪意識とは相反する、男を家庭に帰したくない気持。「女が欲しい愛情は、分けられたものではなかつた」という満たされぬ独占欲。「自分の強さで別れることの出来る間に、男から別れることを考へながら（中略）溺愛の中に苦しむものは自分であつた」といった愛の地獄、等々。

佐多稲子がこの情事を妻の立場から描いた「灰色の午後」と合わせ読むとき、これらの微妙なニュアンスがより判然とする。この後作者は女をして、男の妻の影におびえさせ、苦労を共にする老夫婦の「純朴な愛の生活」に出会わせることで結ばれぬ愛をみつめさせ、孤独感や罪意識を抱かせて終幕している。小品ながら、秘めたる恋につきまとう複雑で陰影深き情緒をさりげなく封印し、かつての文学的感性が成熟した形で揺曳していることがわかる。またなかなか芸も細やかで、そうした愛にふさわしくひっそりとした山道が逢引の場所として設定され、開幕から終幕まで小鳥の頬白を登場させて、愛の明暗とゆくえを示すのに効果的に活用している。例えば山道にふさわしい開幕では、いかにも愛のはじまりらしく、女と男の交歓を、小枝にとまる頬白をともに見る一体感で表現し、頬白の飛び交う様には愛の不安と確認を象徴。終幕では、一羽の小鳥に寂しいもの、人間の孤独な姿を匂わせ、「拭はれぬ印象の小さな黒点を人の上に留めやう」とする小鳥の影には〝罪〟を暗示させており、いわばこの一篇の中に、愛の開始とそのゆくえまでも封印しているといえよう。恋人同士に固有名詞が与えられていないことも、秘密の愛を象徴させるのに役立っている。ただし、たとえ恋の一体感がなさせるわざにせよ、「男が美しく見えるものは女にも美しかつた」とか、踏む落葉の音にも「男へ気を兼ね」て「男の忍ばせる足取りに従つて行く」というような、あまりにも受身な女の愛の表現が散見され、「炮烙の刑」などの攻撃的なヒロインたちとの、甚だしい差異を感じさせる。青春と中年の違いでもあろうか。

女学生々活の改革

昭和一三（一九三八）年一一月一日発行『日本評論』第一三巻第一二号に掲載。署名は、佐藤俊子。同誌の小特集「生活革新運動」に寄せられた評論で、俊子の他に、新聞記者の関口泰、ドイツ文学者の舟木重信、教育者の赤井米吉などが寄稿。本号の小説欄には、葉山嘉樹「山の幸」、阿部知二「風の雪」などが寄稿されている。日本における男女差別の教育が女性の教養の低さに関わり、ひいては日本全体の文化の高低にも関わっているので、まずは女性の地位向上を国家の問題として考えるべきだと主張している。

愛憐と躾への反省

昭和一三（一九三八）年一二月一日発行『日本評論』第四巻第一二号に掲載。署名は、佐藤俊子。西洋の子供と違って日本の子供たちは、小さい時からの躾けがなされていないことを指摘。例えば、動物や魚を可愛がり大切にするという観念を植え付けないので、すぐ暴力をふるったり苛めたりする。その子供の躾けは親も学んだ方がいいことを説く。

侮蔑

昭和一三（一九三八）年一二月一日発行『文藝春秋』第一六巻第二一号に掲載。署名は、佐藤俊子。本号の小説欄には、他に豊島与志雄「李永泰」、大鹿卓「金鉱」が寄稿されている。

この作品について、式場隆三郎は次のように述べている。

佐藤俊子氏の「侮蔑」（文藝春秋）は、アメリカの二世を扱つた小説である。しかし、小説といふよりは「二世論」といひたいものである。今まで二世を扱つた作品は珍しくないが、佐藤氏のやうに真正面からつかんだ人はなかつた。今までの作家はたゞ二世を哀れんだり、崎形児視したりすることが多かつた。しかし、この作者は襟を正させるやうな厳粛さで、二世の運命をみつめ、その存在理由を証明してくれた。東京市中を歩き廻る二世に向つて「日本人なら日本語で喋れ」と怒鳴りつけたり、そのどつちつかずな変態性を憫んだりすることは容易だが、作者のやうにかれ等が祖国につながる血に目覚め、この非常時勢に立ちあがる情熱を湧き立てつゝ、ある情景を説くことは誰にでもできることでない。

私はこれをよんで、国民使節が最も力を入れねばならぬのは、まづアメリカにゐる何十万かの第二世に対してではないかと気がついた。佐藤氏が永年親しく観察して来たかれ等のために、かかる小説を発表されたことは在来の二世物とは違つた分野を示し、われ等に新しい方面への反省を促すに役立つた。

（式場隆三郎「文藝時評（2）」『東京日日新聞』昭和13年12月4日）

また、田邊茂一は次のように述べている。

佐藤俊子氏の「侮蔑」は、（中略）取材が古いと時評で云はれてゐたが、私は反対である。佐藤氏のやうな経歴の人は、一生を賭けても、かう云ふ題材と取り組んでゐて欲しい。現在の日本は二世の人々に対して侮蔑的感情を有してないことは勿論だが、歓迎もせず、いたわりもせず、もてなしてもゐない。国際文化の交流については、氾濫するほどの議論はあるが、二世の人々を、はみでた同胞にして了ふやうな、か丶る亀裂については、深い惻隠も洞察もない。ヒユマニズムの文学とは、か丶る責任を追及することである。新しい日本のために、作者の健在を祈りたい。

（田邊茂一「文芸時評「中央公論」「文藝春秋」「改造」」『文学者』昭和14年1月1日）

アメリカで日系二世として生まれた移民の子の、どちらの国にも帰属できない孤独を描く。アメリカ社会で差別され、憧れの日本に渡っても侮蔑される。ことに日本に事変すなわち日中戦争が起こってから二世の文化研究の集まりも中止になるほど、ファシズムの時代のナショナリズムが強くなっていく。結局、「自分の故郷もアメリカにあるのだらうか」という呟きにもなる。終幕の、この二世の呟きの中に、作品発表年と同年の秋に発覚して恋の終わりを迎えた俊子の呟きが重なっているように思うのはうがちすぎだろうか。実際には中国に逃亡しているが。

未亡人と銃後婦人の協同

昭和一四（一九三九）年一月一日発行『婦人公論』第二四年第一号に掲載。署名は、佐藤俊子。「国家の事変によつて誉れある犠牲」となった遺族の「未亡人」の悲劇と労苦を指摘した一文。「靖国神社に合祀された英霊」たちの遺族の中でも、軍人の妻よりも、普通の庶民層の生活者の妻が多数で、名誉ある夫の死後の立派な心構えよりも途方に暮れるばかりですぐさま生活に困窮すること、そして、さまざまな恩典はすべてが受けられるものではないと言及。したがって、「銃後の婦人」の義務は重く、積極的に共同で彼女たちを扶助することの必要を説く。

お雪さん

昭和一四（一九三九）年一月八、一五日合併号『週刊朝日』第三五巻第三号に掲載。署名は、佐藤俊子。「ニュース小説」の一篇で、副題は「モルガンお雪の巻」。「上」「下」からなる。フランスから日本に帰国する船上を舞台に、モルガンお雪（加藤ユキ）の帰国にあたっての心情を描く。帰国は前年（昭和一三年）。

（長谷川　啓）

上海に於ける支那の働く婦人

昭和一四（一九三九）年二月一日発行『婦人公論』第二四年第二号に掲載。評論。署名は佐藤俊子。「女性時評」欄。昭和一三年一二月九日、俊子は福岡経由で上海に着いた。本稿は中央公論の中国特派員としての最初の現地報告である。統計や数値を用いて、中国と日本の「働く女性」の労働条件を比較するやり方は、単なる文学的な印象記や紀行文というより、カナダ時代に身につけた、婦人問題の社会調査や報告の手法を思わせる。たとえば、日本人経営の商店や会社に働くのは日本人であるのに対し、日本人家庭の婢女（アマ）や紡績工場の女工はすべて中国人であること。特に紡績工場は活況を呈し、年少者から中年婦人まで、二〇〇〇人を超す中国人女工が昼夜兼行で働いていること。女工の給与は三〇～四〇銭で、額面上は日本の紡績女工とほぼ同じだが、昼夜十二時間の不休連続作業の実態があること等々を伝えている。その他、船上生活をする女性や子供、野菜や果物売り、バアの花売り、デパートの売り子、オフィス・ガール、共同租界内のダンサアなど、文字通り「瞥見」に過ぎないが、一週間ほどの短い間に女性たち労働環境を精力的に見て回っている。また、第二次上海事変後の同地の女性たちの「抗日」感情も敏感に感じとっている。

知識層の婦人に望む　日支婦人の真の親和

昭和一四（一九三九）年三月一日発行『婦人公論』第二四年第三号に掲載。評論。署名は佐藤俊子。「在南京」（目次）。昭和一三年一二月九日に上海に着いた俊子は、一二月一八日に南京に赴き、同地で越年した。本文によれば、俊子の取材旅行の公式の目的は、軍の後備地域の「地方的親和工作（所謂宣撫工作）を観、そして其の工作上の委しい知識」を得ることだった。したがって、軍報道部から提示された旅程も、先のペン部隊のような「前線レポート」ではなく、占領区域内の難民救済事業の視察や「知識層の婦人」との交流など、ある程度は本人の希望を取り入れたプランになったと思われる。

南京では、「維新政府」行政院員長の梁鴻志の令嬢梁文若、南京市長高冠吾氏の夫人、小学校教師らと会見し、揚州では県長夫人方陳玉倍、小学校の校長、教員など二十名近くの女性たちのお茶の会に招待されている。とくに揚州のお茶会では地元の女性たちの素朴な人情と率直な気質に共感している。このお茶会が契機となって同地の「江北婦人会」が、再発足することになり、俊子はその発会式にも招待されている。俊子は、占領地区内に生活する「支那婦人たちの憂愁」の深さや「不安」とともに、基本的な親愛感を強調している。しかし、「例に依つて婦人に関する限りを語る」と但し書きがあるように、語ることのできない多くの見聞もあったと思われる。

支那の子供

昭和一四（一九三九）年三月四～六日発行『東京朝日新聞』に掲載。随筆。署名は佐藤俊子。楊州、杭州、蘇州、蕪湖など、事変後の日本軍占領地区内の子供たちの生活を視察した印象記である。子供たちの素直さ、愛らしさと同時に、いまだ戦争の傷痕が生々しく残る現地の雰囲気を伝える。すなわち、事変によって多くの中国人、とりわけ上層階級、知識階級の人々が居住地を去り、残っているのは、九割が下層の貧民という現状があり、南京では第一・三・五・八の四つの小学校を参観したが、南京はいまだ復興にはほど遠いこと。ペン部隊が伝えた教師不足という誤った情報によって内地から一〇〇を越える応募が殺到したが、実際はそれ以前の厳しい状況にあること（事変前には公、私立あわせて一二〇校あった小学校が、現在は二七校しか開校しておらず、校長や教師の給料も戦前の三分の一。維新政府が経営の維持に苦慮していること）などを伝えている。

寸感

昭和一四（一九三九）年三月二〇日発行『塔影』第一五巻第三号に掲載。随筆。署名は、佐藤俊子。『塔影』は日本美術の専門誌（塔影社、斎田元次郎発行）。幼い頃、浅草で見た大道芸人の老女が描き出す鮮やかな砂絵の回想から、「美しいものを作り出す」という人間の営みや技の不思議さに及び、往年の俊子を思わせる芸術論になっている。「人々からの零細な投銭」によって生活する老香具師の中に創造の「根本義」を見る。

国民再組織と婦人の問題

昭和一四（一九三九）年四月一日発行『婦人公論』第二四年第四号に掲載。評論。署名は佐藤俊子（本誌特派在北京）。戦時体制下の「国民再組織」の要請に対し、「国民的無資格」状態にある女性の現状を批判、その前提となる婦人参政権の必要を述べる。「国際間に其の皇威を輝か」し、「愛国的精神」の上に、婦人みずからが「国家の一員」としての「正しき手形」を要請すべき、とする主張は、俊子のみならず、同時期の婦選獲得運動の担い手の多くが戦時翼賛体制の中に組み込まれて行く歴史を想起させる。ただし、日本の婦人が東亜の婦人と手を携え、「新たなる東洋平和の道」を模索する当時の俊子の主張は、同時代の社会背景や具体的な文脈の中でさらに検証の余地があるだろう。

北京通信　俳優学校と程硯秋

昭和一四（一九三九）年四月八～九、一三～一五日発行『東京日日新聞』に掲載。随筆。署名は佐藤俊子。北京の

「中国高級戯曲職業学校」（後の中華戯曲専科学校）を参観した際の印象記。程硯秋は、中国の京劇俳優。梅蘭芳、尚小雲、旬彗生とともに京劇の四大名旦（女方）に数えられる。解放後は、中国戯曲研究院副院長の任にあり、古典演劇史、演劇理論の研究にも力を注いだ。「日支事変」後に多くの北京人が南方に逃れ、梅蘭芳はすでに北京にいなかった。

婦人の大陸進出とその進歩性

昭和一四（一九三九）年五月一日発行『婦人公論』第二四年第五号に掲載。評論（「女性時評」）。署名は佐藤俊子（「本誌特派在北京」）。「日支事変」後に内地から中国にやって来た多くの「職業婦人」（看護婦、軍機関の雇用員、民間会社の事務員、婦人宣撫班員、旅館、喫茶店、飲食店、料理店、ダンスホール、バアなどで働く女性、女教師、その他）の現状とそれに対する提言を述べたもの。すなわち、職を求めて大陸に渡って来た女性たちの「生活力」と「独立的な意志」を高く評価し、それらを「東亜建設」や「民族協和」と呼ばれる「支那において新に築かれようとするものへの希望」に結びつけようとする提言である。具体的には、「若い職業婦人」を中心とする「研究的な機関」を設置し、「日支婦人の結合のくさびとなる前奏的な組織体の一つ」として、「現地と内地間の婦人の動静に対する理解を繋ぐ仲介機関」とすることを要望している。「国民再組織と婦人の問題」の項でも述べたように、この時期の俊子の記述には、近衛文麿やその周辺の「東亜新秩序論」「東亜共同体論」などの影響が見られる。

雪の京包線

昭和一四（一九三九）年六月一日発行『改造』第二一巻第六号に掲載。現地報告。署名は佐藤俊子。俊子は、三月一日に北京を出発し、蒙彊方面を視察旅行している。「京包線」は北支交通（南満鉄の姉妹会社）の北京―包頭間を結ぶ幹線鉄道である。張家口まで鉄道で八時間。南口、青龍橋付近を過ぎると内長城線（万里の長城の一部）が見える。北京報道課の紹介状を持って、張家口の特務機関を訪問した後、福栄旅館泊。次の日は、案内人の車と徒歩で長城の山頂近くまで行く。帰途に万全県の城内や山間の龍泉寺などを見る。

三日目からは大同を視察。大同の町は「東亜建設新秩序運動」の祝祭気分の中にあり、晋北政府の最高顧問の青年が悲壮感をもって理想を語る姿に、俊子は複雑な感慨を覚えている。すなわち、これまで中支、北支、蒙疆と各地を視察してきた俊子の眼に、それぞれの現地事情と問題が明瞭に見えてきたということだろう。とりわけ、旧来から各地区ごとに社会事情が異なり、多種な民族の集合する複雑な背景をもつ蒙疆地域においては、「経倫を分担」する指導者の責任は重く、「些かの破綻」も全体に影響を与える、とその危惧を記している。その他、雲崗の石仏寺や石窟群、上華厳寺、下華厳寺などを見る。

また、龍烟鉄鉱とともに、蒙疆の代表的な資源生産地として知られる永定荘の大同炭鉱を視察。「現在の就働工夫は六千人で、これを監督するもの、事務をとるものはすべて日本人であるが、その数は百五十六十人、家族を持つもの三十一である」、「こゝの採掘法は手掘りで下透しをやり、手操りで発破孔を開ける」、「日本にはこんな奇麗な炭鉱はありません。」という庶務主任の言葉を紹介している。俊子は、「炭鉱と云へば活地獄と聞いてゐた。其れへの想像から比較すれば、こゝは極楽のやうなものであらうか」という感想を記しているが、「黒人のやうに顔を黒く汚した」六千人の中国人工夫の待遇についての具体的な言及はない。

婦人の歩む民族協和の道

昭和一四（一九三九）年六月一日発行『婦人公論』第二四年第六号に掲載。社会評論。署名は佐藤俊子（本誌特派在北京）。日中の婦人運動の歴史を知り、その長短を補い合うことで提携の道を模索する内容。すなわち、俊子によれば、日本の婦人運動は青鞜社に始まるが、この女性解放の思想が「理論」から「実行」の段階へと一歩を踏み出した頃、すなわち新婦人協会の参政権運動（平塚らいてう、市川房枝、奥むめお）として組織化され、議会請願などの政治運動を始めたのと同じ時期に、左翼運動と併行して起こった「別系の婦人運動」（山川菊栄らの赤瀾会）によって、階級意識のない「ブルジョワ婦人の慈善運動」と批判され、同会の運動は頓挫した、というのがおよその見取り図である。

一方、中国の婦人は、開国以来、一足飛びに政治や軍事の渦中に身を投じ、辛亥革命後の五・四運動などの民主主義革命のなかで婦人解放の運動を拡大してきた。広東省で中華民国新憲法が起草された時は、市政に関する女性選挙権、被選挙権を獲得、四川、浙江省の両省でも市政権を得た。この影響は中国全土に及び、北京で初めて「婦人参政協会」、「女権運動同盟会」などが組織され、その組織は各省の婦人労働者にも及んだという。その「宣言書」によれば、「全国教育機関を婦人に開放すること」、「法律上の夫妻、親子の関係、相続権、財産権の男女平等、婚姻法の制定、畜妾を重婚罪に問うこと、公娼、婢女の売買、纏足の禁止、男女の労働賃金の差別撤廃、母性保護などの条項」が見られるという。民国一七年には、国民政府によってすべての要求が容れられた。今回の事変によって、婦人参政権は「空しく手箱の底に収められ」てしまったが、これらは単に観念的な欧米の女権拡張の影響というより、三民主義によって鍛えられ、「熾烈な民族意識」と新中国建設の政治運動から発展した生活欲の発現である。

以上に見るように、中国の女性は前後数十年を通じて、みずからの「口と頭脳で婦人の社会的地位の向上の為に戦つた」という点で、日本婦人よりも進んだ政治活動の体験を有している。反面、行動的な一面に終始したために「思索的な一面」を進めるいとまがなかった。どちらも一長一短であり、「相互の文化を助け合ひ、導き合ひつ、相携へて進む方向」に「日支婦人の文化の完成点」があり、その任務の一端として「民族協和の精神の実現」が可能になるとする。

新しき母性教育とは？

昭和一四（一九三九）年八月一日発行『婦人公論』第二四年第八号に掲載。社会評論。署名は佐藤俊子（本誌特派在北京）。高等女学校教育刷新に関する教育審議会特別整理委員会の議題についての批判。男女平等教育論は俊子の持論だが、「国家のため」、「東亜建設の大業のため」「日本の国力を支持する国民の一翼として」という時局的な大義名分を借りた女子教育論である。

北京と北京人を語る座談会

昭和一四（一九三九）年八月一〇日発行『文藝春秋』時局増刊二三号に掲載。座談会。署名は佐藤俊子。文芸春秋の特派員として北京に着任した立上秀二が、「老北京人」（北京通）に最近の北京事情を聴くという企画。文学関係者は俊子の他、久米正雄と村山知行、大阪毎日新聞の石川順、華北交通の現地関係者といった顔ぶれである。「日支事変」後に大量の日本人が北京にやってくるようになり、古都北京の穏やかな雰囲気は一変したらしい。事変後の生活事情の変化は著しく、「物価は三倍」、「玉蜀黍の粉が四銭から十銭に上がる」といった物価の高騰に、石炭などの物資統制が加わり、中国人の生活は「本当に粗末な一と色に成つた」、「北京でも一番景気のいいのは車挽き」等々の発言から、庶民の生活難がうかがえる。

日本の婦人を嗤う支那の婦人

昭和一四（一九三九）年九月一日発行『婦人公論』第二四年第九号に掲載。社会評論。署名は佐藤俊子（本誌特派在北京）。俊子が中国語を習っていたというミッション・スクール出身の「若い支那の婦人」の視点を借りた日本人批判。この背景には、中国において日々目にする日本人の傲慢さ、中国人への侮蔑的な態度に対する俊子の強い焦燥と批判があったと思わる。まず俊子は、日本婦人の風俗が、極めて装飾的、非活動的、不経済であることを指摘し、「洋車《ヤンチョー》（人力車）」上の婦人の姿がだらしなく見えること、「前がはだかり、裾の割れ目から素肌の足が見える。場合によると、腿の辺までが見えることがある」と辛らつに描写。またいわゆる「アッパッパと称するもの」を一枚引っかけ、靴下も穿かず、素足でこれに草履や下駄を引っかけ、街頭を歩く」。「他の国のきちんとした簡潔な風俗」に混じるとだらしなく見え勝ちで、その「非礼な姿」が「問題視」されるとまで言っている。さらにその批判は日本人内部の封建性や国際性のなさへと向かう。すなわち、傍若無人な日本の男たちの驕りや夫の後ろに付いて腰を屈めて歩く女たちの卑屈さ、そうした習俗を無根拠に誇示する日本婦人の「頭脳」「思慮」のなさを、カナダの移民社会を経験した俊子ならではのシニカルさで描写している。一方、俊子は中国の若い女性たちの簡素で活動的な服装には好意的で、自身も「褲子」（クウズという中国のパンツ）を愛用していたらしい。

茉莉花

昭和一五（一九四〇）年一月一日発行『北支那』第七巻一号に掲載。随筆。署名は佐藤俊子。『北支那』（北支那経済通信社）は高木翔之助の発行。友人らとともに前門の妓館に遊んだ一夜の経験を記した文章。美妹、靄々という二人の妓女にもてなされ、俊子は自分の支那服に茉莉花を挿しもらった云々とある。事変後二年の間に北京は様変わりし、「怒鳴つたり、はしやぎ騒ぐ男たちの声で、毎夜廓の空気をどよめかして居る」という描写には、近年の日本人の傍若無人な風潮に対する批判も感じられる。

汪精衛氏と洪秀全を語る

昭和一五（一九四〇）年二月一日発行『改造』第二二巻第二号に掲載。訪問取材記。署名は佐藤俊子。俊子が、厳重な警戒が敷かれる上海の「汪公館」（汪精衛の私邸）を訪問したのは、昭和一四（一九三九）年一二月二二日のことである。当時、汪精衛は南京新政府樹立に向けた日中間交渉のただ中にいた。かつての国民党六中全会での狙撃事件[1]（一九三五年）や、今年三月二一日のハノイでの暗殺未遂事件（重慶政府の派遣した藍衣社の刺客により、側近の曾仲鳴が射殺される）などもあり、汪公館周辺には物々しい警戒が敷かれていた。奇しくも、俊子が訪問した十二月二二日は、一年前に第三次近衛声明[2]が出た当日にあたる。まさにこの時、汪らと影佐機関の和平交渉は最終局面に入っていた（一二月二六〜三〇日にかけての最終交渉を経て、一二月三〇日に「日支新関係調整要項」がまとまる）。翌年三月一八日、汪は上海から飛行機で南京に到着。三月三〇日に、汪精衛を代表とする「中華民国南京政府」が正式に発足した。

俊子は、十代の汪精衛が加わった南社運動（愛国文芸運動）を端緒に、洪秀全の太平天国の乱から民国革命運動にまで話題を膨らませ、汪の内面にまで踏み込んだ深い取材をしている。すなわち、貧農の出身である洪秀全は、キリスト教をもとにした宗教教団「拝上帝会」を起こし、清に反旗を翻した革命家である。みずから天王を名乗り、南京を首都に「太平天国」を国号とした。洪秀全の死後、革命運動に加わっていたものの多くが海外へ亡命し、「洪門」を結成。汪の師父孫文も海外でこれに加わり、帰国後に「革命同盟会」（反政府武装組織、反清朝で大同団結）を組織している。いわば、洪秀全は辛亥革命に始まる中国近代革命の水脈に連なる先駆的な存在ということになる（文中に「反情後明」とあるのは、「反清復明」の誤植か）。

また、汪が洪秀全の「女性解放」政策に言及したのは、俊子や日本の女性読者への配慮があったと思われる。汪が俊子に自選詩集『雙照樓詩詞藁』を贈呈した行為も暗喩に富んでおり、興味深い。俊子が文中で指摘しているように、この詩集は、この年の三月二十一日にハノイで暗殺された腹心の曾仲鳴を編集人として出版されており、南京新政府樹立に向けた汪の心境をうかがわせる。

1　汪精衛（汪兆銘の呼称もあるが、中華圏では「汪精衛」が一般的）は、中華民国の政治家。日本留学中に孫文の革命思想に触れ、革命党に入党。やがて辛亥革命により清朝は崩壊し、一九一二年一月一日に中華民国が成立（汪が宣言文を起草）。一九一七年、孫文の下で広東軍政府の最高顧問を務める。孫文の死後、蔣介石と汪精衛は和解と対立と和解を繰り返したが、一九三二年一月に協力して「南京国民政府」を成立させた。一九三七（昭和一二）年七月の日中戦争開始後は、「徹底抗戦」派の蔣介石に対し、汪は水面下で日本側との和平を模索し、一九三八年十一月二十日に「日華協議記録」を調印、十二月十八日、重慶に疎開していた蔣介石の国民政府から離脱した。

2　この時期、近衛文麿は三回にわたる対中国声明を出している。すなわち、一九三八年（昭和一三年）一月十六日、近衛文麿首相はトラウトマンによる和平案の提示に対し、「国民政府を対手とせず」として蔣介石との交渉打ち切りの声明を発表（第一次近衛声明）。その後、近衛は和平姿勢に転じ、同年十一月三日に「東亜新秩序建設」声明を発表し、「国民政府といえども新秩序の建設に来たり参ずるにおいては、あえてこれを拒否するものに非ず」として前回の発言を修正した（第二次近衛声明）。十一月中旬頃から、汪派の高宗武・梅思平と、影佐禎昭や今井武夫らとの間で水面下の話し合いが重ねられ、十一月二十日、両者は「中国側の満洲国の承認」、「日本軍の二年以内の撤兵」などを内容とする「日華協議記録」を調印した。汪精衛は、十二月十八日に重慶を脱出、これを受けて十二月二十二日、近衛は対中国政策における三原則「善隣友好、共同防共、経済提携」を示した（第三次近衛声明）。ただし、その直後の翌年一月五日に近衛内閣は退陣。汪との和平交渉は一時中断した。

南京の感情

昭和一五（一九四〇）年五月一日発行『改造』第二二巻第八号に掲載。現地報告。署名は佐藤俊子。俊子は、南京新政府発足を取材するため、南京に向かった。俊子が到着した昭和一五（一九四〇）年二月二九日は、大雪の日だった。俊子は、三月二〇日の中央政治会議を待つ間に上海へ行き、引っ越しの準備で慌ただしい汪公館を三月一〇日過ぎに再訪している。汪精衛との直接の面会はかなわなかったが、気難しく、日本人嫌いと噂された汪の妻陳壁君と面談して日本の女性へのメッセージをもらったり、周隆庠、林伯生ら汪周辺への取材を通じて新政府の文化政策のことなどを聞くなど、プロの取材者としての実を上げている。同年三月一八日、汪精衛が上海から飛行機で到着。三月三〇日、汪精衛を主席代理[1]とする「中華民国国民政府」が正式に発足した。

ここでは、軍報道部、政府発表の綱領や人事などの情報のみならず、比喩や情景描写などの文学的な手法を挟み、時局への感想を記した独特の文体が印象的である。たとえば、南京を「死骸」に譬え、「破壊された建て物の表面を糊塗」した街並みの後方に目を転じると、崩された煉瓦の奥深くに「骸骨の眼」のような窓が残ると描写し、還都典礼の当日の天気は、「今日は又、特に『暗い空』を感じさせるやうな欝々とした日」と書くなど、新政府の前途の多難を暗示している。

1　汪精衛が主席代理（一九四〇年十一月、主席に就任）として新政府を出発させたのは、重慶の蔣介石との統一政府の可能性を残したためとされる。

汪精衛氏への贈物

昭和一五（一九四〇）年五月二八～二九、三一日発行『読売新聞』に掲載。随筆。署名は佐藤俊子。副題「押花をおくる日本の女性」（上）、「心なき若い女性の行為」（中・下）。角書き（中・下）に「在南京」とある。泥沼状態にあった日中戦争の中で、「抗日」派の蒋介石に対し、「和平派」の中心である汪精衛の日本側の人気は高く、報道も過熱した。長身白皙の美丈夫である汪に、押花入りのファンレターを送る日本の若い女性もいたらしい。当時の汪精衛は「南京国民政府」の主席代理（後に主席に就任）、行政院長であり、「漢奸」の汚名を覚悟で厳しい政局に臨んでいた。俊子は、こうした事情に無知な日本の若い女性の軽薄さを苦々しく思い、その無礼をたしなめている。

大陸通信一束

昭和一五（一九四〇）年九月一日発行『女性展望』に掲載。随筆。署名は佐藤俊子。『女声展望』の前身は市川房枝の『婦選』。この時期の俊子が、中国婦人の間で何らかの「新文化運動」を起す計画を持っていたことが分かる。「たった一人で自分の頭の中で考へてゐるだけの話」、「いづれは南京と連携を持たなくてはならないと思ひます」等の記述から、南京国民政府の宣伝部長林伯生らとの連携も考えていたと思われる。

元改造社の水島治男の回想によれば、俊子は興亜院長官の森岡皐に「北京婦女連合会」の構想を持ちかけたことがあるらしい（『改造社の時代』戦中編、図書出版社）。水島は、編集者時代から俊子とは旧知の間柄である。一九三八（昭和一三）年九月二十日、水島は改造社を退社し、上海で森岡皐の特務機関に所属。北京の興亜院長官に就任した森岡が水島を呼び寄せたため、昭和一五（一九四〇）年の年末から翌年の五月中旬まで同地で興亜院の広報部に勤務していた。

変つた北京

昭和一六（一九四一）年八月一〇日発行『現地報告』第九巻第八号に掲載。現地報告。署名は佐藤俊子。「日支事変」から執筆時（一九三七〜一九四一）にいたる約三年間の北京の変化を報告。建設総署の都市計画により、北京が急速に近代化されていく様子を統計的な手法を交えて記述している。事変後は、まずバアやカフェの赤や青のネオンサインが生々しく「古都北京を浸蝕」し、東単牌楼あたりには、いわゆる新宿や渋谷の横丁のような飲食店が現出、「古い北京を知る者には慨嘆の種子」だったが、こうした「殺風景な植民地化」も近年はやや落ち着き、北京は近代都市的な風格を見せ始めた、とする。一ヵ月に平均三〇〇〇人の割合で増加する日本人の人口は秋には中国人一五〇万人に対し約一〇万人に達する勢いで、日本商社（七〇〇から二千数百）、荷物到着数（五〇〇万から五〇〇〇万）などもすさまじい増加を見せている。日本人経営の会社をはじめ、日華合弁、日本の影響下の製造所、小工場などが次々と新発足。種々の文化工作や、衛生、防疫、塵埃処理、生活水の確保、供給、治安維持、翼賛局の活動も始まっている。俊子は当局から提示された統計的な数字を羅列するだけだが、こうした管制の情報からも北京の変化のすさまじさがうかがえる。

北京の秋を語る座談会

昭和一六（一九四一）年九月二六〜二八、三〇日発行『満洲日日新聞』に掲載。座談会。署名は佐藤俊子。出席者は、俊子の他、村上知行（著述業）、張我軍（北京大学教授）、奥野信太郎（慶応大文学部講師）、一氏義良（華交社員）、山室三良（北京日本近代科学図書館長）、清水安三（北京崇貞学院長）および伊藤北京市社長（司会）ほか。九月二十三日、六國飯店で行われた。話の内容は、立秋、七夕、お盆、地蔵盆、中秋節といった季節の行事、月餅、棗、風の気配から物売りの声まで様々な秋の風物を語る北京歳時記である。

支那趣味の魅力

昭和一六（一九四一）年九月三〇日、一〇月一〜五日発行『満洲日日新聞』に掲載。随筆。署名は佐藤俊子。俊子流のチープな骨董の楽しみ方、中国骨董案内。かつて自分には、「新らしい思想」や近代的な「生活態度」を創始することが人生の目的であったような時代があり、古玩趣味や尚古趣味は捨てて顧みなかったが、北京に来てから骨董的なものの良さを再発見した。一種の「ゲテ物趣味」と卑下しながら、硝子絵[1]や皿などの安価な骨董を露店で買い求め、芝居小屋で「京劇を聴く」ことも、俊子の好む庶民的な「骨董趣味」の一種である。最初は嫌悪した「支那趣味」だが、北京生活もすでに二年半を過ぎ、最近は「斯うした雰囲気の中で生活を楽しむ自分を発見して我れながら驚くことがある」と書いている。

1硝子絵は一四世紀のヴェネツィアで誕生し、ヨーロッパから中東、インド、中国、日本にも伝播、日本では江戸時代からビードロ絵として知られる。

北京から南京まで

昭和一七（一九四二）年一月三〇〜三一日、二月一、三日発行『満洲日日新聞』に掲載。随筆。署名は佐藤俊子。一月末、俊子は雪のちらつく零下十五度の北京を出発、南京に向かった。本文は、途中の車内の見聞、南京の印象その他を綴る。南京では外交部の周隆痒や宣伝部長の林伯生、同顧問の草野心平らと会い、上海での『女声』発行につながる相談をしたと思われる。

俊子は、列車内で見た日本人雑穀商と店員らしい中国人が「女の友だちのやうに優しく手と手を組んで話し込んでゐる」姿に共感し、日中間の「真の友情」や信頼関係に思いを巡らせている。すなわち、日本における雇用関係が一種の主従関係であるのに対し、これらの人たちの関係はむしろ「個人的な経済合弁式」で、対等かつ率直な内容を伴うものではないか。こうした私利的な商業関係の中にさえ信頼関係や友情の機会はあり、「人間的なカルチュア」の好ましさが感じられる。観念や言葉の上で思想を統一しようとしても逆効果である。異民族が真の友情を結ぶことは容易ではないが、同じ仕事に取組み、長年の苦労を共にする中で自然に生まれてくる信頼感は真実である等々、滞在四年目の俊子の中国観がうかがえる記事である。

再訪した南京から俊子は「淋しい影」を感じている。「国府遷都後約二年」を経た南京の復興は全く進んでいないばかりか、遷都当時にあった活気や再建の空気が消え去り、「荒廃したものはそのまゝの形で残されてゐる」。それは南京市街の外形の印象だけでなく、「もっと心理的な深さ」から受ける淋しさの反映である。連載の最後は「南京の天地を領するものは乞食の声ばかり」という一文で結ばれている。

日華の演劇について

昭和一九（一九四四）年二月一～四日発行『大陸新報』に掲載。対談。署名は佐藤俊子。日本文学報国会劇文学幹事長として中国演劇の視察のため上海を訪れた久保田万太郎を迎えての対談。主に俊子が聞き手となり、久保田が中国で見た話劇（京劇に対し、中国の新劇にあたる科白中心の劇）の印象や日中演劇の比較、国民性の違いなどを語る。久保田万太郎は、俳人、小説家、劇作家。岸田国士、岩田豊雄らと劇団文学座を結成（昭和一二年九月）、新派、新劇の演出を数多く手がける。俊子とは幼なじみで、ともに浅草馬道小学校の出身。

（未発表原稿）中支で私の観た部分（警備、治安、文化）

昭和一四（一九三九）年二月一二日（推測）。署名は佐藤俊子。未発表原稿。昭和一三（一九三八）年の一二月六日に東京を出発した俊子は、同月九日に上海に到着。年末から翌年一月にかけて、南京、蕪湖、揚州、鎮江、蘇州、杭州などを回って上海に戻り、一月末に北京に立った。この間の見聞を記した「中文で私が観た部分（警備・治安・文化）」という未発表原稿がある。この原稿は、中央公論社の出版部長だった藤田圭雄氏の寄贈による（神奈川近代文学館所蔵）。詳しいいきさつは分からないが、原稿の末尾に（北京。二、一二、）という記述があり、内容、年譜的な背景などからこの時期のものと推定した。

この原稿は、陸軍報道部の検閲によって掲載禁止になった可能性が高い。内容は、従軍許可証を給付されたいきさつや取材旅行の目的の他、各占領地区内の治安、難民救済事業、南京の同仁会の活動、日中の看護婦の尽力などだが、中には将校インタビューとして、「姉さん（クーニヤン）はいない」と答える現地の子供の話、兵士が村落を焼き払う話、杭州市長何讃の暗殺など、軍報道部が嫌いそうな記事も含まれている。独占資本の進出や特務機関の経済工作などについても次回に稿をまとめると予告しているが、実現しなかった。

（黒澤亜里子）

謝　辞

本巻の刊行に当たっては以下の機関や個人の方にご協力いただいた、ここに改めて記し感謝申しあげます。
西田勝、山口美代子、小平麻衣子、松鵜光子（市川房枝記念館　女性と政治センター）、
県立神奈川近代文学館　（敬称略）

田村俊子全集 第9巻

2017年5月15日 印刷
2017年5月25日 第1版第1刷発行

[監修] 黒澤亜里子
長谷川 啓

[発行者] 荒井秀夫

[発行所] 株式会社ゆまに書房
〒101-0047 東京都千代田区内神田2-7-6
tel. 03-5296-0491 / fax. 03-5296-0493
http://www.yumani.co.jp

[印刷] 株式会社平河工業社

[製本] 東和製本株式会社

落丁・乱丁本はお取り替えいたします。 Printed in Japan

定価:本体17,000円+税 ISBN978-4-8433-3790-5 C3393